메가스터디 N제

국어영역 문학

203제

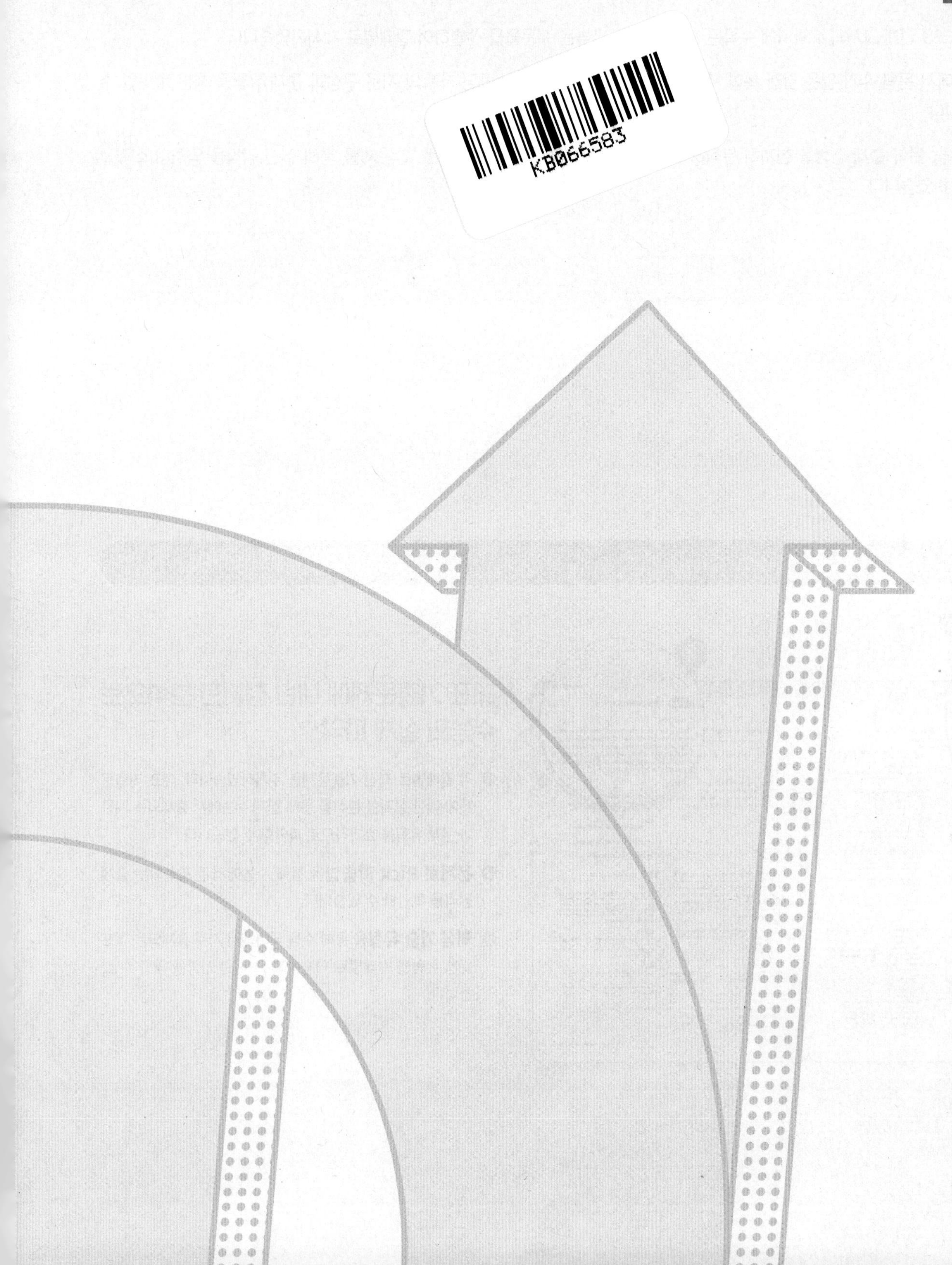

이 책의 구성과 특징

▶▶▶ 수능에서 마주할 확률이 높은 지문으로 학습 효율을 높이자.

메가스터디 N제 문학은

- 수능 문학 만점을 위해 대표 기출문제부터 적중 예상 문제까지 한 번에 학습이 가능하도록 하였습니다.
- 기출문제로 주요 출제 요소와 문제 풀이 방법을 익히고, 이를 제작 문제에 집중적으로 적용하는 단계적 학습을 할 수 있도록 구성하였습니다.
- 최근 10개년의 EBS 연계 교재와 교과서에 수록된 출제 가능성이 높은 지문들을 선별하여 갈래별로 제시하였습니다.
- 수능 국어 영역에서 문항 수가 많은 갈래 복합 세트를 더 비중 있게 수록하여 해당 세트의 지문 구성과 문제 유형을 충분히 익힐 수 있도록 하였습니다.
- 최신 평가원, 수능 문학 출제 경향을 철저히 분석하여 개발한, 실제 시험과 유사한 지문 및 문제를 통해 실전 감각을 익히며 실력을 다질 수 있도록 하였습니다.

STEP 1 대표 기출문제

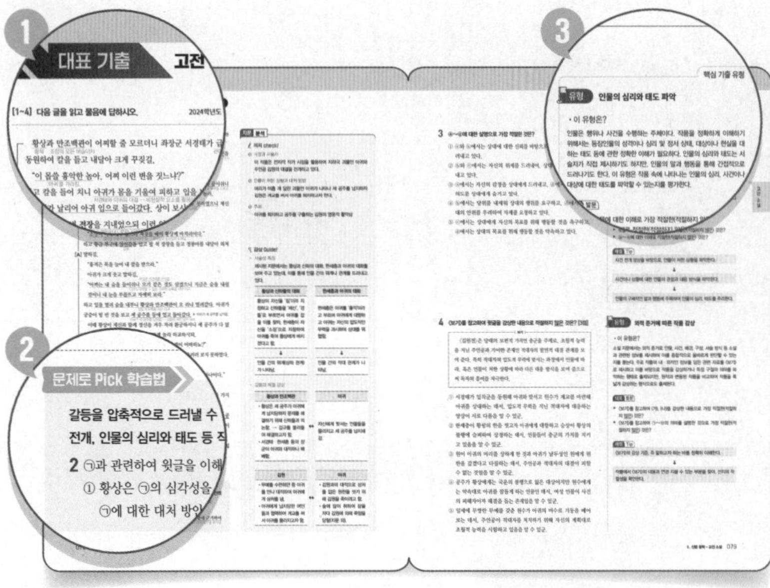

대표 기출문제에 대한 철저한 분석으로 수능의 실체 파악

❶ 각 갈래별로 최신 기출문제를 수록하였습니다. 대표 기출문제에 대한 철저한 분석을 통해 실제 수능에서 출제되는 지문과 문제 유형을 효과적으로 파악할 수 있습니다.

❷ **문제로 Pick 학습법**을 통해 수능에서 문제화되는 출제 원리를 확인할 수 있습니다.

❸ **핵심 기출 유형**을 통해 수능 국어에서 자주 출제되는 대표 문제 유형을 갈래별로 학습하고 그 해결 전략을 익힐 수 있습니다.

STEP 2 적중 예상 문제

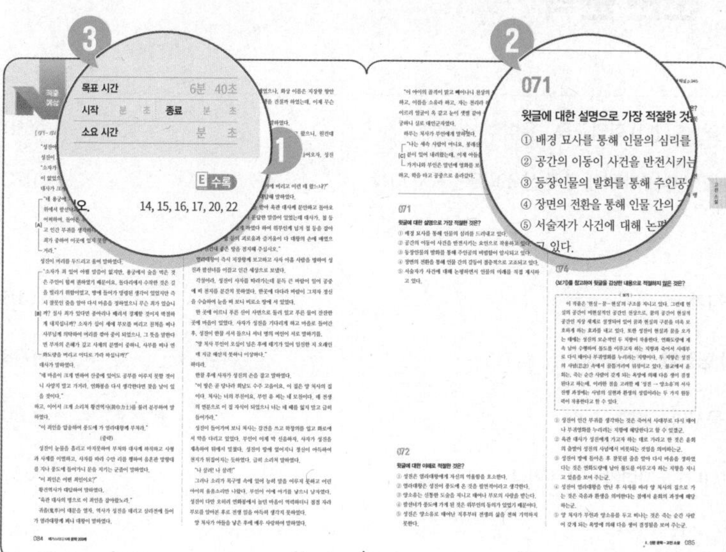

적중 예상 지문에 대한 집중 훈련으로 문제 해결력 상승

❶ 해당 작품이 수록된 EBS 연계 교재의 연도와 횟수를 확인할 수 있도록 하여 각 작품의 중요도를 가늠할 수 있도록 하였습니다.

❷ 교육과정과 최신 수능 경향에 부합하는, 실제 시험과 유사한 구성과 유형의 풍부한 실전 문제를 개발·수록하여 충분한 실전 훈련이 가능하도록 하였습니다.

❸ 지문별로 적정 독해 시간을 안내하였습니다. 목표 시간 내에 문제를 푸는 연습을 통해 실전에 완벽하게 대비할 수 있도록 하였습니다.

STEP 3 정답과 해설

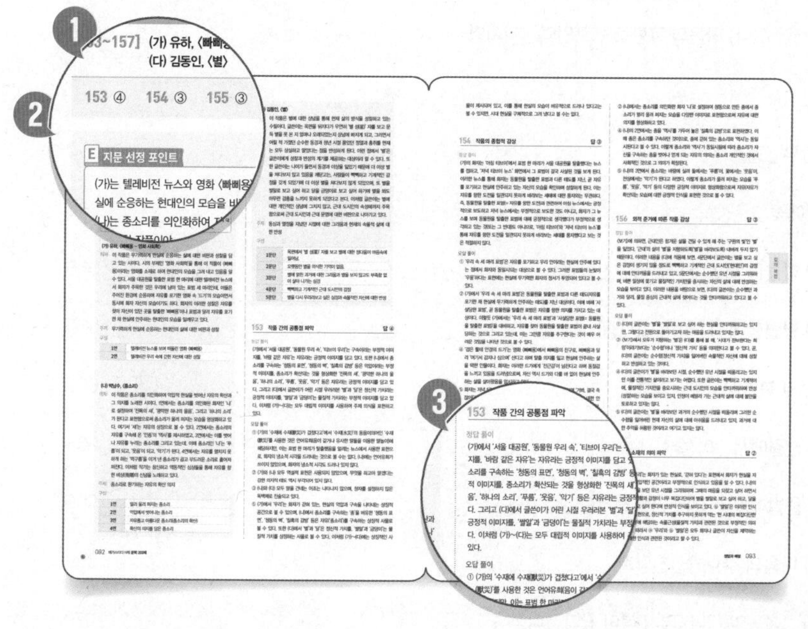

상세하고 친절한 문제 해설

❶ 효율적 교재 활용을 위해 각 세트별로 정답을 빠르게 확인할 수 있도록 구분하여 제시하였습니다.

❷ **E 지문 선정 포인트**에서 작품 선정 이유와 세트 구성 이유를 제시하여 문학 영역에서 지문을 선정하는 원리를 이해하고 이를 통해 문제 해결 방향을 찾을 수 있도록 하였습니다.

❸ 지문에 근거한 상세하고 친절한 정답과 오답 풀이를 제공하여 혼자서도 지문을 이해하고 문제를 해결할 수 있도록 하였습니다.

이 책의 차례

I 운문 문학

고전 시가

현대시

Ⅱ 산문 문학

고전 소설

현대 소설

Ⅲ 갈래 복합

갈래 복합

EBS 연계 작품 목록

▣ 교재 수록 선정 작품

*갈래별 가나다순

고전 시가

E7 E 7회 수록

작품	수록 연도
누항사(박인로)	14, 15, 16, 17, 18, 21, 23
속미인곡(정철)	14, 15, 16, 17, 18, 20, 22
정읍사(작자 미상)	14, 15, 16, 17, 19, 21, 23

E6 E 6회 수록

작품	수록 연도
규원가(허난설헌)	14, 15, 16, 17, 18, 22
덴동 어미 화전가(작자 미상)	14, 15, 16, 17, 19, 23
동동(작자 미상)	14, 15, 17, 18, 21, 24
만언사(안도환) ▣	14, 16, 17, 19, 21, 23
사미인곡(정철)	14, 15, 16, 17, 18, 21
상춘곡(정극인)	14, 15, 16, 18, 20, 23
서경별곡(작자 미상)	14, 16, 17, 18, 19, 23
제망매가(월명사)	14, 15, 16, 18, 19, 23
청산별곡(작자 미상)	14, 15, 16, 17, 20, 22

E5 E 5회 수록

작품	수록 연도
고공가(허전)	14, 15, 16, 19, 23
님이 오마 하거늘(작자 미상) ▣	14, 15, 21, 22, 23
면앙정가(송순)	14, 15, 17, 19, 22
용비어천가 제125장(정인지 외)	15, 16, 17, 21, 24
일동장유가(김인겸)	14, 15, 16, 19, 24
정석가(작자 미상)	14, 20, 21, 22, 24
찬기파랑가(충담사)	14, 16, 18, 22, 23
창 내고자 창을 내고자(작자 미상)	14, 15, 18, 20, 23

E4 E 4회 수록

작품	수록 연도
가시리(작자 미상)	14, 15, 22, 23
강호사시가(맹사성) ▣	14, 15, 22, 23
고산구곡가(이이) ▣	16, 17, 20, 24
공무도하가(백수 광부의 아내)	17, 19, 22, 24
나모도 돌도 바히 업슨(작자 미상)	15, 17, 21, 23
논밭 갈아 기음매고(작자 미상) ▣	16, 18, 20, 24
농가월령가(정학유)	14, 15, 16, 21
도산십이곡(이황)	14, 15, 20, 23
만흥(윤선도)	14, 15, 18, 21
뫼버들 갈해 것거(홍랑) ▣	14, 15, 16, 21
봉선화가(작자 미상) ▣	15, 16, 17, 23
선상탄(박인로)	14, 16, 17, 20
안민가(충담사)	15, 16, 17, 20
어부단가(이현보) ▣	15, 16, 17, 23
어이 못 오던가(작자 미상) ▣	14, 16, 21, 23
연행가(홍순학)	14, 16, 17, 23
오륜가(주세붕)	15, 16, 18, 22
오백년 도읍지를(길재)	16, 18, 20, 21
오우가(윤선도) ▣	14, 15, 16, 23
이화에 월백하고(이조년)	14, 15, 21, 24
정과정(정서) ▣	14, 16, 18, 23
짚방석 내지 마라(한호)	14, 16, 18, 23

E3 E 3회 수록

작품	수록 연도
관동별곡(정철)	14, 15, 20
구지가(작자 미상)	17, 20, 21
동짓달 기나긴 밤을(황진이)	14, 18, 22
만전춘별사(작자 미상)	15, 21, 22
매화사(안민영)	14, 22, 24
모죽지랑가(득오)	17, 19, 22
방옹시여(신흠) ▣	16, 17, 22
베틀 노래(강원도 통천 지방)(작자 미상)	14, 16, 24
부벽루(이색)	14, 17, 22
사랑이 거짓말이(김상용)	14, 16, 23
산민(김창협) ▣	15, 20, 23
송인(정지상)	14, 16, 20
수양산 바라보며(성삼문)	15, 16, 18
시어머님 며늘아기 나빠(작자 미상) ▣	15, 17, 22
어부사시사(윤선도)	14, 16, 20
유산가(작자 미상)	17, 19, 23
잠 노래(작자 미상)	14, 18, 23
정선 아리랑(작자 미상)	16, 19, 21
천만리 머나먼 길에(왕방연)	14, 15, 21
탄궁가(정훈)	15, 16, 22
한거십팔곡(권호문)	14, 19, 24

E2 E 2회 수록

작품	수록 연도
강촌(두보)	14, 15
개를 여라믄이나 기르되(작자 미상)	18, 20
견회요(윤선도)	14, 17
고시 7(정약용)	17, 22
곡구릉 우는 소리에(오경화)	17, 23
곡자(허난설헌)	15, 20
귀뚜리 저 귀뚜리(작자 미상)	15, 16
까마귀 싸우는 골에(작자 미상)	16, 21
꿈에 다니는 길이(이명한)	14, 23
냇가에 해오라바(신흠)	18, 20
노처녀가(작자 미상) ▣	16, 21
논매기 노래(작자 미상)	17, 21
대쵸 볼 불근 골에(황희)	15, 16
댁들에 동난지이 사오(작자 미상)	18, 20
말 업슨 청산이오(성혼)	16, 19
무어별(임제)	16, 18
방 안에 켜 있는 촛불(이개)	16, 17
방물가(작자 미상)	20, 24
백구야 말 무러보쟈(김천택)	17, 22
보리타작(정약용)	14, 21
비가(이정환)	15, 18
사노친곡(이담명) ▣	16, 24
사시사(허난설헌)	14, 19
사우가(이신의) ▣	18, 22
상사별곡(작자 미상)	16, 19
서방님 병 들여 두고(김수장)	16, 18
성산별곡(정철)	19, 24
소춘향가(작자 미상)	18, 22
시집살이 노래(작자 미상)	14, 16
신도가(정도전)	19, 22
아리랑 타령(작자 미상)	15, 16
어져 내 일이야(황진이)	15, 17
영산가(작자 미상)	22, 24
용부가(작자 미상) ▣	14, 16
우부가(작자 미상) ▣	14, 22
원산 아리랑(신고산 타령)(작자 미상)	20, 23
일신이 살자 하엿더니(작자 미상)	16, 20
저곡전가팔곡(이휘일) ▣	21, 23
전원사시가(신계영)	16, 24
조홍시가(박인로)	16, 24
주려 주그려 하고(주의식)	16, 18
처용가(작자 미상)	16, 22
처용가(처용)	16, 22
청산리 벽계수야(황진이)	14, 24
청천에 떠서 울고 가는 외기러기(작자 미상)	16, 24
초부가(작자 미상)	16, 19
춘면곡(작자 미상)	18, 21
춘설유감(최명길)	17, 20
한림별곡(한림제유)	15, 17
한양가(한산거사)	17, 22
해가(작자 미상)	17, 21
헌화가(견우노옹)	21, 24
황계사(작자 미상)	18, 24
황조가(유리왕)	18, 22
흥망이 유수하니(원천석)	14, 21
흰 구름 푸른 내는(김천택)	15, 19

E1 E 1회 수록

작품	수록 연도
가노라 삼각산아(김상헌)	18
가마귀 검다 하고(이직)	21
가마귀가 가마귀를 좇아(작자 미상)	21
감군은(작자 미상)	17
갑민가(작자 미상)	21
강호에 기약을 두고(정구)	16
개야미 불개야미(작자 미상)	23
거창가(작자 미상)	22
견여탄(정약용)	19

현대시

E5 E 5회 수록

작품	수록 연도
까치밥(송수권)	14, 16, 17, 19, 22
성탄제(김종길)	14, 15, 17, 21, 22
여우난골족(백석)	14, 15, 16, 18, 20
흥부 부부상(박재삼)	15, 16, 17, 19, 24

E4 E 4회 수록

작품	수록 연도
겨울 바다(김남조)	14, 16, 20, 23
꽃(김춘수)	14, 15, 17, 18
농무(신경림)	14, 15, 17, 22
대장간의 유혹(김광규)	14, 16, 19, 22
모란이 피기까지는(김영랑)	14, 17, 19, 23
바다와 나비(김기림)	15, 16, 18, 23
별을 굽다(김혜순)	15, 16, 20, 23
샤갈의 마을에 내리는 눈(김춘수)	14, 15, 16, 19
성북동 비둘기(김광섭)	14, 15, 18, 23
성에꽃(최두석)	15, 17, 19, 22
세한도(고재종)	16, 17, 19, 24
쉽게 씌어진 시(윤동주)	14, 16, 19, 23
슬픔이 기쁨에게(정호승)	14, 17, 18, 22
우리가 물이 되어(강은교)	14, 15, 16, 17
유리창 1(정지용)	14, 15, 20, 23
저문 강에 삽을 씻고(정희성)	14, 17, 20, 24
참깨를 털면서(김준태)	14, 16, 21, 23
참회록(윤동주)	14, 16, 18, 24

E3 E 3회 수록

작품	수록 연도
가을 떡갈나무 숲(이준관)	15, 18, 20
가지가 담을 넘을 때(정끝별)	16, 18, 24
거울(이상)	16, 18, 20
견우의 노래(서정주)	14, 15, 19
광야(이육사)	15, 16, 22
교목(이육사)	14, 16, 17
껍데기는 가라(신동엽)	15, 17, 22
꽃덤불(신석정)	14, 16, 21
꽃피는 시절(이성복)	15, 18, 20
낙화(조지훈)	14, 16, 17
누가 하늘을 보았다 하는가(신동엽)	16, 21, 24
누군가 나에게 물었다(김종삼)	14, 17, 21
누룩(이성부)	16, 19, 23
눈(김수영)	14, 17, 20
님의 침묵(한용운)	15, 18, 23
도봉(박두진)	15, 17, 23
독을 차고(김영랑)	14, 16, 20
들길에 서서(신석정)	15, 16, 22
묘비명(김광규)	14, 15, 18
무등을 보며(서정주)	16, 17, 21
봄(이성부)	16, 17, 24
봄비(이수복)	14, 15, 17
북어(최승호)	14, 15, 18
사과를 먹으며(함민복)	15, 20, 22
산길에서(이성부)	15, 16, 21
산유화(김소월)	15, 16, 17
상행(김광규)	16, 21, 24
새들도 세상을 뜨는구나(황지우)	15, 17, 19
여승(백석)	14, 15, 24
자화상(윤동주)	15, 20, 21
장수산 1(정지용)	14, 15, 16
초토의 시 1(구상)	14, 18, 24
추일서정(김광균)	14, 15, 20
폭포(김수영)	14, 16, 22
풀벌레 소리 가득 차 있었다(이용악)	15, 18, 22
플라타너스(김현승)	14, 18, 23
해(박두진)	15, 18, 19
향아(신동엽)	16, 20, 23
흰 바람벽이 있어(백석)	15, 16, 21

E2 E 2회 수록

작품	수록 연도
감자 먹는 사람들 - 삽질 소리(정진규)	19, 23
강강술래(김준태)	14, 17
강우(김춘수)	18, 23
개밥풀(이동순)	17, 20
거산호 2(김관식)	16, 22
겨울 - 나무로부터 봄 - 나무에로(황지우)	14, 15
겨울 나무를 보며(박재삼)	14, 16
겨울 일기(문정희)	15, 16
결빙의 아버지(이수익)	18, 23
곡비(문정희)	18, 23
광장(김광균)	16, 22
광화문, 겨울, 불꽃, 나무(이문재)	16, 18
국화 옆에서(서정주)	14, 16
궁금한 일 - 박수근의 그림에서(장석남)	14, 24
귀촉도(서정주)	15, 24
그 복숭아나무 곁으로(나희덕)	15, 21
그리움(이용악)	19, 21
길(신경림)	16, 23
나비와 철조망(박봉우)	17, 21
나와 나타샤와 흰 당나귀(백석)	16, 17
나팔꽃(송수권)	16, 24
낙타(이한직)	16, 24
낡은 집(이용악)	15, 20
남신의주 유동 박시봉방(백석)	14, 19
내 마음을 아실 이(김영랑)	15, 16
눈길(고은)	16, 17
들국(김용택)	18, 22
떠나가는 배(박용철)	18, 22
떨어져도 튀는 공처럼(정현종)	16, 18
또 다른 고향(윤동주)	19, 22
맨발(문태준)	16, 23
머슴 대길이(고은)	14, 19
모닥불(백석)	14, 15
목계 장터(신경림)	15, 20
벼(이성부)	14, 18
별 헤는 밤(윤동주)	15, 17
빌려 줄 몸 한 채(김선우)	19, 23
빠삐용 - 영화 사회학(유하)	17, 21
빼앗긴 들에도 봄은 오는가(이상화)	16, 18
사는 일(나태주)	17, 24
사월(김현승)	16, 19
사평역에서(곽재구)	14, 22
산도화(박목월)	16, 20
산상의 노래(조지훈)	15, 21
산에 언덕에(신동엽)	15, 18
상한 영혼을 위하여(고정희)	14, 20
새 1(박남수)	17, 20
새벽 편지(곽재구)	17, 24
생명의 서(유치환)	17, 22
생의 감각(김광섭)	16, 22
석류(이가림)	16, 24
섬진강 15(김용택)	16, 19
성에꽃(문정희)	16, 24
수라(백석)	15, 22
수정가(박재삼)	20, 23
안개의 나라(김광규)	17, 23
알 수 없어요(한용운)	15, 19
어느 날 고궁을 나오면서(김수영)	15, 20
연시(박용래)	16, 22
오렌지(신동집)	15, 20
우리 동네 구자명 씨(고정희)	14, 22
울음이 타는 가을 강(박재삼)	15, 17
월훈(박용래)	14, 24
이 사진 앞에서(이승하)	15, 20
일어서라 풀아(강은교)	16, 22
절정(이육사)	15, 18
접동새(김소월)	14, 24
즐거운 편지(황동규)	15, 17
질투는 나의 힘(기형도)	15, 22
찔레(문정희)	14, 16
첫사랑(고재종)	14, 22
추억에서(박재삼)	14, 16
추운 산(신대철)	16, 22
추천사(서정주)	15, 19
춘설(정지용)	19, 21
파밭가에서(김수영)	16, 23
폭포(이형기)	18, 22
푸른 밤(나희덕)	18, 20
풀(김수영)	15, 18
하류(이건청)	14, 20
한(박재삼)	18, 22
한계령을 위한 연가(문정희)	14, 21
향수(정지용)	18, 23
홀린 사람(기형도)	17, 21
흑백 사진 - 7월(정일근)	17, 19
희미한 옛사랑의 그림자(김광규)	15, 18
흰 부추꽃으로(박남준)	18, 21

E1 E 1회 수록

작품	수록 연도
4월의 가로수(김광규)	15
가는 길(김소월)	14
가을 무덤 - 제망매가(기형도)	20
가을 집짓기(홍윤숙)	22
가을에(정한모)	21
가재미(문태준)	19
가정(박목월)	14
가정(이상)	16

울타리 밖(박용래) 23
원어(하종오) 14
유리창(김기림) 16
윤동주 시집이 든 가방을 들고(정호승) 21
윤사월(박목월) 21
율포의 기억(문정희) 22
음지의 꽃(나희덕) 23
의자 7(조병화) 16
의자(이정록) 22
이별 이후(문정희) 23
인동차(정지용) 24
자모사(정인보) 22
자야곡(이육사) 19
자작나무 숲으로 가서(고은) 14
자전거(김종길) 14
자화상 2(오세영) 23
자화상 부근(문정희) 20
잔디에게 덜 미안한 날(복효근) 17
저 산이 날더러 - 목월 시 운을 빌려(정희성) 22
저 새(김용택) 24
저녁에(김광섭) 17
저린 사랑(정끝별) 20
적막한 식욕(박목월) 18
전라도 가시내(이용악) 16
전장포 아리랑(곽재구) 19
전천후 산성비(이형기) 20
정념의 기(김남조) 22
조그만 사랑 노래(황동규) 18
조김(황인숙) 23
조찬(정지용) 15
종가(오장환) 22
종로 5가(신동엽) 14
종소리(박남수) 21
종소리(이재무) 23
죽도 할머니의 오징어(유하) 14
쥐(김기택) 24
지상의 방 한 칸 - 박영한 님의 제를 빌려(김사인) 24
집 생각(김소월) 19
청산행(이기철) 20
초록 바람의 전언(고재종) 20
초토의 시 8(구상) 21
초혼(김소월) 19
춘천은 가을도 봄이지(유안진) 18
출가하는 새(황지우) 14
취나물(박성우) 14
층층계(박목월) 24
특급 열차를 타고 가다가(신경림) 24
파문(권혁웅) 18
파장(신경림) 14
팔원 - 서행 시초 3(백석) 14
평상이 있는 국숫집(문태준) 18
폐가에 부쳐(김관식) 23
폐촌행(신경림) 24
풀벌레들의 작은 귀를 생각함(김기택) 23
풍장(황동규) 21
학(유치환) 24
한계(천양희) 16
한국생명보험회사 송일환 씨의 어느 날(황지우) 15
할머니 꽃씨를 받으시다(박남수) 22
해당화(한용운) 22
해바라기의 비명 - 청년 화가 L을 위하여(함형수) 15
화사(서정주) 15
황혼(이육사) 23
휴전선(박봉우) 19
흙(문정희) 15
흙을 만지며(조지훈) 20
희망을 만드는 사람이 되라(정호승) 20

고전 소설

E7 E 7회 수록

	수록 연도
운영전(작자 미상)	14, 15, 16, 17, 18, 22, 24

E6 E 6회 수록

공방전(임춘)	14, 15, 16, 17, 21, 24
구운몽(김만중)	14, 15, 16, 17, 20, 22
심청가(작자 미상)	15, 17, 20, 21, 22, 24
이춘풍전(작자 미상)	14, 15, 16, 19, 21, 22
임진록(작자 미상)	14, 15, 17, 19, 21, 24
최척전(조위한)	14, 15, 16, 17, 21, 23

E5 E 5회 수록

만복사저포기(김시습)	14, 15, 16, 18, 21
박씨전(작자 미상)	14, 15, 16, 17, 23
사씨남정기(김만중)	14, 15, 16, 18, 23
서동지전(작자 미상)	14, 15, 16, 19, 23
심생전(이옥)	15, 16, 17, 18, 22
심청전(작자 미상)	14, 15, 16, 18, 19
옹고집전(작자 미상)	14, 16, 18, 19, 23
이생규장전(김시습)	14, 15, 16, 17, 23
적성의전(작자 미상)	14, 16, 18, 20, 24
조신의 꿈(작자 미상)	14, 15, 16, 20, 24
창선감의록(조성기)	14, 16, 19, 21, 24
채봉감별곡(작자 미상)	14, 15, 17, 19, 22
최고운전(작자 미상)	14, 15, 16, 18, 21

E4 E 4회 수록

국선생전(이규보)	14, 16, 18, 23
소대성전(작자 미상)	14, 15, 20, 23
옥단춘전(작자 미상)	14, 15, 16, 23
원생몽유록(임제)	14, 15, 20, 24
장끼전(작자 미상)	14, 15, 17, 20
적벽가(작자 미상)	15, 16, 19, 23
조웅전(작자 미상)	14, 15, 18, 20
주생전(권필)	15, 19, 21, 24
춘향전(작자 미상)	14, 15, 17, 23
토끼전(작자 미상)	14, 15, 16, 24
하생기우전(신광한)	14, 15, 18, 22
허생전(박지원)	14, 15, 16, 18
호질(박지원)	14, 17, 19, 22
홍길동전(허균)	14, 17, 19, 24
흥보가(작자 미상)	15, 18, 21, 22
흥보전(작자 미상)	14, 15, 17, 19

E3 E 3회 수록

광문자전(박지원)	16, 19, 24
국순전(임춘)	14, 15, 22
금방울전(작자 미상)	18, 19, 21
김원전(작자 미상)	14, 20, 24
바리데기(작자 미상)	17, 19, 21
수궁가(작자 미상)	14, 16, 20
숙영낭자전(작자 미상)	14, 20, 22
숙향전(작자 미상)	14, 21, 24

양반전(박지원)	14, 15, 17
열녀춘향수절가(작자 미상)	16, 18, 22
옥루몽(남영로)	14, 19, 21
유충렬전(작자 미상)	14, 15, 22
장화홍련전(작자 미상)	15, 17, 19
전우치전(작자 미상)	14, 16, 21
주몽 신화(작자 미상)	15, 17, 23
콩쥐팥쥐전(작자 미상)	14, 17, 21
홍계월전(작자 미상)	14, 16, 20
화산중봉기(작자 미상)	16, 18, 23

E2 E 2회 수록

강도몽유록(작자 미상)	14, 16
김영철전(홍세태)	20, 24
까치전(작자 미상)	19, 24
낙성비룡(작자 미상)	16, 18
남궁 선생전(허균)	16, 20
남염부주지(김시습)	15, 19
남정팔난기(작자 미상)	16, 19
다모전(송지양)	15, 22
도미 설화(작자 미상)	16, 22
매화전(작자 미상)	16, 22
민옹전(박지원)	15, 20
방한림전(작자 미상)	21, 24
배비장전(작자 미상)	14, 22
백학선전(작자 미상)	14, 24
상사동기(작자 미상)	19, 24
설씨녀 설화(작자 미상)	16, 22
소현성록(작자 미상)	17, 23
열녀함양박씨전(박지원)	16, 20
예덕선생전(박지원)	14, 21
온달 설화(작자 미상)	17, 19
용문전(작자 미상)	16, 18
유연전(이항복)	19, 21
유우춘전(유득공)	14, 21
육미당기(서유영)	17, 21
윤지경전(작자 미상)	19, 23
임경업전(작자 미상)	14, 15
저생전(이첨)	20, 23
정을선전(작자 미상)	15, 20
지하국 대적 퇴치(작자 미상)	18, 21
청강사자현부전(이규보)	19, 21
화왕계(설총)	18, 22
황새결송(작자 미상)	18, 23

E1 E 1회 수록

가락국 신화(작자 미상)	19
거타지 설화(작자 미상)	22
계우사(작자 미상)	23
곽해룡전(작자 미상)	18
구복 여행(작자 미상)	20
김 장관 댁 죽헌기(유방선)	22
김수로왕 신화(작자 미상)	22
김천(작자 미상)	18
김현감호(작자 미상)	21
대관재몽유록(심의)	22
동명왕 신화(작자 미상)	16
두껍전(작자 미상)	23
박태보전(작자 미상)	22
삼사횡입황천기(작자 미상)	21
삼한습유(김소행)	20
상녀(작자 미상)	21
서재야회록(신광한)	23
설생전(오도일)	23
성조풀이(작자 미상)	21
성진사전(이옥)	15
세 선비의 꿈(성현 엮음)	23
세경본풀이(작자 미상)	20
송반궁도우구복(작자 미상)	23
수로 부인(작자 미상)	21
수성지(임제)	19
안용복전(원중거)	16
양산백전(작자 미상)	15
양풍운전(작자 미상)	18
어룡전(작자 미상)	18
오유란전(작자 미상)	20
옥낭자전(작자 미상)	19
옥소선(임방)	20
옥주호연(작자 미상)	22
왕수재취득용녀설(작자 미상)	22
용궁부연록(김시습)	15
용소와 며느리바위(작자 미상)	23
월영낭자전(작자 미상)	20
위경천전(권필)	17
유광억전(이옥)	18
유씨삼대록(작자 미상)	20
이대봉전(작자 미상)	20
이야기 주머니(작자 미상)	24
이야기꾼 오물음(작자 미상)	24
임장군전(작자 미상)	19
장경전(작자 미상)	21
장국진전(작자 미상)	16
장풍운전(작자 미상)	17
정수정전(작자 미상)	23
정시자전(석식영암)	23
제48대 경문 대왕(작자 미상)	20
제석본풀이(작자 미상)	23
징세비태록(작자 미상)	16
차사본풀이(작자 미상)	24
천지왕본풀이(작자 미상)	22
최랑전(작자 미상)	15
최충전(작자 미상)	17
토공전(작자 미상)	22
해동 명장 김유신 실기(작자 미상)	15
화왕전(이이순)	16
화용도(작자 미상)	17
황월선전(작자 미상)	20
흥부전(작자 미상)	23

현대 소설

E5 E 5회 수록

	수록 연도
금 따는 콩밭(김유정)	14, 15, 16, 20, 23
삼대(염상섭)	15, 16, 17, 20, 23
삼포 가는 길(황석영)	14, 15, 16, 17, 22
소설가 구보 씨의 일일(박태원)	14, 15, 16, 18, 23
유예(오상원)	14, 16, 17, 21, 24

E4 E 4회 수록

고향(현진건)	15, 16, 19, 22
난쟁이가 쏘아올린 작은 공(조세희)	14, 15, 20, 24
날개(이상)	15, 16, 17, 22
눈길(이청준)	15, 18, 20, 23
메밀꽃 필 무렵(이효석)	15, 17, 20, 23
복덕방(이태준)	14, 16, 20, 24
비 오는 날(손창섭)	14, 15, 19, 22
비 오는 날이면 가리봉동에 가야 한다(양귀자)	14, 15, 16, 22
사평역(임철우)	14, 16, 19, 22
산거족(김정한)	16, 17, 19, 23
서울, 1964년 겨울(김승옥)	14, 15, 16, 18
역사(김승옥)	14, 16, 19, 24
유자소전(이문구)	14, 16, 17, 23
잉여 인간(손창섭)	14, 15, 20, 23
징소리(문순태)	14, 15, 16, 19
치숙(채만식)	14, 15, 16, 22
태평천하(채만식)	14, 15, 16, 19
황만근은 이렇게 말했다(성석제)	14, 16, 17, 21

E3 E 3회 수록

고향(이기영)	14, 15, 21
광장(최인훈)	14, 19, 22
나목(박완서)	14, 15, 16
너와 나만의 시간(황순원)	14, 17, 23
노새 두 마리(최일남)	16, 19, 24
달밤(이태준)	15, 18, 23
도요새에 관한 명상(김원일)	14, 15, 23
마당 깊은 집(김원일)	14, 16, 19
만세전(염상섭)	14, 19, 22
모래톱 이야기(김정한)	14, 15, 21
봄봄(김유정)	14, 16, 23
사수(전광용)	15, 17, 21
아버지의 땅(임철우)	14, 15, 20
아홉 켤레의 구두로 남은 사내(윤흥길)	14, 16, 23
역마(김동리)	14, 17, 24
오발탄(이범선)	15, 19, 24
우리 동네 황씨(이문구)	15, 18, 22
장난감 도시(이동하)	15, 19, 24
제3인간형(안수길)	15, 18, 22
줄(이청준)	14, 15, 19
큰 산(이호철)	16, 18, 24
탈향(이호철)	17, 18, 23
토지(박경리)	15, 16, 20
한계령(양귀자)	14, 16, 19
해산 바가지(박완서)	14, 16, 21

E2 E 2회 수록

E1 E 1회 수록

극 문학

E5 E 5회 수록 — 수록 연도

작품	수록 연도
결혼(이강백)	14, 15, 16, 21, 24
소(유치진)	14, 15, 16, 21, 24
파수꾼(이강백)	14, 15, 16, 19, 22

E4 E 4회 수록

작품	수록 연도
동승(함세덕)	15, 19, 20, 24
토막(유치진)	14, 15, 19, 23

E3 E 3회 수록

작품	수록 연도
내 마음의 풍금(하근찬 원작, 오은희·이영재 각색)	14, 15, 17
맹 진사 댁 경사(오영진)	14, 16, 20
뿌리 깊은 나무(김영현, 박상연)	15, 20, 23
산돼지(김우진)	14, 19, 21
원고지(이근삼)	14, 20, 24
웰컴 투 동막골(장진 외)	14, 19, 22
토지(박경리 원작, 이형우 각색)	17, 20, 24

E2 E 2회 수록

작품	수록 연도
공동 경비 구역 JSA(박상연, 박찬욱)	15, 23
국물 있사옵니다(이근삼)	14, 18
김씨 표류기(이해준)	15, 22
대장금(김영현)	14, 15
라디오스타(최석한)	18, 22
만선(천승세)	15, 18
불꽃(선우휘 원작, 이은성 각색)	18, 24
불모지(차범석)	18, 23
산불(차범석)	17, 22
살아 있는 이중생 각하(오영진)	14, 15
서편제(이청준 원작, 김명곤 각색)	14, 19
성난 기계(차범석)	15, 19
오구 - 죽음의 형식(이윤택)	18, 19
오발탄(이범선 원작, 나소운·이종기 각색)	14, 17
정직한 사기한(오영진)	14, 23
출세기(윤대성)	20, 24
클래식(곽재용)	14, 16
허생전(박지원 원작, 오영진 각색)	18, 24
호로비츠를 위하여(김민숙 외)	14, 24
둥둥 낙랑둥(최인훈)	14, 19

E1 E 1회 수록

작품	수록 연도
8월의 크리스마스(오승욱, 신동환, 허진호)	21
건축학 개론(이용주)	16
국가 대표(김용화)	14
국제시장(박수진 각본, 윤제국 각색)	23
그 여자의 소설(엄인희)	17
그대를 사랑합니다(강풀 원작, 이만희 각색)	22
남한산성(김훈 원작, 황동혁 각색)	20
느낌, 극락 같은(이강백)	17
독짓는 늙은이(황순원 원작, 여수중 각색)	16
동지섣달 꽃 본 듯이(이강백 원작, 김아라 연출)	20
들꽃에게 희망을(김지우)	14
마주 보며 웃어(이해정, 염미정)	14
말아톤(정윤철, 송예진, 윤진호)	24
무의도 기행(함세덕)	21
방황하는 별들(윤대성)	15
베토벤 바이러스(홍진아, 홍자람)	15
북어 대가리(이강백)	22
삼포 가는 길(황석영 원작, 유동훈 각색)	14
새야 새야 파랑새야(차범석)	14
세상에서 가장 아름다운 이별(노희경)	14
소나기는 그쳤나요?(장진)	18
시(이창동)	15
안개(김승옥)	14
알(이강백)	23
애니깽(김상열)	21
양주 별산대놀이(작자 미상)	23
어디서 무엇이 되어 만나랴(최인훈)	18
영웅 모집(채만식)	24
영원한 제국(이인화, 임상수)	15
영월행 일기(이강백)	23
오장군의 발톱(박조열)	22
우리들의 일그러진 영웅(이문열 원작, 박종원·정현수 각색)	14
유실물(이근삼)	15
이(김태웅)	16
이재수의 난(박광수 외)	21
장마(윤흥길 원작, 윤삼육 각색)	23
제향날(채만식)	16
집념(이은성)	21
첫 인상이라는 이름의 선입견(한순정)	15
축제(이청준 원작, 육상효 각색)	15
춘풍의 처(오태석)	16
칠산리(이강백)	16
카스테라(박민규 원작, 고은선 각색)	18
태극기 휘날리며(강제규, 김상돈, 한지훈)	14
태양을 향하여(차범석)	14
통영 오광대(작자 미상)	24
판도라의 상자(장성희)	14
학교 II (진수완)	14
한강은 흐른다(유치진)	21
호신술(송영)	21
황진이(윤선주)	16

수필

▸ 고전 수필

E5 E 5회 수록 — 수록 연도

작품	수록 연도
수오재기(정약용)	14, 15, 17, 19, 22

E4 E 4회 수록

작품	수록 연도
동명일기(의유당)	15, 16, 17, 22

E3 E 3회 수록

작품	수록 연도
규중칠우쟁론기(작자 미상)	15, 19, 24
산성일기(작자 미상)	14, 17, 22
주옹설(권근)	14, 15, 20
차마설(이곡)	14, 15, 18
통곡할 만한 자리(박지원)	14, 15, 23
통곡헌기(허균)	14, 18, 23

E2 E 2회 수록

작품	수록 연도
낙치설(김창흡)	20, 23
소전(박제가)	14, 23
원수(이첨)	14, 20
의산문답(홍대용)	20, 23
일야구도하기(박지원)	18, 21
조침문(유씨 부인)	15, 23

E1 E 1회 수록

작품	수록 연도
계축일기(어느 궁녀)	15
곡목설(장유)	23
도산십이곡 발(이황)	24
무염판속설(홍성민)	22
발승암기(박지원)	22
빨리 되는 방법만 찾는다(유성룡)	15
서파삼우설(유방선)	23
서포만필(김만중)	14
석가산폭포기(채수)	24
소완정의 새와 곤충과 풀과 나무(이서구)	24
수레 제도(박지원)	23
승목설(강희맹)	16
아기설(안정복)	15
애오잠병서(이달충)	23
어부(이옥)	19
어상(신경준)	18
여유당기(정약용)	24
열하기유(서호수)	23
왜송설(이식)	24
용암전기(남구만)	22
용풍(이규보)	20
운금루기(이제현)	22
유관악산기(채제공)	21
율정설(백문보)	17
이름 없는 꽃(신경준)	23
익재난고(이제현)	20
제망실곽씨문(안민학)	16
조설(남구만)	16
청렴한 관리와 청지기(작자 미상)	19

▸ 현대 수필

E4 E 4회 수록

E3 E 3회 수록

E2 E 2회 수록

E1 E 1회 수록

I

운문 문학

- **고전 시가**
  - 대표 기출
  - 적중 예상
- **현대시**
  - 대표 기출
  - 적중 예상

[1~3] 다음 글을 읽고 물음에 답하시오. 2024학년도 수능 32~34번

(가)

장풍에 돛을 달고 **육선**이 함께 떠나
(통신사 일행을 태운 여섯 척의 배)
「삼현과 **군악** 소리 해산을 진동하니」 「」: 출항하는 통신사 일행을 전송하는 행사가 진행되고 있음. 청각적 이미지
(거문고, 가야금, 향비파의 세 현악기)
물속의 어룡들이 응당히 놀라리라 ▶ 성대한 환송을 받으며 출항함.
(출항할 때 있었던 환송 행사의 성대함을 자연물에 의탁해서 제시함. 과장법)
해구를 얼른 나서 오륙도를 뒤 지우고
(부산 앞바다에 있는 작은 섬)
고국을 돌아보니 야색이 아득하여
(고국을 떠나는 아쉬운 마음이 반영됨.)
아무것도 아니 뵈고 연해 각진포에
(밤이 되어 아무것도 보이지 않음.)
불빛 두어 점이 구름 밖에 뵐 만하다 [A] ▶ 선상에서 고국의 밤 풍경을 바라봄.
(불빛 두어 점에 의지해 떠나온 곳을 가늠해 봄.)
배 방에 누워 있어 내 **신세**를 생각하니
(공간의 이동: 선상 → 선실 / 예기치 못한 위험한 상황)
「가뜩이 심란한데 대풍이 일어나서
(고국을 떠나는 화자의 어수선한 마음)
태산 같은 성난 물결 천지에 자욱하니
(큰 파도가 치는 상황을 과장하여 표현함.)
크나큰 만곡주가 **나뭇잎** 불리이듯
(만 석을 실을 만한 큰 배가 나뭇잎이 바람에 나부끼듯 흔들림.)
하늘에 올랐다가 지함에 내려지니
(땅이 움푹하게 주저앉은 곳)
열두 발 쌍돛대는 차아처럼 굽어 있고 「」: 직유법, 과장법을 통해 심한 파도와 풍랑에 격하게 흔들리는 배의 모습을 묘사함.
(줄기에서 뻗어 나간 곁가지)
쉰두 폭 초석 돛은 반달처럼 배불렀네」 ▶ 바다에서 풍랑을 만나는 위기를 겪음.

(중략)

날이 마침 극열하고 석양이 비치어서
(몹시 뜨겁고)
끓는 땅에 엎디어서 말씀을 여쭈오니
(더위로 인해 땅이 뜨거워짐.)
속에서 불이 나고 관대에 땀이 배어
(옛날 벼슬아치들의 공복(公服))
물 흐르듯 하는지라 나라께서 보시고서 [B]
(임금)
너희 더위 어려우니 먼저 나가 쉬라시니
(더위로 인한 고통을 덜어 주려는 임금의 배려)
곡배하고 사퇴하니 천은이 망극하다
(임금께 절하고 / 임금의 은혜에 감격함.)
더위를 장히 먹어 막힐 듯하는지라 ▶ 조선으로 돌아와 임금께 보고함.
(더위로 인해 고통을 느낌.)
사신들도 못 기다려 하처로 돌아오니
(사처. 화자가 묵고 있는 곳(한양))
누이도 반겨하고 딸은 기뻐 우는지라
(사처에서 재회한 누이와 딸의 반응)
일가 친척들이 나와서 위문하네 ▶ 사처에서 누이와 딸, 일가 친척들을 만남.

여드레 겨우 쉬어 공주로 내려가니
(화자의 고향)
처자식들 나를 보고 죽었던 이 고쳐 본 듯 : 화자를 보고 너무나 기쁜 나머지 감정을 표현하지 못하는 가족들의 모습
기쁘기 극한지라 어리석은 듯 앉았구나 [C]
(찾아가 뵙고)
사당에 현알하고 옷도 벗고 편히 쉬니
(조상의 신주를 모셔 놓은 집)
「풍도의 험하던 일 저승 같고 꿈도 같다」
(일본 사행길에서 겪었던 고난) 「」: 과거의 위험했던 일에 대한 회상과 소회를 드러냄.
손주 안고 어르면서 한가히 누웠으니
(집에 돌아와 한가롭게 지냄.)
강호의 산인이요 **성대**의 일반이로다 ▶ 고향 집으로 돌아와 여유로운 일상을 보냄.
(현재의 상황에 대한 행복감과 성대를 누리는 삶에 대한 만족감이 나타남.)

– 김인겸, 〈일동장유가〉

지문 분석

꼭꼭 check!

화자와 시적 상황

이 시의 화자는 통신사 임무 수행을 위해 일본으로 향하며 경험한 일과 조선으로 돌아온 후의 상황을 기록하고 있다.

화자의 정서와 태도

화자는 부산항을 출발하면서 환송하는 군악 소리에 놀라고, 고국을 떠나 일본으로 향하는 자신의 신세를 생각하며 심란함을 느끼고 있다(중략 이전). 이후, 화자는 조선으로 돌아와 신하들의 고충을 알고 배려하는 임금의 모습에 감격하고, 고향 집으로 돌아와 한가하게 지내며 현재 상황에 대한 만족감을 느끼고 있다(중략 이후).

주제

통신사로서 일본을 방문한 여정과 견문에 대한 감상

감상 Guide!

- **표현상 특징**

이 시는 다양한 표현 방식을 활용하여 통신사의 수행원으로 일본에 갔다가 돌아올 때까지의 여정을 기록하고 있다.

추보식 구성	통신사로 선발되고, 배의 출항과 항해, 그 후 일본에 도착하여 통신사의 일정을 소화하는 과정을 시간의 흐름에 따라 순차적으로 서술함.
다양한 비유적 표현	• 불빛 두어 점이 구름 밖에 뵐 만하다 → 대상과의 원근에 따른 거리감을 표현함.
	• 삼현과 군악 소리 해산을 진동하니 / 물속의 어룡들이 응당히 놀라리라 • 태산 같은 성난 물결 천지에 자욱하니 ~ 쉰두 폭 초석 돛은 반달처럼 배불렀네 → 화자가 직접 겪은 사건 · 상황에 대해 실제보다 과장되게 표현함.
화자의 심리와 외부 현상의 조응	• 고국을 돌아보니 야색이 아득하여 / 아무것도 아니 뵈고 연해 각진포에 / 불빛 두어 점이 구름 밖에 뵐 만하다 • 가뜩이 심란한데 대풍이 일어나서

- **사행 가사**

사행 가사는 기행 가사의 한 갈래로, 국가나 임금으로부터 부여받은 공식적인 외교 임무를 띠고 파견된 사신이나 그 일행으로 동반했던 작가가 외국의 풍물이나 문물을 기념하고 이를 기록한 가사를 말한다. 이 시는 장편 사행 가사로, 조선 영조 때 작가가 일본 통신사와 동행하면서 그 여정과 견문을 기록하였다. 작가는 일본 현지의 자연환경, 일본과의 외교 관계, 일본의 문물과 제도 및 풍속, 그리고 각 여정에 있었던 사건들을 상세하게 표현하고, 여기에 자신의 자신의 견해와 느낌을 곁들이고 있다.

(나)

꼬아 자란 층석류[*]요 틀어 지은 고사매[*]라
삼봉 괴석에 달린 솔이 늙었으니
「아마도 화암 풍경이 너뿐인가 하노라」
〈제1수〉

□: 화암 풍경을 구성하는 세 가지 요소. 모두 화자가 가꾼 '화훼'로, 화자의 취향이 반영됨.
: 영탄적 표현
의인법: 층석류, 고사매, 솔
「 」: 자신이 가꾼 식물로 조성된 공간에 대한 자긍심
▶ 화암 풍경에 대한 만족감과 자긍심

막대 짚고 나와 거니니 양류풍 불어온다
「긴 파람 짧은 노래 뜻대로 소일하니」
어디서 초동과 목수(牧叟)는 웃고 가리키나니
〈제6수〉

양류풍: 버드나무에 부는 바람
긴 파람 짧은 노래: 유유자적하는 화자의 행위
「 」: 양류풍에 감응하며 뜻대로 소일하는 자족감
초동: 땔나무를 하는 아이 / 목수: 가축을 치는 늙은이
▶ 향촌에서 유유자적하는 삶에 대한 만족감

맑은 물에 벼를 갈고 청산에 섶을 친 후
서림 풍우에 소 먹여 돌아오니
「두어라 야인 생애도 자랑할 때 있으리라」
〈제9수〉

섶: 땔감으로 쓸 나무
서림: 서쪽 숲 비바람
향촌에서의 일상적 삶의 모습 → 종장의 '야인 생애'
「 」: 향촌에서의 삶에 대한 자족감의 표현
▶ 향촌의 일상을 살아가는 자신의 삶에 대한 만족감과 자기 위안

-유박, 〈화암구곡〉

* 층석류: 석류나무로 만든 분재.
* 고사매: 매화를 고목에 접붙인 분재.

지문 분석

꼭꼭 check!

화자와 시적 상황
이 시의 화자는 향촌에 머물며 화훼를 가꾸어 감상하고 자신의 뜻대로 소일하며 유유자적하고 있다.

화자의 정서와 태도
화자는 자신이 가꾼 화훼에 대한 애정과 긍지를 느끼고 있으며, 향촌에서의 유유자적한 삶과 향촌의 일상을 살아가는 것에 대해 만족감을 드러내고 있다.

주제
향촌 생활의 만족감과 분재에 대한 애정

감상 Guide!

- 화자의 태도

〈제1수〉	자신의 취향을 반영하여 분재로 조성한 공간에 대한 자긍심을 드러냄.
〈제6수〉	자연의 양상에 감응하며 자신의 뜻대로 세월을 보내는 것에 대한 만족감을 드러냄.
〈제9수〉	향촌에서 소박하게 살아가는 자신의 삶에 대한 자족감을 드러냄.

- 표현상 특징

의인법	• 너뿐인가 하노라 → 화자가 가꾼 화훼를 '너'라고 칭하며 대상에 대한 친근감과 예찬적 태도를 드러냄.
계절을 나타내는 어휘	• 양류풍 불어온다 → 봄이라는 계절과 연결되는 시어를 사용하여 화자의 자족감과 여유로움을 부각함.
영탄적 표현	• 아마도 화암 풍경이 너뿐인가 하노라 • 두어라 야인 생애도 자랑할 때 있으리라 → 각각 화암 풍경에 대한 만족감과 자긍심, 자신의 삶에 대한 만족감을 드러냄.

문제로 Pick 학습법

창작 시기가 유사한 작품이 출제되면 당대 문학의 일반적인 특징과 경향을 감상의 기준으로 제시하고, 이에 따른 작품 감상을 문제화한다.

3 〈보기〉를 참고하여 (가), (나)를 감상한 내용으로 적절하지 않은 것은?

보기

조선 후기 시가에서는 경험과 외물에 대한 관심이 확대되었다. 〈일동장유가〉는 사행을 다녀온 경험을 생생하게 표현하며 그에 대한 정서를 솔직하게 드러냈다. 〈화암구곡〉은 포착된 자연의 양상에 따라 강호에서의 자족감, 출사하지 못한 선비로서 생활 공간인 향촌에 머물 수밖에 없는 데 따른 회포, 취향이 반영된 자연물로 구성한 개성적 공간에서의 긍지를 드러냈다.

대표 기출 고전 시가 ❶

1 (가), (나)의 표현상 특징에 대한 설명으로 가장 적절한 것은?

① (가)는 과거를 회상하는 표현을 통해 현재 상황에 대한 아쉬움을 드러내고 있다.
② (가)는 사물의 형태가 변화한 모습을 묘사하여 외부 환경의 영향력을 부각하고 있다.
③ (나)는 계절을 나타내는 어휘를 활용해 애달픈 정서를 부각하고 있다.
④ (나)는 두 인물의 행위를 대비하여 대상에 대한 평가를 드러내고 있다.
⑤ (가)와 (나)는 모두 영탄적 표현을 통해 대상에 대한 경외감을 드러내고 있다.

핵심 기출 유형

유형 표현상의 특징 파악하기

• 이 유형은?
시는 사상과 감정을 함축적이고 운율적인 언어로 형상화하는 문학 갈래이다. 이 때문에 시는 그 작품만의 독특한 표현상의 특징을 가지게 된다. 이 유형은 시에서 사용한 표현법과 그 효과, 시상 전개 방식 등을 파악할 수 있는지를 종합적으로 평가한다.

대표 발문
▶ (가), (나)에 대한 설명으로 가장 적절한(적절하지 않은) 것은?
▶ [A]~[E]의 표현상 특징에 대한 설명으로 가장 적절한(적절하지 않은) 것은?

해결 Tip
표현상의 특징은 주로 운율, 시행 배열, 시어, 어조, 이미지, 구조 등을 통해 드러나므로 작품 속에서 이를 파악한다.
↓
작품의 내용과 관련하여 표현상의 특징이 주는 효과와 주제 형성에 기여하는 바를 파악한다.

2 [A]~[C]에 대한 이해로 적절하지 않은 것은?

① [A]에서는 선상에서 불빛 두어 점에 의지해, 떠나온 곳을 가늠하는 행위를 통해 출항 후의 모습이 드러난다.
② [B]에서는 신하들의 고충을 헤아리는 임금의 배려에 감격한 마음이 드러난다.
③ [C]에서는 갑작스러운 상황에 감정을 표현하지 못하고 무심하게 대응하는 가족들의 모습이 드러난다.
④ [A]에서는 포구를 돌아보지만 보고 싶은 것이 보이지 않는 상황이, [B]에서는 격식을 갖추기 위해 뜨거운 땅에 엎드려 있는 일을 힘겨워하는 상황이 드러난다.
⑤ [A]에서는 예기치 않게 맞닥뜨린 여정상의 위험이, [C]에서는 과거의 위험했던 경험에 대한 소회가 드러난다.

유형 화자의 정서와 태도 파악

• 이 유형은?
시인은 시 속에서 말을 하는 사람인 화자를 대리인으로 내세워 주제를 전달한다. 따라서 시적 대상이나 상황 등에 대해 화자가 어떠한 정서와 태도를 보이는지 파악하는 것은 시를 이해하는 데 기본이 된다. 이 유형은 화자가 처한 상황, 그에 대한 정서와 태도를 올바르게 파악할 수 있는지를 평가한다.

대표 발문
▶ [A]에 대한 이해로 가장 적절한(적절하지 않은) 것은?
▶ ㉠, ㉡에 대한 이해로 가장 적절한(적절하지 않은) 것은?

해결 Tip
작품 속 화자나 시적 대상을 찾고, 작품에 드러난 시적 상황을 파악한다.
↓
화자의 목소리, 즉 어조를 통해 화자의 정서와 태도를 파악한다.
↓
시적 상황과 관련하여 시어나 시구에 담긴 화자의 정서와 태도를 파악한다.

3 〈보기〉를 참고하여 (가), (나)를 감상한 내용으로 적절하지 않은 것은? [3점]

보기

조선 후기 시가에서는 경험과 외물에 대한 관심이 확대되었다. 〈일동장유가〉는 사행을 다녀온 경험을 생생하게 표현하며 그에 대한 정서를 솔직하게 드러냈다. 〈화암구곡〉은 포착된 자연의 양상에 따라 강호에서의 자족감, 출사하지 못한 선비로서 생활 공간인 향촌에 머물 수밖에 없는 데 따른 회포, 취향이 반영된 자연물로 구성한 개성적 공간에서의 긍지를 드러냈다.

① (가)는 배가 '나뭇잎'처럼 파도에 휩쓸리고 하늘에 올랐다 떨어지는 것 같다고 하여 대풍을 겪은 체험을 생동감 있게 드러내는군.
② (나)는 화암의 풍경이라 인정할 만한 것이 '너뿐'이라고 하여 자신이 기른 화훼로 조성한 공간에 대한 자긍심을 드러내는군.
③ (가)는 '육선'에 탄 사신단이 만물이 격동할 만한 '군악'을 들으며 떠나는 데 주목해 경험에 대한 관심을, (나)는 꼬이고 틀어진 모양으로 가꾼 식물에 주목해 외물에 대한 관심을 드러내는군.
④ (가)는 배에서 '신세'를 생각하는 모습으로 사행길의 복잡한 심사를, (나)는 '청산'에서의 삶에서 느끼는 자랑스러움을 '야인 생애'로 표현하여 겸양의 태도를 드러내는군.
⑤ (가)는 집으로 돌아와 한가하게 지내며 '성대'를 누리는 삶에 대한 만족감을, (나)는 양류풍에 감응하며 '뜻대로 소일'하는 강호의 삶에 대한 자족감을 드러내는군.

핵심 기출 유형

유형 외적 준거에 따른 작품 감상

• **이 유형은?**

외적 준거란 작품 이외에 추가로 제공된 자료를 말하는데, 창작 의도, 작가, 주제, 표현 방식, 사회적 배경, 교훈 등 작품과 관련된 모든 요소를 포함한다. 이 유형은 외적 준거를 기준으로 하여 작품 감상의 적절성을 묻거나 특정한 구절의 의미를 묻는 문제로 출제된다.

대표 발문

▸ 〈보기〉를 참고하여 (가), (나)를 감상한 내용으로 가장 적절한(적절하지 않은) 것은?
▸ 〈보기〉를 참고하여 ㉠~㉤의 의미를 설명한 것으로 가장 적절한(적절하지 않은) 것은?

해결 Tip

화자, 시어, 표현 등을 중심으로 작품의 내용을 이해한다.

↓

〈보기〉 자료로 제시된 관점이나 맥락과 비교하여 선지의 적절성을 판단한다.

대표 기출 고전 시가 ❷

[4~6] 다음 글을 읽고 물음에 답하시오. 2022학년도 9월 평가원 32~34번

(가)

공후배필은 못 바라도 군자호구 원하더니
높은 벼슬아치의 아내 / 군자의 좋은 배필
「삼생의 원업(怨業)이오 월하의 연분으로 「 」: 임과의 만남을 운명이라고 생각함.
불교의 윤회 사상
장안유협(長安遊俠) 경박자(輕薄子)를 ㉠꿈같이 만나 있어」
풍류를 즐기고 행동이 가벼운 남자 – 남편을 가리킴.
당시의 용심(用心)하기 살얼음 디디는 듯
당시의 조심스럽고 불안했던 마음을 비유적으로 표현함.
삼오이팔 겨우 지나 천연여질 절로 이니
열다섯, 열여섯 살 / 타고난 아름다운 모습
이 얼골 이 태도로 백년기약하였더니
모습으로
연광(年光)이 훌훌하고 조물이 다시(多猜)*하여

[A]
「봄바람 가을 물이 베오리에 북 지나듯
직유: 세월이 아주 빠르게 지나감.
설빈화안 어디 두고 면목가증(面目可憎)* 되거고나」
대조 「 」: 세월의 흐름에 따른 외모의 변화
내 얼골 내 보거니 어느 임이 날 괼소냐 ▶ 과거 회상과 늙음에 대한 한탄
자신의 처지에 대한 한탄과 자책

(중략)

옥창에 심은 매화 몇 번이나 피여 진고
계절의 변화 – 화자의 외로움이 오랜 시간 계속되고 있음.

[B]
「겨울밤 차고 찬 제 자최눈 섯거 치고
자국눈. 겨우 발자국이 날 만큼 적게 내린 눈
여름날 길고 길 제 궂은비는 무슨 일고」
「 」: 화자의 쓸쓸하고 답답한 심정. 대구법

삼춘화류(三春花柳) 호시절(好時節)의 경물이 시름없다
봄의 아름다운 경치 / 남편의 부재로 인한 감정
가을 달 방에 들고 **실솔(蟋蟀)이 상(床)에 울 제**

긴 한숨 지는 눈물 속절없이 혬만 많다 ▶ 임에 대한 원망과 화자의 애달픈 심정
헤아림. 걱정스런 생각
아마도 모진 목숨 죽기도 어려울사

도로혀 풀쳐 혜니 이리하여 어이하리

「청등을 돌라 놓고 녹기금(綠綺琴) 빗겨 안아
한나라의 사마상여가 쓰던 거문고. 화자의 외로움을 표현하는 수단
벽련화(碧蓮花) 한 곡조를 시름 좇아 섯거 타니」
거문고의 곡조 이름. 매우 슬픈 곡조 / 「 」: 외로움을 달래기 위한 행동
「소상야우(瀟湘夜雨)의 댓소리 섯도는 듯
「 」: 대구법. 처량하고 구슬픈 거문고 소리를 비유적으로 묘사함. → 화자의 심정이 내재됨.
화표천년(華表千年)의 별학이 우니는 듯」

옥수(玉手)의 타는 수단 옛 소리 있다마는
솜씨
부용장(芙蓉帳) 적막하니 뉘 귀에 들리소니
화자의 외로운 처지
간장이 구곡되어 굽이굽이 끊쳤어라 ▶ 거문고 연주로 외로움을 달래고자 함.
마음속이 뒤틀리어
차라리 잠을 들어 ㉡꿈에나 보려 하니
꿈: 심리적 보상의 공간
바람의 지는 잎과 풀 속에 우는 짐승
임과의 만남을 방해함.
무슨 일 원수로서 잠조차 깨우는다 ▶ 임에 대한 그리움

– 허난설헌, 〈규원가〉

* 다시: 시기가 많음.
* 면목가증: 얼굴 생김이 남에게 미움을 살 만한 데가 있음.

문제로 Pick 학습법

두 작품에 공통으로 사용된 표현법이 있으면 그 표현법이 문제화된다.

4 [A]~[C]의 표현상 특징에 대한 설명으로 적절하지 않은 것은?
⑤ [B], [C]는 대구를 활용하여 리듬감을 형성하였다. (O)

지문 분석

꼭꼭 check!

화자와 시적 상황
이 시의 화자는 '나'로, 자신의 늙은 모습에 한탄하며 집을 나가 돌아오지 않는 남편을 기다리고 있다.

화자의 정서와 태도
화자는 자신의 젊었던 과거를 떠올리며 늙음을 한탄하고 서러워하며, 남편에 대한 원망과 그리움을 표현하고 있다.

주제
독수공방하는 여인의 외로움과 남편에 대한 원망

감상 Guide!

• 화자의 상황

	과거 → 현재 (대비)	
	과거	현재
자신의 외모	설빈화안, 천연여질	면목가증
남편	군자호구를 원함.	장안유협 경박자를 만남.

• 시어의 의미와 기능

자최눈, 궂은비	화자의 쓸쓸한 심회를 돋우는 대상
녹기금	화자가 외로움을 달래기 위해 선택한 것으로, 녹기금 소리에는 화자의 서글픔과 외로움이 내재됨.
실솔	화자의 외롭고 서글픈 감정이 이입된 대상

• 표현상 특징

고사 인용	'소상야우의 댓소리 섯도는 듯 / 화표천년의 별학이 우니는 듯'에서 화자가 연주하는 처량하고 구슬픈 거문고 소리를 고사의 인용을 통해 비유적으로 나타냄으로써 화자의 깊은 슬픔을 강조함.
대구법	'겨울밤 차고 찬 제 자최눈 섯거 치고 / 여름날 길고 길 제 궂은비는 무슨 일고', '소상야우의 댓소리 섯도는 듯 / 화표천년의 별학이 우니는 듯'에서 대구법을 사용하여 운율을 형성함.

(나)

: 화자와 동일시되는 대상 / □: 의태어

ⓒ 재 위에 우뚝 선 **소나무** 바람 불 적마다 [흔덕흔덕] ▶ 소나무가 바람에 흔들리는 모습

개울에 섰는 **버들** 무슨 일 좇아서 [흔들흔들] ▶ 버들이 흔들리는 모습

임 그려 우는 눈물은 옳거니와 **입하고 코는** 어이 무슨 일 좇아서 **후루룩 비쭉 하나니**
(임이 그리워 울고 있는 모습을 해학적으로 표현함.)
▶ 임에 대한 그리움으로 울고 있는 화자의 모습

– 작자 미상

지문 분석

꼭꼭 check!

화자와 시적 상황

이 시의 화자는 고개 위의 소나무와 개울의 버들이 흔들리는 모습을 보고 임을 그리워하며 눈물을 흘리고 있다.

화자의 정서와 태도

임과 이별한 후 심리적으로 흔들리는 화자가 이리저리 흔들리는 '소나무', '버들'의 모습에서 자신과의 동질성을 발견하면서도 임을 그리워하며 울고 있는 자신의 우스운 외양에 주목하고 있다.

주제

임을 그리워하는 애절한 마음

감상 Guide!

- 표현상 특징

의태어	'재 위에 우뚝 선 소나무'와 '개울에 섰는 버들'의 움직이는 모습을 '흔덕흔덕', '흔들흔들'이라는 의태어를 사용하여 표현함. → 움직이는 모습의 유사성이 드러남.
대구법	'재 위에 우뚝 선 소나무 바람 불 적마다 흔덕흔덕 / 개울에 섰는 버들 무슨 일 좇아서 흔들흔들'에서 유사한 어구를 짝 지어 나란히 배열함으로써 운율을 형성함.
해학적 표현	'입하고 코는 어이 무슨 일 좇아서 후루룩 비쭉 하나니'에서 임을 그리워하며 울고 있는 자신의 모습을 우스꽝스럽게 그려 냄.
슬픔과 거리 두기	임과 이별한 후 슬픔을 분출하는 자신의 우스운 외양에 주목하여, 슬프지만 슬픔과 거리를 두는 방식으로 이별에 대처하는 모습을 보여 줌.

4 [A]~[C]의 표현상 특징에 대한 설명으로 적절하지 않은 것은?

① [A]는 여성의 생활에 밀접한 소재를 활용하여 흘러가는 세월에 대한 화자의 인식을 시각적으로 표현하였다.
② [B]는 단어를 반복하는 구절을 행마다 사용하여 화자가 주목하는 각 계절의 특성을 강조하였다.
③ [C]는 두 대상을 발음이 비슷한 의태어로 표현하여 움직이는 모습의 유사성을 드러내었다.
④ [A], [B]는 계절적 배경을 알려 주는 시어를 활용하여 시간에 따라 화자의 처지가 달라졌음을 드러내었다.
⑤ [B], [C]는 대구를 활용하여 리듬감을 형성하였다.

핵심 기출 유형

유형 표현상의 특징 파악하기

• 이 유형은?

시는 사상과 감정을 함축적이고 운율적인 언어로 형상화하는 문학 갈래이다. 이 때문에 시는 그 작품만의 독특한 표현상의 특징을 가지게 된다. 이 유형은 시에서 사용한 표현법과 그 효과, 시상 전개 방식 등을 파악할 수 있는지를 종합적으로 평가한다.

대표 발문

▸ (가), (나)에 대한 설명으로 가장 적절한(적절하지 않은) 것은?
▸ [A]~[E]의 표현상 특징에 대한 설명으로 가장 적절한(적절하지 않은) 것은?

해결 Tip

표현상의 특징은 주로 운율, 시행 배열, 시어, 어조, 이미지, 구조 등을 통해 드러나므로 작품 속에서 이를 파악한다.

↓

작품의 내용과 관련하여 표현상의 특징이 주는 효과와 주제 형성에 기여하는 바를 파악한다.

5 ㉠, ㉡에 대한 이해로 가장 적절한 것은?

① ㉠은 흐릿한 기억 때문에 혼란스러운 화자의 심정을 나타낸다.
② ㉡은 현실에서는 화자가 문제를 해결할 수 없어서 선택한 방법이다.
③ ㉠은 임과의 만남에 대한 기대에서, ㉡은 임과의 이별에 대한 망각에서 비롯된다.
④ ㉠은 이미 일어난 일에 대해 회상하고, ㉡은 곧 일어날 일에 대해 단정하고 있다.
⑤ ㉠은 인연의 우연성에 대한, ㉡은 재회의 필연성에 대한 화자의 우려를 드러내고 있다.

유형 화자의 정서와 태도 파악

• 이 유형은?

시인은 시 속에서 말을 하는 사람인 화자를 대리인으로 내세워 주제를 전달한다. 따라서 시적 대상이나 상황 등에 대해 화자가 어떠한 정서와 태도를 보이는지 파악하는 것은 시를 이해하는 데 기본이 된다. 이 유형은 화자가 처한 상황, 그에 대한 정서와 태도를 올바르게 파악할 수 있는지를 평가한다.

대표 발문

▸ [A]에 대한 이해로 가장 적절한(적절하지 않은) 것은?
▸ ㉠, ㉡에 대한 이해로 가장 적절한(적절하지 않은) 것은?

해결 Tip

작품 속 화자나 시적 대상을 찾고, 작품에 드러난 시적 상황을 파악한다.

↓

화자의 목소리, 즉 어조를 통해 화자의 정서와 태도를 파악한다.

↓

시적 상황과 관련하여 시어나 시구에 담긴 화자의 정서와 태도를 파악한다.

6 〈보기〉를 참고하여 (가), (나)를 감상한 내용으로 적절하지 않은 것은? [3점]

> (가), (나)는 이별에 대한 서로 다른 대처를 보여 준다. (가)의 화자는 외부와 단절된 채 자신의 쓸쓸한 내면에 몰입하고, 자신의 슬픔을 주변으로 확장한다. (나)의 화자는 외부 대상의 모습에서 자신과의 동질성을 발견하며 슬픔을 확인하면서도, 슬픔을 분출하는 자신의 우스운 외양에 주목한다. (가)는 슬픔을 확장하고 펼쳐 냄으로써, (나)는 슬프지만 슬픔과 거리를 둠으로써 이별에 대처한다.

① (가)에서 '실솔이 상에 울 제'는 화자가 자신의 슬픔을 주변으로 확장한 것을 보여 주는군.
② (가)에서 '부용장 적막하니 뉘 귀에 들리소니'는 화자가 외부와의 교감을 거부하고 내면에 몰입하는 모습을 드러내는군.
③ (나)에서 화자는 '소나무'가 '바람 불 적마다 흔덕'거리는 모습에서 자신과의 동질성을 발견한 것이겠군.
④ (가)의 '삼춘화류'는, (나)의 '버들'과 달리 화자의 내면과 대비되어 외부와의 단절감을 강조하는군.
⑤ (나)의 '후루룩 비쭉'하는 '입하고 코'는, (가)의 '긴 한숨 지는 눈물'과 달리 화자가 자신의 우스운 외양에 주목하여 슬픔과 거리를 두는 것을 보여 주는군.

핵심 기출 유형

유형 외적 준거에 따른 작품 감상

• 이 유형은?

외적 준거란 작품 이외에 추가로 제공된 자료를 말하는데, 창작 의도, 작가, 주제, 표현 방식, 사회적 배경, 교훈 등 작품과 관련된 모든 요소를 포함한다. 이 유형은 외적 준거를 기준으로 하여 작품을 올바르게 해석하거나 감상할 수 있는지를 평가한다.

대표 발문

▸ 〈보기〉를 참고하여 (가), (나)를 감상한 내용으로 가장 적절한(적절하지 않은) 것은?
▸ 〈보기〉를 참고하여 ㉠~㉤의 의미를 설명한 것으로 가장 적절한(적절하지 않은) 것은?

해결 Tip

화자, 시어, 표현 등을 중심으로 작품의 내용을 이해한다.

↓

〈보기〉 자료로 제시된 관점이나 맥락과 비교하여 선지의 적절성을 판단한다.

적중 예상

고전 시가 01

목표 시간	5분 00초
시작 분 초	종료 분 초
소요 시간	분 초

E 수록

[001-003] 다음 글을 읽고 물음에 답하시오. (가) 14, 15, 22, 23

(가) 강호(江湖)에 봄이 드니 미친 흥(興)이 절로 난다
탁료(濁醪)* 계변(溪邊)에 금린어(錦鱗魚)가 안주로다
이 몸이 한가(閒暇)하옴도 역군은(亦君恩)이샷다 〈춘사〉

강호(江湖)에 여름이 드니 초당(草堂)*에 일이 없다
유신(有信)한 강파(江波)는 보내나니 바람이다
이 몸이 서늘하옴도 역군은(亦君恩)이샷다 〈하사〉

강호(江湖)에 가을이 드니 고기마다 살져 있다
소정(小艇)에 그믈 실어 흘리 띄워 던져두고
이 몸이 소일(消日)하옴도 역군은(亦君恩)이샷다 〈추사〉

강호(江湖)에 겨울이 드니 눈 깊이 자히 남다
삿갓 빗기 쓰고 누역*으로 옷을 삼아
이 몸이 춥지 아니하옴도 역군은(亦君恩)이샷다 〈동사〉

– 맹사성, 〈강호사시가〉

* 탁료: 막걸리.
* 초당: 별채로 지은 초가집.
* 누역: 비나 눈을 막기 위해 볏짚 등으로 만들어 입는 도롱이.

(나) 여파(餘波)*에 정을 품고 그 근원을 생각해 보니
연못의 잔물결은 맑고 깨끗이 흘러가고
오래된 우물에 그친 물은 담연(淡然)히* 고여 있다
짧은 담에 의지(依支)하여 고해(苦海)를 바라보니
욕낭(慾浪)*이 하늘에 차서 넘치고 **탐천(貪泉)***이 세차게 일어난다
흐르는 모양이 막힘이 없고 기운차니 나를 알 이 누구인가
평생(平生)을 다 살아도 백 년이 못 되는데
공명(功名)이 무엇이라고 일생(一生)에 골몰(汨沒)할까
하관(下官)을 천력(踐歷)하고* **부귀(富貴)**에 늙어서도
남가(南柯)의 한 꿈*이라 황량(黃粱)*이 덜 익었네
나는 내 뜻대로 평생을 다 즐겨서
천지(天地)에 우유(優游)하고* 강산(江山)에 누우니
사시(四時)의 내 즐김이 어느 때 없을런가
누항(陋巷)에 안거(安居)하여 **단표(簞瓢)**의 시름없고
세로(世路)에 발을 끊어 명성(名聲)이 감추어져
은거행의(隱居行義) 자허(自許)하고* 요순지도(堯舜之道) 즐기니
내 몸은 속인(俗人)이나 내 마음 신선이오
진계(塵界)*가 지척(咫尺)이나 지척이 천 리(千里)로다
제 뜻을 고상(高尙)하니 제 몸이 자중(自重)하고
일체의 다툼이 없으니 시기(猜忌)할 이 누구인가
뜬구름이 시비(是非) 없고 **날아다니는 새**가 한가(閑暇)하다
여년(餘年)이 얼마런고 이 아니 즐거운가
제 뜻을 제 즐기고 제 마음 제 임의(任意)라
먹으나 못 먹으나 이것이 세상(世上)이며
입으나 못 입으나 이것이 지락(至樂)이다
직처(織妻)가 베를 짜니 의복(衣服)이 걱정 없고
앞 논에 벼 있으니 양식(糧食)인들 염려하랴
노친(老親)이 강왕(康旺)하니 내 무슨 시름이며
형제(兄弟)가 단락(團欒)하니 즐거움이 또 있는가

– 이이, 〈낙지가〉

* 여파: 큰 물결이 지나간 뒤에 일어나는 잔물결.
* 담연히: 욕심이 없고 깨끗하게.
* 욕낭: 욕심의 물결.
* 탐천: 그 물을 마시면 모두 탐욕스러워진다는 샘.
* 천력하고: 이곳저곳을 널리 돌아다니고.
* 남가의 한 꿈: 꿈과 같이 헛된 한때의 부귀영화를 이르는 말.
* 황량: 찰기가 없는 조.
* 우유하고: 하는 일 없이 한가롭고 편안하게 지내고.
* 자허하고: 자기 힘으로 넉넉히 할 만한 일이라고 여기고.
* 진계: 정신에 고통을 주는 복잡하고 어수선한 세상.

001

(가)와 (나)에 대한 설명으로 가장 적절한 것은?

① (가)는 (나)와 달리 설의적 표현을 통해 화자의 고난 극복 의지를 강조하고 있다.
② (나)는 (가)와 달리 선경후정의 방식으로 화자의 비관적 현실 인식을 드러내고 있다.
③ (가)와 (나)는 모두 자연물을 의인화하여 화자가 처한 상황을 나타내고 있다.
④ (가)와 (나)는 모두 계절의 변화에 따라 달라지는 화자의 정서를 드러내고 있다.
⑤ (가)와 (나)는 모두 대조적 소재를 통해 삶에 대한 화자의 태도를 부각하고 있다.

002

(가)에 대한 이해로 적절하지 않은 것은?

① 〈춘사〉~〈동사〉의 '강호'는 모두 화자가 거처하는 공간이자 임금의 은혜를 떠올리는 장소라는 점에서 공통점을 지니고 있군.

② 〈춘사〉의 '탁료'와 〈동사〉의 '삿갓'과 '누역'은 안빈낙도하는 화자의 삶의 모습을 드러낸다는 점에서 유사한 기능을 하고 있군.

③ 〈춘사〉의 '계변'과 〈추사〉의 '소정'은 화자가 만족감을 느끼는 공간이라는 점에서 유사하다고 할 수 있군.

④ 〈춘사〉의 '한가하옴'과 〈추사〉의 '소일하옴'은 화자가 자연에서 풍류 생활을 누리는 모습이라는 점에서 유사하다고 할 수 있군.

⑤ 〈하사〉의 '강파'와 〈동사〉의 '눈'은 화자가 은거하는 자연과 세속과의 거리감을 드러낸다는 점에서 유사한 기능을 하고 있군.

003

〈보기〉를 바탕으로 (나)를 감상한 내용으로 적절하지 않은 것은?

> 보기
>
> '자신의 뜻을 즐기는 노래'라는 의미의 〈낙지가〉는 율곡 이이가 자연에 은거하며 누리는 삶의 즐거움을 노래한 은일 가사이다. 이 작품에서 화자는 세계를 '자연'과 '속세'로 구분하여 인식하고 있는데, 이러한 이분법적 인식은 세속의 덧없음을 알고 자연에 은거하며 욕망의 초탈이라는 과정을 통해 정신적인 자유를 얻으려는 의지를 드러내고 있는 데서 확인할 수 있다.

① '탐천'의 '흐르는 모양이 막힘이 없고 기운차'다고 한 것에는 자신이 은거하고 있는 자연의 활기찬 모습에 대한 화자의 예찬이 담겨 있다.

② '공명'과 '부귀'를 '남가의 한 꿈이라 황량이 덜 익었네'라고 한 것에는 세속적 가치의 덧없음에 대한 화자의 인식이 나타나 있다.

③ '누항'과 '단표'에는 '세로에 발을 끊'는 과정을 통해 세속적 욕망을 초탈한 화자의 내면세계가 함축되어 있다.

④ '내 몸은 속인이나 내 마음 신선이오'에는 세계를 이분법적으로 바라보는 화자의 사고가 드러나 있다.

⑤ '뜬구름'과 '날아다니는 새'에는 자연 속에서 정신적인 자유를 누리며 살고자 하는 화자의 마음이 반영되어 있다.

목표 시간	6분 40초
시작 분 초	종료 분 초
소요 시간	분 초

E 수록

[004-007] 다음 글을 읽고 물음에 답하시오. (가) 14, 15, 16, 21 / (나) 21

(가) ⓐ묏버들 갈해 것거 보내노라 님의손대
㉠자시는 창 밧긔 심거 두고 보쇼셔
㉡밤비예 새닙곳 나거든 날인가도 너기쇼셔

– 홍랑

(나) 형장(刑杖) 태장(笞杖) 삼(三)모진 도리매로
하날 치고 짐작할까 둘을 치고 그만둘까
삼십도(三十度)에 맹장(猛杖)하니 일촌간장(一村肝臟) 다 녹는다
걸렸구나 걸렸구나 일등 춘향(一等春香)이 걸렸구나
㉢사또 분부 지엄(至嚴)하니 인정(人情)일랑 두지 마라
국곡 투식(國穀偸食)하였느냐 엄형 중치(嚴刑重治)는 무삼 일고
살인 도모(殺人圖謀)하였느냐 항쇄족쇄(項鎖足鎖)는 무삼 일고
관전 발악(官前發惡)하였느냐 옥골 최심(玉骨摧甚)은 무삼 일고
불쌍하고 가련(可憐)하다 춘향 어미가 불쌍하다
먹을 것을 옆에다 끼고 옥 모퉁이로 돌아들며
몹쓸 년의 춘향이야 허락 한마디 하려무나
아이구 어머니 그 말씀 마오 허락이란 말이 웬 말이오
옥중에서 죽을망정 허락하기는 나는 싫소
새벽 서리 찬바람에 울고 가는 ⓑ기러기야
한양 성내 가거들랑 도련님께 전하여 주렴
날 죽이오 날 죽이오 신관 사또야 날 죽이오
날 살리오 날 살리오 한양 낭군님 날 살리오
옥 같은 정갱이에 유혈(流血)이 낭자하니 속절없이 나 죽겠네
옥 같은 얼굴에 진주 같은 눈물이 방울방울방울 떨어진다
㉣석벽 강상(石壁江上) 찬바람은 살 쏘듯이 드리불고
벼룩 빈대 바구미는 예도 물고 제도 뜯네
㉤석벽(石壁)에 섰는 매화 나를 보고 반기는 듯
도화 유수(桃花流水) 묘연(渺然)히 뚝 떨어져 굽이굽이굽이 솟아난다.

– 작자 미상, 〈형장가〉

004

(가)와 (나)에 대한 설명으로 적절하지 않은 것은?

① (가)는 도치법을 사용하여 전달하려는 의미를 부각하고 있다.
② (나)는 직유법을 사용하여 인물의 처지를 구체적으로 형상화하고 있다.
③ (가)와 달리 (나)는 동일한 문장을 반복하여 말하려는 바를 강조하고 있다.
④ (나)와 달리 (가)는 근경에서 원경으로 시선을 이동하며 대상을 포착하고 있다.
⑤ (가)와 (나) 모두 대체로 동일한 음보의 반복을 통해 음악성을 드러내고 있다.

005

〈보기〉를 바탕으로 (나)를 감상한 내용으로 적절하지 않은 것은?

보기

〈형장가〉는 경기 12잡가의 하나로, 판소리 〈춘향가〉에서 춘향이 한양에 간 낭군 이몽룡에 대한 지조를 지키기 위해 신관 사또의 수청을 거부하다 모진 형벌을 당하는 장면과 그 뒤 옥에 갇혀 신세를 한탄하는 장면을 담고 있다. 잡가는 직업적 가수에 의해 불렸는데, 가수 1인이 극에 나오는 모든 등장인물의 역할을 다 담당해야 했다. 〈형장가〉를 노래할 때에도 가수는 춘향, 춘향 어미 등의 역할을 맡아 그들처럼 행동하고 말하는데, 그러면서도 중간 중간에는 인물이나 상황에 대한 자신의 생각을 직접적으로 제시하기도 하였다.

① '하날 치고 짐작할까 둘을 치고 그만둘까'는 극심한 고초를 겪고 있는 춘향에 대한 가수의 안타까운 마음을 드러낸 것이군.
② '국곡 투식하였느냐 엄형 중치는 무삼 일고'는 춘향이 받고 있는 모진 형벌의 부당함을 드러낸 것이군.
③ '불쌍하고 가련하다 춘향 어미가 불쌍하다'는 어머니에게 미안해하는 마음을 가진 춘향의 목소리로 불러야겠군.
④ '몹쓸 년의 춘향이야 허락 한마디 하려무나'는 어떻게 해서든 춘향이 고초에서 벗어나기를 바라는 춘향 어미의 애타는 마음을 드러낸 것이군.
⑤ '날 죽이오 날 죽이오 신관 사또야 날 죽이오'는 죽을지언정 낭군에 대한 지조를 지키겠다는 춘향의 의지를 드러낸 것이군.

006

㉠~㉤에 대한 이해로 적절하지 않은 것은?

① ㉠: '창 밧긔'라는 공간을 설정하여 화자와 임 사이에 어떤 장애물도 존재할 수 없음을 드러내고 있다.

② ㉡: '새닙곳 나'는 상황을 가정하여 임과의 사랑이 지속되기 바라는 마음을 표출하고 있다.

③ ㉢: '인정일랑 두지 마라'라는 말을 통해 춘향에게 가해지는 처벌의 혹독함을 나타내고 있다.

④ ㉣: '석벽 강상 찬바람'을 통해 형장과 옥살이로 인한 춘향의 고통을 감각적으로 표현하고 있다.

⑤ ㉤: '석벽에 섰는 매화'에 빗대어 절개를 지키려다 위태로운 상황에 놓인 춘향의 처지를 형상화하고 있다.

007

ⓐ와 ⓑ에 대한 설명으로 가장 적절한 것은?

① ⓐ는 화자의 감정이 이입된 대상이고, ⓑ는 화자가 객관적으로 완상하는 대상이다.

② ⓐ는 화자가 자신의 불만을 토로하는 대상이고, ⓑ는 화자가 애정을 쏟는 대상이다.

③ ⓐ는 화자가 동질감을 느끼는 자연물이고, ⓑ는 화자가 거리감을 느끼는 자연물이다.

④ ⓐ는 화자와 임의 만남을 도와주는 매개체이고, ⓑ는 화자와 임의 만남을 가로막는 방해물이다.

⑤ ⓐ는 화자의 분신에 해당하는 소재이고, ⓑ는 임에게 자신의 소식을 전하고 싶은 화자의 바람을 나타내는 소재이다.

적중 예상

고전 시가 03

목표 시간	5분 00초		
시작	분 초	종료	분 초
소요 시간	분 초		

E 수록

[008-010] 다음 글을 읽고 물음에 답하시오. (가) 20 / (나) 16, 17, 22

(가) 문장(文章)을 하쟈 하니 인생식자(人生識字) 우환시(憂患始)요
공맹(孔孟)을 배호려 하니 도약등천(道若登天) 불가급(不可及)* 이로다
이내 몸 쓸 데 업스니 성대농포(聖代農圃)* 되오리라 〈제1장〉

청산(靑山)은 무스 일노 무지(無知)한 날 갓트며
녹수(綠水)는 엇지하야 무심(無心)한 날 갓트뇨
무지(無知)타 웃지 마라 요산요수(樂山樂水)할가 하노라 〈제2장〉

홍진(紅塵)에 절교(絶交)하고 **백운(白雲)**으로 위우(爲友)*하야
녹수청산(綠水靑山)에 시름업시 늘거 가니
이 듕의 무한지락(無限之樂)을 헌사할가 두려웨라 〈제3장〉

내 생애(生涯) 담박(澹泊)하니 **긔 뉘라셔 차자오리**
입오실자(入吾室者) 청풍(淸風)이오 대오음자(對吾飮者) 명월(明月)이라
이내 몸 한가(閑暇)하니 주인(主人) 될가 하노라 〈제5장〉

영산(寧山)의 백운기(白雲起)하니 나는 보뫼 즐거웨라
강중(江中) 백구비(白鷗飛)하니 나는 보뫼 반가왜라
즐기며 반가와 하거니 ㉠내 벗인가 하노라 〈제7장〉

먹거든 머지 마나 멀거든 먹지 마나
멀고 먹거든 말이나 하련마는
입조차 **벙어리**되니 말 못하여 하노라 〈제12장〉

– 안서우, 〈유원십이곡〉

* 도약등천 불가급: 도를 터득하는 것은 하늘을 오르는 것만큼이나 어려워 미칠 수 없음.
* 성대농포: 태평성대에 농사를 지음.
* 위우: 벗으로 삼음.

(나) 산촌(山村)에 눈이 오니 돌길이 묻혔어라
시비(柴扉)를 열지 마라 **날 찾을 이 뉘 있으랴**
밤중만 **일편명월(一片明月)**이 긔 벗인가 하노라 〈제1수〉

공명(功名)이 긔 무엇고 헌신짝 버스니로다
전원(田園)에 도라오니 미록(麋鹿)*이 벗이로다
백 년(百年)을 이리 지냄도 역군은(亦君恩)이로다 〈제2수〉

혓가래 기나 쟈르나 기동이 기우나 트나
수간모옥(數間茅屋)을 **쟈근 줄 웃지 마라**
어즈버 만산나월(滿山蘿月)* 다 내 거신가 하노라 〈제8수〉

창(窓)밖에 워석버석 ㉡임이신가 일어 보니
혜란 혜경(蕙蘭蹊徑)*에 낙엽(落葉)은 무스 일인고
어즈버 유한한 간장(肝腸)이 다 긏을까 하노라 〈제19수〉

노래 삼긴 사람 시름도 하도 할샤
일러 다 못 일러 불러나 풀었던가
진실로 풀릴 것이면은 나도 불러 보리라 〈제29수〉

– 신흠, 〈방옹시여〉

* 미록: 고라니와 사슴.
* 만산나월: 산에 가득 자란 덩굴풀에 비친 달.
* 혜란 혜경: 난초가 자라난 지름길.

008

(가)와 (나)에 대한 설명으로 가장 적절한 것은?

① (가)는 (나)와 달리 묻고 답하는 방식을 통해 속세에 대한 비판적 태도를 드러내고 있다.
② (가)는 (나)와 달리 설의적 표현을 통해 자신의 삶에 대한 반성적 태도를 드러내고 있다.
③ (나)는 (가)와 달리 대립적 공간을 나타내는 시어를 통해 화자가 지향하는 바를 드러내고 있다.
④ (나)는 (가)와 달리 대상과의 동일시를 통해 화자의 정서를 나타내고 있다.
⑤ (가)와 (나)는 모두 유사한 문장 구조를 반복하여 운율감을 나타내고 있다.

009

㉠과 ㉡에 대한 이해로 가장 적절한 것은?

① ㉠에는 대상에 대한 화자의 미련이, ㉡에는 대상에 대한 화자의 설렘이 담겨 있다.

② ㉠에는 화자와 대상 간의 단절감이, ㉡에는 화자와 대상 간의 일체감이 담겨 있다.

③ ㉠에는 대상에 대한 화자의 회의가, ㉡에는 대상에 대한 화자의 확신이 담겨 있다.

④ ㉠에는 대상에 대한 화자의 반가움이, ㉡에는 대상에 대한 화자의 원망이 담겨 있다.

⑤ ㉠에는 대상에 대한 화자의 친밀감이, ㉡에는 대상에 대한 화자의 그리움이 담겨 있다.

010

〈보기〉를 바탕으로 (가)와 (나)를 감상한 내용으로 적절하지 않은 것은?

보기

(가)와 (나)는 모두 작가가 관직에서 물러나 자연에 은거하면서 창작한 작품이다. (가)에는 자연을 벗 삼아 사는 현재의 삶이 지난날의 속세에서의 삶보다 올바른 선택이라는 화자의 생각이 담겨 있다. 화자는 세상에 대해 무심한 자신의 삶에 만족하지만, 한편으로는 세상에 대해 아무것도 할 수 없는 처지를 한탄하기도 한다. (나)에는 속세의 명리를 추구하는 것에 대한 부정적 태도와 함께 속세와 단절하여 자연 속에 은신하고자 하는 화자의 의지가 담겨 있다. 또한 은자로서의 만족감과 세상의 근심 걱정을 잊으려는 태도도 나타나 있다.

① (가)에서는 '공맹'을 배우는 것이 어려움을 나타내고 있고, (나)에서는 '공명'을 추구하는 것이 가치가 없음을 나타내고 있군.

② (가)의 '무지타 웃지 마라'에는 지난날의 삶에 대한 화자의 후회가 드러나 있고, (나)의 '쟈근 줄 웃지 마라'에는 현재의 삶에 대한 만족감이 드러나 있군.

③ (가)의 '백운'과 (나)의 '일편명월'은 모두 화자가 벗으로 여기는 대상으로서, 이를 통해 자연 친화적인 태도를 드러내고 있군.

④ (가)의 '긔 뉘라셔 차자오리'에는 세상에 대해 무심한 마음이 담겨 있고, (나)의 '날 찾을 이 뉘 있으랴'에는 세상과의 단절 의지가 담겨 있군.

⑤ (가)의 '벙어리'에는 세상에 대해 아무것도 할 수 없는 자신의 처지에 대한 한탄이 담겨 있고, (나)의 '노래'에는 세상의 근심 걱정을 잊으려는 마음이 담겨 있군.

적중 예상

고전 시가 04

목표 시간	5분 00초		
시작	분 초	종료	분 초
소요 시간	분 초		

E 수록

[011-013] 다음 글을 읽고 물음에 답하시오. (가) 14, 15, 21, 22, 23 / (나) 16, 21

(가) 님이 오마 하거늘 져녁밥을 일 지어 먹고
중문(中門) 나셔 대문(大門) 나가 지방 우희 치다라 안자 이수(以手)로 가액(加額)하고 오는가 가는가 건넌산(山) 바라보니 거머횟들 셔 잇거늘 져야 님이로다 보션 버서 품에 품고 신 버서 손에 쥐고 **곰븨님븨 님븨곰븨 천방지방 지방천방 즌 듸 마른 듸 갈희지 말고 워렁충창 건너가셔** 정(情)엣 말 하려 하고 겻눈을 흘긧보니 상년(上年) 칠월(七月) 열사흔날 갈가 벗긴 ㉠주추리 삼대 살드리도 날 소겨다
모쳐라 **밤일싀만졍 행혀 낫이런들 남 우일 번하괘라**

– 작자 미상

(나) 적막한 빈방 안에 적료하게 홀로 앉아
전전불매* 잠 못 이뤄 혼자 사설 드러 보소
노망한 ㉡우리 부모 날 길러 무엇 하리
죽도록 날 길러서 자바 쓸가 구어 쓸가
인황씨 적 생긴 남녀 **복희씨** 적 지은 가취*
인간 배필 혼취*함은 예로부터 잇건마는
㉢어떤 처녀 팔자 조하 이십 전에 시집간다
남녀 자손 시집 장가 떳떳한 일이것만
이내 팔자 기험하야 사십까지 처녀로다
이럴 줄을 아랏스면 처음 아니 나올 것을
월명 사창 긴긴 밤에 침불안석* 잠 못 드러
적막한 빈방 안에 오락가락 다니면서
장래사 생각하니 더욱 답답 민망하다
부친 하나 반편이오 모친 하나 숙맥불변*
날이 새면 내일이오 세가 쇠면 내년이라
혼인 사설 전폐하고 가난 사설뿐이로다
어대서 손님 오면 행여나 중매신가
아희 불러 힐문한즉 ㉣풍헌* 약정* 환자* 재촉
어대서 편지 왓네 행혀나 청혼선가
아희다려 무러보니 외삼촌의 부음이라
애닯고 서른지고 이내 간장을 어이할고
(중략)
아연듯* 춘절 되니 초목 군생 다 즐기네
두견화 만발하고 잔디 닢 속닢 난다
사근 바자 쟁쟁하고 종달새 도루 뜬다
춘풍 야월 세우 시에 독수공방 어이할고
㉤원수의 아희들아 그런 말 하지 마라
앞집에는 신랑 오고 뒷집에는 신부 가네
내 귀에 듯는 바는 느낄 일도 하도 만타
녹양방초 저믄 날에 해는 어이 수이 가노
초로* 가튼 우리 인생 표연히 늘거 가니
머리채는 옆에 끼고 다만 한숨뿐이로다
긴 밤에 짝이 없고 긴 날에 벗이 없다
안잣다가 누엇다가 다시금 생각하니
아마도 모진 목숨 죽지 못해 원수로다

– 작자 미상, 〈노처녀가〉

* 전전불매: 누워서 몸을 이리저리 뒤척이며 잠을 이루지 못함.
* 가취: 시집가고 장가듦.
* 혼취: 남자와 여자가 부부가 되는 일.
* 침불안석: 걱정이 많아서 잠을 편히 자지 못함.
* 숙맥불변: 콩인지 보리인지를 구별하지 못한다는 뜻으로, 사리 분별을 못 하고 세상 물정을 잘 모름을 이르는 말.
* 풍헌: 조선 시대에, 유향소에서 면(面)이나 이(里)의 일을 맡아보던 사람.
* 약정: 조선 시대에, 향약 조직의 임원. 수령이 향약을 실시할 때 보조적인 역할을 하였고 실무적인 면에서는 중추적인 위치에 섰다.
* 환자: 조선 시대에, 곡식을 사창(社倉)에 저장하였다가 백성들에게 봄에 꾸어 주고 가을에 이자를 붙여 거두던 일. 또는 그 곡식.
* 아연듯: 어느덧.
* 초로: 풀잎에 맺힌 이슬. 여기서는 '금방 사라지는 존재'라는 의미로 쓰임.

011

(가)와 (나)에 대한 설명으로 가장 적절한 것은?

① (가)와 (나) 모두 대화의 형식으로 화자의 부정적 현실 인식을 드러내고 있다.
② (가)와 (나) 모두 영탄과 반성의 어조를 교차하여 화자의 복잡한 감정을 나타내고 있다.
③ (가)와 달리 (나)는 과거와 현재를 대비하여 주제 의식을 강조하고 있다.
④ (가)와 달리 (나)는 현재의 계절적 상황을 활용하여 화자의 처지를 부각하고 있다.
⑤ (나)와 달리 (가)는 근경에서 원경으로 시선을 확대하여 화자의 심리 변화를 드러내고 있다.

012

〈보기〉를 바탕으로 (가), (나)를 감상한 내용으로 적절하지 않은 것은?

보기

(가)의 화자는 임과의 만남을, (나)의 화자는 혼인하기를 간절히 바라지만, 두 화자 모두 그러한 간절한 바람이 좌절되는 고통을 겪고 있다. 그러나 (가)의 화자는 이러한 고통을 낙천적으로 극복하려는 태도를 보이는 데 비해, (나)의 화자는 고통의 원인을 타인의 탓으로 돌리며 외로움이 심화되는 현실을 한탄하는 태도를 보인다. 이처럼 고통에 대한 화자의 태도는 각기 다르지만, (가)와 (나)의 화자 모두 자신의 처지와 모습을 과장하여 해학적으로 형상화하고 있다는 공통점이 있다.

① (가)에서 '곰븨님븨 님븨곰븨 쳔방지방 지방쳔방 즌 듸 마른 듸 갈희지 말고 워렁충창 건너가셔'는 임과의 만남을 소망하는 화자의 모습을 과장하여 표현한 것이로군.
② (가)에서 '밤일싀만졍 행혀 낫이런들 남 우일 번하괘라'는 임과의 만남이 좌절된 상황을 낙천적으로 극복하려는 화자의 태도를 나타낸 것이로군.
③ (나)에서 '인간 배필 혼취함은 예로부터 잇건마는'은 자신이 혼인하지 못한 원인을 '인황씨'와 '복희씨'의 탓으로 돌리려는 화자의 심리를 표출한 것이군.
④ (나)에서 '어대서 편지 왓네 행혀나 청혼선가 / 아희다려 무러보니 외삼촌의 부음이라'는 간절한 바람이 좌절되는 고통스런 상황을 해학적으로 표현한 것이로군.
⑤ (나)에서 '긴 밤에 짝이 없고 긴 날에 벗이 없다'는 짝은 물론 벗마저 부재한 현실로 인해 외로움이 심화되는 자신의 처지에 대한 화자의 한탄을 나타낸 것이로군.

013

㉠~㉤에 대한 설명으로 가장 적절한 것은?

① ㉠은 임에 대한 화자의 원망을 표출시키는 대상이다.
② ㉡은 화자가 효를 다하지 못해 미안해하는 대상이다.
③ ㉢은 화자가 동병상련의 정을 느끼고 있는 대상이다.
④ ㉣은 화자를 현실의 고뇌로부터 벗어나게 하는 대상이다.
⑤ ㉤은 외부 소식을 전해 화자의 슬픔을 가중하는 대상이다.

적중 예상

고전 시가 05

목표 시간	6분 40초		
시작	분 초	종료	분 초
소요 시간	분 초		

E 수록

[014-017] 다음 글을 읽고 물음에 답하시오. (가) 21 / (나) 14, 15, 16, 23

(가) ㉠달아 발근 달아 청천(靑天)에 떳는 달아
얼굴은 언제 나며 밝기는 뉘 삼기뇨
서산(西山)에 해 숨고 긴 밤이 침침(沈沈)한 제
청렴(淸奩)*을 여러 노코 보경(寶鏡)을 닷가 내니
일편광휘(一片光輝)에 팔방(八方)이 다 밝거다
하룻밤 찬 바람에 눈이 온가 서리 온가
어이 한 건곤(乾坤)이 백옥경(白玉京)*이 도엿는고
동창(東窓) 채 밝거늘 수정렴(水晶簾)을 거러 노코
요금(瑤琴)*을 빗기안아 봉황곡(鳳凰曲)을 타집흐니
성성(聲聲)이 청원(淸遠)하여 태공(太空)의 드러가니
파사(婆娑)* 계수하(桂樹下)에 ⓐ옥토(玉免)도 도라본다 (중략)
옷가슴 헤쳐 내어 광한전(廣寒殿)에 도라 안자
마음에 먹은 뜻을 다 사로려 하엿더니
숨구즌 부운(浮雲)이 어디러셔 가리완고
천지(天地) 회맹(晦盲)*하야 백물(百物)을 다 못 보니
상하 사방(上下四方)애 갈 길흘 모를노다
요잠 반각(遙岑半角)*애 벳빗치 빈취는 듯
㉡운간(雲間)에 나왓더니 떼구름 밋쳐 나니
희미(熹微)한 한 비치 점점(漸漸) 아득하여 온다
중문(重門)을 다다 노코 정반(庭畔)*에 따로 셔셔
ⓑ매화(梅花) 한 가지 계영(桂影)인가 도라보니
처량한 암향(暗香)이 날조쳐 시름한다
소렴(疎簾)을 지워 노코 동방(洞房)애 혼자 안자
금작경(金鵲鏡) 쓸텨나여 벽상(壁上)애 걸어 두니
제 몸만 발키고 남 비칠 줄 모르느다
㉢단단(團團)* 환선(紈扇)으로 긴 바람 브처 내여 이 구름 다 것고쟈
기원(淇園) 녹죽(綠竹)으로 일천장(一千丈) 뷔를 매야 져 구름 다 쓸고쟈
장공(長空)은 만 리(萬里)오 ⓒ이 몸은 진토(塵土)니
서의한* 이내 뜻이 혜나니 허사(虛事)로다
갓득 시름 한듸 ⓓ긴 밤이 어도록고
전전반측(輾轉反側)하여 다시곰 생각하니
영허 소장(盈虛消長)*이 천지(天地)도 무궁(無窮)하니,
풍운(風雲)이 변화(變化)한들 본색(本色)이 어듸 가료
우리도 단심(丹心)을 지켜서 명월(明月) 볼 날 기다리노라

– 최현, 〈명월음〉

* 청렴: 젊은 여인이 쓰는 경대.
* 요금: 아름다운 거문고.
* 회맹: 보이지 아니하게 어두움.
* 정반: 뜰 가장자리.
* 서의한: 쓸쓸한.
* 백옥경: 도교에서 하늘에 있다고 하는 상제의 궁궐.
* 파사: 너울너울 춤추는 모양.
* 요잠 반각: 멀리 보이는 산봉우리의 반쪽 끝.
* 단단: 비단.
* 영허 소장: 달이 차고 지며, 초목이 자라고 스러짐.

(나) 내 ⓔ버디 멧치나 하니 수석(水石)과 송죽(松竹)이라
ⓕ동산(東山)의 달 오르니 긔 더옥 반갑고야
두어라 이 다섯 밧긔 또 더하야 머엇하리 〈제1수〉

구름 비치 조타 하나 검기를 자로 한다
바람 소리 맑다 하나 그칠 적이 하노매라
조코도 그츨 뉘 업기는 믈뿐인가 하노라 〈제2수〉

고즌 므스 일로 퓌며셔 쉬이 디고
㉣플은 어이하야 프르는 듯 누르나니
아마도 변티 아닐손 바회뿐인가 하노라 〈제3수〉

더우면 곳 퓌고 치우면 닙 디거늘
솔아 너는 얻디 눈서리를 모르는다
구천(九泉)에 불희 고든 줄을 글로 하야 아노라 〈제4수〉

ⓖ나모도 아닌 거시 플도 아닌 거시
곳기는 뉘 시기며 속은 어이 뷔연는다
뎌러코 사시(四時)예 프르니 그를 됴하하노라 〈제5수〉

㉤쟈근 거시 노피 떠서 만물(萬物)을 다 비취니
밤듕의 광명(光明)이 너만 하니 또 잇느냐
보고도 말 아니 하니 내 벋인가 하노라 〈제6수〉

– 윤선도, 〈오우가〉

014

(가)와 (나)의 공통점으로 가장 적절한 것은?

① 유사한 어구의 반복을 통해 회고적 정서를 드러내고 있다.
② 대립적 이미지를 지닌 대상들을 제시하여 주제 의식을 부각하고 있다.
③ 말을 건네는 방식을 사용하여 대상에 대한 화자의 의구심을 드러내고 있다.
④ 공간의 이동 경로에 따라 특정 대상이 지니고 있는 다양한 속성을 열거하고 있다.
⑤ 시간적 배경의 변화와 조응시키는 방식으로 세태에 대한 인식의 변화 양상을 드러내고 있다.

015

〈보기〉를 참고하여 ㉠~㉤을 설명한 내용으로 가장 적절한 것은?

보기

고전 시가의 주된 표현 방식의 전형성 중 하나는 사실의 제시 과정을 통한 정의적(情意的) 의미의 획득이다. 이때의 사실은 과거와 현재라는 시간 속에서 화자가 겪은 일련의 경험을 의미하고, 정의적 의미는 화자의 경험에서 촉발된 가치관이나 시대에 대한 인식의 총체로서의 함축성을 가리킨다. 이러한 측면에서 볼 때 우리의 고전 시가는 표면적으로 자연에 대한 묘사와 경험이라는 사실을 제시하지만 그 이면에 시대 현실과 올바른 삶의 추구에 대한 인식을 강조하는 양상을 띠며 그 체계를 지속적으로 관습화했다.

① ㉠에서는 하늘에 달이 떠 있는 풍경을 통해 새롭게 맞이할 긍정적 시대를 이끌어 갈 존재가 등장할 것이라는 의미를 강조하고 있다.
② ㉡에서는 구름 사이에 나왔던 달이 떼구름으로 다시 가려지는 풍경을 통해 암울한 시대의 지속과 심화라는 의미를 강조하고 있다.
③ ㉢에서는 비단으로 부채를 만들어 바람을 일으키던 과거 경험을 제시하여 부정적 현실이 자연스럽게 극복될 것이라는 화자의 기대를 강조하고 있다.
④ ㉣에서는 풀과 바위의 상반된 모습을 제시하여 자신을 희생하는 삶의 추구라는 의미를 강조하고 있다.
⑤ ㉤에서는 달이 높이 떠 지상을 비추는 풍경을 제시하여 만물에 담겨 있는 순환적 질서와 이에 대한 화자의 지향 의식을 강조하고 있다.

016

ⓐ~ⓖ를 중심으로 (가)와 (나)를 이해한 내용으로 적절하지 않은 것은?

① (가)의 화자는 가상적 존재인 ⓐ를 제시하여 시적 상황에 신비로운 분위기를 더하고 있다.
② (나)의 화자는 ⓔ를 구성하는 대등한 요소들을 직접적으로 언급하고 이들을 병렬적으로 제시하며 시상을 전개하고 있다.
③ (가)의 화자는 ⓑ를 자신이 처한 상황에 대해 동질감을 느끼는 존재로 여기고 있고, (나)의 화자는 ⓔ에 대해 던진 질문의 답 중 일부를 ⓕ라는 공간에서 맞이하고 있다.
④ (가)의 화자는 쓸쓸한 정서를 형성하는 원인 중의 하나로 ⓒ를 제시하고 있고, (나)의 화자는 친근감을 느끼는 대상 중 하나로 ⓖ를 제시하고 있다.
⑤ (가)의 화자는 ⓓ라는 시간 속에서 자신의 바람이 이뤄지지 못할 것에 대한 염려를 하고 있고, (나)의 화자는 ⓕ에서 즐거움의 정취가 더해짐을 느끼고 있다.

017

〈보기〉를 바탕으로 (나)를 탐구한 내용으로 적절하지 않은 것은?

보기

윤선도는 일찍이 벼슬길에 올라 임금과 나라에 대한 일관된 충정을 보였지만 당쟁의 치열함, 변절의 정치적 환경 속에서 수차례 귀양길에 오르면서 20여 년에 걸친 세월을 유배지에서 보냈다. 52세에 이르기까지 반대파들과의 논쟁 과정에서 배척을 받고 영덕에 유배된 후, 56세에 전남 해남의 금쇄동에 은거하면서 창작한 작품이 물, 바위, 소나무, 대나무, 달을 소재로 한 〈오우가〉였다. 〈산중신곡〉의 일부인 이 작품에는 자아와 사회에 대한 경계와 수신의 원리뿐만 아니라 당쟁의 경험에서 얻은 깨달음을 드러내고자 한 작가의 의도가 담겨 있다.

① 금쇄동에서 은거 생활을 하며 '두어라 이 다섯 밧긔 또 더하야 머엇하리'라고 밝혔던 것에는 당쟁이 치열한 현실에 대한 작가의 거리감이 작용했다고 볼 수 있겠군.
② 금쇄동에서 본 '구름'과 '바람'은 각각 깨끗함과 맑음으로 심미적 정취를 불러일으키는 대상이면서도 '믈'과는 대조적으로 가변적 속성을 가진 존재로 인식되었다는 점에서, 작가가 자아에 대한 경계로 삼았다고 볼 수 있겠군.
③ 눈서리에 굴하지 않고 땅속까지 뿌리가 곧은 모습을 지닌 '솔'과 달리, 금쇄동에서 본 '꽃'은 아름답기는 하지만 변절의 가능성을 내포하고 있는 존재로 인식되었다는 점에서, 작가가 자연을 매개로 당대 사회에 대한 경계의 깨달음을 얻었다고 볼 수 있겠군.
④ 금쇄동에서 본 '대나무'는 사계절 동안 일관된 모습을 가진 존재로 인식되었다는 점에서, 작가가 당쟁의 분위기 속에서도 일관되게 충정을 지키려는 수신의 태도를 담아내려 했다고 볼 수 있겠군.
⑤ 금쇄동에서 접한 '달'을, 보고도 말을 하지 않는 존재로 여기며 벗으로 삼는 것에서, 작가는 서로를 헐뜯었던 당쟁의 극복 가능성을 바탕으로 정계로의 복귀 가능성을 기대했다고 볼 수 있겠군.

적중 예상 고전 시가 06

목표 시간	6분 40초		
시작	분 초	종료	분 초
소요 시간	분 초		

E 수록

[018-021] 다음 글을 읽고 물음에 답하시오. (가) 14, 22 / (나) 15

(가) ㉠내 말씀 광언(狂言)인가 저 화상을 구경하게
남촌 한량(閑良) 개똥이는 부모 덕에 편히 놀고
호의호식 무식하고 미련하고 용통하여
눈은 높고 손은 커서 가량 없이 주저 넘어
시체(時體)* 따라 의관하고 남의 눈만 위하것다
(중략)
잡아오라 꺼물리라 자장격지(自將擊之)* 몽둥이질
전당(典當) 잡고 세간 뺏기 계집 문서 종 삼기와
살 결박(結縛)에 소 뺏기와 불호령에 솥 뺏기와
여기저기 간 곳마다 적실인심(積失人心) 하겼고나
㉡사람마다 도적이요 원망허는 소리로다. 이사나 하야 볼까
가장(家藏)*을 다 팔아도 상팔십*이 내 팔자라
종손 핑계 위전(位田)* 팔아 투전질이 생애로다
제사 핑계 제기(祭器) 팔아 관재구설(官災口舌) 일어난다
뉘라셔 도라 볼까 독부(獨夫)가 되단 말가
가련타 저 인생아 일조 걸객이라
대모관자(玳瑁貫子) 어디 가고 물네줄은 무삼 일고
통냥갓슨 어디 가고 헌 파립(破笠)에 통모자라
쥬체로 못 먹든 밥 책력 보아 밥 먹는다
양복이는 어디 가고 쓴바귀를 단 꿀 빨 듯
쥭력고(竹瀝膏) 어디 가고 모주 한 잔 어려워라
울타리가 땔나무요 동네 소곰 반찬일세
각장 장판 소라 반자 장지문이 어디 가고
벽 떨어진 단간방의 ⓐ거적자리 열두 닙에
호적 조희 문 바르고 신주보(神主褓)가 갓끈이라
은안 쥰마 어디 가며 션후 구종(驅從) 어디 간고
셕셰 집신 지팡이에 정강말이 제격이라
삼승 보션 태사혜가 어디 가고 끌레발이 불쌍하고
비단 주머니 십륙사끈 화류 면경(樺榴面鏡) 어디 가고
보션목 주머니에 삼노끈 뀌어 차고
돈피 배자 담뷔 휘양 어디 가며 릉라주의 어디 간고
동지 셧달 베창옷에 삼복다름 바지거쥭
궁둥이는 울근불근 옆거름질 병신같이
담배 없는 빈 연죽을 소일조로 손의 들고
어슥비슥 다니면서 남에 문전걸식하며
㉢역질 핑계 제사 핑계 야속허다 너의 인심 원망헐사 팔자 타령

– 작자 미상, 〈우부가〉

* 시체: 유행. * 자장격지: 남에게 시키지 않고 손수 몽둥이질을 함.
* 가장: 집에 간직한 물건.
* 상팔십: 강태공이 80년 동안 가난하게 살았다는 것에서 유래한 말. 여기서는 '오래 살 팔자'라는 의미로 쓰임.
* 위전: 제사를 지내는 데 쓰이는 비용을 위해 경작하는 밭.

(나) ㉣장부의 하올 사업 아는가 모르는가
효제충신(孝悌忠信)밖에 하올 일이 또 있는가
어즈버 인도(人道)에 하올 일이 다만 인가 하노라 〈제1장〉

남산에 많던 솔이 어디로 갔단 말고
난(亂) 후 부근(斧斤)*이 그다지도 날랠시고
두어라 우로(雨露) 깊으면 다시 볼까 하노라 〈제2장〉

창(窓)밖에 세우(細雨) 오고 뜰 가에 제비 나니
적객(謫客)*의 회포는 무슨 일로 끝이 없어
저 제비 비비(飛飛)를 보고 한숨 겨워 하나니 〈제3장〉

적객의 벗이 없어 공량(空樑)*의 제비로다
종일(終日) 하는 말이 무슨 사설(辭說) 하는지고
어즈버 내 풀어낸 시름은 널로만 하노라 〈제4장〉

㉤인간(人間)에 유정(有情)한 벗은 명월(明月)밖에 또 있는가
ⓑ천 리(千里)를 멀다 아녀 간 데마다 따라오니
어즈버 반가운 옛 벗이 다만 넨가 하노라 〈제5장〉

설월(雪月)의 매화를 보려 잔을 잡고 창을 여니
섞인 꽃 여윈 속에 잦은 것이 향기(香氣)로다
어즈버 호접(蝴蝶)이 이 향기 알면 애 끊일까 하노라 〈제6장〉

– 이신의, 〈단가 육장〉

* 부근: 큰 도끼와 작은 도끼.
* 적객: 귀양살이하는 사람. * 공량: 들보.

018

(가)와 (나)에 대한 설명으로 가장 적절한 것은?

① (가)는 (나)와 달리 음성 상징어를 사용하여 시적 대상의 역동적 행위를 생동감 있게 묘사하고 있다.
② (나)는 (가)와 달리 인격을 부여한 자연물을 활용해 화자가 지닌 정서의 깊이를 드러내고 있다.
③ (가)와 (나)는 모두 현재와 과거를 대조하여 화자의 내적 갈등을 부각하고 있다.
④ (가)와 (나)는 모두 감탄사를 사용하여 시적 상황에 대한 화자의 판단을 드러내고 있다.
⑤ (가)와 (나)는 모두 성현의 말을 인용하여 시적 대상이 지니고 있는 부정적 속성을 구체화하고 있다.

019

〈보기〉를 참고하여 ㉠~㉤을 이해한 내용으로 가장 적절한 것은?

보기

고전 시가에서는 주제 의식의 전달 효과를 높이기 위해 다양한 기법이 활용되었다. 이는 소통적 차원에서 독자에게 특정 행위를 권유하거나 행위의 당위성 및 정당성을 제시하여 독자의 공감을 유도하는 방식, 작중 인물의 평가적 발언을 활용하여 특정 대상의 속성을 강조하는 방식, 그리고 추구하는 가치에 대해 직접 언급하여 주제를 환기하는 방식 등으로 구체화되어 왔다.

① ㉠에서는 화자가 자신의 말이 맞음을 확인시키기 위해 시적 대상과 관련하여 독자에게 특정 행위를 권유하고 있다.
② ㉡에서는 시적 대상에 대한 주변 인물들의 평가 내용을 소개하며 의문형 표현을 통해 독자들의 반응을 예측하고 있다.
③ ㉢에서는 시적 대상이 지닌 문제를 해결해야 한다는 당위성을 강조하여 상황의 심각성에 대한 독자의 공감을 요구하고 있다.
④ ㉣에서는 화자가 추구하는 가치들을 직접 나열하며 올바른 가치 추구의 필요성이라는 주제를 환기하고 있다.
⑤ ㉤에서는 시적 대상과 다른 대상과의 비교를 통해 시적 대상에 대한 판단의 적절성을 부각하여 화자의 견해가 지닌 정당성을 강조하고 있다.

020

ⓐ와 ⓑ에 대한 설명으로 가장 적절한 것은?

① (가)의 화자는 ⓐ를 활용하여 '개똥이'와 달리 자신의 처지가 변화할 것을 암시하고 있다.
② (나)의 화자는 ⓑ를 활용하여 '명월'로 인해 느끼는 정서적 이질감을 강조하고 있다.
③ (가)의 화자는 ⓐ로 인해 '개똥이'의 삶에서 얻게 된 깨달음을, (나)의 화자는 ⓑ와 관련해 '명월'이 보여 주는 덕성에 대한 긍정적 수용의 태도를 드러내고 있다.
④ (가)의 화자는 ⓐ에서 지내는 '개똥이'가 보이는 행위를 통해 '개똥이'의 변화된 상황을, (나)의 화자는 ⓑ와 관련해 '명월'이 변함없이 화자에게 보이는 태도를 부각하고 있다.
⑤ (가)의 화자는 ⓐ를 통해 '개똥이'의 처지에 대해 느끼는 답답한 심정을, (나)의 화자는 ⓑ를 통해 외부의 시련에도 굴하지 않는 '명월'과 함께하기를 바라는 심정을 암시적으로 나타내고 있다.

021

〈보기〉를 바탕으로 (나)를 이해한 내용으로 적절하지 않은 것은?

보기

이신의는 광해군 때 인목대비의 폐위라는 정치적 사건이 효의 정신에 어긋난 것이라며 폐위를 반대하는 글인 〈정사헌의(丁巳獻議)〉를 올렸다가 유배되어 귀양살이를 했다. 〈단가육장〉은 이러한 작가의 경험을 토대로 하고 있다. 이 작품에서는 당파적 경쟁과 대립이 극심했던 당대의 시대적 상황 속에서도 보편적인 윤리 가치의 추구를 표명하고 있다. 실제로 작가는 유배 이후 정계에 복귀한 뒤 자신을 남인으로 지목하고 남인의 행태를 지적하는 김장생의 견해에 대해 당파적 이해관계에 얽매여 유학자로서 지켜야 할 가치를 도외시하고 있음을 비판한 편지를 남기기도 했다. 한편 미래에 대한 희망과 불안 그리고 그로 인한 시름, 유배지에서 느끼는 한탄 등 화자의 정서와 태도를 자연물을 매개로 구체화한 이 작품은 그 가운데에서도 변함없는 충절을 드러내고 있다.

① 작가의 생애를 고려할 때, 〈제1장〉에서 장부가 '효제충신'을 추구하는 것이 인간으로서의 도리라고 밝힌 것에서 보편적 윤리 가치를 추구하는 모습을 확인할 수 있군.
② 작가가 살았던 시대적 상황을 고려할 때, 〈제2장〉에서 '부근'에 의해 '솔'이 없어진 '남산'의 상황은 정치적 사건에 연루되어 많은 인재들이 제거되었던 상황을 드러낸 것으로, '우로 깊으면 다시 볼까 하노라'에는 미래에 대한 희망이 담겨 있군.
③ 작가의 실제 경험을 고려할 때, 〈제3장〉에서 창밖의 '세우'는 '적객의 회포'를 심화하는 자연적 배경으로, 유배지에서 느끼는 화자의 정서를 자연물을 매개로 드러낸 것이라고 볼 수 있겠군.
④ 작품의 구성적 특징과 시대적 상황을 고려할 때, 〈제4장〉에서 '제비'에 대한 화자의 태도가 변화하여 '제비'와의 동질감을 바탕으로 '시름'을 풀어낸 것은, 정치적 세력 간의 화합을 이룰 수 있다는 기대감을 간접적으로 나타낸 것이겠군.
⑤ 작가의 생애와 시대적 상황을 고려할 때, 〈제6장〉에서 화자는 자신을 '매화'로, 임금을 '호접'으로 표현하여 자신의 충심을 임금이 알아주기를 바라지만 현실은 그렇지 못한 것에 대한 안타까움을 드러낸 것이겠군.

적중 예상

고전 시가 07

목표 시간	5분 00초		
시작	분 초	종료	분 초
소요 시간	분 초		

E 수록

[022-024] 다음 글을 읽고 물음에 답하시오. 14, 16, 17, 19, 21, 23

출몰사생(出沒死生)* 삼주야(三晝夜)에 노 지우고 닻을 지니
수로 천 리 다 지내니 추자 섬이 여기로다
도중(島中)으로 들어가니 적막하기 태심(太甚)*하다
사면으로 돌아보니 날 알 이 뉘 있으랴
ⓐ보이나니 바다요 들리나니 물소리라
벽해상전(碧海桑田) 갈린 후에 모래 모여 섬이 되니
추자 섬 생길 제는 천작 지옥(天作地獄)*이로다
해수(海水)로 성을 싸고 운산(雲山)으로 문을 지어
세상이 끊겼으니 인간은 아니로다
ⓑ풍도(酆都)* 섬이 어디메뇨 지옥이 여기로다
어디로 가잔 말고 뉘 집으로 가잔 말고
눈물이 가리우니 걸음마다 엎더진다

(중략)

의복을 돌아보니 한숨이 절로 난다
남방 염천(南方炎天)* 찌는 날에 빨지 못한 누비바지
땀이 배고 땀이 올라 굴뚝 막은 덕석*인가
덥고 검기 다 바리고 내암새를 어이하리
어와 내 일이야 가련히도 되었고나
ⓒ손잡고 반기난 집 내 아니 가옵더니
등 밀어 내치는 집 구차히 빌어 있어
옥식 진찬(玉食珍饌)* 어데 가고 **맥반 염장(麥飯鹽藏)*** 대하오며
금의 화복(錦衣華服)* 어데 가고 **현순 백결(懸鶉百結)*** 하였는고
ⓓ이 몸이 살았는가 죽어서 귀신인가
말하니 살았으나 모양은 귀신일다
한숨 끝에 눈물 나고 **눈물 끝에 한숨이라**
도로혀 생각하니 어이없어 웃음 난다
이 모양이 무슨 일고 미친 사람 되었고나
어와 보리가을 되었는가 전산 후산(前山後山) 황금빛이로다
ⓔ남풍은 때때 불어 보리 물결 치는고나
지게를 벗어 놓고 전간(田間)에 굼닐면서*
한가히 뵈는 농부 묻노라 저 농부야
밥 위에 보리술을 몇 그릇 먹었느냐
청풍(清風)에 취한 얼골 깨연들 무엇하리
연년이 풍년 드니 해마다 보리 베어
마당에 뚜드려서 방아에 쓸어 내어
일분(一分)은 밥쌀하고 일분(一分)은 술쌀하여
밥 먹어 배부르고 술 먹어 취한 후에
함포고복(含哺鼓腹)*하여 격양가(擊壤歌)*를 부르나니
농부의 저런 흥미 이런 줄 알았더면
공명을 탐(貪)치 말고 농사를 힘쓸 것을
백운(白雲)이 즐거운 줄 청운(靑雲)이 알았으면
탐화봉접(探花蜂蝶)*이 그물에 걸렸으랴
[A] 어제는 옳던 일이 오늘이야 왼 줄 아니
뉘우쳐 하는 마음 없다야 하랴마는
범 물릴 줄 알았으면 깊은 뫼에 들어가며
떨어질 줄 알았으면 높은 나무에 올랐으랴
천동할 줄 알았으면 잠간 누(樓)에 올랐으랴
파선(破船)할 줄 알았으면 전세 대동(田稅大同)* 실었으랴
실수할 줄 알았으면 내기 장기 벌였으랴
죄 지을 줄 알았으면 공명 탐차 하였으랴

– 안도환, 〈만언사〉

* 출몰사생: 살아서 없어지고 죽어서 존재함. 힘겨운 상황을 의미함.
* 태심: 너무 심함.
* 천작 지옥: 하늘이 만든 지옥.
* 풍도: 도가에서, '지옥'을 이르는 말.
* 남방 염천: 남쪽 지방의 몹시 무더운 날씨.
* 덕석: 추울 때에 소의 등을 덮어 주는 멍석.
* 옥식 진찬: 기름진 밥과 맛있는 음식.
* 맥반 염장: 보리밥과 소금국. 보잘것없는 식사를 의미함.
* 금의 화복: 비단으로 지은 옷과 물을 들인 천으로 만든 옷. 좋은 옷을 의미함.
* 현순 백결: 누덕누덕 기워 짧아진 옷. 해어져 갈기갈기 찢어진 의복.
* 굼닐면서: 몸을 굽혔다 일으켰다 하면서.
* 함포고복: 잔뜩 먹고 배를 두드린다는 뜻으로, 먹을 것이 풍족하여 즐겁게 지냄을 이르는 말.
* 격양가: 풍년이 들어 농부가 태평한 세월을 즐기는 노래.
* 탐화봉접: 꽃을 찾아다니는 벌과 나비.
* 전세 대동: 세금으로 걷은 쌀을 의미함.

022

ⓐ~ⓔ에 대한 설명으로 적절하지 않은 것은?

① ⓐ: 대구적 표현을 활용하여 '추자 섬'의 적막한 분위기를 부각하고 있다.

② ⓑ: 과장적 표현을 구사하여 '추자 섬'에 도착한 후의 화자의 절망적 심정을 드러내고 있다.

③ ⓒ: 과거와 현재를 대비하는 방식을 활용하여 '추자 섬'의 변화상에 대한 화자의 심정을 보여 주고 있다.

④ ⓓ: 자문자답의 방식을 활용하여 '추자 섬'에서 생활하는 자신에 대한 화자의 부정적 인식을 드러내고 있다.

⑤ ⓔ: 시각적 이미지를 활용하여 보리를 수확할 무렵의 '추자 섬'의 풍경을 묘사하고 있다.

023

[A]를 이해한 내용으로 가장 적절한 것은?

① 화자가 '청풍에 취한 얼골'을 깨우려고 한 것은 함께 '격양가를 부르'고자 한 것이군.

② 화자는 '농부의 저런 흥미'를 보고 '공명'을 탐했던 자신의 과거를 후회하고 있군.

③ 화자가 '오늘'에야 '왼 줄' 알게 된 것은 '청운'에 대한 미련이 남았기 때문이로군.

④ 화자는 '뉘우쳐 하는 마음'이 없어진 이후에 '누에 올'라갈 수 있게 된 것이군.

⑤ 화자는 '실수'를 하고 '죄'를 짓게 되어 '내기 장기'를 벌이고 '공명'을 탐하게 된 것이군.

024

〈보기〉를 바탕으로 윗글을 감상한 내용으로 적절하지 않은 것은?

보기
〈만언사〉는 조선 후기의 유배 가사로, 유배지에서의 일상을 사실적으로 풀어낸 작품이다. 작가인 안도환은 대전별감이라는 높은 벼슬을 했던 사대부로, 국고를 축내는 잘못을 저질러 추자도로 귀양을 간 뒤에 일상에서 경험하게 되는 경제적 궁핍과 심리적 고통을 작품 안에 낱낱이 담아내고 있다. 또한 이전과 달라진 자신의 처지에 대한 인식과 자신의 행동에 대한 자책, 귀양살이를 벗어나고 싶은 소망을 진솔하게 표현하고 있다. 이 때문에 〈만언사〉는 임금에 대한 연모와 우국을 강조하는 조선 전기의 유배 가사와 차별화되는 작품으로 평가된다.

① '어디로 가잔 말고 뉘 집으로 가잔 말고'는 추자도에 도착하여 의지할 데가 없는 작가의 외로움과 고통을 토로한 것이라고 할 수 있겠군.

② '남방 염천 찌는 날에 빨지 못한 누비바지', '맥반 염장', '현순 백결'은 귀양살이를 하며 겪는 경제적 어려움을 진솔하게 드러낸 것이라고 할 수 있겠군.

③ '눈물 끝에 한숨이라', '도로혀 생각하니 어이없어 웃음 난다'는 작가가 국고를 축내는 비리를 저지른 자신의 행동에 대해 뉘우치는 마음을 직접적으로 표현한 것이라고 할 수 있겠군.

④ '지게를 벗어 놓고 전간에 굼닐면서', '마당에 뚜드려서 방아에 쓸어 내어'는 작가가 농민의 일상과 관련된 소재를 등장시켜 추자도의 생활상을 사실적으로 보여 준 것이라고 할 수 있겠군.

⑤ '떨어질 줄 알았으면 높은 나무에 올랐으랴'는 작가가 귀양살이를 하기 전까지 자신의 처지가 달라질 줄을 인식하지 못하였음을 고백한 것이라고 할 수 있겠군.

고전 시가 08

목표 시간	6분 40초		
시작	분 초	종료	분 초
소요 시간	분 초		

E 수록

[025-028] 다음 글을 읽고 물음에 답하시오. (가) 14 / (나) 15, 17, 22 / (다) 24

(가) 형아 아우야 네 살을 만져 보아라
누구에게 태어났기에 모습조차 같은 것인가
한 젖 먹고 자랐으니 다른 마음을 먹지 마라 〈제3수〉

마을 사람들아 옳은 일 하자꾸나
사람이 되어 나서 **옳은 일 못하**면
마소에 **갓 고깔** 씌워 밥 먹이나 다르랴 〈제8수〉

오늘도 날이 밝았다 호미 메고 가자꾸나
내 논 다 매거든 네 논 좀 매어 주마
올 길에 뽕 따다가 누에 먹여 보자꾸나 〈제13수〉

– 정철, 〈훈민가〉

(나) 시어머님 며늘아기 나빠 부엌 바닥을 구르지 마오
빗에 받은 며느린가 값에 쳐 온 며느린가 밤나무 썩은 등걸에 휘초리*나같이 얄살피신* 시아버님 볕 쬔 쇠똥같이 되종고신* 시어머님 삼 년 결은 망태에 새 송곳 부리같이 뾰족하신 시누이님 당피 간 밭에 돌피 난 것같이 샛노란 외꽃 같은 피똥 누는 아들 하나 두고
건 밭에 메꽃 같은 며느리를 어디를 나빠하시는고

– 작자 미상

* 휘초리: 회초리. 가는 나뭇가지.
* 얄살피신: 매서우신.
* 되종고신: 말라빠진.

(다) 생각하다 할 수 없이 인두 가위 전당 주고
술 사 오고 양식 팔아 손님 대접 하였은들
그 무엇이 넉넉하여 제 요기를 하잔 말가
㉠이틀 사흘 묵은 손님 만류하기 무슨 일인고
봉제 접빈* 지성(至誠)인들 없는 바에 어이하리
제상에 밥 국 겨우 차려 놓으니 잔 드리는 이내 마음
일년일도 한 번 제사 이 모양이 한심하다 **불효의 제일죄**라
㉡사사이 생각하니 없는 것이 한이로다
분한 심사 다시 먹고 곰곰 생각 다시 하니
김 장자 이 부자는 근본적 부자런가
수족(手足)이 다 성하고 이목구비 온전하니
㉢내 힘써 내 먹으면 그 무엇을 부러워하리
비단 치마 입던 허리 행주치마 둘러 입고
운혜 당혜 신던 발에 석새짚신 졸여 신고
단장 안에 묵은 채마밭 갈고 매고 개간하여
오이 가지 굵게 길러 시장에 팔아 오고
뽕을 따 누에 쳐서 오색 당사 고운 실을
유황 같은 큰 베틀에 **필필이 짜**낼 적에
쌍원앙 공작이며 기린 봉황 범나비라
무늬도 찬란하고 수법도 기이하다
오희월녀* 고운 실은 수놓기로 다 쓰고
호상(豪商)*의 돈 천 냥은 비단 값이 부족하다
사이사이 틈을 타서 칠십 노인 수의 짓고
청실 복건(幅巾) 고운 **의복** 녹의홍상 처녀 치장
어린아이 색옷이며 대신 입는 관복이라
㉣저녁에 켜는 불로 새벽조반 얼른 짓네
알알이 세어 먹고 줌줌이 모아 보니
㉤양이 모여 관*이 되고 관이 모여 백이로다
(중략)
[A]
저 건너 **괴똥어미 시집살이** 하던 말을
너도 들어 알거니와 대강 일러 경계하마
제일 처음 시집올 제 가산(家産)이 만금(萬金)이라
마당에 노적(露積)이요 너른 광에 금은(金銀)이라
신행하여 오는 날에 가마문을 나서면서
눈을 들어 사방 살펴 기침을 크게 하니 신부 행실 바이없다
다담상(茶啖床)의 허다 음식 생밤 먹기 괴이하다
무슨 배가 그리 고파 국 마시고 떡을 먹고
좌중 부녀 어이 알아 떡 조각을 집어 들고
이도 주고 저도 주고 새댁 행실 전혀 없다
입구녁에 침이 흘러 연지분도 간데없고
아까울사 비단 치마 얼룽덜룽 흉악하다
신부 행동 그러하니 뉘 아니 외면하리
삼일을 지낸 후에 형용도 기괴하다
백주에 낮잠 자기 혼자 앉아 군소리며
둘이 앉아 흉보기와 문틈으로 손 보기며
담에 올라 시비 구경 어른 말씀 토 달기와
금강산 어찌 알고 구경한 이 둘째로다

– 작자 미상, 〈복선화음가〉

* 봉제 접빈: 봉제사 접빈객. 조상의 제사를 받들어 모시는 일과 손님을 모시는 일.
* 오희월녀: 오나라와 월나라의 미녀.
* 호상: 큰 규모로 장사하는 상인. 또는 돈이 많은 상인.
* 관: 예전에, 엽전을 묶어 세던 단위. 한 관은 엽전 열 냥을 이른다

025

(가)~(다)의 공통점으로 가장 적절한 것은?

① 과거와 현재를 대비하여 문제 상황의 심각성을 부각하고 있다.
② 계절감을 환기하는 소재를 활용하여 시적 분위기를 조성하고 있다.
③ 설의적 표현을 활용하여 대상에 대한 화자의 인식을 드러내고 있다.
④ 명령형 종결 어미를 활용하여 화자가 말하려는 바를 강조하고 있다.
⑤ 의인화된 청자에게 말을 건네는 방식으로 화자의 당부를 나타내고 있다.

026

〈보기〉를 바탕으로 (가)와 (다)를 감상한 내용으로 적절하지 않은 것은?

보기

조선 시대에는 충효, 형제간 우애, 현모양처의 부덕(婦德), 조상 및 노인 공경, 상부상조 및 근면 등과 같은 유교적 윤리관에 바탕으로 둔 사회적 덕목을 권장하기 위해 문학을 활용하는 경우가 많았다. (가)는 유교적 윤리관에 근거하여 백성들을 깨우치고 올바른 삶으로 이끌기 위해 사대부가 지은 연시조이고, (다)는 당시 부녀자들이 지켜야 할 도리를 알리려는 의도를 지닌 계녀가(誡女歌)이다. (가)와 (다)는 모두 다양한 방법을 동원하여 설득의 효과를 높이고 있다.

① (가)의 〈제8수〉에서는 '옳은 일 못하'는 사람을 '갓 고깔'을 씌운 '마소'에 빗대어 올바르게 살아가야 한다는 교훈을 강조하는군.
② (가)의 〈제13수〉에서는 화자가 '내 논 다 매거든 네 논 좀 매어 주마'라며 자신도 유교적 덕목을 실천하고 있음을 들어 상부상조의 실천에 대한 설득력을 높이는군.
③ (다)에서는 '제상에 밥 국'만 '겨우 차려 놓'은 것이 '불효의 제일 죄'라며 안타까워하는 화자의 태도를 통해 조상 공경이라는 유교적 윤리관을 부각하는군.
④ (다)에서는 화자가 직접 '필필이 짜' 낸 비단으로 틈틈이 집안 식구들에게 입힐 여러 가지 '의복'을 만드는 모습을 통해 현모양처의 덕행을 보여 주는군.
⑤ (다)에서는 '괴똥어미'가 제멋대로 '시집살이'하며 보이는 모습을 풍자적으로 묘사하여 부녀자로서 지켜야 할 도리를 부각하는군.

027

(나)와 [A]에 대한 설명으로 가장 적절한 것은?

① (나)에서는 개인적 경험을 일반화하여 대상을 희화화하고 있으며, [A]에서는 대상에 대한 원망을 자연물에 투영하고 있다.
② (나)에서는 행동 묘사를 통해 '며느리'의 성격을 암시하고 있으며, [A]에서는 외양 묘사를 통해 '새댁'의 성격을 암시하고 있다.
③ (나)에서는 '며느리'를 힘들게 하는 인물들을 비판하고 있으며, [A]에서는 화자에게 해를 끼치는 인물의 행위를 묘사하고 있다.
④ (나)에서는 여러 인물을 일상적 사물에 빗대어 평가하고 있으며, [A]에서는 특정 인물의 행위를 나열하며 인물을 평가하고 있다.
⑤ (나)에서는 부정적 현실을 극복하려는 '며느리'의 의지가 드러나 있으며, [A]에서는 '신부'를 배려하는 화자의 모습이 드러나 있다.

028

〈보기〉를 참고하여 ㉠~㉤을 이해한 내용으로 적절하지 않은 것은?

보기

18세기 후반부터 경제적으로 몰락한 사족(士族)이 급증하였다. 그런데 대부분의 양반 남성들은 집안 사정에 아랑곳하지 않고 과거를 준비하거나 사대부로서의 체면을 유지하려 했기에 여성들이 실질적으로 집안의 일을 책임져야 하는 경우가 많았다. 이 때문에 치산(治産), 즉 재산을 모으고 관리하는 일이 육아나 식사 준비, 길쌈, 바느질 같은 일상적 가사 노동과 더불어 여성의 중요한 의무 중 하나가 되었다. 이런 상황은 가족을 위한 가사 노동이 재산 증식을 목적으로 하는 노동으로 변하는 현상으로 이어졌다.

① ㉠: 집안 사정을 생각하지 않고 양반가의 체면만 지키는 모습에 대한 화자의 원망이 나타나 있다.
② ㉡: 경제적으로 몰락한 집안 형편이 문제의 근본적 원인임을 인식한 화자의 모습이 나타나 있다.
③ ㉢: 자신의 힘으로 집안을 일으켜 세우며 실질적으로 집안의 일을 책임지려는 화자의 의지가 나타나 있다.
④ ㉣: 가족을 위한 일상적인 가사 노동이 치산을 위한 노동으로 변하고 있는 상황이 나타나 있다.
⑤ ㉤: 쉴 틈 없이 노동하고 먹을 것도 아낀 결과로 재산이 불어나고 있는 상황이 나타나 있다.

적중 예상

고전 시가 09

목표 시간	5분 00초		
시작	분 초	종료	분 초
소요 시간	분 초		

E 수록

[029-031] 다음 글을 읽고 물음에 답하시오. (가) 16, 17, 20, 24 / (나) 21, 23

(가)

[A]

일곡은 어디메오 **관암에 해 비췬다**
평무(平蕪)에 내 거드니 원산(遠山)이 그림이로다
송간(松間)에 녹준을 노코 벗 오는 양 보노라 〈제2수〉

이곡은 어디메오 **화암에 춘만(春晩)커다**
벽파에 곳을 띄워 **야외**로 보내노라
사람이 **승지**(勝地)를 모로니 알게 한들 엇더리 〈제3수〉

사곡(四曲)은 어디메오 **송애(松崖)에 해 넘거다**
담심 암영(潭心巖影)은 온갖 비치 잠겨셰라
임천(林泉)이 깁도록 됴흐니 흥(興)을 계워 하노라 〈제5수〉

오곡은 어디메오 **은병(隱屛)이 보기 됴타**
수변(水邊) 정사는 소쇄함도 가이 업다
이 중에 **강학(講學)**도 **하려니와** 영월음풍 하리라 〈제6수〉

구곡은 어디메오 **문산**에 **세모(歲暮)**커다
기암괴석이 **눈 속**에 무쳐셰라
유인(遊人)은 오지 아니하고 볼 것 업다 하더라 〈제10수〉

– 이이, 〈고산구곡가〉

(나) 세상(世上)의 버린 몸이 견무(畎畝)*의 늘거 가니
밧겻 일 내 모르고 하는 일 무사 일고
이 중의 **우국성심**은 연풍(年豊)을 원하노라 〈제1수〉

[B]

농인이 와 이로되 봄 왓네 바트 가새
압집의 쇼보 잡고 뒷집의 따보 내네
두어라 내 집부터 하랴 남 하니 더욱 됴타 〈제2수〉

여름날 더운 적의 단 따히 부리로다
밧고랑 매쟈 하니 **땀 흘너 따희 듯네**
어사와 입립신고(粒粒辛苦)* 어늬 분이 알으실고 〈제3수〉

가을희 곡셕 보니 **됴흠도 됴흘셰고**
내 힘의 닐운 거시 머거도 마시로다
이 밧긔 천사만종(千駟萬鐘)*을 부러 무슴 하리오 〈제4수〉

밤의란 사츨 꼬고 나죄란 뛰를 부여
초가(草家)집 자바 매고 농기(農器)졈 차려스라
내년(來年)희 봄 온다 하거든 결의 **종사(從事)**하리라 〈제5수〉

새배 빗나쟈 나셔 백설(百舌)이 소릐한다
일거라 아해들아 **밧 보러 가쟈스라**
밤사이 이슬 긔운에 얼마나 길었는고 하노라 〈제6수〉

보리밥 지어 담고 도트랏 갱을 하여
배골는 **농부(農夫)**들을 진시(趁時)에 머겨스라
아해야 **한 그릇** 올녀라 친(親)히 맛바 보내리라 〈제7수〉

서산(西山)애 해 지고 풀 긋테 이슬난다
호믜를 둘너메고 **달 듸여 가쟈스라**
이 중의 즐거운 뜻을 닐러 무슴 하리오 〈제8수〉

– 이휘일, 〈저곡전가팔곡〉

* 견무: 밭의 고랑과 이랑.
* 입립신고: 낟알 하나하나가 모두 농부의 피땀 어린 결정체라는 뜻.
* 천사만종: 많은 말이 끄는 수레와 많은 봉록.

029

(가), (나)에 대한 설명으로 가장 적절한 것은?

① (가)의 '사람'은 '야외'보다 '승지'를 더 지향하는 사람이다.
② (가)의 '유인'은 '눈 속'에 묻힌 것들의 가치를 알지 못한다.
③ (나)의 '밧겻 일'은 '우국성심'을 위해 실천하고자 하는 일이다.
④ (나)의 '내년'은 정치적 이상을 이루어 '종사'하는 때이다.
⑤ (나)의 '농부들'은 배곯는 중에도 '한 그릇'을 서로 나눌 줄 아는 사람들이다.

030

[A], [B]를 이해한 내용으로 적절하지 <u>않은</u> 것은?

① [A]: '원산'을 '그림'과 '벗'에 빗대어 그것을 바라보고 있는 기쁨을 표현하고 있다.
② [A]: '벽파에 곳을 띄'우는 행위를 제시하여 화암의 아름다운 봄 경치를 알려 주고자 하는 마음을 표현하고 있다.
③ [B]: '압집의 쇼보 잡고 뒷집의 따보 내네'의 대구를 통해 상부상조하는 농촌의 모습을 표현하고 있다.
④ [B]: 달구어진 땅을 '부리로다'라고 과장하여 한여름 농촌의 역동적 모습을 표현하고 있다.
⑤ [B]: '어늬 분이 알으실고'라는 의문형 표현을 통해 곡식에 담긴 농부의 수고로움이 매우 큼을 표현하고 있다.

031

〈보기〉를 바탕으로 (가), (나)를 감상한 내용으로 적절하지 <u>않은</u> 것은?

> **보기**
>
> 〈고산구곡가〉와 〈저곡전가팔곡〉은 시간적 질서와 공간의 이동을 통해 현재 생활에 대한 만족감을 드러내고 있다. 〈고산구곡가〉는 무이산에서 발견한 자연의 아름다움과 그 안에 담긴 도(道)와 이상을 다루고, 〈저곡전가팔곡〉은 농민들과 일상을 함께하며 발견한 농사일에 대한 정서를 다루고 있다.

① (가)에서 '관암에 해 비쵠다'와 '송애에 해 넘거다'를 통해 시간적 질서를 바탕으로 자연 풍경을 묘사하고 있음을 알 수 있군.
② (가)에서 '임천이 깁도록 됴흐니'와 '강학도 하려니와'를 통해 화자가 자연 속에서 만족감을 느끼는 데 그치지 않고 학문에도 정진하고자 함을 알 수 있군.
③ (가)에서 '화암에 춘만커다', '은병이 보기 됴타', '문산에 세모커다'를 통해 무이산의 이곳저곳을 돌아다니며 발견한 자연의 아름다움을 제시하고 있음을 알 수 있군.
④ (나)에서 '땀 흘너 따희 듯네', '됴흠도 됴흘셰고'를 통해 화자가 각 계절에 필요한 농촌 일을 해 나가면서 농사일의 어려움은 물론 즐거움도 느끼고 있음을 알 수 있군.
⑤ (나)에서 '밧 보러 가쟈스라', '달 듸여 가쟈스라'를 통해 화자가 대비되는 두 공간을 경험해 봄으로써 농민들과 일상을 함께하는 삶에 대한 만족감이 강화되고 있음을 알 수 있군.

적중 예상

고전 시가 10

목표 시간	6분 40초
시작 분 초	종료 분 초
소요 시간	분 초

E 수록

[032-035] 다음 글을 읽고 물음에 답하시오. (가) 15, 20, 23 / (다) 16, 18, 20, 24

(가) 말에서 내려와 사람 부르니 下馬問人居
부인이 문을 열고 나와 보고는 婦女出門看
초가집 안으로 맞아들이고 坐客茅屋下
나그네 위하여 밥상 내온다 爲客具飯餐
바깥어른은 어디 계시오 丈夫亦何在
아침에 쟁기 들고 산에 갔다오 扶犁朝上山
산밭은 너무나 갈기 어려워 山田苦難耕
해가 저물도록 못 오신다오 日晩猶未還
사방을 둘러봐도 이웃은 없고 四顧絕無鄰
개와 닭들 비탈에서 서성대누나 雞犬依層巒
숲속에는 무서운 **호랑이** 많아 中林多猛虎
뜯은 콩잎 광주리에 반도 안 된다 采藿不盈盤
가련할손 이곳이 뭐가 좋다고 哀此獨何好
척박한 ㉠두메산골 산단 말인가 崎嶇山谷間
편안할사 저 너머 **평지**의 생활 樂哉彼平土
가고파도 고을 관리 너무 무서워 欲往畏縣官

– 김창협, 〈산민〉

(나) **제비** 한 마리 처음 날아와 燕子初來時
지지배배 그 소리 그치지 않네 喃喃語不休
말하는 뜻 분명히 알 수 없지만 語意雖未明
집 없는 서러움을 호소하는 듯 似訴無家愁
"느릅나무 홰나무 묵어 구멍 많은데 楡槐老多穴
어찌하여 그곳에 깃들지 않니?" 何不此淹留
제비 다시 지저귀며 燕子復喃喃
사람에게 말하듯 似與人語酬
"**느릅나무 구멍**은 **황새**가 쪼고 楡穴鸛來啄
홰나무 구멍은 뱀이 와서 뒤진다오." 槐穴蛇來搜

– 정약용, 〈고시 8〉

(다) 논밭 갈아 기음매고 베잠방이 다임* 쳐 신들메고*
낫 갈아 허리에 차고 도끼 벼려* 둘러매고 ㉡무림 산중(茂林山中) 들어가서 삭정이* 마른 섶을 베거니 버히거니 지게에 짊어 지팡이 받쳐 놓고 새암을 찾아가서 점심 도시락 부시고* 곰방대를 톡톡 떨어 잎담배 피어 물고 콧노래에 졸다가
석양이 재 넘어갈 제 어깨를 추키면서 긴소리 짧은소리 하며 어이 갈꼬 하더라

– 작자 미상

* 다임: 대님. 한복에서, 남자들이 바지를 입은 뒤에 그 가랑이의 끝 쪽을 접어서 발목을 졸라 매는 끈.
* 신들메고: 신이 벗어지지 않도록 발에 잡아매고.
* 벼려: 무디어진 연장의 날을 불에 달구어 두드려서 날카롭게 만들어.
* 삭정이: 살아 있는 나무에 붙어 있는, 말라 죽은 가지.
* 부시고: 다 비우고.

032

(가)~(다)에 대한 설명으로 적절하지 <u>않은</u> 것은?

① (가), (나)는 (다)와 달리 과거와 현재의 대비를 통해 과거 사건이 현재에 미친 영향을 부각하고 있다.
② (가), (나)는 (다)와 달리 대화의 형식을 활용하여 시적 대상이 처한 현실을 형상화하고 있다.
③ (가)는 (다)와 달리 감정을 나타내는 시어를 통해 시적 대상이 느끼는 정서를 직접적으로 드러내고 있다.
④ (나)는 (가), (다)와 달리 우의적 기법을 활용하여 주제 의식을 부각하고 있다.
⑤ (다)는 (가), (나)와 달리 시적 대상의 일상을 시간의 흐름에 따라 열거하여 구체적으로 제시하고 있다.

033

〈보기〉를 참고하여 (가)와 (나)를 감상한 내용으로 가장 적절한 것은?

보기

부패한 관리들에 의한 수탈은 예전부터 있었지만 조선 후기에는 그 정도가 매우 심각했다. 관권이 강화되며 향촌 사회에서 수령과 향리의 영향력이 커진 데 더해 매관매직이 성행하면서 이를 통해 수령직에 오른 관리들이 조세 제도를 악용하여 백성들을 가혹하게 수탈하였기 때문이다. 백성들은 수탈을 피해 향촌을 떠나 떠돌아다니며 살 수밖에 없었다. 문학에서도 이러한 현실을 효과적으로 드러낸 작품들이 등장하여 기존의 관념적인 작품들과는 차이를 보였다.

① (가)의 '초가집'은 (나)의 '느릅나무 구멍'과 달리 수령의 수탈에서 벗어난 안정된 상태를 의미한다.
② (가)의 '나그네'와 (나)의 '제비' 모두 수탈을 피해 고향을 떠난 백성들의 모습을 보여 준다.
③ (가)에서 '사방을 둘러봐도 이웃은 없'는 것과 (나)에서 '집 없는 서러움을 호소하는' 모습은 모두 관리의 수탈로 인한 백성들의 고난의 삶을 보여 준다.
④ (가)의 '호랑이'와 (나)의 '황새'는 백성들을 수탈하는 수령과 향리의 모습을 상징적으로 나타낸다.
⑤ (가)의 '평지'는 관리들의 수탈에서 벗어난 공간인 반면, (나)의 '홰나무 구멍'은 관리들에 의해 서민들의 일상이 깨어진 공간을 의미한다.

034

㉠과 ㉡을 이해한 내용으로 가장 적절한 것은?

① ㉠과 ㉡ 모두 화자가 이상적으로 바라보는 공간에 해당한다.
② ㉠과 ㉡ 모두 시적 대상이 벗어나고자 하는 부정적인 현실을 의미한다.
③ ㉠과 ㉡ 모두 시적 대상이 고된 현실에서 벗어날 수 있다는 희망을 잃지 않고 살아가는 공간에 해당한다.
④ ㉠은 시적 대상이 힘들지만 서로 의지하며 살아가는 공간인 반면, ㉡은 시적 대상이 혼자서 외로이 살아갈 수밖에 없는 공간을 의미한다.
⑤ ㉠이 시적 대상이 현실의 어려움을 피하기 위해 선택한 차선책이라면, ㉡은 시적 대상이 정신적 여유를 누리며 살아가는 공간을 의미한다.

035

(다)와 〈보기〉를 비교하여 이해한 내용으로 적절하지 않은 것은?

보기

새로 거른 막걸리 젖빛처럼 뿌옇고
큰 사발에 보리밥, 높기가 한 자로세.
밥 먹자 도리깨 잡고 마당에 나서니
검게 탄 두 어깨 햇볕 받아 번쩍이네.
옹헤야 소리 내며 발 맞추어 두드리니
삽시간에 보리 낟알 온 마당에 가득하네.
주고받는 노랫가락 점점 높아지는데
보이느니 지붕 위에 보리 티끌뿐이로다.
그 기색 살펴보니 즐겁기 짝이 없어
마음이 몸의 노예 되지 않았네.
낙원이 먼 곳에 있는 게 아닌데
무엇하러 벼슬길에 헤매고 있으리오.

– 정약용, 〈보리타작〉

① (다)와 달리 〈보기〉에서는 대조적 의미의 시어를 활용해 화자가 지향하는 바를 드러내고 있다.
② (다)와 달리 〈보기〉의 화자는 대상에 대한 긍정적 평가와 더불어 자신에 대한 반성적 태도를 드러내고 있다.
③ (다)와 〈보기〉에서는 청각적 이미지를 활용하여 시적 대상의 노동 과정을 형상화하고 있다.
④ (다)와 〈보기〉 모두 농촌 생활과 관련된 소재를 사용하여 시적 장면을 사실적으로 표현하고 있다.
⑤ (다)는 시적 대상을 관찰한 내용을 중심으로 시상을 전개하는 반면, 〈보기〉는 시적 대상을 관찰한 내용을 먼저 제시한 후 그에 따른 화자의 정서를 제시하며 시상을 전개하고 있다.

대표 기출 현대시 ❶

[1~3] 다음 글을 읽고 물음에 답하시오. 2022학년도 6월 평가원 32~34번

(가)

무너지는 꽃 이파리처럼
하강 이미지. '서른 나문 해'를 시각적으로 표현함.
휘날려 발 아래 깔리는
하강 이미지. 초라하고 보잘것없음.
서른 나문 해야 ▶ 서른 해 남짓의 살아온 삶
서른 남짓의 해. 화자가 살아온 인생

부정적 상황의 지속적 심화
구름같이 피려던 뜻 날로 굳어
이상의 좌절과 그로 인한 체념으로 활력을 잃은 삶의 모습
한 금 두 금 곱다랗게 감기는 연륜(年輪) ▶ 이상을 펼치지 못한 채 활력을 잃은 삶
추상적 대상을 '나이테'로 구체화함.

자연물에 빗대어 화자의 움직임을 나타냄.(직유법, 동적 이미지)
갈매기처럼 꼬리 떨며
화자가 지향하는 공간
「산호 핀 바다 바다에 나려앉은 섬으로 가자」 ▶ 이상적 공간(섬)으로 떠나고 싶은 마음
「 」: 청유형 문장으로 화자의 다짐과 각오를 드러냄.

『 』: 시각적 이미지를 통해 이상적인 공간인 섬의 모습을 표현함.
『비취빛 하늘 아래 피는 꽃은 맑기도 하리라
색채어 사용 – 푸른빛
무너질 적에는 눈빛 파도에 적시우리』 ▶ 섬의 아름다운 모습
색채어 사용 – 흰빛

보잘것없고 변변치 않은 지나온 삶
초라한 경력을 육지에 막은 다음
부정적 공간(↔ 섬)
주름 잡히는 연륜마저 끊어버리고
지금까지의 삶에 대한 부정
나도 또한 불꽃처럼 열렬히 살리라 ▶ 열정적인 삶을 살고자 하는 의지
열정적인 삶을 살겠다는 의지

– 김기림, 〈연륜〉

지문 분석

꼭꼭 check!

화자와 시적 상황

이 시의 화자는 서른 남짓의 해를 살아온 사람으로, 자신의 지나온 삶을 초라하고 보잘것없는 부정적인 것으로 인식하고 있다.

화자의 정서와 태도

화자는 날로 굳어 삶의 활력을 잃은 상태를 연륜으로 표현하며 과거와 결별하고, 아름다운 '섬'으로 가 열정적인 삶을 살겠다는 의지를 드러내고 있다.

주제

초라한 삶에서 벗어나 열정적인 삶을 살겠다는 다짐

감상 Guide!

• 지나온 삶에 대한 화자의 인식

화자는 지나온 삶을 '서른 나문 해'라고 하면서 이를 초라하고 보잘것없는 모습으로 표현하고 있다.

초라하고 보잘것없는 지나온 삶
• '무너지는 꽃 이파리'에 비유함. • '무너지는', '발 아래 깔리는' 등의 하강 이미지를 통해 시각적으로 표현함.

• 시상 전개 방식

초라하고 보잘것없는 현실에서 삶의 활력을 잃어버렸던 화자는 이상적 공간인 '섬'을 그리며 그곳에서 '육지'에서 쌓은 연륜을 다 끊어 버리고 '불꽃처럼 열렬히' 살 것을 다짐한다. 이로 보아, 이 시는 '육지'라는 현실에서 '섬'이라는 이상으로의 이동을 가정한 시상 전개를 보여 주고 있다.

육지(현실)	무너지는 꽃 이파리처럼 휘날려 발 아래 깔리는 초라한 삶
↓	
섬(이상)	비취빛 하늘과 맑은 꽃, 눈빛 파도가 있는 섬에서 불꽃처럼 열렬히 사는 삶

• 표현상 특징

비유적 표현	'꽃 이파리처럼', '구름같이', '갈매기처럼', '불꽃처럼' → 대상을 구체적 · 감각적으로 표현함.
색채어	'비취빛 하늘', '눈빛 파도' → 이상적 공간인 섬의 분위기를 표현함.
종결 어미 활용	'가자', '살리라' → 리듬감을 형성하고 화자의 의지를 강조함.

(나)

「제 손으로 만들지 않고
「 」: 편의적, 일회적 가치에 매몰된 삶의 모습을 압축적으로 제시함.
한꺼번에 싸게 사서
현대 자본주의 사회의 소비 형태
마구 쓰다가

망가지면 내다 버리는」

플라스틱 물건처럼 느껴질 때 ▒: 동일한 문장 구조와 서술어의 반복 → 운율 형성, 화자의 소망 강조
가치 없는 존재, 소모적이고 몰개성적인 존재
나는 **당장** 버스에서 뛰어내리고 싶다 ▶ 1~6행: 무가치하고 몰개성적인 삶에 대한 회의
무가치하고 몰개성적인 삶에 대한 거부
현대 아파트가 들어서며
현대 문명, 산업화의 산물
홍은동 사거리에서 사라진
구체적 지명 활용 → 사실성 부여
털보네 대장간을 찾아가고 싶다 ▶ 7~9행: 사라진 대장간에 찾아가고 싶은 마음
가치 있는 것들을 만들어 내는 공간
「풀무질로 이글거리는 불 속에 「 」: 무쇠 낫을 만드는 과정. 무가치한 삶을 가치 있게 단련하는 과정을 비유함.
불을 피울 때 바람을 일으키는 일
시우쇠처럼 나를 달구고
무쇠를 불에 달구어 단단하게 만든 쇠붙이
모루 위에서 벼리고
무디어진 연장의 날을 불에 달구어 두드려서 날카롭게 만들고
숫돌에 갈아」
칼이나 낫 따위의 연장을 갈아 날을 세우는 데 쓰는 돌
시퍼런 무쇠 낫으로 바꾸고 싶다
가치 있는 존재 ①
땀 흘리며 두들겨 **하나씩** 만들어 낸 △ → □ 부정적 긍정적
가치 있는 존재가 되기 위한 노력
꼬부랑 호미가 되어
가치 있는 존재 ②
소나무 자루에서 송진을 흘리면서
호미 자루
대장간 벽에 걸리고 싶다 ▶ 10~18행: 가치 있고 진정성 있는 삶에 대한 열망
삶의 의미를 찾을 수 있는 공간
지금까지 살아온 인생이
지나온 삶에 대한 반성
온통 부끄러워지고

직지사 해우소
화장실
아득한 나락으로 떨어져 내리는
하강 이미지
똥덩이처럼 느껴질 때
플라스틱 물건처럼 가치 없는 존재
나는 가던 길을 멈추고 문득
어딘가 걸려 있고 싶다 ▶ 19~25행: 삶에 대한 반성과 참된 삶의 추구
가치 있는 존재가 되고 싶은 마음

– 김광규, 〈대장간의 유혹〉

문제로 Pick 학습법

화자가 처해 있는 부정적 현실과 그에 대한 화자의 대응 방식은 작품의 주제 의식과 관련지어 문제화된다.

3 〈보기〉를 참고하여 (가), (나)를 감상한 내용으로 적절하지 않은 것은?

④ (나)에서 '가던 길을 멈추고' '걸려 있고 싶다'고 표현한 것은, 화자가 추구하는 가치를 표상하는 사물의 상태가 되고 싶다고 진술함으로써 결핍에서 벗어나고자 하는 의지를 드러낸 것이겠군. (O)

지문 분석

꼼꼼 check!

화자와 시적 상황
이 시의 화자는 무가치하게 느껴지는 자신의 삶을 되돌아보면서 스스로를 단련하여 가치 있는 존재로 거듭나고 싶은 소망을 드러내고 있다.

화자의 정서와 태도
화자는 무가치하고 몰개성적인 현대 문명의 현실을 비판하며, 가치 있고 진정성 있는 삶을 살고 싶다는 소망과 의지를 드러내고 있다.

주제
가치 있는 삶에 대한 소망

감상 Guide!

• 공간의 대비

현대 아파트	• 현대 문명 사회의 산물 • 가치 있는 존재가 사라진 공간 • 개성이 없고 비인간적임.
↕	
털보네 대장간	• 지금은 사라진 과거의 공간 • 개성적이고 가치 있는 삶이 존재하는 공간

• 소재의 대비

화자가 거부하는 대상과 화자가 지향하는 대상이 대비를 이루며, 이를 통해 가치 있는 삶을 살고 싶어 하는 화자의 소망을 나타내고 있다.

플라스틱 물건, 똥덩이	• 쓸모없고 하찮은 존재 • 편의적 · 일회적인 것으로 화자가 거부하는 대상
↕	
무쇠 낫, 꼬부랑 호미	• 가치 있는 존재 • 단련하며 만들어진 개성적인 것으로 화자가 지향하는 대상

• 표현상 특징

직유법	'플라스틱 물건처럼', '시우쇠처럼', '똥덩이처럼' → 대상이 지닌 속성을 구체적으로 드러냄.
동일한 문장 구조 반복	'플라스틱 물건처럼 느껴질 때 / 나는 당장 버스에서 뛰어내리고 싶다', '똥덩이처럼 느껴질 때 / 나는 가던 길을 멈추고 문득 / 어딘가 걸려 있고 싶다' → 시적 통일감을 강화하고 운율을 형성함. 화자의 현실 인식과 소망을 강조함.
구체적 지명 활용	'현대 아파트', '홍은동 사거리', '털보네 대장간' → 사실성과 현장감을 부여함.

현대시

대표 기출 현대시 ❶

1 (가)와 (나)에 대한 설명으로 가장 적절한 것은?

① (가)는 (나)와 달리 과정을 나타내는 시어들을 나열하여 시간의 급박한 흐름을 드러내고 있다.

② (나)는 (가)와 달리 자연물에 빗대어 화자의 움직임을 드러내고 있다.

③ (나)는 (가)와 달리 색채어를 활용하여 공간적 배경이 만들어 내는 분위기를 드러내고 있다.

④ (가)와 (나)는 모두 하강의 이미지가 담긴 시어를 활용하여 화자의 인식을 드러내고 있다.

⑤ (가)와 (나)는 모두 표면에 드러난 청자에게 말을 건네는 방식으로 화자의 정서를 드러내고 있다.

핵심 기출 유형

유형 표현상의 특징 파악하기

• **이 유형은?**

시는 사상과 감정을 함축적이고 운율적인 언어로 형상화하는 문학 갈래이다. 이 때문에 시는 그 작품만의 독특한 표현상의 특징을 가지게 된다. 이 유형은 시에서 사용한 표현법과 그 효과, 시상 전개 방식 등을 파악할 수 있는지를 종합적으로 평가한다.

대표 발문

▶ (가), (나)에 대한 설명으로 가장 적절한(적절하지 않은) 것은?
▶ [A]~[E]의 표현상 특징에 대한 설명으로 가장 적절한(적절하지 않은) 것은?

해결 Tip

표현상의 특징은 주로 운율, 시행 배열, 시어, 어조, 이미지, 구조 등을 통해 드러나므로 작품 속에서 이를 파악한다.

↓

작품의 내용과 관련하여 표현상의 특징이 주는 효과와 주제 형성에 기여하는 바를 파악한다.

2 (가), (나)의 시어에 대한 이해로 적절하지 않은 것은?

① (가)에서 '열렬히'는 화자가 추구하는 삶에 대한 적극적인 태도를 표방한다.

② (나)에서 '한꺼번에'와 '하나씩'의 대조는 개별적인 존재의 고유성을 부각한다.

③ (나)에서 '온통'은 화자의 성찰적 시선이 자신의 삶 전반에 걸쳐 있음을 부각한다.

④ (가)에서 '날로'는 부정적 상황의 지속적인 심화를, (나)에서 '당장'은 당면한 상황에서 벗어나려는 절박감을 강조한다.

⑤ (가)에서 '또한'은 긍정적인 존재와 화자의 동질성을, (나)에서 '마구'는 부정적으로 취급되는 대상과 화자 간의 차별성을 부각한다.

유형 화자의 정서와 태도 파악

• **이 유형은?**

시인은 시 속에서 말을 하는 사람인 화자를 대리인으로 내세워 주제를 전달한다. 따라서 시적 대상이나 상황 등에 대해 화자가 어떠한 정서와 태도를 보이는지 파악하는 것은 시를 이해하는 데 기본이 된다. 이 유형은 화자가 처한 상황, 그에 대한 정서와 태도를 올바르게 파악할 수 있는지를 평가한다.

대표 발문

▶ [A]에 대한 이해로 가장 적절한(적절하지 않은) 것은?
▶ ㉠, ㉡에 대한 이해로 가장 적절한(적절하지 않은) 것은?

해결 Tip

작품 속 화자나 시적 대상을 찾고, 작품에 드러난 시적 상황을 파악한다.

↓

화자의 목소리, 즉 어조를 통해 화자의 정서와 태도를 파악한다.

↓

시적 상황과 관련하여 시어나 시구에 담긴 화자의 정서와 태도를 파악한다.

3 〈보기〉를 참고하여 (가), (나)를 감상한 내용으로 적절하지 않은 것은? [3점]

보기

시인은 결핍을 느끼는 상황에서 새로운 가치를 발견하고 이를 통해 삶을 성찰하는 경우가 많다. 예컨대 〈연륜〉은 축적된 인생 경험에서, 〈대장간의 유혹〉은 현대인이 추구하는 편리함에서 결핍을 발견한 화자를 통해 일상에서 경험하는 것들이 재해석된다. 두 작품은 결핍된 상황에서 벗어나려는 의지를 구심점으로 삼아 시상을 전개한다.

① (가)에서 '서른 나문 해'를 '초라한 경력'으로 표현한 것은, 화자가 자신이 살아온 인생을 변변치 않은 경험으로 재해석한 것이겠군.
② (가)에서 '불꽃'을 긍정적인 이미지로 표현한 것은, '주름 잡히는 연륜'에 결핍되어 있는 속성을 끊을 수 있는 수단이라는 의미로 재해석한 것이겠군.
③ (나)에서 지금은 사라진 '털보네 대장간'을 '찾아가고 싶다'고 표현한 것은, 일상에서 결핍된 가치를 찾고자 하는 화자의 열망을 공간에 투영한 것이겠군.
④ (나)에서 '가던 길을 멈추고' '걸려 있고 싶다'고 표현한 것은, 화자가 추구하는 가치를 표상하는 사물의 상태가 되고 싶다고 진술함으로써 결핍에서 벗어나고자 하는 의지를 드러낸 것이겠군.
⑤ (가)에서 '육지'를 지나간 시간을 막아 둘 공간으로, (나)에서 '버스'를 벗어나고 싶은 공간으로 표현한 것은, '육지'와 '버스'를 화자가 결핍을 느끼는 공간으로 재해석한 것이겠군.

핵심 기출 유형

유형 외적 준거에 따른 작품 감상

• 이 유형은?

외적 준거란 작품 이외에 추가로 제공된 자료를 말하는데, 창작 의도, 작가, 주제, 표현 방식, 사회적 배경, 교훈 등 작품과 관련된 모든 요소를 포함한다. 이 유형은 외적 준거를 기준으로 하여 작품을 올바르게 해석하거나 감상할 수 있는지를 평가한다.

대표 발문

▸ 〈보기〉를 참고하여 (가), (나)를 감상한 내용으로 가장 적절한(적절하지 않은) 것은?
▸ 〈보기〉를 참고하여 ㉠~㉤의 의미를 설명한 것으로 가장 적절한(적절하지 않은) 것은?

해결 Tip

화자, 시어, 표현 등을 중심으로 작품의 내용을 이해한다.

↓

〈보기〉 자료로 제시된 관점이나 맥락과 비교하여 선지의 적절성을 판단한다.

현대시

대표 기출 현대시 ❷

[4~6] 다음 글을 읽고 물음에 답하시오. 2021학년도 수능 43~45번

(가)

눈이 많이 오던 화자의 고향 – 가족이 있는 곳
눈이 오는가 북쪽엔 ◯: 의문형 어미 '-는가'의 반복 → 그리움의 정서 고조, 운율감 형성
고향에 대한 그리움의 매개체
함박눈 쏟아져 내리는가 ▶ 고향에 대한 그리움
포근한 고향의 이미지

험한 벼랑을 굽이굽이 돌아간
험한 지형
백무선 철길 위에
함경북도 백암에서 무산에 이르는 협궤 철도 – 화자의 고향이 함경북도임을 알려 줌.
느릿느릿 밤새어 달리는
화물차의 검은 지붕에

시적 허용
연달린 산과 산 사이
산들이 잇달아 있는 두메산골
너를 남기고 온
가족
작은 마을에도 복된 눈 내리는가 ▶ 눈이 오는 고향의 모습에 대한 회상
화자의 고향 함박눈 – 축복의 이미지 → 고향과 가족들에 대한 애정 표현

잉크병 얼어드는 이러한 밤에
혹독하게 추운 밤 – 외로움과 그리움을 심화시키는 배경
어쩌자고 잠을 깨어
이유: 가족에 대한 그리움 때문에
그리운 곳 차마 그리운 곳 → 정서의 직접 제시 ▶ 한밤중에 느끼는 그리움
'차마 말로 표현할 수 없을 정도로' – 그리움의 응축

눈이 오는가 북쪽엔
함박눈 쏟아져 내리는가 ▶ 고향에 대한 그리움
1연과 5연의 수미상관 구조 – 고향에 대한 그리움 강조, 운율 형성, 형태적 안정감

– 이용악, 〈그리움〉

지문 분석

꼭꼭 check!

- 화자와 시적 상황
  이 시의 화자는 '눈'이 내리는 것을 보며 고향의 모습을 떠올리고 고향과 가족에 대한 그리움을 드러내고 있다.
- 화자의 정서와 태도
  화자는 '눈'을 매개로 고향의 모습을 떠올리며, 고향과 가족에 대한 그리움과 애정을 드러내고 있다. 특히 북쪽 작은 마을에 내리는 눈을 '복된 눈'이라고 칭함으로써 고향과 가족 모두에 따뜻한 축복이 있기를 염원하는 마음을 표현하고 있다.
- 주제
  고향에 대한 그리움

감상 Guide!

• 시어 · 시구의 의미와 기능

북쪽	추운 지방인 함경도에 있는 화자의 고향. 가족이 있는 곳으로, 그리움의 대상
복된 눈	고향에 있는 가족들의 축복을 염원하는 화자의 바람을 드러냄.
그리운 곳 차마 그리운 곳	고향과 가족에 대한 애절한 그리움의 정서를 강조함.

• 표현상 특징

종결 어미 반복	'오는가', '내리는가' → 의문형 종결 어미 '-는가'를 반복하여 고향과 가족에 대한 그리움의 정서를 극대화함.
시적 허용	• '연달린' → 시적 허용을 통해 운율감을 획득함. • '차마 그리운 곳' → 부정적 맥락에서 쓰이는 부사 '차마'를 사용해 '그리운 곳'을 수식함으로써 화자가 지닌 그리움의 깊이를 강조함.
수미상관	'눈이 오는가 북쪽엔 / 함박눈 쏟아져 내리는가' → 1연의 내용을 5연에 동일하게 배치하는 수미상관의 구조를 통해 고향에 대한 그리움을 강조하고, 작품에 형태적 안정감을 부여함.

• 배경을 통한 상황과 정서의 강조
혹독한 추위로 '잉크병 얼어드는 이러한 밤'은 고향을 떠나온 화자의 쓸쓸한 처지, 고향 · 가족에 대한 화자의 그리움을 심화시키는 계절적 · 시간적 배경이라 할 수 있다.

(나)

왜 그곳이 자꾸 안 잊히는지 몰라
고향 / 고향을 그리워하는 화자
「가름젱이 사래 긴 우리 밭 그 건너의 논실 이센 밭
「」: 유년 시절 고향의 모습 – 묘사
가장자리에 키 작은 탱자 울타리가 쳐진,」
훗날 나 중학생이 되어
유년 시절을 회상하고 있음.
아침마다 콩밭 이슬을 무릎으로 적시며
○: 과거 시제 사용 → 회상 형식
그곳을 지나다녔지
▶ 1~6행: 자꾸 안 잊히는 고향
수수알이 ㉠ 짱짱 여무는 가을이었을까
단단한 결실을 맺는 가을의 이미지 부각
깨꽃이 하얗게 부서지는 햇빛 밝은 여름날이었을까
생명력 넘치는 고향의 여름날 – 시각적 이미지
아랫냇가 굽이치던 물길이 옆구리를 들이받아
벌건 황토가 드러난 그곳
「허리 굵은 논실댁과 그의 딸 영자 영숙이 순임이가
고향에서 화자와 함께 지내던 이웃들
밭 사이로 일어섰다 앉았다 하며 커다란 웃음들을 웃고
청각적 이미지
나 그 아래 냇가에 소고삐를 풀어놓고
어항을 놓고 있었던가 가재를 쫓고 있었던가」
「」: 유년 시절의 평화로운 고향
나를 부르는 소리 같기도 하고
□: 음성 상징어 – 고향의 이미지 부각
㉡ 쇄르르 쇄르르 무엇이 물살을 헤짓는 소리 같기도 하여
고개를 들면 아, ㉢ 청청히 푸르던 하늘
푸른 하늘의 이미지 부각
갑자기 무섬증이 들어 언덕 위로 달려 오르면
들꽃 싸아한 향기 속에 두런두런 논실댁의 목소리와
후각적 이미지 / 청각적 이미지
㉣ 까르르 까르르 밭 가장자리로 울려 퍼지던
여자 아이들의 밝은 웃음소리 부각
영자 영숙이 순임이의 청랑한 웃음소리
나 그곳에 오래 앉아
고향의 언덕 / 공감각적 이미지 – 후각의 시각화
푸른 하늘 아래 가을 들이 ㉤ 또랑또랑 익는 냄새며
곡식이 익어 가는 가을의 이미지 부각
잔돌에 호미 달그락거리는 소리 들었다
청각적 이미지
▶ 7~24행: 평화롭고 생명력 넘치던 유년 시절의 고향
왜 그곳이 자꾸 안 잊히는지 몰라
1행의 반복 – 고향에 대한 그리움과 애정 강조
소를 몰고 돌아오다가
혹은 객지로 나가다가 들어오다가
자기 집을 멀리 떠나 임시로 있는 곳
무엇이 나를 부르는 것 같아
고향과 고향에 관련된 추억
나 오래 그곳에 서 있곤 했다
고향에 대한 그리움과 애정
▶ 25~29행: 잊히지 않는 고향에 대한 애정

– 이시영, 〈마음의 고향 2 – 그 언덕〉

문제로 Pick 학습법

부사의 활용은 부사와 화자의 정서(태도)의 연결이 적절한지와 관련하여 문제화된다.

5 ㉠~㉤의 의미를 고려하여 (나)를 감상한 내용으로 적절하지 않은 것은?

② ㉡을 활용하여 냇가에서 놀던 유년의 화자가 누군가 자신을 부르는 소리를 물소리로 느낀 경험을 부각하고 있군. (×)
정확하게 무슨 소리인지 말하지 않음.

지문 분석

꼭꼭 check!

화자와 시적 상황

이 시의 화자는 '나'로, 유년 시절을 보낸 고향 마을을 '그곳'이라고 부르며 잊히지 않는 고향에 대한 애정을 드러내고 있다.

화자의 정서와 태도

화자는 사라진 고향에 대해 '왜 그곳이 자꾸 안 잊히는지 몰라'와 같이 말하며, 어린 시절의 고향이 화자의 기억에는 여전히 남아 그리움과 애정의 대상이 되고 있음을 드러내고 있다.

주제

마음에서 잊히지 않는 어린 시절 고향의 추억

감상 Guide!

• 음성 상징어의 사용

이 시에서는 다양한 음성 상징어(의성어, 의태어)를 사용하여 유년 시절 화자가 경험했던 평화롭고 생명력 넘치는 고향의 모습을 선명하게 전달하고 있다.

쇄르르 쇄르르	냇가에서 들려오는 소리를 감각적으로 표현함.
두런두런	이웃의 정다운 목소리를 표현함.
까르르 까르르	이웃 소녀들의 밝은 웃음소리를 부각함.
또랑또랑	곡식이 익어 가는 가을 들을 감각적으로 표현하는 데 사용되어, 가을 들녘의 이미지를 부각함.

• 감각적 이미지의 활용

이 시에서는 다양한 감각적 이미지를 활용하여 유년 시절 화자가 경험했던 고향의 모습을 구체적이고 감각적으로 그리고 있다.

시각적 이미지	'가장자리에 키 작은 탱자 울타리가 쳐진', '깨꽃이 하얗게 부서지는 햇빛 밝은 여름날' 등
청각적 이미지	'커다란 웃음', '논실댁의 목소리', '영자 영숙이 순임이의 청랑한 웃음소리', '달그락거리는 소리' 등
후각적 이미지	'들꽃 싸아한 향기'
공감각적 이미지	'가을 들이 또랑또랑 익는 냄새'(후각의 시각화)

• 시상 전개 방식

이 시에서는 과거 시제를 사용하여 유년 시절을 회상하는 형식으로 시상을 전개하고 있다.

'지나다녔지', '가을이었을까', '여름이었을까', '있었던가', '들었다' 등

4 (가)에 대한 이해로 가장 적절한 것은?

① '오는가'를 '쏟아져 내리는가'로 변주하여 대상에 대한 화자의 거부감을 드러내고 있다.
② '돌아간'과 '달리는'의 대응을 활용하여 두 대상 간에 조성되는 긴장감을 묘사하고 있다.
③ '철길'에서 '화물차의 검은 지붕'으로 묘사의 초점을 이동하여 정적인 이미지를 강화하고 있다.
④ '잉크병'이라는 사물이 '얼어드는' 현상을 활용하여 화자가 처한 현실의 변화 가능성을 암시하고 있다.
⑤ '잠을' 깬 자신에게 '어쩌자고'라는 의문을 던져 현재의 상황에서 느끼는 화자의 애달픈 심정을 드러내고 있다.

핵심 기출 유형

유형 표현상의 특징 파악하기

• 이 유형은?

시는 사상과 감정을 함축적이고 운율적인 언어로 형상화하는 문학 갈래이다. 이 때문에 시는 그 작품만의 독특한 표현상의 특징을 가지게 된다. 이 유형은 시에서 사용한 표현법과 그 효과, 시상 전개 방식 등을 파악할 수 있는지를 종합적으로 평가한다.

대표 발문

▸ (가), (나)에 대한 설명으로 가장 적절한(적절하지 않은) 것은?
▸ [A]~[E]의 표현상 특징에 대한 설명으로 가장 적절한(적절하지 않은) 것은?

해결 Tip

표현상의 특징은 주로 운율, 시행 배열, 시어, 어조, 이미지, 구조 등을 통해 드러나므로 작품 속에서 이를 파악한다.

↓

작품의 내용과 관련하여 표현상의 특징이 주는 효과와 주제 형성에 기여하는 바를 파악한다.

5 ㉠~㉤의 의미를 고려하여 (나)를 감상한 내용으로 적절하지 않은 것은?

① ㉠을 활용하여 유년의 화자가 경험한 가을이 단단한 결실을 맺는 시간임을 부각하고 있군.
② ㉡을 활용하여 냇가에서 놀던 유년의 화자가 누군가 자신을 부르는 소리를 물소리로 느낀 경험을 부각하고 있군.
③ ㉢을 활용하여 유년의 화자에게 순간적 감동을 느끼게 한 맑고 푸른 하늘의 색채를 부각하고 있군.
④ ㉣을 활용하여 무섬증에 언덕을 달려 오른 유년의 화자에게 또렷하게 인식된 이웃들의 밝은 웃음을 부각하고 있군.
⑤ ㉤을 활용하여 유년의 화자가 곡식이 익어 가는 들녘의 인상을 선명하게 지각한 경험을 부각하고 있군.

유형 시어와 시구의 의미 파악

• 이 유형은?

'시어'는 시에 사용된 언어이며 '시구'는 시어로 이루어진 구절로 주로 함축적인 의미를 지닌다. 시어의 함축적 의미는 시어가 문맥 속에서 내포하고 있는 의미로, 시상의 흐름 속에서 작가의 의도에 따라 다양한 의미로 변용된다. 이 유형은 시적 상황과 맥락을 고려하여 시어나 시구의 의미를 정확하게 이해할 수 있는지를 평가한다.

대표 발문

▸ ⓐ~ⓔ에 대한 설명으로 가장 적절한(적절하지 않은) 것은?
▸ ㉠과 ㉡을 비교한 내용으로 가장 적절한(적절하지 않은) 것은?

해결 Tip

시적 상황이나 작품의 앞뒤 맥락, 작품의 전체적인 분위기를 고려하여 시어나 시구의 의미와 기능을 파악한다.

↓

시어나 시구의 의미, 기능과 더불어 표현상 특징을 고려하여 시어나 시구의 함축적 의미를 파악한다.

6 〈보기〉를 참고하여 (가)와 (나)를 이해한 내용으로 적절하지 않은 것은? [3점]

보기

이용악과 이시영의 시 세계에서 고향은 창작의 원천이 되는 공간이다. 이용악의 시에서 고향은 척박한 국경 지역이지만 언젠가 돌아가야 할 근원적 공간으로 그려지는데, (가)에서는 가족이 기다리는 궁벽한 산촌으로 구체화된다. 이시영의 시에서 고향은 지금은 상실했지만 기억 속에서 계속 되살아나는 공간으로 그려지는데, (나)에서는 이웃들과 함께했던 삶의 터전이자 생명이 살아 숨쉬는 평화로운 농촌으로 구체화된다.

① (가)는 '함박눈'으로 연상되는 겨울의 이미지를 통해 '북쪽' 국경 지역의 고향을, (나)는 '햇빛'을 받은 '깨꽃'에서 그려지는 여름의 이미지를 통해 생명력 넘치는 고향을 보여 준다.
② (가)는 '험한 벼랑' 너머 '산 사이'라는 위치를 통해 산촌 마을인 고향의 궁벽함을, (나)는 '소고삐'를 풀어놓고 '가재를 쫓'는 모습을 통해 농촌 마을인 고향의 평화로움을 보여 준다.
③ (가)는 '남기고' 온 '너'를 떠올림으로써 고향에서 기다리는 사람에 대한, (나)는 '밭 사이'에서 웃던 이웃들의 이름을 떠올림으로써 고향에서 함께 살아가던 이웃에 대한 기억을 보여 준다.
④ (가)는 '눈'을 '복된' 것으로 인식함으로써 고향에 돌아갈 날에 대한, (나)는 '무엇'이 '부르는 것 같'았던 언덕을 회상함으로써 고향으로의 귀환에 대한 기대를 드러낸다.
⑤ (가)는 '차마 그리운 곳'이라는 표현을 통해 근원적 공간인 고향에 대한 애틋함을, (나)는 '자꾸 안 잊히는지'라는 표현을 통해 내면에 존재하는 고향에 대한 변함없는 애정을 드러낸다.

핵심 기출 유형

유형 외적 준거에 따른 작품 감상

• 이 유형은?

외적 준거란 작품 이외에 추가로 제공된 자료를 말하는데, 창작 의도, 작가, 주제, 표현 방식, 사회적 배경, 교훈 등 작품과 관련된 모든 요소를 포함한다. 이 유형은 외적 준거를 기준으로 하여 작품을 올바르게 해석하거나 감상할 수 있는지를 평가한다.

대표 발문

- ▶ 〈보기〉를 참고하여 (가), (나)를 감상한 내용으로 가장 적절한(적절하지 않은) 것은?
- ▶ 〈보기〉를 참고하여 ㉠~㉤의 의미를 설명한 것으로 가장 적절한(적절하지 않은) 것은?

해결 Tip

화자, 시어, 표현 등을 중심으로 작품의 내용을 이해한다.

↓

〈보기〉 자료로 제시된 관점이나 맥락과 비교하여 선지의 적절성을 판단한다.

현대시

적중 예상

현대시 01

목표 시간	5분 00초		
시작	분 초	종료	분 초
소요 시간	분 초		

E 수록

[036-038] 다음 글을 읽고 물음에 답하시오. (가) 21 / (나) 18, 23

(가) 그리운 우리 님의 맑은 노래는
언제나 제 가슴에 젖어 있어요

긴 날을 문밖에서 서서 들어도
그리운 우리 님의 고운 노래는
해지고 저물도록 귀에 들려요
밤들고 잠들도록 귀에 들려요

고이도 흔들리는 노랫가락에
내 잠은 그만이나 깊이 들어요
고적한 잠자리에 홀로 누워도
내 잠은 포스근히 **깊이 들어요**

그러나 **자다 깨면** ㉠님의 노래는
하나도 남김없이 잃어버려요
들으면 듣는 대로 님의 노래는
하나도 남김없이 잊고 말아요

– 김소월, 〈님의 노래〉

(나) 조금 전까지는 거기 있었는데
어디로 갔나,
밥상은 차려 놓고 어디로 갔나,
넙치지지미 맵싸한 냄새가
코를 맵싸하게 하는데 / 어디로 갔나,
이 사람이 갑자기 왜 말이 없나,
㉡내 목소리는 **메아리가 되어**
되돌아온다.
내 목소리만 **내 귀에 들린다.**
이 사람이 어디 가서 잠시 누웠나,
옆구리 담괴가 다시 도졌나, 아니 아니
이번에는 그게 아닌가 보다.
한 뼘 두 뼘 어둠을 적시며 비가 온다.
혹시나 하고 나는 밖을 기웃거린다.
나는 풀이 죽는다.
빗발은 한 치 앞을 못 보게 한다.
왠지 느닷없이 그렇게 퍼붓는다.
지금은 어쩔 수가 없다고.

– 김춘수, 〈강우〉

036

(가)와 (나)의 공통점으로 가장 적절한 것은?

① 수미상관의 구조를 통해 주제를 강조하고 있다.
② 동일한 시구의 반복으로 운율의 효과를 얻고 있다.
③ 점층적 표현으로 대상의 역동적 측면을 강조하고 있다.
④ 말을 건네는 방식을 통해 대상과의 친밀감을 드러내고 있다.
⑤ 도치된 문장으로 시상을 마무리하여 상황의 절박함을 강조하고 있다.

037

㉠, ㉡과 관련지어 (가), (나)를 이해한 내용으로 적절하지 않은 것은?

① (가)의 '해지고 저물도록'과 '밤들고 잠들도록'은 화자가 ㉠에 대해 갖는 애착의 정도를 함축한다.
② (가)의 '깊이 들어요'는 화자가 외롭고 쓸쓸한 상황 속에서도 ㉠을 통해 위안을 느끼고 있음을 보여 준다.
③ (가)의 '자다 깨면'은 ㉠과 함께하고 싶은 화자의 소망이 허무하게 사라져 버린 상황을 보여 준다.
④ (나)의 '메아리가 되어'는 아내를 찾는 ㉡이 '이 사람'에게 가 닿지 못하고 있는 상황을 나타낸다.
⑤ (나)의 '내 귀에 들린다'는 상실감에 빠져 있는 화자가 ㉡을 통해 스스로 위로받고 있음을 보여 준다.

038

〈보기〉를 참고하여 (가)와 (나)를 감상한 내용으로 적절하지 않은 것은?

> 보기
>
> 존재는 '지금', '여기에', '있다'는 인식과 긴밀하게 닿아 있다. 존재란 결국 시간과 공간이라는 좌표 안에서 구체적으로 실재하는 것이어야 한다. 그런데 오히려 부재가 존재의 존재감을 더욱 강하게 증명하는 경우도 있다. (가)와 (나)의 화자는 모두 '지금', '여기'에 존재하지 않지만 지속적으로 또는 강하게 존재감을 드러내는 것들의 의미와 가치에 주목하면서, 그들이 나타내는 존재감을 감각적인 인상을 통해 표현하였다.

① (가)에서 '그리운 우리 님'의 '맑은 노래'가 '언제나 제 가슴에 젖어 있'다는 것은, 부재하는 임의 존재감을 화자가 지속적으로 인식하고 있음을 보여 주는 것이겠군.
② (가)에서 '긴 날을 문밖에' 서서 '님의 고운 노래'를 듣고 있는 모습은, 청각적 심상을 통해 환기되는 임의 존재감을 소중하게 받아들이는 화자의 태도를 보여 주는 것이겠군.
③ (나)에서 '조금 전'과 '거기'는 '이 사람'이 실재했던 시간과 공간으로 '어디로 갔나'와 연결되어, '이 사람'이 '지금', '여기'에 존재하지 않고 있음을 보여 주는 것이겠군.
④ (나)에서 '넙치지지미 맵싸한 냄새'는 '이 사람'의 부재 속에서 오히려 부각되는 존재감을 후각적인 인상을 통해 표현한 것이겠군.
⑤ (나)에서 '한 치 앞'을 못 보게 하는 '빗발'은, 시간과 공간의 좌표를 잃은 상태에서도 자신의 존재감을 강하게 증명하는 '이 사람'의 모습을 감각적으로 표현한 것이겠군.

적중 예상

현대시 02

목표 시간	6분 40초		
시작	분 초	종료	분 초
소요 시간	분 초		

E 수록

[039-042] 다음 글을 읽고 물음에 답하시오. (가) 14, 15, 16, 18, 20 / (나) 16, 24

(가) 명절날 **나**는 엄매 아배 따라 우리 집 개는 나를 따라 진할머니 진할아버지 있는 **큰집**으로 가면

얼굴에 별 자국이 솜솜 난 말수와 같이 눈도 껌벅거리는 하로에 베 한 필을 짠다는 벌 하나 건너 집엔 복숭아나무가 많은 신리(新里) 고무 고무의 딸 이녀(李女) 작은 이녀

열여섯에 사십이 넘은 홀아비의 후처(後妻)가 된 포족족하니 성이 잘 나는 살빛이 매감탕 같은 입술과 젖꼭지는 더 까만 예수쟁이 마을 가까이 사는 토산(土山) 고무 고무의 딸 승녀(承女) 아들 승동이

육십 리라고 해서 파랗게 뵈이는 산(山)을 넘어 있다는 해변에서 과부가 된 ㉠코끝이 빨간 언제나 흰옷이 정하든 말끝에 설게 눈물을 짤 때가 많은 큰골 고무 고무의 딸 홍녀(洪女) 아들 홍동이 작은 홍동이

배나무 접을 잘하는 주정을 하면 토방돌을 뽑는 오리치를 잘 놓는 먼 섬에 반디젓 담그러 가기를 좋아하는 삼춘 삼춘 엄매 사춘 누이 사춘 동생들

이 그득히들 할머니 할아버지가 있는 안간에들 모여서 방안에서는 새 옷의 내음새가 나고

또 인절미 송구떡 콩가루차떡의 내음새도 나고 끼때의 두부와 콩나물과 뽂은 잔디와 고사리와 도야지비계는 모두 선득선득하니 찬 것들이다

저녁술을 놓은 아이들은 외양간 섶 밭마당에 달린 배나무 동산에서 쥐잡이를 하고 숨굴막질을 하고 꼬리잡이를 하고 가마 타고 시집가는 놀음 말타고 장가가는 놀음을 하고 이렇게 밤이 어둡도록 북적하니 논다

밤이 깊어 가는 집안엔 엄매는 엄매들끼리 아르간에서들 웃고 이야기하고 아이들은 아이들끼리 웃간 한 방을 잡고 조아질하고 쌈방이 굴리고 바리깨돌림하고 호박떼기하고 제비손이구손이하고 ㉡이렇게 화디의 사기 방등에 심지를 멫 번이나 돋우고 홍게닭이 멫 번이나 울어서 졸음이 오면 아릇목싸움 자리싸움을 하며 히드득거리다 잠이 든다 그래서는 문창에 텅납새의 그림자가 치는 아침 시누이 동세들이 욱적하니 홍성거리는 부엌으론 샛문 틈으로 장지문 틈으로 무이징게국을 끓이는 맛있는 내음새가 올라오도록 잔다

– 백석, 〈여우난골족〉

(나) **추위**가 칼날처럼 다가든 새벽
무심히 커튼을 젖히다 보면
유리창에 피어난, 아니 이런 **황홀한 꿈**을 보았나.
세상과 나 사이에 밤새 누가
[A] 이런 **투명한 꽃**을 피워 놓으셨을까.
㉢들녘의 꽃들조차 제 빛깔을 감추고
씨앗 속에 깊이 숨죽이고 있을 때
이내 스러지는 니르바나*의 꽃을
저 얇고 날카로운 유리창에 누가 새겨 놓았을까.

허긴 사람도 그렇지.
가장 **가혹한 고통**의 밤이 끝난 자리에
가장 **눈부시고 부드러운 꿈**이 일어서지.
새하얀 신부 앞에 붉고 푸른 색깔들 입 다물듯이
들녘의 꽃들 모두 제 향기를
[B] 씨앗 속에 깊이 감추고 있을 때
㉣어둠이 스며드는 차가운 유리창에 이마를 대고
㉤누가 저토록 슬픈 향기를 새기셨을까.
한 방울 물로 스러지는
불가해한 비애의 꽃송이들을

– 문정희, 〈성에꽃〉

* 니르바나: 모든 번뇌의 얽매임에서 벗어난 경지인 열반을 뜻하는 말.

039

(가)와 (나)에 대한 설명으로 가장 적절한 것은?

① (가)는 (나)와 달리 말을 건네는 방식을 통해 독자의 공감을 높이고 있다.
② (나)는 (가)와 달리 의문형 진술을 통해 대상에 대한 감탄을 드러내고 있다.
③ (가)는 현재형 어미를, (나)는 음성 상징어를 사용하여 시적 상황에 생동감을 부여하고 있다.
④ (가)와 (나)는 모두 화자의 시선이 외부 세계에서 내면으로 이동하고 있다.
⑤ (가)와 (나)는 모두 공간의 이동에 따라 시상이 전개되면서 화자의 정서가 변화하고 있다.

040

〈보기〉를 참고하여 (가)의 각 연을 감상한 내용으로 적절하지 않은 것은?

보기

백석은 일제 강점기 가족 공동체가 붕괴되고 근대화의 과정에서 문명이라는 미명(美名)하에 변해 가는 고향의 모습을 목격한 후 시적 공간을 고향으로 설정한 작품들을 많이 창작했다. 백석은 백석 자신이 어린 시절 체험했던 고향의 모습을 자신의 고향인 평안도 방언과 각종 음식, 전통 놀이 등을 소재로 삼아 이상적인 공동체의 모습으로 형상화하였다. 백석은 고향의 공동체 구성원들에 대한 애정 어린 시선을 통해 과거에 대한 그리움과 함께 고향의 회복에 대한 간절한 소망을 드러냈던 것이다.

① 1연에서 어린 '나'를 화자로 설정한 것으로 보아, 작가의 어린 시절 체험을 바탕으로 (가)가 창작되었음을 확인할 수 있군.
② 1연의 '큰집'은 2~4연의 내용을 고려할 때, 가족들이 함께 어울리는 이상적인 공동체의 모습을 드러내는 공간이군.
③ 2연의 가족들을 묘사하는 긴 수식어에서 가족 공동체에 대한 작가의 관심과 애정이 드러나는군.
④ 4연에서는 집 안팎에서 다양한 놀이를 하는 아이들의 모습을 묘사하며 과거의 고향에 대한 그리움을 드러내고 있군.
⑤ 4연의 '밤'은 가족 공동체가 붕괴되던 일제 치하의 현실을 우의적으로 드러내는 시간적 배경이군.

041

〈보기〉를 참고하여 (나)의 [A]와 [B]를 감상한 내용으로 적절하지 않은 것은?

보기

유추란 서로 다른 대상 간의 같거나 유사한 속성에 근거하여 사유하는 방식으로 사물이나 현상을 추측하여 새로운 인식에 도달하는 것을 의미한다. 이 작품은 추위 속에서 피어나는 '성에꽃'의 모습을 통해 인간의 삶에 대한 작가의 통찰을 담고 있다.

① [B]의 '가혹한 고통'은 [A]의 칼날 같은 '추위'와 대응되어 삶의 고난과 시련을 드러내는군.
② [B]의 '눈부시고 부드러운 꿈'은 [A]의 '황홀한 꿈'에 대응되어 삶에 대한 긍정적 전망을 드러내는군.
③ [B]의 '새하얀 신부'는 [A]의 '투명한 꽃'에 대응되어 고통을 수용하는 화자의 모습을 나타내는군.
④ [B]의 '허긴 사람도 그렇지'에서 화자가 [A]의 성에꽃에서 발견한 섭리가 인간의 삶에 대한 것으로 전환되고 있군.
⑤ [A]의 '이내 스러지는 니르바나의 꽃'과 [B]의 '한 방울 물로 스러지는 / 불가해한 비애의 꽃송이'는 비록 찰나의 속성을 지녔을지라도 시련에 굴복하지 않는 존재에 대한 인식을 내포하고 있군.

042

㉠~㉤에 대한 설명으로 적절하지 않은 것은?

① ㉠: 인물의 외양과 행동을 묘사하여 성격을 드러내고 있다.
② ㉡: 시각적 이미지와 청각적 이미지를 통해 시간의 흐름을 나타내고 있다.
③ ㉢: '성에꽃'과 대비되는 '들녘의 꽃들'의 모습을 통해 '성에꽃'의 속성을 강조하고 있다.
④ ㉣: '이마를 대'는 행위를 통해 '성에꽃'을 피우기 위한 화자의 희생 의지를 나타내고 있다.
⑤ ㉤: 비유적 표현을 통해 '성에꽃'이 지니고 있는 고통에 대한 화자의 슬픔을 드러내고 있다.

적중 예상 현대시 03

목표 시간	5분 00초
시작 분 초	종료 분 초
소요 시간	분 초

E 수록 (가) 14, 16, 18, 24 / (나) 16, 21, 24

[043~045] 다음 글을 읽고 물음에 답하시오.

(가) 파란 녹이 낀 구리 거울 속에
내 얼굴이 남아 있는 것은
어느 왕조의 유물이기에
이다지도 욕될까.

나는 나의 **참회의 글**을 한 줄에 줄이자.
— **만 이십사 년 일 개월**을
무슨 기쁨을 바라 살아왔던가.

내일이나 모레나 그 어느 즐거운 날에
나는 또 한 줄의 참회록을 써야 한다.
— 그때 그 젊은 나이에
왜 그런 부끄런 고백을 했던가.

밤이면 밤마다 나의 거울을
손바닥으로 발바닥으로 닦아 보자.

그러면 어느 운석(隕石) 밑으로 홀로 걸어가는
슬픈 사람의 뒷모양이
거울 속에 나타나 온다.

– 윤동주, 〈참회록〉

(나) ㉠누가 하늘을 보았다 하는가
누가 **구름 한 송이 없이 맑은**
하늘을 보았다 하는가.

네가 본 건, **먹구름**
㉡그걸 하늘로 알고
㉢일생을 살아갔다.

네가 본 건, 지붕 덮은
쇠 항아리,
그걸 하늘로 알고
일생을 살아갔다.

닦아라, 사람들아
네 마음속 구름
찢어라, 사람들아,
네 머리 덮은 쇠 항아리.

㉣아침 저녁
네 마음속 구름을 닦고
㉤티 없이 맑은 영원(永遠)의 하늘
볼 수 있는 사람은
외경(畏敬)을
알리라.

아침 저녁
네 머리 위 쇠 항아릴 찢고
티 없이 맑은 구원(久遠)의 하늘
마실 수 있는 사람은

연민(憐憫)을
알리라
차마 삼가서
발걸음도 조심
마음 아모리며.

서럽게
아 엄숙한 세상을
서럽게
눈물 흘려

살아가리라
누가 하늘을 보았다 하는가,
누가 구름 한 자락 없이 맑은
하늘을 보았다 하는가.

– 신동엽, 〈누가 하늘을 보았다 하는가〉

043

(가)와 (나)에 대한 설명으로 가장 적절한 것은?

① (가)는 화자 자신에 대한 호칭을 전환하여 화자의 불안한 심리 상태를 드러내고 있다.
② (나)는 수미상관의 구성을 통해 동일한 대상에 대한 인식 변화를 표현하고 있다.
③ (가)는 시간적 순서에 따라, (나)는 공간의 이동에 따라 시상을 전개하고 있다.
④ (가)와 (나)는 모두 점층적인 표현을 사용하여 주어진 상황에 대응하는 화자의 태도를 강조하고 있다.
⑤ (가)와 (나)는 모두 물음 형식의 종결 표현을 사용하여 부정적인 상황에 대한 화자의 인식을 강조하고 있다.

044

㉠~㉤의 시적 기능에 대한 설명으로 적절하지 않은 것은?

① ㉠을 반복하고 변주하여 제대로 된 '하늘'을 본 이가 없음을 강조하고 있다.
② ㉡을 반복하여 '하늘'에 대한 사람들의 인식이 잘못된 것임을 강조하고 있다.
③ ㉢을 반복하여 '하늘'이 사람들의 삶 전부를 이끌어 왔음을 부각하고 있다.
④ ㉣을 반복하여 제대로 된 '하늘'을 보기 위한 노력이 부단히 지속되어야 함을 부각하고 있다.
⑤ ㉤을 반복하고 변주하여 '하늘'이 본래 지니는 속성을 강조하고 있다.

045

〈보기〉를 바탕으로 (가), (나)를 감상한 내용으로 적절하지 않은 것은?

보기

서정시는 자아와 세계의 조화와 통일을 토대로 형성된 갈래이다. 그렇지만 근대 이후 이상과 현실의 괴리로 인해 서정시에서도 자아와 세계 사이의 불화와 분열이 나타나게 되었고, 이에 대한 자아의 반응이 주제 의식을 형성하게 되었다. 자아와 세계가 불화하고 분열하는 이유를 (가)는 욕된 삶을 살고 있는 자아의 내면에서, (나)는 자아를 둘러싼 외부 세계의 억압에서 찾는다. 따라서 (가)의 화자는 자신의 내적 성찰을 통해, (나)의 화자는 부정적인 현실에 대한 공론화와 저항을 통해 자아와 세계가 조화를 이루는 새로운 삶을 추구한다.

① (가)에서 '이다지도 욕될까'는 자신을 무가치해진 '어느 왕조의 유물'에 빗대어 떠올린 생각이라는 점에서, 세계와 조화를 이루지 못한 자아에 대한 부정적 인식을 드러낸 것이겠군.
② (가)에서 '참회의 글'은 화자가 살아온 '만 이십사 년 일 개월'에 대한 반성을 담고 있다는 점에서, 자아와 세계가 분열된 이유를 자아의 내면에서 찾고 있음을 드러낸 것이겠군.
③ (나)에서 '먹구름'은 화자가 지향하는 '구름 한 송이 없이 맑은 하늘'과 대비된다는 점에서, 자아가 맞이한 현실이 이상과 괴리되어 있음을 드러낸 것이겠군.
④ (나)에서 '쇠 항아리'는 '네 머리 덮은' 것으로 화자에게 인식되고 있다는 점에서, 자아가 세계와 통일을 이루기 위해 받아들여야 하는 현실의 상황을 드러낸 것이겠군.
⑤ (가)에서 '손바닥으로 발바닥으로 닦아 보자'는 자아의 성찰을 통해, (나)에서 '닦아라, 사람들아', '찢어라, 사람들아'는 억압적인 현실에 대한 공론화와 저항을 통해 자아와 세계의 분열을 극복하려는 의지를 드러낸 것이겠군.

목표 시간	5분 00초		
시작	분 초	종료	분 초
소요 시간	분 초		

E 수록

[046-048] 다음 글을 읽고 물음에 답하시오. (가) 20 / (나) 24

(가) 여기 피비린 **옥루(玉樓)**를 헐고
따사한 햇살에 익어 가는
초가삼간(草家三間)을 나는 짓자.

없는 것 두고는 모두 다 있는 곳에
어쩌면 이 많은 외로움이 그물을 치나.

허공(虛空)에 박힌 화살을 뽑아
한 자루 호미를 벼루어 보자.

풍기는 **흙냄새**에 귀 기울이면
뉘우침의 눈물에서 꽃이 피누나.

마지막 돌아갈 이 한 줌 **흙**을
스며서 흐르는 **산골 물소리**.

여기 가난한 초가를 짓고
푸른 하늘이 사철 넘치는
한 그루 나무를 나는 심자.

있는 것밖에는 **아무것도 없는 곳**에
어쩌면 **이 많은 사랑**이 **그물**을 치나.

– 조지훈, 〈흙을 만지며〉

(나) 너 들어 보았니
저 동구 밖 **느티나무**의
푸르른 울음소리

날이면 날마다 삭풍 되게는 치고
우듬지 끝에 별 하나 매달지 못하던
지난겨울
온몸 상처투성이인 저 나무
제 상처마다에서 뽑아내던
푸르른 울음소리

너 들어 보았니
다 청산하고 떠나 버리는 마을에
잔치는 아직 끝나지 않았다고
그래도 지킬 것은 지켜야 한다고
소리 죽여 흐느끼던 소리
가지 팽팽히 후리던 소리

오늘은 그 푸르른 울음
모두 이파리 이파리에 내주어
저렇게 생생한 초록의 광휘를
저렇게 생생히 내뿜는데

앞들에서 모를 내다
허리 펴는 사람들
왜 저 나무 한참씩이나 쳐다보겠니
어디선가 **북소리**는
왜 **둥둥둥둥 울**려 나겠니

– 고재종, 〈면면함에 대하여〉

046

(가)와 (나)에 대한 설명으로 가장 적절한 것은?

① (가)는 (나)와 달리 공감각적 표현을 통해 주제 의식을 부각한다.
② (가)는 (나)와 달리 동일 시행의 반복을 통해 작중 상황을 드러낸다.
③ (나)는 (가)와 달리 표면에 드러난 청자에게 말을 건네는 방식을 통해 시상을 전개한다.
④ (가)와 (나)는 모두 의문형 어미를 사용하여 대상에 대한 화자의 부정적 인식을 드러낸다.
⑤ (가)와 (나)는 모두 특정 계절을 언급하며 그 계절 속의 대상이 지니고 있는 속성을 강조한다.

047

(가)와 (나)를 감상한 내용으로 적절하지 않은 것은?

① (가)는 '옥루'와 '초가삼간'이라는 각 공간에 대한 화자의 대조된 행위를 제시하여 화자가 지향하는 세계의 속성을 구체화하고 있군.
② (가)는 '흙냄새'에 귀 기울이며 흘린 '뉘우침의 눈물'에서 꽃이 피어나는 모습을 통해 자연을 매개로 한 화자의 성찰적 태도를 드러내고 있군.
③ (나)는 '푸르른 울음소리'가 '제 상처마다에서 뽑아내던' 것이었다며 울음의 근원을 밝힘으로써 '느티나무'라는 대상이 지니고 있는 감내의 이미지를 나타내고 있군.
④ (가)는 '산골 물소리'가 스며 흐르는 '흙'을 '마지막 돌아갈' 곳과 연결하여 궁극적으로 지향할 자연 공간을, (나)는 '가지 팽팽히 후리던 소리'를 '소리 죽여 흐느끼던 소리'와 연결하여 '느티나무'가 고통을 견뎌 내고 있는 상황을 표현하고 있군.
⑤ (가)는 '있는 것' 외에 '아무것도 없는 곳'에서 '이 많은 사랑'이 '그물'을 치는 것에 대한 화자의 무상감을, (나)는 '둥둥둥둥 울'리는 '북소리'를 통해 부정적 현실의 변화에 대한 기대감을 보여 주고 있군.

048

〈보기〉를 바탕으로 (나)를 이해한 내용으로 적절하지 않은 것은?

보기

(나)는 각 연마다 공간과 시간을 번갈아 제시하고 이와 관련된 대상을 통해 '면면함', 즉 끊어지지 않고 계속 이어지는 삶의 의미를 탐색하고 있다. 각 연에 제시된 배경과 관련 대상에 주목하여, (나)에 드러난 '면면한 삶'에 대한 화자의 인식을 탐구해 보자.

① 1연: '동구 밖'의 '느티나무'는 화자에게 면면한 삶의 의미를 일깨워 주는 대상으로 인식되고 있다.
② 2연: '지난겨울'의 '저 나무'는 고난과 황량함의 시간을 견딘 대상으로, 이를 통해 화자는 면면한 삶의 과정에서 시련이 닥쳐올 수 있다는 인식을 드러내고 있다.
③ 3연: '마을'의 '잔치'는 해체되어 가는 농촌 현실에서 지켜야 하는 '지킬 것'으로, 이를 통해 화자는 면면한 삶을 위해서는 희망을 잃지 않고 삶을 지켜 내려는 자세가 필요하다는 인식을 드러내고 있다.
④ 4연: '오늘'의 '이파리'는 싱싱한 생명력을 지니고 있는 대상으로, 이를 통해 화자는 고통의 시간을 견뎌 낸 후 결실을 얻는 경험의 과정으로서 면면한 삶에 대한 인식을 드러내고 있다.
⑤ 5연: '앞들'의 '허리 펴는 사람들'은 현실의 고된 삶 속에서 나무를 쳐다보는 존재로, 이를 통해 화자는 시련과 극복의 과정이 반복적으로 순환되면서 면면한 삶이 지속된다는 인식을 드러내고 있다.

현대시

목표 시간		5분 00초	
시작	분 초	종료	분 초
소요 시간		분 초	

E 수록

[049-051] 다음 글을 읽고 물음에 답하시오. (가) 17 / (나) 21

(가) 시(詩)를 믿고 어떻게 살아가나
서른 먹은 사내가 하나 잠을 못 잔다.
먼— 기적 소리 처마를 스쳐 가고
잠들은 아내와 어린것의 벼개 맡에
㉠밤눈이 내려 쌓이나 보다.
무수한 손에 빰을 얻어맞으며
항시 **곤두박질해 온 생활의 노래**
지나는 돌팔매에도 이제는 피곤하다.
먹고산다는 것,
너는 언제까지 나를 쫓아오느냐.

㉡등불을 켜고 일어나 앉는다.
담배를 피워 문다.
쓸쓸한 것이 오장을 씻어 내린다.
노신(魯迅)*이여
이런 밤이면 그대가 생각난다.
온 — 세계가 눈물에 젖어 있는 밤
상해(上海) 호마로(胡馬路) 어느 뒷골목에서
쓸쓸히 앉아 지키던 등불
등불이 나에게 속삭어린다.
여기 하나의 상심(傷心)한 사람이 있다.
여기 하나의 굳세게 살아온 인생이 있다.

– 김광균, 〈노신〉

* 노신: 중국의 작가인 '루쉰(1881~1936)'을 우리 한자음으로 읽은 이름.

(나) 하늘에서 **새 한 마리 깃들지 않는**
내 영혼의 북가시나무*를
무슨 무슨 주의(主義)의 엿장수들이 가위질한 지도 오래되었다
이제 내 영혼의 북가시나무엔
가지도 없고 잎도 없다
있는 것은 흠집투성이 몸통뿐

㉢허공은 나의 나라, 거기서는 더 해 입을 것도 의무도 없으니
죽었다 생각하고 사라진 **신목(神木)의 향기** 맡으며 **밤을 보내고**

깨어나면 다시 국도변에 서 있는 내 영혼의 북가시나무
귀 있는 바람은 들었으리라
원치 않는 깃발과 플래카드들이
내 앙상한 몸통에 매달려 나부끼는 소리
그 뒤에 내 영혼이 소리 죽여 울고 있는 소리를

봄기운에
㉣대장간의 낫이 시퍼런 생기를 띠고
톱니들이 갈수록 뾰족하게 빛이 나니
살벌한 몸통으로 서서 반역하는 내 영혼의 북가시나무여

㉤잎사귀 달린 시(詩)를, 과일을 나눠 주는 시를
언젠가 나는 쓸 수도 있으리라 초록과 금빛의 향기를 뿌리는 시를
하늘에서 새 한 마리 깃들어
지저귀지 않아도

– 최승호, 〈내 영혼의 북가시나무〉

* 북가시나무: 붉가시나무. 참나뭇과의 상록 활엽 교목으로, 목재의 빛깔이 붉음.

049

(가)와 (나)의 공통점으로 가장 적절한 것은?

① 수미상관의 기법을 사용하여 주제 의식을 강조하고 있다.
② 색채어를 활용하여 시의 분위기를 다채롭게 조성하고 있다.
③ 유사한 문장 형식을 변형하여 시간의 흐름을 나타내고 있다.
④ 반어적 어조를 통해 현실에 대한 비판적 태도를 드러내고 있다.
⑤ 공감각적 심상을 활용하여 대상의 특성을 감각적으로 표현하고 있다.

050

<보기>를 바탕으로 (가)와 (나)를 감상한 내용으로 적절하지 않은 것은?

> 보기
>
> (가)와 (나)는 모두 시인인 화자가 현실에서 겪는 고통과 이를 극복하는 과정을 형상화하고 있다. (가)의 화자는 현실과 이상 사이에서 내적 갈등을 겪지만 중국의 문인인 노신의 삶을 떠올리며 현실의 고뇌를 벗어나고자 하는 의지를 다진다. (나)의 화자 역시 자신이 지향하는 시인으로서의 삶을 위협하는 현실로 인해 절망하지만, 시련과 고난의 삶을 인내하며 고결한 삶을 살고자 하는 의지를 다진다. 이처럼 두 작품은 시인이 어떻게 살아야 하는지에 대한 성찰과 그에 대한 답을 제시하고 있다.

① (가)에서 '곤두박질해 온 생활의 노래'와 화자가 '지나는 돌팔매에도 이제는 피곤하다'고 한 것은 시인으로 살아가면서 현실에서 겪는 괴로움을 나타낸 것이군.
② (나)에서 '새 한 마리 깃들지 않'는 '내 영혼의 북가시나무'가 '가지도 없고 잎도 없'다고 한 것은 이상과 현실 사이에서 갈등하는 화자의 모습을 형상화한 것이군.
③ (가)에서 '먹고산다는 것'과 (나)에서 '원치 않는 깃발과 플래카드들'은 시를 창작하는 화자에게 절망감을 주는 요인들을 나타낸 것이군.
④ (가)에서 '이런 밤'이면 생각이 나는 '노신'과 (나)에서 '밤을 보내'며 맡고 있는 '신목의 향기'는 시인인 화자가 지향하는 존재를 나타낸 것이군.
⑤ (가)에서 '여기 하나의 굳세게 살아온 인생'과 (나)에서 '살벌한 몸통으로 서서 반역하는 내 영혼'은 시인으로서 화자가 추구하는 현실 대응 방식을 나타낸 것이군.

051

㉠~㉤에 대한 이해로 적절하지 않은 것은?

① ㉠: 계절감을 드러내는 소재를 통해 화자의 서글픈 처지를 부각하고 있다.
② ㉡: 화자의 행위를 묘사하여 화자가 노신을 떠올리게 된 계기를 나타내고 있다.
③ ㉢: 공간의 의미를 구체화하여 화자가 꿈꾸는 이상 세계의 성격을 나타내고 있다.
④ ㉣: 인공물에 인격을 부여하여 새롭게 찾아온 봄이 지닌 생명력을 표현하고 있다.
⑤ ㉤: 대상을 자연물에 빗대어 화자가 지향하고 있는 시의 경향을 드러내고 있다.

현대시 06

목표 시간			6분 40초
시작	분 초	종료	분 초
소요 시간			분 초

E 수록

[052-055] 다음 글을 읽고 물음에 답하시오. (가) 16 / (나) 15, 16, 21

(가) 가파른 비탈만이
순결한 싸움터라고 여겨 온 나에게
속리산은 순하디순한 길을 열어 보였다
산다는 일은
더 높이 오르는 게 아니라
더 깊이 들어가는 것이라는 듯
평평한 길은 가도 가도 제자리 같았다
아직 **높이에 대한 선망**을 가진 나에게
세속을 벗어나도
세속의 습관은 남아 있는 나에게
산은 어깨를 낮추며 이렇게 속삭였다
[A] 산을 오르고 있지만
내가 넘는 건 정작 산이 아니라
산속에 갇힌 시간일 거라고,
오히려 **산 아래**서 밥을 끓여 먹고 살던
그 하루하루가
더 가파른 고비였을 거라고,
속리산은
단숨에 오를 수도 있는 높이를
길게 길게 늘여서 내 앞에 펼쳐 주었다

– 나희덕, 〈속리산에서〉

(나) 이 **길**을 만든 이들이 누구인지를 나는 안다
이렇게 길을 따라 나를 걷게 하는 그이들이
지금 조릿대밭 눕히며 소리치는 바람이거나
이름 모를 풀꽃들 문득 나를 쳐다보는 수줍음으로 와서
내 가슴 벅차게 하는 까닭을 나는 안다
그러기에 짐승처럼 그이들 옛 내음이라도 맡고 싶어
나는 자꾸 **집**을 떠나고
그때마다 **서울**을 버리는 일에 신명 나지 않았더냐
[B] 무엇에 쫓기듯 살아가는 이들도
힘이 다하여 비칠거리는 **발걸음들**도
무엇 하나씩 저마다 다져 놓고 사라진다는 것을
뒤늦게나마 나는 배웠다
그것이 부질없는 되풀이라 하더라도
그 부질없음 쌓이고 쌓여져서 마침내 길을 만들고
길 따라 그이들을 따라 오르는 일
이리 힘들고 어려워도
왜 내가 지금 주저앉아서는 안 되는지를 나는 안다

– 이성부, 〈산길에서〉

052

(가)와 (나)에 대한 설명으로 가장 적절한 것은?

① (가)는 (나)와 달리 구체적 지명을 사용하여 향토적 정서를 드러내고 있다.
② (나)는 (가)와 달리 화자를 명시적으로 드러내어 의지적 태도를 부각하고 있다.
③ (가)와 (나)는 모두 동일한 시구를 반복하여 자연의 불변성을 강조하고 있다.
④ (가)와 (나)는 모두 대조적인 공간을 통해 자연 친화적 태도를 형상화하고 있다.
⑤ (가)는 깨달음을 주는 대상으로, (나)는 교감을 나누는 대상으로 자연물을 의인화하고 있다.

053

(가)의 화자를 〈보기〉의 ㉠과 ㉡으로 구분하여 감상한 내용으로 가장 적절한 것은?

보기

(가)의 화자는 속리산을 찾기 전 세속의 화자(㉠)와 세속을 벗어나 속리산을 찾은 후의 화자(㉡)로 구분할 수 있다. (가)는 이 두 화자의 달라진 모습을 통해 작품의 주제를 전달하고 있다.

① ㉠은 경쟁에서 낙오한 상황을 위로받기 위해 속리산을 찾았겠군.
② ㉠은 가파른 비탈보다는 순하디 순한 길로 속리산 등산로를 계획하였군.
③ ㉡은 산속에 갇혀 사는 삶보다 하루하루가 고비인 삶이 낫다고 생각하는군.
④ ㉡은 높이 오르는 삶보다 깊이 있는 삶이 더 중요하다는 생각을 하게 되는군.
⑤ ㉡은 정상을 향해 산을 오르듯이 삶의 목표를 원대하게 세워야 한다고 깨닫는군.

054

[A]와 [B]를 비교한 내용으로 가장 적절한 것은?

① [A]는 [B]와 달리 시적 대상을 주체로 설정하여 주제를 전달하고 있다.
② [B]는 [A]와 달리 과거를 회상하며 반성하는 삶의 자세를 드러내고 있다.
③ [A]는 현실에 대한 순응적 태도가, [B]는 현실에 대한 비판적 태도가 드러나고 있다.
④ [A]와 [B]는 모두 산을 오르고 길을 걷는 행위에 삶의 고비라는 의미를 부여하고 있다.
⑤ [A]와 [B]는 모두 시적 대상을 초월적 존재로 형상화하여 대상의 특징을 부각하고 있다.

055

〈보기〉를 참고하여 (가)와 (나)의 시적 공간에 대해 이해한 내용으로 적절하지 않은 것은?

보기

(가)와 (나)는 모두 화자가 산길을 걸으며 생각한 바를 노래한 작품이다. (가)는 평평한 길이 이어지는 속리산 길을 걸으면서 산다는 것의 의미를 생각하고 있는 작품이며, (나)는 우리가 걷고 있는 산길이 먼저 지나간 사람들의 노력으로 만들어진 길임을 자각하고, 포기하지 말고 그 길을 만드는 데 참여해야 함을 노래한 작품이다.

① (가)의 '속리산'은 '나'에게 어깨를 낮추며 속삭이는 존재로서 삶에 대한 성찰의 계기를 마련해 주고 있다.
② (가)의 '평평한 길'은 가도 가도 제자리 같게 만든다는 점에서 정체되어 있는 화자의 삶을 상징적으로 드러낸다.
③ (가)의 '산 아래'는 '높이에 대한 선망'을 지닌 '나'가 가파른 고비를 넘기며 하루하루 살아가던 세속을 뜻한다.
④ (나)의 '길'은 먼저 지나간 사람들의 흔적이며 앞으로도 지속된다는 점에서 역사의 의미로도 해석할 수 있다.
⑤ (나)의 '집'과 '서울'은 '발걸음들'에 의해 만들어지는 산길과 대비되는 장소라는 점에서 현실에 안주하는 삶의 공간이라는 의미를 지닌다.

현대시

목표 시간	6분 40초		
시작	분 초	종료	분 초
소요 시간	분 초		

E 수록

[056-059] 다음 글을 읽고 물음에 답하시오. (가) 14, 18, 23 / (나) 23

(가)

[A]
꿈을 아느냐 네게 물으면,
플라타너스,
너의 머리는 어느덧 파아란 하늘에 젖어 있다.

[B]
너는 **사모할 줄을** 모르나,
플라타너스,
너는 네게 있는 것으로 그늘을 늘인다.

[C]
먼 길에 올 제,
홀로 되어 외로울 제,
플라타너스,
너는 **그 길**을 나와 같이 걸었다.

[D]
이제 너의 뿌리 깊이
나의 영혼을 불어넣고 가도 좋으련만,
플라타너스,
나는 너와 함께 신이 아니다!

[E]
수고론 우리의 길이 다하는 어느 날,
플라타너스,
너를 맞아 줄 검은 흙이 먼 곳에 따로이 있느냐?
나는 오직 너를 지켜 **네 이웃이 되고 싶**을 뿐,
그곳은 **아름다운 별**과 나의 사랑하는 창이 열린 길이다.

– 김현승, 〈플라타너스〉

(나)

텔레비전을 끄자
풀벌레 소리
어둠과 함께 방 안 가득 들어온다
어둠 속에서 들으니 **벌레 소리들** 환하다
별빛이 묻어 더 낭랑하다
귀뚜라미나 여치 같은 큰 울음 사이에는
너무 작아 들리지 않는 소리도 있다
그 **풀벌레들의 작은 귀**를 생각한다
내 귀에는 들리지 않는 소리들이 드나드는
까맣고 좁은 통로들을 생각한다
그 통로의 끝에 두근거리며 매달린
여린 마음들을 생각한다
발뒤꿈치처럼 두꺼운 내 귀에 부딪쳤다가
되돌아간 소리들을 생각한다
브라운관이 뿜어낸 **현란한 빛**이
내 눈과 귀를 두껍게 채우는 동안
그 울음소리들은 수없이 나에게 왔다가
너무 단단한 벽에 놀라 되돌아갔을 것이다
하루살이들처럼 전등에 부딪쳤다가
바닥에 새카맣게 떨어졌을 것이다
크게 밤공기 들이쉬니
허파 속으로 **그 소리들**이 들어온다
허파도 별빛이 묻어 조금은 **환해진다**

– 김기택, 〈풀벌레들의 작은 귀를 생각함〉

056

(가)와 (나)의 공통점으로 가장 적절한 것은?

① 음성 상징어를 반복하여 주제 의식을 강조하고 있다.
② 유사한 통사 구조의 반복을 통해 시적 의미를 강조하고 있다.
③ 청자를 명시적으로 설정하여 친밀한 분위기를 형성하고 있다.
④ 원경에서 근경으로 시선을 이동하여 대상의 특성을 부각하고 있다.
⑤ 반어적 어조를 활용하여 현실에 대한 비판적 태도를 드러내고 있다.

057

'플라타너스'를 중심으로 [A]~[E]를 이해한 내용으로 적절하지 않은 것은?

① [A]: 화자의 질문과 플라타너스의 모습을 대응시켜 플라타너스가 지향하는 세계를 암시하고 있다.
② [B]: 플라타너스가 늘이고 있는 그늘에 주목하여 플라타너스가 자신이 가진 것을 남에게 베푸는 존재임을 드러내고 있다.
③ [C]: 화자가 겪었던 고난의 상황과 관련지어 플라타너스가 화자에게 위안이 되어 준 존재임을 제시하고 있다.
④ [D]: 화자가 플라타너스에게 영혼을 불어넣을 수 없다는 점을 통해 화자와 플라타너스 모두 한계를 지닌 존재임을 밝히고 있다.
⑤ [E]: 플라타너스를 맞아 줄 흙이 따로 없다는 점을 통해 플라타너스가 지닌 아름다움이 영원히 지속될 것임을 강조하고있다.

058

(나)에 대한 이해로 가장 적절한 것은?

① '끄자'와 '들어온다'의 대응을 활용하여 '풀벌레 소리'가 방 안에 가득한 것이 '텔레비전'을 끈 행위와 관련이 있음을 드러내고 있다.
② '큰 울음'에서 '너무 작아 들리지 않는 소리'로 초점을 이동하여 현실의 변화 가능성을 암시하고 있다.
③ '작은 귀'와 '내 귀'를 대비하여 두 대상 사이에 조성되는 긴장감을 드러내고 있다.
④ '까맣고 좁은 통로들', '그 통로의 끝', '여린 마음들'로 이어지는 연상 작용을 통해 화자의 내적 갈등이 심화하는 양상을 나타내고 있다.
⑤ '되돌아갔을 것이다'를 '떨어졌을 것이다'로 변주하여 자신의 능력에 대한 화자의 무력감을 드러내고 있다.

059

〈보기〉를 바탕으로 (가)와 (나)를 감상한 내용으로 적절하지 않은 것은?

보기

(가)와 (나)는 인간과 구별되는 속성을 지닌 대상과의 교감을 통해 형성된 화자의 내면을 보여 준다. (가)의 화자는 이상 세계를 향한 구도의 길에서 대상과 교감하며 동반자가 되고 싶은 소망을 드러낸다. (나)의 화자는 그동안 간과해 온 작고 여린 소리에 귀를 기울여 자신의 삶을 성찰하는 가운데 비로소 대상과 교감하게 된 내면의 만족감을 드러낸다.

① (가)의 화자는 '아름다운 별'을 통해 화자가 지향해 온 이상 세계의 아름다움을, (나)의 화자는 '현란한 빛'을 통해 화자가 간과해 온 현실 세계의 아름다움을 표현하는군.
② (가)의 화자는 '수고론 우리의 길'을 통해 자신이 구도의 길을 걷고 있음을, (나)의 화자는 '발뒤꿈치처럼 두꺼운 내 귀'를 통해 자신이 삶에 대해 성찰하고 있음을 드러내는군.
③ (가)의 화자는 '플라타너스'와 '그 길'을 같이 걷는 모습에서 대상과 교감하고 있음을, (나)의 화자는 '어둠 속'에서 '벌레 소리들'을 듣는 모습에서 대상을 인식하고 있음을 보여 주는군.
④ (가)의 화자는 '플라타너스'가 '사모할 줄을 모'른다고 함으로써, (나)의 화자는 '풀벌레들의 작은 귀'에 '내 귀에는 들리지 않는 소리들이 드나'든다고 함으로써 시적 대상이 인간과 구별되는 존재임을 드러내는군.
⑤ (가)의 화자는 '네 이웃이 되고 싶'다고 함으로써 '플라타너스'와 동반자가 되고 싶은 소망을, (나)의 화자는 '그 소리들'로 인해 '환해진다'라고 함으로써 '풀벌레'와의 교감에서 오는 내면의 만족감을 드러내는군.

적중 예상 08 현대시

목표 시간			5분 00초
시작	분 초	종료	분 초
소요 시간			분 초

E 수록

[060-062] 다음 글을 읽고 물음에 답하시오. (가) 18 / (나) 18

(가) 대바람 소리
들리더니
소소(蕭蕭)한 대바람 소리
창을 흔들더니

소설(小雪) 지낸 하늘을
눈 머금은 구름이 가고 오는지
미닫이에 가끔
그늘이 진다.

국화 향기 흔들리는
좁은 서실(書室)을
무료히 거닐다
앉았다, 누웠다
잠들다 깨어 보면
그저 그런 날을

눈에 들어오는
병풍(屛風)의 '낙지론(樂志論)*'을
읽어도 보고……

그렇다!
아무리 쪼들리고
웅숭거릴지언정
— **'어찌 제왕(帝王)의 문(門)에 듦을 부러워하랴'**

대바람 타고
들려오는
머언 거문고 소리……

– 신석정, 〈대바람 소리〉

* 낙지론: 후한(後漢)의 중장통이 지은 글로, 벼슬길에 나아가지 않고 산림에 묻혀 사는 처사의 삶을 노래한 글.

(나) ㉠마음이 또 수수밭을 지난다. 머윗잎 몇 장 더 얹어 **뒤란**으로 간다. 저녁만큼 저문 것이 여기 또 있다.
개밥바라기 별이
내 눈보다 먼저 땅을 들여다본다
세상을 내려놓고는 길 한쪽도 볼 수 없다
논둑길 너머 길 끝에는 보리밭이 있고
보릿고개를 넘은 세월이 있다
㉡바람은 자꾸 등짝을 때리고, 절골의
그림자는 암처럼 깊다. 나는
몇 번 머리를 흔들고 산속의 산,
산 위의 산을 본다. **산은 올려다보아야**
한다는 걸 이제야 알았다. 저기 저
㉢하늘의 자리는 싱싱하게 푸르다.
푸른 것들이 어깨를 툭 친다. 올라가라고
그래야 한다고. 나를 부추기는 솔바람 속에서
내 막막함도 올라간다. 번쩍 제정신이 든다
정신이 들 때마다 ㉣우짖는 내 속의 목탁새들
나를 깨운다. 이 세상에 없는 길을
만들 수가 없다. 산 옆구리를 끼고
㉤절벽을 오르니, 천불산(千佛山)이
몸속에 들어와 앉는다.
내 맘속 수수밭이 환해진다.

– 천양희, 〈마음의 수수밭〉

060

(가)와 (나)의 공통점으로 가장 적절한 것은?

① 계절적 배경을 활용하여 시적 분위기를 부각하고 있다.
② 현재형의 서술을 통해 시상을 생생하게 전달하고 있다.
③ 공간의 이동에 따라 시적 긴장감이 점차 고조되고 있다.
④ 명사로 시상을 마무리하여 시적 여운을 느끼게 하고 있다.
⑤ 대조적 이미지의 소재를 열거하여 주제 의식을 드러내고 있다.

061

(나)의 ㉠~㉤에 대한 설명으로 적절하지 않은 것은?

① ㉠: 비유적 표현을 통해 화자의 심리적 정황을 드러낸다.
② ㉡: 대상에 대한 관찰을 통해 화자의 상황 인식을 드러낸다.
③ ㉢: 색채 이미지를 통해 화자의 심리 변화를 선명하게 드러낸다.
④ ㉣: 청각적 심상을 통해 화자의 내면에서 일어나는 각성을 드러낸다.
⑤ ㉤: 동적 이미지를 통해 화자의 고양된 내면 의식을 드러낸다.

062

〈보기〉를 바탕으로 (가), (나)를 이해한 내용으로 적절하지 않은 것은?

보기

시는 인간에게 무엇인가? 그것은 곧 희망을 잉태하게 하고, 현실적 삶의 고통으로부터 자기 구원의 가능성이 열리게 하는 것이다. 물론 그것은 삶에 대한 깊은 사색과 성찰의 과정을 요구한다. 화자의 사색과 성찰이 내적 각성과 깨달음으로 이어지고, 나아가 현실 극복의 자아를 통한 자기 구원이 이루어지는 것이다. 신석정의 〈대바람 소리〉와 천양희의 〈마음의 수수밭〉 역시 이러한 관점에서 시적 의미를 탐색할 수 있다.

① (가)의 '좁은 서실'은 화자의 깊은 사색과 성찰을 통해 자기 구원의 가능성이 열리는 공간으로, 삶의 고통에 대한 인식의 전환이 이루어지고 있다.
② (가)의 '어찌 제왕의 문에 듦을 부러워하랴'에는 사색과 성찰의 과정을 통해 도달한 화자의 내적 깨달음이 나타나 있다.
③ (나)의 '뒤란'은 삶의 무게로 인한 고통과 새로운 희망이 공존하는 공간으로, 현실 극복의 자아에 도달하기 위한 내적 성찰이 이루어지고 있다.
④ (나)의 '산은 올려다보아야 / 한다는 걸 이제야 알았다.'에는 새로운 희망을 발견함으로써 고통으로부터 벗어나 자기 구원에 이를 수 있다는 화자의 깨달음이 드러나 있다.
⑤ (나)의 '내 맘속 수수밭이 환해진다.'에는 사색과 성찰을 통한 내적 각성과 깨달음으로 인해 자기 구원에 도달한 화자의 내면이 나타나 있다.

적중 예상

현대시 09

목표 시간	6분 40초		
시작	분 초	종료	분 초
소요 시간	분 초		

E 수록

[063-066] 다음 글을 읽고 물음에 답하시오. (가) 15, 18, 22 / (나) 22

(가) 우리 집도 아니고
일갓집도 아닌 집
고향은 더욱 아닌 곳에서
아버지의 **침상(寢床) 없는** 최후 최후(最後)의 밤은
풀벌레 소리 가득 차 있었다

노령(露領)을 다니면서까지
애써 자래운 아들과 딸에게
한마디 남겨 두는 말도 없었고
아무을만(灣)의 파선도
설룽한 니코리스크의 밤도 완전히 잊으셨다
목침을 반듯이 벤 채

다시 뜨시잖는 두 눈에
피지 못한 꿈의 꽃봉오리가 깔앉고
얼음장에 누우신 듯 손발은 식어 갈 뿐
입술은 심장의 영원한 정지(停止)를 가르쳤다
때늦은 의원(醫員)이 아모 말 없이 돌아간 뒤
이웃 늙은이 손으로
눈빛 미명은 고요히
낯을 덮었다

우리는 머리맡에 엎디어
㉠있는 대로의 울음을 다아 울었고
아버지의 침상(寢床) 없는 최후 최후(最後)의 밤은
풀벌레 소리 가득 차 있었다

– 이용악, 〈풀벌레 소리 가득 차 있었다〉

(나) 비탈진 공터 언덕 위 푸른 풀이 덮이고 그 아래 웅덩이 옆 미루나무 세 그루 갈라진 밑동에도 푸른 싹이 돋았다 때로 늙은 나무도 젊고 싶은가 보다

기다리던 것이 오지 않는다는 것은 누구나 안다 누가 누구를 사랑하고 누가 누구의 목을 껴안듯이 비틀었는가 나도 안다 돼지 목 따는 동네의 더디고 나른한 세월

때로 우리는 묻는다 우리의 굽은 등에 푸른 싹이 돋을까 묻고 또 묻지만 비계처럼 씹히는 달착지근한 혀, 항시 우리들 삶은 낡은 유리창에 흔들리는 먼지 낀 풍경 같은 것이었다

흔들리며 보채며 얼핏 잠들기도 하고 그 잠에서 깨일 땐 솟아오르고 싶었다 세차장 고무호스의 길길이 날뛰는 물줄기처럼 갈기갈기 찢어지며 ㉡아우성치며 울고불고 머리칼 쥐어뜯고 몸부림치면서……

그런 일은 없었다 돼지 목 따는 동네의 더디고 나른한 세월, 풀잎 아래 엎드려 숨죽이면 가슴엔 윤기 나는 석탄층(石炭層)이 깊었다

– 이성복, 〈다시 봄이 왔다〉

063

(가)와 (나)의 공통점으로 가장 적절한 것은?

① 동일한 구절을 반복하여 시적 분위기를 형성하고 있다.
② 과거 시제를 활용하여 역사적 사건에 대해 회고하고 있다.
③ 색채 대비를 활용하여 대상의 인상을 선명하게 드러내고 있다.
④ 도치의 방식으로 시상을 종결하여 주제 의식을 강조하고 있다.
⑤ 공감각적 심상을 활용하여 현실과 이상의 거리감을 좁히고 있다.

064

'울음'의 이미지와 관련하여 ㉠과 ㉡을 이해한 내용으로 가장 적절한 것은?

① ㉠은 대상과의 연대감을 강조하고, ㉡은 고립된 화자의 처지를 암시한다.

② ㉠은 상황에 대한 극심한 비애감을, ㉡은 치열한 삶에 대한 소망을 드러낸다.

③ ㉠은 현실로부터 도피하려는 행위이고, ㉡은 현실로 복귀하고자 하는 행위이다.

④ ㉠은 대상과의 대립이 해소됨을, ㉡은 대상과 첨예하게 대립하고 있음을 의미한다.

⑤ ㉠은 부재하는 대상에 대한 기다림을, ㉡은 잃어버린 순수함에 대한 열망을 환기한다.

065

〈보기〉를 참고하여 (가)를 감상한 내용으로 적절하지 않은 것은?

보기

죽음은 자연 질서의 일반 법칙이며 과정이지만 가까운 이와 영원히 이별한다는 점에서 표현할 수 없는 슬픔과 공허함을 느끼게 한다. 일제 강점기 때 시인의 유년 경험을 바탕으로 하고 있는 (가)에도 궁핍하게 살다 간 아버지의 죽음 앞에서 화자가 느끼는 이런 감정들이 잘 드러나 있다. 특히 비극적 상황에 대한 절제된 감정 표현은 화자가 느끼는 절절함을 더욱 부각하는 효과를 낳고 있다. 더불어 이 작품은 죽음을 맞은 아버지의 인생을 반추하는 과정을 통해 당시 북방 유이민의 비극적인 삶을 보여 줌으로써 시대적 아픔에 대한 시인의 현실 인식까지 함께 드러내고 있다.

① '일갓집'도 아니고 '고향'도 아닌 '침상 없는' 곳에서 죽음을 맞은 아버지의 모습을 통해 북방 유이민의 궁핍하고 비극적인 삶의 모습을 보여 주고 있군.

② '아무을만의 파선', '설룽한 니코리스크의 밤'에 드러나는 슬픔과 공허함은 화자가 아버지의 죽음을 자연적인 질서로 받아들이지 못하고 있음을 드러내고 있군.

③ '피지 못한 꿈의 꽃봉오리'를 통해 품었던 소망을 실현하지 못한 채 아버지가 비참한 죽음을 맞이하고 있음을 짐작할 수 있군.

④ 아버지의 죽음을 '얼음장에 누우신 듯 손발은 식어 갈 뿐 / 입술은 심장의 영원한 정지를 가르쳤다'라고 객관적으로 묘사한 것은 절제된 감정 표현을 통해 화자의 절절한 슬픔을 더욱 부각하는 효과가 있군.

⑤ '풀벌레 소리 가득 차 있었다'는 남겨진 가족의 울음을 환기함으로써 아버지의 죽음에 대한 비극성을 강화하고 있군.

066

(나)를 영상물로 제작하기 위한 회의에서 세운 계획으로 적절하지 않은 것은?

- '우리의 굽은 등에 푸른 싹이 돋을까'라는 회의적인 물음에 대해 '그런 일은 없었다'라고 단정적으로 대답하는 내레이션을 넣는 것이 좋겠어. ············ ①
- 첫 장면에는 '푸른 싹이 돋'는 모습을 '늙은 나무'의 모습과 대비하여 제시함으로써 새로운 것에 대한 소망을 상징적으로 보여 주는 것이 좋겠어. ············ ②
- 현재의 삶이 '더디고 나른한 세월'의 연속임을 드러내기 위해 비루하고 무기력한 삶의 모습에 해당하는 구체적인 풍경들을 모아 화면을 구성해야겠지. ············ ③
- '세차장 고무호스'의 '물줄기' 방향이 예측 불가하다는 속성을 활용하면 삶의 방향을 정하지 못하고 혼란스러워하는 화자의 정서를 효과적으로 드러낼 수 있겠어. ············ ④
- 마지막 장면에서 앞서 '더디고 나른한 세월'을 나타낼 때의 화면을 다시 활용하면 세월이 지나도 비루한 삶이 지속되고 있음을 효과적으로 보여 줄 수 있을 거야. ············ ⑤

적중 예상

현대시 10

목표 시간		6분 40초	
시작	분 초	종료	분 초
소요 시간		분 초	

E 수록

[067-070] 다음 글을 읽고 물음에 답하시오. (가) 18, 22 / (나) 15, 20

(가)

[A]
감나무쯤 되랴,
서러운 노을빛으로 익어 가는
내 마음 사랑의 열매가 달린 나무는!

[B]
이것이 제대로 벋을 데는 저승밖에 없는 것 같고
그것도 내 생각하던 사람의 등 뒤로 벋어 가서
그 사람의 머리 위에서나 마지막으로 휘드러질까 본데,

[C]
그러나 그 사람이
그 사람의 안마당에 심고 싶던
느꺼운 열매가 될는지 몰라!

[D]
새로 말하면 그 열매 빛깔이
전생(前生)의 내 전(全) 설움이요 전(全) 소망인 것을
알아내기는 알아낼는지 몰라!

[E]
아니, 그 사람도 이 세상을
설움으로 살았던지 어쨌던지
그것을 몰라, 그것을 몰라!

– 박재삼, 〈한(恨)〉

(나)

하늘은 날더러 구름이 되라 하고
땅은 날더러 바람이 되라 하네
청룡 흑룡 흩어져 비 개인 나루
잡초나 일깨우는 잔바람이 되라네
뱃길이라 서울 사흘 목계 나루에
아흐레 나흘 찾아 박가분 파는
가을볕도 서러운 방물장수 되라네
산은 날더러 들꽃이 되라 하고
강은 날더러 잔돌이 되라 하네
산 서리 맵차거든 풀 속에 얼굴 묻고
물여울 모질거든 바위 뒤에 붙으라네
민물 새우 끓어 넘는 토방 툇마루
석삼년에 한 이레쯤 천치로 변해
짐 부리고 앉아 쉬는 떠돌이가 되라네
하늘은 날더러 바람이 되라 하고
산은 날더러 잔돌이 되라 하네

– 신경림, 〈목계 장터〉

067

(가)와 (나)에 대한 설명으로 가장 적절한 것은?

① (가)와 (나)는 모두 수미상관의 구조를 사용하여 주제를 강조하고 있다.
② (가)와 (나)는 모두 공감각적 심상을 활용하여 사물의 속성을 부각하고 있다.
③ (가)는 (나)와 달리 반어적 표현을 사용하여 모순적 상황에 대한 비판적 태도를 드러내고 있다.
④ (나)는 (가)와 달리 점층적으로 시상을 마무리하여 화자의 혼란스러운 내면을 강조하고 있다.
⑤ (가)는 동일한 시어의 반복을 통해, (나)는 동일한 통사 구조의 반복을 통해 운율감을 형성하고 있다.

068

[A]~[E]에 대한 이해로 적절하지 않은 것은?

① [A]는 문장의 어순을 바꾸어 화자의 정서가 응축된 '감나무'에 주목하도록 하고 있군.
② [B]는 화자의 정서가 투영된 '감나무'의 모습을 통해 저승으로 떠난 임에 대한 그리움을 표현하고 있군.
③ [C]는 '감나무'에 대한 임의 생각을 추측해 봄으로써 임에 대한 화자의 심정을 드러내고 있군.
④ [D]는 앞에서 말한 내용을 다시 언급하여 '감나무'에 함축된 화자의 정서를 강조하고 있군.
⑤ [E]는 시상을 전환하여 '감나무'를 통해 전달하려고 했던 자신의 마음이 부질없는 것임을 부각하고 있군.

069

(나)에 대한 이해로 가장 적절한 것은?

① '바람'과 '잔돌'의 대비되는 속성을 활용하여 방랑과 정착의 갈림길에 놓인 화자의 상황을 부각하고 있다.
② '되라 하네'를 '되라네'로 변주하여 대상에 대한 화자의 양면적인 인식을 드러내고 있다.
③ '사흘', '아흐레 나흘'과 같은 시어를 활용하여 두 대상 간에 조성되는 심리적 거리감을 표현하고 있다.
④ '토방 툇마루'를 '민물 새우 끓어 넘는' 곳으로 묘사하여 화자가 자신의 삶을 능동적으로 이끌어 가고 있음을 보여 주고 있다.
⑤ '천치로 변해'와 '떠돌이가 되라네'를 부정적인 어조로 표현하여 주어진 상황에서 벗어나려는 화자의 태도를 드러내고 있다.

070

〈보기〉를 참고하여 (가)와 (나)를 감상한 내용으로 적절하지 않은 것은?

보기

인식의 주체와 대상 모두가 우주 공동체의 일원으로서 서로 연관되어 있다는 생각은 동양 철학 전반에 공통적으로 나타나는 중요한 생각이었다. 이러한 생각은 전세와 현세, 이승과 저승, 인간과 자연이 서로 연결되어 있다는 생각으로 이어졌다. 이러한 의식은 많은 문학 작품에도 영향을 주었는데 (가)와 (나)에서도 이러한 의식을 찾을 수 있다.

① (가)에서 '감나무'를 '내 마음 사랑의 열매가 달린 나무'로 표현한 것은, 자연물이 인간의 마음과 연결되어 존재할 수 있음을 보여 주는 것이겠군.
② (가)에서 '감나무'가 '제대로 벋을 데'가 '저승'이라고 한 것은, 이승과 저승이 서로 연결되어 있다는 인식이 반영된 것이겠군.
③ (가)에서 '열매 빛깔'을 '전생의 내 전 설움이요 전 소망'이라고 한 것은, 전세의 일이 현세에 영향을 미칠 수 있음을 보여 주는 것이겠군.
④ (나)에서 '하늘'이 '날더러 구름이 되라 하고', '땅'이 '날더러 바람이 되라 하네'라고 한 것은, 자연과 인간이 서로 소통할 수 있는 관계라는 인식을 보여 주는 것이겠군.
⑤ (나)에서 화자가 '들꽃', '잔돌'을 '산 서리', '물여울'과 관련지어 언급한 것은, 인과적으로 연결된 자연의 섭리가 인간의 삶에도 영향을 줄 수 있다고 보았기 때문이겠군.

Ⅱ

산문 문학

- **고전 소설**
  - 대표 기출
  - 적중 예상
- **현대 소설**
  - 대표 기출
  - 적중 예상

대표 기출 고전 소설 ❶

[1~4] 다음 글을 읽고 물음에 답하시오. 2024학년도 수능 18~21번

[A]

황상과 만조백관이 어찌할 줄 모르더니 좌장군 서경태가 급히 입직군을 동원하여 칼을 들고 내달아 크게 꾸짖길,

황상: 황제 / 만조백관: 조정의 모든 벼슬아치 / 입직군: 관아에서 숙직하는 군사

"이 몹쓸 흉악한 놈아, 어찌 이런 변을 짓느냐?"

'아귀'를 가리킴.

하고 칼을 들어 치니 아귀가 몸을 기울여 피하고 입을 벌려 숨을 들이쉬니 서경태가 날리어 아귀 입으로 들어갔다. 상이 보시다가 크게 놀라,

서경태와 아귀의 대결 → 비현실적 요소를 활용하여 아귀의 압도적 무력을 드러냄.

"짐이 여러 번 **전장**을 지내었으되 이런 일은 보도 듣도 못하였으니 제신 중에 뉘 이 짐승을 잡아 짐의 한을 씻으리오."

황상이 일찍이 경험하지 못한 상황임을 밝혀 갈등의 심각성을 드러냄.

정서장군 한세충이 나와 아뢰길,

"소장이 비록 재주 없으나 저것을 베어 황상께 바치리이다."

황상을 위해 아귀를 퇴치하려고 함. → 한세충의 충성심이 드러남.

하고 황금 투구에 엄신갑을 입고 팔 척 장창을 들고 청룡마를 내달아 외쳐 말하길,

엄신갑: 갑옷

"흉적은 목을 늘여 내 칼을 받으라."

아귀가 크게 웃고 말하길,

"아까는 내 숨을 들이쉬니 모기 같은 것도 삼켰으니 지금은 숨을 내쉴 것이니 네 눈을 부릅뜨고 자세히 보라."

모기 같은 것: 좌장군 서경태를 가리킴. / 인간이 대적할 수 없는 신이한 능력을 지닌 아귀

하고 입을 벌려 숨을 내부니 황상과 만조백관이 오 리나 밀려갔다. 아귀가 궁중이 텅 빈 것을 보고 세 공주를 등에 업고 돌아갔다. ▶ 아귀가 세 공주를 납치함.

압도적 무력을 지닌 아귀 / 아귀가 세 공주를 납치함. → 괴물의 여인 납치 화소

이때 황상이 제신과 함께 정신을 겨우 차려 환궁하시니 세 공주가 다 없었다. 상께 이 연고를 아뢰니 상이 크게 놀라 하교하시되,

"이런 해괴한 변이 천고에 없으니 경들의 소견이 어떠하뇨?"

아귀가 세 공주를 납치한 일

하고 용루를 흘리시니 **조정**에 모인 여러 신하가 감히 우러러 보지 못하였다.

용루: 임금의 눈물

이우영이 아뢰길,

"전 좌승상 김규가 지모 넉넉하오니 불러 문의하심이 마땅할까 하나이다."

김규: 김원의 아버지

상이 깨달아 조서를 내려 김규를 부르셨다.

조서: 임금의 명령을 일반에게 알릴 목적으로 적은 문서

이때 승상이 원을 데리고 평안히 지내더니 천만의외에 사관이 조서를 가지고 왔거늘 받자와 본즉,

천만의외에: 뜻밖에

"전임 좌승상에게 부치나니 그사이 **고향**에서 무사한가. ⓐ짐은 불행하여 공주를 잃고 종적을 모르니 통한함을 어찌 측량하리오. 경에게 옛 벼슬을 다시 내리나니 바삐 올라와 고명한 소견으로 짐의 아득함을 깨닫게 하라."

갈등 상황을 요약적으로 제시하면서 이에 대한 심경을 표현함.

하였다. 승상이 사관을 후대하고 ㉠국변을 물으니 아귀 작란하던 일과 세 공주 잃은 말을 대강 고하니 승상이 못내 슬퍼하며 상경하여 사은숙배하니, 상이 보시고,

나라의 변란. 아귀가 세 공주를 납치한 일 → 갈등 상황을 압축적으로 나타냄. / 황상의 불행을 슬퍼하며 황상을 위해 상경함. → 김규의 충성심이 드러남. / 사은숙배: 임금의 은혜에 감사하며 공손하고 경건하게 절을 올리니

문제로 Pick 학습법

갈등을 압축적으로 드러낼 수 있는 단어가 제시되면, 그 단어를 중심으로 사건의 전개, 인물의 심리와 태도 등 작품 내용을 파악하는 문항이 출제될 수 있다.

2 ㉠과 관련하여 윗글을 이해한 내용으로 적절하지 않은 것은?

① 황상은 ㉠의 심각성을 이전의 '전장'과 비교하고, 그때의 경험에 근거하여 ㉠에 대한 대처 방안을 찾아낸다. (×)

신하들의 소견을 물어 대처 방안을 찾아냄.

지문 분석

꼭꼭 check!

시점과 서술자

이 작품은 전지적 작가 시점을 활용하여 지하국 괴물인 아귀와 주인공 김원의 대결을 전개하고 있다.

인물이 처한 상황과 대처 방법

머리가 아홉 개 달린 괴물인 아귀가 나타나 세 공주를 납치하자 김원은 계교를 써서 아귀를 퇴치하고자 한다.

주제

아귀를 퇴치하고 공주를 구출하는 김원의 영웅적 활약상

감상 Guide!

- 서술상 특징

제시된 지문에서는 황상과 신하의 대화, 한세충과 아귀의 대화를 보여 주고 있는데, 이를 통해 인물 간의 위계나 관계를 드러내고 있다.

황상과 신하들의 대화	한세충과 아귀의 대화
황상이 자신을 '짐'이라 지칭하고 신하들을 '제신', '경들'로 부르면서 아귀를 잡을 이를 찾자, 한세충이 자신을 '소장'으로 지칭하며 아귀를 죽여 황상에게 바치겠다고 함.	한세충은 아귀를 '흉적'이라고 부르며 아귀에게 대항하고 아귀는 자신의 압도적인 무력을 과시하며 상대를 위협함.
↓	↓
인물 간의 위계(상하 관계)가 나타남.	인물 간의 적대 관계가 나타남.

- 갈등과 해결 양상

황상과 만조백관		아귀
• 황상은 세 공주가 아귀에게 납치당하자 문제를 해결하기 위해 신하들과 의논함. → 김규를 불러들여 해결하고자 함. • 서경태 · 한세충 등의 장군이 아귀와 대적하나 패배함.	↔	자신에게 맞서는 인물들을 물리치고 세 공주를 납치해 감.

김원		아귀
• 무예를 수련하던 중 아귀를 만나 대적하여 아귀에게 상처를 냄. • 아귀에게 납치당한 여인들과 협력하여 계교를 써서 아귀를 물리치고자 함.	↔	• 김원과의 대적으로 상처를 입은 원한을 씻기 위해 김원을 죽이려고 함. • 술에 많이 취하여 잠을 자다 김원에 의해 죽임을 당함(지문 외).

"경이 고향에 돌아감은 짐이 불명한 탓이로다. 국운이 불행하여 세 공주를 일시에 잃었으니 짐의 이 원을 어찌하리오? 경의 소견으로 이 일을 도모하면 평생의 한을 풀리로다."

황상은 김규가 벼슬에서 물러난 일을 자신이 현명하지 못한 탓으로 인식함.

승상이 엎드려 아뢰길,

"소신이 자식이 있삽는데 창법 검술이 일세에 무쌍하와 매일 종적 없이 다니옵기 연고를 물으니 **철마산**에 가 무예를 익히다가 일일은 그 산에서 아귀라 하는 짐승을 만나 겨루고 그 뒤를 좇아 바위 구멍으로 들어감을 보았노라 하옵기 과연 허언이 아닌가 싶사오니 ⓑ자식을 불러 들으심이 마땅하올까 하나이다."

서로 견줄 만한 것이 없을 정도로 뛰어나

김원의 탁월한 능력

아귀와 김원이 대결한 적이 있음. → 문제 해결을 위한 단서를 제공할 인물로 김원을 추천하게 됨.

실속이 없는 빈말

▶ 김규가 황상에게 김원이 아귀와 대적한 적이 있음을 아룀.

[중략 부분의 줄거리] 원은 황상을 뵙고 원수가 되어 철마산 아귀의 소굴로 들어간다.

여러 가지의 꾀, 또는 온갖 계교

원수가 백계를 생각하다가 갑자기 깨달아 공주께 아뢰기를,

아귀를 퇴치하기 위한 방안을 모색하는 김원 → 아귀가 경계심을 풀도록 한 후에 아귀를 없앨 계책을 실행하고자 함.

"독한 술을 많이 빚어 좋은 안주를 장만하여야 계교를 베풀리이다."

원수의 계교를 구체적으로 드러내지 않음. → 독자의 흥미 유발

하고, 약속을 정해 여러 여자를 청하여 여차여차하게 계교를 갖추고 기다리라고 하였다.

▶ 김원이 공주를 만나 아귀를 없앨 계교를 세움.

이때 아귀가 원의 칼에 상한 머리 거의 나으니 모든 시녀를 불러 말하기를,

철마산에서 김원과의 대결로 입은 상처 → 김원의 무예가 뛰어남을 알 수 있음.

ⓒ"내 병이 조금 나았으니 사오일 후 세상에 나가 남두성을 잡아 죽여 이 원한을 풀리라. 너희는 나를 위하여 마음을 위로하라."

김원. 천상계의 남두성이었으나 상제께 죄를 지어 인간계에 태어남. → 적강 화소

여자들이 이 말을 듣고 크게 기뻐하여 각각 술과 성찬을 권하기를,

"대왕의 상처가 나으시면 첩 등의 복인가 하나이다. ⓓ수이 차도를 얻사오면 남두성 잡기야 어찌 근심하리오? 주찬을 대령하였사오니 다 드시어 첩 등의 우러르는 마음을 즐겁게 하소서."

아귀를 경계심을 없애기 위한 여자들의 거짓말

술과 안주

아귀가 가져오라 하거늘, 여러 여자가 일시에 한 그릇씩 드리니 아홉 입으로 권하는 대로 먹으니 그 수를 알 수 없었다. 술이 취하매 여러 여자가 거짓으로 위로하여,

아귀는 아홉 개의 머리를 가진 괴물의 형상을 하고 있음.

"장군은 잠깐 잠을 청하여 아픔을 잊으소서."

아귀가 잠든 틈을 타서 공격하기 위한 의도

아귀가 듣고 잠을 자려 하거늘, 막내 공주가 곁에 앉아 말하길,

"보검을 놓고 주무소서. 취중에 보검을 한번 휘둘러 치면 잔명이 죄 없이 상할까 하나이다."

아귀의 비수를 빼앗기 위한 의도

얼마 남지 아니한 쇠잔한 목숨

아귀가 말하기를,

"장수가 잠이 드나 칼을 어찌 손에서 놓으리오마는 혹 실수함이 있을까 하노니 머리맡에 세워 두라."

하고 주거늘, 공주가 받아 놓고 잠들기를 기다렸다. 아귀가 깊이 잠들었거늘, 비수를 가지고 **협실**로 나와 원수에게 잠들었음을 이르고 함께 후원에 이르러 큰 기둥을 가리키며,

김원의 조력자로 활약함.

아귀를 없앨 수 있는 기회

"원수의 칼로 저 기둥을 쳐 보소서."

원수가 칼을 들어 기둥을 치니 반쯤 부러졌다. 공주가 크게 놀라 말하기를,

"만일 그 칼을 썼더라면 성사도 못하고 도리어 큰 화가 미칠 뻔하였습니다."

김원의 칼로는 아귀를 죽일 수 없음.

아귀가 쓰던 비수로 기둥을 치니 썩은 풀이 베어지는 듯하였다.

▶ 김원이 공주와 협력하여 아귀를 죽이고자 함.

– 작자 미상, 〈김원전〉

지문 분석

• 주요 인물에 대한 이해

인물	이해
김원	• '창법 검술이 일세에 무쌍'한 인물 • 서경태, 한세충 등의 장군이 대적하지 못할 만큼 압도적 무력을 지닌 아귀와의 대결에서 아귀에게 상처를 입힐 정도의 초월적 능력을 지닌 영웅적 인물 • 아귀가 김원을 남두성이라 칭하는 것은 김원이 천상계의 인물임을 드러냄.
김규	• 충군의 가치를 실현하고자 하는 인물 • 지모가 뛰어난 인물로 평가되며, 국변을 해결할 단서를 제공할 인물로 김원을 천거함.
서경태, 한세충	• 충군의 가치를 실현하고자 하는 인물 • 황상을 위해 아귀와 대적하나 패배함.
세 공주 여인들	• 아귀에게 납치당한 피해자 • 아귀를 퇴치하기 위해 김원의 조력자 역할을 함.
아귀	• 신이한 능력을 지닌 머리가 아홉 개 달린 괴물 • 세 공주를 납치함.

• 제목의 의미

〈김원전〉은 주인공 김원의 영웅적 능력을 그린 이야기이다. '김원'은 승상 김규가 늦은 나이에 얻은 아들인데, 사람의 모습이 아니라 수박의 형상처럼 둥근 모습으로 태어나 '원'이라 이름 붙인다.

• 주요 소재의 의미와 기능

소재	의미와 기능
조서	• 아귀에게 세 공주가 납치당한 갈등 상황을 드러냄. → 김규가 아들 김원이 아귀와 대적한 일을 왕에게 고함. → 김원이 아귀를 퇴치하기 위해 등장하는 계기로 작용함.
독한 술, 좋은 안주	• 아귀에게 먹여 잠이 들도록 함. → 아귀의 경계심을 풀게 하여 김원의 목적을 달성하는 데 기여함.
보검(비수)	• 엄청난 위력을 지닌 아귀의 칼 → 아귀를 퇴치하는 데 쓰임.

고전 소설

대표 기출 고전 소설 ❶

1 [A]의 서술상 특징에 대한 설명으로 가장 적절한 것은?

① 서술자가 개입하여 인물에 대한 평가를 제시하고 있다.
② 대화를 통해 인물 간의 위계나 관계를 보여 주고 있다.
③ 현재와 과거를 교차하여 장면의 전환을 보여 주고 있다.
④ 인물의 회상을 통해 인물 간 갈등의 원인을 암시하고 있다.
⑤ 상황에 대한 인물의 반응을 과장되게 서술하여 사건의 비극성을 완화하고 있다.

핵심 기출 유형

유형 서술상의 특징 파악

• 이 유형은?

서술 방식이란 서술자가 사건을 전개해 나가는 방식을 말한다. 작가는 주제를 효과적으로 구현하기 위해 특정한 사건 전개 방식이나 표현 방식을 취하여 이야기를 풀어 나가는데, 이는 서술자의 어조나 문체, 시점을 통해 구현된다. 이 유형은 서술자의 위치, 서술 방식, 문체, 구조 등에 나타난 특징을 종합적으로 파악할 수 있는지를 평가한다.

대표 발문

▶ 윗글의 서술상의 특징으로 가장 적절한(적절하지 않은) 것은?
▶ [A]의 서술 방식으로 가장 적절한(적절하지 않은) 것은?
▶ 윗글에 대한 설명으로 가장 적절한(적절하지 않은) 것은?

해결 Tip

작품의 서술자와 시점을 파악한다.

↓

작품의 구조와 표현, 서술자의 태도나 어조 등을 중심으로 서술상의 특징을 파악한다.

↓

서술 방식이 인물이나 사건 전개에 미치는 영향을 살피며 서술 방식의 효과를 파악한다.

2 ㉠과 관련하여 윗글을 이해한 내용으로 적절하지 않은 것은?

① 황상은 ㉠의 심각성을 이전의 '전장'과 비교하고, 그때의 경험에 근거하여 ㉠에 대한 대처 방안을 찾아낸다.
② 이우영은 ㉠의 해결을 위해 '조정'에서 황상의 질문에 답하며 ㉠에 대처할 방안을 찾아 줄 지모 있는 인물을 거명한다.
③ 황상은 ㉠의 여파가 미치지 않은 '고향'에서 편안히 지내던 승상에게 ㉠으로 인한 위기 상황을 알린다.
④ 승상은 ㉠의 원흉인 아귀를 원이 '철마산'에서 본 것을 황상에게 아뢰고, ㉠을 해결할 단서를 제공할 인물을 천거한다.
⑤ 원은 ㉠의 해결 방안을 떠올리고, '협실'에서 공주를 만나 ㉠을 해결할 수 있는 기회가 왔음을 알게 된다.

유형 중심 사건 및 갈등 파악

• 이 유형은?

'사건'이란 소설에서 인물을 둘러싸고 전개되는 이야기이다. 사건은 여러 가지 인과관계가 서로 맞물려 발생하며, 대체로 인물 간에 발생하는 갈등이 이야기를 발전시키는 중요한 역할을 한다. 이 유형은 작품의 줄거리와 각 장면에 담긴 사건의 내용, 갈등 구도, 인물들의 대처 방식 등을 이해하고 있는지를 평가한다.

대표 발문

▶ 윗글에 대한 이해로 가장 적절한(적절하지 않은) 것은?
▶ 윗글의 내용에 대한 이해로 가장 적절한(적절하지 않은) 것은?

해결 Tip

작품 속 상황과 사건 등 전체적인 이야기의 흐름을 이해한다.

이야기의 흐름 속에서 등장인물들의 말과 행동을 바탕으로 갈등의 원인과 전개 과정, 해결이 어떠한지 파악한다.

3 ⓐ~ⓓ에 대한 설명으로 가장 적절한 것은?

① ⓐ와 ⓑ에서는 상대에 대한 신뢰를 바탕으로, 숨겨 온 사실을 드러내고 있다.
② ⓑ와 ⓒ에서는 자신의 위세를 드러내어, 상대의 복종을 이끌어 내고 있다.
③ ⓐ에서는 자신의 감정을 상대에게 드러내고, ⓓ에서는 자신들의 의도를 상대에게 숨기고 있다.
④ ⓑ에서는 당위를 내세워 상대의 행위를 요구하고, ⓓ에서는 상대의 안위를 우려하여 자제를 요청하고 있다.
⑤ ⓒ에서는 상대에게 자신의 목표를 위해 행동할 것을 촉구하고, ⓓ에서는 상대의 목표를 위해 행동할 것을 약속하고 있다.

핵심 기출 유형

유형 인물의 심리와 태도 파악

• 이 유형은?

인물은 행위나 사건을 수행하는 주체이다. 작품을 정확하게 이해하기 위해서는 등장인물의 성격이나 심리 및 정서 상태, 대상이나 현실을 대하는 태도 등에 관한 정확한 이해가 필요하다. 인물의 심리와 태도는 서술자가 직접 제시하기도 하지만, 인물의 말과 행동을 통해 간접적으로 드러나기도 한다. 이 유형은 작품 속에 나타나는 인물의 심리, 사건이나 대상에 대한 태도를 파악할 수 있는지를 평가한다.

대표 발문

▸ 윗글의 인물에 대한 이해로 가장 적절한(적절하지 않은) 것은?
▸ ⓐ~ⓔ에 대한 이해로 적절한(적절하지 않은) 것은?

해결 Tip

사건 전개 양상을 바탕으로, 인물이 처한 상황을 파악한다.
↓
사건이나 상황에 대한 인물의 관점과 대응 방식을 파악한다.
↓
인물의 구체적인 말과 행동에 주목하여 인물의 심리, 태도를 추리한다.

4 〈보기〉를 참고하여 윗글을 감상한 내용으로 적절하지 않은 것은? [3점]

보기

〈김원전〉은 당대의 보편적 가치인 충군을 주제로, 초월적 능력을 지닌 주인공과 기이한 존재인 적대자의 필연적 대결 관계를 보여 준다. 특히 적대자의 압도적 무력에 맞서는 과정에서 인물에 따라, 혹은 인물이 처한 상황에 따라 다른 대응 방식을 보여 줌으로써 독자의 흥미를 자극한다.

① 서경태가 입직군을 동원해 아귀와 맞서고 원수가 계교를 마련해 아귀를 상대하는 데서, 압도적 무력을 지닌 적대자에 대응하는 양상이 서로 다름을 알 수 있군.
② 한세충이 황상의 한을 씻고자 아귀에게 대항하고 승상이 황상의 불행에 슬퍼하며 상경하는 데서, 인물들이 충군의 가치를 지키고 있음을 알 수 있군.
③ 원이 아귀의 머리를 상하게 한 것과 아귀가 남두성인 원에게 원한을 갚겠다고 다짐하는 데서, 주인공과 적대자의 대결이 피할 수 없는 것임을 알 수 있군.
④ 공주가 황상에게는 국운의 불행으로 잃은 대상이지만 원수에게는 약속대로 아귀를 잠들게 하는 인물인 데서, 여성 인물이 사건의 피해자이자 해결을 돕는 존재임을 알 수 있군.
⑤ 일세에 무쌍한 무예를 갖춘 원수가 아귀의 비수로 기둥을 베어 보는 데서, 주인공이 적대자를 처치하기 위해 자신의 계획대로 초월적 능력을 시험하고 있음을 알 수 있군.

유형 외적 준거에 따른 작품 감상

• 이 유형은?

소설 지문에서는 외적 준거로 인물, 사건, 배경, 구성, 서술 방식 등 소설과 관련된 정보를 제시하여 이를 종합적으로 올바르게 판단할 수 있는지를 묻는다. 주로 작품의 내·외적인 정보를 담은 관련 자료를 〈보기〉로 제시하고 이를 바탕으로 작품을 감상하거나 특정 구절의 의미를 파악하는 형태로 출제되지만, 원작과 변용된 작품을 비교하여 작품을 폭넓게 감상하는 형식으로도 출제된다.

대표 발문

▸ 〈보기〉를 참고하여 (가), (나)를 감상한 내용으로 가장 적절한(적절하지 않은) 것은?
▸ 〈보기〉를 참고하여 ㉠~㉤의 의미를 설명한 것으로 가장 적절한(적절하지 않은) 것은?

해결 Tip

〈보기〉의 감상 기준, 즉 말하고자 하는 바를 정확히 이해한다.
↓
작품에서 〈보기〉의 내용과 연관 지을 수 있는 부분을 찾아, 선지의 적절성을 확인한다.

[5~8] 다음 글을 읽고 물음에 답하시오. 2022학년도 6월 평가원 28~31번

[앞부분의 줄거리] 김 진사의 딸 채봉은 선비 필성과 정혼하나, 우여곡절 끝에 스스로 기녀가 되어 송이로 이름을 바꾼다. 송이의 서화를 눈여겨본 감사가 송이를 데려와 관아에서 살게 한다.

송이는 감사가 있는 별당 건넌방에 가 홀로 살고 지내며 감사가 시키는 일을 처리하고 지내며 마음에 기생을 면함은 다행하나, 주야로 잊지 못하는 바는 부모의 소식과 장필성을 못 봄을 한하고 이 감사가 보는 데는 감히 그 기색을 드러내지 못하니, 혼자 있을 때에는 주야 탄식으로 지내더라.

감사가 돈을 주고 송이를 기생에서 물려나게 함.

감사는 송이가 부모 소식과 필성을 못 보는 것에 애태우는 것을 모름.

장필성이 이 소문을 듣고 또한 다행하나, 이때 감사는 송이 있는 별당은 외인 출입을 일절 엄금하니, 다시 만날 길이 없어 수심으로 지내더니, 한 계책을 생각하되,

"나도 감사 앞에서 거행하는 관속이 된다면 채봉을 만나기가 쉬우리라."

채봉을 만나기 위해 관속이 되고자 함. – 주체적인 삶의 방식에 따른 결정과 행동

하고 여러 가지로 주선하더니, ㉠이때 마침 감사가 문필이 있는 이방을 구하는지라. 필성이 한 길을 얻어 이방이 되어 감사에게 현신하니 감사가 일견 대희하여 칭찬하며 왈,

필성의 관아 입성에 개연성을 부여하는 시간 표지

"가위 여옥기인(如玉其人)이로다. 필성아, 이방이라 하는 것은 승상접하(承上接下)하는 책임이 중대하니, 아무쪼록 일심봉공(一心奉公)하여 민원(民怨)이 없도록 잘 거행하라."

인품이 옥과 같이 맑고 깨끗한 사람 / 윗사람을 받들고 아랫사람을 거느려 그 사이를 잘 주선함.

필성이 국궁수명(鞠躬受命)*하고 차후로 공사 문첩(文牒)*을 가지고 매일 드나들며 송이의 소식을 알고자 하나 별당이 깊고 깊어 지척이 천 리라 어찌 알리오.

차시 송이는 별당에 있어 이 감사가 들어와 공문을 쓰라면 쓰고 판결문을 내라면 내고 하더니, ㉡하루는 ⓐ공사 문첩 한 장을 본즉, 필성의 글씨가 완연한지라, 속으로 생각하되,

차시: 이때 / 송이가 필성이 가까이 있음을 알게 되는 소재

'이상하다. 필법이 장 서방님 필적 같으니, 혹 공청에를 드나드나.'

하고 감사더러 묻는다.

"㉢요사이 공사 들어온 것을 보면 전과 글씨가 다르오니 이방이 갈리었습니까?"

공청에서 일어난 최근의 변화에 송이가 주목하고 있음을 보여 줌.

"응, 전 이방은 갈고 장필성이란 사람으로 시켰다. 네 보아라, 글씨를 잘 쓰지 않느냐."

감사를 통해 송이는 필성이 이방이 되었음을 알게 됨. / 감사는 필성의 문필 능력을 높이 삼.

송이가 이 말을 듣고 속으로 암암이 기꺼하며, 어떻게 하면 한번 만나 볼까, 그렇지 못하면 편지 왕복이라도 할까, 사람을 시키자니 만일 대감이 알면 무슨 죄벌이 내려올지 몰라 못 하고 무슨 기회를 기다리나 때를 타지 못하여 필성이나 송이나 서로 글씨만 보고 창연히 지내기를 ㉣이미 반년이라. 자연 서로 상사병이 될 지경이더라.

송이와 필성이 가진 그리움의 깊이를 함축한 서사적 정보로 기능하는 시간 표지

[A] 「이때는 추구월(秋九月) 보름 때라. 월색은 명랑하여 남창에 비치었고, 공중에 외기러기 옹옹한 긴 소리로 짝을 찾아 날아가고, 동산의 송림 간에 두견이 슬피 울어 불여귀를 화답하니, 무심한 사람도 마음이 상하거든 독수공방에 눈물로 세월을 보내는 송이야 오죽할까. 송이가 모든 심사 잊어버리고 책상머리에 의지하여 잠깐 졸다가 기러기 소리에 놀라 눈을 뜨고 보니, 남창 밝은 달 발허리에 가득하고 쓸쓸한 낙엽성은 심회를 돕는지라.」 잊었던 심사가 다시 가슴에 가득하여지며 눈물이 무심히 떨어진다.

명랑하여: 흐린 데 없이 밝고 환하여 / 「」: 달과 자연물의 다양한 소리가 어울려 송이의 외로움을 심화함. / 낙엽성: 낙엽이 떨어지는 소리

지문 분석

꼭꼭 check!

시점과 서술자

이 작품은 전지적 작가 시점을 활용하여 채봉이 부모의 출세욕으로 인해 사랑하는 임(필성)과 헤어져 갖은 고초를 겪는 사건에 대해 서술하고 있다.

인물이 처한 상황과 대처 방법

채봉은 허 판서의 첩이 되라는 부모의 명을 거역하고, 아버지를 구하기 위해 기생이 되며, 필성은 채봉을 만나기 위해 양반의 신분을 버리고 중인 신분의 이방이 된다는 점에서 적극적이고 주체적으로 행동하는 모습을 보인다.

주제

온갖 시련과 어려움을 극복해 낸 젊은 남녀의 순결하고 진실한 사랑

감상 Guide!

• 주요 인물에 대한 이해

김채봉(송이)	• 자신의 사랑을 지키기 위해 허 판서의 첩이 되라는 부모의 명을 거역함. 이후, 아버지를 구하기 위해 기생이 됨. → 가부장적 권위나 신분보다 자신의 욕망을 충족하기 위해 적극적이고 주체적으로 행동하는 인물
장필성	채봉(송이)을 만나기 위해 양반의 신분을 버리고 중인 신분인 이방이 됨. → 신분이나 권위보다 자신의 욕망을 충족하기 위해 적극적이고 주체적으로 행동하는 인물
이 감사	• 송이(채봉)의 재주를 아껴 기생 신분에서 벗어나게 해 주며 송이를 관원으로 채용하고 딸처럼 사랑함. • 백성들을 생각하느라 늦은 밤까지 잠을 이루지 못함. • 송이와 필성의 관계를 알고 혼인을 주선함. → 송이를 첩으로 삼으려 한 허 판서와 대비되는 관료상으로, 사려 깊고 진보적인 의식을 지닌 관리의 모습을 보여 주는 인물

• 주요 소재의 기능

공사 문첩 한 장	• 송이(채봉)가 필성의 필적을 알아보아 필성이 이방으로 있음을 알게 됨. • 필성이 자신과 가까이 있음을 알게 되어 필성에 대한 송이의 그리움이 심화됨.

송이가 남창을 가만히 열고 달빛을 내다보며 위연탄식하는데,
(한숨을 쉬며 크게 탄식함.)

"달아, 너는 내 심사를 알리라. 작년 이때 뒷동산 명월 아래 우리 님을 만났더니, 달은 다시 보건마는 님은 어찌 못 보는고. 그 옛날 심양강 거문고 뜯던 여인은 만고문장 백낙천(萬古文章白樂天)을 달 아래 만날 적에 마음속에 맺힌 말을 세세히 풀었건만, 나는 어찌 박명하여 명랑한 저 달 아래서 부득설진심중사(不得說盡心中事)하니 가련하지 아니할까. 사람은 없어 말 못하나 차라리 심중사를 종이 위에나 그리리라."

(인격화된 달에게 자신의 감정을 토로하는 송이 / 필성과의 추억을 떠올림. / 송이의 처지와 대조되는 옛 이야기 속 인물 / 중국 당나라의 시인인 백거이를 가리킴. / 마음속 일들을 다 말할 수 없음. / 스스로에 대한 연민을 표현함.)

하고 연상을 내어 먹을 흠씬 갈고 청황모 무심필을 덤벅 풀어 백릉화주지를 책상에 펼쳐 놓고 섬섬옥수로 붓대를 곱게 쥐고 장우단탄(長吁短歎)에 맥맥히 앉았다가 고개를 돌리어 벽공의 높은 달을 두세 번 우러러보더니, 서두에 '추풍감별곡(秋風感別曲)' 다섯 자를 쓰고, 상사가 생각 되고 생각이 노래 되고 노래가 글이 되어 붓끝을 따라 나오니 붓대가 쉴 새 없이 쓴다. ▶ 필성을 그리워하는 송이

(날다람쥐, 족제비의 꼬리털로만 만들고 다른 종류의 털로 속을 박지 않은 붓 / 긴 한숨과 짧은 탄식)

(중략)

아득한 정신은 기러기 소리를 따라 멀어지고 몸은 책상머리에 엎드렸더니, 잠시간에 잠이 들어 주사야몽(晝思夜夢) 꿈이 되어 장주(莊周)의 나비같이 두 날개를 떨치고 바람 좇아 중천에 떠다니며 사면을 살피니, 「오매불망하던 장필성이 적막 공방에 혼자 몸이 전일의 답시(答詩)를 내놓고 보며 울고 울고 보며 전전반측 누웠거늘, 송이가 달려들어 마주 붙들고 울다가 꿈 가운데 우는 소리가 잠꼬대가 되어 아주 내처 울음이 되었더라.」

(밤낮으로 깊이 생각하고 헤아림. / 「」: 꿈속에서 필성을 만남. – 송이의 필성에 대한 간절한 그리움)

사람이 늙어지면 상하물론(上下勿論)하고 잠이 없는 법이라. ⓐ이때 이 감사는 연광도 팔십여 세뿐 아니라, 일도방백(一道方伯)이 되어 밤이나 낮이나 어떻게 하면 백성의 원성이 없을까, 어떻게 하면 국은(國恩)에 보답할까 하며 잠을 이루지 못하고 누웠더니, 홀연히 송이의 방에서 흐느껴 우는 소리가 들리거늘, 깜짝 놀라 속으로 짐작하되,

(흐느껴 울던 송이를 감사가 발견하는 사건의 시간적 배경을 지시함. / 각 도의 으뜸 벼슬, 관찰사 / 백성과 나라를 생각하는 감사의 인간성이 드러남.)

'지금 송이가 나이 십팔 세라. 필연 무슨 사정이 있어 저리하나 보다.'

하고 가만히 나와 보니, 남창을 열고 책상머리에 누웠는데 불을 돋우어 놓고 책상 위에 무엇을 써서 펼쳐 놓았거늘, 마음에 괴이하여 가만히 들어가 ⓑ두루마리를 펼치고 본즉 '추풍감별곡'이라. ▶ 송이의 그리움을 알게 되는 감사

(필성을 만나지 못하는 송이의 마음을 담아낸 소재)

(추풍감별곡: 사랑하는 임을 간절히 그리워하는 마음을 담은 노래 – 이 감사가 송이와 필성을 도와주는 계기가 됨.)

– 작자 미상, 〈채봉감별곡〉

* 국궁수명: 존경하는 뜻으로 몸을 굽히며 분부를 받음.
* 공사 문첩: 관청에서 공무상 작성하는 문서.

문제로 Pick 학습법

고전 소설에서 '달'은 작품의 시간적 배경을 제시할 뿐만 아니라 등장인물의 심리 및 정황을 드러내는 소재로 활용되는 경우가 많으므로 이와 관련하여 그 역할과 기능을 묻는 방식으로 문제화된다.

7 [A]의 '달'에 대한 이해로 적절하지 않은 것은?

④ 송이의 처지와 대조되는 옛 이야기를 환기시켜 송이가 스스로에 대한 연민을 표하게 한다. (O)

지문 분석

감상 Guide!

• 시간 표지의 기능

이때 마침	필성이 송이와 만나기 위해 관속이 되고자 할 때 감사가 이방을 선발함으로써 필성이 관아에 들어가는 데 개연성을 부여함.
하루는	송이와 감사의 대화를 통해 필성이 이방으로 있다는 중요한 서사적 정보가 드러나며 송이의 필성에 대한 그리움을 심화함.
요사이	공청에서 일어난 최근의 변화에 송이가 주목하고 있음을 보여 줌.
이미 반년	송이와 필성이 만나지 못한 시간을 드러내며 송이와 필성이 가진 그리움의 깊이를 함축함.
이때	백성을 생각하는 감사의 사람됨을 드러내면서 감사가 흐느껴 울던 송이를 발견하는 사건의 시간적 배경을 지시함.

• 주요 소재의 기능

소재	기능
달	• 외기러기, 두견이 등 자연물의 다양한 소리와 어울려 송이의 외로움을 심화하는 역할을 함. • 송이로 하여금 필성과의 추억을 떠올리게 하고 이를 통해 송이는 임과 만날 수 없는 자신의 현재 상황을 절감하게 됨. • 송이가 자신의 처지와 대조되는 옛이야기 속 인물을 떠올리고 스스로에 대한 연민을 드러내게 함.
두루마리	• 송이가 필성을 그리워하며 지은 노래(추풍감별곡)를 적어 놓은 물건으로, 필성에 대한 그리움이 담김. • 감사가 이를 통해 송이의 그리움을 알게 되어 이후 송이와 필성의 혼인을 주선하게 됨.

• 〈채봉감별곡〉에 나타난 시대적 상황

시대적 상황	〈채봉감별곡〉
매관매직이 성행함.	김 진사가 허 판서에게 딸 채봉을 팔아 관직을 사려 함.
축첩 제도가 유지되고 있었음.	허 판서가 열여섯 살의 채봉을 첩으로 들이고자 함.
신분적 질서가 와해되어 가고 있었음.	양반가 규수인 채봉이 기생이 되고, 전 선천 부사의 자제였던 장필성이 이방이 됨.
화적패의 횡행 등 치안이 불안하였음.	채봉을 데리고 서울로 가던 김 진사가 화적패를 만나 돈을 다 빼앗김.

고전 소설

5 윗글의 내용에 대한 이해로 적절하지 않은 것은?

① 송이는 부모의 소식으로 애태우다 감사의 걱정을 산다.
② 송이는 필성이 이방이 되었음을 감사를 통해 알게 된다.
③ 감사는 필성의 문필 능력을 높이 평가하고 기대를 건다.
④ 송이는 필성과 꿈속에서나마 일시적으로 만남을 이룬다.
⑤ 필성은 송이를 그리워하는 마음을 감사에게 숨기고 있다.

6 ⓐ와 ⓑ에 대한 설명으로 가장 적절한 것은?

① ⓐ에 대해 대화하며 송이의 그리움을 눈치챈 감사는, ⓑ를 읽으며 그 대상이 필성임을 알게 된다.
② ⓐ를 작성한 사람에 대한 궁금증을 갖게 된 송이는, ⓑ를 통해 자신의 궁금증을 필성에게 알린다.
③ ⓐ를 본 송이는 필성이 가까운 곳에 있음을 알게 되고, ⓑ에 필성을 만나지 못하는 마음을 풀어낸다.
④ ⓐ를 감사로부터 전달받은 필성은 송이의 마음을 알게 되고, ⓑ를 쓰면서 송이에 대한 자신의 그리움을 드러낸다.
⑤ ⓐ를 보면서 필성이 자신을 찾고 있음을 알게 된 송이는, ⓑ를 쓰면서 필성과 재회하고자 하는 의지를 드러낸다.

유형 중심 사건 및 갈등 파악

• 이 유형은?

'사건'이란 소설에서 인물을 둘러싸고 전개되는 이야기이다. 사건은 여러 가지 인과관계가 서로 맞물려 발생하며, 대체로 인물 간에 발생하는 갈등이 이야기를 발전시키는 중요한 역할을 한다. 이 유형은 작품의 줄거리와 각 장면에 담긴 사건의 내용, 갈등 구도를 이해하고 있는지를 평가한다.

대표 발문

▶ 윗글에 대한 이해로 가장 적절한(적절하지 않은) 것은?
▶ 윗글의 내용에 대한 이해로 가장 적절한(적절하지 않은) 것은?

해결 Tip

작품 속 상황과 사건 등 전체적인 이야기의 흐름을 이해한다.

↓

이야기의 흐름 속에서 등장인물들의 말과 행동을 바탕으로 갈등의 원인과 전개 과정, 해결이 어떠한지 파악한다.

7 [A]의 '달'에 대한 이해로 적절하지 않은 것은?

① 송이가 필성의 안녕을 기원하는 마음을 의탁하는 대상이다.
② 자연물의 다양한 소리와 어울려 송이의 외로움을 심화한다.
③ 송이가 자신의 심사를 들추어내어 감정을 토로하는 인격화된 상대이다.
④ 송이의 처지와 대조되는 옛 이야기를 환기시켜 송이가 스스로에 대한 연민을 표하게 한다.
⑤ 송이에게 필성과의 추억을 떠올리게 하면서 재회를 기약할 수 없는 현재 상황을 부각한다.

핵심 기출 유형

유형 소재의 의미와 기능 파악

• 이 유형은?

'소재'란 글쓴이가 이야기를 전개하기 위해 사용하는 글의 재료로, 특정 사물이나 환경 등이 소재가 될 수 있다. 소재는 갈등을 유발하거나 해소하기도 하고, 사건과 사건, 장면과 장면을 연결하기도 하며, 발생할 사건을 암시하는 복선 구실을 하거나, 인물의 심리나 성격을 간접적으로 드러내기도 한다. 이 유형은 사건 전개 과정 및 인물의 심리, 처지와 관련하여 특정 소재가 어떤 의미나 기능을 지니는지를 묻는다.

대표 발문

▸ [A], [B]를 고려하여 ㉠과 ㉡을 이해한 내용으로 가장 적절한(적절하지 않은) 것은?
▸ ⓐ, ⓑ에 대한 이해로 가장 적절한(적절하지 않은) 것은?

해결 Tip

작품 속 주요 사건의 전개 양상 및 분위기를 파악한다.

↓

사건의 전개 양상, 인물의 처지나 심리, 주제 등과의 관계를 고려하여 소재의 의미와 기능을 파악한다.

8 〈보기〉를 참고하여 ㉠~㉤을 이해한 내용으로 적절하지 않은 것은? [3점]

보기

소설에서 시간 표지는 배경을 지시할 뿐 아니라, 우연하게 일어날 수 있는 사건들에 개연성을 부여하거나 사건의 전개나 장면의 전환 등에 관여된 서사적 정보를 제시하기도 한다. 또한 장면을 제시하는 것은 물론 서로 다른 장면을 연결하거나, 사건이 요약적으로 제시되었음을 가능하게 하는 등 서사의 주요 요소들을 보조하는 기능을 한다.

① ㉠은 우연으로 보이는 감사의 이방 선발이, 필성이 송이와 만나기 위해 애써 왔던 시간과 맞물려 있음을 드러냄으로써 필성의 관아 입성에 개연성을 부여한다.
② ㉡은 평범한 일상을 지내던 송이와 감사의 대화를 통해 중요한 서사적 정보가 드러난 시간을 부각하여, 필성과 재회하고자 하는 송이의 바람을 심화하게 되는 서사적 전환에 관여한다.
③ ㉢은 공청에서 일어난 최근의 변화에 송이가 주목하고 있음을 보여 주는 한편, 송이가 공청의 일을 돕게 되기까지의 과정이 요약적으로 제시되었음을 드러낸다.
④ ㉣은 송이와 필성의 만남이 이루어지지 않은 상태에서 상당한 시간이 흘렀음을 드러내면서, 송이와 필성이 가진 그리움의 깊이를 함축한 서사적 정보로 기능한다.
⑤ ㉤은 감사의 사람됨과 감사가 잠을 이루지 못하는 이유를 관련짓게 하는 한편, 흐느껴 울던 송이를 감사가 발견하는 사건의 시간적 배경을 지시한다.

유형 외적 준거에 따른 작품 감상

• 이 유형은?

소설 지문에서는 외적 준거로 인물, 사건, 배경, 구성, 서술 방식 등 소설과 관련된 정보를 제시하여 이를 종합적으로 올바르게 판단할 수 있는지를 묻는다. 주로 작품의 내·외적인 정보를 담은 관련 자료를 〈보기〉로 제시하고 이를 바탕으로 작품을 감상하거나 특정 구절의 의미를 파악하는 형태로 출제되지만, 원작과 변용된 작품을 비교하여 작품을 폭넓게 감상하는 형식으로도 출제된다.

대표 발문

▸ 〈보기〉를 참고하여 (가), (나)를 감상한 내용으로 가장 적절한(적절하지 않은) 것은?
▸ 〈보기〉를 참고하여 ㉠~㉤의 의미를 설명한 것으로 가장 적절한(적절하지 않은) 것은?

해결 Tip

〈보기〉의 감상 기준, 즉 말하고자 하는 바를 정확히 이해한다.

↓

작품에서 〈보기〉의 내용과 연관 지을 수 있는 부분을 찾아, 선지의 적절성을 확인한다.

고전 소설

적중 예상

고전 소설 01

목표 시간	6분 40초		
시작	분 초	종료	분 초
소요 시간	분 초		

E 수록

[071-074] 다음 글을 읽고 물음에 답하시오. 14, 15, 16, 17, 20, 22

"성진아, 네 죄를 아느냐?"

성진이 크게 놀라 신을 벗고 뜰에 나려 엎드려 말하였다.

"소자가 사부를 섬긴 지 십 년이 넘었지만 조금도 불순불공한 일이 없었으니 죄를 알지 못하겠습니다."

대사가 크게 화를 내며 말하였다.

[A] "네 용궁에 가 술을 먹었으니 그 죄도 있거니와 오다가 돌다리 위에서 팔선녀와 함께 언어를 희롱하고 꽃 꺾어 주었으니 그 죄 어찌하며, 돌아온 후 선녀를 그리워하여 불가의 경계는 전혀 잊고 인간 부귀를 생각하니 그러하고서 공부를 어찌하겠느냐. 네 죄가 중하여 이곳에 있지 못할 것이니, 네 가고자 하는 데로 가거라."

성진이 머리를 두드리고 울며 말하였다.

[B] "소자가 죄 있어 아뢸 말씀이 없지만, 용궁에서 술을 먹은 것은 주인이 힘써 권하였기 때문이요, 돌다리에서 수작한 것은 길을 빌리기 위함이었고, 방에 들어가 망령된 생각이 있었지만 즉시 잘못인 줄을 알아 다시 마음을 정하였으니 무슨 죄가 있습니까? 설사 죄가 있다면 종아리나 때려서 경계할 것이지 박절하게 내치십니까? 소자가 십이 세에 부모를 버리고 친척을 떠나 사부님께 의탁하여 머리를 깎아 중이 되었으니, 그 뜻을 말한다면 부자의 은혜가 깊고 사제의 분별이 중하니, 사부를 떠나 연화도량을 버리고 어디로 가라 하십니까?"

대사가 말하였다.

"네 마음이 크게 변하여 산중에 있어도 공부를 이루지 못할 것이니 사양치 말고 가거라. 연화봉을 다시 생각한다면 찾을 날이 있을 것이다."

하고, 이어서 크게 소리쳐 황건역사(黃巾力士)를 불러 분부하여 말하였다.

"이 죄인을 압송하여 풍도에 가 염라대왕께 부쳐라."

(중략)

성진이 눈물을 흘리고 마지못하여 부처와 대사께 하직하고 사형과 사제를 이별하고, 사자를 따라 수만 리를 행하여 음혼관 망향대를 지나 풍도에 들어가니 문을 지키는 군졸이 말하였다.

"이 죄인은 어떤 죄인이오?"

황건역사가 대답하여 말하였다.

"육관 대사의 명으로 이 죄인을 잡아왔노라."

귀졸(鬼卒)이 대문을 열자, 역사가 성진을 데리고 삼라전에 들어가 염라대왕께 뵈니 대왕이 말하였다.

"화상이 몸은 비록 연화봉에 매였으나, 화상 이름은 지장왕 향안에 있어 신통한 도술로 천하 중생을 건질까 하였는데, 이제 무슨 일로 이곳에 왔느냐?"

성진이 크게 부끄러워하며 고하여 말하였다.

"소승이 사리가 밝지 못하여 사부께 죄를 짓고 왔으니, 원컨대 대왕은 처분하십시오."

한참 후에 또 황건역사가 여덟 죄인을 거느리고 들어오자, 성진이 잠깐 눈을 들어 보니 남악산 팔선녀였다.

염라대왕이 또 팔선녀에게 물었다.

"남악산 아름다운 경치가 어떠하기에 버리고 이런 데 왔느냐?"

선녀 등이 부끄러움을 머금고 대답해 말하였다.

"첩 등이 위부인 낭랑의 명을 받아 육관 대사께 문안하고 돌아오는 길에 성진 화상을 만나 문답한 말씀이 있었는데 대사가, 첩 등이 좋은 경계를 더럽게 하였다 하여 위부인께 넘겨 첩 등을 잡아 보냈습니다. 첩 등의 괴로움과 즐거움이 다 대왕의 손에 매였으니, 원컨대 좋은 땅을 점지해 주십시오."

염라대왕이 즉시 지장왕께 보고하고 사자 아홉 사람을 명하여 성진과 팔선녀를 이끌고 인간 세상으로 보냈다.

각설이라. 성진이 사자를 따라가는데 문득 큰 바람이 일어 공중에 떠 천지를 분간치 못하였다. 한곳에 다다라 바람이 그치자 정신을 수습하여 눈을 떠 보니 비로소 땅에 서 있었다.

한 곳에 이르니 푸른 산이 사면으로 둘러 있고 푸른 물이 잔잔한 곳에 마을이 있었다. 사자가 성진을 기다리게 하고 마을로 들어간 후, 성진이 한참 서서 들으니 서너 명의 여인이 서로 말하기를,

"양 처사 부인이 오십이 넘은 후에 태기가 있어 임신한 지 오래인데 지금 해산치 못하니 이상하다."

하더라.

한참 후에 사자가 성진의 손을 잡고 말하였다.

"이 땅은 곧 당나라 회남도 수주 고을이요, 이 집은 양 처사의 집이다. 처사는 너의 부친이요, 부인 유 씨는 네 모친이다. 네 전생의 연분으로 이 집 자식이 되었으니 너는 네 때를 잃지 말고 급히 들어가라."

성진이 들어가며 보니 처사는 갈건을 쓰고 학창의를 입고 화로에서 약을 다리고 있었다. 부인이 이제 막 신음하자, 사자가 성진을 재촉하여 뒤에서 밀쳤다. 성진이 땅에 엎어지니 정신이 아득하여 천지가 뒤집어지는 듯하였다. 급히 소리쳐 말하였다.

"나 살려! 나 살려!"

그러나 소리가 목구멍 속에 있어 능히 말을 이루지 못하고 어린아이의 울음소리만 나왔다. 부인이 이에 아기를 낳으니 남자였다. 성진이 다만 오히려 연화봉에서 놀던 마음이 역력하더니 점점 자라 부모를 알아본 후로 전생 일을 아득히 생각지 못하였다.

양 처사가 아들을 낳은 후에 매우 사랑하여 말하였다.

"이 아이의 골격이 맑고 빼어나니 천상의 신선이 귀양 왔다."

하고, 이름을 소유라 하고, 자는 천리라 하였다. 양생이 십여 세에 이르러 얼굴이 옥 같고 눈이 샛별 같아 풍채가 준수하고 지혜가 무궁하니 실로 대인군자였다.

하루는 처사가 부인에게 말하였다.

[C] "나는 세속 사람이 아니요, 봉래산 선관으로서 부인과 전생 연분이 있어 내려왔는데, 이제 아들을 낳았으니 나는 봉래산으로 가거니와 부인은 말년에 영화를 보시고 부귀를 누리시오."

하고, 학을 타고 공중으로 올라갔다.

– 김만중, 〈구운몽〉

071

윗글에 대한 설명으로 가장 적절한 것은?

① 배경 묘사를 통해 인물의 심리를 드러내고 있다.
② 공간의 이동이 사건을 반전시키는 요인으로 작용하고 있다.
③ 등장인물의 발화를 통해 주인공의 비범함이 암시되고 있다.
④ 장면의 전환을 통해 인물 간의 갈등이 점층적으로 고조되고 있다.
⑤ 서술자가 사건에 대해 논평하면서 인물의 미래를 직접 제시하고 있다.

072

윗글에 대한 이해로 적절한 것은?

① 성진은 염라대왕에게 자신의 억울함을 호소한다.
② 염라대왕은 성진이 풍도에 온 것을 필연적이라고 생각한다.
③ 양소유는 신통한 도술을 지니고 태어나 부모의 사랑을 받는다.
④ 팔선녀가 풍도에 가게 된 것은 위부인의 동의가 있었기 때문이다.
⑤ 성진은 양소유로 태어난 직후부터 전생의 삶을 전혀 기억하지 못한다.

073

[A]~[C]에 나타난 말하기 방식에 대한 설명으로 적절하지 <u>않은</u> 것은?

① [A]에서는 자신의 판단의 근거를 나열하며 상대의 판단이 잘못되었음을 지적하고 있다.
② [A]에서는 상대의 행위에 담긴 의도를 간파하여 상대로 하여금 스스로 올바른 선택을 하도록 유도하고 있다.
③ [B]에서는 자신의 행위를 변명하면서 상대가 내린 처분이 부당함을 주장하고 있다.
④ [B]에서는 상대방의 마음을 돌리기 위해 자신과 상대방의 인연을 들어 감정에 호소하고 있다.
⑤ [C]에서는 자신의 본래 신분을 밝힌 후 이에 근거하여 현재 행동의 이유를 설명하고 있다.

074

〈보기〉를 참고하여 윗글을 감상한 내용으로 적절하지 <u>않은</u> 것은?

보기

이 작품은 '현실 – 꿈 – 현실'의 구조를 지니고 있다. 그런데 현실의 공간이 비현실적인 공간인 천상으로, 꿈의 공간이 현실적 공간인 지상 세계로 설정되어 있어 꿈과 현실의 구분을 더욱 모호하게 하는 효과를 내고 있다. 또한 성진이 현실과 꿈을 오가는 데에는 성진의 모순적인 두 지향이 작용한다. 연화도량에 계속 남아 수행하여 불도를 이루고자 하는 지향과 죽어서 사대부로 다시 태어나 부귀영화를 누리려는 지향이다. 두 지향은 성진의 사념(思念) 속에서 꿈틀거리며 뒤섞이고 있다. 불교에서 윤회는, 죽는 순간 사람이 갖게 되는 욕망에 의해 다음 생이 결정된다고 하는데, 이러한 점을 고려할 때 '성진 → 양소유'의 서사 진행 과정에는 사념의 실현과 환생의 성립이라는 두 가지 원동력이 작용한다고 할 수 있다.

① 성진이 인간 부귀를 생각하는 것은 죽어서 사대부로 다시 태어나 부귀영화를 누리려는 지향에 해당한다고 할 수 있겠군.
② 육관 대사가 성진에게 가고자 하는 데로 가라고 한 것은 윤회의 출발이 성진의 사념에서 비롯되는 것임을 의미하는군.
③ 성진이 방에 돌아온 후 잘못된 줄을 알아 다시 마음을 정하였다는 것은 연화도량에 남아 불도를 이루고자 하는 지향을 지니고 있음을 보여 주는군.
④ 성진이 염라대왕을 만난 후 사자를 따라 양 처사의 집으로 가는 것은 죽음과 환생을 의미한다는 점에서 윤회의 과정에 해당하는군.
⑤ 양 처사가 부인과 양소유를 두고 떠나는 것은 죽는 순간 사람이 갖게 되는 욕망에 의해 다음 생이 결정됨을 보여 주는군.

적중 예상

고전 소설 02

목표 시간	6분 40초		
시작	분 초	종료	분 초
소요 시간	분 초		

E 수록

[075-078] 다음 글을 읽고 물음에 답하시오. 14, 15, 16, 17, 18, 22, 24

다음 날 밤에 진사가 궁궐로 들어와 저에게 말했습니다.

"달아나는 것이 좋겠소. 어제 ⓐ내가 지은 시를 보고 대군이 의심하셨으니, 오늘 밤 떠나지 않으면 후환이 있을까 두렵소."

제가 대답했습니다.

"어젯밤 꿈에 한 사람을 보았는데, 생김새가 영악하였습니다. 그 사람은 스스로 묵돌선우*라고 일컬으면서, '이미 오래된 약속이 있었기 때문에 장성(長城) 아래서 기다린 지 오래도다.'라고 말했습니다. 저는 놀라 잠에서 깨어났는데, 아무래도 꿈의 징조가 상서롭지 않습니다. 낭군께서는 이를 어떻게 생각하시는지요?"

진사가 말했습니다.

"허망한 꿈속의 일을 어떻게 믿을 수가 있겠소?"

제가 말했습니다.

"그가 장성이라고 한 것은 **궁궐의 담장**이요, 그가 묵돌이라고 한 것은 노비 특입니다. 낭군은 이 노비의 속내를 잘 알고 있는지요?"

진사가 말했습니다.

"이 노비는 본래 흉악한 놈이나 나에게는 충성을 다하였소. 오늘 낭자와 이렇듯 좋은 인연을 맺게 된 것도 모두 이 노비의 꾀때문입니다. 어찌 처음에는 충성을 바치고, 뒤에 악행을 저지를 리가 있겠소?"

이에 저는 말했습니다.

"제가 어떻게 감히 낭군의 말씀을 거절하겠습니까? 다만, 자란은 저와 형제처럼 정이 두텁기 때문에 자란에게 알리지 않을 수는 없습니다."

저는 즉시 자란을 불러와, 세 사람이 삼발처럼 둘러앉았습니다. 제가 ㉠진사의 계획을 자란에게 말하자, 자란이 크게 놀라 꾸짖으며 말했습니다.

"서로 즐긴 지 오래되어서 이제 스스로 화를 빨리 부르려고 하는 것이 아니냐? 1, 2개월 서로 사귀는 것만으로도 충분한데, 어떻게 사람으로서 차마 담을 넘어 달아나는 짓을 저지르려고 하느냐? 주군이 너에게 마음을 기울이신 지 이미 오래되었으니 그것이 떠날 수 없는 첫째 이유요, 대군 부인이 사랑하심이 매우 깊으니 그것이 떠날 수 없는 둘째 이유요, 화가 양친(兩親)에게 미칠 것이니 그것이 떠날 수 없는 셋째 이유요, 죄가 서궁 사람들에게까지 미칠 것이니 그것이 떠날 수 없는 넷째 이유이다. 게다가 천지가 곧 하나의 그물인데, **하늘로 오르고 땅속으로 들어가지 못한다면 달아나 어디로 가려고 하느냐?** 혹시 붙잡히게 된다면 그 화가 어찌 네 한 몸에만 그치겠느냐? 꿈의 징조가 상서롭지 못한 것은 말할 필요도 없다. 만약 꿈이 길조(吉兆)였다면, 너는 기꺼이 가려 했더냐? **네가 할 일은 마음을 굽히고 뜻을 억누르며, 정절을 지키**고 편안히 앉아서 하늘의 뜻에 귀를 기울이는 것뿐이다. 네가 점점 나이가 들어 늙게 되면 주군의 은혜와 사랑이 점차 느슨해질 것이다. 이러한 형편을 보고 있다가 칭병(稱病)하고 오래도록 누워 있으면, 주군께서 반드시 고향으로 돌아가라 할 것이다. 이때 낭군과 함께 손을 잡고 돌아가 백년해로(百年偕老)하는 것보다 좋은 계획이 없으리라. 이러한 생각은 하지 않고 **감히 도리에 어긋난 꾀를 내니, 네가 누구를 속이며 하늘마저 속이려 하느냐?**"

진사는 일이 성사되지 않을 줄 알고 탄식하며 눈물을 머금은 채 궁궐 밖으로 나갔습니다.

하루는 대군이 서궁의 수헌에 앉아 계시다가 왜철쭉이 활짝 핀 것을 보고 시녀들에게 각기 오언 절구(絕句)를 지어서 바치라고 명령했습니다. 시녀들이 지어서 올리자, 대군이 크게 칭찬하여 말했습니다.

"너희들의 글이 날마다 점점 나아지고 있어서 매우 기쁘다. 다만 ⓑ운영의 시에는 임을 그리워하는 마음이 나타나 있다. 지난번 ⓒ부연시(賦煙詩)*에서도 그러한 마음이 희미하게 엿보였는데 지금 또 이러하니, 네가 따르고자 하는 사람이 어떤 사람이냐? 김생의 상량문에도 말이 의심스러운 데가 있었는데, 네가 생각하는 사람이 김생 아니냐?"

저는 즉시 뜰로 내려가 머리를 조아리고 울면서 말했습니다.

[A] "지난번 주군께 처음 의심을 사게 되자마자 저는 스스로 목숨을 끊으려고 했었습니다. 그러나 제 나이가 아직 스물도 되지 않은 데다가 다시 부모님도 뵙지 못하고 죽는 것이 매우 원통한지라, 목숨을 아껴 여기까지 이르렀습니다. 그런데 또 의심을 받게 되었으니, 한 번 죽는 것이 무엇이 아깝겠습니까? 천지의 귀신들이 죽 늘어서 밝게 비추고 시녀 다섯 사람이 한순간도 떨어지지 않고 함께 있었는데, 더러운 이름이 유독 저에게만 돌아오니 사는 것이 죽는 것보다 못합니다. 제가 이제야 죽을 곳을 얻었습니다."

저는 즉시 비단 수건을 난간에 매어 놓고 스스로 목을 매었습니다. 이때 자란이 말했습니다.

[B] "주군께서 이처럼 영명(英明)하시면서 죄 없는 시녀로 하여금 스스로 사지(死地)로 나가게 하시니, 지금부터 저희들은 맹세코 붓을 들어 글을 쓰지 않겠습니다."

대군은 비록 화가 많이 났지만, 마음속으로는 진실로 제가 죽는 것은 바라지 않았습니다. 그래서 자란으로 하여금 저를 구하여 죽지 못하게 했습니다. 그런 뒤 대군은 흰 비단 다섯 단(端)을 내어서 다섯 사람에게 나누어 주면서 말했습니다.

"너희가 지은 시들이 가장 아름답기에 이것을 상으로 주노라."

이때부터 진사는 다시는 궁궐을 출입하지 못하고 집에 틀어박힌 채 병들어 눕게 되었습니다. 눈물이 이불과 베개에 흩뿌려졌으며, 목숨은 한 가닥 실낱 같았습니다. 특이 와서 보고는 말했습니다.

"대장부가 죽으면 죽는 것이지, 어떻게 차마 임을 그리워하다 원한이 맺혀 좀스런 여자들처럼 상심하고, 또 천금 같은 귀중한 몸을 스스로 던져 버리려 하십니까? 이제 마땅히 꾀를 쓰시면 그 여자를 얻는 것은 어렵지 않을 것입니다. 한적하고 깊은 밤에 담을 넘어 들어가서 솜으로 입을 막고 업어서 나오면 누가 감히 우리를 쫓아올 수 있겠습니까?"

– 작자 미상, 〈운영전〉

* 묵돌선우: 한나라 초기에 활동한 흉노의 유명한 왕을 가리킴.
* 부연시: '연기'를 시제(시의 제목이나 제재)로 삼아 지은 시.

075

㉠을 중심으로 윗글을 이해한 내용으로 적절하지 않은 것은?

① 운영은 ㉠을 실현하는 데 특을 믿을 수 있는지 의심스럽게 생각하고 있다.

② 진사는 ㉠을 위해 특이 자신에게 도움을 줄 것이라고 생각하고 있다.

③ 자란은 ㉠이 대군에 대한 의리를 저버리는 행위라고 생각하고 있다.

④ 자란은 ㉠보다 운영과 진사가 함께할 수 있는 더 좋은 방법을 제시하고 있다.

⑤ 특은 ㉠을 위해 진사가 목숨을 거는 것은 남자다운 일이 아니라고 생각하고 있다.

076

ⓐ~ⓒ를 이해한 내용으로 적절하지 않은 것은?

① ⓐ는 진사가 운영과 달아날 생각을 하는 계기가 된다.

② ⓑ는 진사가 궁궐에 출입하지 못하는 계기가 된다.

③ ⓒ는 진사를 그리워하는 운영의 마음을 담고 있다.

④ ⓐ와 ⓑ는 대군이 운영과 진사의 관계를 의심하는 계기가 된다.

⑤ ⓑ와 ⓒ는 자란이 운영의 마음을 이해하고 운영과 진사를 돕는 계기가 된다.

정답과 해설 p.047

077

[A]와 [B]에 대한 설명으로 가장 적절한 것은?

① [A]는 자신의 잘못을 반성함으로써, [B]는 상대방을 칭찬함으로써 상대방에게 용서를 구하고 있다.

② [A]는 구체적 근거를 활용하여, [B]는 상대방의 문제점을 지적하여 상대방에게 자신의 결백을 주장하고 있다.

③ [A]는 자신만 의심을 받는 상황에 대한 억울함을, [B]는 자신의 뛰어남에 대한 자부심을 상대방에게 전달하고 있다.

④ [A]는 극단적 선택을 하겠다고 말함으로써, [B]는 특정한 행위를 하지 않겠다고 말함으로써 상대방을 설득하고 있다.

⑤ [A]는 상대방이 자신의 진심을 모르는 것에 대한 안타까움을, [B]는 상대방이 상황을 제대로 파악하지 못하는 것에 대한 답답함을 직접적으로 드러내고 있다.

078

〈보기〉를 참고하여 윗글을 감상한 내용으로 적절하지 않은 것은?

보기

〈운영전〉은 〈수성궁몽유록〉으로도 불리는 작품으로, '수성궁'은 안평 대군의 개인 궁궐이다. 이 작품은 불우한 선비 유영이 수성궁 옛터에서 술에 취해 잠이 든 후, 꿈에서 운영과 김 진사를 만나 그들의 비극적인 사랑 이야기를 듣는 환몽 구조를 취하고 있다. 안평 대군은 예술과 학문을 사랑하여 궁녀들에게 시를 배우도록 하지만 한편으로 궁 밖의 사람이 궁녀의 이름만 알게 되어도 궁녀를 죽이겠다고 하는 인물이다. 이러한 '안평 대군'과 그의 공간인 '수성궁'은 김 진사와 운영의 사랑을 용납하지 않는 폐쇄적이고 권위적인 제도와 질서를 상징한다. 이 작품은 꿈의 형식을 통해 사랑을 이루려는 의지를 지닌 인간의 본능적 욕구를 억압하는 불합리한 제도를 비판하고 있다.

① '제가 대답했습니다.', '진사가 말했습니다.'라는 것은, 꿈속에서 청자인 유영을 대상으로 운영이 자신과 김 진사의 사랑 이야기를 전하고 있음을 보여 주는군.

② '궁궐의 담장'을 넘어 운영이 김 진사와 함께 도망가려고 하는 것은, 김 진사와 운영의 사랑을 용납하지 않는 폐쇄적이고 권위적인 제도에 대한 도전을 의미하는군.

③ '하늘로 오르고 땅속으로 들어가지 못한다면 달아나 어디로 가려고 하느냐?'라는 것은, 개인의 힘으로는 당시의 제도와 질서로부터 벗어나는 것이 어려움을 부각하는군.

④ '네가 할 일은 마음을 굽히고 뜻을 억누르며, 정절을 지키'는 것이라고 한 것은, 궁녀이기 때문에 인간의 본능적 욕구를 억누르고 권위적인 제도와 질서에 순응해야 함을 나타내는군.

⑤ '감히 도리에 어긋난 꾀를 내니, 네가 누구를 속이며 하늘마저 속이려 하느냐?'라는 것은, 사랑과 같은 인간의 본능적 욕구가 권위적 제도나 질서보다 불합리한 속성을 지녔다는 비판적 인식을 드러내는군.

적중 예상 **고전 소설 03**

목표 시간	6분 40초
시작 분 초	종료 분 초
소요 시간	분 초

E 수록

[079~082] 다음 글을 읽고 물음에 답하시오. 14, 16, 20

앞부분의 줄거리 용왕은 자신의 병에 토끼의 간이 영약이라는 사실을 알고 이를 구해 오라고 하나 어느 누구도 선뜻 나서지 않는데, 별주부가 자청하여 뭍으로 나가 토끼를 만난다. 토끼는 별주부에게 한껏 허풍을 늘어놓는다.

[아니리] "아닌 게 아니라 잘 지내시오. ㉠당신은 발 맵시도 오입쟁이로 생겼거니와 풍채가 참 잘생겼소. 그러나 미간에 화망살(禍亡煞)이 비쳐 이 세상에 있고 보면 죽을 지경을 꼭 여덟 번 당하겠소." "어 그분 초면에 방정맞은 소리를 허는군그래. 내 모양이 어째서 그렇게 생겼단 말이오?" "내가 이를 테니 한번 들어 보시오."

[자진모리] "일개 한 퇴 그대 신세 삼춘 구추(三春九秋)를 다 지내고 대한 엄동 설한풍에 만학에 눈 쌓이고 천봉에 바람이 칠 제 앵무원앙이 끊어졌네. 화초 목실 없어질 제 어둑한 바위 밑에 고픈 배 틀어잡고 발바닥만 할짝할짝 더진 듯이 앉은 거동 초회왕(楚懷王)의 원혼이요, 일월 고초(日月苦楚) 북해상 소중랑(北海上蘇中郎) 원혼이오. 거의 주려 죽을 토끼 새우등 구부리고 삼동 고생을 겨우 지내 벽도홍행(碧桃紅杏) 춘이월(春二月)에 주린 구복(口腹)을 채우랴고 심산궁곡을 찾고 찾어 이리저리 지낼 적에 골골이 묻힌 건 목달개 음찰기*요, 봉봉이 섯난 건 매 받는 응주(鷹主)로다. 목달개 거치게 되면 결항치사(結項致死)가 대랑대랑 제수(祭需) 고기가 될 것이오. 청천에 떴난 건 토끼 대구리 덮치려고 우그리고 드난 것은 기슭으로 휘여들어 몰이꾼 사냥개 음산골*로 기어올라 퍼긋퍼긋 뛰어갈 제 토끼 놀래 호드득호드득 추월자 매 놓아라. 해동청 보라매 귀뚜리매 빼지새 공작 이마루 도리당사 적굴새 방울 떨쳐 쭉지 끼고 수루루루루루루루루 그대 귓전 양발로 당그랗게 집어다가 꼬부랑한 주둥이로 양미간 골치 대목을 콱콱콱!" "허 그분 방정맞은 소리 말래도." 점점 더 허는디 "그러면 뉘가 게 있간디요. 산 중등으로 돌지. 중등으로 돌며는 **송하(松下)에 숨은 포수 오난 토끼 노리**고 불 차리는 도포수 풀감토 푸삼*을 입고 상사 배물에 왜물 조총(倭物鳥銃) 화약 답사실을 얼른 넣어 반달 같은 방아쇠 고추 같은 불을 얹어 한 눈 찌그리고 반만 일어서서 닫는 토끼 찡그려 보고 꾸르르르르르탕!" "허 그분 방정맞은 소리 말래도." 점점 더 하는디 "그러면 뉘가 게 있간디요. 휜헌 들로 내리지. 들로 내리면 초동목수(樵童牧豎) 아이들이 몽둥이 들어 메고 없는 개 호구리고 워리 두둑 좇는 양은 선술 먹은 초군이요, 그대 간장 생각허니 백등칠일 곤궁(白登七日困窮)* 한태조(韓太祖) 간장 층암절벽 석간 틈으로 기운 없이 올라갈 제 짜른 꼬리를 샅에 껴 요리 깡충 조리 깡충 깡충 접동 뛰놀 제 목궁기 쓴 내 나고 밑궁기 조총 놓니 그 아니 팔난(八難)*인가. 팔난 세상 나는 싫네. 조생모사(朝生暮死)* 자네 신세 한가허다고 뉘 이르며, 무슨 정으로 산으로 놀러 다니고 무슨 정으로 달을 구경하리오. 아까 **안기생* 적송자* 종아리 때렸다**는 그런 **거짓부렁이**를 뉘 앞에서 내놓습나."

[아니리] 토끼가 가만히 듣더니 "그 말 참 꼭 옳소. 영락없이 그렇소. 그러나 대체 별주부 관상 잘 보시오. 내 세상은 그렇다 허거니와 수궁 흥미는 어떠하오?" "㉡우리 수궁 흥미야 좋지요. 수궁 풍경 반겨 듣고 가자 허면 마다할 수 없고 가자 헌들 갈 수 없으니 애당초에 듣지도 마시오." "내가 만일 듣고 가자 허면 쇠아들 놈이오. 어서 한번 들어 봅시다." "그럼 내가 이를 테니 들어 보오."

[진양조] "우리 수궁 별천지라. 이 세상에 바다가 제일 크고 만물 가운데 신이 최고니라. 넓은 바다에 천여 칸 집을 짓고 유리 기둥 호박 주초 주란화각(朱欄畵閣)이 반공에 솟았난디 우리 용왕 즉위허사 백성을 떠받들고 우러러보더라. 앵무병(鸚鵡甁) 천일주와 천빈 옥반(千賓玉盤) 담은 안주 불로초 불사약을 취토록 먹은 후에 취흥이 도도헐 제 적벽강 소자첨과 채석강 태백 흥미 예 와서 알았으면 이 세상에 왜 있으리. 약을 캐던 진시황과 신선을 찾던 한무제도 이런 재미를 알았든들 이 세상에 있을쏜가? 잘난 세상을 다 버리고 퇴 서방도 **수궁을 가면 훨씬 벗은 저 풍골에 좋은 벼슬을 헐 것이요, 미인 미색을 밤낮으로 데리고 만세동락(萬歲同樂)을 헐 것이오.**"

[아니리] 어떻게 별주부가 말을 잘해 놓았던지 토끼가 싹 둘렸겄다. **하릴없이 수국으로 따라가는디,**

(중략)

[아니리] 아리 한참 노닐 적에 대장 범치란 놈이 토끼 뒤를 졸졸 따라 댕기닥 촐랑촐랑 소리를 듣더니 "아따, 야들아! 토끼 배 속에 간 들었다!" 고함을 질러 노니 토끼가 깜짝 놀라 주저앉으며 "아니 어느 시러베아들 놈이 내 배 속에 간 들었다 하느냐? 못 먹는 술을 빈 배 속에다가 서너 잔 부었더니 아마 똥덩이가 촐랑촐랑허는 소리인지 모르겄다." 장담은 허였으나 **내가 이렇게 오래 지체허다가는 배를 꼭 따일 모양이라 용왕께 하직**을 허는디 "㉢대왕의 병세 만만 위중하오니 소신이 세상을 빨리 나가 간을 속히 가지고 오겠나이다." 용왕이 이 말을 듣더니 "여봐라, 별주부는 토공을 모시고 세상을 나가 간을 주거들랑은 속히 가지고 오도록 허여라!" 허고 영을 내려 노니 별주부 기가 막혀,

[중중모리] 별주부가 울며 여짜오되 "㉣토끼란 놈 본시 간사하와 배 속에 달린 간 아니 내고 보면은 초목금수라도 빈정거릴 테요, 맹획을 칠종칠금(七縱七擒)허던 제갈량의 재주 아니여든

한번 놓아 보낸 토끼를 어찌 다시 구하리까? 당장에 배를 따 보아 간이 들었으면 좋으려니와 만일에 간이 없고 보면 소신의 구족(九族)을 멸하여 주옵고 소신을 능지처참허드래도 여한이 없사오니 당장 배를 따 보옵소서." 토끼가 기가 맥혀 "여봐라, 이놈 별주부야. 야, 이놈 몹쓸 놈아. 왕명이 지중커늘 니가 어찌 기만허랴. 옛말을 니가 못 들었느냐? 하걸 학정(夏傑虐政)으로 용방(龍龐)*을 살해코 미구(未久)에 망국되었으니, 너도 이놈 내 배를 따 보아 간이 들었으면 좋으려니와 **만일에 간이 없**고 보면 [A] 불쌍헌 나의 목숨이 너의 나라서 원귀가 되고 **너의 용왕 백 년 살 것을 하루도 못 살 테요**, 너의 나라 만조백관 한날한시에 모두 다 몰살시키리라. ⓜ아나 엿다 배 갈러라. 아나 엿다 배 갈러라. 아아나 엿다 배 갈러라. 똥밖그는 든 것 없다. 내 배를 갈러 니 보아라!"

[아니리] "왜 이리 잔말이 심헌고 어서 빨리 나가도록 해라!" 별주부 하릴없이 토끼를 업고 세상을 나오며 "야, 이놈 토끼야. 내가 가기는 가되 너 이놈 속은 있을 것이다."

– 작자 미상, 〈수궁가〉

* 목달개: 올가미.
* 음찰기: 덫.
* 음산골: 그늘진 골짜기.
* 풀감토 푸삼: 사냥꾼이 짐승을 속이려고 풀을 꽂은 적삼.
* 백등칠일 곤궁: 한태조가 백등에서 흉노에게 포위되었던 일.
* 팔난: 여덟 가지의 괴로움이나 어려움. 배고픔, 목마름, 추위, 더위, 물, 불, 칼, 병란(兵亂)을 이름.
* 조생모사: 아침에 나서 저녁에 죽는다는 뜻으로, 수명이 짧음을 이르는 말.
* 안기생: 진(秦)나라 때 사람으로, 약을 팔면서 오래 살았고 봉래산에 들어가 신선이 되었다고 함.
* 적송자: 신농씨 때의 우사(雨師)로서, 뒤에 곤륜산에 들어가서 선인(仙人)이 되었다고 함.
* 용방: 중국 하나라의 신하로, 걸왕에게 간언하다 죽임을 당함.

079

윗글에 대한 설명으로 가장 적절한 것은?

① 현재와 과거의 사건을 교차하여 인물들 간의 대립 원인을 밝히고 있다.
② 배경을 구체적으로 묘사하여 인물의 심리를 암시적으로 드러내고 있다.
③ 서술자가 인물의 상황을 나열하며 인물의 태도 변화를 제시하고 있다.
④ 공간의 이동에 따라 사건이 전개되면서 갈등이 심화되는 양상을 보이고 있다.
⑤ 조력자의 역할을 하는 초월적 존재의 등장을 통해 환상적 분위기를 연출하고 있다.

080

〈보기〉를 참고하여 윗글을 감상한 내용으로 적절하지 않은 것은?

보기

〈수궁가〉의 등장인물들은 각기 나름의 욕망을 가지고 있는데, 이러한 욕망들은 인물들이 처한 상황과 관련한 결핍에서 발생한다. 〈수궁가〉의 인물들은 자신이 가지고 있는 결핍을 채우고 욕망을 실현하기 위해 나름의 선택과 행동을 하는 것이다. 그런데 한 개인이 자신의 결핍을 채워 욕망을 실현하는 과정에서는 타자와의 상호 작용이 있을 수밖에 없다. 그리고 이렇게 작품 속 등장인물들의 결핍과 욕망 그리고 그들이 욕망을 추구하는 모습에는 당대 사람들의 모습이 투영되어 있다.

① '송하에 숨은 포수 오난 토끼 노리'는 모습과 '하릴없이 수국으로 따라가는' 토끼의 모습에서 안정된 삶이 결핍된 현실과 그곳에서 벗어나고 싶어 하는 당대 사람들의 욕망이 드러난다고 할 수 있군.
② '안기생 적송자 좋아리 때렸다'라는 토끼의 말을 별주부가 '거짓부렁이'라 생각하는 것에서 토끼의 결핍을 무시하고 자신의 욕망만 중시하는 당대 권력층의 모습을 볼 수 있군.
③ '수궁을 가면 훨씬 벗은 저 풍골에 좋은 벼슬을 헐 것이요, 미인 미색을 밤낮으로 데리고 만세동락을 헐 것이오.'라는 별주부의 말은 토끼의 세속적 욕망을 자극하여 자신의 의도를 관철시키려 하는 것이군.
④ '내가 이렇게 오래 지체허다가는 배를 꼭 따일 모양이라 용왕께 하직'을 하려는 토끼의 모습에서 목숨을 둘러싼 토끼의 욕망과 용왕의 욕망이 상충하고 있음을 확인할 수 있군.
⑤ '만일에 간이 없'으면 '너의 용왕 백 년 살 것을 하루도 못 살 테요'라는 토끼의 말은 목숨에 대한 용왕의 욕망을 자극하여 별주부로 하여금 토끼의 거짓말을 따를 수밖에 없도록 만들고 있군.

081

[A]와 〈보기〉를 비교하여 이해한 내용으로 가장 적절한 것은?

보기

별주부 잔치에 참석하였다가 눈을 부릅떠 토끼를 보며 가만히 꾸짖어 말하기를,

"내 듣기에도 출랑출랑하는 것이 분명히 간인 듯하거든, 네 저러한 꾀로 우리 대왕을 속이려 하느냐?"

토끼 마음에 분하여 잔치가 끝난 후에 왕에게 아뢰기를,

"소토 세상에서 약간 의서(醫書)를 보았거니와 음기가 허하고 화기가 동하여 난 병에 원기를 회복하는 왕배탕이 제일 좋다 하오니, 왕배는 곧 자라라. 오래 묵은 자라를 구하여 쓰면 기운이 자연 회복할 것이요, 그 다음에 소토의 간을 쓰면 며칠 안으로 나으리다."

이때 용왕이 토끼의 말이라 하면 지록위마(指鹿爲馬)라 해도 믿는지라.

(중략)

토끼 더욱 화를 내며 말하기를,

"네 죽기를 두려워하거든 네 아내를 하룻밤 내 방에 들이면 괜찮거니와, 그렇지 않으면 네 집이 멸문지환(滅門之患)이 눈 앞에 날 것이니 조심하라."

하니 별주부가 부인을 돌아보며 말하기를,

"그대 의견 어떠하오?"

– 가람본 〈별토가〉

① [A]와 달리 〈보기〉에서는 토끼와 별주부 모두 부정적 상황을 가정하여 상대방을 설득하고 있다.

② [A]와 달리 〈보기〉에서는 토끼가 자신에게 제기된 의심을 해소하기 위해 변명을 늘어놓고 있다.

③ [A]와 달리 〈보기〉에서는 목숨을 둘러싸고 용왕과 토끼 사이에서 보이는 힘의 관계가 토끼와 별주부 사이에서도 나타나고 있다.

④ 〈보기〉와 달리 [A]에서는 토끼가 자신을 위험에 빠트린 별주부에게 복수를 하려는 모습이 나타나고 있다.

⑤ 〈보기〉와 달리 [A]에서는 토끼와 별주부의 갈등 때문에 제3의 인물이 부당한 피해를 입을 수도 있음이 나타나고 있다.

082

㉠~㉤에 대한 설명으로 적절하지 않은 것은?

① ㉠: 토끼의 외모를 핑계로 불안감을 조성하여 육지에 온 자신의 목적을 이루려 하고 있다.

② ㉡: 수궁의 풍경에 대한 구체적인 언급을 하지 않음으로써 수궁에 대한 토끼의 궁금증을 유발하고 있다.

③ ㉢: 상대방을 위하는 것처럼 꾸며 자신이 처한 위기에서 벗어나려 하고 있다.

④ ㉣: 토끼의 능력을 부각하며 우려되는 상황을 나타내는 고사를 활용하여 토끼의 말에 대해 의심해 볼 필요가 있음을 주장하고 있다.

⑤ ㉤: 자신의 절박한 심정을 숨기고 이와 다른 내용을 말함으로써 오히려 자신의 의도대로 상대방이 행동하기를 유도하고 있다.

적중 예상 고전 소설 04

목표 시간	6분 40초		
시작	분 초	종료	분 초
소요 시간	분 초		

E 수록

[083-086] 다음 글을 읽고 물음에 답하시오. 17, 21

양생 석 시랑이 이튿날 다시 백 소부의 집에 이르러 배연령의 말을 소부에게 전할 제,

[A] "누이 말을 들은즉 생질녀와 정한 배필은 눈먼 폐인이라 하니, 이제 형이 생질녀의 아름다움과 어짊으로써 이런 사람을 사위로 삼고자 함이 어찌 사려 깊지 못한 일이 아니리오? 이는 아름다운 옥을 구덩이에 버리고 상서로운 난새로서 까막까치를 짝함과 같으니, 깊이 애석하도다. 당금 배 승상은 천자의 총애를 입어 위세와 복록을 이루어 그 권세가 두려울 만하거늘, 생질녀의 어짊을 듣고 그 아들 득량을 위하여 반드시 혼인하고자 하니 그 호의를 또한 저버리지 못할지라. 바라건대 다시 깊이 헤아려 큰 후회에 이르지 않게 하소서."

소부가 듣기를 다하더니 크게 노하여 가로되, / "어찌 알지 못하는 말을 내는고? 배연령이 비록 하늘을 태울 만한 기세가 있고, 바다를 기울이는 수단이 있다 할지라도 나는 두려워 아니하노라. 하물며 딸아이는 이미 다른 사람에게 허락하였은즉, 폐인이며 폐인이 아님을 논할 것 없이 자네가 간여할 바가 아니로다."

시랑이 크게 부끄러워 감히 한 말도 내지 못하고 돌아와 배연령에게 가로되, / "백 소부의 뜻이 이미 굳건하니, 온갖 구실로 설득할지라도 돌이키지 못하리이다."

배연령이 노하여 가로되,

"백문현이 어떤 존재이기에 감히 내 말을 거역하는가?"

드디어 공부좌시랑 황보박을 사주하여, 백문현이 비밀히 변방의 오랑캐와 결탁하여 사직을 위태롭게 꾀한다고 무고하게 하니, 천자가 크게 노하여 백 소부를 옥에 가두고 죽이려 하더라. 여러 대신이 상소를 올려 간하니 천자의 노여움이 누그러져 소부의 벼슬을 거두고 애주(厓州) 참군(參軍)으로 강등시켜 당일로 출발케 하니라. 조명(詔命)※이 내리매 만조백관이 두려워하여 감히 다시 간하지 못하고, 백 소부의 집은 상하가 다 놀라 통곡하더라. 소부가 조금도 개의치 아니하고 태연히 길에 올라 떠날 제, 부인더러 이르되,

"노부의 이 길은 하늘이 살펴 임하시는 바라, 머지않아 마땅히 돌아올지니, 부인은 빨리 딸아이의 혼사를 행하여 배가로부터 욕입음을 면하고 부용헌의 맹약을 저버리지 마소서."

또 소저의 등을 어루만지며 탄식하여 가로되,

"내가 간 후에는 너의 혼사에 반드시 장애가 많을지니, 부용헌에서 네가 스스로를 송죽(松竹)의 절조에 빗대어 지은 시가 어찌 앞일을 예견한 시참(詩讖)※이 아니리오?"

소저가 무릎 아래 엎드려 울며 말을 못하더라.

소부가 외당으로 나와 서동으로 하여금 소선을 부르니, 소선이 명을 받들어 이르매 소부가 그 손을 잡고 탄식하여 가로되,

"공자가 사위로 정해진 후부터 노부가 빨리 혼례를 행하여 일찍이 봉황이 쌍으로 깃들임을 보고자 하였더니, 뜻밖에 하늘이 일을 놀리고 마귀가 방해하여 노부에게 변방으로의 좌천이 있게 되니 한탄한들 무엇하리오? 오직 공자는 뜻을 잃지 마시고, 일찍 봉새의 길을 떨쳐 만 리를 높이 날아 노부의 바라는 바를 저버리지 마소서." / 소선이 울며 명을 받드니라.

소부가 이윽고 각건(角巾)과 베옷으로써 가동 수인을 데리고 조그만 나귀를 타고 표연히 문을 나가 애주를 향하여 가더라.

이때에 배득량이 백 소부가 애주로 향한다는 말을 듣고 석 시랑을 불러 술을 대접하며 환대하여 가로되,

"백 소저가 만일 혼사를 허락하면, 내가 마땅히 아버지께 아뢰어 소부로 하여금 며칠 안으로 사면을 입게 하고 또 벼슬을 더할지며, 그대 또한 한 급을 더할지라. 그대는 그대의 누이와 백 소저에게 말을 잘하여 나의 소망을 이루게 하지 않겠는가?"

시랑이 쾌히 승낙하고 즉시 백 소저의 집에 이르러 부인을 뵙고 득량의 말을 전하여 가로되,

[B] "소부의 고집이 너무 지나쳐 나의 말을 듣지 아니하다가 애주로의 좌천에 이르렀으니, 진실로 개탄할 일이라. 지금 배 승상의 부귀와 권세를 돌아보건대 조정의 제일이니, 누이가 만일 소부 없는 틈을 타서 김가와의 혼인을 물리고 배가와 결혼하면, 소부도 돌아오게 될 뿐만 아니라 부귀도 얻을지니, 이것이 아름다운 것 둘을 함께 얻음이 아니리오? 원컨대 누이는 빨리 도모하소서."

부인이 크게 기뻐 가로되,

"이것이 나의 뜻이나, 일전에 쾌히 허락지 못한 것은 소부 때문이라. 다만 딸아이의 뜻이 어떠한지 알지 못하노라." (중략)

'딸아이가 내 명령을 듣지 아니함은 소선이 아직 서당에 있는 까닭이라. 만일 그자가 내 집에 있지 아니하면 딸아이의 소망이 끊어져 배가와의 혼사를 가히 이룰지라.' / 하고 드디어 시비로 하여금 서당에 이르러 소선에게 말을 전하여 가로되,

"이제 가군(家君)이 있지 아니하여 외객이 서당에 머물러 있음을 용납하기 어려우니, 공자는 모름지기 생각하여 일찍 계책을 꾀하라."

하거늘, 소선이 시비의 전하는 말을 듣고 부인이 소저와 자신의 결혼을 꺼림을 아는지라, 소저가 부용헌에서 지은 시(詩) 속에 스스로 맹세한 마음을 깊이 탄식하여 서글퍼 마지아니하더라. 이에 시비에게 가로되,

"행걸(行乞)※하던 천한 몸이 다행히 상공의 후한 돌보심을 입어 몸을 문하에 의탁함이 또한 오래되었나이다. 상공이 이미 집에 계시지 아니하거늘, 이 몸이 어찌 감히 오래 문하에 머무르리이까? 다만 여러 해 동안에 보살펴 주신 은택을 입고서 이제 영구히 하직하려니 슬픔을 이기지 못하나이다."

마침내 재배하고 문을 나와 지팡이를 의지하여 천천히 갈새, 걸음이 불편한 데다 향할 곳을 알지 못하고, 지난날을 돌이켜 생각하매 백 소부의 지우(知遇)*를 입은 감격이 일장춘몽 같더라. 또 소저는 정숙한 마음과 깨끗한 행실로써 맹세코 다른 집안에 가지 아니하여, 필연 옥이 부서지고 꽃이 떨어질 염려가 있으니, 생각이 이에 미치매 탄식하여 눈물 흐름을 깨닫지 못하더라.

– 서유영, 〈육미당기〉

* 조명: 임금의 명령을 일반에게 알릴 목적으로 적은 문서.
* 시참: 우연히 지은 시(詩)가 뒷일과 꼭 맞는 일.
* 행걸: 떠돌아다니며 빌어먹음.
* 지우: 남이 자신의 인격이나 재능을 알고 잘 대우함.

083

윗글에 대한 이해로 적절한 것은?

① 배득량은 자신을 위해 애써 준 석 시랑에게 고마움을 표하였다.
② 석 시랑은 소선의 장애와 미천한 신분을 들어 혼사를 반대하였다.
③ 백 소부는 자신에게 일어난 부당한 상황을 운명으로 여기고 수용하였다.
④ 백 소저는 자신이 지은 시가 집안의 불행을 초래한 것을 안타까워하였다.
⑤ 소선은 앞으로 자신에게 닥칠 일을 염려하며 자신의 처지를 애처롭게 여겼다.

084

윗글의 대립 구도를 정리한 〈보기〉에 대한 이해로 적절하지 않은 것은?

보기

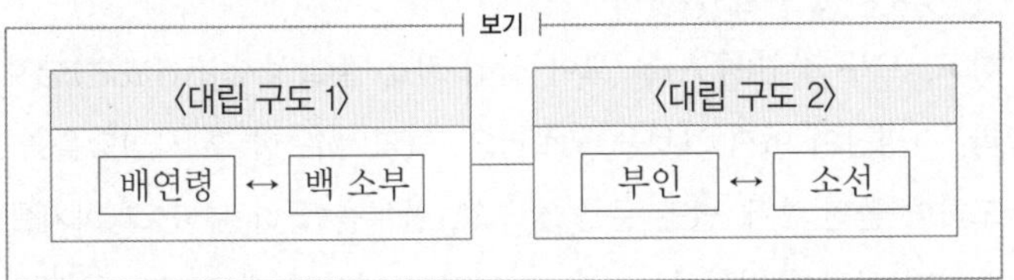

① 〈대립 구도 1〉과 〈대립 구도 2〉는 모두 백 소저를 가운데 두고 문제 상황이 발생하는군.
② 〈대립 구도 1〉에서 갈등을 초래한 근본적 원인이 해결되지 않아 〈대립 구도 2〉가 발생하는군.
③ 〈대립 구도 1〉의 백 소부와 〈대립 구도 2〉의 소선은 각각 대립 상대 때문에 살던 곳을 떠나는군.
④ 〈대립 구도 1〉과 〈대립 구도 2〉의 갈등 당사자들은 모두 간접적인 방식을 통해 의사소통을 하는군.
⑤ 〈대립 구도 1〉의 배연령과 〈대립 구도 2〉의 부인은 모두 타인의 권세를 빌려 문제 상황을 해결하는군.

085

[A]와 [B]에 대한 설명으로 적절한 것은?

① [A]는 상대방의 잘못을 지적하는 방법으로, [B]는 상대방의 분노를 자극하는 방법으로 상대방의 마음을 움직이고 있다.
② [A]는 장차 닥칠 수 있는 어려움을 암시하는 방법으로, [B]는 실제로 일어난 일을 언급하는 방법으로 상대방을 회유하고 있다.
③ [A]는 상황의 불가피함을 제시하는 방법으로, [B]는 상황의 부당함을 지적하는 방법으로 상대방의 태도 변화를 종용하고 있다.
④ [A]는 상대방의 인품을 치켜세우는 방법으로, [B]는 상대방이 얻을 수 있는 이익을 제시하는 방법으로 상대방을 설득하고 있다.
⑤ [A]는 상대방과 자신의 관계를 언급하는 방법으로, [B]는 상대방의 사회적 지위를 내세우는 방법으로 자신의 행위를 합리화하고 있다.

086

윗글을 바탕으로 〈보기〉의 '선생님'의 질문에 답변한 내용으로 적절하지 않은 것은?

보기

선생님: 다음은 작중 인물인 '백 소저'가 부용헌에서 지은 시입니다. 윗글의 사건 전개와 관련지어서 이 시를 감상해 볼까요?

봉황새가 단산(丹山)에서 나오매
깃들인 곳 벽오동 아니로다.
날개가 꺾어짐을 한탄치 말지니
마침내 하늘에 오름을 보리라.

무성함은 **고송(高松)의 자질**이요
푸르름은 **고죽(孤竹)의 마음**이라.
사랑스럽다, **세한(歲寒)의 절조**여!
바람과 서리에도 굴하지 않네.

① '봉황새'의 '날개가 꺾어짐'은 소선이 스스로 백 소저와의 혼약을 파기하는 상황을 암시하는 것으로 볼 수 있습니다.
② '깃들인 곳 벽오동 아니로다'는 소선이 백 소부의 집에서 떠나게 되는 상황을 암시하는 것으로 볼 수 있습니다.
③ '고송의 자질'과 '고죽의 마음'은 백 소저가 강직하고 지조 있는 성품을 지니고 있음을 드러내는 것으로 볼 수 있습니다.
④ '세한의 절조'는 '부인'의 명령을 거부하고 소선과의 약속을 지키려는 백 소저의 태도를 드러내는 것으로 볼 수 있습니다.
⑤ '바람과 서리'는 배씨 부자와 '부인'의 욕심 때문에 백 소저에게 닥칠 고통과 시련을 암시하는 것으로 볼 수 있습니다.

N 적중 예상

고전 소설 05

목표 시간	6분 40초		
시작	분 초	종료	분 초
소요 시간	분 초		

E 수록

[087~090] 다음 글을 읽고 물음에 답하시오. 14, 15, 17, 19, 21, 24

앞부분의 줄거리 함경도 곡산 땅에 김덕령이라는 자가 있었는데, 신장은 구 척이요, 힘은 능히 삼천 근을 들 수 있을 정도였다. 덕령은 왜적이 침입했다는 소식을 듣고 적을 소탕하러 나가고자 했으나 부친의 상중에 있었던 터라 어머니의 반대로 나가지 못하였다. 그는 들끓는 마음을 억누르려고 했으나 적이 수일 내에 들어온다는 이야기에 어머니에게는 산에 간다는 핑계를 대고 적을 소탕하러 나선다.

덕령이 대희하여 갑주를 가지고 황해도 동선령에 이르니 적이 성을 앗아 웅거*하였거늘, 덕령이 대로(大怒)하여 청정을 불러 왈,

"네 천시(天時)를 모르고 한갓 강포만 믿어 우리 조선을 침범하는가. 네 **목숨을 보전코자 하거든 스스로 물러가**고, 만일 내 말을 믿지 않거든 내 재주를 보라."

하고, **몸을 공중에 날려 만군(萬軍) 중에 무인지경(無人之境)같이 왕래하**니, 일진이 서로 보며 놀라더라. 덕령이 청정을 불러 왈,

"네 종시 나를 경히 여겨 물러가지 아니하면 명일 오시(午時)에 올 것이니 내 재주를 당하라."

하고, 간데없거늘, 청정이 고이히 여겨 군중에 전령하되,

"명일에 그놈이 다시 올 것이니 활과 총을 예비하였다가 일시에 쏘며 놓으라. 제 비록 천신(天神)이라도 벗어나지 못하리라."

하더니, 익일에 덕령이 자취 없이 진중에 들어가 외쳐 왈,

"너희가 오히려 물러가지 아니하니, 너희를 한 칼로 주륙(誅戮)*할 것이로되, 스스로 물러가게 함이라. 나의 신기한 재주를 보려 하거든 명일 오시까지 와 너의 군사 머리에 흰 종이를 각각 붙이고 있으라."

하고, 간데없거늘 청정이 또 전령하되,

"명일 오시에 그놈이 또 올 것이니 조총을 준비하였다가 혹 짐승이라도 진문(陣門)을 범하거든 일시에 놓으라."

하고, 군사의 머리에 각각 종이를 붙이고 기다리더니, 문득 산중으로 내려와 불러 왈,

"네 종시 나의 출입을 모르고 당돌히 물러가지 아니하는가."

하고, ㉠'풍(風)' 자를 써 공중에 던지니, 문득 대풍이 일어나며 지척을 분별치 못하더니, 이윽고 천지 명랑하며 바람이 그치는 곳에 만군의 머리에 붙인 종이 간데없는지라.

또 청정을 불러 왈,

"너희 돌아감을 달래어 이르되 마침내 깨닫지 못하매, 오늘날 나의 재주를 뵈나니, 적수단신(赤手單身)으로 만군의 머리에 종이를 일시에 거둘 제 어찌 너희를 함몰치 못하리오마는 내 몸이 초토(草土)* 중에 있고 나라에 허신(許身)치 아니하였기로 너의 명을 보전함이라."

하고, 헷몸*을 만들어 혼백을 붙여 진중에 들여보내니, 일진 장졸의 눈에 뵈는 것이 다 덕령이라. 저의 시석(矢石)*에 서로 맞아 주검이 뫼 같고 피 흘러 내가 되니 남은 군사는 겨우 백여 기(騎)라.

중략 부분의 줄거리 조선의 승리로 전쟁이 끝난 후 서산 대사는 일본이 다시 침략할 것이라는 기운을 알아채고, 선조에게 사명당을 일본에 보내어 왜왕의 항복을 받고자 하였다. 자신이 조선의 생불이며 항복을 받으러 일본에 건너간다는 사명당의 편지를 받은 왜왕은 사명당을 시험한다. 왜왕은 사명당이 오는 길 좌우에 병풍을 세우고 18,000칸에 글자를 써 놓았는데, 사명당은 이를 모두 외워 버리며 한 칸이 빠져 있는 사실도 알아차렸다.

왕이 그제야 그 신기함에 놀라 제신더러 왈,

"이는 생불일시 분명하니 장차 어찌하리오."

제신 왈,

"송당에 판 못이 있으되 깊이 오십 장(丈)이오니, 송당에 유리 방석을 띄우고 방석에 앉으라 하오면 일정(一定) 진가를 알으리이다."

왕이 옳게 여겨 그 못에 유리 방석을 띄우고, 사명당을 청하여 그 위에 앉으라 하니, 사명당이 먼저 염주를 방석 위에 던지고 앉으니, 그 방석이 잠기지 아니하고 바람을 따라 무란왕래(無亂往來)하니, 왕과 좌우가 그 조화를 보고 크게 놀라고 근심하더니,

제신이 주 왈,

"폐하는 근심 말으소서. 사명당을 그저 두오면 대화(大禍)가 있을지라. 한 묘책을 생각하오매, 별당을 정묘히 짓고 별당 밑에 무쇠를 깔고 무쇠 밑에 풀무를 묻고, 사명당을 방에 들인 후에 사면 문을 굳게 잠그고 풀무에 불을 다투어 불면, 아무리 생불이라도 불에는 녹을 수밖에 없습니다."

왕이 그 계교 가장 묘하다 하고, 즉시 영(令)을 내려 별당을 지을새, 말을 반포(頒布)하되,

"사명당 있을 집이라."

하고, 모든 장인(匠人)을 모아 삼십 칸을 불일성지(不日成之)*한지라. 사명당이 어찌 그것을 모르리오. 필역(畢役)한 후 사명당을 인도하여 들인 후에 별당 문을 잠그고, 풀무를 급히 부니 그 화기를 쏘이면 사람이 기절하는지라. 사명당이 내심에 대로하고, ㉡얼음 빙(氷) 자를 써 두 손에 쥐고 엄연히 앉았으니, 사면 벽에 서리가 눈 오듯 하고 고드름이 드리웠으니 가장 추운지라. **일야를 지낸 후에 한기(寒氣) 과하**매 사명당이 한 손의 얼음 빙 자를 버리되 조금도 더움이 없더라.

왕이 사관을 보내어 사명당의 사생을 탐지하니, 사명당이 죽기는 커녕 새로이 방 안에 고드름이 틈 없이 드리워 한기가 사람에게 쏘이는지라. 사명당이 완연히 안으로써 문을 열어 사관을 보고 대질 왈,

"내 들으니 일본이 덥다 하더니 이런 냉돌에 하처(下處)를 정하여 잠을 이루지 못하게 하니, 네 왕이 타국 사객(使客)을

이같이 박대를 심히 하는다."

하니, 사관이 놀라 급히 돌아가 이 사연을 고한대, 왕이 이 말을 듣고 어찌할 줄 모르거늘, 좌우가 주하되,

"사세 급하였사오니 무쇠로 말을 만들어 풀무로 달군 후에, 사명당을 청하여 '그 말을 타라.' 하면 사명당이 비록 생불이나 의심하리이까."

하거늘, 왕이 생각하되,

'이왕 두 계교를 써 맞지 못하고, 또 이 계교 맞지 못하면 실체(失體)*만 될지라.'

이러므로 유예 미결이어늘, 제신이,

"백계로 하여 막힐 길 없으나 신이(神異)함만 같지 못하니이다."

[A] 왕이 마지못하여 허락하고, 즉시 철마(鐵馬)를 만들어 풀무로 불빛이 되게 달구어 대후(待候)하였다가 사명당을 청하여 타라 하니, 사명당이 비록 변화지술(變化之術)을 가졌으나 정히 민망하여 하더니, 문득 생각하고 용왕의 편지를 손에 쥐고 향산사를 향하여 재배하니, 이때 서산 대사가 사명당을 보내고 주야 사렴하더니, 일일은 밖에 나와 천기를 살피다가 상좌를 불러 왈,

"사명당이 급한 일이 있어 나를 향하여 재배한다."

하고, **손톱에 물을 묻혀** 동을 향하여 세 번 뿌리니, 문득 삼색 구름이 사면으로 일어나며, 사해용왕이 구름을 끌며 바람을 끼고 일본으로 살같이 가더니, 이윽고 천지 아득하여 뇌성벽력이 진동하며 큰 비와 얼음덩이 내려와 **일본이 거의 바다가 되**매, 인민의 죽음을 이루 헤아리지 못하며, 군신 상하가 피할 곳이 없어 서로 붙들고 탄식하며, 살기를 원한들 물이 점점 들어와 망망대해(茫茫大海)되어 일본이 거의 함몰함에 미치매, 어찌 두렵고 겁나지 아니하리오.

– 작자 미상, 〈임진록〉

* 웅거: 일정한 지역을 차지하고 굳게 막아 지킴.
* 주륙: 죄인을 죽임. 또는 죄로 몰아 죽임.
* 초토: '거적자리와 흙베개'라는 뜻으로, 상중에 있음을 이르는 말.
* 헛몸: 사람의 형상. 초인(草人).
* 시석: 예전에, 전쟁에 쓰던 화살과 돌.
* 불일성지: 며칠 안 걸려서 이룸.
* 실체: 체면이나 면목을 잃음.

087

윗글에 대한 이해로 적절하지 않은 것은?

① 덕령은 자신의 말을 따르면 목숨을 보전할 수 있다고 적에게 일렀다.
② 청정은 덕령을 막아 내기 위한 묘수로 군사들의 머리에 종이를 붙이게 했다.
③ 사명당은 연못의 유리 방석 위에서도 물에 가라앉지 않아 보는 이를 놀라게 하였다.
④ 제신은 사명당이 일본에 큰 재앙이 될 것을 염려하여 그에게 화를 입히고자 하였다.
⑤ 일본의 왕과 신하들은 자연재해로 곤경에 처하였음에도 피할 곳이 없어 두려워하였다.

088

㉠과 ㉡을 이해한 내용으로 가장 적절한 것은?

① ㉠과 ㉡은 모두 과거의 경험에 기반하여 상대에 대한 인식을 드러낸다.
② ㉠과 ㉡은 모두 문자의 의미를 활용하여 인물의 신이한 능력을 보여 준다.
③ ㉠과 ㉡은 모두 인물의 정체를 노출시켜 인물을 위기에서 벗어나도록 한다.
④ ㉠은 ㉡과 달리 상대에게 직접 영향을 주지 않고도 행동의 변화를 이끌어 내고 있다.
⑤ ㉡은 ㉠과 달리 인물이 머무르는 공간을 이동시켜 상황을 해결하는 데 기여하고 있다.

089

〈보기〉는 윗글의 이본 중 일부이다. [A]와 〈보기〉를 비교하여 이해한 내용으로 적절하지 않은 것은?

보기

"이제는 백계무책(百計無策)이라. 환(患)을 당할진대 또 한 계교로 시험하소서. 구리쇠로 철마를 만들어 숯불에 달구어서 그 말을 타고 다니게 하사이다."

왜왕이 왈,

"불로 달군 방에 얼음을 깔고 있는 생불이 어찌 불을 겁하리오. 그러나 시험하리라."

하고, 구리 말에 풍구를 달아 불말을 만들어 세우고 조선 생불로 타라 하니, 사명이 냉소하고 서쪽으로 조선을 향하여 사배하고 침 세 번을 뱉으니, 서쪽으로 일점흑운(一點黑雲)이 떠오며 순식간에 천지가 뒤눕고 벽력 소리가 사람의 정신을 놀라게 하며, 급한 비 담아 붓듯하여 바다가 창일(漲溢)하여 왜국 장안이 거의 해중(海中)에 묻힐 듯하더라.

① [A]와 달리, 〈보기〉에는 조력자의 도움 없이 직접 문제를 해결하는 사명당의 모습이 나타난다.
② [A]와 달리, 〈보기〉에는 사명당이 생불이라는 점을 들어 그를 시험할 결정을 미루고 있는 왕의 모습이 나타난다.
③ 〈보기〉와 달리, [A]에는 계교가 통하지 않아 자신의 체면을 잃을까 두려워하는 왕의 모습이 나타난다.
④ 〈보기〉와 달리, [A]에는 자신이 처한 상황을 마주하는 등장인물들의 심리를 서술자가 직접 진술하는 부분이 나타난다.
⑤ [A]와 〈보기〉에는 모두 물이 불어 넘치는 기상 이변으로 곤란에 처한 적국의 상황이 나타난다.

090

〈보기〉를 참고하여 윗글을 감상한 내용으로 적절하지 않은 것은?

보기

임진왜란 당시 연일 패배했던 관군(官軍)과 달리 의병으로 출전했던 인물들이 크게 활약하는 경우가 있었다. 전쟁으로 인해 막대한 피해를 입은 민중들에게 그들의 활약은 숭앙의 대상이 되었으며, 소설 〈임진록〉에서는 당시 활약했던 의병장들이 비범한 능력을 가진 영웅으로 변모되기에 이른다. 이 작품에서 실존 인물이었던 김덕령과 사명당 등은 특별한 능력을 가진 인물들로 그려지는데, 이들은 자신의 뛰어난 능력을 도탄에 빠진 민중을 구원하고 적국의 침략을 막는 등 국난 극복의 과업을 위해 사용하는 것으로 표현된다. 인물들의 이러한 영웅적 면모는 조선 후기 군담 소설의 등장인물들이 전기(傳奇)적 특성을 나타내는 양상으로 계승되었다.

① '목숨을 보전코자 하거든 스스로 물러가'라고 하며 왜적들의 목숨마저 아끼고자 하는 모습에서 덕령이 적군에게도 숭앙의 대상이 되었음을 짐작할 수 있군.
② '몸을 공중에 날려 만군 중에 무인지경같이 왕래하'는 장면에서 덕령이 비범한 능력을 지닌 장수로 그려지고 있음을 알 수 있군.
③ 화기가 가득한 별당을 '일야를 지낸 후에 한기 과하'게 만든 장면에서 사명당이 신통한 도술을 부리는 승려로 그려지고 있음을 알 수 있군.
④ '손톱에 물을 묻혀' 뿌려 사해용왕으로 하여금 사명당을 돕게 하는 모습에서 서산대사도 예사롭지 않은 능력을 지닌 인물임을 짐작할 수 있군.
⑤ '일본이 거의 바다가 되'는 곤경을 겪게 하는 장면에서 의병장들이 적국의 침략을 막는 국난 극복의 과업을 수행하는 인물로 그려지고 있음을 알 수 있군.

적중 예상 **고전 소설 06**

목표 시간	6분 40초		
시작	분 초	종료	분 초
소요 시간	분 초		

E 수록

[091-094] 다음 글을 읽고 물음에 답하시오. 14, 15, 18, 22

앞부분의 줄거리 고려 때의 유생인 '하생'은 재능이 뛰어났으나 입신출세하지 못하자 답답한 마음에 점쟁이를 찾아간다. 그는 점쟁이의 말을 듣고 길을 헤매다 깊은 산속 작은 집에서 한 여인을 만나 인연을 맺는다.

날이 밝아 올 무렵 여인은 하생의 팔을 베고 누워 있다가 문득 흐느끼며 눈물을 흘렸다. 하생은 깜짝 놀라 이렇게 말했다.

"이제 겨우 좋은 만남을 이루었거늘 갑자기 왜 그러오?"

[A] "이 집은 실은 인간 세상이 아닙니다. 저는 시중 아무개의 딸입니다. 죽어서 이곳에 장례 지낸 지 오늘로 사흘이 되었군요. 제 아버지는 오랫동안 요직을 지내며 권세를 누리셨는데, 아버지께 밉보여 해코지를 당한 사람들이 몹시 많았답니다. 원래 아버지는 5남 1녀를 두셨지만, 다섯 오빠가 모두 아버지보다 먼저 세상을 뜨고 저 혼자 아버지 곁에 있다가 지금 또 이 지경에 이르고 말았어요. 그런데 어제 옥황상제께서 저를 부르시더니 이런 분부를 내리셨어요.

'네 부친이 큰 옥사(獄事)를 처결하면서 죄 없는 사람 수십 명의 목숨을 모두 구해 주었으니, 이로써 지난날 뭇사람들을 해코지했던 죄를 용서받을 만하다. 부친의 지난 죄로 인해 죽은 다섯 아들은 이미 죽은 지 오래되어 돌이킬 수 없으니 너를 돌려보내야겠다.'

저는 절하고 물러 나왔어요. 그런데 옥황상제께서 약속하신 날이 바로 오늘 아침이어요. 이때를 놓치면 저는 다시 살아날 가망이 없답니다. 지금 서방님을 만났으니 이 또한 하늘이 정한 운명이겠지요. 오래오래 행복하게 살며 죽을 때까지 서방님을 받들고자 하는데 허락해 주시겠어요?"

하생 또한 눈물을 흘리며 말했다.

"㉠그대의 말대로라면 생사를 걸고 그대의 뜻을 따르겠소."

그러자 여인은 베갯머리에서 금척(金尺)을 뽑아 하생에게 주며 말했다.

"서방님께선 이 물건을 가지고 가서 서울 저잣거리의 큰 절 앞에 있는 노둣돌 위에 올려 두십시오. 그러면 분명 이 물건을 알아보는 자가 있을 겁니다. 어떤 곤욕을 당하더라도 제 말을 부디 잊지 말아 주세요."

"알겠소"

여인은 하생에게 빨리 일어나 떠날 것을 재촉하였다.

(중략)

"너는 어떤 사람이며, 이 금척은 어디서 얻었느냐?"

"저는 태학의 학생입니다. 그 금척은 무덤 속에서 얻었습니다."

"너는 입으로는 시(詩)와 예(禮)를 말하면서 뒤로는 남의 무덤을 파헤치는 자란 말이냐?"

하생은 웃으며 말했다.

"우선 결박한 몸을 풀고 어르신께 가까이 다가갈 수 있게 해 주십시오. 매우 기쁜 소식을 알려 드리려 합니다. 어르신께서는 장차 제게 무엇으로 보답을 할까 생각하셔야 할 텐데 도리어 화를 내시는군요."

시중은 즉시 하인들에게 분부를 내려 하생의 결박을 풀고 섬돌 위로 올라오게 했다. 마침내 하생은 지금까지 있었던 일을 찬찬히 말해 주었다. 시중은 차츰 얼굴에 부끄러운 빛을 띠더니 한참 뒤에 이렇게 말했다.

"어찌 그런 일이 있을 수 있단 말인가?"

남녀 하인들 모두가 서로를 돌아보며 탄식했다. 그때 주렴 안에서 울음 섞인 목소리가 들렸다.

"헤아리기 어려운 일이니 철저히 확인하고 나서 죄를 주어도 늦지 않겠어요. 저 ㉡선비의 이야기를 듣자니 평소 우리 딸 아이의 용모며 옷차림과 의심의 여지없이 똑같아요."

시중이 말했다.

"그렇군. 즉시 삽과 삼태기를 준비하고 가마를 대령해라! 내가 직접 가 봐야겠다."

[B] 시중은 하인 몇 명을 남겨 하생을 지키게 하고 길을 나섰다.

잠시 후 묘역에 이르러 보니 봉분의 모습은 예전 그대로 변함이 없었다. 시중은 의아히 여겨 무덤을 파 보았다. 무덤 속의 딸은 안색이 산 사람과 같았다. 심장 있는 쪽을 만져 보니 조금 온기가 있는 것이 아닌가. 시중은 유모를 시켜 딸을 안게 하고 가마에 태워 돌아왔다. 무당이나 의사를 부를 겨를도 없어 가만히 안정을 취하도록 할 따름이었다.

해 질 녘이 되자 시중의 딸이 깨어났다. 여인은 부모를 보더니 한 번 가느다란 소리를 내어 흐느꼈다. 기운이 차츰 진정되자 부모가 물었다.

"네가 죽고 난 뒤에 무슨 이상한 일이 있었니?"

"저는 꿈인 줄만 알고 있었는데, 제가 정말 죽었었나요? 별다른 일은 없었어요."

여인은 그렇게 말하며 뭔가 수줍어하는 기색이었다. 부모가 무슨 일이 있었는지 재차 캐묻자 여인이 어쩔 수 없이 이야기를 시작하는데 하생이 했던 말과 꼭 들어맞는 것이었다. 온 집안 사람들이 무릎을 치며 놀랐다. 이제 하생은 그 집 사람들에게 몹시 융숭한 대접을 받게 되었다.

며칠이 지나자 여인은 평상시의 모습을 완전히 회복했다. 시중은 하생을 위로하기 위해 성대한 잔치를 베풀었다. 그 자리에서 시중은 하생의 집안에 대해 묻고, 또 하생이 혼인했는지 여부를 물었다.

하생은 아직 혼인하지 않았다고 말한 뒤 부친은 평원 고을의 유생으로 오래전에 작고하셨다고 대답했다. 시중은 고개를 끄덕이더니 안으로 들어가서 아내와 의논하였다.

"하생의 용모와 재주는 참으로 범상치 않으니 사위로 삼는다 해도 문제될 건 전혀 없겠소만 집안이 서로 걸맞지 않는구려. 더구나 이번에 겪은 일이 너무 괴상망측하고 보니 이 일을 계기로 혼인을 시켰다가는 세상 사람들의 입에 오르내리지 않을까 싶소. 그래서 나는 그냥 재물이나 후하게 주어 사례하는 것으로 끝냈으면 싶소."

부인이 말했다.

"이 일은 당신이 결정할 문젠데, 아녀자가 어찌 나서겠어요?"

– 신광한, 〈하생기우전〉

091

윗글에 대한 설명으로 적절한 것은?

① 여인은 요절한 자신을 대신하여 오빠들이 부모님을 모시게 된 것을 다행스럽게 여기고 있다.
② 여인은 이승에 가게 되면 하생과 맺은 인연을 평생 이어가겠다고 말하고 있다.
③ 하생은 여인에게 믿음의 징표를 요구해 결국 여인의 금척을 받아 내고 있다.
④ 부인은 하생의 인물됨을 눈여겨보고 절대 거짓말을 할 인물이 아니라고 확신하고 있다.
⑤ 여인의 부친이 무덤을 파 보자 죽은 줄 알았던 여인이 살아나 그 속에서 스스로 걸어 나왔다.

092

㉠과 ㉡에 대한 이해로 적절하지 않은 것은?

① ㉠은 여인이 지금의 상황에 이르게 된 자초지종을 담고 있다.
② ㉡은 여인의 환생으로 인해 그 진위가 판명되고 있다.
③ ㉠과 ㉡은 모두 듣는 이에게 동정심을 유발하고 있다.
④ ㉠과 ㉡은 모두 듣는 이가 어떤 행동에 나서도록 이끌고 있다.
⑤ ㉠은 옥황상제에게 전해 들은 내용을, ㉡은 여인에게 전해들은 내용을 포함하고 있다.

093

〈보기〉를 참고하여 [A]와 [B]를 감상한 내용으로 적절하지 않은 것은?

보기

고전 소설 중에는 이원적 세계관을 바탕으로 현실적 세계와 초현실적 세계가 서로 관계를 맺도록 구성된 작품이 많다. 〈하생기우전〉도 초현실적 세계인 저승 세계와 현실적 세계인 이승 세계가 맞물려 구성되어 있는데, 인과응보의 원리로 연결된 이 두 세계를 인물이 오가며 욕망을 드러내는 것으로 서사가 전개된다. 이 과정에서 두 세계를 연결하는 인물과 장소, 물건 등이 나타나 서사적 흥미를 더해 준다.

① [A]에는 이승 세계에 속한 부모가 쌓은 선악의 인연에 따라 저승 세계에 속한 자식의 운명이 달라질 수 있다는 생각이 드러나 있군.
② [A]에는 저승 세계에 속한 인물이 이승 세계로 복귀하려면 이승 세계에 속한 인물의 도움이 필요하다는 생각이 드러나 있군.
③ [A]에는 특정한 물건이, 이승 세계의 인물이 저승과 이승 두 세계를 오갔음을 증명할 수 있다는 생각이 드러나 있군.
④ [B]에는 저승 세계에 속한 인물의 억압된 욕망이 이승 세계로 돌아와 꾸게 된 꿈을 통해 표출될 수 있다는 생각이 드러나 있군.
⑤ [B]에는 저승 세계와 이승 세계가 서로 맞물려 있는 특정한 장소가 두 세계를 오가는 통로가 된다는 생각이 드러나 있군.

094

윗글의 '시중'에 대한 평가로 적절하지 않은 것은?

① 하생의 용모와 재주를 범상치 않게 여겼다는 점에서, 사윗감으로서 하생의 인물됨은 높이 평가했다고 볼 수 있겠군.
② 딸의 혼인에 대한 최종적인 결정을 아내에게 미루고 있다는 점에서, 자신의 판단에 대한 확신이 없었다고 볼 수 있겠군.
③ 하생의 집안이 자신의 집안과 걸맞지 않음을 문제 삼았다는 점에서, 인물이 속한 가문을 중요하게 생각했다고 볼 수 있겠군.
④ 하생에 대한 사례를 재물로 대신하려 했다는 점에서, 하생과 여인이 저승에서 맺은 인연을 중요하게 여기지 않았다고 볼 수 있겠군.
⑤ 딸의 혼인 문제가 세상 사람들의 입에 오르내리는 것을 염려했다는 점에서, 세간의 평판을 가치 판단의 중요한 기준으로 삼았다고 볼 수 있겠군.

고전 소설 07

목표 시간	6분 40초		
시작	분 초	종료	분 초
소요 시간	분 초		

E 수록

[095~098] 다음 글을 읽고 물음에 답하시오. 20

앞부분의 줄거리 평안 감사인 김생은 잔치 자리에서 기생을 업신여기는 처사를 하며 지나치게 도덕적인 태도를 보인 친구 이생을 골탕 먹이기 위해, 기생 오유란을 시켜 이생의 마음을 빼앗도록 한다. 결국 이생은 오유란에게 빠지고, 거짓 죽음으로 귀신 행세를 하는 오유란을 따라 죽고자 한다. 그러자 오유란은 이생을 또다시 속여 이생 자신도 죽었다고 믿게 만든다.

오유란은 홑치마만 입은 채 일어서며 말했다.

"날이 너무 더우니 옷을 다 벗고 나가시지요."

"다 큰 어른이 어떻게 발가벗고 다니나?"

"서방님이 저번에 나가셨을 때 서방님을 볼 수 있는 사람이 있던가요?"

이생은 그렇다 싶어 **알몸으로 문 밖에 나섰다.** 거들먹거리며 걸었지만 초라하기 그지없는 모습이었다. 훤한 대낮에 그 모습을 보고 누군들 웃지 않을 수 있겠는가마는 감사의 엄명이 있던지라 감히 혀를 놀리는 이가 없었다. 이런 모양을 하고는 도성 문 안의 인파를 헤치고 걸어가 곧장 선화당 대청 위로 올라갔다. 오유란이 뒤로 물러서며 속삭였다.

"사또가 저기 계십니다. 서방님은 접때 제가 이방의 집에서 했던 대로 들어가서 사또를 때리고 그 행동거지를 잘 살펴보세요."

"나는 처음 해 보는 일이라 좀 꺼림하구먼."

"하나도 어렵지 않은 일이어요. 저는 신분의 차이가 있어 감히 못 하지만 서방님이야 꺼리실 게 뭐 있습니까?"

이생은 어쩔 수 없이 살금살금 다가갔다. 감사 앞에까지 온 이생은 머뭇머뭇 서성이며 자기 모습이 보일 것 같고 눈치채일 것 같아 차마 감사를 때리지 못했다. 이생이 주의 깊게 상대를 살피고 있는데, 감사가 가만히 담뱃대로 이생의 배를 콕콕 찌르며 말하는 것이었다.

"내 친구는 점잖은 사람인데 왜 이런 꼴을 하고 있나?"

이생은 깜짝 놀라 털썩 주저앉으며, 그제야 비로소 자기가 살아 있다는 것을 깨달았다. 3월의 봄날 술에 취해 몽롱하게 꾸던 꿈이 깨면서 한바탕 업풍*이 불어오니, 그동안 멍하니 뭔가에 홀려 있었던 게 틀림없었다. 속았다는 것을 깨닫자 부끄럽기도 하고 분하기도 하며 넋이 빠진 듯 어리벙벙하여 어찌할 바를 몰랐다. 감사가 즉시 옷 한 벌을 가져와 입히게 하니, 이생은 더욱 수치스러운 마음을 견딜 수 없었다.

이생은 채비를 하여 감사도 보지 않고, 오유란도 보지 않은 채 밤낮으로 길을 가서 서울에 이르렀다. 이생의 부모는 아들의 **얼굴이 누렇게 뜬 것**을 보고 근심했고, 하인들은 그 행색이 초라함을 보고 의아해했다. 이생은 이렇게 둘러댔다.

"도중에 낭패를 당해 병이 나서 고초를 겪었습니다."

이생은 서재로 돌아와 이 분한 마음을 씻어 내리라 굳게 맹세하고는 부지런히 **쉬지 않고 학업에 매진**했다.

(중략)

감사가 기쁜 얼굴로 말했다.

"이 친구가 과거에 급제했다는 소식은 벌써부터 알고 있었지만, 오늘의 암행어사일 줄은 몰랐구나."

이에 감사는 달아났던 넋을 수습하고 옷차림을 바로 한 뒤 통인 하나를 시켜 어사에게 명함을 갖다 바치게 했다. 어사는 이를 밀쳐 내며 노기 어린 목소리로 말했다.

"나는 본래 너를 모르는데 사또가 명함을 들이려 하는 건 무슨 이유냐?"

어사는 즉시 **통인을 결박**하고 곤장 삼십 대로 다스리게 했다. 감사는 명함을 내치더라는 소식을 듣고 어사를 직접 만나 보고자 했으나 수중에 가진 명함이 더 없었다. 감사는 안으로 뛰어 들어가 거만한 자세로 서서 어사에게 말했다.

"벗은 평안하오?"

어사가 못 본 척, 못 들은 척하자 감사는 앞으로 다가가 어사의 손을 잡았다.

[A] "자네는 진짜 남자로군. 뜻을 굳게 가진 자가 끝내 성공한다는 말 그대로일세. 오늘 내가 곤경에 빠져 위급한 처지가 된 것이 지난날 자네가 속임당하던 때 못지않네. 한번 깊이 생각해 보게. 자네가 순식간에 영예로운 자리에 오른 게 내 한결같은 정성 때문은 아니었는지 말일세. 그렇게 본다면 나는 형을 저버리지 않은 사람이라 할 수 있을 것이네."

어사가 생각에 생각을 거듭하더니 문득 마음이 풀어지며 입에서 저도 모르게 웃음이 피어났다. 어사가 말했다.

"이미 지난 과거고 다 지나간 일이지."

그러고는 술상을 차려오게 하여 **술을 마시며 즐거움을 나눴다.** 감사는 자기의 속임수가 너무 지나쳤던 것을 사과하는 한편 어사의 은혜를 입게 된 것에 감사했다. 어사는 술이 얼큰하게 취하여 웃으며 말했다.

"'오늘은 소유문*이 친구와 술을 마시지만, 내일은 기주 자사로서 일을 처리하겠다.'라는 말이 있더니 그게 바로 내가 할 말일세."

이튿날 날이 밝자 어사가 관아에 나와 앉았다. 어사는 형구를 잔뜩 벌여 놓고 **오유란을 결박하여** 섬돌 아래 거적에 엎드리게 한 뒤 집무실 문을 닫고 그 안에서 노기 어린 음성으로 말했다.

"네 죄를 네가 알렷다! 곤장을 쳐 물고하리라!"

오유란은 낮은 목소리로 간절히 아뢰었다.

"저는 우매하여 무슨 죄를 지었는지 모르겠나이다."

어사가 문을 치며 성난 목소리로 꾸짖었다.

"하찮은 계집이 장부를 속이고 기롱하여 산 사람을 죽었다고 하고 멀쩡한 사람을 귀신이라 했으면서 어찌 죄가 없다 하느냐? 어서 죄를 자백해라!"

오유란은 더욱 애걸하며 말했다.

"어사또께서는 잠깐 문을 열고 저를 한번 보아 주시기 바라옵니다. 한 가지 드릴 말씀이 있습니다. 소원을 들어주신다면 저는 곤장 아래 귀신이 된다고 해도 원통함이 없을 것이옵니다."

어사는 본래 다정한 사람인지라 오유란의 말을 들어 줄 겸 예전의 그 얼굴을 다시 한번 보고 싶은 마음에 문을 열고 잠시 자신의 모습을 보여 주었다. 오유란은 어사를 올려다보고 방긋 웃으며 말했다.

[B] "산 사람을 죽었다고 하긴 했으나 산 사람은 자기가 죽지 않았음을 분간하지 못했고, 멀쩡한 사람을 귀신이라고 하긴 했으나 그 사람은 자기가 귀신이 아니라는 걸 깨닫지 못했으니, 속인 자가 잘못이옵니까, 속임을 당한 자가 잘못이옵니까? 그렇게 속이는 자야 더러 있을 수 있다지만 그렇게 속임당한 자는 세상에 또 있겠습니까? 게다가 저는 졸개로서 오직 장군의 명령을 따른 것일 뿐이옵니다. 일을 주장한 분이 계시고, 책임을 돌릴 곳이 있는데, 졸개를 굳이 죽이셔야 하겠습니까?"

어사는 그 말을 듣고 분한 마음이 여전히 없지 않았지만 사실이 또 그러함을 인정하지 않을 수 없었다.

– 작자 미상, 〈오유란전〉

* 업풍: 불교에서 업(業)을 바람에 비유한 말. 업을 쌓으면 그 과보(果報)를 받게 됨.
* 소유문: 강직하고 사심 없는 인물로 이름이 높았던 후한의 문신.

095

윗글에 대한 설명으로 가장 적절한 것은?

① 특정 인물들의 갈등이 원인이 되어, 다른 인물과의 새로운 갈등이 유발되고 있다.
② 현재의 사건에 과거 회상 장면을 삽입하여, 사건의 인과 관계를 밝히고 있다.
③ 비판적 어조의 서술을 통해, 부조리한 현실에 대한 서술자의 관점을 부각하고 있다.
④ 상대를 대하는 인물의 말과 행동의 변화를 통해, 인물 간의 전도된 관계를 드러내고 있다.
⑤ 서로 다른 공간적 배경에서 벌어지는 사건을 병치하여, 상황을 대비적으로 제시하고 있다.

096

윗글에 대한 이해로 적절하지 않은 것은?

① '이생'은 자신을 귀신이라고 믿으면서도 귀신이 되어 사람들 앞에 나서는 것이 처음이라 조심스럽게 행동하고 있다.
② '도성 문 안의 인파'들은 이생의 벌거벗은 모습이 우스웠지만 억지로 웃음을 참고 있다.
③ '감사'는 이생이 벌이는 행동을 못 본 척하고 있다가 결정적인 순간에 벌거벗은 이생의 창피함을 자극하고 있다.
④ '감사'는 암행어사의 정체가 이생임을 알고 어사와의 옛정에 기대어 문제를 해결하려는 자세를 보이고 있다.
⑤ '어사'는 오유란의 죄목을 자신이 직접 제시한 후, 오유란에게 스스로 죄를 고백하라고 요구하고 있다.

097

[A]와 [B]에 대한 설명으로 가장 적절한 것은?

① [A]는 [B]와 달리 자신의 행동이 어쩔 수 없이 이루어진 것임을 강조하여, 상대의 용서를 구하고 있다.

② [B]는 [A]와 달리 오히려 상대의 잘못이 더 크다는 점을 부각하여, 자신에 대한 비난을 회피하고 있다.

③ [A]와 [B]는 모두 상대에 대한 평가를 먼저 제시함으로써, 논점을 흐트러뜨리고 있다.

④ [A]와 [B]는 모두 자신의 행동이 결국 긍정적인 결과를 가져왔음을 강조하여, 상대를 달래고 있다.

⑤ [A]와 [B]는 모두 배후에 근본적 원인이 있음을 강조함으로써, 자신의 책임을 최소화하고 있다.

098

〈보기〉를 바탕으로 윗글을 감상한 내용으로 적절하지 않은 것은?

보기

〈오유란전〉은 19세기 중반에 창작된 것으로 추정되는 작자 미상의 한문 풍자 소설로, 작품이 지니는 의미에 대한 다양한 견해가 존재한다. 이 작품은 어린 시절부터 절친했던 두 남성의 우정을 보여 주는 동시에, 순진한 젊은 선비가 혹독한 경험을 통해 관료 사회로 진출하는 통과 의례를 그리고 있는 작품으로 해석되기도 한다. 또한 겉으로는 도덕적인 태도를 취하던 양반이 과부라고 거짓말하는 기녀와 자유분방한 사랑을 나누는 모습을 통해, 성(性)에 대한 양반 남성의 허위의식을 풍자한 작품으로 보기도 한다. 그리고 놀리고 놀림을 당했던 두 양반 남성이 결국에는 서로를 이해한다는 결말과, 문제의 원인을 제공한 양반에 대해서는 어떠한 문책도 없으면서 아랫사람들만 가혹할 정도로 다루는 모습에 근거해 양반들의 결속을 다지는 작품으로 보기도 한다.

① 이생이 '알몸으로 문 밖에 나섰다'는 것은 그동안 자신의 욕망을 감추고 살아온 양반이 허위의식에서 벗어나 욕망을 실현하는 인물로 변하였음을 보여 주는 것으로 이해할 수 있다.

② 서울에 이른 이생의 '얼굴이 누렇게 뜬 것'은 오유란의 거짓말에 넘어간 자신의 순진함이 이생에게 너무나도 혹독한 경험으로 인식되고 있음을 의미한다고 이해할 수 있다.

③ 이생이 '쉬지 않고 학업에 매진'하여 암행어사가 되었다는 것은 수모의 경험이 관료 사회로 진출하는 계기이자 통과 의례로 작용했음을 보여 주는 것으로 이해할 수 있다.

④ 어사와 감사가 '술을 마시며 즐거움을 나눴다'는 것은 그동안 갈등을 겪었던 두 남성이 결국은 어린 시절부터 절친했던 우정을 회복하게 된 상황을 의미하는 것으로 이해할 수 있다.

⑤ 어사가 '통인을 결박'하여 처벌하고, '오유란을 결박하여' 문책하면서도 감사에 대한 직접적인 질책이 없는 것은 양반들이 서로 결속을 이루고 있기 때문으로 이해할 수 있다.

대표 기출 현대 소설 ❶

[1~4] 다음 글을 읽고 물음에 답하시오. 2024학년도 수능 28~31번

한참 정이와 별의별 말이 다 오고 가고 하였을 때, '불단집'*에서 마악 설거지를 하고 있던 갑순이 할머니가 뛰어나왔다. 갑득이 어미는, 경우에 따라서는 그들 모녀를 상대하여서도, 할 말에 궁하지는 않다고 은근히 마음에 준비가 있었던 것이나, 뜻밖에도 갑순이 할머니는 자기 딸의 역성을 들려고는 하지 않고,

(갑순이 할머니의 딸인 정이와 갑득이 어미의 갈등 / 불단집의 집안일을 도와주는 처지임. / 정이 모친 / 정이와 갑순이 할머니 / 갑득이 어미의 예상과 달리 갑순이 할머니가 딸 정이의 편을 들지 않음.)

㉠"애최에 늬가 말 실수헌 게 잘못이지, 남을 탄해 뭘 허니? 이게 모두 모양만 숭업구……, 온, 글쎄, 그만 허구 들어가아. 늬가 잘못했어. 네 잘못이야."

(말줄임표와 쉼표의 사용 → 인물이 자신의 생각을 감추고 다른 할 말을 떠올리면서 시간의 지연이 있음을 나타냄.)

하고 도리어 딸을 나무라던 것을, 갑득이 어미는 그 당장에는, 귀에 솔깃하여,

(자기, 정이를 가리킴. / 갑순이 할머니가 정이를 나무라는 의도를 인지하지 못함.)

"그렇지. 자계가 먼저 말을 냈지. 나야 그저 대꾸헌 죄밖엔 없으니까. 잘했든 잘못했든 자계가 시초를 낸 게니까 — "

(정이와 갑득이 어미의 갈등 원인을 짐작할 수 있음.)

하고, 뽐내도 보았던 것이나, 나중에 깨달으니, 그것은 얼토당토 않은 생각으로, 갑순이 할머니가 그렇게 자기 딸을 꾸짖으며 한사코 집으로 데리고 들어간 것에는,

(갑순이 할머니가 정이를 꾸짖은 것은 갑득이 어미에 대한 차별 의식에서 비롯된 것임을 알게 됨.)

㉡"아, 그 배지 못헌 행랑것허구, 쌈이 무슨 쌈이냐?"

"똥이 무서워 피허니? 더러우니까 피허는 게지!"

(배우지 / 남의 집 행랑살이를 하는 갑득이 어미를 무시하는 태도가 드러남.)

하고, 그러한 사상이 들어 있었던 것이 분명하였다.

(갑득이 어미의 시선으로 초점화한 서술)

사실, 을득이 녀석이 나중에 보고하는데 들으니까, 저녁때 돌아온 집주름 영감이 그 얘기를 듣고 나자,

(집주름 영감 내외의 대화를 갑득이 어미에게 전달하는 인물 / 집주름 → 집 흥정을 붙이는 일을 직업으로 가진 사람 / 정이의 부친, 갑순이 할머니의 남편)

"걔두 그만 분별은 있을 아이가, 그래 그런 상것허구 욕지거리를 허구 그러다니……."

(정이의 행동이 분별없다고 한 이유 – 갑득이 어미에 대한 차별적 인식이 드러남.)

쩟, 쩟, 쩟 하고 혀를 차니까, 늙은 마누라는 또 마주 앉아서,

"그렇죠, 그렇구 말구요. 쌈을 허드래두 같은 양반끼리 해야지, 그런 것허구 허는 건, 꼭 하늘 보구 침 뱉기지. 그 욕이 다아 내게 돌아오지, 소용 있나요."

(양반 신분에 대한 우월 의식이 드러남. / 갑순이 할머니가 정이의 잘못을 탓하며 한사코 집으로 데리고 들어온 진짜 속내)

㉢그리고 후유우 하고 한숨조차 내쉬는데, 방 안에서들 그러는 소리가 대문 밖까지 그대로 들리더라 한다.

▶ 집주름 영감 내외가 갑득이 어미와 다툰 정이의 잘못을 탓함.

① 을득이에 의해 집주름 영감 내외의 반응이 전달된 것으로 볼 수 있음.
② 서술자에 의한 서술로 볼 수 있음. → 중립적 위치에서 사건을 전달하고자 하는 서술자의 태도가 반영됨.

[중략 부분의 줄거리] 골목 안 아홉 가구가 공동변소처럼 쓰는 불단집 소유의 뒷간에 양 서방이 갇힌다.

(화장실을 갖추지 못한 골목 안 사람들의 가난한 처지를 짐작할 수 있음.)

그는 아무리 상고하여 보아도 도무지 나갈 도리가 없는 것에 은근히 울화가 올랐다.

(꼼꼼하게 따져 생각하여)

'제 집 뒷간두 아니구 남의 집 것을 그렇게 기가 나서 꼭꼭 잠그구 그럴 건 뭐 있누? 늙은이두 제엔장헐….'

(불단집 뒷간을 관리하는 갑순이 할머니가 뒷간 문을 잠근 데 대한 양 서방의 원망)

문제로 Pick 학습법

작품의 인물 관계를 중심으로 인물 간의 갈등 상황, 태도 등이 문제화된다.

3 집주름 영감과 양 서방에 대한 이해로 가장 적절한 것은?

① 집주름 영감이 딸의 행동을 분별없다고 탓한 이유는 아내가 갑득이 어미 앞에서 딸을 나무란 뒤 남편에게 밝힌 생각과 같다. (O)

지문 분석

꼭꼭 check!

시점과 서술자

이 작품은 작품 외부의 서술자가 자신의 시선으로 사건을 서술하는 전지적 작가 시점을 유지하면서 등장인물의 시선으로 초점화하여 서술하는 방식이 겹쳐 나타나고 있다.

인물이 처한 상황과 대처 방법

- 집주름 영감 내외는 자신의 딸인 정이가 갑득이 어미와 싸우자 남의 집 행랑살이를 하는 갑득이 어미와 싸운 정이의 행동을 분별없다며 나무란다.
- 갑순이 할머니가 뒷간 문을 잠근 일로 양 서방이 뒷간에 갇히자 갑득이 어미가 갑순이 할머니를 추궁하였고, 갑순이 할머니는 고의가 아니었음을 밝히며 억울해한다.

주제

일제 강점기에 소외되어 가는 빈민의 삶

감상 Guide!

- 인물 간의 갈등 양상

정이	↔	갑득이 어미
• 갑득이 어미에게 자식을 더럽게 키운다며 비난함. • 자신의 부모(갑순이 할머니와 집주름 영감)로부터 분별없는 행동을 했다는 꾸지람을 듣게 됨.	↔	• 카페 여급인 정이의 행실이 더 더럽다며 욕함. • 갑순이 할머니가 자신의 딸을 나무라자 자신에게는 잘못이 없다고 여김. • 갑순이 할머니와 집주름 영감이 자신을 천하게 여겨 무시한다는 것을 알게 됨.

갑순이 할머니	↔	갑득이 어미
• 갑득이 어미를 배우지 못한 행랑것이라 여기며 무시함. • 양 서방이 불단집 뒷간에 있는 줄 모르고 뒷간 문을 잠가 갑득이 어미의 추궁을 당함.	↔	• 양 서방이 뒷간에 갇힌 것을 자신에 대한 감정으로 갑순이 할머니가 고의로 한 일이라 단정함. • 이웃 사람들과 양 서방의 말을 듣고 갑순이 할머니에 대한 추궁을 멈춤.

- 서술상 특징

• 서술자의 시선과 인물의 시선으로 초점화하여 사건을 서술함.
• 서술자는 인물과 거리를 두어 인물들의 말이나 생각, 감정 등에 대한 태도를 드러냄.
• 쉼표의 연이은 사용을 통해 시간의 지연이나 인물의 상황 등을 드러냄.

↓

다양한 서술 기법을 통해 문맥 속에서 글의 의미를 다양하게 보충함.

㉣인제는 할 수가 없으니, 소리를 한번 질러 볼까? — 하기도 하였으나, 이러한 경우에 있어, 사람들은, 흔히 자기가 꼭 어떠한 수상한 인물인 듯싶게 스스로 느껴지는 경향이 있다. 그래, 그는 생각 끝에,
양 서방이 소리를 질러 보지 못하고 망설이는 이유

"아, 누가 문을 잠겄어어어?"

"문 좀 여세요오. 아, 누가……."

하고, 그러한 말을 제법 외치지도 못하고 그저 중얼대며, 한참이나 문을 잡아, 흔들어 자물쇠 소리만 덜거덕거렸던 것이다.

을득이한테 저의 아비가 불단집 뒷간에 가 갇히어 있다는 말을 듣고, 어인 까닭을 모르는 채 그곳까지 뛰어온 갑득이 어미는, 대강 사정을 알자, 곧 이것은 평소에 자기에게 좋지 않은 생각을 품고 있는 갑순이 할머니가 계획적으로 한 일임에 틀림없다고 혼자 마음에 단정하고,
갑득이 어미가 을득이에게 양 서방이 뒷간에 갇혔다는 사실을 전해 들음.
집주름 영감과 갑순이 할머니의 대화를 토대로 한 판단 → 갈등 상황이 전개될 것을 짐작하게 함.

[A] 「"아아니, 그래, 애아범이 미우면 으떻게는 뭇 해서, 그 더러운 뒷간 숙에다 글쎄 가둬야만 헌단 말예요? 그래 노인이 심사를 그렇게 부려야 옳단 말예요?"」
「 」: 갑순이 할머니가 고의로 뒷간 문을 잠근 것이라 단정하고 상대의 잘못을 반복적으로 추궁함.

하고, 혼자 흥분을 하였다. 갑순이 할머니는, 그것은 전혀 예기하지 못하였던 억울한 말이라, 그래, 눈을 둥그렇게 뜨고, 손조차 내저어 가며,
당황스러움의 표현, 억울한 말에 대한 부정

[B] 「"그건, 괜한 소리유, 괜한 소리야. 이 늙은 사람이 미쳐서 남을 뒷간 속에 다 가둬? 모르구 그랬지, 모르구 그랬어. 난 꼭 아무두 없는 줄만 알구서, 그래, 모르구 자물쇨 챘지. 온, 알구야 왜 미쳤다구 잠그겠수?"」
「 」: 반복적 표현 → 자신이 모르고 한 행동임을 강조, 억울함 호소
자신이 한 행동은 인정하지만 갑득이 어미의 비난처럼 의도한 행동은 아니었음을 강조함.

발명을 하였으나,
죄나 잘못이 없음을 말하여 밝히는 말

[C] 「"모르긴 왜 몰라요. 다아 알구서 한 짓이지. 그래 자물쇨 챌 때, 안에서 말하는 소리두 뭇 들었단 말예요? 듣구두 모른 체했지. 듣구두 그냥 잠가 버린 거야."」
「 」: 양 서방의 반응을 모른 척했을 것이라는 추측, 갑순이 할머니에 대한 불신이 나타남.

하고, 갑득이 어미는 덮어놓고 시비만 걸려는 것을, 구경 나온 이웃 사람들이,
갑순이 할머니에 대한 갑득이 어미의 부정적 감정으로 인해 갈등이 지속됨.

"아무러기서루니 갑순이 할머니께서 아시구야 그러셨겠소?"
이웃 사람들이 갑순이 할머니를 두둔하며 갈등이 심화되는 것을 막음.

"노인이 되셔서 귀두 어두시구 그래 몰르셨지!"

하고 말들이 있었고, 정작, 양 서방이 또 머뭇거리다가,

"자물쇨 채실 때, 내가 얼른 소리를 냈어두 아셨을 텐데, 미처 못 그래 그리된 거야."
양 서방이 뒷간에 갇힌 이유, 갑득이 어미와 갑순이 할머니의 갈등을 완화하는 역할을 함.

하고, 그러한 말을 매우 겸연쩍게 하여, 갑득이 어미는 집주름집 마누라를 좀 더 공박할 것을 단념하여 버릴 수밖에 없는 동시에,
현재 상황에 대한 양 서방의 심리를 보여 줌.

㉤"오오, 그러니까, 채, 무어, 말할 새두 없이 문이 잠겨져서, 그냥 갇힌 채, 누구 오기만 기대린 게로군?"
쉼표의 사용 → 이웃 사람들이 양 서방의 말(새로운 정보)을 바탕으로 사건을 파악하는 상황

"그래, 얼마 동안이나 들어가 있었어?"

"뭐어 오래야 갇혔겠수? 동안이야 잠깐이겠지만……."

▶ 양 서방이 뒷간에 갇힌 일로 갑순이 할머니와 갑득이 어미가 다툼.

– 박태원, 〈골목 안〉

* 불단집: 집 밖에도 전등을 단, 살림이 넉넉한 집.

지문 분석

감상 Guide!

• 주요 인물에 대한 이해

정이	• 집주름 영감의 맏딸로, 카페 여급을 하며 부모를 부양함.
갑득이 어미	• '청대문집'이라 불리는 집 행랑에 살고 있음. • 입이 험하고 무식하며 억척스럽고 경우가 밝지 않아 동네 안에서 말썽을 일으킴.
갑순이 할머니, 집주름 영감	• 갑순이 할머니는 불단집의 집안일을 도와주는 처지임. • 집주름 영감은 자식 다섯이 모두 뜻대로 되지 않아 불행하다고 느끼는 인물로, 부동산 거간꾼 노릇을 하며 살아감. • 갑득이 어미와 같이 골목 안에 사는 처지이면서도 자신들은 갑득이 어미와 다르다는 우월 의식을 가짐.

• 불단집 뒷간에 '양 서방'이 갇힌 사건의 의미

• 양 서방은 골목 안의 아홉 가구가 공동변소처럼 쓰는 불단집 뒷간을 사용하다가 불단집의 집안일을 도와주는 갑순이 할머니가 뒷간 문을 잠그는 바람에 뒷간 안에 갇힘.
• 갑순이 할머니에 대한 부정적 감정을 가진 갑득이 어미는 갑순이 할머니가 고의로 자신의 남편을 가두었다고 단정하고 갑순이 할머니를 추궁함.

↓

• 갑득이 어미와 갑순이 할머니의 갈등이 심화되는 계기가 됨.
• 마땅한 화장실도 갖추지 못한 골목 안 사람들의 비참한 삶이 드러남.

• 제목의 의미

'골목 안'은 '시궁창에는 사철 똥오줌이 흐르고, 아홉 가구에 네 개밖에 없는 쓰레기통 속에서는 언제든지 구더기가 들끓'는 곳으로 식민지 시대, 비참한 빈민의 삶을 드러내는 보여 주는 공간적 배경이다.

대표 기출 현대 소설 ❶

1 윗글에 대한 설명으로 가장 적절한 것은?

① 집 안에서의 대화가 이웃에 노출되어 인물의 속내가 드러난다.
② 서로의 말실수에 대한 비난이 인물 간 다툼의 원인임이 드러난다.
③ 이웃의 갈등을 곁에서 지켜보고 있는 인물들의 냉담함이 드러난다.
④ 이웃을 무시하는 인물의 차별적 언행을 함께 견뎌 내려는 사람들의 결연함이 드러난다.
⑤ 곤경에 빠진 가족의 상황을 다른 가족에게 전한 것이 이웃 간 앙금을 씻는 계기가 됨이 드러난다.

핵심 기출 유형

유형 중심 사건 및 갈등 파악

• **이 유형은?**

'사건'이란 소설에서 인물을 둘러싸고 전개되는 이야기이다. 사건은 여러 가지 인과관계가 서로 맞물려 발생하며, 대체로 인물 간에 발생하는 갈등이 이야기를 발전시키는 중요한 역할을 한다. 이 유형은 작품의 줄거리와 각 장면에 담긴 사건의 내용, 갈등 구도를 이해하고 있는지를 평가한다.

대표 발문

▶ 윗글에 대한 이해로 가장 적절한(적절하지 않은) 것은?
▶ 윗글의 내용에 대한 이해로 가장 적절한(적절하지 않은) 것은?

해결 Tip

작품 속 상황과 사건 등 전체적인 이야기의 흐름을 이해한다.

↓

이야기의 흐름 속에서 등장인물들의 말과 행동을 바탕으로 갈등의 원인과 전개 과정, 해결이 어떠한지 파악한다.

2 [A]~[C]에 대한 설명으로 적절하지 않은 것은?

① [A]에서 인물은 상대의 행위가 옳지 않다고 판단하여, 반복적으로 추궁하며 상대가 잘못했음을 분명히 한다.
② [B]에서 인물은 상대의 주장이 사실과 다르다며, 모르고 그랬다는 말을 반복함으로써 자신의 억울함을 알린다.
③ [C]에서 인물은 추측을 바탕으로 상대의 발언이 신뢰하기 어렵다고 반박하고, 상대의 반응에 아랑곳하지 않고 거짓으로 답했다며 몰아붙인다.
④ [A]에서 인물은 상대의 행위와 동기를 함께 비난하고, [B]에서 인물은 상대의 비난을 파악하지 못해 자신의 행위에 대해서만 인정한다.
⑤ [A]에서 인물이 상대에게 화를 내자, [B]에서 인물은 당황하며 자신을 방어하지만, [C]에서 갈등 상황은 지속된다.

유형 말하기 방식의 파악

• **이 유형은?**

말 그대로 '어떤 방식으로 말하고 있는가?'를 평가하는 문제 유형이다. 등장인물들 간의 대화는 사건 전개, 인물의 성격 제시 등 매우 중요한 역할을 하기 때문에 단순히 방식만을 묻는 단계에서 그치지 않고 말하기의 성격과 함께 그 의도 및 효과를 제대로 이해하고 있는지를 묻는 문제가 주로 출제된다.

대표 발문

▶ [A]와 [B]에 대한 설명으로 가장 적절한(적절하지 않은) 것은?
▶ [A]~[C]에 대한 설명으로 적절한(적절하지 않은) 것은?

해결 Tip

이야기의 전체적인 흐름과 맥락을 파악한다.

↓

장면에 드러난 화자의 어조, 표정, 심리, 의도, 태도 등을 종합하여 화자가 어떤 상황에서 무엇을 의도한 말인지 파악한다.

↓

화자가 자신의 의도를 전달하기 위해 사용하고 있는 말하기 전략과 선지에서 제시하고 있는 표현 방식을 견주어 본다.

3 집주름 영감과 양 서방에 대한 이해로 가장 적절한 것은?

① 집주름 영감이 딸의 행동을 분별없다고 탓한 이유는 아내가 갑득이 어미 앞에서 딸을 나무란 뒤 남편에게 밝힌 생각과 같다.
② 집주름 영감은 아내와 갑득이 어미의 갈등이 드러나지 않게 하는, 양 서방은 결과적으로 이들의 갈등을 완화하는 역할을 한다.
③ 양 서방이 여러 궁리를 하면서도 뒷간을 빠져나오지 못한 이유는 아내에게 밝힌 사건의 경위와 무관하다.
④ 양 서방은 아내가 갑순이 할머니에게 한 말과 이에 대한 이웃들의 반응을 듣고도 아내에게 무덤덤한 태도를 보이고 있다.
⑤ 양 서방이 자신의 상황을 갑순이 할머니에게 알리지 못했다고 말한 것은 누가 뒷간 문을 잠갔는지에 대한 의문이 풀려서 화가 누그러졌기 때문이다.

핵심 기출 유형

유형 인물의 심리와 태도 파악

• 이 유형은?

인물은 행위나 사건을 수행하는 주체이다. 작품을 정확하게 이해하기 위해서는 등장인물의 성격이나 심리 및 정서 상태, 대상이나 현실을 대하는 태도 등에 관한 정확한 이해가 필요하다. 인물의 심리와 태도는 서술자가 직접 제시하기도 하지만, 인물의 말과 행동을 통해 간접적으로 드러나기도 한다. 이 유형은 작품 속에 나타나는 인물의 심리, 사건이나 대상에 대한 태도를 파악할 수 있는지를 평가한다.

대표 발문

▶ 윗글의 인물에 대한 이해로 가장 적절한(적절하지 않은) 것은?
▶ ⓐ~ⓔ에 대한 이해로 적절한(적절하지 않은) 것은?

해결 Tip

사건 전개 양상을 바탕으로, 인물이 처한 상황을 파악한다.

↓

사건이나 상황에 대한 인물의 관점과 대응 방식을 파악한다.

↓

인물의 구체적인 말과 행동에 주목하여 인물의 심리, 태도를 추리한다.

4 〈보기〉를 참고하여 ㉠~㉤을 이해한 내용으로 적절하지 않은 것은? [3점]

보기

서술자는 자신의 시선만으로 서술하기도 하고 인물의 시선으로 초점화하여 서술하기도 한다. 그런데 이 작품에서는 두 서술 방식이 겹쳐 나타나는 경우가 있다. 이때 서술자는 인물과 거리를 둠으로써 그들의 말이나 생각, 감정 등에 대한 태도를 드러낸다. 이 밖에도 쉼표의 연이은 사용은 시간의 지연이나 인물의 상황 등을 드러낸다. 이러한 서술 기법은 문맥 속에서 글의 의미를 다양하게 보충한다.

① ㉠: 말줄임표 이후 쉼표를 연이어 사용한 것은, 인물이 자신의 생각을 감추거나 다른 할 말을 떠올리면서 시간의 지연이 있음을 드러낸 것이겠군.
② ㉡: 서술자 시선의 서술과 인물의 시선으로 초점화한 서술이 겹쳐 나타난 것은, 상황을 잘못 인지한 채 상대의 생각을 추측하는 인물에게 서술자가 거리를 두고 있음을 드러낸 것이겠군.
③ ㉢: 말을 전하는 '~라 한다'의 주체가 인물일 수도 있고 서술자일 수도 있게 서술한 것은, 인물의 경험을 전하기만 하고 특정 인물의 편에 서지 않으려는 서술자의 태도를 드러낸 것이겠군.
④ ㉣: 인물의 생각에 대해 쉼표를 연이어 사용하며 설명한 것은, 인물이 생각을 실행에 옮기지 못하고 망설이는 상황을 드러낸 것이겠군.
⑤ ㉤: 감탄사 이후 쉼표를 연이어 사용한 것은, 인물이 새로운 정보를 바탕으로 사건을 파악하는 상황을 드러낸 것이겠군.

유형 외적 준거에 따른 작품 감상

• 이 유형은?

소설 지문에서는 외적 준거로 인물, 사건, 배경, 구성, 서술 방식 등 소설과 관련된 정보를 제시하여 이를 종합적으로 올바르게 판단할 수 있는지를 묻는다. 주로 작품의 내·외적인 정보를 담은 관련 자료를 〈보기〉로 제시하고 이를 바탕으로 작품을 감상하거나 특정 구절의 의미를 파악하는 형태로 출제되지만, 원작과 변용된 작품을 비교하여 작품을 폭넓게 감상하는 형식으로도 출제된다.

대표 발문

▶ 〈보기〉를 참고하여 (가), (나)를 감상한 내용으로 가장 적절한(적절하지 않은) 것은?
▶ 〈보기〉를 참고하여 ㉠~㉤의 의미를 설명한 것으로 가장 적절한(적절하지 않은) 것은?

해결 Tip

〈보기〉의 감상 기준, 즉 말하고자 하는 바를 정확히 이해한다.

↓

작품에서 〈보기〉의 내용과 연관 지을 수 있는 부분을 찾아, 선지의 적절성을 확인한다.

대표 기출 현대 소설 ❷

[5~8] 다음 글을 읽고 물음에 답하시오. 2022학년도 수능 24~27번

[A] 김달채 씨는 퇴근하기 무섭게 뽀르르 집으로 달려가던 묵은 습관을 버리고 밤늦도록 하릴없이 길거리를 배회하면서 시간을 보내는 새로운 습관을 몸에 붙였다. 지하철이나 버스 혹은 공중변소나 포장마차 안에서, 백화점에서 사지도 않을 물건을 흥정하거나 정류장에서 토큰 아니면 올림픽복권을 사면서, 그리고 행인에게 담뱃불을 빌거나 더욱 과감하게는 파출소에 들어가 경찰관에게 길을 묻는 시늉을 하는 사이에 마주치는 각계각층의 사람들을 상대로 달채 씨는 실수를 가장하기도 하고 때로는 또렷한 목적의식을 드러내기도 해 가며 우산의 존재를 알리기 위해 갖가지 수단과 방법을 다 동원했다. 그런 다음 상대방의 눈에 과연 우산이 어떻게 비치는지, 그리하여 상대방이 우산 임자인 자기를 어떻게 대우하는지 반응을 떠보는 작업을 일삼아 계속해 나갔다. 참으로 긴장과 전율이 넘치는 빼근한 나날들이었다. 구청 호적계장의 직위에 오르기까지 여태껏 전혀 몰랐던 세계가 구청과 자기 집구석 바깥에 따로 있음을 그는 우산을 통해서 비로소 실질적으로 체험할 수가 있었다.

> 김달채: 중심인물 / 퇴근하기 ~ 습관: 무전기 모양의 우산으로 시선을 끌고 권력자인 양 다른 사람들의 반응을 즐기는 것 / 하릴없이: 달리 어떻게 할 도리가 없이 / 올림픽복권: 시대적 배경이 1980년대임을 보여 줌. / 실수를 가장하기도: 태도를 거짓으로 꾸밈. / 우산: 무전기로 오인되는 대상. 김달채가 권력을 체험하도록 하는 소재 / 상대방의 눈에 ~ 떠보는 작업: 권력이 사람들에게 어떠한 영향을 미치는지를 확인함. / 구청 호적계장: 김달채의 직업. 지극히 평범한 소시민임을 알 수 있음. / 우산을 통해서 ~ 체험할 수가 있었다: 무전기로 오인되는 우산을 통해 권력을 지닌 인물이 되는 체험을 하게 됨.
>
> ▶ 김달채가 우산으로 인한 권력을 즐기게 됨.

그는 사람들의 반응을 종합해서 몇 가지 결론을 얻어내는 데 성공했다.

첫째는, 진짜 무전기에 익숙한 일부 극소수의 사람들을 제외한 거개의 서민들은 의외로 쉽사리 우산에 속아 넘어간다는 사실이었다.

> 진짜 무전기에 익숙한 일부 극소수의 사람들: 무전기를 자주 접할 수 있는 경찰, 권력 기관의 사람들 / 거개: 거의 대부분 / 우산에 속아 넘어간다: 무전기에 익숙하지 않아 우산을 쉽게 무전기라고 오인함. → 권력의 실체를 제대로 파악하지 못함.

둘째는, 상대방이 무전기를 지니고 있다고 알아차리는 그 순간부터 사람들의 태도가 확 달라진다는 사실이었다. 일껏 하던 이야기를 뚝 그치거나 얼렁뚱땅 말머리를 돌리는 등으로 지은 죄도 없이 공연히 겁부터 집어먹고는 꾀죄죄한 몰골의 자기한테 갑자기 저자세로 구는 것이었다. 밤늦도록 수고가 많다면서 한사코 술값을 받지 않으려 하던 어떤 포장마찻집 주인의 경우가 단적인 예였다.

> 상대방이 무전기를 ~ 태도가 확 달라진다: 무전기를 가진 인물을 사복 경찰관, 권력 기관의 사람으로 생각하여 두려워함. / 지은 죄도 없이 ~ 저자세로 구는: 당대 사람들이 권력의 폭력성에 노출되어 있었음을 보여 줌. / 한사코 ~ 주인의 경우: 권력에 공포감을 느끼고 굴종하는 모습

셋째는, 「노골적으로 손에 쥐고 보여 줄 때보다 그냥 뒤꽁무니에 꿰 찬 채 부주의한 몸가짐인 척하면서 웃옷 자락을 슬쩍 들어 ㉠케이스의 끝부분만 감질나게 보여 주는 편이 오히려 사람들을 놀라게 하는 데 훨씬 더 효과적이고 반응도 민감하다」는 사실이었다.

> 「」: 효과적인 권력 행사의 방법 → 권력이 있음을 암시적으로 드러냄.
>
> ▶ 김달채가 사람들의 반응을 통해 권력에 대한 인식을 알게 됨.

김달채 씨는 그러잖아도 짧은 머리를 더욱 짧게 깎았다. 옷차림도 낡은 양복에서 스포티한 잠바 스타일로 개비했는가 하면 구청 밖에서는 항상 선글라스를 끼고 다녀 버릇했다. 달채 씨는 그처럼 달라진 모습으로 짬만 생기면 하릴없이 길거리를 나다니며 청명한 가을날에 우산을 이용해서 사람들을 떠보는 색다른 취미에 점점 깊숙이 빠져 들어가기 시작했다.

> 짧은 머리, 스포티한 잠바 스타일, 선글라스: 사복 경찰관이나 권력 기관의 사람을 연상시키는 차림 → 좀 더 적극적으로 권력을 누리려 함. / 개비했는가: 있던 것을 갈아 내고 다시 장만함. / 청명한 가을날: 우산이 필요 없는 날씨 / 우산을 이용해서 ~ 빠져 들어가기 시작했다: 무전기 모양의 우산을 통해 권력을 지닌 사람으로서의 기분을 만끽함.

(중략)

> ▶ 김달채가 권력을 누리는 데 적극적으로 나섬.

문제로 Pick 학습법

작품의 주제를 효과적으로 전달하기 위해 사용된 소재는 그 의미와 기능을 파악하는 문제로 출제된다.

7 ㉠, ㉡에 대한 이해로 적절하지 않은 것은?

⑤ '사복 차림의 청년'은 ㉡에 익숙하여 ㉠을 이용하려는 김달채의 의도를 알아챘다. (X)

> 사복 차림의 청년은 진짜 무전기에 익숙한 인물로 김달채의 의도를 알지 못하고 우산에도 속지 않음.

지문 분석

꼭꼭 check!

시점과 서술자

이 작품은 전지적 작가 시점을 활용하여, 김달채라는 인물이 무전기 모양의 우산을 얻으며 겪게 되는 여러 가지 사건을 그려 내고 있다.

인물이 처한 상황과 대처 방법

중심인물인 김달채는 원래 호적 담당 공무원으로, 박봉과 격무에 시달리면서도 자신의 직업에 자부심을 지니고 있던 인물이다. 그러던 그가 무전기 모양의 우산을 친구에게 선물받음으로써 변화하게 된다. 김달채는 사람들이 우산을 무전기로 오해하고, 자신을 사복 경찰관이나 권력 기관의 사람으로 생각함으로써 권력을 맛보게 된다. 그리고 무전기 모양의 우산을 통해 얻은 권력이 사람들에게 어떠한 영향을 미치는지를 확인하기 위해 길거리를 배회하며 권력을 체험하는 상황을 즐기게 된다.

주제

권력의 속성에 대한 통찰과 소시민의 타산적 태도 비판

감상 Guide!

- 중심 소재의 의미

무전기	• 권력을 지닌 사람들(사복 경찰관, 권력 기관의 사람 등)이 가지고 다니는 물건 • 권력을 지닌 사람들을 떠올리게 하여 두려움과 공포를 느끼게 함.

≒ 유사한 외양으로 사람들에게 착각을 불러일으킴.

우산	인조 가죽 케이스에 담긴 3단 우산으로 무전기 모양을 하고 있음.

↓

김달채가 우산을 통해 권력을 맛보게 됨으로써 변화하는 계기가 됨.

- 김달채가 깨달은 사실

김달채는 우산에 대한 사람들의 반응을 통해 몇 가지 결론을 얻어 내는데, 이를 통해 폭력적 권력이 지배하던 1980년대 사회의 모습 및 당시 사람들의 권력에 대한 인식을 엿볼 수 있다.

권력에 대한 인식	• 사람들은 권력의 실체를 제대로 파악하지 못하고 있음. • 사람들은 권력에 대해 알 수 없는 공포감을 느끼고 굴종하고 있음. • 권력을 은연중에 암시함으로써 더 큰 공포감을 심어 주고 위력을 발휘할 수 있음.

그리 멀지 않은 곳에서 뭔가 벌어지고 있는 중이라고 생각하자 까닭 모를 흥분과 기대감이 그를 사로잡아 버렸다. 한 건 올리는 정도가 아니라 뭔가 이제껏 맛보지 못한 엄청난 보람을 느끼게 될 일대 사건을 만날 듯싶은 예감 때문이었다. 그는 다른 행인들이 종종걸음으로 달아나는 방향과는 정반대 편을 향해 정신없이 달려가기 시작했다.

가까운 곳에서 대학생들의 시위가 벌어지고 있음. 1980년대의 시대적 상황이 드러남.
진짜 사복 경찰관이 있는 곳에서도 자신의 행세가 통할지 시험해 보려 함.
이전까지와는 다른 경험을 기대하며 시위 현장으로 달려감. → 정체성을 망각한 모습

예상했던 그대로의 살벌한 풍경이었다. 『깨진 보도블록 조각이나 돌멩이들이 인도와 차도 가릴 것 없이 사방에 흩어져 나뒹굴고 있었다. 시커먼 그을음 연기를 피워 올리며 불타는 자동차와 창유리가 박살 난 건물도 보였다.』 김달채 씨는 주체 못할 지경으로 쏟아지는 눈물 콧물도 돌볼 겨를 없이 여전히 선글라스를 착용한 채 최루 가스에 심하게 오염된 지역을 향해 가까이 접근했다. 중무장한 전경대에 의해 도로가 완전 차단되어 더 이상 접근이 불가능해지자 달채 씨는 구경꾼들 뒷전에서 작은 키를 한껏 발돋움하고는 시위 현장의 분위기를 살폈다. 어디선가 보이지 않는 저쪽 건물 모퉁이에서 어기찬 함성이 아직도 기세를 올리는 중이었다. 사복 경찰관들한테 붙잡혀 끌려오는 학생의 모습이 구경꾼들 어깨 너머로 내다보였다. 달채 씨는 저도 모르는 사이에 앞사람들 틈바귀를 비집고 전면으로 썩 나섰다.

김달채는 시위가 벌어지고 있음을 예상하고 있었음.
『 』: 시위 현장을 사실적이고 구체적으로 묘사함.
시위 진압을 위한 최루 가스로 인한 반응
시위 현장을 떠나야 하는 위험한 상황임에도 더 가까이 접근하는 모습
시위 현장을 가까이에서 지켜보려고 함.
한번 마음먹은 뜻을 굽히지 아니하고, 성질이 매우 굳센

"이봐요, 거기!"

시위 학생을 끌고 가는 사복 경찰관을 부르는 말

김달채 씨는 창문마다 철망이 쳐진 버스 안으로 학생들을 마구 밀어 넣는 사복들을 향해 느닷없이 목청을 높였다.

"아직도 어린애야! 다치지 않게 살살 좀 다뤄!"

우산을 믿고 사복 경찰관에게 호통을 침.

어디서 그런 용기가 솟아나는지 김달채 씨 자신도 깜짝 놀랄 지경이었다.

권력을 지닌 인물로 오인받았던 경험으로 자신감을 갖게 된 모습

"당신 뭐야?"

옷깃에 비표를 단 사복 차림의 청년 하나가 달려와서 김달채 씨의 가슴을 떼밀었다.

남들은 모르고 자기들만 알 수 있도록 표시한 표지

"나 이런 사람이오."

권력자인 것처럼 자신을 소개함.

김달채 씨는 엉겁결에 잠바 자락 한끝을 슬쩍 들어 뒷주머니에 꿰 찬 우산 케이스를 내보였다. 하지만 상대방 청년은 그런 물건 따위는 애당초 거들떠볼 생심조차 하지 않았다.

무전기로 오인되었던 대상. 김달채를 권력을 지닌 사람으로 느끼게 해 주었던 물건
진짜 무전기에 익숙한 일부 극소수의 사람에 해당함.
우산에 속지 않음.

"당신도 저 차에 같이 타고 싶어? 여러 소리 말고 빨리 집에나 들어가 봐요!"

『이른바 닭장차에 어린 학생들과 함께 실리고 싶은 생각은 물론 털끝만큼도 없었다. 옷깃에 비표를 단 청년이 우산을 ㉡우산 이상의 것으로 보아 주지 않는다면 그건 어쩔 도리 없는 노릇이었다. 김달채 씨는 남의 채마밭에서 무 뽑아 먹다 들킨 아이처럼 무르춤한 꼬락서니가 되어 맥없이 돌아설 수밖에 없었다.』

『 』: 자신의 안위만을 생각하는 소시민의 타산적 태도
죄수 등을 태우기 위하여 철망을 둘러친 차를 속되게 이르는 말
무전기를 의미함.
뜻밖의 사실에 놀라 뒤로 물러서려는 듯이 하여 행동을 갑자기 멈춘
비굴한 김달채의 모습(직유법)

▶ 김달채가 시위 현장에서 권력자 행세를 하려다가 실패함.

– 윤흥길, 〈매우 잘생긴 우산 하나〉

지문 분석

감상 Guide!

- **인물의 외양 변화**

김달채는 '짧은 머리', '스포티한 잠바 스타일', '선글라스'로 권력을 지닌 사람들의 차림을 하는데, 이는 김달채가 다른 사람들이 자신에게 보이는 반응을 즐기며 그들에게 군림하는 자로서의 쾌감을 추구하는 인물로 변모하였음을 보여 준다.

평범한 직장인의 차림		사복 경찰관 등 권력 기관 종사자의 차림
낡은 양복	→	짧은 머리, 스포티한 잠바 스타일, 선글라스

- **김달채가 지녔던 권력의 몰락**

김달채는 무전기 모양의 우산을 가지고 다니며 권력을 지닌 인물로 오인받았던 경험을 바탕으로 자신감을 얻는데, 이는 그가 권력의 허상에 빠져들었음을 보여 준다. 그는 시위 현장 장면에 이르러 자신의 정체성을 망각한 채 우산(무전기)의 위력을 믿고 사복 경찰관에게 호통을 친다. 그러나 진짜 무전기에 익숙한 사복 경찰관이 김달채의 우산에 속지 않고 오히려 김달채에게 위협을 가하면서 김달채는 맥없이 돌아서게 된다.

- **작품의 시대적 배경**

1980년대 서울	신군부가 등장하여 독재 권력을 휘두르면서 민중들을 억압하던 시기 → 주인공인 김달채가 권력을 맛보고 즐기다 잃어버리는 과정을 그려 냄으로써 당대 우리 사회에 만연해 있던 권력의 횡포와 폭력, 소시민적 태도 등을 풍자함.

- **제목의 의미**

'매우 잘생긴 우산 하나'는 김달채를 권력을 지닌 인물로 만들어 주는 소재로, 우산을 의인화함으로써 김달채에게 의미 있는 물건임을 드러내는 동시에 무전기가 아닌 우산이 권력을 부여하는 사물이 됨을 드러내어 김달채에게 주어지는 권력이 정당한 것이 아니라는 의미 역시 전달한다.

현대 소설

5 [A]의 서술상 특징으로 가장 적절한 것은?

① 중심인물이 알지 못하는 사건을 제시해 긴장감을 조성하고 있다.
② 공간 이동에 따른 인물의 내면 변화를 회상을 통해 제시하고 있다.
③ 동시적 사건들의 병치로 사건에 대한 서로 다른 관점을 드러내고 있다.
④ 한 가지의 목적으로 수렴되는 인물의 의도적인 행위들을 나열하고 있다.
⑤ 상대를 달리하여 벌이는 인물의 행동을 서술하여 점진적으로 심화되는 갈등을 묘사하고 있다.

핵심 기출 유형

유형 서술상의 특징 파악

• 이 유형은?

서술 방식이란 서술자가 사건을 전개해 나가는 방식을 말한다. 작가는 주제를 효과적으로 구현하기 위해 특정한 사건 전개 방식이나 표현 방식을 취하여 이야기를 풀어 나가는데, 이는 서술자의 어조나 문체, 시점을 통해 구현된다. 이 유형은 서술자의 위치, 서술 방식, 문체, 구조 등에 나타난 특징을 종합적으로 파악할 수 있는지를 평가한다.

대표 발문

▸ 윗글의 서술상의 특징으로 가장 적절한(적절하지 않은) 것은?
▸ [A]의 서술 방식으로 가장 적절한(적절하지 않은) 것은?
▸ 윗글에 대한 설명으로 가장 적절한(적절하지 않은) 것은?

해결 Tip

작품의 서술자와 시점을 파악한다.

↓

작품의 구조와 표현, 서술자의 태도나 어조 등을 중심으로 서술상의 특징을 파악한다.

↓

서술 방식이 인물이나 사건 전개에 미치는 영향을 살피며 서술 방식의 효과를 파악한다.

6 윗글의 내용에 대한 이해로 가장 적절한 것은?

① 거리를 배회하며 새로운 습관을 익히려는 김달채는 생활의 활기를 찾기 위해 비 오는 날을 기다린다.
② 꾀죄죄한 몰골의 김달채는 사람들이 자신을 무시하는 태도를 변화시키기 위해 무전기를 보여 준다.
③ 흥미를 느낄 만한 일이 벌어지고 있음을 짐작한 김달채는 달아나는 행인들과 달리 시위 현장으로 향한다.
④ 시위 진압의 영향으로 고통 받던 김달채는 전경대의 위세에 압도되어 구경꾼들 뒤로 물러선다.
⑤ 닭장차에 끌려가게 된 김달채는 건물 모퉁이에서 들려오는 함성에 안도감을 느낀다.

7 ㉠, ㉡에 대한 이해로 적절하지 않은 것은?

① 김달채는 ㉠을 그 생김새로 인해 ㉡으로 인식하는 사람들이 있다는 사실을 발견한다.
② 김달채는 사람들로부터 기대하는 반응을 효과적으로 이끌어 낼 수 있는 ㉠의 사용법을 알게 된다.
③ '일부 극소수의 사람들'에게는 ㉡을 가진 사람으로 보이려는 김달채의 의도가 실현되지 않는다.
④ 김달채는 ㉡에 익숙하지 않은 '거개의 서민들'이 ㉠을 ㉡으로 오인한다고 판단한다.
⑤ '사복 차림의 청년'은 ㉡에 익숙하여 ㉠을 이용하려는 김달채의 의도를 알아챘다.

8 〈보기〉를 바탕으로 윗글을 감상한 내용으로 적절하지 않은 것은? [3점]

보기
소시민은 자신의 기득권을 지키기 위해 권력관계에 민감하게 반응한다. 권력관계가 형성되기 위해서는 타인의 승인이 요구되며, 이로 인해 힘의 우열 관계가 발생한다. 이 작품은 허구적 권력 표지를 통해 타인의 승인을 얻음으로써 자신감을 갖게 된 인물이, 승인을 거부하는 타인 앞에서는 소시민적 면모를 드러내는 상황을 그려 낸다. 이를 통해 상황 논리를 따르는 소시민의 타산적 태도를 비판하고 있다.

① 김달채가 각계각층 사람들의 반응을 떠보는 것은, 권력이 타인들에게 미치는 영향을 살핀다는 점에서 김달채가 권력관계를 의식하는 인물임을 드러내는군.
② 김달채가 준 술값을 포장마찻집 주인이 받지 않으려는 것은, 권력에 대한 사람들의 태도를 나타낸다는 점에서 권력이 인물 간의 우열 관계를 형성하는 요인임을 보여 주는군.
③ 김달채가 외양에 변화를 준 것은, 타인의 승인을 용이하게 받으려 한다는 점에서 허구적 권력 표지를 이용하는 데 더 적극적으로 나서려는 김달채의 의도를 나타내는군.
④ 김달채가 사복들에게 목청을 높이며 항의하는 것은, 자신도 모르게 용기를 드러냈다는 점에서 승인받은 경험들을 통해 얻게 된 김달채의 자신감을 보여 주는군.
⑤ 김달채가 비표를 단 청년 앞에서 돌아서는 것은, 학생들과 맺은 유대 관계를 단절하여 기득권을 지키려 한다는 점에서 상황 논리를 따르는 김달채의 타산적 태도를 드러내는군.

핵심 기출 유형

유형 소재의 의미와 기능 파악

• 이 유형은?

'소재'란 글쓴이가 이야기를 전개하기 위해 사용하는 글의 재료로, 특정 사물이나 환경 등이 소재가 될 수 있다. 소재는 갈등을 유발하거나 해소하기도 하고, 사건과 사건, 장면과 장면을 연결하기도 하며, 발생할 사건을 암시하는 복선 구실을 하거나, 인물의 심리나 성격을 간접적으로 드러내기도 한다. 이 유형은 사건 전개 과정 및 인물의 심리, 처지와 관련하여 특정 소재가 어떤 의미나 기능을 지니는지를 묻는다.

대표 발문

▶ [A], [B]를 고려하여 ㉠과 ㉡을 이해한 내용으로 가장 적절한(적절하지 않은) 것은?
▶ ⓐ, ⓑ에 대한 이해로 가장 적절한(적절하지 않은) 것은?

해결 Tip

작품 속 주요 사건의 전개 양상 및 분위기를 파악한다.
↓
사건의 전개 양상, 인물의 처지나 심리, 주제 등과의 관계를 고려하여 소재의 의미와 기능을 파악한다.

유형 외적 준거에 따른 작품 감상

• 이 유형은?

소설 지문에서는 외적 준거로 인물, 사건, 배경, 구성, 서술 방식 등 소설과 관련된 정보를 제시하여 이를 종합적으로 올바르게 판단할 수 있는지를 묻는다. 주로 작품의 내·외적인 정보를 담은 관련 자료를 〈보기〉로 제시하고 이를 바탕으로 작품을 감상하거나 특정 구절의 의미를 파악하는 형태로 출제되지만, 원작과 변용된 작품을 비교하여 작품을 폭넓게 감상하는 형식으로도 출제된다.

대표 발문

▶ 〈보기〉를 참고하여 (가), (나)를 감상한 내용으로 가장 적절한(적절하지 않은) 것은?
▶ 〈보기〉를 참고하여 ㉠~㉤의 의미를 설명한 것으로 가장 적절한(적절하지 않은) 것은?

해결 Tip

〈보기〉의 감상 기준, 즉 말하고자 하는 바를 정확히 이해한다.
↓
작품에서 〈보기〉의 내용과 연관 지을 수 있는 부분을 찾아, 선지의 적절성을 확인한다.

적중 예상

현대소설 01

목표 시간	6분 40초		
시작	분 초	종료	분 초
소요 시간	분 초		

E 수록

[099~102] 다음 글을 읽고 물음에 답하시오. 17, 18, 23

하룻밤 신세를 진 **화찻간**은 이튿날 곧잘 어디론가 없어지곤 했다. 더러는 하루 저녁에도 몇 번씩 이 화차 저 화차 자리를 옮겨 잡아야 했다. 자리를 잡고 누우면 그런대로 흐뭇했다. 나이 어린 나와 하원이가 가운데, 두찬이와 광석이가 양 가장자리에 눕곤 했다.

이상한 기척이 나서 밤중에 눈을 떠 보면, 우리가 누운 화찻간은 또 화통*에 매달려 달리곤 했다.

"야야, 깨, 깨, 빨릿……."

자다가 말고 뛰어내려야 했다. 광석이는 번번이 실수를 했다. 화차 가는 쪽으로가 아니라 반대쪽으로 뛰곤 했다. 내리고 보면 초량 제4부두 앞이기도 했고 부산진역 앞이기도 했다. 이 화차 저 화차 기웃거리며 또 다른 빈 화차를 찾아들어야 했다.

"야하, 이 노릇이라구야 이거 견디겐."

"……."

"에이 망할 놈의."

광석이는 누구에라 없이 짜증을 부리곤 했다.

그러나 이튿날 아침이 되면 어김없이 넷은 가지런히 **제3부두**를 찾아 나갔다. 가지런히 밥장수 아주머니 앞에 앉아 조반을 사 먹었다.

"더 먹어라."

"응."

"더 먹어."

"너 더 먹어."

꽁치 토막일망정 좋은 반찬은 서로 양보들을 했다.

어두운 화찻간 속에서 막걸리 사발이나 받아다 마시면, 넷이 법석대곤 했다.

우리들 중 가장 어린 하원이는 늘 무언가 풀어헤치듯,

"야하, 부산은 눈두 안 온다, 잉. 어잉 야야, 벌써 자니 이 새끼, 벌써 자니? 진짜, 잉. 광석이 아저씨네 **움물*** 말이다. 눈 오문 말이다. 뒤에 상나무 있잖니? 하얀 양산처럼 되는, 잉. 한번은 이른 새벽이댔는데 장자골집 형수, 물을 막 첫 바가지 푸는데 푸뜩 눈뭉치가 떨어졌다, 그 형수 뒷머리를 덮었다. 내가 막 웃으니까, 그 형수두 눈 떨 생각은 않구, 하하하 웃는단 말이다. 원래가 그 형수 잘 웃잖니?"

광석이는 히죽히죽 웃으면서,

"토백이 반원 새끼덜, 우릴 사촌끼리냐구 묻더구나. 그렇다니까, 그러냐 아구, 어쩌구. 그 꼬락서니라구야. 이 새끼 벌써 취핸?"

조금 사이를 두어,

"야하, 언제나 고향 가지?"

두찬이는 혀 꼬부라진 소리로,

"이제 금방 가게 되잖으리."

"이것두 다아 **좋은 경험**이다."

"암, 그렇구말구."

"우리, **동네 갈 땐 꼭 같이 가야 된다**, 알겐."

"아무렴, 여부 있니. 우리 넷이 여기서 떨어지다니, 그럴 수가. 벼락을 맞을 소리지. 허허허, 기분 좋다. 우리 더 마실까. 한 사발씩만 더, 딱 한 사발씩."

광석이는 쨍한 소리로 노래를 불렀고, 두찬이는 화차 벽을 두드리며 둔하게 장단을 맞추었다. 하원이는 자질구레한 심부름을 했다. 술을 한 병 더 받아 온다. 담배를 사 온다. 나는 곯아떨어져 잠이 들어 버리곤 했다.

(중략)

[A]
중공군이 밀려 내려온다는 바람에 무턱대고 배 위에 올라타긴 했으나, 도시 막막하던 판이라, 바다 위에서 우리 넷이 만났을 땐 사실 미칠 것처럼 반가웠다.

야하 너두 탔구나, 너두, 너두.

뱃간에서 하루인가 이틀 밤을 지나, 어느 날 이른 아침에는 부산 거리에 부리어졌다. 넷이 다 타향 땅은 처음이라, 서로 마주 건너다보며 어리둥절했다. 마을 안에 있을 땐 **이십 촌 안팎으로나마 서로 아접* · 조카 집안**끼리였다는 것이 이 부산 하늘 밑에선 새삼스러웠던 것이다.

"야하, 이제 우리 넷이 떨어지는 날은 죽는 날이다, 죽는 날이야."

광석이는 몇 번이고 거푸거푸 중얼거리곤 했다.

이럭저럭 한 달쯤 무사히 지났다. 그러나 고향으로 돌아갈 날은 갈수록 아득했다. 이 한 달 사이에 두찬이는 두찬이대로, 광석이도 광석이대로 남모르게 제각기 다른 배포가 서게 된 것은 (배포랄 것까지는 없지만) 그들을 탓할 수만 없는 일이었다. 쉽사리 고향으로 못 돌아갈 바에는, 늘 이러고만 있을 수는 없다, 달리 변통을 취해야겠다, 두찬이와 광석이는 나머지 셋 때문에 괜히 얽매여 있는 것처럼 스스로를 생각하게 된 것이었다. 자연 우리 사이는 차츰 데면데면해지고, 흘끔흘끔 서로의 눈치를 살피게끔 됐다.

광석이는 애당초가 조금 주책이 없다 할까, 주변이 있다 할까 엄벙덤벙 **토박이 반원들과** 얼려 막걸리 사발이나 얻어 마시곤 했고, 구변* 좋게 보탬을 해서 북쪽 얘기를 해 쌓고, 이렇게 며칠이 지났을 땐 어느덧 반원들은, 나나 두찬이나 하원이와는 달리, 광석이만은 오래전부터 사귀어 온 친구나처럼 손을 맞잡고는,

"나왔나!"

"오냐, 느 형님 여전하시다."

"버르장머리 몬쓰겠다. 누구보꼬 형님이라 카노."

"자네 언제부터, 말버르장머리하곤, 허 요새 세상이 이래 노니."

농담조로 수인사가 오락가락했으니, 나나 두찬이나 하원이는 광석이의 이런 꼴을 멀끔히 남 바라보듯 건너다봐야 했다. 광석이는 차츰 반원들과 얼려 왁자지껄하는 데 더 재미를 느끼는 것 같았고, 날이 갈수록 자신만만해졌다.

그 꼴사나움은 이루 말할 수 없어 더더구나 주변머리 없고 무뚝뚝하고 외양보다 실속만 자란 두찬이는 저대로 뒤틀리는 심사를 지닌 채 다른 궁리를 차리는 모양이었다. 사실 이즈음부터 두찬이는 부두 안에서 **얌생이*를 해도** 다만 밥 두 끼 값이라도 골고루 나누어 주는 법이 없이, **일판만 나오면 혼자** 부두 앞 틈 사이 **샛길**을 허청허청 돌아다녔다. 이런 두찬이는 으레 술이 듬뿍 취해 화찻간으로 돌아오곤 하였다.

하원이는 자주 울먹거렸다.

"야하, **부산은 눈두 안 온다**, 잉."

하고 애스럽게 지껄이곤 했다.

– 이호철, 〈탈향〉

* 화통: 기차, 기선, 공장 따위의 굴뚝.
* 움물: '우물'의 방언.
* 아접: '아저씨'의 방언.
* 구변: 말을 잘하는 재주나 솜씨.
* 얌생이: 남의 물건을 조금씩 슬쩍슬쩍 훔쳐 내는 짓을 속되게 이르는 말.

099

[A]의 서술상 특징으로 가장 적절한 것은?

① 동시에 벌어진 사건을 병치하여 서사의 진행을 지연시키고 있다.
② 공간에 따라 서술자를 달리하여 사건에 입체감을 부여하고 있다.
③ 특정 인물의 의도적 행위들을 나열함으로써 긴장감을 조성하고 있다.
④ 이야기 내부의 서술자가 인물들이 처한 상황과 내면 심리를 제시하고 있다.
⑤ 사건의 진행 양상을 단계적으로 보여 주어 갈등의 해소 과정을 부각하고 있다.

100

윗글의 내용에 대한 이해로 가장 적절한 것은?

① '두찬'은 이기적인 태도를 보이는 '광석'을 못마땅하게 여기며 에둘러 나무라고 있다.
② '나'는 '두찬'이나 '광석'과 달리 자신보다 동료를 먼저 배려하는 태도를 보이고 있다.
③ '하원'은 외지 사람들과 스스럼없이 어울리는 '광석'에게 심리적 거리감을 느끼고 있다.
④ '광석'은 자신에게 의지하는 동료들을 짐스럽게 여기며 자신의 행위를 합리화하고 있다.
⑤ '나', '하원', '두찬'은 자신들과의 약속을 저버린 '광석'이 부산을 떠나기를 은근히 바라고 있다.

현대 소설

101

다음은 윗글에 나타난 등장인물들의 이동 경로를 정리한 것이다. 이를 바탕으로 윗글의 공간에 대해 이해한 내용으로 적절하지 않은 것은?

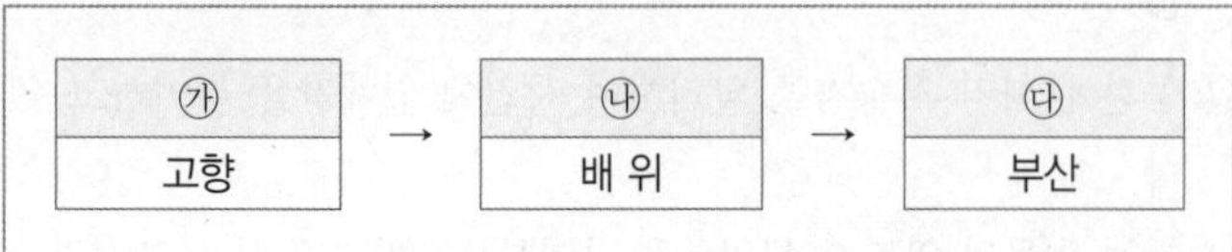

① '화찻간'은 ㉯를 거쳐 ㉰에 이른 '넷'의 불안정하고 위험한 삶을 보여 주는 공간이다.

② '제3부두'는 ㉰에 도착한 '넷'이 생계를 위해 부당한 현실과 맞서 싸우는 공간이다.

③ '움물'은 ㉰에서 지내는 '넷'에게 ㉮에서의 삶을 떠올리게 하는 추억의 공간이다.

④ '뱃간'은 난리를 피하기 위해 ㉮를 떠난 '넷'이 우연히 재회하여 ㉰로 향하게 되는 공간이다.

⑤ '샛길'은 ㉯에서와 달리 ㉰에서는 '넷'의 연대적 관계가 점차 약화되고 있음을 보여 주는 공간이다.

102

〈보기〉를 참고하여 윗글을 감상한 내용으로 적절하지 않은 것은?

보기

〈탈향〉은 전쟁으로 인한 비일상적 상황이 일상적 상황으로 수용되는 과정을 형상화하고 있다. 등장인물들은 피란지에서 힘겹게 살면서 조만간 고향으로 돌아갈 수 있을 것이라는 희망으로 서로 의지하며 지낸다. 그러나 그런 희망이 점차 사라지면서 귀향에 대한 미련을 버리고 타향에서 살아야 한다는 현실적 자각을 하게 된다. 동시에 비일상적 상황이 일상적 상황으로 바뀌면서 인물들 간의 유대감에 틈이 생기고 인물들은 각각의 성격과 처지에 따라 개인적 삶을 모색하게 된다. 이 소설은 인물들의 이런 미묘한 심리적 변화와 그러한 변화가 생기게 되는 원인이나 과정을 섬세하게 보여 주고 있다.

① '넷'이 '동네 갈 땐 꼭 같이 가야 된다'고 다짐하며 비일상적 상황을 '좋은 경험'이라고 위로하는 것은 조만간 귀향할 것이라는 희망이 있기 때문이겠군.

② '이십 촌 안팎으로나마 서로 아접 · 조카 집안'으로 지냈던 고향에서의 일상적 상황은 부산이라는 타향에서 '넷'의 유대감을 이루는 바탕이 되는군.

③ '광석'이 '토박이 반원들'과 '농담조로 수인사'까지 나누는 모습은 타향에서의 삶을 일상적 상황으로 수용해야 한다는 현실적 자각에서 비롯된 것이겠군.

④ '두찬'이 '얌생이를 해도' 골고루 나누어 주지 않고 '일판만 나오면 혼자' 돌아다니는 것은 비일상적 상황에서 자신의 살길을 도모하는 모습으로 볼 수 있겠군.

⑤ '하원'이 '부산은 눈두 안 온다'라는 말을 반복적으로 하는 것은 타향에서 겪는 비일상적 상황을 일상적 상황으로 받아들이고 있는 과정을 보여 주는군.

적중 예상 현대 소설 02

목표 시간 6분 40초
시작 분 초 종료 분 초
소요 시간 분 초

E 수록

[103-106] 다음 글을 읽고 물음에 답하시오. 14, 15, 20, 23

앞부분의 줄거리 1950년대 후반, 만기 치과 의원에는 원장 서만기와 간호사 홍인숙 외에 날마다 출근하는 천봉우와 채익준이 있다. 이들은 만기의 중학 동창생들이다. 채익준은 병원을 깨끗이 청소한 후 신문을 낱낱이 훑어 읽으며 부조리한 사회 모습에 비분강개하기 일쑤다. 그는 그러한 성격 탓에 회사에 적응하지 못하고 생선을 파는 아내 덕에 어렵게 살아간다. 천봉우 역시 매일 병원 대합실 소파에 부처님처럼 앉아 잠을 청하지만 6·25 때 겪은 폭격에 대한 두려움으로 깊은 잠을 이루지 못하는 탓에 늘 피곤하고 실의에 빠져 있다. 병원은 봉우 처 소유의 건물을 빌려 운영되고 있는데 행실이 좋지 못한 봉우 처는 만기를 노골적으로 유혹한다. 그러나 그때마다 점잖게 거절하는 만기의 행동에 화가 나고 자존심에 상처를 입는다.

삼십이 좀 넘어 보이는 낯선 남자가 봉우 처의 편지를 가지고 병원을 찾아왔다. 만기는 남자에게 의자를 권하고 편지를 펴 보았다. 비교적 달필로 남자 글씨처럼 시원스레 내리갈긴 편지의 내용은 이러했다.

[A] 일전에는 실례했나 봐요. 저를 천한 계집이라고 아마 비웃었을 것입니다. 그건 아무래도 좋아요. 지극히 인격이 고상하신 도학자님의 옹졸한 취미를 저는 구태여 방해하고 싶지는 않았으니까요. 한편 저 같은 계집에게도 선생님같이 점잖은 분을 비웃을 권리나 자격이 어쩌면 아주 없지도 않을 거예요. 삶을 대담하게 엔조이할 줄 아는 현대인 가운데 먼지 낀 샘플처럼 거의 폐물에 가까운 도금(鍍金)한 인간이 자기만족에 도취하고 있는 우스꽝스런 꼴을 아시겠습니까? 선생님 자신이 바로 그러한 인간의 표본이야요. 선생님에게 또 비웃음받을 이따위 수작은 작작하고 그러면 용건을 말씀드리겠습니다.

다름 아니라 그날도 말씀드린 바와 같이 병원 시설을 작자가 나섰을 때 팔아 치울 생각입니다. 이 편지를 갖고 간 분에게 기구 일습을 잘 구경시켜 드리기 바랍니다. 매매 계약은 대개 오늘 안으로 성립될 것이오며 계약 성립 즉시로 통지해 드리겠사오니, 그때는 일주일 이내에 병원과 시설 일체를 내어 주시기 바랍니다.

저는 선생님이 원하신다면 새로이 현대적 시설을 갖추어 드리고 싶었고 현재도 그러한 제 심정에는 변함이 없습니다. 그러나 ㉠솔직한 제 호의를 침 뱉어 버리는 선생님의 인격 앞에 저는 하릴없이 물러서는 수밖에 없나 봅니다.

그러한 본문 끝에 추백(追白)[※]이라고 하고 '㉡만일 제게 용건이 계시면 다음 번호로 언제든지 전화를 걸어 주시기 바랍니다.'에 이어서 전화번호가 잔글씨로 적히어 있었다. 편지를 읽고 난 만기는 언제나 다름없이 침착한 태도로 알맹이를 도로 접어서 봉투 안에 집어넣었다. 그의 손끝이 가늘게 떨리었다. 인숙이만이 재빨리 그것을 눈치챌 수 있었다. 만기는 편지를 서랍 속에 간직하고 나서 그 편지를 갖고 온 남자에게 친절한 태도로 시설을 보여 주었다. 그 남자가 돌아간 뒤 만기는 자기 자리에 앉아서 담배를 피워 물었다. 몹시 피로해 보였다. 얼굴색도 알아보게 창백해져 있었다. 인숙이가 조심히 다가와서,

"이제 그분 뭐하러 왔어요?"

걱정스레 물었다.

"시설을 보러 왔소."

"전 왜요?"

"어찌 되면 이 병원의 시설이 그 사람에게 팔릴지두 모르겠소."

그 말에 놀란 것은 간호원뿐이 아니었다. 대합실 소파의 구석 자리에 앉아서 반은 자고 반은 깨어 있던 봉우가 별안간 눈을 휘둥그렇게 뜨고 만기를 건너다보았다.

"정말인가?"

"그런가 보이!"

"그럼 이 [병원]은 아주 문을 닫아 버린단 말인가?"

봉우는 어처구니없다는 듯이 입을 벌린 채 잠시 만기를 멍하니 바라보고 있었다.

"그럼 대체 자네나 미스 홍은 어떻게 되는 건가?"

"글쎄, 아직 막연하지!"

봉우는 거의 절망적인 눈으로 만기와 인숙을 번갈아 보았다.

"천 선생님, 이 병원을 팔지 말구 이대루 두라고 사모님께 잘 좀 부탁을 하세요. 네!"

인숙은 심각한 표정으로 애원하듯 했다.

"내가? 내가 부탁헌다구 들어줄까요?"

"선생님 사모님이신데 아무렴 선생님이 간곡히 부탁하면 안 들으실라구요."

"그럼 뭐라구 하문 될까요?"

"어마, 그걸 제가 어떻게 알아요. 선생님이 잘 생각해서 말씀하셔야죠."

봉우는 더 대답을 못 하고 고개를 숙여 버리고 말았다. ㉢그에게는 아내를 움직이는 일은 하늘을 움직이는 일만큼 불가능한 일이었던 것이다. 그러나 아내를 움직이지 못한다면 그는 유일한 휴식처요 보금자리인 이 대합실 소파를 빼겨 버리고 말 것이다.

중간 부분의 줄거리 며칠 후 익준의 아들이 병원에 와 아버지를 찾으며, 아버지는 간 곳이 없고 엄마는 죽었다고 말한다. 만기와 봉우는 장례를 치르기 위해 하는 수 없이 봉우 처에게 돈을 빌린다.

하여튼 그 돈으로 간소하나마 격식을 갖추어 장례식을 무사히 마칠 수 있은 것은 다행한 일이었다. 관을 사 오고 광목을 떠다 아이들에게 상복을 지어 입히고 고무신도 사다 신겼다. 의논해서 화장을 않고 망우리에 무덤을 남기기로 했다. 장지로 향하는 차 안에서

익준이가 없는 것을 만기가 탄식했더니,

"살아서두 남편 구실 못 한 위인, 죽은 다음에야 있으나마나지!"

익준의 장모는 개의치 않았다. 그러나 좀 늦게나마 남편 구실을 못 한 익준이 그날로 집에 돌아오기는 한 것이다. 거의 황혼 무렵이 되어서 산에서 돌아온 일행이 익준네 집 골목 어귀에서 차를 내렸을 때였다. 저쪽에서 머리에 흰 붕대를 감고 이리로 걸어오는 허줄한 사내가 있었다. 아이들이 먼저 알아차리고,

"아, 아버지다!"

소릴 질렀다. 그러자 익준은 멈칫 걸음을 멈추었고, 이쪽에서들도 일제히 그리로 시선을 보냈다. 익준은 머리에 상처를 입은 모양이었다. 한 손에는 아이들 고무신 코숭이가 비죽이 내보이는 종이 꾸러미를 들고 있었다. 그는 무표정한 얼굴로 이쪽을 향하고 꼼짝 않고 서 있었다. 석상(石像)처럼 전연 인간이 느껴지지 않는 얼굴이었다.

"㉣어이구, 차라리 쓸모없는 저따위나 잡아가지 않구 염라대왕두 망발이시지!"

익준의 장모는 사위를 바라보면서 그렇게 중얼대고 인제야 눈물을 질금거리었다. 그래도 아이들이 제일 반가워했다. 일곱 살 먹은 끝의 놈은,

"아부지!"

하고 부르며 쫓아가서 매달렸다.

"㉤아부지, 나, 새 옷 입구, 자동차 타구 산에 갔다 왔다!"

어린것이 자랑스레 상복 자락을 쳐들어 보여도 익준은 장승처럼 선 채 움직일 줄을 몰랐다.

– 손창섭, 〈잉여 인간〉

* 추백: 뒤에 덧붙여 말한다는 뜻으로, 편지의 끝에 더 쓰고 싶은 것이 있을 때에 그 앞에 쓰는 말.

103

[A]의 말하기 방식에 대한 설명으로 가장 적절한 것은?

① 상대가 모르고 있는 결점을 지적함으로써 바람직한 관계 회복을 꾀하고 있다.

② 신분적 불평등에서 벗어나 대등한 입장에서 인물 간의 갈등을 극복하고자 하고 있다.

③ 상대의 거절에 '이에는 이, 눈에는 눈'이라는 심정으로 대응하며 상대의 몰락을 꾀하고 있다.

④ 자기의 제안을 거절한 상대의 인격을 비웃음으로써 상처 입은 자존심을 회복하고자 하고 있다.

⑤ 시대착오적 사고방식에 젖어 있는 상대의 소심함을 지적하여 미래 지향적인 태도를 갖도록 유도하고 있다.

104

〈보기〉를 참고하여 윗글을 감상한 내용으로 적절하지 않은 것은?

보기

'병자'와 '병실'에만 시선을 고정했던 손창섭은 이 작품에서 다소 이례적이라 할 만한 인간관과 구성법을 보여 주었다. 이를테면, 손창섭은 '병자'들뿐만 아니라 가치 지향적인 인간형에도 관심을 갖고 '병실'이 아닌, 부정적 현상과 긍정적 현상이 공존하는 사회로까지 공간적 배경을 넓혀 갔다. 그러나 선의의 인간들을 '잉여 인간'으로 몰아낸 비정한 사회를 바라보는 시각은 변함이 없다.

① 아내의 장례식에 나타나지 못한 '익준'은 '잉여 인간'으로 전락한 선의의 인간이라고 할 수 있겠군.

② 봉우 처에게 돈을 빌려 익준 처의 장례를 치러 주는 '만기'는 작가가 관심을 가진 가치 지향적 인간형이라고 할 수 있겠군.

③ 병원을 처분하려는 '봉우 처'는 선의의 인간들을 '잉여 인간'으로 만드는 비정한 사회를 대변하는 인물이라고 할 수 있겠군.

④ '잉여 인간'으로 전락한 인간들이 모여 있는 '병원'은 삶의 의욕을 상실한 '병자'들로 가득 차 있는 공간이겠군.

⑤ 새로이 현대식 시설을 갖추어 주겠다는 제안 때문에 '봉우 처'와 '만기'가 갈등하는 '병원'은 긍정과 부정이 공존하는 공간이겠군.

105

㉠~㉤에 대한 이해로 적절하지 않은 것은?

① ㉠: 자기가 베푼 호의가 상대에게 매정하게 거절당한 것에 분노하며 앙갚음하고자 벼르고 있음을 직접적으로 드러낸다.

② ㉡: 병원을 팔아 만기를 쫓아내겠다는 협박에 담긴, 만기의 마음을 돌려 보려는 속내를 드러낸다.

③ ㉢: 불가능한 상황과 비교하여 남편 역할을 제대로 못 하는 봉우의 처지를 부각한다.

④ ㉣: 가장으로서의 책임을 다하지 못하는 사위의 무능함을 지적하여 그가 '잉여 인간'임을 보여 준다.

⑤ ㉤: 철모르는 아이의 말과 행동을 통해 전후의 비참한 상황과 인물이 처한 비극성을 심화한다.

106

〈보기 1〉을 참고하여 〈보기 2〉와 윗글을 비교하여 감상한 내용으로 적절한 것은?

보기 1

〈잉여 인간〉이 쓰인 1950년대 후반의 사회적 상황은 전쟁 피해자들을 포용할 수 있는 여건을 갖추지 못했기 때문에 수많은 사회적 부적응자들, 즉 '잉여 인간'이 양산되었다.

보기 2

프란츠 카프카의 소설 〈변신〉의 주인공인 그레고르 잠자는 어느 회사의 외판원이다. 그의 수입으로 가족의 생계가 유지되고 그가 회사에서 빌린 돈으로 지금의 집을 마련했다. 어느 날 아침 그레고르는 흉측한 벌레로 변한다. 절망에 휩싸인 그는 가족의 도움을 기대하고 방 밖으로 나오지만 가족들은 그를 더 이상 돈을 벌지 못하는 벌레로만 여겨 방 안에 가둔다. 그레고르는 외로움과 불안으로 몇 차례 더 탈출을 시도하지만 그때마다 가족들은 흉기를 휘두르며 그를 방 안으로 몰아넣는다. 결국 그레고르는 아버지가 던진 사과 때문에 죽고, 홀가분해진 가족들은 야외로 소풍을 간다.

① 〈변신〉에서 그레고르가 가족에게 버려진 것과 윗글에서 익준이 쓸모없는 인간으로 취급받는 것은 둘 다 무능한 존재이기 때문이다.

② 〈변신〉에서 그레고르의 불행이 성격적 결함에서 비롯된 것이라면, 윗글에서 익준과 봉우 등의 불행은 전쟁 후 사회 구조적 모순에서 비롯된 것이다.

③ 〈변신〉에서 그레고르의 고통이 개인의 노력으로 극복하기 어려운 것이라면, 윗글에서 익준과 봉우 등의 고통은 개인의 노력으로 극복할 수 있는 것이다.

④ 〈변신〉에서 그레고르가 자신에게 닥친 불행을 수용하고 있다면, 윗글에서 익준과 봉우 등은 자신들이 겪고 있는 불행에 격렬하게 저항하고 있다.

⑤ 〈변신〉에서 그레고르가 겪은 불행을 되풀이하지 않기 위해서는 윗글의 서만기와 같이 타인을 포용하고 올바른 가치관을 지키며 사회 문제와 치열하게 대결하는 태도가 필요하다.

적중 예상 현대 소설 03

목표 시간	6분 40초
시작 분 초	종료 분 초
소요 시간	분 초

E 수록

[107-110] 다음 글을 읽고 물음에 답하시오. 14, 15, 19

앞부분의 줄거리 일상에 묶여 무기력하게 살아가는 '나'는 부장의 명에 따라 승천한 줄광대에 대한 기사를 쓰기 위해 C읍을 찾아간다. 그곳에서 '나'는 예전에 서커스단에서 트럼펫을 불던 사내로부터 '허 노인' 부자의 이야기를 듣게 된다.

나는 트럼펫의 사내가 숨을 좀 돌리게 하기 위하여 이야기로 뛰어들었다. 사내는 한마디 말을 하기 위해서 거의 한 번씩 숨을 들이쉬었다.

"그건 물론 운의 생각이었습니다."

"그럼 이상하지 않습니까, 노인께서 운의 생각을 말씀하신다는 것은?"

"그렇지요. 하지만 이렇게 누워서 많은 생각을 했지요. 그리고 운은 나와 나이가 가장 가까웠으니까 내가 그의 심중을 비교적 많이 이해하는 편이었고, 그도 내게만은 조금씩 얘기를 할 때가 있었어요. 그리고 나는 그때 벌써 나팔장이가 다 되었으니까 웬만큼 나팔을 불어 주고 남은 시간은 대개 그 부자가 지내는 뒷마당에서 보냈었구요. 그런데 말입니다. 그러니까 허 노인이 한 번 발을 헛디뎠던 다음 날이었지요. 마침 그날도 나는 거기 있었는데, 이상하게도 그날은 허 노인이 아들의 줄타기를 보면서 땀을 뻘뻘 흘리고 있었어요. 나는 줄 위에 있는 운이 아니라 무섭도록 줄을 쏘아보고 있는 노인의 눈과 땀이 송송 솟고 있는 이마를 보고 있었지요. 그런데 노인이 갑자기 '이놈아!' 하고 벽력 같은 소리를 지르면서 줄 밑으로 내닫는 것이 아니겠습니까. 그때야 나는 줄 위를 쳐다보았지요. 그런데 운은 그 소리를 듣지 못한 채 그냥 줄을 건너가고 있었습니다.

—이놈…… 너는 이 애비의 말도 듣지 않느냐?

운이 줄을 내려왔을 때 노인이 호령했으나, 그는 역시 어리둥절해 있기만 했어요. 내가 놀란 것은 ㉠<u>그때 허 노인이 빙그레 웃었다는 것입니다.</u> 그리고 부자는 그길로 곧 함께 주막 술집을 찾아들어갔습니다."

사내의 이야기는 다시 계속되었다.

그날 주막에서 허 노인은 운에게 술잔을 따라 주고, 그날 밤으로 운을 줄로 오르라고 했다.

—줄 끝이 멀리멀리 보여서는 더욱 안 되지만, 가깝고 넓어 보여서도 안 되는 법이다. 그 줄이라는 것이 눈에서 아주 사라져 버리고, 줄에만 올라서면 거기만의 자유로운 세상이 있어야 하는 게야. 제일 위험한 것은 눈과 귀가 열리는 것이다. 줄에서는 눈이 없어야 하고 귀가 열리지 않아야 하고 생각이 땅에 머무르지 않아야 한다는 소리다.

노인은 조용조용 당부했다. 그 한마디 한마디는 마치 노인의 일생을 몇 개로 잘라서 압축해 놓은 듯한 무게와 힘과, 그리고 알 수 없는 깊이를 지니고 있었다. ㉡<u>자기의 전 생애를 운에게 떠넘겨 주려는 듯한 안간힘이 거기 있는 것 같았다.</u> 운은 비로소 허 노인이 끝끝내 줄타기 자세를 바꾸지 못하는 내력을 알 것 같았다.

—아버지, 이젠 줄을 그만두시고 좀 쉬십시오.

운이 말했으나 노인은 조용히 머리를 가로저었다.

—㉢<u>줄에서 내 발바닥의 기력이 다했다고 다른 곳을 밟고 살겠느냐?</u> 같이 타자.

그날 밤, 줄에는 두 사람이 함께 올라섰다. 운이 앞을 서고 허 노인이 뒤를 따랐다. 운이 줄을 다 건넜을 때는 객석이 뒤숭숭하니 난장판이 되어 있었다. 뒤를 따르던 허 노인이 줄에서 떨어져 이미 운명을 하고 만 뒤였다.

거기까지 듣고 나니, 나는 사내에게 더 이야기를 시켜서는 안 되겠다는 생각이 들었다. ㉣<u>마치 허 노인이 운에게 마지막 당부를 할 때 그랬을 법한 컴컴하고 무거운 것이 이 사내에게서 쉴 새 없이 흘러나왔다.</u> 이 믿어지지 않는 집요한 이야기로써 사내가 나에게 떠맡기려는 것의 무게가 나로서는 감당하기가 힘들었다.

(중략)

—공원으로 가 봐라. 거기 여자가 기다리고 있을 게야.

운이 줄에서 내려오자 트럼펫이 운에게 일러 주었다.

"지금 이야기 중의 트럼펫이라는 운의 친구가 바로 노인장이시겠군요?"

나는 갑자기 이 사내 자신에 대한 한 가지 의문이 떠올라 그렇게 물었다.

"그렇습니다. 그때부터 나는 나팔을 불고 나면 조금씩 피를 뱉게 되었는데, 그렇다고 입에서 나팔을 뗄 수는 없었습니다. 나팔을 불지 못하면 진짜로 죽을 것 같았으니까요."

"노인께서 여길 떠나지 못하고 주저앉은 것도 폐 때문인 것 같은데 그때 노인장께서는 독신이셨습니까?"

"그렇습니다. 독신이었는데, 갑자기 각혈이 심해져서……."

사내는 말끝을 흐렸다.

정말로 그랬을까? 나는 여전히 의문이 사라지질 않았다. 그것은 오히려 누군가를 따라 떠났어야 할 이유도 되지 않는가. 그리고 그런 폐를 가지고 지금까지 살아 있을 수가 없지도 않은가. 그렇다면 — 이 사내는 혹시 운을 찾아오는 여자에게 사랑을 느낀 건 아니었을까? 그리고……

그러나 사내는 내가 입을 열기 전에 이야기를 서둘러 이어 갔다.

"하여튼 그렇게 해서 나는 운이 여자를 만나게 해 주었는데, 여자를 만나고 와서도 운은 별로 달라진 게 없더구먼요. 그런 일이 한 주일쯤 계속되었지요. 그런데 갑자기 운이 줄 위에서 재주를 피우기 시작했어요. 단장이나 구경꾼들은 무척들 좋아했지요. ⓜ하지만 나는 옛날 허 노인의 실수를 기억하고 있었던 만큼 그게 불안했습니다. 몇 번씩 그런 재주 같은 동작을 하고 줄을 내려온 운은 유독히 땀을 많이 흘리고 있었고, 단장의 칭찬에도 넋 나간 눈만 하고 있었거든요. 그런 나의 생각이 옳다고 단정할 수는 없었지만, 그렇게 생각할 수밖에 없는 일이 있었어요. 운이 자꾸 귀와 눈을 때리면서 무언가 혼잣소릴 중얼거리곤 하는 거예요. 자신을 몹시 못 견뎌 하는 얼굴이었지요. 허 노인이 운에게 당부했다는 말이 생각났습니다. 그런데 사람들은 함성들을 지르고 좋아들 했거든요. 불행한 일이었지만, 내 생각이 옳았다는 것은 곧 증명이 되었어요. 어느 날 밤, 줄을 타고 내려온 운은 또 공원으로 갔고, 우리는 나머지 순서와 곡예에 곁들인 연극까지 끝내고 났을 때예요……."

구경꾼이 막 자리를 일어서려는 참에 어디서 나타났는지 운이 사례 인사를 끝내고 섰는 무대 위의 단장 앞으로 나섰다.

—오늘 밤 한 번 더 줄을 타겠습니다.

뒷부분의 줄거리 운은 그날 밤 줄을 타다가 떨어져 죽는다. '나'는 다음 날 C읍을 떠나면서 트럼펫 사내가 간밤에 죽었다는 소식을 듣는다.

– 이청준, 〈줄〉

107

윗글에 대한 설명으로 적절한 것은?

① 서술자가 다른 사람의 발화를 통해 중심인물의 삶을 전달하고 있다.

② 중심인물의 성격이 공간의 이동에 따라 변화하는 과정을 서술하고 있다.

③ 동시에 진행되는 두 가지 사건을 병치하여 사건의 입체성을 드러내고 있다.

④ 등장인물의 독백을 통해 대상에 대한 인물의 상반된 태도를 부각하고 있다.

⑤ 서술자가 대조적인 두 인물의 과거 행적을 비교해 가며 이야기를 전개하고 있다.

108

윗글을 통해 알 수 있는 내용으로 적절한 것은?

① '허 노인'은 '운'이 자신의 충고를 듣지 않은 것에 분노했다.

② '운'은 줄을 타는 동안에는 '허 노인'이 줄에서 떨어진 사실을 몰랐다.

③ '트럼펫의 사내'는 '여자'가 '운'을 찾아오는 것에 질투심을 느꼈다.

④ '트럼펫의 사내'는 자신이 '운'의 생각을 잘 알지 못한다고 여기고 있었다.

⑤ '나'는 '트럼펫의 사내'가 떠맡기려는 것의 무게를 감당하기 어려워 그의 건강을 염려했다.

현대 소설

109

〈보기〉를 토대로 윗글을 감상한 내용으로 적절하지 않은 것은?

보기

전통적인 기예를 닦은 사람들은 오랜 수련을 거쳐 대상과 혼연일체(渾然一體)가 되는 경지에 이르렀다. 특히 자기 생명을 걸어야 하는 줄광대의 수련 과정은 더욱 철저했고, 전통 사회에서는 이러한 예술인들의 법도와 원칙이 존중받았다. 그러나 교환 가치를 중시하는 근대 사회로 변화하면서 이들은 예술적 가치와 현실적 삶 사이에서 갈등을 겪게 되고, 그 과정에서 자신의 삶의 방향을 선택해야 하는 상황에 놓였다.

① '허 노인'이 '운'의 줄 타는 모습을 쏘아보며 땀을 흘린 것은 기예를 전수하는 과정에 철저하게 몰입하는 모습이라고 볼 수 있겠군.
② '허 노인'이 말한 '자유로운 세상'은 대상과 혼연일체가 되는 경지에 다다른 상태를 의미한다고 볼 수 있겠군.
③ '운'이 갑자기 줄 위에서 재주를 피우자 '단장'이 칭찬을 한 것은 교환 가치를 중시하는 근대 사회의 관점에서 비롯된 행동이라고 볼 수 있겠군.
④ '운'이 자신의 귀와 눈을 때리며 혼잣소리를 중얼거린 것은 예술인의 법도가 존중받지 못하는 사회에 대한 불만 때문이라고 볼 수 있겠군.
⑤ '운'이 한 번 더 줄을 타고자 한 것은 예술적 가치와 현실적 삶 사이에서 갈등하다가 자신의 삶의 방향을 선택한 결과라고 볼 수 있겠군.

110

㉠~㉤에 대한 설명으로 적절하지 않은 것은?

① ㉠: '운'의 실력이 '허 노인'이 기대하는 수준에 이르렀음을 나타낸다.
② ㉡: '운'도 자신처럼 줄타기에 대해 장인 정신을 갖기를 바라는 '허 노인'의 마음을 나타낸다.
③ ㉢: 줄타기에 대한 '허 노인'의 태도가 드러나면서 그가 줄에서 떨어진 이유와 관련된다.
④ ㉣: 이야기 속 '운'의 삶이 비극적으로 끝날 것에 대한 예감을 드러낸다.
⑤ ㉤: '운'이 줄타기에 집중하지 못해 일어날 수 있는 일을 이전 기억과 연결하고 있다.

적중 예상

현대 소설 04

목표 시간	6분 40초		
시작	분 초	종료	분 초
소요 시간	분 초		

E 수록

[111-114] 다음 글을 읽고 물음에 답하시오. 14, 15, 23

앞부분의 줄거리 학생 운동을 하다 대학에서 제적당한 '나'는 동진강 생태계 파괴 원인을 밝히기 위해 노력하고, 동생인 병식은 친구와 함께 동진강 하구에서 몰래 새를 밀렵해 돈을 번다.

나는 석탑 서점을 들러 오후 세 시에 바닷가로 나왔었다. 그러므로 다섯 시간 가까이 석교천을 오르내리며 시간 차를 두고 미터글라스에 석교천 물을 수거하고 있는 참이었다. 피로와 허기가 전신을 휩쌌다. 밤을 몰아 오는 바닷바람도 더욱 차가워지고 있었다. 나는 시험관 꽂이를 땅에 놓고 점퍼의 지퍼를 목까지 당겨 올리며 석교 마을에 눈을 주었다. 잿빛 하늘 아래 눌려 있는 석교 마을은 읍 시절의 옛 모습이 아니었다. 사십여 호의 초가는 그 절반으로 줄어들어 알록달록한 기와지붕의 새 동네로 변했고, 포장된 앞길에는 시내버스 한 대가 달리고 있었다. 그리고 병풍처럼 마을 뒤를 가렸던 얕은 언덕의 **소나무 숲**은 **매연으로 고사해 민둥산**으로 벌겋게 버려져 있었다. 그 산 뒤쪽으로 늘어선 열 동의 오층 아파트가 모서리를 보이고 있었다. 재작년과 작년에 걸쳐 신축된 저 아파트를 석교 단지라 부르고 있었다. 지난여름, 엄마가 저 단지 중 십팔 평형 두 채를 빚을 돌려 잡았으나 곧이어 발표된 부동산 투기 억제법에 묶여 매기를 잃은 채 지금은 전세를 놓고 있었다.

내가 동진강 제방 둑길을 한참 내려가 하구의 삼각주 갈대밭이 멀리로 보이는 지점까지 왔을 때, 저쪽에서 남자 둘이 이쪽으로 걸어오고 있었다. 거리가 가까워지자 둘의 더펄 머리칼이 드러나, 나는 그들이 공단의 공원이거나 아니면 학생으로 짐작했다. 한 녀석은 등산 백을 메고 있었고 복장도 등산복 차림이었다. 거리가 오십 미터쯤 가까워졌을 때, 내 도수 높은 안경을 통해서도 등산 백을 메지 않은 녀석의 걸음걸이가 퍽 눈에 익어 보였다. 병식이었다.

"어, 형 아냐?" 병식이가 손을 들어 보이며 소리쳤다. 나는 아무 말도 안 했다.

"동진강 하구가 형의 서식처다 보니 형을 만나지 않을까 하고 생각했더랬지. 예감 적중이군." 병식이가 씩 웃어 보였다.

"형님, 안녕하슈?" 병식이 친구가 등산모를 들썩해 보이며 알은체했다.

"어디들 갔다 오는 길이니?" 아우를 보고 내가 물었다.

"㉠뭐, 바다 밑에서 곧장 걸어 나오는 길이지."

병식이가 내 말을 농으로 받았다.

"형님, 그 들고 있는 건 뭐요? 설마 냉장고에 넣어 하드를 만들건 아니겠죠?"

정배 형의 실험실로 넘겨질 시험관 꽂이의 미터글라스들을 보고 병식이 친구가 물었다.

나는 아우에게 별 할 말이 없었다. 독서실에 박혀 입시 공부나 하잖고 놀러만 다니느냐 따위의 충고는 이미 내 역할이 아니었다. 또한 **대학을 도중 하차**한 나로서는 그런 자격도 없었다. 그점보다 이미 나는 아우의 어떤 면에도 관심을 갖고 있지 않았고, 나를 보는 아우 역시 마찬가지였다.

"가 봐." 내가 말했다.

그리고 그들 옆을 지나 어둠에 가라앉아 가는 바다 쪽으로 걸어갔다. 노을빛은 이제 완전히 사그라지고 바다는 암청색을 띠고 있었다. 싸늘한 바람이 귓불을 훑었다.

"형, 곧장 걸어가면 바닷속으로 들어가게 돼." 아우가 등 뒤에서 소리쳤다.

"㉡난 새가 될 텐데 왜 바닷속으로 들어가니? 비상을 하지." 뒤돌아보며 내가 말했다.

다시 몇 발을 떼어 놓자, 이제 병식이 친구가 외쳤다.

"형님, 실례의 말 같지만 새가 되더라도 개펄에 떨어진 콩은 주워 먹지 마슈."

말을 마치자 두 녀석은 한바탕 신나게 웃어 젖혔다. 별 새겨들을 말 같지가 않아 나는 걸음을 빨리했다. 잿빛의 하늘을 배경으로 멀리 갈매기들이 날고 있었다. 바람 소리 속에 끼룩끼룩 우는 갈매기의 울음소리가 여리게 들려 왔다. 새의 울음소리, 그 소리는 들을 적마다 내 가슴을 새로이 두근거리게 하고 교감신경을 자극하여 이상한 쾌감으로 마취시키는 힘이 있었다. 마치 자기짝을 부르듯 나를 부르는 소리로 변용되는 정다움과 부드러움을 지니고 있었다. 병식에게 말한 것처럼 나는 정말 새가 되고 싶었다. 새처럼 모든 구속으로부터 나를 해방시키고 싶었다. 내 **고통의 근원을 심어 준 이 땅**을 떠나 멀리로 완전한 자유인이 되어 **이상의 세계**로 떠나고 싶은 마음이 나그네새를 볼 때마다 간절하게 사무쳤다. 윤회설을 믿지 않지만 이승에서 새로 변신할 수 없다면 내세에서라도 새가 되어 태어나고 싶었다. 인간이 되고 싶어하는 새가 있다면 나는 기꺼이 그 새와 나를 바꾸고 싶었다. 선택권을 준다면 새 중에서도 시베리아나 저 툰드라가 고향인 도요새가 되어 날고 싶었다.

(중략)

나는 웅포리로 가는 참이었다. 그곳으로 가면 내가 늘 찾는 집이 있었다. 유흥가에서 좀 떨어진 암벽 아래 해주집이란 해묵은 소주집이 있었다. 이제 칠순에 가까운 할머니가 손자 하나를 데리고 소주에 재첩국을 파는 숨은 술집이었다. 그 할머니는 황해도 해주에서 육이오 때 피난 온 삼팔따라지로, 나는 그 술집을 아버지부터 소개받았던 것이다. **서울서** 내가 **낙향했**을 무렵, 어느날 아버지는 나를 데리고 해주집을 찾았던 것이다. 그때 목조 식탁에서 소주잔을 놓고 마주 앉아 아버지가 나에게 말했었다.

"이젠 너도 애비와 같이 잔, 잔을 나눌 나이가 된 것 같아. 너가 어릴 적부터 나는 사실 오늘과 같이 이, 이런 날을 기다린 셈이지. 내 **맺힌 얘기**를 들어 줄 놈은 여, 역시 맏아들밖에 없으려니 하고 말야." 그날 나는 아버지와 많은 이야기를 나누었다. 아버지가 바다를 볼 때 느끼는 의미며, 도요새에 대한 뜨거운 사랑의 근원을 처음으로 가슴 깊게 새겨들었다. 아버지는 말했다. "…… 내가 유엔군의 포로가 되자, 나는 곧 전향을 했어. 내 뜨, 뜻에 따라 국군으로 자원입대를 한 셈이지. 육 개월 뒤 금화 전투에서 훈장 하나를 받고 육군 소위로 승진되었어. 그때가 이, 일사 후퇴가 끝난 뒤였으니 그로부터 다시는 고, 고향땅을 못 밟고 말았잖은가. 고향땅이 수복되면 가족을 데리고 이남으로 내려오려고 꿈을 꿨던 게 모두 수, 수포로 돌아갔어. 내가 변하기 시작한 것이 그때부터야. **껍질을 깨고 세상으로 나오려던** 벼, **병아리가 다시 달걀집 속으로 들어가고 싶어 했**으나 이미 워, 원상태의 복귀가 불가능한 그런 경우랄까……." 하며 아버지는 주머니에서 수첩을 꺼냈다. 그리고 수첩 속을 뒤지더니 낡은 편지 봉투 하나를 집어냈다. 아버지의 손이 떨리고 있었다. 나는 아버지가 또 고향 통천에 두고 온 조부모님과 두 삼촌, 고모 두 분과 함께 찍은 옛 사진을 보여 주는 줄로만 알았다. 나는 이미 그 낡은 사진을 수십 번도 더 보았다. 그러나 아버지가 꺼낸 사진은 명함 크기의 그 가족사진이 아니었다. 색 낡아 누렇게 바래진 우표만 한 증명사진이었다. "너, 넌 이제 이해를 할 거야. 이 사진을 보더라도 나를 미워하지 않을 줄을……." 아버지는 **떨리는 손**으로 그 사진을 내게 건네주었다. 모서리는 이미 다 닳았고 거북등같이 가로세로 주름마저 져 버려 윤곽조차 희미한 사진이었다. 사진 속의 얼굴은 처녀였다. 양 갈래로 땋은 머리를 흰 저고리의 어깨 앞에 내리고 초롱한 눈망울로 나를 바라보는 그 사진의 임자를 나는 대뜸 짐작할 수 있었다.

"통천에 계시는 **옛 약혼자**시군요?"

– 김원일, 〈도요새에 관한 명상〉

111

윗글에 대한 설명으로 가장 적절한 것은?

① 장면에 따라 서술자를 바꿔 가며 인물 간의 갈등을 다각적으로 조명하고 있다.

② 작품 속의 등장인물이 서술자가 되어 사건의 전말을 요약적으로 제시하고 있다.

③ 주인공이 서술자가 되어 현재의 시점에서 과거를 회상하며 사건을 전달하고 있다.

④ 전지적인 서술자가 특정 인물의 시선에서 작중 상황을 구체적으로 묘사하고 있다.

⑤ 작품 밖의 서술자가 등장인물의 행적을 소개하며 심리를 직접적으로 전달하고 있다.

112

윗글의 내용과 일치하지 않는 것은?

① '나'는 정배 형의 실험실로 보내기 위해 낮부터 시간 차를 두고 석교천의 물을 수거하고 있었다.

② '나'는 동생이 자신의 충고를 무시하고 친구들과 어울리며 공부를 등한시하는 것에 불만이 많았다.

③ 동생인 병식의 예상대로 '나'는 동진강 하구 근처에서 동생과 그의 친구를 우연히 마주치게 되었다.

④ 아버지는 6 · 25 전쟁 당시 유엔군의 포로로 잡혀 국군으로 전향했으나 곧 고향땅을 밟을 것이라 믿었다.

⑤ 아버지는 과거에도 자주 고향인 통천에 두고 온 가족들과 함께 찍은 사진을 맏이인 '나'에게 보여 주었다.

113

㉠과 ㉡에 대한 이해로 가장 적절한 것은?

① ㉠에는 상대방과의 뜻밖의 만남에 대한 안도감이, ㉡에는 상대방과 거리를 두고 싶은 마음이 담겨 있다.

② ㉠에는 상대방의 행동에 대한 연민이, ㉡에는 자신을 오해하고 있는 상대방에 대한 안타까움이 담겨 있다.

③ ㉠에는 상대방의 질문을 회피하려는 의도가, ㉡에는 상대방의 걱정을 농으로 넘기려는 의도가 담겨 있다.

④ ㉠에는 상대방의 예상치 못한 질문에 대한 당혹감이, ㉡에는 앞으로 다가올 미래에 대한 불안감이 담겨 있다.

⑤ ㉠에는 상대방의 지나친 간섭에 대한 반감이, ㉡에는 자신을 걱정해 주는 상대방에 대한 고마움이 담겨 있다.

114

〈보기〉를 바탕으로 윗글을 감상한 내용으로 적절하지 않은 것은?

보기

이 작품은 6 · 25 전쟁으로 인한 남북 분단의 문제와 1970년대의 정치적 자유 억압, 급속한 산업화로 인한 환경 문제 등을 함께 다루고 있다. 여기서 도요새는 전쟁으로 실향민이 된 아버지와 시국 사건에 연루되어 고향으로 돌아온 '나'의 정신적 상처를 치유해 주는 대상으로 나타난다. 아버지는 남북을 자유롭게 오갈 수 있는 도요새를 보며 북에 두고 온 사람들에 대한 그리움을 달래고, '나'는 비상하는 도요새를 보며 현실적 제약에서 자유로운 이상을 꿈꾼다. 그러나 환경 오염과 밀렵으로 새 떼가 자취를 감춘 동진강에서는 더 이상 도요새를 볼 수 없다.

① 석교 마을의 '소나무 숲'이 '매연으로 고사해 민둥산'으로 버려져 있는 모습에서 급속한 산업화로 인해 환경이 파괴된 모습을 확인할 수 있군.

② '대학을 도중 하차'하고 '서울서' '낙향했'다고 한 것에서 '나'가 시국 사건에 연루되어 대학에서 제적을 당해 고향으로 내려왔음을 알 수 있군.

③ '나'가 도요새가 되어 '고통의 근원을 심어 준 이 땅'을 벗어나 '이상의 세계'로 떠나고 싶어 하는 것에서 현실적 제약에서 자유롭고자 하는 심리를 엿볼 수 있군.

④ 아버지가 '맺힌 얘기'를 하며 '떨리는 손'으로 '옛 약혼자'의 사진을 보여 주는 것에서 남북 분단으로 인해 사랑하는 사람을 만날 수 없었던 실향민으로서의 슬픔을 느낄 수 있군.

⑤ '껍질을 깨고 세상으로 나오려던' '병아리가 다시 달걀집 속으로 들어가고 싶어 했'다는 아버지의 말에서 남북 분단의 비극적 역사 현실을 외면한 당시 사회의 문제를 짐작할 수 있군.

적중 예상

현대 소설 05

목표 시간	5분 00초		
시작	분 초	종료	분 초
소요 시간	분 초		

E 수록

[115~117] 다음 글을 읽고 물음에 답하시오. 14, 15, 20

그래. 아버진 죄를 지었단다. 아직은 넌 모를 테지만, 그 때문에 아버지는 집을 떠나신 거여. ㉠하지만…… 네 아버지는 눈매가 고운 분이셨다. 우리 마을에서 단 하나뿐인 학생이었고…… 남들이 사람을 해치려는 걸 한사코 말리시려고 했지. 그 때문에 살아난 사람도 여럿이 있어. 정말이여.

그런 어머니의 변명은 끝끝내 내 마음을 어루만져 주지 못했다. 그 후로 나는 좀처럼 아버지에 대한 얘기를 꺼내지 않게 되었다. 뜻밖에도 아버지의 죄를 순순히 시인하는 그녀의 한마디가 내게는 그토록 엄청난 충격으로 깊이 남겨졌던 탓이리라. 바로 그 순간부터 나는 아버지의 그 죄라는 것을 내 스스로 함께 나누어 지니고 만 느낌이었고, 그 때문에 나이에 걸맞지 않게 나는 **눈빛이 깊고 어두운 아이**가 되어 가고 있었다. 그리고 그때부터 아버지의 무서운 환영은 저주처럼 내 곁을 따라다니기 시작했다. 그는 언제나 시커먼 어둠 저편에 숨어서 음산하기 그지없는 눈빛으로 나를 쏘아보고 있었다. 그는 어디에나 숨어 있었다. 내 어릴 때 이따금 고개를 디밀어 들여다보면 마루 밑 저편 깊숙이 도사리고 있던 그 까마득한 어둠 속에서도 그 어둠 속에서 술술 기어나오던 그 눅눅하고 음습한 냄새 속에서도 내가 한 번도 얼굴을 본 적이 없는 그 사내는 핏발 선 눈알을 번득이며 나를 쏘아보고 있는 것이었다. 그건 어디서 묻었는지도 모르는, 오랜 시간이 흐른 뒤에까지 지워지지 않는 핏자국처럼 내게는 저주와 공포의 낙인으로 깊이 박혀 있었다. 그리고 그 낙인을 가슴에 지닌 채, 나는 끝끝내 나를 휘감고 있는 어떤 엄청난 죄악감과 불길한 예감으로부터 영영 벗어날 수가 없었다.

산골짜기를 돌아나온 바람이 섬뜩한 한기를 뿌려 주고 내달아났다. 노인은 줄곧 앞장서서 걷고 있었다. 조금씩 한쪽 다리를 절며 걷고 있는 노인의 허리는 그러나 곧게 세워져 있었다. 한 발을 절룩이면서도 그렇듯 허리를 바로 세우기 위해서는 노인은 분명 내심 안간힘을 쓰고 있을 터였다. ㉡어쩌면 그가 헤쳐 나온 지난 삶 또한 그렇게 흐트러짐 없이 질기고 옹골찬 것이었을지도 모른다고 나는 생각했다. 멀리 떨어진 산기슭에서 **까마귀** 떼가 이따금 날아올랐다가 다시 펄럭펄럭 내려앉곤 하는 모습이 보였다. 그것들이 날아오를 때마다 하늘 한쪽 끝이 부패한 짐승의 살덩이처럼 스멀스멀 부풀어 오르는 듯한 착각을 일으켰다.

(중략)

첫 휴가를 받아 집에 도착한 다음 날이었다. 밤새 완행 열차를 타고 내려와 집에 닿자마자 쓰러지듯 잠에 빠져들었던 것이다. 눈을 비비며 일어났던 나는 그득한 밥상을 보고 놀랐다. 아이들처럼 연신 수줍은 웃음을 흘리며 어머니는 나를 쳐다보았다.

참, 이상도 하지. 네가 온다는 말에만 정신이 팔려 깜빡 잊었었는데, 글쎄 오늘이 그 양반 생일이로구나.

누구 말예요? / 느그 아버지 말이다.

㉢얼결에 그렇게 말해 놓고, 그제서야 어머니는 깜짝 놀라며 황황히 내 눈치를 살피고 있었다. 난 가슴이 철렁 내려앉는 것 같았다.

도대체 정신이 있으세요, 어머니. 그 얘긴 다시 꺼내지 말라고 그랬잖아요. 아버진 진작에 죽은 사람이에요. 아니, 설사 살아 있더라도 우리한테는 그게 백 번 나아요.

무슨 말을 그렇게 하는 거냐. 얘야. 아직 살아 계실지 누가 안다고 그래. / 죽었어요. 그런 줄만 아시라니까요!

그래도…… 살아 있기만 하믄야 언제고 만나게 될지도 모르는디…….

나는 기어코 폭발하고야 말았다. / 어떻게요? 이제 와서 대체 어떻게, 어떤 꼬락서니를 하고 서로 만난다는 말입니까, 네?

입에 씹히는 대로 나는 내뱉고 있었다. 숟가락을 쥔 손이 벌벌 떨릴 지경이었다.

아, 아니다. 내가 잘못했다. 빌어묵을 놈의 이, 이…… 주둥아리가 방정이지 뭐이다냐.

어머니는 홀쩍 등을 돌리고 앉았다. 그러고는 주섬주섬 저고리섶을 끌어올리는 것이었다. 어머니가 울고 있었다. 외아들 앞에선 좀체 눈물을 비치지 않던 그녀였다. 아무리 앓아누웠을 때라도 입술을 앙다물고 애써 태연해 보이던 그녀가 쫄쫄 눈물을 흘리고 있는 것이었다.

아아, 나는 까맣게 잊고 있었던 것이다. 어머니가 그토록 오랫동안 누군가를 기다려 왔었음을. ㉣내 유년 시절의 퇴락한 고가의 마루 밑 그 깜깜한 어둠 속에서 음습하고 불길한 냄새와 함께 나를 쏘아보고 있던 한 사내의 눈빛을, 그리고 **청년이 된 지금**까지도 가슴을 새까맣게 그을려 놓으며 깊숙한 상흔으로만 찍혀져 있을 뿐인 그 증오스런 사내의 이름을, 어머니는 **스물다섯 해**가 넘도록 혼자서 몰래 불씨처럼 가슴속에 키워 오고 있었던 것이다. 어머니한테 그 사내는 다른 아무것도 아니었다. 다만 곱고 자상한 눈매로서만, 나직한 음성으로서만 늘 곁에 남아 있었던 것이다.

하지만 그녀가 울고 있는 건 그 미련스럽도록 끈질긴 기다림 때문만은 아니었으리라. 아니, 사실상 어머니는 누구보다도 더 잘 알고 있을 터였다. 그녀의 기다림이 얼마나 까마득하게 손이 닿지 않는 먼 곳으로 자꾸만 자꾸만 밀려 나가고 있는 것인가를 말이다. 스물다섯 해의 세월이, 스스로 묶어 놓은 그 완고한 기만이 목에 잠기어 흐느낌도 없이 지금 어머니는 울고 있는 것이었다. 밥상을 받아 놓은 채 나는 고개를 처박고 앉아 있었다. ㉤눈앞에는 우리 가족의 그 오랜 어둠과 같은 미역 가닥이 국그릇 속에서 멀겋게 식어 가고 있을 뿐이었다.

이제 노인의 모습은 더 이상 보이지 않았다. 그새 수북이 쌓인 눈을 밟으며 나는 오던 길을 천천히 되돌아가기 시작했다. 걸음을 옮길 때마다 어깨에 멘 소총이 수통과 부딪치며 쩔렁쩔렁 소리를 냈다. 나는 어깨로부터 전해 오는 그 섬뜩한 쇠붙이의 촉감과 확실한 중량을 새삼스레 확인하고 있었다. 그리고 **항상 누구인가를 겨누고 열려 있는 총구의 속성**을, 그 냉혹함을, 또한 그 조그맣고 둥근 구멍 속에서 완강하게 똬리를 틀고 앉아 있는 소름 끼치는 그 어둠의 깊이를 생각했다.

까우욱, 까우욱. / 어느 틈에 날아왔는지 길 옆 밭고랑마다 수많은 **까마귀**들이 구물거리고 있었다. 온 세상 가득히 내려 쌓이는 풍성한 눈발 속에 저희들끼리만 모여서 새까맣게 구물거리며 놈들은 그 음산함과 불길함을 역병처럼 퍼뜨리고 있는 것이었다. 얼핏, 쏟아지는 그 눈발 속에서 나는 얼어붙은 땅 밑에 새우등으로 웅크리고 누운 누군가의 몸 뒤척이는 소리를 들었다. 아버지였다. 손발이 묶인 아버지가 이따금 돌아누우며 낮은 신음을 토해 내고 있었다. 나는 황량한 들판 가운데에 서서 그 몸집이 크고 불길한 새들의 펄럭거리는 날갯짓과 구물거리는 모습을 오래오래 지켜보았다.

– 임철우, 〈아버지의 땅〉

115

㉠~㉤에 대한 설명으로 가장 적절한 것은?

① ㉠에서 '눈매가 고운 분'은, '어머니'의 기억 속에서 희미하게 사라져 가고 있는 '아버지'의 과거 모습이다.
② ㉡에서 '흐트러짐 없이 질기고 옹골찬 것'은, 당당한 자세를 통해 드러나는 '노인'의 유연한 삶의 모습을 나타낸다.
③ ㉢에서 '어머니'가 '내 눈치'를 살피는 것은, '아버지'라는 말에 '나'가 보일 반응을 예상할 수 없었기 때문이다.
④ ㉣에서 '나를 쏘아보고 있던 한 사내'는, 어린 시절의 '나'가 아버지와의 유일한 만남의 순간에 포착했던 모습이다.
⑤ ㉤에서 '어둠과 같은 미역 가닥'은, '아버지'라는 존재 없이 살아온 '어머니'와 '나'의 암울했던 삶을 환기한다.

116

〈보기〉는 윗글의 '중략' 부분의 내용이다. 윗글의 서사 구조에서 〈보기〉의 ㉮가 하는 역할로 적절하지 않은 것은?

보기

마을에서 데려온 '노인'은 '나'의 부대원들이 훈련 도중 발견한 유골을 정성껏 수습한다. ㉮철사 줄에 묶여 있는 유골의 모습을 보고 소대장은 '빨갱이'였을 것이라고 단정하지만, '노인'은 죽음 앞에서까지 이념 대립으로 이쪽과 저쪽을 나누는 것에 강한 반감을 드러낸다. 싱싱하게 살아 있는 철사 줄을 모두 걷어 내고 유골을 편안히 묻어 주는 '노인'의 모습을 지켜보며 '나'는 회상에 잠긴다.

① 전쟁의 비극적 역사가 개인인 '나'의 삶에 미친 영향을 돌아보게 한다.
② '어머니'로 하여금 살아 있을지도 모른다고 믿고 있던 '아버지'가 죽은 것이 틀림없다는 확신을 갖게 한다.
③ '스물다섯 해'가 넘는 시간이 흘러도 변함없이 지속되고 있는 대립과 갈등의 부정적 현실을 상징한다.
④ '항상 누구인가를 겨누고 열려 있는 총구의 속성'과 연결되어 전쟁의 냉혹함과 비인간성을 부각한다.
⑤ '나'가 '아버지'와 동일시하는 대상으로, '아버지'에 대한 '나'의 태도가 변화하는 계기가 된다.

117

〈보기〉를 토대로 윗글을 이해한 내용으로 적절하지 않은 것은?

보기

윗글은 다음과 같은 순서로 사건이 전개되고 있다.

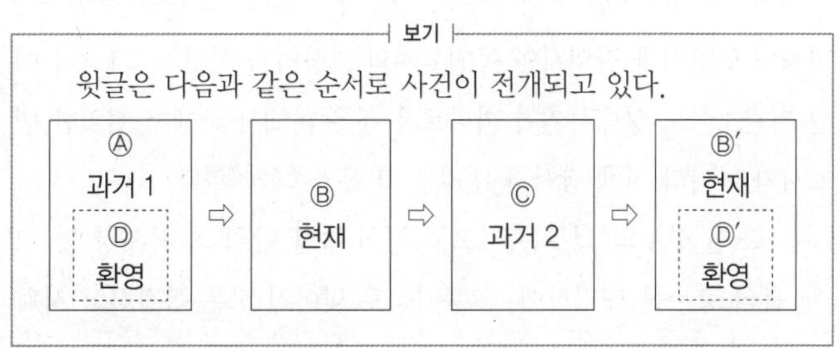

① '노인'의 모습에 대한 '나'의 인지를 기점으로 시간적 배경이 Ⓐ에서 Ⓑ로, Ⓒ에서 Ⓑ′로 전환되고 있다.
② Ⓐ의 상황에서는 '어머니'의 말이 '나'에게 충격을, Ⓒ의 상황에서는 분노의 감정을 유발하고 있다.
③ Ⓓ는 Ⓐ에서 '나'에게 공포의 낙인이었지만, Ⓓ′는 Ⓑ′에서 '나'에게 연민의 대상으로 나타나고 있다.
④ Ⓐ가 Ⓒ보다 시간적으로 앞서 있음은 '눈빛이 깊고 어두운 아이'와 '청년이 된 지금'을 통해 알 수 있다.
⑤ Ⓑ에서 '까마귀'는 현실의 존재로 등장하고 있지만, Ⓑ′에서 '까마귀'는 Ⓓ′의 한 장면으로 제시되고 있다.

적중 예상

현대 소설 06

목표 시간	6분 40초		
시작	분 초	종료	분 초
소요 시간	분 초		

E 수록

[118-121] 다음 글을 읽고 물음에 답하시오. 14, 16, 17, 23

앞부분의 줄거리 충청도 대천 지역 출신인 '유자(유재필)'는 재벌 그룹 총수의 개인 운전사였으나 총수의 위선적 모습에 실망을 느낀다. 그러던 중 총수의 미움을 사서 그룹 내 교통사고를 처리하는 노선 상무의 자리로 좌천된다.

남들은 관례로 보아서 그도 당연히 사표를 던지려니 하고 있었다. 업무의 내용이며, 업무의 난이도며, 조직에서의 위상이며가 비교도 할 수 없는 거리로 벌어진 것이 사실이기 때문이었다.

그는 사표를 내지 않았다.

그는 아무 말 없이 **새로운 업무**를 캐고 익히고 있었다.

그가 그러고 있으니 남들은 **창자도 없는 인간**으로 여기는 눈치였다. 그를 쳐다보는 연민 어린 눈길이 그것이었다.

그는 비록 **총수의 측근**에서 그야말로 하루 식전에 원악도*와 다름없는 **말단 부서의 현장 실무자**로 유배된 셈이었지만, 공사석을 막론하고 한마디의 불평도 입에 올리지 않았다. 적어도 위선자의 몸을 모시고 다니는 것보다는 떳떳하며, 아울러서 속도 그만큼 편할 터이라고 자위하고 있었다.

새로 맡은 자리가 험악한 자리임을 설명하기에는 실로 긴 말이 필요치 않았다.

노선 상무에게는 차량의 운행 노선이 여러 갈래인 만큼이나 거래처가 많았다. 대강만 꼽아 보더라도 우선 사고 현장에 뛰어온 교통 순경을 첫 거래처로 하여, 경찰서와 검찰청과 법원이 있고, 변호사가 있었다. 노선을 달리하여 병원의 응급실이 있고, 입원실이 있고, 원무실이 있고, 또한 보험 회사가 있었다. 그리고 또 다른 노선에는 병원의 영안실과 장의사와 공원묘지와 화장터가 있었다. 그러나 어떤 기관보다도 상대하기가 까다로운 것은 피해자 측에서 선임한 변호사가 아니라 피해 당사자 내지는 그 유가족들이었다.

[A] 노선 상무의 업무는 사고 차량이 속한 단위 회사 사장 및 그룹의 총수를 대리하여, 교통사고로 빚어진 모든 복잡하고 사나운 일에 사무적으로, 법률적으로, 경제적으로, 사회적으로, 나아가서 인간적으로 임하는 것이요, 헌신적으로 뒤치다꺼리를 하는 일이요, 후유증이 일지 않도록 깔끔하게 마무리를 하는 일이었다.

그러나 그 '모든 복잡하고 사나운 일'의 처리는 앞에 말한 여러 갈래 노선의 거래처를 상식적으로, 논리적으로, 과학적으로, 법률적으로, 경제적으로, 헌신적으로, 인간적으로 일단은 이기는 것을 기본으로 하지 않으면 안 되는 것이었다.

그는 그러나 모든 거래처와 그렇게 겨루어서 이기더라도 이긴 것 자체에만 뜻이 있어 하고 만족할 위인이 아니었다. 그 스스로가 그것을 용납하지 않았다. 이기되 양심적으로 이겨야 하고 정서적으로도 이겨야만 하였다.

(중략)

그는 운전자의 운전 윤리에 누구보다도 반듯하였다. 그러므로 운행 중에 때아닌 곳에서 과속으로 앞지르기를 하거나, 옆에서 끼어들어 진로 방해를 하거나, 차선을 함부로 넘나들거나, 신호등이 바뀌기 전부터 앞으로 나가지 않는다고 뒤에서 경적을 울려 대거나, 운전 상식이나 도로 질서에 도전하는 자를 보면, 매양 혼잣말처럼 중얼거리기를 잊지 않았다.

"츤헌늠…… 저건 아마 증조할애비는 상전덜 뫼시구 가마꾼 노릇 허구, 할애비는 고등계 형사 뫼시는 인력거꾼 노릇 허구, 애비는 양조장 허는 자유당 의원 밑에서 막걸리 자즌거나 끌었던 집안 자식일겨. 질바닥서 까부는 것덜두 다 계통이 있는 법이니께."

그가 다루는 사건도 태반이 가해자의 운전 윤리 마비증이 자아낸 것이었다. 그렇지만 **가해자**가 그룹 내의 **동료 운전수**라 하여 팔이 들이굽는다는 식의 **적당주의**를 취한 적은 거의 없었다.

다만 사건 처리에 필요한 서류를 갖추기 위해 신상 기록 대장에 있는 주소를 찾아가 보면 일쑤 비탈진 산꼭대기에 더뎅이진 무허가 주택에서 근근이 셋방살이를 하는 축이 많았고, 더욱이 인건비를 줄이느라고 임시로 쓰던 스페어 운전수*들이 사는 꼴이 말이 아닌 때는, 그 운전자의 자질 여부를 떠나서 현실적인 **딱한 사정**에 괴로워하지 않을 수가 없었던 것이다.

스페어 운전수는 대체로 벌이가 시답지 않아 결혼도 못 한 채 늙고 병든 홀어미와 단칸 셋방을 살고 있거나, 여편네가 집을 나가 버려 어린것들만 있는 경우가 적지 않았고, 들여다보면 방구석에 먹던 봉지 쌀이 남은 대신 연탄이 떨어지고, 연탄이 있으면 쌀이 없거나 밀가루 포대가 비어 있어, 한심해서 들여다볼 수가 없고 심란해서 돌아설 수가 없는 집이 허다한 것이었다.

[B] 그는 결국 주머니를 털었다. **스페어 운전수**의 사고에는 **업무 추진비 명색도 차례**가 가지 않아 **자신의 용돈**을 털게 되는 것이었다. 식구가 단출하면 쌀을 한 말 팔아 주고, 식구가 많은 집은 밀가루를 두 포대 팔아 주고, 그리고 연탄을 백 장씩 들여놓아 주는 것이 그가 용돈에서 여툴* 수 있는 한계였다.

그는 쌀가게에서 쌀이나 밀가루를 배달하고, 연탄 가게에서 연탄 백 장을 지게로 져 올려 비에 안 젖게 쌓아 주기를 마칠 때까지 그 집을 떠나지 않았다. 그리고 그 집을 나와서 골목을 빠져나오다 보면 늘 무엇인가를 빠뜨리고 오는 것처럼 개운치 않았다.

그는 비탈길을 다 내려와서야 그것이 무엇이라는 것을 깨닫곤 하였다. 산동네 초입의 반찬 가게를 보고서야 아까 그 집의 부엌에 간장밖에 없었던 것이 뒤늦게 떠오른 것이었다.

그러면 다시 주머니를 뒤졌다.

그가 반찬 가게에서 집어 드는 것은 만날 얼간하여 엮어 놓은 새끼 굴비 두름이었다. 바다와 연하여 사는 탓에 밥상에 비린 것이 없으면 먹어도 먹은 것 같지 않아 하는 대천 사람의 속성이 그런 데서 까지도 드티었던* 것이다.

도로 산비탈을 기어 올라가서 굴비 두름을 개 안 닿게 고양이 안 닿게 야무지게 매달아 주면서,

"뭐에 제우 지랑*뱁이 읎으니 뱁이구 수제비구 건건이*가 있으야 넘어가지유. 탄불에 궈 자시던지 뱁솥에 쩌 자시던지 하면, 생긴 건 오죽잖어두 뇌인네 입맛에 그냥저냥 자셔 볼 만헐뀨."

– 이문구, 〈유자소전〉

* 원악도: 서울에서 멀리 떨어져 있고 살기가 어려운 섬.
* 스페어 운전수: 임시로 고용된 운전수. * 여툴: 돈이나 물건을 아껴 쓰고 나머지를 모아 둘.
* 드티었던: 밀리거나 비켜나거나 하여 약간 틈이 생기던.
* 지랑: '간장'의 방언. * 건건이: 변변찮은 반찬. 또는 간략한 반찬.

118

윗글에 대한 설명으로 가장 적절한 것은?

① 공간적 배경을 세밀하게 묘사하여 사건에 현장감을 부여하고 있다.
② 시간의 역전적 구성으로 하나의 사건을 입체적으로 조명하고 있다.
③ 인물의 행적을 요약적으로 진술하여 갈등의 해결 방향을 제시하고 있다.
④ 인물의 행위에 대한 서술자의 판단을 통해 인물의 성격을 나타내고 있다.
⑤ 전지적 서술자가 작중 인물의 관찰자적 시각을 빌려 사건을 전달하고 있다.

119

윗글의 내용에 대한 이해로 적절하지 않은 것은?

① '그'는 교통질서나 운전 상식을 어기는 운전 태도는 그 운전자의 집안 내력에서 비롯된다고 여겼다.
② '그'가 노선 상무로서의 업무를 제대로 하려면 교통사고와 관련된 여러 분야의 사람들을 두루 만나야 했다.
③ '그'는 스페어 운전수가 교통사고를 내면 그 운전수 가족의 생계를 챙겨 주려고 직접 그의 집을 방문하였다.
④ '그'가 새끼 굴비 두름을 반찬으로 구매하는 데에는 '그'의 출신 지역과 관련된 식생활 습관이 영향을 미쳤다.
⑤ '그'는 총수를 부정적으로 여기며 총수 곁에 있지 않아도 되는 업무를 맡은 것을 긍정적으로 수용하려 하였다.

120

[A]와 [B]에 대한 설명으로 가장 적절한 것은?

① [A]에서 제시된 인물의 심리적 갈등이 [B]에서 다른 인물과의 갈등으로 이어지고 있다.
② [A]에서 드러난 미래에 대한 기대감이 [B]에서 예상치 못한 상황으로 인해 무너지고 있다.
③ [A]에서 제시된 상황과 인물에 대한 진술이 [B]에서 그 인물의 행동을 통해 구체화되고 있다.
④ [A]에서는 개인적 차원의 부조리를, [B]에서는 사회적 차원의 부조리를 보여 주고 있다.
⑤ [A]에서는 인물이 처한 힘겨운 현실이, [B]에서는 그 인물이 그렇게 된 원인이 제시되어 있다.

121

〈보기〉를 바탕으로 윗글을 감상한 내용으로 적절하지 않은 것은?

보기

〈유자소전〉은 교훈성을 지닌 전(傳) 양식을 따르지만 평범한 인물을 주인공으로 삼고 있다. 〈유자소전〉의 주인공인 '유재필'은 이해타산적인 현대 사회에서 자신이 처한 현실을 직시하며 살아남기 위해 노력한다. 동시에 직업 윤리를 지키면서도 인간적 도리를 잃지 않으려 노력한다. 그리고 이를 실천하는 과정에서 개인적 손해를 입기도 한다. 이런 주인공의 삶은 현대인들의 위선을 꼬집으면서 진정한 인간적 가치가 무엇인지를 보여 준다.

① '노선 상무'로 좌천된 뒤에도 사표를 내지 않고 '새로운 업무'를 익히는 '그'의 모습은 현실을 직시하고 살아남기 위해 노력하는 자세를 보여 주는 것이겠군.
② '총수의 측근'에서 하루아침에 '말단 부서의 현장 실무자'가 된 '그'를 '창자도 없는 인간'이라고 비난하면서도 연민 어린 눈길을 보내는 동료들의 태도는 현대인의 위선적인 면을 보여 주는 것이겠군.
③ '동료 운전수'가 낸 사고라도 '적당주의'를 취한 적이 거의 없는 '그'의 업무 처리 방식은 '그'가 자신이 맡은 일을 올바르게 처리하려는 직업 윤리를 가진 인물임을 보여 주는 것이겠군.
④ '가해자'가 된 스페어 운전수의 '딱한 사정'을 보고 '자신의 용돈'을 털어 식량과 반찬거리, 연탄 등을 사 주는 '그'의 행위는 인간적 도리를 잃지 않고 살아가는 모습을 보여 주는 것이겠군.
⑤ 인건비를 줄이기 위해 고용한 '스페어 운전수'가 낸 사고에는 '업무 추진비 명색도 차례가' 갈 수 없게 만든 '그룹'의 모습은 이해타산적인 현대 사회의 단면을 보여 주는 것이겠군.

적중 예상

현대 소설 07

목표 시간	5분 00초
시작 분 초	종료 분 초
소요 시간	분 초

E 수록

[122-124] 다음 글을 읽고 물음에 답하시오. 18, 20

똥깐의 본명은 동관이며 성은 조이다. 그럴싸한 자호(字號)가 있을 리 없고 이름난 조상도, 남긴 후손도 없다. 동관이라는 이름이 똥깐으로 변한 데는 수다한 사연이 있어 한마디로 말할 수는 없다. 다만 똥깐이와 한 시대를 산 사람들이 똥깐이를 낳고 똥깐이를 만들고 똥깐이를 죽이는 과정에서 자신들의 일부로 평범한 사람 조동관을, 자신들과는 다른 비범한 인간 똥깐이로 받아들이게 되었다는 것은 분명하다. 똥깐이 살다 간 은척읍에서 세 살 먹은 아이부터 여든 먹은 노인에 이르기까지 남녀노소 불문하고 동관을 칭할 때 똥깐이라고 하지 않는 사람은 없었다. 그러나 똥깐이 보고 듣는 데서는 아무도 그를 동관으로도, 똥깐으로도 부를 수 없었다.

㉠똥깐은 이란성 쌍둥이의 동생으로 태어났는데 죽을 때까지 형과 대략 일천 회 이상의 드잡이질을 벌였다. 그 드잡이질은 똥깐의 타고난 체격에 담력과 기술, 자잘한 흉터를 안겨 주었고 그가 **은척 역사상 불세출의 깡패**로 우뚝 서는 바탕이 되었다. 은관은 다른 사람의 인정을 받는 걸 좋아해서 스무 살이 되기 전에 이미 합기도 삼 단, 유도 사 단, 태권도 삼 단의 면장을 가지게 되었는데 그 결과 그에게 붙여진 별명은 '조십단'이었다. 나쁘게 발음하면 그대로 욕이 될 수 있으므로 사람들은 은관이 있는 곳에서는 절대 그 별명을 부르지 않았고 없는 데서도 혹시 신출귀몰하는 그들 형제가 주변에 없나 살피고 나서 '똥깐이가 조십단하고 술 먹다가 전당포 주인을 깔고 앉은 사연' 등을 즐겼다.

그런 이야기가 은척읍 사람들에게 재밋거리가 된 것은 그때 은척에 살던 사람들 대부분이 텔레비전이나 신문, 라디오를 보거나 들을 수 없었기 때문이다. 볼 돈도 없었고 볼 생각도 없었으며 볼 수도 없었다. 따라서 은관 형제의 이야기는 그들의 뉴스였고 연재소설이자 연속극이며 스포츠였고, **무엇보다도 신화였다.**

똥깐은 성장함에 따라 아무도 건드릴 수 없는 개망나니짓으로 명성을 쌓아 가기 시작했는데 열다섯 살 때부터 외상 안 주는 집 깨부수는 일은 다반사요, 외상으로 밥 먹고 외상으로 반찬 먹고 외상으로 차 마시고 게트림하고 외상으로 만화 보고 외상으로 다른 아이들을 두들겨 팬 뒤 외상으로 약을 사 주었다. 그 와중에서 읍내 사람들의 뇌리에 동관을 결정적으로 똥깐으로 각인시킨 일은 이른바 '역전 파출소 단독 점거 사건'이다.

똥깐은 언젠가부터 자신이 태를 묻고 터를 잡은 곳이 좁다고 느끼게 되면서 점차 활동 반경을 넓혀 나갔다. 거기에 결정적인 역할을 한 것이 기차였다. 똥깐의 집은 은척의 근대화의 상징이라 할 만한 기차역 바로 앞에 있었다. 기차역 주변은 은척에서 가장 번화하고 시설이 잘된 곳인데도 불구하고 사시사철 수챗물이 질질 흐르는 도랑이 곳곳에 복병처럼 숨어 있었고 바지도 입지 않은 새카만 아이들이 누런 똥을 뻐득뻐득 싸대곤 했다. 비가 오면 진창이 되는 도로 옆에 야트막이 처마를 잇닿아 지은 가게들에선 매일 먼지와 파리가 날아다녔고 그 뒤 **가난의 꿀물이 졸졸 흐르는 골목골목**에서는 아침저녁으로 울음소리로 하루도 조용한 날이 없었다.

똥깐은 기차역 앞 석탄 하치장 한구석을 본거지로 삼아 거기서 쪼그리고 앉아 화투도 치고 윷도 놀고 술추렴도 하다가 기차가 들어오는 소리가 나면 허리를 쭉 펴고 하품을 한 다음 어슬렁어슬렁 기차를 타러 갔다. 똥깐은 태어나서 한 번도 표를 산 적이 없었고 표를 살 줄도 몰랐으나 역무원들 누구도 감히 똥깐을 제지할 생각을 하지 못했다. ㉡그 역무원이 은척에 살고 있고 처자와 함께 다만 며칠이라도 더 살아야 하는 한.

(중략)

병원에 누워 있던 서장은 삼십 분마다 사람을 보내 당장 똥깐을 체포해 오라고 불호령을 내렸다. 그로서는 공직 생활 수십 년에 처음 겪는 망신이었고 똥깐인지 변소인지를 못 잡으면 수챗물에 내동댕이쳐진 체면이며 훈장이 평생 회복될 것 같지 않았다. ㉢따라서 똥깐이가 산에서 버틴 지 사흘째 되는 날 밤에는 핑계를 대는 데는 선수인 경찰들도 밤새 잠복근무를 하지 않을 수 없었다. 그러거나 말거나 똥깐은 굳세게 잘 버텼다. 잠옷이나 다름없는 옷을 입고 누더기나 다름없는 모포를 뒤집어쓰고 원시적인 무기인 돌로만 무장하고 타고난 욕설과 독기로. 마침내 그의 욕설이 그치자 읍내 사람들은 **오히려 불안한 마음이 되어** 하나씩 둘씩 **남산으로 눈길과 발길을 옮기**기 시작했다. 눈발이 희끗희끗 비치는가 했더니 삽시간에 폭설로 변했다. 눈은 그동안 똥깐이 퍼부어 댔던 욕이 퍼진 대기를 정화하고 욕이 내려앉은 땅을 덮으려는 듯 쉬지 않고 내렸다. 눈사람인지 사람인지 구별이 안 되는 행렬이 남산 입구에서 바위로 올라가는 유일한 통로인 좁은 산길을 메웠다.

한없이 내리퍼붓던 눈이 문득 그치고, 느닷없이 침묵과 고요가 은척을 엄습했다. 누구도 입을 떼지 않고 바람도 소리를 죽이던 바로 그때, 그 순간. 아뿔싸, 오호라, 슬프도다, 어쩔 것인가, 똥깐의 죽음을 알리는 비보가 전해졌다.

그는 얼어 죽었다. 자신 말고는 아무도 없는 동굴에서. ㉣쥐 뼈인지 비둘기 뼈인지 작고 메마른 뼈 몇 개가 그의 발 주변에 흩어져 있었고 아주 가는 뼈 하나가 그의 입에서 멧돼지의 어금니마냥 튀어나와 있었다. 뻣뻣한 똥깐의 시체를 모포에 말아 들것에 싣고 내려오던 기동 타격대 행렬은 말없이 눈을 맞으며 자신들을 지켜보는 눈사람의 행렬과 마주쳤다. 이 행렬은 저 행렬을 **무언으로 비난**했고 저 행렬은 이 행렬에게 그럴 수밖에 없었다는 뜻을 무언으로 전하며 한동안 눈을 맞고 서 있었다. ㉤어쨌든 은척에서 태어나 은척에서 살다가 은척에서 죽을 사람들은 모두 한패였다.

아무것도 이해 못 한 사람은 은척에서 나지 않았고 은척에서 살아 본 적도 없으며 은척에서 죽을 리도 없는 신임 경찰서장이었다. 그는 똥깐의 돌에 맞은 경찰관이 그 상처와 관계없이 몇 주 뒤 교통사고로 죽자 그를 기리는 비석을 남산의 바위 앞에 건립도록 했다. 비석 앞면에는 '경찰 충령비(警察忠靈碑)'라는 큼직한 글씨가 새겨졌고 뒷면에는 아무개 서장이 은척의 치안을 위협하는 불량 도배를 소탕하여 정의와 질서를 구현한 경위, 그 소탕 작전에 참여했다 장렬히 산화한 경찰 아무개를 기려 비를 세우는 데 읍내 유리 가게, 철물점, 어물전, 양복점, 술집, 기타의 주인장들을 얼마나 고심하여 건립위원으로 위촉했는가 등등의 사연이 국한문 혼용체로 비뚤비뚤 적혀 있었다. 경찰서장은 그 비가 세워지던 날, 울며 겨자 먹기로 돈을 내놓은 유지들과 경찰 전원을 참석시킨 가운데 거창한 제막식까지 지냈다. 그가 은척 경찰서장으로 재직하면서 이룩했던 최고의 업적은 바로 그것이었다. 그 외에는 한 일이 없었다.

– 성석제, 〈조동관 약전〉

122

윗글의 서술상 특징으로 적절하지 않은 것은?

① 감탄사의 활용을 통해 인물에 대한 서술자의 주관적 판단이나 감정을 전달하고 있다.

② 직접적 제시와 간접적 제시의 방법을 모두 활용하여 등장인물의 성격을 제시하고 있다.

③ 자연적 배경을 제시하여 인물이 죽음에 이르게 되는 사건 전개에 개연성을 부여하고 있다.

④ 상황에 대한 반어적 진술을 통해 특정 인물에 대한 서술자의 부정적 시각을 드러내고 있다.

⑤ 인물의 생애와 사건을 요약적으로 전달하여 독자와 인물 사이의 거리를 가깝게 만들고 있다.

123

㉠~㉤에 대한 이해로 가장 적절한 것은?

① ㉠: 조동관이 쌍둥이 형 은관과 함께 깡패가 된 직접적인 계기로 작용한다.

② ㉡: 조동관의 행동을 재밋거리로 삼으며 은척에서 계속 살고 싶은 역무원의 심리가 드러난다.

③ ㉢: 경찰들이 그동안 조동관을 잡기 위해 노력하지 않고 있었음을 알게 한다.

④ ㉣: 조동관이 죽음에 이르게 된 직접적인 원인을 제시함으로써 비극성을 고조한다.

⑤ ㉤: 조동관 때문에 고통을 겪었던 사람들의 마음이 결국은 하나로 통할 수밖에 없음을 나타낸다.

124

〈보기〉를 참고하여 윗글을 감상한 내용으로 적절하지 않은 것은?

> 보기
>
> '아이러니'란 진의(眞意)와 반대되는 표현을 말하며, 이에는 문자적 의미와는 반대되는 의미를 드러내는 '언어적 아이러니'와 극적 상황에서 예상되는 것과 일치하지 않는 현상이 발생하는 '극적 아이러니'가 있다. 아이러니는 해학적 요소를 유발하는 것은 물론, 인생과 사회에 대한 폭넓은 비판 의식을 드러내는 경우가 많다. 즉 아이러니를 통하여 인생 체험의 이면에 대한 깊은 이해가 가능해지며, 이는 인생과 우리가 살고 있는 현실에 대한 간접적인 비난의 뜻을 암시한다는 점에서 풍자와 통한다.

① '은척 역사상 불세출의 깡패'로 불리는 '똥깐'의 삶을 대개 영웅이나 비범한 인물의 일대기를 그리는 '전(傳)'의 형식으로 나타냈다는 점에서 아이러니라고 할 수 있다.

② 조동관 형제가 벌이는 이야기가 '무엇보다도 신화였다'는 것은, 그들의 망나니짓이 사람들이 금기시하는 것들이면서도, 동시에 사실은 사람들의 내면에 숨어 있는 욕망일 수도 있다는 아이러니한 인식을 보여 주는 것으로 이해할 수 있다.

③ '가난의 꿀물이 졸졸 흐르는 골목골목'은 가장 근대화된 공간의 한편에 공존하고 있는 또 다른 열악한 삶의 모습을 표현하고 있는 것으로, 사회 현실에 대한 비판 의식을 언어적 아이러니를 통해 드러내고 있는 것으로 이해할 수 있다.

④ 조동관의 욕설이 그치자 마을 사람들이 '오히려 불안한 마음이 되어' '남산으로 눈길과 발길을 옮기'게 되었다는 것은 부정적 인물이 오히려 마을 사람들에게 걱정스럽고 안타까운 존재로 여겨지는 극적 아이러니를 보여 주는 것으로 이해할 수 있다.

⑤ 마을 사람들이 기동 타격대 행렬을 '무언으로 비난'했다는 것은 현실 세계에 대한 체념적 인식을 암시하는 것으로, 마을 사람들의 진의와는 반대되는 '비난'이라는 표현을 통해 자신의 뜻을 자유롭게 드러낼 수 없는 현실을 풍자하는 것이라고 할 수 있다.

Ⅲ

갈래 복합

• 갈래 복합

대표 기출

적중 예상

대표 기출 갈래 복합 ❶

[1~6] 다음 글을 읽고 물음에 답하시오. 2024학년도 수능 22~27번

(가)

흰 벽에는 ―― (흰 벽: 인간 역사의 쇠락과 생성이 이루어지는 공간 / 색채어, 시각적 심상)
어련히 해들 적마다 나뭇가지가 그림자 되어 떠오를 뿐이었다. (시간의 흐름 속에서 어두운 그림자를 받아들이며 고요하게 그 자리를 지킴.)
그러한 정밀*이 천년이나 머물렀다 한다. (2행의 모습 / 천년을 쇠락해 온 인간의 역사)
▶ 천년 역사의 정밀이 머문 흰 벽

「단청은 연년(年年)이 빛을 잃어 두리기둥에는 틈이 생기고, 볕과 바람이 쓰라리게 스며들었다.」 그러나 험상궂어 가는 것이 서럽지 않았다. (해마다 → 세월의 흐름 / 둥근기둥 / 옛날식 집의 벽, 기둥, 천장 등에 여러 빛깔로 그린 그림이나 무늬 / 촉각적 심상 / 자연의 변화에 대한 수용 / 「」: 세월의 흐름에 따라 단청과 두리기둥에 나타난 변화)
▶ 해마다 쇠락해 가는 단청과 두리기둥

기왓장마다 푸른 이끼가 앉고 세월은 소리없이 쌓였으나 ㉠문은 상기 닫혀진 채 멀리 지나가는 바람 소리에 귀를 기울이는 밤이 있었다. (푸른: 동일한 색채어의 반복 / 추상적 관념의 구체화 / '문'의 의인화 – 변화의 가능성에 대한 모색)
▶ 세월의 흐름 속에서 바람 소리에 귀 기울이며 닫혀 있는 문

「주춧돌 놓인 자리에 가을 풀이 우거졌어도 봄이면 돋아나는 푸른 싹이 살고, 그리고 한 그루 진분홍 꽃이 피는 나무가 자랐다.」 (소멸 이미지 / 시각적 심상 – 생성 이미지 / 자연의 순환과 변화가 이루어지는 인간 역사의 공간 / 색채어, 시각적 심상 – 강렬한 생명력의 결실 / 「」: '가을 풀 → 푸른 싹 → 진분홍 꽃이 피는 나무'로 이어지는 계절의 순환을 통해 인간 역사의 변화 가능성을 암시함.)
▶ 계절의 순환이 이루어지는 주춧돌 놓인 자리

유달리도 푸른 높은 하늘을 눈물과 함께 아득히 흘러간 별들이 총총히 돌아오고 사납던 비바람이 걷힌 낡은 처마 끝에 찬란히 빛이 쏟아지는 새벽, 오래 닫혀진 문은 산천을 울리며 열리었다. (희망의 이미지 / 슬픈 역사의 회복과 변화 / 고통과 시련이 끝난 역사의 공간 / 시간적 배경: 새벽 → 인간 역사의 생성 가능성을 보여 줌.)
▶ 새벽의 서광 속에서 산천을 울리며 열리는 문

―― 그립던 깃발이 눈뿌리에 사무치는 푸른 하늘이었다. (이상과 희망의 상징)
▶ 벅찬 감격을 느끼며 바라보는 깃발

– 김종길, 〈문〉

* 정밀: 고요하고 편안함.

문제로 Pick 학습법

운율의 형성 및 시적 상황 · 화자의 정서 강조를 위해 동일한 시어를 반복적으로 사용하는 경우가 많으므로, 어떤 시어가 반복되고 있는가를 확인하는 것이 반드시 필요하다.

1 (가)~(다)에 대한 설명으로 가장 적절한 것은?
② (가)는 동일한 색채어를, (나)는 유사한 문장 구조를 반복적으로 제시하며 시상을 전개한다. (O)

지문 분석

꼼꼼 check!

화자와 시적 상황
이 시의 화자는 인간의 삶의 공간인 집이 변화하는 모습을 통해 인간 역사의 쇠락을 형상화하고 있으며, 이를 자연의 순환과 연결하여 보여 줌으로써 새로운 역사의 생성 가능성을 노래하고 있다.

화자의 정서와 태도
화자는 과거형 진술과 '–다 한다'와 같은 인용의 표현을 통해 비교적 객관적인 시각으로 대상의 변화를 진술하고 있다. 그러나 '쓰라리게'와 '사납던'을 통해 부정적 상황을 형상화하기도 하고, '그립던'과 '사무치는'을 통해 새로운 변화를 맞는 감격을 드러내기도 한다.

주제
암울한 세월이 지나고 희망찬 시대를 맞는 감격

감상 Guide!

- 표현상 특징
이 시에서는 추상적인 관념을 시각적으로 구체화하고 색채어를 활용하여 시상을 전개하고 있다. 그리고 '–다'와 같은 평서형 종결 어미를 반복하여 리듬감을 형성하고 있다.

추상적 관념의 구체화	'그러한 정밀이 천년이나 머물렀다 한다' '세월은 소리없이 쌓였으나'
색채어의 사용	'흰 벽', '푸른 이끼', '푸른 싹', '진분홍 꽃', '푸른 높은 하늘', '푸른 하늘'
평서형 문장 활용	'머물렀다 한다', '스며들었다', '않았다', '있었다', '자랐다', '열리었다', '하늘이었다'

- 시상 전개의 특징
흰 벽과 단청, 두리기둥, 기왓장, 문, 주춧돌, 처마로 시선을 이동하면서 인간 역사의 쇠락과 생성을 형상화하고 있으며, 순환하는 자연의 모습과 인간 역사의 쇠락과 생성을 연결 지어 새로운 역사의 생성 가능성을 보여 주고 있다.

시선의 이동에 따른 전개	'흰 벽' → '단청' → '두리기둥' → '기왓장' → '문' → '주춧돌' → '처마'
자연의 순환에 따른 전개	'가을 풀' → '푸른 싹' → '한 그루 진분홍 꽃이 피는 나무' → 자연의 순환이 가져오는 변화의 힘이 인간 역사의 쇠락과 생성에 관여함으로써 새로운 변화의 가능성을 기대하게 함.

(나)

넘어야 할 대상, 도전의 대상
이를테면 수양의 늘어진 ㉡가지가 담을 넘을 때
그건 수양 가지만의 일은 아니었을 것이다 ▒: '-ㄹ 것이다'의 반복
혼자만의 노력으로 이루어 낸 것이 아님.
얼굴 한번 못 마주친 애먼 뿌리와
가지에서 보이지 않는 땅속의 ◯: 수양 가지가 담을 넘을 수 있도록 하는 내적인 힘
잠시 살 붙였다 적막히 손을 터는 꽃과 잎이
가지에 잠깐 피었다가 지는
혼연일체 믿어주지 않았다면 ▒: 가정 표현의 반복
완전히 하나가 됨.
가지 혼자서는 한없이 떨기만 했을 것이다 [A]
담을 넘을 용기를 내지 못하고 두려워하기만

▶ 수양 가지가 담을 넘게 하는 내적 요인 – 뿌리, 꽃, 잎의 믿음

한 닷새 내리고 내리던 고집 센 비가 아니었으면
줄기차게 내리는 비(의인법)
밤새 정분만 쌓던 도리 없는 폭설이 아니었으면
잠시 인연을 맺던(의인법) △: 수양 가지에 가해지는 외적 시련
담을 넘는다는 게
→ 담을 넘게 하는 외적 요인으로 작용함.
시련 극복에 대한 긍정적 인식
가지에게는 그리 신명 나는 일이 아니었을 것이다
머뭇거리게 하고
무엇보다 가지의 마음을 머뭇 세우고
가지가 담을 넘는 데 뿌리, 꽃, 잎, 비, 폭설 등보다 담의 역할이 컸음을 강조함.
담 밖을 가둬두는
수양 가지가 도달하고자 하는 세계, 미지의 세계
저 금단의 담이 아니었으면
장애물이자 도전의 계기 → 수양 가지가 담을 넘게 하는 외적 요인
담의 몸을 가로지르고 담의 정수리를 타 넘어
담을 열 수 있다는 걸
자유를 얻을 수 있다는 걸
수양의 늘어진 가지는 꿈도 꾸지 못했을 것이다 [B]

▶ 수양 가지가 담을 넘게 하는 외적 시련 – 비, 폭설, 금단의 담

「그러니까 목련 가지라든가 감나무 가지라든가
「 」: 담을 넘어 자라는 다른 식물들(열거법) → 대상의 범위 확장
줄장미 줄기라든가 담쟁이 줄기라든가」
가지가 담을 넘을 때 가지에게 담은
진리를 깨닫지 못한 상태
무명에 획을 긋는
도박이자 도반*이었을 것이다. [C]
담의 이중적 성격 – ① 위험을 감수해야 하는 모험의 대상
② 도전을 돕는 벗

▶ 모든 가지에게 담이 지니는 의미

– 정끝별, 〈가지가 담을 넘을 때〉

* 도반: 함께 도를 닦는 벗.

지문 분석

꼼꼼 check!

화자와 시적 상황

이 시의 화자는 '담'이라는 현실적 제약을 극복하고 '담 밖'이라는 미지의 세계로 나아가고자 하는 가지의 모습에 주목하여, 자유를 얻기 위한 용기와 협력의 가치를 노래하고 있다.

화자의 정서와 태도

화자는 가지가 '담'을 넘을 수 있도록 돕는 내적 · 외적 요인을 추측하고, 가지에게 '담'이 지니는 이중적 의미를 드러냄으로써 삶에 대한 참신한 통찰을 보여 주고 있다.

주제

① 가지가 담을 넘는 과정과 의미
② 자유를 얻기 위한 용기와 협력

감상 Guide!

• 시어의 의미

가지	• 담을 넘어가야 하는 주체 • 용기와 협력으로 담 밖에 도달하는 존재 • 수양 가지(구체적)에서 → 가지(일반적)로 의미가 확장됨.
담	• 가지가 넘어야 할 대상 • 가지를 머뭇거리게 하는 대상 • 가지가 의지로 이겨 내야 하는 현실의 제약 • 가지와 담 밖을 가로막는 시련(도박)이자 넘어가는 데 필요한 존재(도반)
담 밖	• 가지가 도달하고자 하는 세계 • 가지가 경험하지 못한 미지의 세계 • 용기와 협력으로 도달할 수 있는 세계 • 무명에 획을 긋는 성숙(성장)을 통해 도달할 수 있는 공간

• 표현상 특징

의인법	• 수양 가지를 의인화하여 담을 넘는 가지의 심정을 효과적으로 드러냄. • '얼굴 한번 못 마주친 애먼 뿌리', '잠시 살을 붙였다 적막히 손을 터는 꽃과 잎' → 뿌리, 꽃, 잎을 가지에게 신뢰를 보내 주는 존재로 형상화함. • '고집 센 비', '밤새 정분만 쌓던 도리 없는 폭설' → 비와 폭설을 가지가 담을 넘는 데 도움을 주는 존재로 형상화함. • '담의 몸', '담의 정수리' → '담'을 의인화하여 가지가 담을 넘는 과정을 생동감 있게 그려 냄.
가정 표현 및 부정 표현의 활용	• '아니었을 것이다', '아니었으면 ~ 아니었을 것이다', '아니었으면 ~ 못했을 것이다' → 가지가 넘는 데 원동력이 되어 준 존재들을 부각함. → 비, 폭설, 담 등 가지에게 시련을 주는 존재들마저 가지가 담을 넘는 데 도움이 되었음을 부각함.

갈래 복합

(다)

나는 이홍에게 이렇게 말했다.
글쓴이 건망증 때문에 걱정하는 조카 '김이홍'

"ⓐ너는 잊는 것이 병이라고 생각하느냐? 잊는 것은 병이 아니다. 너는 잊지
앞서 제시된 이홍의 걱정에 대한 반문 주장 ① – 잊는 것은 병이 아님.
않기를 바라느냐? 잊지 않는 것이 병이 아닌 것은 아니다. ⓑ『그렇다면 잊지 않
주장 ② – 잊지 않는 것은 병임(이중 부정 = 긍정).
는 것이 병이 되고, 잊는 것이 도리어 병이 아니라는 말은 무슨 근거로 할까?』
『 』: 앞에서 제시한 글쓴이의 주장 ①, ②의 반복과 그 근거에 대한 물음
잊어도 좋을 것을 잊지 못하는 데서 연유한다. 잊어도 좋을 것을 잊지 못하는
앞 문장에 대한 대답
사람에게는 잊는 것이 병이라고 치자. 그렇다면 잊어서는 안 되는 것을 잊는
가정하자 앞에서 가정한 상황에 대한 판단 촉구 → 옳지 않음의 강조
사람에게는 잊는 것이 병이 아니라고 말할 수 있다. ⓒ그 말이 옳을까?
가정적 상황에 근거한 말
▶ 잊음에 대한 물음

천하의 걱정거리는 어디에서 나오겠느냐? 잊어도 좋을 것은 잊지 못하고 잊
걱정거리의 근원에 대한 질문 사람들을 현혹시키는 외적 가치와 나쁜 심성 → ▒: 예시
어서는 안 될 것은 잊는 데서 나온다. 눈은 아름다움을 잊지 못하고, 귀는 좋은 소리를 잊지 못하며, 입은 맛난 음식을 잊지 못하고, 사는 곳은 크고 화려한 집을 잊지 못한다. 천한 신분인데도 큰 세력을 얻으려는 생각을 잊지 못하고, 집안이 가난하건만 재물을 잊지 못하며, 고귀한데도 교만한 짓을 잊지 못하고, 부유한데도 인색한 짓을 잊지 못한다. 의롭지 않은 물건을 취하려는 마음을 잊지 못하고, 실상과 어긋난 이름을 얻으려는 마음을 잊지 못한다.
▶ 잊어도 좋을 것을 잊지 못함.

그래서 잊어서는 안 될 것을 잊는 자가 되면, 어버이에게는 효심을 잊어버리
사람들이 지켜야 하는 내적 가치와 올바른 심성 → ▒: 예시
고, 임금에게는 충성심을 잊어버리며, 부모를 잃고서는 슬픔을 잊어버리고, 제사를 지내면서 정성스러운 마음을 잊어버린다. 물건을 주고받을 때 의로움을 잊고, 나아가고 물러날 때 예의를 잊으며, 낮은 지위에 있으면서 제 분수를 잊고, 이해의 갈림길에서 지켜야 할 도리를 잊는다.
이익과 손해
▶ 잊어도 안 될 것을 잊음.

ⓓ먼 것을 보고 나면 가까운 것을 잊고, 새것을 보고 나면 옛것을 잊는다.
'먼 것', '새것' = 비본질적인 외적 가치 / '가까운 것', '옛것' = 본질적인 내적 가치
입에서 말이 나올 때 가릴 줄을 잊고, 몸에서 행동이 나올 때 본받을 것을 잊는다. 내적인 것을 잊기 때문에 외적인 것을 잊을 수 없게 되고, 외적인 것을 잊을 수 없기 때문에 내적인 것을 더더욱 잊는다.
▶ 내적인 것을 잊고 외적인 것에 매몰된 삶에 대한 경계

ⓔ그렇기 때문에 하늘이 잊지 못해 벌을 내리기도 하고, 남들이 잊지 못해
잊어야 할 것(외적 가치)을 잊지 못하는 사람들은 '하늘', '남들', '귀신'으로부터 각각 '벌', '질시', '재앙'을 받게 됨.
질시의 눈길을 보내며, 귀신이 잊지 못해 재앙을 내린다. 그러므로 잊어도 좋을 것이 무엇인지를 알고 잊어서는 안 되는 것이 무엇인지를 아는 사람은 내적인 것과 외적인 것을 서로 바꿀 능력이 있다. 내적인 것과 외적인 것을 서로 바
남들이 쉽게 잊는 내적인 것을 잊지 않고, 남들이 잊지 못하는 외적인 것을 잊을 수 있는 능력
꾸는 사람은, 다른 사람의 잊어도 좋을 것은 잊고 자신의 잊어서는 안 될 것은
비본질적인 외적 가치 본질적인 내적 가치
잊지 않는다."
▶ 잊어도 좋을 것과 잊어서는 안 될 것을 분별하는 삶의 중요성

– 유한준, 〈잊음을 논함〉

문제로 Pick 학습법

글쓴이의 질문에 담겨 있는 글쓴이의 생각과 의도는 글의 앞뒤 맥락과 연결지어 파악해야 한다.

4 ⓐ~ⓔ에 대한 설명으로 적절하지 않은 것은?

③ ⓒ: 잊음에 대해 '나'가 제시한 가정의 상황이 틀리지 않았음을 강조하기 위한 물음이다. (X)
가정적 상황과 관련한 판단을 촉구하는 물음임.

지문 분석

꼭꼭 check!

글쓴이의 관점과 태도

이 글의 글쓴이는 '잊어도 좋을 것'을 잊지 못하고, '잊어서는 안 될 것'을 잊는 것에서 걱정거리가 생겨난다는 점을 이야기하며, '잊어도 좋을 것'과 '잊어서는 안 될 것'을 분별하는 사람이 되어야 함을 주장하고 있다.

글쓴이의 주장을 강화하는 방법

글쓴이는 일반적인 통념을 깨뜨리는 역설적 발상을 드러내며 자문자답의 형식으로 가르침을 전하고 있다. 또한 이중 부정 구문과 상황의 가정을 통해 자신의 주장을 강화하고 있다.

주제

잊어도 좋을 것과 잊어서는 안 될 것을 분별하는 지혜의 중요성

감상 Guide!

- 대비적 의미의 소재

잊어도 좋을 것 = 외적 가치		잊어서는 안 될 것 = 내적 가치
아름다움, 좋은 소리, 맛난 음식, 크고 화려한 집, 큰 세력을 얻으려는 생각, 재물, 교만한 짓, 인색한 짓, 의롭지 않은 물건을 취하려는 마음, 실상과 어긋난 이름을 얻으려는 마음	↔	효심, 충성심, (부모를 잃은) 슬픔, 정성스러운 마음, 의로움, 예의, 분수, 도리

- 서술상 특징
  – 주장을 강화하기 위한 발상과 서술 방식

역설적 발상	일반적인 통념을 깨뜨리는 역설적 발상으로, 잊는 것이 병이 아니고 오히려 잊지 못하는 것이 병일 수 있음을 이야기함.
자문자답	'~ 생각하느냐?', '~ 무슨 근거로 할까?', '~ 어디에서 나오겠느냐?'와 같이 질문을 던지고, 스스로 그에 대한 대답을 내놓음.
이중 부정	'잊지 않는 것이 병이 아닌 것은 아니다.'와 같이 이중 부정을 사용하여 '병이다'라는 강한 긍정의 의미를 드러냄.
구체적 사례 열거	잊어도 좋을 것과 잊어서는 안 될 것의 구체적 사례를 열거함으로써 독자의 이해를 도움.
연쇄법	'내적인 것을 잊기 때문에 ~ 내적인 것을 더더욱 잊는다.'와 같이 앞 구절의 끝 어구를 다음 구절의 앞 구절에 이어받아 문제 상황을 제시함.

대표 기출 갈래 복합 ❶

1 (가)~(다)에 대한 설명으로 가장 적절한 것은?

① (가)는 명시적 청자에게 말을 건네는 방식으로 화자의 감정을 드러낸다.
② (가)는 동일한 색채어를, (나)는 유사한 문장 구조를 반복적으로 제시하며 시상을 전개한다.
③ (가)와 (나)는 모두, 사라져 가는 대상에 대한 화자의 안타까움을 드러낸다.
④ (나)는 사물을 관조함으로써, (다)는 세태를 관망함으로써 주제 의식을 부각한다.
⑤ (가), (나), (다)는 모두, 대상과 소통하며 문제 해결 과정을 연쇄적으로 제시한다.

핵심 기출 유형

유형 작품 간의 공통점과 차이점 파악

• 이 유형은?

시가는 둘 이상의 작품이 묶여서 출제된다. 이때에는 주제와 소재, 이미지, 정서, 어조와 분위기 등이 비슷한 작품끼리 묶어서 평가하는 경우가 많다. 이 유형은 작품들 간의 내용, 태도, 정서, 표현법의 공통점이나 차이점을 파악할 수 있는지를 평가한다.

대표 발문

▸ (가)~(다)의 공통점으로 가장 적절한(적절하지 않은) 것은?
▸ (가), (나)에 대한 설명으로 가장 적절한(적절하지 않은) 것은?

해결 Tip

작품의 전체적인 분위기, 정서, 태도 등을 파악한다. 제재, 내용, 형식, 표현상의 공통점과 차이점을 살펴본다.

↓

선택지의 내용이 작품 모두에 적용될 수 있는 것인지 확인한다.

2 〈보기〉를 참고하여 (가)를 감상한 내용으로 적절하지 않은 것은?

보기

(가)에서 순환하는 자연이 가진 변화의 힘은 인간 역사의 쇠락과 생성에 관여한다. 인간의 역사는 쇠락의 과정에서도 생성의 기반을 잃지 않고, 자연과 어우러지며 자연의 힘을 탐색하거나 수용한다. 이를 통해 '문'은 새로운 역사를 생성할 가능성을 실현하게 되고, 인간의 역사는 '깃발'로 상징되는 이상을 향해 다시 나아갈 수 있게 된다.

① '흰 벽'에 나뭇가지가 그림자로 나타나는 것은, 천년을 쇠락해 온 인간의 역사가 자연의 힘을 탐색하는 과정에서 자연의 모습에 영향을 미친 결과를 보여 주는군.
② '두리기둥'의 틈에 별과 바람이 쓰라리게 스며드는 것을 서럽지 않다고 한 것은, 쇠락해 가는 인간의 역사가 자연이 가진 변화의 힘을 수용함을 드러내는군.
③ '기왓장마다' 이끼와 세월이 덮여 감에도 멀리 있는 바람 소리에 귀를 기울이는 것은, 자연의 영향을 받으면서도 자연이 가진 변화의 힘에서 생성의 가능성을 찾는 모습이겠군.
④ '주춧돌 놓인 자리'에 봄이면 푸른 싹이 돋고 나무가 자라는 것은, 생성의 기반을 잃지 않은 인간의 역사가 자연과 어우러져 생성의 힘을 수용하는 모습이겠군.
⑤ '닫혀진 문'이 별들이 돌아오고 낡은 처마 끝에 빛이 쏟아지는 새벽에 열리는 것은, 순환하는 자연 속에서 인간의 역사를 다시 생성할 가능성이 나타남을 보여 주는군.

유형 외적 준거에 따른 작품 감상

• 이 유형은?

외적 준거란 작품 이외에 추가로 제공된 자료를 말하는데, 창작 의도, 작가, 주제, 표현 방식, 사회적 배경, 교훈 등 작품과 관련된 모든 요소를 포함한다. 이 유형은 외적 준거를 기준으로 하여 작품을 올바르게 해석하거나 감상할 수 있는지를 평가한다.

대표 발문

▸ 〈보기〉를 참고하여 (가), (나)를 감상한 내용으로 가장 적절한(적절하지 않은) 것은?
▸ 〈보기〉를 참고하여 ㉠~㉤의 의미를 설명한 것으로 가장 적절한(적절하지 않은) 것은?

해결 Tip

화자, 시어, 표현 등을 중심으로 작품의 내용을 이해한다.

↓

〈보기〉 자료로 제시된 관점이나 맥락과 비교하여 선지의 적절성을 판단한다.

갈래 복합

3 (나)에 대한 이해로 가장 적절한 것은?

① [A]에서는 '얼굴 한번 못 마주친' 상황과 '손을 터는' 행위가 '한없이' 떠는 가지의 마음으로 인한 것임을 드러낸다.
② [B]에서는 '고집 센'과 '도리 없는'을 통해 가지가 '꿈도 꾸지 못'하게 만든 두 대상의 성격을 부각한다.
③ [B]에서는 '가지의 마음을 머뭇 세우'는 대상을 '신명 나는 일'에 연결하여 '정수리를 타 넘'는 행위의 의미를 드러낸다.
④ [A]에서 '가지만의'와 '혼자서는'에 나타난 가지의 상황은, [B]에서 '담 밖'을 가두어 [C]에서 '획'을 긋는 가지의 모습으로 이어진다.
⑤ [A]에서 '않았다면'과 [B]에서 '아니었으면'이 강조하는 대상들의 의미는, [C]에서 '목련'과 '감나무' 사이의 관계에서도 나타난다.

핵심 기출 유형

유형 시어와 시구의 의미 파악

• 이 유형은?

'시어'는 시에 사용된 언어이며 '시구'는 시어로 이루어진 구절로 주로 함축적인 의미를 지닌다. 시어의 함축적 의미는 시어가 문맥 속에서 내포하고 있는 의미로, 시상의 흐름 속에서 작가의 의도에 따라 다양한 의미로 변용된다. 이 유형은 시적 상황과 맥락을 고려하여 시어나 시구의 의미를 정확하게 이해할 수 있는지를 평가한다.

대표 발문

▸ ⓐ~ⓔ에 대한 설명으로 가장 적절한(적절하지 않은) 것은?
▸ ㉠과 ㉡을 비교한 내용으로 가장 적절한(적절하지 않은) 것은?

해결 Tip

시적 상황이나 작품의 앞뒤 맥락, 작품의 전체적인 분위기를 고려하여 시어나 시구의 의미와 기능을 파악한다.

↓

시어나 시구의 의미, 기능과 더불어 표현상 특징을 고려하여 시어나 시구의 함축적 의미를 파악한다.

4 ⓐ~ⓔ에 대한 설명으로 적절하지 않은 것은?

① ⓐ: 잊는 것에 대한 '나'의 생각을 전개하기 위한 물음이다.
② ⓑ: 잊음에 대한 '나'의 생각이 어디에서 비롯된 것인지에 대한 답을 제시하기 위해 던지는 물음이다.
③ ⓒ: 잊음에 대해 '나'가 제시한 가정적 상황이 틀리지 않았음을 강조하기 위한 물음이다.
④ ⓓ: 잊지 못하는 것과 잊어버리는 것의 관계를 대비적 표현을 통해 제시하며 잊음에 대한 '나'의 생각을 드러내는 진술이다.
⑤ ⓔ: 잊음의 대상을 제대로 구분하지 못할 때 일어날 수 있는 일을 열거하여 잊음에 대한 '나'의 생각이 옳음을 강조하는 진술이다.

유형 글쓴이의 관점 파악

• 이 유형은?

수필은 주로 운문 갈래와 함께 복합 제재로 구성된다. 수필은 글쓴이의 개성이 나타나는 글이며, 체험에서 얻은 인생에 대한 깊은 통찰과 사색을 통해 독자에게 깨달음을 전달하므로 글쓴이의 관점, 가치관 등과 관련한 문항이 반드시 출제된다.

대표 발문

▸ (나)의 '나'에 대한 설명으로 가장 적절한(적절하지 않은) 것은?
▸ (다)를 이해한 내용으로 가장 적절한(적절하지 않은) 것은?

해결 Tip

글의 중심 소재, 대상을 파악한다.

↓

중심 소재, 대상에 대한 글쓴이의 태도와 관점 등을 파악한다.

↓

복합 제재로 출제되었을 경우 작품 간의 연관 관계에 주의하여 공통점과 차이점을 파악한다.

5 ㉠과 ㉡에 대한 이해로 가장 적절한 것은?

① ㉠은 주변 대상의 도움을 받으며 미래로 나아가고, ㉡은 주변 대상에게 도움을 주며 미래를 대비한다.
② ㉠은 자신의 자리를 지켜 내는, ㉡은 자신의 영역을 확장하는 모습을 보인다.
③ ㉠은 주변과 단절된 상황을 극복하려 하고, ㉡은 외부의 간섭을 최소화하려 한다.
④ ㉠과 ㉡은 외면의 변화를 통해 내면의 불안을 감추려 한다.
⑤ ㉠과 ㉡은 과거의 행위에 대해 반성하는 모습을 보인다.

핵심 기출 유형

유형 소재의 상징적 의미 파악

• 이 유형은?

운문에 사용된 '소재'는 지시적 의미를 넘어 문맥에 의한 새로운 의미를 갖게 되는데, 일상어와 달리 함축적이고 상징적인 의미를 지니는 경우가 많다. 특히 중심 소재는 시의 주제를 전달하고, 시인의 의도에 따라 시의 분위기, 어조, 시적 긴장감을 형성한다. 이 유형은 화자의 처지, 정서와 관련하여 특정한 소재가 어떤 의미나 기능을 지니는지를 묻는다.

대표 발문

▸ ㉠과 ㉡에 대한 이해로 가장 적절한(적절하지 않은) 것은?
▸ ⓐ, ⓑ에 대한 이해로 가장 적절한(적절하지 않은) 것은?

해결 Tip

작중 상황이나 분위기, 화자의 정서, 작품의 주제 등을 파악한다.

↓

화자의 처지나 정서, 작품의 주제 등과의 관계를 고려하여 소재의 의미를 파악한다.

6 〈보기〉를 참고하여 (나), (다)를 감상한 내용으로 적절하지 않은 것은? [3점]

보기

(나)와 (다)에는 주체가 대상을 바라보고 사유하여 얻은 인식이 드러난다. 이는 대상에서 발견한 새로운 의미를 보여 주는 방식이나, 대상의 속성에 주목하여 얻은 깨달음을 제시하는 방식으로 나타난다.

① (나)는 '수양'을 부분으로 나눠 살피고 부분들의 관계가 '혼연일체'라는 것을 발견해 수양이 하나의 통합된 대상이라는 인식을 드러내는군.
② (다)는 '잊어도 좋을 것'과 '잊어서는 안 될 것'에 대해 사유하여 타인과 자신의 관계 속에서 지켜야 할 자세에 대한 깨달음을 드러내는군.
③ (다)는 '내적인 것과 외적인 것을 서로 바꾸는 사람'의 특성에 주목해 잊음의 본질에 대한 깨달음이 바람직한 삶의 태도를 이끈다는 인식을 드러내는군.
④ (나)는 '담쟁이 줄기'의 속성에 주목해 담쟁이 줄기가 담을 넘을 수 있다는, (다)는 잊어서는 안 될 것을 잊는 데 주목해 '내적인 것'을 잊으면 '외적인 것'에 매몰된다는 인식을 드러내는군.
⑤ (나)는 담의 의미를 사유하여 담이 '도박이자 도반'이라는, (다)는 '예의'나 '분수'를 잊지 않아야 함에 주목해 '잊지 않는 것이 병이 아닌 것은 아니'라는 깨달음을 드러내는군.

유형 외적 준거에 따른 작품 감상

• 이 유형은?

작품 이외에 추가로 제공된 자료를 기준으로 작품을 해석하거나 평가하는 문제 유형이다. 그런데 이 유형이 갈래 복합 지문에서 출제될 때에는 자료의 내용으로 특정 작품이 다른 작품과 맺고 있는 연관성이나 두 작품의 공통적 경향이나 관점, 주제 의식, 표현상 특징 등이 제시된다.

대표 발문

▸ 〈보기〉를 참고하여 (가), (나)를 감상한 내용으로 가장 적절한(적절하지 않은) 것은?
▸ 〈보기〉를 참고하여 ㉠~㉤의 의미를 설명한 것으로 가장 적절한(적절하지 않은) 것은?

해결 Tip

작품의 내용과 형식, 표현을 이해한다.

↓

〈보기〉로 제시된 외적 준거의 작품 해석 관점이 무엇인지 파악한다.

↓

외적 준거의 관점에서 작품을 감상하고 있는지, 작품의 내용에서 벗어난 해석은 아닌지 비교하며 선지의 적절성을 판단한다.

대표 기출 갈래 복합 ❷

[7~12] 다음 글을 읽고 물음에 답하시오. 2022학년도 9월 평가원 22~27번

(가)

대부분의 사내들이 고기잡이로 떠난 갯마을에는 늙은이들이 어린 손자나 데리고 뱃그늘이나 바위 옆에 앉아 무연히 바다를 바라보고, 아낙네들이 썰물에 조개나 캘 뿐 한가하다.

갯마을 사내들이 먼바다로 고기잡이를 나감. / 공간적 배경 / 크게 낙심하여 허탈해하거나 멍하게

사흘 째 되던 날, 윤 노인은 아무래도 수상해서 박 노인을 찾아갔다. 박 노인도 막 물가로 나오는 참이었다. 두 노인은 바위 옆 모래톱에 도사리고 앉았다. 윤 노인이 먼저 입을 뗐다.

오랜 경험으로 윤 노인이 폭풍우가 몰려올 징조를 느낌.

"저 구름발 좀 보라니?" / "음!" (□: 폭풍우가 몰려올 징조를 보여 주는 소재)

구름발은 동남간으로 해서 검은 불꽃처럼 서북을 향해 뻗어 오르고 있었다.

먼바다로 고기잡이를 나간 사람들에게 불길한 일이 일어날 것임을 암시함.

윤 노인이 또, / "하하아 저 물빛 봐!"

날씨가 변해 먼바다에 폭풍우가 왔을 것이라는 징조

박 노인은 보라기 전에 벌써 짐작이 갔다. ⓐ아무래도 변의 징조였다.

파도 아닌 크고 느린 너울이 왔다. 그럴 때마다 매운 갯냄새가 풍겼다. 틀림없었다.

먼바다에서 크고 사나운 물결이 쳤을 것임을 암시함.

이번에는 박 노인이 뻔히 알면서도, / "대마도 쪽으로 갔지?"

"고기 떼를 찾아갔는데 울릉도 쪽이면 못 갈라고…."

고기잡이를 나간 배가 무사히 돌아오지 못할 것을 암시함.

두 노인은 더 말이 없었다. 그새 구름은 해를 덮었다. 바람도 딱 그쳤다. 너울이 점점 커 왔다. 큰 너울이 올 적마다 물컥 갯냄새가 코를 찔렀다. 두 노인은 말없이 일어나 말없이 헤어졌다. ㉠그들의 경험에는 틀림이 없었다. 올 것은 기어코 오고야 말았다. 무서운 밤이었다. 깜깜한 칠야, 「ⓑ비를 몰아치는 바람과 바다의 아우성, 보이는 것은 하늘로 부풀어 오른 파도뿐이었다. 그것은 마치 바다의 참고 참았던 분노가 한꺼번에 터져 흰 이빨로 뭍을 마구 물어뜯는 것과도 같았다.」 파도는 이미 모래톱을 넘어 돌각 담을 삼키고 몇몇 집을 휩쓸었다. ⓒ마을 사람들은 뒤 언덕배기 당집으로 모여들었다. 이러는 동안에 날이 샜다. 날이 새자부터 바람이 멎어 가고 파도도 낮아 갔다. 샌 날에 보는 ⓓ마을은 그야말로 난장판이었다.

고등어를 잡으러 간 갯마을 사내들이 변고를 만났을 것이라고 생각함. / 갯마을이라 갯냄새에 익숙한 사람들 코에도 익숙하지 않은 먼바다의 갯냄새 → 불길함 / 아주 캄캄한 밤 / 「 」: 마을에 닥친 너울의 모습을 묘사함. / 서낭당, 국사당 따위와 같이 신을 모셔 두는 집 / ▶ 폭풍우가 몰려와 마을이 큰 피해를 봄.

[A] 이날 밤 한 사람의 희생이 있었다. 윤 노인이었다. 「그의 며느리 말에 의하면 돌각 담이 무너지고 파도가 축담 밑까지 들이밀자 윤 노인은 며느리와 손자를 앞세우고 담 밖까지 나오다가 무슨 일로선지 며느리는 먼저 가라고 하고 윤 노인은 다시 들어갔다고 한다.」 그러고는 아무것도 모른다는 것이다.

「 」: 간접 인용을 통해 인물의 행적을 서술함.

ⓔ바다는 언제 그런 일이 있었던가 하듯 잔물결이 안으로 굽은 모래톱을 찰싹대고, 볕은 한결 뜨거웠고, 하늘은 남빛으로 더욱 짙었다.

폭풍우가 그침.

[B] 그러나 고등어 배는 돌아오지 않았다. 마을은 더 큰 어두운 수심에 잠겼다. 이틀 뒤에 후리막 주인이 신문을 한 장 가지고 와서, 출어한 많은 어선들이 행방불명이 됐다는 기사를 읽어 주었다. 마을은 다시 수라장이 됐다. 집집마다 울음소리가 그치지 않았다. 이틀이 지났다. 울음에도 지쳤다. 울어서 해결될 문제가 아니었다.

— 설마 죽었을라고. —

여러 사람이 그물의 양쪽 끝을 잡고 끌어당기는 그물로 고기를 잡는 곳 / 고등어 배가 돌아오지 못할 것이라는 사람들의 예감이 맞는다는 확신을 줌.

지문 분석

꼭꼭 check!

시점과 서술자

이 작품은 서술자가 전지적 위치에서 문명과 단절된 원초적 공간인 갯마을과 그 속에서 생활을 영위하는 사람들의 삶을 그려 내고 있으며, 간접 인용을 활용하여 인물의 행적을 서술하고 있다.

인물이 처한 상황과 대처 방법

갯마을 사람들은 자연을 순응해야 하는 숙명적 법칙으로 알고 살아간다. 그들은 바다의 변덕에 좌절하거나 절망하지 않고 다시 일어나며 바다를 그들의 삶의 원천이자 절대적 공간으로 인식하는 모습을 보인다.

주제

바다에 대한 애착과 원시적 순수성의 회복 추구

감상 Guide!

- '바다'의 이중적 의미

바다는 삶의 원천의 이미지로 나타나는데, 갯마을 사람들에게 작용하는 양면적 속성으로 인해 이중적 의미를 갖는다.

바다
갯마을 사람들에게 생활의 방편을 제공하는 공간이자, 갯마을 사람들의 목숨을 빼앗아 가는 시련의 공간

- 모호한 갈등

이 작품에는 갈등 양상이 뚜렷하게 드러나지 않는다. 폭풍우가 몰려와 갯마을 사내들이 타고 나간 고등어 배가 돌아오지 않는 상황에서도 갯마을 사람들은 슬픔을 털어 내고 생계를 유지하기 위해 바다로 나간다. 이로 보아 이 작품은 인간과 자연의 갈등 속에서 자연에 순응하는 인간의 모습을 그리고 있다고 할 수 있다.

이런 한 가닥 희망을 가지고 아낙네들은 다시 바다로 나갔다. 살아야 했다. 바다에서 죽고 바다로 해서 산다. 해순이는 성구가 돌아올 것을 누구보다도 믿었다. 그동안 세 식구가 먹고살아야 했다. 해순이도 물옷을 입고 바다로 나갔다.

갯마을 사람들과 숙명의 관계. 삶의 기반이자 죽음의 공간이기도 함.
해순의 생계 수단이자 강인한 생명력을 의미함.

해조를 따고, 조개를 캐다가도 문득 이마에 손을 하고 수평선을 바라보곤 아련한 돛배만 지나가도 괜히 가슴을 두근거리는 아낙네들이었다. 멸치 철이건만 후리[*]도 없었다. 후리막은 집 뚜껑을 송두리째 날려 버린 그대로 손볼 엄두를 내지 않았다.

갯마을 사내들이 타고 나간 고등어 배를 연상시킴.
▶ 고기잡이를 나간 고등어 배가 돌아오지 않음.

– 오영수, 〈갯마을〉

* 후리: 그물의 한 종류.

(나)

S#14. 축항

시멘트로 만든 축항. / 윤 노인과 박 노인이 꼬니를 두고 있다.

고누

윤 노인　거 왜 을축년 바람 때만 해도 그랬지… 용왕님만 노하시면 속절없는 거야.

바다에 폭풍우가 몰려오던 과거를 회상함.

□: 박 노인이 폭풍우가 올 조짐을 느끼는 소재

박 노인　암 여부가 없지…. (수평선을 보며) 여봐 저 구름 좀 보라니….

틀리거나 의심할 여지가 없음.

윤 노인　(침통하게) 음….

박 노인　아무래도 심상치 않아… 저 물빛도 좀 보라니까….

바람이 점점 세어진다.

▶ 윤 노인과 박 노인이 폭풍우가 몰려올 징조를 느낌.

S#15. 노목

성황당 뒤에 서 있는 노목이 불어오는 바람을 가누지 못하고 몹시 흔들린다.

소설에서 간략하게 표현된 폭풍우가 치는 상황을 구체적 장면으로 제시한 부분 ①

S#16. 바위

점점 커 가는 파도가 바위에 부딪쳐 부서진다.

소설에서 간략하게 표현된 폭풍우가 치는 상황을 구체적 장면으로 제시한 부분 ②

S#17. 축항

밀려온 파도는 축항을 뒤엎을 듯이 노한다.

소설에서 간략하게 표현된 폭풍우가 치는 상황을 구체적 장면으로 제시한 부분 ③

S#18. 몽타주[*]

「문을 열고, 하늘을 보는 가족들.

뛰어나와 바다를 보는 사람들.

분주하게 움직이는 아낙들.」

「 」: 여러 장소에서 벌어지는 각 인물의 행동을 보여 줌. → 장면들을 연결하여 폭풍우로 인해 어수선한 마을의 분위기를 드러냄.

S#19. 하늘

검은 구름이 몰려온다. / 번쩍이는 번개. / 천지를 진동하는 천둥.

S#20. 들판

폭우에 휩쓸리는 나무. / 무서운 비바람에 흔들리는 나무. / 벼락이 떨어지며 고목 하나에 불이 붙는다. / 쏟아지는 비! 비! / 몰아치는 바람.

S#21. 길(밤)

돌각 담으로 된 골목길을 달리는 해순.

숨은 하늘에 치닿고 / 옷은 비에 젖어 나신이나 다름없고…. / 넘어지며 달린다. / 번개! 천둥….

기상 악화로 인해 해순의 매우 다급한 심리를 인물의 행동과 외양을 통해 드러냄.

S#22. 성황당(밤 – 비)

지문 분석

감상 Guide!

• 해순의 성격과 상징성

해순의 성격		해순의 상징성
바다에 대한 애착이 강하며 순박하고 순응적임.	→	원초적 자연에 동화된 존재
	↓	
원시적 순수성의 회복을 추구함.		

• 갯마을 사람들의 강인한 생명력

'갯마을'은 인간의 삶의 원형이 이루어지는 공간으로 상징화되어 있는데, 이러한 공간적 특성은 갯마을 사람들로 하여금 자연에 동화되어 살아가게 한다.

갯마을 사람들의 모습
• 자연을 순응해야 하는 숙명적 법칙으로 알고 살아감. • 바다의 변덕에 좌절하거나 절망하지 않고 다시 일어남. • 바다를 그들의 삶의 원천이자 절대적 공간으로 인식함.

• 시나리오의 구성 요소

시나리오의 각 장면은 대사와 지시문, 해설로 구성되어 인물의 성격을 드러내고 사건을 전개하는데, 이들 구성 요소들이 유기적으로 결합하여 주제를 형상화한다. 따라서 소설 원작이 있는 시나리오의 경우 소설과 극 사이의 차이점이 있음을 이해하고 이를 어떻게 시나리오의 구성 요소로 그려 내고 있는지 주목해야 한다.

• 몽타주 기법과 오버랩

영화는 카메라라는 기기를 이용하여 촬영하기 때문에 영화의 대본인 시나리오에서는 촬영을 고려한 특수 용어가 사용된다. 이 작품에서도 '몽타주'와 'O.L.(오버랩)'이 사용되었는데 각각을 통해 장면을 효과적으로 전달하고 있다.

몽타주	• 따로따로 촬영한 장면을 적절하게 떼어 붙여서 하나의 긴밀하고도 새로운 장면이나 내용을 만드는 편집 방식 • S#18에서 몽타주를 활용하여 각각의 장면들을 연결함으로써 폭풍우로 인해 어수선해진 마을의 분위기를 드러냄.
O.L. (오버랩)	• 한 화면 끝에 다음 화면의 시작이 겹치면서 부드럽게 화면을 바꾸어 가는 기법 • S#28, S#29에서 비바람이 거센 전날 밤과 파도가 잔잔해진 아침을 오버랩을 통해 연결함. → 폭풍우가 물러간 상황을 효과적으로 제시함.

비틀거리는 해순이가 올라와서 / 당목 앞에 꿇어앉으며 원망스러운 눈초리로

해순 서낭님예… 서낭님예….

서낭신은 마을의 안전을 지켜 준다는 신으로, 해순은 남편의 안전을 위해 기도하고 있음.

몇 번 부르더니 쏟아지는 빗속에서 몇 번이고 절을 한다. / 잠시 후 순임이 가 올라와서 해순이와 같이 절을 한다. ▶ 갑작스러운 기상 악화로 갯마을 사람들이 불안감을 느낌.

S#23. 하늘(밤 – 비)

먹장 같은 구름에 뒤덮여 검기만 하다. / 파도 소리와 바람 소리뿐이다. / 크게 번개가 친다.

S#24. 노한 밤바다

노도 속에서 비바람과 싸우는 선원들. / 처절한 성구의 얼굴. / 무엇인가 소리치지만 들리지 않는다. / 선미의 키를 잡으며 이를 악무는 성칠. / 분주한 선원들의 모습. / 더욱더 거센 파도. / 흔들리는 뱃사람들…. / 파도에 쓰러지고 / 흔들림에 넘어지고…. / 이윽고 배는 나뭇잎처럼 덜렁 들렸다가 넘어간다.

무섭게 밀려오는 큰 파도 / 말소리가 들리지 않는 장면으로 설정하여 인물의 상황을 더욱 부각함. / 인물의 행동과 표정을 하나의 장면으로 제시함. / 선원들의 위태로운 모습을 반복적으로 제시함. → 급박한 상황으로 드러냄.

▶ 폭풍우로 인해 고기잡이를 나갔던 배가 뒤집힘.

S#25. 성황당(밤 – 비)

해순이와 순임이 외에도 몇몇 아낙이 모였다. / 제정신이 아닌 모습으로 절을 하는 아낙들.

해순과 같은 처지인 순임과 마을 아낙들이 모여 서낭신에 고기잡이를 나간 사내들의 안전을 기원함.

S#26. 윤 노인의 집 앞(밤 – 비)

「윤 노인이 나온다. / 순임이 따라 나오며

「 」: 소설에서 간접 인용을 통해 제시한 부분을 인물 간의 대화와 행동을 통해 제시함.

순임 아버지예. 이 빗속에 어디로 나가신다는 깁니꺼….

윤 노인 마 퍼뜩 다녀올 끼다….

순임 내일 아침에 가시면 안 될끼요….

상수 (가며) 앙이다. 거참 아무래도 무슨 일 내겠다….」

나간다.

S#27. 축항(밤 – 비)

「파도가 휘몰아치는 축항을 위험스럽게 걸어온다. / 빈 배에 걸려 있는 그물을 벗기려는 순간 윤 노인은 파도에 빨려 축항 밖으로 떨어진다. / 잠깐 허우적거리는 듯하더니 노도에 휩쓸려 버린다.」 ▶ 폭풍우로 인해 윤 노인이 희생됨.

「 」: 소설에서 드러나지 않던 윤 노인의 희생이 구체적인 장면을 통해 제시됨.

S#28. 성황당(밤 – 비)

더욱더 거센 비바람. / 아우성치듯 흔들거리는 ⓓ당목. 가지가 꺾어진다. / O.L.

하나의 화면이 끝나기 전에 다음 화면이 겹치면서 먼저 화면이 차차 사라지게 하는 기법 / 비바람이 거센 전날 밤의 모습

S#29. 아침 바다

어젯밤의 폭풍우는 어디로 갔는지 자취도 없고 바다는 잔잔하다. / 모래밭을 적시는 잔잔한 파도. ▶ 폭풍우가 물러감.

폭풍우가 물러간 상황

– 오영수 원작, 신봉승 각색, 〈갯마을〉

* 몽타주: 따로따로 촬영된 장면을 결합하여 새로운 의미를 나타내는 편집 방식.

문제로 Pick 학습법

원작과 원작을 각색한 극이 제시되면, 극적 형상화 방식을 묻는 문제가 출제된다.

12 다음은 (가)와 (나)에 대한 〈학습 활동〉이다. 과제를 수행한 결과로 적절하지 않은 것은?

④ ⓓ를 당목이 꺾이는 장면으로 변형하여 인물들 간의 믿음이 무너진 마을을 상징적으로 보여 주고 있다. (×)

거센 비바람이 몰아치며 난장판이 된 마을의 모습을 상징적으로 보여 줌.

지문 분석

감상 Guide!

• 시나리오의 특징

시나리오
• 영화의 상영을 목적으로 하기 때문에 특수한 시나리오 용어를 사용함.   • 대사와 행동으로 인물의 특성과 사건의 진행을 표현함.   • 장면의 변화가 자유롭고 시간과 공간, 등장인물 수의 제약이 거의 없음.   • 인물에 대한 직접적인 심리 묘사가 어려움. → 장면과 대상에 의한 간접 묘사가 나타남.

• 소설을 시나리오로 고쳐쓰는 각색

각색은 서사시나 소설 따위의 문학 작품을 희곡이나 시나리오로 고쳐 쓰는 일을 말한다. 소설과 희곡 또는 시나리오는 구조적으로 큰 차이가 있으므로 각색을 할 때에는 각 문학 갈래의 특성을 충분하게 고려해야 한다. 예를 들어 소설에서 서술, 묘사, 대화 등으로 제시된 내용은 시나리오에서는 영상으로 제시된다. 또 소설을 시나리오로 각색한 경우 원작 소설과 비교해 볼 때, 시나리오에서 생략되거나 추가된 부분이 있을 수 있다.

대표 기출 갈래 복합 ❷

7 [A]의 서술 방식에 대한 설명으로 가장 적절한 것은?

① 간접 인용을 통해 인물의 행적을 서술하고 있다.
② 이야기 내부 인물이 자신의 내면을 진술하고 있다.
③ 과거 회상을 통해 인물 간의 갈등을 심화하고 있다.
④ 인물의 외양 묘사를 통해 개성적 면모를 부각하고 있다.
⑤ 공간 변화에 따라 서술자를 달리하여 사건에 대한 다양한 관점을 제시하고 있다.

핵심 기출 유형

유형 서술상의 특징 파악

• 이 유형은?

서술 방식이란 서술자가 사건을 전개해 나가는 방식을 말한다. 작가는 주제를 효과적으로 구현하기 위해 특정한 사건 전개 방식이나 표현 방식을 취하여 이야기를 풀어 나가는데, 이는 서술자의 어조나 문체, 시점을 통해 구현된다. 이 유형은 서술자의 위치, 서술 방식, 문체, 구조 등에 나타난 특징을 종합적으로 파악할 수 있는지를 평가한다.

대표 발문

▸ 윗글의 서술상의 특징으로 가장 적절한(적절하지 않은) 것은?
▸ [A]의 서술 방식으로 가장 적절한(적절하지 않은) 것은?
▸ 윗글에 대한 설명으로 가장 적절한(적절하지 않은) 것은?

해결 Tip

작품의 서술자와 시점을 파악한다.

↓

작품의 구조와 표현, 서술자의 태도나 어조 등을 중심으로 서술상의 특징을 파악한다.

↓

서술 방식이 인물이나 사건 전개에 미치는 영향을 살피며 서술 방식의 효과를 파악한다.

8 ㉠에 대한 이해로 가장 적절한 것은?

① '두 노인'은 우연히 만나 ㉠에 대해 대화를 나눈다.
② '두 노인'은 자연 현상을 지각함으로써 ㉠을 환기한다.
③ '두 노인'은 ㉠으로 인해 서로 다른 대처 방안을 제시한다.
④ '두 노인'은 예측이 빗나감에 따라 ㉠에 대해 회의감을 갖는다.
⑤ '두 노인'은 ㉠으로 인해 고깃배의 행선지에 대하여 무관심한 태도를 보인다.

9 〈보기〉를 참고하여 [B]를 감상한 내용으로 적절하지 않은 것은?

보기

〈갯마을〉은 시련이 연속되는 삶의 터전에서 그에 맞서는 인물들의 삶을 다룬다. 갯마을 사람들의 일상을 구성하는 사물, 장소, 일 등은 인물들의 시련과 이를 극복하려는 노력을 나타내는 서사적 장치로 활용된다. 이를 통해 〈갯마을〉은 삶을 지켜 나가려는 의지와 희망을 형상화하고 있다.

① '고등어 배'가 돌아오지 않은 일은 마을 사람들이 겪게 되는 시련에 해당하는군.
② '신문'은 마을 사람들이 상황을 더욱 심각하게 여기게 하는 매개물이군.
③ '바다'는 아낙네들에게 시련을 주지만 생활의 방편도 제공한다는 점에서 이중적인 의미를 지니는군.
④ '물옷'을 입고 바다로 나가는 것은 삶을 지켜 나가려는 해순의 의지를 보여 주는 행동이군.
⑤ '돛배'는 아낙네들에게 자신들의 희망이 실현될 것이라는 확신을 제공하는 대상이군.

핵심 기출 유형

유형 외적 준거에 따른 작품 감상

• 이 유형은?

소설 지문에서는 외적 준거로 인물, 사건, 배경, 구성, 서술 방식 등 소설과 관련된 정보를 제시하여 이를 종합적으로 올바르게 판단할 수 있는지를 묻는다. 주로 작품의 내·외적인 정보를 담은 관련 자료를 〈보기〉로 제시하고 이를 바탕으로 작품을 감상하거나 특정 구절의 의미를 파악하는 형태로 출제되지만, 원작과 변용된 작품을 비교하여 작품을 폭넓게 감상하는 형식으로도 출제된다.

대표 발문

▸ 〈보기〉를 참고하여 (가), (나)를 감상한 내용으로 가장 적절한(적절하지 않은) 것은?
▸ 〈보기〉를 참고하여 ㉠~㉤의 의미를 설명한 것으로 가장 적절한(적절하지 않은) 것은?

해결 Tip

〈보기〉의 감상 기준, 즉 말하고자 하는 바를 정확히 이해한다.

↓

작품에서 〈보기〉의 내용과 연관 지을 수 있는 부분을 찾아, 선지의 적절성을 확인한다.

10 (나)의 인물에 대한 설명으로 가장 적절한 것은?

① S#21에서 '해순'이 달려가는 행위는 기상 악화로 인해 다급해진 속내를 보여 준다.
② S#22에서 '해순'이 비틀거리면서도 성황당에 오르는 것은 당목을 지키려는 의무감을 나타낸다.
③ S#22에서 '순임'의 등장은 '해순'이 서낭님에게 기원하던 것을 멈추는 계기가 된다.
④ S#25에서 '해순'과 '순임'은 성황당에 모인 다른 아낙들과 갈등 관계를 형성한다.
⑤ S#26에서 '순임'은 '윤 노인'이 집을 나가는 이유를 제공한다.

유형 중심 사건 및 갈등 파악

• 이 유형은?

'사건'이란 소설에서 인물을 둘러싸고 전개되는 이야기이다. 사건은 여러 가지 인과관계가 서로 맞물려 발생하며, 대체로 인물 간에 발생하는 갈등이 이야기를 발전시키는 중요한 역할을 한다. 이 유형은 작품의 줄거리와 각 장면에 담긴 사건의 내용, 갈등 구도를 이해하고 있는지를 평가한다.

대표 발문

▸ 윗글에 대한 이해로 가장 적절한(적절하지 않은) 것은?
▸ 윗글의 내용에 대한 이해로 가장 적절한(적절하지 않은) 것은?

해결 Tip

작품 속 상황과 사건 등 전체적인 이야기의 흐름을 이해한다.

이야기의 흐름 속에서 등장인물들의 말과 행동을 바탕으로 갈등의 원인과 전개 과정, 해결이 어떠한지 파악한다.

11 (나)의 S#18과 S#24에 대한 이해로 적절하지 않은 것은?

① S#18은 인물들의 행동을 보여 주는 장면들을 연결하여, 마을의 어수선한 분위기를 보여 주고 있다.
② S#18은 여러 장소에서 벌어지는 사건들을 각각 보여 주어, 제시된 사건들이 갖는 상반된 의미를 나타내고 있다.
③ S#24는 말소리가 들리지 않는 장면을 제시하여, 성구의 절박한 상황을 부각하고 있다.
④ S#24는 행위와 표정을 하나의 장면으로 제시하여, 비바람에 맞서는 성칠의 모습을 보여 주고 있다.
⑤ S#24는 선원들의 위태로운 모습을 반복적으로 제시하여, 배 안의 급박한 상황을 드러내고 있다.

12 다음은 (가)와 (나)에 대한 〈학습 활동〉이다. 과제를 수행한 결과로 적절하지 않은 것은? [3점]

학습 활동

• 과제: (나)는 (가)를 영상화하기 위해 변형한 시나리오이다. (가)의 ⓐ~ⓔ를 다음과 같이 변형하여 각색했다고 할 때, 그 결과를 탐구해 보자.

(가)		(나)	(가)에서 (나)로의 각색 방향
ⓐ	⇒	S#14	인물의 심리를 구체적으로 제시하기
ⓑ	⇒	S#15~S#17	비유적 표현을 시각적으로 나타내기
ⓒ	⇒	S#22, S#25	하나의 사건을 여러 장면으로 제시하기
ⓓ	⇒	S#28	사건의 결과를 상징적으로 보여 주기
ⓔ	⇒	S#28, S#29	하나의 상황을 O.L.(오버랩)을 활용하여 제시하기

① ⓐ를 대화 상황에서의 "아무래도 심상치 않아…"라는 대사로 바꾸어 인물이 느끼는 위기감을 드러내고 있다.
② ⓑ를 갯마을과 바다에서 발생하는 상황으로 제시하여 자연의 위력을 부각하고 있다.
③ ⓒ에서 성황당으로 마을 사람들이 모여드는 모습을 등장인물의 수가 다른 장면들로 나누어 구현하고 있다.
④ ⓓ를 당목이 꺾이는 장면으로 변형하여 인물들 간의 믿음이 무너진 마을을 상징적으로 보여 주고 있다.
⑤ ⓔ에 나타난, 폭풍우가 물러간 상황을 효과적으로 드러내기 위해, 비바람이 거센 전날 밤과 파도가 잔잔해진 아침을 연결하여 제시하고 있다.

핵심 기출 유형

유형 극적 형상화 방식에 대한 이해

• 이 유형은?

희곡이나 시나리오의 대본을 주고 인물 및 사건, 극의 형상화 방식을 제대로 이해하고 있는지 묻는 유형이다. 이 유형은 인물의 심리 및 사건의 전개 양상 등을 파악하는 문제, 극 문학 갈래의 고유한 특성과 관련하여 연출 방법의 적절성을 묻는 문제 등으로 출제된다.

대표 발문

▶ (나)를 영화로 제작한다고 할 때, ㉠~㉤에 대한 연출 계획으로 가장 적절한(적절하지 않은) 것은?
▶ (나)의 '#68~#71'에 대한 이해로 가장 적절한(적절하지 않은) 것은?

해결 Tip

해설, 지문 대사를 바탕으로 사건 전개 양상 및 인물의 심리를 파악한다.

사건의 전개 양상 및 인물의 심리가 선지에 제시된 연출 방법과 어울리는지 판단한다.

대표 기출 갈래 복합 ❸

[13~17] 다음 글을 읽고 물음에 답하시오. 2020학년도 수능 21~25번

(가)

[A]
동녁 두던 밧긔 크나큰 너븐 들히
만경(萬頃) 황운(黃雲)이 ᄒᆞᆫ 빗치 되야 잇다
(넓은 들판 누런 구름 – 곡식이 잘 익은 들판 → 가을의 풍성한 수확)
중양이 거의로다 내노리 ᄒᆞ쟈스라
(중양절(음력 9월 9일) / 고기잡이 → 생활과 노동의 공간으로서의 자연)
블근 게 여믈고 눌은 ᄃᆞᆰ기 ᄉᆞᆯ져시니
(풍성한 가을의 모습)
술이 니글션졍 버디야 업ᄉᆞᆯ소냐 (: 설의법)
(전원생활의 흥취를 즐김.)
전가(田家) 흥미ᄂᆞᆫ 날로 기퍼 가노매라
(전원생활의 즐거움 – 주제 의식이 단적으로 드러남.)
살여흘 긴 몰래예 밤블이 볼가시니 / ㉠게 잡ᄂᆞᆫ 아ᄒᆡ들이 그믈을 흣텨 잇고
(고기잡이하는 배에 켜는 등불이나 횃불 → 생활과 노동의 공간으로서의 자연 / 흩어 놓고)
호두포*엔 구븨예 아적믈이 미러오니
(밀물)
㉡돗ᄃᆞᆫ 빅 애내셩(欸乃聲)*이 고기 ᄑᆞᄂᆞᆫ 당시로다
(한가로운 자연 속 흥취)
경(景)도 됴커니와 생리(生理)라 괴로오랴
(생활이라 괴롭겠느냐 – 자연 속의 생활에 대한 만족감 ▶ 1~11행(본사 1): 풍성한 가을의 흥취)

(중략)

어와 이 청경(淸景) 갑시 이실 거시런ᄃᆞᆯ
(맑은 경치 – 사계절에 따른 아름다운 자연의 정경)
적막히 다든 문애 내 분으로 드려오랴
(내가 누릴 것이 아님.)
사조(私照)* 업다 호미 거즌말 아니로다
㉢모재(茅齋)*예 빗쵠 빗치 옥루(玉樓)라 다ᄅᆞᆯ소냐
(달 / 임금이 계신 곳)
(내가 누릴 수준이 아닌 자연도 즐기고, 누추한 집에 비친 달빛이 임금 계신 곳에도 비침. → 자연 속에서의 삶에 대한 만족감과 연군지정)
청준(淸樽)을 밧씨 열고 큰 잔의 ᄀᆞ득 브어
(맑은 술을 담은 술동이)
㉣죽엽(竹葉) ᄀᆞᄂᆞᆫ 술를 ᄃᆞᆯ빗 조차 거후로니
(풍류적)
표연ᄒᆞᆫ 일흥(逸興)이 져기면 ᄂᆞᆯ리로다
(거침없는 / 날겠구나)
이적선(李謫仙) 이려ᄒᆞ야 ᄃᆞᆯ을 보고 밋치닷다
(이태백(중국 시인) / 미쳤구나, 미치게 되었구나 / 탈속적)
춘하추동애 경믈이 아름답고
(경치 ▶ 12~19행(본사 2): 달빛을 보며 느끼는 흥취)
주야조모(晝夜朝暮)애 완상이 새로오니 / ㉤몸이 한가ᄒᆞ나 귀 눈은 겨를 업다
(사계절과 하루의 모든 때에 자연의 경치가 아름다움 / 자연에서 즐길 일이 많아서)
여생이 언마치리 백발이 날로 기니 / 세상 공명은 계륵이나 다ᄅᆞᆯ소냐
(화자가 노년에 접어 들었음 / 세속적 가치 / 닭의 갈비 – 그다지 큰 소용은 없으나 버리기에는 아까운 것 → 세속적 가치에 대해 부정적으로 인식하면서 이에 대한 미련을 보임.)
ⓐ강호 어조(魚鳥)애 새 밍셰 깁퍼시니
(자연)
옥당금마(玉堂金馬)*의 몽혼(夢魂)*이 섯긔엿다
(벼슬살이가 꿈과 섞여 있음. → 벼슬살이에 대한 미련)
초당연월(草堂煙月)의 시름업시 누워 이셔
(태평하고 평화로운 일상 – 강구연월(康衢煙月))
촌주강어(村酒江魚)로 장일취(長日醉)를 원(願)ᄒᆞ노라
(마을에서 빚은 술과 강에서 잡은 물고기 → 소박한 음식 / 화자가 추구하는 강호한정의 삶)
이 몸이 이러구롬도 역군은(亦君恩)이샷다
(▶ 20~29행(결사): 강호한정과 군은에 대한 예찬 / 자연에서의 한가로운 삶이 임금의 은혜라는 인식 → 사대부의 유교적인 태도)

– 신계영, 〈월선헌십육경가〉

* 호두포: 예산현의 무한천 하류.
* 애내성: 어부가 노를 저으면서 부르는 노랫소리.
* 사조: 사사로이 비춤.
* 모재: 띠로 지붕을 이어 지은 집.
* 옥당금마: 관직 생활.
* 몽혼: 꿈.

문제로 Pick 학습법

자연에서의 풍류나 흥취를 다룬 작품에서 생업에 관한 내용이 나오면 이에 대해 화자가 갖는 정서가 문제화된다.

14 〈보기〉를 바탕으로 [A]를 감상한 내용으로 적절하지 않은 것은?

⑤ 전원생활의 여유를 즐기면서도 생업의 현장에서 느끼는 고단함을 '생리라 괴로오랴'와 같은 설의적인 표현으로 드러냈군. (X)
(자연 속의 생활에 대한 만족감을 드러냄.)

지문 분석

꼭꼭 check!

화자와 시적 상황
이 시의 화자는 누렇게 곡식이 익은 가을 들판, 여문 붉은 게와 살진 늙은 닭, 게 잡는 아이들의 모습을 바라보고, 어부의 노랫소리를 들으며 풍성한 가을날의 흥취를 즐기고 있다.

화자의 정서와 태도
화자는 자연에서 느끼는 흥취와 만족감, 자신에 대한 겸손, 연군에 대한 정서, 벼슬살이에 대한 미련 등 다양한 정서를 드러내고 있다.

주제
자연 속에서 살아가는 흥취와 전원생활의 즐거움

감상 Guide!

• 감각적 이미지의 활용
화자는 풍성한 가을날의 모습과 그에 대한 자신의 흥취를 시각, 후각, 청각 등의 감각적 이미지를 활용하여 더욱 생동감 있게 그리고 있다.

시각적 이미지	• 만경 황운이 ᄒᆞᆫ 빗치 되야 잇다 • 블근 게 여믈고 눌은 ᄃᆞᆰ기 ᄉᆞᆯ져시니 • 살여흘 긴 몰래예 밤블이 볼가시니
청각적 이미지	돗ᄃᆞᆫ 빅 애내셩이 고기 ᄑᆞᄂᆞᆫ 당시로다
후각적 이미지	술이 니글션졍 버디야 업ᄉᆞᆯ소냐

• 설의적 표현의 활용
이 작품에서는 쉽게 판단할 수 있는 사실을 의문의 형식으로 표현하여 상대편이 스스로 판단하게 하는 설의적 표현을 활용하여, 자연에서 살아가는 화자의 태도와 정서를 효과적으로 드러내고 있다.

• 술이 니글션졍 버디야 업ᄉᆞᆯ소냐
• 경도 됴커니와 생리라 괴로오랴
• 적막히 다든 문애 내 분으로 드려오랴
• 모재예 빗쵠 빗치 옥루라 다ᄅᆞᆯ소냐
• 세상 공명은 계륵이나 다ᄅᆞᆯ소냐

• 화자의 내적 갈등
관직 생활을 했던 일을 꿈속에서의 일처럼 허망하게 생각하면서도 세상의 공명을 버리기는 애매한 '계륵'으로 여기고 '옥당금마'를 꿈과 연결하는 데서 화자가 세속적 가치를 부정적으로 인식하면서도 관직 생활에 대해 미련을 지니고 있음을 알 수 있다.

(나) 어촌(漁村)은 나의 벗 **공백공**의 자호(自號)[자기의 칭호를 스스로 지어 부름. 또는 그 칭호.]다. 백공은 나와 태어난 해는 같으나 생일이 뒤이기 때문에 내가 **아우**라고 한다. 풍채와 인품이 소탈하고 명랑하여 사랑할 만하다.[인물의 성격을 직접 제시함.] 「**대과에 급제**하고 좋은 벼슬에 올라, 갓끈을 나부끼고 인끈을 두르고 필기를 위한 붓을 귀에 꽂고 나라의 옥새를 주관하니,」[「 」: 백공은 전도유망한 권력자임.] 사람들은 진실로 그에게 원대한 기대를 하였으나, 담담하게 강호의 취미를 지니고 있다.[자연에서 살고자 함.] 가끔 흥이 무르익으면, 「어부사」[강호에 묻혀 사는 선비의 모습을 어부에 빗댄 노래]를 노래한다. 그 음성이 맑고 밝아서 천지에 가득 찰 것 같다. 증자가 상송(商頌)[『시경』의 한 편명]을 노래하는 것을 듣는 듯하여, 사람의 가슴으로 하여금 멀리 강호에 있는 것 같게 만든다.[백공의 노래를 들으면 자연에 있는 느낌이 듦.] 이것은 그의 **마음에 사욕이 없어 사물에 초탈하였기** 때문에 소리의 나타남이 이와 같은 것이다.[부르는 이의 성품이 노랫소리에 반영되어 있다고 생각함.] ▶ 백공에 대한 소개

하루는 나에게 말하기를,

"나의 뜻은 어부(漁父)[자연을 즐기는 사람을 의미함.]에 있다. 그대는 어부의 즐거움을 아는가. 「**강태공**은 성인이니 **내가 감히** 그가 주 문왕을 만난 것과 같은 그런 만남을 기약할 수 없다. **엄자릉**은 현인이니 **내가 감히** 그의 깨끗함을 바랄 수는 없다.」[「 」: 고사 속 인물 인용 → 백공의 겸손함이 나타남.] ⓗ「아이와 어른들을 데리고 갈매기와 백로를 벗하며 어떤 때는 낚싯대를 잡고, ⓢ외로운 배를 노 저어 조류를 따라 오르고 내리면서 가는 대로 맡겨 두고,[자연에 내맡김. – 자연에 동화된 상태] 모래가 깨끗하면 뱃줄을 매어 두고 산이 좋으면 그 가운데를 흘러간다. ⓞ구운 고기와 신선한 생선회로 술잔을 들어 주고받다가 해가 지고 달이 떠오르며 바람은 잔잔하고 물결이 고요한 때에는 배에 기대어 길게 휘파람을 불며, 돛대를 치고 큰 소리로 노래를 부른다.[자연 속에서 흥겹게 지내는 모습] ⓩ흰 물결을 일으키고 맑은 빛을 헤치면, 멀고 멀어서 마치 성사*를 타고 하늘에 오르는 것 같다. 강의 연기가 자욱하고 짙은 안개가 내리면, 도롱이와 삿갓을 걸치고 그물을 걷어 올리면 금빛 같은 비늘과 옥같이 흰 꼬리의 물고기가 제멋대로 펄떡거리며 뛰는 모습은[생동감 넘치는 풍요로운 자연의 모습] ⓒ넉넉히 눈을 즐겁게 하고 마음을 기쁘게 한다.[자연 속에서 지내는 만족감] 밤이 깊어 구름은 어둡고 하늘이 캄캄하면 사방은 아득하기만 하다. 어촌의 등불은 가물거리는데 배의 지붕에 빗소리는 울어 느리다가 빠르다가 우수수 하는 소리가 차갑고도 슬프다. …(중략)… 여름날 뜨거운 햇빛에 더위가 쏟아질 적엔 버드나무 늘어진 낚시터에 미풍이 불고, 겨울 하늘에 눈이 날릴 때면 차가운 강물에서 홀로 낚시를 드리운다. 사계절이 차례로 바뀌건만 어부의 즐거움은 없는 때가 없다.」[계절과 관계없이 즐거움을 느낌.] ▶ 백공의 말 ① – 어부의 즐거운 삶

저 영달에 얽매여 벼슬하는 자는 구차하게 **영화**에 매달리지만 나는 만나는 대로 편안하다.[속세의 벼슬아치와 대조 → 나는 자연 속에서 편안하게 지냄.] 빈궁하여 고기잡이를 하는 자는[고기잡이를 직업으로 하는 진짜 어부] 구차하게 **이익**을 계산하지만 나는 스스로 유유자적을 즐긴다. 성공과 실패는 운명에 맡기고, 진퇴도 오직 때를 따를 뿐이다. 부귀 보기를 뜬구름과 같이 하고 공명을 헌신짝 벗어 버리듯 하여, 스스로 세상의 물욕[△: 백공이 부정적으로 여기는 가치] 밖에서 방랑하는 것이니, 「어찌 시세에 영합하여 이름을 낚시질하고, 벼슬길에 빠져들어 생명을 가볍게 여기며 이익만 취하다가 스스로 함정에 빠지는 자와 같겠는가.」[「 」: 설의법. 속세의 영달에 마음을 두지 않겠다는 말] ⓑ이것이 내가 몸은 벼슬을 하면서도 뜻은 강호에 두어 매양 노래에 의탁하는 것이니, 그대는 어떻게 생각하는가?"

▶ 백공의 말 ② – 벼슬을 하면서도 자연에 뜻을 두는 이유

하니 내가 듣고 **즐거워하며** 그대로 기록하여 백공에게 보내고, 또한 나 자신도 살피고자 한다. 을축년 7월 어느 날. ▶ '나'가 백공의 말을 기록함.

– 권근, 〈어촌기〉

* 성사: 옛날 장건이 타고 하늘에 다녀왔다고 하는 배.

지문 분석

꼭꼭 check!

글쓴이의 관점과 태도

글쓴이는 공백공의 생각에 대한 공감을 드러내고, 자신의 삶을 성찰하려는 모습을 보이고 있다. 이러한 글쓴이의 공감과 성찰로 보아, 글쓴이 또한 공백공이 지향하는 어부로서의 삶, 즉 벼슬에 연연하지 않고 자연 속에서 유유자적하며 살아가는 삶을 지향하고 있음을 알 수 있다.

글쓴이의 주장을 강화하는 방법

공백공은 고사 속 인물인 강태공과 엄자릉을 언급하면서 자신은 이 두 사람을 존경하지만, 능력이나 인품이 그들에 미치지 못한다면서 겸손한 태도를 드러내고 있다.

주제

강호에 머물며 자유롭게 사는 즐거움

감상 Guide!

- 공백공의 자호와 인물됨

자호	공백공의 자호는 '어촌'으로, 이 글의 제목인 '어촌기'는 공백공에 관한 기록이라는 의미임.
인물됨	• 인품이 소탈하고 명랑함. • 좋은 벼슬 자리에 올랐으나, 담담히 강호의 취미를 지님. • 음성이 맑고 밝음. • 마음에 사욕이 없어 사물에 초탈함.

- 공백공이 지향하는 삶과 주제 의식

공백공은 자신이 지향하는 삶과 지양하는 삶의 모습을 구체적으로 제시하여 대조의 방식으로 유유자적하는 삶의 의미를 강조하고 있다.

지향하는 삶	• 영화에 매달리지 않으며, 만나는 대로 편안함. • 이익을 계산하지 않고 스스로 유유자적을 즐김. • 성공과 실패는 운명에 맡기고 진퇴도 오직 때를 따름. • 부귀 보기를 뜬구름과 같이 하고 공명을 헌신짝 벗어 버리듯 하여, 스스로 세상의 물욕 밖에서 방랑함.
	↕
지양하는 삶	• 영달에 얽매이고 구차하게 영화에 매달림. • 구차하게 이익을 계산함. • 시세에 영합하여 이름을 낚시질함. • 벼슬길에 빠져들어 생명을 가볍게 여기며 이익만 취하다가 스스로 함정에 빠짐.

대표 기출 갈래 복합 ❸

13 ㉠~㉭에 대한 이해로 적절하지 않은 것은?

① ㉠에는 전원에서의 생활상이, ㉥에는 자연과 동화되는 삶이 나타난다.

② ㉡에는 한가로운 자연 속 흥취가, ㉦에는 고독을 해소하려는 의지가 나타난다.

③ ㉢에는 자연 현상에서 연상된 그리움의 대상이, ㉨에는 배의 움직임에 따른 청아한 풍경이 나타난다.

④ ㉣에는 운치 있는 풍류의 상황이, ㉧에는 자연에서 누리는 흥겨운 삶의 모습이 나타난다.

⑤ ㉤에는 변화하는 자연에서 얻는 즐거움이, ㉩에는 생동감 넘치는 자연에서 느끼는 만족감이 나타난다.

핵심 기출 유형

유형 시어와 시구의 의미 파악

• 이 유형은?

'시어'는 시에 사용된 언어이며 '시구'는 시어로 이루어진 구절로 주로 함축적인 의미를 지닌다. 시어의 함축적 의미는 시어가 문맥 속에서 내포하고 있는 의미로, 시상의 흐름 속에서 작가의 의도에 따라 다양한 의미로 변용된다. 이 유형은 시적 상황과 맥락을 고려하여 시어나 시구의 의미를 정확하게 이해할 수 있는지를 평가한다.

대표 발문

▶ ⓐ~ⓔ에 대한 설명으로 가장 적절한(적절하지 않은) 것은?
▶ ㉠과 ㉡을 비교한 내용으로 가장 적절한(적절하지 않은) 것은?

해결 Tip

시적 상황이나 작품의 앞뒤 맥락, 작품의 전체적인 분위기를 고려하여 시어나 시구의 의미와 기능을 파악한다.

↓

시어나 시구의 의미, 기능과 더불어 표현상 특징을 고려하여 시어나 시구의 함축적 의미를 파악한다.

14 〈보기〉를 바탕으로 [A]를 감상한 내용으로 적절하지 않은 것은? [3점]

보기
17세기 가사 〈월선헌십육경가〉는 월선헌 주변의 16경관을 그린 작품으로 자연에서의 유유자적한 삶을 읊으면서도 현실적 생활 공간으로서의 전원에 새롭게 관심을 두었다. 그에 따라 생활 현장에서 볼 수 있는 풍요로운 결실, 여유로운 놀이 장면, 그리고 생업의 현장에서 느끼는 정서 등을 다양한 표현 방법을 통해 현장감 있게 노래했다.

① 전원생활에서 목격한 풍요로운 결실을 '만경 황운'에 비유해 드러냈군.

② 전원생활 가운데 느끼는 여유를 '내노리 ᄒᆞ쟈스라'와 같은 청유형 표현을 통해 드러냈군.

③ 전원생활의 풍족함을 여문 '블근 게'와 살진 '눌은 ᄃᆞᆰ'과 같이 색채 이미지에 담아 드러냈군.

④ 전원생활에서의 현장감을 '밤블이 ᄇᆞᆰ가시니'와 '아젹믈이 미러오니'와 같은 묘사를 활용해 드러냈군.

⑤ 전원생활의 여유를 즐기면서도 생업의 현장에서 느끼는 고단함을 '생리라 괴로오랴'와 같은 설의적인 표현으로 드러냈군.

유형 외적 준거에 따른 작품 감상

• 이 유형은?

외적 준거란 작품 이외에 추가로 제공된 자료를 말하는데, 창작 의도, 작가, 주제, 표현 방식, 사회적 배경, 교훈 등 작품과 관련된 모든 요소를 포함한다. 이 유형은 외적 준거를 기준으로 하여 작품을 올바르게 해석하거나 감상할 수 있는지를 평가한다.

대표 발문

▶ 〈보기〉를 참고하여 (가), (나)를 감상한 내용으로 가장 적절한(적절하지 않은) 것은?
▶ 〈보기〉를 참고하여 ㉠~㉤의 의미를 설명한 것으로 가장 적절한(적절하지 않은) 것은?

해결 Tip

화자, 시어, 표현 등을 중심으로 작품의 내용을 이해한다.

↓

〈보기〉 자료로 제시된 관점이나 맥락과 비교하여 선지의 적절성을 판단한다.

15 (나)의 '공백공'에 대한 설명으로 가장 적절한 것은?

① 시간에 따른 공간의 다채로운 모습을 제시하며 자신의 감정을 드러내고 있다.
② 상대의 말과 행동이 불일치함을 언급하여 자신의 결백을 입증하고 있다.
③ 상대에 대해 심리적 거리감을 느껴 자신의 생각 표현을 자제하고 있다.
④ 질문에 답변하며 현실에 대처하는 자신의 태도를 밝히고 있다.
⑤ 대상과 관련된 행위를 열거하며 자신의 무력감을 깨닫고 있다.

16 〈보기〉를 참고하여 (나)를 이해한 내용으로 적절하지 않은 것은?

보기

〈어촌기〉의 작가는 벗의 말을 인용하여 자신의 생각을 드러내고 있다. 작가는 벗에 관한 이야기가 기록할 만한 가치가 있다는 근거를 벗과의 관계와 그의 성품에 대한 평을 통해 마련하고 있다. 이를 통해 작가는 자신이 추구하는 삶의 방향성과 가치관을 드러내며 벗의 생각에 공감하고 있다.

① 벗이 '영화'와 '이익'을 중시하는 삶을 거부한다는 것을 통해 벗의 가치관을 알 수 있군.
② 작가가 벗의 말을 '즐거워하며' 자신도 살피려 하는 것을 통해 작가는 벗의 생각에 공감하고 있음을 알 수 있군.
③ 작가가 벗을 '아우'로 삼고 있다는 것을 통해 벗이 추구하는 삶의 자세가 작가로부터 전해 받은 것임을 알 수 있군.
④ 벗이 '강태공'과 '엄자릉'을 들어 '내가 감히'라는 말을 언급한 것을 통해 그들의 삶에 미치지 못함을 스스로 인정하는 벗의 겸손한 성품을 알 수 있군.
⑤ 작가가 벗이 '대과에 급제'하여 기대를 받고 있는데도 '마음에 사욕이 없'다고 평한 것을 통해 벗의 말이 기록할 만한 가치가 있다고 여김을 알 수 있군.

유형 글쓴이의 관점 파악

• 이 유형은?

수필은 주로 운문 갈래와 함께 복합 제재로 구성된다. 수필은 글쓴이의 개성이 나타나는 글이며, 체험에서 얻은 인생에 대한 깊은 통찰과 사색을 통해 독자에게 깨달음을 전달하므로 글쓴이의 관점, 가치관 등과 관련한 문항이 반드시 출제된다.

대표 발문

▸ (나)의 '나'에 대한 설명으로 가장 적절한(적절하지 않은) 것은?
▸ (다)를 이해한 내용으로 가장 적절한(적절하지 않은) 것은?

해결 Tip

글의 중심 소재, 대상을 파악한다.

↓

중심 소재, 대상에 대한 글쓴이의 태도와 관점 등을 파악한다.

↓

복합 제재로 출제되었을 경우 작품 간의 연관 관계에 주의하여 공통점과 차이점을 파악한다.

17 ⓐ와 ⓑ를 비교한 내용으로 가장 적절한 것은?

① ⓐ는 '내'가 '강호'에서의 은거를 긍정하지만 정치 현실에 미련이 있음을, ⓑ는 '공백공'이 정치 현실에 몸담고 있지만 '강호'에 은거하려는 지향을 나타낸다.
② ⓐ는 '내'가 '강호'에서의 은거를 마치고 정치 현실로 복귀하려는 의지를, ⓑ는 '공백공'이 정치 현실에서 신뢰를 잃어 '강호'에 은거하려는 소망을 나타낸다.
③ ⓐ는 '내'가 '강호'에서 경치를 완상하며 정치 현실의 번뇌를 해소하려는 자세를, ⓑ는 '공백공'이 정치 현실과 갈등하여 '강호'에 은거하려는 자세를 나타낸다.
④ ⓐ는 '내'가 '강호'에서 늙어 감에 체념하면서도 정치 현실을 지향함을, ⓑ는 '공백공'이 정치 현실을 외면하면서 '강호'에 은거하려는 염원을 나타낸다.
⑤ ⓐ는 '내'가 '강호'에서 임금께 맹세하며 정치 현실의 이상을 실현하려는 태도를, ⓑ는 '공백공'이 정치 현실의 폐단에 실망하며 '강호'에 은거하려는 희망을 나타낸다.

핵심 기출 유형

유형 화자의 정서와 태도 파악

• 이 유형은?

시인은 시 속에서 말을 하는 사람인 화자를 대리인으로 내세워 주제를 전달한다. 따라서 시적 대상이나 상황 등에 대해 화자가 어떠한 정서와 태도를 보이는지 파악하는 것은 시를 이해하는 데 기본이 된다. 이 유형은 화자가 처한 상황, 그에 대한 정서와 태도를 올바르게 파악할 수 있는지를 평가한다.

대표 발문

▸ [A]에 대한 이해로 가장 적절한(적절하지 않은) 것은?
▸ ㉠, ㉡에 대한 이해로 가장 적절한(적절하지 않은) 것은?

해결 Tip

작품 속 화자나 시적 대상을 찾고, 작품에 드러난 시적 상황을 파악한다.

↓

화자의 목소리, 즉 어조를 통해 화자의 정서와 태도를 파악한다.

↓

시적 상황과 관련하여 시어나 시구에 담긴 화자의 정서와 태도를 파악한다.

갈래 복합 01

목표 시간	8분 20초		
시작	분 초	종료	분 초
소요 시간	분 초		

E 수록

[125-129] 다음 글을 읽고 물음에 답하시오.

(가) 14, 16, 18, 23 / (나) 14, 16, 21, 23 / (다) 19

(가) 내 님믈 그리ᅀᆞ와 **우니다니**
산(山) 졉동새 난 이슷ᄒᆞ요이다
아니시며 거츠르신 ᄃᆞᆯ 아으
잔월효성(殘月曉星)이 아ᄅᆞ시리이다
넉시라도 님은 ᄒᆞᆫᄃᆡ **녀져라** 아으
벼기더시니 뉘러시니잇가
과(過)도 **허믈**도 천만(千萬) 업소이다
㉠ᄆᆞᆯ힛 마리신뎌*
ᄉᆞᆯ읏븐뎌 아으
니미 나ᄅᆞᆯ ᄒᆞ마 니ᄌᆞ시니잇가
㉡아소 님하 도람 드르샤 괴오쇼셔

– 정서, 〈정과정〉

* ᄆᆞᆯ힛 마리신뎌: 뭇 사람들의 참언입니다.

(나) ㉢어이 못 오던다 무슨 일로 못 오던다

[A] ㉣너 오는 길 위에 무쇠로 성(城)을 쌓고 성 안에 담 쌓고 담 안에란 집을 짓고 집 안에란 뒤주* 놓고 뒤주 안에 궤를 놓고 궤 안에 너를 결박하여 놓고 쌍배목* 외걸새에 용거북 자물쇠로 수기수기 잠갓더냐 네 어이 그리 아니 오던다

㉤한 달이 셜흔 날이여니 날 보라 올 하루 업스랴

– 작자 미상

* 뒤주: 쌀 같은 곡식을 담아 두는 세간.
* 쌍배목: 쌍으로 된 문고리를 거는 쇠.

(다) 순조 10년(1810) 경오년 여름에 파리가 매우 많아져 온 집안에 득실거리더니, 더욱 늘어나서 산골에까지 만연하였다. 고루거각(高樓巨閣)에서도 얼어 죽는 법이 없더니, 술집과 떡집에 구름처럼 몰려들어, 윙윙거리는 소리가 우레 같았다. 늙은이들은 괴변이라 탄식하고, 젊은이들은 성내며 때려잡았다. 어떤 사람은 통발을 만들어 놓아 걸려 죽게 하고, 어떤 사람은 독약을 뿌려 그 약 기운에 어리게 해서 섬멸하려 했다.

나는 이렇게 말하였다.

[B] "아아, 이 파리들을 죽여서는 안 된다. 굶어 죽은 사람들이 변해서 이 파리들이 되었다. 아아, 이들은 기구하게 살아난 생명들이다. 슬프게도 작년에 큰 기근을 겪었고, 겨울에는 혹독한 추위를 겪었다. 그로 인해 전염병이 유행하였고, 가혹하게 착취까지 당하여 수많은 사람들이 죽었다. 시신이 쌓여 길에 즐비했으며, 시신을 싸서 버린 거적이 언덕을 뒤덮었다. 수의도 관도 없는 시신 위로 따뜻한 바람이 불고, 기온이 높아지자 살이 썩어 문드러졌다. 시신에서 물이 나오고 또 나오고, 고이고 엉기더니 변하여 구더기가 되었다. 구더기 떼는 강가의 모래알보다 만 배나 많았다. 구더기는 점차 날개가 돋아 파리로 변하더니 인가로 날아들었다.

아아, 이 파리들아 어찌 우리 사람들과 마찬가지 존재가 아니랴. 너의 생명을 생각하면 눈물이 줄줄 흐른다. 이에 음식을 마련해 파리들을 널리 불러 모으나니 너희들은 서로 기별하여 함께 와서 이 음식들을 먹어라."

이에 다음과 같이 파리를 조문(弔問)하였다.

파리야, 날아와서 이 음식 소반에 모여라. 수북이 담은 흰 쌀밥에 국도 간 맞춰 끓여 놓았고, 잘 익은 술과 단술에 밀가루로 만든 국수도 곁들여 놓았다. ⓐ너의 마른 목구멍과 너의 타는 창자를 축여라.

(중략)

우두머리 아전이 주방에 들어와 음식을 살피는데, ⓑ입으로 숯불을 불어 가며 냄비에 고기를 지져 내고 수정과 맛이 훌륭하다고 칭찬이 자자한데, 호랑이 같은 문지기들 철통같이 막고 서서 너희들의 애원하는 소리는 들은 척도 않고 소란 피우지 말라고 호통친다. 수령은 안에 앉아 제멋대로 판결한다. 역마를 달려 급히 보고하는데, 내용인즉 마을이 모두 편안하고 길에는 굶주려 수척한 사람 없으니 ⓒ태평할 뿐 아무 걱정이 없다고 한다.

파리야, 날아와 다시 태어나지 말아라. ⓓ아무것도 모르는 지금 상태를 축하하라. 길이길이 모르는 채 그대로 지내거라. 사람은 죽어도 내야 할 세금은 남아 형제에게까지 미치게 되니, 유월되면 벌써 세금 독촉하는 아전이 문을 걷어차는데, 그 소리가 사자의 울음소리 같아 산악을 뒤흔든다. 세금 낼 돈이 없다고 하면 가마솥도 빼앗아 가고 송아지도 끌고 가고 돼지도 끌고 간다. 그러고도 부족하여 불쌍한 백성을 관가로 끌고 들어가 곤장으로 볼기를 친다. 그 매 맞고 돌아오면 힘이 빠지고 지쳐 염병에 걸려 풀이 쓰러지듯, 고기가 물크러지듯 죽어 간다. 그렇지만 그 숱한 원한을 천지 사방에 호소할 데 없고, 백성이 모두 다 죽을 지경에 이르렀는데도 슬퍼할 수도 없다. 어진 이는 움츠려 있고 소인배들이 날뛰니, ⓔ봉황은 입을 다물고 까마귀가 울어 대는 꼴이다.

파리야, 날아가려거든 북쪽으로 날아가거라. 북쪽으로 천 리를 날아 임금 계신 대궐로 들어가서 너희들의 충정(衷情)을 호소하고 너희들의 그 **지극한 슬픔**을 펼쳐 보여라. **포악한 행위**를 아뢰지 않고는 시비를 가릴 수 없는 것. **해와 달**이 밝게 비쳐 빛이 찬란할 것이다. 정치를 잘하여 인(仁)을 베풀고, 천지신명들께 아뢺에 규(圭)를 쓰는 것이다. 천둥같이 울려 임금의 위엄을 떨치게 하면 곡식도 잘 익어 백성들의 **굶주림도 없어지리라**. 파리야, 그때에 날아서 남쪽으로 돌아오너라.

– 정약용, 〈파리를 조문하는 글〉

125

(가)~(다)의 공통점으로 가장 적절한 것은?

① 가상의 상황을 설정하여 이상 세계에 대한 동경을 드러내고 있다.
② 우화적인 상황 설정을 통해 대상에 대한 비판 의식을 드러내고 있다.
③ 과거를 회상하는 방식을 통해 삶에 대한 성찰적 태도를 드러내고 있다.
④ 자연물에 인격을 부여하여 대상에 대한 그리움의 정서를 드러내고 있다.
⑤ 말을 건네는 방식을 통해 현재의 상황에 대한 부정적 인식을 드러내고 있다.

126

〈보기〉를 바탕으로 (가)와 (나)를 감상한 내용으로 적절하지 않은 것은?

보기

우리의 전통 시가에는 이별을 모티프로 삼은 작품들이 많다. 이러한 작품들 속에서 이별은 크게 두 가지 양상으로 나타나는데, (가)와 같이 '임'이 계신 '거기'에서 '나'가 떠나온 경우와 (나)와 같이 '나'가 있는 '여기'에서 '임'이 떠나간 경우이다. 전자는 대부분 이별의 이유가 '나'의 부족함 또는 제삼자의 모함에 있다고 본다. 따라서 '나'가 '거기'로 돌아가기 위해서는 '임'이 '나'를 용서하거나 '나'에 대한 오해를 풀어야 하는데, 그 주도권은 '임'에게 있다. 반면 후자는 대부분 이별의 책임이 '임'이나 주변의 '장애물'에 있다고 본다. 따라서 '임'과의 재회가 이루어지기 위해서는 '임'이 마음을 돌리거나 '장애물'이 해소되어야 하는데, 이 경우에도 그 결정권은 '나'에게 있지 않다.

① ㉠은 '임'과 '나'의 이별이 '제삼자의 모함'에서 비롯되었다는 화자의 인식을 드러낸 것이겠군.
② ㉡은 '나'가 '거기'로 돌아가기 위해서는 주도권을 가진 '임'의 결단이 필요하다는 화자의 생각을 드러낸 것이겠군.
③ ㉢은 떠난 '임'이 '여기'로 돌아오지 못하는 이유를 궁금해하는 화자의 심정을 드러낸 것이겠군.
④ ㉣에서 '임'과의 재회를 지연시키는 '장애물'을 해소하지 못한 화자의 자책의 심정을 엿볼 수 있겠군.
⑤ ㉤에서 '여기'로 돌아오는 것을 결단하지 않는 '임'을 원망하는 화자의 심정을 엿볼 수 있겠군.

127

(가)와 (다)에 대한 설명으로 적절하지 않은 것은?

① (가)의 '우니다니'는 화자의 소극적인 태도를 보여 주는 것이고, (다)의 '지극한 슬픔'은 글쓴이의 적극적인 대응을 유발하는 것이다.
② (가)의 '산 졉동새'는 화자가 동질감을 느끼고 있는 대상이고, (다)의 '파리'는 글쓴이가 연민을 느끼고 있는 대상이다.
③ (가)의 '잔월효성'은 화자의 억울함을 알아주는 존재이고, (다)의 '해와 달'은 글쓴이가 백성들의 억울함을 헤아려 줄 것으로 기대하는 존재이다.
④ (가)의 '훈ᄃᆡ 녀져라'는 화자가 자신에게 일어나기를 바라는 것이고, (다)의 '굶주림도 없어지리라'는 글쓴이가 백성들에게 이루어지기를 바라는 것이다.
⑤ (가)의 '과'와 '허믈'은 화자가 느끼는 자신의 억울함과 관련된 것이고, (다)의 '포악한 행위'는 글쓴이가 생각하는 '수령'과 '아전'들의 모습과 관련된 것이다.

128

[A]와 [B]의 표현상 특징으로 가장 적절한 것은?

① [A]는 원경에서 근경으로, [B]는 외부에서 내면으로 시선을 이동하며 내용을 전개하고 있다.
② [A]는 앞뒤를 연쇄적으로 연결하여, [B]는 앞뒤를 인과적으로 연결하여 내용을 전개하고 있다.
③ [A]는 공감각적 심상을 활용하여, [B]는 시각적 심상과 촉각적 심상을 활용하여 상황을 제시하고 있다.
④ [A]는 대상에 화자의 감정을 이입하여, [B]는 대상과 글쓴이의 감정을 대비하여 정서를 표현하고 있다.
⑤ [A]는 생활에 밀접한 소재들을 활용하여, [B]는 자연물을 활용하여 현재 자신이 처한 상황을 전달하고 있다.

129

〈보기〉를 참고하여 (다)를 이해한 내용으로 적절하지 않은 것은?

보기

〈파리를 조문하는 글〉은 죽은 이의 명복을 비는 조문의 형식을 빌려 부패한 관리들과 비참한 백성들의 삶을 고발한 작품이다. 정약용은 백성들이 고통을 겪는 것에 가슴 아파하면서 더러운 미물로 여겨지는 '파리'에게 '인간'으로 태어나지 말 것을 권함으로써 당대 현실의 문제점을 날카롭게 풍자하고 있다.

① ⓐ는 관리들의 가혹한 수탈로 인해 굶주림의 고통을 겪는 백성들의 참상을 보여 주는군.
② ⓑ에는 백성들은 도외시한 채 자신들의 욕심을 채우기에 급급한 관리들에 대한 비판이 함축되어 있군.
③ ⓒ는 부패한 관리들에 의해 당대 현실의 문제가 감추어지고 있는 상황을 고발한 것이군.
④ ⓓ는 파리와 같은 미물의 삶에도 미치지 못하는 백성들의 가혹한 현실을 풍자한 것이군.
⑤ ⓔ는 백성들의 고통을 외면하는 임금과 임금에게 아첨하는 신하들의 모습을 비유한 것이군.

적중 예상

갈래 복합 02

목표 시간	10분 00초		
시작	분 초	종료	분 초
소요 시간	분 초		

E 수록

[130-135] 다음 글을 읽고 물음에 답하시오. (가) 16, 24 / (나) 24 / (다) 24

(가) ㉠봄은 오고 또 오고 풀은 푸르고 또 푸르니
나도 이 봄 오고 이 풀 푸르기같이
어느 날 고향에 돌아가 노모께 뵈오려뇨. 〈제1수〉

㉡친년(親年)*은 칠십오요 영로(嶺路)*는 수천 리오
돌아갈 기약은 가디록 아득하다.
아마도 잠 없는 중야(中夜)에 눈믈계워 셜웨라. 〈제2수〉

[A]
기러기 아니 나니 편지를 뉘 전하리
시름이 가득하니 꿈인들 이룰쏜가
매일에 노친 얼굴이 눈에 삼삼하야라. 〈제6수〉

내 죄를 아옵거니 유찬(流竄)이 박벌(薄罰)*이라
도처 성은을 어이하여 갚사올고
노친도 풀어 생각하시고 하 그리 마오쇼셔. 〈제10수〉

하늘이 높으시나 낮은 데를 들으시네
일월이 가까우샤 하토(下土)에 비추시니
아모라타 우리 모자지정을 살피실 제 없사오랴. 〈제11수〉

– 이담명, 〈사노친곡〉

* 친년: 부모의 나이.
* 영로: 고갯길.
* 유찬이 박벌: 죄가 너무 커서 귀양이 오히려 가벼운 처벌임.

(나)

[B]
뒤뜰에 봄이 깊으니 그윽한 심회 둘 데 없어
바람결에 슬퍼하며 사방을 둘러보니 온갖 꽃 난만한데 버들 위 꾀꼬리는 쌍쌍이 비껴 날아 울음 울 제 어찌하여 내 귀에는 정이 있게 들리는고
어찌타 가장 귀하다는 사람들이 저 새만도 못하느냐.

– 작자 미상

(다) 돌산도 향일암 앞바다의 동백숲은 바닷바람에 수런거린다. 동백꽃은 해안선을 가득 메우고도 군집으로서의 현란한 힘을 이루지 않는다. 동백은 한 송이의 개별자로서 제각기 피어나고, 제각기 떨어진다. 동백은 떨어져 죽을 때 주접스런 꼴을 보이지 않는다. 절정에 도달한 그 꽃은, 마치 백제가 무너지듯이, 절정에서 문득 추락해 버린다. '눈물처럼 후드득' 떨어져 버린다.

돌산도 율림리 정미자 씨 집 마당에 매화가 피었다. 1월 중순에 눈 속에서 봉우리가 맺혔고, 이제 활짝 피었다. 매화는 잎이 없는 마른 가지로 꽃을 피운다. 나무가 몸속의 꽃을 밖으로 밀어내서, 꽃은 품어져 나오듯이 피어난다. 매화는 피어서 군집을 이룬다. 꽃 핀 매화 숲은 구름처럼 보인다. ㉢이 꽃구름은 그 경계선이 흔들리는 봄의 대기 속에서 풀어져 있다. 그래서 매화의 구름은 혼곤하고 몽롱하다. 이것은 신기루다. 매화는 질 때, 꽃송이가 떨어지지 않고 꽃잎 한 개 한 개가 낱낱이 바람에 날려 산화(散華)한다. 매화는 바람에 불려 가서 소멸하는 시간의 모습으로 꽃보라가 되어 사라진다. 가지에서 떨어져서 땅에 닿는 동안, 바람에 흩날리는 그 잠시 동안이 매화의 절정이고, 매화의 죽음은 풍장이다. 배꽃과 복사꽃과 벚꽃이 다 이와 같다.

(중략)

산수유가 사라지면 목련이 핀다. 목련은 등불을 켜듯이 피어난다. 꽃잎을 아직 오므리고 있을 때가 목련의 절정이다. 목련은 자의식에 가득 차 있다. 그 꽃은 존재의 중량감을 과시하면서 한 사코 하늘을 향해 봉우리를 치켜올린다. 꽃이 질 때, 목련은 세상의 꽃 중에서 가장 남루하고 가장 참혹하다. 누렇게 말라비틀어진 꽃잎은 누더기가 되어 나뭇가지에서 너덜거리다가 바람에 날려 땅바닥에 떨어진다. 목련꽃은 냉큼 죽지 않고 한꺼번에 통째로 툭 떨어지지도 않는다. 나뭇가지에 매달린 채, 꽃잎 조각들은 저마다의 생로병사를 끝까지 치러 낸다. ㉣목련꽃의 죽음은 느리고도 무겁다. 천천히 진행되는 말기 암 환자처럼, 그 꽃은 죽음이 요구하는 모든 고통을 다 바치고 나서야 비로소 떨어진다. 펄썩, 소리를 내면서 무겁게 떨어진다. 그 무거운 소리로 목련은 살아있는 동안의 중량감을 마감한다. 봄의 꽃들은 바람이 데려가거나 흙이 데려간다. 가벼운 꽃은 가볍게 죽고 무거운 꽃은 무겁게 죽는데, 목련이 지고 나면 봄은 다 간 것이다.

향일암 앞바다의 동백꽃은 사람을 쳐다보지 않고, 봄빛 부서지는 먼 바다를 쳐다본다. 바닷가에 핀 매화 꽃잎은 바람에 날려서 눈처럼 바다로 떨어져 내린다.

매화 꽃잎 떨어지는 봄 바다에는, 나고 또 죽는 시간의 가루들이 수억만 개의 물비늘로 반짝이며 명멸을 거듭했다. 사람의 생명 속을 흐르는 시간의 풍경도 저러할 것인지는 알 수 없었으나, ㉤봄 바다 위의 그 순결한 시간의 빛들은 사람의 손가락 사이를 다 빠져나가서 사람이 그것을 움켜쥘 수 없을 듯싶었고, 그 손댈 수 없는 시간의 바다 위에 꽃잎은 막무가내로 쏟아져 내렸다.

봄은 숨어 있던 운명의 모습들을 가차 없이 드러내 보이고, 거기에 마음이 부대끼는 사람들은 봄빛 속에서 몸이 파리하게 마른다. 봄에 몸이 마르는 슬픔이 춘수(春瘦)다.

– 김훈, 〈꽃 피는 해안선〉

130

(가)~(다)의 공통점으로 가장 적절한 것은?

① 계절의 변화로 인해 촉발된 정서를 드러내고 있다.
② 대조적 소재를 나열하여 주제 의식을 강조하고 있다.
③ 공간의 변화를 활용하여 시간의 흐름을 암시하고 있다.
④ 과거와 현재를 대비하여 태도의 변화를 제시하고 있다.
⑤ 상반된 어조를 활용하여 현실에 대한 비판 의식을 드러내고 있다.

131

(가)에 대한 이해로 적절하지 않은 것은?

① 〈제1수〉의 '어느 날'은 〈제2수〉의 '가디록 아득하다'와 조응하여 화자가 처한 부정적인 상황을 환기한다.
② 〈제2수〉의 '눈믈계워 셜웨라'는 〈제6수〉의 '시름이 가득하니 꿈인들 이룰쏜가'로 연결되어 화자의 정서를 부각한다.
③ 〈제6수〉의 '노친 얼굴'과 〈제10수〉의 '도처 성은'의 대응을 활용하여 두 대상 간에 조성되는 긴장감을 드러낸다.
④ 〈제10수〉의 '노친'에 대한 화자의 정서는 〈제11수〉의 '우리 모자지정'에 함축되어 나타난다.
⑤ 〈제11수〉의 '하늘'과 '일월'에는 〈제1수〉의 '고향에 돌아가'는 것을 살펴 줄 것이라는 화자의 기대감이 투영되어 있다.

132

(나)의 꾀꼬리에 대한 설명으로 가장 적절한 것은?

① 화자가 심리적인 거리감을 느끼는 대상으로 묘사되어 '사람들'이 지닌 통념을 암시하고 있다.
② '사람들'과 대비되는 속성을 지닌 대상으로 묘사되어 사람들의 부정적인 면을 환기하고 있다.
③ 양면적 속성을 지닌 대상으로 묘사되어 인간 세상에 대한 화자의 비판적 시선을 암시하고 있다.
④ '사람들'과 잘 어울리는 대상으로 묘사되어 인간이 자연 속에서 갖추어야 할 태도를 암시하고 있다.
⑤ 상황에 따라 다채롭게 변화하는 대상으로 묘사되어 화자가 거리를 두고자 하는 대상을 환기하고 있다.

133

[A]와 [B]에 대한 설명으로 가장 적절한 것은?

① [A]와 달리 [B]에서는 연쇄와 반복을 통해 리듬감이 나타나고 있다.
② [B]와 달리 [A]에서는 대상의 속성을 반어적으로 나타냄으로써 인물의 심리적 상황을 드러내고 있다.
③ [A]와 [B]에서는 모두 청각적 심상을 통해 대상의 면모가 강조되고 있다.
④ [A]와 [B]에서는 모두 의문의 형식을 활용하여 안타까움의 정서를 강조하고 있다.
⑤ [A]에서는 화자의 시선이 이동하는 순서에 따라, [B]에서는 대상이 이동하는 장소에 따라 시상을 전개하고 있다.

134

문맥을 고려하여 ㉠~㉤을 이해한 내용으로 적절하지 않은 것은?

① ㉠: 화자에게 주어진 상황이 여러 해 반복되고 있음을 나타내고 있다.

② ㉡: 늙은 모친을 만날 길이 막막한 자신의 처지에 대한 안타까움을 나타내고 있다.

③ ㉢: 아른거리는 봄의 공기와 선명한 색채 대비를 이루고 있는 매화의 모습을 나타내고 있다.

④ ㉣: 자신에게 주어진 생을 쉽게 포기하지 않고 끝까지 버티다 생을 마감하는 목련꽃의 모습을 나타내고 있다.

⑤ ㉤: 생성과 소멸을 거듭하는 시간을 사람의 힘으로는 어쩔 수 없음을 나타내고 있다.

135

〈보기〉를 참고하여 (다)를 감상한 내용으로 적절하지 않은 것은?

보기

〈꽃 피는 해안선〉에서 글쓴이는 대상이 지닌 고유한 특성을 다른 대상과 비교하여 주관적인 의미를 부여한다. 그런가 하면 그 대상이 놓인 특정한 시간과 장소에 주목함으로써 그 대상의 맥락적 특성을 드러내기도 한다. 이처럼 대상에 대한 다각적인 관찰의 결과는 인간의 삶에 대한 깊은 사색으로 연결된다.

① '돌산도 율림리 정미자 씨 집 마당에 매화가 피었다', '1월 중순에 눈 속에서 봉우리가 맺혔고, 이제 활짝 피었다'라고 한 것은, 글쓴이가 '매화'가 핀 장소와 시간에 주목하고 있음을 보여 주는 것이겠군.

② 매화는 '꽃보라가 되어 사라진다'라고 한 것은, 글쓴이가 '동백꽃'과의 비교를 통해 서로 대비된다고 인식한 '매화'의 고유한 특성을 제시한 것이겠군.

③ '산수유가 사라지면 목련이 핀다'라고 한 것은, 글쓴이가 '산수유'보다 늦게 피어나는 '목련'의 고유한 특성보다 맥락적 특성에 더 큰 가치를 부여하고 있음을 드러낸 것이겠군.

④ '향일암 앞바다의 동백꽃은 사람을 쳐다보지 않고, 봄빛 부서지는 먼 바다를 쳐다본다'라고 한 것은, 글쓴이가 특정 장소에 놓인 '동백꽃'의 맥락적 특성을 표현한 것이겠군.

⑤ '사람의 생명 속을 흐르는 시간의 풍경도 저러할 것인지는 알 수 없었으나'라고 한 것은, 글쓴이가 '매화 꽃잎 떨어지는 봄 바다'에 대한 관찰을 통해 인간의 삶에 대해 사색한 결과이겠군.

N 적중예상

갈래 복합 03

목표 시간	10분 00초		
시작	분 초	종료	분 초
소요 시간	분 초		

E 수록

[136-141] 다음 글을 읽고 물음에 답하시오. (가) 18 / (나) 18, 22

(가) 건망증 괴롭게 여기며 되는 대로 책을 뽑아 苦忘亂抽書
산만하게 쌓아 두었다가 또다시 정리하네 散漫還復整
해는 홀연히 서쪽으로 기우는데 曜靈忽西頹
강물 빛에는 숲 그림자 일렁거리네 江光搖林影
지팡이 짚고 마당으로 내려가서 扶筇下中庭
고개 돌려 **구름 낀 봉우리**들을 바라보네 矯首望雲嶺
저녁 짓는 연기 넓게 넓게 퍼지고 漠漠炊烟生
들판은 **바람 소리** 솔솔 추워지네 蕭蕭原野冷
시골집들에 가을 추수 가까워지고 田家近秋穫
즐거운 기색 절구 방아나 우물에나 넘치네 喜色動臼井
까마귀 돌아가니 하늘의 뜻을 잘 터득한 것 같고 鴉還天機熟
해오라기 우뚝 서 있으니 **자태**가 멀리 뛰어나네 鷺立風標迥
이내 인생 유독 무엇을 하였던가? 我生獨何爲
오랜 소원 늘 막히어 있네 宿願久相梗
아무에게도 이 소회 말할 데 없어 無人語此懷
옥으로 꾸민 금을 뜯으니 **밤**만 고요히 깊어 가네 瑤琴彈夜靜

– 이황, 〈만보〉

(나) 바위에 섰는 솔이 늠연(凜然)한* 줄 반가온뎌
풍상(風霜)을 겪어도 여위는 줄 전혀 업다
어찌다 봄빛을 가져 고칠 줄 모르나니 〈제1수〉

동리(東籬)에 심은 국화 귀(貴)한 줄을 뉘 아나니
춘광(春光)을 번폐하고* 엄상(嚴霜)*에 혼자 피니
어즈버 청고(淸高)한 내 벗이 다만 넨가 하노라 〈제2수〉

꽃이 무한(無限)호되 매화를 심은 뜻은
눈 속에 ㉠꽃이 피어 한 빛인 줄 귀하도다
하물며 그윽한 향기(香氣)를 아니 귀(貴)코 어이리 〈제3수〉

백설(白雪)이 잦은 날에 대를 보려 창(窓)을 여니
온갖 ㉡꽃 간데업고 대숲이 푸르러세라
어째서 청풍(淸風)을 반겨 흔덕흔덕*하나니 〈제4수〉

– 이신의, 〈사우가〉

* 늠연한: 위엄이 있고 당당한.
* 번폐하고: 마다하고.
* 엄상: 늦가을에 아주 되게 내리는 서리. 된서리.
* 흔덕흔덕: 흔들흔들.

(다) 내 봄을 사랑함은 ㉢꽃을 사랑하는 까닭이요, 겨울을 사랑함은 눈을 사랑하는 까닭이요, 가을을 사랑함은 맑은 바람을 사랑하는 까닭이다. 그러나 봄을 사랑하고 꽃을 사랑함은 실은 추운 겨울을 벗어난 기쁨이요, 맑은 바람을 사랑하고 가을을 사랑함은 뜨거운 여름에서 벗어난 기쁨이다. 만일 겨울의 추움과 여름의 뜨거움이 없었다면 봄과 가을이 그처럼 반갑지는 못했을 것이다. 여름은 오직 뜨거울 뿐이다. 그 무덥고 훈증하고 찌는 듯한 여름을 좋아할 사람은 적다. 그래서 여름은 모두 피하려 한다. 피서란 여기서 온 말이다. 그러나 나는 결코 더위를 피하려 하지 않는다. 만일 내가 여름에 여행을 하고 수석을 찾은 일이 있다면 그것은 피서를 위해서가 아니요, 휴가를 이용했을 뿐이다. 더우면 더울수록 기쁨으로 참는다.

땀이 철철 흐르고 숨이 턱턱 막히며 풀잎이 바짝바짝 마르고 흙이 쩍쩍 갈라져 홍로(紅爐)* 속에 들어앉은 것 같지만, 무던히 즐겁게 참아 나가는 것은 한 줄기 소나기를 기다리는 마음에서다.

이와 같이 달구어 놓고 나야, 먹구름 속에서 천둥 번개가 일고 장대 같은 빗줄기가 쏟아진다. 그때 상쾌함이란 어디다 견줄 것인가. 금방 폭포 같은 물이 사방에서 쏟아지고 뜰이 바다가 되어 은방울이 떴다 흩어졌다 구르는 장관, 그 상쾌함이란 또 어디다 견줄 것인가. 비가 뚝 그친 뒤에 거쳐 오는 맑은 바람, 싱싱하게 살아나는 푸른 숲, 씻은 듯 깨끗한 산봉우리, 쏴하고 가지마다 들려오는 매미 소리, 그 청신함이란 가을을 열두 배 하고도 남음이 있다. 더위를 참고 극복하는 즐거움이란 산정을 향하여 험준한 계곡을 정복하는 등산가의 즐거움이다.

[A] 험준한 산악을 정복하는 쾌감도 좋지만, 소요자적(逍遙自適)하는 산책의 취미는 더욱 그윽한 데가 있다. 여름에는 여기에 견줄 만한 즐거움이 또 있으니 석후(夕後)*의 납량(納涼)이 그것이다. 하루의 찌는 듯한 더위가 서서히 물러가고 선선한 바람이 **황혼**을 타고 불어온다. 이때 건건이발*로 베적삼을 풀어헤치고 둥근 미선(尾扇)*을 손에 든 채 뜰에 내려 못가에 앉아 **솔바람**을 쏘인다. **강이 보이는 언덕**이면 더욱 좋고, 수양버들이 날리는 방죽, 하향(荷香)*이 떠오른 못가, 게다가 동산에서 **달**이 떠오르면 그 청쾌함이란 또 어떠한가. 어렸을 때 본 기억이지만 베고이 적삼을 걸친 촌옹들이 등꽃이 축축 늘어진 정자나무 밑에서 **납량하던 모습**이 이제 와서 한 폭의 신선도(神仙圖) 같이 떠오른다. 또 귀가(貴家)댁 젊은 여인들이, 잠자리 날개 같은 생초 적삼에 물색 고운 갑사 치마, 제각기 손에 태극선을 들고 연당(蓮堂)*에서 달을 보며 납량하던 모습은 천상미인도(天上美人圖)라고나 할까. 그러나 이제 비좁고 복잡한 서울의 거리, 흙내조차 아쉬운 두옥(斗屋)*에 사는 사람들에게는 납량이란 꿈같이 환상적으로 느껴질 것이다.

– 윤오영, 〈하정소화〉

* 홍로: 빨갛게 달아오른 화로.
* 석후: 저녁밥을 먹고 난 뒤.
* 건건이발: '맨발'의 충청남도 방언.
* 미선: 대오리의 한끝을 가늘게 쪼개어 둥글게 펴고 실로 엮은 뒤, 종이로 앞뒤를 바른 둥그스름한 모양의 부채.
* 하향: 연꽃의 향기.
* 연당: 연꽃을 구경하기 위하여 연못가에 지어 놓은 정자.
* 두옥: 아주 작고 초라한 집.

136

(가)와 (나)의 공통점으로 가장 적절한 것은?

① 청각적 이미지를 통해 화자의 정서를 간접적으로 드러내고 있다.
② 말을 건네는 듯한 어조를 통해 대상에 대한 친밀감을 나타내고 있다.
③ 대조가 되는 상황을 제시하며 대상에 대한 화자의 정서를 드러내고 있다.
④ 음성 상징어를 사용하여 대상의 변화 과정을 생동감 있게 묘사하고 있다.
⑤ 설의적 표현을 사용하여 대상에 대한 화자의 비판적 태도를 드러내고 있다.

137

(가)에 대한 이해로 적절하지 않은 것은?

① '건망증'에 괴로워하며 '지팡이 짚고' 있는 모습에서, 화자의 나이가 적지 않음을 짐작할 수 있다.
② '산만하게 쌓아' 둔 책을 '정리'하는 모습에서, 학문 수양을 포기하려는 화자의 태도를 엿볼 수 있다.
③ '이내 인생 유독 무엇을 하였던가?'라고 자문하는 모습에서, 현재의 상황에 대해 자책하는 화자의 모습을 확인할 수 있다.
④ '오랜 소원 늘 막히어 있'다고 탄식하는 모습에서, 원하는 바를 이루지 못한 화자의 답답한 심정을 느낄 수 있다.
⑤ '아무에게도 이 소회 말할 데 없'이 '금을 뜯'는 상황에서, 수심을 달래고자 하는 화자의 모습을 확인할 수 있다.

138

〈보기〉를 참고하여 (나)를 이해한 내용으로 적절하지 않은 것은?

> 보기
>
> 연시조는 각 연들이 독립성을 갖추면서도 형식적, 내용적 면에서 하나로 수렴되는 구조를 취하여 서로 긴밀히 연계되어 있다. (나)는 형식적 면과 내용적 면에서 유기적으로 연계되어 있는데, 시조가 갖추어야 하는 일정한 형식 아래 각 연에서 독립적인 대상에 대해 노래하고 있으면서도 모두 '사우(四友)', 즉 네 벗으로 수렴된다는 면에서 유기적 통일성을 갖춘 좋은 본보기이다.

① 〈제1수〉~〈제4수〉가 각각 독립적인 대상을 제재로 삼고 있다는 면에서, (나)는 각 연이 독립성을 유지하고 있다고 볼 수 있군.
② 〈제1수〉~〈제4수〉의 제재들은 모두 시련에 굴하지 않는 자세를 보여 준다는 면에서, (나)는 내용적 통일성을 갖추고 있다고 볼 수 있군.
③ 〈제1수〉~〈제4수〉가 4음보의 일정한 율격을 기반으로 시상을 전개하고 있다는 면에서, (나)는 형식적 통일성을 갖추고 있다고 볼 수 있군.
④ 〈제1수〉~〈제4수〉 각 연의 대상이 고난을 극복하는 과정을 모두 대비적 이미지를 통해 그리고 있다는 면에서, (나)는 형식적 통일성을 갖추고 있다고 볼 수 있군.
⑤ 〈제1수〉~〈제4수〉 각 연의 대상을 모두 하나의 인격체로 보고 화자가 긍정적인 태도를 드러내고 있다는 면에서, (나)는 내용적 통일성을 갖추고 있다고 볼 수 있군.

139

(가)와 (다)의 [A]를 비교하여 이해한 것으로 적절하지 않은 것은?

① (가)의 '구름 낀 봉우리'와 [A]의 '강이 보이는 언덕'은 모두 화자 또는 글쓴이가 지향하는 탈속의 공간에 해당한다.
② (가)의 '저녁'은 [A]의 '황혼'과 달리 화자가 자신의 삶을 성찰하는 시간에 해당한다.
③ (가)의 '바람 소리'는 서늘한 느낌을 주는 반면, [A]의 '솔바람'은 청량한 느낌을 준다.
④ (가)의 '해오라기 우뚝 서 있'는 '자태'와 [A]의 '납량하던 모습'은 모두 화자 또는 글쓴이가 긍정적으로 여기는 대상에 해당한다.
⑤ (가)의 '밤'은 화자의 회한을 심화시키는 반면, [A]의 '달'이 뜬 풍경은 글쓴이의 정취를 고조시킨다.

140

문맥을 고려하여 ㉠~㉢에 대해 이해한 내용으로 가장 적절한 것은?

① ㉠은 대상의 영원한 모습을, ㉡은 대상의 순간적인 모습을 강조하고 있다.
② ㉠은 탄생의, ㉢은 소멸의 모습을 통해 화자 또는 글쓴이에게 교훈을 주고 있다.
③ ㉠은 ㉡과 달리 예외적 속성으로 인해 화자에게 예찬의 대상이 되고 있다.
④ ㉢은 ㉡과 달리 글쓴이의 개인적 경험을 환기하면서 과거와 현재를 이어 주는 역할을 한다.
⑤ ㉡과 ㉢ 모두 화자 또는 글쓴이가 자신과 동일시하는 대상으로, 화자와 글쓴이가 지향하는 삶의 가치를 나타낸다.

141

〈보기〉를 바탕으로 (가)~(다)를 감상한 내용으로 적절하지 않은 것은?

보기

문학 작품에서 계절은 가장 흔하게 활용되는 소재 중의 하나로, 이는 단순한 자연 현상 이상의 의미를 가지면서 작품의 분위기를 형성하거나 주제를 나타내는 데 중요한 역할을 한다. (가), (나), (다)는 모두 특정 계절을 배경으로 창작된 작품으로, 각 작품에서 계절은 서로 다른 의미를 갖는다. 가령, 인간과 자연이 계절의 흐름에 순응하는 모습을 보이기도 하고, 계절의 혹독함을 극복하며 이겨 내는 모습을 보이기도 한다. 또한 전통적으로 '사철 푸름'이 지조를 상징하듯, 특정 계절과 관련된 긍정적 속성이 예찬의 대상이 되기도 하지만, 한편으로는 부정적 속성으로 인해 시련이나 세태 등을 상징하기도 하고, 대상의 속성을 부각하는 역할을 하기도 한다.

① (가)에서 '즐거운 기색 절구 방아나 우물에나 넘치'는 상황은 풍요로운 가을의 모습을, (나)의 〈제2수〉에서 '엄상'은 '춘광'과 대조를 이루면서 추운 가을 날씨를 나타낸다고 볼 수 있겠군.
② (가)에서 가을이 되어 까마귀가 '하늘의 뜻을 잘 터득'하여 돌아가는 것은 계절에 순응하는 모습으로, (다)에서 글쓴이가 여름의 더위를 '기쁨으로 참'는 것은 이를 극복하며 이겨 내는 모습으로 볼 수 있겠군.
③ (나)의 〈제1수〉에서 '봄빛'은 사철 푸른 소나무의 변치 않은 모습을 나타내고, (다)에서 '봄'은 글쓴이에게 '추운 겨울을 벗어난 기쁨'을 선사한다는 점에서 모두 긍정적 속성을 갖는다고 할 수 있겠군.
④ (나)의 〈제3수〉에서 매화가 '눈 속에 꽃이 피어 한 빛'이라는 것은 눈의 순결함에 대한, (다)에서 글쓴이가 겨울을 사랑하는 것이 '눈을 사랑하는 까닭'이라는 것은 눈의 차가움에 대한 예찬이라고 할 수 있겠군.
⑤ (나)의 〈제4수〉에서 '백설이 잦은 날'과 (다)의 '뜨거운 여름'은 대조를 통해 각각 '대'의 푸른 속성과 '맑은 바람'의 시원한 속성을 부각하는군.

적중 예상

갈래 복합 04

목표 시간	10분 00초
시작 분 초	종료 분 초
소요 시간	분 초

E 수록 (가) 15, 16, 17, 23 / (나) 15, 16, 17, 23 / (다) 14, 15, 16, 23

[142-147] 다음 글을 읽고 물음에 답하시오.

(가) 이 중에 시름없으니 어부(漁父)의 생애(生涯)로다
일엽편주(一葉扁舟)를 **만경파(萬頃波)**에 띄워 두고
인세(人世)를 다 잊었거니 날 가는 줄을 아는가 〈제1수〉

굽어보면 천심 녹수(千尋綠水) 돌아보니 만첩청산(萬疊靑山)
십장 홍진(十丈紅塵)이 얼마나 가렸는가
강호(江湖)에 월백(月白)하거든 더욱 무심(無心)하여라 〈제2수〉

청하(靑荷)에 밥을 싸고 녹류(綠柳)에 고기 꿰어
노적 화총(蘆荻花叢)*에 배 매어 두고
일반 청의미(一般淸意味)*를 어느 분이 아실까 〈제3수〉

산두(山頭)에 한운(閑雲)이 일고 수중(水中)에 백구(白鷗)가 난다
무심(無心)코 다정(多情)한 것 이 두 것이로다
일생(一生)에 시름을 잊고 너를 좇아 놀리라 〈제4수〉

장안(長安)을 돌아보니 **북궐(北闕)**이 천 리(千里)로다
어주(漁舟)에 누웠은들 잊은 틈이 있으랴
두어라 내 시름 아니라 제세현(濟世賢)*이 없으랴 〈제5수〉

– 이현보, 〈어부단가〉

* 노적 화총: 갈대와 억새풀이 가득한 곳.
* 일반 청의미: 보통 사람이 품은 맑은 뜻.
* 제세현: 세상을 구할 만한 어진 인물.

(나) ⓐ봉선화(鳳仙花) 이 이름을 뉘라서 지어낸고
진유(眞遊)의 옥소(玉簫) 소리 자연(紫煙)으로 행한 후에
규중(閨中)에 남은 인연(因緣) 지화(枝花)에 머무르니
유약(柔弱)한 푸른 잎은 봉의 꼬리 넘노는 듯
자약(自若)히 붉은 꽃은 자하군(紫霞裙)을 헤쳤는 듯
백옥(白玉)섬 좋은 흙에 종종이 심어 내니
춘삼월(春三月)이 지난 후에 향기(香氣) 없다 웃지 마소
취(醉)한 나비 미친 벌이 따라올까 저어하네
정정(貞靜)한 기상(氣像)을 여자 밖에 뉘 벗할꼬
옥난간(玉欄干) 긴긴 날에 보아도 다 못 보아
사창(紗窓)을 반개(半開)하고 차환(叉鬟)*을 불러내어
다 핀 꽃을 캐어다가 수(繡) 상자에 담아 놓고
여공(女工)*을 그친 후에 중당(中堂)에 밤이 깊고
납촉(蠟燭)이 밝았을 때 차츰차츰 곧추앉자
흰 구슬을 갈아 빻아 빙옥(氷玉) 같은 손 가운데 난만(爛漫)이 개어 내어
파사국(波斯國)* 저 제후(諸侯)의 홍산호(紅珊瑚)를 헤쳤는 듯
심궁 풍류(深宮風流)* 절구에 홍수궁(紅守宮)*을 마아는 듯
섬섬(纖纖)한 십지상(十指上)에 수실로 감아 내니
종이 위에 붉은 물이 미미(微微)히 스미는 양
가인(佳人)의 얇은 뺨에 홍로(紅露)를 끼쳤는 듯
단단히 봉한 모양 춘나옥자(春羅玉字)* 일봉서(一封書)를 왕모*에게 부쳤는 듯
춘면(春眠)을 늦게 깨어 차례로 풀어 놓고
옥경대(玉鏡臺)를 대하여서 팔자미(八字眉)를 그리려니
난데없는 **붉은 꽃**이 가지에 붙었는 듯
손으로 움키려니 분분(紛紛)히 흩어지고
입으로 부려 하니 서린 안개 가리었다
여반(女伴)을 서로 불러 낭랑(朗朗)히 자랑하고
꽃 앞에 나아가서 두 빛을 비교(比較)하니
쪽 잎의 푸른 물이 쪽빛보다 푸르단 말 이 아니 옳을쏜가
은근히 풀을 매고 돌아와 누웠더니
녹의홍상(綠衣紅裳)* 일여자(一女子)가 표연(飄然)히 앞에 와서
웃는 듯 찡그리는 듯 사례(謝禮)하는 듯 하직(下直)하는 듯
몽롱(朦朧)히 잠을 깨어 정녕(丁寧)히 생각하니
아마도 꽃 귀신이 내게 와 하직(下直)한다
수호(繡戶)를 급히 열고 꽃 수풀을 점검하니
땅 위에 **붉은 꽃**이 가득히 수놓았다
암암(黯黯)히 슬퍼하고 낱낱이 주워 담아
꽃에게 말 붙이되 그대는 한(恨)치 마소
세세연년(歲歲年年)의 꽃빛은 의구(依舊)하니
하물며 그대 자취 내 손에 머물렀지
동원(東園)의 도리화(桃李花)는 편시춘(片時春)*을 자랑 마소
이십 번 꽃바람에 적막(寂寞)히 떨어진들 뉘라서 슬퍼할꼬
규중(閨中)에 **남은 인연(因緣) 그대 한 몸뿐이로세**

– 작자 미상, 〈봉선화가〉

* 차환: 주인을 가까이에서 모시는 젊은 계집종.
* 여공: 부녀자들이 하던 길쌈질.
* 파사국: 페르시아.
* 심궁 풍류: 깊은 궁궐의 풍류.
* 홍수궁: 붉은 도마뱀.
* 춘나옥자: 비단에 옥으로 박은 글씨.
* 왕모: 신선이 산다는 곤륜산의 선녀인 서왕모.
* 녹의홍상: 곱게 차려입은 젊은 여자의 옷차림.
* 편시춘: 아주 짧은 봄.

(다) ㉠향기로운 엠제이비(MJB)*의 미각을 잊어버린 지도 20여 일이나 됩니다. 이곳에는 신문도 잘 아니 오고 체전부(遞傳夫)*는 이따금 하도롱* 빛 소식을 가져옵니다. 거기는 누에고치와 옥수수의 사연이 적혀 있습니다. 마을 사람들은 멀리 떨어져 사는 일가(一家) 때문에 수심이 생겼나 봅니다. 나도 **도회**에 남기고 온 일이 걱정이 됩니다.

갈래 복합

건너편 **팔봉산**에는 노루와 멧돼지가 있답니다. 그리고 기우제 지내던 개골창까지 내려와서 가재를 잡아먹는 '곰'을 본 사람도 있습니다. 동물원에서밖에 볼 수 없는 짐승, 산에 있는 짐승들을 사로잡아다가 동물원에 갖다 가둔 것이 아니라, 동물원에 있는 짐승들을 이런 산에다 내어놓아 준 것만 같은 착각을 자꾸만 느낍니다. 밤이 되면, 달도 없는 그믐칠야(漆夜)에 팔봉산도 사람이 침소로 들어가듯이 어둠 속으로 아주 없어져 버립니다.

그러나 공기는 수정처럼 맑아서 별빛만으로라도 넉넉히 좋아하는 누가복음도 읽을 수 있을 것 같습니다. 그리고 또 참 별이 도회에서보다 갑절이나 더 많이 나옵니다. 하도 조용한 것이 처음으로 별들의 운행하는 기척이 들리는 것도 같습니다.

객줏집 방에는 석유 등잔을 켜 놓습니다. ㉡그 도회지의 석간(夕刊)과 같은 그윽한 냄새가 소년 시대의 꿈을 부릅니다. 정 형! 그런 석유 등잔 밑에서 밤이 이슥하도록 '호까' — 연초갑지* — 붙이던 생각이 납니다. 베짱이가 한 마리 등잔에 올라앉아서 그 연둣빛 색채로 혼곤한 내 꿈에 마치 영어 '티(T)' 자를 쓰고 건너긋듯이 유다른 기억에다는 군데군데 언더라인을 하여 놓습니다. ㉢슬퍼하는 것처럼 고개를 숙이고 도회의 여차장이 차표 찍는 소리 같은 그 성악(聲樂)을 가만히 듣습니다. 그러면 그것이 또 이발소 가위 소리와도 같아집니다.

(중략)

아침에 볕에 시달려서 마당이 부스럭거리면 그 소리에 잠을 깹니다. ㉣하루라는 '짐'이 마당에 가득한 가운데 새빨간 잠자리가 병균처럼 활동합니다. 끄지 않고 잔 석유 등잔에 불이 그저 켜진 채 소실된 밤의 흔적이 낡은 조끼 '단추'처럼 남아 있습니다. 작야(昨夜)를 방문할 수 있는 요비링*입니다. ㉤지난밤의 체온을 방 안에 내어던진 채 마당에 나서면 마당 한 모퉁이에는 화단이 있습니다. 불타오르는 듯한 맨드라미꽃 그리고 ⓑ봉선화.

지하에서 빨아올리는 이 화초들의 정열에 호흡이 더워 오는 것 같습니다. 여기 처녀 손톱 끝에 물들 봉선화 중에는 흰 것도 섞였습니다. 흰 봉선화도 붉게 물들까 — 조금도 이상스러울 것 없이 흰 봉선화는 꼭두서니 빛으로 곱게 물듭니다.

– 이상, 〈산촌 여정〉

* 엠제이비(MJB): 미국 커피 회사의 상품 이름.
* 체전부: '우편집배원'의 옛 용어.
* 하도롱: 하드롤드지(hard rolled paper). 화학 펄프로 만든 다갈색의 종이로, 포장지 또는 봉투 용지 등으로 씀.
* 연초 갑지: 담배를 싸는 종이.
* 요비링: '초인종'의 일본어.

142

(가)와 (나)에 대한 설명으로 적절한 것은?

① (가)는 (나)와 달리 색채 이미지를 통해 작중 상황을 감각적으로 묘사하고 있다.
② (나)는 (가)와 달리 설의적 표현을 활용하여 말하고자 하는 바를 강조하고 있다.
③ (가)와 (나)는 모두 자연과 인간을 대비하여 주제 의식을 부각하고 있다.
④ (가)와 (나)는 모두 시간의 흐름에 따라 변화하는 대상의 모습을 제시하고 있다.
⑤ (가)와 (나)는 모두 자연물에 인격을 부여하여 그에 대한 정서적 친밀감을 보여 주고 있다.

143

〈보기〉를 참고하여 (가)를 이해한 내용으로 적절하지 않은 것은?

보기

고려 중기 이후부터 많은 유학자들은 물 위에 배를 띄워 놓고 지내는 어부의 삶을, 세속적 욕심을 채우려고 서로 다투는 인간 사회를 떠나 자연 속에서 소박하고 유유자적하게 살아가는 삶의 전형으로 여겼다. 〈어부단가〉의 화자 역시 자신의 삶을 어부의 삶에 빗댐으로써 속된 인간 사회를 떠나 있음을 드러내고 있다. 그러나 어부로서의 화자는 고기를 잡으며 생계를 유지하는 실어옹(實漁翁)이 아니라 자연 속에서 초연한 삶을 살아가는 가어옹(假漁翁)으로 볼 수 있다.

① 〈제1수〉에서는 '어부의 생애'를 '시름없'다고 단정함으로써 화자가 어부처럼 배를 띄워 놓고 자연 속에서 유유자적하게 가어옹으로 지내고 있음을 드러내고 있다.
② 〈제2수〉에서는 '십장 홍진'이 '만첩청산'으로 가려진 곳에 있는 화자의 모습을 제시하여 화자가 속세와 멀리 떨어진 곳에서 지내는 상황임을 드러내고 있다.
③ 〈제3수〉에서는 '청하에 밥을 싸고 녹류에 고기 꿰'는 어부의 삶을 '일반청의미'라고 제시하여 자신의 소박한 삶을 다른 사람과 함께 나누고자 하는 화자의 마음을 드러내고 있다.
④ 〈제4수〉에서는 화자가 어부의 삶 속에서 자주 보게 되는 '한운'과 '백구'를 좇으며 일생을 지내겠다고 함으로써 세속적 욕심을 버리고 자연 속에서 초연한 삶을 살아가려는 의지를 드러내고 있다.
⑤ 〈제5수〉에서는 화자는 어부가 타는 '어주'에 누워 있으면서도 '북궐'을 떠올리지만 '제세현'이 있을 것이라고 생각함으로써 정치 현실을 잊으려는 태도를 드러내고 있다.

144

(나)에 대한 설명으로 적절하지 않은 것은?

① '옥난간'에서 '긴긴 날에 보아도 다 못' 본 감흥이 '섬섬한 십지상에' 봉선화 꽃물을 들이는 행위로 이어진다.

② '가인의 얕은 뺨에 홍로를 끼쳤는 듯'은 손가락에 올린 봉선화 꽃잎을 감싼 종이에 꽃물이 스미는 모습을 비유한다.

③ 화자가 '붉은 꽃'을 '손으로 움키려니 분분히 흩어'져 버리는 장면은 봉선화 꽃이 머지않아 지리라는 것을 암시한다.

④ '쪽 잎의 푸른 물이 쪽빛보다 푸르'다는 감탄은 봉선화 꽃보다 손톱에 물든 색깔이 더 아름답게 느껴짐을 강조한다.

⑤ '남은 인연 그대 한 몸뿐이로세'는 여러 봄꽃 중에서 오로지 봉선화의 흔적만 화자에게 남아 있음을 의미한다.

146

ⓐ와 ⓑ의 기능에 대한 설명으로 가장 적절한 것은?

① ⓐ는 '나'에게 미래에 대한 기대감을 일으키고, ⓑ는 '나'에게 현실의 애환을 환기한다.

② ⓐ는 '나'에게 자신의 처지를 인식하게 하고, ⓑ는 '나'에게 현재 상황을 성찰하게 한다.

③ ⓐ는 '나'가 지닌 내적 욕망을 표출하게 하고, ⓑ는 '나'가 지닌 심리적 갈등을 심화한다.

④ ⓐ는 '나'가 지향하는 삶의 태도를 드러내고, ⓑ는 '나'에게 필요한 삶의 활력을 자극한다.

⑤ ⓐ는 '나'에게 인생에 대한 무상감을 유발하고, ⓑ는 '나'에게 현실 극복의 의지를 부여한다.

145

〈보기〉를 바탕으로 ㉠~㉤을 설명한 내용으로 적절하지 않은 것은?

> 보기
>
> 1935년 이상은 경영하던 다방이 파산하는 등 사업 실패가 잇따른 데다가 결핵까지 걸린다. 심신이 피폐해진 그는 가족들을 서울-당시 경성-의 빈민촌으로 보내고 자신은 홀로 평안남도 성천이라는 시골에 들어가 한동안 머무른다. 〈산촌 여정〉은 이때의 경험이 반영된 글로, 도시의 수많은 문물에 비해 아무것도 없는 벽촌인 성천의 상황을 보여 주며 글을 시작하고 있다. 그리고 다양한 감각적 이미지와 참신한 비유, 이국적인 어휘 등을 활용하여 도시적 감수성을 드러내며 자신의 상황을 표현하고 있다.

① ㉠: 이국적 느낌을 주는 어휘를 활용하여 글쓴이가 서울을 떠나 성천에 머무르고 있음을 나타내고 있다.

② ㉡: 비유와 후각적 이미지를 활용하여 도시적 감수성을 드러내면서 과거에 대한 추억을 떠올리고 있다.

③ ㉢: 베짱이의 울음소리를 도시의 일상적 소리에 비유하여 경성에 있는 가족에 대한 걱정을 드러내고 있다.

④ ㉣: 추상적 관념을 구체화하여 글쓴이가 아직 몸과 마음을 제대로 추스르지 못한 상태임을 나타내고 있다.

⑤ ㉤: 촉각적 이미지를 시각적 이미지로 전이하여 글쓴이가 잠자리에서 일어나 공간을 이동하는 모습을 표현하고 있다.

147

〈보기〉를 바탕으로 (가)~(다)를 감상한 내용으로 적절하지 않은 것은?

> 보기
>
> 인본주의 지리학에 따르면, 장소는 개인이나 집단이 그곳에서 어떤 경험을 하였는지에 따라 그곳에 대한 인식의 차이가 발생하고, 이에 따라 다른 곳과 구별되는 주관적 의미나 가치가 부여된다. 즉 동일한 장소라도 당사자가 그곳에서 어떤 경험을 했는가에 따라 친밀감을 지닐 수도 있고, 심리적 거리감을 지닐 수도 있다. 이때, 특정 장소를 경험한 주체가 그 장소에 대해 지니는 긍정적 정서를 '장소애'라고 한다.

① (가)의 '일엽편주'가 띄워진 '만경파'와 (다)의 '팔봉산'이 있는 산촌은 모두 화자나 글쓴이가 주관적 의미나 가치를 부여하는 장소로 볼 수 있군.

② (가)의 '인세'와 (나)의 '동원'은 모두 화자가 심리적 거리감을 지니고 있는 상황이나 대상이 존재하는 장소로 볼 수 있군.

③ (가)의 '무심코 다정한 것'이 있는 '강호'와 (나)의 '붉은 꽃'이 수놓인 '땅 위'는 모두 화자가 장소애를 느끼는 장소로 볼 수 있군.

④ (가)의 '북궐'과 (다)의 '도회'는 모두 화자나 글쓴이가 걱정하는 대상이 존재하는 장소로 볼 수 있군.

⑤ (나)의 '규중'과 (다)의 '객줏집'이 있는 마을은 모두 화자나 글쓴이가 밤중에 의미 있는 경험을 하는 장소로 볼 수 있다.

적중 예상

갈래 복합 05

목표 시간	8분 20초		
시작	분 초	종료	분 초
소요 시간	분 초		

E 수록

[148~152] 다음 글을 읽고 물음에 답하시오. (가) 18 / (나) 14, 16

(가) 강 씨 또 한 꾀를 생각하고 이웃집 노고를 청하여 혹 장물도 주며 음식도 주어 치사한 후에 은근히 이르되,

"내 집의 쥐가 많아 민망한지라. ㉠비상을 조금 사다 주면 쥐를 처치하겠노라."

하고, 그 노고에 값을 후히 주니, 노고가 크게 기뻐하여 즉시 사왔거늘, 강 씨 받아 간수한 후, 하루는 몸이 불편타 하고 월이로 하여금 음식을 감검(勘檢)하라 하니, 월이 모친의 병을 위로하며 음식을 정성껏 장만하여 드리니, 강 씨 저 먹을 음식에다가 죽지 아니할 만치 비상을 타 두고 학사를 청하여 한가지로 먹기를 청한대, 학사가 들어와 상을 받은 후 강 씨를 자주 권하매, 마지못하여 일어나 두어 술이나 먹더니, 홀연 역취하여 사방으로 뒹굴며 먹은 음식을 토하고 기절하거늘, 학사가 황망히 구하여 토한 것을 바라보고 음식한 시비를 잡아내어 엄치국문(嚴治鞫問)하니, 시비 등도 천만 애매한지라, 죄를 면코자 하여 아뢰되,

"오늘 음식은 소비 등이 아니하옵고 소저가 친히 감검하였으니, 다시 발명하여 아뢰올 말씀 없나이다."

한대, 학사가 괴히 여겨 대강 치죄하여 내치고 부인을 위로하니, 강 씨 왈,

"첩이 이 집에 있다가는 원통히 죽을 뿐 아니라 무죄한 어린 것을 비명에 죽일 것이니, 상공은 당장 치행하여 친정으로 보내어 불쌍한 목숨을 살리시옵소서."

하며, 일어나 약간 세간을 내어 짐을 매거늘, 이때 월이 들어와 울며 여쭈오되,

"음식을 잘 살피지 못하옴은 다 소녀의 죄로소이다. 어머님은 안심하옵소서."

하니, 강 씨 고성대질(高聲大叱) 왈,

"아무리 남의 자식인들 계모라 하고 우리 모자를 기어이 해코자 하는다. 내 이 집에 있다가는 우리 모자가 비명에 죽을 것이니 어찌 잠시인들 있으리오."

하며, 아이를 안고 나서니, 학사가 그 거동을 보고 일변 처량하고 일변 참혹하여 할 말이 전혀 없어 묵묵히 앉았다가 다시 부인을 위로 왈,

"종시 안심치 아니하고 기어이 가려 하니 결단코 이 자리에서 죽으라 하느냐."

강 씨 학사를 위로 왈,

"저 월이와는 한 집에 있지 못하올 터이오니, 첩이 집에 있고 저 월이를 남의 집에 보내면 천지간에 무쌍한 허물이 첩에게 돌아와 내 자식도 세상에 용납지 못할 것이니, 저 남매를 이 집에 두고 첩은 친정으로 못 가게 하시려거든 다른 집을 정하여 주옵소서."

한대, 월이 울며 여쭈오되,

"어머님은 어찌 이러한 말씀을 하시나이까? 비록 금수 같은 미물이라도 어미와 자식을 알고 사랑하옵거든, 하물며 인형을 가지고 차마 어찌 부모와 동생을 모르고 해코자 하오리까? 반드시 귀신이 작희하여 소녀로 하여금 세상에 용납지 못하게 하옴이니, 어머님은 내내 생각하옵소서. 소녀의 불초지죄(不肖之罪)를 면케 하여 주옵소서. 소저가 적실히 죄를 지었으면 위로 명천이 소소히 하감하시니, 잠시간인들 어찌 천벌이 없사오리까. 복망 모친은 안심하옵소서. 설사 자식이 죄가 있사오면 다스리고 훈계하시는 것이 당연하옵거늘, 어머님은 집을 버리고 가시려 하오니, 이는 자식이 부모를 배반하는 것이오니, 그 자식이 어찌 세상에 용납하여 살기를 바라오며 면목을 들어 누를 대하오리까. 대저 부모가 그르고 자식이 옳으나, 자식이 그르고 부모가 옳으나 양단간에 무엇이 상쾌하오리까. 이는 허물을 남이 알게 하는 것이니, 복망 모친은 깊이 통촉하옵소서."

하며 고두애걸(叩頭哀乞)하거늘, 강 씨 더욱 대분하여 꾸짖어 왈,

[A]

"내가 너를 모함하는 것같이 말을 하여 나를 도리어 그른 곳으로 보내니, 어찌 원통하지 아니하리오."

하고, 손을 들어 뺨을 치며 문밖으로 내치니, 월이 문밖에 엎어져 어린것이 정신을 수습하지 못하여 어미를 부르며 통곡하니, 용이 나가 놀다가 누이의 울음소리를 듣고 엎어지며 들어와 눈물을 씻겨 주며 왈,

"누님 우지 마오. 어머님 명년에 오신다 하오니 기운 없는데 우지 마오."

하며 서로 붙들고 우는지라. 보는 사람이 뉘 아니 슬퍼하며 산천초목도 위하여 슬퍼할러라.

시비 ㉡차영이 그 거동을 보고 후원에 은신하여 슬피 우는지라. 학사가 그 거동을 보고 우연히 심회가 나 눈물이 흘러 옷깃을 적시거늘, 학사가 부인을 대책 왈,

"나 같은 팔자가 어디 있으리오. 이것이 다 나의 기운이니 부인은 임의로 하라."

하고 밖으로 나가니, 강 씨 생각하되,

'학사가 월이 남매를 내 위로 생각하고 도리어 나를 그리 여겨 박대하는 것이라.'

– 작자 미상, 〈어룡전〉

(나) 흉보기가 싫다마는 저 부인(婦人)의 거동(擧動) 보소
시집간 지 석 달만에 시집살이 심하다고
친정에 ㉢편지하여 시집 흉을 잡아내네
계염할사 시아버니 암상할사 시어머니

[B]
고자질에 시누이와 엄숙하기 맏동서라
요악(妖惡)한 아우 동서 여우 같은 시앗년에
드세도다 남녀노복(男女奴僕) 들며나며 흠구덕*에
남편(男便)이나 믿었더니 십벌지목*(十伐之木) 되었에라
여기저기 사설이요 구석구석 모함이라
시집살이 못 하겠네 ㉣간숫병*을 기울이며
치마 쓰고 내닫기와 봇짐 싸고 도망질에
오락가락 못 견디어 승(僧)들이나 따라갈가
긴 장죽(長竹)이 벗이 되고 들구경 하여 볼가
문복(問卜)하기 소일(消日)이라
겉으로는 시름이요 속으로는 딴 생각에
반분대*(半粉黛)로 일을 삼고 털 뽑기가 세월이라
시부모가 경계(警戒)하면 말 한마디 지지 않고
남편이 걱정하면 뒤받아 맞넉수*요
들고 나니 초롱군*에 팔짜나 고쳐 볼까
양반 자랑 모두 하여 색주가(色酒家)나 하여 볼가
남문 밖 뺑덕어미 천생(天生)이 저러한가
배워서 그러한가 본 데 없이 자라나서
여기저기 무릎맞침* 싸홈질로 세월이며
남의 말 말전주*와 들면서 음식(飮食) 공논
조상(祖上)은 부지(不知)하고 불공(佛供)하기 위업(爲業)할 제
무당 소경 푸닥거리 의복(衣服)가지 다 내주고
남편 모양 볼작시면 삽살개 뒷다리요
자식 거동 볼작시면 털 벗은 솔개미라
㉤엿장사야 떡장사야 아이 핑계 다 부르고
물레 앞에 선하품과 씨아 앞에 기지개라
이 집 저 집 이간질과 음담패설(淫談悖說) 일삼는다
모함(謀陷) 잡고 똥 먹이기
세간은 줄어 가고 걱정은 늘어 간다
(중략)
무식한 창생(蒼生)들아 저 거동(擧動)을 자세 보고
그룻 일을 알았거든 고칠 개(改)자 힘을 쓰소
옳은 말을 들었거든 행하기를 위업하소

– 작자 미상, 〈용부가〉

* 계염: 마음이 컴컴하고 욕심이 많음.
* 암상: 남을 미워하고 샘이 많으며 앙칼진 성격.
* 흠구덕: 남의 허물을 떠벌리어 궂게 이르는 말.
* 십벌지목: 열 번 찍어 아니 넘어가는 나무가 없다는 말.
* 간숫병:간수는 소금에서 저절로 녹아 흐르는 짜고 쓴 물로, 여기서는 자살을 시도하기 위해 쓰임.
* 반분대: 엷은 화장. 살짝 분을 바르고 눈썹을 그리는 것.
* 맞넉수: 지지 않고 대꾸하는 것.
* 초롱군: 의식이 있을 때 등불을 들고 다니는 사람. 어린 나이에 관례를 한 사람이라는 뜻의 '초립군', '초림동'의 오기로 보기도 함.
* 무릎맞침: 두 사람 사이에 말이 서로 다를 때 제3자 앞에서 대질하여 변론하는 것.
* 말전주: 말을 여기저기 옮기는 것.

148

(가)에 대한 설명으로 적절하지 않은 것은?

① '강 씨'는 '월'을 모함하기 위해 치밀하게 일을 계획하고 연극을 꾸미고 있다.
② '강 씨'는 여러 가지 경우를 상정해 자신이 집을 나가는 것이 옳다며 '학사'를 협박하고 있다.
③ '월'은 부모 자식 간의 도리를 들어 '강 씨'가 생각을 바꾸기를 간청하고 있다.
④ '월'은 자신의 잘못을 솔직히 인정하고 '강 씨'와 '학사'의 선처를 바라고 있다.
⑤ '학사'는 모든 것을 자기 탓으로 돌리고 '강 씨'의 뜻을 어쩔 수 없이 받아들이고 있다.

149

㉠~㉤에 대한 설명으로 가장 적절한 것은?

① ㉠은 '강 씨'의 죄가 밝혀지는 복선의 역할을 한다.
② ㉡은 '월'의 무고함을 밝혀 누명을 벗겨 주는 인물이다.
③ ㉢은 '저 부인'이 시집 식구들을 비난하는 내용이 담겨 있다.
④ ㉣은 '저 부인'이 고된 시집살이의 고달픔을 달래기 위한 수단이다.
⑤ ㉤은 '뺑덕어미'의 비행을 고발하고 경계하고자 하는 인물이다.

갈래 복합

150

(나)의 표현상 특징에 대한 설명으로 가장 적절한 것은?

① 두 인물이 대화를 주고받는 형식으로 이루어져 있다.
② 시간의 흐름에 따른 대상의 태도 변화를 보여 주고 있다.
③ 특정 인물의 행동을 구체적이면서 과장적으로 묘사하고 있다.
④ 판소리 문체를 활용하여 각 장면을 독립적으로 제시하고 있다.
⑤ 화자가 의도를 드러내지 않은 채 상황을 객관적으로 제시하고 있다.

151

〈보기〉를 바탕으로 (가), (나)를 이해한 내용으로 적절하지 않은 것은?

보기

조선 후기에 창작된 고전 소설과 가사에서 여성은 흔히 악덕과 비행을 일삼는 부정적인 모습으로 형상화되고는 한다. 여성은 전처의 자식을 학대하고 계략을 꾸며 집안을 파멸로 이끄는 잔악한 후처의 모습을 지니기도 하고, 인륜과 도덕을 저버린 어리석은 부녀자로 그려지기도 한다. 이러한 부녀자의 행위는 자신은 물론 한 집안의 파멸을 불러오게 되는데, 이는 엄격한 가부장제 아래에서 여성 자신이 살아남기 위한 하나의 방편으로 당대 여성의 지위와 갈등을 엿볼 수 있게 한다. 그런데 이때 가부장이 사건의 실상을 올바로 보고 시시비비를 따져 문제를 해결하려는 의지를 보이기보다는 이를 방치하여 더욱 큰 불행을 초래하는 무능한 모습을 보이기도 한다. 이렇게 부녀자의 악행을 생생하게 보여 주는 이유는, 윤리 규범이 어떻게 파괴되는지를 통해 이를 반면교사로 삼기 위한 것이다.

① (가)에서 자기 음식에다 독을 타고 이를 '월'에게 덮어씌우는 '강씨'의 모습을 통해 전처의 자식을 학대하고 집안을 파멸로 이끄는 잔악한 후처의 모습을 볼 수 있다.
② (가)에서 학사가 '괴히 여겨 대강 치죄하여 내치고 부인을 위로'하는 모습을 통해 문제를 덮기에만 급급한 무능한 가부장의 모습을 확인할 수 있다.
③ (나)에서 '듣고 나니 초롱군에 팔짜나 고쳐 볼까'라는 말에서 엄격한 가부장제 아래에서 여성 자신이 살아남기 위해 비행을 저지르는 모습을 통해 여성의 비천한 지위를 알 수 있다.
④ (나)에서 '세간은 줄어 가고 걱정은 늘어 간다'라는 표현을 통해 부녀자의 비행으로 인해 자신은 물론 집안 전체가 패가망신하는 모습을 엿볼 수 있다.
⑤ (나)에서 '저 거동을 자세 보고 / 그릇 일을 알았거든 고칠 개자 힘을 쓰소'라는 말에서 '저 부인'과 '뺑덕어미'의 상식을 벗어난 행적을 통해 이를 반면교사로 삼으라는 교훈을 얻을 수 있다.

152

〈보기〉를 바탕으로 [A], [B]를 이해한 내용으로 적절하지 않은 것은?

보기

문학 작품에서 사건과 인물을 어떠한 태도로 바라보느냐에 따라 그 의미와 분위기가 결정되기도 한다. 예컨대 화자나 서술자가 모든 상황을 꿰뚫고 감정을 그대로 노출하거나 논평하면 독자는 그 상황에 쉽게 동화될 수 있는 반면에 상상력이 개입할 여지는 적어지게 된다. 또 웃음을 주는 가운데 모순된 상황을 드러내거나 부정적인 대상을 우스꽝스런 상황에 빗대어 비꼬게 되면 그 이면을 폭로하여 모순을 바로잡고자 하는 비판적 성격을 지니게 된다.

① [A]에서 '보는 사람이 뉘 아니 슬퍼하며 산천초목도 위하여 슬퍼할러라.'라고 서술자가 감정을 노출함으로써 독자가 쉽게 감정이입을 할 수 있겠군.
② [A]에서 '강 씨'의 생각을 직접적으로 드러냄으로써 상황을 쉽게 파악할 수 있으나 인물의 생각을 추측할 수 있는 여지는 적어지겠군.
③ [B]에서 남편을 '십벌지목'이라는 우스꽝스런 사물에 빗대어 비꼼으로써 여러 사람의 등쌀에 결국 시집 식구들을 편들게 된 남편의 옹졸한 모습을 비판하고 있군.
④ [B]에서 '여기저기 사설이요 구석구석 모함이라.'라는 화자의 논평을 통해 독자가 '저 부인'의 심정에 동화되도록 유도하고 있군.
⑤ [B]에서 '양반 자랑 모두 하여 색주가나 하여 볼가'라고 하여 양반 신분을 내세워 기생집을 운영하고자 하는 모순된 상황을 통해 '저 부인'의 허위와 이중성을 폭로하고 있군.

적중 예상

갈래 복합 06

목표 시간	8분 20초		
시작	분 초	종료	분 초
소요 시간	분 초		

E 수록

[153-157] 다음 글을 읽고 물음에 답하시오. (가) 17, 21 / (나) 21

(가) **아침 티브이**에 난데없는 **표범 한 마리**
물난리의 북새통을 틈타 서울 대공원을 탈출했단다
수재에 수재(獸災)가 겹쳤다고 했지만, 일순 마주친
우리 속 세 마리 표범의 우울한 눈빛이 서늘하게
내 가슴 깊이 박혀 버렸다 한순간 바람 같은 자유가
무엇이길래, 잡히고 또 잡혀도
파도의 아가리에 몸을 던진 빠삐용*처럼
총알 빗발칠 폐허의 산속을 택했을까
평온한 동물원 우리 속 그냥 남은 세 명의 드가*
그러나 난 그들을 욕하지 못한다
빠삐용, 난 여기서 감자나 심으며 살래
드가 같은 마음이 있는 곳은 어디든
동물원 같은 공간이 아닐까
친근감 넘치는 검은 뿔테 안경의 드가를 생각하는데
저녁 티브이 뉴스 화면에
사살당한 표범의 시체가 보였다
거봐, 결국 죽잖아!

티브이 ⓐ우리 안에 갇혀 있는,
내가 드가?

– 유하, 〈빠삐용 – 영화 사회학〉

* 빠삐용: 영화 〈빠삐용〉의 주인공. 누명을 쓰고 외딴 섬의 감옥에 갇혔다가 탈출에 성공함.
* 드가: 영화 〈빠삐용〉에서 탈출을 체념하는 죄수.

(나) 나는 떠난다. 청동(靑銅)의 표면에서
일제히 날아가는 진폭(振幅)의 새가 되어,
광막한 하나의 울음이 되어
하나의 소리가 되어

인종(忍從)은 끝이 나는가,
청동의 벽에
'역사'를 가두어 놓은
칠흑의 감방에서.

나는 바람에 실리어
들에서는 푸름이 된다.
꽃에서는 웃음이 되고
천상에서는 악기가 된다.

먹구름이 깔리면
하늘의 꼭지에서 터지는
뇌성(雷聲)이 되어
가루 가루 가루의 음향(音響)이 된다.

– 박남수, 〈종소리〉

(다) 무슨 글자를 보느라고 옥편을 뒤지다가 '별 성(星)' 자를 보았다. '성(星)' 자를 보고 생각하는 동안 문득 별에 대한 정다움이 마음속에 일어났다. 별을 못 본 지 얼마나 오래인지 별의 빛깔조차 기억에 희미하다. 보려면 오늘 저녁이라도 뜰에 나가서 하늘을 우러러보면 있을 것이건만…….

밤길을 다니는 일이 적은 나요, 그 위에 밤길을 다닌다 해도 위를 우러러보는 일이 적은 데다가 고층 건물이 즐비하고 전등불이 휘황한 도회지에 사는 탓으로 참 별을 우러러본 기억이 요연(窈然)*하다. 물론 그 사이에도 무의식적으로 별을 본 일이 있기는 있을 것이다. 그러나 '별을 본다'는 의식을 가지지 않고 보았겠는지라 별을 의식한 기억은 까맣다.

"별 하나 나 하나, 별 둘 나 둘, 별 셋 나 셋."

여름날 뜰에 모여서 목청을 돋우며 세어 나가던 그 시절의 별이나 지금의 별이나 변함은 없을 것이며, 그 뒤 중학교 시절에 음울한 소년이 탄식으로 우러러보던 그 시절의 별이나 지금의 별이나 역시 변함이 없을 것이며, 또는 그 뒤 장성하여 시적(詩的) 흥취에 넘친 청년이 마상이*를 대동강에 띄워 놓고 거기 누워서 물결 소리를 들으면서 탄미하던 그 별과 지금의 별이 변함이 없으련만……. 그리고 그 시절에는 날이 흐려서 하루 이틀만 별이 안 보이더라도 마음이 조조(躁躁)*하여 마치 사랑을 따르는 처녀와 같이 안타까워했거늘, 지금 이렇듯 별의 빛깔조차 잊어버리도록 오래 별을 보지 않고도 그다지 부족함을 느끼지 않고 살아 나가는 이 심경은 어찌된 셈일까.

세상 만사에 대하여 이젠 흥분과 감동을 잊었나. 혹은 별을 보고 싶은 감정이 생기지 못하도록 현대인의 감정이란 빽빽하고 기계적인 것인가. 지금도 별을 우러러보면 옛날의 그 시절과 같이 괴롭고도 즐거운 감동에 잠길 수가 있을까. 그렇지 않으면 전등만큼 밝지 못한 것이라고 경멸해 버릴 만큼 마음이 변했을까.

지금 생각으로는 오늘 저녁에는 꼭 다시 별을 우러러보려 한다. 그러나 저녁이 되어도 그냥 이 마음이 그대로 있을지부터가 의문이다. 날이 춥다는 핑계가 있고, 바쁜 원고가 많다는 핑계가 있고, 그 위에 오늘이 음력 팔 일이니 그믐 별이 아니고야 무슨 흥취가 있겠느냐는 핑계도 있고 하니, 어찌 될는지 의문이다. 보면 날이 새고 안 보면 문득 솟아오르던 별. 저 별은 장가를 가지 않는가 하고 긴 밤을 지키고 있던 별. 내 별 네 별 하며 동생과 그 광휘*를 경쟁하던 별. 생각하면 생각할수록 언제 다시 잠 못 자는 한밤을 별을 우러

러보며 새우고 싶다. 그러나 현 시대의 생활과 감정이 너무 복잡다단함을 어찌하랴. 별을 ⓑ쌀알로 보고 싶을 터이며, 달을 금덩이로 보고 싶을 테니까, 이런 감정으로는 본다 한들 아무 감흥도 없을 것이다.

– 김동인, 〈별〉

* 요연하다: 보이는 것이나 들리는 것이 희미하고 매우 멀다.
* 마상이: 거룻배처럼 노를 젓는 작은 배.
* 조조하여: 성질 따위가 몹시 조급하여.
* 광휘: 환하고 아름답게 눈이 부심. 또는 그 빛.

153

(가)~(다)에 대한 설명으로 가장 적절한 것은?

① (가)와 (나)는 언어유희를 통해 화자의 냉소적 시각을 드러내고 있다.
② (가)와 (다)는 역설적 표현을 통해 강한 의지적 태도를 부각하고 있다.
③ (나)와 (다)는 말을 건네는 어조를 통해 대상에 대한 친근감을 드러내고 있다.
④ (가), (나), (다)는 모두 대립적 이미지를 사용하여 주제 의식을 표현하고 있다.
⑤ (가), (나), (다)는 모두 상징적인 사물을 통해 시대 현실을 구체적으로 그려 내고 있다.

154

(가)를 이해한 내용으로 적절하지 않은 것은?

① '우리 속 세 마리 표범의 우울한 눈빛'을 통해 현실에 대한 화자의 정서를 간접적으로 드러내고 있다.
② '우리 속 세 마리 표범'과 '사살당한 표범'을 대비하여 자유를 추구하는 것이 매우 어려운 선택임을 나타내고 있다.
③ '아침 티브이'와 다른 '저녁 티브이 뉴스'를 통해 자유를 향한 도전을 일관되지 못하게 바라보는 세태를 풍자하고 있다.
④ '친근감 넘치는 검은 뿔테 안경의 드가'를 제시하여 화자가 살아온 삶이 '드가'의 삶과 다르지 않음을 암시하고 있다.
⑤ '거봐, 결국 죽잖아!'라고 탄식하면서 '표범 한 마리'에 대한 안타까움과 함께 현실에 대한 체념의 정서를 드러내고 있다.

155

〈보기〉를 바탕으로 (나)를 감상한 내용으로 적절하지 않은 것은?

보기

〈종소리〉는 '종'과 '종소리'의 관계를 억압적 현실과 이로부터 벗어나려는 의지로 설정하여 종소리가 울려 퍼지는 모습을 다양한 이미지로 그려 내고 있다. 이를 통해 작가는 자유에 대한 열망을 형상화하고 있다.

① 종소리가 울려 퍼지는 순간을 '나는 떠난다.'라는 단정적 진술로 그려 내고 있군.
② 종소리를 의인화한 화자인 '나'로 설정하여 자유에 대한 의지를 드러내고 있군.
③ '광막한 하나의 울음'은 억압적 현실에서의 고통을 청각적 심상으로 제시하고 있군.
④ 갇혀 있는 종소리를 '역사'와 동일시함으로써 자유의 의미를 사회적으로 확장하고 있군.
⑤ 자유로움에 대한 긍정적 인식을 '푸름', '웃음', '악기'의 이미지로 형상화하고 있군.

156

〈보기〉를 바탕으로 할 때, (다)에 드러난 글쓴이의 심리 및 태도에 대한 판단으로 가장 적절한 것은?

보기

전통적으로 문학 작품 속에서 형상화된 밤은 대체로 삶의 힘겨움을 상징하고, 어둠 속에서도 항상 밝게 빛나는 별은 사람들이 지향할 만한 구원의 빛이라고 인식되었다. 그러나 근대 사회의 도시화와 산업화 속에서 물질 만능주의가 만연하게 되자, 사람들은 더 이상 별을 구원의 빛으로 인식하지 않게 되었다. 멀리 있고 이상적인 별보다 가까이에 있는 물질적인 이익을 추구하게 된 것이다.

① 도시 문명에서 벗어나 전원으로 돌아가고자 하는 충동을 느끼고 있군.
② 부조리한 현실 속에서 시대가 진보한다는 희망을 잃고 괴로워하고 있군.
③ 물질 중심의 근대적 삶에 젖어 순수함을 잃어버린 것을 안타까워하고 있군.
④ 인정이 메말라 가는 근대적 삶을 전통적 삶과 대비하며 불만을 토로하고 있군.
⑤ 천진난만했던 과거에 대한 추억을 허황된 것으로 여기며 현실을 수용하고 있군.

157

ⓐ와 ⓑ에 대한 설명으로 가장 적절한 것은?

① ⓐ와 ⓑ 모두 인간이 추구하는 이상적 세계를 상징하고 있다.
② ⓐ와 ⓑ 모두 자신을 제약하는 현실에 대한 인식과 관련되어 있다.
③ ⓐ와 ⓑ 모두 이해관계가 얽혀 있는 현실의 단면을 나타내고 있다.
④ ⓐ에는 ⓑ와 달리 삶의 여건을 긍정적으로 바라보는 관점이 담겨 있다.
⑤ ⓑ에는 ⓐ와 달리 당면한 문제를 해결하려는 글쓴이의 의지가 드러나 있다.

적중 예상

갈래 복합 07

목표 시간	8분 20초		
시작	분 초	종료	분 초
소요 시간	분 초		

E 수록

[158-162] 다음 글을 읽고 물음에 답하시오. (가) 23 / (나) 22

(가)

[A]
아마존 **수족관 열대어**들이
유리벽에 끼어 헤엄치는 여름밤
세검정 길,
장어구이집 창문에서 연기가 나고
아스팔트에서 고무 탄내가 난다.

[B]
열난 기계들이 길을 끓이면서
질주하는 여름밤
상품들은 덩굴져 자라나며 색색이 종이꽃을 피우고 있고
철근은 밀림, 간판은 열대지만
아마존 강은 여기서 아득히 멀어
열대어들은 수족관 속에서 목마르다.

[C]
변기 같은 귓바퀴에 소음 부엉거리는
여름밤
열대어들에게 ㉠시를 선물하니
노란 달이 아마존 강물 속에 향기롭게 출렁이고
아마존 강변에 **후리지아 꽃들이 만발**했다.

– 최승호, 〈아마존 수족관〉

(나) 광주 비엔날레에서 태국의 수라시 꾸솔웡이라는 작가의 〈감성적 기계〉라는 작품을 본 적이 있다. 이 작품은 65년형 폭스바겐의 엔진과 핸들, 타이어, 섀시 등을 완전히 제거하고 차체를 뒤집어 그네 침대로 설치한 것이다. 그네 옆에는 타이어를 비롯한 부속을 재활용해 만든 의자들이 놓여 있었다. 차체로 만들어진 그네 침대 속에서 아이들이 텔레비전을 보고 있는 동안 나는 타이어를 쌓아 만든 의자에 걸터앉아 그 '감성적 기계'를 바라보았다. 흔히 '달리는 무기'라고 불리는 자동차가 완전히 해체됨으로써 ⓐ새로운 용도로 거듭난 모습은 예술 고유의 전복성을 보여 줄 뿐 아니라 자동차에 대한 생각을 곱씹어 보게 했다.

그 무렵 나는 초보 딱지도 떼지 않은 상태여서 자동차가 주는 편리와 불안을 아주 예민하게 느끼고 있었다. 면허를 따 놓고 오 년이 넘도록 차를 살 생각이 별로 없었다. 그런데 아이들을 데리고 객지로 이사한 후로는 하나부터 열까지 내 손으로 해결해야 했고, 어쩔 수 없이 운전을 하게 되었다. 물론 ⓑ처음엔 출퇴근 때나 장을 볼 게 많을 때만 차를 가지고 다녔다. 그러나 마음이 답답할 때 무작정 차를 몰고 교외로 나가는 습관이 생겨나기 시작했고, 실제적인 목적 없이도 차를 모는 일이 늘어 갔다. 누구의 방해도 받지 않고 나를 어디로든 데려다 줄 수 있는 밀폐된 공간에 그렇게 조금씩 길들여져 갔다.

스웨덴의 생태주의자인 에민 텡스룀은 자동차라는 물건이 "자기 자신의 영토 안에 머물고자 하는 의지와 이 영토 밖으로 움직일 필요성"을 동시에 충족시켜 준다고 말한 바 있다. 현대인들이 자동차라는 '아늑한 자궁'으로부터 잠시도 떨어지고 싶어 하지 않는 것도 바로 ⓒ이 모순된 욕망을 자동차라는 공간이 해결해 주기 때문일 것이다. 앞에서 말한 〈감성적 기계〉처럼 자동차를 해체하지 않아도 자동차는 이미 충분히 '감성적 기계' 노릇을 하고 있는 셈이다.

하지만 얼마 안 가서 자동차에 대한 낯설고 당혹스러운 경험을 하게 되었다. 갑자기 서울에 갈 일이 생겼는데 주말이라 차표를 구할 수 없었다. 몇 번을 망설이다가 나는 초보 주제에 식구들을 태우고 서울로 가는 고속 도로로 접어들었다. 긴장을 해서인지 무사히 서울에 도착해서 일을 보고 다음 날 밤에 광주로 내려올 수는 있었다. 그런데 밤에 고속 도로를 달리다 보니 차창에 무언가 타닥타닥 부딪치는 소리가 났다. 처음엔 그저 속도 때문에 모래 알갱이 같은 게 튀는 소리려니 했다.

다음 날 아침 출근을 하려는데 유리창은 물론이고 앞 범퍼에 푸르죽죽한 것들이 잔뜩 엉겨 있었다. 그것은 흙먼지가 아니라 수많은 풀벌레들이 달리는 차체에 부딪혀 죽은 잔해였다. 마치 거대한 모터 주위에 두껍게 쌓여 있는 먼지 뭉치처럼 말이다. 그것을 닦아 내려다 나는 지난밤 엄청난 범죄라도 저지른 사람처럼 손발이 후들후들 떨려 도망치듯 세차장으로 갔다. 그러나 세차 기계의 물살에도 엉겨 붙은 풀벌레들의 흔적은 완전히 지워지지 않았다. 운전대를 잡을 때마다 풀 비린내는 몸서리치는 기억으로 남았고, ⓓ나는 손을 씻고 또 씻었다.

시속 100킬로미터 정도의 속력에 그렇게 많은 풀벌레가 짓이겨졌다는 것도 믿기 어려웠지만, 이런 살상의 경험을 모든 운전자들이 초경처럼 겪었으리라는 사실이야말로 나에게는 예상치 못한 충격이었다. **인간에게 안락한 공간이 다른 생명을 해칠 수도 있다는 자각**이 그제야 찾아왔다.

ⓔ옛날 티베트의 승려들은 입을 열어 말을 할 때마다 공기 중의 미생물을 죽이게 될까 봐 얼굴에 일곱 겹의 천을 두르고 다녔다고 한다. 그걸 생각하면 ㉡자동차를 몰고 다니는 것 자체가 엄청난 살생 행위라고도 말할 수 있을 것이다. 그렇다고 하루아침에 차를 없앨 수도 없는 형편이어서 나는 자동차에 대한 태도를 정리할 필요를 느꼈다. 차를 유지하되 사용을 최소화하고 의존도를 낮추는 선에서 타협할 수밖에 없었다. 그리고 그 '감성적 기계'의 편안함에 길들여지려는 순간마다 그것이 풀 비린내뿐 아니라 피비린내를 불러올 수도 있다는 자각을 잊지 않으려고 한다.

운전을 시작하기 전까지 나는 걷기 예찬자였고, 인공적인 공간보다 자연 속에 머물기를 누구보다 좋아했다. 그러나 차를 소유하고부터는 생태적인 어떤 발언도 할 자격이 없다는 생각이 들곤 한다.

차를 소유하되 그에 종속되지 않는다는 것, 이런 아슬아슬한 줄타기가 앞으로 얼마나 지속될 수 있을지 모르겠다. 다만 **그날 아침의 풀 비린내가 원죄 의식처럼 운전대를 잡은 내 손에 남**아 있을 따름이다.

– 나희덕, 〈풀 비린내에 대하여〉

158

(가)와 관련하여 다음과 같은 선생님의 질문에 답을 한다고 할 때 적절하지 않은 것은?

> 선생님: 운문 문학에서는 다양한 표현 방법을 활용하여 중심 소재, 화자의 심리, 화자가 바라보는 대상 등을 형상화하게 됩니다. 적절한 표현 방법을 활용하면 작가가 표현하고자 하는 바를 보다 잘 드러낼 수 있지요. 그럼 최승호의 〈아마존 수족관〉에는 어떤 표현 방법들이 사용되고 있는지 말해 볼까요?
> 서연: '장어구이집 창문에서 연기가 나고 / 아스팔트에서 고무 탄내가 난다.'에서는 대구법을 사용하여 운율감을 주고 있어요.
> 윤서: '상품들은 덩굴져 자라나며'에서는 활유법을 사용하여 도시의 모습을 효과적으로 그리고 있어요.
> 민재: '색색이 종이꽃', '노란 달' 등의 색채 이미지를 활용해 대상의 인상을 선명하게 표현하고 있어요.
> 동희: '열대어들은 수족관 속에서 목마르다.'에서는 역설적 표현을 사용하여 시적 대상의 상태가 더욱 잘 드러나고 있어요.
> 가연: '노란 달이 아마존 강물 속에 향기롭게 출렁이고'에서는 후각적 이미지의 대상을 시각적으로 표현한 공감각적 표현을 사용해 '아마존 강'의 아름다운 모습을 형상화하고 있어요.

① 서연　② 윤서　③ 민재
④ 동희　⑤ 가연

159

(가)의 [A]~[C]에 대한 이해로 적절하지 않은 것은?

① [A]에서는 구체적인 시간적, 공간적 배경을 바탕으로 시적 상황이 제시되고 있다.
② [A]에서 특정 대상이 처한 부정적 상황이 [B]에서 더욱 강화되고 있다.
③ [A]에서 외부의 대상을 향했던 화자의 시선이 [B]와 [C]에서 자신의 내면으로 이동하고 있다.
④ [B]에서 특정한 공간에 결핍되어 있던 요소가 [C]에서 채워지고 있다.
⑤ 특정 공간의 부정적 면모가 [B]에서는 촉각적 이미지와 시각적 이미지를 통해, [C]에서는 청각적 이미지를 통해 표현되고 있다.

160

〈보기〉를 바탕으로 (가)와 (나)를 감상한 내용으로 적절하지 않은 것은?

보기

기계와 문명이 주는 편안함에 익숙해진 현대인들의 삶에 대해 비판적 시선을 던지는 작품들은 크게 두 가지의 경향을 보이는 경우가 많다. 첫째는 도시화, 기계화된 현대 사회 속에서 생명력을 상실해 가는 현대인의 모습을 보여 주는 작품들이다. 이러한 작품들은 물질문명의 폐해에 대한 부정적 시각과 아울러 현대인들의 진정한 인간성 회복을 갈망한다. 둘째는 자연을 인간의 삶을 위한 도구나 수단으로 바라보는 인간 중심주의에서 벗어나 인간은 생태계의 일부라는 관점을 드러내는 작품이다. 이러한 관점은 자연을 인간과 동등한 생명체로 인정하며 인간과 자연의 조화를 추구하는 경향으로 이어진다.

① (가)에서 '유리벽에 끼어' 있는 '수족관 열대어들'은 생명력을 상실한 현대인을 비유적으로 나타낸 것으로 볼 수 있겠군.
② (가)에서 '후리지아 꽃들이 만발'한 '아마존 강변'은 생명력 넘치는 공간으로 인간성 회복에 대한 화자의 염원을 드러낸 것으로 볼 수 있겠군.
③ (가)에서 '철근은 밀림, 간판은 열대'라는 시구는 물질문명의 폐해가 원시적 공간까지 파고들어 간 현실을 비판하는 것으로 볼 수 있겠군.
④ (나)의 '인간에게 안락한 공간이 다른 생명을 해칠 수도 있다는 자각'에서는 자동차로 대변되는 기계와 문명이 주는 편안함에 익숙해진 현대인들의 삶에 대한 비판적 인식을 확인할 수 있겠군.
⑤ (나)에서 '그날 아침의 풀 비린내가 원죄 의식처럼 운전대를 잡은 내 손에 남'았다는 것은 자연과 인간을 동등한 생명체로 여겨 자연물의 생명을 인간처럼 소중하게 생각하는 글쓴이의 태도로 이해할 수 있겠군.

161

㉠과 ㉡을 비교한 내용으로 가장 적절한 것은?

① ㉠과 ㉡은 모두 화자나 글쓴이로 하여금 물질문명에 매몰되어 있던 자신의 과거를 성찰하게 한다.
② ㉠에 대해 화자는 연민의 태도를 보이지만, ㉡에 대해 글쓴이는 두려움의 태도를 보인다.
③ ㉠은 현대 문명이 생명력을 회복하도록 하는 정신적 가치를 상징하고, ㉡은 생명체에 대한 폭력성을 상징한다.
④ ㉠에는 미래에 대한 화자의 낙관적 전망이 투사되어 있는 반면, ㉡에는 미래에 대한 글쓴이의 부정적 전망이 투사되어 있다.
⑤ ㉠은 화자로 하여금 자연과 함께했던 과거를 회상하게 하는 매개체로, ㉡은 글쓴이로 하여금 기계와 함께하는 미래를 상상하게 하는 매개체로 작용한다.

162

(나)의 ⓐ~ⓔ를 이해한 내용으로 적절하지 않은 것은?

① ⓐ: 공간의 이동이라는 자동차 본연의 용도가 아닌 휴식을 취하는 공간으로서의 용도를 의미한다.
② ⓑ: 글쓴이가 자동차가 주는 편리함에 종속되기 전의 모습을 나타내고 있다.
③ ⓒ: 자동차에 종속되고 싶지 않아 하면서도 편안함을 주는 자동차를 곁에 두고자 하는 것을 의미한다.
④ ⓓ: 지난 밤 자신의 행위에 대해 죄책감을 느끼고 있는 글쓴이의 모습이 나타난 행동이다.
⑤ ⓔ: 아주 작은 생물의 생명까지도 소중하게 생각하는 모습이 나타난 행동이다.

적중 예상 갈래 복합 08

목표 시간	8분 20초		
시작	분 초	종료	분 초
소요 시간	분 초		

E 수록

[163-167] 다음 글을 읽고 물음에 답하시오. (가) 15, 19 / (나) 19 / (다) 17

(가) 사람의 일생은 기쁨과 슬픔을 경위(經緯)로 하여 짜 가는 한 조각의 비단일 것 같다. 기쁨만으로 일생을 보내는 사람도 없고 슬픔만으로 평생을 지내는 사람도 없다. 기쁘기만 한 듯이 보이는 사람의 흉중에도 슬픔이 깃들이며, 슬프게만 보이는 사람의 눈에도 기쁜 웃음이 빛날 때가 있다. 그러므로 사람은, 기쁘다 해서 그것에만 도취될 것도 아니며, 슬프다 해서 절망만 일삼을 것도 아니다. [A]

나는 지금, 내 책상 앞에 걸려 있는 그림을 보고 있다. 고흐가 그린 〈들에서 돌아오는 농가족〉이다. 푸른 하늘에는 흰 구름이 얇게 무늬지고, 넓은 들에는 추수할 곡식이 그득한데, 젊은 아내는 바구니를 든 채 나귀를 타고, 남편인 농부는 포크를 메고 그 뒤를 따라 집으로 돌아오는 것이다. 생활하는 사람의 세계를 그린 그림 가운데 이보다 더 평화로운 정경을 그린 것은 그리 흔하지 않을 것이다. 넓은 들 한가운데 마주 서서, 은은한 저녁 종소리를 들으며 감사의 기도를 드리는 농부 내외의 경건한 모습을 우리는 밀레의 〈만종〉에서 보거니와, 내가 지금 보고 있는 그림은 그 다음 장면처럼 느껴지기도 한다. 그리고 밀레와 고흐의 가슴 속에 흐르고 있는 평화 지향의 사상은 마치 한 샘에서 솟아나는 물처럼 구별할 수 없다. [B]

그 무서운 가난과 고뇌 속에서 어쩌면 이렇게도 모든 사람의 가슴을 가라앉힐 수 있는 평화경(平和境)이 창조될 수 있었을까? 신비로운 일이다. 베토벤의 〈전원교향곡〉이나 〈봄의 소나타〉를 들을 때도 나는 이러한 신비를 느낀다. 둘 다 베토벤이 귀머거리가 된 이후의 작품인 것이다. 슬픔은, 아니 슬픔이야말로 참으로 인간으로 하여금 그 영혼을 정화(淨化)하고 높고 맑은 세계를 창조하는 힘이 아닐까? 예수 자신이 한없는 비애의 사람이 아니었더라면, 인류의 가슴을 덮은 검은 하늘을 어떻게 개게 할 수 있을 것인가? 공자(孔子)도 석가(釋迦)도 다 그런 분들이다. [C]

나의 막내아들은 지난봄에 국민학교 1학년이 되었어야 할 나이다. 벌써 2년 전의 일이다. 그때 이 아이는 '신장 종양'이라고 하는 매우 드문 아동병에 걸렸다. 그러나 곧 수술을 받고 지금까지 건강하게 자라왔다. 그런데 오늘, 그 병이 재발한 것을 비로소 알았고, 오늘의 의학으로는 치료의 방법이 없다는 참으로 무서운 선고를 받은 것이다.

아이의 손목을 하나씩 잡고 병원 문을 나서는 우리 내외는, **천 근 쇳덩이가 가슴을 눌러 숨을 쉬기도 어려웠다.** 아무것도 모르는 어린것은 시골서 보지 못한 높은 건물과 자동차의 홍수, 사람의 물결들이 신기하고 재미있는 모양이었다. 그에게는 티끌만 한 근심도 없었다. 나는 그의 얼굴을 바로 보지 못했다. 자기의 마지막 날을 알지 못한다는 것은 사람을 맹목(盲目)으로 만들기 쉬울 것이다. 그러나 또한 얼마나 다행스러운 일인가.

"아빠, 구두."

그는 구두 가게를 손가락으로 가리켰다. 구두가 신고 싶었나 보다. 우리 내외는 그가 가리킨 가게로 들어가, 낡은 운동화를 벗기고 가죽신 한 켤레를 사서 신겼다. 어린것의 두 눈은 천하라도 얻은 듯한 기쁨으로 빛났다.

우리는 그의 기쁜 얼굴을 차마 슬픈 눈으로 볼 수가 없어서 마주 보고 웃어 주었다. 오늘이 그에게는 참으로 기쁜 날이요, 우리에게는 질식한 듯한 암담한 날임을 누가 알랴.

아버지가 돌아가시는 것을 '천붕(天崩)'이라고 한다. 하늘이 무너진다는 뜻이다. 나는 아버지의 상(喪)을 당하고서야 비로소 이 표현이 옳음을 알았다. 그러나 오늘, 의사의 선고를 듣고, 천 길 낭떠러지 밑으로 떨어지는 슬픔을 주체할 수 없으니, 이는 **천붕보다 더한 것이다.** 6 · 25 전쟁 때 두 아이를 잃은 일이 있다. 자식의 어버이 생각하는 마음이 어버이의 자식 생각하는 마음에 까마득히 못 미침을 이제 세 번째 체험한다.

2년 전 어느 날이었다. 수술 경과가 좋아서 아이가 밖으로 놀러 나갈 때, 나는 그의 손목을 쥐고,

"넌 커서 의사가 되는 게 좋을 것 같다. 의사가 너의 병을 고쳐 준 것처럼, 너도 다른 사람의 나쁜 병을 고쳐 줄 수 있게 말이다."

하고 말했었다. 그는 고개를 끄덕이었고, 그 후부터는 누구에게든지 의사가 되겠다고 말해 왔었다.

이 밤을 나는 눈을 못 붙이고 죽음을 생각한다. 그리고 인간의 모든 고귀한 것은 한결같이 슬픔 속에서 생산된다는 생각을 하면서, 더없이 총명해 보이는 내 아들의 잠든 얼굴을 안타까이 바라보고 있는 것이다. 그러면서 **인생은 기쁨만도 슬픔만도 아니**라는, 그리고 **슬픔은 인간의 영혼을 정화(淨化)시키고 훌륭한 가치를 창조한다**는 나의 신념을 지그시 다지고 있는 것이다.

'신(神)이여, 거듭하는 슬픔으로 나를 태워 나의 영혼을 정화하소서.'

– 유달영, 〈슬픔에 관하여〉

(나) 김천 의료원 6인실 302호에 산소마스크를 쓰고 암 투병 중인 그녀가 누워 있다

바닥에 바짝 엎드린 가재미처럼 그녀가 누워 있다

나는 그녀의 옆에 나란히 한 마리 가재미로 눕는다

가재미가 **가재미에게 눈길을 건네자 그녀가 울컥 눈물을 쏟아** 낸다

한쪽 눈이 다른 한쪽 눈으로 옮아 붙은 야윈 그녀가 운다

갈래 복합

그녀는 죽음만을 보고 있고 나는 그녀가 살아 온 파랑* 같은 날들을 보고 있다

좌우를 흔들며 살던 그녀의 물속 삶을 나는 떠올린다
그녀의 오솔길이며 그 길에 돋아나던 대낮의 뻐꾸기 소리며
가늘은 국수를 삶던 저녁이며 흙담조차 없었던 그녀 누대의 가계를 떠올린다
두 다리는 서서히 멀어져 가랑이지고
폭설을 견디지 못하는 나뭇가지처럼 등뼈가 구부정해지던 그 겨울 어느 날을 생각한다
그녀의 숨소리가 느릅나무 껍질처럼 점점 거칠어진다
나는 그녀가 죽음 바깥의 세상을 이제 볼 수 없다는 것을 안다
한쪽 눈이 다른 쪽 눈으로 캄캄하게 쏠려 버렸다는 것을 안다 [D]

㉠<u>나는 다만 좌우를 흔들며 헤엄쳐 가 그녀의 물속에 나란히 눕는다</u>
<u>산소호흡기로 들이마신 물을 마른 내 몸 위에 그녀가 가만히 적셔 준다</u>

– 문태준, 〈가재미〉

* 파랑(波浪): 잔물결과 큰 물결.

(다) 어린 시절, 어머니에게 물었습니다
내일은 언제 오나요
하룻밤만 자면 내일이지
다음 날 다시 어머니에게 물었습니다
오늘이 내일인가요?
아니란다 오늘은 오늘이고 내일은
또 하룻밤 더 자야 한단다

고향에서 급한 전갈이 왔습니다
어머니 임종의 이마에
둘러앉아 있는 어제의 것들이 물었습니다
얘야 내일까지 갈 수 있을까?
그럼요 하룻밤만 지나면 내일인 걸요
어제의 것들은 물도 들고 간신히 기운도 차렸습니다
다음 날 어머니의 베갯모에
수실로 뜨인 학 한 마리가 날아오르며 다시 물었습니다
오늘이 내일이지
아니에요 오늘은 오늘이고 내일은
하룻밤을 지내야 해요 [E]

이제 더 이상 고향에서 급한 전갈이 오지 않았습니다
우리 집에는
어머니는 어제라는 집에
아내는 오늘이라는 집에
딸은 내일이라는 집에 살면서
나와 쉽게 만나는 법을 알고 있기 때문입니다

– 김종철, 〈만나는 법〉

163

〈보기〉를 바탕으로 (가)~(다)를 감상한 내용으로 적절하지 <u>않은</u> 것은?

보기
누구나 일상생활에서 크고 작은 상실을 경험한다. 상실의 대상은 다양할 수 있고 상실을 극복하는 방법 역시 사람마다 다를 수 있지만, 상실의 상황에서 느끼는 비애감은 공통적이다. 특히 가족의 죽음은 완전히 상실하기까지의 과정을 가까이에서 지켜보아야 한다는 점에서 커다란 비극이 아닐 수 없다. 상실의 과정은 떠나가는 자, 남겨지는 자 모두에게 견디기 어려운 고통과 슬픔을 안겨 주고, 때때로 그것은 인생의 큰 전환을 가져오기도 한다.

① (가): '천 근 쇳덩이가 가슴을 눌러 숨을 쉬기도 어려웠다', '천붕보다 더한 것이다'를 통해 혈육을 잃게 되는 충격과 슬픔이 견디기 어려운 것임을 나타내고 있군.
② (가): '인생은 기쁨만도 슬픔만도 아니'며, '슬픔은 인간의 영혼을 정화시키고 훌륭한 가치를 창조한다'를 통해 아들을 잃는 슬픔을 극복하기 위한 '나'의 마음가짐을 알 수 있군.
③ (나): '가재미에게 눈길을 건네자 그녀가 울컥 눈물을 쏟아' 내는 것은 상실의 상황이 남겨지는 자뿐만 아니라 떠나가는 자에게도 고통스러운 것임을 나타내고 있군.
④ (나): '그녀는 죽음만을 보고 있고 나는 그녀가 살아 온 파랑 같은 날들을 보고 있'는 것을 통해 그녀의 죽음이 '그녀'에 대한 '나'의 인식을 바꾸는 계기가 되었음을 알 수 있군.
⑤ (다): '그럼요 하룻밤만 지나면 내일인 걸요'를 통해 죽음을 앞둔 어머니가 느끼는 두려움과 고통을 헤아리고 희망과 위로를 건네는 화자의 모습을 확인할 수 있군.

164

[A]~[E]에 대해 설명한 내용으로 적절하지 <u>않은</u> 것은?

① [A]: 대구적 표현을 활용하여 경계해야 할 삶의 태도에 대해 말하고 있다.
② [B]: 역설적 표현을 활용하여 인간의 삶에 내재한 모순에 대해 설명하고 있다.
③ [C]: 의문형 문장을 활용하여 슬픔이 주는 가치에 대해 강조하고 있다.
④ [D]: 현재형 어미를 사용하여 대상에 대한 화자의 생각을 생생하게 부각하고 있다.
⑤ [E]: 인물 간의 대화를 직접적으로 제시하여 상실의 순간을 표현하고 있다.

165

시어를 중심으로 (나)에 대해 이해한 내용으로 적절하지 <u>않은</u> 것은?

① '그녀'는 '바닥에 바짝 엎드린', '한쪽 눈이 다른 한쪽 눈으로 옮아 붙은' 모습 때문에 '가재미'에 비유된 것이겠군.
② '그녀'는 '죽음만을 보고 있고', '죽음 바깥의 세상을 이제 볼 수 없'는 상태이므로 죽음에 임박해 있다고 할 수 있겠군.
③ '오솔길', '뻐꾸기 소리', 가랑이진 '두 다리'와 구부정해진 '등뼈' 등은 '나'가 떠올린 '좌우를 흔들며 살던 그녀의 물속 삶'의 모습이겠군.
④ '가늘은 국수', '흙담조차 없었던 그녀 누대의 가계'는 현재 '그녀'가 겪고 있는 비극의 직접적인 원인이라고 할 수 있겠군.
⑤ '폭설을 견디지 못하는 나뭇가지', '그 겨울 어느 날'의 차갑고 혹독한 이미지로 보아 '그녀'는 시련과 고난의 삶을 살았겠군.

166

㉠의 의미를 파악한 내용으로 가장 적절한 것은?

① '나'와 '그녀'는 죽음의 절망을 극복하고 삶의 희망을 되찾고자 한다.
② '나'와 '그녀'는 서로의 고통을 대신할 수 없는 현실에 안타까워한다.
③ '나'와 '그녀'는 서로가 느끼는 고통과 슬픔을 이해하고 위로하고자 한다.
④ '나'는 '그녀'에게 가졌던 오해와 불신을 해소하고 용서를 구하고자 한다.
⑤ '나'는 '그녀'가 '나'에게 보여 준 희생을 떠올리며 그것을 되갚고자 한다.

167

〈보기〉는 '선생님'의 안내에 따라 학생들이 (다)를 감상한 내용이다. ⓐ~ⓔ 중 적절하지 <u>않은</u> 것은?

보기

선생님: 시는 서정 갈래를 대표하는 장르입니다. 서정 갈래는 인간의 감정과 생각을 압축된 언어로 노래하는 문학 양식을 말합니다. 그러므로 시를 감상할 때는 감정과 생각을 표현하는 주체인 화자에 대해 파악하고 화자가 어떠한 상황에 놓여 있으며 어떠한 감정을 느끼고 있는지에 주목해야 합니다. 특히 시는 운율을 통해 음악적 요소를 살릴 뿐만 아니라 감각적 표현을 통해 관념적이고 추상적인 감정을 구체적으로 형상화하므로 이에 주목해야 합니다. 시어 안에 압축되어 있는 의미를 파악하는 것 역시 중요합니다. 그러면 (다)에서 이러한 시의 특징을 확인해 봅시다.

학생 1: 화자는 현재의 시점에서 과거의 인상적인 장면을 떠올리고 있어요. ⓐ
학생 2: 화자는 '급한 전갈이 오지 않았습니다'라고 함으로써 어머니와 사별한 상황을 표현하고 있어요. ⓑ
학생 3: '-습니다'의 반복을 통해 운율감과 화자의 담담한 어조를 느낄 수 있어요. ⓒ
학생 4: '학 한 마리가 날아오르며'는 어머니의 죽음의 순간을 형상화한 표현이에요. ⓓ
학생 5: '딸'에 대해 떠올리는 것을 통해 과거를 극복하고 미래를 긍정적으로 전망하는 화자의 마음을 읽을 수 있어요. ⓔ

① ⓐ　② ⓑ　③ ⓒ　④ ⓓ　⑤ ⓔ

적중 예상

갈래 복합 09

목표 시간	8분 20초		
시작	분 초	종료	분 초
소요 시간	분 초		

E 수록

[168-172] 다음 글을 읽고 물음에 답하시오. (가) 24 / (나) 16, 17, 19, 24 / (다) 24

(가) **적산 가옥*** 구석에 짤막한 층층계……
그 이 층에서
나는 밤이 깊도록 글을 쓴다. [A]
써도 써도 가랑잎처럼 쌓이는
공허감.
이것은 내일이면
지폐가 된다. [B]
어느 것은 어린것의 **공납금**.
어느 것은 가난한 **시량대***.
어느 것은 늘 가벼운 나의 용전.
밤 한 시, 혹은
두 시. 용변을 하려고.
아래층으로 내려가면
아래층은 단칸방.
온 가족은 잠이 깊다.
서글픈 것의
저 무심한 평안함.
아아 나는 다시
층층계를 밟고
이 층으로 올라간다.
(사닥다리를 밟고 **원고지** 위에서
곡예사들은 **지쳐 내려오는**데……) [C]

나는 날마다
생활의 막다른 골목 끝에 놓인
이 짤막한 층층계를 올라와서
샛까만 유리창에
수척한 얼굴을 만난다.
그것은 너무나 어처구니없는
〈아버지〉라는 것이다. [D]

*

나의 어린것들은
왜놈들이 남기고 간 **다다미방**에서
날무처럼 포름쪽쪽 얼어 있구나. [E]

– 박목월, 〈층층계〉

* 적산 가옥: 적국이 물러가면서 남겨 놓은 가옥(일본식 가옥).
* 시량대: 땔감과 식량을 마련할 비용.

(나) 날로 기우듬해 가는 마을 회관 옆
청솔 한 그루 꼿꼿이 서 있다.

한때는 **앰프 방송** 하나로
집집의 새앙쥐까지 깨우던 회관 옆,
그 **둥치**의 터지고 갈라진 아픔으로
푸른 눈 더욱 못 감는다.

그 회관 들창 거덜 내는 **댓바람** 때마다
청솔은 또 한바탕 노엽게 운다.
거기 술만 취하면 앰프를 켜고
천둥산 박달재를 울고 넘는 이장과 함께.

생산도 새마을도 다 **끊긴 궁벽**, 그러나
저기 **난장 난 비닐하우스**를 일으키다
그 청솔 바라다보는 몇몇들 보아라.

그때마다, 삭바람마저 빗질하여
서러움조차 잘 걸러 내어
푸른 숨결을 풀어내는 청솔 보아라.

나는 희망의 노예는 아니거니와
까막까치 얼어 죽는 이 **아침**에도
저 동녘에선 **꼭두서니*** **빛** 타오른다.

– 고재종, 〈세한도〉

* 꼭두서니: 꼭두서닛과의 여러해살이 덩굴풀로, 붉은색 물감의 원료로 씀.

(다) 어느 해이던가 내가 한양에 있을 적에 거처하던 집 한쪽에 소나무 네다섯 그루가 서 있었다. 그런데 그 몸통의 높이가 대략 몇 자 정도밖에 되지 않는 상태에서, 모두가 작달막하게 뒤틀린 채 탐스러운 모습을 갖추고만 있을 뿐 더 이상 자라지 못하고 있었다. 그리고 그 나뭇가지들도 한결같이 거꾸로 드리워진 채, 긴 것은 땅에 끌리고 있었으며 짧은 것은 몸통을 가려 주고 있었다. 그리하여 이리저리 구부러지고 휘감겨 서린 모습이 뱀들이 뒤엉켜서 싸우고 있는 것과 같고 수레 위의 둥근 덮개와 일산(日傘)*이 활짝 펴진 것처럼 보이기도 하였는데, 마치 여러 가닥의 수실이 엉겨 붙은 듯 서로 들쭉날쭉하면서 아래로 늘어뜨려져 있었다.

내가 이것을 보고 깜짝 놀라 어떤 사람에게 말하기를,

"타고난 속성이 이처럼 다를 수가 있단 말인가. 어찌해서 생긴 모양이 그만 이렇게 되었단 말인가."

하니, 그 사람이 대답하기를,

"이것은 그 나무의 본성이 그러해서가 아니다. 이 나무가 처음 나왔을 때에는 다른 산에 심어진 것과 비교해 보아도 다를 것이 없었다. 그런데 조금 자라났을 적에 사람이 조작(造作)할 수 없을 정도로 견고한 것들은 골라서 베어 버리고, 여려서 **유연(柔軟)한 가지**들만을 끌어와 결박해서 휘어지게 만들었다. 그리하여 높은 것은 끌어당겨 낮아지게 하고 위로 치솟는 것은 끈으로 묶어 아래를 향하게 하면서, 그 올곧은 속성을 동요시켜 상하로 뻗으려는 기운을 좌우로 방향을 바꾸게 하였다. 그러고는 오랜 세월 동안 그러한 상태를 지속하게 하면서 **바람과 서리**의 고초(苦楚)를 실컷 맛보게 한 뒤에야, 그 줄기와 가지들이 완전히 변화해 굳어져서 저토록 괴이한 모습을 보이게 된 것이다. 하지만 가지 끝에서 새로 싹이 터서 돋아나는 것들은 그래도 위로 향하려는 마음을 잊지 않고서 무성하게 곧추서곤 하는데, 그럴 때면 또 돋아나는 대로 아까 말했던 것처럼 베고 자르면서 부드럽게 휘어지게 만들곤 한다. 이렇게 해서 사람들이 보기에 참으로 아름답고 참으로 기이한 소나무가 된 것일 뿐이니, 이것이 어찌 그 나무의 본성이라고야 하겠는가."

하였다. 내가 이 말을 듣고는 크게 탄식하면서 다음과 같이 말하였다.

"아, 어쩌면 그 물건이 우리 사람의 경우와 그렇게도 흡사한 점이 있단 말인가. 세상에서 일찍부터 길을 잃고 헤매는 자들을 보면, 그 용모를 예쁘게 단장하고 그 몸뚱이를 약삭빠르게 놀리면서, 세상에 보기 드문 괴팍한 행동을 하여 세상 사람들을 놀라게 하고, 아첨하는 말을 늘어놓아 세상 사람들이 칭찬해 주기를 바라고 있다.

그리하여 남의 비위를 맞추려고 애쓰면서 이를 고상하게 여기기만 할뿐, 자신을 잃어버리는 것이 부끄러운 일인 줄은 잊고 있으니, 평이하고 정직한 그 본성에 비추어 보면 과연 어떠하다 할 것이며, 지극히 크고 지극히 **강한 호기(浩氣)**에 비추어 보면 또 어떠하다 할 것인가? 비곗덩어리나 무두질한 가죽처럼 아첨을 하여 요행히 이득이나 얻으려고 하면서, 그저 구차하게 외물(外物)을 따르며 남을 위하려고 하는 자들을 저 **왜송(矮松)***과 비교해 본다면 또 무슨 차이가 있다고 하겠는가."

– 이식, 〈왜송설〉

* 일산: 양산.
* 왜송: 키가 정상적으로 자라지 않아 낮고 작은 소나무.

168

(가)~(다)의 공통점으로 가장 적절한 것은?

① 현재형 진술을 사용하여 생생한 현장감을 자아내고 있다.
② 설의적 표현을 사용하여 대상에 대한 태도를 강조하고 있다.
③ 명암의 대비를 활용하여 지향하는 대상을 선명하게 나타내고 있다.
④ 유사한 구조의 문장을 반복하여 대상에서 촉발된 인상을 표현하고 있다.
⑤ 비유적 표현을 사용하여 대상이나 상황의 부정적 측면을 드러내고 있다.

169

〈보기〉를 참고하여 (가), (나)를 감상한 내용으로 적절하지 <u>않은</u> 것은?

보기

시에는 화자를 둘러싼 현실과 그에 대한 인식이 드러난다. (가)는 일상생활을 드러내는 시어를 활용하여 구체적인 삶의 모습을 형상화하고, 상징적 소재와 공간의 대비를 통해 화자가 현실에서 느끼는 삶의 애환과 고뇌를 효과적으로 드러내고 있다. 또한 (나)는 힘겨운 농촌의 현실과 그 안에 존재하는 희망에 관한 화자의 인식을 드러내고 있는데, 상징적 시어를 통해 피폐해진 현실을 형상화하고, 색채 이미지를 사용하여 절망적 상황에서의 현실 극복 의지라는 주제 의식을 부각하고 있다.

① (가)는 '공납금', '시량대'와 같은 생활과 관련된 시어를 사용하여, 형편이 넉넉하지 않은 화자의 처지를 구체적으로 드러내고 있군.
② (가)는 '원고지'에서 '지쳐 내려오는' '곡예사'의 모습을 통해, 글을 써서 겨우 생계를 이어 나가는 화자의 삶의 애환을 상징적으로 드러내고 있군.
③ (나)는 '생산'이 '끊긴 궁벽'과 '난장 난 비닐하우스'를 통해, 피폐해진 농촌의 모습을 구체적으로 드러내고 있군.
④ (나)는 '까막까치 얼어 죽는' '아침'에도 '꼭두서니 빛'이 타오른다는 것에서, 절망적인 상황에서도 희망을 떠올리는 화자의 인식을 드러내고 있군.
⑤ (가)는 '적산 가옥'과 '다다미방'의 공간 대비를 통해 현실에서 느끼는 화자의 고뇌를, (나)는 '푸른 눈'과 '푸른 숨결'의 색채 이미지를 통해 현실 극복 의지를 드러내고 있군.

170

[A]~[E]에 대한 이해로 적절하지 않은 것은?

① [A]: '적산 가옥 구석'의 '그 이 층'은 가족을 위한 화자의 헌신이 이루어지는 공간으로 제시되고 있다.
② [B]: '가랑잎처럼 쌓이는' '공허감'을 통해 '지폐'를 얻기 위해 글을 쓰고 있는 상황에서 느끼는 화자의 안타까움을 드러내고 있다.
③ [C]: '가족'의 '무심한 평안함'은 글을 쓰기 위해 '층층계'를 밟고 다시 위로 올라가는 화자의 모습과 대비되고 있다.
④ [D]: 자신의 '수척한 얼굴'을 '어처구니없는' '아버지'라고 지칭하여 가장으로서 느끼는 자책감을 드러내고 있다.
⑤ [E]: '어린 것들'이 '포름쪽쪽 얼어 있'다는 것에서 어른의 눈치를 살피는 어린 자식들의 애처로운 모습을 짐작할 수 있다.

171

(나), (다)에 대한 이해로 가장 적절한 것은?

① (나)의 '앰프 방송'은 화자의 무력감을 심화시키는 대상으로 볼 수 있다.
② (다)의 '유연한 가지'는 나무의 성장에 대한 글쓴이의 기대감이 반영된 대상으로 볼 수 있다.
③ (나)의 '댓바람'은 화자가 감내해야 하는, (다)의 '강한 호기'는 글쓴이가 저항해야 하는 외부의 자극으로 볼 수 있다.
④ (나)의 '청솔'은 시련에 맞서는 존재로 화자가 주목하는, (나)의 '왜송'은 본성을 잃어버린 존재로 글쓴이가 비판하는 대상으로 볼 수 있다.
⑤ (나)의 '둥치'는 화자가 되찾고 싶어 하는 과거의 모습을, (다)의 '바람과 서리'는 글쓴이가 경험한 시련과 고난을 상징하는 존재로 볼 수 있다.

172

〈보기〉를 참고하여 (다)를 감상한 내용으로 적절하지 않은 것은?

> 보기
>
> 이식이 살았던 조선 중기는 사회가 중심을 잃고 혼란에 빠졌던 시기이다. 그는 자신의 정치적 이상과 현실의 괴리 속에서 고민하다가 낙향하여 은둔의 삶을 살았다. 그는 고향에서 학문과 인격 도야에 전념하였으며, 훗날 관직에 나가서도 원칙을 고수하는 일생을 살았다. 이러한 그의 삶과 가치관은 (다)에도 반영되어 있는데, (다)에서는 직접 관찰한 주변의 사물을 인간에 대응시키고, 그것에서 얻은 깨달음을 인생과 세상의 이치로 확장하여 혼란스러운 현실 속에서 시류에 편승하려는 무리들을 비판하면서 바람직한 삶의 태도를 제시하고 있다.

① '한양에 있을 적에 거처하던 집'에서 보았던 '소나무'는 글쓴이가 일상에서 직접 관찰한 주변의 사물에 해당하는 것이겠군.
② '작달막하게 뒤틀린 채' '나뭇가지들'이 '구부러지고 휘감'긴 '소나무'는 정치적 이상과 현실의 괴리로 인해 은둔의 삶을 살았던 글쓴이의 모습을 나타낸 것이겠군.
③ '아름답고 참으로 기이한 소나무'를 '구차하게 외물을 따르'는 사람들에 대응시킨 것은 현실과 삶의 태도에 대한 글쓴이의 생각을 보여 주기 위한 것이겠군.
④ '그 물건이 우리 사람의 경우'와 '흡사'하다는 것은 사물에서 얻은 깨달음을 세상의 이치로 확장하여 주제 의식을 드러내려는 글쓴이의 의도를 표현한 것이겠군.
⑤ '남의 비위를 맞추려고 애쓰'며 '자신을 잃어버리'고도 '부끄러운' 줄 모르는 자들은 부조리한 현실에서 시류에 편승하려는 사람들을 나타낸 것이겠군.

갈래 복합 10

목표 시간	8분 20초		
시작	분 초	종료	분 초
소요 시간	분 초		

E 수록

[173-177] 다음 글을 읽고 물음에 답하시오. (가) 18, 21 / (나) 15, 18, 20 / (다) 14, 15, 18

(가) 몸이 서툴다 사는 일이 늘 그렇다
나무를 하다 보면 자주 손등이나 다리 어디 찢기고 긁혀
㉠돌아오는 길이 절뚝거린다 하루해가 저문다
비로소 어둠이 고요한 것들을 빛나게 한다
별빛이 차다 불을 지펴야겠군

이것들 한때 숲을 이루며 저마다 깊어졌던 것들
㉡아궁이 속에서 어떤 것 더 활활 타오르며
거품을 무는 것이 있다
몇 번이나 도끼질이 빗나가던 ㉢옹이 박힌 나무다
그건 상처다 상처받은 나무
이승의 여기저기에 등뼈를 꺾인
그리하여 일그러진 것들도 한 번은 무섭게 타오를 수 있는가

ⓐ언제쯤이나 사는 일이 서툴지 않을까
내 삶의 무거운 옹이들도 불길을 타고
먼지처럼 날았으면 좋겠어
타오르는 것들은 ㉣허공에 올라 재를 남긴다
흰 재, 저 흰 재 부추밭에 뿌려야지
흰 부추꽃이 피어나면 목숨이 환해질까
㉤흰 부추꽃 그 환한 환생

– 박남준, 〈흰 부추꽃으로〉

(나) 떡갈나무 숲을 걷는다. **떡갈나무 잎**은 떨어져
너구리나 오소리의 따뜻한 털이 되었다. 아니면,
쐐기집이거나, 지난여름 풀 아래 자지러지게
울어 대던 벌레들의 알의 집이 되었다.

이 숲에 그득했던 풍뎅이들의 혼례,
그 눈부신 날갯짓 소리 들릴 듯한데,
텃새만 남아
산 아래 콩밭에 뿌려 둔 노래를 쪼아
아름다운 목청 밑에 갈무리한다.

나는 떡갈나무 잎에서 **노루** 발자국을 찾아본다.
그러나 벌써 노루는 더 깊은 **골짜기**를 찾아,
겨울에도 얼지 않는 파릇한 산울림이 떠내려오는
골짜기를 찾아 떠나갔다.

나무 등걸에 앉아 하늘을 본다. 하늘이 깊이 숨을 들이켜
나를 들이마신다. 나는 가볍게, 오늘 밤엔
이 떡갈나무 숲을 온통 차지해 버리는 별이 될 것 같다.

떡갈나무 숲에 남아 있는 열매 하나.
어느 산짐승이 혀로 핥아 보다가, 뒤에 오는
제 새끼를 위해 남겨 놓았을까? 그 순한 산짐승의
젖꼭지처럼 까맣다.

나는 떡갈나무에게 외롭다고 쓸쓸하다고
중얼거린다.
그러자 떡갈나무는 **슬픔으로 부은 내 발등**에
잎을 떨군다. 내 마지막 손이야. 뺨에 대 봐,
조금 따뜻해질 거야, 잎을 떨군다.

– 이준관, 〈가을 떡갈나무 숲〉

(다) 나는 집이 가난해서 말이 없기 때문에 간혹 남의 말을 빌려서 타곤 한다. 그런데 노둔하고* 야윈 말을 얻었을 경우에는 일이 아무리 급해도 감히 채찍을 대지 못한 채 금방이라도 쓰러지고 넘어질 것처럼 전전긍긍하기 일쑤요, 개천이나 도랑이라도 만나면 또 말에서 내리곤 한다. 그래서 후회하는 일이 거의 없다. 반면에 발굽이 높고 귀가 쫑긋하며 잘 달리는 준마*를 얻었을 경우에는 의기양양하여 방자하게 채찍질을 갈기기도 하고 고삐를 놓기도 하면서 언덕과 골짜기를 모두 평지로 간주한 채 매우 유쾌하게 질주하곤 한다. 그러나 간혹 위험하게 말에서 떨어지는 환란을 면하지 못한다.

ⓑ아, 사람의 감정이라는 것이 어쩌면 이렇게까지 달라지고 뒤바뀔 수가 있단 말인가. 남의 물건을 빌려서 잠깐 동안 쓸 때에도 오히려 이와 같은데, 하물며 진짜로 자기가 가지고 있는 경우야 더 말해 무엇하겠는가.

그렇긴 하지만 사람이 가지고 있는 것 가운데 남에게 빌리지 않은 것이 또 뭐가 있다고 하겠는가. 임금은 백성으로부터 힘을 빌려서 존귀하고 부유하게 되는 것이요, 신하는 임금으로부터 권세를 빌려서 총애를 받고 귀한 신분이 되는 것이다. 그리고 자식은 어버이에게서, 지어미는 지아비에게서, 비복(婢僕)은 주인에게서 각각 빌리는 것이 또한 심하고도 많은데, 대부분 자기가 본래 가지고 있는 것처럼 여기기만 할 뿐 끝내 돌이켜 보려고 하지 않는다. 이 어찌 미혹된 일이 아니겠는가.

그러다가 혹 잠깐 사이에 그동안 빌렸던 것을 돌려주는 일이 생기게 되면, 만방(萬邦)의 임금도 독부(獨夫)가 되고 백승(百乘)의

대부(大夫)도 고신(孤臣)이 되는 법인데, 더군다나 미천한 자의 경우야 더 말해 무엇하겠는가. 맹자(孟子)가 말하기를 "오래도록 차용하고서 반환하지 않았으니, 그들이 자기의 소유가 아니라는 것을 어떻게 알았겠는가."라고 하였다. 내가 이 말을 접하고서 느껴지는 바가 있기에, 〈차마설〉을 지어서 그 뜻을 부연해 보노라.

– 이곡, 〈차마설〉

* 노둔하고: 늙어서 재빠르지 못하고 둔하고.
* 준마: 빠르게 잘 달리는 말.

173

(가)와 (나)의 표현상 특징에 대한 설명으로 가장 적절한 것은?

① (가)는 (나)와 달리 의인화를 통해 자연물의 속성을 나타내고 있다.
② (나)는 (가)와 달리 설의적 표현을 사용하여 주제 의식을 나타내고 있다.
③ (나)는 (가)와 달리 공감각적 표현을 통해 이미지를 선명하게 드러내고 있다.
④ (가)와 (나)는 모두 반어적 표현을 활용하여 시적 긴장감을 조성하고 있다.
⑤ (가)와 (나)는 모두 주체와 객체가 전도된 표현을 통해 시적 상황을 부각하고 있다.

174

㉠~㉤에 대한 이해로 적절하지 않은 것은?

① ㉠: 삶의 고통으로 인해 힘겨워하는 모습을 나타낸다.
② ㉡: 고난과 좌절에 부딪혀 열정을 잃어 가는 모습을 나타낸다.
③ ㉢: 삶의 과정에서 얻은 상처를 품고 있는 존재를 의미한다.
④ ㉣: 삶의 고통과 상처로부터 벗어나 가벼워진 상태를 나타낸다.
⑤ ㉤: 소멸을 통해 새로운 생명으로 거듭난 존재를 의미한다.

175

〈보기〉를 참고하여 (나)를 감상한 것으로 적절하지 않은 것은?

보기

〈가을 떡갈나무 숲〉은 낙엽이 떨어진 가을의 떡갈나무 숲을 구체적으로 형상화하고 있다. 화자는 낙엽이 떨어진 숲을 걸으면서 생명력이 넘치는 공간으로서의 떡갈나무 숲의 의미를 떠올린다. 그리고 떡갈나무 숲의 포용력과 자연이 인간에게 주는 위로를 깨달으며 인간과 자연이 동화된 상태를 그리고 있다.

① '떡갈나무 잎'이 떨어져 '너구리나 오소리의 따뜻한 털'이 되었다는 것에서 떡갈나무 숲의 포용력을 확인할 수 있군.
② '이 숲에 그득했던 풍뎅이들의 혼례'와 '그 눈부신 날갯짓 소리'에서 떡갈나무 숲이 생명력 넘치는 공간이었음을 알 수 있군.
③ '노루'가 '겨울에도 얼지 않는' '골짜기'로 떠난 것은 떡갈나무 숲이 더 이상 생명을 포용할 수 없는 공간이 되었음을 의미하는군.
④ '떡갈나무 숲을 온통 차지해 버리는 별이 될 것 같다.'에서 자연과 동화되고자 하는 화자의 모습을 발견할 수 있군.
⑤ '슬픔으로 부은 내 발등'에 '잎'을 떨구는 모습에서 떡갈나무가 외롭고 쓸쓸한 화자를 위로하는 존재임을 알 수 있군.

176

〈보기〉를 바탕으로 (가)~(다)를 감상한 내용으로 적절하지 않은 것은?

보기

좋은 문학 작품은 우리가 평소에 무심코 지나치는 사물이나 일도 예리한 감각으로 포착하여 우리의 인식에 충격을 주고 새로운 발견을 가능하게 해 준다. 이때의 충격과 발견이란 특별한 것에서 얻을 수도 있지만 일상적인 사물이나 경험에서 비롯되는 것이 대부분이다. 즉 작가는 어떤 상황을 계기로 얻게 된 개인적인 경험을 일반화하여 문제를 발견하고 깨달음을 제공하는 것이다. 그런데 이러한 문제 제기나 깨달음은 거리를 두고 대상을 바라볼 때 가능하다. 대상에 매몰돼 작가가 먼저 감정을 드러내면 의미를 찾기 어렵고 다른 사람에게 감동을 줄 수 없기 때문이다. 작품에서 작가가 주제를 직접적으로 제시하기도 하지만 흔히 인물의 행동이나 비유적 표현 등을 통해 작품의 주제를 간접적으로 보여 주는 이유가 여기에 있다.

① (가)는 옹이 박힌 나무에 불을 지피고 그것이 타고 남은 재를 부추밭에 뿌리는 것에서 삶의 문제와 깨달음을 발견하고 있다.

② (나)는 떡갈나무의 속성을 비유적 표현을 통해 형상화하여 평안과 안정을 주는 떡갈나무 숲의 모습을 간접적으로 보여 주고 있다.

③ (다)는 빌린 말의 상태에 따라 감정 상태가 달라졌던 경험으로부터 얻은 깨달음을 소유에 관한 보편적인 깨달음으로 일반화하고 있다.

④ (가)는 사물에서 비롯된 글쓴이의 깨달음을 간접적으로 드러내고 있지만, (다)는 경험에서 비롯된 글쓴이의 깨달음을 직접적으로 드러내고 있다.

⑤ (나)는 일상생활에서 겪기 어려운 특별한 경험에서 의미를 발견해 내고 있지만, (다)는 일상적이고 보편적인 경험에서 의미를 발견해 내고 있다.

177

ⓐ와 ⓑ에 대한 설명으로 가장 적절한 것은?

① ⓐ는 현실에 대한 부정의 심리를, ⓑ는 현실에 대한 긍정의 심리를 반영한다.

② ⓐ는 지나간 시절에 대한 회한을, ⓑ는 다가올 시간에 대한 기대감을 내포한다.

③ ⓐ는 세상과 조화를 이루고자 하는 소망을, ⓑ는 세상과 불화하는 모습을 보인다.

④ ⓐ는 상황에서 비롯된 자괴감과 소망을, ⓑ는 경험에서 비롯된 깨달음을 드러낸다.

⑤ ⓐ는 관계를 회복하고자 하는 의지를, ⓑ는 관계에서 벗어나고자 하는 의지를 강조한다.

적중 예상 갈래 복합 11

목표 시간	8분 20초		
시작	분 초	종료	분 초
소요 시간	분 초		

E 수록

[178-182] 다음 글을 읽고 물음에 답하시오. (가) 14, 15, 16, 18, 19

㉮ **앞부분의 줄거리** 심 봉사는 눈을 뜨게 해 준다는 중의 말에 공양미 삼백 석을 몽은사에 시주하기로 한다. 심청은 아버지가 약속한 공양미 삼백 석을 얻기 위해 남경 상인들에게 팔려 가 인당수 제물로 바쳐진다.

저와 같이 놀던 동무 골목골목 나서더니 손길을 마주 잡고 애통하여 하는 말이,

"여보소, 심 낭자야. 어디를 가랴는가? 인당수를 가지 말게. **금관 조복(金冠朝服)*[*] 학창의(鶴氅衣)를 누구더러 하며, 가슴과 배에 쌍룡 쌍학 원앙금에 십장생을 누구로 하잔 말가.** 멀고 먼 수로(水路) 길을 부디 평안히 들어가게. 불쌍, 불쌍하다."

심청도 통곡하며 치맛자락 걷어 안고 흐트러진 머리털은 두 귀밑에 늘어지고 비같이 흐르는 눈물은 옷깃을 적신다.

"뒷집의 큰 아기, 앞집의 작은 아기, 김 낭자야, 이 처자야, 금년 칠월 칠석 밤에 함께 걸교(乞巧)[*]하자더니 이제는 허사로다. 너의 노부모 잘 모시고 부디 평안히 잘 있거라."

울음으로 이별할 제, 백일(白日)이 무광(無光)하고 천기(天氣)도 음음(陰陰)하다.

황홀하게 곱던 꽃이 빛을 잃고 늘어진 버들가지는 가는 길에 소조(蕭條)하다.[*] 시명춘간(是明春間) 멧새 소리는 누구를 이별하려고 환우성(喚友聲)이 낭자하다. 뜻밖에 두견성 피를 울고 날아드니 야월공산(夜月空山) 어디다 두고 불여귀(不如歸)라 울건마는 값을 받고 팔린 몸이 다시 오기 어려우니 바람에 떨어진 꽃이 와서 피어 볼까. **꽃을 두고 해득(解得)하니 약도춘풍불해의(若道春風不解意)**[*]**라.** 한무제 수양 공주 매화 비녀 있건마는 죽으러 가는 몸이 뉘를 위해 단장하리. 춘산에 지는 꽃이 지고 싶어 지랴마는 광풍에 떨어지니 이치라 하는 것이 마음대로 못 하는도다. 나 같은 백빈홍안(白鬢紅顔)이 저 꽃과 같은지라. 죽고 싶어 죽으랴만 사세(事勢)가 부득한 일이로세.

이렇듯이 탄식하여 나갈 길에 심 봉사는 끝내 모르고 자주 나와 곽 씨 부인 생시(生時)같이 앞에 앉아 하는 말이,

"나는 팔자 기박하여 세상을 하직하고 구천에 돌아가서 슬픈 혼백이 되었으나 가군 신세(家君身世) 생각하니 몰골이 불쌍하여 보고 가자 왔나이다. 딸 없다고 한(恨)치 마오. 하늘이 정한 수(壽)와 흥진비래(興盡悲來) 고진감래(苦盡甘來)는 인간의 상사(常事)오니 신명(身命)을 잘 보존하옵소서."

바람 소리에 깨달으니 꿈이로다. 심 봉사 깜짝 놀래어,

"심청, 심청아!"

부른들 아무 소리 없거늘 이웃 사람 하는 말이,

"심청 벌써 얼마나 간지 모르겠소."

심 봉사 기가 막혀 하는 말이,

"가다니 어디 간단 말이요? 이게 웬 말이요? 진정이요, 거짓말이요? 속이지 말고 바로 말씀하시오. 병신을 속이면 죄로 돌아가나이다. 애고, 이게 웬 말이요?"

목제비질 하려 하고 후당탕 공중에 뚝 떨어져 가슴도 꽝꽝 두드리며 머리도 와드득 쥐어 뜯고 울음도 뚝 그치고 눈이 번득번득 눈이 실룩실룩 실없이 웃어도 보고 심청이 가는 데 좇아간다. 향방 없이 더듬더듬 걸어간다. 무산(巫山) 구름 속의 새끼 잃은 잔나비 정둘 데 바이없이 슬피 울고 바장이듯 남쪽 북쪽 가리키며,

"심청아, 날 버리고 어디로 가느냐. 심청아!"

부르더니 엎어져 기절하니 동네 사람들이 심 봉사를 위로하였더라.

이때 선인들은 강두(江頭)에 다다라서 뱃머리에 좌판(坐板)을 놓고 심청을 인도하여 뱃장 안에 앉힌 후에 닻을 감고 돛 달제, 북을 둥둥 울린 후에,

"어기여차, 어기여차. 창나무 틀어라. 줄 달아 놓아라."

양돛을 추켜 달고 범범중류 떠나가니 망망한 창해수는 탕탕한 물결뿐이로다.

– 작자 미상, 〈심청전〉

* 금관 조복: 조선 시대에 벼슬아치들이 입던 금관과 조복을 아울러 이르는 말.
* 걸교: 음력 칠월 칠석날 저녁에, 부녀자들이 견우와 직녀 두 별에게 바느질과 길쌈을 잘하게 하여 달라고 비는 일.
* 소조하다: 고요하고 쓸쓸하다.
* 약도춘풍불해의: '봄바람이 이 내 슬픈 뜻을 알지 못한다면'의 뜻. 당나라 시인 왕유의 〈희제반석〉의 한 구절.

㉯ 심 봉사: 자네 그날 그 자리에 있었지?

빵덕어미: 그렇대두요.

심 봉사: 됐네. ㉠자네 지금 청이가 거기서 떠나는 양 생각하고 그날 있던 일을 그날 있던 대로 처음에서 끝까지 보이는 듯이 불러주게나.

빵덕어미: 아이구 양반두 그래서는 어쩔 테요.

심 봉사: 어쩔 것이야 있나, 한번 간 청이 다시 올 텐가. 그러기나 해야 내 속이 조금 풀리겠네. 빵덕어미네 아무 말 말고 그날 있던 대로 불러만 주게.

빵덕어미: 정 그러시다면야. (내려다본다.)

심 봉사: 여보게, 우리 청이가 보이는가?

빵덕어미: 청은 청이래두 바다청만 보이는구려.

심 봉사: 우리 청이 떠나는가?

빵덕어미: 안 보인다는데두 그러시네.

심 봉사: 배 떠날 차비는 보이는가?

빵덕어미: 뱃전에 사람들이 나서서 이쪽을 보고 있소.

심 봉사: 우리 청이를 기다리는 모양이군.

빵덕어미: ㉡여보소 봉사님, 이 따위 짓 해서는 무얼 하시려우. 부모 자식 간에도 저마다 길이 따로 있는데 여기서 이럴 게 아니라

휘딱 이 자리를 떠나 버립시다.

심 봉사: ㉢그렇게 말해두 이 사람 못 알아듣네. 못 하겠네. 그것만 은 못 하겠네. 이놈 주둥아리 한 번 잘못 놀려 부처님께 시주한다 내가 한 말 때문에 남경배 상인들께 공양미 값으로 팔려 물 건너 대국 땅에 기생살이 팔려 가는 내 딸 심청이가 떠나는 뱃길을 배웅이나 하고서야 이 발이 떨어지겠네. 뺑덕어미 잘 보소. 이제는 두 몸이 한 몸 같은 뺑덕어미네. 두 눈 밝은 자네가 우리 청이 보이거들랑 보인다 말을 하게.

뺑덕어미: 알았소.

심 봉사: 보이는가?

뺑덕어미: 도화동 포구에 배 한 척 떠 있소. 누런 돛 높이 달고 어서 가자 둥실 떴소.

심 봉사: 또 무엇이 보이는가?

뺑덕어미: 무심한 갈매기가 돛을 안고 날아들며 돛을 두고 떠나가며 갈매기 두세 마리 훨훨 날아 있소.

심 봉사: 또 무엇이 보이는가?

뺑덕어미: 백사장에는 햇빛이 쨍쨍 고기 그물 널려 있고 누구를 재촉하나 흰 물결이 철석철석 빛나 있소.

심 봉사: 또 그러고는 무엇이 보이는가?

뺑덕어미: 도화동 넘어가는 고갯길에는 소나무가 군데군데 바다보다 푸르렀고 피 같은 황톳길이 오늘도 어김없소.

심 봉사: 그 길에 무엇이 보이는가?

뺑덕어미: 썩은 배에 성한 고기 싣고 오는 날이면 아배야 여보소 달려오는 저 걸음들 지금은 볼 수 없고 시뻘건 황톳길엔 조약돌만 반짝반짝, 아무도 안 보인다니깐.

심 봉사: 그러면 아직 동네를 뜨지들 않았군. 여보게 자네, 뚝백이 눈 크게 뜨고 하나 한 알 빠트리지 말고 잘 보고서 일러 주게.

(중략)

심 봉사: 그래서 어쩌는가?

뺑덕어미: (내려다보면서) ㉣뺑덕어미가 갖은 말로 타이르는 모양이니 청이 저것 보소. 머리 숙여 인사하며 앞 못 보는 우리 부친 아주머니 같은 요조숙녀에게 맡기고 떠나니 아무 염려 없겠노라며 마침내 백사장에 앉아 나부죽이 절을 올리는구려.

심 봉사: 뉘한테?

뺑덕어미: 그야 나한테지. / 심 봉사: 그러고는?

뺑덕어미: 청이 마침내 일어서는구나. 사뿐사뿐 걸어서 남경배로 올라가니 잘 가오 잘 있소 진정 마지막이로다.

심 봉사: 아이구 나 죽는다.

뺑덕어미: 돛대마저 올려라 지국총 지국총 노 저어라 배는 물가를 떠나는구나.

심 봉사: 아이구, 청아.

뺑덕어미: 아득할손 큰 바다 푸른 물을 가르며 돛대는 차츰차츰 멀어지는데 청이는 뱃전에서 마을 사람들은 물가에서 끊어지는 인연을 부여잡고 몸부림을 치는구나.

심 봉사: ㉤못 하리로다 못 하리로다. (벼랑으로 내달으려고 한다.)

뺑덕어미: (붙들며) 마침내 돛대는 아니 뵈고 백구만 훨훨 도화동 바닷가에 날 저문다. 아, 이렇게 벌써 보름 전에 끝난 일이 아니요? 어떠시우, 속이 좀 풀리시우?

심 봉사: (풀썩 주저앉으며, 고개를 푹 떨구면서) 불러본들 다시 오랴 안 듣기만 못 하구나.

– 최인훈, 〈달아 달아 밝은 달아〉

178

(가)에 대한 이해로 적절하지 않은 것은?

① 심청은 동무들과 함께 한 약속을 지키지 못한 것을 아쉬워했다.
② 심청은 아버지의 눈을 뜨게 하기 위해서 자기를 희생해야 하는 상황을 받아들였다.
③ 곽 씨 부인은 심 봉사의 꿈에 나타나 심청의 처지를 안타까워하며 심 봉사를 원망했다.
④ 심 봉사는 잠에서 깨고 난 후 심청이 떠났다는 말을 듣고 정신이 나간 사람처럼 행동했다.
⑤ 남경 선인들은 강두에 다다라서 심청을 배에 태워 뱃장 안에 앉힌 후 북을 울리며 인당수로 떠났다.

179

〈보기〉는 선생님의 안내에 따라 학생들이 (가)를 이해한 내용이다. ⓐ~ⓔ 중 적절하지 않은 것은?

보기

선생님: 〈심청전〉은 판소리 사설이 소설로 정착된 판소리계 소설입니다. 판소리 사설에는 문어체와 구어체가 섞여 있는 이중적 문체가 나타납니다. 전자는 고사(古事)나 한시 등을 인용하고 한자어를 사용하는 경우가 많아 교양 있고 격조 있는 느낌을 주는 반면, 후자는 평민들이 쓰는 일상어와 고유어를 사용하여 문장이 짧고 호흡도 빨라 생동하는 느낌을 줍니다. 또한 유교적 덕목을 강조하는 부분에서는 문어체가 두드러지게 나타나고, 해학 내지 골계, 풍자적인 장면에서는 구어체가 두드러지게 나타나는 특징이 있습니다. 이러한 특징이 〈심청전〉에 어떻게 나타나는지 발표해 봅시다.

학생 1: '금관 조복 학창의를~누구로 하잔 말가.'는 고사를 인용한 문어체를 사용하여 부모를 봉양하는 자식의 효성을 강조하고 있습니다. ······ ⓐ

학생 2: '꽃을 두고 해득하니 약도춘풍불해의라.'는 한시를 인용한 문어체를 사용하여 이별의 안타까움을 격조 있는 언어로 표현하고 있습니다. ······ ⓑ

학생 3: '나는 팔자 기박하여~신명을 잘 보존하옵소서.'는 한문 어구를 사용하여 곽 씨 부인이 교양이 있는 여인임을 나타내고 있습니다. ······ ⓒ

학생 4: '가다니 어디 간단 말이요?~애고, 이게 웬 말이요?'에서는 빠른 호흡의 구어체를 사용하여 심청을 잃은 심 봉사의 절망감을 나타내고 있습니다. ······ ⓓ

학생 5: '목제비질 하려 하고 후당탕 공중에~눈이 실룩실룩 실없이 웃어도 보고'는 우리말 위주의 구어체를 사용하여 장면을 생동감 있게 묘사하고 있습니다. ······ ⓔ

① ⓐ ② ⓑ ③ ⓒ ④ ⓓ ⑤ ⓔ

180

(가)를 재구성하여 (나)가 창작되었다고 할 때, (가)와 (나)를 비교한 내용으로 적절하지 않은 것은?

① (가)의 '값을 받고 팔린 몸'이 (나)에서는 '공양미 값'에 '기생살이 팔려 가는' 몸으로 각색되어 있다.
② (가)의 '곽 씨 부인'과 (나)의 '뺑덕어미' 모두 심청과 심 봉사의 이별에 대해서 수용적인 태도를 나타내고 있다.
③ (가)의 '뗏새'와 (나)의 '갈매기 두세 마리'는 모두 감정 이입의 대상으로 이별의 슬픔을 고조하고 있다.
④ (가)의 '큰 아기', '작은 아기', '김 낭자', '이 처자'와 (나)의 '마을 사람들'은 모두 심청과의 이별을 슬퍼하고 있다.
⑤ (가)는 현재 심청이 떠나는 장면이고, (나)는 보름 전 심청이 떠나는 상황을 재현하며 현재 심 봉사가 뱃길 배웅을 하는 장면이다.

181

(나)의 '뺑덕어미'의 역할이 갖는 서사적 기능으로 가장 적절한 것은?

① 심청이 떠나는 장면을 관찰자의 입장에서 구체적으로 전달하고 있다.
② 심청이 떠나는 장면을 상상하여 제시함으로써 상황의 비극성을 고조시키고 있다.
③ 심청이 떠나는 장면을 목격한 주변 사람들의 다양한 시선으로 상황을 전달하고 있다.
④ 심청과 같은 마음을 가지고 떠날 당시 심청이 느꼈을 슬픔을 직접적으로 드러내고 있다.
⑤ 심청과 이별하는 심 봉사의 모습을 구체적으로 묘사한 뒤 이에 대한 감상을 덧붙이고 있다.

182

(나)를 무대에서 상연한다고 할 때, ㉠~㉤에 대한 연출 계획으로 적절하지 않은 것은?

① ㉠: 뺑덕어미의 말을 통해서라도 심청이 떠나는 모습을 보고 싶은 것이니 그리움이 드러나는 간절한 목소리로 연기해야겠어.
② ㉡: 심 봉사가 하는 짓이 쓸데없는 일이라는 생각이 전달될 수 있도록 못마땅한 태도로 연기해야겠어.
③ ㉢: 자신의 실수로 대국 땅에 팔려 간 딸에 대한 미안함을 공감하지 못하는 뺑덕어미를 원망하는 모습으로 연기해야겠어.
④ ㉣: 심청이가 하직 인사하는 장면이 마치 눈앞에서 벌어지는 일처럼 실감 나게 전달될 수 있도록 연기해야겠어.
⑤ ㉤: 심청이가 팔려 가는 모습에 애통해하는 심 봉사의 마음이 잘 드러날 수 있도록 고통스러운 어조로 연기해야겠어.

적중 예상

갈래 복합 12

목표 시간	8분 20초
시작 분 초	종료 분 초
소요 시간	분 초

E 수록 (가) 16, 21 / (나) 14, 15, 16, 21, 24

[183-187] **다음 글을 읽고 물음에 답하시오.**

(가) "노름판에서 나이롱뽕 허다가 개평으로 뜨는 완장인지 아냐아!"

운암댁의 귀에도 그 소리는 어김없이 들려왔다. 아들의 울부짖음이 들릴 때마다 그니의 가슴은 천만갈래로 찢어지는 것 같았다. 드디어 하늘이 무너져 내리는 때가 온 것이다. 아들이 **감시원 완장을 손에 넣고 겁 없이 날뛰던** 첫 순간부터 이미 예감한 바 있는 불행이었다.

그토록 정해진 순서에 따라 찾아오는 불행인데도 마기 그것을 맞는 그니의 가슴은 벌렁거리기만 했다.

"으떤 개자식이고간에 내 물문에 손만 댔다봐라아! 그날이 그놈 지삿날인지 알거라아! 임종술이허고오! 사잣밥 겸상허고 잡거들라앙! 아무 개자식이든지이! 내 저수지 바닥내거라아아!"

아들의 발악 속에서는 죽음하고 직결되는 낯익은 말들, 이를테면 칠성판이라든가 염라대왕이나 부고장 같은 것들이 줄지어 뻗어나와 사람들의 목에 낱낱이 털복숭이 시커먼 팔을 휘감으려 하고 있었다.

세상의 끝날이 어떤 형태로 오는지를 운암댁은 누구보다 잘 알고 있었다. 이미 삼십 년 전에 한 차례 겪어서 익히 아는 재앙이었다.

"**완장허고 상장허고 맞바꾸자아!** 죽어서 구신으로 남어서라도 내 저수지 내가 지킬란다아!"

공기가 심상찮음을 미리감치 눈치채고 초저녁에 어린것을 우격다짐으로 재워 놓은 것이 그래도 천만다행이었다. 아무 짬도 모르고 새근새근 자는 손녀의 고른 숨소리를 운암댁은 어둠의 한복판에 앉아서 듣고 있었다. 그니는 일부러 전등을 켜지 않았다. 성큼 걸음으로 다가오는 재앙의 얼굴은 굳이 불을 밝히지 않더라도 너무 또렷이 보였다.

(중략)

"엄니가 당부허시도만. 우리더러 정옥이 데리고 어디든 멀리멀리 떠나서 살어 돌라고."

종술이가 여전히 아무 말도 하지 않았다.

"그러겄다고 엄니한테 약속혔어. 나는 자신이 있어. 어디 가서 무신 짓을 허든 넘부럽지 않게코롬 살아 낼 자신 있단 말여."

"씨잘디없는 소리 허지도 마! 대장부 사나가 한번 칼을 뽑았으면 썩은 무시라도 짤르고 죽어야지!"

마침내 종술이는 신경질을 부렸다. 그러나 부월이는 맞받아 화를 내지는 않았다. 남자를 설득할 수만 있다면 그니는 섶을 지고 불 속에라도 뛰어들 각오가 이미 서 있었다.

"자기 한 목숨 없어지면 남지기 세 목숨도 없어지는 게여. 자기 한 목숨 살어나면 남지기 세 목숨도 ⓐ<u>덤으로 살어나는 게여.</u>"

종술이가 갑자기 노를 난폭하게 젓기 시작했다. 부월이는 남자의 팔을 꽉 붙들면서 소리쳤다.

"앞으로는 나가지 마! 물문 쪽은 위험허다고!"

"위험헌 것 좋아허네!"

"안 순경허고 익삼 씨가 밤새껏 지키고 있단 말여! 눈이 뒤집힌 종술 씨가 밤중에 또 쳐들어와서 무신 짓을 저질를지 몰른다고 그럽시나!"

"지키는 것 좋아허네!"

부월이는 남자 못잖은 힘으로 남자의 손에서 노를 냉큼 빼앗아 버렸다. 무게가 한쪽으로 쏠리는 바람에 두 사람 모두 물에 빠질 뻔했다. 찰싹거리는 물소리에 귀를 모은 채 부월이는 뗏목의 요동이 가라앉기를 기다렸다.

"자기한티는 완장이 그렇거나 소중헌 것인가?"

남자는 잠자코 앉아 있기만 했다.

"세 식구 목숨허고도 안 바꿀 만침 소중헌 것이 그 완장이여?"

"너는 임종술이가 아니여. 너는 김부월이여. **차고 댕겨 본 적도 없**으니께 부월이는 완장을 몰라. 요 **완장 뒤에는 법이 있**어. 공유수면관리법이."

완장의 매끄러운 비닐 표면을 손톱 끝으로 톡톡 튕기는 소리가 났다. 부월이는 홧김에 노를 들어 뗏목 바닥을 퍽 갈겼다.

"나도 알어! 눈에 뵈는 완장은 기중 벨 볼일 없는 하빠리들이나 차는 게여! **진짜배기 완장은 눈에 뵈지**도 않어! 자기는 지서장이나 면장 군수가 완장 차는 꼴 봤어? 완장 차고 댕기는 사장님이나 교수님 봤어? 권력 중에서도 아무 실속 없이 **넘들이 흘린 뿌시레기나 줏어 먹는 핫질 중에 핫질이 바로 완장**인 게여! 진수성찬은 말짱 다 뒷전에 숨어서 눈에 뵈지도 않는 완장들 차지란 말여! 우리 둘이서 힘만 합친다면 자기는 앞으로 진짜배기 완장도 찰 수가 있단 말여!"

"노나 어서 이리 줘!"

– 윤흥길, 〈완장〉

(나) 하인, 엄청나게 큰 구두 한 짝을 가져오더니 주저앉아 자기 발에 신는다. 그 구둣발로 차낼 듯한 험악한 분위기가 조성된다.

남자: 결혼해 주십시오. 당신을 빌린 동안에 오직 사랑만을 하겠습니다.

여자: ……아, 어쩌면 좋아?

하인, 구두를 거의 다 신는다.

여자: 맹세는요, 맹세는 어떻게 하죠? 어머니께 오른손을 든…….

남자: 글쎄 그건……. (탁상 위의 사진들을 쓸어 모아 여자에게 주면서) 이것을 보여 드립시다. 시간이 가고 남자에게 남는 건 사랑이

갈래 복합

라면, 여자에게 남는 것은 무엇이겠습니까? 그건 사진 석 장입니다. 젊을 때 한 장, 그다음에 한 장, 늙구 나서 한 장. 당신 어머니도 이해할 겁니다.

여자: 이해 못 하실 걸요, 어머닌. (천천히 슬프고 낙담해서 사진들을 핸드백 속에 담는다.) 오늘 즐거웠어요. 정말이에요…… 그럼, 안녕히 계세요.

여자, 작별 인사를 하고 문 앞까지 걸어 나간다.

남자: 잠깐만요, 덤…….

여자: (멈칫 선다. 그러나 얼굴은 남자를 외면한다.)

남자: 가시는 겁니까, 나를 두고서?

여자: (침묵.)

남자: 덤으로 내 말을 조금 더 들어 봐요.

여자: (악의적인 느낌이 없이) 당신은 사기꾼이에요.

남자: 그래요, 난 사기꾼입니다. 이 세상 것을 잠시 빌렸었죠. 그리고 시간이 되니까 하나둘씩 되돌려 줘야 했습니다. 이제 난 본색이 드러나구 이렇게 **빈털터리**입니다. 그러나 덤, 여기 있는 사람들에게 물어봐요. **누구 하나 자신있게 이건 내 것이다, 말할 수 있는가를. 아무도 없을 겁니다.** 없다니까요. ⓑ모두들 덤으로 빌렸지요. 눈동자, 코, 입술, 그 어느 것 하나 자기 것이 아니구 잠시 빌려 가진 거예요. (누구든 관객석의 사람을 붙들고 그가 가지고 있는 물건을 가리키며) 이게 당신 겁니까? 정해진 시간이 얼마지요? 잘 아꼈다가 그 시간이 되면 꼭 돌려주십시오. 덤, 이젠 알겠어요?

여자, 얼굴을 외면한 채 걸어 나간다. 하인, 서서히 그 무거운 구둣발을 이끌고 남자에게 다가온다. 남자는 뒷걸음질을 친다. 그는 마지막으로 절규하듯이 여자에게 말한다.

남자: 덤, 난 가진 것 하나 없습니다. 모두 빌렸던 겁니다. 그런데 덤, 당신은 어떻습니까? 당신이 가진 건 뭡니까? 무엇이 정말 당신 겁니까? (넥타이를 빌렸었던 남성 관객에게) 내 말을 들어 보시오. 그럼 당신은 나를 이해할 거요. 내가 당신에게서 넥타이를 빌렸을 때, 그때 내가 당신 물건을 어떻게 다뤘었소? 마구 험하게 했었소? 어딜 망가뜨렸소? 아니요, 그렇진 않았습니다. 오히려 빌렸던 것이니까 소중하게 아꼈다간 되돌려 드렸지요. 덤, 당신은 내 말을 들었어요? 여기 증인이 있습니다. 이 증인 앞에서 약속하지만, **내가 이 세상에서 덤 당신을 빌리는 동안에, 아끼고, 사랑하고, 그랬다가 언젠가 시간이 되면 공손하게 되돌려 줄** 테요. 덤! 내 인생에서 당신은 나의 소중한 덤입니다. 덤! 덤! 덤!

남자, 하인의 구둣발에 걷어챈다. 여자, 더 이상 참을 수 없다는 듯 다급하게 되돌아와서 남자를 부축해 일으키고 포옹한다.

– 이강백, 〈결혼〉

183

(가)와 (나)의 공통점으로 가장 적절한 것은?

① 시간적 순서에 따라 인물 간의 갈등이 해소되는 과정을 보여 주고 있다.

② 과거의 사건과 현재의 사건을 연결하여 인물의 변화상을 드러내고 있다.

③ 인물의 내면을 중심으로 공동체 내의 갈등이 발생한 원인을 추적하고 있다.

④ 다양한 인물의 시각에서 사건을 서술하여 인물 간의 갈등을 다각적으로 조명하고 있다.

⑤ 말과 행동을 통해 자신이 지닌 가치관이나 신념을 드러내는 인물의 모습을 그려 내고 있다.

184

〈보기〉를 바탕으로 (가), (나)에 대해 이해한 내용으로 적절하지 않은 것은?

> 보기
>
> 인간에게 소유란 무엇인가에 대한 문제는 문학 작품에서 지속적으로 다루어져 왔다. 인간은 누구나 무엇인가를 소유하고자 하는 욕망을 가진다. 소유한 것을 잃지 않으려고도 하고 새로운 것을 소유하려고도 한다. 이때 소유욕의 대상과 소유에 대한 인식은 사람들마다 다를 수 있는데, 이는 저마다 삶에서 가치를 부여하는 요소가 다르기 때문이다. 문학 작품들은 소유에 대한 사람들의 다양한 욕망과 인식을 조명하면서 우리에게 어떻게 살아야 할 것인가에 대한 고민을 던진다. 윤흥길의 〈완장〉과 이강백의 〈결혼〉도 인간의 소유에 대한 고민을 담은 작품으로 볼 수 있다.

① (가): 저수지 '감시원 완장을 손에 넣고 겁 없이 날뛰던' 종술이 발악을 하며 '완장허고 상장허고 맞바꾸자아!'라고 하며 저수지를 지키겠다고 하는 것은 자신이 소유했던 것을 잃지 않으려고 하는 종술의 집착을 보여 주는 것이군.

② (가): 종술이 부월에게 '차고 댕겨 본 적도 없'어 완장을 모른다고 나무라며 '완장 뒤에는 법이 있'다고 하는 것은 합법적인 권력을 소유하고자 하는 마음은 인간의 보편적인 욕망이라는 종술의 생각을 드러낸 것이군.

③ (가): 부월이 종술에게 '진짜배기 완장은 눈에 뵈지' 않는다면서 '넘들이 흘린 뿌시레기나 줏어 먹는 핫질 중에 핫질이 바로 완장'이라고 말하는 것은 저수지 감시원이 된 것이 진정으로 권력을 소유한 것은 아니라는 점을 지적한 것이군.

④ (나): 남자가 자신은 '빈털터리'라며 '누구 하나 자신있게 이건 내 것이다, 말할 수 있는가를. 아무도 없을 겁니다.'라고 하는 것은 인간이 소유하고자 하는 것들 중에 진정으로 소유할 수 있는 것은 아무것도 없다는 인식을 드러낸 것이군.

⑤ (나): 남자가 '내가 이 세상에서 덤 당신을 빌리는 동안에, 아끼고, 사랑하고, 그랬다가 언젠가 시간이 되면 공손하게 되돌려 줄' 것이라고 하는 것은 남자가 여자를 소유의 대상으로 여기지 않으면서 진정한 사랑을 추구하고자 함을 보여 주는 것이군.

185

(가)에 대한 이해로 적절하지 않은 것은?

① 운암댁은 종술이 저수지 감시원이 되어 완장을 차게 된 것을 반기지 않았다.

② 운암댁은 삼십 년 전에 겪었던 불행을 떠올리며 종술에게도 불행한 일이 닥칠 것이라고 예감하였다.

③ 운암댁은 부월에게 종술과 함께 정옥을 데리고 멀리 떠나가서 살 것을 당부하였다.

④ 종술은 익삼이 저수지에 찾아와 무슨 짓을 저지를지 모른다고 하면서 저수지를 감시하는 일을 그만두지 않았다.

⑤ 종술이 뗏목의 노를 저어 물문 쪽으로 가려고 하자 부월은 노를 빼앗아 종술의 행동을 막았다.

186

무대 상연을 전제로 하는 희곡의 특성을 고려할 때, (나)의 연출 지시 사항으로 적절하지 않은 것은?

① '남자' 역할을 맡은 배우는 당당하면서도 확신에 찬 어조로 연기해 주세요.

② '여자' 역할을 맡은 배우는 '남자'를 사기꾼으로 취급하며 적대시하는 모습이 잘 드러날 수 있게 연기해 주세요.

③ 소품 담당자는 '하인'이 신는 구두를 크고 무거운 것으로 준비해 주시고 탁상과 그 위에 놓을 사진들도 챙겨 주세요.

④ 무대 담당자는 관객이 극에 참여하기 쉽도록 무대와 관객석의 구분이 명확하지 않은 무대 형태를 고안해 주세요.

⑤ 조명 담당자는 배우들이 대사를 할 때 배우들에 집중할 수 있도록 조명을 조절하되 특히 '남자' 역할을 하는 배우의 동선에 따라 조명이 움직일 수 있게 해 주세요.

187

ⓐ와 ⓑ에 대해 이해한 내용으로 가장 적절한 것은?

① ⓐ는 상대방에게 책임감을 부여하는 말이고, ⓑ는 상대방의 결정의 변화를 유도하는 말이다.

② ⓐ는 상대방에게 희망을 주기 위한 말이고, ⓑ는 상대방의 현재 상황을 위로하기 위한 말이다.

③ ⓐ는 상대방의 잘못을 책망하는 말이고, ⓑ는 상대방에게 자신의 잘못을 합리화하기 위한 말이다.

④ ⓐ는 상대방의 선택을 따르겠다는 의지가 담긴 말이고, ⓑ는 상대방의 선택에 확신을 주기 위한 믿음이 담긴 말이다.

⑤ ⓐ는 상대방의 판단에 오류가 있음을 지적하는 말이고, ⓑ는 상대방에게 자신의 판단에 오류가 있음을 인정하는 말이다.

적중 예상 갈래 복합 13

목표 시간	10분 00초
시작 분 초	종료 분 초
소요 시간	분 초

E 수록

[188-193] 다음 글을 읽고 물음에 답하시오. (가) 14, 15, 16, 20, 23 / (나) 14, 16, 20

(가) "이리 와 이것 좀 파게."

그는 으쓱 위풍을 보이며 이렇게 분부하였다. 그리고 저는 일어나 손을 털며 뒤로 물러선다. 수재는 군말 없이 고분하였다. 시키는 대로 땅에 무릎을 꿇고 벽채로 군 버력을 긁어 낸 다음 다시 파기 시작한다.

영식이는 치다 나머지 버력을 집어진다. 커단 걸때를 뒤툭거리며 사다리로 기어오른다. 굿문을 나와 버력더미에 흙을 마악 내리려 할제,

"왜 또 파. 이것들이 미쳤나 그래!"

산에서 내려오는 마름과 맞닥뜨렸다. 정신이 떠름하여 그대로 벙벙히 섰다. 오늘은 또 무슨 포악을 들으려는가.

㉠"말라니까 왜 또 파는 거야."

하고 영식이의 바지게 뒤를 지팡이로 콱 찌르더니,

"갈아 먹으라는 밭이지 흙 쓰고 들어가라는 거야? 이 미친 것들아 **콩밭에서 웬 금이 나온다고 이 지랄들이야 그래.**"

하고, 목에 핏대를 올린다. 밭을 버리면 간수 잘못한 자기 탓이다. 날마다 와서 그 북새를 피고 금하여도 담날 보면 또 여전히 파는 것이다.

"오늘로 이 구덩을 도로 굳혀 놔야지 낼로 당장 징역 갈 줄 알게."

너무 감정에 격하여 말도 잘 안 나오고 떠듬떠듬거린다. 주먹은 곧 날아들듯이 허구리께서 불불 떤다.

㉡"오늘 밤 좀 해 보고 고만두겠어요."

영식이는 낯이 붉어지며 가까스로 한마디 하였다. 그리고 무턱대고 빌었다.

마름은 들은 체도 안하고 가 버린다.

그 뒷모양을 영식이는 멀거니 배웅하였다. 그러나 콩밭 낯짝을 들여다보니 무던히 화통 터진다. 멀쩡한 밭에 구멍이 사면 풍풍 뚫렸다.

예제없이 버력은 무더기무더기 쌓였다. 마치 사태 만난 공동묘지와도 같이 귀살적고 뒤우을씨년스럽다.

그다지 잘되었던 콩 포기는 거반 버력 더미에 다아 깔려 버리고 군데군데 어쩌다 남은 놈들만이 고개를 나불거린다. 그 꼴을 보는 것은 자식 죽는걸 보는 게 낫지 차마 못할 경상이었다.

농토는 모조리 떨어질 것이다. 그러나 대관절 올 밭도지 벼 두 섬 반은 뭘로 해 내야 좋을지. 게다 밭을 망쳤으니 자칫하면 징역을 갈는지도 모른다.

(중략)

"콩밭에서 금을 딴다는 숙맥도 있담." / 하고 빗대 놓고 비양거린다.

"이년아, 뭐!"

남편은 대뜸 달려들며 그 볼치에다 다시 올찬 황밤을 주었다. 적이나하면 계집이니 위로도 하여 주련만 요건 분만 폭폭 질러 놓으려나. 예이, 빌어먹을 거, 이판사판이다.

"너허구 안 산다. 오늘루 가거라."

아내를 와락 떠다밀어 밭둑에 젖혀 놓고 그 허구리를 퍽 질렀다.

아내는 입을 헉 하고 벌린다.

㉢"네가 허라구 옆구리를 쿡쿡 찌를 제는 언제냐, 요 집안 망할 년."

그리고 다시 퍽 질렀다. 연하여 또 퍽.

이 꼴들을 보니 수재는 조바심이 일었다. 저러다가 그 분풀이가 다시 제게로 슬그머니 옮아올 것을 지레 채었다. 인제 걸리면 죽는다. 그는 비슬비슬하다 어느틈엔가 구뎅이 속으로 시나브로 없어져 버린다.

볕은 다사로운 가을 향취를 풍긴다. 주인을 잃고 콩은 무거운 열매를 둥글둥글 흙에 굴린다. 맞은쪽 산 밑에서 **벼들을 베며 기뻐하는 농군의 노래**.

"터졌네, 터져."

수재는 눈이 휘둥그렇게 굿문을 뛰어나오며 소리를 친다. 손에는 흙 한줌이 잔뜩 쥐였다.

"뭐?" / 하다가,

"금줄 잡았어, 금줄." / "응!"

하고, 외마디를 뒤남기자 영식이는 수재 앞으로 살같이 달려들었다. 허겁지겁 그 흙을 받아 들고 샅샅이 헤쳐 보니 딴은 재래에 보지 못하던 불그죽죽한 황토이었다. 그는 눈에 눈물이 핑 돌며,

㉣"이게 원줄인가?"

"그럼 이것이 곱색줄이라네. 한 포에 댓 돈씩은 넉넉 잡히대—."

영식이는 기쁨보다 먼저 기가 탁 막혔다. 웃어야 옳을지 울어야 옳을지, 다만 입을 반쯤 벌린 채 수재의 얼굴만 멍하니 바라본다.

㉤"이리 와 봐. 이게 금이래."

이윽고 남편은 아내를 부른다. 그리고 내 뭐랬어, 그러게 해보라고 그랬지 하고 설면설면 덤벼 오는 아내가 한결 어여뻤다. 그는 엄지가락으로 아내의 눈물을 지워 주고 그러고 나서 껑충거리며 구뎅이로 들어간다.

"그 흙 속에 금이 있지요."

영식이 처가 너무 기뻐서 코다리에 고래등 같은 집까지 연상할 제, 수재는 시원스러이,

"네, 한 포대에 오십 원씩 나와유."

하고, 오늘 밤에는 꼭, 정녕코 꼭 달아나리라 생각하였다. 거짓말이란 오래 못 간다. 뽕이 나서 뼈다귀도 못 추리기 전에 훨훨 벗어나는 게 상책이겠다.

– 김유정, 〈금 따는 콩밭〉

나 입분: 에그머니나, 정말 시집 안 가실려나 보네, 아가씨! 정말 안 가세요? 그런 법 없어요. 그만 일에 그럼 못써요 그건 안 돼요. 아가씨!

갑분: 뭐야? 뭐가 그만 일이야? 그 몹쓸 병신에게 가란 말이냐? 너 같으면 가겠니? 응, 어떻게 하란 소리냐?

입분: 그야 가야지요.

갑분: 아이구! 기맥혀라.

입분: 언챙이든 절뚝발이든 그런 게 무슨 상관 있어요.

갑분: ⓐ아니 넌 그럼 무엇이 어떻게 상관이란 말이냐, 응?

입분: 진정이에요. 진정만 있으면 모든 건 문제가 아닌 줄 알어요.

갑분: 진정? 응 사랑 말이로구나.

입분: (크게 긍정해 보이며) 더군다나 새서방님께선 꼭 그 진정이 많으실 거예요. 그게 젤이지 뭐야요.

갑분: (울며) 어떻게 그리 잘 알어? 네가 데리고 살아 봤어. 그이를?

입분: 에그머니나, 이 아가씨가!

(맹 진사 초연히 들어온다)

갑분: 그럼 뭐야? 무슨 바보같은 소리냐 말야?

입분: 바보요? 그렇잖아요. 난 무식한 년이지만 이렇게 생각해요. 난 진정이 제일이라고. 진정만 있으면 죽어두 괜찮다구요.

갑분: ⓑ네가 가려무나! 그 절뚝발이가 그렇게 좋거든 네가 가서 그 놀라운 진정이란 것하구 실컷 살어! 아무두 말리지 않을 테야!

맹 진사: (듣고 있다가 혼자 무릎을 탁 치며) 옳지!

갑분: 아버지!

맹 진사: (깜짝 놀라 뒤로 물러서며) 오냐 요것아! 애비 간 떨어지겠다.

갑분: 천치. 바보! (안으로 퇴장)

맹 진사: 어?

입분: 아가씨! **아가씨! 아이 딱해 죽겠네!** (급히 퇴장)

맹 진사: ⓒ허허…… 갑분아 걱정 말어. 늬 애비가 너를 그런 병신에게야 주겠니? 그렇다구 이 혼인을 타파하는 것두 도리가 아니지. 두구 보아라. **이 맹 진사의 수완에는 불가능이라는 것이 없을 게다!**

(중략)

입분: (드디어 울어 버리며) 서방님, 용서해 주세요. 실상은 갑분 아가씨가 서방님을 절뚝발이 신랑이라구…… 죽어도 싫다고 그래서 어쩌는 수 없이 금방 신랑이 드신다 하는데 신부는 없고 미천한 몸이 아가씨 대신 신부로 뽑혔든 거예유. 저는 가짜예유. [A]

미언: 음…….

입분: 그리고 저두 서방님께서 절뚝발이인 줄만 알았어요. ⓓ그래서 여태 장가도 못 드시고 아무도 시집와 주는 색시도 없는 쓸쓸한 양반이시라…… 이렇게만 알았어유. 그랬드니만 이제는 왜 서방님께서 절뚝발이가 못 되었을까, 차라리 몹쓸 다리병신으로 세상에 모든 색시들이 돌아보지도 않는 그런 외로운 서방님이었으면 좋았겠어요. 지금은 그게 도리어 이 몸에게 견딜 수 없이 원망스러워요. 서방님…… 서방님께선 그 몹쓸 속인 사람들 중에 하나인 저를 용서하세요. (운다.)

미언: 허…… 잘못을 사과하고 용서를 빌어야 할 사람은 오히려 나라오.

입분: 네?

미언: 나두 다 알고 있었으니까 말이오. 내가 왜 아무것도 모르는 줄 아시오.

입분: 아니 서방님…….

미언: (입분의 손목을 지긋이 잡으며) 놀라지 마시오. 이번 일을 이렇게 꾸민 사람도 실상은 나였소. 내가 그같이 꾸몄든 것이오. 내 명정 숙부로 하여금 내가 절뚝발이라고 헛소문을 내게 한 것도 사실은 나였소.

입분: 네?

미언: 그 정도가 지나쳐서 그대를 이렇게까지 괴롭힐 줄은 몰랐소.

입분: 서방님…… 무슨 연유로 그런…….

미언: 그 연유는? 아가씨는 터득치 못하겠소? 내가 무엇을 구해서 그런 장난을 했으며 무엇을 찾아서 그런 일을 꾸몄는지 짐작하지 못하겠소.

입분: 잘 모르겠어요…….

미언: …… 사람의 마음, 더욱이 여자의 마음…… 그 마음의 참된 무게와 깊이가 알고 싶었던 것이오. **병신이라든가, 거지라든가, 돈이 있다든가, 없다든가, 이것은 모두가 겉치레뿐이오.** 어떠한 부자나 영화에 취한 사람들 하구도 사귀어 볼 대로 봤구, 그 마음씨의 천박함에는 진절머리가 나도록 겪은 나요. 내가 참으로 찾던 마음씨는 당신과 같은 참된 사람이요. 어떤 불평이라도, 어떤 괴로움이라도, 어떤 불안이라도 박차고 이겨 나갈 만한 꿋꿋한 마음씨, 꿋꿋한 진실이 당신에게 있는 것을 나도 숙부를 통해서 잘 알았소. 당신이야말로 내가 구하는 배필이요. 이제야 참된 사람에게 내 손길이 스치어 보는 것같이 그윽한 행복을 느끼는 바요.

입분: ⓔ서방님…… 그러나 저는 역시…….

미언: 아니오, 이제는 그대는 종도 아니오, 아가씨도 아닌 내 아내요. 진실과 순정, 순정의 굳세고 아름다움…… 나는 그것을 믿어 한껏 기쁠 따름이오. 사람이 살아가는 중에도 높고 향기롭고 값있는 것을 얻을 수 있다는 것만이 기쁘고 즐거울 따름이오. 알겠소?

입분: 네…… 서방님……. (안긴다. 서로 쳐다본다.)

– 오영진, 〈맹 진사 댁 경사〉

188

(가)와 (나)의 공통점으로 가장 적절한 것은?

① 사투리와 비속어를 사용하여 사실적인 느낌을 살리고 있다.
② 시간의 역전을 통해 사건에 숨겨진 비밀이 드러나도록 하고 있다.
③ 동일한 시간에 서로 다른 공간에서 벌어지는 사건을 보여 주고 있다.
④ 액자 구조를 통해 반복적으로 일어나는 사건의 의미를 강조하고 있다.
⑤ 사건과 관련 없는 인물이 등장하여 사건의 의미를 직접 설명하고 있다.

189

(가)의 ㉠~㉤에 대해 이해한 내용으로 적절하지 않은 것은?

① ㉠을 보면 마름이 영식에게 콩밭을 파지 말라고 경고를 하였음에도 불구하고 영식이 그 말을 듣지 않았음을 알 수 있어.
② ㉡에서 영식은 마름의 화를 누그러뜨리고자 자신의 본심과는 다른 말을 한 것이라고 볼 수 있어.
③ ㉢을 보면 영식의 아내가 콩밭을 파내어 금을 캐내자고 영식을 부추겼음을 알 수 있어.
④ ㉣에서 영식은 금줄을 잡았다는 수재의 말을 믿을 수가 없어 사실인지를 확인하려고 하는 것이라고 할 수 있어.
⑤ ㉤에서 영식이 아내에게 불그죽죽한 황토를 보여 주는 것은 아내와 기쁨을 함께 나누려고 하는 것이라고 할 수 있어.

190

(나)의 인물에 대한 설명으로 가장 적절한 것은?

① 갑분은 자신과 혼인할 사람이 절뚝발이라는 사실을 알았지만 아버지가 이를 잘 해결해 줄 것이라고 믿고 있다.
② 입분은 갑분과 혼인하기로 한 사람이 절뚝발이이지만 진심으로 사랑을 할 줄 아는 사람임을 알고 있었다.
③ 맹 진사는 갑분과 혼인하기로 한 사람이 절뚝발이라는 것을 알고 혼인을 취소하고자 하였지만 뜻을 이루지 못했다.
④ 미언은 혼인할 사람의 성품을 확인하기 위해 숙부에게 자신이 절뚝발이라고 소문을 내라고 말하였다.
⑤ 미언의 숙부는 입분과 갑분의 성격을 알고 이를 미언에게 알려 주면서 맹 진사 댁과의 혼사를 진행하지 말라고 조언하였다.

191

(나)의 [A]에 대한 설명으로 가장 적절한 것은?

① 관객에게 주제 의식을 직접적으로 전달하고 있다.
② 관객에게 앞으로 벌어질 사건에 대해 예고하고 있다.
③ 다른 인물에게 사건 해결의 실마리를 제공하고 있다.
④ 다른 인물에게 사건의 전말을 요약적으로 제시하고 있다.
⑤ 다른 인물에게 사건을 겪으면서 느낀 감회를 고백하고 있다.

192

(나)의 ⓐ~ⓔ에 대한 연출자의 지시 사항으로 적절하지 않은 것은?

① ⓐ: 입분의 말을 전혀 받아들이지 못하는 상황에서 느끼는 반감이 목소리와 표정에서 잘 드러나게 해 주세요.
② ⓑ: 갈등이 심화되는 상황이니 성량을 크게 해 주시고, 비아냥거리는 투로 대사를 읽어 주세요.
③ ⓒ: 갑분을 생각하는 마음도 드러나야 하지만 문제를 해결할 수 있다는 자신감도 느껴지도록 연기해 주세요.
④ ⓓ: 미언에 대해 오해한 것을 미안해하며 자신의 잘못을 반성하는 입분의 태도가 드러나도록 해 주세요.
⑤ ⓔ: 미언의 결혼 상대로 자신이 부족하다고 여겨 망설이고 있는 입분의 마음이 잘 나타나게 해 주세요.

193

〈보기〉를 바탕으로 (가)와 (나)를 감상한 내용으로 적절하지 않은 것은?

보기

이야기는 인간의 표현 욕구의 산물이자 향유의 대상으로서 존재의 이유를 가진다. 하지만 이야기의 가치가 여기에만 있는 것은 아니다. 이야기는 현실에 대한 통찰의 결과물로서 가르침의 수단이 되기도 한다. 이야기에 등장하는 인물 가운데는 우리가 따르고 지향해야 하는 인물, 우리의 삶을 돌아보게 하는 인물, 우리가 경계해야 하는 삶의 태도를 지녀 깨달음을 주는 인물 등이 다양하게 존재하는 것이다. 또한 이야기에 등장하는 어떤 대사나 표현은 축적된 의미를 지니고 있어 우리의 삶에 금언(金言)이 되기도 한다.

① (가)에서 마름이 '콩밭에서 웬 금이 나온다고 이 지랄들이야 그래.'라고 말하며 영식을 다그치는 것을 통해 인간의 욕망이 허황된 것일 수도 있다는 깨달음을 얻을 수 있어.
② (가)에서 흙에 굴러다니는 콩의 모습과 대조적으로 제시된 '벼를 베며 기뻐하는 농군의 노래'는 일확천금을 꿈꾸는 것보다 자신에게 주어진 일을 성실하게 하는 것이 더욱 가치 있는 것임을 말해 주는 것 같아.
③ (나)에서 가문이 결정한 혼사를 받아들이지 못하는 갑분에게 '아가씨! 아이 딱해 죽겠네!'라고 하는 입분의 말은 우리가 다른 사람의 처지를 헤아리며 살아가고 있는지를 돌아보게 하는 것 같아.
④ (나)에서 '이 맹 진사의 수완에는 불가능이라는 것이 없을게다!'라며 일을 꾸민 맹 진사라는 인물은 우리가 경계해야 하는 삶의 태도를 보여 준다고 할 수 있지.
⑤ (나)에서 '병신이라든가, 거지라든가, 돈이 있다든가, 없다든가, 이것은 모두가 겉치레뿐이오.'라는 미언의 말은 인간이 중시하고 지향해야 하는 것이 무엇인지를 가르쳐 주는 것 같아.

적중 예상

갈래 복합 14

목표 시간	8분 20초		
시작	분 초	종료	분 초
소요 시간	분 초		

E 수록

[194-198] 다음 글을 읽고 물음에 답하시오. (가) 14, 15, 16, 22

(가) **앞부분의 줄거리** 회사원으로 연립 주택을 소유한 '그'는 자신의 집 욕실에서 누수가 발생하자 지물포 주인에게 소개받은 '임 씨'에게 욕실 수리를 맡긴다.

"고향요?"

임 씨는 반문하고서 쓰게 웃었다.

"고향이 어디냐고 묻지 말라고, 뭐 유행가 가사가 있잖습니까. 고향 말하면 기가 막혀요. 벌써 한 칠팔 년 돼 가네요. 경기도 이천 농군이 도시 사람 돼 보겠다고 땅 팔아 갖고 나와서 요 모양 요 꼴입니다. 그 땅만 그대로 잡고 있었어도……."

그때 파이프를 들고 젊은 인부가 돌아왔다. 입에는 아이들이 먹고 다니는 쭈쭈바가 물려 있고 그 겅정겅정 뛰는 듯한 걸음걸이로 성큼 욕탕 안으로 넘어섰다. 저따위 녀석들이야 평생 노가다판에 뒹굴어도 싸지. 에이 못 배워 먹은 녀석.

그들이 다시 목욕탕으로 들어가 일을 시작한 뒤 아내가 그를 마루 구석으로 끌고 갔다. ㉠뭔가 인부들 귀에 닿지 않게 속달거릴 이야기가 있는 모양이었다.

"그럼, 돈 계산은 어떻게 되는 거예요? 저 사람 처음에는 목욕탕을 다 뜯어 발길 듯이 말하잖았어요? 견적도 그렇게 뽑았을 거예요. 이십만 원이 다 되는 돈 아녜요?"

아내의 말을 들으니 딴은 중요한 문제이긴 했다. ㉡목욕탕 공사야말로 하자 없이 해야 한다는 말을 몇 번씩이나 들먹이며 임 씨가 빼놓은 견적은 욕조와 세면대 사이의 파이프만 교체하는 수준의 것이 아님은 분명하다.

(중략)

간단하게 여겼던 옥상의 공사는 의외로 시간을 끌었다. 홈통으로 물이 잘 빠질 수 있도록 경사면을 맞춰야 하는 것도 시간을 더디게 했고 깨 놓은 자리와 기왕의 자리의 이음새 사이로 물이 새지 않도록 면을 고르다 보니 조금씩 더 깨부숴야 하는 추가 부담도 잇따랐다. 이미 밤은 시작된 것이나 진배없어 이웃집들의 창문에 하나둘 불이 밝혀졌다. 그런데도 임 씨는 만족하다 싶을 때까지는 일손을 놓고 싶지 않은 모양이었다. ㉢이리 재고 저리 재고, 그러고도 모자라 이왕 덮어 놓은 곳을 한 번에 으깨어 버리고 또 새로 흙손질을 거듭하곤 했다. 옆에서 보고 있자니 임 씨는 도무지 시간 가는 줄을 모르는 사람 같았다.

몇 번씩이나 ㉮옥상에 얼굴을 디밀고 일의 진척 상황을 살피던 아내도 마침내 질렸다는 듯 입을 열었다.

"대강해 두세요. 날도 어두워졌는데 어서들 내려오시라구요."

"다 되어 갑니다, 사모님. 하던 일이니 깨끗이 손봐 드려얍지요."

다시 방수액을 부어 완벽을 기하고 이음새 부분은 손가락으로 몇 번씩 문대어 보고 나서야 임 씨는 허리를 일으켰다. 임 씨가 일에 몰두해 있는 동안 그는 숨소리조차 내지 않고 일을 하는 양을 지켜보았다. 저 열 손가락에 박힌 공이의 대가가 기껏 지하실 단칸방만큼의 생활뿐이라면 좀 너무하지 않나 하는 안타까움이 솟아오르기도 했다. ㉣목욕탕 일도 그러했지만 이 사람의 손은 특별한 데가 있다는 느낌이었다. 자신이 주무르고 있는 일감에 한 치의 틈도 없이 밀착되어 날렵하게 움직이고 있는 임 씨의 열 손가락은 손가락 이상의 그 무엇이었다. 처음에는 이 사내가 견적대로의 돈을 다 받기가 민망하여 우정 지어내 보이는 열정이라고 여겼었다. 옥상 일의 중간에 잠시 집에 내려갔을 때 아내도 그런 뜻을 표했다.

"예상외로 옥상 일이 힘드나 보죠? 저 사람도 이제 세상에 공돈은 없다는 사실을 깨달았을 거예요."

㉤하지만 우정 지어낸 열정으로 단정한다면 당한 쪽은 되려 그들이었다. 밤 여덟 시가 지나도록 잡역부 노릇에 시달린 그도 고생이었고, 부러 만들어 시킨 일로 심적 부담을 느끼기 시작한 그의 아내 역시 안절부절못했으니까.

아내는 기다리는 동안 술상을 보아 놓고 있었다. 손발을 씻고 계단에 나가 옷의 먼지를 털고 들어온 임 씨는 여덟 시가 넘어선 시간을 보고 오히려 그들 부부에게 미안해하였다.

– 양귀자, <비 오는 날이면 가리봉동에 가야 한다>

(나) **앞부분의 줄거리** 칠수와 만수는 20층짜리 빌딩의 14층 높이에서 거대한 광고판 그림을 그리고 있는 중이다.

칠수: 그래도 싸나이에겐 일생에 세 번 기회가 온다니까 두고 봐! 난 꼭 잡을 거야. 난 말야 이 뺑끼쟁이*가 적성에 안 맞아.

만수: 그래 무슨 계획이래두 있냐?

칠수: 아직은 뭐라구 말 못 하겠어. 하여튼 일단 때려칠 거야.

만수: 적게 먹고 가늘게 싸라. ⓐ잘될 놈은 따로 있는 거야. 개 꼬랑지, 삼 년 지나고 봐야 개 꼬랑지야.

칠수: 새끼 또 논설 까네. 마 너두 빨리 정신 차리구 직업 바꿔. 뺑끼 속에 니 인생 처박지 말구.

만수: 이만한 직업두 없어. 이 도시 한복판에 그것두 이렇게 높은 ㉯빌딩 꼭대기에서 일하는 것두 우리 같은 촌놈들 출세한 거지. 이 꼭대기에 앉아 있으면 누가 감시를 하니, 잔소리를 하니? 사장두 인마, 우리 보구 이 부분을 특별히 맡기는 거니까 잘해 달라구 따루 불러서 부탁했잖아.

칠수: 사장이 정말 심각해서 널 불러 달콤한 이야기 속삭이는 줄 아냐? 다 지가 아쉬울 때 하는 소리야. 너 같은 쪼다 꼬시느라구! 지가 등 따시고 배부르면 너 같은 쪼다한테 왜 아쉬운 소리 하겠냐? ⓑ하면 된다구? 하니까 되디? 쥐구멍에 볕 들 날 있다구?

볕 들어 봐야 쥐새끼들 눈이나 부셔. 칠전팔기? 웃기지 마. 수환이도 약하게 맞으니까 발딱발딱 일어섰지 세게 맞아 봐라. 그러니까 너도 빨리 때려쳐. 야, 만수야 너 지금부터 달리기 해라. 우유는 내가 사 줄께.

만수: 야, 우리 은행이나 털까?

칠수: 좋지. ⓒ(함께) '칠수와 만수 깽!' 따따따따…… 따따따따……. 따따따따!!!

칠수: 쉿– 쉿– 쉿, 손 들어. 움직이면 쏜다!

만수: 뒤로 돌아, 대가리 박아. 너! 뒤로 돌아보지 마!

칠수: 야! 맨 앞에 앉은 사람. 쭈루루루 주머니에 있는 거 다 털어놔! 들어 올 땐 맨 앞줄이 제일 좋은 줄 알았지?

만수: 야, 이 병신아! 은행에 들어와서 주머니 터냐? 금고 털지.

칠수: 너! 금고 열어. 빨리 빨리 자루에 담아, 안 담아?

만수: 야, 얼마나 되냐?

칠수: 돈 내놔. 돈 내놔. 에이! 쉬 쉬 강도 앞에서 웃어? 사시미 칼 가지고 올 걸 그랬나? ⓓ(관객에게) 돈 없어요? 정말 없어요? 없댄다. (함께) 가자!

만수: 미친 놈, 낄낄낄.

칠수: 낄낄낄. 신문에 좍 나는 거야. 미스테리! 한국은행 본점에 오늘 2인조 깽 침입! (말 타는 흉내)

만수: 현금 200억을 강탈하여 유유히 사라지다. 수사는 오리무중!

칠수: 드디어 우리나라 범죄도 선진국형으로!

만수: 잘하면 안 잡힐 수도 있을 거다.

칠수: 정신만 똑바로 차리고 있으면 돼. 두고 봐. 앞으로 나 만나기 어려워질 거다.

만수: ⓔ헛소리 그만해라. 해 넘어간다. 저쪽 애들 벌써 다 내려갔잖아. 야! 오늘 시마이하고 내려가자.

칠수: 그래. 아이 씨, 오줌 마려운데.

– 오종우 원작, 최인석 각색, 〈칠수와 만수〉

* 빵끼쟁이: '페인트공'을 낮잡아 이르는 말.
* 시마이: 끝마침 혹은 마감의 의미를 가진 일본어.

194

(가)에 대한 이해로 적절하지 않은 것은?

① '임 씨'는 농사짓던 땅을 팔고 도시로 이주한 것을 후회하였다.
② '아내'는 '임 씨'에게 처음 계약한 일 외의 작업을 추가로 시켰다.
③ '그'는 돈이 부족해서 마음 졸이는 '아내'에게 미안한 마음을 가졌다.
④ '그'는 '임 씨'를 고용한 처지이면서 '임 씨'가 하는 일을 도와주었다.
⑤ '임 씨'는 목욕탕 공사를 '아내'가 예상한 것보다 간단하게 진행하였다.

195

〈보기〉를 참고할 때, ㉠~㉤에 대한 설명으로 적절하지 않은 것은?

보기

3인칭 전지적 시점의 서술자는 기본적으로 이야기 바깥에 위치한 시점에서 작중 상황이나 등장인물의 심리 등을 전지적으로 제시하고 작중 상황을 주관적으로 논평하기도 한다. 그리고 때로는 작중 인물의 시각을 빌리기도 하는데, 이때 서술자는 특정 인물의 입장에서 작중 상황이나 그 인물의 내면 심리를 제시한다.

① ㉠: 이야기 바깥에 위치한 서술자가 인부들에 대한 '아내'의 내면 심리를 제시하고 있다.
② ㉡: '아내'의 말을 바탕으로 임 씨에 대해 판단하는 '그'의 내면 심리를 '그'의 시각에서 제시하고 있다.
③ ㉢: 꼼꼼하게 옥상 공사를 하고 있는 '임 씨'의 행동을 '그'의 시각에서 제시하고 있다.
④ ㉣: '임 씨'의 일 처리 솜씨에 대한 '그'의 평가를 '그'의 시각에서 제시하고 있다.
⑤ ㉤: 이야기 바깥에 위치한 서술자가 '그'와 '아내'가 의도했던 일의 실제 결과에 대한 주관적인 논평을 제시하고 있다.

갈래 복합

196

㉮와 ㉯에 대한 설명으로 가장 적절한 것은?

① ㉮는 인물 간의 유대감이 형성되는 공간이고, ㉯는 파편화된 현대인의 삶을 상징하는 공간이다.
② ㉮는 인물이 상대적 박탈감을 느끼는 공간이고, ㉯는 인물들의 소외된 처지를 상징하는 공간이다.
③ ㉮는 상대에 대한 인식의 변화가 일어나는 공간이고, ㉯는 인물 간의 생각 차이가 드러나는 공간이다.
④ ㉮는 세상을 살아가는 방식이 암시되는 공간이고, ㉯는 인물들이 서로에 대한 오해를 해소하는 공간이다.
⑤ ㉮와 ㉯는 모두 인물들이 자신의 처지에 대한 자기 성찰을 통해 바람직한 삶의 태도를 깨닫는 공간이다.

197

(나)를 연극으로 공연할 때, 연출가가 ⓐ~ⓔ에 대해 요구할 수 있는 내용으로 적절하지 않은 것은?

① ⓐ에서 만수 역의 배우는 삶에 대한 체념적 태도가 드러나는 말투로 칠수를 타이르듯이 연기해 주세요.
② ⓑ에서 칠수 역의 배우는 빈정대듯이 연기하면서 속담의 내용이 실현되는 것이 현실적으로 불가능하다는 인식을 드러내 주세요.
③ ⓒ에서 칠수 역의 배우와 만수 역의 배우가 함께 대사를 할 때 신나는 분위기를 조성할 수 있는 음향 효과를 넣어 주세요.
④ ⓓ에서 칠수 역의 배우는 관객에게 간절한 말투로 말을 걸어 칠수의 심정에 관객이 공감할 수 있도록 유도해 주세요.
⑤ ⓔ에서 만수 역의 배우는 주변을 돌아보는 행동을 하고 조명 담당은 무대 조명을 조금 어둡게 해 주세요.

198

〈보기〉를 바탕으로 (가), (나)를 감상한 내용으로 적절하지 않은 것은?

> 보기
>
> 자본주의 사회의 계층은 경제적 상층인 자본가와 하층인 노동자, 그 사이에 위치한 중산층 소시민으로 구분된다. 사회 심리학에 따르면, 노동자 계층은 부유한 자본가 계층을 부러워하고 갈망하는 동시에 그들을 적대적으로 여기는 이중성을 보인다. 한편, 중산층의 소시민은 사회의 부조리함을 비판적으로 파악할 능력이 있지만, 안정적인 삶을 유지하고 손해를 회피하려는 경향이 강하여 사회적 부조리의 개선에 적극적으로 나서지는 않으며, 한편으로는 육체 노동자에 대한 우월 의식을 지니기도 한다.

① (가)의 '그'가 '젊은 인부'의 태도만을 보고 못 배워 먹은 자식이라고 일방적으로 단정하는 것에서, 육체 노동자에 대한 심리적 우월 의식이 드러나는군.
② (가)의 '임 씨'가 계약대로 목욕탕 공사를 하고 있음에도 불구하고 '아내'가 '임 씨'의 견적을 믿지 못하는 것에서, 손해를 회피하려는 경향이 강한 소시민성이 드러나는군.
③ (가)의 '그'가 열 손가락에 공이가 박힐 정도로 일하는 '임 씨'가 단칸방 생활을 하는 것을 부당하게 여기는 것에서, 사회의 부조리함에 대한 비판적 인식이 드러나는군.
④ (나)의 '만수'가 스스로에 대해 촌놈이 출세하였다고 평가하면서도 부당한 행위를 통한 일확천금을 꿈꾸는 것에서, 노동자 계층이 지닌 이중성이 드러나는군.
⑤ (나)의 '칠수'가 자신과 '만수'에게 광고판 작업을 특별히 부탁하는 '사장'의 행위를 자기 필요에 의한 행동으로 여기는 것에서, 부유한 자본가 계층에 대한 적대적 태도가 드러나는군.

적중 예상

갈래 복합 15

목표 시간	8분 20초		
시작	분 초	종료	분 초
소요 시간	분 초		

E 수록

[199-203] 다음 글을 읽고 물음에 답하시오. (가) 16, 22 / (나) 22

(가) 소년이 침구를 안고 다시 들어온다. 그리고 그것을 편다. 일어설 때 보니 가슴에 훈장이 달려 있다. 그는 그를 가까이 불러서 그 훈장을 들여다본다. 둥근 바탕에 가로로 5년 2반이라 씌어 있고 그것을 가로질러서 세로로 반장이라 씌어 있다. ㉠조잡한 비닐 제품이다.

"너 공부 잘하는구나."

"예. 접때두 일등했어요."

아, 이건 뻔뻔스럽구나, 못생기고 남루한 옷을 입은 주제에.

"여기가 너희 집이니?"

"아녜요. 여긴 이모부 댁이에요. 저의 집은요, 월출리예요. 여기서 삼십 리나 들어가요."

가난한 대학생. 덜커덩거리는 밤의 전차. 피곤한 승객들. 목쉰 경적 소리. 종점에 닿으면 전차는 앞뒤 아가리를 벌리고 사람들을 뱉어 낸다. 사람들은 어둠 속으로 빠져 들어간다. 초라한 길가 상점들의 희미한 불빛들이 그들을 건져 낸다. 그들은 고개들을 가슴에 묻고 조금씩 다시 어둠 속으로 사라져 간다. 그리고 은밀히 하나씩 둘씩 골목들 속으로 자취를 감춘다. 가난한 대학생 앞에 대문이 나타난다. 그는 그 앞에 선다. 뒤를 돌아본다. 그리고 망설인다. 아, 이럴 때 쾅쾅 두드릴 수 있는 대문이 있다면 얼마나 좋으랴! 그는 주먹을 편다. 편 손바닥으로 대문을 어루만지듯 흔든다. 또 흔든다. 고무신짝 끄는 소리가 들려온다. 식모의 고무신짝은 겸손하게 소리를 낸다. 그는 안심한다. 안심이 배 속으로 쑥 가라앉는다.

"학곤 여기서 다니니?"

그는 눈을 게슴츠레하게 뜬다. 심지를 줄인 남폿불이 눈앞에서 가물거리고 있을 뿐 소년은 보이지 않는다. 방바닥이 뜨뜻하다. 술이 점점 더 취해 오른다. 그는 옷을 입은 채 허리를 굽히고 손발을 이부자리 밑으로 쑤셔 넣는다. 넥타이를 풀어야지. 그러면서 그는 눈을 감는다.

"일등을 했다구? 좋은 일이다. 열심히 공부해라. 기회는 얼마든지 있다. 미국, 영국, 불란서, 어디든지 갈 수 있다. 내 돈 한 푼 안 들이고 나랏돈이나 남의 돈으로 얼마든지 공부할 수 있다. 돈 없는 건 걱정할 필요가 없다. 흔한 것이 장학금이다. 머리와 노력만 있으면 된다. 부지런히 공부해라, 부지런히. 자신을 가지고."

그러나 그의 말을 듣고 있는 사람은 아무도 없다. 또 알아들을 수도 없다. 그는 입을 다물고 웅얼거렸다. 그 말이 끝나자 그의 머릿속에는 몽롱한 가운데에 하나의 천재가 열등생으로 변모해 가는 과정들이 하나씩 떠오른다. 너는 아마도 너희 학교의 천재일 테지. 중학교에 가선 수재가 되고, 고등학교에 가선 우등생이 된다. 대학에 가선 보통이다가 차츰 열등생이 되어서 세상으로 나온다. **결국 이 열등생이 되기 위해서 꾸준히 고생해 온 셈이다.** 차라리 천재이었을 때 삼십 리 산골짝으로 들어가서 땔나무꾼이 되었던 것이 훨씬 더 나았다. 천재라고 하는 화려한 단어가 결국 촌놈들의 무식한 소견에서 나온 허사였음이 드러나는 것을 보는 것은 결코 즐거운 일이 못된다. **그들은 천재가 가난과 끈질긴 싸움을 하다가 어느 날 문득 열등생이 되어 버린다는 사실을 몰랐다.** 누구나가 다 템스 강에 불을 처지를 수야 없는 일이다. 허옇게 색이 바랜 짧은 바지를 입고 읍내까지 몇 십 리를 걸어서 통학하는 중학생. 많은 동정과 약간의 찬탄. 이모 집이나 고모 집이 아니면 삼촌이나 사촌네 집을 전전하면서 고픈 배를 졸라매고 낡고 무거운 구식의 커다란 가죽 가방을 옆구리에다 끼고 다가오는 학기의 등록금을 골똘히 생각하며 밤늦게 도서관으로부터 돌아오는 핏기 없는 대학생. 그러다 보면 천재는 간 곳이 없고, 비굴하고 피곤하고 오만한 낙오자가 남는다. 그는 출세할 일이라면 무엇이든지 할 준비가 되어 있다. 어떠한 것도 주임 교수의 인정을 받는 일보다 더 중요하지 않다. **외국에 가는 기회는 단 하나도 그의 시도를 받지 않고 지나치는 법이 없다.** 따라서 그가 성공할 확률은 대단히 높다. 많은 것들 중에서 어느 하나만 적중하면 된다. 그런데 **문제는 적중하느냐 않느냐가 아니라 적중하건 안 하건 간에 아무런 차이가 없다는 데에 있다.** 적중하건 안 하건 간에 그는 **그가 처음 출발할 때에 도달하게 되리라고 생각했던 곳으로부터 사뭇 멀리 떨어져 있는 곳에 와 있음을 깨닫는다.** 아— 되찾을 수 없는 것의 상실임이여!

– 서정인, 〈강〉

(나) 만일 당신이 **사회의 현장**에 있다면 당신은 당신의 **살아 있는 발로 서 있는** 것입니다. 그리고 만일 당신이 **대학의 교정**에 있다면 당신은 **더 많은 발을 깨달을 수 있는 곳**에 서 있는 것입니다. 대학은 기존의 이데올로기를 재생산하는 '종속의 땅'이기도 하지만 그 연쇄의 고리를 끊을 수 있는 '가능성의 땅'이기도 하기 때문입니다.

당신은 그동안 못 했던 일을 하고, 만나고 싶은 사람을 만나고, 가고 싶은 곳을 찾아가겠다고 했습니다. 대학이 안겨 줄 자유와 낭만에 대한 당신의 꿈을 모르지 않습니다. 지금까지 얽매여 있던 당신의 질곡(桎梏)을 모르지 않습니다. 당신은 지금 그러한 꿈이 사라졌다고 실망하고 있지나 않은지 걱정됩니다.

그러나 '자유와 낭만'은 그러한 것이 아닙니다. 자유와 낭만은 '관계의 건설 공간'이란 말을 나는 좋아합니다. 우리들이 맺는 인간관계의 넓이가 곧 우리들이 누릴 수 있는 자유와 낭만의 크기입니다. 그러기에 그것은 우리들의 **일상(日常)에 내장되어 있는 '안이한 연루(連累)'**를 결별하고 사회와 역사와 미래를 보듬는 너른 품을 키우는 공간이어야 합니다.

그리하여 당신이 그동안 만들지 않고도 공부할 수 있게 해 준 수많은 사람들의 얼굴을 만나는 연대의 장소입니다. **우리 사회를 지탱하고 있는 발의 임자를 깨닫게 하는** '교실'입니다. 만약 당신이 대학이 아닌 다른 현장에 있다면 더 쉽게 그들의 얼굴을 만날 수 있습니다. 당신이 바로 그 사람이 될 수 있기 때문입니다.

그래서 나는 당신의 수능 시험 성적 100점은 그야말로 만점인 100점이라고 생각합니다. 그것은 올해 당신과 함께 ㉡고등학교를 졸업한 67만 5천 명의 평균 점수입니다. 당신은 친구들의 한복판에 서 있다는 것을 잊지 말아야 합니다.

중간은 풍요한 자리입니다. 수많은 곳, 수많은 사람을 만나는 자리입니다.

그보다 더 큰 자유와 낭만은 없습니다.

언젠가 우리는 늦은 밤 어두운 골목길을 더듬다가 넓고 밝은 길로 나오면서 기뻐하였습니다. 아무리 **작은 실개천도 이윽고 강을 만나고 드디어 바다를 만나는 진리**를 감사하였습니다. 주춧돌에서부터 집을 그리는 사람들의 견고한 믿음입니다. 당신이 비록 지금은 어둡고 좁은 골목길을 걷고 있다고 하더라도 나는 당신을 걱정하지 않습니다. **당신의 발로 당신의 삶을 지탱**하고 있는 한 **언젠가는 넓은 길, 넓은 바다를 만**나리라 믿고 있습니다. 드높은 삶을 '예비'하는 진정한 '합격자'가 되리라고 믿고 있습니다. 그리고 그 길의 어디쯤에서 당신과 만날 수 있기를 기대합니다.

– 신영복, 〈새 출발점에 선 당신에게〉

199

(가)와 (나)의 공통점으로 가장 적절한 것은?

① 과거의 경험을 소개하며 그 경험이 갖는 역사적 의미를 탐색하고 있다.
② 현재의 상황을 주관적으로 제시하며 삶에 대한 생각을 전달하고 있다.
③ 이상과 현실의 괴리에서 비롯된 삶에 대한 회의적 태도를 드러내고 있다.
④ 현재와 상반된 과거의 상황을 제시하며 문제의 해결 방안을 모색하고 있다.
⑤ 대상에 대한 긍정적 평가와 부정적 평가를 모두 제시하며 대상의 다양한 속성을 강조하고 있다.

200

〈보기〉는 선생님의 안내에 따라 학생들이 (가)를 감상한 내용이다. ⓐ~ⓔ 중 적절하지 않은 것은?

보기

선생님: 서정인의 〈강〉에서 '그'는 삶에 대한 부정적인 태도를 지닌 채, 자신의 현실을 개선하기 위한 노력을 하지 않는 인물입니다. 그럼, 작품 내용을 근거로 '그'가 자신의 현실을 어떻게 인식하고 있는지와 '그'가 그러한 현실 인식을 지니게 된 원인에 대해 알아봅시다.

학생 1: '결국 이 열등생이 되기 위해서 꾸준히 고생해 온 셈이다.'라는 서술을 통해, '그'가 자신을 인생의 낙오자로 인식하고 있다는 점을 알 수 있어요. ········ ⓐ
학생 2: '그들은 천재가 가난과 끈질긴 싸움을 하다가 어느 날 문득 열등생이 되어 버린다는 사실을 몰랐다.'라는 서술을 통해, '그'가 자신의 현재 상황을 가난 때문이라고 여기고 있음을 알 수 있어요. ········ ⓑ
학생 3: '외국에 가는 기회는 단 하나도 그의 시도를 받지 않고 지나치는 법이 없다.'라는 진술을 통해, '그'가 가난에서 벗어나려고 부단히 노력했다는 점을 알 수 있어요. ········ ⓒ
학생 4: '문제는 적중하느냐 않느냐가 아니라 적중하건 안 하건 간에 아무런 차이가 없다는 데에 있다.'라는 진술을 통해, '그'가 가난을 극복할 수 없다고 여겼기 때문에 결국 현실 개선을 위한 노력을 포기했음을 알 수 있어요. ········ ⓓ
학생 5: '그가 처음 출발할 때에 도달하게 되리라고 생각했던 곳으로부터 사뭇 멀리 떨어져 있는 곳에 와 있음을 깨닫는다.'라는 서술을 통해, '그'가 출세를 지향했던 과거에 대해 후회하고 있다는 점을 알 수 있어요. ········ ⓔ

① ⓐ ② ⓑ ③ ⓒ ④ ⓓ ⑤ ⓔ

201

(나)의 '당신'에 대한 설명으로 가장 적절한 것은?

① 자신이 꿈꾸던 것과 다른 대학 생활에 대해 실망하고 있다.
② 그동안 못 했던 일을 하기 위해 대학을 떠나기로 결심하고 있다.
③ 수능 시험에서 만점을 받아 원하는 대학의 입학을 앞두고 있다.
④ 대학에 들어가면 자유롭게 사람들을 만나는 것이 가능하다고 생각하고 있다.
⑤ '나'와 만나기로 한 약속을 지키기 위해 넓고 밝은 길 대신 어두운 골목길을 지키고 있다.

202

〈보기〉는 (나)의 일부이다. 〈보기〉를 참고하여 (나)에 드러난 글쓴이의 생각을 이해한 내용으로 적절하지 않은 것은?

보기

차치리(且置履)라는 사람이 어느 날 장에 신발을 사러 가기 위하여 발의 크기를 본(本)으로 떴습니다. 이를테면 종이 위에 발을 올려놓고 발의 윤곽을 그렸습니다. 한자(漢字)로 그것을 탁(度)이라 합니다. 그러나 막상 그가 장에 갈 때는 깜박 잊고 탁을 집에 두고 갔습니다. 신발 가게 앞에 와서야 탁을 집에다 두고 온 것을 깨닫고는 탁을 가지러 집으로 되돌아갔습니다. 제법 먼 길을 되돌아가서 탁을 가지고 다시 장에 도착하였을 때는 이미 장이 파하고 난 뒤였습니다. 그 사연을 듣고는 사람들이 말했습니다.

"탁을 가지러 집에까지 갈 필요가 어디 있소. 당신의 발로 신어 보면 될 일이 아니오."

차치리가 대답했습니다.

"아무려면 발이 탁만큼 정확하겠습니까?"

주춧돌부터 집을 그리던 그 노인이 발로 신어 보고 신발을 사는 사람이라면 나는 탁을 가지러 집으로 가는 사람이었습니다.

① '일상에 내장되어 있는' '안이한 연루'에 사로잡힌 삶은 '탁'이 '발'보다 정확하다고 여기며 '탁을 가지러 집으로 가는' 모습이라 생각하겠군.
② '우리 사회를 지탱하고 있는 발의 임자를 깨닫게 하는' 곳이라는 점에서 '대학의 교정'은 '주춧돌부터 집을 그리던' 노인의 삶을 배울 수 있는 곳이라 생각하겠군.
③ '사회의 현장'이나 '대학의 교정'은 각각 '살아 있는 발로 서 있'고 '더 많은 발을 깨달을 수 있는 곳'이라는 점에서 '당신'이 어디에 있는지는 중요하지 않다고 생각하겠군.
④ '작은 실개천도 이윽고 강을 만나고 드디어 바다를 만나는 진리'를 믿고 있다는 점에서 '주춧돌부터 집을 그리던' 노인처럼 이론을 통해 삶의 이치를 터득해야 한다고 생각하겠군.
⑤ '당신의 발로 당신의 삶을 지탱'하는 한 '언젠가는 넓은 길, 넓은 바다를 만'날 수 있다고 믿는다는 점에서 '탁을 가지러 집으로 가는 사람'이 아닌, '주춧돌부터 집을 그리던' 노인과 같은 삶을 지향해야 한다고 생각하겠군.

203

㉠과 ㉡에 대한 이해로 가장 적절한 것은?

① ㉠은 '그'가 자신의 과거를 떠올리는, ㉡은 '나'가 '당신'의 과거를 떠올리는 계기가 된다.
② ㉠은 '그'가 '소년'에게 관심을 가지는, ㉡은 '나'가 '당신'에 대한 관심을 거두는 계기가 된다.
③ ㉠은 '그'가 '소년'에게서 유대감을 느끼는, ㉡은 '나'가 '당신'과의 동질감을 느끼는 계기가 된다.
④ ㉠은 '그'가 '소년'이 처한 현실을 확인하는, ㉡은 '나'가 '당신'이 겪는 어려움을 확인하는 계기가 된다.
⑤ ㉠은 '그'가 '소년'에게 관심을 갖고 말을 건네는, ㉡은 '나'가 '당신'에게 당부의 말을 건네는 계기가 된다.

SPEED CHECK

Ⅰ 운문 문학

• 고전 시가

001 ③ 002 ⑤ 003 ① 004 ④ 005 ③
006 ① 007 ⑤ 008 ⑤ 009 ⑤ 010 ②
011 ④ 012 ③ 013 ⑤ 014 ② 015 ②
016 ④ 017 ⑤ 018 ② 019 ① 020 ④
021 ④ 022 ③ 023 ② 024 ③ 025 ③
026 ④ 027 ④ 028 ④ 029 ② 030 ④
031 ⑤ 032 ① 033 ③ 034 ⑤ 035 ③

• 현대시

036 ② 037 ⑤ 038 ⑤ 039 ② 040 ⑤
041 ③ 042 ④ 043 ⑤ 044 ③ 045 ④
046 ③ 047 ⑤ 048 ⑤ 049 ⑤ 050 ②
051 ④ 052 ⑤ 053 ④ 054 ① 055 ②
056 ② 057 ⑤ 058 ① 059 ① 060 ②
061 ② 062 ③ 063 ① 064 ② 065 ②
066 ④ 067 ⑤ 068 ⑤ 069 ① 070 ⑤

Ⅱ 산문 문학

• 고전 소설

071 ③ 072 ④ 073 ② 074 ⑤ 075 ⑤
076 ⑤ 077 ④ 078 ⑤ 079 ④ 080 ②
081 ③ 082 ④ 083 ③ 084 ⑤ 085 ②
086 ① 087 ② 088 ② 089 ② 090 ①
091 ② 092 ③ 093 ④ 094 ② 095 ④
096 ① 097 ② 098 ①

• 현대 소설

099 ④ 100 ③ 101 ② 102 ⑤ 103 ④
104 ④ 105 ① 106 ① 107 ① 108 ②
109 ④ 110 ④ 111 ③ 112 ② 113 ③
114 ⑤ 115 ⑤ 116 ② 117 ⑤ 118 ④
119 ③ 120 ③ 121 ② 122 ⑤ 123 ③
124 ⑤

Ⅲ 갈래 복합

• 갈래 복합

125 ⑤ 126 ④ 127 ① 128 ② 129 ⑤
130 ① 131 ③ 132 ② 133 ④ 134 ③
135 ③ 136 ③ 137 ② 138 ④ 139 ①
140 ③ 141 ④ 142 ⑤ 143 ③ 144 ③
145 ③ 146 ④ 147 ③ 148 ④ 149 ③
150 ③ 151 ③ 152 ④ 153 ④ 154 ③
155 ③ 156 ③ 157 ② 158 ⑤ 159 ③
160 ③ 161 ③ 162 ③ 163 ④ 164 ②
165 ④ 166 ③ 167 ⑤ 168 ⑤ 169 ⑤
170 ⑤ 171 ④ 172 ② 173 ⑤ 174 ②
175 ③ 176 ⑤ 177 ④ 178 ③ 179 ①
180 ③ 181 ① 182 ③ 183 ⑤ 184 ②
185 ④ 186 ② 187 ① 188 ① 189 ④
190 ④ 191 ④ 192 ④ 193 ③ 194 ③
195 ① 196 ③ 197 ④ 198 ④ 199 ②
200 ⑤ 201 ④ 202 ④ 203 ⑤

MEMO

메가스터디 N제

메가스터디 N제

메가스터디 N제

국어영역 문학

수능 완벽 대비 예상 문제집

정답과 해설

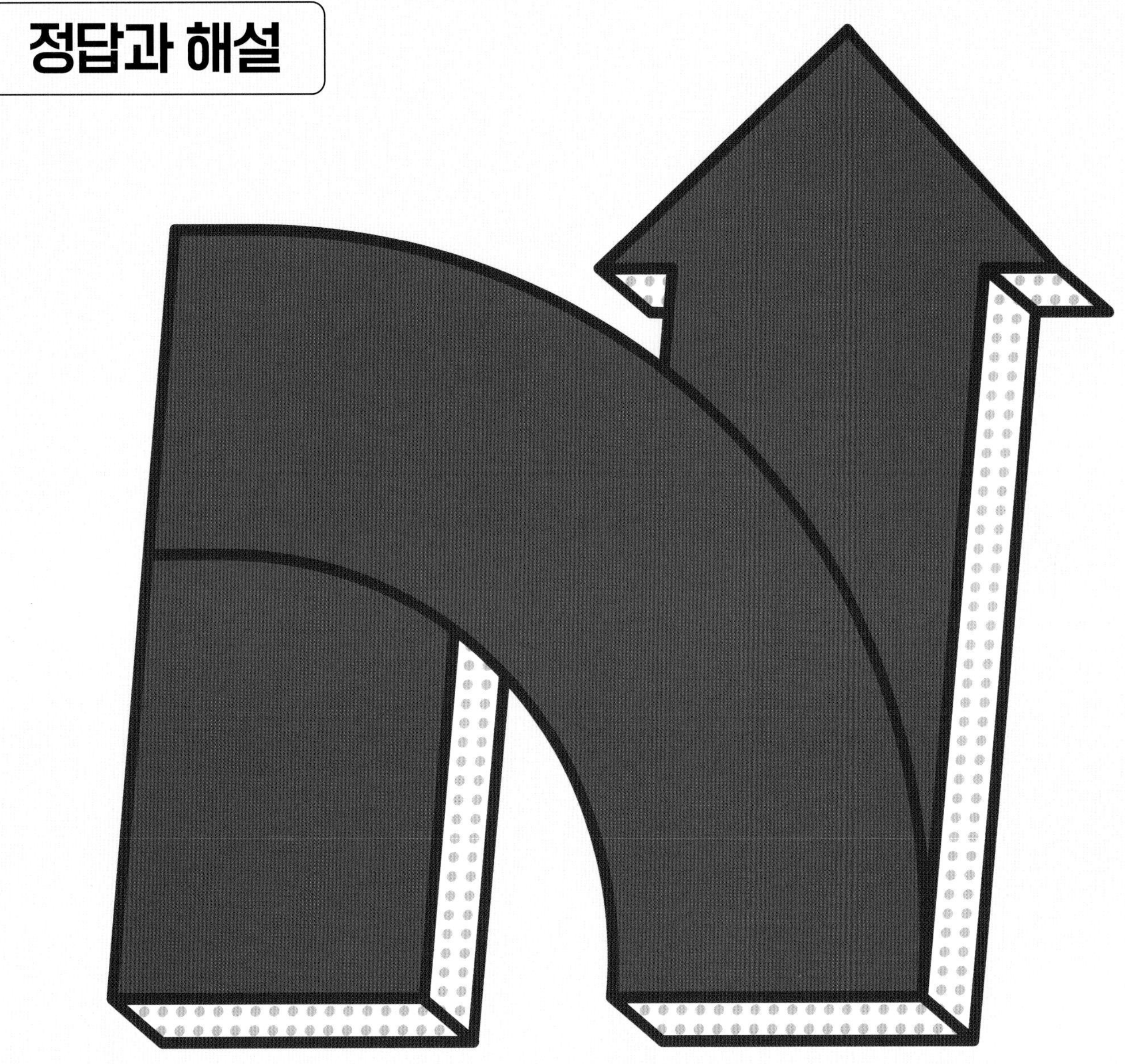

203제

메가스터디BOOKS

메가스터디 N제

국어영역 문학

203제

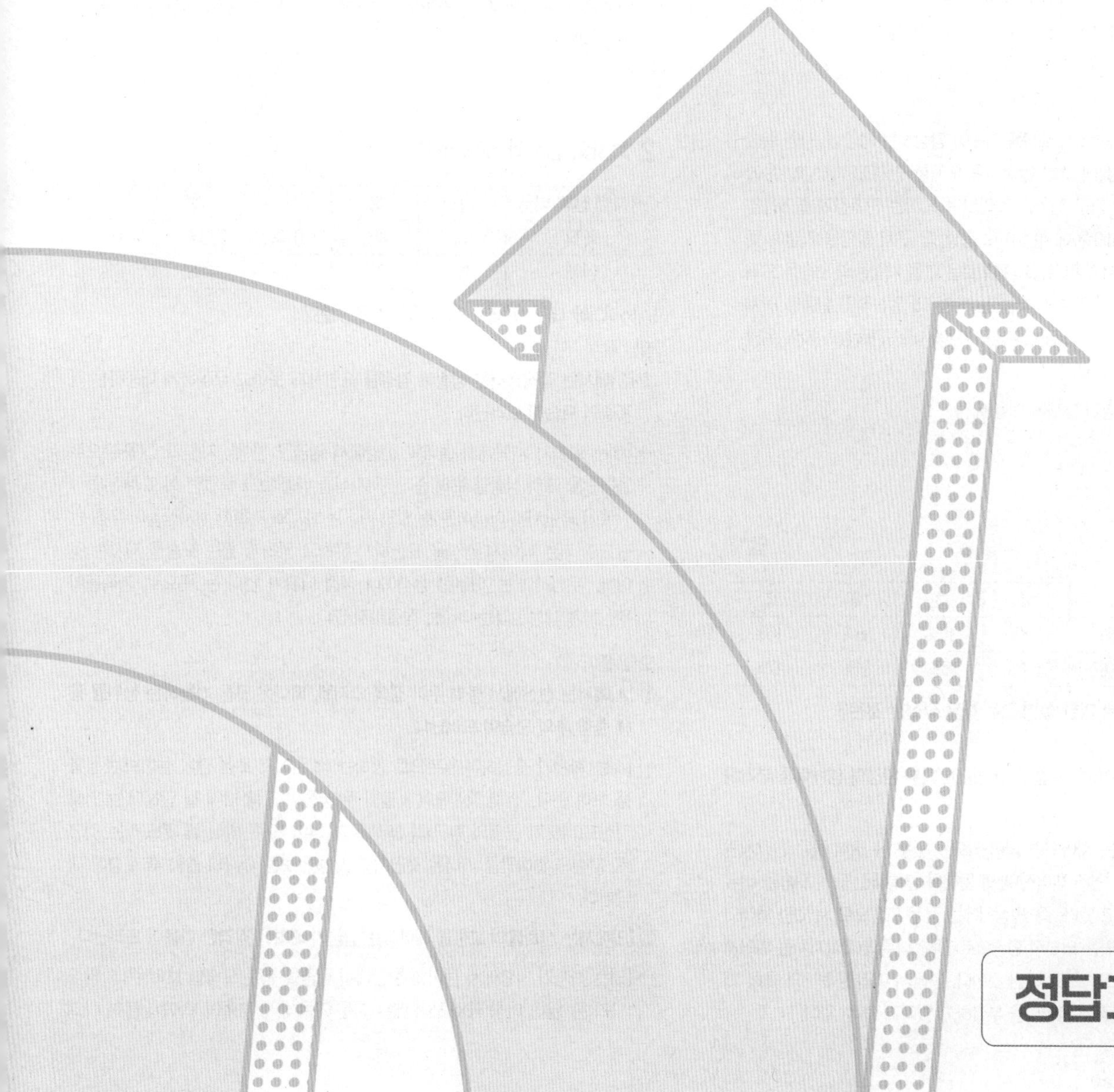

정답과 해설

I. 운문 문학

대표 기출 고전 시가 ❶

본문 018쪽

[1~3] (가) 김인겸, 〈일동장유가〉 (나) 유박, 〈화암구곡〉

1 ②　　2 ③　　3 ④

(가) 김인겸, 〈일동장유가〉

해제 이 작품은 작가가 일본 통신사로 일본에 갔다가 이듬해 돌아올 때까지의 약 11개월에 걸친 여정과 견문을 기록한 장편 기행 가사이다. 조선을 출발할 때부터 일본에 도착하기까지의 과정은 물론, 일본의 여러 곳을 둘러보며 보고 느낀 바를 구체적으로 기록하여 기행 가사로서의 특징을 잘 드러내고 있다. 일본의 문물, 제도, 풍속 등에 대한 사실적인 정보를 제공할 뿐만 아니라 세밀한 묘사가 돋보여, 조선 후기 기행 가사의 모범으로 일컬어진다. 제시된 부분은 고국을 떠나 출항하는 장면과 그날 밤 풍랑을 만나 위태로움을 느낀 경험을 표현한 장면, 그리고 귀국 후 왕에게 사행을 보고하는 행사를 치르는 장면, 자신의 집으로 돌아와 한가로이 지내는 장면으로 각각 구성되어 있다.

주제 통신사로서 일본을 방문한 여정과 견문에 대한 감상

(나) 유박, 〈화암구곡〉

해제 이 작품은 향촌에 머물며 화훼를 가꾸어 감상하는 자긍심, 자연 속에서 유유자적하는 삶에 대한 만족감을 노래한 연시조이다. 〈제1수〉에서는 자신이 직접 가꾼 정원을 바라보며 느끼는 만족감과 즐거움을 노래하고 있고, 〈제6수〉에서는 어느 봄날 집 근처 들판을 거닐며 뜻대로 소일하는 화자의 만족감과 평화로운 마을 사람들의 모습을 드러내고 있다. 그리고 〈제9수〉에서는 농가에서의 일상적인 일들을 마치고 집으로 돌아오면서 느끼는, 자신의 삶에 대한 만족감과 자기 위안의 마음을 표현하였다.

주제 향촌 생활의 만족감과 분재에 대한 애정

1 표현상 특징 파악　　답 ②

선지별 선택 비율	①	②	③	④	⑤
화작	6%	56%	15%	6%	16%
언매	4%	67%	8%	4%	17%

(가), (나)의 표현상 특징에 대한 설명으로 가장 적절한 것은?

정답 풀이

② (가)는 사물의 형태가 변화한 모습을 묘사하여 외부 환경의 영향력을 부각하고 있다.

⋯› (가)의 '열두 발 쌍돛대는 차아처럼 굽어 있고 / 쉰두 폭 초석 돛은 반달처럼 배불렀네'는, '대풍'으로 인해 휘어진 배의 돛대와 불룩해진 돛의 모습을 비유적 표현을 통해 묘사하고 있다. 즉, 평상시에는 곧은 모습으로 서 있던 돛대와 평평했던 돛이 '대풍'이라는 외부적 환경으로 인해, 나무의 곁가지처럼 휘어지고 반달처럼 불룩해진 모습으로 바뀐 것이다. 따라서 이러한 돛대와 돛에 대한 묘사를 통해 외부 환경의 영향력을 부각하고 있다고 볼 수 있다.

오답 풀이

① (가)는 과거를 회상하는 표현을 통해 현재 상황에 대한 아쉬움을 드러내고 있다.

⋯› (가)의 '풍도의 험하던 일 저승 같고 꿈도 같다'는 화자가 통신사 일행이 되어 일본을 다녀왔던 과거를 회상하는 비유적 표현이다. 공주의 집으로 돌아온 현재 시점에서 과거의 고생이 꿈만 같다는 말이므로 현재 상황에 대한 아쉬움을 드러내고 있는 것은 아니다.

③ (나)는 계절을 나타내는 어휘를 활용해 애달픈 정서를 부각하고 있다.

⋯› (나)의 〈제6수〉 '양류풍'은 버드나무에 부는 바람(따스한 바람)이라는 뜻으로, 봄이라는 계절과 연결 지을 수 있다. 그러나 화자가 '양류풍'에 '긴 파람 짧은 노래'를 부르며 자기 뜻대로 소일하고 있으므로 애달픈 정서를 부각한다고 볼 수 없다.

④ (나)는 두 인물의 행위를 대비하여 대상에 대한 평가를 드러내고 있다.

⋯› (나)의 〈제6수〉의 종장에 나타나는 '초동(땔나무를 하는 아이)'과 '목수(가축을 치는 늙은이)'는 여유롭게 소일하는 화자를 보고 웃으며 가리키는 동일한 행위를 하고 있다. 두 인물의 행위를 대비하고 있지 않으므로, 이를 통해 대상에 대한 평가를 드러내고 있다는 진술도 적절하지 않다.

⑤ (가)와 (나)는 모두 영탄적 표현을 통해 대상에 대한 경외감을 드러내고 있다.

⋯› (가)와 (나)는 모두 영탄적 표현을 사용하고 있지만 대상에 대해 공경하면서도 두려워하는 감정인 경외감을 드러내고 있지 않다. (가)의 '기쁘기 극한지라 어리석은 듯 앉았구나'는 공주 집으로 돌아온 화자를 보고 매우 기뻐하는 처자식의 모습을 드러낸 것으로 볼 수 있다. (나)의 〈제1수〉 '아마도 화암 풍경이 너뿐인가 하노라'는 자신의 집 정원(분재)에 대한 만족감과 자긍심을, '두어라 야인 생애도 자랑할 때 있으리라'는 소박하게 살아가는 삶에 대한 자족감을 드러낸 것으로 볼 수 있다.

2 화자의 정서와 태도 파악　　답 ③

선지별 선택 비율	①	②	③	④	⑤
화작	5%	4%	67%	13%	10%
언매	4%	3%	76%	11%	6%

[A]~[C]에 대한 이해로 적절하지 않은 것은?

정답 풀이

③ [C]에서는 갑작스러운 상황에 감정을 표현하지 못하고 무심하게 대응하는 가족들의 모습이 드러난다.

⋯› [C]는 화자가 사행에서 돌아와 한양에서 임금을 뵌 후, 자신의 집(공주)으로 돌아왔을 때의 상황을 보여 준다. '처자식들 나를 보고 죽었던 이 고쳐 본 듯 / 기쁘기 극한지라 어리석은 듯 앉았구나'는 화자와 재회한 처자식들이 무척 반갑고도 기쁜 나머지 감정을 표현하지 못하고 멍하게 있는 모습을 제시한 것이다. '무심하다'는 '아무런 생각이나 감정 따위가 없다.'는 뜻으로, 가족들이 무심하게 대응한다는 이해는 적절하지 않다.

오답 풀이

① [A]에서는 선상에서 불빛 두어 점에 의지해, 떠나온 곳을 가늠하는 행위를 통해 출항 후의 모습이 드러난다.

⋯› [A]는 화자가 출항하여 일본으로 향하는 배 위에서 조선 땅을 돌아보는 상황을 보여 준다. '연해 각진포에 / 불빛 두어 점이 구름 밖에 뵐 만하다'는 연해 각진포(바닷가 군영의 항구)의 불빛 두어 점이 '구름 밖에 뵐' 정도라는 것으로, 자신의 얼마만큼 떠나온 것인지를 가늠해 보는 화자의 출항 후 모습에 해당한다.

② [B]에서는 신하들의 고충을 헤아리는 임금의 배려에 감격한 마음이 드러난다.

⋯› [B]는 화자가 사행에서 돌아와 한양에서 임금을 뵙는 모습을 보여 준다. 임금(나라)은 '날이 마침 극열'하여 매우 더운 가운데, 신하들이 '속에서 불이 나고

관대에 땀이 배어' 어려움을 겪자 '너희 더위 어려우니 먼저 나가 쉬라'며 신하들의 고충을 헤아리는 모습을 보인다. 이에 화자는 '천은이 망극하다'와 같이 임금의 배려에 감격하는 마음을 드러내고 있다.

④ [A]에서는 포구를 돌아보지만 보고 싶은 것이 보이지 않는 상황이, [B]에서는 격식을 갖추기 위해 뜨거운 땅에 엎드려 있는 일을 힘겨워하는 상황이 드러난다.

⋯› [A]의 '고국을 돌아보니 야색이 아득하여 / 아무것도 아니 뵈고'는 출항한 후 일본으로 이동하는 배 위에 있던 화자가 '연해 각진포'라는 포구를 돌아보지만 어둠이 내려 보고 싶은 고국의 모습이 보이지 않는 상황을 보여 준다. [B]의 '끓는 땅에 엎디어서 말씀을 여쭈오니 / 속에서 불이 나고 관대에 땀이 배어 / 물 흐르듯 하는지라'는 사행에서 돌아온 화자가 임금께 말씀을 여쭈는 가운데 격식을 갖추기 위해 뜨거운 땅에 엎드려 있는 일을 힘겨워하는 상황을 보여 준다.

⑤ [A]에서는 예기치 않게 맞닥뜨린 여정상의 위험이, [C]에서는 과거의 위험했던 경험에 대한 소회가 드러난다.

⋯› [A]의 '가뜩이 심란한데 대풍이 일어나서 / 태산 같은 성난 물결 천지에 자욱하니'는 예기치 않게 대풍이 일어나 성난 물결을 맞닥뜨린 여정상의 위험을 보여 준다. [C]의 '풍도의 험하던 일'은 (중략) 이전의 상황, 즉 과거의 위험했던 일본 사행 경험을 가리킨다. 이에 화자는 '저승 같고 꿈도 같다'며 해당 경험에 대한 소회를 드러내고 있다.

3 외적 준거에 따른 작품 감상

답 ④

선지별 선택 비율	①	②	③	④	⑤
화작	4%	14%	30%	39%	14%
언매	2%	15%	25%	46%	13%

〈보기〉를 참고하여 (가), (나)를 감상한 내용으로 적절하지 않은 것은? [3점]

보기

조선 후기 시가에서는 경험과 외물에 대한 관심이 확대되었다. 〈일동장유가〉는 사행을 다녀온 경험을 생생하게 표현하며 그에 대한 정서를 솔직하게 드러냈다. 〈화암구곡〉은 포착된 자연의 양상에 따라 강호에서의 자족감, 출사하지 못한 선비로서 생활 공간인 향촌에 머물 수밖에 없는 데 따른 회포, 취향이 반영된 자연물로 구성한 개성적 공간에서의 긍지를 드러냈다.

정답 풀이

④ (가)는 배에서 '신세'를 생각하는 모습으로 사행길의 복잡한 심사를, (나)는 '청산'에서의 삶에서 느끼는 자랑스러움을 '야인 생애'로 표현하여 겸양의 태도를 드러내는군.

⋯› (가)의 화자는 출항 후 선실에 누워 '내 신세를 생각하니 / 가뜩이 심란한데'와 같이 사행길의 복잡한 심사를 드러내고 있다. (나)의 〈제9수〉에서 화자는 벼를 갈고, 섶을 치고, 소를 먹이는 향촌에서의 생활을 '야인 생애'로 표현하였는데, 이를 자랑할 때가 있을 것이라며 자신의 삶에 대한 자족감을 드러내고 있을 뿐 겸양의 태도는 드러내고 있지 않다.

오답 풀이

① (가)는 배가 '나뭇잎'처럼 파도에 휩쓸리고 하늘에 올랐다 떨어지는 것 같다고 하여 대풍을 겪은 체험을 생동감 있게 드러내는군.

⋯› (가)의 '크나큰 만곡주가 나뭇잎 불리이듯 / 하늘에 올랐다가 지함에 내려지니'는, 아주 큰 배가 성난 물결에 휩쓸려 크게 흔들리면서 한낱 '나뭇잎'처럼 높이 올랐다가 내려왔음을 표현한 것이다. 이는 사행길, 특히 배를 타고 가는 도중 대풍을 겪은 체험을 생동감 있게 표현한 것으로 볼 수 있다.

② (나)는 화암의 풍경이라 인정할 만한 것이 '너뿐'이라고 하여 자신이 기른 화훼로 조성한 공간에 대한 자긍심을 드러내는군.

⋯› (나)의 〈제1수〉 종장 '아마도 화암 풍경이 너뿐인가 하노라'는 '층석류', '고사매', '삼봉 괴석에 달린 솔'이 있는, 자신이 기른 화훼로 조성한 공간에 대한 자긍심을 드러낸 것으로 이해할 수 있다.

③ (가)는 '육선'에 탄 사신단이 만물이 격동할 만한 '군악'을 들으며 떠나는 데 주목해 경험에 대한 관심을, (나)는 꼬이고 틀어진 모양으로 가꾼 식물에 주목해 외물에 대한 관심을 드러내는군.

⋯› (가)는 '장풍에 돛을 달고 육선이 함께 떠나 / 삼현과 군악 소리 해산을 진동하니 / 물속의 어룡들이 응당히 놀라리라'에서 '육선'에 탄 사신단이 만물이 격동할 만한 '군악'을 들으며 떠나는 데 주목해 경험에 대한 관심을 드러내고 있다. (나)는 〈제1수〉 '꼬아 자란 층석류요 틀어 지은 고사매라'에서 꼬이고 틀어진 모양으로 가꾼 식물을 제시하며 자신의 공간에 있는 외물에 대한 관심을 드러내고 있다.

⑤ (가)는 집으로 돌아와 한가하게 지내며 '성대'를 누리는 삶에 대한 만족감을, (나)는 양류풍에 감응하며 '뜻대로 소일'하는 강호의 삶에 대한 자족감을 드러내는군.

⋯› (가)의 '손주 안고 어르면서 한가히 누웠으니 / 강호의 산인이요 성대의 일반이로다'에서는 사행을 끝낸 화자가 처자식이 있는 집으로 돌아와 한가하게 지내며 '성대'를 누리는 삶에 대한 만족감을 드러내고 있다. (나)는 〈제6수〉 '막대 짚고 나와 거니니 양류풍 불어온다 / 긴 파람 짧은 노래 뜻대로 소일하니'에서 양류풍이 불어오자 거기에 감응하여 휘파람을 불고 시조를 읊으면서, 자신의 '뜻대로 소일'하는 강호의 삶에 대한 자족감을 드러내고 있다.

대표 기출 | 고전 시가 ❷

본문 022쪽

[4~6] (가) 허난설헌, 〈규원가〉 (나) 작자 미상, 〈재 위에 우뚝 선 소나무〉

4 ④ 5 ② 6 ②

(가) 허난설헌, 〈규원가〉

해제 이 작품은 남편에 대한 그리움과 원망, 남편의 무관심 속에서 늙어 가는 자신의 모습에 대한 한탄을 노래한 가사로, '원부사(怨夫詞)'로도 불린다. 남편에 대한 화자의 원망 속에는 조선 시대 가부장적 사회 질서 속에서 인고의 삶을 강요받은 여인들의 한(恨)이 내재되어 있다고 할 수 있다. 현전하는 최초의 규방 가사로 알려진 이 작품은 여인의 한스러움을 세련되고 섬세한 문체로 표현하여 높은 문학성을 인정받고 있다.

주제 독수공방하는 여인의 외로움과 남편에 대한 원망

(나) 작자 미상, 〈재 위에 우뚝 선 소나무〉

해제 이 작품은 임과 이별한 후의 슬픔과 그리움을 해학적으로 표현한 사설시조이다. 초장 · 중장에서는 임과 이별한 후 심리적으로 흔들리는 화자가 '재 위에 우뚝 선 소나무'나 '개울에 섰는 버들'이 '흔덕흔덕', '흔들흔들'하는 모습에서 동질감을 느끼는 것을 표현하고 있으며, 종장에서는 '후루룩 비쭉'이라는 표현을 통해 눈물, 콧물을 쏟으며 슬퍼하는 화자의 모습을 우스꽝스럽게 나타내면서 이별의 슬픔을 승화하고 있다.

주제 임을 그리워하는 애절한 마음

4 표현상 특징 파악 답 ④

선지별 선택 비율	①	②	③	④	⑤
화작	8%	8%	3%	72%	6%
언매	4%	5%	1%	84%	2%

[A]~[C]의 표현상 특징에 대한 설명으로 적절하지 않은 것은?

정답 풀이

④ [A], [B]는 계절적 배경을 알려 주는 시어를 활용하여 시간에 따라 화자의 처지가 달라졌음을 드러내었다.

··· [A]는 '봄바람 가을 물'로 봄과 가을이라는 계절적 배경을 알려 주는 시어를 활용하고 있고, [B] 역시 '겨울밤', '여름날'이라는 시어를 통해 계절적 배경을 알려 주고 있다. 하지만 [A]에서는 '설빈화안 어디 두고 면목가증 되거고나'라고 하여 세월의 흐름에 따른 외모의 변화를 나타내고 있는 데 반해, [B]에서는 계절이 바뀌어도 여전히 외로운 화자의 처지를 드러내고 있다. 따라서 [A], [B]가 시간에 따라 화자의 처지가 달라졌음을 드러내었다는 설명은 적절하지 않다.

오답 풀이

① [A]는 여성의 생활에 밀접한 소재를 활용하여 흘러가는 세월에 대한 화자의 인식을 시각적으로 표현하였다.

··· [A]의 '봄바람 가을 물이 베오리에 북 지나듯'에서 '봄바람 가을 물'은 세월을 의미하고 '베오리', '북'은 여성들이 길쌈을 할 때 사용하는 베의 실오리와 날실의 틈으로 왔다 갔다 하면서 씨실을 푸는 기구를 의미한다. [A]에서 화자는 베를 짤 때 북이 빠르게 움직이는 것과 같이 세월이 빠르게 지나간다고 하면서 여성의 생활에 밀접한 소재를 활용하여 세월에 대한 인식을 시각적으로 표현하고 있다.

② [B]는 단어를 반복하는 구절을 행마다 사용하여 화자가 주목하는 각 계절의 특성을 강조하였다.

··· [B]의 첫 번째 행에서는 '차고 찬 제', 두 번째 행에서는 '길고 길 제'와 같이 단어를 반복하는 구절을 행마다 사용하고 있다. 또한 이러한 단어의 반복을 통해 추운 겨울의 특성과 해가 긴 여름의 특성을 강조하고 있다.

③ [C]는 두 대상을 발음이 비슷한 의태어로 표현하여 움직이는 모습의 유사성을 드러내었다.

··· [C]에서는 '재 위에 우뚝 선 소나무'와 '개울에 섰는 버들'의 움직이는 모습을 발음이 비슷한 '흔덕흔덕', '흔들흔들'이라는 의태어로 표현함으로써 두 대상이 움직이는 모습의 유사성을 드러내고 있다.

⑤ [B], [C]는 대구를 활용하여 리듬감을 형성하였다.

··· [B]는 '겨울밤 차고 찬 제'와 '여름날 길고 길 제'에서 '~고 ~제'로 유사한 구조가 반복되며 서로 대응되고 있다. '자최눈 섯거 치고'와 '궂은비는 무슨 일고' 역시 일기를 나타내는 두 구절이 서로 대응되고 있다. [C]는 '재 위에 우뚝 선 소나무'와 '개울에 섰는 버들'에서 '~에 ~선(섰는)'으로 유사한 구조가 반복되며 서로 대응되고 있고, '바람 불 적마다 흔덕흔덕'과 '무슨 일 좇아서 흔들흔들'에서도 '흔덕흔덕'과 '흔들흔들'이 서로 대응되고 있다.

5 시구의 의미 파악 답 ②

선지별 선택 비율	①	②	③	④	⑤
화작	2%	85%	5%	3%	2%
언매	1%	92%	2%	1%	1%

㉠, ㉡에 대한 이해로 가장 적절한 것은?

정답 풀이

② ㉡은 현실에서는 화자가 문제를 해결할 수 없어서 선택한 방법이다.

··· (가)에서 화자는 임이 집으로 돌아오지 않아 만날 수 없는 상황에 처해 있으며, ㉡에서 꿈속에서라도 임을 만나고 싶다고 생각하고 있다. 따라서 ㉡은 현실에서는 문제를 해결할 수 없는 화자가 그 해결 방안으로 선택한 방법이라고 할 수 있다.

오답 풀이

① ㉠은 흐릿한 기억 때문에 혼란스러운 화자의 심정을 나타낸다.

··· 앞뒤 내용으로 볼 때 ㉠은 화자가 남편과 혼인하였던 과거를 떠올리는 부분으로, 흐릿한 기억 때문에 혼란스러운 화자의 심정은 나타나지 않는다.

③ ㉠은 임과의 만남에 대한 기대에서, ㉡은 임과의 이별에 대한 망각에서 비롯된다.

··· ㉠은 임(남편)과 혼인하였던 시절에 대한 회상으로, 임과의 만남에 대한 기대에서 비롯된 것이 아니다. ㉠의 앞부분을 살펴보면, 오히려 화자는 임에 대한 부정적 인식을 드러내고 있다. ㉡은 임에 대한 간절한 그리움이 드러난 부분으로, 임과의 이별에 대한 망각에서 비롯된 것이 아니다.

④ ㉠은 이미 일어난 일에 대해 회상하고, ㉡은 곧 일어날 일에 대해 단정하고 있다.

··· ㉠은 임과 혼인하였던 과거를 떠올리는 것이므로 이미 일어난 일에 대해 회상하는 것이라고 할 수 있다. 하지만 ㉡은 꿈에서라도 임을 보고 싶다는 마음을 드러내고 있을 뿐, 곧 일어날 일에 대해 단정하는 것이라고 볼 수 없다.

⑤ ㉠은 인연의 우연성에 대한, ㉡은 재회의 필연성에 대한 화자의 우려를 드러내고 있다.

··· '삼생의 원업', '월하의 연분'으로 보아 ㉠은 화자가 임과의 인연을 우연이 아닌 운명으로 인식하고 있음을 드러낸 것이다. 또한 화자가 인연의 우연성에 대한 우려를 드러내고 있는 것도 아니다. ㉡은 꿈속에서라도 임을 만나보겠다는 화자의 마음이 드러난 부분으로 임과의 재회에 대한 소망을 드러내고 있

다고 할 수 있다. 그러나 임과 반드시 만날 것이라는 필연성과는 거리가 멀고, 화자의 우려를 드러내고 있다고도 할 수 없다.

6 외적 준거에 따른 작품 감상 답 ②

선지별 선택 비율	①	②	③	④	⑤
화작	5%	42%	4%	40%	6%
언매	3%	58%	2%	30%	4%

〈보기〉를 참고하여 (가), (나)를 감상한 내용으로 적절하지 않은 것은? [3점]

보기

(가), (나)는 이별에 대한 서로 다른 대처를 보여 준다. (가)의 화자는 외부와 단절된 채 자신의 쓸쓸한 내면에 몰입하고, 자신의 슬픔을 주변으로 확장한다. (나)의 화자는 외부 대상의 모습에서 자신과의 동질성을 발견하며 슬픔을 확인하면서도, 슬픔을 분출하는 자신의 우스운 외양에 주목한다. (가)는 슬픔을 확장하고 펼쳐 냄으로써, (나)는 슬프지만 슬픔과 거리를 둠으로써 이별에 대처한다.

정답 풀이

② (가)에서 '부용장 적막하니 뉘 귀에 들리소니'는 화자가 외부와의 교감을 거부하고 내면에 몰입하는 모습을 드러내는군.

⋯ '부용장 적막하니 뉘 귀에 들리소니'는 화자가 연주하는 '벽련화 한 곡조' 들어줄 사람이 없는 화자의 외로운 처지를 드러낸다. 화자는 '벽련화 한 곡조'로 외부와의 교감을 시도했으나 '뉘 귀에 들리소니'에서 알 수 있듯 외부와의 교감에 실패했다고 볼 수 있다. 따라서 화자가 외부와의 교감을 거부하고 내면에 몰입하는 모습을 드러낸다는 해석은 적절하지 않다.

오답 풀이

① (가)에서 '실솔이 상에 울 제'는 화자가 자신의 슬픔을 주변으로 확장한 것을 보여 주는군.

⋯ (가)에서 '실솔'은 임이 돌아오지 않는 상황에서 화자가 느끼는 슬픔이 투영된 대상으로, 〈보기〉를 참고로 할 때 '실솔이 상에 울 제'는 화자가 자신의 슬픔을 주변으로 확장한 것으로 해석할 수 있다.

③ (나)에서 화자는 '소나무'가 '바람 불 적마다 흔덕'거리는 모습에서 자신과의 동질성을 발견한 것이겠군.

⋯ (나)에서 화자는 자연물인 '소나무'와 '버들'이 흔들리는 모습과 임을 그리워하며 심리적으로 동요하는 자신의 모습을 동일시하고 있다. 그러므로 〈보기〉를 참고로 할 때, (나)의 화자는 '소나무'가 '바람 불 적마다 흔덕'거리는 모습에서 자신의 모습과의 동질성을 발견하며 슬픔을 확인하고 있는 것으로 해석할 수 있다.

④ (가)의 '삼춘화류'는, (나)의 '버들'과 달리 화자의 내면과 대비되어 외부와의 단절감을 강조하는군.

⋯ '삼춘화류 호시절의 경물이 시름없다'는 봄날 온갖 꽃이 피고 버들잎이 돋아나는 좋은 시절에 아름다운 경치를 보아도 남편의 부재로 인해 아무 느낌이 없다는 뜻이다. 이러한 뜻으로 볼 때 '삼춘화류'는 남편의 부재로 외로워하는 화자의 내면과 대비되는 외부 대상이라고 할 수 있다. 〈보기〉에 따르면 (가)의 화자는 외부와 단절된 채 자신의 쓸쓸한 내면에 몰입한다고 하였으므로, 이를 참고할 때 (가)의 '삼춘화류'는 화자의 내면과 대비되어 외부와의 단절감을 강조하는 대상으로 해석할 수 있다. 반면 (나)에서 화자는 '버들'의 흔들리는 모습에서 자신과의 동질성을 발견하고 있으므로 '버들'은 화자의 내면과 대비되는 대상이 아니다.

⑤ (나)의 '후루룩 비쭉'하는 '입하고 코'는, (가)의 '긴 한숨 지는 눈물'과 달리 화자가 자신의 우스운 외양에 주목하여 슬픔과 거리를 두는 것을 보여 주는군.

⋯ 〈보기〉에 따르면 (나)의 화자는 슬픔을 분출하는 자신의 우스운 외양에 주목하고 슬픔과 거리를 둠으로써 이별에 대처한다고 하였다. (나)의 '후루룩 비쭉'하는 '입하고 코'는 임을 그리워하며 우는 화자의 모습을 우스꽝스럽게 묘사한 것이므로, 〈보기〉를 참고할 때 이는 화자가 자신의 우스운 외양에 주목하여 슬픔과 거리를 두는 것으로 해석할 수 있다. 반면 (가)의 '긴 한숨 지는 눈물'은 남편의 부재로 인한 화자의 슬픔과 서글픔을 직접적으로 보여 주는 부분이다.

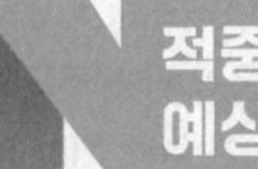

적중 예상 고전 시가 01

본문 026쪽

[001~003] (가) 맹사성, 〈강호사시가〉 (나) 이이, 〈낙지가〉

001 ③ 002 ⑤ 003 ①

E 지문 선정 포인트

(가)는 사계절을 배경으로 자연 속에서 유유자적하며 풍류를 즐기는 생활을 하면서 임금의 은혜를 잊지 않고 유교적 충의 사상을 드러낸 작품이야.
(나)는 세속적 가치의 무상함을 인식하고 자연에 은거하면서 즐거움을 느끼는 화자의 만족감을 드러낸 작품이야.
(가)와 (나) 모두 자연 속에 묻혀 지내는 삶과 유유자적하며 전원생활을 즐기는 생활에 대한 만족감이 드러난다는 점에 주목하여 두 작품을 엮었어.

(가) 맹사성, 〈강호사시가〉

해제 이 작품은 조선 전기 세종 때 지어진 최초의 연시조로, 강호가도의 선구적 작품이다. 모두 4수이며, 전원에서의 삶과 흥취를 사계절에 맞추어 노래하고 있다. 각 수를 '강호에'로 시작하여 강호에서의 화자의 생활을 제시한 뒤, '역군은이샷다'로 끝맺음으로써 구조적 안정감을 확보하고 임금의 은혜에 감사를 표하는 유교적 충의관을 드러내고 있다. 이 작품에는 각 계절의 흥취를 대표할 만한 소재들과 함께 자연 속에서 풍류를 즐기며 유유자적하고 안분지족하는 은사의 모습이 잘 나타나 있다.

주제 강호 한정과 임금의 은혜에 대한 감사

구성

춘사	시냇가에서 즐기는 봄의 흥취
하사	초당에서 바람을 즐기는 여름의 한가로움
추사	배를 띄우고 즐기는 가을의 여유로움
동사	소박한 삶에서 느끼는 겨울의 안빈낙도

(나) 이이, 〈낙지가〉

해제 이 작품은 작가가 황해도 석담에 은거할 때 지은 장편 은일 가사이다. 작품 전체로 볼 때는 서사, 춘사, 하사, 추사, 동사, 결사로 이루어져 있으며, 제시된 부분은 결사에 해당한다. 작가는 세계를 세속과 자연으로 구분하여 욕심으로 가득 찬 세속을 버리고 자연에 은거하여, 자연과 더불어 신선처럼 정신적 자유를 누리고 싶은 소망을 드러내고 있다. 이 작품에는 세속적인 부귀영화의 덧없음을 인식하고 자연 속에서 즐겁게 살아가는 화자의 모습이 잘 나타나 있다.

주제 자연 속에 은거하며 누리는 삶의 즐거움

구성

1~6행	화자가 추구하는 삶과 탐욕이 가득한 속세
7~13행	인간 세상의 부귀공명이 부질없음.
14~20행	속세에서 벗어나 신선 같은 삶을 누림.
21~25행	삶의 즐거움을 느끼는 자연 속의 삶
26~29행	현실적인 걱정이 없는 행복한 삶

001 작품 간의 공통점 파악 답 ③

정답 풀이

(가)는 '유신한 강파는 보내나니 바람이다'에서 '강파(강에서 일어나는 물결)'를 의인화하여 자연과 교감하는 화자의 모습을 나타내고 있다. (나)는 '뜬구름이 시비없고'에서 '뜬구름'을 의인화하여 자연 속에서 자유를 누리며 평화롭게 살아가는 화자의 모습을 보여 주고 있다. 따라서 (가)와 (나)는 모두 자연물을 의인화하여 화자가 처한 상황을 나타내고 있다고 볼 수 있다.

오답 풀이

① (가)에는 쉽게 판단할 수 있는 사실을 의문의 형식으로 표현하는 설의적 표현이 쓰이지 않았다. 한편 (나)는 '나를 알 이 누구인가', '어느 때 없을런가', '시기할 이 누구인가', '이 아니 즐거운가' 등에서 의문형 문장을 통한 설의적 표현을 사용하여 자연에서의 삶에 대한 만족감을 드러내고 있을 뿐, 이를 통해 고난을 극복하려는 화자의 의지를 강조하고 있지는 않다.

② (나)는 화자가 바라본 풍경과 그에 대한 감흥이 순서 없이 나타나고 있으므로 앞부분에 자연 경관이나 사물에 대한 묘사를 먼저 제시하고 뒷부분에 화자의 감정이나 정서를 그려 내는 선경후정의 방식은 나타나 있지 않으며, 화자의 비관적 현실 인식도 드러나 있지 않다. 한편 (가)는 〈춘사〉와 〈하사〉의 초장에서 계절의 바뀜과 그에 맞는 흥취가, 중장에서 계절에 따른 화자의 구체적인 생활 모습이, 종장에서 계절에서 느끼는 감정이 나타나 있으므로 선경후정의 방식이 나타나 있지 않다.

④ (가)는 계절의 변화에 따른 시상 전개 방식을 통해 자연에서의 삶에 만족하며 즐겁게 지내는 화자의 모습을 보여 주고 있을 뿐, 화자의 정서 변화는 드러나 있지 않다. 화자는 일관되게 자연 속에서 살아가는 즐거움과 임금의 은혜에 대한 감사한 마음을 드러내고 있다. 한편 〈낙지사〉 전체에는 '봄 – 여름 – 가을 – 겨울'이라는 계절의 변화가 나타나지만, (나)에는 계절의 변화가 나타나 있지 않다.

⑤ (가)에는 '탁료', '금린어', '강파', '바람', '소정', '삿갓', '누역' 등의 소재들이 제시 되고 있다. 이들은 모두 자연과 조화를 이루며 한가롭게 지내는 생활을 나타내는 것으로, 대조적 의미를 지니고 있지 않다. 한편 (나)는 '고해', '욕낭', '탐천', '공명', '부귀' 등과 같은 세속과 관련된 소재들과 '강산', '뜬구름', '새' 등과 같은 자연을 즐기며 한가롭게 지내는 삶과 관련된 소재들을 대조하여 속세를 멀리하고 자연에서의 삶을 지향하는 화자의 삶의 태도를 부각하고 있다.

002 시구의 의미와 기능 파악 답 ⑤

정답 풀이

〈하사〉의 '강파'는 화자에게 시원한 바람을 가져다주는, 믿음직한 대상으로 형상화되어 있고, 〈동사〉의 한 자나 될 만큼 많이 내린 '눈'은 겨울의 이미지를 드러내는 역할을 한다. 따라서 〈하사〉의 '강파'와 〈동사〉의 '눈'은 모두 자연과 세속과의 거리감을 드러내는 기능을 하고 있지 않다.

오답 풀이

① (가)의 네 수는 모두 '강호에'로 시작하여 '역군은이샷다'로 끝나고 있다. 이는 화자가 '강호', 즉 자연 속에서 자연과 정서적 교감을 나누고 한가롭게 지내는 것이 모두 임금의 은혜 덕분이라는 유교적 충의관을 드러낸 표현이다. 따라서 춘하추동 네 수의 '강호'는 모두 화자가 거처하는 공간으로서 임금의 은혜를 떠올리는 장소라 할 수 있다.

② 〈춘사〉의 '탁료'는 술 중에서 가장 소박한 술인 막걸리를 뜻하며, 〈동사〉의 '삿갓'과 '누역'은 소박한 옷차림을 나타낸다. 따라서 〈춘사〉의 '탁료'와 〈동사〉의 '삿갓'과 '누역'은 모두 소박한 생활을 하면서도 편안한 마음으로 즐거움을 누리는 안빈낙도의 삶을 드러내는 소재라 할 수 있다.

③ 〈춘사〉의 '계변'은 화자가 막걸리를 마시며 흥취를 즐기는 곳이며, 〈추사〉의 '소정'은 화자가 그물을 던져 놓고 풍류를 즐기고 있는 곳이다. 따라서 〈춘사〉의 '계변'과 〈추사〉의 '소정'은 모두 화자가 만족감을 느끼는 공간이라 할 수 있다.

④ 〈춘사〉의 '한가하옴'은 물고기를 안주 삼아 막걸리를 마시며 한가롭게 보내는 삶을, 〈추사〉의 '소일하옴'은 그물을 던져 놓고 유유자적하는 삶을 나타낸다.

따라서 〈춘사〉의 '한가하옴'과 〈추사〉의 '소일하옴'은 모두 화자가 자연에서 풍류 생활을 누리는 모습이라 할 수 있다.

003 외적 준거에 따른 작품 감상 답 ①

정답 풀이

'탐천'은 그 물을 마시면 모두 탐욕스러워진다는 샘을 말하는데, 탐천이 흐르는 모양이 막힘이 없고 기운차다고 하였으므로 이는 인간이 사는 세상이 탐욕으로 가득 차 있음을 나타낸 것이다. 따라서 탐천의 모습에 자신이 은거하고 있는 자연의 활기찬 모습에 대한 화자의 예찬이 담겨 있다는 감상은 적절하지 않다.

오답 풀이

② '남가의 한 꿈'은 꿈과 같이 헛된 한때의 부귀영화를 의미하고, '황량이 덜 익었네'는 끈기가 적어 빨리 익는 조가 채 익지 않을 만큼의 짧은 시간에 인생의 부귀영화가 끝남을 비유한 표현이다. 따라서 '공명'과 '부귀'를, '남가의 한 꿈이라 황량이 덜 익었네'라고 한 것은 세속적 가치의 덧없음에 대한 화자의 인식을 나타낸 것으로 볼 수 있다.

③ '누항'은 누추한 곳을, '단표'는 대나무로 만든 밥그릇에 담은 밥과 표주박에 든 물을 뜻한다. 즉 '누항'과 '단표'는 모두 부귀와 공명을 버리고 욕심 없이 자연에서 소박한 삶을 누리겠다는 화자의 생각을 드러낸 시어로, '세로에 발을 끊'는 과정, 즉 속세와의 단절을 통해 세속적 욕망을 초탈한 화자의 내면세계를 함축하고 있는 것으로 볼 수 있다.

④ 〈보기〉에서 (나)의 화자는 욕심으로 가득한 속세와 그렇지 않은 자연으로 세계를 구분하여 인식하고 있다고 하였다. 이를 참고할 때 '내 몸은 속인이나 내 마음 신선이오'는 자신의 몸은 비록 속세의 것이나 마음은 신선과도 같다는 의미로, 세계를 속세와 자연으로 구분하는 화자의 이분법적 인식이 드러난 것으로 볼 수 있다.

⑤ 〈보기〉에서 (나)의 화자는 자연에 은거하며 욕망의 초탈이라는 과정을 통해 정신적인 자유를 얻으려는 의지를 드러내고 있다고 하였다. '뜬구름이 시비 없고 날아 다니는 새가 한가하다'에서 '뜬구름'과 '새'는 하늘을 자유롭게 떠다니는 대상들이다. 따라서 〈보기〉를 참고할 때 '뜬구름'과 '새'는 자연 속에서 정신적 자유를 누리며 살고자 하는 화자의 마음이 반영된 대상이라고 볼 수 있다.

적중 예상 고전 시가 02

본문 028쪽

[004~007] (가) 홍랑, 〈묏버들 갈해 것거〉 (나) 작자 미상, 〈형장가〉

004 ④ 005 ③ 006 ① 007 ⑤

E 지문 선정 포인트

(가)는 임의 곁에 있을 수 없는 화자가 자신의 분신인 묏버들을 임에게 보냄으로써 임이 자신을 생각해 주기를 바라는 마음과 마음이라도 임과 함께하고 싶다는 소망을 드러낸 작품이야.
(나)는 옥에 갇힌 춘향이 사또의 청을 들어주라는 요청을 거절하고 이몽룡을 기다리는 지고지순한 사랑을 표현한 작품이야.
(가)와 (나) 모두 이별 상황에 처한 화자가 임을 향한 순수한 사랑의 정서를 변함없이 드러내고 있다는 점에 주목하여 두 작품을 엮었어.

(가) 홍랑, 〈묏버들 갈해 것거〉

해제 이 작품은 조선 시대 때 기생인 홍랑이 당시에 유명한 삼당시인 중 한 명인 고죽 최경창과 이별할 때 지은 시조로 알려져 있다. 임에 대한 사랑과 그리움이 짙게 배어 있는 작품으로, 초장은 후반부에 도치법을 사용하여 임에게 '묏버들'을 보내는 뜻을 강조하고 있다. '묏버들'은 화자의 분신에 해당하는 것으로, 종장에서는 밤비에 젖은 촉촉한 가지에 파릇파릇 움터 나오는 새잎을 통해 임이 화자를 생각해 주기 바라는 소망을 시각적으로 드러내고 있다. 한편 작품 속에서 '묏버들'이 위치한 공간은 '창 안'이 아니라 '창 밖'인데, 이는 기생의 신분으로 인해 일정한 거리를 둔 채 임을 사랑할 수밖에 없는 처지를 드러낸 것이라 할 수 있다.

주제 임에게 보내는 사랑

구성

초장	임에게 묏버들을 골라 꺾어 보냄.
중장	임이 계신 곳에 머물고 싶은 소망
종장	임이 자신을 떠올려 주기를 소망함.

(나) 작자 미상, 〈형장가〉

해제 이 작품은 경기 12잡가 중 하나로, 판소리 〈춘향가〉에서 춘향이 변 사또의 수청을 거역한 죄로 매를 맞고 옥중에서 고생하는 대목을 〈형장가〉라는 제목을 붙여 독립된 소리로 만든 것이다. 전체적으로 춘향을 끌고 나와 매질을 하는 대목, 춘향 어미의 회유와 이를 거부하는 춘향의 대화, 지조와 절개를 지키겠다는 의지를 밝히는 춘향의 독백으로 이루어져 있다.

주제 모진 고통과 시련 속에서도 변함없는 춘향의 절개와 사랑

구성

1~8행	춘향에 대한 모진 형장
9~13행	춘향 어미의 설득 및 춘향의 지조와 절개
14~23행	춘향의 신세 한탄과 이몽룡에 대한 그리움

004 표현상 특징 파악 답 ④

정답 풀이

화자가 근경에서 원경으로 시선을 이동하며 대상을 포착하는 방식은 (가)와 (나)

에서 확인할 수 없다.

오답 풀이

① (가)의 초장에서는 의도적으로 문장 성분의 순서를 바꾸어(도치법: 님의손대 보내노라 → 보내노라 님의손대) 임에게 묏버들을 보내려는 화자의 마음(임에 대한 사랑)을 부각하고 있다.

② (나)의 '옥 같은 정갱이에 유혈이 낭자하니', '옥 같은 얼굴에 진주 같은 눈물이 방울방울방울 떨어진다'에서 춘향을 '옥'에 비유하여 고초를 겪는 춘향의 비참한 처지를 형상화하고 있다.

③ (나)에서는 '날 죽이오 날 죽이오', '날 살리오 날 살리오' 등과 같이 동일한 문장을 반복하여 말하려는 바를 강조하고 있다.

⑤ (가)와 (나) 모두 '묏버들∨갈해 것거∨보내노라∨님의손대', '형장∨태장∨삼모진∨도리매로'와 같이 대체로 4음보의 반복을 통해 운율을 형성하고 있다.

005 외적 준거에 따른 작품 감상 답 ③

정답 풀이

'불쌍하고 가련하다 춘향 어미가 불쌍하다'는 모진 옥살이를 하는 자식을 둔 춘향 어미에 대한 안타까운 마음을 가수가 직접적으로 드러낸 부분이다. 즉 춘향이 아니라 가수가 상황에 대한 생각을 자신의 목소리로 제시하는 부분이다.

오답 풀이

① '하날 치고 짐작할까 둘을 치고 그만둘까'는 형장이 쉽게 끝나지 않을 것임을 밝힌 것으로, 모진 형장을 당하는 춘향에 대한 가수의 안타까운 심정을 직접적으로 드러낸 것이다.

② '국곡 투식하였느냐 엄형 중치는 무삼 일고'는 나라의 양식을 훔쳐 먹은 중죄를 저지른 것도 아닌데 춘향이 엄한 형벌을 받고 있음을 말한 것이므로, 춘향이 받는 모진 형벌의 부당함을 드러낸 것이다.

④ '몹쓸 년의 춘향이야 허락 한마디 하려무나'는 춘향 어미가 춘향에게 신관 사또의 수청 요구를 수용하라고 종용하는 말로, 고초를 겪는 춘향을 안타까워하며 춘향이 어떻게 해서든 고초를 겪지 않고 옥에서 나오기를 바라는 춘향 어미의 마음이 담긴 것이다.

⑤ '날 죽이오 날 죽이오 신관 사또야 날 죽이오'는 춘향이 신관 사또에게 자신은 죽을지언정 신관 사또의 수청 요구에 응하지 않겠다는 의지, 곧 낭군인 이몽룡에 대한 지조를 지키겠다는 의지를 밝힌 것이다.

006 시구의 의미 파악 답 ①

정답 풀이

㉠에서 화자가 자신의 마음(임에 대한 사랑과 정성)이 담긴 '묏버들'을 임이 계신 '창 안'이 아닌 '창 밧긔' 심어 두라고 한 것은, 화자와 임 사이에 어떠한 장애 요소로 인한 일정한 거리가 존재하고 있음을 드러낸 것이다. 따라서 화자와 임 사이에 어떤 장애물도 존재할 수 없음을 드러내고 있다는 이해는 적절하지 않다.

오답 풀이

② ㉡에서 창 밖에 심은 묏버들에서 '새닙곳'이 나는 상황을 가정하여 그 '새닙곳'을 화자처럼 여겨 달라고 한 것은, 임이 계속해서 자신을 생각해 주기를 바라는 화자의 마음, 곧 임과의 사랑이 지속되기를 바라는 마음을 드러낸 것이다.

③ ㉢에서의 '인정일랑 두지 마라'는 사또의 지엄한 명령을 직접적으로 드러낸 것일 수도 있고, 또 사또의 지엄한 명령이 있으니 인정을 두지 말고 형을 집행하라는 것일 수도 있다. 어떤 의미이든지 '인정일랑 두지 마라'는 그만큼 춘향에게 가해지는 처벌이 매우 혹독하다는 것을 나타낸다.

④ ㉣의 '석벽 강상'에 '찬바람'이 부는 상황은 춘향이 형장과 옥살이로 인해 매우 고통스러운 상황에 처해 있다는 것을 감각적인 표현(시각, 촉각)으로 드러낸 것이다.

⑤ ㉤에서 지조와 절개를 상징하는 '매화'는 춘향을 가리키는데, 이 '매화'가 '석벽'에 서 있다는 것은 춘향이 위태로운 상황에 처했음을 드러낸 것이다. 곧, '석벽에 섰는 매화'는 절개를 지키려다가 형장과 옥살이를 당하는 춘향의 처지를 빗댄 것이다.

007 소재의 의미와 기능 파악 답 ⑤

정답 풀이

(가)에서 화자가 임에게 보내는 ⓐ '묏버들'은 임이 곁에 두고 보아 주기를 바라는 자연물로, 임의 곁에 머물고 싶은 화자의 분신에 해당한다. 또한 (나)에서 춘향은 날아가는 '기러기'를 보며 자신의 소식(형장과 옥살이로 고통스러운 상황에 처해 있음.)을 한양에 있는 낭군에게 전해 달라고 요청하고 있다. 따라서 ⓑ '기러기'는 낭군인 이몽룡에게 자신의 처지와 심정을 전하고 싶은 춘향의 바람을 나타내는 소재이다.

적중 예상 고전 시가 03

본문 030쪽

[008~010] (가) 안서우, 〈유원십이곡〉 (나) 신흠, 〈방옹시여〉

008 ⑤ 009 ⑤ 010 ②

E 지문 선정 포인트

(가)는 벼슬에서 물러나 은거지에서 지내며 자연에서의 삶에 대해 즐거움과 만족감을 드러내면서도 자연과 속세 사이에서의 심적 갈등을 드러낸 작품이야.
(나)는 속세에서 벗어나 한적한 산촌에서 은거하며 자연을 벗 삼아 지내는 삶에 대한 만족감과 현실에 대한 근심을 드러낸 작품이야.
(가)와 (나) 모두 자연에서 지내는 현재의 삶을 긍정하며 자연을 벗으로 여기는 자연 친화적 태도를 드러내면서도 속세에 대한 미련을 보인다는 점에 주목하여 두 작품을 엮었어.

(가) 안서우, 〈유원십이곡〉

해제 이 작품은 조선 후기에 안서우가 지은 총 13수의 연시조로, 벼슬살이에서 물러나 강호에 은둔하며 산수 자연을 즐기는 심회를 노래하고 있다. 작품의 전반부에서는 출사를 포기하고 자연에 은거하며 살겠다는 태도를 드러내고 있으며, 후반부에서는 벼슬살이를 했던 과거의 삶과 자연에 은거하며 지내는 현재의 삶을 대비하면서 현재의 삶에 자족하는 태도를 드러내고 있다. 아울러 현실 사회를 향한 마음을 완전히 단념하지 못한 채 세상 사람들을 의식하는 태도도 함께 드러나 있다.

주제 자연에서의 삶과 그 속에서 느끼는 감흥

구성

제1장	출세를 포기하고 농사지으며 살고자 함.
제2장	자연을 즐기며 사는 삶을 지향함.
제3장	자연에서 누리는 끝없는 즐거움
제5장	자연의 주인이 되고자 하는 마음
제7장	아름다운 자연에 몰입하는 흥취
제12장	세상일에 나서지 못하는 처지

(나) 신흠, 〈방옹시여〉

해제 이 작품은 신흠이 광해군 5년 계축옥사에 연루되어 고향인 김포로 쫓겨나고 다시 광해군 9년에 춘천으로 유배되었다가 인조반정 이후 복귀하기까지 약 10여 년 사이에 지어진 30수의 연작 시조이다. 작가는 강호에서 한가하게 지내는 것이 도리라고 생각하며 애써 현실을 긍정하려 하지만, 그의 의식적 지향은 언제나 임금에게 인정받고 자신의 역량을 발휘하는 관료 세계에 머물러 있었음을 알 수 있다. 자연에 묻혀 살면서 느낀 삶의 정취와 임금에 대한 연모의 정과 그리움, 세상에 대한 근심이 나타나 있다.

주제 자연을 즐기는 마음과 임금에 대한 충정

구성

제1수	시비를 닫고 달을 벗하여 지내는 삶
제2수	공명을 잊고 지내는 마음과 임금의 은혜에 대한 감사
제8수	자연을 벗 삼아 살아가는 은자로서의 자긍심
제19수	부재하는 임에 대한 그리움
제29수	노래로 시름을 풀고자 함.

008 표현상 특징 파악 답 ⑤

정답 풀이

(가)는 〈제1장〉의 '문장을 하쟈 하니 인생식자 우환시요 / 공맹을 배호려 하니 도약등천 불가급이로다', 〈제2장〉의 '청산은 무스 일노 무지한 날 갓트며 / 녹수는 엇지하야 무심한 날 갓트뇨', 〈제7장〉의 '영산의 백운기하니 나는 보뫼 즐거웨라 / 강중 백구비하니 나는 보뫼 반가왜라', 〈제12장〉의 '먹거든 머지 마나 멀거든 먹지 마나'에서, (나)는 '혓가래 기나 쟈르나 기동이 기우나 트나'에서 유사한 문장 구조를 반복하여 운율감을 나타내고 있다.

오답 풀이

① (나)의 '공명이 긔 무엇고 헌신짝 버스니로다'에 묻고 답하는 방식이 나타나 있으나, (가)에는 나타나 있지 않다.
② (가)의 '내 생애 담박하니 긔 뉘라셔 차자오리'와 (나)의 '시비를 열지 마라 날 찾을 이 뉘 있으랴'에서 설의적 표현이 나타난다. 하지만 (가)와 (나) 모두 이를 통해 자신의 삶에 대한 반성적 태도를 드러내고 있지 않다.
③ (가)에는 '홍진'과 '녹수청산'이라는 두 공간이 대조를 이루고 있으나, (나)에는 대립적 공간을 나타내는 시어가 드러나지 않는다.
④ (가)의 '청산은 무스 일노 무지한 날 갓트며 / 녹수는 엇지하야 무심한 날 갓트뇨'는 '청산'과 '녹수'를 화자 자신과 동일시하며 화자의 무심한 정서를 나타내고 있다고 볼 수 있다. 그러나 (나)에는 화자와 동일시되는 대상이 나타나 있지 않다.

009 시어의 의미 파악 답 ⑤

정답 풀이

㉠의 '내 벗'은 '백운'과 '백구'를 가리키며, '즐기며 반가와 하거니'라는 시구와 관련지어 볼 때 대상에 대한 화자의 친밀감이 담겨 있음을 알 수 있다. ㉡은 화자가 창밖에 낙엽이 떨어지는 소리를 듣고 혹시 임이 오는 소리일까 생각하는 것으로, 여기에는 임에 대한 그리움이 담겨 있다고 할 수 있다.

오답 풀이

① ㉡에는 혹시 임이 오셨나 하는 화자의 설렘이 담겨 있다고 볼 수 있으나, ㉠에는 화자의 미련이 담겨 있다고 볼 수 없다.
② 물아일체의 관점에서 ㉠에는 일체감이 담겨 있다고 볼 수 있고, 임과 헤어져 있는 화자의 상황으로 보아 ㉡에는 일체감이 담겨 있다고 보기 어렵다.
③ ㉠은 '백운'과 '백구'를 '내 벗'으로 여기는 마음이 나타나 있을 뿐 의심하는 마음과는 관련이 없다. ㉡은 임에 대한 간절한 그리움 때문에 창밖에 낙엽이 떨어지는 소리를 듣고 임이 오는 소리일지도 모른다고 생각하는 것이므로 확신과는 거리가 멀다.
④ ㉠에는 반가움이 담겨 있다고 볼 수 있으나, ㉡에는 임에 대한 그리움이 드러날 뿐 원망이 담겨 있다고 보기는 어렵다.

010 외적 준거에 따른 작품 감상 답 ②

정답 풀이

(가)에서 화자는 세상으로부터 단절된 자신을 '청산', '녹수'와 동일시하면서 '무지'하고 '무심'하다고 말하고 있다. 〈보기〉에 따르면 (가)의 화자는 자연에 은거하면서 세상에 대해 무심한 자신의 삶에 만족한다고 하였으므로, '무지타 웃지 마라'에는 '요산요수'하려는, 즉 자연을 벗 삼아 살고자 하는 현재 화자의 삶의 태도가 드러난다. 따라서 지난날의 삶에 대한 화자의 후회가 담겨 있다고 보기는 어렵다. (나)에서 화자는 '만산나월'이 다 자신의 것이라고 하며 '수간모옥'을 '쟈근 줄 웃지 마라'라고 하고 있는데, 이 역시 현재의 삶에 대한 만족감을 드러낸 것이다.

오답 풀이

① (가)에서는 '도약등천 불가급'이라는 말을 통해 '공맹'을 배우는 일(학문 수양을

통해 도를 터득하는 것)이 어려움을 토로하고 있고, (나)에서는 '공명'을 '헌신짝'에 빗대어 이를 추구하는 것이 가치가 없음을 나타내고 있다.

③ (가)의 화자는 '백운'으로 벗을 삼았다고 하였으며, (나)의 화자 역시 '일편명월'을 '긔 벗인가 하노라'라고 하여 벗으로 여기고 있으므로 자연 친화적인 태도를 확인할 수 있다.

④ (가)의 '내 생애 담박하니'는 세상에 대해 욕심이 없는 화자의 모습을 나타내는 것으로, 이어지는 '긔 뉘라셔 차자오리'는 세상에 대해 무심한 화자의 마음 상태를 나타낸다고 볼 수 있다. (나)에서는 '시비를 열지 마라'라고 하였으므로 '날 찾을 이 뉘 있으랴'에 세상과 단절하고자 하는 화자의 의지가 담겨 있다는 것을 알 수 있다.

⑤ (가)의 〈제12장〉은 귀먹고 눈멀고 입조차 벙어리가 된 상태, 즉 자연에 살면서 세상에 대해 아무것도 할 수 없는 처지에 대한 답답한 심정을 나타내고 있다. (나)는 시름을 풀기 위해 부르는 노래를 화자도 불러 보겠다고 함으로써 세상의 근심 걱정을 노래로 잊어 보려는 마음을 나타내고 있다.

적중 예상 | 고전 시가 04

본문 032쪽

[011~013] (가) 작자 미상, 〈님이 오마 하거늘〉 (나) 작자 미상, 〈노처녀가〉

011 ④ 012 ③ 013 ⑤

E 지문 선정 포인트

(가)는 임과 이별하고 그리워하는 화자가 임을 기다리는 간절한 마음을 과장된 행동을 통해 드러낸 작품이야.
(나)는 부모가 혼처를 가리는 바람에 마흔이 넘도록 혼인을 하지 못한 노처녀가 자신의 비애를 한탄한 작품이야.
(가)와 (나) 모두 임을 만나고 싶은 마음이나 혼인을 하고 싶은 마음이 착각을 일으킬 정도로 간절하다는 점에 주목하여 두 작품을 엮었어.

(가) 작자 미상, 〈님이 오마 하거늘〉

해제 이 작품은 임을 간절하게 기다리고 있는 여인이 '주추리 삼대'를 임으로 착각하고, 임을 빨리 보고 싶은 마음에 허둥거리며 달려가는 상황을 과장되게 묘사하여, 임에 대한 간절한 그리움을 해학적으로 표현한 사설시조이다. 의성어와 의태어를 나열한 수다스러운 어조와 솔직한 표현으로 임을 만나고 싶은 마음을 실감 나게 드러내고 있다. 특히 임이 오지 않은 것에 절망하기보다는 주추리 삼대를 임으로 착각하고 달려 나간 자신의 행동을 남들에게 들키지 않은 것에 안도하며 겸연쩍어하는 모습을 통해 화자의 낙천적인 성격이 잘 표출되고 있다.

주제 임을 기다리는 애타는 마음

구성

초장	임이 온다는 소식에 마음이 급해짐.
중장	임을 향한 간절한 마음에 주추리 삼대를 임으로 착각함.
종장	자신의 경솔한 행동에 대한 겸연쩍음

(나) 작자 미상, 〈노처녀가〉

해제 이 작품은 혼기를 놓친 노처녀가 자신의 처지를 한탄하고 있는 규방 가사이다. 양반 가문의 40대 노처녀인 화자는 자신의 외모가 아름다움에도 혼인을 하지 못하는 이유를 경제적 곤궁과 양반 가문의 체면으로 인해 아무 데나 시집보낼 수 없는 부모의 허위의식, 곧 양반가의 허위의식 때문이라고 판단한다. 이에 화자는 이미 혼인한 주변 사람들을 부러워하고, 혼인하고 싶은 마음이 간절한 나머지 착각을 하기도 하며, 자신을 혼인시키지 못한 부모와 가문을 원망하기도 한다. 하지만 화자는 문제 상황에 대해 불만을 터뜨리고 있을 뿐, 그 상황을 해결할 수 있는 구체적 방안을 모색하지는 못하고 있다. 이처럼 화자의 의식은 중세적 사고에 머물러 있는데, 이는 당시의 봉건적 사회상을 엿볼 수 있게 해 준다는 점에서 의의가 있다.

주제 노처녀의 신세 한탄과 양반 가문의 허위의식 비판

구성

서사	노처녀인 자신의 처지에 대한 한탄
본사 1	자신을 결혼시키지 않은 부모에 대한 원망
본사 2	혼인하지 못한 채 독수공방하는 처지 [수록 부분]
본사 3	부모에 대한 원망 및 혼인에 대한 기대와 실망감 [수록 부분]
본사 4	혼인한 여자들에 대한 부러움
본사 5	혼인 대상에 대한 관심

본사 6	혼인이 가능한 집안의 재물 상황
본사 7	혼인 적기인 자신의 미모
결사	혼기를 놓친 것에 대한 탄식 [수록 부분]

011 작품 간 공통점, 차이점 파악 답 ④

정답 풀이

(나)의 '아연듯 춘절 되니 초목 군생 다 즐기네 / 두견화 만발하고 잔디 닢 속닢 난다 / 사근 바자 쟁쟁하고 종달새 도루 뜬다 / 춘풍 야월 세우 시에 독수공방 어이할고'에서는 생명력을 되찾은 아름다운 봄날의 상황이 제시됨으로써 그와 대조적인 '독수공방'하는 화자의 외로운 처지가 부각되고 있다. 한편 (가)에서는 '주추리 삼대'를 소재로 삼고 있지만, 이는 작년('상년') 칠월에 벗겨 놓은 것으로 현재의 계절적 상황과는 관련이 없다.

오답 풀이

① (가)의 화자는 임을 그리워하는 자신의 상황을 독백적 어조로 표현하고 있는 데 비해, (나)의 화자는 '사설 드러 보소'라고 하며 말을 건네는 듯한 표현을 사용하여 자신의 처지를 표출하고 있다.

② (가)의 종장과 (나)의 '애닯고 서른지고(서러운지고) 이내 간장을 어이할고' 등에서 영탄적 어조를 확인할 수는 있지만, 두 작품 모두 반성적 어조로 화자의 복잡한 감정을 나타내고 있지는 않다. 특히 (가)의 종장에서는 화자가 자신의 착각을 깨닫고 겸연쩍어하고 있을 뿐, 반성하고 있지는 않다.

③ (가)에는 임을 기다리는 화자의 현재 처지, (나)에는 혼기를 놓친 외로운 화자의 현재 처지가 드러나 있을 뿐, 과거와 현재가 대비되고 있지는 않다.

⑤ (가)에서 화자는 '중문 나셔 대문 나가 지방 우희 치다라 안자' 임이 오는지 건넛산을 바라보다가 그 산에 있는 '거머흿들' 서 있는 것, 즉 '주추리 삼대'를 임으로 착각하고 반가운 마음에 달려 나간다. 화자가 임이 오는지 건넛산을 바라보는 것에서 화자의 시선을 알 수 있으나, 시선의 이동이 나타나지는 않는다. 화자가 대상이 있는 곳으로 직접 간 것이므로 화자의 시선의 이동이 아니라 화자의 공간의 이동이 나타난다고 할 수 있다. 그 과정에서 화자는 처음에는 임일 것이라는 기대감과 반가움, 초조함을 느끼다가 막상 가서 보니 임이 아니라 주추리 삼대였음을 깨닫고는 겸연쩍어하고 있으므로, (가)에는 공간의 이동에 따라 화자의 심리 변화가 드러난다고 볼 수 있다.

012 외적 준거에 따른 작품 감상 답 ③

정답 풀이

(나)의 '인간 배필 혼취함은 예로부터 잇건마는'은 바로 앞 구절 '인황씨 적 생긴 남녀 복희씨 적 지은 가취'와 연결하여 이해하면, 중국 고대의 전설상의 임금인 인황씨와 복희씨를 들어 아주 오래전부터 남녀가 결혼하는 것은 자연스러운 일임을 나타내는 표현이다. 즉 이는 인황씨 시대에 남녀가 만들어지고 복희씨 시대에 결혼 제도가 만들어져 그때부터 혼인은 오랜 전통이고 자연스러운 것임을 밝힘으로써 누구나 혼인을 할 수 있다는 정당성을 부여하기 위한 표현일 뿐, 자신이 혼인하지 못하는 것을 인황씨나 복희씨의 탓으로 돌리려는 화자의 심리를 드러내는 것이 아니다.

오답 풀이

① (가)의 '곰븨님븨 님븨곰븨 쳔방지방 지방쳔방 즌 듸 마른 듸 갈희지 말고 워렁충창 건너가셔'는 임을 빨리 만나기 위해 허둥지둥하며 급하게 달려가는 화자의 모습을 의태어와 의성어를 활용하여 과장되게 표현한 것이다.

② (가)의 '밤일싀만정 행혀 낫이런들 남 우일 번하괘라'에는 임에 대한 그리움이 너무 간절한 나머지 주추리 삼대를 임으로 착각하고 달려간 행동이 남에게 웃음거리가 될 뻔했다고 하며 겸연쩍어하는 화자의 모습이 드러난다. 이처럼 임이 아님을 확인하고서 실망하는 상황임에도 좌절감보다는 오히려 자신의 경솔한 행동을 남들이 보지 않은 것에 안도하는 모습을 드러내는 것에서 화자의 낙천적 태도가 나타난다고 볼 수 있다.

④ (나)의 '어대서 편지 왓네 행혀나 청혼선가 / 아희다려 무러보니 외삼촌의 부음이라'에는 어디선가 편지가 왔다는 소식에 혹시 청혼서일지도 모른다는 기대감을 가졌지만, 기대와 달리 외삼촌의 사망을 알리는 편지임을 알게 되어 화자가 실망하는 상황이 그려지고 있다. 이처럼 화자의 기대와 그 기대와 다른 실체를 드러내는 표현에는 간절한 바람이 좌절되는 비극적인 상황을 해학적으로 풀어내려는 태도가 담겨 있다고 볼 수 있다.

⑤ (나)의 '긴 밤에 짝이 없고 긴 날에 벗이 없다'에는 혼인을 하지 못해 함께할 짝이 없는 데다가 의지할 만한 벗마저 없는 상황으로 인해 화자의 외로움이 깊어지고 있는 현실에 대한 한탄이 담겨 있다.

013 소재의 역할과 기능 파악 답 ⑤

정답 풀이

㉤ '원수의 아희들'은 '앞집에는 신랑 오고 뒷집에는 신부 가네'라는 소식(앞집과 뒷집 모두 혼인을 하는 소식)을 (나)의 화자에게 전하는 이들이다. 화자는 '춘풍 야월 세우 시에 독수공방 어이할고'라고 하며 독수공방의 외로움에 슬퍼하다 '원수의 아희들'로부터 주변 사람들의 혼인 소식을 전해 듣고는 혼인하지 못한 채 홀로 늙어 가는 자신의 처지에 더욱 슬픔을 느끼며 한탄하게 된다. 따라서 '원수의 아희들'은 외부의 소식을 전하여 화자의 슬픔을 가중하는 대상이라 할 수 있다.

오답 풀이

① 임을 간절히 기다리던 (가)의 화자는 ㉠ '주추리 삼대'를 임으로 착각하고 반겨 맞으러 달려 나가게 된다. 즉 '주추리 삼대'는 화자의 착각을 일으킨 대상으로 볼 수 있으나, 임에 대한 화자의 원망을 표출시키는 대상으로 볼 수는 없다. (가)에서 화자는 임에 대한 간절한 그리움과 '주추리 삼대'를 임으로 착각한 데 대한 겸연쩍음 등의 정서를 드러내고 있을 뿐, 임에 대한 원망의 정서를 드러내고 있지는 않다.

② '노망한 우리 부모 날 길러 무엇 하리 / 죽도록 날 길러서 자바 쓸가 구어 쓸가', '부친 하나 반편이오 모친 하나 숙맥불변' 등에서 알 수 있듯이, (나)의 화자는 혼기가 차도록 시집을 보내지 않는 부모를 원망하고 있다. 따라서 화자에게 ㉡ '우리 부모'는 미안해하는 대상이 아니라 불만(원망)의 대상이다.

③ '팔자 조하 이십 전에 시집간다'에서 알 수 있듯이, ㉢ '어떤 처녀'는 혼기가 차도록 시집을 못 간 (나)의 화자와 달리 일찍 시집을 간 사람이다. 따라서 ㉢은 화자에게 부러움과 동경의 대상일 뿐, 동병상련의 정을 느끼게 하는 대상이 아니다.

④ '환자 재촉'에서 알 수 있듯이, ㉣ '풍헌'은 환자, 즉 관아에서 빌린 곡식에 대한 이자를 갚을 것을 독촉하기 위해 찾아온 사람이다. 중매를 하기 위해 오는 손님을 기대했던 (나)의 화자는 그가 자신이 기다렸던 대상이 아님을 알고 실망하게 된다. 따라서 '풍헌'은 화자에게 실망감을 안기는 대상이지, 화자를 현실의 고뇌로부터 벗어나게 하는 대상이 아니다.

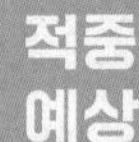

적중 예상 고전 시가 05

본문 034쪽

[014~017] (가) 최현, 〈명월음〉 (나) 윤선도, 〈오우가〉

014 ② 015 ② 016 ④ 017 ⑤

E 지문 선정 포인트

(가)는 임금의 은총을 달에 빗대어 형상화하여 임금을 그리워하는 마음과 예찬적 태도를 드러낸 작품이야.
(나)는 물, 바위, 소나무, 대나무, 달의 다섯 자연물을 소개한 후, 고결한 선비의 덕목을 형상화한 각 자연물의 속성을 예찬한 작품이야.
(가)와 (나) 모두 자연물을 덕성이 있는 존재로 설정하여 그 속성을 예찬하는 태도를 보인다는 점에 주목하여 두 작품을 엮었어.

(가) 최현, 〈명월음〉

해제 이 작품은 임진왜란으로 인해 피란길에 올랐던 임금(선조)을 '명월'에 빗대면서 나라에 큰 위기가 닥쳐온 것에 대한 근심과 걱정, 그리고 이를 해소하고 밝은 미래가 회복되기를 바라는 심정을 그려 낸 작품이다. 이 작품에서 화자는 명월을 세상을 밝게 비추는 덕성이 있는 존재로 예찬하며 이에 대한 지향 의식을 보인다. 현실은 구름으로 인해 달빛이 가리워지고 희미해져 있는데 이는 임진왜란이라는 부정적 현실을 상징화한 것이다. 화자는 깊은 근심과 시름에 빠진 자신의 정서를 '매화'에 투영하면서, 구름을 걷어 내고자 하는 소망을 내비치지만 현실의 타개가 쉽지 않다고 여기고 있다. 그러나 풍운이 변해도 본질은 변하지 않는다는 인식의 전환을 이루면서 충심(단심)을 지키며 '명월을 다시 볼 날을 기다리겠다'며 전쟁이 곧 끝나고 예전처럼 밝은 미래가 도래할 것이라는 기대감을 표출하고 있다.

주제 국가적 위기에 대한 걱정과 임금에 대한 변함없는 충정

구성

서사	세상을 밝게 비추는 달에 대한 예찬
본사 1	거문고를 연주하며 달빛 비치는 풍경을 즐김.
본사 2	구름이 달을 가린 현실에 근심하고 시름함.
본사 3	부채와 비로 구름을 걷어 내고 싶은 마음
결사	단심을 지켜서 밝은 달을 다시 볼 날을 기다림.

(나) 윤선도, 〈오우가〉

해제 이 작품은 작가가 56세 때 유배지에서 돌아와 전남 해남의 금쇄동에 은거하면서 지은 연시조로, 물, 바위, 소나무, 대나무, 달 등 다섯 종류의 자연물을 의인화하여 각각의 대상에 내재되어 있는 덕성을 예찬하고 있다. 1수에서 문답법을 통해 화자가 벗으로 여기는 다섯 대상을 소개한 후, 2~6수에 걸쳐 구름이나 바람의 가변성과 다른 물의 불변성, 변하지 않고 그 자질을 보유하고 있는 바위의 영원성, 시련과 고난에서도 꿋꿋함을 지닌 소나무의 덕성, 절개를 품은 대나무의 덕성, 그리고 만물을 밝게 비출 뿐만 아니라 남을 헐뜯지 않는 달의 과묵함을 강조하고 있다. 이처럼 이 작품은 물, 바위, 소나무 등의 자연을 단순히 감상적, 심미적 대상으로만 여기는 데에서 나아가 인간이 본받고 추구해야 할 가치를 지닌 대상이라고 인식하는 태도를 보여 주며, 당쟁으로 인한 당대의 혼란을 극복하기 위한 방향성을 제시하고 있다는 점에서 의의가 있다.

주제 물, 바위, 소나무, 대나무, 달의 덕성에 대한 예찬

구성

제1수	다섯 벗에 대한 소개
제2수	물의 불변성에 대한 예찬
제3수	바위의 영원성에 대한 예찬
제4수	소나무의 절개에 대한 예찬
제5수	대나무의 절개에 대한 예찬
제6수	달의 광명과 과묵함에 대한 예찬

014 작품 간의 공통점 파악 답 ②

정답 풀이

(가)에서는 '일편광휘'와 같이 밝음의 이미지를 지닌 '달'과 이를 가려 어두운 분위기를 만드는 '부운', '떼구름'의 대립적 이미지를 활용하여, 달에 대한 화자의 지향 의식을 바탕으로 임금에 대한 충정이라는 주제 의식을 부각하고 있다. (나)에서는 '구름, 바람'과 대조되는 '물', '꽃, 풀'과 대조되는 '바위' 등의 이미지를 활용하여 각각의 대상이 지닌 덕성에 대한 예찬이라는 주제 의식을 부각하고 있다.

오답 풀이

① (가)는 달빛이 구름에 가리워진 현재 상황을 타개하고자 하는 화자의 소망을 드러내고 있을 뿐 회고적 정서와는 관련이 없다. 또한 (나)의 〈제5수〉에서 '~도 아닌 거시'와 같은 구절이 반복되기는 하지만 이는 대나무가 지닌 속성을 강조하기 위한 표현일 뿐 회고적 정서를 드러내는 것은 아니다.

③ (가)에서는 '달아 발근 달아 청천에 떳는 달아 / 얼굴은 언제 나며, 밝기는 뉘 삼기뇨'와 같이 달에게 말을 건네는 방식을 사용하고 있지만 이는 달의 밝음을 강조하기 위한 것으로, 달에 대한 화자의 의구심을 드러낸 것은 아니다. (나)에서도 '솔아 너는 얻디 눈서리를 모르는다'에서 소나무에게 말을 건네는 방식을 사용하여 고난과 시련에 굴하지 않는 소나무의 속성을 예찬하고 있을 뿐, 의구심을 드러내지는 않는다.

④ (가)에서는 달을 중심으로 한 밤의 풍경과 관련한 화자의 정서를 드러내고 있을 뿐, 공간의 이동 경로에 따라 시적 대상의 다양한 속성을 드러내고 있지 않다. (나)에서도 물, 바위, 소나무, 대나무, 달이 지닌 각각의 속성을 제시하고 있을 뿐, 공간의 이동은 나타나지 않는다.

⑤ (가)의 시간적 배경은 '밤'이며, 그 변화는 구체적으로 드러나지 않는다. '영허 소장이 천지도 무궁하니'의 경우 시간적 배경이 변화한 것이 아니라 일의 성쇠와 변화가 천지에 많다는 화자의 생각을 드러낸 것이다. (나)에서는 '더러코 사시예 프르니'와 같은 시간적 배경과 관련된 언급이 일부 나타나기는 하지만 이는 세태에 대한 인식과는 관련이 없다.

015 외적 준거에 따른 작품 감상 답 ②

정답 풀이

〈보기〉의 관점에 따르면, ㉡은 구름 사이로 떼구름이 나타나 '희미한 한 빛'마저 사라지는 상황으로, 화자가 바라본 자연 풍경에 대한 사실적 경험을 바탕으로 암울한 시대 현실을 상징적으로 드러내고 있다. 따라서 ㉡의 의미를 암울한 시대의 지속과 심화라고 보는 것은 적절하다.

오답 풀이

① 〈보기〉의 관점에 따르면, ㉠은 '청천'에 떠 있는 달, 즉 자연 풍경을 바탕으로 밝음에 대한 예찬이라는 화자의 가치관, 즉 정의적 측면을 드러내는 표현이라고 볼 수 있다. 이는 달이 뜬 현재 상황에 대한 긍정적 수용과 강조라는 점에서 새로운 시대를 이끌어 갈 존재의 등장을 의미하는 것으로 보기 어렵다.

③ 〈보기〉의 관점에 따르면, ㉢은 구름이 낀 상황을 바탕으로 부채로 바람을 일으켜 구름을 몰아내고 싶다는 화자의 바람을 드러내는 표현이다. 이는 암울한

시대를 해소하고 싶다는 화자의 인식을 드러내는 것으로 이해할 수 있다. 그러나 이는 고난의 시대 극복에 대한 소망일 뿐 부정적 현실이 자연스럽게 극복될 것이라는 기대로 보기는 어렵다. 또한 부채로 바람을 일으키는 것은 현실 타개를 위해 화자가 현재 하고 싶은 것으로 과거의 경험을 제시한 것이라 볼 수 없다.

④ ㉣에서 풀과 달리 바위가 '변티' 않는 모습, 즉 영원성을 지닌 대상으로 묘사되고 있다는 점에서 풀과 바위가 상반된 모습으로 제시되었다고 볼 수 있다. 그러나 이를 통해 희생하는 삶의 모습을 제시한 것은 아니므로, 이러한 삶의 추구라는 의미로는 보기 어렵다.

⑤ 〈보기〉의 관점에 따르면, ㉤은 달이 '노피 떠서 만물을 다 비'추고 있는 풍경을 본 경험을 바탕으로 하고 있다. 이는 세상을 밝게 비추는 덕성을 상징하는 것으로 볼 수 있으나 만물의 순환적 질서와는 관련이 없다.

016 소재의 의미와 기능 파악 답 ④

정답 풀이

(가)의 화자는 '장공은 만 리오 이 몸은 진토니'라고 한 후 자신의 뜻이 다 허사임을 드러내고 있다. 따라서 쓸쓸한 정서를 느끼는 원인 중의 하나로 ⓒ를 제시하고 있다는 설명은 적절하다. 그러나 ⓖ는 화자가 '됴하하'는 대나무와 다른 대상으로 제시되고 있으므로 이를 친근감의 대상 중 하나로 보는 것은 적절하지 않다.

오답 풀이

① (가)의 ⓐ는 달 속에 산다는 전설상의 토끼로, 달빛이 내리비치는 풍경 속에서 거문고 연주 소리가 공중으로 퍼져 나가는 상황을 돌아보고 있다. 이는 화자가 있는 풍경에 가상적 존재인 옥토끼가 반응하는 것으로 신비로운 분위기를 더해 주고 있다.

② (나)의 ⓔ는 화자가 가까운 벗으로 여기는 다섯 대상, 즉 물과 바위, 소나무와 대나무, 달을 포괄하는 개념이다. 이를 화자는 '수석과 송죽', '달'과 같이 직접적으로 언급하고 있으며, 이후의 각 수에서 다섯 대상의 속성과 모습을 병렬적으로 제시하며 시상을 전개하고 있다.

③ (가)의 ⓑ는 화자 자신과 같이 시름을 지닌 존재로 제시되어 있는 감정 이입의 대상이라는 점에서 화자 자신이 처한 상황에 대해 동질감을 느끼는 존재로 볼 수 있다. 또한 (나)에서는 ⓔ와 관련하여 '버디 몃치나 하니'라고 질문을 던지고 스스로 그에 대한 답 중 일부인 달이 ⓕ라는 공간에 떠 있음을 밝히고 있다.

⑤ (가)의 ⓓ라는 시간은 화자가 어찌 보내야 할지 막막함을 느끼는 시간이라고 할 수 있는데, 이는 구름을 몰아내고자 하는 바람이 '허사'가 될 것이라는 불안감과 염려에 근거한다고 볼 수 있다. 또한 (나)의 ⓕ에서 화자는 달을 맞이하며 반가움을 느끼고 있다는 점에서 즐거움의 정취가 더해진다고 할 수 있다.

017 외적 준거에 따른 작품 감상 답 ⑤

정답 풀이

〈제6수〉에서 화자는 '보고도 말 아니 하'는 과묵함을 지닌 달의 덕성을 예찬하며 이를 벗으로 여기는 태도를 취하고 있다. 〈보기〉에 따르면 이는 반대파들과의 논쟁 및 당쟁의 치열함 속에서 나타나는 서로에 대한 비판과 비난에서 벗어나, 상대를 헐뜯지 않고 침묵할 줄 아는 미덕을 지향하는 모습에 해당한다. 따라서 이를 당쟁이 극복될 것이라는 기대감의 표현이나 정계로의 복귀에 대한 의도가 담긴 표현으로 보는 것은 적절하지 않다.

오답 풀이

① 〈제1수〉에서 화자가 '두어라 이 다섯 밧긔 또 더하야 머엇하리'라고 한 것은 당대의 현실을 떠나 다섯 자연물과 함께하는 것 자체로 충분함을 드러낸 것이다. 〈보기〉에 따르면 이는 당쟁이 치열했던 현실에서 벗어난 자연 속에서의 삶에 대한 만족감을 드러내고 있는 것으로 볼 수 있으므로, 당쟁이 치열한 현실에 대한 거리감이 작용한 것이라는 내용은 적절하다.

② 〈제2수〉에서 화자는 '구름'이 깨끗한 존재로, '바람'이 맑은 소리를 지닌 존재로 여겨진다고 말하고 있다. 그런데 이들은 검기를 자주 하고 그칠 때가 많아 가변적 속성도 지닌 대상으로 그려지고 있다. 〈보기〉에 따르면 이는 변절하는 이들과 연관되며 작가가 이들을 멀리하려는 삶을 추구하고 있다는 점에서 변절을 거부하고 일관된 충정을 가진 자아를 위해 '구름'과 '바람'을 경계의 대상으로 삼고 있다고 볼 수 있다.

③ 〈제3수〉에서 '꽃'은 아름답기는 하지만 쉽게 지는 순간적인 속성을 지닌 대상으로, 〈제4수〉에서는 더울 때에야 피는 존재로 제시되어 있다. 반면 〈제4수〉에서 '솔'은 '눈서리', 즉 시련과 고난에도 굴하지 않고 곧은 절개를 지닌 존재로 그려지고 있다. 따라서 '솔'과 대비되는 '꽃'은 순간적이고 가변적인 속성을 가진 존재로 〈보기〉에 제시된 변절의 정치적 환경과 관련지어 이해할 수 있다는 점에서 당대 사회에 대한 경계의 매개로 인식되고 있다고 볼 수 있다.

④ 〈제5수〉에서 대나무는 사계절을 가리지 않고 푸른, 일관성 있는 대상으로 그려져 있는데, 〈보기〉에 따르면 이는 〈제4수〉에 제시된 '솔'과 더불어 나라에 대한 일관된 충정을 지녔고, 그러한 가치를 추구하는 화자의 가치관을 보여 주는 것으로 이해할 수 있다. 따라서 '대나무'의 변함없는 모습에 대한 작가의 인식에는 충정을 지키려는 수신의 태도가 담겨 있다고 볼 수 있다.

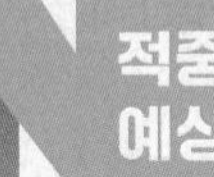

적중 예상 | 고전 시가 06

본문 036쪽

[018~021] (가) 작자 미상, 〈우부가〉 (나) 이신의, 〈단가 육장〉

018 ② 019 ① 020 ④ 021 ④

E 지문 선정 포인트

(가)는 도덕적으로 타락한 인물들의 행실을 나열하여 조선 후기 양반층의 타락상을 사실적으로 묘사한 작품이야.
(나)는 유배 생활의 고달픔과 임금에 대한 변함없는 충정을 자연물에 빗대어 형상화한 작품이야.
(가)와 (나) 모두 주제 의식의 전달 효과를 높이기 위해 다양한 표현 기법을 활용하고 있다는 점에 주목하여 두 작품을 엮었어.

(가) 작자 미상, 〈우부가〉

해제 이 작품은 제목을 통해 밝히고 있는 바와 같이 어리석은 짓을 일삼는 남자들의 행태를 제시하며 이에 대한 비판과 경계의 필요성을 강조하고 있는 가사이다. 이 작품에 등장하는 주된 비판 대상 중 하나는 '개똥이'인데 화자는 '내 말씀 광언인가 저 화상을 구경하게(내 말이 미친 소리인가? 저 인간을 구경하게)'와 같이 개똥이라는 인물에 대한 강한 비판의 의도를 드러내며 개똥이가 보여 온 부도덕한 행실 및 몰락한 처지와 면모들을 다채롭게 열거함으로써 설득력을 높이고 시상 전개상의 흥미를 유발하고 있다. 또한 비판 대상의 파렴치한 행동에 따른 비참한 결과를 명확히 제시하여 처세에 조심해야 함을 부각하는 동시에, 인간으로서 도덕적으로 나아가야 할 바를 우회적으로 담아내고 있다.

주제 어리석은 남자들의 도덕적 타락과 경제적 몰락에 대한 비판과 경계

구성

서사	개똥이에 대한 구경 권유와 개똥이에 대한 평가
본사	개똥이가 보이는 부도덕한 행태
결사	개똥이가 보이는 비행과 경제적 몰락의 현실

(나) 이신의, 〈단가 육장〉

해제 이 작품은 작가가 광해군 때 인목대비 폐위를 반대하는 상소를 올렸다가 유배를 갔을 때의 심정을 나타낸 시조로, 자신이 추구하는 가치를 바탕으로 임금에 대한 충정을 드러내고 있다. 작가는 '효제충신'을 대장부가 추구해야 할 가치이자 인간의 당연한 도리로 여겨야 함을 천명하고 남산과 솔, 도끼 등의 소재를 활용하여 당대의 정치적 숙청의 분위기를 상징적으로 묘사하면서 임금의 은혜에 대한 막연한 기대감을 '우로'가 깊어질 것으로 나타내고 있다. 또한 자연물인 '제비'를 활용하여 유배의 상황 속에서 자유롭지 못한 것에 대한 한탄과 유배객으로서의 시름을 표출하기도 하고, 유배객이 된 자신의 곁에 변함없이 함께 있어 주는 '달'을 벗으로 삼으며 시름을 달래는 등 유배객으로서의 복잡한 심경을 드러내고 있다. 작가는 유배된 처지에서도 임금에 대한 변함없는 자신의 충정을 매화에 빗대어 표현하면서 임금이 자신의 지조를 알아주기를 바라는 소망을 드러내면서 시상을 마무리 짓고 있다.

주제 유배지에서 느끼는 고달픔과 임금에 대한 변함없는 지조와 충정

구성

제1장	효제충신이 장부의 할 일임.
제2장	당대의 정치적 상황과 임금의 은혜에 대한 기대
제3장	유배객으로서 느끼는 자신의 처지에 대한 한탄
제4장	유배 생활에서 느끼는 외로움과 시름
제5장	변함없이 자신과 함께하는 달을 통해 시름을 달램.
제6장	임금에 대한 변함없는 충정을 알아주기를 바람.

018 표현상 특징 파악 답 ②

정답 풀이

(나)의 〈제4장〉에서는 제비가 시름을 풀어내는 말을 하는 것처럼 의인화하여 표현하고 이를 바탕으로 화자 자신 역시 시름이 깊음을 드러내고 있다. 그러나 (가)에서는 자연물에 인격을 부여하여 화자가 지닌 정서의 깊이를 드러내는 부분이 나타나지 않는다.

오답 풀이

① (나)의 〈제3장〉에서는 제비가 나는 모습을 '비비(飛飛)'라고 표현하여 자유롭게 나는 모습을 보여 준다는 점에서 시적 대상의 역동적 행위의 묘사라고 볼 여지가 있다. 한편 (가)에서는 '울근불근', '어슥비슥' 등의 음성 상징어를 사용하여 비판의 대상인 '개똥이'의 모습을 드러내고 있으나 이는 거지꼴로 비실대는 것을 표현하는 것일 뿐 역동적 행위를 생동감 있게 보여 주는 것은 아니다.

③ (가)에서는 '대모관자', '통냥갓', '양볶이', '쥭력고' 등의 소재를 통해 양반으로서의 화려했던 과거와 '물네줄', '헌 파립에 통모자', '쓴바귀', '모주 한 잔' 등의 소재를 통해 거지 신세가 된 현재의 상황을 대조하여 시적 대상인 개똥이의 현재 처지를 부각하고 있다. 그러나 이에 대해 화자가 내적 갈등을 보이는 것은 아니다. 화자는 이러한 개똥이에 대해 부정적 평가를 내리고 있을 뿐이다. (나)의 〈제2장〉에서는 남산에 많이 있던 '솔'이 현재는 없어진 상황을 제시하여 과거와 현재의 대조적 양상을 드러내고 있다. 그러나 화자는 솔이 없어진 상황을 부정적으로 여기고 있을 뿐 내적 갈등을 느끼고 있지는 않다.

④ (나)에서는 '어즈버'라는 감탄사를 사용하여 화자의 정서나 생각 등을 강조하고 있다. 그러나 (가)에는 감탄사를 사용한 표현이 나타나지 않는다.

⑤ (가)에서는 '잡아오라 꺼물리라'와 같이 개똥이의 말을 인용하여 부도덕한 행실의 양상을 드러내고 있으나, 성현의 말을 인용한 부분은 없다. 또한 (나)에서도 성현의 말을 인용한 표현은 사용되지 않는다.

019 외적 준거에 따른 작품 감상 답 ①

정답 풀이

㉠에서는 자신의 말이 미친 소리가 아니라 맞는 소리임을 '내 말씀 광언인가'라는 의문형 표현을 통해 강조하면서 '저 화상', 즉 개똥이의 부정적 행실과 면모를 구경해 보라고 독자에게 권유하고 있다.

오답 풀이

② ㉡에서는 개똥이에 대해 사람들이 '도적'이라고 칭하고 원망하는 소리를 낼 만큼 부정적인 평가를 받고 있음을 이야기하고 있다. 한편 '이사나 하야 볼까'는 개똥이의 행실에 대한 부정적 인식을 드러내는 것일 뿐, 독자들의 반응을 예측하는 것은 아니다.

③ ㉢에서는 문전걸식을 하는 개똥이가 천연두나 제사를 핑계하는 집의 인심이 야박함을 탓하는 모습이 드러나 있을 뿐, 개똥이가 지닌 문제를 해결해야 한다는 당위성을 강조하고 있는 것은 아니다.

④ ㉣에서는 의문형 표현을 통해 '장부의 하올 사업'에 대한 관심을 유도하고 있을 뿐, 화자가 추구하는 가치들을 나열하고 있지 않다. 화자는 ㉣ 이후에서 '효제충신'의 추구를 언급하며 자신이 지향하는 가치를 드러내고 있다.

⑤ ㉤에서 인간에게 진정한 벗은 '명월'뿐이라는 자신의 견해를 강조하기 위하여 의문형 표현을 사용했다고 볼 수는 있다. 그러나 시적 대상과 다른 대상을 비교하는 방식은 사용되지 않았다.

020 소재의 기능 파악 답 ④

정답 풀이

ⓐ는 단칸방에 거적으로 만든 자리의 수를 나타낸 것이다. 이를 통해 '개똥이'의 처지가 '각장 장판 소라 반자 장지문'이 있던 과거의 화려한 상황에서 경제적으로 몰락한 가난한 상황으로 변화되었음을 보여 주고 있다. 한편 ⓑ는 '명월'이 유배지에 있는 화자의 곁에서 간 데마다 함께하는, 변함없는 모습을 강조하기 위한 의도를 담고 있는 표현이다.

오답 풀이

① ⓐ는 '개똥이'의 몰락한 처지(이미 변화된 처지)를 구체화하는 소재에 해당할 뿐 화자의 처지가 변화할 것임을 암시하는 것은 아니다.

② ⓑ는 '천 리'나 되는 먼 거리임에도 자신과 함께해 주는 '명월'을 벗으로 여기는 마음을 부각해 주는 것으로, 정서적 이질감과는 거리가 멀다.

③ '천 리'는 아무리 먼 거리라도 따라와 함께하는 '유정한 벗'인 '명월'의 덕성을 강조하기 위한 표현이라고 볼 수 있다. 그러나 ⓐ와 관련하여 화자가 깨달음의 태도를 나타내지는 않는다.

⑤ ⓐ는 '개똥이'의 가난한 처지를 드러내는 것이다. 화자는 시적 대상인 '개똥이'에 대해 비판적 평가를 하고 있으므로 '개똥이'의 처지에 답답함을 느낀다고는 볼 수 없다. 또한 ⓑ를 통해 '명월'이 외부의 시련에도 굴하지 않는 모습을 보이는지는 알 수 없다.

021 외적 준거에 따른 작품 감상 답 ④

정답 풀이

〈보기〉에 따르면 (나)는 자연물을 매개로 화자의 정서와 태도를 구체화하였다. 화자는 〈제3장〉에서 자유롭게 날아다니는 제비를 보며 유배지에 묶여 자유롭지 못한 자신의 처지에 대한 한탄을 드러내고 있고, 〈제4장〉에서는 제비에게 감정을 이입하여 시름이 많은 자신의 정서를 드러내고 있다. 따라서 제비에 대한 인식이 이질적 대상에서 동질감을 느끼는 대상으로 변화하였다고 볼 수 있다. 그러나 이를 정치적 세력 간의 화합을 이룰 수 있다는 기대감과는 관련지을 수 없다.

오답 풀이

① 〈보기〉에 따르면, 작가는 인목대비의 폐위 사건을 효의 정신에 어긋난다고 보았으며, 당쟁이 극심한 상황 속에서도 보편적 윤리 가치의 추구를 표명하였다. 이로 보아 〈제1장〉에서 장부가 '효제충신'을 추구하는 것이 인간으로서의 도리라고 밝힌 것은 보편적 윤리 가치로서 '효제충신'을 추구하는 모습에 해당한다.

② 〈보기〉에 따르면, 작가가 살았던 시대는 당파적 경쟁과 대립이 극심했고 이로 인해 많은 인재들이 정치적으로 탄압받던 상황임을 알 수 있다. 따라서 이러한 관점에서 보면 〈제2장〉에서 '남산'이라는 공간을 이루는 '솔'이 없어진 상황은 정치적 사건과 연루되어 많은 인재들이 사라진 현실을 상징적으로 나타낸 것으로 이해할 수 있다. 또한 〈제2장〉에서는 '우로 깊으면'이라는 조건적 서술을 통해 사라진 솔을 다시 볼 수 있으리라는 희망을 드러내고 있다.

③ 〈보기〉에서는 작가가 유배지에서 느끼는 한탄을 자연물을 매개로 구체화하였다고 밝히고 있다. 따라서 이러한 관점에서 보면 〈제3장〉의 '적객의 회포'는 귀양살이하는 사람인 화자 자신의 회포를 가리키는 것이며, '세우'는 화자가 느끼는 회포를 심화하는 역할을 하고 있다.

⑤ 〈보기〉에 따르면, 작가는 작품을 통해 임금에 대한 변함없는 충절을 드러낸 것으로 이해할 수 있다. 이러한 관점에서 보면 〈제6장〉의 '매화'는 이러한 화자의 태도를 상징화한 것으로 볼 수 있고, 종장의 '호접'은 '향기'로 표현된 지조와 절개를 알아줬으면 하는 대상, 즉 임금이라고 볼 수 있다. 따라서 '이 향기 알면 애 끊일까 하노라'는 임금이 자신의 충절을 알아주기를 바라지만 현실이 그렇지 못한 것에 대한 안타까움을 담고 있는 것으로 이해할 수 있다.

적중 예상 고전 시가 07

본문 038쪽

[022~024] 안도환, 〈만언사〉

022 ③ 023 ② 024 ③

E 지문 선정 포인트

이 작품은 자신의 잘못으로 인해 유배를 떠난 화자가 유배지에서의 비참한 생활과 자신의 잘못에 대한 반성과 후회를 그린 작품이야.
유배 생활을 사실적으로 묘사하여 문학 작품으로서의 구체성을 획득하였다는 측면에서 사실주의 문학으로서 가치가 높아 작품으로 선정하였어.

안도환, 〈만언사〉

해제 이 작품은 조선 후기 정조 때 높은 벼슬을 했던 안도환(안도환, 안조원 등 작가 이름에 대한 논란이 많음.)이 지은 장편 유배 가사이다. 작가는 나라의 국고를 축내는 잘못을 저질러 추자도로 귀양을 가게 되었는데, 이 작품에서는 귀양살이를 하면서 겪었던 경제적, 심리적 고통을 구체적으로 표현하고 있다. 일반적으로 유배를 간 사대부의 경우, 자신의 억울함을 호소하고 임금에 대한 충절을 드러내는 작품을 창작하는 경우가 많은데, 이 작품은 귀양살이를 하며 경험하는 일상을 보여 주는 데에 중점을 두었다는 특징이 있다.

주제 유배지에서 생활의 고통과 신세 한탄

구성

서사	추자도로 귀양 가는 신세를 한탄함.
본사 1	성장 과정 및 유배를 가게 된 이유
본사 2	추자도로 향하는 유배의 노정
본사 3	유배 생활의 어려움 [수록 부분]
결사	유배에서 풀려나기를 기원함.

022 표현상 특징 및 구절의 의미 파악 답 ③

정답 풀이

ⓒ에서는 '손잡고 반기난 집 내 아니' 갔던 과거의 상황과 '등 밀어 내치는 집 구차히' 빌어 살고 있는 현재의 상황을 대비하고 있다. 이처럼 과거와 현재를 대비하는 방식을 통해 화자는 자신의 달라진 처지를 보여 주며 유배지에서의 고달픈 삶(유배지에서의 집주인이 화자를 집에서 쫓아내려는 좋지 않은 상황)을 드러내고 있다. 하지만 ⓒ에 '추자 섬'의 변화상이나 이에 대한 화자의 심정은 나타나 있지 않다.

오답 풀이

① ⓐ는 '보이나니 바다요'와 '들리나니 물소리라'가 대구를 이루면서 사방이 바다뿐인 '추자 섬'의 적막한 분위기를 부각하고 있다.

② ⓑ에서는 '풍도(도가에서 '지옥'을 이르는 말) 섬', '지옥'이라는 과장적 표현을 사용하여 '추자 섬'을 지옥으로 여길 정도로 자신의 상황을 절망적으로 느끼는 화자의 마음을 드러내고 있다.

④ ⓓ에서는 자신이 살았는지 죽었는지에 대해 질문을 던지고 이에 대해 '말하니 살았으나 모양은 귀신일다'라고 답하고 있다. 이처럼 자문자답의 방식을 사용하여 화자는 '추자 섬'에서의 자신의 모습을 '귀신'이라며 부정적으로 인식하고 있음을 드러내고 있다.

⑤ ⓔ에서는 황금빛 보리가 바람에 물결치듯 흔들리는 풍경을 시각적으로 표현하여 보리를 수확할 무렵의 '추자 섬'의 풍경을 묘사하고 있다.

023 세부 내용에 대한 이해 답 ②

정답 풀이

[A]에는 농부의 여유로운 생활 모습을 보며 자신의 지난 삶을 후회하는 화자의 모습이 드러나 있다. 화자는 '밥 먹어 배부르고 술 먹어 취한 후에' 만족하는 농부의 재미를 진작 알았다면 자신도 '공명'을 탐해 죄를 짓는 일을 저지르지 않았을 것이라며 후회하고 있다.

오답 풀이

① '청풍에 취한 얼굴'은 보리술을 먹으며 자연의 풍류를 즐기고 있는 농민의 모습을 나타낸 것이다. 화자는 이러한 농민을 깨운들 무엇하느냐며 농민의 여유를 부러워하는 마음을 드러내고 있을 뿐이지, 함께 격양가를 부르고자 한 것은 아니다.

③ 화자는 '어제는 옳던 일이 오늘이야 왼(잘못된, 그른) 줄' 알게 되었다며, 지난날 자신의 잘못을 뉘우치고 있다. 화자는 여유롭고 풍족한 농부의 모습을 보며, '백운이 즐거운 줄' 알게 되었기 때문에 '청운'을 쫓던(공명을 탐하던) 자신의 과거 삶이 잘못된 것임을 '오늘' 깨닫게 된 것이다. 따라서 '청운'에 대한 미련이 남아 '오늘'에야 '왼 줄' 알게 되었다고 볼 수 없다.

④ 화자는 현재 '뉘우쳐 하는 마음'이 있는 상태이다. '뉘우쳐 하는 마음'이 없어진 이후에 '누'에 올라갈 수 있게 된 것이 아니라, '누'에 올라가는 잘못을 저질러 '뉘우쳐 하는 마음'을 갖게 된 것이다.

⑤ '실수'를 할 줄 몰라 '내기 장기'를 벌인 것이고, '죄'를 지을 줄 몰라 '공명'을 탐하게 된 것이다. 두 구절은 지난 삶에 대한 반성과 후회를 대구적인 표현으로 드러낸 것으로, '실수'를 하여 '죄'를 짓게 된 다음 '내기 장기'를 벌이고 '공명'을 탐하게 되었다는 의미가 아니다.

024 외적 준거에 따른 작품 감상 답 ③

정답 풀이

'눈물 끝에 한숨이라', '도로혀 생각하니 어이없어 웃음 난다'에서 작가는 경제적 어려움에 처한 비참한 자신의 처지에 서글퍼하며 한스러워하는 것이지, 자신의 잘못을 뉘우치며 반성하는 것이 아니다.

오답 풀이

① '어디로 가잔 말고 뉘 집으로 가잔 말고'는 화자가 추자도에 도착한 후 아는 사람이 하나도 없어 의지할 데가 없는 서글픈 심정을 드러낸 표현으로, 유배지인 추자도에서의 작가의 외로움과 고통을 토로한 것이라고 할 수 있다.

② '남방 염천 찌는 날에 빨지 못한 누비바지', '맥반 염장', '현순 백결'은 유배지에서의 화자의 궁핍한 생활상을 보여 주는 표현으로, 귀양살이를 하며 겪는 작가의 경제적 어려움을 진솔하게 드러낸 것이라고 할 수 있다.

④ '지게를 벗어 놓고 전간에 굼닐면서', '마당에 뚜드려서 방아에 쓸어 내어'에서는 '지게', '방아'와 같은 일상과 관련된 소재를 사용하여 추자도 농민들의 생활상을 나타내고 있다. 이러한 사실적 일상 제시는 〈보기〉에서 언급한 이 작품과 기존의 유배 가사가 차별화되는 점이다.

⑤ '높은 나무'는 작가가 유배되기 전 높은 벼슬에 올랐던 과거 삶을 비유한 표현이고, 귀양살이를 하고 있는 현재는 '떨어'진 상태로 볼 수 있다. '떨어질 줄 알았으면 높은 나무에 올랐으랴'는 과거에 벼슬살이를 할 때에는 현재와 같은 처지가 되리라고 생각을 하지 못했다는 고백으로 볼 수 있다. 즉 자신의 처지가 달라질 줄을 과거에는 인식하지 못하였음을 고백한 표현으로, 이를 통해 화자는 자신의 과거 삶에 대한 후회를 드러내고 있다.

적중예상 고전 시가 08

본문 040쪽

[025~028] (가) 정철, 〈훈민가〉 (나) 작자 미상, 〈시어머님 며늘아기 나빠〉 (다) 작자 미상, 〈복선화음가〉

025 ③ 026 ④ 027 ④ 028 ④

E 지문 선정 포인트

(가)는 관찰사 신분인 작가가 백성들을 계몽하고 교화하기 위한 목적으로 유교적 윤리관에 입각하여 지은 작품이야.
(나)는 괴로운 시집살이를 하는 며느리가 이유 없이 미움받는 상황에 대한 원망과 한탄, 시집 식구들에 대한 비판 의식을 드러낸 작품이야.
(다)는 두 인물의 삶을 대조하고 유교적 전통에서 바람직한 여인상의 기준을 제시하여 교훈을 주고자 한 작품이야.
(가)~(다)는 모두 부정적인 인물이나 상황을 통해 바람직한 모습을 제시하고자 했다는 점에 주목하여 세 작품을 엮었어.

(가) 정철, 〈훈민가〉

해제 이 작품은 정철이 45세인 1580년 강원도 관찰사로 있을 때 백성들을 깨우치고 올바른 삶으로 이끌기 위해 지은 전체 16수의 연시조이다. 부모에 대한 효성, 형제간의 우애, 경로, 이웃 간의 상부상조, 부부와 남녀 사이의 예의범절, 학문과 인격 수양 등 사람으로서 마땅히 행해야 할 올바른 행동에 대한 권유를 전달하고 있다. 이 작품은 백성들을 고려하여 한자어 사용을 최대한 자제하고 순우리말을 주로 사용하여 백성들이 내용을 쉽게 이해하도록 돕고 있는데, 특히 〈제13수〉와 〈제16수〉에서는 화자 자신을 백성의 한 사람으로 설정하여 작품 표면에 등장시킴으로써 설득력을 높이고 있다.

주제 유교적 윤리의 실천 권유

구성

제3수	형제간에 우애 있게 지내기를 권유함.
제8수	옳은 일을 할 것을 권유함.
제13수	농사일을 성실히 할 것과 상부상조할 것을 권유함.

(나) 작자 미상, 〈시어머님 며늘아기 나빠〉

해제 이 작품은 가부장 제도하에서 며느리가 겪는 시집살이의 어려움을 해학적으로 표현하고 있는 사설시조로, 남성 중심의 가부장적 권위에 대한 비판 의식도 함께 드러나 있다. 특히 중장에서 시집 식구들을 일상적 사물에 빗대어 희화화하면서 시집살이의 고충을 해학적으로 풍자하고 있다.

주제 고된 시집살이의 고충과 한

구성

초장	며느리를 미워하는 시어머니에 대한 당부
중장	시댁 식구들의 부정적인 모습
종장	며느리의 억울함을 호소함.

(다) 작자 미상, 〈복선화음가〉

해제 이 작품은 시집가는 딸에게 어머니가 당부의 말과 교훈을 전하는 내용으로 구성되어 있는데, 좋은 가문에서 귀하게 자란 화자(어머니)가 가난한 양반집으로 시집을 와서 그 가정을 일으키고, 남편과 아들을 과거에 급제하게 하여 부귀영화를 누리게 된 일과 부녀자로서의 도를 지키지 못하여 패가망신한 괴똥어미의 일을 들어 딸에게 교훈을 전달하고 있다. 조선 시대에 양반가의 부녀자들이 시집가는 자신의 딸들에게 이러한 내용으로 구성된 글을 써서 줬는데, 이를 계녀가사라고 한다. 계녀가사는 부녀자들이 쓴 가사인 규방 가사에 속하는 것으로, 이 작품에서는 구체적인 사례들을 열거하면서 착한 이에게는 복이 오고 못된 사람에게는 화가 온다는 주제를 독자들에게 보다 실감 나게 전달하고 있다.

주제 부녀자로서의 올바른 삶의 자세와 태도

구성

서사	시집가는 딸에게 건네는 화자(어머니)의 이야기 [수록 부분]
본사	괴똥어미의 시집살이 이야기 [수록 부분]
결사	딸에 대한 화자(어머니)의 당부

025 작품 간의 공통점 파악 답 ③

정답 풀이

(가)는 '누구에게 태어났기에 모습조차 같은 것인가', '마소에 갓 고깔 씌워 밥 먹이나 다르랴'에서 설의적 표현을 사용하여 각각 형과 아우의 모습과 옳지 못한 일을 하는 사람들에 대한 화자의 인식을 드러내고 있다. (나)는 중장의 '빚에 받은 며느린가 값에 쳐 온 며느린가'와 종장의 '건 밭에 메꽃 같은 며느리를 어디를 나빠하시는고'에서 설의적 표현을 사용하여 며느리를 대하는 시어머니의 부당한 태도를 반문의 형식으로 제시하면서 비판적 인식을 드러내고 있다. (다)는 '신부 행동 그러하니 뉘 아니 외면하리'에서 설의적 표현을 사용하여 예의범절에 어긋나는 행동을 하여 주위 사람들에게 외면받는 괴똥어미의 상황을 부각하고 있다.

오답 풀이

① (가)~(다)는 모두 과거와 현재를 대비하여 문제 상황의 심각성을 부각하는 내용은 나타나 있지 않다.

② (가)~(다)는 모두 계절감을 환기하는 소재를 활용하여 시적 분위기를 조성하는 부분은 나타나 있지 않다. (나)에서 나타나는 '외꽃'이나 '메꽃'은 계절적 배경을 나타내는 소재가 아니라 각각 시어머니의 아들(며느리의 남편)과 며느리의 외양과 성격을 빗댄 소재이다.

④ (가)는 〈제3수〉의 '만져 보아라', '먹지 마라'에서 명령형 종결 어미를 활용하여 형제간의 우애를 권하고 있으며, (나)는 '구르지 마오'에서 명령형 종결 어미를 활용하여 며느리를 구박하지 말 것을 당부하고 있다. 그러나 (다)에는 명령형 종결 어미가 사용된 부분이 나타나 있지 않다.

⑤ (가)는 〈제3수〉와 〈제8수〉에서 각각 '형아 아우야', '마을 사람들아'와 같이 구체적 청자에게 말을 건네는 방식을 사용하고 있으며, (나)는 며느리를 미워하는 '시어머님'을 청자로 설정하고 있다. 그리고 (다)는 '너도 들어 알거니와 대강 일러 경계하마'에서 '너'라는 청자에게 말을 건네는 방식을 사용하고 있다. 그런데 (가)~(다)의 청자는 모두 사람으로, 의인화된 대상이 아니다.

026 외적 준거에 따른 작품 감상 답 ④

정답 풀이

(다)의 '뽕을 따 누에 쳐서 오색 당사 고운 실을 / 유황 같은 큰 베틀에 필필이 짜낼 적에'로 보아, 화자가 직접 비단을 생산했음을 알 수 있으나, 화자가 만든 '수의', '복건', '녹의홍상', '색옷', '관복' 등의 여러 가지 '의복'은 집안 식구들에게 입힐 옷이 아니라, 화자가 바느질을 하여 돈을 벌 목적으로 지은, 다른 사람들의 옷이다.

오답 풀이

① (가)의 〈제8수〉에서 '갓 고깔'을 씌운 '마소'는 옳지 못한 일을 하는 사람을 비유한 것이다. 화자는 이러한 비유를 통해 사람이란 모름지기 올바르게 살아가야 한다는 윤리적 교훈을 강조하고 있다. 이는 '마을 사람들아 옳은 일 하자꾸나'라는 초장을 통해서도 알 수 있다.

② (가)의 〈제13수〉에서 화자는 자신의 논을 다 매고 네 논도 매어 주며 상부상조하겠다는 뜻을 밝힘으로써 자신도 유교적 덕목을 실천하고 있음을 들어 상부상조와 근면의 덕목을 청자에게 권장하고 있다. 이런 방식은 일방적 훈계가 아니라 화자 자신도 직접 그렇게 한다는 것을 드러냄으로써 설득력을 높이는 효과가 있다.

③ (다)의 '제상에 밥 국 겨우 차려 놓으니 잔 드리는 이내 마음'에서는 제사상을 격식에 맞게 차리지 못하는 처지를 안타깝게 여기는 한탄의 정서가 드러난다. 그리고 화자는 이를 '불효의 제일죄'라고 하고 있다. 이러한 화자의 태도에는 조상에 대한 공경이라는 유교적 윤리관이 반영되어 있다고 볼 수 있다.

⑤ (다)의 '괴똥어미'는 당시 부녀자들에게 사회적으로 요구되었던 유교적 윤리에 반하는 행동을 하는 인물이다. (다)에서는 '백주에 낮잠 자기 혼자 앉아 군소리며', '둘이 앉아 흉보기와 문틈으로 손 보기며' 등과 같이 '괴똥어미'가 제멋대로 시집살이하며 보이는 모습을 풍자적으로 묘사하여 부녀자가 하지 말아야 할 일을 보여 줌으로써 이와 반대로 부녀자로서 지켜야 할 도리를 부각하는 효과를 얻고 있다.

027 표현상의 특징 파악 답 ④

정답 풀이

(나)에서는 시집 식구들의 외양과 성격을 '밤나무 썩은 등걸에 휘초리', '볕 쬔 쇠똥', '삼 년 결은 망태', '새 송곳 부리' 등 일상적으로 접할 수 있는 사물에 빗대어 표현함으로써 시댁 식구들의 부정적인 면모를 해학적으로 평가하고 있다. 그리고 [A]에서는 '괴똥어미'의 행위를 구체적으로 나열하면서 그것을 '신부 행실 바이없다', '괴이하다', '새댁 행실 전혀 없다', '형용도 기괴하다' 등과 같이 평가하고 있다.

오답 풀이

① (나)는 시댁 식구들의 외양과 성격을 우스꽝스러운 소재에 빗댐으로서 해학적으로 표현하고 있을 뿐, 개인적 경험을 일반화하여 대상을 희화화하고 있지 않다. 그리고 [A]에서도 대상에 대한 원망을 자연물에 투영하고 있는 부분은 나타나 있지 않다.

② (나)에는 부엌 바닥을 구르는 '시어머님'의 행동이 제시될 뿐, '며느리'의 행동을 묘사하는 부분은 나타나 있지 않다. 그리고 [A]에서는 '입구녁에 침이 흘러 연지분도 간데없고'라는 외양 묘사를 통해 식탐이 많은 '괴똥어미'의 성격을 암시하고 있기는 하지만, [A]에서 '괴똥어미'의 성격은 주로 행동을 중심으로 드러나고 있다.

③ (나)는 '건 밭에 메꽃 같은 며느리를 어디를 나빠하시는고'에서 며느리를 대하는 '시어머님'의 부당한 태도를 간접적으로 비판하고 있다. 그러나 [A]에서는 '괴똥어미'의 부정적 행위를 묘사하고 있을 뿐, '괴똥어미'가 화자에게 해를 끼치는 내용은 나타나 있지 않다.

⑤ (나)에는 부정적 현실을 극복하려는 '며느리'의 의지가 드러나는 부분이 나타나 있지 않다. 그리고 [A]에서도 화자가 '신부', 즉 '괴똥어미'를 배려하는 모습은 나타나 있지 않다.

028 외적 준거에 따른 작품 감상 답 ④

정답 풀이

㉣은 밤잠을 잘 시간마저 아끼며 노동하는 화자의 모습을 나타낸 구절이다. 그런데 이를 가족을 위한 일상적인 가사 노동이 치산을 위한 노동으로 변하는 상황으로 이해하는 것은 적절하지 않다. 이른 시간에 새벽조반을 짓는 것은 가족을 위한 일상적인 가사 노동에 해당하며, 치산의 수단은 아니기 때문이다. 가족을 위

한 일상적인 가사 노동이 치산을 위한 노동으로 변하는 상황은 화자가 길쌈을 하여 짠 비단을 상인에게 천 냥에 파는 것과 바느질로 다른 사람들이 입을 여러 가지 의복을 짓는 부분에서 확인할 수 있다.

오답 풀이

① ㉠은 사흘이나 머무른 손님이 떠나려는 것을 여전히 붙잡는 상황에 대한 화자의 원망을 드러내는 구절이다. 떠나려는 손님을 만류하는 것은 당대 양반가에서 소중한 가치로 인식하던 '접빈객'에 해당하므로 이를 통해 사대부의 체면을 지키려는 모습을 짐작할 수 있다. 그런데 이는 인두(다리미)와 가위를 저당 잡혀서 손님을 겨우 대접할 만큼 가난한 집안 형편과는 어울리지 않는 행위이므로, ㉠은 화자의 원망이 담긴 것으로 볼 수 있다.

② ㉡에서 '사사이 생각하니'를 통해 화자가 집안의 문제들을 구체적으로 헤아려 보고 있음을 알 수 있다. 그리고 '없는 것이 한이로다'를 통해 화자가 자신이 겪은 여러 문제가 결국 경제적으로 몰락한 집안 형편에서 비롯된 것이라고 인식하고 있음을 알 수 있다.

③ ㉢의 바로 앞 구절인 '김 장자 이 부자는 근본적 부자런가 / 수족이 다 성하고 이목구비 온전하니'를 고려할 때, ㉢은 처음부터 부자는 없으니 열심히 노력하면 화자 자신도 부자가 될 수 있다는 믿음을 드러낸 것이다. 그리고 ㉢의 뒷부분에서 행주치마 둘러 입고 채마밭을 개간하여 오이를 길러 시장에 파는 등 집안을 일으키기 위해 노동하는 화자의 모습이 구체적으로 나타난다. 따라서 ㉢은 자신의 힘으로 집안을 일으켜 세우며 실질적으로 집안의 일을 책임지려는 화자의 의지를 나타낸 것으로 볼 수 있다.

⑤ ㉤은 한 냥이 모여 열 냥이 되고, 열 냥이 백 냥이 되는 것으로, 화자가 쉴 틈 없이 부지런히 일하여 돈을 모은 결과, 집안의 재산이 점점 불어나고 있는 상황을 나타낸 것이다.

적중예상 고전 시가 09

본문 042쪽

[029~031] (가) 이이, 〈고산구곡가〉 (나) 이휘일, 〈저곡전가팔곡〉

029 ② 030 ④ 031 ⑤

E 지문 선정 포인트

(가)는 자연의 아름다운 풍경에 대한 예찬과 학문 수양의 의지를 드러낸 작품이야. (나)는 농촌 생활에 대한 만족감과 농사일하는 즐거움과 보람을 표현한 작품이야. (가)와 (나) 모두 화자가 현재의 삶에 대한 만족감을 느끼고 있다는 점에 주목하여 두 작품을 엮었어.

(가) 이이, 〈고산구곡가〉

해제 이 작품은 작가가 43세 되던 해에 벼슬에서 물러나 황해도 해주 석담에서 후학을 양성하며 자연에 은거하는 삶을 노래한 것으로, 주자(朱子)의 〈무이구곡가〉를 모방해서 지은 작품이다. 총 10수로 이루어진 연시조로, 〈제1수〉인 서사에서 아름다운 자연을 벗하며 학문을 닦겠다는 다짐을 드러낸 뒤, 〈제2수〉에서 〈제10수〉까지 고산의 아름다운 경치를 예찬하며 그 속에서 학문하는 즐거움을 노래하였다.

주제 자연에 대한 예찬과 학문을 깨우치는 즐거움

구성

제2수	관암의 아침 경치
제3수	화암의 늦은 봄 경치
제5수	송애의 황혼 녘 경치
제6수	수변 정사에서의 강학과 영월음풍
제10수	문산의 겨울 경치와 아름다움

(나) 이휘일, 〈저곡전가팔곡〉

해제 이 작품은 전체 8수의 연시조로, 계절의 변화와 하루 일과에 따른 농사일을 제시하며 농촌의 풍경과 노동에 참여하는 농민들의 삶을 사실적으로 표현하고 있다. 작가인 이휘일은 벼슬길에 오르지 않고 오랫동안 농촌 생활을 한 유학자로, 자신이 경험한 농민의 삶을 구체적으로 제시하면서 농사일에 힘쓸 것을 당부하고 있다.

주제 농촌 생활에 대한 만족감

구성

제1수	풍년에 대한 기원
제2수	이웃과 함께 농사일을 할 것을 권유함.
제3수	여름날 고생하며 농사일을 함.
제4수	스스로 농사지은 곡식을 먹는 즐거움
제5수	다음 해 농사를 미리 준비할 것을 권유함.
제6수	새벽에 일어나 밭으로 나감.
제7수	농부들과 함께하는 농사일의 즐거움
제8수	하루 농사일을 마치고 귀가하는 즐거움

029 시어의 의미와 기능 파악 답 ②

정답 풀이

(가)의 '유인'은 '눈 속'에 기암괴석이 묻혀 있다는 것을 모르고 볼 것이 없다며 자연을 찾지 않는 사람이다. 즉 '유인'은 눈 속에 감추어진 자연의 아름다움과 가치

를 알지 못하는 사람이다.

오답 풀이

① (가)의 '사람'은 '야외'에 살면서 '승지'를 모르는 이를 가리킨다. 여기서 '승지'는 아름다운 자연, 이상향이라고 할 수 있는데, '사람'은 이를 모르고 있으므로, '승지'를 지향한다고 보기 어렵다.
③ (나)의 '밧겻 일'은 세속의 일로, 전원에서는 관심을 두지 않는 일이다. '우국성심'은 한 해의 풍년을 원하는 마음이므로, '밧겻 일'은 '우국성심'을 위해 실천하고자 하는 일에는 해당하지 않는다.
④ (나)의 '내년'은 농사 준비를 열심히 하여 농사에 몰두하고자 기다리고 있는 시간으로, 정치적 이상을 이루는 때라고 할 수 없다.
⑤ (나)의 '한 그릇'은 배곯는 농부들에게 먹일 음식을 내보내기 전에 화자가 먼저 맛보는 음식으로, 농부들이 함께 나누어 먹는 것이라고 보기 어렵다.

030 표현상 특징 파악 답 ④

정답 풀이

[B]에서는 여름날에 달구어진 땅을 '부리로다(불이로다)'라고 과장하여 표현하였다. 그러나 이를 통해 뜨거운 여름날의 농사일의 어려움을 강조하고 있는 것이지, 한여름 농촌의 역동적 모습을 표현한 것은 아니다.

오답 풀이

① [A]에서 화자는 '원산이 그림이로다'라고 하며 소나무 사이에 술잔을 놓고 원산을 '벗'이 오는 것인 양 보고 있다고 하였다. 이는 원산을 '그림'과 '벗'에 빗대어 그것을 바라보는 기쁨을 표현한 것이다.
② [A]에서 화자가 '벽파에 곳을 띄워' 승지를 알지 못하는 사람들이 사는 '야외'로 흘려보내는 것은 봄이 완연한 화암의 아름다운 경치를 '야외'의 사람들에게 전하고자 하는 마음 때문이다.
③ [B]의 '압집의 쇼보(쟁기) 잡고 뒷집의 따보(따비) 내네'는 앞뒤 구절이 대구를 이루고 있으며, 이를 통해 서로 도우며 농사일을 하는 모습을 보여 주고 있다.
⑤ [B]의 '어늬 분이 알으실고'는 설의적 표현이다. 의문형 문장을 활용하여 낟알 하나하나에 농부의 피땀이 어려 있다는 사실을 아는 사람이 별로 없지만 실제 곡식 낟알마다에 담긴 농부의 수고로움은 매우 큼을 강조한 것으로 볼 수 있다.

031 외적 준거에 따른 작품 감상 답 ⑤

정답 풀이

(나)의 '밧 보러 가쟈스라', '달 듸여 가쟈스라'는 농촌에서의 하루를 보여 주고 있다. 이 두 구절은 각각 아침에 농사일을 하러 나가는 모습, 저녁에 농사일을 마치고 돌아오는 모습을 표현한 것이다. 그러나 이는 둘 다 농촌에서의 경험이라는 점에서 대비되는 두 공간에서의 경험을 드러낸 것은 아니다.

오답 풀이

① (가)에서 '관암에 해 비친다'는 해가 뜰 무렵의 자연의 모습을, '송애에 해 넘거다'는 해가 질 무렵의 자연의 모습을 보여 주고 있다. 즉 해가 뜰 때부터 질 때까지의 시간적 질서를 바탕으로 자연 풍경을 묘사한 것이다.
② (가)에서 '임천이 깁도록 됴흐니'는 자연에서의 만족감을, '강학도 하려니와'는 자연에서의 강학, 즉 학문에의 정진을 나타낸다. 이를 통해 화자가 자연에서 머물며 만족감을 느끼는 것은 물론, 학문에도 정진하고자 함을 알 수 있다.
③ (가)의 '화암에 춘만커다', '은병이 보기 됴타', '문산에 세모커다'에서는 무이산의 화암, 은병, 문산을 두루 돌아다니며 발견한 자연의 변화하는 모습, 즉 자연의 아름다움을 제시하고 있음을 알 수 있다.
④ (나)에서 '땀 흘너 따희 듯네'는 밭고랑을 매며 땀을 흘리는 모습을, '됴흠도 됴흘세고'는 추수를 하는 기쁨을 드러낸다. 이를 통해 화자가 농사일의 어려움도 느끼지만 수확의 즐거움도 느끼고 있음을 알 수 있다.

적중 예상 고전 시가 10

본문 044쪽

[032~035] (가) 김창협, 〈산민〉 (나) 정약용, 〈고시 8〉 (다) 작자 미상, 〈논밭 갈아 기음매고〉

032 ① 033 ③ 034 ⑤ 035 ③

E 지문 선정 포인트

(가)는 화자가 외진 산골을 지나다가 우연히 만난 산민으로부터 산골에서의 고된 생활에 대해 듣고 탐관오리의 학정에 대한 비판을 드러낸 작품이야.
(나)는 지배 계층의 수탈로 인해 고통을 받는 백성들의 삶을 동물의 관계에 빗대어 형상화한 작품이야.
(다)는 하루 동안 농부의 바쁜 일과를 구체적이고 사실적으로 묘사하고 그 속에서 느끼는 여유로움과 흥겨움을 표현한 작품이야.
(가)~(다) 모두 농민들이 처한 삶을 구체적이고 사실적으로 다루었다는 측면에 주목하여 세 작품을 엮었어.

(가) 김창협, 〈산민〉

해제 이 작품은 외진 산골의 인가를 배경으로 하여 관리들의 가혹한 수탈 때문에 고통받는 백성들의 모습을 형상화하고 있는 한시이다. 이웃도 없이 외로움과 가난을 견디고 있는 이유가 수탈을 일삼는 무서운 고을 관리들 때문임을 밝히며 어려운 처지에 놓인 백성들에 대한 동정을 드러냄과 동시에 관리들의 횡포를 고발하고 있다. 작가는 숙종 때의 문신으로, 양반이면서도 백성들이 처한 현실 문제를 직접적으로 다룸으로써 백성들의 고통에 무심하고 관념적인 가치만을 예찬하던 양반 시가의 한계를 벗어나고 있다.

주제 탐욕스러운 관리들의 횡포 비판

구성

1~4행	산속의 인가를 방문함.
5~8행	산골에서의 고달픈 삶
9~12행	산골 생활의 외로움과 어려움
13~16행	관리들의 가렴주구 비판

(나) 정약용, 〈고시 8〉

해제 이 작품은 정약용이 쓴 고시 27수 중 여덟 번째 수로, 조선 후기의 시대상을 우의적인 수법으로 풍자한 한시이다. 제비의 입을 빌려 약한 백성을 약탈하는 관리들에 대한 비판과 핍박받는 백성에 대한 연민의 정을 은근히 드러내고 있다. 이 작품에서 '제비'는 착취당하는 백성을, '황새'와 '뱀'은 백성을 괴롭히는 지배층을 의미한다. 표면적으로는 황새와 뱀의 공격 때문에 집을 잃고 떠도는 제비의 고통을 나타내고 있지만, 이면적으로는 당시 지배층들이 백성을 착취하는 모습을 풍자하고 있다.

주제 지배 계급의 착취와 횡포로 삶의 터전을 잃은 백성들의 고통

구성

1~2행	그치지 않는 제비의 소리
3~4행	집 없는 서러움을 호소하는 듯한 제비의 울음소리
5~6행	제비에게 느릅나무와 홰나무에 깃들지 않는 이유를 물음.
7~10행	황새와 뱀의 횡포 때문이라는 제비의 대답

(다) 작자 미상, 〈논밭 갈아 기음매고〉

해제 이 작품은 하루 일과를 마치고 휴식을 취한 후, 해 질 녘에 노래를 부

르며 돌아가는 농부의 모습을 그린 사설시조이다. 분주한 일상 속에서도 여유로움과 흥겨움을 잃지 않는 농부의 태도가 부각되어 있다.

주제 농부의 노동과 여유로움

구성

초장	농사일을 마친 후에 산에 갈 준비를 함.
중장	산에서 일을 한 후 여유롭게 쉼.
종장	해 질 녘이 되어 노래를 부르며 돌아가려 함.

032 작품 간 비교 감상 답 ①

정답 풀이

(가)의 내용으로 보아 시적 대상인 '부인'과 '바깥어른'이 과거에는 평지에 살다가 탐관오리의 수탈을 견디지 못하여 산으로 들어와 살고 있음을 짐작할 수 있다. 이때 평지에서의 삶을 과거 상황으로 보고 산에서의 삶을 현재 상황으로 볼 때, 과거 상황이 현재 상황에 영향을 미쳤다고 볼 수 있다. 그러나 (가)에서는 평지에서의 생활에 대해 짧게 언급하였을 뿐, 과거와 현재를 대비하는 표현은 나타나지 않는다. 또한 (나)에서도 과거와 현재의 대비가 나타나지 않는다. 다만 제비 한 마리가 지저귀는 소리를 통해 시적 대상인 제비가 황새와 뱀 때문에 느릅나무 구멍과 홰나무 구멍에서 살 수 없는 현재의 상황이 부각되고 있을 뿐이다.

오답 풀이

② (가)에서는 부인과 화자의 대화가, (나)에서는 제비와 화자가 대화를 나누는 형식이 드러나며 이를 통해 (가)에서는 부인이 처한 현실을, (나)에서는 제비가 처한 현실을 형상화하고 있다.

③ (가)에서는 '가고파도 고을 관리 너무 무서워'라는 표현에서 시적 대상인 '부인'이 느끼는 정서를 직접적으로 제시하고 있다. 그러나 (다)에서는 감정을 나타내는 시어가 사용되지 않았으며, 시적 대상인 농부가 여유 있게 콧노래를 하는 모습을 통해 시적 대상의 정서를 간접적으로 드러내고 있다.

④ (나)에서는 동물을 통해 인간 세계, 즉 백성들이 관리들에게 수탈당하는 현실을 풍자하고 있으므로 우의적 기법이 쓰였다고 할 수 있다.

⑤ (다)에서는 농부의 일상을 아침, 점심, 저녁의 순서에 따라 열거하여 구체적으로 제시하고 있다.

033 외적 준거에 따른 작품 감상 답 ③

정답 풀이

(가)에서 '사방을 둘러봐도 이웃은 없'는 것은 부부가 관리의 수탈을 피해 두메산골로 들어와 살고 있기 때문이다. 즉 관리의 수탈 때문에 외로운 삶을 사는 것으로 볼 수 있다. 또한 (나)에서 제비가 '집 없는 서러움을 호소하는' 것 역시 '황새'나 '뱀'으로 상징되는 관리의 수탈 때문에 고향을 떠나 떠돌아다니는 백성들의 정착하지 못하는 삶을 나타낸다고 볼 수 있다.

오답 풀이

① (나)의 '느릅나무 구멍'은 수령의 수탈 때문에 정착할 수 없는 향촌을 의미한다. (가)의 '초가집' 역시 수령의 수탈에서 벗어난 곳은 맞지만 안정된 상태라고 볼 수 없다. 수령의 수탈이 있는 곳보다는 덜하지만 여전히 힘들고 척박한 곳에 해당한다.

② (가)의 '나그네'는 화자로서 고향을 떠난 백성의 모습이라기보다는 그러한 백성의 이야기를 듣고 독자에게 전달해 주는 이로 설정되어 있다. 또한 말에서 내리는 모습으로 보아 양반이라 추론하는 것이 더 적절하다.

④ (나)의 '황새'가 백성들을 수탈하는 수령과 향리의 모습을 상징적으로 나타내는 것은 맞지만, (가)의 '호랑이'는 산짐승으로서 고을 관리의 수탈이 매우 무서움을 보여 주는 상대적인 비교의 대상일 뿐 백성을 수탈하는 수령과 향리의 모습을 상징한다고 보기는 어렵다.

⑤ (가)의 '평지'는 두메산골보다 편안하지만 관리의 수탈 때문에 더 무서운 곳에 해당한다.

034 시어의 의미 파악 답 ⑤

정답 풀이

(가)의 '바깥어른'과 '부인'은 가렴주구하는 '고을 관리'가 무서워 편안한 평지의 생활을 뒤로하고 척박한 '두메산골'로 들어온 것이다. 따라서 '평지'라는 부정적 현실을 피해 차선책으로 선택한 곳이 '두메산골'인 것이다. 반면 (다)에서는 시적 대상인 농부가 '무림 산중'에서 나무를 한 후 콧노래를 부르며 조는 여유로운 일상을 보내는 모습을 확인할 수 있다.

오답 풀이

① (가)에서 '두메산골'은 척박하고 살기 힘든 곳으로, 어쩔 수 없이 선택한 곳이라는 점에서 화자가 이상적으로 바라보는 공간이라 할 수 없다.

② (다)의 시적 대상이 '무림 산중'에서 정서적으로 여유로운 일상을 보내고 있다는 점에서 ㉡은 벗어나고자 하는 부정적 현실을 의미한다고 볼 수 없다.

③ (가)에서 시적 대상인 '부인'이 희망을 잃지 않고 살아가고 있는지는 확인하기 어렵다. 또한 (다)의 시적 대상은 노동을 하는 일상을 보내고는 있지만 노동에서 벗어나려고 하는 모습은 보이지 않고 있으며 그러한 삶에 만족하며 여유롭게 생활하는 모습을 나타내고 있다.

④ (가)에서 '부인'이 힘든 현실 속에서도 '바깥어른'과 서로 의지해서 살아가고 있다고 볼 수는 있다. 하지만 (가)에서는 이 두 사람이 이웃이 없는 곳에서 외롭게 살아가고 있다는 것이 더 강조된다. 또한 (다)에서 시적 대상 외에 다른 사람들이 나오지는 않지만 대상이 외로움을 느끼고 있다고 보기는 어렵다.

035 다른 작품과의 비교 감상 답 ③

정답 풀이

〈보리타작〉에서 '옹헤야 소리 내며 발 맞추어 두드리'고, '주고받는 노랫가락'이 '점점 높아지는' 모습은 노래에 맞춰 흥겹게 일하는 시적 대상의 모습을 청각적 이미지로 형상화한 것이라 할 수 있다. 하지만 (다)의 '콧노래'나 '긴소리 짧은소리'는 노동을 다 마친 후의 여유로운 모습을 형상화한 것으로 노동의 과정을 그린 것은 아니다.

오답 풀이

① 〈보리타작〉에서는 '낙원'으로 표현되는 노동의 현장과 '벼슬길'을 대비하여 정신과 육체가 합일된 노동하는 삶이 건강하고 즐거운 삶임을 드러내고 있다.

② (다)의 화자는 김을 매고 나무를 한 후 여유로운 시간을 보내는 농부의 모습을 관찰한 내용만을 제시하고 있다. 하지만 〈보리타작〉의 화자는 보리타작을 하는 농부들의 모습을 관찰하며 그들의 삶에 대해 '마음이 몸의 노예 되지 않았'다고 평가한 후 벼슬길을 헤매는 자신의 삶에 대한 반성적 태도를 보이고 있다.

④ (다)의 '베잠방이, 다임, 낫, 도끼' 등과 〈보리타작〉의 '막걸리, 보리밥, 도리깨' 등은 모두 농촌 생활과 관련된 소재에 해당한다.

⑤ (다)는 아침, 점심, 저녁 순으로 농부의 일상을 관찰한 내용을 열거하며 시상을 전개하는 반면, 〈보리타작〉은 화자가 관찰하고 있는, 보리타작을 하는 농부들의 모습을 먼저 제시하고 그에 따른 화자의 정서를 제시하는 선경후정의 방식으로 시상을 전개하고 있다.

대표 기출 현대시 ❶

본문 046쪽

[1~3] (가) 김기림, 〈연륜〉 (나) 김광규, 〈대장간의 유혹〉

1 ④ **2** ⑤ **3** ②

(가) 김기림, 〈연륜〉

해제 이 작품은 지나온 삶을 되돌아보면서 앞으로는 자신의 뜻을 펼치는 열렬한 삶을 살 것을 다짐하는 화자의 의지가 나타나는 시이다. 여기에서 '연륜'은 나무의 나이테를 이르는 말로, 일반적으로 여러 해 동안 쌓은 경험에 의하여 이루어진 숙련의 정도를 나타낼 때 쓰인다. 그러나 이 작품에서 연륜은 자신의 뜻을 펴지 못한 채 덧없이 흘러가 버린 시간, 활력을 잃고 화석처럼 굳어져 버린 삶을 의미한다. 화자는 자신의 이러한 삶과 단절하고, 이상적 공간인 섬으로 떠나고자 하며 그곳에서 과거와 단호히 결별하고 불꽃처럼 열렬히 살아갈 것을 다짐하고 있다. 특히 '-자', '-리라' 등의 종결 어미를 통해 화자의 강한 의지를 드러내고 있는 것이 인상적이다.

주제 초라한 삶에서 벗어나 열정적인 삶을 살겠다는 다짐

(나) 김광규, 〈대장간의 유혹〉

해제 이 작품은 자신의 삶에 대한 치열한 반성을 통해 본질적 자아를 찾고, 문명 사회에서 일상적이고 무의미한 삶에 젖어 살아가는 자신을 성찰하고자 하는 의지를 그린 시이다. 화자는 자신이 일회용 플라스틱 물건처럼 쓸모없는 존재라고 생각될 때 지금은 사라진 '털보네 대장간'을 찾아가고 싶어 한다. 이 시에서 '플라스틱 물건'은 현대의 물질문명 사회에서 대량 생산 · 대량 소비되는 물건을 뜻하고, '대장간'은 지금 사라지고 없지만 쇠를 단련하여 가치 있는 물건으로 만드는 생산적 공간을 뜻한다. 화자는 자신도 그런 공간에서 단련되어 가치 있는 존재로 거듭나고 싶은 갈망을 '대장간의 유혹'이라고 표현하고 있다.

주제 가치 있는 삶에 대한 소망

1 표현상 특징 파악 답 ④

선지별 선택 비율	①	②	③	④	⑤
화작	4%	7%	9%	74%	4%
언매	3%	5%	7%	80%	2%

(가)와 (나)에 대한 설명으로 가장 적절한 것은?

정답 풀이

④ (가)와 (나)는 모두 하강의 이미지가 담긴 시어를 활용하여 화자의 인식을 드러내고 있다.

··· (가)의 1연에서 화자는 '무너지는 꽃 이파리처럼 / 휘날려 발 아래 깔리는 / 서른 나문 해야'라고 하여 '무너지는', '발 아래 깔리는'과 같은 하강의 이미지가 담긴 서른 나문 해라는 시어를 통해 지금까지 자신의 삶이 초라하고 보잘것없음을 드러내고 있다. 또한 (나)의 21~23행에서 화자는 '직지사 해우소 / 아득한 나락으로 떨어져 내리는 / 똥덩이처럼 느껴질 때'라고 하여 '떨어져 내리는'과 같은 하강의 이미지가 담긴 '똥덩이'라는 시어를 통해 자신의 삶이 무가치하게 느껴지는 순간을 표현하고 있다.

오답 풀이

① (가)는 (나)와 달리 과정을 나타내는 시어들을 나열하여 시간의 급박한 흐름을 드러내고 있다.

··· (가)는 과정을 나타내는 시어를 나열하거나, 이를 통해 시간의 급박한 흐름을 드러내고 있지 않다. (나)는 '풀무질로 이글거리는 불 속에 / 시우쇠처럼 나를 달구고 / 모루 위에서 벼리고 / 숫돌에 갈아'에서 과정을 나타내는 시어를 통해 '무쇠 낫'이 단련되는 모습을 제시하고 있을 뿐, 시간의 급박한 흐름을 드러내고 있지는 않다.

② (나)는 (가)와 달리 자연물에 빗대어 화자의 움직임을 드러내고 있다.

··· (가)는 '갈매기처럼 꼬리 떨며 / 산호 핀 바다 바다에 나려앉은 섬으로 가자'에서 화자의 움직임을 '갈매기'에 빗대어 드러내고 있다. 그러나 (나)는 '뛰어내리고', '찾아가고', '멈추고' 등을 통해 화자의 움직임을 드러내고 있을 뿐, 화자의 움직임을 자연물에 빗대어 드러내고 있지는 않다.

③ (나)는 (가)와 달리 색채어를 활용하여 공간적 배경이 만들어 내는 분위기를 드러내고 있다.

··· (가)는 '비취빛 하늘', '눈빛 파도' 등에서 색채어를 활용하여 화자가 이상적으로 생각하는 섬의 분위기를 드러내고 있다. 그러나 (나)에서 '시퍼런'은 '매우 퍼렇다.'라는 의미가 아니라 무쇠 낫의 '날이 몹시 날카롭다.'라는 의미로 사용된 것이므로, (나)는 색채어를 통해 공간적 배경이 만들어 내는 분위기를 드러내고 있다고 할 수 없다.

⑤ (가)와 (나)는 모두 표면에 드러난 청자에게 말을 건네는 방식으로 화자의 정서를 드러내고 있다.

··· (가)의 '서른 나문 해야'에서 '야'라는 호격 조사에 주목할 때 표면화된 청자에게 말을 건네는 방식을 사용한 것으로도 볼 수 있다. 그러나 (나)는 시의 표면에 드러난 청자에게 말을 건네는 방식을 사용하고 있지 않으며, 독백적 어조를 통해 화자가 소망하는 바를 드러내고 있다.

2 시어의 의미 이해 답 ⑤

선지별 선택 비율	①	②	③	④	⑤
화작	2%	6%	4%	8%	78%
언매	1%	4%	2%	6%	84%

(가), (나)의 시어에 대한 이해로 적절하지 않은 것은?

정답 풀이

⑤ (가)에서 '또한'은 긍정적인 존재와 화자의 동질성을, (나)에서 '마구'는 부정적으로 취급되는 대상과 화자 간의 차별성을 부각한다.

··· '또한'은 '어떤 것을 전제로 하고 그것과 같게'라는 뜻이다. (가)의 화자는 4연에서 이상적인 공간의 모습을 제시하고 5연의 '나도 또한 불꽃처럼 열렬히 살리라'에서 자신도 그것과 같이 열정적인 삶을 살겠다는 의지를 드러내고 있으므로 '또한'은 긍정적인 존재와 화자의 동질성을 부각한다고 할 수 있다. 한편 '마구'는 '아무렇게나 함부로'라는 뜻이다. (나)의 '마구 쓰다가 / 망가지면 내다 버리는 / 플라스틱 물건'으로 보아 '마구'는 '플라스틱 물건'이 부정적으로 취급되고 있음을 드러내는 말이다. 그런데 화자는 자신이 이러한 '플라스틱 물건'처럼 느껴진다고 말하고 있으므로 '마구'는 부정적으로 취급되는 대상과 화자 간의 차별성을 부각한다고 볼 수 없다.

오답 풀이

① (가)에서 '열렬히'는 화자가 추구하는 삶에 대한 적극적인 태도를 표방한다.

··· '열렬히'는 '어떤 것에 대한 애정이나 태도가 매우 맹렬하게'라는 뜻이다. (가)의 화자는 '나도 또한 불꽃처럼 열렬히 살리라'에서 초라하고 덧없는 삶을 버리고 '불꽃'과 같이 열정적으로 살겠다는 태도를 보이고 있으므로 '열렬히'는 화자가 추구하는 삶에 대한 적극적인 태도를 표방한다고 볼 수 있다.

② (나)에서 '한꺼번에'와 '하나씩'의 대조는 개별적인 존재의 고유성을 부각한다.

··· '한꺼번에'는 '몰아서 한 차례에. 또는 죄다 동시에'라는 뜻이다. (나)의 '한꺼번에 싸게 사서'에서는 대량 생산되어 대량 소비되는 '플라스틱 물건'의 몰개성

적인 속성을 드러내고 있다. 반면에 '땀 흘리며 두들겨 하나씩 만들어 낸'에서는 '꼬부랑 호미'의 개성적인 속성을 드러내고 있다. 따라서 '한꺼번에'와 '하나씩'의 대조는 개별적이고 가치 있는 존재인 '꼬부랑 호미'의 고유성을 부각한다고 볼 수 있다.

③ (나)에서 '온통'은 화자의 성찰적 시선이 자신의 삶 전반에 걸쳐 있음을 부각한다.

⋯› '온통'은 '전부 다'라는 뜻이다. (나)의 화자는 '온통 부끄러워지고'라고 하여 자신의 삶 전체에 대한 반성적 인식을 드러내고 있으므로 '온통'은 화자의 성찰적 시선이 삶 전반에 걸쳐 있음을 부각한다고 볼 수 있다.

④ (가)에서 '날로'는 부정적 상황의 지속적인 심화를, (나)에서 '당장'은 당면한 상황에서 벗어나려는 절박감을 강조한다.

⋯› '날로'는 '날이 갈수록'이라는 뜻이다. (가)의 화자는 2연에서 '구름같이 피려던 뜻은 날로 굳어'라고 하여 자신의 뜻을 펴지 못하는 부정적 상황이 지속적으로 심화되고 있음을 '날로'를 통해 강조하고 있다. '당장'은 '일이 일어난 바로 직후의 빠른 시간'이라는 뜻이다. (나)의 화자는 '당장 버스에서 뛰어내리고 싶다'라고 하여 자신이 '플라스틱 물건'처럼 느껴지는 상황에서 즉시 벗어나고 싶다는 절박한 마음을 '당장'을 통해 강조하고 있다.

3 외적 준거에 따른 작품 감상 답 ②

선지별 선택 비율	①	②	③	④	⑤
화작	11%	37%	8%	13%	29%
언매	10%	43%	6%	9%	30%

〈보기〉를 참고하여 (가), (나)를 감상한 내용으로 적절하지 않은 것은? [3점]

보기

시인은 결핍을 느끼는 상황에서 새로운 가치를 발견하고 이를 통해 삶을 성찰하는 경우가 많다. 예컨대 〈연륜〉은 축적된 인생 경험에서, 〈대장간의 유혹〉은 현대인이 추구하는 편리함에서 결핍을 발견한 화자를 통해 일상에서 경험하는 것들이 재해석된다. 두 작품은 결핍된 상황에서 벗어나려는 의지를 구심점으로 삼아 시상을 전개한다.

정답 풀이

② (가)에서 '불꽃'을 긍정적인 이미지로 표현한 것은, '주름 잡히는 연륜'에 결핍되어 있는 속성을 끊을 수 있는 수단이라는 의미로 재해석한 것이겠군.

⋯› (가)의 '주름 잡히는 연륜'은 '피려던 뜻'이 굳은 것으로, 화자는 이러한 '주름 잡히는 연륜'을 끊어 버리고 '불꽃처럼 열렬히' 살고자 하는 의지를 드러낸다. 따라서 '불꽃'은 긍정적인 이미지의 시어로, 화자가 추구하고자 하는 삶의 태도를, '연륜'은 화자가 벗어나고자 하는 삶으로, 열렬함이 결핍된 상태를 의미한다. 따라서 '불꽃'이 '연륜'에 결핍되어 있는 속성을 끊을 수 있는 수단이라는 해석은 적절하지 않다.

오답 풀이

① (가)에서 '서른 나문 해'를 '초라한 경력'으로 표현한 것은, 화자가 자신이 살아온 인생을 변변치 않은 경험으로 재해석한 것이겠군.

⋯› 〈보기〉에 따르면, (가)의 화자는 축적된 인생 경험에서 결핍을 발견하고 일상에서 경험한 것들을 재해석하고 있다. 이로 보아, (가)에서 '서른 나문 해'는 화자의 지나온 삶을 의미하므로, 화자가 '서른 나문 해'를 '초라한 경력'으로 표현한 것은 화자가 자신의 지나온 삶을 보잘것없고 변변하지 못한 경험으로 재해석하고 있음을 보여 준다.

③ (나)에서 지금은 사라진 '털보네 대장간'을 '찾아가고 싶다'고 표현한 것은, 일상에서 결핍된 가치를 찾고자 하는 화자의 열망을 공간에 투영한 것이겠군.

⋯› 〈보기〉에 따르면, (나)의 화자는 편리함에서 결핍을 발견하고 이러한 결핍된 상황을 벗어나려는 의지를 통해 시상을 전개한다. 화자는 자신의 삶이 무가치하다고 느끼고 지금은 사라진 '털보네 대장간'을 '찾아가고 싶다'고 말하는데, 이때 '털보네 대장간'은 개성적이고 가치 있는 삶이 존재하는 공간을 상징한다. 이로 보아, 화자가 '털보네 대장간'을 '찾아가고 싶다'고 표현한 것은 일상에서 결핍된 가치, 즉 개성적이고 가치 있는 삶을 찾고자 하는 화자의 열망을 '털보네 대장간'이라는 공간에 투영한 것임을 알 수 있다.

④ (나)에서 '가던 길을 멈추고' '걸려 있고 싶다'고 표현한 것은, 화자가 추구하는 가치를 표상하는 사물의 상태가 되고 싶다고 진술함으로써 결핍에서 벗어나고자 하는 의지를 드러낸 것이겠군.

⋯› (나)의 화자가 '가던 길을 멈추고' '걸려 있다 싶다'는 것은 앞 내용을 참고할 때 '털보네 대장간'에 걸린 '무쇠 낫', '꼬부랑 호미'처럼 되고 싶다는 것을 의미한다. '무쇠 낫'과 '꼬부랑 호미'는 달구고 벼리고 갈아 만들어진 것으로 가치 있는 존재, 즉 화자가 지향하는 대상이다. 이를 〈보기〉와 연결 지어 보면, 화자가 '가던 길을 멈추고', '걸려 있고 싶다'고 한 것은 화자가 추구하는 가치를 표상하는 사물인, '무쇠 낫', '꼬부랑 호미'가 되고 싶다고 진술함으로써 결핍에서 벗어나고자 하는 의지를 드러낸 것임을 알 수 있다.

⑤ (가)에서 '육지'를 지나간 시간을 막아 둘 공간으로, (나)에서 '버스'를 벗어나고 싶은 공간으로 표현한 것은, '육지'와 '버스'를 화자가 결핍을 느끼는 공간으로 재해석한 것이겠군.

⋯› (가)에서 '육지'는 열정적인 삶을 살고자 '섬'으로 가려는 화자가 '초라한 경력'을 막아 두고자 하는 공간이다. 즉 초라하고 보잘것없는 지나온 삶을 막아 두고자 하는 공간이다. 또한 (나)에서 '버스'는 자신의 삶이 '플라스틱 물건'처럼 느껴진 화자가 당장 벗어나고자 하는 공간이다. 〈보기〉에 따르면, (가)와 (나)는 결핍을 발견한 화자를 통해 일상에서 경험하는 것들이 재해석되고, 결핍된 상황에서 벗어나려는 의지를 바탕으로 시상을 전개한다고 하였으므로, (가)의 '육지'와 '버스' 모두 화자가 결핍을 느끼는 부정적인 공간으로 재해석되었음을 알 수 있다.

대표 기출 현대시 ❷

본문 050쪽

[4~6] (가) 이용악, 〈그리움〉 (나) 이시영, 〈마음의 고향 2 – 그 언덕〉

4 ⑤ **5** ② **6** ④

(가) 이용악, 〈그리움〉

해제 이 작품은 광복 직후 홀로 상경해 서울에서 생활하던 시인이 함경북도 무산(茂山)의 처가에 두고 온 가족을 그리는 절실한 마음을 노래한 시로, 작가의 현실 인식과 시적 감수성이 잘 나타나 있다. 잉크마저 얼어붙게 하는 모진 추위와 함박눈을 통해 가족을 향한 그리움을 절실한 어조로 형상화하고 있으며, 의문형 종결 어미의 반복과 수미상관의 구조를 통해 음악성과 구조적 안정감을 얻고 있다. 고향에 대한 그리움와 애정이 고향을 환기하는 눈, 화물차 등의 소재를 통해 드러나다가 궁극적으로는 '그리운 곳 차마 그리운 곳'이라는 표현으로 응축되어 나타나고 있다.

주제 고향에 대한 그리움

(나) 이시영, 〈마음의 고향 2 – 그 언덕〉

해제 이 작품은 어른이 된 화자가 결코 마음에서 잊히지 않는 과거 고향의 모습을 회상하면서 느끼는 그리움과 고향에 대한 애정을 노래한 시이다. 유년 시절 화자의 추억 속 고향 마을은 평화롭고 생명력 넘치는 모습으로 나타나고 있는데, 화자는 시각과 청각, 공감각 등의 다양한 감각적 이미지와 구체적 소재들, 다양한 의성어나 의태어를 활용하여 고향의 모습을 선명하게 전달하고 있다. 그리고 화자의 내면에 잊히지 않고 계속해서 되살아나는 고향에 대한 변함없는 애정을 드러내고 있다.

주제 마음에서 잊히지 않는 어린 시절 고향의 추억

4 표현상 특징 파악 답 ⑤

선지별 선택 비율	①	②	③	④	⑤
	2%	2%	3%	2%	88%

(가)에 대한 이해로 가장 적절한 것은?

정답 풀이

⑤ '잠을' 깬 자신에게 '어쩌자고'라는 의문을 던져 현재의 상황에서 느끼는 화자의 애달픈 심정을 드러내고 있다.

⋯ '너를 남기고' 고향을 떠나온 화자는 '잉크병 얼어'들 정도로 추운 밤에 '잠을' 깬다. 화자는 이러한 자신에게 빈정거리거나 거부하는 뜻을 포함하고 있는 의문형 종결 어미 '–자고'를 사용하여 '어쩌자고'와 같이 자책하는 듯 의문을 던지고 있다. 그리고 '그리운 곳 차마 그리운 곳'이라며 외롭고 쓸쓸한 현실에서 가족과 고향에 대한 그리움을 드러내고 있다. 따라서 '어쩌자고'라는 의문을 던져 현재의 상황에서 느끼는 화자의 애달픈 심정을 드러내고 있다는 설명은 적절하다.

오답 풀이

① '오는가'를 '쏟아져 내리는가'로 변주하여 대상에 대한 화자의 거부감을 드러내고 있다.

⋯ 1연에서는 1행의 '(눈이) 오는가'라는 표현을 2행에서 '(함박눈) 쏟아져 내리는가'로 변주하여, 눈을 매개로 북쪽의 고향을 떠올리는 화자의 모습을 그려 내고 있다. 그러나 눈이나 고향에 대한 화자의 거부감은 나타나지 않는다.

② '돌아간'과 '달리는'의 대응을 활용하여 두 대상 간에 조성되는 긴장감을 묘사하고 있다.

⋯ 2연의 '돌아간'은 '백무선 철길'이 휘어진 것을 형상화한 시어이고, '달리는'은 철길 위, '화물차'의 움직임을 형상화한 시어이다. '돌아간'과 '달리는'의 대응을 활용하여 '백무선 철길'과 '화물차' 사이에 긴장감을 조성하고 있지 않다. 특히 '화물차'는 '느릿느릿' 달리고 있기 때문에 긴장감과는 거리가 멀다.

③ '철길'에서 '화물차의 검은 지붕'으로 묘사의 초점을 이동하여 정적인 이미지를 강화하고 있다.

⋯ 2연에서는 '백무선 철길'을 달리는 '화물차'의 모습을 묘사하고 있는데, 먼저 험한 벼랑을 굽이굽이 돌아간 '철길'을 묘사한 후 '화물차의 검은 지붕'을 묘사하고 있어 묘사의 초점이 이동했다고 할 수 있다. 한편, '철길'은 휘어진 모양으로 묘사되고, '화물차의 검은 지붕'은 '철길' 위에서 달리고 있는 모습으로 묘사되고 있다. 이때 '달리는'은 '휘어진'에 비해 동적인 이미지를 보이고 있으므로 묘사의 초점을 이동하여 정적인 이미지를 강화하고 있다는 이해는 적절하지 않다.

④ '잉크병'이라는 사물이 '얼어드는' 현상을 활용하여 화자가 처한 현실의 변화 가능성을 암시하고 있다.

⋯ 4연에서는 너무 추워 '잉크병'이라는 사물이 얼어드는 현상을 제시해 화자가 현재 매우 추운 곳에 있음을 드러내고 있다. 그리고 3연의 '너를 남기고 온'으로 보아 화자는 고향을 떠나와 홀로 지내고 있다. '잉크병이 얼어드는' 추운 '밤'은 화자의 이러한 상황, 즉 고향을 떠나 외롭게 지내는 생활을 부각하는 것이라 할 수 있으며, 화자가 처한 현실(상황)의 변화 가능성과는 관련이 없다.

5 시구의 의미 파악 답 ②

선지별 선택 비율	①	②	③	④	⑤
	10%	71%	9%	4%	4%

㉠~㉤의 의미를 고려하여 (나)를 감상한 내용으로 적절하지 않은 것은?

정답 풀이

② ㉡을 활용하여 냇가에서 놀던 유년의 화자가 누군가 자신을 부르는 소리를 물소리로 느낀 경험을 부각하고 있군.

지문 근거 나를 부르는 소리 같기도 하고
솨르르 솨르르 무엇이 물살을 헤짓는 소리 같기도 하여

⋯ ㉡은 '조금 잘고 많은 물체나 액체 따위가 쏟아져 내리는 소리. 또는 그 모양'을 의미하는 부사(음성 상징어) '솨르르'가 반복적으로 제시된 것으로, 화자가 유년 시절 고향의 언덕 아래 냇가에서 들은 소리와 관련이 있다. 그런데 화자는 그 소리가 '나를 부르는 소리 같기도 하고', '무엇이 물살을 헤짓는 소리 같기도 하'다고 하였다. 즉 (나)에서는 ㉡이 무엇의 소리를 표현한 것인지 정확하게 말하고 있지 않다. 따라서 ㉡을 활용하여 '누군가 자신을 부르는 소리를 물소리로 느낀 경험을 부각하고 있'다는 감상은 적절하지 않다.

오답 풀이

① ㉠을 활용하여 유년의 화자가 경험한 가을이 단단한 결실을 맺는 시간임을 부각하고 있군.

지문 근거 수수알이 광광 여무는 가을이었을까

⋯ '광광'은 '매우 단단하게 굳어지는 모양'을 의미하는 부사(음성 상징어)로, '수수알'이 여무는 모양을 감각적으로 표현한 것이다. 수수알이 이와 같이 단단하게 여문다는 것은 유년의 화자가 경험한 가을이 단단한 결실을 맺는 시간임을 효과적으로 드러낸다.

③ ㉢을 활용하여 유년의 화자에게 순간적 감동을 느끼게 한 맑고 푸른 하늘의 색채를 부각하고 있군.

지문 근거 고개를 들면 아, 청청히 푸르던 하늘

…→ ⓒ은 '싱싱하게 푸르게 / 맑고 푸르게'라는 의미를 지닌 부사로, '푸르던'을 수식하고 있다. 이렇게 '푸르던' 앞에 푸른색과 관련된 ⓒ을 한 번 더 사용하면 '푸르던 하늘'이 강조된다. 또한 ⓒ 앞의 감탄사 '아'는 유년 시절의 화자가 하늘을 보고 감탄하고 있음을 알려 준다. 따라서 ⓒ은 유년 시절 화자가 감동한 하늘의 푸름을 더욱 강렬하게 드러낸다.

④ ⓓ을 활용하여 무섬증에 언덕을 달려 오른 유년의 화자에게 또렷하게 인식된 이웃들의 밝은 웃음을 부각하고 있군.

지문 근거 까르르 까르르 밭 가장자리로 울려 퍼지던
영자 영숙이 순임이의 청랑한 웃음소리

…→ ⓓ은 '주로 여자나 아이들이 한꺼번에 자지러지게 웃는 소리. 또는 그 모양'을 나타내는 부사(음성 상징어) '까르르'가 반복적으로 제시된 것으로, '갑자기 무섬증이 들어 언덕으로 달려' 올라온 유년의 화자에게 들린 이웃들의 밝은 웃음소리를 표현하고 있다. 이로 보아 ⓓ은 유년의 화자에게 또렷하게 인식된 이웃들의 밝은 웃음을 효과적으로 드러낸다.

⑤ ⓔ을 활용하여 유년의 화자가 곡식이 익어 가는 들녘의 인상을 선명하게 지각한 경험을 부각하고 있군.

지문 근거 푸른 하늘 아래 가을 들이 또랑또랑 익는 냄새며

…→ ⓔ은 '조금도 흐리지 않고 아주 밝고 똑똑한 모양'을 나타내는 부사(음성 상징어)로, '가을 들'이 '익는 냄새'를 감각적으로 표현한 것이다. 따라서 ⓔ은 유년 시절 화자가 가을 들녘의 인상을 선명하게 지각한 경험을 효과적으로 드러낸다.

6 외적 준거에 따른 작품 감상 답 ④

선지별 선택 비율	①	②	③	④	⑤
	4%	4%	3%	84%	2%

〈보기〉를 참고하여 (가)와 (나)를 이해한 내용으로 적절하지 않은 것은? [3점]

보기

이용악과 이시영의 시 세계에서 고향은 창작의 원천이 되는 공간이다. 이용악의 시에서 고향은 척박한 국경 지역이지만 언젠가 돌아가야 할 근원적 공간으로 그려지는데, (가)에서는 가족이 기다리는 궁벽한 산촌으로 구체화된다. 이시영의 시에서 고향은 지금은 상실했지만 기억 속에서 계속 되살아나는 공간으로 그려지는데, (나)에서는 이웃들과 함께했던 삶의 터전이자 생명이 살아 숨 쉬는 평화로운 농촌으로 구체화된다.

정답 풀이

④ (가)는 '눈'을 '복된' 것으로 인식함으로써 고향에 돌아갈 날에 대한, (나)는 '무엇'이 '부르는 것 같'았던 언덕을 회상함으로써 고향으로의 귀환에 대한 기대를 드러낸다.

…→ (가)의 화자가 '눈'을 매개로 고향을 떠올리며 '눈'을 '복된' 것으로 인식한 것은 언젠가 돌아가야 할 근원적 공간인 고향에 대한 그리움을 드러낸 것이다. 한편 (나)의 화자가 '무엇'이 '부르는 것 같'았던 언덕을 회상한 것은 유년 시절 고향에서의 추억을 노래한 것이다. 그러나 이를 고향으로의 귀환에 대한 기대로 이해하는 것은 적절하지 않다.

오답 풀이

① (가)는 '함박눈'으로 연상되는 겨울의 이미지를 통해 '북쪽' 국경 지역의 고향을, (나)는 '햇빛'을 받은 '깨꽃'에서 그려지는 여름의 이미지를 통해 생명력 넘치는 고향을 보여 준다.

…→ (가)에서는 고향을 '함박눈', '복된 눈' 내리는 '북쪽'의 작은 마을로 그리고 있으므로, '함박눈'으로 연상되는 겨울의 이미지를 통해 '북쪽' 국경 지역의 고향을 보여 준다는 설명은 적절하다. 한편, (나)에서는 고향을 '깨꽃'이 부서지는 '햇빛 밝은 여름날'의 이미지로 묘사하고 있으므로, 여름의 이미지를 통해 생명력 넘치는 고향을 보여 준다는 설명은 적절하다.

② (가)는 '험한 벼랑' 너머 '산 사이'라는 위치를 통해 산촌 마을인 고향의 궁벽함을, (나)는 '소고삐'를 풀어놓고 '가재를 쫓'는 모습을 통해 농촌 마을인 고향의 평화로움을 보여 준다.

…→ (가)에서는 고향을 '험한 벼랑을 굽이굽이 돌아간' 험지, '연달린 산과 산 사이'의 공간으로 그리고 있으므로, 산촌 마을인 고향의 궁벽함을 보여 준다고 할 수 있다. 한편, (나)에서 '소고삐'를 풀어놓고 '가재를 쫓'는 모습은 〈보기〉에서 설명한 고향 농촌 마을의 평화로운 이미지에 부합한다고 볼 수 있다.

③ (가)는 '남기고' 온 '너'를 떠올림으로써 고향에서 기다리는 사람에 대한, (나)는 '밭 사이'에서 웃던 이웃들의 이름을 떠올림으로써 고향에서 함께 살아가던 이웃에 대한 기억을 보여 준다.

…→ (가)의 화자가 북쪽 작은 마을에 '남기고' 온 '너'를 떠올리며 그리움을 드러내고 있는 것은 고향에서 기다리는 가족에 대한 기억을 보여 준다고 할 수 있다. 한편, (나)의 화자가 유년 시절을 추억하며 '논실댁', '영자', '영숙이' 등 이웃들의 이름을 떠올리는 것은 고향에서 함께 살아가던 이웃에 대한 기억을 보여 준다고 할 수 있다.

⑤ (가)는 '차마 그리운 곳'이라는 표현을 통해 근원적 공간인 고향에 대한 애틋함을, (나)는 '자꾸 안 잊히는지'라는 표현을 통해 내면에 존재하는 고향에 대한 변함없는 애정을 드러낸다.

…→ (가)에서 '차마 그리운 곳'은 고향의 그리움을 직접 표현한 것이므로, 근원적 공간인 고향에 대한 애틋함을 드러낸 것으로 볼 수 있다. 한편, (나)에서 '자꾸 안 잊히는지'는 유년 시절의 고향을 추억하는 것이므로, '지금은 상실했지만 기억 속에서 계속 되살아나는 공간'인 고향에 대한 변함없는 애정을 드러낸 것으로 볼 수 있다.

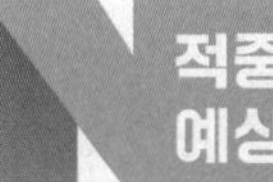

적중 예상 현대시 01

본문 054쪽

[036~038] (가) 김소월, 〈님의 노래〉 (나) 김춘수, 〈강우〉

036 ② 037 ⑤ 038 ⑤

E 지문 선정 포인트

(가)는 현실에는 부재하는 임이 마음속에 함께 있다고 생각함으로써 임에 대한 그리움과 사랑을 드러낸 작품이야.
(나)는 부인과 사별한 후 느끼는 부인의 존재감과 이별로 인한 슬픔 및 그리움의 정서를 표현한 작품이야.
(가)와 (나) 모두 임과 이별한 상황에서 임에 대한 그리움을 다루었다는 점에서 두 작품을 엮었어.

(가) 김소월, 〈님의 노래〉

해제 이 작품은 부재하는 임이 화자의 마음속 '님의 노래'로 항상 함께하고 있음을 드러냄으로써, 임에 대한 화자의 사랑과 그리움을 표현한 시이다. 화자는 임의 노래가 자신에게 어떻게 존재하고 있는지 표현함으로써 부재 속에서도 더욱 강하게 자신의 존재감을 드러내는 임에 대한 사랑과 그리움을 효과적으로 형상화하고 있다.

주제 임에 대한 그리움

구성

1연	화자의 가슴에 언제나 남아 있는 임의 노래
2연	임을 기다리며 종일토록 임의 노래에 젖음.
3연	임의 노래를 들으며 깊고 포근하게 잠이 듦.
4연	잠에서 깬 후 임이 부재하는 현실을 확인함.

(나) 김춘수, 〈강우〉

해제 이 작품은 아내의 죽음으로 인한 슬픔과 당혹감을 표현한 시이다. 갑작스러운 아내의 부재를 받아들이기 어려운 상황 속에서 느끼는 화자의 안타까움과 절망감이 잘 드러나 있다. '거기', '밥상', '넙치지지미' 등은 아내의 부재 속에서 아내의 존재감을 더욱 절실하게 느끼도록 하는 소재이다. 평생 존재를 탐구해 온 시인의 후기 작품으로, 존재의 부재 속에서 더 절실하게 증명되는 존재의 의미가 시상의 바탕을 이룬다.

주제 아내를 잃은 슬픔과 당혹감

구성

1~6행	밥상을 대하며 아내를 찾는 '나'
7~10행	아내를 애타게 찾지만 내 목소리만 들리는 현실
11~13행	아내의 죽음을 인식하고 받아들임.
14~19행	아내의 죽음으로 인한 슬픔과 체념

036 작품 간의 공통점 파악 답 ②

정답 풀이
(가)에서는 '우리 님의', '귀에 들려요', '깊이 들어요', '님의 노래는' 등의 동일한 시구를 반복적으로 사용하여 운율의 효과를 얻고 있다. (나)에서도 '어디로 갔나'라는 동일한 시구를 반복적으로 사용하여 운율감을 형성하고 있다.

오답 풀이
① (가)와 (나) 모두 시의 처음과 끝에 같은 구절을 반복하여 배치하는 수미상관의 구조는 나타나지 않는다.
③ (가)는 '해지고 저물도록 귀에 들려요 / 밤들고 잠들도록 귀에 들려요'에서, (나)는 '어디로 갔나, / 밥상은 차려 놓고 어디로 갔나 / 넙치지지미 맵싸한 냄새가 / 코를 맵싸하게 하는데 / 어디로 갔나'에서 점층적 표현이 사용되었다고 볼 여지가 있다. 그러나 (가)와 (나) 모두 이를 통해 대상의 역동적 측면을 강조하고 있는 것은 아니다.
④ (가)와 (나) 모두 화자가 친밀감을 느끼는 대상은 '님'과 '이 사람'으로 나타나 있지만, 그 대상에게 말을 건네는 방식을 사용하고 있는 것은 아니다.
⑤ (나)에서는 '왠지 느닷없이 그렇게 퍼붓는다. / 지금은 어쩔 수가 없다고.'와 같이 도치된 문장으로 시상을 마무리하고 있으나, (가)에서는 도치된 문장으로 시상을 마무리하고 있지 않다.

037 시구의 의미 파악 답 ⑤

정답 풀이
'내 귀에 들린다'는 '내 목소리만'과 연결되어, '이 사람'에게 아내를 찾는 '내 목소리'가 가 닿지 못하고 있는 상황을 나타낸다. 따라서 상실감에 빠져 있는 화자가 '내 목소리'를 통해 스스로 위로받고 있음을 보여 준다는 설명은 적절하지 않다.

오답 풀이
① 화자가 '해지고 저물도록' 그리고 '밤들고 잠들도록' 임의 노래에 젖어 있다는 것은 그만큼 화자가 '님의 노래'에 강한 애착을 보이며 임을 그리워하고 있음을 나타낸다.
② '깊이 들어요'는 고적한 잠자리에 홀로 누워 있는 상황, 즉 임이 부재하는 외롭고 쓸쓸한 상황 속에서도 '님의 노래'를 통해 화자가 위안을 느끼며 깊이 잠들 수 있게 되었음을 보여 준다.
③ '자다 깨면' 화자가 '님의 노래'를 '하나도 남김없이 잃어버'린다고 했으므로 이것은 화자가 '님의 노래'와 함께할 수 없는 허무한 상황을 보여 준다고 할 수 있다.
④ (나)의 '메아리가 되어'는 '내 목소리'가 '이 사람'에게 가닿지 못하고 되돌아오는 상황, 즉 아내가 부재하는 상황에서의 화자와 '이 사람' 사이의 단절감을 나타낸다.

038 외적 준거에 따른 작품 감상 답 ⑤

정답 풀이
(나)에서 '한 치 앞'을 못 보게 하는 '빗발'은 '이 사람'의 부재를 받아들인, 화자의 슬픔, 절망감과 관련지어 이해하는 것이 적절하다. 앞이 보이지 않을 정도로 비가 심하게 내리는 상황을 통해 화자와 '이 사람' 사이의 단절을 나타낸다고도 볼 수 있다. 그러나 '빗발'이 존재감을 강하게 증명하는 '이 사람'의 모습을 감각적으로 표현한 것이라고 볼 만한 근거는 찾아볼 수 없다.

오답 풀이
① (가)에서 '그리운 우리 님'의 '맑은 노래'가 언제나 자신의 가슴에 젖어 있다는 것은, 임은 현재 화자의 곁에 부재하여 그리움의 대상이 되고 있지만 그의 존재감을 환기하는 '맑은 노래'가 언제나 화자의 가슴속에 느껴져 화자가 임을 인식하고 있음을 보여 준다고 할 수 있다.
② (가)에서 '긴 날을 문밖에' 서서 '님의 고운 노래'를 듣고 있는 화자의 모습은, '님의 노래'를 매개로 부재하는 임의 존재감을 느끼며 임이 돌아오기만을 기다리는 상황으로 볼 수 있다. 이때 '님의 노래'를 '고운 노래'로 표현한 것으로 보아 여기에는 임의 존재감을 소중하게 받아들이고 있는 화자의 태도가 담겨 있다고 할 수 있다.
③ (나)에서 '조금 전'과 '거기'는 '이 사람'이 얼마 전까지 실재했던 시간과 공간이다. 따라서 이것은 '어디로 갔나'와 연결되어, '이 사람'이 '지금', '여기'에 존재

하지 않고 있음을 보여 준다고 할 수 있다.

④ (나)에서 '넙치지지미 맵싸한 냄새'는 평소에 '이 사람'이 화자를 위해 준비해 주던 것으로 볼 수 있으며, '이 사람'의 부재 속에서 후각적인 인상을 통해 '이 사람'의 존재감을 오히려 부각한다고 할 수 있다.

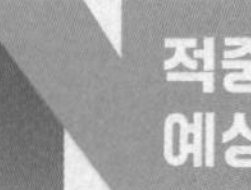

적중 예상 현대시 02

본문 056쪽

[039~042] (가) 백석, 〈여우난골족〉 (나) 문정희, 〈성에꽃〉

039 ② 040 ⑤ 041 ③ 042 ④

E 지문 선정 포인트

(가)는 친척들이 큰집에 모여 명절을 함께 보내는 풍경을 묘사하여 풍요로운 가족 공동체의 모습을 그린 작품이야.
(나)는 혹독한 겨울 추위를 견디고 피어난 성에꽃을 통해 깨달은 삶의 진실을 표현한 작품이야.
(가)와 (나) 모두 화자가 생각하는 긍정적인 삶의 모습을 다루었다는 면에 주목하여 두 작품을 묶었어.

(가) 백석, 〈여우난골족〉

해제 이 작품은 할아버지, 할머니가 계신 큰집에 모든 가족들이 모여 여러 가지 음식을 만들고 놀이를 하며 서로 화합하는 명절날의 모습을 통해 가족 공동체의 평화로운 모습을 형상화하고 있다. 작품이 쓰인 시기가 일제 강점기 가족 공동체가 붕괴되던 시절임을 고려할 때, 이 작품은 작가의 어릴 적 기억 속에 남아 있는 따뜻한 공동체의 모습을 통해 공동체의 화합과 유대감에 대한 그리움을 드러내고, 가족 공동체가 회복되기를 소망하는 작가의 심정을 담고 있다고 할 수 있다. 감각적 이미지와 평북 방언의 구사, 토속적 소재의 나열을 통해 이러한 작품의 주제 의식을 효과적으로 나타내고 있다.

주제 명절날 흥겨운 분위기와 가족 간의 유대감

구성

1연	명절날 아버지, 어머니를 따라 큰집으로 감.
2연	큰집에 모인 가족들 소개
3연	가족이 모인 방안 모습과 다양한 명절 음식
4연	이야기를 나누는 부녀자들과 즐겁게 노는 아이들

(나) 문정희, 〈성에꽃〉

해제 이 작품은 추운 겨울 새벽 창에 핀 성에꽃의 아름다움에 취한 화자가 추위 속에서 아름다운 꽃을 피우는 성에꽃의 모습에서 인간의 삶의 모습을 유추하고 있는 시이다. 삶 역시 성에꽃처럼 고통과 시련을 감내한 후에 아름다운 결실을 맺을 수 있다는 것이다. 화자는 서로 다른 대상 간의 유사성에 근거하여 새로운 인식에 도달하는 유추적 발상을 통해 삶에 대한 깨달음과 긍정적 인식을 담아내고 있다.

주제 성에꽃의 모습에서 깨달은 인간의 삶의 모습

구성

1~9행	추운 겨울 새벽 창에 핀 성에꽃에 대한 감탄
10~12행	성에꽃의 모습에서 인간의 삶으로 인식이 전환됨.
13~19행	추위 속에 핀 성에꽃의 모습을 통해 발견한 삶의 진실

039 표현상 특징 파악 답 ②

정답 풀이

(나)의 '아니 이런 황홀한 꿈을 보았나.', '이런 투명한 꽃을 피워 놓으셨을까.', '누가 새겨 놓았을까.', '누가 저토록 슬픈 향기를 새기셨을까.'는 의문형 진술을 통해

성에꽃의 아름다움에 대한 감탄을 드러내는 부분이다. (가)에는 의문형 진술이 사용된 부분도, 그것을 통해 대상에 대한 감탄을 나타낸 부분도 찾아볼 수 없다.

오답 풀이

① (가)는 특정 청자에게 말을 건네는 방식이 아닌 독백체로 시상을 전개하고 있다. (나) 역시 성에꽃을 보며 얻은 깨달음을 독백체로 노래하고 있다.

③ (가)는 '논다', '잔다' 등에서 현재형 어미를 사용하여 시적 상황에 생동감을 부여하고 있지만, (나)는 음성 상징어를 사용하고 있지 않으며 그것을 통해 시적 상황에 생동감을 부여하고 있지도 않다.

④ (나)는 외부 세계인 '성에꽃'의 모습에서 인간의 삶으로 인식이 전환되며, 화자의 '슬픈', '비애'의 내면을 드러내고 있어 외부 세계에서 내면으로 시선이 이동된다고 볼 수 있지만, (가)는 외부 세계인 큰집의 가족 구성원과 정경에 대한 묘사만 있을 뿐, 화자의 시선이 내면으로 이동하고 있지 않다.

⑤ (가)에는 화자의 집에서 큰집으로, 그리고 큰집의 안간에서 아르간, 웃간, 부엌 등으로의 공간의 이동이 드러나 있지만, (나)에는 공간의 이동이 나타나 있지 않다.

040 외적 준거에 따른 작품 감상 답 ⑤

정답 풀이

(가)에서 '밤'은 어른들이 아르간에서 웃으며 이야기하고, 아이들은 웃간 한 방에서 여러 가지 놀이를 하며 즐거운 시간을 보내는, 공동체의 화합을 보여 주는 시간적 배경으로 문맥상 긍정적 의미를 지닌다. 따라서 부정적 의미를 지닌 일제 강점기라는 시대 상황과 관련짓는 것은 적절한 감상이 아니다.

오답 풀이

① (가)의 화자가 어린 '나'로 설정된 것을 볼 때, 이 작품이 작가의 어린 시절 체험을 바탕으로 쓰였음을 짐작할 수 있다.

② '큰집'은 온 가족들이 모여 음식을 만들어 먹고, 각종 이야기와 전통 놀이로 웃고 떠드는 공간으로 공동체의 화합을 드러내는 공간적 배경에 해당한다.

③ 2연에서 큰집에 모인 가족들을 소개하는 화자의 묘사를 통해 대상의 성격을 짐작할 수 있고, 더불어 가족들을 묘사하는 긴 수식어에는 가족들에 대한 화자의 관심과 애정이 깃들어 있음을 알 수 있다.

④ 4연의 전통 놀이를 하는 아이들의 모습과 흥겨운 큰집의 정경에 대한 묘사에서 어릴 적 고향에 대한 작가의 그리움을 엿볼 수 있다.

041 외적 준거에 따른 작품 감상 답 ③

정답 풀이

[B]의 '새하얀 신부'는 성에꽃의 시각적 이미지에 초점을 맞춘 비유적 표현으로 의미상 [A]의 '투명한 꽃'에 대응된다. 하지만 '새하얀 신부'와 '투명한 꽃'은 성에꽃의 아름다움을 빗댄 시어일 뿐, 고통을 수용하는 화자의 모습을 의미하는 것은 아니다.

오답 풀이

① [B]의 '가혹한 고통'은 [A]의 칼날 같은 '추위'와 대응되어 삶을 살아가면서 겪게 되는 고통과 시련을 드러낸다.

② [B]의 '눈부시고 부드러운 꿈'은 [A]의 '황홀한 꿈'에 대응된다. 이는 성에꽃을 '꿈'에 빗댄 것으로 '가장 가혹한 고통의 밤이 끝난 자리에 / 가장 눈부시고 부드러운 꿈이 일어'선다는 화자의 말을 고려할 때, 고통은 언젠가는 끝나게 되어 있고, 고통의 결과는 아름다운 결실로 이어질 수 있다는 삶에 대한 화자의 긍정적 전망을 읽어 낼 수 있다.

④ [A]에서 성에꽃에 머물던 화자의 인식이 [B]의 '허긴 사람도 그렇지.'에서 인간의 삶으로 확대 · 전환되고 있다.

⑤ [A]의 '이내 스러지는'과 [B]의 '한 방울 물로 스러지는'은 모두 순간적인 속성을 나타내는 말로, 비록 한 방울의 물로 스러지는 찰나의 존재일지라도 꽃으로 피어나는 성에꽃의 모습을 통해 시련에 굴복하지 않는 인간 의지에 대한 통찰을 담고 있다.

042 구절의 의미 파악 답 ④

정답 풀이

(나)의 ㉣에서 '이마를 대'는 행위의 주체는, 이어지는 '누가 저토록 슬픈 향기를 새기셨을까'를 고려할 때, 화자가 아닌 유리창에 성에꽃을 새겨 놓은 누군가에 해당한다는 것을 알 수 있다. 따라서 ㉣이 성에꽃을 피우기 위한 화자의 희생 의지를 나타내고 있다는 설명은 적절하지 않다.

오답 풀이

① 긴 수식어를 사용한 외양과 행동 묘사를 통해 '큰골 고무'의 성격을 드러내고 있다.

② '사기 방등에 심지를 멧 번이나 돋우고'에 시각적 이미지가, '홍게닭이 멧 번이나 울어서'에 청각적 이미지가 각각 사용되어 시간의 흐름을 나타내고 있다.

③ '제 빛깔을 감추고 / 씨앗 속에 깊이 숨죽이고 있'는 '들녘의 꽃들'의 모습은 '추위가 칼날처럼 다가든 새벽'에 피어 있는 성에꽃의 속성과 대비를 이루고 있다.

⑤ '슬픈 향기'는 '성에꽃'을 비유한 표현으로, 고통과 시련을 견뎌 낸 결과물이기에 '성에꽃'이 지니고 있을 수밖에 없는 고통에 대한 화자의 슬픈 마음이 담겨 있다고 볼 수 있다.

적중예상 현대시 03

본문 058쪽

[043~045] (가) 윤동주, 〈참회록〉 (나) 신동엽, 〈누가 하늘을 보았다 하는가〉

043 ⑤ 044 ③ 045 ④

E 지문 선정 포인트

(가)는 일제 강점기 당시 시인의 치열한 자기 성찰적 태도를 드러낸 작품이야.
(나)는 구속과 억압이 가해지는 상황에서 자유와 평화를 누릴 세상이 오길 소망하는 태도를 드러낸 작품이야.
(가)와 (나) 모두 부정적인 상황을 극복하고자 하는 의지를 다루고 있다는 점에 주목하여 두 작품을 엮었어.

(가) 윤동주, 〈참회록〉

해제 이 작품은 일제 강점기라는 고난의 시대를 살아갔던 시인의 자기 성찰적 태도가 잘 드러나 있는 시이다. 작품 속 화자는 망국민으로서 자신의 삶을 '욕되다'고 느끼면서 참회록을 쓴다. 그리고 언젠가 반드시 찾아올 '즐거운 날'을 떠올려 볼 때, 부정적 현재를 극복하기 위해 적극적으로 대응하지 않는 참회는 잘못된 참회라고 생각하며, 현재의 참회를 '부끄런 고백'이라고 여긴다. 거대한 현실에 맞서기에 개인은 너무나 작고 힘없는 존재이므로, 화자는 자신이 잘못된 현실에 의지적으로 맞서는 삶을 선택한다면 필연적으로 비극적 미래를 맞이하게 될 것이라 전망한다. 그러나 이러한 전망은 비관적 체념이 아닌, 철저하고 끊임없는 자기 성찰의 정직성에서 비롯된 것이라고 할 수 있다.

주제 자기 성찰을 통한 순결성 추구

구성

1연	망국의 욕된 자아로서의 자기 확인
2연	지나온 삶에 대한 회고와 참회
3연	미래에 대한 긍정적 전망과 새로운 참회의 필요성
4연	자기 성찰을 위한 부단한 노력의 자세
5연	치열한 자기 성찰을 통해 확인되는 자아의 비극적 운명

(나) 신동엽, 〈누가 하늘을 보았다 하는가〉

해제 이 작품은 우리 민족에게 가해지고 있는 구속과 억압의 상황을 직시하게 함으로써 그러한 상황을 극복하기 위한 의지를 북돋우는 시이다. 이 시에서 '하늘'은 자유롭고 평화로운 세상을 상징하는 핵심 시어로 계속 변주되어 반복된다. '누가 하늘을 보았다 하는가'라는 설의적 표현은 아무도 하늘을 보지 못하고 살아왔다는 뜻을 부각하며, 그 원인으로서 제시된 '지붕 덮은 쇠 항아리'는 구속과 억압의 현실 상황을 형상화한다. 화자는 이러한 사회적 현실을 직시하고 극복하기 위해 '네 마음속 구름'을 닦아 내고 '네 머리 위 쇠 항아릴 찢'어 버리라고 말한다. 그리고 이러한 각성의 노력과 냉철한 현실 인식을 통해서, 자유와 평화에 대한 외경의 자세 및 민족에 대한 연민의 자세를 가지게 될 것이라 강조하고 있다.

주제 억압적인 현실 상황에 대한 비판과 밝은 미래에 대한 소망

구성

1~3연	자유가 억압된 부정적인 현실
4~6연	부정적인 현실 극복을 위한 노력 촉구
7~8연	부정적 현실 속에서 보내는 인고의 세월
9연	밝은 미래에 대한 염원

043 표현상 특징 파악 답 ⑤

정답 풀이

(가)에서는 '이다지도 욕될까', '무슨 기쁨을 바라 살아왔던가', '왜 그런 부끄런 고백을 했던가' 등과 같이 물음 형식의 종결 표현을 사용하여 화자 자신이 처한 부정적 상황에 대한 인식을 강조하였다. 또한 (나)에서도 '누가 하늘을 보았다 하는가'와 같이 물음 형식의 종결 표현을 사용하여 자신이 처한 부정적 상황에 대한 인식을 부각하였다.

오답 풀이

① (가)에서 화자 자신에 대한 호칭은 '나'로 통일되어 있다.
② (나)는 1연을 9연에서 변주하여 반복함으로써 수미상관의 구성을 취하고 있다. 그러나 이를 통해 동일한 대상에 대한 인식 변화를 나타내고 있지는 않다.
③ (가)는 과거 – 현재 – 미래로 이어지는 시간의 흐름에 따라 자신의 삶을 참회하는 과정을 보여 주고 있다. 그러나 (나)의 경우 공간의 이동에 따라 시상이 전개되고 있지 않다.
④ (가)와 (나) 모두 말하고자 하는 내용의 비중이나 강도를 점차 높이거나 넓혀 그 뜻을 강조하는 점층적 표현을 사용하고 있다고 보기 어렵다.

044 시구의 의미와 기능 파악 답 ③

정답 풀이

ⓒ '일생을 살아갔다'는 다음 연에서도 반복되고 있다. 그러나 이를 통해서는 사람들이 '하늘'에 대해 평생 잘못 알고 살아왔음을 강조한 것이지, '하늘'이 사람들의 삶 전부를 이끌어 왔음을 부각한 것은 아니다.

오답 풀이

① ㉠은 같은 연에서 '누가 구름 한 송이 없이 맑은 / 하늘을 보았다 하는가.'로 변주되어 반복되고, ㉠이 포함된 1연 전체가 다시 9연에서 반복, 변주됨으로써 그 누구도 제대로 된 '하늘'을 본 이가 없음을 강조하고 있다.
② ㉡은 3연에서 반복되어 '먹구름'과 '쇠 항아리'를 '하늘'로 여겼던 사람들의 인식이 잘못된 것임을 강조하고 있다.
④ ㉣은 6연에서 반복되어 제대로 된 '하늘'을 보기 위한 사람들의 노력이 아침저녁으로 부단히 지속되어야 함을 강조하고 있다.
⑤ ㉤은 6연에서 '티 없이 맑은 구원의 하늘'로 반복, 변주되어 '하늘'이 본래 지닌 긍정적인 속성을 강조하고 있다.

045 외적 준거에 따른 작품 감상 답 ④

정답 풀이

(나)에서 '네 머리 덮은' 것으로 화자에게 인식되는 '쇠 항아리'는, 자아를 둘러싼 외부 세계의 억압성을 나타내며 화자는 이것을 찢어야 한다고 말하고 있다. 따라서 이것이 세계와 통일을 이루기 위해 자아가 받아들여야 하는 현실의 상황을 드러낸다는 감상은 적절하지 않다.

오답 풀이

① (가)에서 '이다지도 욕될까'는 화자가 자신을 무가치해진 '어느 왕조의 유물'에 빗대어 떠올린 생각이다. 따라서 여기에는 세계와 조화를 이루지 못한 자아에 대한 부정적 인식이 담겨 있다고 할 수 있다.
② (가)에서 '참회의 글'은 화자가 살아온 '만 이십사 년 일 개월'에 대한 반성을 담고 있다. 이는 자아와 세계가 분열된 이유를 욕된 삶을 살았다고 생각하는 자아의 내면에서 찾았기에 나타난 결과로 볼 수 있다.
③ (나)에서 '먹구름'은 화자가 추구하는 '구름 한 송이 없이 맑은 하늘'과 대비된다. 따라서 이것은 자아가 맞이한 현실과 이상이 서로 괴리되어 있음을 보여 준다고 할 수 있다.

⑤ (가)에서 '손바닥으로 발바닥으로 닦아 보자'는 자기 성찰을 위해 노력하는 화자의 모습을 나타낸다. 따라서 이는 자아의 성찰을 통해 자아와 세계의 분열을 극복하려는 의지를 보여 준다고 할 수 있다. 또한 (나)에서 '닦아라, 사람들아', '찢어라, 사람들아'는 '먹구름'과 '쇠 항아리'를 하늘로 알고 살아온 사람들에게 각성할 것을 요구하는 화자의 외침이다. 따라서 이는 억압적인 현실에 대한 공론화와 저항을 통해 분열된 자아와 세계의 조화를 이루려는 모습으로 볼 수 있다.

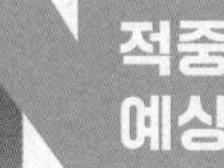

적중 예상 현대시 04

본문 060쪽

[046~048] (가) 조지훈, 〈흙을 만지며〉 (나) 고재종, 〈면면함에 대하여〉

046 ③ 047 ⑤ 048 ⑤

E 지문 선정 포인트

(가)는 세속적인 삶에서 벗어나 자연 속에서 안분지족하며 살고자 하는 소망을 드러낸 작품이야.
(나)는 시련과 고통을 견디는 느티나무를 통해 힘든 삶 속에서도 희망을 잃지 않는 태도를 노래한 작품이야.
(가)와 (나) 모두 바람직한 삶에 대한 의지와 소망의 태도를 다루었다는 면에 주목하여 두 작품을 엮었어.

(가) 조지훈, 〈흙을 만지며〉

해제 이 작품은 세속적 삶에서 벗어나 자연에서 살아가는 삶에 대한 지향과 의지를 노래하고 있다. 이 작품의 화자는 '피비린 옥루'를 헐고, '따사한 햇살'에 익어 가는 '초가삼간'을 짓자는 소망을 드러내며, 포근하고 평화로운 자연에서의 삶을 추구하는 태도를 보이고 있다. 그리고 이 작품에서 화자가 지향하는 자연은 화자로 하여금 뉘우침의 눈물을 흘리게 하는 성찰의 매개체인 동시에 삶의 섭리에 따라 자신이 돌아갈 곳으로서의 공간, 푸른 하늘이 사시사철 변하지 않는 불변성의 공간으로 제시되고 있다. 이러한 시상의 흐름을 통해 자연에서의 삶이 지닌 가치와 섭리의 의미를 보여 주고 있다.

주제 자연 속에서 안분지족하며 살아가는 삶에 대한 의지와 소망

구성

1연	자연에서의 소박한 삶에 대한 다짐과 소망
2연	물질적 풍요로움 속에서 느끼는 정신적 외로움
3연	세속적 삶에서 벗어나고자 하는 거부의 태도
4연	자연을 통한 삶의 반성과 깨달음
5연	자연이 지닌 섭리와 조화를 이룬 생명력의 모습
6연	자연에서의 안분지족하는 삶에 대한 다짐과 소망
7연	정신적 풍요로움 속에서 느끼는 만족감

(나) 고재종, 〈면면함에 대하여〉

해제 이 작품은 느티나무의 모습을 통해 시련 속에서도 희망을 잃지 않고 생명력을 회복하는 삶이 지닌 가치를 형상화하고 있다. 이 작품의 제목인 '면면함'은 '끊어지지 않고 죽 잇따라 있다.'라는 의미로, '삭풍'이 몰아치는 상황에서 '별 하나' 매달지 못하는 시련과 고난으로 인해 온몸이 상처투성이이지만 지금은 그 어느 때보다 생생한 '초록의 광휘'를 내뿜는 느티나무의 모습을 통해 이를 형상화하고 있다. 특히 느티나무의 모습은 작품 속 농촌 마을의 사람들과 대응되는데, 농촌에서의 삶의 어려움으로 모든 것을 청산하고 떠나 버리는 현실 속에서도 희망을 포기하지 않고 살아가는 농민들의 면면한 삶을 잘 나타내고 있다.

주제 시련 속에서도 희망을 잃지 않는 삶의 면면함

구성

1연	동구 밖 느티나무의 푸르른 울음소리
2연	지난겨울의 고통을 견디던 느티나무의 울음소리
3연	희망을 포기하지 않는 느티나무와 사람들

4연	시련을 이겨 내고 봄을 맞은 느티나무
5연	어려운 현실에서도 희망을 버리지 않는 사람들

046 표현상 특징 파악 답 ③

정답 풀이

(나)에서는 '너'라는 특정 청자를 설정하고 '들어 보았니', '왜 저 나무 한참씩이나 쳐다보겠니', '왜 둥둥둥둥 울려 나겠니'와 같이 말을 건네는 표현을 사용하며 시상을 전개하고 있다. 그러나 (가)에서는 시의 표면에 청자가 제시되어 있지 않다.

오답 풀이

① (가)의 '풍기는 흙냄새에 귀 기울이면'은 공감각적 표현으로 볼 수 있다. 그런데 (나)의 '푸르른 울음소리'도 느티나무가 겪는 고통과 시련으로서의 '울음소리'와 생생한 생명력으로서의 '푸르른'의 이미지를 나타낸 것으로 '청각의 시각화'에 의한 공감각적 표현에 해당한다. 그리고 (나)에서는 '느티나무의 푸르른 울음소리'를 통해 주제 의식을 드러내고 있다.

② (가)에서는 '~을(를) 나는 ~자'나 '어쩌면 이 많은 ~이 그물을 치나'와 같이 유사한 통사 구조를 반복적으로 제시하고 있지만 동일한 시행의 반복은 나타나지 않는다. 한편 (나)에서는 '너 들어 보았니', '푸르른 울음소리'라는 동일한 시행을 반복하여 느티나무의 시련과 고난을 드러내고 있다.

④ (가)에서는 2연과 7연에서 '~치나'와 같이 의문형 어미를 사용하고 있는데, 2연에서는 정신적 외로움을 느끼는 상태를 드러내고 있다는 점에서 세속적 삶의 세계에 대한 화자의 부정적 인식을 나타낸 것으로 이해할 수 있다. 한편 (나)에서는 '~보았니' '~보겠니', '울려 나겠니' 등의 의문형 어미를 사용하고 있으나 이를 통해 화자의 부정적 인식을 드러내는 것은 아니다. 오히려 화자는 느티나무에 주목하며 '허리 펴는 사람들', '북소리'에 대해 긍정적 가치를 부여하고 있다.

⑤ (나)에서는 '지난겨울'이라고 특정한 계절적 배경을 직접적으로 언급하며, 겨울 속 느티나무라는 대상이 고난과 시련을 겪었음을 드러내었다고 할 수 있다. 그러나 (가)에서는 '사철'이라는 표현을 사용하고 있을 뿐, 특정 계절을 직접적으로 언급하거나 그 계절 속 대상의 속성을 드러내고 있는 부분은 제시되어 있지 않다.

047 감상의 적절성 파악 답 ⑤

정답 풀이

(나)의 5연에서 '둥둥둥둥 울'리는 '북소리'는 고통의 상황에서도 밝은 미래를 기대하며 사람들에게 희망과 용기를 주는 소리로 볼 수 있다. 그런데 (가)의 7연에서 '있는 것' 외에 '아무것도 없는 곳'은 화자가 지향하는 자연의 이미지를 표현한 것으로, 이곳에서 화자가 '어쩌면 이 많은 사랑이 그물을 치나'라고 한 것은 자연에서의 삶에 대한 만족감을 드러낸 것이다. 따라서 자연 속 삶에 대해 화자가 무상감을 느끼고 있다는 설명은 적절하지 않다.

오답 풀이

① (가)의 1연에서 화자는 '옥루'를 '피비린' 공간이자 헐어야 할 공간으로, '초가삼간'을 '따사한 햇살에 익어 가는' 공간이자 짓고자 하는 공간으로 여기고 있다. 이는 경쟁적이고 폭력적인 세속적 공간에서 벗어나 평화롭고 따스한 자연으로 돌아가고자 하는 의식을 화자의 대조적 행동을 통해 부각한 것으로 이해할 수 있다.

② (가)의 4연에서 화자는 풍기는 '흙냄새'로부터 '뉘우침의 눈물', 즉 자신의 삶을 돌아보는 모습을 보이고, 이를 다시 눈물에서 '꽃'이 피어나는 모습과 연결 짓고 있다. 이는 흙냄새를 통해 자신의 삶을 성찰하고 반성하는 화자의 모습을 보여 주는 것이라는 점에서 자연이 성찰의 매개가 되고 있다고 할 수 있다.

③ (나)의 2연에서 화자는 느티나무의 '푸르른 울음소리'의 근원은 '제 상처마다'였음을 밝히고 있다. 이는 상처를 견디는 과정을 거침으로써 '푸르른' 소리를 낼 수 있게 되었음을 의미한다는 점에서 느티나무가 고통과 시련에 굴복하지 않고 이를 견뎌 내었음을 보여 주는 것으로, '느티나무'의 감내의 이미지를 나타내고 있다.

④ (가)의 5연에서 화자는 '산골 물소리'가 스며 흐르는 '흙'을 마지막으로 돌아갈 곳이라고 하였다. 이는 세속적인 삶의 공간을 떠나 돌아가야 할 공간으로서의 자연을 '흙'을 통해 구체화한 것으로 이해할 수 있다. 또한 (나)의 3연에서 화자는 '소리 죽여 흐느끼던 소리'와 '가지 팽팽히 후리던 소리'를 연속적으로 제시하여 연결함으로써 느티나무가 고통을 견뎌내고 있는 상황을 나타내고 있다.

048 외적 준거에 따른 작품 감상 답 ⑤

정답 풀이

'앞들'은 '모'를 내는 힘든 농사일을 하는 사람들이 잠시 허리를 펴고 느티나무를 바라보고 있는 공간이다. 이곳에서 사람들이 하고 있는 농사일은 자신이 사는 공간을 지켜 내고자 하는 고된 삶의 한 과정으로 이해할 수 있다. 그리고 이 과정에서 사람들은 무성하게 잎을 피워 낸 느티나무를 보면서 고통을 견디며, 희망을 잃지 않으면 밝은 미래가 올 것이라는 위안을 얻고 있다고 볼 수 있다. 하지만 시련과 극복의 '반복적 순환'에 대한 화자의 인식을 드러내고 있는 것은 아니다.

오답 풀이

① '동구 밖'은 느티나무의 푸르른 울음소리가 들려오는 공간으로, 화자는 그곳의 '느티나무'를 보면서 시련과 고통을 감내하고 생생한 초록빛을 뿜어내는 면면한 삶의 의미를 깨우치고 있다.

② '지난겨울'은 느티나무에게 '삭풍'이 몰아치는 고난과 '우듬지 끝에 별 하나'도 매달 수 없는 황량하고 절망적인 시간이 된다. 이 시간 속 '저 나무'는 시련과 고통 속에서 수많은 상처를 지닌다는 점에서, 면면한 삶의 과정에서는 시련이 닥쳐 올 수 있음을 보여 주는 대상이라 할 수 있다.

③ '마을'은 사람들이 '다 청산하고 떠나 버리는' 부정적 상황에 있는 공간이지만, 화자는 이러한 상황에서 '잔치'가 '아직 끝나지 않았다고' 여기고 있다. 여기서 '잔치'는 농촌이 공동체를 이루며 행복하게 살던 삶을 의미하는 것으로, '지킬 것은 지켜야 한다'는 표현은 부정적이고 절망적인 상황에서도 희망을 버리지 않아야 한다는 인식을 담고 있다.

④ '오늘'은 '느티나무'의 '푸르른 울음'이 '생생한 초록의 광휘'로 변화된 시간으로, '이파리'는 싱싱한 생명력을 보여 준다. 이는 지난겨울의 고난을 견디고 얻은 생명력이라는 점에서 고통의 시간을 지나 얻을 수 있는 결실이라고 볼 수 있으며, 화자는 이러한 결실을 얻는 삶의 과정을 면면한 삶의 과정으로 인식하고 있다고 볼 수 있다.

적중 예상 현대시 05

본문 062쪽

[049~051] (가) 김광균, 〈노신〉 (나) 최승호, 〈내 영혼의 북가시나무〉

049 ⑤ 050 ② 051 ④

E 지문 선정 포인트

(가)는 시인으로서 고달프게 살던 화자가 시련을 극복한 유명 시인을 떠올린 후 극복 의지를 다지는 작품이야.
(나)는 부정적 현실 속에서도 순수한 내면을 지키려는 화자의 의지를 노래한 작품이야.
(가)와 (나) 모두 시인으로서의 삶에 대한 화자의 성찰을 다루고 있다는 면에 주목하여 두 작품을 엮었어.

(가) 김광균, 〈노신〉

해제 이 작품은 가족의 생계를 책임져야 하는 가장과 자신이 지향하는 시를 창작하려는 시인으로서의 역할 사이에서 갈등하는 화자의 고뇌를 담담한 어조로 표현하고 있다. 생활고와 시인의 사명감 사이에서 갈등하는 화자는 등불을 보며 시공간을 초월하여 과거 중국의 작가인 노신을 떠올린다. 노신은 고독하고 쓸쓸한 현실에서도 굳세게 살아간 인물로, 화자는 이런 노신과 자신을 동일시하며 괴로운 현실을 이겨 내고자 하는 의지를 다지게 된다.

주제 현실과 이상 사이에서의 갈등과 이를 극복하려는 시인의 태도

구성

1연	현실적인 생활과 시인으로서의 사명감 사이에서 갈등함.
2연	노신을 떠올리며 고통스러운 현실을 극복하려는 의지를 다짐.

(나) 최승호, 〈내 영혼의 북가시나무〉

해제 이 작품은 부정적 이념들이 난무하는 현실에서도 참다운 자유와 사랑이 담긴 시를 쓰려는 화자의 결의를 노래하고 있다. '북가시나무'로 상징되는 화자의 영혼은 이념을 강요하는 세력들에 의해 난도질을 당해 가지도 잎도 없는 상태가 된다. 정치적 이념과 구호들의 난무로 인해 순결한 영혼마저 위협받는 상황은 점차 심해진다. 하지만 화자는 이러한 현실에 대해 당당히 맞서야겠다고 다짐한다. 그리고 고독할지언정 순수하고 아름다우며 생명력 넘치는 시를 창작하겠다는 의지를 드러내고 있다.

주제 부정적 현실 속에서도 신념과 순수성을 지키며 시를 창작하려는 의지

구성

1연	외부 세계의 횡포에 상처 입은 영혼
2연	이상 세계를 향한 꿈과 지친 영혼을 향한 위로
3연	현실의 횡포(이념)에 시달리고 고통받는 영혼
4연	순수한 영혼을 위협하는 세력에 대한 저항
5연	아름답고 참된 시를 쓰고자 하는 화자의 소망

049 작품 간의 공통점 파악 답 ⑤

정답 풀이

(가)에서 '먼 — 기적 소리 처마를 스쳐 가고'는 청각을 시각화하여 아스라이 들리는 기적 소리를 감각적으로 형상화하고 있다. 또 '등불이 나에게 속삭어린다'는 시각을 청각화하여 화자에게 노신의 삶의 진실을 은밀하게 알려 주는 등불의 모습을 감각적으로 형상화하고 있다. (나)에서 '초록과 금빛의 향기'는 후각을 시각화하여 화자가 쓰려는 시가 생명력 넘치고 아름다운 시임을 감각적으로 표현하고 있다. 따라서 (가)와 (나)는 모두 공감각적 심상을 활용하여 대상의 특성을 감각적으로 표현하고 있다고 할 수 있다.

오답 풀이

① (나)는 작품의 시작과 끝에 '하늘에서 새 한 마리 깃들'을 배치하는 변형된 수미상관의 기법을 사용하여 주제를 강조하고 있다. 그러나 (가)에는 수미상관의 기법이 쓰이지 않았다.
② (나)는 '초록과 금빛의 향기를 뿌리는 시'에서 '초록'과 '금빛'과 같은 색채어를 활용하고 있으나 이를 통해 시의 분위기를 다채롭게 조성하고 있지는 않다. 그리고 (가)는 색채어를 활용하고 있지 않다.
③ (가)는 '여기 하나의 ~ 있다'를 반복하고, (나)는 '~ 소리', '~ 시를'을 반복하고 있지만, 이는 의미를 강조하는 효과가 있을 뿐, 시간의 흐름을 나타내고 있지는 않다.
④ (가)에는 생활의 어려움을 겪고 있는 화자의 모습이, (나)에는 온갖 이념으로부터 상처 입은 화자의 모습이 나타나고 있으므로, (가)와 (나) 모두 현실의 삶에 대해 비판적인 태도를 드러내고 있다고 볼 수 있다. 그러나 (가)와 (나)는 모두 반어적 어조를 통해 이를 드러내고 있지는 않다.

050 외적 준거에 따른 작품 감상 답 ②

정답 풀이

(나)에서 '새 한 마리 깃들지 않'는 '내 영혼의 북가시나무'가 '가지도 없고 잎도 없'다고 한 것은 특정 이념을 맹목적으로 신봉하는 이들로 인해 상처받은 화자의 내면의 황폐함을 형상화한 것이지, 이상과 현실 사이에서 갈등하는 화자의 모습을 형상화한 것이 아니다.

오답 풀이

① (가)에서 '곤두박질해 온 생활의 노래'와 '지나는 돌팔매에도 이제는 피곤하다'를 통해 화자가 시인으로서 살아가기에 현실에서 생활의 문제를 겪고 있음을 드러내고 있다. 이는 절망적인 현실 생활로 인해 고통받는 화자가 겪는 괴로움을 나타낸다.
③ (가)에서 '먹고산다는 것'은 불가피한 생활의 문제로 시인인 화자가 마음껏 시를 창작하지 못하게 하는 장애물에 해당한다. (나)에서 '원치 않는 깃발과 플래카드들'은 현실에 난립하는 온갖 부정적인 이념들로 순수한 시를 창작하려는 화자의 영혼을 억압하는 존재들이다. 따라서 (가)와 (나)의 해당 구절은 모두 시를 창작하는 화자에게 절망감을 주는 환경적 요인을 나타낸다.
④ (가)에서 '이런 밤'이면 생각이 나는 '노신'은 괴로운 현실에서도 신념을 잃지 않고 살았던 인물로, 내적 갈등을 하는 화자가 노신을 떠올린 것은 그를 자신의 삶의 지표로 여겼기 때문이다. (나)에서 '밤을 보내'며 맡고 있는 '신목의 향기'는 자유의 공간인 '허공'에서 맡을 수 있는 신성한 존재의 향기로, 결국 화자가 지향하는 존재로 볼 수 있다.
⑤ (가)에서 '여기 하나의 굳세게 살아온 인생'은 노신의 삶이자 곧 화자의 삶으로, 앞으로 이런 삶을 지속하리라는, 화자가 추구하는 현실 대응 방식을 나타낸 것이다. (나)에서 '살벌한 몸통으로 서서 반역하는 내 영혼'은 부정적 세력에 저항하겠다는 강력한 화자의 의지를 드러낸 것으로, 앞으로 이런 현실 대응 방식을 추구하겠다는 태도를 나타낸 것이다.

051 시구의 의미 파악 답 ④

정답 풀이

㉣에서 '대장간의 낫'은 '북가시나무'에 비유되는 화자의 순수한 영혼을 위협하는 존재들을 비유한 표현이다. 봄이 되었어도 이러한 낫이 더 생기를 띤다는 것은

시간이 지나도 부정적 현실이 개선될 여지가 보이지 않음을 비유적으로 표현한 것이다. '낫'이 '생기'를 띤다는 표현에서 인공물에 인격을 부여하고 있다고 볼 수 있지만 이를 통해 봄의 생명력을 표현하는 것은 아니다.

오답 풀이

① ㉠은 시인인 화자를 잠 못 들게 하는 것은 가난으로 인해 아내와 어린것을 책임지지 못하는 현실이다. 가난한 가족이 잠드는 곳에 내리는 밤눈은 계절감을 드러내는 소재로, 가장의 역할을 다하지 못하는 화자의 착잡하고 서글픈 처지를 부각하는 기능을 한다.

② ㉡은 '등불'을 켜는 화자의 행위를 묘사하고 있는데, 등불은 상해 호마로 어느 뒷골목에 있는 등불을 연상하게 한다. 즉 등불은 화자로 하여금 자신과 동일한 처지에 있었던 상해 호마로의 노신을 떠올리게 하는 계기로 작용하고 있다.

③ ㉢에서 '허공'에서는 '해 입을 것도 의무도 없'다고 하면서 공간의 의미를 구체화하며 자유로운 공간임을 밝히고 있는데. 이는 화자가 진정으로 꿈꾸는 이상 세계의 성격을 나타내고 있다.

⑤ ㉤에서 시를 '잎사귀'가 달려 있고 '과일'을 나눠 주는 나무, 즉 자연물에 빗대고 있다. 이는 생명력 넘치고, 사랑과 위안를 주는 시를 쓰겠다는 화자의 창작 태도, 즉 화자가 지향하는 시의 경향을 나타낸 것이다.

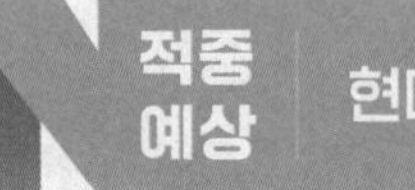

현대시 06

본문 064쪽

[052~055] (가) 나희덕, 〈속리산에서〉 (나) 이성부, 〈산길에서〉

052 ⑤ 053 ④ 054 ① 055 ②

E 지문 선정 포인트

(가)는 화자가 속리산으로 오르면서 더 깊이 들어가는 것이 삶이라는 깨달음을 얻은 일을 제시한 작품이야.
(나)는 화자가 산길을 걸으며 길은 과거의 사람들이 만들어 놓은 것이며 이를 따라 걷는 것은 역사를 함께 만들어 가는 것이라는 깨달음을 다룬 작품이야.
(가)와 (나) 모두 화자가 산을 오르면서 깨달은 삶의 의미와 진정한 가치를 다룬다는 점에 주목하여 두 작품을 엮었어.

(가) 나희덕, 〈속리산에서〉

해제 이 시는 가파른 비탈로 산에 높이 오르려고 했던 화자가 평평한 길이 계속 이어지는 속리산을 오르면서 산다는 일은 더 높이 오르는 게 아니라, 더 깊이 들어가는 것이라는 깨달음을 얻었음을 노래한 작품이다. 그리고 이를 통해 높이 오르기 위한 치열한 경쟁 속에서 살아온 우리들의 삶을 성찰하게 하고 삶의 새로운 의미를 떠올리게 하고 있다.

주제 경쟁에서 벗어난 삶의 새로운 의미

구성

1~3행	순하디순한 길을 열어 보여 준 속리산
4~7행	가도 가도 제자리인 것 같은 평평한 속리산의 길
8~20행	속리산이 '나'에게 일깨워 준 새로운 삶의 가치

(나) 이성부, 〈산길에서〉

해제 이 시는 내가 걷는 산길이 과거의 사람들이 힘들게 만들어 놓은 것이며 이를 따라 걷는 것은 그들과 함께 역사를 만들어 가고 있는 것이라는 인식을 노래한 작품이다. 과거의 사람들이 힘겨운 삶의 과정에서 부질없어 보이지만 끊임없이 노력하여 만든 역사의 길을 걸으며, 포기하지 않고 새로운 역사를 만들어 가는 데 동참해야 함을 노래하고 있다.

주제 산을 오르면서 삶의 진정한 가치에 대해 얻게 되는 깨달음

구성

1~5행	산길에서 이 길을 만든 사람들을 생각함.
6~8행	산길을 만든 이들을 찾아 서울을 버리는 일에 신명이 남.
9~12행	산길을 만든 이들로부터 배움을 얻음.
13~17행	산길에서 주저앉아서는 안 되는 이유를 알게 됨.

052 표현상 특징 파악 답 ⑤

정답 풀이

(가)는 평평한 길이 계속 이어지는 속리산을 어깨를 낮추며 속삭이는 존재로 의인화하여, 삶은 경쟁에서 이겨 높이 오르는 것이 아니라, 깊이 있게 가꾸어 나가는 것이라는 깨달음을 주는 대상으로 형상화하고 있다. (나)에서는 길을 만든 이들을 의미하는 '바람'과 '풀꽃'을 각각 소리치고 수줍게 쳐다보는 존재로 의인화하여, 교감을 나누는 대상으로 형상화하고 있다.

오답 풀이

① (가)에서는 '속리산', (나)에서는 '서울'이라는 구체적 지명이 쓰였다. 하지만 속리산이나 서울의 지역적 특색이나 정감 등의 향토적 정서는 드러나지 않는다.
② (나)에는 '나'라는 화자가 명시적으로 드러나 있으며, 포기하지 않고 새로운 역사를 만들어 가는 데 동참하겠다는 화자의 의지적 태도가 나타나 있다. 그러나 (가)에도 '나'라는 화자가 명시적으로 드러나 있다.
③ (가)에서는 동일한 시구가 반복적으로 드러나지 않지만, (나)에서는 '나는 안다'가 반복적으로 사용되었다. 그러나 '나는 안다'는 화자의 깨달음을 나타내는 시구로, 자연의 불변성을 강조한 것은 아니다.
④ (가)에서는 '산속'과 '산 아래'라는 공간을 대조하고 있고, (나)에서도 '산길'과 '집/서울'이라는 공간을 대조하고 있다. 하지만 (가)와 (나) 모두 이를 통해 자연 친화적 태도를 형상화하고 있지는 않다. (가)는 속리산에 교훈적 속성을, (나)는 산길에 역사의 의미를 부여하고 있다.

053 화자의 정서와 태도 이해 답 ④

정답 풀이

(가)의 화자는 속리산을 찾기 전에는 높이에 대한 선망을 가졌으나, 속리산은 평평한 길이 길게 이어져 산속 깊이 들어가는 순하디순한 길을 펼쳐 주었다. 이를 통해 화자는 '산다는 일은 / 더 높이 오르는 게 아니라 / 더 깊이 들어가는 것', 즉 삶이란 경쟁을 통해 높이 오르는 것이 아니라, 보다 더 깊이 있는 삶을 추구하는 것이 중요하다는 깨달음을 얻고 있다.

오답 풀이

① (가)에 화자가 경쟁에서 낙오했다는 내용은 드러나지 않으며, 위로를 받기 위해 속리산을 찾았다는 내용도 확인할 수 없다. 치열한 경쟁 속에서 살던 화자가 속리산을 찾아 삶의 의미를 깨닫고 있을 뿐이다.
② 속리산을 찾기 전의 화자는 가파른 비탈만이 순결한 싸움터라고 여기던, 높이에 대한 선망을 지녔던 인물이다. 따라서 순하디순한 길로 속리산 등산로를 계획했다는 감상은 적절하지 않다.
③ 산속에 갇혀 있는 시간은 산속 깊이 들어가 얻게 된 시간으로, 화자에게 깊이 있는 삶의 중요성을 깨닫게 해 준 시간이다. 반면 하루하루가 고비인 삶은 치열한 경쟁 속에서 힘든 일상을 보냈던 삶이다. 따라서 세속을 벗어난 후의 화자가 하루하루가 고비인 삶이 산속에 갇혀 사는 삶보다 낫다고 생각했다는 진술은 적절하지 않다.
⑤ 속리산을 찾은 후의 화자는 경쟁을 통해 높이 올라가는 삶이 아니라, 깊이 있는 삶을 추구하는 것이 중요하다는 깨달음을 얻고 있다. 이것은 삶의 목표를 원대하게 세워야 한다는 깨달음과는 거리가 멀다.

054 표현상의 특징 및 화자의 태도 비교 답 ①

정답 풀이

[B]에서는 '나는 배웠다', '나는 안다' 등과 같이 시적 화자인 '나'를 주체로 직접 내세우고 있다. 하지만 [A]에서는 '속리산은 ~ 펼쳐 주었다'와 같이 표현함으로써, 화자가 깨달은 것임에도 불구하고, 시적 대상인 속리산을 주체로 설정하여 삶은 높이 오르는 것이 아니라는 주제를 전달하고 있다.

오답 풀이

② (나)의 화자는 집을 떠나고 서울을 버리는 일에 신명 났던 과거를 떠올리고 [B]에서 길을 따라 오르며 깨달음을 얻고 있으나, 여기에 자신의 삶을 반성하는 태도는 나타나 있지 않다.
③ [A]에서는 자신의 삶을 성찰하는 태도가 드러날 뿐, 현실에 순응하는 태도는 나타나지 않는다. [B]에서도 길을 만든 이들을 생각하며 끝까지 산길을 따라 오르려는 의지적 태도가 드러날 뿐, 현실을 비판하는 태도는 나타나지 않는다.
④ [A]와 [B] 모두 산길을 걸으며 삶에 대한 깨달음을 얻고 있을 뿐, 산을 오르거나 산길을 걷는 행위에 삶의 고비나 고난이라는 의미를 부여하고 있지는 않다. (가)에서는 산을 오르는 것이 아니라 '산 아래서 밥을 끓여 먹고 살던' 치열한 하루하루를 삶의 고비라고 여기고 있다.
⑤ [A]와 [B] 모두 각각의 시적 대상인 '속리산'과 '산길'을 초월적 존재로 형상화하고 있지 않으며, 이를 통해 대상의 특징을 부각하고 있지도 않다. [A]의 산은 삶의 진정한 의미를 깨우쳐 주는 대상이며, [B]의 산길은 '무엇 하나씩 저마다 다져 놓고 사라'지는 과거의 사람들과 함께 만들어 나가는 '역사'라는 상징적 의미를 지닌다.

055 시적 공간의 의미 파악 답 ②

정답 풀이

(가)에서 화자는 속리산의 '평평한 길'을 통해 세속의 습관을 버리지 못한 자신의 삶을 성찰하면서, 높이 오르려고 애쓰던 삶을 지양하고 보다 깊이 있는 삶을 살아야겠다는 깨달음을 얻게 된다. 즉 '평평한 길'은 경쟁을 통해 높이 올라가는 삶이 아닌, 깊이 있는 삶의 중요성을 드러내는 시적 공간이다. 따라서 정체되어 있는 화자의 삶을 상징하는 공간으로 볼 수 없다.

오답 풀이

① (가)의 '산은 어깨를 낮추며 이렇게 속삭였다'에서 '속리산'은 높이 오르려는 '세속의 습관'을 버리지 못한 화자의 삶을 성찰하게 한다.
③ (가)의 '산 아래'는 '산속'과 대비되는 세속의 공간을 가리킨다. 세속의 공간에서는 '높이에 대한 선망', 즉 '세속의 습관'을 지닌 '나'가 하루하루를 삶의 고비처럼 넘기며 살아갔다.
④ (나)에서 '무엇에 쫓기듯 살아가는 이들도 / 힘이 다하여 비칠거리는 발걸음들도 / 무엇 하나씩 저마다 다져 놓고', 그러한 것들이 '쌓이고 쌓여져서 마침내 길을 만'든다고 하였다. 즉 먼저 지나간 사람들의 흔적이 끊임없이 반복되고 쌓여 '길'을 이루고, 또 뒷사람들이 그 길을 따라간다는 점에서 면면히 이어지는 '역사'의 의미를 지닌다고 볼 수 있다.
⑤ (나)의 화자는 '집'과 '서울'을 떠나 '발걸음들'에 의해 만들어지는 산길을 걸으며 역사를 만들어 가는 길에 동참하고 있다. 그런데 '집'과 '서울'은 화자가 떠나온, 역사를 만들어 나가는 일에 동참하지 않는 공간이므로 현실에 안주하는 삶의 공간이라는 의미로 해석할 수 있다.

적중 예상 현대시 07

본문 066쪽

[056~059] (가) 김현승, 〈플라타너스〉
(나) 김기택, 〈풀벌레들의 작은 귀를 생각함〉

056 ② 057 ⑤ 058 ① 059 ①

E 지문 선정 포인트

(가)는 플라타너스에 화자의 마음을 투영하고 인생의 동반자라는 지위를 부여하여 화자가 지향하는 삶을 드러낸 작품이야.
(나)는 풀벌레의 마음을 헤아리는 태도를 통해 현대 문명을 비판하고 자연과의 공생을 노래한 작품이야.
(가)와 (나) 모두 화자와 자연물의 관계를 통해 화자의 정서를 드러냈다는 점에 주목하여 두 작품을 엮었어.

(가) 김현승, 〈플라타너스〉

해제 이 작품은 하늘을 향한 구도의 길에서 플라타너스를 동반자로 삼고 싶은 소망을 노래하고 있는 시이다. 화자는 자신이 가진 것을 남에게 베풀 줄 아는 플라타너스의 덕성을 예찬하며, 그동안 플라타너스가 외로운 길을 걸어온 자신에게 큰 위안이 되어 주었음을 밝힌다. 그리고 자신과 플라타너스가 모두 한계를 지닌 존재임을 인식하는 가운데, 구도의 길이 끝나는 그 순간까지 플라타너스와 함께하고 싶은 소망을 노래하고 있다. 전반적으로 간결한 시어를 구사하여 시상을 압축적으로 제시하고 있다는 점이 특징적이다.

주제 구도의 길에서 플라타너스와 삶의 동반자가 되고 싶은 소망

구성

1연	꿈을 가진 존재인 플라타너스
2연	넉넉한 사랑을 주는 플라타너스
3연	외로운 '나'의 동반자인 플라타너스
4연	'나'의 영혼을 불어넣고 싶은 플라타너스
5연	영원한 반려자로 삼고 싶은 플라타너스

(나) 김기택, 〈풀벌레들의 작은 귀를 생각함〉

해제 이 작품은 현대인들이 간과하기 쉬운 자연의 작지만 소중한 것들의 가치를 환기하면서 크고 화려한 것들만 쫓는 현대 문명을 성찰하고 있는 시이다. 화자는 문명의 힘을 상징하는 '텔레비전'을 끔으로써 비로소 그동안 지나쳐 왔던 자연의 소리를 듣게 되고, 이로부터 작은 생명체들과의 교감이 시작된다. 이를 통해 화자는 자신의 무감각하고 메마른 내면을 자각하게 되고, 아주 작은 풀벌레 소리들에 귀 기울이며 그 소리에 담긴 생명의 힘을 자신의 내면에 받아들이게 된다. '허파도 별빛이 묻어 조금은 환해'지는 상황은 화자의 내면에 일어난 변화를 감각적으로 잘 보여 준다.

주제 자연과의 교감을 통한 문명적 삶에 대한 반성

구성

1~5행	텔레비전을 끄고 풀벌레 소리에 귀 기울임.
6~12행	풀벌레들의 작은 귀와 여린 마음에 대해 생각함.
13~20행	풀벌레 소리를 듣지 못했던 자신의 삶을 성찰함.
21~23행	밤공기를 들이쉬며 풀벌레 소리로 인해 내면이 환해짐을 느낌.

056 작품 간 공통점 파악 답 ②

정답 풀이
(가)와 (나)는 모두 유사한 통사 구조의 반복을 통해 시적 의미를 강조하고 있다. (가)의 경우 '플라타너스, ~는 ~다'와 같은 문장 구조가, (나)의 경우 '~을(를) 생각한다'와 같은 문장 구조가 각각 작품 전반에 걸쳐 반복되고 있다.

오답 풀이
① (가)와 (나)에는 모두 음성 상징어가 사용되지 않았다.
③ (가)의 경우 '플라타너스'를 청자로 설정하여 친밀한 분위기를 형성하고 있다. 그러나 (나)에서는 청자를 명시적으로 설정하고 있지 않다.
④ (가)와 (나)에는 모두 원경에서 근경으로의 시선 이동이 나타나 있지 않다.
⑤ (가)와 (나)에는 모두 현실에 대한 비판적 태도를 드러내기 위한 반어적 어조가 나타나 있지 않다.

057 작품의 내용 이해 답 ⑤

정답 풀이
[E]에서 화자는 플라타너스에게 '너를 맞아 줄 검은 흙이 먼 곳에 따로이 있느냐?'라는 질문을 던진다. 그러나 이것은 '수고론 우리의 길이 다하는 어느 날' 맞아 줄 '검은 흙'에 대한 질문이기 때문에 플라타너스가 지닌 아름다움의 영원성과는 상관이 없다. 즉 이 질문은 오히려 플라타너스의 유한성과 관련된 질문이라고 할 수 있다. 또한 [E]에서 화자는 플라타너스와 동반자가 되어 영원히 함께 하고 싶은 소망을 전하고 있다.

오답 풀이
① [A]에서, 화자는 플라타너스에게 '꿈을 아느냐'라는 질문을 던진 후 '머리'가 '파아란 하늘에 젖어 있'는 플라타너스의 모습에 주목한다. 이것은 플라타너스가 지향하는 세계가 하늘, 즉 이상 세계임을 암시한다.
② [B]에서, 화자는 플라타너스가 자신이 가지고 있는 것으로 그늘을 늘이고 있는 모습에 주목한다. 이것은 플라타너스가 자신이 가진 것을 베풀어 남에게 쉴 수 있는 그늘이 되어 주는 존재임을 보여 준다.
③ [C]에서, 화자는 '먼 길에 올 제, / 홀로 되어 외로울 제'를 통해 자신이 구도의 길을 걸으며 겪었던 고난의 상황을 제시한다. 그리고 '너는 그 길을 나와 같이 걸었다'라고 함으로써 플라타너스가 화자에게 위안이 되어 준 존재임을 제시하고 있다.
④ [D]에서, 화자는 플라타너스에게 '나의 영혼을 불어넣고 가도 좋으련만', '나는 너와 함께 신이 아니다!'라고 하였다. 이것은 화자가 플라타너스에게 영혼을 불어넣을 수 없다는 점, 즉 화자와 플라타너스가 영혼을 나눌 수 없다는 점을 통해 화자와 플라타너스 모두 신이 될 수 없는 존재, 즉 한계를 지닌 존재임을 밝힌 것이다.

058 시어 및 시구의 의미 파악 답 ①

정답 풀이
'텔레비전을 끄자 / 풀벌레 소리 / 어둠과 함께 방 안 가득 들어온다'에서 알 수 있듯이 '풀벌레 소리'가 방 안에 가득한 것은 '텔레비전'을 끈 행위의 결과이다. '끄자'와 '들어온다'라는 서술어의 대응을 통해 이를 부각하고 있다.

오답 풀이
② '큰 울음'에서 '너무 작아 들리지 않는 소리'로 초점이 이동하고 있는 것은 맞지만, 이를 통해 화자의 인식 범위가 확장되고 있음을 드러내는 것이지 현실의 변화 가능성을 암시하고 있는 것은 아니다.
③ '작은 귀'는 '그 풀벌레들'의 것이고, '내 귀'는 화자의 것으로 서로 대비를 이루고 있다. 그러나 두 대상 사이에 긴장감이 조성된 것은 아니다.

④ 화자의 연상을 통해 시상이 '까맣고 좁은 통로들', '그 통로의 끝', '여린 마음들'로 이어지고 있는 것은 맞지만, 화자의 내적 갈등이 심화하는 양상은 나타나지 않는다.
⑤ '그 울음소리들'이 '되돌아갔을 것이다'에서 '떨어졌을 것이다'로 변주되고 있는 것은 맞지만, 이것은 화자와 풀벌레 소리가 교감을 이루지 못하고 단절된 상황을 나타내는 것일 뿐 화자의 무력감을 드러내고 있는 것은 아니다.

059 외적 준거에 따른 감상 답 ①

정답 풀이
(가)의 화자는 '아름다운 별'의 이미지를 통해 화자가 지향하는 이상 세계의 아름다움을 표현하고 있다. 그러나 (나)에서 '현란한 빛'은 '브라운관이 뿜어낸' 것으로, 화자가 간과해 온 것이 아니라 오히려 화자에게 익숙했던 것이라고 할 수 있다. 또한 여기에는 자연의 작은 소리를 듣지 못하도록 하는 현실 문명에 대한 비판이 함축되어 있으므로, 이를 통해 현실 세계의 아름다움을 표현하였다는 설명도 적절하지 않다.

오답 풀이
② (가)에서 '수고론 우리의 길'은 고난을 무릅쓰고 화자가 걷고자 하는 구도의 길을 의미한다. 한편 (나)의 '발뒤꿈치처럼 두꺼운 내 귀'에는 자연의 작은 소리를 미처 듣지 못하고 살아온 자신의 삶에 대한 화자의 반성이 함축되어 있다.
③ (가)의 화자는 '플라타너스, / 너는 그 길을 나와 같이 걸었다.'라고 함으로써, 화자가 '플라타너스'와 오래전부터 교감해 왔음을 보여 주고 있다. 한편 (나)의 화자는 '어둠 속에서 들으니 벌레 소리들 환하다'라고 함으로써, 텔레비전을 끈 후 비로소 어둠 속에서 '풀벌레 소리'를 인식하게 되었음을 보여 주고 있다.
④ (가)의 화자는 '플라타너스'에게 '너는 사모할 줄을 모르나'라고 함으로써 '플라타너스'가 인간과 다른 속성을 지닌 대상임을 드러내고 있다. 한편 (나)의 화자는 '풀벌레들의 작은 귀'에 '내 귀에는 들리지 않는 소리들이 드나'든다고 함으로써, 즉 풀벌레들이 인간은 들을 수 없는 아주 미세한 소리도 들을 수 있다는 점에서 '풀벌레'가 인간과 구별되는 존재임을 드러내고 있다.
⑤ (가)의 화자는 '플라타너스'가 비록 자신과는 다른 존재이지만 이상 세계를 향해 함께 걷는 동반자가 되고 싶다는 소망을 갖는다. 그리고 이것은 '네 이웃이 되고 싶을 뿐'을 통해 구체화되고 있다. 한편 (나)의 화자는 어둠 속에서 그동안 간과했던 '풀벌레 소리'를 듣고 '밤공기'를 들이쉬어 이를 받아들임으로써 '풀벌레'와 교감하게 되어 내면의 만족감을 갖는다. 그리고 이것은 '허파도 별빛이 묻어 조금은 환해진다'를 통해 구체화되고 있다.

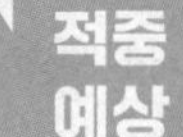

적중 예상 현대시 08

본문 068쪽

[060~062] (가) 신석정, 〈대바람 소리〉 (나) 천양희, 〈마음의 수수밭〉

060 ② 061 ② 062 ③

E 지문 선정 포인트

(가)는 무료한 일상을 보내던 화자가 글을 읽고 깨달음을 얻어 여유로운 삶에 대한 다짐과 의지를 노래한 작품이야.
(나)는 현실의 고뇌로 암울해하던 화자가 산을 오르며 마음의 평화와 안정을 되찾게 되었음을 표현한 작품이야.
(가)와 (나) 모두 무기력하거나 혼란한 내면을 가졌던 화자가 깨달음을 통해 변화된 삶의 태도를 드러낸다는 점에 주목하여 두 작품을 엮었어.

(가) 신석정, 〈대바람 소리〉

해제 이 작품은 대나무의 곧은 기상과 굳은 절개를 시 정신의 바탕으로 삼아 세속적 부귀영화를 초월한 은둔자의 한중진미(閑中眞味)를 노래하고 있다. 화자는 좁은 서실에만 머물며 무기력한 모습을 보이다가, 병풍의 '낙지론'을 읽고 문득 자신이 지향하는 선비와 같은 기상과 절개를 가진 여유로운 달관의 삶을 살려는 의지를 다지게 된다. 작품에서 대바람 소리는 국화 향기, 거문고 소리와 함께 화자의 기상과 여유를 드러내고 있다.

주제 은둔과 달관의 삶에 대한 다짐

구성

1연	창을 흔드는 대바람 소리
2연	싸늘하고 스산한 겨울 풍경
3연	좁은 서실에서의 무료한 일상
4연	병풍의 낙지론(樂志論)을 읽는 화자
5연	세속적 부귀영화를 거부하는 삶에 대한 다짐
6연	거문고 소리를 음미하는 삶의 여유와 멋

(나) 천양희, 〈마음의 수수밭〉

해제 이 작품은 어둡고 혼란한 내면을 지닌 화자가 산을 올려다보기도 하고 산을 오르기도 하면서 자신의 어지러운 마음을 정리하고 평온을 찾아가는 모습을 그리고 있다. 화자의 내면의 모습을 '수수밭'에 비유하여 공간화하고, 상승 이미지와 화자를 일깨우는 다양한 소재를 활용하여 화자의 내면 의식의 변화와 각성을 드러내고 있다.

주제 절망에서 되찾은 삶에 대한 의지

구성

1~6행	어둡고 혼란스러운 내면의 모습과 현실적 삶에 대한 성찰
7~12행	깊은 절망 속에서 발견한 새로운 삶의 희망
13~21행	깨달음을 통해 얻은 마음의 고요와 평화

060 작품의 공통점 파악 답 ②

정답 풀이
(가)는 '미닫이에 가끔 / 그늘이 진다.', '무료히 거닐다 / 앉았다, 누웠다 / 잠들다 깨어 보면', '눈에 들어오는 / 병풍의 '낙지론'을 / 읽어도 보고'에서 현재형의 서술을 통해 시적 상황이 현재 이루어지는 것처럼 서술하여 화자의 상황과 모습을

생생하게 전달하고 있다. (나)는 '지난다', '들여다본다', '본다', '올라간다', '환해진다' 등에서 현재형의 서술을 활용함으로써 화자의 상황과 정서를 생생하게 전달하고 있다.

오답 풀이

① (가)는 '소설 지낸 하늘'이라는 계절적 배경(겨울)을 활용하여 창밖에서 겨울바람에 대바람 소리가 쓸쓸히 들려오는 시적 분위기를 부각하고 있다. 그러나 (나)는 시적 분위기를 부각하는 계절적 배경이 나타나 있지 않다.

③ (나)는 '수수밭'을 지나 '골짜기'를 거쳐 '산'을 오르는 공간의 이동이 나타나 있으나, '내 맘속 수수밭이 환해진다.'라는 표현으로 시상을 끝맺어서 마음이 고요와 평화에 이르렀음을 드러내므로 시적 긴장감이 점차 고조되고 있다고 할 수 없다. 한편 (가)는 '서실'이라는 공간이 나타나 있을 뿐 공간의 이동은 드러나지 않으며, 시간의 흐름에 따라 시상이 전개되고 있다.

④ (가)는 '머언 거문고 소리……'라고 명사로 시상을 마무리하여 시적 여운을 느끼게 하고 있지만, (나)는 '내 맘속 수수밭이 환해진다.'라고 끝맺고 있으므로 명사로 시상을 마무리하고 있지 않다.

⑤ (나)는 화자의 어두운 내면을 나타내는 '수수밭', '뒤란', '저녁만큼 저문 것', '그림자'와 깨달음을 얻은 화자의 새로운 삶의 희망을 나타내는 '산 위의 산', '하늘의 자리' 등이 대비를 이루고 있다. 이러한 대조적 이미지의 소재를 열거하며 절망적 상황의 극복 의지라는 주제를 효과적으로 드러내고 있다. 그러나 (가)에는 대조적 이미지의 소재가 열거되고 있지 않다.

061 구절의 의미 파악 답 ②

정답 풀이

㉡은 '바람은 자꾸 등짝을 때리고'의 감각적 이미지(촉각)와 '절골의 그림자는 암처럼 깊다'의 비유적 표현(직유)을 통해 시련이 지속되는 상황에서 절망적인 화자의 내면을 드러내고 있다. 대상에 대한 화자의 관찰은 나타나지 않는다.

오답 풀이

① ㉠은 화자의 마음을 수수밭에 비유하여 화자의 어지럽고 혼란스러운 심리적 정황을 드러내고 있다.

③ ㉢은 '푸르다'라는 색채 이미지를 통해 화자의 내면이 절망에서 희망으로 전환되는 상황을 선명하게 드러내고 있다.

④ ㉣은 '우짖는 내 속의 목탁새들'이라는 청각적 이미지를 통해 절망에서 희망으로 나아가는, 화자의 내면에서 일어나는 각성을 나타내고 있다.

⑤ ㉤은 '절벽을 오'른다와 '몸속에 들어와 앉는다'라는 동적 이미지를 통해 절망을 초월하고 삶의 희망을 깨달아 평화에 이르는 화자의 고양된 내면 의식을 나타내고 있다.

062 외적 준거에 따른 작품 감상 답 ③

정답 풀이

'머윗잎 몇 장 더 얻어 뒤란으로 간다. 저녁만큼 저문 것이 여기 또 있다.'라는 구절로 미루어 볼 때, '뒤란'은 '저녁만큼 저문 것'과 조응하는, 화자의 어두운 내면의 공간으로 볼 수 있다. 따라서 '뒤란'을 고통과 희망이 공존하는 공간으로 이해하는 것은 적절하지 않다.

오답 풀이

① (가)의 화자는 '좁은 서실'에서 '낙지론'을 읽으며 '어찌 제왕의 문에 듦을 부러워하랴'라고 하며 세속적 부귀영화를 부러워하지 않겠다는 다짐과 함께 거문고 소리를 음미하듯 가난 속에서도 마음의 여유와 멋을 추구하고 있다. 따라서 '좁은 서실'은 화자의 깊은 사색과 성찰을 통해 가난 속에서의 자기 구원의 가능성이 열리는 공간으로 볼 수 있으며, 삶의 고통을 여유와 멋으로 전환시키는 화자의 깨달음이 이루어지는 공간으로 볼 수 있다.

② '어찌 제왕의 문에 듦을 부러워하랴'라는 화자의 내적 깨달음은 병풍에 쓰인 '낙지론'을 읽으며 깊은 사색과 성찰의 과정을 통해 도달한 정신적 경지로 볼 수 있다.

④ '바람은 자꾸 등짝을 때리고, 절골의 / 그림자는 암처럼 깊'은 절망 속에서 화자는 산을 올려다봄으로써 싱싱하게 푸른 하늘의 자리를 발견하고, 그 푸른 것들이 어깨를 치며 올라가라고 부추기는 새로운 희망과 도약의 기운을 느끼고 있다. 따라서 '산은 올려다보아야 / 한다는 걸 이제야 알았다.'에는 새로운 희망을 발견함으로써 고통으로부터 벗어나 자기 구원에 이를 수 있다는 화자의 깨달음이 나타나 있다고 할 수 있다.

⑤ '수수밭'은 화자의 어두운 내면을 비유한 소재로, 화자는 산을 오르는 과정에서 깊은 사색과 성찰을 통해 발견한 내적 각성과 깨달음으로 절망이 희망으로 전환되는 자기 구원에 이르게 된다. '내 맘속 수수밭이 환해진다.'라는 표현 속에 이러한 화자의 내면이 잘 나타나 있다.

적중 예상 | 현대시 09

본문 070쪽

[063~066] (가) 이용악, 〈풀벌레 소리 가득 차 있었다〉
(나) 이성복, 〈다시 봄이 왔다〉

063 ① 064 ② 065 ② 066 ④

E 지문 선정 포인트

(가)는 고된 삶을 살다 결국 비참하게 최후를 맞이한 아버지의 죽음에 대한 비애감의 정서를 드러낸 작품이야.
(나)는 변화 없는 삶에서 느끼는 권태감과 현실의 답답함에서 느끼는 고뇌와 갈등을 다룬 작품이야.
(가)와 (나) 모두 암울한 현실에서 느끼는 화자의 부정적 정서를 다루었다는 면에 주목하여 두 작품을 엮었어.

(가) 이용악, 〈풀벌레 소리 가득 차 있었다〉

해제 이 작품은 아버지의 죽음을 맞은 혈육의 절절한 슬픔을 절제된 정서로 형상화하고 있는 시이다. 극도의 슬픔을 절제하고 있는 표현에 아버지의 고단한 일생에 대한 서사가 가미되면서 그 비극성이 심화되는 효과를 거두고 있다. 풀벌레 소리가 가득 찬 상황을 통해 아버지의 죽음 앞에서 눈물을 흘릴 뿐 아무 말도 하지 못하는 가족의 처절한 슬픔을 효과적으로 형상화하고 있다.

주제 이국땅에서 아버지의 쓸쓸한 임종을 지켜야 했던 비통함

구성

1연	아버지가 돌아가신 밤에 가득 차 있던 풀벌레 소리
2연	고단한 삶을 살다가 유언도 없이 돌아가신 아버지
3연	아버지의 죽음의 순간
4연	아버지의 죽음 앞에서 슬퍼하는 가족들

(나) 이성복, 〈다시 봄이 왔다〉

해제 이 작품은 만물이 소생하는 봄을 배경으로 하여 치열하게 살아가지 못하는 현실에서 느끼는 고뇌와 갈등을 형상화하고 있는 시이다. 봄이와 푸른 싹이 돋는 변화 속에서도 화자는 권태와 무상함에 젖어 현실에 대한 비관적 인식만을 드러내고 있고, 변화 없이 지속되는 현실에 대한 안타까움과 미래 역시 기대할 수 없다는 회의감을 느끼고 있다. 또한 물을 내뿜으며 날뛰는 세차장 고무호스의 역동적인 이미지와 비교함으로써 자신의 비루하고 억눌린 삶을 상징적이고도 효과적으로 드러내고 있다.

주제 변화 없는 삶에서 느끼는 권태와 억눌린 욕망

구성

1행	봄이 도래한 풍경 묘사
2행	권태로운 현실에 대한 비관적 인식
3행	미래의 삶에 변화가 있을지에 대한 회의감
4행	자유롭고 역동적인 삶에 대한 내적 욕망
5행	욕망을 억누르며 살아가는 현실의 삶

063 표현상 공통점 파악 답 ①

정답 풀이
(가)는 '아버지의 침상 없는 최후 최후의 밤은 / 풀벌레 소리 가득 차 있었다'라는 구절을 반복하여 아버지의 죽음을 맞이한 가족들의 비통하고 비극적인 분위기를 부각하고 있다. (나)는 '돼지 목 따는 동네의 더디고 나른한 세월'이라는 구절을 반복하여 무기력하고 비루한 현재의 삶의 분위기를 보여 주고 있다. 즉 두 작품은 모두 동일한 구절을 반복하는 방식으로 시적 분위기를 형성하고 있다는 공통점이 있다.

오답 풀이
② (가)는 과거 시제를 활용하여 아버지의 죽음이라는 사건을 제시하고 있다. (가)에 시대적 상황이 드러나는 시어가 사용되었지만, (가)의 화자는 역사적 사건이 아니라 개인적 사건에 대해 회고하고 있다. (나) 역시 과거 시제가 사용되었지만 역사적 사건에 대해 회고하고 있는 것은 아니다.
③ (가)에는 색채 대비가 드러나지 않고, (나)에는 색채감을 주는 시어들이 제시되어 있기는 하지만 색채 대비를 통해 대상의 인상을 선명하게 드러내고 있지는 않다.
④ (가)와 (나) 두 작품 모두 문장의 어순을 바꾸는 도치의 방식으로 시상을 종결하여 주제 의식을 강조하고 있지 않다.
⑤ (가)와 (나) 모두 감각적인 심상이 나타나고 있지만, 공감각적 심상을 활용하여 현실과 이상의 거리감을 좁히고 있는 부분은 제시되지 않았다.

064 시구의 의미 비교 답 ②

정답 풀이
㉠은 아버지의 죽음 앞에서 처절한 슬픔을 느끼며 우는 울음이다. ㉡은 정체된 삶이 아닌 역동적인 삶을 살고자 하는 소망이 강렬하다는 것을 표현하는 울부짖는 행위이다. 즉 ㉠은 극심한 비애감을 내포한 울음을 형상화하고 있고, ㉡은 치열한 삶에 대한 소망을 내포한 울음을 형상화하고 있다.

오답 풀이
① ㉠은 대상과의 연대감을 강조하는 것이 아니라 대상의 죽음으로 인해 대상과 이별해야 하는 슬픔을 형상화하고 있다. ㉡은 고립된 화자의 처지가 아니라 역동적인 삶에 대한 화자의 내면적 욕망을 드러내고 있다.
③ ㉠은 현실로부터의 도피가 아니라 현실에 대한 슬픔의 표현이고, ㉡은 현실로 복귀하려는 행위가 아니라 현실과 다른 삶에 대한 소망을 의미한다.
④ ㉠은 대상과의 대립 해소가 아니라 대상과의 이별에 대한 슬픔의 표현이고, ㉡은 대상과의 첨예한 대립이라기보다 권태로운 현실에서 벗어나고자 하는 내면의 욕망을 드러내고 있다.
⑤ ㉠은 부재하는 대상에 대한 기다림이 아니라 현재 이별한 대상에 대한 슬픔과 비통함의 표현이고, ㉡은 잃어버린 순수함에 대한 열망보다는 고달프고 권태로운 현실과 다른 치열한 삶에 대한 열망의 표현이라고 할 수 있다.

065 외적 준거에 따른 작품 감상 답 ②

정답 풀이
'아무을만의 파선', '설룽한 니코리스크의 밤'은 러시아의 지명이 드러나는 시구로, 북방 유이민으로서 고달프게 살아온 아버지의 삶과 관련이 있다. 이를 통해 아버지가 죽음을 맞이한 곳이 이국땅임을 알 수 있으며 차갑고 쓸쓸한 느낌을 주고 있다. 그러나 (가)에서 화자가 아버지의 죽음을 자연적인 질서로 받아들이지 못하고 있는 것은 아니다.

오답 풀이
① '일갓집'도 아니고 '고향'도 아닌 곳에서 '침상 없는' 처지로 돌아가신 아버지의 모습은 일제 강점기 북방 유이민의 궁핍하고 비극적인 삶을 형상화한 것이라고 볼 수 있다.
③ '피지 못한 꿈의 꽃봉오리'를 통해 아버지가 소망을 품고 살아왔지만 그 소망을 실현하지 못한 채 비참한 죽음을 맞이하게 되었다는 것을 짐작할 수 있다.

④ '얼음장에 누우신 듯 손발은 식어 갈 뿐 / 입술은 심장의 영원한 정지를 가르쳤다'는 아버지가 돌아가신 순간을 객관적이고 사실적으로 묘사한 표현이다. 이는 감정의 절제를 통해 오히려 비극성이 심화되는 효과를 유발하고 있다고 볼 수 있다.
⑤ '풀벌레 소리 가득 차 있었다'는 가족들이 말도 없이 울기만 하고 있는 상황을 환기함으로써 아버지의 죽음이라는 비극적 상황을 강조하는 효과를 유발하고 있다.

066 매체를 활용한 작품의 수용 답 ④

정답 풀이

'세차장 고무호스'는 역동적인 분위기를 드러내고 있는 소재로, 비루한 현재의 삶과는 달리 치열한 삶을 살고 싶다는 화자의 소망을 상징한다. 세차장 고무호스의 물줄기가 예측 불가하다는 속성을 지닌다고 볼 수는 있지만, (나)에서는 예측 불가의 속성보다 역동적인 이미지 형성에 초점이 맞춰져 있다. 그리고 (나)의 화자가 처한 상황은 삶의 방향을 정하지 못하고 혼란스러워하는 상황이 아니라, 자신이 원하는 치열한 삶을 살지 못하고 비루하고 무기력한 삶에서 벗어나지 못하는 상황이라고 보는 것이 적절하다.

오답 풀이

① (나)는 3행의 '우리의 굽은 등에 푸른 싹이 돋을까'라는 물음에 대해 5행에서 '그런 일은 없었다'라고 단정적으로 대답하는 구조로 되어 있다. 따라서 이러한 물음과 대답을 내레이션으로 영상에 삽입하는 것은 적절하다.
② 재생의 이미지를 갖는 '푸른 싹이 돋'는 모습은 생명력을 상실한 '늙은 나무'와 대비된다. 또한 '늙은 나무도 젊고 싶은가 보다'라는 표현을 통해 늙은 나무 안에 내재된 변화에 대한 소망을 알 수 있다.
③ 비루하고 무기력한 삶의 모습을 드러낼 수 있는 풍경들을 연달아 영상으로 제시하면 (나)에서 말하는 '더디고 나른한 세월'을 구체적으로 형상화할 수 있다.
⑤ 앞부분의 '더디고 나른한 세월'을 나타내는 비루한 삶의 모습을 담은 화면을 마지막 장면에서 다시 제시하게 되면 세월이 지나도 그런 삶이 변화 없이 지속되고 있음을 나타내는 효과를 가져올 수 있다.

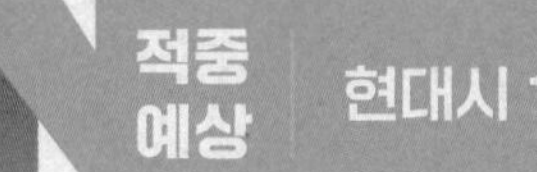

적중 예상 현대시 10

본문 072쪽

[067~070] (가) 박재삼, 〈한(恨)〉 (나) 신경림, 〈목계 장터〉

067 ⑤ 068 ⑤ 069 ① 070 ⑤

E 지문 선정 포인트

(가)는 임의 죽음으로 인한 이별의 슬픔과 저승에 있는 임에게 화자의 사랑이 전해지기를 바라는 소망을 노래한 작품이야.
(나)는 몰락해 가는 농촌을 배경으로 방랑과 정착 사이에서 갈등하는 삶의 애환과 정착하고자 하는 소망을 다룬 작품이야.
(가)와 (나) 모두 부정적 현실로 인한 설움과 이루어지기를 바라는 간절한 소망을 다루었다는 면에 주목하여 두 작품을 엮었어.

(가) 박재삼, 〈한(恨)〉

해제 이 시는 임이 살아 있을 때 미처 전하지 못했던 자신의 서러운 사랑을 저승에라도 뻗어 가서 전하고 싶은 화자의 간절한 마음을 '감나무'에 투영하여 표현한 작품이다. '감나무'라는 자연물을 매개로 하여 세상을 떠난 '그 사람'에게 마음을 다 전하지 못한 서러움과 '그 사람'에 대한 그리움과 사랑을 형상화하고 있다. 이승과 저승, 전세와 현세의 인연이 서로 연결될 수 있다는 사상을 바탕으로 자신의 사랑이 임에게 전달되기를 바라는 화자의 설움과 소망이 간절하게 표현되고 있다.

주제 임에 대한 사무치는 사랑의 한과 그리움

구성

1연	'그 사람'에 대한 사랑이 서러운 노을빛 감처럼 익음.
2연	감나무 가지처럼 뻗어 나가 사랑을 전하고자 함.
3연	사랑하는 '그 사람'의 마음이 궁금함.

(나) 신경림, 〈목계 장터〉

해제 이 시는 '목계 장터'를 공간적 배경으로 점차 붕괴되어 가는 농촌 사회 속에서 떠돌이 삶을 살아갈 수밖에 없는 민중의 애환을 그리고 있다. 이 시는 전체적으로 방랑과 정착의 이미지가 두 축을 이루며 전개된다. '구름', '바람', '방물장수' 등의 시어가 지니는 방랑의 이미지를 통해 떠돌이의 삶을 살아갈 수밖에 없는 운명에 대한 화자의 인식을 드러내는 한편, '들꽃', '잔돌'의 시어를 통해 정착의 삶에 대한 화자의 미련도 함께 드러내고 있다. 방랑과 정착의 갈림길에서 갈등하는 화자의 모습은 흔들리는 농촌 공동체의 삶을 상징적으로 보여 준다고 할 수 있다.

주제 고달픈 삶의 애환과 정착에 대한 소망

구성

1~7행	유랑하는 운명에 대한 자기 인식
8~14행	고달픈 삶의 애환과 정착에 대한 소망
15~16행	방랑과 정착 사이에서의 갈등

067 표현상 특징 파악 답 ⑤

정답 풀이

(가)는 3연에서 '몰라'라는 시어와 '그것을 몰라'라는 시구를 반복하고 있다. 그리

고 (나)는 '~은 날더러 ~이 되라 하고(하네)', '~(이) 되라네' 등과 같은 통사 구조를 반복하고 있다. 이처럼 동일한 시어나 시구를 반복하거나 동일한 통사 구조를 반복하면 운율감이 느껴진다.

오답 풀이

① (나)는 시상이 시작되는 부분에 사용된 두 행을 일부 시어만 변주하여 시상이 종결되는 부분에도 사용하고 있다. 따라서 (나)는 수미상관의 구조로 되어 있다고 볼 수 있다. 그렇지만 (가)에서는 이와 같은 구조를 찾을 수 없다.

② (가)와 (나)에서 감각적인 표현이 사용되었지만 두 작품 모두 공감각적 심상을 활용한 표현은 사용하지 않았다.

③ (가)에서는 모순적 상황에 대한 비판적 태도를 드러내고 있지 않으며 반어적 표현도 찾을 수 없다.

④ (나)는 앞에서 사용한 시구를 변주 · 반복하여 방랑과 정착 사이에서 갈등하는 화자의 내면을 드러내며 시상을 마무리하고 있을 뿐, 점층적으로 시상을 마무리하고 있지는 않다.

068 화자의 정서 및 태도 파악 답 ⑤

정답 풀이

[E]는 시상이 마무리되는 부분으로 화자는 '그 사람' 또한 설움으로 삶을 살았을지 모른다며 안타까움을 표출하고 있다. 화자는 자신의 설움과 소망이 '그 사람'에게 전달되지 못할 수 있다는 데 안타까움을 느끼다가, 자신 역시 사랑하는 '그 사람'의 설움을 알지 못하는 것일 수 있다는 생각에 더욱 한스러움을 느끼고 있는 것이다. 따라서 이 부분에서 '감나무'를 통해 전하려던 화자 자신의 마음이 부질없음을 부각하고 있다고 볼 수 없다.

오답 풀이

① [A]는 어순을 바꾸어 '감나무쯤 되랴'를 1행에 배치하여 화자의 사랑이 응축된 '감나무'에 주목하도록 하고 있다.

② [B]는 '그 사람'에 대한 화자의 사랑을 나타내는 '감나무'의 가지가 저승으로 벋어 나간다는 발상을 통해 저승으로 떠난 '그 사람', 즉 임에 대한 간절한 그리움을 표현하였다.

③ [C]에서 화자는 '감나무'가 '그 사람의 안마당에 심고 싶던 / 느꺼운 열매'가 될지 모른다는 추측을 통해 임이 자신의 사랑을 알아주지 않을지도 모른다는 안타까움과 함께 임이 자신의 사랑을 받아주기를 기대하는 심정을 드러내고 있다.

④ [D]는 '새로 말하면'을 통해 앞에서 말한 내용을 다시 언급함으로써 '감나무'에 함축된 화자의 설움과 사랑하는 마음을 전하고 싶은 소망을 강조하고 있다.

069 시구의 함축적 의미 파악 답 ①

정답 풀이

(나)에서 '바람'은 '떠돎'의 이미지를, '잔돌'은 '정착'의 이미지를 갖는다. (나)는 이처럼 서로 대비되는 두 시어를 사용하여 방랑과 정착의 사이에서 갈등하는 화자의 상황을 부각하고 있다.

오답 풀이

② (나)에서는 '바람이 되라 하네', '잔바람이 되라네'와 같이 '되라 하네'를 '되라네'로 변주하고 있다. 그러나 이것은 글자 수를 조절하여 운율에 변화를 주기 위한 것일 뿐 대상에 대한 화자의 양면적인 인식을 드러내기 위한 것은 아니다.

③ '사흘'은 목계 장터가 뱃길로 서울에서 사흘이나 걸리는 먼 곳임을 나타내고, '아흐레 나흘'은 목계 장터가 4일과 9일마다 장이 서는 5일장임을 나타낸다. 따라서 이들 시어를 활용하여 두 대상 간에 조성되는 심리적 거리감을 표현했다는 설명은 적절하지 않다.

④ '민물 새우 끓어 넘는' 곳으로 묘사된 '토방 툇마루'는 토속적이고 풍성한 이미지를 지니며 떠돌이의 삶을 사는 화자가 잠시 쉬어 가는 곳을 상징한다. 그러나 '석삼년에 한 이레쯤 천치로 변해 / 짐 부리고 앉아 쉬는 떠돌이가 되라네'라고 한 것에서 알 수 있듯 화자는 자신의 삶을 능동적으로 선택하고 있지 않으며, 방랑의 삶을 숙명적인 것으로 인식하고 있다. 따라서 '토방 툇마루'를 화자가 자신의 삶을 능동적으로 이끌어 가고 있음을 보여 주는 공간으로 볼 수 없다.

⑤ (나)에서 '천치로 변해'는 삶의 고달픔을 잠시 잊고 순수하게 살고 싶은 소망을 담고 있다. 또한 '떠돌이'의 삶은 세속적 이해와 명리를 벗어나 방랑하는 삶을 나타내는 것이므로, 여기에서 부정적 어조가 나타난다고 보기 어렵다. 그리고 이를 통해 주어진 상황에서 벗어나려는 화자의 태도 역시 드러나지 않는다.

070 외적 준거에 따른 작품 감상 답 ⑤

정답 풀이

(나)에서 '산 서리'와 '물여울'은 정착의 삶을 상징하는 '들꽃'과 '잔돌'에 가해지는 시련을 함축한다. '산 서리 맵차거든 풀 속에 얼굴 묻고 / 물여울 모질거든 바위 뒤에 붙으라네'는 어떠한 시련이 주어지더라도 그것을 견뎌내며 정착된 삶을 살아야 한다는 의미를 전달한다. 즉 인과적으로 연결된 자연의 섭리가 인간의 삶에도 영향을 줄 수 있다고 보았기 때문에 이러한 표현을 사용한 것이 아니라 자연을 통해 인간의 삶을 비유적으로 표현한 것이다.

오답 풀이

① (가)에서 '감나무'를 '내 마음 사랑의 열매가 달린 나무'로 표현한 것은, '감나무'라는 자연물이 인간의 마음과 연결되어 인간의 사랑을 표상하는 존재일 수 있음을 보여 주는 것이다.

② (가)에서 '감나무'가 '제대로 벋을 데'가 '저승'이라고 한 것은, 화자의 사랑을 나타내는 '감나무'가 임이 있는 저승으로 벋기를 바라는 것으로, 여기서 '감나무'는 이승과 저승을 연결하는 매개체의 역할을 한다. 이것은 〈보기〉에서 설명한 이승과 저승이 연결되어 있다는 인식이 반영된 것이다.

③ (가)에서 '열매 빛깔'을 '전생의 내 전 설움이요 전 소망'이라고 한 것은, 전세에 겪은 일(설움, 소망)이 현세에 영향을 주어 현세의 열매 빛깔로 나타날 수 있음을 보여 주는 것이다.

④ (나)에서 '하늘'이 '날더러 구름이 되라 하고', '땅'이 '날더러 바람이 되라 하네'라고 한 것은, 하늘과 땅이 인간에게 삶의 방식 내지는 태도를 권유하는 것이다. 여기에는 〈보기〉에서 설명한 인간과 자연이 서로 연결되어 있다는 생각이 반영되어 있다. 즉, 자연과 인간이 서로 소통할 수 있는 관계라는 인식이 바탕에 깔려 있는 것이다.

Ⅱ. 산문 문학

대표 기출 고전 소설 ❶

본문 076쪽

[1~4] 작자 미상, 〈김원전〉

1 ② 2 ① 3 ③ 4 ⑤

작자 미상, 〈김원전〉

해제 이 작품은 작자 미상의 전기 소설로, 주인공 김원이 천상계에서 죄를 짓고 인간계에 태어나는 '적강담', 둥근 수박과 같은 형상으로 태어난 김원이 열 살이 되어 허물을 벗고 귀공자가 되는 '변신담', 세 공주를 납치한 지하국의 괴물인 아귀를 퇴치하는 '지하국 대적 퇴치담', 부하인 강문추의 배신으로 김원이 인간계로 돌아오지 못하게 되는 '배신담', 용왕의 아들을 구해 주고 용녀와 결혼하는 '보은담', 신이한 연적과 관련한 '신물담', 살해된 김원이 다시 살아나는 '재생담' 등 비현실적이고 환상적인 다양한 설화들이 결합되어 서사가 전개된다. 그 가운데 작품의 근간이 되는 설화는 '지하국 대적 퇴치담'으로 괴물을 퇴치하고 세 공주를 구해 내는 김원의 영웅적 일대기를 그려 내고 있다.

주제 아귀를 퇴치하고 공주를 구출하는 김원의 영웅적 활약상

전체 줄거리

천상에서 남두성이란 별이 옥황상제에게 죄를 지어 그 벌로 지상으로 쫓겨난다. 인간 세상에서 남두성은 김규의 아들로 태어나는데, 그 생김새가 수박과 같은 모습이어서 이름을 원이라고 짓는다. 둥근 모양으로 태어나 10년 만에 허물을 벗고 미남자로 변신한 김원은 아귀에게 납치된 세 공주를 구하기 위해 지하로 내려간다. 지하 동굴로 내려간 김원은 세 공주를 구해 지상으로 올려보낸 뒤 굴 밖으로 나가려 하는데, 부원수가 김원의 공을 시기하여 굴을 막아 버린다. 김원은 탈출하기 위해 굴속을 헤매다가 괴물에게 잡힌 용왕의 아들을 구해 주고, 이 일로 용왕의 딸과 결혼한다. 용왕의 딸과 고국으로 오던 김원은 주점 주인에 의해 살해되지만 선녀의 도움으로 다시 살아난다. 이후 천자는 김원을 배신한 부하를 죽이고 김원을 부마로 삼고 김원은 두 부인과 함께 행복한 삶을 누리다가 신선이 되어 승천한다.

1 서술상 특징 파악 답 ②

선지별 선택 비율	①	②	③	④	⑤
화작	3%	86%	3%	2%	5%
언매	2%	93%	2%	1%	2%

[A]의 서술상 특징에 대한 설명으로 가장 적절한 것은?

정답 풀이

② 대화를 통해 인물 간의 위계나 관계를 보여 주고 있다.

⋯› [A]의 황상과 여러 신하들의 대화를 보면 황상이 자신을 '짐'이라고 칭하며 신하들을 '제신', '경들'로 부르고 있고, 한세충은 자신을 '소장'으로 칭하며 황상에게 '황상께 바치리이다'와 같이 높임 표현을 사용하고 있으므로 군신 간의 위계를 확인할 수 있다. 또한 아귀를 향해 달려드는 한세충과 아귀의 대화에서는 인물 간의 갈등을 형성하는 적대 관계가 드러나고 있다.

오답 풀이

① 서술자가 개입하여 인물에 대한 평가를 제시하고 있다.

⋯› [A]에는 서술자가 작중에 개입하여 사건이나 인물에 대한 평가를 직접적으로 드러내는 서술자의 개입이 나타나지 않는다.

③ 현재와 과거를 교차하여 장면의 전환을 보여 주고 있다.

⋯› [A]에는 아귀가 침입하여 서경태, 한세충과 맞서싸우는 사건과 아귀가 세 공주를 납치하는 사건이 순차적으로 진행되고 있을 뿐 현재와 과거를 교차하여 장면의 전환을 보여 주고 있지 않다.

④ 인물의 회상을 통해 인물 간 갈등의 원인을 암시하고 있다.

⋯› [A]의 '짐이 여러 번 전장을 지내었으되 이런 일은 보도 듣도 못하였으니'를 인물의 회상으로 볼 여지가 있다. 그러나 황상의 이와 같은 말은 현재 일어나고 있는 아귀와의 갈등 상황이 지금까지 경험해 보지 못한 괴이한 일임을 강조하는 것이지, 인물 간 갈등의 원인을 암시하는 것이 아니다.

⑤ 상황에 대한 인물의 반응을 과장되게 서술하여 사건의 비극성을 완화하고 있다.

⋯› [A]에는 아귀가 세 공주를 납치해 간 상황에서 황상이 느낀 충격과 슬픔이 나타난다. 하지만 황상이 '용루를 흘'리며 '이런 해괴한 변이 천고에 없으니'라고 한 것은 부모로서의 심정을 비교적 사실적으로 서술한 것으로 볼 수 있으며, 사건의 비극성을 심화하는 효과가 있다.

2 작품의 내용 파악 답 ①

선지별 선택 비율	①	②	③	④	⑤
화작	65%	5%	11%	9%	11%
언매	79%	3%	6%	5%	8%

㉠과 관련하여 윗글을 이해한 내용으로 적절하지 않은 것은?

정답 풀이

① 황상은 ㉠의 심각성을 이전의 '전장'과 비교하고, 그때의 경험에 근거하여 ㉠에 대한 대처 방안을 찾아낸다.

지문 근거 • 상이 보시다가 크게 놀라,
"짐이 여러 번 전장을 지내었으되 이런 일은 보도 듣도 못하였으니 제신 중에 뉘 이 짐승을 잡아 짐의 한을 씻으리오."
• "이런 해괴한 변이 천고에 없으니 경들의 소견이 어떠하뇨?"

⋯› ㉠ '국변'은 아귀 작란하던 일과 세 공주를 잃은 일을 가리킨다. 황상은 좌장군 서경태가 아귀 입으로 들어가자 크게 놀라 본인이 여러 번 전장을 지내었으되 이런 일은 보도 듣도 못하였다고 하였으므로, ㉠의 심각성을 이전의 '전장'과 비교하고 있다고 볼 수 있다. 그러나 그때의 경험에 근거하여 대처 방안을 찾아내고 있는 것이 아니라, 신하들에게 의견을 물어 해결 방안을 모색하고 있다.

오답 풀이

② 이우영은 ㉠의 해결을 위해 '조정'에서 황상의 질문에 답하며 ㉠에 대처할 방안을 찾아 줄 지모 있는 인물을 거명한다.

지문 근거 • 상이 크게 놀라 하교하시되,
"이런 해괴한 변이 천고에 없으니 경들의 소견이 어떠하뇨?"
• 이우영이 아뢰길,
"전 좌승상 김규가 지모 넉넉하오니 불러 문의하심이 마땅할까 하나이다."

⋯› 황상이 '해괴한 변', 즉 ㉠ '국변'을 해결할 방안을 조정의 신하들에게 묻자 이우영이 지모가 넉넉한 전 좌승상 김규를 불러 문의해야 한다고 하였다.

③ 황상은 ㉠의 여파가 미치지 않은 '고향'에서 편안히 지내던 승상에게 ㉠으로 인한 위기 상황을 알린다.

지문 근거 상이 깨달아 조서를 내려 김규를 부르셨다.
이때 승상이 원을 데리고 평안히 지내더니 천만의외에 사관이 조서를 가지고 왔거늘 받자와 본즉,

"전임 좌승상에게 부치나니 그사이 고향에서 무사한가. 짐은 불행하여 공주를 잃고 종적을 모르니 통한함을 어찌 측량하리오. 경에게 옛 벼슬을 다시 내리나니 바삐 올라와 고명한 소견으로 짐의 아득함을 깨닫게 하라."
하였다. 승상이 사관을 후대하고 국변을 물으니 아귀 작란하던 일과 세 공주 잃은 말을 대강 고하니

⋯› 원과 더불어 고향에서 편안히 지내던 승상은 황상의 조서를 받은 후 사관에게 ㉠ '국변'에 대해 물었다. 이것은 황상이 ㉠의 여파가 미치지 않은 고향에 머물던 승상에게 ㉠으로 인한 위기 상황을 알린 것으로 볼 수 있다.

④ 승상은 ㉠의 원흉인 아귀를 원이 '철마산'에서 본 것을 황상에게 아뢰고, ㉠을 해결할 단서를 제공할 인물을 천거한다.

지문 근거 승상이 엎드려 아뢰길,
"소신이 자식이 있삽는데 창법 검술이 일세에 무쌍하와 매일 종적 없이 다니옵기 연고를 물으니 철마산에 가 무예를 익히다가 일일은 그 산에서 아귀라 하는 짐승을 만나 겨루고 그 뒤를 좇아 바위 구멍으로 들어감을 보았노라 하옵기 과연 허언이 아닌가 싶사오니 자식을 불러 들으심이 마땅하올까 하나이다."

⋯› 황상의 부름을 받은 승상은 원이 철마산에서 무예를 연습하다가 아귀를 만나 겨룬 적이 있으며, 아귀가 바위 구멍으로 들어간 것을 보았다는 말을 들었음을 황상에게 아뢰고 ㉠ '국변'을 해결할 단서를 제공할 인물로 원을 천거하였다.

⑤ 원은 ㉠의 해결 방안을 떠올리고, '협실'에서 공주를 만나 ㉠을 해결할 수 있는 기회가 왔음을 알게 된다.

지문 근거 • 원수가 백계를 생각하다가 갑자기 깨달아 공주께 아뢰기를,
"독한 술을 많이 빚어 좋은 안주를 장만하여야 계교를 베풀리이다."
하고, 약속을 정해 여러 여자를 청하여 여차여차하게 계교를 갖추고 기다리라고 하였다.
• 아귀가 깊이 잠들었거늘, 비수를 가지고 협실로 나와 원수에게 잠들었음을 이르고

⋯› 철마산 아귀의 소굴로 들어간 원은 ㉠ '국변'을 해결하기 위한 '백계'를 생각하다가 하나의 계교를 떠올리고, 이를 공주와 공유하였다. 그리고 공주는 아귀의 칼을 가지고 협실로 나와 아귀가 잠들었음을 알려주므로, 원은 이곳에서 공주를 만나 아귀를 물리칠 수 있는 기회가 왔음을 알게 된다.

3 말하기 의도 파악 답 ③

선지별 선택 비율	①	②	③	④	⑤
화작	4%	3%	76%	6%	11%
언매	2%	1%	88%	3%	6%

ⓐ~ⓓ에 대한 설명으로 가장 적절한 것은?

정답 풀이

③ ⓐ에서는 자신의 감정을 상대에게 드러내고, ⓓ에서는 자신들의 의도를 상대에게 숨기고 있다.

지문 근거 • "짐은 불행하여 공주를 잃고 종적을 모르니 통한함을 어찌 측량하리오."
• "수이 차도를 얻사오면 남두성 잡기야 어찌 근심하리오? 주찬을 대령하였사오니 다 드시어 첩 등의 우려는 마음을 즐겁게 하소서."

⋯› ⓐ에서 황상은 승상에게 조서를 보내면서 세 공주를 잃은 통한함을 드러내었다. 한편, 여러 여자가 아귀에게 술과 안주를 먹이는 것은 아귀를 안심시켜 잠들게 하려는 의도가 담긴 행위로, ⓓ에서 여자들은 자신들의 의도를 숨기고 있다.

오답 풀이

① ⓐ와 ⓑ에서는 상대에 대한 신뢰를 바탕으로, 숨겨 온 사실을 드러내고 있다.

지문 근거 • "짐은 불행하여 공주를 잃고 종적을 모르니 통한함을 어찌 측량하리오."
• "자식을 불러 들으심이 마땅하올까 하나이다."

⋯› ⓐ에서 황상은 승상에게 세 공주를 잃은 통한을 드러내고 있고, ⓑ에서 승상은 문제 해결을 위해 김원을 천거하며 황상에 대한 충정을 드러내고 있다. 둘 모두 상대에 대한 신뢰가 바탕에 깔려 있다고 할 수 있지만, 숨겨 온 사실을 드러내고 있다고 볼 수 없다.

② ⓑ와 ⓒ에서는 자신의 위세를 드러내어, 상대의 복종을 이끌어 내고 있다.

지문 근거 • "자식을 불러 들으심이 마땅하올까 하나이다."
• "내 병이 조금 나았으니 사오일 후 세상에 나가 남두성을 잡아 죽여 이 원한을 풀리라. 너희는 나를 위하여 마음을 위로하라."

⋯› ⓒ에서 아귀는 남두성(원)을 잡아 죽일 것이라는 말로 자신의 위엄과 기세를 드러내며 시녀들에게 자신을 위로하도록 하고 있으므로 자신의 위세를 드러내어 상대의 복종을 이끌어 내고 있다고 볼 수 있다. 그러나 ⓑ는 신하인 승상이 문제 해결을 위해 황상에게 권하는 말이므로 자신의 위세를 드러내어 상대의 복종을 이끌어 내고 있다고 할 수 없다.

④ ⓑ에서는 당위를 내세워 상대의 행위를 요구하고, ⓓ에서는 상대의 안위를 우려하여 자제를 요청하고 있다.

지문 근거 • "자식을 불러 들으심이 마땅하올까 하나이다."
• "수이 차도를 얻사오면 남두성 잡기야 어찌 근심하리오? 주찬을 대령하였사오니 다 드시어 첩 등의 우려는 마음을 즐겁게 하소서."

⋯› ⓑ에서 승상은 김원이 아귀와 싸운 일을 들어 김원을 불러 들으심이 '마땅하올까' 한다고 하였으므로, 당위를 내세워 상대의 행위를 요구한 것으로 볼 여지가 있다. 그러나 ⓓ는 여자들이 아귀의 안위를 우려해서 자제를 요청한 말이 아니라 아귀를 안심시켜 술에 취해 잠들게 할 의도로 한 말에 해당한다.

⑤ ⓒ에서는 상대에게 자신의 목표를 위해 행동할 것을 촉구하고, ⓓ에서는 상대의 목표를 위해 행동할 것을 약속하고 있다.

지문 근거 • "내 병이 조금 나았으니 사오일 후 세상에 나가 남두성을 잡아 죽여 이 원한을 풀리라. 너희는 나를 위하여 마음을 위로하라."
• "수이 차도를 얻사오면 남두성 잡기야 어찌 근심하리오? 주찬을 대령하였사오니 다 드시어 첩 등의 우려는 마음을 즐겁게 하소서."

⋯› ⓒ에서 아귀는 남두성을 잡아 죽여 원한을 풀려 한다는 자신의 목표를 드러내며 시녀들에게 마음을 위로하라는 명령을 내린다. 이는 아귀가 상대에게 자신의 목표를 위해 행동할 것을 촉구한 것으로 볼 여지가 있다. 그러나 ⓓ에서 여자들은 아귀의 명령에 따라 위로하는 척 말을 하며 아귀를 속이고 있을 뿐, 그의 목표를 위해 행동할 것을 약속하고 있지 않다.

4 외적 준거에 따른 작품 감상 답 ⑤

선지별 선택 비율	①	②	③	④	⑤
화작	5%	7%	7%	9%	72%
언매	2%	4%	3%	4%	87%

〈보기〉를 참고하여 윗글을 감상한 내용으로 적절하지 않은 것은? [3점]

보기

〈김원전〉은 당대의 보편적 가치인 충군을 주제로, 초월적 능력을 지닌 주인공과 기이한 존재인 적대자의 필연적 대결 관계를 보여 준다. 특히 적대자의 압도적 무력에 맞서는 과정에서 인물에 따라, 혹은 인물이 처한 상황에 따라 다른 대응 방식을 보여 줌으로써 독자의 흥미를 자극한다.

정답 풀이

⑤ 일세에 무쌍한 무예를 갖춘 원수가 아귀의 비수로 기둥을 베어 보는 데서, 주인공이 적대자를 처치하기 위해 자신의 계획대로 초월적 능력을 시험하고 있음을 알 수 있군.

⋯› 일세에 무쌍한 무예를 갖춘 원수가 아귀의 비수로 기둥을 베어 보는 것은 공

고전 소설

주의 제안에 따라 원수의 칼과 아귀의 비수가 지닌 위력을 시험해 보는 것이므로, 주인공인 원수가 자신의 계획대로 초월적 능력을 시험하고 있는 것이라 할 수 없다.

오답 풀이

① **서경태가 입직군을 동원해 아귀와 맞서고 원수가 계교를 마련해 아귀를 상대하는 데서, 압도적 무력을 지닌 적대자에 대응하는 양상이 서로 다름을 알 수 있군.**

…› 서경태는 입직군을 동원해 아귀에게 무력으로 맞섰고 원수는 독한 술을 먹여 잠들게 하는 계교를 마련하여 아귀를 상대하였다. 이러한 대응 양상은 〈보기〉에서 제시한 '적대자의 압도적 무력에 맞서는 과정에서 인물에 따라, 혹은 인물이 처한 상황에 따라 다른 대응 방식을 보여' 주는 것이라 할 수 있다.

② **한세충이 황상의 한을 씻고자 아귀에게 대항하고 승상이 황상의 불행에 슬퍼하며 상경하는 데서, 인물들이 충군의 가치를 지키고 있음을 알 수 있군.**

…› 한세충은 '서경태가 날리어 아귀 입으로 들어'가는 것을 본 후에도 황상의 한을 씻고자 아귀에게 대항하였으며, 승상은 국란으로 인한 황상의 불행에 슬퍼하며 상경하였다. 이는 군주인 황상을 위하는 신하된 인물들의 반응으로 〈보기〉에서 제시한 '당대의 보편적 가치인 충군' 의식을 보여 주는 것이라 할 수 있다.

③ **원이 아귀의 머리를 상하게 한 것과 아귀가 남두성인 원에게 원한을 갚겠다고 다짐하는 데서, 주인공과 적대자의 대결이 피할 수 없는 것임을 알 수 있군.**

…› 김원과 아귀의 이전 대결에서 원의 칼에 아귀의 머리가 상했고 아귀는 남두성(원)을 잡아 원한을 풀겠다며 복수를 다짐하였다. 이는 〈보기〉에서 언급한 '초월적 능력을 지닌 주인공과 기이한 존재인 적대자의 필연적 대결 관계를 보여' 주는 것이라 할 수 있다.

④ **공주가 황상에게는 국운의 불행으로 잃은 대상이지만 원수에게는 약속대로 아귀를 잠들게 하는 인물인 데서, 여성 인물이 사건의 피해자이자 해결을 돕는 존재임을 알 수 있군.**

…› 황상의 말인 '국운이 불행하여 세 공주를 일시에 잃었으니'를 통해 볼 때 공주는 아귀에게 납치를 당한 사건의 피해자이다. 하지만 공주는 원수의 계교에 협조하여 아귀를 술에 취해 잠들게 한 후 비수를 가지고 나온다는 점에서 사건의 해결을 돕는 조력자라고도 할 수 있다.

대표 기출 고전 소설 ❷

본문 080쪽

[5~8] 작자 미상, 〈채봉감별곡〉

5 ①	6 ③	7 ①	8 ③

작자 미상, 〈채봉감별곡〉

해제 이 작품의 제목인 '채봉감별곡'은 주인공 '채봉'이 사랑하는 필성을 만나지 못해 슬퍼하고 그리워하는 마음을 읊은 노래라는 뜻이다. 이는 채봉이 부모의 출세욕 때문에 사랑하는 임과 헤어지게 되고 갖은 고초를 겪는 내용과 연결된다. 김 진사가 딸인 채봉을 팔아서 관직을 사려 하고, 허 판서가 관직을 조건으로 어린 채봉을 첩으로 들이고자 하는 모습에서 매관매직이 성행하였고 축첩 제도가 있었던 조선 후기의 시대상이 드러난다. 또한 양반의 자제인 채봉이 기생이 되고 필성이 이방이 되는 등 조선 후기의 무너진 신분 질서의 모습이 반영되어 있다. 그 가운데 신분이나 권위보다 자신의 사랑을 위해 적극적이고 주체적으로 행동하는 채봉과 필성의 모습에서, 근대로 전환되며 새로운 가치가 대두되던 조선 후기의 사회적 변화를 확인할 수 있다.

주제 온갖 시련과 어려움을 극복해 낸 젊은 남녀의 순결하고 진실한 사랑

전체 줄거리

평양성 밖에 사는 김 진사의 딸 채봉은 봄날 꽃구경을 나섰다가 전 선천부사의 아들 장필성을 만나게 된다. 채봉과 필성은 시를 주고받으며 서로에 대한 사랑을 확인한다. 그런데 벼슬을 얻기 위해 서울에 갔던 김 진사가 세도가 허 판서에게 벼슬을 받는 대신 채봉을 첩으로 보내기로 약속하고 돌아온다. 결국 채봉의 가족은 서울로 올라가게 되는데, 도중에 화적을 만나 모든 재물을 빼앗기고, 채봉은 그 틈을 타 부모에게 알리지 않고 평양으로 되돌아온다. 김 진사는 허 판서에게 사정을 알리지만 허 판서는 크게 노해 김 진사를 옥에 가둔다. 채봉은 아버지를 구하기 위한 돈을 마련하기 위해 송이라는 기명의 기생이 된다. 한편 평양 감사 이보국은 송이의 서화가 뛰어나다는 말을 듣고 몸값을 지불한 후 데려와 곁에 두고 서신과 문서를 처리하는 일을 맡긴다. 그리고 필성은 채봉을 만나기 위해 감영의 이방이 된다. 이보국은 채봉과 필성의 사정을 알게 되고, 직접 혼례를 주관하여 두 사람을 맺어 준다.

5 작품의 내용 파악

답 ①

선지별 선택 비율	①	②	③	④	⑤
화작	77%	5%	5%	6%	5%
언매	83%	3%	4%	4%	4%

윗글의 내용에 대한 이해로 적절하지 않은 것은?

정답 풀이

① **송이는 부모의 소식으로 애태우다 감사의 걱정을 산다.**

지문 근거 송이는 감사가 있는 별당 건넌방에 가 홀로 살고 지내며 감사가 시키는 일을 처리하고 지내며 마음에 기생을 면함은 다행하나, 주야로 잊지 못하는 바는 부모의 소식과 장필성을 못 봄을 한하고 이 감사가 보는 데는 감히 그 기색을 드러내지 못하니, 혼자 있을 때에는 주야 탄식으로 지내더라.

…› 송이는 부모의 소식을 듣지 못해 주야로 탄식하며 지냈지만 감사 앞에서는 그 기색을 드러내지 못하였다. 따라서 송이가 부모의 소식으로 애태우는 것은 사실이지만 감사가 그 사실을 알지 못하므로 감사의 걱정을 산다는 것은 적절하지 않다.

오답 풀이

② 송이는 필성이 이방이 되었음을 감사를 통해 알게 된다.

지문 근거 하루는 공사 문첩 한 장을 본즉, 필성의 글씨가 완연한지라, 속으로 생각하되, / '이상하다. 필법이 장 서방님 필적 같으니, 혹 공청에를 드나드나.' 하고 감사더러 묻는다. / "요사이 공사 들어온 것을 보면 전과 글씨가 다르오니 이방이 갈리었습니까?" / "응, 전 이방은 갈고 장필성이란 사람으로 시켰다. 네 보아라, 글씨를 잘 쓰지 않느냐."

⋯› 송이는 공사 문첩에서 필성의 글씨를 알아본 후 감사에게 이방이 바뀌었는지를 물었고, 감사는 '전 이방은 갈고 장필성이란 사람으로 시켰다.'라고 답하였다. 즉 송이는 감사를 통해 필성이 이방이 되었음을 알게 된 것이다.

③ 감사는 필성의 문필 능력을 높이 평가하고 기대를 건다.

지문 근거 • 이때 마침 감사가 문필이 있는 이방을 구하는지라, 필성이 한 길을 얻어 이방이 되어 감사에게 현신하니 감사가 일견 대희하여 칭찬하며 왈,
"가위 여옥기인(如玉其人)이로다. 필성아, 이방이라 하는 것은 승상접하(承上接下)하는 책임이 중대하니, 아무쪼록 일심봉공(一心奉公)하여 민원(民怨)이 없도록 잘 거행하라."
• "응, 전 이방은 갈고 장필성이란 사람으로 시켰다. 네 보아라, 글씨를 잘 쓰지 않느냐."

⋯› 감사는 문필이 있는 이방을 구하다 필성이 이방이 되자 크게 기뻐하며 필성을 '여옥기인'이라고 칭찬하고 격려하였다. 이를 통해 감사가 필성의 문필 능력을 높이 평가하고 있음을 알 수 있다. 또한 '네 보아라, 글씨를 잘 쓰지 않느냐.'라는 말에도 감사가 필성의 문필 능력을 높이 평가하고 있음이 드러난다.

④ 송이는 필성과 꿈속에서나마 일시적으로 만남을 이룬다.

지문 근거 잠시간에 잠이 들어 주사야몽(晝思夜夢) 꿈이 되어 장주(莊周)의 나비같이 두 날개를 떨치고 바람 좇아 중천에 떠다니며 사면을 살피니, 오매불망하던 장필성이 적막 공방에 혼자 몸이 전일의 답시(答詩)를 내놓고 보며 울고 울고 보며 전전반측 누웠거늘, 송이가 달려들어 마주 붙들고 울다가 꿈 가운데 우는 소리가 잠꼬대가 되어 아주 내처 울음이 되었더라.

⋯› 필성을 그리워하던 송이는 '추풍감별곡'을 쓰고 책상머리에 엎드려 잠이 들었다가 꿈속에서 오매불망하던 필성을 만나 마주 붙들고 울었다. 즉 송이는 꿈속에서 필성과 일시적으로나마 만남을 이룬 것이다.

⑤ 필성은 송이를 그리워하는 마음을 감사에게 숨기고 있다.

지문 근거 송이가 이 말을 듣고 속으로 암암이 기꺼하며, 어떻게 하면 한번 만나볼까, 그렇지 못하면 편지 왕복이라도 할까, 사람을 시키자니 만일 대감이 알면 무슨 죄벌이 내려올지 몰라 못 하고 무슨 기회를 기다리나 때를 타지 못하여 필성이나 송이나 서로 글씨만 보고 창연히 지내기를 이미 반년이라.

⋯› 필성은 송이가 기생을 면하고 감사의 별당 건넌방에 있다는 소문을 듣고 채봉(송이)을 만나기 위해 이방이 된다. 그러나 감사에게 들키면 벌을 받을지 모른다는 생각에 송이와 필성은 만나지도 편지 왕래도 못하며 반년을 지낸다. 이를 통해 필성이 송이를 그리워하는 마음을 감사에게 숨기고 있음을 알 수 있다.

6 인물의 심리 및 태도 파악 답 ③

선지별 선택 비율	①	②	③	④	⑤
화작	3%	3%	83%	4%	4%
언매	2%	2%	87%	3%	2%

ⓐ와 ⓑ에 대한 설명으로 가장 적절한 것은?

정답 풀이

③ ⓐ를 본 송이는 필성이 가까운 곳에 있음을 알게 되고, ⓑ에 필성을 만나지 못하는 마음을 풀어낸다.

⋯› 감사의 별당에서 지내던 송이가 ⓐ에 쓰인 필성의 글씨를 알아보고, 필성이 공청에 드나든다고 짐작하여 감사에게 이방이 바뀌었는지 묻자 감사는 새로운 이방이 장필성임을 알려 준다. 따라서 ⓐ를 본 송이는 필성이 이방이 되어 자신과 가까운 곳에 있음을 알게 되는 것이다. 그러나 송이는 필성과 만나거나 편지를 주고받지 못하는데, 이런 상황에서 필성에 대한 그리움을 담은 '추풍감별곡'을 ⓑ에 쓴 것이다.

오답 풀이

① ⓐ에 대해 대화하며 송이의 그리움을 눈치챈 감사는, ⓑ를 읽으며 그 대상이 필성임을 알게 된다.

⋯› ⓐ에 대해 이야기하며 감사는 필성이 새 이방으로 왔고 글씨를 잘 쓴다고만 했을 뿐, 송이의 그리움을 눈치채지 못하고 있다. 그리고 ⓑ를 읽고 감사가 송이의 그리움을 눈치챌 수는 있지만 그 대상이 필성임을 알지는 못한다.

② ⓐ를 작성한 사람에 대한 궁금증을 갖게 된 송이는, ⓑ를 통해 자신의 궁금증을 필성에게 알린다.

⋯› 송이는 ⓐ를 보고 필성의 글씨 같다고 생각하고 ⓐ를 작성한 사람에 대해 궁금증을 가지게 되어 감사에게 이방에 대해 묻는 것이다. 그러나 ⓑ는 필성에 대한 송이의 그리움을 드러낸 것이고 감사가 이를 보게 된 것일 뿐, ⓑ가 필성에게 전달된 것은 아니다.

④ ⓐ를 감사로부터 전달받은 필성은 송이의 마음을 알게 되고, ⓑ를 쓰면서 송이에 대한 자신의 그리움을 드러낸다.

⋯› ⓐ는 필성이 쓴 것으로 감사로부터 송이가 전달받은 것이므로 ⓐ가 필성에게 전달된 것은 아니다. 또한 ⓑ는 필성이 아니라 송이가 쓴 것이다.

⑤ ⓐ를 보면서 필성이 자신을 찾고 있음을 알게 된 송이는, ⓑ를 쓰면서 필성과 재회하고자 하는 의지를 드러낸다.

⋯› ⓐ를 통해 송이는 필성의 글씨를 알아보았을 뿐, 필성이 자신을 찾고 있다는 것을 알게 된 것은 아니다. 그리고 ⓑ는 필성에 대한 그리움을 드러낸 것일 뿐, 이를 통해 송이가 필성과 재회하고자 하는 의지를 드러낸 것은 아니다.

7 소재의 의미와 기능 파악 답 ①

선지별 선택 비율	①	②	③	④	⑤
화작	68%	6%	8%	9%	6%
언매	76%	4%	5%	6%	5%

[A]의 '달'에 대한 이해로 적절하지 않은 것은?

정답 풀이

① 송이가 필성의 안녕을 기원하는 마음을 의탁하는 대상이다.

⋯› [A]에서 송이는 '달'에게 필성을 만나지 못하는 자신의 처지와 심정을 토로하고 있다. 그러나 송이가 '달'에게 필성의 안녕을 기원하고 있는 것은 아니다.

오답 풀이

② 자연물의 다양한 소리와 어울려 송이의 외로움을 심화한다.

지문 근거 월색은 명랑하여 남창에 비치었고, 공중에 외기러기 웅웅한 긴 소리로 짝을 찾아 날아가고, 동산의 송림 간에 두견이 슬피 울어 불여귀를 화답하니, 무심한 사람도 마음이 상하거든 독수공방에 눈물로 세월을 보내는 송이야 오죽할까. 송이가 모든 심사 잊어버리고 책상머리에 의지하여 잠깐 졸다가 기러기 소리에 놀라 눈을 뜨고 보니, 남창 밝은 달 발허리에 가득하고 쓸쓸한 낙엽성은 심회를 돕는지라. 잊었던 심사가 다시 가슴에 가득하여지며 눈물이 무심히 떨어진다.

⋯› 독수공방하며 눈물로 세월을 보내는 송이는 '달'이 뜬 풍경과 어우러진 외기러기, 두견이, 낙엽 등의 소리를 듣고 더욱 외로움을 느끼고 있다.

③ 송이가 자신의 심사를 들추어내어 감정을 토로하는 인격화된 상대이다.

지문 근거 "달아, 너는 내 심사를 알리라. 작년 이때 뒷동산 명월 아래 우리 님을 만났더니, 달은 다시 보건마는 님은 어찌 못 보는고."

⋯› 송이는 '달'을 '너'라고 부르며 달은 자신의 심사를 알 것이라고 하였다. 그리고 필성을 만나지 못해 애달파하는 자신의 감정을 달에게 토로하고 있다.

④ **송이의 처지와 대조되는 옛 이야기를 환기시켜 송이가 스스로에 대한 연민을 표하게 한다.**

지문 근거 "작년 이때 뒷동산 명월 아래 우리 님을 만났더니, 달은 다시 보건마는 님은 어찌 못 보는고. 그 옛날 심양강 거문고 뜯던 여인은 만고문장 백낙천(萬古文章白樂天)을 달 아래 만날 적에 마음속에 맺힌 말을 세세히 풀었건만, 나는 어찌 박명하여 명랑한 저 달 아래서 부득설진심중사(不得說盡心中事)하니 가련하지 아니할까."

⋯› 송이는 '달'을 보며 자신의 처지와 달리 달 아래서 백낙천을 만나 마음속에 맺힌 말을 풀었던 옛날의 심양강 거문고 뜯던 여인의 이야기를 떠올리고 있다. 그리고 임을 만나지 못하는 자신의 처지가 가련하다고 말하며 스스로에 대한 연민을 표하고 있다.

⑤ **송이에게 필성과의 추억을 떠올리게 하면서 재회를 기약할 수 없는 현재 상황을 부각한다.**

지문 근거 "달아, 너는 내 심사를 알리라. 작년 이때 뒷동산 명월 아래 우리 님을 만났더니, 달은 다시 보건마는 님은 어찌 못 보는고."

⋯› 송이는 '달'을 보고 과거 필성과 달밤에 뒷동산 아래서 만났던 추억을 떠올리며 필성을 다시 보지 못하는 현재의 상황에 탄식하고 있다.

8 외적 준거에 따른 작품 감상 답 ③

선지별 선택 비율	①	②	③	④	⑤
화작	3%	9%	76%	4%	6%
언매	2%	7%	82%	2%	4%

〈보기〉를 참고하여 ㉠~㉤을 이해한 내용으로 적절하지 않은 것은? [3점]

보기

소설에서 시간 표지는 배경을 지시할 뿐 아니라, 우연하게 일어날 수 있는 사건들에 개연성을 부여하거나 사건의 전개나 장면의 전환 등에 관여된 서사적 정보를 제시하기도 한다. 또한 장면을 제시하는 것은 물론 서로 다른 장면을 연결하거나, 사건이 요약적으로 제시되었음을 가늠하게 하는 등 서사의 주요 요소들을 보조하는 기능을 한다.

정답 풀이

③ **㉢은 공청에서 일어난 최근의 변화에 송이가 주목하고 있음을 보여 주는 한편, 송이가 공청의 일을 돕게 되기까지의 과정이 요약적으로 제시되었음을 드러낸다.**

⋯› 송이는 감사가 시키는 일을 처리하던 중 공사 문첩 한 장을 보고, 감사에게 "요사이 공사 들어온 것을 보면 전과 글씨가 다르오니 이방이 갈리었습니까?"라고 묻고 있다. 따라서 ㉢은 송이가 공청에서 일어난 최근의 변화에 주목하고 있음을 보여 준다. 그러나 ㉢은 송이가 공청의 일을 돕기 시작한 후에 해당하는 시기이므로 송이가 공청의 일을 돕게 되기까지의 과정이 요약적으로 제시되어 있음을 드러내지 않는다.

오답 풀이

① **㉠은 우연으로 보이는 감사의 이방 선발이, 필성이 송이와 만나기 위해 애써 왔던 시간과 맞물려 있음을 드러냄으로써 필성의 관아 입성에 개연성을 부여한다.**

⋯› '이때 마침' 감사가 이방을 선발하는 것은 우연에 해당한다. 그러나 '우연하게 일어날 수 있는 사건들에 개연성을 부여'한다는 〈보기〉의 설명을 참고할 때, ㉠은 필성이 송이를 만나기 위해 관속이 될 계책을 생각하고 애써 왔던 시간과 맞물려 필성의 관아 입성에 개연성을 부여한다고 할 수 있다.

② **㉡은 평범한 일상을 지내던 송이와 감사의 대화를 통해 중요한 서사적 정보가 드러난 시간을 부각하여, 필성과 재회하고자 하는 송이의 바람을 심화하게 되는 서사적 전환에 관여한다.**

⋯› 평범한 일상을 지내던 송이가 '하루는' 공사 문첩 한 장에서 필성의 필적을 보고 감사에게 이방에 대해 물어봄으로써 필성이 이방으로 있음을 알게 된다. '사건의 전개나 장면의 전환 등에 관여된 서사적 정보를 제시하기도 한다.'는 〈보기〉의 설명을 참고할 때, ㉡은 필성이 송이와 가까이 있다는 중요한 서사적 정보가 드러난 시간을 부각한다고 할 수 있다. 또한 필성이 이방으로 들어왔다는 사실을 알게 됨으로써 이후 필성과 재회하고자 하는 송이의 바람이 심화되므로 ㉡은 서사적 전환에 관여한다고 할 수 있다.

④ **㉣은 송이와 필성의 만남이 이루어지지 않은 상태에서 상당한 시간이 흘렀음을 드러내면서, 송이와 필성이 가진 그리움의 깊이를 함축한 서사적 정보로 기능한다.**

⋯› 필성은 송이가 감사가 있는 별당 건넌방에 있는 것을 알게 되었고 송이도 필성이 이방으로 있음을 알게 되었지만 두 사람은 만나지 못한 채 반년을 지내게 된다. '사건이 요약적으로 제시되었음을 가늠하게' 한다는 〈보기〉의 설명을 참고할 때, ㉣은 송이와 필성의 만남이 이루어지지 않은 상태에서 상당한 시간이 흘렀음을 드러낸다. 그리고 이러한 시간의 흐름은 송이와 필성의 서로에 대한 그리움이 깊음을 함축하는 서사적 정보로 기능한다고 할 수 있다.

⑤ **㉤은 감사의 사람됨과 감사가 잠을 이루지 못하는 이유를 관련짓게 하는 한편, 흐느껴 울던 송이를 감사가 발견하는 사건의 시간적 배경을 지시한다.**

⋯› ㉤의 앞뒤 내용을 보면, 사람이 늙어지면 잠이 없어지는데 감사는 나이가 팔십여 세일 뿐만 아니라 백성과 나라를 생각하느라 잠을 이루지 못하고 있다. 따라서 ㉤은 감사가 잠을 이루지 못하는 이유와 감사의 사람됨을 관련짓게 한다고 볼 수 있다. 그리고 '소설에서 시간 표지는 배경을 지시'한다는 〈보기〉의 설명을 참고할 때, ㉤은 감사가 송이의 방에서 흐느껴 우는 소리를 듣게 되는 사건의 시간적 배경이 밤임을 지시하는 역할을 한다.

적중 예상 고전 소설 01

본문 084쪽

[071~074] 김만중, 〈구운몽〉

071 ③ 072 ④ 073 ② 074 ⑤

E 지문 선정 포인트

이 작품은 성진(양소유)과 팔선녀(2부인 6첩)라는 중심인물이 육관 대사라는 초월적 존재의 계도를 통해 인생무상을 깨닫고 참다운 깨달음에 도달하게 되는 과정을 그리고 있어.
한 남성이 여러 여성과 만남을 이루는 줄거리는 다른 애정 소설과 같지만 그 과정을 여성들이 주도한다는 점과 남녀가 헤어졌다가 재회하기까지 복잡한 과정을 거친다는 점에 주목하여 작품으로 선정하였어.

김만중, 〈구운몽〉

해제 이 작품은 김만중이 남해 유배 시절에 어머니를 위로하고자 지었다고 전해지는 몽자류 소설로, 주인공 성진이 하룻밤 꿈에서 겪은 일과 깨달음을 이야기하고 있다. 성진이라는 불제자가 불도에 적막함을 느끼고 꿈속에서 부귀영화를 이루지만, 세속적 욕망의 허망함을 깨닫고 꿈에서 깨어 불도에 정진하여 득도한다는 내용을 담고 있다. '현실 – 꿈 – 현실'의 환몽 구조로 이루어져 있는데, 다른 환몽 소설과는 달리 꿈속을 인간계(지상의 공간)로, 현실을 천상계(천상의 공간)로 설정한 것이 특이하다. 또한 천상은 불교적 세계를, 지상은 유교적 세계를 그리고 있는 등 유교적 공명주의와 불교의 공(空) 사상, 도교의 신선 사상 등이 융합되어 한국인의 정신적 특질을 총체적으로 보여 준다. 제목 〈구운몽(九雲夢)〉의 '구(九)'는 성진과 팔선녀를, '운(雲)'은 '인생무상'이라는 소설의 주제를, '몽(夢)'은 환몽 구조를 상징한다.

주제 인생무상에 대한 깨달음

전체 줄거리
중국 당나라 때, 남악 형산 연화봉에 서역으로부터 불교를 전하러 온 육관 대사가 법당을 짓고 설법하고 있었다. 하루는 육관 대사가 제자 성진을 보내 용왕에게 사례하도록 했는데, 용왕의 술대접을 받고 돌아오던 성진은 팔선녀와 석교에서 만나 서로 희롱한다. 선방(禪房)에 돌아온 성진은 팔선녀의 미모에 도취되어 불문(佛門)의 적막함에 회의를 느끼고 속세의 부귀영화를 원하다가, 팔선녀와 함께 인간 세상으로 추방된다. 인간 세상에서 양소유로 태어난 성진은 과거에 급제해 입신양명하고 여덟 낭자와 인연을 맺어 두 부인과 여섯 첩으로 맞아 부귀영화를 누리며 살아간다. 그러던 중 인생의 무상함을 느낀 양소유는 갑자기 나타난 호승에 의해 꿈에서 깨어나 다시 현실로 돌아온다. 이후 성진과 팔선녀는 불도에 정진하여 극락세계에 가게 된다.

지문 제시

071 서술상 특징 파악 답 ③

정답 풀이
성진이 양소유로 태어난 후 양 처사는 '이 아이의 골격이 맑고 빼어나니 천상의 신선이 귀양 왔다.'와 같이 말함으로써 양소유의 비범함을 암시하고 있다. 이후 양소유가 자라 십여 세에 이르자 지혜가 무궁하고 대인군자의 풍모를 지녔다는 진술을 통해 양소유의 비범함이 실제로 드러나고 있다. 따라서 등장인물인 양 처사의 발화(말)를 통해 주인공인 양소유의 비범함이 암시되고 있다는 진술은 적절하다.

오답 풀이
① 이 글에는 '한 곳에 이르니 푸른 산이 사면으로 둘러 있고 푸른 물이 잔잔한 곳에 마을이 있었다.'와 같은 배경 묘사가 나타나 있으나 이를 통해 인물의 심리를 드러내는 것은 아니다.
② 이 글에는 주인공 성진이 연화봉에서 풍도로, 풍도에서 당나라 회남의 수주 마을로 공간을 이동하는 모습이 나타나 있다. 하지만 이러한 공간의 이동이 사건을 반전시키는 원인으로 작용하고 있지는 않다.
④ 이 글에는 육관 대사와 성진의 대화 장면, 풍도에서의 장면, 환생 후의 장면 등 여러 번의 장면 전환이 나타나고 있으나 이것이 인물 간의 갈등을 점층적으로 고조하고 있지는 않다.
⑤ 이 글에는 서술자가 작중 사건에 대해 논평하면서 인물의 미래를 직접 제시하는 부분이 나타나지 않는다. 서술자는 양소유의 외모, 능력, 품성을 직접 제시하고 있을 뿐이다.

072 작품의 세부 내용 이해 답 ④

정답 풀이
염라대왕이 팔선녀에게 왜 풍도에 왔는지 묻자, 팔선녀가 좋은 경계를 더럽게 하였다 여긴 육관 대사가 팔선녀를 위부인께 넘겨 (위부인이) 잡아 보냈다고 대답하고 있다. 따라서 팔선녀가 풍도에 가게 된 것은 위부인의 동의가 있었기 때문임을 알 수 있다.

오답 풀이
① 성진은 무슨 일로 풍도에 왔느냐고 묻는 염라대왕에게 '소승이 사리가 밝지 못하여 사부께 죄를 짓고 왔으니, 원컨대 대왕은 처분하십시오.'라고 말할 뿐이므로, 성진이 염라대왕에게 자신의 억울함을 호소한다고 이해한 것은 옳지 않다.
② 염라대왕은 성진의 이름이 지장왕 향안에 있어 신통한 도술로 천하 중생을 건질까 하였는데 무슨 일이냐며 성진이 풍도에 온 것을 의문스럽게 여기고 있으므로, 염라대왕이 성진이 풍도로 온 것을 필연적이라고 생각한다고 이해한 것은 옳지 않다.
③ 성진이 양소유로 태어난 후 신통한 도술을 보인 것은 아니므로, 그로 인해 부모의 사랑을 받는다고 이해한 것은 옳지 않다.
⑤ 성진이 양소유로 태어난 후 '연화봉에서 놀던 마음이 역력'했으나 점점 자라 부모를 알아보면서 전생 일을 생각지 못하게 되었다고 했으므로, 양소유로 태어난 직후부터 전생의 삶을 전혀 기억하지 못한다고 이해한 것은 옳지 않다.

073 인물의 말하기 방식 이해 답 ②

정답 풀이
[A]에서 육관 대사는 성진이 용궁에 가 술을 먹고 팔선녀와 서로 희롱했던 것과 돌아와서 선녀를 그리워하며 인간 부귀를 생각했던 것을 알고 있다는 점에서 성진의 행위와 마음속 생각을 간파하고 있다고 할 수 있다. 그러나 '네 죄가 중하여 이곳에 있지 못할 것이니, 네 가고자 하는 데로 가거라.'라고 하면서 꾸짖고 연화봉에서 내치는 벌을 내리고 있으므로, 성진이 스스로 올바른 선택을 하도록 유도하고 있는 것은 아니다.

오답 풀이
① [A]의 앞에서 성진은 자신의 죄를 알지 못하겠다고 말하고 있다. 이에 [A]에서 육관 대사는 성진이 용궁에서 술을 마신 것, 돌다리 위에서 팔선녀와 희롱한 것, 돌아온 후 인간 부귀를 생각하고 선녀를 그리워한 것 등 성진의 죄를 나열하며 자신은 죄가 없다는 성진의 판단이 잘못되었음을 지적하고 있다.
③ [B]에서 성진은 주인이 힘써 권했기 때문에 술을 먹었고, 길을 빌리기 위해 팔선녀와 어울렸으며, 망령된 생각을 했지만 즉시 잘못인 줄 알아 마음을 다잡았다고 변명하고 있다. 그러면서 자신의 죄는 연화도량에서 쫓겨날 정도의 큰 죄가 아니라고 하며 육관 대사의 처분이 부당함을 주장하고 있다.

④ [B]에서 성진은 십이 세부터 육관 대사에게 의탁했음을 이야기하며 부모와 자식, 스승과 제자의 관계가 깊은데 박절하게 자신을 내치느냐고 육관 대사의 인정에 호소하고 있다.
⑤ [C]에서 양 처사는 자신의 본래 신분이 봉래산의 선관(신선)임을 밝히면서 봉래산으로 돌아가야 하기 때문에 부인과 아들 곁을 떠난다고 현재 행동의 이유를 설명하고 있다.

074 외적 준거에 따른 작품 감상 답 ⑤

정답 풀이

양 처사는 부인과 아들을 떠나며, 자신은 본래 봉래산 선관이므로 다시 봉래산으로 돌아간다고 하고 있다. 따라서 양 처사가 천상계로 돌아가는 것을 〈보기〉의 '죽는 순간 사람이 갖게 되는 욕망에 의해 다음 생이 결정된다'는 내용과 관련지어 이해하는 것은 적절하지 않다. 〈보기〉의 '불교에서 윤회는, 죽는 순간 사람이 갖게 되는 욕망에 의해 다음 생이 결정된다'는 내용은 인간 부귀를 생각하던 성진이 사대부 집안의 아들인 양소유로 환생하는 작품의 내용과 관련된다.

오답 풀이

① 성진이 인간 부귀를 생각하는 것은 〈보기〉에서 설명한 성진의 모순적인 두 지향 중 '사대부로 다시 태어나 부귀영화를 누리려는 지향'에 해당한다고 할 수 있다.
② 〈보기〉에서 '윤회는, 죽는 순간 사람이 갖게 되는 욕망에 의해 다음 생이 결정된다'고 하였으므로, 육관 대사가 성진에게 가고자 하는 데로 가라고 한 것은 윤회의 출발이 성진의 사념에서 비롯되는 것임을 의미한다고 할 수 있다.
③ 성진이 방에 돌아온 후 잘못된 줄을 알아 다시 마음을 정하였다는 것은 인간 부귀를 생각하던 마음을 떨쳐 버렸다는 것이므로, 이는 〈보기〉에서 설명한 성진에게 작용한 모순적인 두 지향 중 '연화도량에 계속 남아 수행하여 불도를 이루고자 하는 지향'에 해당한다.
④ 염라대왕은 죽음과 환생을 관장하는 존재이므로 성진이 염라대왕을 만난 후 사자를 따라 양 처사의 집으로 가는 것은 〈보기〉에서 언급한 윤회와 환생에 해당한다고 볼 수 있다.

적중 예상 고전 소설 02

본문 086쪽

[075~078] 작자 미상, 〈운영전〉

075 ⑤ 076 ⑤ 077 ④ 078 ⑤

E 지문 선정 포인트

이 작품은 내화(내부 이야기)와 외화(외부 이야기)로 구성되어 있고, 이는 수성궁이라는 공간을 매개체로 연결되고 있어.
수성궁이라는 공간적 배경에서 유영과 운영, 김 진사, 안평대군 등 중심 인물의 이야기가 전개되고 있으며 이곳에서 남녀 주인공의 만남과 주인공의 죽음 등 작중 주요 사건이 일어나기 때문에 소설에서 공간은 인물들이 서로 관계를 맺고 사건을 경험하는 곳으로서 특정한 가치를 드러내는 공간으로 인식된다는 점에 주목하여 작품으로 선정하였어.

작자 미상, 〈운영전〉

해제 이 작품은 '현실 → 꿈 → 현실'의 환몽 구조를 바탕으로 내부 이야기인 '꿈' 속 사건이 핵심이 되는 액자식 구성을 취하고 있다. 외부 이야기는 불우한 선비 유영이 안평 대군의 개인 궁궐인 수성궁 옛터에 놀러 갔다가 술에 취해 잠이 들고, 꿈속에서 운영과 김 진사를 만나 그들의 사랑 이야기를 듣고 잠에서 깨어난 후 명산을 두루 찾아다니며 방랑하다가 어디서 생을 마쳤는지 알 수 없다는 내용이다. 내부 이야기는 안평 대군의 궁녀인 운영과 대군의 손님으로 수성궁에 왔던 김 진사의 사랑 이야기이다. 내부 이야기는 서사의 대부분이 운영의 목소리를 통해 전달되며 부분적으로 김 진사의 시점이 나타난다. 환몽 구조를 통해 전해지는 운영과 김 진사의 비극적인 사랑은 수성궁과 안평 대군으로 상징되는 중세적 권위와 질서에 대한 비판으로 볼 수 있다.

주제 운영과 김 진사의 비극적 사랑, 인간의 본능적 욕구를 억압하는 불합리한 제도에 대한 비판

전체 줄거리

임진왜란 직후인 선조 34년(1601)에 불우한 선비 유영은 안평 대군의 개인 궁궐인 수성궁에 놀러 갔다가 술에 취해 잠이 들고, 꿈에서 운영과 김 진사를 만나 그들의 비극적인 사랑 이야기를 듣는다. 13세에 궁녀로 들어온 운영은 안평 대군의 손님으로 온 김 진사를 보고 사랑에 빠진다. 운영은 자신의 마음을 담은 시를 김 진사에게 전하고, 김 진사는 운영에게 답장을 전하기 위해 수성궁에 출입하는 무녀의 도움을 받는다. 두 사람은 서로의 마음을 확인하였지만 자유롭게 만날 수 없는 상황이므로 운영을 도와주기 위해 궁녀들은 중추절 궁궐 밖에서 빨래하는 장소를, 김 진사에게 소식을 전할 수 있는 무녀가 살고 있는 소격서동으로 정한다. 무녀의 도움으로 김 진사를 만난 운영은 김 진사에게 궁궐로 찾아오라는 말을 남기고, 김 진사는 노비 특의 도움으로 수성궁의 담을 넘나들며 운영을 만난다. 그러나 운영과 김 진사의 시를 보고 안평 대군이 두 사람의 관계를 의심하자, 운영과 김 진사는 도망갈 계획을 세운다. 하지만 간교한 특의 배신으로 두 사람의 계획이 안평 대군의 귀에 들어가게 되어 운영은 목을 매어 자결하고, 김 진사도 따라 죽는다. 이야기를 다 듣고 잠에서 깬 유영은 김 진사와 운영의 사연을 기록한 책이 자기 옆에 있는 것을 발견하여 이를 들고 집으로 돌아온다. 그는 그 후 산천을 두루 돌아다녔는데, 어디서 생을 마쳤는지 알 수 없다.

지문 제시

075 작품의 세부 내용 파악 답 ⑤

정답 풀이

'달아나는 것이 좋겠소. ~ 오늘 밤 떠나지 않으면 후환이 있을까 두렵소.'를 통해 ㉠ '진사의 계획'은 운영과 김 진사가 안평 대군을 피해 도망가는 것임을 알 수 있다. 한편 이 글의 끝부분에서 특이 김 진사에게 하는 말로 볼 때, 특은 김 진사가 운영을 그리워하며 앓다가 목숨을 잃는 것보다는 운영과 도망을 가다가 목숨을 잃는 것이 더 낫다, 즉 사랑을 이루기 위해 목숨을 거는 것이 낫다고 생각하고 있음을 알 수 있다. 따라서 특은 진사가 ㉠을 실행하기 위해 목숨을 거는 것이 남자다운 일이라고 생각하고 있다고 볼 수 있다.

오답 풀이

① 운영은 김 진사가 함께 도망할 것을 제안하자 간밤의 꿈을 말하면서 '낭군은 이 노비의 속내를 잘 알고 있는지요?'라고 말하고 있으므로, ㉠을 실현하는 데 특을 믿을 수 있는지 의심스럽게 생각하고 있음을 알 수 있다.

② 진사는 '이 노비는 본래 흉악한 놈이나 나에게는 충성을 다하였소. ~ 어찌 처음에는 충성을 바치고, 뒤에 악행을 저지를 리가 있겠소?'라고 말하고 있으므로, ㉠을 위해 특이 주인인 자신에게 도움을 줄 것이라고 믿고 있음을 알 수 있다.

③ 자란은 '주군이 너에게 마음을 기울이신 지 이미 오래되었으니 그것이 떠날 수 없는 첫째 이유요', '감히 도리에 어긋난 꾀를 내니'라고 말하고 있으므로, ㉠이 대군에 대한 의리를 저버리는 행위라고 생각하고 있음을 알 수 있다.

④ 자란은 '네가 점점 나이가 들어 늙게 되면 주군의 은혜와 사랑이 점차 느슨해질 것이다. ~ 이때 낭군과 함께 손을 잡고 돌아가 백년해로하는 것보다 좋은 계획이 없으리라.'라고 말하고 있으므로, ㉠보다 두 사람이 함께할 수 있는 더 좋은 방법을 제시하고 있음을 알 수 있다.

076 소재의 의미와 기능 파악 답 ⑤

정답 풀이

ⓑ와 ⓒ에는 김 진사를 그리워하는 운영의 마음이 담겨 있어, 대군이 이를 의심하며 운영을 추궁한다. 이에 운영이 자신을 향한 대군의 의심이 억울하다며 스스로 목을 맨다. 이때 자란이 운영의 편에서 대군에게 '죄 없는 시녀로 하여금 스스로 사지로 나가게 하시니, 지금부터 저희들은 맹세코 붓을 들어 글을 쓰지 않겠습니다.'라고 함으로써 운영을 구해 낸다. 그런데 자란은 운영과 진사가 도망가려는 계획을 질책하기는 했으나, 진사를 향한 운영의 마음을 이미 이해하고 있었다. 또한 운영이 대군 앞에서 목을 매는 사건 이후에 자란이 운영과 진사를 돕는 내용이 제시되지 않았으므로, ⓑ와 ⓒ가 자란이 운영과 진사를 돕는 계기가 되었다는 이해는 적절하지 않다.

오답 풀이

① "달아나는 것이 좋겠소. 어제 내가 지은 시를 보고 대군이 의심하셨으니, 오늘 밤 떠나지 않으면 후환이 있을까 두렵소."를 통해 ⓐ는 진사가 운영과 달아날 생각을 하는 계기가 됨을 알 수 있다.

② '이때부터 진사는 다시는 궁궐을 출입하지 못하고'에서 '이때'는 운영이 ⓑ를 지은 후 대군이 운영과 김 진사의 관계를 의심하게 되고, 그로 인해 운영이 목을 매려고 한 사건이 일어난 후이므로 ⓑ로 인해 진사가 궁궐에 출입하지 못하게 되었음을 알 수 있다.

③ '다만 운영의 시에는 임을 그리워하는 마음이 나타나 있다. 지난번 부연시에서도 그러한 마음이 희미하게 엿보였는데 지금 또 이러하니'를 통해 ⓒ에는 진사를 그리워하는 운영의 마음이 담겨 있음을 알 수 있다.

④ '내가 지은 시를 보고 대군이 의심하셨으니'와 '운영의 시에는 임을 그리워하는 마음이 나타나 있다.', '김생의 상량문에도 말이 의심스러운 데가 있었는데, 네가 생각하는 사람이 김생 아니냐?'를 통해 ⓐ와 ⓑ는 대군이 운영과 진사의 관계를 의심하는 계기가 됨을 알 수 있다.

077 말하기 방식과 의도 파악 답 ④

정답 풀이

[A]에서 운영은 '그런데 또 의심을 받게 되었으니, 한 번 죽는 것이 무엇이 아깝겠습니까?', [B]에서 자란은 '지금부터 저희들은 맹세코 붓을 들어 글을 쓰지 않겠습니다.'라고 말함으로써 대군의 의심을 벗어나려고 하고 있다. 따라서 [A]는 극단적 선택을 하겠다고 말함으로써, [B]는 특정한 행위를 하지 않겠다고 말함으로써 상대방을 설득하고자 한다고 볼 수 있다.

오답 풀이

① [A]에서 운영이 자신의 잘못을 반성하는 내용은 나타나지 않는다. [B]에서는 자란이 '영명하시면서 죄 없는 시녀로 하여금 스스로 사지로 나가게 하시니'를 통해 상대방을 비난하고 있으므로 상대방을 칭찬함으로써 용서를 구하고 있다고 할 수 없다.

② [A]에서는 '시녀 다섯 사람이 한순간도 떨어지지 않고 함께 있었는데'라는 구체적 근거를 활용하여 운영이 자신의 결백을 주장하고 있으나, [B]는 자란이 운영을 보호하기 위해 하는 말이므로 자신의 결백을 주장하고 있다고 할 수 없다.

③ [A]에서는 '더러운 이름이 유독 저에게만 돌아오니 사는 것이 죽는 것보다 못합니다.'를 통해 다른 궁녀와 달리 자신만 의심을 받는 데 대한 억울함을 드러내고 있으나, [B]에는 자신이 다른 궁녀들보다 뛰어난 것에 대한 자부심을 드러내는 내용이 나타나 있지 않다.

⑤ [A]에서 '그러나 제 나이가 아직 스물도 되지 않은 데다가 ~ 한 번 죽는 것이 무엇이 아깝겠습니까?'는 김 진사와의 관계가 탄로 날 위기에서 벗어나기 위해 운영이 거짓으로 한 말이므로, 대군이 자신의 진심을 모르는 것에 대한 안타까움을 직접적으로 드러냈다는 설명은 적절하지 않다. 또한 [B]에서 '주군께서 이처럼 영명하시면서 죄 없는 시녀로 하여금 스스로 사지로 나가게 하시니'는 상황을 대략적으로 짐작하고 있는 대군의 의심에서 운영이 벗어날 수 있도록 하려는 의도에서 한 말이므로, 대군이 상황을 제대로 파악하지 못하는 데 대한 답답함을 직접적으로 드러냈다는 설명도 적절하지 않다.

078 외적 준거에 따른 작품 감상 답 ⑤

정답 풀이

"감히 도리에 어긋난 꾀를 내니, 네가 누구를 속이며 하늘마저 속이려 하느냐?"에서 자란은 운영과 김 진사의 사랑을 인정하지만 궁궐에서 도망하고자 하는 두 사람의 계획에 대해서는 나무라고 있다. 이는 운영과 김 진사의 사랑이라는 인간적 본능을 이해하면서도 제도나 질서에서 벗어난 행위를 해서는 안 됨을 강조하는 말로 볼 수 있다. 즉 자란은 운영과 김 진사가 함께 도망을 가기로 한 계획을 질책하는 것일 뿐, 두 사람의 사랑 자체를 비판하고 있는 것은 아니다. 그리고 〈보기〉에 따르면 이 작품은 인간의 본능적 욕구를 억압하는 권위적 제도와 질서의 불합리성을 비판하고 있다고 하였으므로, 자란의 질책이 사랑과 같은 인간의 본능적 욕구가 권위적 제도나 질서보다 불합리하다는 비판적 인식을 드러낸 것이라는 이해는 적절하지 않다.

오답 풀이

① 〈보기〉에서 '그들의 비극적인 사랑 이야기'를 듣는 주체가 유영임을 알 수 있으므로, '제가 대답했습니다.', '진사가 말했습니다.'를 통해 꿈속에서 운영이 유영을 대상으로 자신과 김 진사의 사랑 이야기를 전하고 있음을 알 수 있다.

② '궁궐의 담장'을 넘어 운영이 김 진사와 함께 도망가려고 하는 것은, 폐쇄적이고 권위적인 제도와 질서를 상징하는 '수성궁'과 '안평 대군'을 벗어나는 것을 의미하므로, 김 진사와 운영의 사랑을 용납하지 않는 폐쇄적이고 권위적인 제도에 대한 도전을 의미한다고 볼 수 있다.

③ '하늘로 오르고 땅속으로 들어가지 못한다면 달아나 어디로 가려고 하느냐?'라는 자란의 말은, 안평 대군을 피해 운영과 김 진사가 달아날 곳이 없다는 의

미이므로, 개인의 힘으로는 당시의 제도와 질서로부터 벗어나는 것이 어려움을 부각한다고 할 수 있다.

④ 궁녀는 '안평 대군'과 '수성궁'으로 대변되는 폐쇄적이고 권위적인 제도와 질서 속에서 살아가야 하는 인물로, 궁궐 밖 인물과의 사랑이 용납되지 않는다. 따라서 자란이 운영에게 '네가 할 일은 마음을 굽히고 뜻을 억누르며, 정절을 지키'는 것이라고 한 것은, 궁녀로서 인간의 본능적 욕구를 누르고 안평 대군의 권위적 제도와 질서에 순응하여 정절을 지킬 것을 강조한 것으로 볼 수 있다.

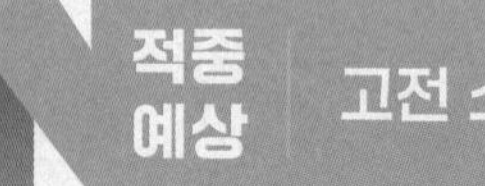

고전 소설 03

본문 089쪽

[079~082] 작자 미상, 〈수궁가〉

079 ④ 080 ② 081 ③ 082 ④

E 지문 선정 포인트

이 작품은 토끼와 별주부가 육지와 수궁이라는 공간을 오고가는 과정에서 위기로 인해 긴장과 이완이 교차되는 갈등 구조로 서술되고 있어.
중심인물이 육지와 수궁의 공간을 왕래할 때 각 공간에 대한 인물의 부정적 인식이 공간을 이동하는 이유가 된다는 점에 주목하여 이 작품을 선정하였어.

작자 미상, 〈수궁가〉

해제 이 작품은 우화의 방식을 통해 인간 사회에 대한 풍자를 드러내고 있다. 별주부와 토끼, 용왕과 토끼의 갈등 구조를 통해 사건이 전개되고 있으며, 이 과정에서 인간의 속물근성과 왕에 대한 충성심, 백성을 착취하는 지배층과 억압받는 백성 사이의 대립 등을 드러내어 당대 사회 현실을 보여 주고 있다. 표면적으로는 인간의 허욕에 대한 경계와 곤경을 해결하는 슬기로운 지혜를 보여 주지만, 이면적으로는 당대의 부패한 사회와 지배층의 무능함을 풍자하고 있다.

주제 허욕에 대한 경계

전체 줄거리

남해 용왕은 자신의 병을 치료하기 위해 토끼의 간을 구하려 하고, 이때 별주부가 자원하여 토끼의 간을 구하기 위해 육지로 나온다. 토끼를 만난 별주부는 온갖 감언이설을 동원하여 토끼를 유인하여 수궁으로 데려간다. 수궁에 도착한 토끼는 용왕과 별주부가 자신의 간을 빼앗으려 한다는 사실을 알게 되고, 기지를 발휘하여 간을 빼놓고 왔다고 용왕을 속인다. 용왕의 명령으로 별주부는 할 수 없이 토끼를 데리고 육지로 향한다. 별주부와 함께 육지에 도착한 후, 토끼는 용왕과 별주부를 꾸짖고 조롱하며 달아난다.

지문 제시

079 서술상 특징 파악 답 ④

정답 풀이

이 글에서는 육지에서 수궁으로의 공간 이동에 따라 사건이 전개되면서 토끼의 간을 얻기 위해 배를 가르려 하는 용왕 · 별주부와 이를 막기 위한 토끼 간의 갈등이 심화되고 있다.

오답 풀이

① 토끼가 용왕 · 별주부와 대립하는 원인, 즉 토끼를 수궁으로 데려온 의도가 토끼의 간 때문임이 밝혀졌으나, 이것이 과거와 현재 사건의 교차를 통해 드러난 것은 아니다.
② 수궁의 모습을 구체적으로 묘사하고는 있지만, 그것을 통해 인물의 심리를 암시적으로 드러내고 있지는 않다.
③ 육지에서 목숨을 위협받는 토끼의 험난한 상황이 나열되고 있으나, 이는 서술자가 아니라 별주부의 말을 통해 제시되고 있다.
⑤ 토끼나 별주부 등을 돕는, 조력자로서의 초월적 존재는 등장하지 않는다.

080 외적 준거에 따른 작품 감상 답 ②

정답 풀이

문맥상 '안기생 적송자 종아리 때렸다'는 토끼가 떤 허풍이다. 이에 대해 별주부가 '그런 거짓부렁이를 뉘 앞에서 내놓습나.'라고 한 것은 토끼의 결핍을 무시해서가 아니라, 토끼의 허세를 지적하며 안정된 삶을 누리지 못하는 토끼의 결핍을 이용해 자신의 욕망을 채우려는 의도에서 한 말로 이해할 수 있다.

오답 풀이

① 포수로부터 목숨의 위협을 받는 토끼의 상황은 당대 사람들이 안정된 삶을 누리지 못하고 있었음을 보여 주며, 수궁으로 가는 토끼의 모습에서는 이러한 결핍된 현실에서 벗어나고자 하는 당대 사람들의 욕망을 읽어 낼 수 있다.

③ 별주부는 토끼에게 수궁에 가면 벼슬을 할 수 있고 미인과 함께 즐거움을 누릴 수 있음을 강조한다. 이는 토끼의 허욕을 자극함으로써 토끼를 수궁으로 데리고 가려는 별주부 자신의 의도를 관철하기 위한 것이다.

④ '배를 꼭 따일'까 봐 용왕에게 하직을 하려는 토끼의 모습에서 자신의 목숨에 대한 토끼의 욕망을 확인할 수 있다. 이는 토끼의 간을 이용해 자신의 목숨을 유지하려는 용왕의 욕망과 충돌한다고 볼 수 있다.

⑤ 만일에 간이 없으면 용왕이 하루도 못 살 것이라는 토끼의 말은 오래 살고 싶은 용왕의 욕망을 자극할 수 있다. 또한 이후 용왕이 별주부의 말을 듣지 않고 토끼를 데리고 어서 뭍에 다녀오라고 별주부를 채근한다는 점에서 용왕의 목숨에 대한 욕망이 결국 별주부로 하여금 토끼의 거짓말을 따를 수밖에 없도록 만든다고 할 수 있다.

081 이본과의 비교 답 ③

정답 풀이

[A]에서 용왕은 토끼와의 관계에서 상대적 우위를 점하고 토끼에게 간을 가져올 것을 요구하고 있다. 그런데 〈보기〉에서는 토끼가 별주부와의 관계에서 상대적 우위를 점하고 그의 목숨을 위협하고 있음을 알 수 있다. 즉, [A]에서 나타나는 용왕과 토끼 간의 권력 관계가 〈보기〉의 토끼와 별주부 사이에서도 나타나고 있는 것이다.

오답 풀이

① [A]에서 별주부는 토끼의 배를 갈라 간이 없으면 자신의 가문을 멸하게 하고 자신을 능지처참하라고 하며 토끼의 배를 가를 것을 용왕에게 주장하고 있다. 또한 토끼도 자신의 배를 갈라 간이 없으면 용왕은 하루도 못 살 것이며 모든 신하들도 몰살될 것이라고 하며 용왕이 자신의 배를 가르지 못하도록 설득하고 있다. 따라서 토끼와 별주부가 부정적인 상황을 가정하여 상대방을 설득하고 있다고 볼 수 있다. 반면 〈보기〉에서는 토끼가 별주부의 아내를 자신의 방에 들이지 않으면 집안이 멸하게 될 것이라고 하며 별주부를 위협하고 있을 뿐, 별주부가 부정적 상황을 가정하여 자신의 주장을 내세우고 있지는 않다.

② [A]에서 토끼는 자신의 배 속에 간이 들어 있다는 의심을 해소하기 위해 술로 인해 배 속의 똥덩이가 출렁거리는 것이라고 변명을 늘어놓고 있다. 그러나 〈보기〉에서 토끼가 자신에 대한 의심을 해소하기 위해 변명을 늘어놓는 부분은 나타나 있지 않다.

④ [A]에서 토끼는 배 속에 간이 있다는 의심에 변명을 늘어놓거나 원귀가 되어 용궁을 몰살하겠다는 저주를 하고 있을 뿐, 자신을 위험에 빠뜨린 별주부에게 구체적으로 복수하려는 모습은 보이지 않는다. 그러나 〈보기〉에서 토끼는 용왕에게 원기를 회복하는 데 자라로 만든 왕배탕이 좋다고 하면서 자라에게 복수하려는 모습을 보인다.

⑤ 제3의 인물을 용왕과 만조백관까지 포함하여 넓게 본다면, [A]에서 토끼와 별주부의 갈등 때문에 피해를 입는 제3의 인물이 등장한다고 볼 수도 있다. 하지만 〈보기〉에서도 별주부의 부인이 둘 사이의 갈등으로 부당한 피해를 입을 위기에 처해 있다.

082 구절의 의미 파악 답 ④

정답 풀이

㉣에서 별주부는 제갈량이 맹획을 일곱 번 잡았다가 일곱 번 놓아준 고사를 활용하여, 토끼를 놓아주면 다시 잡아 오기가 어려운 상황을 우려하며 자신의 간을 육지에서 가지고 와야 한다는 토끼의 주장을 믿지 말 것을 용왕에게 요청하고 있다. 그런데 이때 별주부는 '제갈량의 재주 아니여든'이라고 하면서 제갈량이나 되어야 놓친 토끼를 다시 잡을 수 있는데 그런 재주가 없는 자신들이 토끼를 놓아주면 다시 잡기 어려움을 강조하고 있다. 따라서 고사를 인용할 때 토끼의 재주가 뛰어남을 부각하며 우려되는 상황을 제시한 것이라고 볼 수 없다.

오답 풀이

① ㉠에서 별주부는 토끼의 미간에 화망살이 있어 뭍에 있으면 죽을 지경을 여덟 번 당하겠다고 하면서 불안감을 조성하고 있다. 이는 육지에서의 생활에 대한 불안감을 유발함으로써 토끼를 수궁으로 데려가려고 하는 것이다.

② ㉡에서 별주부는 수궁 풍경에 대해 구체적으로 이야기하지 않고 그 풍경을 들으면 가고 싶어질 수밖에 없다고 말함으로써 수궁에 대한 토끼의 궁금증을 유발하고 있다.

③ ㉢에서 토끼는 용왕의 병세를 걱정하는 척하지만 실제로는 자신이 죽을 위기에서 벗어나기 위한 의도를 가지고 있다.

⑤ ㉤에서 토끼는 실제로 자신의 배를 가르라는 의미를 표현한 것이 아니라, 자신이 죽을지도 모르는 절박한 상황에서 본심을 숨기고 용왕과 별주부를 속이기 위해, 배를 갈라도 용왕이 원하는 간을 찾지 못할 것이라는 의미를 전달함으로써 용왕이 자신을 놓아주도록 유도하고 있다.

적중 예상 고전 소설 04

본문 092쪽

[083~086] 서유영, 〈육미당기〉

083 ③ 084 ⑤ 085 ② 086 ①

E 지문 선정 포인트

이 작품은 전반부에서 구약(救藥) 모티프를 통해 형제간 갈등을 다루고, 후반부에서 외국 원정담을 다루며 당시 유행하던 여러 모티프들을 섞어 이야기를 서술하고 있어.
고전 소설에서 가족에 대한 사랑이나 부모에 대한 효심을 강조하는 데 자주 활용되는 '실명-개안 모티프'에 주목하여 작품으로 선정하였어.

서유영, 〈육미당기〉

해제 이 작품은 선한 주인공이 시련을 극복하고 뜻을 이루는 과정을 그린 장편 한문 소설이다. 신라의 태자 김소선은 부왕의 병을 고칠 수 있는 약을 구하러 떠났다가 이복형 세징의 모략으로 인해 두 눈을 잃는다. 하지만 백 소부를 비롯한 조력자의 도움으로 겨우 목숨을 부지한다. 그러다가 뛰어난 통소 솜씨 때문에 궁에 들어가게 되고 그곳에서 실명했던 시력을 되찾게 된다. 이후 부마가 된 소선은 세 명의 처와 세 명의 첩과 함께 신라로 돌아온다. 이처럼 이 작품은 '고귀한 혈통 – 비범한 능력 – 1차 시련 – 조력자의 도움 – 2차 시련 – 위기 극복 및 소원 성취'라는 영웅 소설의 일반적인 구조를 따르면서도, 김소선과 백 소저 간의 '만남 – 이별 – 재회'가 이루어지는 애정 소설의 구조도 지니고 있다. 동시에 백 소저를 통해 뛰어난 능력을 지닌 여성의 활약을 보여 주는 등 조선 후기 소설의 특징으로 볼 수 있는 요소를 두루 갖추고 있다.

주제 김소선의 영웅적 일대기

전체 줄거리

신라 태자 김소선은 부왕의 병을 고치기 위해 남해 보타산에 죽순을 구하러 갔다가 이복형 세징의 습격으로 실명을 하고 죽을 고비에 처한다. 그때 백문현이 소선을 구출하여 당나라에 데리고 가 딸 백 소저와 약혼시켰으나, 백문현은 간신의 참소로 귀양을 가고 소선은 집을 나와 방황하게 된다. 소선은 통소 솜씨로 임금의 총애를 받아 부마가 되나 토번의 침략으로 출정하였다가 감금을 당한다. 한편 남장을 하고 장원 급제하여 한림학사가 된 백 소저는 원수가 되어 소선을 구출하고 소선의 둘째 부인이 된다. 왜구의 침략을 물리친 소선은 부왕의 뒤를 위어 왕위에 올라 선정을 베풀다가 부인들과 함께 보타산에 가서 승천한다.

지문 제시

083 작품의 세부 내용 파악 답 ③

정답 풀이

백 소부는 애주로 가기 전에 부인과 소선에게 각각 '노부의 이 깊은 하늘이 살펴 임하시는 바라'와 '뜻밖에 하늘이 일을 놀리고 마귀가 방해하여 노부에게 변방으로의 좌천이 있게 되니 한탄한들 무엇하리오?'라는 말을 하고 있다. 이를 통해 백 소부가 자신이 애주로 좌천당한 상황을 하늘이 내린 일로 여기며 운명론적으로 수용하고 있음을 알 수 있다.

오답 풀이

① 배득량은 백 소부가 애주로 떠난 뒤 석 시랑을 불러 술을 대접하고 있지만, 이는 자신과 백 소저의 혼인 문제를 부탁하기 위해서이지 석 시랑이 자신을 위해 애써 준 것에 대한 고마움을 표하기 위한 것은 아니다.

② 석 시랑이 자신의 이익을 위해 소선과 백 소저의 혼인을 반대하는 과정에서 소선이 눈이 먼 폐인이라는 점을 지적했지만, 소선의 신분과 관계되는 말은 하지 않았다.

④ 백 소저가 부용헌에서 앞일과 맞아떨어진 시를 지은 것은 맞지만 그 시 때문에 백 소부가 애주로 좌천된 것은 아니다. 백 소부 집안의 불행은 백 소저를 탐낸 배연령 부자의 흉계에서 비롯된 것이다.

⑤ '소저는 정숙한 마음과 깨끗한 행실로써 맹세코 다른 집안에 가지 아니하여, 필연 옥이 부서지고 꽃이 떨어질 염려가 있으니, 생각이 이에 미치매 탄식하여 눈물 흐름을 깨닫지 못하더라.'라는 서술에서, 백 주부의 집을 나온 소선이 백 소저에게 닥칠 일을 염려하며 한탄하고 있는 것을 확인할 수 있다. 하지만 소선이 앞으로 자신에게 닥칠 일을 염려하며 스스로를 애처롭게 여기는 내용은 나타나지 않는다.

084 갈등의 양상 파악 답 ⑤

정답 풀이

'드디어 공부좌시랑 황보박을 사주하여, 백문현이 비밀히 변방의 오랑캐와 결탁하여 사직을 위태롭게 꾀한다고 무고하게 하니, 천자가 크게 노하여 백 소부를 옥에 가두고 죽이려 하더라.'에서 배연령은 타인, 즉 황보박을 이용하여 백 소부를 변방으로 좌천당하게 하였음을 알 수 있다. 그러나 〈대립 구도 2〉에서 '부인'은 시비를 시켜 집에서 나가 달라는 자신의 의도를 소선에게 전달하고 있을 뿐이지, 소선을 내보내기 위해 타인의 권세를 빌리지는 않았다.

오답 풀이

① 〈대립 구도 1〉에서 배연령과 백 소부의 갈등은 배연령의 아들인 배득량이 이미 소선과 혼약을 맺은 백 소저와 혼인하려고 욕심낸 것에서 비롯되었다고 할 수 있다. 그리고 〈대립 구도 2〉에서 부인과 소선의 갈등은 백 소저와 소선이 맺은 혼약에서 비롯되었다고 볼 수 있다. 따라서 〈대립 구도 1〉과 〈대립 구도 2〉는 모두 백 소저를 가운데 두고 문제 상황이 발생했다고 할 수 있다.

② 〈대립 구도 1〉에서 갈등이 발생한 근본적인 원인은 백 소저와 결혼하려는 배득량의 욕심으로 볼 수 있다. 그런데 배득량과의 혼사를 적극적으로 반대하던 백 소부가 애주로 좌천된 이후에도 백 소저가 배득량과의 혼사를 거부하면서 배득량이 바라는 바가 이루어지지 않았다. 이 때문에 다시 〈대립 구도 2〉의 갈등이 발생한 것이므로, 〈대립 구도 1〉에서 갈등을 초래한 근본적 원인이 해결되지 않아 〈대립 구도 2〉가 발생했다고 할 수 있다.

③ 백 소부는 배연령의 모함으로 살던 곳을 떠나 애주로 가야 하는 처지가 되었으며, 소선은 부인의 요구로 그동안 기거하던 백 소부의 집에서 나와 떠도는 신세가 되었다. 따라서 〈대립 구도 1〉의 백 소부와 〈대립 구도 2〉의 소선은 각각 대립 상대 때문에 살던 곳을 떠나게 되었다고 할 수 있다.

④ 〈대립 구도 1〉에서 배연령과 백 소부는 석 시랑을 매개로 하여 서로의 의사를 간접적으로 전달하고 있고, 〈대립 구도 2〉에서도 '부인'과 소선은 시비를 매개로 하여 서로의 의사를 간접적으로 전달하고 있다.

085 인물의 말하기 방식 파악 답 ②

정답 풀이

[A]에서 석 시랑은 배연령의 권세를 언급한 뒤 '바라건대 다시 깊이 헤아려 큰 후회에 이르지 않게 하소서.'라고 말하며, 대화 상대인 백 소부가 자신의 말을 듣지 않을 경우 장차 닥칠 수 있는 어려움을 암시하는 방법으로 자신의 말을 따르라고 회유하고 있다. 그리고 [B]에서 석 시랑은 '소부의 고집이 너무 지나쳐 나의 말을 듣지 아니하다가 애주로의 좌천에 이르렀으니'라고 말하며, 자신의 말을 듣지 않아서 실제로 일어난 부정적인 결과를 언급하는 방법으로 대화 상대인 '부인'이 자신의 말을 따르도록 회유하고 있다.

오답 풀이

① [A]의 '이제 형이 생질녀의 아름다움과 어짊으로써 이런 사람을 사위로 삼고자 함이 어찌 사려 깊지 못한 일이 아니리오?'에서, 석 시랑은 상대방의 잘못을 지적하며 마음을 바꿀 것을 설득하고 있다. 그러나 [B]에서 상대방의 분노를 자극하는 발언은 나타나지 않는다.

③ [A]의 '당금 배 승상은 천자의 총애를 입어 위세와 복록을 이루어 그 권세가 두려울 만하거늘, 생질녀의 어짊을 듣고 그 아들 득량을 위하여 반드시 혼인하고자 하니 그 호의를 또한 저버리지 못할지라.'에서, 석 시랑은 상황의 불가피함을 제시하며 대화 상대인 백 소부의 태도 변화를 종용하고 있다. 하지만 [B]에서 상황의 부당함을 지적하는 발언은 나타나지 않는다. 오히려 백 소부를 돌아오게 하려면 백 소저를 배씨 가문과 혼인시켜야 함을 주장하고 있다.

④ [A]에서 대화 상대인 백 소부의 인품을 치켜세우는 발언은 나타나지 않는다. '아름다운 옥'과 '상서로운 난새'는 백 소저의 인물됨을 비유한 것이다. 한편 [B]의 '김가와의 혼인을 물리고 배가와 결혼하면, 소부도 돌아오게 될 뿐만 아니라 부귀도 얻을지니, 이것이 아름다운 것 둘을 함께 얻음이 아니리오?'에서, 석 시랑은 자신의 말을 따를 경우 얻을 수 있는 이익을 제시하며 대화 상대인 '부인'을 설득하고 있다.

⑤ [A]와 [B] 모두 석 시랑이 자신의 행위를 합리화하고 있는 발언은 나타나지 않는다. 또한 [A]에서 석 시랑이 백 소부를 '형'이라고 한 것은 상대방과 자신의 관계를 언급하는 것이 아니라 자신보다 나이가 많은 사람을 높여 부른 것이다.

086 삽입 시의 서사적 의미 파악 답 ①

정답 풀이

백 소부가 애주로 가면서 소선에게 '오직 공자는 뜻을 잃지 마시고, 일찍 봉새의 길을 떨쳐 만 리를 높이 날아 노부의 바라는 바를 저버리지 마소서.'라고 한 말을 통해, 〈보기〉 시의 '날개'는 '봉황새'로 표현된 소선이 뜻을 펼칠 수 있도록 하는 것임을 알 수 있다. 그런데 이 '날개가 꺾어짐'은 소선이 뜻을 펼치기 어려운 상황에 처하는 것을 암시한다고 볼 수 있다. 이 글의 사건과 관련지어 보면, 소선이 백 소부의 집을 나오게 된 상황이 이에 해당한다고 볼 수 있다. 그런데 소선은 '부인'의 요구에 따라 백 소부의 집에서 나왔을 뿐이지 스스로 백 소저와의 혼약을 파기하지는 않았다. 오히려 백 소저가 자신과의 혼인 약속을 지키기 위해 '옥이 부서지고 꽃이 떨어질' 고통을 당할 것을 염려하며 탄식하고 있을 뿐이다.

오답 풀이

② 백 소부가 소선에게 한 말을 고려할 때, '봉황새'는 소선을 의미하므로, '봉황새'가 '깃들인 곳 벽오동 아니'라는 것은 소선이 그동안 머물렀던 백 소부의 집이 자신의 능력을 펼치거나 편안하게 쉴 만한 곳이 아니라는 의미로 볼 수 있다. 이는 소선이 백 소부의 집에서 떠나게 될 것을 암시하는 것으로 볼 수 있다.

③ '부용헌에서 네가 스스로를 송죽의 절조에 빗대어 지은 시가 어찌 앞일을 예견한 시참이 아니리오?'라는 백 소부의 말을 고려할 때, '고송의 자질'과 '고죽의 마음'은 백 소저가 강직하고 지조 있는 성품을 지니고 있음을 의미하는 것으로 볼 수 있다. 참고로 '고송'은 '고고하게 자란 소나무', '고죽'은 '홀로 서 있는 대나무'라는 뜻인데, 소나무와 대나무는 모두 변치 않는 지조와 절개를 상징하는 자연물이다.

④ '딸아이가 내 명령을 듣지 아니함은 소선이 아직 서당에 있는 까닭이라.'라는 '부인'의 생각에서, 백 소저가 소선과의 혼약을 물리고 배득량과 혼인하라는 '부인'의 요구를 거절했음을 알 수 있다. 이를 고려할 때, '세한의 절조'는 '부인'의 명령을 거부하고 소선과의 혼인 약속을 지키려는 백 소저의 태도를 나타내는 것으로 볼 수 있다. 참고로 '세한의 절조'는 '매우 심한 추위에서 드러나는 절개와 지조'라는 뜻이다.

⑤ '소저는 정숙한 마음과 깨끗한 행실로써 맹세코 다른 집안에 가지 아니하여, 필연 옥이 부서지고 꽃이 떨어질 염려가 있으니'라는 서술에서, 장차 백 소저에게 큰 시련이 닥칠 것임을 짐작할 수 있다. 그리고 사건 전개 과정을 고려할 때, 이는 배씨 부자와 '부인'의 욕심에서 비롯된 것임을 알 수 있다.

적중 예상 고전 소설 05

본문 094쪽

[087~090] 작자 미상, 〈임진록〉

087 ② 088 ② 089 ② 090 ①

E 지문 선정 포인트

이 작품은 임진왜란이라는 역사적 사건을 배경으로 실존했던 인물들의 활약상을 허구적 삽화 형식으로 그리고 있어.
역사적 사실에 인물 간의 대립 구도에 영향을 주는 소설적 장치를 결합하여 극적 긴장감을 유발하고 중심인물에 대한 독자의 심리를 반영하여 창작하였다는 점에 주목하여 작품으로 선정하였어.

작자 미상, 〈임진록〉

해제 이 작품은 임진왜란을 소재로 하여 허구적 요소를 가미한 역사 소설이자 군담 소설이다. 임진왜란 당시의 국제 정세와 사회 상황, 전쟁 발발 과정과 전쟁 중 활약한 민족적 영웅들인 김덕령, 이순신, 김응서, 사명당 등에 관한 이야기가 주된 내용이다. 역사적으로 임진왜란은 몇몇 전투를 제외하면 우리 민족에게 패전의 아픔을 안겨 준 전쟁이지만 이 작품은 실제 전란에서 겪었던 치욕을 씻고 허구적으로 보상받고자 하는 민중의 심리를 반영하여 우리가 전쟁에서 승리한 것으로 바꾸어 놓고 있다. 즉 소설 속에서나마 정신적 위안을 얻게 하여 민족의 사기를 진작하고, 패전으로 인한 수모를 정신적으로 보상하여 민족의 정기를 회복하고자 하는 의도가 담겨 있다고 할 수 있다.

주제 임진왜란의 발발 과정과 승리

전체 줄거리

일본에서 평수길이 출생하고 조선에서는 조헌이 왜란을 예언하지만 귀양을 간다. 황윤길, 김성일의 사행 이후 왜적의 침략이 시작되어 정발과 송상현의 전사, 이일과 신립의 패전으로 이어진다. 선조의 파천(임금이 도성을 떠나 다른 곳으로 피란하던 일)에 이어 명나라가 참전하고 김응서, 이순신, 곽재우의 활약, 이여송의 파견, 평수길의 죽음 등의 사건이 이어진다. 이후 김덕령의 신술, 김응서의 왜장 살해와 같은 영웅의 활약상이 계속되고 일본 정벌에 이어 사명당이 왜왕에게 항복을 받는 것으로 이야기는 종결된다.

지문 제시

087 작품의 세부 내용 파악 답 ②

정답 풀이

덕령이 '나의 신기한 재주를 보려 하거든 명일 오시까지 와 너의 군사 머리에 흰 종이를 각각 붙이고 있으라.'라고 청정에게 전하였고, 청정의 명으로 군사들이 '머리에 각각 종이를 붙이고' 기다리고 있었으므로 이는 덕령이 시키는 대로 한 것일 뿐, 덕령을 막아 내기 위한 묘수가 아니다.

오답 풀이

① '네 목숨을 보전코자 하거든 스스로 물러가고, 만일 내 말을 믿지 않거든'에서 덕령이 적에게 자신의 말을 따르면 목숨을 보전할 수 있다고 말한 것을 알 수 있다.

③ '그 방석이 잠기지 아니하고 바람을 따라 무란왕래하니'와 그 이후 '왕과 좌우'의 반응을 통해 사명당이 연못의 유리 방석 위에서도 물에 가라앉지 않고 바람에 따라 이동하여 보는 이를 놀라게 하였음을 알 수 있다.

④ 일본의 제신은 사명당이 연못 위의 유리 방석 위에서도 가라앉지 않는 등 비범한 능력을 보이자, '사명당을 그저 두오면 대화(큰 재앙)가 있을지라.'라며 그가 일본에 재앙이 될 것을 염려하였다. 그리고 묘책을 내어 '아무리 생불이

라도 불에는 녹을 수밖에 없'다면서 그에게 화를 입히고자 하였다.

⑤ 사명당이 향산사를 향하여 재배하고 서산 대사가 큰 비를 내리게 해 일본이 물에 잠기자 '군신 상하가 피할 곳이 없어 서로 붙들고 탄식하'였으므로 일본의 왕과 신하들은 자연 재해로 곤경에 처하였음에도 피할 곳이 없어 두려워하였음을 알 수 있다.

088 소재의 기능 파악 답 ②

정답 풀이

덕령은 '바람 풍' 자를 쓴 뒤 공중에 던져 큰 바람을 일으켜 왜군의 머리에 붙은 종이를 사라지게 하였고, 사명당은 '얼음 빙' 자를 써 손에 쥐고 앉아 방을 차갑게 만들었다. 따라서 ㉠, ㉡ 모두 문자의 의미를 활용하여 인물의 신이한 능력을 보여 주는 것이라고 이해할 수 있다.

오답 풀이

① ㉠과 ㉡은 모두 문자의 의미를 활용해 인물의 신이한 능력을 보여 주는 소재일 뿐, 과거의 경험을 바탕으로 상대에 대한 인식을 드러내는 것은 아니다.

③ ㉠과 ㉡은 모두 인물의 신이한 능력을 드러내지만 정체를 노출시키는 계기는 아니다. 덕령은 자신의 재주를 보이겠다고 ㉠ 이전에 말하였으며, 일본의 왕은 사명당이 생불이라는 점을 이미 알고 있었다.

④ ㉠은 상대에게 직접적인 영향을 주어 머리의 종이가 떨어지게 하며, 이로 인해 행동의 변화를 이끌어 내는 것이 아니라 덕령이 적을 물리치고 있는 것이다.

⑤ ㉡은 인물이 머무르는 공간을 이동시키지 않는다. '서리가 눈 오듯 하고 고드름이 드리웠으니 가장 추운지라'에서 보듯 사명당이 머무는 공간 내부를 변화시켜 상황을 해결하고 있다.

089 이본과의 비교 감상 답 ②

정답 풀이

〈보기〉에서 왜왕은 사명당을 해치고자 하는 신하의 계교에 대해 '생불이 어찌 불을 겁하리오.'라면서 계교를 행하기에 앞서 사명당이 생불이라는 점을 염두에 두고 있다. 하지만 '그러나 시험하리라.'라고 하면서 사명당에게 계교를 행할 것을 명하고 있으므로 그를 시험할 결정을 미루고 있는 모습이 나타난다고 볼 수 없다. 오히려 [A]의 왜왕이 체면을 잃을 두려움에 '유예 미결'하고 있으므로, 결정을 미루는 모습은 [A]에서 나타난다고 볼 수 있다.

오답 풀이

① [A]에서는 서산 대사와 사해용왕이 위기에 처한 사명당을 돕지만, 〈보기〉에서는 사명당이 직접 '조선을 향하여 사배하고 침 세 번을 뱉'음으로써 비구름을 불러와 문제를 해결하고 있다.

③ [A]의 '이왕 두 계교를 써 맞지 못하고, 또 이 계교 맞지 못하면 실체만 될지라.'에서 체면을 잃을까 두려워하는 왕의 모습을 확인할 수 있다.

④ [A]에서는 '사명당이 비록 변화지술을 가졌으나 정히 민망하여 하더니', '일본이 거의 함몰함에 미치매, 어찌 두렵고 겁나지 아니하리오' 등을 통해 각 상황에 처한 인물들의 심리를 서술자가 직접 진술하고 있다.

⑤ [A]와 〈보기〉 모두 벼락을 동반한 폭우로 인해 물이 불어나 곤경에 처한 일본의 모습이 그려지고 있다.

090 외적 준거에 따른 작품 감상 답 ①

정답 풀이

덕령은 적군을 모두 함몰할 수 있음에도 '몸이 초토 중에 있'기 때문에 적군으로 하여금 스스로 물러갈 것을 권한 것이지 왜적들의 목숨마저 아끼고자 한 것은 아니다. 또한 왜군의 입장에서 덕령은 자신들을 물리친 장수일 뿐, 왜군이 덕령을 숭앙하는 내용은 나타나지 않는다.

오답 풀이

② '무인지경'이란 '사람이 전혀 살지 않는 지역 또는 아무것도 거칠 것이 없는 판'을 의미하는 것으로, 수많은 군사 속을 무인지경으로 다니는 덕령의 모습을 통해 그가 비범한 능력을 지닌 장수로 그려지고 있음을 알 수 있다.

③ 일본 신하들은 사명당을 죽이기 위해 불을 피워 별당을 아주 뜨겁게 만들었으나, 사명당은 하룻밤 만에 그곳을 한기로 가득하게 만들었다. 이러한 사명당의 모습을 통해 그가 신통한 도술을 부리는 승려로 그려지고 있음을 알 수 있다.

④ 사명당이 '향산사를 향하여 재배'하자 그가 곤경에 처했음을 알아채고 '손톱에 물을 묻혀' 사해용왕으로 하여금 일본에 큰 비를 내리게 하여 곤란에 빠진 사명당을 돕고 있는 서산 대사 역시 신이한 능력을 지닌 인물로 그려지고 있다고 볼 수 있다.

⑤ 〈보기〉에서 사명당은 특별한 능력을 통해 적국의 침략을 막는 국난 극복의 과업을 이루는 인물로 표현되었다고 했다. 즉 임진왜란을 일으켜 조선 백성들에게 큰 환란을 겪게 한 일본에 큰 비를 내리게 하는 장면을 통해 의병장들이 적국의 침략을 막는 국난 극복의 과업을 수행하는 인물로 그려졌음을 알 수 있다.

적중 예상 | 고전 소설 06

본문 097쪽

[091~094] 신광한, 〈하생기우전〉

091 ② 092 ③ 093 ④ 094 ②

E 지문 선정 포인트

이 작품은 주인공 하생이 죽은 여인과 만난 후 사랑을 성취하는 과정에서 여인과의 결연을 방해하는 장애 요소들을 모두 극복하고 행복한 결말을 맺는 이야기야.
중심인물이 애정과 입신양명을 통해 욕망을 성취하는 과정에서 겪게 되는 고난과 시련을 출세와 혼사의 '장애 모티프'로 구현했다는 점에 주목하여 작품을 선정하였어.

신광한, 〈하생기우전〉

해제 조선 중기에 신광한이 지은 한문 전기 소설집인 『기재기이(企齋記異)』에 실린 작품으로, 제목인 〈하생기우전〉은 '하생의 기이한 만남'이라는 뜻이다. 대부분의 전기 소설이 비극적 이야기로 귀결되는 데 비해, 이 작품은 하생이 죽은 여인의 혼령과 만나 사랑을 나눈 후 결국 환생한 여인과 재결합하여 행복한 결말을 맞는다는 점이 특징적이다. 또한 '금척'과 같이 현세와 내세를 이어 주는 증거물을 제시한다는 점에서 『금오신화』 중 전기적 모티프를 가지고 있는 〈만복사저포기〉와 유사성을 보인다.

주제 혼사 장애의 극복을 통한 애정의 성취

전체 줄거리
고려 때 유생인 '하생'은 태학생으로, 재능이 뛰어났으나 입신출세 하지 못한 자신의 처지에 답답해하다 점쟁이를 찾아간다. 점쟁이에게서 "장차 부귀를 누리나 금일은 불길하다."는 점괘를 얻은 하생은 길을 헤매다가 산속에서 한 작은 집을 찾아 노숙을 청하게 된다. 그 집에 살고 있던 아름다운 여인은 꿈 이야기를 하며 자신과 하생이 천생연분임을 말하였다. 그날 밤 두 사람은 운우지락을 이루고 새벽이 되자 여인은 자신은 사흘 전에 죽은 혼령인데 옥황상제의 명으로 다시 이승에 살아나게 되었다고 하였다. 그러면서 하생에게 신표로 금척(金尺)을 준 다음 둘은 이별하게 된다. 금척을 본 여인의 친정 노복들은 하생을 무덤 도굴꾼으로 생각해 하생을 여인의 부모에게 데려온다. 하생이 자신이 겪은 일을 말한 뒤 여인의 부모가 딸의 무덤을 파헤치고 여인은 다시 살아난다. 이후 하생은 여인과 백년가약을 맺고는 벼슬도 얻고 자식을 낳아 세상에 이름을 드러내었다. (지문 제시)

091 작품 내용의 이해 답 ②

정답 풀이
여인은 하생에게 자신이 이승에 돌아갈 수 있도록 도와 달라는 부탁을 하면서, "이때를 놓치면 저는 다시 살아날 가망이 없답니다. 지금 서방님을 만났으니 이 또한 하늘이 정한 운명이겠지요. 오래오래 행복하게 살며 죽을 때까지 서방님을 받들고자 하는데 허락해 주시겠어요?"라고 말한다. 이것은 여인이 이승에 가게 되면 하생과 맺은 인연을 평생 이어가겠다고 말한 것으로 볼 수 있다.

오답 풀이
① 여인의 다섯 오빠들은 여인보다 먼저 세상을 떴다고 했으므로, 여인이 자신을 대신하여 오빠들이 부모님을 모시게 된 것을 다행스럽게 여겼다는 것은 적절하지 않다.
③ 하생은 여인이 이승에서도 인연을 이어나가겠다고 하자 여인의 뜻을 따르겠다고 하였다. 이 말을 듣고 여인이 하생에게 금척을 주며 이후 어떻게 행동해야 하는지 말했을 뿐, 하생이 여인에게 믿음의 징표를 요구한 것은 아니다.
④ 부인은 하생의 말을 듣고서는 "헤아리기 어려운 일이니 철저히 확인하고 나서 죄를 주어도 늦지 않겠어요. 저 선비의 이야기를 듣자니 평소 우리 딸 아이의 용모며 옷차림과 의심의 여지없이 똑같아요."라고 말하며, 하생의 말이 믿기 어렵지만 사실일지도 모른다고 생각하고 있다. 이때 부인은 하생의 인물됨을 눈여겨보고 절대 거짓말을 할 인물이 아니라고 확신한 것이 아니라, 하생의 이야기에 언급된 여인이 자신의 딸과 흡사하다는 점에서 하생의 말이 사실일지도 모른다고 판단한 것이다.
⑤ 여인의 부친인 시중이 무덤을 파 보니 무덤 속의 딸은 안색이 산 사람과 같고 심장에 온기가 있어 유모에게 안겨 나왔다고 하였다. 따라서 여인이 무덤 속에서 스스로 걸어 나왔다는 것은 사실이 아니다.

092 구절의 의미 및 기능 파악 답 ③

정답 풀이
㉠을 들은 하생은 눈물을 흘렸다고 했으므로 ㉠에 담긴 여인의 안타까운 사연이 하생의 동정심을 유발했다고 볼 수 있다. 그렇지만 ㉡은 그 진위가 판명될 때까지 여인의 부모에게 의심을 사고 있었으므로 듣는 이에게 동정심을 유발했다고 보기 어렵다.

오답 풀이
① ㉠은 여인이 이승에 살다가 현재 저승에 머물게 된 과정을 담고 있다.
② ㉡에 대해 여인의 가족들은 의심하였으나 이후 여인이 실제로 환생하여 그동안 있었던 일을 들려주자, '하생이 했던 말과 꼭 들어맞'아 놀라고 있다. 따라서 ㉡은 여인의 환생으로 인해 그 진위가 판명되고 있다.
④ ㉠은 하생이 여인을 돕도록 하고 있으며, ㉡은 여인의 부친인 시중이 여인의 무덤을 파도록 유도하고 있다.
⑤ ㉠은 여인이 옥황상제에게 전해 들은 내용을 담고 있다. '네 부친이 ~ 너를 돌려보내야겠다.'가 옥황상제가 여인에게 들려준 이야기이다. 그리고 ㉡은 하생이 여인의 가족에게 자신이 겪은 이야기를 들려주는 것으로, 그 이야기에는 하생이 여인에게 전해 들은 내용이 포함되어 있다.

093 외적 준거에 따른 작품 감상 답 ④

정답 풀이
[B]에서 여인은 무덤에서 살아나 깨어난 후 자신이 죽은 것이 꿈을 꾼 줄만 알았다고 하였다. 즉 환생의 경험이 마치 꿈을 꾸다 깨어난 것처럼 느껴진다는 것이다. 그렇지만 저승 세계에 있던 여인이 이승 세계에 와서 꿈을 꾼 것은 아니며 더구나 저승 세계에 속한 인물의 억압된 욕망이 이승 세계의 꿈을 통해 표출된다는 내용은 〈보기〉에 언급되어 있지 않다.

오답 풀이
① [A]에서, 여인의 부친이 많은 이들에게 해코지를 하였기 때문에 여인과 그의 오빠들이 요절하게 되었다고 하였다. 또한 최근에는 부친이 많은 이들의 목숨을 구해 주었으므로 여인이 다시 살 수 있게 되었다고 하였다. 이를 통해 이승 세계의 부모가 쌓은 선악의 인연에 따라 저승 세계에 속한 자식의 운명이 달라질 수 있다는 생각이 드러나 있음을 알 수 있다.
② [A]에서 여인은 자신이 다시 이승 세계로 돌아가기 위해 하생의 도움을 청하고 있다. 따라서 저승 세계에 속한 인물이 이승 세계로 복귀하려면 이승 세계에 속한 인물의 도움이 필요하다는 생각이 드러나 있음을 알 수 있다.
③ [A]에서 여인은 자신이 다시 살 수 있게 도와달라며 갖고 있던 금척을 하생에게 주면서 서울 저잣거리의 큰 절 앞에 있는 노둣돌 위에 금척을 올려 두면 이것을 알아보는 사람이 있을 것이라고 하였다. 그리고 (중략) 이후의 시중과 하

생의 대화를 통해, 하생이 여인의 부탁대로 금척을 노둣돌 위에 올려 두었다가 무덤을 파헤친 도둑으로 몰려 여인의 아버지인 시중 앞으로 끌려왔음을 짐작할 수 있다. 곧, 금척은 이승 세계의 인물인 하생이 저승 세계로 가 저승 세계의 인물인 여인으로부터 받은 것이며, 이승 세계로 돌아온 후에도 하생에게 여전히 존재함으로써 그로 인해 하생이 여인의 가족을 만나게 되므로, 하생이 두 세계를 넘나들었음을 증명해 주는 증거물의 역할을 한다고 볼 수 있다. 따라서 특정한 물건이, 이승 세계의 인물이 저승과 이승 두 세계를 넘나들었음을 증명할 수 있다는 생각이 드러나 있음을 알 수 있다.

⑤ [B]에서 무덤은 죽은 여인이 살고 있는 저승 세계에 속하는 공간이자, 이승 세계의 인물인 하생이 저승 세계의 인물인 여인을 만난 공간이며, 환생한 여인이 누워 있던 이승 세계에 속하는 공간이다. 이처럼 무덤이라는 장소는 저승 세계와 이승 세계가 중첩되는 공간으로 인물들이 두 세계를 오가는 통로가 되고 있다. 따라서 저승 세계와 이승 세계가 서로 맞물려 있는 특정한 장소가 두 세계를 오가는 통로가 된다는 생각이 드러나 있음을 알 수 있다.

094 인물의 심리 및 태도 이해 답 ②

정답 풀이

시중이 딸의 혼인에 대한 자신의 생각을 부인에게 이야기한 것은 자신의 결정에 대한 아내의 의견을 듣고자 한 것이다. 이를 자신의 판단에 대한 확신이 없어서 최종적인 결정을 아내에게 미루는 것으로 보기는 어렵다.

오답 풀이

① '하생의 용모와 재주는 참으로 범상치 않으니 사위로 삼는다 해도 문제될 건 전혀 없겠소'를 통해 시중은 하생의 용모와 재주를 범상치 않게 여기고 있으며, 사윗감으로서 하생의 인물됨을 높이 평가했음을 알 수 있다.

③ '집안이 서로 걸맞지 않는구려.'를 통해 시중이 하생의 집안이 자신의 집안과 걸맞지 않음을 문제 삼고 있음을 알 수 있다. 이것은 시중이 가문을 중시하고 있음을 보여 준다고 할 수 있다.

④ '나는 그냥 재물이나 후하게 주어 사례하는 것으로 끝냈으면 싶소.'를 통해 시중은 하생에 대한 사례를 재물로 대신하려 한다는 것을 알 수 있다. 이것은 시중이 하생과 여인이 저승에서 맺은 인연을 별로 중요하게 생각하고 있지 않음을 보여 준다고 할 수 있다.

⑤ '이번에 겪은 일이 너무 괴상망측하고 보니 이 일을 계기로 혼인을 시켰다가는 세상 사람들의 입에 오르내리지 않을까 싶소.'를 통해 시중은 딸의 혼인 문제가 세상 사람들의 입에 오르내리는 것을 염려하고 있음을 알 수 있다. 이것은 시중이 세간의 평판을 가치 판단의 중요한 기준으로 삼고 있음을 보여 준다.

적중 예상 고전 소설 07

본문 099쪽

[095~098] 작자 미상, 〈오유란전〉

095 ④ 096 ① 097 ② 098 ①

E 지문 선정 포인트

이 작품은 중심인물인 이생이 다른 인물로 인해 망신을 당하는 위기에 처하지만 각성한 후 자신을 속인 친구를 용서한다는 내용을 다루고 있어.
중심인물이 자신에게 일어난 상황을 자각한 후 느끼는 심리 변화를 다룬 작품의 서술 양상과 상황에 따른 인물의 심리에 주목하여 작품을 선정하였어.

작자 미상, 〈오유란전〉

해제 이 작품은 19세기 중반에 창작된 것으로 추정되는 작자 미상의 한문 풍자 소설로, 서울 선비인 이생이 어렸을 때부터 절친한 친구인 평안 감사 김생을 따라 평양에 갔다가 오유란이라는 기녀의 교묘한 계책에 빠져 봉변을 당한다는 이야기이다. 그러나 이에 그치지 않고 이생이 그러한 봉변을 경험한 후, 결심을 굳혀 면학에 힘씀으로써 과거에 급제하고 암행어사가 되어 다시 평양으로 가서 분풀이를 한다는 설정이 특징적인 작품이다. 호색적인 사회의 치부를 풍자한 작품으로, 〈배비장전〉 등과 비슷한 주제 의식을 지니며 고전 소설의 해학과 골계를 잘 보여 준다.

주제 양반들의 위선적이고 호색적인 면모 풍자

전체 줄거리

서울에 살던 이생과 김생은 아주 가까운 친구였는데, 김생이 먼저 과거에 급제하여 평안 감사가 되자 이생을 청하여 후원 별당에 거처토록 한다. 이생이 별당에 파묻혀 독서에만 골몰하고 지나치게 도덕적 태도를 보이자, 김생은 이생을 골려 주려고 기생 오유란을 시켜 유혹하도록 한다. 오유란의 계책에 넘어간 이생은 별당에서 오유란과 인연을 맺게 되지만, 이튿날 서울 본가에서 부친의 병이 위독하다는 내용의 편지를 받고 서울로 떠난다. 서울로 올라가는 도중에 부친의 병이 회복되었으니 상경치 말고 되돌아가라는 소식을 받은 이생은 다시 평양을 향해 가지만, 오유란이 자결했다는 소식을 듣게 되고 크게 놀라 병석에 눕고 만다. 거기에 유령으로 가장한 오유란이 찾아와 이생을 희롱하고 이생은 알몸으로 바깥출입을 했다가 크게 곤혹을 치른다. 자신이 속았다는 것을 깨달은 이생은 서울로 와 그날부터 열심히 공부하여 장원 급제하고 평안도 암행어사가 된다. 이생은 김생에게 복수할 때가 왔음을 기뻐하며 평양에 내려가 어사출또를 외치며 벌을 내리려 했으나, 김생이 옛일을 사과함으로써 우정을 되찾는다. (지문 제시)

095 서술상 특징 파악 답 ④

정답 풀이

이 글의 앞부분에서는 오유란의 권유에 따라 행동하는 순진한 모습과 감사의 조롱하는 말에 수치를 느끼고 도망가는 모습을 통해, 이생이 두 사람에게 놀림의 대상이 되고 있음을 알 수 있다. 그러나 뒷부분에서는 감사를 너그럽게 용서하는 여유 있는 모습과 오유란을 문책하는 엄격한 모습을 통해 이생이 어사가 된 후 뒤바뀐 인물들의 위상을 확인할 수 있다. 따라서 상대를 대하는 인물의 말과 행동의 변화를 통해 인물 간의 전도된 관계를 드러낸다고 볼 수 있다.

오답 풀이

① 이 글의 앞부분에서는 함께 모의하여 이생을 속이는 감사와 오유란이 이생과 갈등하는 인물들이라고 볼 수 있다. 그러나 뒷부분에서는 이생과 감사의 갈등

이 해소되거나 이생과 오유란의 갈등이 잠시 드러나다 해소되고 있을 뿐, 다른 인물과의 새로운 갈등이 유발되고 있지 않다.

② 이 글에서는 사건이 시간의 흐름에 따라 순차적으로 전개되고 있으며, 과거 회상 장면이 나타나지 않는다.

③ 이 글에서는 '누군들 웃지 않을 수 있겠는가마는'과 같이 해학적 상황에 대해 서술자가 개입하여 자신의 생각을 드러내는 부분을 찾을 수 있을 뿐, 부조리한 현실에 대해 비판적 어조로 서술하는 부분은 확인할 수 없다.

⑤ 이생이 평양에서 서울로 떠나는 공간의 이동은 나타나나, 주된 갈등은 모두 평양이라는 동일한 공간에서 벌어진다. 즉 이 글에 시간의 흐름에 따른 상황의 변화와 공간의 이동이 나타나기는 하나 서로 다른 공간적 배경에서 이루어지는 사건을 병치한 대비적 제시는 나타나지 않는다.

096 인물의 심리와 태도 파악 답 ①

정답 풀이

'서방님이 저번에 나가셨을 때 서방님을 볼 수 있는 사람이 있던가요?'라는 오유란의 말을 통해, 이생이 귀신의 행색으로 사람들 앞에 나서는 것이 처음이 아님을 알 수 있다.

오답 풀이

② '누군들 웃지 않을 수 있겠는가마는 감사의 엄명이 있던지라 감히 혀를 놀리는 이가 없었다.'를 통해, 도성 문 안의 사람들은 알몸인 이생을 보고 웃음이 나왔지만 이를 억지로 참고 있음을 알 수 있다.

③ 감사는 이생이 벌이는 행각을 못 본 척하고 있다가, 이생이 감사의 코앞에서 머뭇거리는 결정적인 순간에 이생의 창피함을 유발하고 있다. 특히 벌거벗었기 때문에 드러나게 된 신체 부위를 의도적으로 담뱃대로 콕콕 찌르며 자극하고, '내 친구는 점잖은 사람인데 왜 이런 꼴을 하고 있나?'와 같은 말을 하여 이생의 부끄러운 모습을 직접 지적하고 있다. 이로 인해 이생은 자신이 죽은 것이 아니며 자신의 벌거벗은 모습을 사람들이 보았음을 깨닫고 창피함과 수치스러움을 느끼게 된다.

④ '달아났던 넋을 수습'했다는 것을 통해 감사가 암행어사 출또로 매우 당황했음을 알 수 있다. 그런데 암행어사가 친구인 이생인 것을 알고 기뻐하며 어사에게 자신의 명함을 보낸 것은, 감사가 암행어사 출또로 곤경에 빠진 상황을 이생과의 옛정에 기대어 해결하려는 자세를 보이는 것으로 볼 수 있다.

⑤ 어사는 '하찮은 계집이 장부를 속이고 기롱하여 산 사람을 죽었다고 하고 멀쩡한 사람을 귀신이라 했으면서'라고 하며 오유란의 죄목을 직접 제시하고, '어서 죄를 자백해라.'라고 하며 스스로 죄를 고백하기를 요구하고 있다.

097 인물의 말하기 방식 파악 답 ②

정답 풀이

상대의 잘못을 부각하는 내용이 없는 [A]와 달리, [B]에서 오유란은 속임을 당한 자야말로 세상에서 보기 드물 정도로 어리석은 사람이므로, 속임을 당한 자에게 더 큰 잘못이 있다고 말하고 있다. 즉 상대의 잘못이 더 크다는 점을 부각함으로써, 오유란은 어사를 속인 자신에게 쏟아지는 비난을 회피하고 있다.

오답 풀이

① 자신의 행동이 '장군'인 감사의 명령 때문에 어쩔 수 없이 이루어진 것임을 강조하는 것은 [B]이며, [A]에서는 이러한 말하기 방식을 확인할 수 없다.

③ [A]에서는 '자네는 진짜 남자로군.'이라며 현재의 논점과 상관없는 상대에 대한 칭찬을 먼저 제시하고 있다. 그러나 [B]에서는 상대의 어리석음을 지적함으로써 자신에게 잘못이 없음을 이야기하고 있으므로, 논점을 흐트러뜨리는 말을 하고 있다고 볼 수 없다.

④ 자신의 행동이 긍정적인 결과를 가져왔음을 강조하는 것은 [A]이며, [B]에서는 이러한 말하기 방식을 확인할 수 없다.

⑤ [B]에서 오유란은 일의 근본적인 원인은 '졸개'인 자신에게 거짓말을 하도록 시킨 '장군', 즉 감사에게 있음을 강조하고 있다. 그러나 [A]에서는 이러한 말하기 방식을 확인할 수 없다.

098 외적 준거에 따른 작품 감상 답 ①

정답 풀이

〈보기〉에서 이야기하는 '성(性)에 대한 양반 남성의 허위의식'은 도덕적인 태도를 보이던 이생이 오유란의 유혹에 빠져 헤어 나오지 못하는 상황에서 확인되는 것으로, 오유란에게 속아 '알몸' 상태로 활보하는 이생의 모습은 허위의식을 가진 양반 남성에 대한 풍자라고 볼 수 있다. 또한 이 글에서 이생이 '알몸으로 문 밖에 나'선 것은 날씨가 너무 더운 상황에서 오유란의 권유에 따른 행동일 뿐이다. 이것을 그동안 감추었던 욕망이 실현된 행동이라고 보기는 어렵다.

오답 풀이

② '얼굴이 누렇게 뜬 것'은 오유란의 거짓말에 속아 알몸으로 돌아다니던 일이 너무나도 혹독한 경험으로 인식되었기 때문에 생긴 변화로 볼 수 있다.

③ '쉬지 않고 학업에 매진'함으로써 이생이 암행어사가 될 수 있었으므로 이생이 겪은 수모가 오히려 관료 사회로 진출하는 계기이자 통과 의례가 되었음을 알 수 있다.

④ '이미 지난 과거고 다 지나간 일이지.'라고 말하며 '술을 마시며 즐거움을 나눴다.'는 것은 그동안 갈등하던 두 남성이 어린 시절의 우정을 회복하게 된 상황을 의미하는 것으로 볼 수 있다.

⑤ 〈보기〉를 바탕으로 할 때, 모든 문제가 감사의 명령에서 비롯되었음에도 불구하고 감사에게는 어떠한 잘못도 묻지 않은 채, 통인을 가혹하게 처벌하고 오유란만을 문책하는 것은 결국 양반들이 서로 간의 이해를 바탕으로 결속을 이루고 있기 때문이라고 이해할 수 있다.

현대 소설 ❶

본문 102쪽

[1~4] 박태원, 〈골목 안〉

1 ① 2 ④ 3 ① 4 ②

박태원, 〈골목 안〉

해제 이 작품은 일제 강점기를 배경으로 근대적 질서에 편입되지 못한 소외된 인물, 구습에 얽매여 살아가는 사람들의 일상을 그려 내고 있다. 복덕방을 하는 집주름 영감과 그의 식구들이 모여 지내는 골목 안을 중심 공간으로 설정하여 그곳에서 일어나는 삶의 모습을 다층적으로 보여 준다. 특히 집주름 영감 내외의 딸인 정이와 순이 자매, 막내아들 효섭 등을 통해 당시 조선인들이 감당해야 했던 비극적 삶을 느낄 수 있다.

주제 일제 강점기에 소외되어 가는 빈민의 삶

전체 줄거리

아홉 가구가 살고 있는 골목 안은 사철 악취가 풍기는 공간이다. 마당이 없는 그들은 골목을 넓은 마당으로 여기며 살아간다. 이곳에 사는 집주름 영감 내외는 예전에는 남부럽지 않게 살았노라고 늘 말하지만 집주름 영감은 집 거래로 돈을 벌기가 쉽지만은 않고, 영감의 아내 갑순이 할머니는 '불단집'이라 부르는 집의 잔일을 도우며 지내는 형편이다. 그들의 골칫거리는 다섯 명의 자식들이다. 맏아들 인섭은 가족을 버리고 집을 나간 지 7년째 소식이 없고, 그 일로 며느리도 집을 나갔다. 둘째 아들 충섭은 싸움질을 일삼다가 권투 선수가 되었지만 경기로 번 돈은 모두 탕진하고 집에 내놓지도 않는다. 그나마 희망을 갖는 셋째 아들 효섭은 중학교 시험에 낙방하여 고등소학교를 다녀야 한다. 집안의 생계를 책임지는 이는 카페 여급인 큰딸 정이이다. 하루는 큰딸 정이가 '청대문집' 행랑살이를 하는 갑득이 어미와 싸우는데 집주름 영감 부부는 그런 천한 상것과는 다툴 필요가 없다는 생각에 오히려 정이를 나무란다. 그후 '불단집' 바깥에 달린 뒷간에 갑득이 어미의 남편, 양 서방이 갇히는 일이 발생한다. 갑득이 어미는 갑순이 할머니가 자신을 미워하여 고의로 뒷간 문을 잠갔다고 생각하고 그를 몰아 세우지만 남편인 양 서방은 갑순이 할머니가 문을 잠글 때 기척을 하지 않은 탓이라 밝힌다. 효섭이 고등소학교에 입학한 후 집주름 영감은 학부모 후원회 발기인회에 참석한다. 어느 학부형이 말쑥하게 차려 입은 집주름 영감에게 아이들을 어떻게 키웠냐고 묻자 영감은 얼마 전 복덕방에서 들었던 남의 이야기를 마치 자신의 이야기인 양 늘어놓는다.

1 갈등의 양상 파악 답 ①

선지별 선택 비율	①	②	③	④	⑤
화작	41%	35%	11%	7%	5%
언매	50%	31%	9%	6%	4%

윗글에 대한 설명으로 가장 적절한 것은?

정답 풀이

① 집 안에서의 대화가 이웃에 노출되어 인물의 속내가 드러난다.

지문 근거 사실, 을득이 녀석이 나중에 보고하는데 들으니까, 저녁때 돌아온 집주름 영감이 그 얘기를 듣고 나자,

"걔두 그만 분별은 있을 아이가, 그래 그런 상것허구 욕지거리를 허구 그러다니……."

쩻, 쩻, 쩻 하고 혀를 차니까, 늙은 마누라는 또 마주 앉아서,

"그렇죠, 그렇구 말구요. 쌈을 허드래두 같은 양반끼리 해야지, 그런 것허구 허는 건, 꼭 하늘 보구 침 뱉기지. 그 욕이 다아 내게 돌아오지, 소용 있나요."

그리고 후유우 하고 한숨조차 내쉬는데, 방 안에서들 그러는 소리가 대문 밖까지 그대로 들리더라 한다.

⋯› 갑득이 어미와 정이가 다투자 갑순이 할머니는 도리어 자신의 딸 정이를 나무라는데, 집으로 데리고 들어온 후에야 정이더러 "아, 그 배지 못헌 행랑것허구, 쌈이 무슨 쌈이냐?", "똥이 무서워 피허니? 더러우니까 피하는 게지!"와 같이 말한다. 저녁때가 되어 갑순이 할머니는 남편인 집주름 영감과 함께 갑득이 어미를 '그런 상것'이라고 하며 무시하는 말을 하는데, 이 대화 내용이 대문 밖까지 그대로 들렸다고 했다. 이것을 을득이가 듣고 갑득이 어미에게 보고하여 갑득이 어미가 자신을 '상것'이라 생각하는 집주름 영감과 갑순이 할머니의 생각을 알게 되었으므로, 집 안에서의 대화가 이웃에 노출되어 인물의 속내가 드러난다고 할 수 있다.

오답 풀이

② 서로의 말실수에 대한 비난이 인물 간 다툼의 원인임이 드러난다.

⋯› 갑득이 어미와 정이의 다툼은 정이가 말실수를 하고 갑득이 어미가 그에 대꾸하며 벌어진 것이지, 서로의 말실수에 대한 비난 때문에 발생한 것이 아니다. 또한 갑득이 어미와 갑순이 할머니의 다툼은 양 서방이 뒷간에 갇힌 일로 벌어진 것이므로 서로의 말실수에 대한 비난과는 관련이 없다.

③ 이웃의 갈등을 곁에서 지켜보고 있는 인물들의 냉담함이 드러난다.

⋯› 갑득이 어미와 갑순이 할머니가 다투는 것을 지켜보던 이웃 사람들은 갑순이 할머니가 일부러 양 서방을 뒷간에 가두는 행동을 하지는 않았을 것이라며 갑순이 할머니를 두둔한다. 이는 갑득이 어미와 갑순이 할머니의 갈등을 중재하고자 하는 의도가 담겨 있는 것으로 인물의 냉담함은 드러나지 않는다.

④ 이웃을 무시하는 인물의 차별적 언행을 함께 견뎌 내려는 사람들의 결연함이 드러난다.

⋯› 갑순이 할머니와 집주름 영감은 갑득이 어미를 '그 배지 못한 행랑 것', '그런 상것' 등으로 칭하며 무시하는 모습을 보인다. 그러나 이 차별적 언행을 함께 견뎌 내려는 사람들의 결연함은 나타나지 않는다.

⑤ 곤경에 빠진 가족의 상황을 다른 가족에게 전한 것이 이웃 간 앙금을 씻는 계기가 됨이 드러난다.

⋯› 을득이는 '저의 아비(양 서방)'가 뒷간에 갇힌 사실을 자신의 어머니인 갑득이 어미에게 전했다. 그리고 이 소식을 들은 갑득이 어미는 갑순이 할머니가 자신에 대한 좋지 않은 생각을 품고 있어 계획적으로 한 일이라 여기고 갑순이 할머니를 찾아가 화를 내게 되므로 을득이가 전한 소식은 이웃 간 앙금을 씻는 계기가 아니라, 오히려 앙금을 표출하는 계기가 되고 있다고 볼 수 있다.

2 대화의 의도 파악 답 ④

선지별 선택 비율	①	②	③	④	⑤
화작	4%	3%	6%	83%	4%
언매	3%	2%	4%	88%	3%

[A]~[C]에 대한 설명으로 적절하지 않은 것은?

정답 풀이

④ [A]에서 인물은 상대의 행위와 동기를 함께 비난하고, [B]에서 인물은 상대의 비난을 파악하지 못해 자신의 행위에 대해서만 인정한다.

⋯› [A]에서 갑득이 어미는 평소 자기에게 좋지 않은 생각을 품고 있는 갑순이 할머니가 애아범을 미워하여(동기) 뒷간에 가두었다며(행위) 동기와 행위를 함께 비난하고 있다. 그러나 [B]에서 갑순이 할머니는 갑득이 어미의 비난을 '괜한 소리'라고 하며, 자신이 자물쇠를 채운 것은 모르고 한 행동이라며 발명하였다. 이는 갑순이 할머니가 자신의 행위에 대해서는 인정하지만 갑득이 어미의 비난을 파악하고 자신의 행위에 의도성이 없음을 밝히고 있는 것이다.

오답 풀이

① [A]에서 인물은 상대의 행위가 옳지 않다고 판단하여, 반복적으로 추궁하며 상대가 잘못했음을 분명히 한다.

지문 근거 "아아니, 그래, 애아범이 미우면 으떻게는 못 해서, 그 더러운 뒷간 숙에다 글쎄 가둬야만 헌단 말예요? 그래 노인이 심사를 그렇게 부려야 옳단 말예요?"

···› [A]에서 갑득이 어미는 갑순이 할머니가 일부러 애아범을 뒷간에 가둔 것이라 여기며 상대의 행위가 옳지 않음을 따지고 있다. 그리고 '가둬야만 헌단 말예요?', '옳단 말예요?'와 같이 의문의 형식으로 갑순이 할머니를 반복적으로 추궁하면서 갑순이 할머니가 잘못했음을 분명히 하고 있다.

② [B]에서 인물은 상대의 주장이 사실과 다르다며, 모르고 그랬다는 말을 반복함으로써 자신의 억울함을 알린다.

지문 근거 "그건, 괜한 소리유, 괜한 소리야. 이 늙은 사람이 미쳐서 남을 뒷간 속에다 가둬? 모르구 그랬지, 모르구 그랬어. 난 꼭 아무두 없는 줄만 알구서, 그래, 모르구 자물쇨 챘지. 온, 알구야 왜 미쳤다구 잠그겠수?"

···› [B]에서 갑순이 할머니는 애아범을 미워하여 일부러 뒷간에 가둔 것이라는 갑득이 어미의 비난에 '괜한 소리'라며 갑득이 어미의 주장이 사실과 다름을 밝힌다. 그리고 '모르구 그랬'다는 말을 반복하여 자신의 억울함을 알리고 있다.

③ [C]에서 인물은 추측을 바탕으로 상대의 발언이 신뢰하기 어렵다고 반박하고, 상대의 반응에 아랑곳하지 않고 거짓으로 답했다며 몰아붙인다.

지문 근거 "모르긴 왜 몰라요. 다아 알구서 한 짓이지. 그래 자물쇨 챌 때, 안에서 말하는 소리두 못 들었단 말예요? 듣구두 모른 체했지. 듣구두 그냥 잠가 버린 거야."

···› [C]에서 갑득이 어미는 모르고 그랬다는 갑순이 할머니의 반응에 다 알고 한 짓이며 안에서 말하는 소리를 듣고도 모른 체했을 것이라고 추측하면서 상대의 발언을 신뢰할 수 없다는 태도를 드러내고 있다. 또한 '모르긴 왜 몰라요.'와 같이 상대의 반응에 아랑곳하지 않고 갑순이 할머니의 답을 거짓으로 여기면서 몰아붙이고 있다.

⑤ [A]에서 인물이 상대에게 화를 내자, [B]에서 인물은 당황하며 자신을 방어하지만, [C]에서 갈등 상황은 지속된다.

···› [A]에서 갑득이 어미가 일부러 애아범을 뒷간에 가둔 것이라며 갑순이 할머니에게 화를 내자, [B]에서 갑순이 할머니는 '전혀 예기하지 못하였던 억울한 말'에 당황하여 손을 내저으며 자신은 모르고 한 일이라고 방어하였다. 그리고 [C]에서 갑득이 어미는 갑순이 할머니의 말을 믿지 않으며 몰아붙이고 있으므로 둘의 갈등 상황은 지속되고 있다.

3 인물에 대한 이해 답 ①

선지별 선택 비율	①	②	③	④	⑤
화작	31%	14%	19%	28%	7%
언매	36%	10%	18%	30%	6%

집주름 영감과 양 서방에 대한 이해로 가장 적절한 것은?

정답 풀이

① 집주름 영감이 딸의 행동을 분별없다고 탓한 이유는 아내가 갑득이 어미 앞에서 딸을 나무란 뒤 남편에게 밝힌 생각과 같다.

지문 근거 저녁때 돌아온 집주름 영감이 그 얘기를 듣고 나자,
"걔두 그만 분별은 있을 아이가, 그래 그런 상것허구 욕지거리를 허구 그러다니……."
쩻, 쩻, 쩻 하고 혀를 차니까, 늙은 마누라는 또 마주 앉아서,
"그렇죠, 그렇구 말구요. 쌈을 허드래두 같은 양반끼리 해야지, 그런 것허구 허는 건, 꼭 하늘 보구 침 뱉기지. 그 욕이 다아 내게 돌아오지, 소용 있나요."

···› 갑순이 할머니는 딸인 정이가 갑득이 어미와 다툼을 벌이자 정이가 말실수를 한 게 잘못이라며 나무란다. 저녁때가 되어 돌아온 집주름 영감은 이 이야기를 듣고, '그런 상것'하고 욕지거리를 했다며 딸의 분별없는 행동을 탓하는데, 그의 아내인 갑순이 할머니는 싸움을 하더라도 '같은 양반'끼리 해야지 '그런 것'하고 하는 건 하늘 보고 침 뱉기라고 호응하는 모습을 보인다. 그러므로 집주름 영감이 딸의 행동을 분별없다고 탓한 이유는 그의 아내인 갑순이 할머니가 남편에게 밝힌 생각과 같다고 할 수 있다.

오답 풀이

② 집주름 영감은 아내와 갑득이 어미의 갈등이 드러나지 않게 하는, 양 서방은 결과적으로 이들의 갈등을 완화하는 역할을 한다.

···› 집주름 영감의 말인 '걔두 그만 분별은 있을 아이가, 그래 그런 상것허구 욕지거리를 허구 그러다니…….'가 을득이에게 들리면서 갑득이 어미가 집주름 영감 내외의 속내를 알게 되었다. 이것은 양 서방이 뒷간에 갇힌 사건을 둘러싼, 갑득이 어미와 갑순이 할머니 사이의 갈등이 심화되는 데 영향을 미치므로 집주름 영감은 아내와 갑득이 어미의 갈등이 드러나지 않게 하는 인물이라고 볼 수 없다. 한편, 양 서방은 뒷간에 갇힘으로써 갑순이 할머니와 갑득이 어미의 갈등을 유발하는 계기가 되는 인물이지만, 자신의 실수라는 식으로 말을 하여 갑득이 어미가 갑순이 할머니를 공박할 것을 단념하게 하므로 이들의 갈등을 완화하는 역할을 하는 인물이라고도 할 수 있다.

③ 양 서방이 여러 궁리를 하면서도 뒷간을 빠져나오지 못한 이유는 아내에게 밝힌 사건의 경위와 무관하다.

···› 양 서방이 여러 궁리를 하면서도 뒷간을 빠져나오지 못한 이유는 소리를 지르지 못했기 때문이다. 이후 양 서방은 아내에게 갑순이 할머니가 자물쇠를 채울 때, 자신이 얼른 소리를 내지 못해서 뒷간에 갇히게 된 것이라고 사건의 경위를 밝히고 있다. 따라서 양 서방이 뒷간을 빠져나오지 못한 이유와 아내에게 밝힌 사건의 경위는 서로 무관하다고 할 수 없다.

④ 양 서방은 아내가 갑순이 할머니에게 한 말과 이에 대한 이웃들의 반응을 듣고도 아내에게 무덤덤한 태도를 보이고 있다.

···› 양 서방은 아내인 갑득이 어미가 갑순이 할머니를 비난하는 말과 이에 대한 이웃들의 반응을 듣고는 자신이 얼른 소리를 내지 못해 뒷간에 갇힌 것임을 매우 겸연쩍게 드러내고 있으므로 아내에게 무덤덤한 태도를 보이고 있다고 할 수 없다.

⑤ 양 서방이 자신의 상황을 갑순이 할머니에게 알리지 못했다고 말한 것은 누가 뒷간 문을 잠갔는지에 대한 의문이 풀려서 화가 누그러졌기 때문이다.

···› '제 집 뒷간두 아니구 ~ 늙은이두 제엔장헐…….'로 보아 양 서방은 누가 뒷간 문을 잠갔는지 이미 알고 있었다. 양 서방이 자신의 상황을 갑순이 할머니에게 알리지 못했다고 말한 것은 누가 뒷간 문을 잠갔는지에 대한 의문이 풀려 화가 누그러졌기 때문이 아니다.

4 외적 준거에 따른 작품 감상 답 ②

선지별 선택 비율	①	②	③	④	⑤
화작	8%	44%	20%	8%	20%
언매	8%	50%	15%	7%	20%

〈보기〉를 참고하여 ㉠~㉤을 이해한 내용으로 적절하지 않은 것은? [3점]

보기

서술자는 자신의 시선만으로 서술하기도 하고 인물의 시선으로 초점화하여 서술하기도 한다. 그런데 이 작품에서는 두 서술 방식이 겹쳐 나타나는 경우가 있다. 이때 서술자는 인물과 거리를 둠으로써 그들의 말이나 생각, 감정 등에 대한 태도를 드러낸다. 이 밖에도 쉼표의 연이은 사용은 시간의 지연이나 인물의 상황 등을 드러낸다. 이러한 서술 기법은 문맥 속에서 글의 의미를 다양하게 보충한다.

현대 소설

정답 풀이

② ㉡: 서술자 시선의 서술과 인물의 시선으로 초점화한 서술이 겹쳐 나타난 것은, 상황을 잘못 인지한 채 상대의 생각을 추측하는 인물에게 서술자가 거리를 두고 있음을 드러낸 것이겠군.

⋯ ㉡은 '갑득이 어미는 ~ 나중에 깨달으니'로 미루어 볼 때, 갑득이 어미라는 인물의 시선으로 갑득이 어미의 생각을 서술한 것으로 볼 수 있다. 한편 갑득이 어미는 상황을 정확히 인지한 채 갑순이 할머니의 '사상'을 추측하고 있고, 서술자가 인물의 내면을 파악하여 서술하고 있다는 점에서 인물에게 서술자가 거리를 두고 있다고 보기 어렵다.

오답 풀이

① ㉠: 말줄임표 이후 쉼표를 연이어 사용한 것은, 인물이 자신의 생각을 감추거나 다른 할 말을 떠올리면서 시간의 지연이 있음을 드러낸 것이겠군.

⋯ 〈보기〉에 따르면, ㉠에서 '숭없구⋯⋯'와 같이 말줄임표 이후에 '온, 글쎄, 그만 허구 들어가아.'처럼 쉼표를 연이어 사용한 것은 갑순이 할머니가 갑득이 어미를 무시하는 자신의 생각을 감추거나, 다른 할 말을 떠올리면서 시간의 지연이 있음을 보여 준다.

③ ㉢: 말을 전하는 '~라 한다'의 주체가 인물일 수도 있고 서술자일 수도 있게 서술한 것은, 인물의 경험을 전하기만 하고 특정 인물의 편에 서지 않으려는 서술자의 태도를 드러낸 것이겠군.

⋯ ㉢은 '~라 한다'를 사용하여 말을 전하는 주체가 을득이, 서술자 모두가 될 수 있게 하므로 인물과 서술자 시선의 서술이 겹쳐 나타나는 경우로 볼 수 있다. 〈보기〉에 따르면, 이때의 서술자는 인물과 거리를 둠으로써 그들의 말이나 생각, 감정 등에 대한 태도를 드러낸다고 하였으므로, 인물의 경험을 전하기만 하고 특정 인물의 편에 서지 않으려는 서술자의 태도를 드러낸 것으로 볼 수 있다.

④ ㉣: 인물의 생각에 대해 쉼표를 연이어 사용하며 설명한 것은, 인물이 생각을 실행에 옮기지 못하고 망설이는 상황을 드러낸 것이겠군.

⋯ ㉣에서 '인제는 할 수가 없으니, 소리를 한번 질러 볼까?'라는 양 서방의 생각에 대해 쉼표를 연이어 사용하며 설명한 것은, 양 서방이 뒷간에서 빠져나가려면 소리를 질러야 한다는 자신의 생각을 선뜻 실행하지 못하고 망설이는 상황을 드러낸 것으로 볼 수 있다.

⑤ ㉤: 감탄사 이후 쉼표를 연이어 사용한 것은, 인물이 새로운 정보를 바탕으로 사건을 파악하는 상황을 드러낸 것이겠군.

⋯ ㉤은 양 서방이 갑순이 할머니가 자물쇠를 채울 때 자신이 얼른 소리를 내었어야 했는데, 미처 그렇게 하지 못해 뒷간에 갇히게 되었음을 밝힌 후 이웃 사람들의 반응이다. "오오"라는 감탄사 이후 쉼표를 연이어 사용한 것은 이웃 사람들이 양 서방의 발언, 즉 새로운 정보를 바탕으로 양 서방이 뒷간에 갇혔던 사건을 파악하는 상황을 드러낸 것으로 볼 수 있다.

대표 기출 현대 소설 ❷

본문 106쪽

[5~8] 윤흥길, 〈매우 잘생긴 우산 하나〉

5 ④　6 ③　7 ⑤　8 ⑤

윤흥길, 〈매우 잘생긴 우산 하나〉

해제 이 작품은 김달채라는 소시민이 우산 때문에 겪는 에피소드를 통해, 권력의 형성 - 권력의 행사 - 권력의 몰락 과정을 그리고 있다. 주인공 김달채는 사회적으로 명망이 높은 친구로부터 우산을 얻는데, 그 우산이 무전기와 유사한 형태를 띠고 있어 사람들에게 권력 기관의 인물로 오인을 받는다. 작가는 일부러 사람들에게 우산을 노출하면서 권력자로 대접받는 자신의 모습을 즐기다가, 실체가 드러나자 즉시 비굴해지는 주인공의 모습을 풍자적으로 그려 내어 상황 논리를 따르는 소시민의 타산적인 태도에 대한 비판의 시선을 드러내고 있다.

주제 권력의 속성에 대한 통찰과 소시민의 타산적 태도 비판

전체 줄거리

지방 공무원인 김달채 씨는 독일에서 온 친구에게 검은색 케이스에 담긴 우산을 선물 받는다. 그런데 어느 때부턴가 그 우산은 김달채 씨에게 단순한 우산 이상의 중요한 의미를 지니게 된다. 어느 날 김달채 씨는 허름한 차림으로 다방에 가는데, 다방 종업원은 김달채 씨에게 불친절했다가 그가 가진 우산 케이스를 무전기로 오인해 그를 권력자로 생각하고 태도가 돌변한다. 그후 김달채 씨는 우산을 가지고 길거리를 배회하면서 사람들의 반응을 떠보는 것을 즐긴다. 어느 토요일 김달채 씨는 시위 현장에서 사복 경찰들에게 우산을 보이지만, 그들이 거들떠보지도 않자 맥없이 물러난다. 그러다가 과격해지는 시위 현장을 두고 볼 수 없어 갑자기 시위 현장으로 뛰어든다. 한 학생이 김달채 씨의 우산을 보고 "짭새다!"라고 소리치자 학생들은 일제히 김달채 씨를 향해 돌멩이를 던지고, 그가 아끼던 우산은 길바닥에 떨어져 서로 쫓고 쫓기는 젊은이들의 구둣발에 무수히 짓밟힌다.

5 서술상 특징 파악　　답 ④

선지별 선택 비율	①	②	③	④	⑤
화작	1%	2%	1%	91%	2%
언매	1%	1%	1%	94%	1%

[A]의 서술상 특징으로 가장 적절한 것은?

정답 풀이

④ 한 가지의 목적으로 수렴되는 인물의 의도적인 행위들을 나열하고 있다.

지문 근거 각계각층의 사람들을 상대로 달채 씨는 실수를 가장하기도 하고 때로는 또렷한 목적의식을 드러내기도 해 가며 우산의 존재를 알리기 위해 갖가지 수단과 방법을 다 동원했다. 그런 다음 상대방의 눈에 과연 우산이 어떻게 비치는지, 그리하여 상대방이 우산 임자인 자기를 어떻게 대우하는지 반응을 떠보는 작업을 일삼아 계속해 나갔다.

⋯ [A]에서 김달채는 사람들이 무전기 모양의 우산에 어떻게 반응하는지 살펴보기 위해서 길거리를 배회한다. 그리고 실수를 가장하기도 하고 때로는 또렷한 목적의식을 드러내기도 하며 무전기 모양의 우산의 존재를 의도적으로 사람들에게 노출한다. 즉 [A]에서는 '무전기 모양의 우산에 대한 사람들의 반응을 확인'한다는, 한 가지의 목적으로 수렴되는 김달채의 의도적인 행위들을 나열하고 있다.

오답 풀이

① 중심인물이 알지 못하는 사건을 제시해 긴장감을 조성하고 있다

··· [A]에는 중심인물인 김달채가 무전기 모양의 우산으로 사람들을 떠보면서 권력을 누리는 모습이 제시되어 있다. 따라서 중심인물이 알지 못하는 사건을 제시하고 있지 않다.

② 공간 이동에 따른 인물의 내면 변화를 회상을 통해 제시하고 있다.

··· 김달채가 거리를 배회하는 모습에서 인물의 공간 이동이 드러난다고 할 수 있지만, 공간 이동에 따른 인물의 내면 변화는 나타나지 않는다. 또한 [A]에서는 전지적 서술자가 김달채에 대해 서술하고 있으며, 김달채가 과거를 회상하는 모습은 나타나지 않는다.

③ 동시적 사건들의 병치로 사건에 대한 서로 다른 관점을 드러내고 있다.

··· '동시적 사건들의 병치'라는 것은 동시에 일어나는 서로 다른 사건들이 나란히 배열되는 것을 말한다. 그런데 [A]에는 중심인물인 김달채가 거리를 배회하며 무전기 모양의 우산의 위력을 확인하는 하나의 사건이 제시되고 있을 뿐이다.

⑤ 상대를 달리하여 벌이는 인물의 행동을 서술하여 점진적으로 심화되는 갈등을 묘사하고 있다.

··· [A]에는 김달채가 각계각층의 사람들을 상대로 무전기 모양의 우산의 존재를 알리기 위해 갖가지 수단과 방법을 동원하는 모습이 제시되고 있다. 따라서 상대를 달리하여 벌이는 김달채의 행동을 서술한다고 볼 수 있다. 하지만 [A]에서 김달채가 갈등을 겪는 모습은 나타나지 않으므로, 점진적으로 심화되는 인물의 갈등을 묘사하고 있다는 진술은 적절하지 않다.

6 작품의 내용 파악 답 ③

선지별 선택 비율	①	②	③	④	⑤
화작	1%	5%	88%	2%	1%
언매	1%	4%	91%	1%	1%

윗글의 내용에 대한 이해로 가장 적절한 것은?

정답 풀이

③ 흥미를 느낄 만한 일이 벌어지고 있음을 짐작한 김달채는 달아나는 행인들과 달리 시위 현장으로 향한다.

지문 근거 그리 멀지 않은 곳에서 뭔가 벌어지고 있는 중이라고 생각하자 까닭 모를 흥분과 기대감이 그를 사로잡아 버렸다. 한 건 올리는 정도가 아니라 뭔가 이제껏 맛보지 못한 엄청난 보람을 느끼게 될 일대 사건을 만날 듯싶은 예감 때문이었다. 그는 다른 행인들이 종종걸음으로 달아나는 방향과는 정반대 편을 향해 정신없이 달려가기 시작했다.

··· 김달채는 가까운 곳에서 뭔가 벌어지고 있다는 생각에 흥분과 기대감을 느끼고, 다른 행인들이 종종걸음으로 달아나는 방향과는 정반대 편의 시위 현장을 향해 정신없이 달려갔다.

오답 풀이

① 거리를 배회하며 새로운 습관을 익히려는 김달채는 생활의 활기를 찾기 위해 비 오는 날을 기다린다.

··· '밤늦도록 하릴없이 길거리를 배회하면서 시간을 보내는 새로운 습관을 몸에 붙였다.'를 통해 김달채에게 새로운 습관이 생겼음을 알 수 있으나, 이는 권력을 누리는 즐거움 때문이지 새로운 습관을 익히기 위해서가 아니다. 또한 김달채가 청명한 가을날에도 우산을 들고 다니는 것은, 생활의 활기를 찾기 위해 비 오는 날을 기다리는 것이 아니라 무전기 모양의 우산으로 사람들을 떠보기 위한 것이다.

② 꾀죄죄한 몰골의 김달채는 사람들이 자신을 무시하는 태도를 변화시키기 위해 무전기를 보여 준다.

··· 김달채는 무전기 모양의 우산을 은근히 드러내자 자신이 꾀죄죄한 몰골을 지녔음에도 사람들이 저자세로 구는 것을 확인하였다. 이로 볼 때 꾀죄죄한 몰골의 김달채는 무전기 모양의 우산에 대한 사람들의 반응을 확인하고자 또는 무전기 모양의 우산 때문에 보이는 사람들의 굴종적인 반응을 통해 권력을 누리고자 무전기 모양의 우산을 은근히 보여 주었음을 알 수 있다. 포장마찻집 주인 등이 김달채를 무시하는 모습은 이 글에 나타나지 않는다.

④ 시위 진압의 영향으로 고통 받던 김달채는 전경대의 위세에 압도되어 구경꾼들 뒤로 물러선다.

··· 김달채는 시위 진압을 위한 최루 가스에 고통받으면서도 최루 가스에 심하게 오염된 지역에 오히려 가까이 접근하였으며, 더 이상 접근이 불가능해지자 구경꾼들 뒷전에서 시위 현장의 분위기를 살핀다. 이로 보아 김달채가 전경대의 위세에 압도되어 구경꾼들 뒤로 물러섰다는 진술은 적절하지 않다.

⑤ 닭장차에 끌려가게 된 김달채는 건물 모퉁이에서 들려오는 함성에 안도감을 느낀다.

··· '닭장차에 어린 학생들과 함께 실리고 싶은 생각은 물론 털끝만큼도 없었다.'로 보아 김달채는 닭장차에 끌려가지 않았음을 알 수 있다. 또한 김달채가 건물 모퉁이에서 들려오는 함성(대학생들의 시위 소리)에 안도감을 느끼는 모습은 이 글에서 찾아볼 수 없다.

7 소재의 의미와 기능 파악 답 ⑤

선지별 선택 비율	①	②	③	④	⑤
화작	3%	2%	3%	6%	84%
언매	2%	1%	2%	4%	89%

㉠, ㉡에 대한 이해로 적절하지 않은 것은?

정답 풀이

⑤ '사복 차림의 청년'은 ㉡에 익숙하여 ㉠을 이용하려는 김달채의 의도를 알아챈다.

··· ㉠은 무전기 모양을 한 우산을 가리키고, ㉡은 무전기를 가리킨다. '사복 차림의 청년'은 김달채가 자신의 행위에 참견하고 무전기 모양의 우산 케이스를 보여 주지만 이를 거들떠볼 생각도 하지 않는다. 그리고 도리어 김달채를 윽박지른다. 이로 보아 '사복 차림의 청년'은 사복 경찰관으로서 진짜 무전기에 익숙하여 김달채의 우산을 무전기로 오인하지 않았음을 알 수 있다. 하지만 '사복 차림의 청년'이 케이스에 담긴 우산을 무전기로 오인하게 하려는 김달채의 의도를 알아차렸다고 볼 수 있는 근거는 이 글에 나타나지 않는다.

오답 풀이

① 김달채는 ㉠을 그 생김새로 인해 ㉡으로 인식하는 사람들이 있다는 사실을 발견한다.

··· '진짜 무전기에 익숙한 일부 극소수의 사람들을 제외한 거개의 서민들은 의외로 쉽사리 우산에 속아 넘어간다는 사실이었다.'를 통해 김달채가 대다수의 사람들이 무전기 모양의 우산(㉠)을 무전기(㉡)로 오인한다는 사실을 알게 되었음을 알 수 있다.

② 김달채는 사람들로부터 기대하는 반응을 효과적으로 이끌어 낼 수 있는 ㉠의 사용법을 알게 된다.

지문 근거 셋째는, 노골적으로 손에 쥐고 보여 줄 때보다 그냥 뒤꽁무니에 꿰찬 채 부주의한 몸가짐인 척하면서 웃옷 자락을 슬쩍 들어 케이스의 끝부분만 감질나게 보여 주는 편이 오히려 사람들을 놀라게 하는 데 훨씬 더 효과적이고 반응도 민감하다는 사실이었다.

··· '노골적으로 손에 쥐고 보여 줄 때보다~반응도 민감하다는 사실이었다.'를 통해 김달채가 우산 케이스(㉠)를 살짝 노출함으로써 무전기로 오인되도록 하는 것이 사람들의 반응을 이끌어 내기에 효과적인 방법이라는 것을 깨닫게 되었음을 알 수 있다.

③ '일부 극소수의 사람들'에게는 ㉡을 가진 사람으로 보이려는 김달채의 의도가 실현되지 않는다.

지문 근거 김달채 씨는 엉겁결에 잠바 자락 한끝을 슬쩍 들어 뒷주머니에 꿰 찬 우산 케이스를 내보였다. 하지만 상대방 청년은 그런 물건 따위는 애당초 거들떠볼 생심조차 하지 않았다.

···› 김달채는 '사복 차림의 청년'에게 무전기 모양의 우산 케이스를 내보이지만 청년은 거들떠보려고도 하지 않았다. 이를 통해 '일부 극소수의 사람들', 즉 무전기에 익숙한 사람들에게는 무전기(㉡)를 가진 사람으로 보이려는 김달채의 의도가 실현되지 않았음을 알 수 있다.

④ 김달채는 ㉡에 익숙하지 않은 '거개의 서민들'이 ㉠을 ㉡으로 오인한다고 판단한다.

···› '진짜 무전기에 익숙한 일부 극소수의 사람들을 제외한 거개의 서민들은 의외로 쉽사리 우산에 속아 넘어간다는 사실이었다.'를 통해 김달채가 '거개의 서민들'은 무전기(㉡)에 익숙하지 않아서 의외로 쉽게 우산(㉠)을 무전기(㉡)로 오인한다고 판단하였음을 알 수 있다.

8 외적 준거에 따른 작품 감상 답 ⑤

선지별 선택 비율	①	②	③	④	⑤
화작	1%	3%	4%	4%	86%
언매	1%	2%	2%	3%	90%

〈보기〉를 바탕으로 윗글을 감상한 내용으로 적절하지 않은 것은? [3점]

보기

소시민은 자신의 기득권을 지키기 위해 권력관계에 민감하게 반응한다. 권력관계가 형성되기 위해서는 타인의 승인이 요구되며, 이로 인해 힘의 우열 관계가 발생한다. 이 작품은 허구적 권력 표지를 통해 타인의 승인을 얻음으로써 자신감을 갖게 된 인물이, 승인을 거부하는 타인 앞에서는 소시민적 면모를 드러내는 상황을 그려 낸다. 이를 통해 상황 논리를 따르는 소시민의 타산적 태도를 비판하고 있다.

정답 풀이

⑤ 김달채가 비표를 단 청년 앞에서 돌아서는 것은, 학생들과 맺은 유대 관계를 단절하여 기득권을 지키려 한다는 점에서 상황 논리를 따르는 김달채의 타산적 태도를 드러내는군.

···› 김달채는 '비표를 단 사복 차림의 청년', 즉 사복 경찰관에게 '당신도 저 차에 같이 타고 싶어? 여러 소리 말고 빨리 집에나 들어가 봐요!'와 같이 협박을 당하자 맥없이 돌아선다. 〈보기〉를 고려할 때, 이는 상황 논리를 따르는 소시민의 타산적 태도를 드러내는 것이라고 할 수 있다. 그러나 김달채가 시위를 하는 학생들과 유대 관계를 맺거나 학생들과의 유대 관계를 단절하여 기득권을 지키려 하는 모습은 이 글에 나타나지 않는다.

오답 풀이

① 김달채가 각계각층 사람들의 반응을 떠보는 것은, 권력이 타인들에게 미치는 영향을 살핀다는 점에서 김달채가 권력관계를 의식하는 인물임을 드러내는군.

···› 김달채가 무전기 모양의 우산을 노출시키면서 각계각층 사람들의 반응을 떠보는 것은 권력이 사람들에게 미치는 영향을 살피는 행동이다. 〈보기〉에서 소시민은 권력관계에 민감하게 반응한다고 하였으므로, 무전기 모양의 우산에 대한 반응을 떠보는 김달채의 행동은 김달채가 권력관계를 의식하는 인물임을 보여 준다.

② 김달채가 준 술값을 포장마찻집 주인이 받지 않으려는 것은, 권력에 대한 사람들의 태도를 나타낸다는 점에서 권력이 인물 간의 우열 관계를 형성하는 요인임을 보여 주는군.

···› 김달채가 준 술값을 포장마찻집 주인이 받지 않으려 한 것은, 포장마찻집 주인이 우산을 무전기로 오인하여 김달채를 권력자로 인식했기 때문이다. 이처럼 포장마찻집 주인이 김달채에게 저자세를 취하는 것은 권력을 지닌 인물에 대한 태도를 보여 주는 동시에 김달채와 포장마찻집 주인 사이에 우열 관계가 생겨났음을 보여 준다. 따라서 〈보기〉를 고려할 때 포장마찻집 주인의 행동은 권력이 인물 간의 우열 관계를 형성하는 요인임을 보여 준다.

③ 김달채가 외양에 변화를 준 것은, 타인의 승인을 용이하게 받으려 한다는 점에서 허구적 권력 표지를 이용하는 데 더 적극적으로 나서려는 김달채의 의도를 나타내는군.

···› 〈보기〉에서는 이 작품이 허구적 권력 표지를 통해 타인의 승인을 얻음으로써 자신감을 갖게 된 인물을 내세운다고 하였는데, 이는 무전기 모양의 우산을 통해 김달채가 사람들에게 권력을 지닌 인물로 받아들여지는 것을 의미한다. 김달채의 외양 변화, 즉 '짧은 머리', '스포티한 잠바 스타일', '선글라스'는 '무전기'와 더불어 사복 경찰관이나 권력 기관의 사람을 연상시키는 차림이며, 김달채가 이러한 외양으로 바꾼 것은 자신을 권력이 있는 인물처럼 보이게 하기 위한 적극적 태도에 해당한다.

④ 김달채가 사복들에게 목청을 높이며 항의하는 것은, 자신도 모르게 용기를 드러냈다는 점에서 승인받은 경험들을 통해 얻게 된 김달채의 자신감을 보여 주는군.

···› 김달채는 길거리를 배회하며 무전기 모양의 우산을 통해 자신이 권력을 지닌 인물로 오인받는 경험을 즐겼고, 급기야 시위 현장에까지 찾아가 자신이 권력을 지닌 인물로 통하는지 확인하려 하였다. 권력관계가 형성되기 위해서는 타인의 승인이 요구되며, 이 작품에서는 타인의 승인을 얻음으로써 자신감을 갖게 된 인물을 내세운다는 〈보기〉의 내용을 고려할 때, 김달채가 무전기 모양의 우산을 통해 권력을 지닌 인물로 오인받는 경험을 한 것은 허구적 권력 표지를 통해 타인의 승인을 얻는 경험을 한 것을 의미한다. 그리고 김달채가 자신도 놀랄 만큼 용기를 내어 사복들에게 목청을 높이며 항의하는 것은 그동안 타인들의 승인을 받은 경험(권력을 지닌 인물로 오인받았던 경험)을 통해 김달채가 자신감을 갖게 되었음을 보여 준다.

적중 예상 현대 소설 01

본문 110쪽

[099~102] 이호철, 〈탈향〉

099 ④ 100 ③ 101 ② 102 ⑤

E 지문 선정 포인트

이 작품은 한국 전쟁으로 인해 고향을 떠나야 했던 피난민들의 삶을 그리고 있으며 피난지인 부산에서 생존 문제에 직면한 후 변해가는 실향민들의 모습을 통해 전쟁의 고통을 드러내었어.
제목 〈탈향〉은 고향으로 돌아갈 수 없는 냉혹한 현실을 인정한 후 마음속으로 고향을 떠나려는 '나'의 의지를 드러내었다는 점에 주목하여 작품으로 선정하였어.

이호철, 〈탈향〉

해제 이 작품은 전쟁으로 인해 고향을 떠나 월남한 네 청년들이 냉혹한 현실을 인식하고 각자 개별적인 삶을 찾아가는 과정을 그린 현대 소설이다. 고향의 모습을 떠올리며 그리워할 때에는 잠시 화합하지만, 서로 제 갈 길을 모색하는 모습을 통해 현실을 직시하고 개별적인 삶으로 나아가는 전후 젊은이들의 실존 문제를 형상화하고 있다. 제목이 '실향(고향을 잃어버림)'이 아니고 '탈향(고향을 벗어남)'인 것은 각자의 살길을 모색하는 인물들의 인식이 반영된 것이다. 열아홉의 나이로 단신 월남하여 부산에서 노동을 하며 생계를 이어야 했던 작가의 실제 체험에서 출발했다는 점에서 6·25 전쟁 당시의 상황을 반영한 사실주의 문학에 해당하며, 고향을 잃어버린 사람들의 근본적인 실존 문제를 다루었다는 점에서는 실존주의적 소설에 해당한다. 한편 고향에서의 공동체적 삶에서 벗어나 현실에서의 개인적 삶을 추구하게 되는 근대적 각성에 주목하여 성장 소설로 보기도 한다.

주제 월남 실향민의 애환과 삶의 적응 방식

전체 줄거리

1·4 후퇴 당시 중공군이 밀려온다는 바람에 무턱대고 배 위에 올라탄 '나'는 같은 고향 출신인 광석, 두찬, 하원을 만나 함께 부산에서 궁핍한 피란살이를 시작한다. 네 사람은 기거할 곳이 없어 정차되어 있는 화차를 거처로 삼을 정도의 어려운 삶을 살지만, 고향에 돌아갈 때까지 힘든 현실을 이겨 내면서 함께 살기를 맹세한다. 그러나 삶의 현실이 어려워지면서 두찬과 광석은 '나'와 하원을 귀찮게 생각하게 되고, 점점 서로의 관계가 서먹해지기 시작한다. 급기야 광석이 달리는 화차에서 뛰어내리다 죽는 사건이 발생하고 이를 계기로 이들의 관계는 더욱 소원해진다. 두찬은 광석이 죽은 후 자책하며 한탄하다 결국 홀로 떠나 버리고, '나' 역시 하원을 버리기로 결심한다.

지문 제시

099 서술상의 특징 파악 답 ④

정답 풀이

[A]에서 서술자 '나'는 배 위에서 두찬, 광석, 하원과 만나 부산에 도착해서 겪었던 일과 인물들의 내면 심리를 제시하고 있다. 즉 '넷이 다 타향 땅은 처음이라, 서로 마주 건너다보며 어리둥절했다.', '쉽사리 고향으로 못 돌아갈 바에는, 늘 이러고만 있을 수는 없다, 달리 변통을 취해야겠다' 등에서 인물들이 처한 상황과 내면 심리를 알 수 있다.

오답 풀이

① [A]에서는 시간의 흐름에 따라 이야기가 순차적으로 전개되고 있을 뿐, 동시에 벌어진 사건을 병치하여 서술하고 있지는 않다.
② [A]의 서술자는 '나'로, 중공군을 피해 피란하던 배 위에서나 도착한 후의 부산에서도 서술자가 변하지 않고 1인칭 서술자인 '나'로 고정되어 있다. 따라서 공간에 따라 서술자를 달리하였다는 설명은 적절하지 않다.
③ '자연 우리 사이는 차츰 데면데면해지고, 흘끔흘끔 서로의 눈치를 살피게끔 됐다.'를 통해 인물들 간에 긴장감이 조성되고 있음을 알 수 있으나, 특정 인물의 의도적 행위들을 나열한 부분은 찾을 수 없다.
⑤ [A]에는 시간의 흐름에 따라 변화되는 인물들의 심리가 나타나 있을 뿐, 인물들 간의 갈등이 해소되는 과정은 나타나 있지 않다.

100 작품의 내용 이해 답 ③

정답 풀이

'농담조로 수인사가 오락가락했으니, 나나 두찬이나 하원이는 광석이의 이런 꼴을 멀끔히 남 바라보듯 건너다봐야 했다.'에서 '나'와 하원, 두찬은 모두 광석이 부산 토박이 반원들과 스스럼없이 지내는 모습을 보며 심리적 거리감을 느끼고 있음을 알 수 있다.

오답 풀이

① '나나 두찬이나 하원이는 광석이의 이런 꼴을 멀끔히 남 바라보듯 건너다봐야 했다.'와 '두찬이는 저대로 뒤틀리는 심사를 지닌 채 다른 궁리를 차리는 모양이었다.'로 보아, 두찬이 광석의 행동을 못마땅하게 여기고 있음을 알 수 있다. 그러나 두찬이 광석을 에둘러 나무라는 장면은 나타나 있지 않다.
② '나'가 자신보다 동료를 먼저 배려하는 태도를 보이는 장면은 나타나 있지 않다. '나'가 다른 배포를 차리는 광석과 두찬을 이해하려는 태도를 보이기는 하지만, 이를 배려하는 태도로 볼 수는 없다.
④ '두찬이와 광석이는 나머지 셋 때문에 괜히 얽매여 있는 것처럼 스스로를 생각하게 된 것이었다.'로 보아, 광석이 '나'와 하원, 두찬을 짐스럽게 여기고 있음을 짐작할 수 있다. 그러나 광석이 자신의 행위를 합리화하는 장면은 나타나 있지 않다. 또한 '나'와 하원, 두찬이 광석에게 의지하고 있지도 않다.
⑤ 광석은 부산에서 지내는 시간이 늘어나면서 "이제 우리 넷이 떨어지는 날은 죽는 날이다, 죽는 날이야."라고 했던 자신의 말과 다른 행동을 하고 있지만, '나'와 하원, 두찬 중 어느 한 사람도 광석이 부산을 떠나기를 바라고 있지는 않다.

101 공간적 배경에 대한 이해 답 ②

정답 풀이

'제3부두'는 '넷'이 생계를 위해 토박이 반원들을 포함한 부산 사람들과 마주해야 하는 공간일 뿐, '넷'이 부당한 현실과 맞서 싸우는 공간은 아니다. 이 글에 부산 사람들이 부산으로 피란을 온 '넷'을 부당하게 대하는 상황은 나타나 있지 않다.

오답 풀이

① '화찻간'은 배를 타고 부산에 도착한 '나', 하원, 광석, 두찬이 매일 하룻밤을 지내는 공간이다. 화차는 그들이 자고 있는 동안 어디론가 이동하기도 하는데, 그럴 때마다 그들은 자다 말고 달리는 화찻간에서 뛰어내려야 했다. 따라서 '화찻간'은 고향을 떠나 부산으로 피란 온 네 사람의 불안정하고 위험한 삶을 보여 주는 공간이라고 할 수 있다.
③ "광석이 아저씨네 움물 말이다. 눈 오문 말이다. ~ 그 형수두 눈 떨 생각은 않구, 하하하 웃는단 말이다. 원래가 그 형수 잘 웃잖니?"라는 하원의 말에서, '움물'은 안정적인 삶을 영위했던 평화로운 고향을 상징하는 공간임을 알 수 있다. 따라서 '움물'은 타향인 부산에서 힘들게 지내고 있는 '넷'이 정신적으로 지향하고 있는 추억의 공간이라고 할 수 있다.
④ '중공군이 밀려 내려온다는 바람에 ~ 우리 넷이 만났을 땐 사실 미칠 것처럼 반가웠다.'를 통해 전쟁 때문에 고향을 떠난 '나', 하원, 광석, 두찬은 부산으로 향하는 배에서 우연히 만났음을 알 수 있다. 따라서 '뱃간'은 난리를 피해 고향

현대 소설

을 떠난 '넷'이 우연히 만나 부산으로 향하게 되는 공간이라고 할 수 있다.

⑤ '사실 이즈음부터 두찬이는 부두 안에서 얌생이를 해도 다만 밥 두 끼 값이라도 골고루 나누어 주는 법이 없이, 일판만 나오면 혼자 부두 앞 틈 사이 샛길을 허청허청 돌아다녔다.'를 통해 늘 함께하자고 다짐했던 배 위에서와 달리, 두찬은 '샛길'을 돌아다니며 독자적으로 행동하고 있음을 알 수 있다. 따라서 '샛길'은 '넷'의 연대적 관계가 점차 약화되고 있음을 보여 주는 공간이라고 할 수 있다.

102 외적 준거에 따른 작품 감상 답 ⑤

정답 풀이

하원은 '부산은 눈두 안 온다'라는 말을 반복적으로 하고 있다. 그런데 그중 한 번은 고향에서의 평화로웠던 생활을 떠올리면서, 다른 한 번은 두찬이 혼자 술을 마시고 취해서 임시 숙소인 화찻간으로 돌아오는 상황에서 울먹거리면서 하고 있다. 이런 상황을 고려할 때 '부산은 눈두 안 온다'라는 하원의 말은 고향과는 다른 공간인 부산에 대한 이질감을 드러내면서 고향에 대한 그리움을 나타내는 것으로 볼 수 있다. 이를 〈보기〉와 연관지어 감상하면, 하원이 '부산은 눈도 안 온다'라는 말을 반복적으로 하는 것은 타향에서 겪는 비일상적 상황을 거부하면서 피란 오기 전의 일상적 상황에 대한 그리움을 드러내는 것으로 이해할 수 있다.

오답 풀이

① 〈보기〉를 고려할 때, 타향인 부산에서의 생활은 네 사람에게 비일상적 상황이라고 볼 수 있다. 그런데 네 사람은 이런 상황에서 "이것두 다아 좋은 경험이다."라고 말하며 반드시 함께 고향으로 돌아가자고 다짐한다. 고향으로 돌아갈 수 있을 것이라는 희망이 점차 사라지면서 네 사람이 각자의 생활 방식을 찾는 모습으로 볼 때, 이들이 비일상적 상황을 '좋은 경험'이라고 위로하는 것은 조만간 고향으로 되돌아갈 수 있을 것이라는 희망을 가지고 있었기 때문이라고 할 수 있다.

② '마을 안에 있을 땐 이십 촌 안팎으로나마 서로 아접 · 조카 집안끼리였다는 것이 이 부산 하늘 밑에선 새삼스러웠던 것이다.'를 통해 네 사람은 고향에서는 그리 가깝지 않은 먼 친척 간이었음을 알 수 있다. 그러나 그런 관계가 낯선 피란지인 부산에서는 서로 의지할 수 있는 힘으로 작용하고 있다. 따라서 이십 촌 내외의 먼 친척으로 지냈던, 고향에서의 일상적 상황은 부산이라는 타향에서 네 사람의 유대감을 이루는 바탕이 된다고 할 수 있다.

③ '고향으로 돌아갈 날은 갈수록 아득했다. 이 한 달 사이에 두찬이는 두찬이대로, 광석이도 광석이대로 남모르게 제각기 다른 배포가 서게 된 것은(배포랄 것까지는 없지만) 그들을 탓할 수만 없는 일이었다.'를 통해 광석이 구변 좋게 부산 토박이 반원들과 친하게 지내려 하는 것은 고향으로 돌아가기 힘든 상황임을 인식했기 때문이라고 볼 수 있다. 따라서 광석이 '토박이 반원들'과 '농담조로 수인사'까지 나누는 모습은 타향인 부산에서의 삶을 일상적 상황으로 수용해야 한다는 현실적 자각에서 비롯된 것임을 알 수 있다.

④ 부산에서 지낸 지 한 달쯤 지나자 두찬은 이전과 달리 얌생이를 해도 동료들과 골고루 나누지 않고 일판에 나와서도 혼자 돌아다닌다. '고향으로 돌아갈 날은 갈수록 아득했다. 이 한 달 사이에 두찬이는 두찬이대로, 광석이는 광석이대로 남모르게 제각기 다른 배포가 서게 된 것은 (배포랄 것까지는 없지만) 그들을 탓할 수만 없는 일이었다.'로 보아 두찬의 이러한 태도 변화는 비일상적 상황에서 개인의 살길을 도모하는 모습이라고 할 수 있다.

N 적중예상 현대 소설 02

본문 113쪽

[103~106] 손창섭, 〈잉여 인간〉

103 ④ 104 ④ 105 ① 106 ①

E 지문 선정 포인트

이 작품은 한국 전쟁 후 각박해진 세태 속에서 현실에 적응하지 못한 인간들의 모습을 보여 주고 정신적 가치보다 물질적 가치가 우선시 되는 부조리한 상황을 휴머니즘으로 극복할 수 있는 가능성을 모색하였어.
전후 시대의 부조리한 현실 속에서 도덕과 정의를 앞세우는 사람이 무능하고 무기력한 사람으로 치부되었던 시대상에 주목하여 작품으로 선정하였어.

손창섭, 〈잉여 인간〉

해제 이 소설은 6 · 25 전쟁 후 서울의 한 치과 병원에서 함께 생활하는 세 명의 동창생에 얽힌 이야기를 통해, 전후의 사회상과 사회에 적응하지 못하는 사람들의 모습을 보여 주고 있다. 천봉우는 전란 중 생긴 폭격에 대한 공포로 온전한 잠을 이루지 못해 매사에 무기력하다. 채익준은 부조리한 사회 현실과 타협하지 못하고 세상으로부터 소외되어 가장으로서의 책임을 다하지 못한다. '잉여 인간(剩餘人間)'이란 이러한 익준과 봉우처럼 '남아도는, 별 쓸모없는 인간'을 이르는 말이다. 이에 비해 서만기는 동창생들을 따뜻하게 대하고 경제적 · 심리적 어려움 속에서도 가치 있는 일들을 결코 포기하지 않는다. 이 소설은 이처럼 이상적인 인간형을 통해 혼란한 시대를 극복할 수 있는 가능성을 제시하고 있다.

주제 전후 사회의 인간 소외와 그 고발

전체 줄거리

1950년대 후반 서울의 한 치과 병원, 원장 서만기와 간호사 홍인숙 외에 만기의 동창생인 채익준과 천봉우도 매일 출근하다시피 한다. 채익준은 온종일 신문을 보며 부조리한 기사를 접하면 비분강개를 금치 못한다. 그러나 강한 정의감과 자존심은 그의 생활에 아무 도움이 되지 못해 생선을 파는 아내 덕에 근근이 살아간다. 천봉우는 세상일에는 아무 관심 없다는 듯 진종일 잠만 청한다. 전쟁의 공포로 깊은 잠을 이루지 못하는 것이 병이 되어 실의에 빠져 있는 것이다. 만기는 그들을 이해하고 늘 편하게 맞아 준다. 병원 건물주인 봉우 처는 만기의 경제적 어려움을 이용하여 유혹하지만 만기가 거절하자 병원 시설을 팔겠다는 협박을 한다. 그 와중에 익준의 아내가 죽자 만기는 봉우 처에게 돈을 빌려 장례를 치러 준다. 아내의 치료비를 마련하기 위해 일을 하러 떠났던 익준은 장례를 마친 뒤 나타나 망연자실한다. (지문 제시)

103 서술상 특징 파악 답 ④

정답 풀이

'앞부분의 줄거리'와 편지의 내용을 통해 봉우 처가 이전에 만기에게 병원을 현대적 시설로 바꿔 주겠다는 금전적 제안을 했으며 그것을 이용하여 만기를 유혹하려 했음을 짐작할 수 있다. 그런데 만기가 자신의 제안을 거절하자, 봉우 처는 병원을 팔 것을 결정하고 이를 편지로 알리면서 만기에 대해 '지극히 인격이 고상하신 도학자님의 옹졸한 취미', '폐물에 가까운 도금한 인간이 자기만족에 도취하고 있는 우스꽝스런 꼴'이라고 비아냥거리고 있다. 이는 봉우 처가 자신의 제안을 거절한 만기의 인격을 비웃음으로써 상처 입은 자존심을 회복하고자 하는 것이라고 볼 수 있다.

오답 풀이

① 자신의 제안을 거절한 만기에 대해 비아냥거리고 있을 뿐, 만기의 결점을 지적하여 바람직한 관계를 회복하려는 의도는 나타나 있지 않다.

② 봉우 처와 만기는 신분적으로 불평등한 상태라고 볼 수 없으며, 만기에 대해 비아냥거리고 있는 것으로 보아 갈등을 극복하려는 의도가 드러난다고 볼 수 없다.

③ 봉우 처가 병원을 처분하려 한다는 점에서 만기의 거절에 대한 보복의 심정을 엿볼 수 있지만, 뒤에 이어지는 '저는 선생님이 원하신다면 새로이 현대적 시설을 갖추어 드리고 싶었고 현재도 그러한 제 심정에는 변함이 없습니다.'를 보면 만기가 몰락하기를 바라는 것이 아니라 자신의 제안을 받아들이기를 바라는 것이 본심이라는 것을 알 수 있다.

⑤ '삶을 대담하게 엔조이할 줄 아는' 사람들과 다른 만기의 소심함을 비웃고 있지만 이는 자신의 제안을 받아들일 것을 바라서이지 미래 지향적인 태도를 갖도록 유도하는 것은 아니다.

104 외적 준거에 따른 작품 감상 답 ④

정답 풀이

'병원'에는 사회에 적응하지 못하고 무능력해진 익준이나 전쟁의 충격으로 깊은 잠을 이루지 못해 무기력한 봉우와 같이 '잉여 인간'으로 전락해 삶의 의욕을 상실한 인물들도 있지만, 불순한 유혹을 거절하고 돈을 빌려 친구 아내의 장례를 치러 주는 만기와 같이 가치 지향적 인물도 있다. 따라서 '병원'은 삶의 의욕을 상실한 '병자'들로 가득 차 있는 공간이라고 할 수 없다.

오답 풀이

① 뒤늦게 나타난 익준의 손에 '아이들 고무신 코숭이가 비죽이 내보이는 종이 꾸러미'가 들려 있었던 것으로 보아, 익준이 아내와 아이들을 위해 일을 하고 돌아왔음을 짐작할 수 있다. 그런데 그 보람도 없이 아내는 이미 죽어 장례까지 치렀고 익준은 여전히 무능하고 쓸모없는 인간으로 남았다. 이러한 상황으로 보아 '익준'은 잉여 인간으로 전락한 선의의 인간이라고 할 수 있다.

② 자신에게 닥친 어려움에도 불구하고 봉우 처에게 돈을 빌려 익준 처의 장례를 치러 주는 '만기'는 작가가 관심을 가진 가치 지향적 인간형이라고 할 수 있다.

③ '봉우 처'는 만기가 자신의 제안을 거절하자 병원을 팔려고 한다. 병원에서 내쫓기면 만기와 인숙은 실직을 하게 되고 봉우는 '유일한 휴식처요 보금자리'를 빼앗기게 된다. 이처럼 '봉우 처'는 선의의 인간들을 '잉여 인간'으로 만드는 부정적 인물로, 비정한 사회를 대변하는 인물이라고 할 수 있다.

⑤ '봉우 처'는 만기를 유혹하려는 불순한 의도로 병원에 새로이 현대식 시설을 갖추어 주겠다는 제안을 했고, 만기는 경제적 어려움에도 불구하고 이를 거절했다. 이와 같이 부정적 인물인 '봉우 처'와 긍정적 인물인 '만기'가 갈등하는 '병원'은 긍정과 부정이 공존하는 공간이라고 할 수 있다.

105 구절의 의미 파악 답 ①

정답 풀이

㉠은 불순한 의도의 제안을 한 자신을 오히려 호의를 무시당한 처지로 표현하고, 부도덕한 제안을 거절한 만기를 타인의 호의에 침을 뱉는 인물로 표현하고 있다. 이는 봉우 처가 자신을 긍정적 인물(피해자)로, 만기를 부정적 인물(가해자)로 만들어 만기를 비난하고 있는 것이다. 그러나 ㉠에서 만기에게 앙갚음하고자 벼르는 마음을 직접적으로 표현하고 있지는 않다.

오답 풀이

② ㉡은 만기가 마음먹기에 따라 상황이 바뀔 수 있음을 암시하는 것으로, 병원을 팔겠다는 협박을 통해 만기의 마음을 돌려 보려는 속내를 드러낸다.

③ 아내의 마음을 바꾸는 일을, 하늘을 움직인다는 불가능한 일과 비교하는 것은 가장이자 남편으로서의 힘이 없는 봉우의 처지를 부각한다.

④ 자기 딸 대신 아무 쓸모없는 사위가 죽었어야 한다는 장모의 말은 익준이 잉여 인간임을 간접적으로 드러내 준다.

⑤ 엄마의 장례를 위해 입은 상복을 '새 옷'이라 말하며 자동차를 타고 산에 갔다 온 것을 자랑하는 철모르는 어린아이의 말은 익준네 가족의 가난하고 피폐한 생활과 익준의 상황을 더욱 비극적으로 느끼게 한다.

106 다른 작품과의 비교 감상 답 ①

정답 풀이

〈변신〉에서 그레고르는 벌레로 변하는 바람에 더 이상 돈을 벌지 못해 가족에게 버려졌다. 그리고 이 글에서 '살아서두 남편 구실 못한 위인', '차라리 쓸모없는 저따위나 잡아가지 않구 염라대왕두 망발이시지!'라는 익준 장모의 말로 보아 익준은 가족의 생계를 책임지지 못하는 인물이라는 것을 알 수 있다. 따라서 〈변신〉의 그레고르와 이 글의 익준이 쓸모없는 인간으로 취급받는 것은 둘 다 무능한 존재이기 때문이다.

오답 풀이

②, ③ 〈변신〉에서 그레고르의 불행과 고통의 원인은 흉측한 벌레로 변한 신체적 변화와 더 이상 돈을 벌 수 없는 그를 사람으로 취급하지 않는 가족들에게 있다. 이는 그레고르의 성격적 결함 때문이 아니며, 그레고르 개인의 노력으로 극복할 수 있는 고통이 아니다. 그리고 이 글에서 익준과 봉우 등 잉여 인간의 불행의 원인은 〈보기 1〉로 보아 전쟁 피해자들을 포용할 수 있는 여건을 갖추지 못한 사회 구조적 모순 때문으로, 이 역시 개인의 노력으로 극복하기 어려운 고통이다.

④ 〈변신〉에서 어느 날 아침 흉측한 벌레로 변한 그레고르는 여러 번 탈출을 시도하였으므로 자신에게 닥친 불행에 소극적으로 대항하고 있다고 볼 수 있다. 그러나 이 글에서 봉우는 사회에 적응하기 위해 별다른 노력을 하고 있지 않고, 익준도 결국 아내의 장례식에조차 참석하지 못하고 있으므로 자신들이 겪고 있는 불행에 격렬하게 저항하고 있다고 보는 것은 적절하지 않다.

⑤ 이 글에서 서만기는 봉우 처의 제안을 거절하며 올바른 가치관을 지키려 애쓰고, 익준 처의 장례를 치러 주어 타인을 포용하는 모습을 보이고 있으나, 사회 문제와 치열하게 대결하는 모습은 보이고 있지 않다.

적중 예상 | 현대 소설 03

본문 116쪽

[107~110] 이청준, 〈줄〉

107 ①　108 ②　109 ④　110 ④

E 지문 선정 포인트

이 작품은 현실의 욕망에 휩쓸리지 않는 장인 정신을 보여 준 허 노인과 허운의 이야기를 신문 기자가 한 노인에게 듣고 전달하는 액자식 구성의 이야기야. 중심 소재인 '줄'을 중심으로 인물의 심리나 인물 간의 관계 양상이 나타난다는 점에 주목하여 작품으로 선정하였어.

이청준, 〈줄〉

해제 장인 정신을 지니고 살았던 줄광대의 인생을 통해 올바른 삶의 자세를 성찰해 보도록 하는 작품이다. 이 작품에서 '허 노인'은 줄타기에 대한 예술혼을 지키기 위해 아내를 죽이고도 계속 줄을 탈 정도로 냉철한 장인 정신을 지닌 인물로, 자신의 기예를 아들 '운'에게 전달하고 줄에서 떨어져 죽는다. '운'은 아버지에게서 물려받은 장인 정신을 이어 나가고자 하였으나, '여자'와의 사랑으로 인한 갈등을 겪다가 사랑에 실패하고 줄타기에만 전념할 수 없음을 알게 되자 죽음을 택한 인물이다. 그의 죽음은 장인 정신을 승화한 것이므로 '승천'이라고 표현된다. 이 작품은 서술자인 '나(남 기자)'가 '노인(트럼펫의 사내)'에게서 줄광대 부자에 대한 이야기를 듣는 액자식 구성으로 이루어져 있으며, '나'가 이들의 삶에 대한 이야기를 들으며 자신의 삶을 성찰하는 내용을 통해 독자들로 하여금 자신의 삶을 돌아보도록 유도하고 있다.

주제 예술혼을 추구하던 이들의 삶에 담긴 고뇌와 장인 정신

전체 줄거리

'나(남 기자)'는 한때 문학을 지망했다가 현재는 기자로서 무기력하게 일상을 살고 있다. '나'는 '승천한 줄광대'에 대해 취재하라는 부장의 지시로 고향인 전남 C읍에 내려가고, 예전에 서커스단에서 트럼펫을 불었다는 '노인(트럼펫의 사내)'을 만나 줄광대에 대한 이야기를 듣는다. '운'의 아버지 '허 노인'은 단장과의 부정으로 의심받던 자신의 아내를 죽이고도 하루 뒤에 줄을 탔을 정도로 줄타기에 예술혼을 불태우는 인물이다. '운'은 이러한 아버지에게서 줄타기를 위한 수련의 과정을 거치고, 결국 줄타기에서 장인의 경지에 오른 것을 인정받는다. 아들 '운'과 같이 줄을 타던 날 밤, '허 노인'은 줄에서 떨어져 죽는다. 이후 '운'은 어떤 여자에게서 여러 차례 꽃다발을 받고 '트럼펫의 사내'를 통해 여자와 만나게 된다. 그 후 '운'은 줄 위에서 재주를 부리거나 자신의 눈과 귀를 때리는 등 갈등하는 모습을 보이고, 여자를 만나고 온 어느 날 다시 줄 위에 올랐다가 줄에서 떨어져 죽는다. '나'는 이야기를 들은 다음 날 '트럼펫의 사내'가 죽었음을 알게 되고, 자신의 삶에 대해 생각해 본다.

지문 제시

107 서술상 특징 파악　답 ①

정답 풀이

이 글에서 서술자인 '나'는 '허 노인'과 '운'이라는 중심인물에 대한 이야기를 '트럼펫의 사내'를 통해 듣고 있다. 어떤 부분은 '트럼펫의 사내'의 말을 직접적으로 인용하여 제시하고 있고, 어떤 부분은 사내가 이야기한 내용을 서술자가 전달하는 형태로 제시하고 있는데, 이는 모두 '트럼펫의 사내'의 발화를 통해 중심인물의 삶을 전달하는 것이다.

오답 풀이

② 이 글의 중심인물은 '허 노인'과 '운'으로, '허 노인'의 성격이 변화되었다고 할 수 없고, '운'의 경우 '여자'를 만난 후의 변화는 나타나지만 공간의 이동에 따라 성격이 변화하는 과정을 서술하고 있는 것은 아니다.

③ 이 글에서는 '나'가 '트럼펫의 사내'를 통해 현재 시점에서 과거의 이야기를 들으면서 과거에 진행된 사건을 시간의 흐름에 따라 짚어 보고 있다. 동시에 진행되는 두 가지 사건을 나란히 배치하고 있지 않다.

④ '나'가 '트럼펫의 사내'의 행보에 대한 의문을 독백을 통해 제시하고 있지만, '트럼펫의 사내'에 대해 상반된 태도를 드러내고 있지는 않다.

⑤ 이 글의 '나'는 '허 노인'과 '운'의 과거 행적을 중심으로 이야기를 전달하고 있으나, '허 노인'과 '운'이 대조적인 인물이었다고 볼 수 없고, '나'가 이 두 사람의 행적을 비교하며 이야기를 전개하는 것도 아니다.

108 작품의 세부 내용 파악　답 ②

정답 풀이

'운'은 줄타기를 수련하는 과정에서 '허 노인'이 큰 소리를 지르는 것도 듣지 못할 정도로 줄타기에 몰입하는 경지에 이른다. 이를 알게 된 '허 노인'이 그날로 '운'을 줄에 오르게 했고, '운이 줄을 다 건넜을 때는' '뒤를 따르던 허 노인이 줄에서 떨어져 이미 운명을 하고 만 뒤'라고 했다. 즉 '운'은 줄을 타는 동안에는 '허 노인'이 줄에서 떨어진 것을 몰랐고, 줄을 다 건넌 후 뒤숭숭한 객석을 보고서야 '허 노인'의 죽음을 알게 된 것이다.

오답 풀이

① '허 노인'이 '운'이 줄에서 내려오자 호령을 한 것은 자신의 충고를 듣지 않은 것에 분노했기 때문이 아니라, '운'이 줄을 타는 동안 자신이 지른 소리를 듣지 못했는지 확인하기 위한 것이다.

③ '트럼펫의 사내'가 '여자'가 '운'을 찾아오는 것에 질투심을 느꼈는지는 이 글에서 알 수 없다. '이 사내는 혹시 운을 찾아오는 여자에게 사랑을 느낀 건 아니었을까?'는 '나'의 짐작일 뿐이다.

④ '나'가 '운'의 생각을 이야기하는 '트럼펫의 사내'에게 의문을 제기하자, 그는 '내가 그의 심중을 비교적 많이 이해하는 편이었고, 그도 내게만은 조금씩 얘기를 할 때가 있었어요.'라고 답한다. 이로 보아 '트럼펫의 사내'는 자신이 '운'의 생각을 잘 안다고 여기고 있음을 알 수 있다.

⑤ '나'는 '트럼펫의 사내'가 들려준 이야기를 통해 예술적 가치를 지향하며 살았던 줄광대 부자의 삶에 충격을 받고 있다. 그러나 '나'가 '트럼펫의 사내'의 건강을 염려하고 있는지 여부는 이 글에 드러나지 않는다.

109 외적 준거에 따른 작품 감상　답 ④

정답 풀이

'운'은 줄 위에서 재주를 피우고 내려온 뒤 자신의 눈과 귀를 때리면서 혼자 중얼거리는 모습을 보이고, 이를 본 '트럼펫의 사내'는 '허 노인'이 줄을 탈 때 눈과 귀가 열리지 않고 오로지 줄타기에만 집중하는 경지를 당부한 것을 떠올린다. 이를 통해 볼 때, '운'이 자신을 때리고 중얼거린 행동은 줄타기를 하면서 집중하지 못하고 외부의 상황에 흔들리는 스스로를 못 견뎌 하는 것이라고 볼 수 있다. 예술인의 법도가 존중받지 못하는 사회에 대한 불만을 드러낸 것이 아니다.

오답 풀이

① '허 노인'은 '운'의 줄 타는 모습을 보면서 땀을 흘리고, 줄을 쏘아보고 있다. 이는 전통 기예를 지키고자 하는 장인 정신을 지닌 노인이 줄타기를 아들에게 전수하는 과정에 몰입하고 있다는 것을 의미한다.

② '허 노인'이 말한 '자유로운 세상'은 줄에 올라섰을 때 줄이 눈에서 사라지고 눈이 없고 귀가 열리지 않는 몰입된 경지를 말한다. 따라서 이는 대상인 줄과 혼연일체가 되는 경지에 다다른 상태를 의미한다고 볼 수 있다.

③ '단장'이 '운'이 줄 위에서 재주를 피우는 것을 좋아한 것은 구경꾼들이 늘어서 돈을 많이 벌 수 있을 것이라 생각했기 때문이라고 할 수 있다. 따라서 '단장'의 칭찬은 교환 가치를 중시하는 근대 사회의 관점과 관련된다고 볼 수 있다.
⑤ '운'은 '여자'를 만나고 난 후에 예술적 가치와 현실적 삶 사이에서 갈등하는 자신을 발견한다. 이러한 갈등 속에서 '운'이 한 번 더 줄을 타고자 하였고 '뒷부분의 줄거리'에서 줄을 타다 떨어져 죽었다는 내용을 고려할 때, '운'의 행동은 자신의 삶의 방향을 선택한 결과라고 볼 수 있다.

110 구절의 의미 파악 답 ④

정답 풀이

㉣에서 '나'가 '사내'의 이야기를 들으며 느낀 '컴컴하고 무거운 것'은 '허 노인'이 '운'에게 마지막 당부를 할 때 나왔을 것과 같은 기운으로, 예술적인 완성을 향한 인간의 집념과 관련된다. 또한 '뒷부분의 줄거리'로 보아 '나'에게 전해지는 이야기는 사내가 죽음을 앞두고 마지막으로 남기는 것이므로, '운'이 아닌 사내의 죽음에 대한 예감과 연결 지을 수 있다. '운'과 관련된 이야기는 아직 전개되지 않은 상황이므로 '운'의 비극적 결말을 예감했음을 나타낸다고 보기 어렵다.

오답 풀이

① '허 노인이 빙그레 웃'은 것은, '허 노인'이 줄타기 수련을 시키는 중에 '운'이 자신이 기대하는 수준인 '줄 위에서 눈과 귀가 열리지 않는 경지'에 이른 것을 알게 된 기쁨에서 나온 행동이라고 볼 수 있다.
② '허 노인'은 평생 줄타기만을 삶의 절대적 가치로 알고 오직 그 길만 걸어온 줄광대이다. 그런 그가 '자기의 전 생애를 운에게 떠넘겨 주려는 듯한 안간힘'을 쓰면서 줄타기에 대해 말한 것은 아들 '운'도 자신처럼 줄타기에 대해 장인 정신을 갖기를 바랐음을 보여 준다고 할 수 있다.
③ ㉢은 이제는 늙어 줄타기가 어렵다고 하더라도 줄타기 이외의 다른 삶을 살 수는 없다는 의미로 '허 노인'의 삶의 태도가 드러나는 말이다. 이는 '허 노인'이 줄에서 떨어진 이유와도 관련된다.
⑤ '트럼펫의 사내'는 과거 실수했던 허 노인에 대한 기억과 '운'의 상황을 연결하여 불안함을 느끼고 있다. '운'이 줄 위에서 재주를 부리는 것은 줄타기에만 집중하지 못하는 것을 의미하고 '트럼펫의 사내'는 이를 걱정하는 것이다.

적중 예상 현대 소설 04

본문 119쪽

[111~114] 김원일, 〈도요새에 관한 명상〉

111 ③ 112 ② 113 ③ 114 ⑤

E 지문 선정 포인트

이 작품은 한 가족 구성원의 갈등과 삶을 통해 환경 파괴, 정치적 자유의 억압, 분단의 고착화, 물질 중심적 사고 등 1970년대 사회가 당면한 문제를 여러 층위에서 조망하고 있어.
1970년대 급속한 산업화 사회의 이면에 가려진 다양한 문제를 마주한 인물들이 문제를 대하는 방식과 욕망 및 갈등, 그로 인한 정신적 상처를 형상화한 양상에 주목하여 작품으로 선정하였어.

김원일, 〈도요새에 관한 명상〉

해제 이 작품은 산업화가 진행되던 1970년대 동진강 유역을 배경으로 분단 문제와 환경 문제를 다루고 있는 소설이다. 고향에 약혼녀를 두고 월남한 실향민인 아버지, 학생 운동으로 대학에서 제적당한 큰아들 병국, 그리고 밀렵으로 용돈을 버는 둘째 아들 병식, 이들 가족은 도요새에 대해 각기 다른 생각을 하며 살아간다. 이 작품은 이러한 가족의 모습을 통해 비극적인 역사 현실과 산업화의 폐해로 인한 환경 문제를 보여 주고 있다.

주제 비극적 역사 현실과 산업화의 폐해로 인한 방황과 고통

전체 줄거리

[1부] 병식의 시점. 재수생인 '나'(병식)는 촉망받는 수재였으나 학생 운동을 하다 퇴학당한 형(병국)에게 실망을 한다. '나'는 친구의 권유로 강가에서 새를 밀렵하여 번 돈을 유흥비로 쓰면서 생활한다.

[2부] 병국의 시점. 학생 운동으로 대학에서 제적을 당한 '나'(병국)는 고향으로 돌아와 자책감을 가지고 생활한다. 그러다 환경 문제와 동진강의 새떼에 관심을 갖고 동진강 주변의 생태계가 파괴된 원인을 밝히기 위해 노력한다. (지문 제시)

[3부] 아버지의 시점. 전쟁 중 유엔군의 포로로 잡혀 국군으로 전향한 '나'(아버지)는 적극적이고 억척스러운 아내와 갈등을 빚는다. 어느 날 병국이 낸 진정서 때문에 비료 회사 사람들과 군인들이 찾아오고, '나'는 병국에게 환경 오염의 심각성과 병식의 새 밀렵에 대한 이야기를 듣게 된다.

[4부] 전지적 작가 시점. 병국은 새 밀렵 문제로 병식과 심하게 다투게 된다. 이후 병국은 술집 안에서 들려오는 통일에 대한 아버지의 희망을 듣고, 도요새의 비상을 바라며 따라가지만 결국 놓치게 된다.

111 서술상 특징 파악 답 ③

정답 풀이

이 글은 작품 속 등장인물인 병국이 주인공이 되어 서술하는 1인칭 주인공 시점으로, 병국은 과거 자신이 제적을 당하고 낙향했을 때 해주집에서 아버지로부터 들은 이야기를 회상하여 전달하고 있다.

오답 풀이

① 이 글은 병국을 서술자로 하는 1인칭 주인공 시점으로 서술되고 있으며, 장면에 따라 서술자가 바뀌고 있지 않다. 또한 주어진 지문에서 인물 간의 갈등 역시 두드러지지 않는다.
② 작품 속 등장인물인 '나'가 서술자이지만, 바다 쪽에서 동생 병식을 만나 대화를 나누는 장면과 해주집에서 아버지와 대화를 나누는 장면이 있는 것으로 보

아 사건의 전말을 요약적으로 제시한다고 볼 수는 없다.

④ 전지적 서술자는 전지적 작가 시점에 해당하므로 1인칭 주인공 시점인 이 글에 대한 설명으로 적절하지 않다. 또한 전지적 서술자가 특정 인물의 시선에서 사건을 서술하는 초점 화자 역시 이 글과 거리가 멀다.

⑤ 작품 밖의 서술자는 3인칭 시점에 해당하는 것으로 1인칭 주인공 시점인 이 글에 대한 설명으로 적절하지 않다. 또한 이 글은 '나'와 아버지의 대화를 통해 인물의 심리를 간접적으로 드러내고 있으므로 등장인물의 행적을 소개하며 심리를 직접적으로 전달한다는 설명 역시 적절하지 않다.

112 작품의 내용 파악 답 ②

정답 풀이

'독서실에 박혀 입시 공부나 하잖고 놀러만 다니느냐 따위의 충고는 이미 내 역할이 아니었다. 또한 대학을 도중 하차한 나로서는 그런 자격도 없었다.'를 통해 동생이 '나'의 충고를 무시하였다는 진술이 적절하지 않다는 것을 알 수 있다. 또한 '나는 아우의 어떤 면에도 관심을 갖고 있지 않았고, 나를 보는 아우 역시 마찬가지였다.'로 보아 '나'가 동생에게 불만이 많았다는 진술 역시 적절하지 않음을 알 수 있다. '나'는 대학을 중도 하차한 처지에 아우에게 충고를 할 입장이 아니라고 생각하며 동생에게 어떠한 관심도 갖지 않는 상태이다.

오답 풀이

① '다섯 시간 가까이 석교천을 오르내리며 시간 차를 두고 미터글라스에 석교천 물을 수거하고 있는 참이었다.', '정배 형의 실험실로 넘겨질 시험관 꽂이의 미터글라스'라는 내용을 통해 '나'가 정배 형의 실험실로 보내기 위해 낮부터 시간 차를 두고 석교천의 물을 수거하고 있었음을 확인할 수 있다.

③ "동진강 하구가 형의 서식처다 보니 형을 만나지 않을까 하고 생각했더랬지. 예감 적중이군."에서 동생 병식의 예상대로 '나'가 동진강 하구 근처에서 동생과 그의 친구를 우연히 마주치게 되었음을 확인할 수 있다.

④ "내가 유엔군의 포로가 되자, 나는 곧 전향을 했어. ~ 고향땅이 수복되면 가족을 데리고 이남으로 내려오려고 꿈을 꿨던 게 모두 수, 수포로 돌아갔어."에서 아버지가 6 · 25 전쟁 당시 유엔군 포로로 잡혀 국군으로 전향하였으나 곧 고향땅을 밟을 것이라 생각했음을 확인할 수 있다.

⑤ '나는 아버지가 또 고향 통천에 두고 온 ~ 옛 사진을 보여 주는 줄로만 알았다. 나는 이미 그 낡은 사진을 수십 번도 더 보았다.'를 통해 아버지가 과거에도 '나'에게 과거의 옛 사진을 자주 보여 주었음을 확인할 수 있다.

113 인물의 심리 파악 답 ③

정답 풀이

㉠은 "어디들 갔다 오는 길이니?"라는 '나'의 질문에 대해 제대로 답을 하지 않고 농으로 넘기는 말이므로, 상대방의 질문을 은근슬쩍 넘기며 회피하려는 의도가 담겨 있다고 볼 수 있다. ㉡은 어둠이 내린 바다를 향해 걷는 '나'를 향해 동생이 "형, 곧장 걸어가면 바닷속으로 들어가게 돼."라고 한 것에 대한 답이므로, 이는 상대방의 걱정이 섞인 농담을 마찬가지로 농으로 받아넘기려는 의도가 담긴 말이라고 볼 수 있다.

오답 풀이

① 병식과 그의 친구는 밀렵을 하다가 '나'를 마주친 것이므로 ㉠에 상대방과의 뜻밖의 만남에 대한 안도감이 담겨 있다고 보기 어렵다. ㉡은 상대방인 병식의 걱정을 농으로 받아넘기려는 의도를 담고 있으므로 ㉡에는 상대방과 거리를 두고 싶은 마음이 담겨 있다고 볼 수도 있다.

② 병식과 그의 친구가 '나'에게 연민을 느낀다는 것을 확인할 수 없을 뿐만 아니라, ㉠에는 연민이 담겨 있지 않다. 또한 병식이 '나'를 오해하고 있는 것은 아니므로 ㉡에 자신을 오해하고 있는 상대방에 대한 안타까움이 담겨 있다는 것은 적절하지 않은 설명이다.

④ ㉠에는 상대방의 예상치 못한 질문에 대한 당혹감이 담겨 있다고 볼 수도 있으나, ㉡은 상대방의 말을 농으로 받아넘기는 것이므로 자신의 미래에 대한 불안감이 담겨 있다고 보기 어렵다.

⑤ ㉠ 이전에 '나'는 병식과 그의 친구에게 어디에서 오는지를 묻고 있을 뿐이므로 이를 지나친 간섭으로 보기 어렵다. 또한 ㉠은 농으로 받아넘기는 말로, 반감이 담겨 있다고 볼 수도 없다. ㉡ 이전에 병식이 '나'를 걱정하고 있는 것은 맞지만, ㉡에서 '나'는 그러한 병식의 걱정을 그저 농으로 받아넘기고 있으므로 ㉡에 자신을 걱정해 주는 상대방에 대한 고마움이 담겨 있다고 볼 수 없다.

114 외적 준거에 따른 감상 답 ⑤

정답 풀이

"껍질을 깨고 세상으로 나오려던 병, 병아리가 다시 달걀집 속으로 들어가고 싶어 했으나, 이미 워, 원상태의 복귀가 불가능한 그런 경우랄까……."라는 아버지의 말은 고향 땅이 수복되면 가족을 데리고 이남으로 나오려고 했던 꿈이 물거품이 되어 버린 상황, 즉 고향으로 되돌아갈 수 없게 된 상황을 나타낸 것이다. 이는 〈보기〉에서 언급한 남북 분단의 비극적 역사 현실을 보여 주는 것일 뿐, 이와 같은 아픔을 외면한 당시 사회의 문제를 나타내고 있지는 않다.

오답 풀이

① '마을 뒤를 가렸던 얕은 언덕의 소나무 숲은 매연으로 고사해 민둥산으로 벌겋게 버려져 있었다.'라는 내용은 〈보기〉로 보아, 1970년대의 급속한 산업화로 인한 환경 오염 문제와 관련이 있다.

② 앞부분의 줄거리와 '대학을 도중 하차한 나로서는 그런 자격도 없었다.', '서울서 내가 낙향했을 무렵'이라는 내용과 〈보기〉의 내용을 통해 '나'가 시국 사건에 연루되어 대학에서 제적당해 고향으로 내려와 있다는 것을 알 수 있다.

③ '나는 정말 새가 되고 싶었다. 새처럼 모든 구속으로부터 나를 해방시키고 싶었다. 내 고통의 근원을 심어 준 이 땅을 떠나 멀리로 완전한 자유인이 되어 이상의 세계로'라는 내용과 〈보기〉의 내용을 통해 '나'가 현실적 제약에서 벗어나 자유롭고자 한다는 것을 알 수 있다.

④ 아버지가 '맺힌 얘기'를 하며 '떨리는 손'으로 오랜 세월 소중하게 간직해 온 '통천의 옛 약혼자' 사진을 보여 주는 것과 〈보기〉의 내용을 통해 실향민인 아버지의 슬픔과 정신적 상처를 짐작해 볼 수 있다.

적중 예상 현대 소설 05

본문 122쪽

[115~117] 임철우, 〈아버지의 땅〉

115 ⑤ 116 ② 117 ⑤

E 지문 선정 포인트

이 작품은 군인인 '나'가 참호를 파다가 유골을 발견하고 수습하는 과정에서 아버지에 대한 증오에서 벗어나 이해와 연민에 이르게 되는 심리 변화 과정을 다루고 있어.
한국 전쟁을 배경으로 우리 민족의 상처와 치유 과정을 형상화하고 전쟁의 허위와 이념의 폭력으로 인해 상처받은 사람들의 아픔이 지속되고 있다는 주제 의식을 드러내는 것에 주목하여 작품으로 선정하였어.

임철우, 〈아버지의 땅〉

해제 이 작품은 한국 전쟁으로 인한 한 가족의 비극을 통해 민족의 상처를 조명하고 있는 소설로, 현재의 사건에 어머니에 대한 과거의 기억과 아버지의 환영 등이 중첩되면서 이야기가 전개된다. 어린 시절 이념 문제로 사라진 아버지 때문에 상처받고 그를 증오해 오던 주인공은 군대에서 훈련 도중 한국 전쟁 때 죽은 유해를 발견하고, 그 유해를 수습하는 과정에서 아버지의 모습을 떠올리게 된다. 그리고 자신의 아버지가 가족과 자신을 불행하게 만든 가해자이기에 앞서 전쟁의 피해자임을 깨닫고 용서와 화해에 이르게 된다.

주제 이념 대립이 가져온 아픔과 그 극복

전체 줄거리

전방에서 군 복무 중인 '나'는 6 · 25 전쟁 때 좌익 활동을 하다가 행방불명이 된 아버지로 인해 정신적 고통을 겪고 있으며, '나'의 어머니는 아버지가 돌아오기를 기다리고 있다. 어느 날 '나'는 참호를 파다가 6 · 25 전쟁 때 죽은 것으로 생각되는 유골을 발견하게 된다. '나'와 오 일병은 유골의 신원을 확인하기 위해 인근 마을에 사는 한 노인을 데리고 오지만 유골의 신원은 밝히지 못하고, '나'와 오 일병은 그 노인과 함께 유골을 수습하게 된다. 철사 줄에 묶여 있는 유골의 모습에서 '나'는 아버지가 돌아오기를 빌던 어머니의 모습을 회상하고, 어딘가에 묶인 채 죽어 있을지도 모르는 아버지를 떠올린다. 쏟아지는 눈발 속에서 '나'는 신음을 토하는 아버지의 환영을 보고, 어머니가 소반 위에 올리던 사기 대접처럼 눈부시게 하얀 눈송이가 거대한 산들을 하얗게 지워 가는 모습을 본다. (지문 제시)

115 구절의 의미 파악 답 ⑤

정답 풀이

ⓜ의 '멀겋게 식어 가고' 있는 '미역 가닥'은 '우리 가족의 그 오랜 어둠과 같'다고 표현된 것에서 '아버지'라는 존재 없이 살아온 '어머니'와 '나'의 오랜 고통과 암울했던 삶을 환기하고 있다고 볼 수 있다.

오답 풀이

① ㉠에서 '눈매가 고운 분'은 '어머니'가 기억하는 '아버지'의 모습으로, '다만 곱고 자상한 눈매로서만, ~ 늘 곁에 남아 있었던 것이다.'에서 확인할 수 있듯이, 어머니의 기억 속에 각인된 모습이므로 '희미하게 사라져' 간다고 볼 수 없다.
② ㉡에서 '흐트러짐 없이 질기고 옹골찬 것'이라는 구절은 '한 발을 절룩이면서도' 악착같이 '안간힘을 쓰고' 살아올 수밖에 없었던 '노인'의 의지적인 태도를 보여 주는 것이다. 따라서 이것이 '노인'의 유연한 삶을 환기한다고 볼 수 없다.
③ ㉢에서 '어머니'가 얼결에 '아버지' 이야기를 해 놓고 난 다음에 '내 눈치'를 보는 것은 '나'가 '아버지'에 대해 부정적인 반응을 보일 것을 예상했기 때문이라고 볼 수 있다.
④ ㉣에서 '나를 쏘아보고 있던 한 사내'는 '나'에게 환영으로 각인된 모습일 뿐, '나'가 실제 아버지를 만난 것은 아니다. '내가 한 번도 얼굴을 본 적이 없는'에서 확인할 수 있듯 어린 시절 '나'는 아버지를 만난 적이 없다고 볼 수 있다.

116 소재의 의미 및 기능 파악 답 ②

정답 풀이

㉮는 '나'가 부대 훈련 중에 우연히 발견한 유골로, 이를 '나'의 '아버지'로 단정할 수 있는 근거는 없다. 따라서 ㉮가 어머니로 하여금 '아버지'의 죽음에 대한 확신을 갖게 한다는 설명은 적절하지 않다.

오답 풀이

① ㉮는 '나'의 슬픈 과거를 회상하게 하는 계기가 됨으로써, 전쟁이 개인의 삶에 어떤 영향을 미쳤는가를 돌아보게 만드는 역할을 한다.
③ ㉮는 한국 전쟁이 끝난 지 약 '스물다섯 해(전쟁 때 사라진 '아버지'를 기다린 '어머니'의 시간)'가 흘렀어도 여전히 지속되고 있는 대립과 갈등을 상징한다.
④ ㉮에서 유골을 묶고 있는 '철사 줄'은 '총구'와 마찬가지로 전쟁의 냉혹함과 비인간성을 부각한다.
⑤ '나'가 ㉮를 본 후 ㉮와 동일한 모습을 한 '아버지'의 환영을 떠올리는 것은 '아버지' 또한 ㉮와 같은 피해자의 모습일 것이라 생각하고 동일시하는 것으로, 아버지에 대한 증오가 연민으로 바뀌게 되는 계기가 된다.

117 서사 구조의 특징 파악 답 ⑤

정답 풀이

전쟁의 공포와 죽음의 이미지를 환기하는 '까마귀'는 현재 상황인 Ⓑ와 Ⓑ'에 반복적으로 등장하고 있다. Ⓑ와 Ⓑ'의 '까마귀'는 모두 환영이 아니라, 현재 '나'가 실제로 보고 있는 소재이다.

오답 풀이

① 이 글에서 시간의 흐름이 과거에서 현재로 전환되는 부분은 '산골짜기를 돌아 나온 바람이 ~ 노인은 줄곧 앞장서서 걷고 있었다.'와 '이제 노인의 모습은 더 이상 보이지 않았다.'로 둘은 공통적으로 '노인'의 모습에 대한 '나'의 자각으로 시작된다.
② Ⓐ에서는 아버지의 죄를 시인하는 '어머니'의 말에 '나'가 충격을 받고 있고, Ⓒ에서는 아버지에 관한 말을 꺼낸 '어머니'에게 '나'가 분노하고 있다.
③ Ⓓ는 '나'를 쏘아보는 무서운 '아버지'의 환영이며, Ⓓ'는 손발이 묶여 있는 안타까운 '아버지'의 환영이다.
④ Ⓐ에서는 '나'를 '눈빛이 깊고 어두운 아이'로 지칭하고, Ⓒ에서는 '나'를 '청년'으로 지칭하고 있다. 따라서 Ⓐ가 Ⓒ보다 시간적으로 앞서 있음을 알 수 있다.

현대 소설 06

본문 124쪽

[118~121] 이문구, 〈유자소전〉

118 ④ 119 ③ 120 ③ 121 ②

E 지문 선정 포인트

이 작품은 유자의 삶을 예찬함으로써 이해타산적 태도로 관계를 맺는 현대 사회의 인간관계를 풍자하고 있어.
주인공이 도덕적 삶의 관념을 보여 주고 실천하는 인물 유형이라는 점에 주목하여 작품으로 선정하였어.

이문구, 〈유자소전〉

해제 이 작품은 전통적인 '전'의 양식을 계승하여 '유재필'이라는 인물의 일대기를 그린 소설로, 이기주의와 물질 만능주의가 만연한 시대에 자신의 주관대로 당당하게 살아간 의로운 인물의 삶을 전달하는 데 초점을 맞추고 있다. 서술자는 '유재필'을 평범하게 '유가'라 부르지 않고 마치 성인군자를 대하는 것처럼 '유자(兪子)'라고 부르는데 이는 인물을 단순히 한 시대의 기인으로 회상하여 서술하려 한 것이 아니라, 존경할 만한 인물로 평가하고 있음을 나타낸다. 이는 다소 엉뚱하더라도 타인을 사랑하고 배려하는 인물의 삶을 긍정하면서 물질 만능주의에 사로잡혀 인간을 존중하지 않는 현대인들을 비판하고 있는 것이라 볼 수 있다. 아울러 충청도 사투리와 비속어의 사용을 통해 현장감을 확보하며 인물을 생동감 있게 제시하고 있다.

주제 인간적 도리를 잃지 않은 유재필의 삶

전체 줄거리
보령 출신의 '유재필'이라는 친구는 심성이 깔끔하고 매사에 생각이 깊고 침착하여 남의 아픔을 자신의 아픔으로 여길 줄 아는 선비의 덕을 지닌 인물이다. 내가 그를 '유자'라 부르는 이유가 여기에 있다. 유자는 특유의 붙임성과 눈썰미로 학교의 명물로 이름을 날린다. 학교를 졸업한 후 야당 선거 위원장의 눈에 띄어 선거 운동원과 의원 비서관을 지내다가 군에 입대하여 '도사'라는 애칭을 얻고 편히 지낸다. 제대 후 운전을 배워 택시 운전을 하다가 재벌 총수의 운전사가 되지만 총수의 위선적인 모습에 실망한다. 결국 총수의 불상에 묻은 파리똥을 침으로 닦으려다가 좌천되어 운수 회사 노선 상무가 되지만 그는 그곳에서도 남을 먼저 생각하고 도와주는 일을 하며 실천적인 삶을 산다. 유자는 말년에 종합병원 원무 실장으로 근무하다가 암에 걸린다. 이후 6 · 29 선언이 나왔을 때 시위를 하다가 부상을 당한 사람들을 치료해 준 후 사표를 내고 간암으로 삶을 마감한다. (지문 제시)

118 서술상의 특징 파악 답 ④

정답 풀이
'그는 그러나 모든 거래처와 그렇게 겨루어서 이기더라도 이긴 것 자체에만 뜻이 있어 하고 만족할 위인이 아니었다.', '그는 운전자의 운전 윤리에 누구보다도 반듯하였다.', '가해자가 그룹 내의 동료 운전수라 하여 팔이 들이굽는다는 식의 적당주의를 취한 적은 거의 없었다.' 등에서 서술자는 '그'의 행위에 대한 판단을 제시하여 '그'가 원칙을 지키는 도덕적인 인물임을 나타내고 있다.

오답 풀이
① 이 글에서 비탈진 산꼭대기의 무허가 주택이라는 공간적 배경이 제시되고 있지만, 이에 대한 세밀한 묘사는 이루어지지 않았다. 이 글은 공간적 배경에 대한 묘사가 아니라 방언의 활용과 스페어 운전수들의 집안 사정에 대한 서술을 통해 작중 상황에 현장감을 부여하고 있다.
② 역전적 시간 구성은 시간의 흐름이 역순행적으로 전개되는 것을 말한다. 그러나 이 글은 전체적으로 시간의 순행적 흐름(유자가 노선 상무로 좌천됨. → 노선 상무로서의 일을 충실하게 해냄.)에 따라 사건이 전개되고 있다.
③ '그'가 교통사고를 낸 스페어 운전수의 가족들을 찾아가 식량과 연탄 등을 사 주는 장면에서 인물의 행적에 대한 요약적 진술이 드러난다. 하지만 요약적으로 진술된 부분에서 갈등이 드러나지 않으며, 갈등의 해결 방안 또한 제시되고 있지 않다.
⑤ 이 글은 서술자의 시선에서 작중 상황과 중심인물인 '그'의 행동과 내면 심리를 제시하고 있을 뿐, 서술자가 작중 인물의 관찰자적 시각을 빌려서 작중 상황을 전달하고 있지 않다.

119 작품의 내용 파악 답 ③

정답 풀이
'다만 사건 처리에 필요한 서류를 갖추기 위해 신상 기록 대장에 있는 주소를 찾아가 보면'이라는 서술에서, '그'가 교통사고를 낸 스페어 운전수의 집을 방문한 것은 스페어 운전수 가족의 생계를 챙겨 주기 위해서가 아니라, 사고 처리에 필요한 서류를 갖추기 위해서임을 알 수 있다.

오답 풀이
① "촌헌늠…… 저건 아마 증조할애비는 ~ 질바닥서 까부는 것덜두 다 계통이 있는 법이니께."로 보아, '그'는 교통질서나 운전 상식을 어기는 운전 태도는 그 운전자의 집안 내력에서 비롯된다고 여겼음을 알 수 있다.
② '노선 상무에게는 차량의 운행 노선이 여러 갈래인 만큼이나 거래처가 많았다. ~ 피해 당사자 내지는 그 유가족들이었다.'로 보아, '그'가 맡은 노선 상무의 자리는 교통사고와 관련된 여러 분야의 사람들을 두루 만나야 하는 직책임을 알 수 있다.
④ '바다와 연하여 사는 탓에 밥상에 비린 것이 없으면 ~ 대천 사람의 속성이 그런 데서까지도 드티었던 것이다.'로 보아, '그'가 새끼 굴비 두름을 반찬으로 구매하는 데에는 밥상에 생선과 같이 비린 것이 꼭 있어야 하는 '그'의 출신 지역의 식생활 습관이 영향을 끼쳤음을 알 수 있다.
⑤ '적어도 위선자의 몸을 모시고 다니는 것보다는 떳떳하며, 아울러서 속도 그만큼 편할 터이라고 자위하고 있었다.'로 보아, '그'는 총수를 곁에서 모시지 않아도 되는 노선 상무의 업무를 맡은 것을 긍정적으로 수용하고 있음을 알 수 있다.

120 인물 제시 방법 파악 답 ③

정답 풀이
[A]에서는 '그'가 노선 상무로서 해야 할 일과, 그 일을 대하는 '그'의 자세가 제시되어 있다. 그리고 [B]에서는 '그'가 교통사고 처리를 위해 사고 가해자인 스페어 운전수의 집을 찾아가서 그 운전수의 가족들을 자신이 할 수 있는 한도 내에서 최대한 보살피는 모습이 드러나 있다. 따라서 [A]에서 제시된 상황과 인물에 대한 진술이 [B]에서 그 인물의 행동을 통해 구체화되고 있다고 할 수 있다.

오답 풀이
① [A]에서는 '그'가 노선 상무로서 해야 할 일과 그 일을 대하는 자세가 나타나 있을 뿐, '그'의 심리적 갈등은 나타나 있지 않다. 또한 [B]에서도 '그'가 스페어 운전수의 가족을 돕기 위한 행동들이 제시되고 있을 뿐, 인물 간의 갈등은 드러나 있지 않다.
② [A]에서는 '그'가 노선 상무로서 해야 할 일과 그 일을 대하는 자세가 제시되고 있을 뿐, 미래에 대한 '그'의 기대감이 드러나 있지 않다. 또한 [B]에서도 '그'의 기대감이 무너지는 장면은 제시되지 않았다. [B]에서 '그'는 부정적 상황에서도 자신이 할 수 있는 한도 내에서 최선을 다하고 있을 뿐이다.

④ [A]에서는 자신의 일에 충실한 '그'의 모습이 나타나 있을 뿐, 개인적 차원의 부조리는 나타나 있지 않다. 다만 [B]에는 생계를 잇기 어려울 정도로 스페어 운전수의 경제적 여건이 좋지 못한 상황이 제시되어 있는데, 이렇게 사회적 약자에게 업무 추진비 명색도 차례가 가지 않는 상황은 사회적 부조리의 한 단면을 보여 준다고 할 여지는 있다.

⑤ [A]에서는 '그'가 노선 상무로서 만만치 않은 일을 처리해야 하는 상황임이 제시되고 있다. 그러나 [B]에서 '그'가 그러한 상황에 놓이게 된 원인이 드러나 있지 않다. 참고로 '그'가 교통사고를 수습하는 노선 상무의 업무를 맡게 된 것은 총수와의 불화 때문이다.

121 외적 준거에 따른 작품 감상 답 ②

정답 풀이

동료들이 '총수의 측근'에서 하루 식전에 '말단 부서의 현장 실무자'가 된 '그'를 연민 어린 눈길로 대하는 것은 맞지만, 이를 현대인의 위선적인 면을 드러내는 것으로 보는 것은 적절하지 않다. '그가 그러고 있으니 남들은 창자도 없는 인간으로 여기는 눈치였다. 그를 쳐다보는 연민 어린 눈길이 그것이었다.'라는 서술에서, 동료들은 그룹 내의 지위가 별 볼 일 없게 된 '그'가 사표를 내지 않는 것에 대해 '창자도 없는 인간', 즉 자존심도 없는 사람으로 보면서 그에 대해 연민을 느끼고 있음을 알 수 있다. 그런데 이러한 동료들의 태도는 '그'의 처지에 대한 연민이 중심을 이루며, '그'에 대한 비난에까지는 이르지는 않는다. 또한 동료들이 '그'의 처지에 대해 거짓으로 안타까워하는 모습을 보이고 있는 것도 아니므로 현대인의 위선적 면모를 보여 준다는 감상은 적절하지 않다.

오답 풀이

① '그'는 총수의 개인 운전수에서 험악하고 까다로운 일을 처리해야 하는 '노선 상무'로 좌천된다. 그러나 사표를 낼 것이라는 동료들의 예상과 달리 자신이 맡은 새로운 업무를 캐고 익히는 모습을 보인다. 이런 '그'의 태도는 현실을 직시하고 살아남기 위해 노력하는 모습으로 볼 수 있다.

③ '가해자가 그룹 내의 동료 운전수라 하여 팔이 들이굽는다는 식의 적당주의를 취한 적은 거의 없었다.'라는 서술에서, '그'가 공명정대한 태도로 그룹에 속한 운전수들의 교통사고를 수습하려 했음을 알 수 있다. 이는 '그'가 '노선 상무'로서 맡은 일을 올바르게 처리하려는 직업 윤리를 가지고 있음을 보여 준다.

④ '그'는 교통사고를 낸 스페어 운전수의 딱한 사정을 보고 그 가족을 위해 자신의 용돈을 털어 식량과 반찬거리, 연탄 등을 사 주며 돕는다. 이런 '그'의 행위는 자신의 일에 충실하면서도 인간적 도리를 잃지 않고 살아가는 모습을 보여 주는 것으로 볼 수 있다.

⑤ '스페어 운전수의 사고에는 업무 추진비 명색도 차례가 가지 않아 자신의 용돈을 털게 되는 것이었다.'라는 서술에서, 인건비를 줄이기 위해 고용한 '스페어 운전수'가 낸 사고에는 '업무 추진비'를 사용할 수 없음을 알 수 있다. 이러한 그룹의 태도는 이해타산적인 현대 사회의 단면을 드러내는 것으로 볼 수 있다.

적중 예상 현대 소설 07

본문 126쪽

[122~124] 성석제, 〈조동관 약전〉

122 ⑤ 123 ③ 124 ⑤

E 지문 선정 포인트

이 작품은 악한 인물형이었던 조동관의 삶의 이면에서 확인할 수 있는 인간적인 면모에 주목하여 공권력의 부당한 행사로 인한 인물의 비극적 죽음을 통해 부정적인 현실을 보여 주고 있어.
간략한 전기의 형식으로 조동관의 삶을 서술하고 평가하는 내용으로 전개되었다는 점에 주목하여 작품으로 선정하였어.

성석제, 〈조동관 약전〉

해제 이 작품은 '전(傳)'의 형식을 차용하여 은척읍에서 태어나고 죽은 조동관이라는 인물의 삶을 그리고 있는 풍자 소설이다. 중심인물인 조동관은 비록 거칠고 포악하지만, 한편으로는 우직한 사랑을 추구하며 마을 사람들에게 흥미로운 이야깃거리를 제공해 주는 인물이다. 이 작품은 이런 인물이 경찰서장으로 상징되는 부당한 공권력에 항거하다 죽는 상황을 통해 우리 사회의 부조리한 현실을 돌아보게 하고 있다.

주제 조동관의 일생을 통해 본 우리 사회의 모순 풍자

전체 줄거리

(지문 제시) 조동관은 은척 역사상 불세출의 깡패로 일명 '똥깐'이라고 불린다. 은척 사람들 누구도 '똥깐'의 망나니짓을 막지 못한다. 어느 날 '똥깐'은 한 여인과 살림을 차린다. 얼마 후 '똥깐'의 어머니와의 갈등으로 여인이 떠나가자 '똥깐'은 화를 참지 못해 난동을 부린다. 급기야 '똥깐'이 역전 파출소로 쳐들어가 기물을 파손하자 '똥깐'을 체포하기 위해 기동 타격대가 출동한다. 하지만 기동 타격대는 섣불리 그를 제압하지 못하고 술에 취한 '똥깐'이 잠에 곯아떨어지기만을 기다린다. 제풀에 지친 '똥깐'은 결국 잠이 들고 그 사이에 기동 타격대가 그를 체포한다. 이후 감옥에서 출소한 '똥깐'은 여인을 찾아 전국을 누비지만 결국 찾지 못해 실의에 빠진다. 그러던 중 '똥깐'은 자신에게 시간과 힘, 어거지가 얼마 남지 않았다는 사실을 깨닫고 예전의 모습으로 되돌아간다. '똥깐'이 역전에서 술을 마시고 있을 때 마침 새로 부임한 경찰서장 일행이 역전 파출소를 순시한다. '똥깐'을 알지 못하는 경찰서장은 '똥깐'에게 호통을 치다가 심한 봉변을 당한다. 경찰서장은 '똥깐'을 체포하기 위해 대규모 추격전을 벌이고 '똥깐'은 인근 야산의 동굴에 숨어서 경찰과 대치하던 중 얼어 죽는다. '똥깐'의 죽음 이후 마을에서는 '똥깐'을 기리는 전설이 생겨나게 된다.

122 서술상 특징 파악 답 ⑤

정답 풀이

이 글에서는 조동관이라는 인물의 생애와 조동관이 벌이는 사건이 서술자에 의해 요약적으로 제시되고 있다. 그러나 이러한 요약적 제시가 독자와 인물의 거리를 가깝게 만들지는 않는다. 인물의 구체적인 대화와 행동을 확인할 수 없는 독자가 서술자의 진술에 집중함으로써 서술자와 독자가 더 가까워지게 된다.

오답 풀이

① '아뿔싸, 오호라, 슬프도다. 어쩔 것인가, 똥깐의 죽음을 알리는 비보가 전해졌다.'에서 서술자는 작품에 개입하여 자신의 판단을 드러내고 있으며, 특히 감탄사의 활용을 통해 인물과 상황에 대한 주관적 감정을 전달하고 있다.

② 이 글은 조동관, 조은관 등의 인물됨을 직접적으로 제시하는 가운데, 조동관

의 인물됨과 관계된 구체적인 행동을 나열하여 보여 주는 간접적 제시 방법 역시 활용하고 있다.

③ '눈발이 희끗희끗 ~ 폭설로 변했다.'에서 자연적 배경을 제시함으로써 조동관이 동굴에 고립되어 얼어 죽게 되는 사건 전개에 개연성을 부여하고 있다.

④ 업적이라고도 할 수 없는 '경찰 충령비' 건립에 대해 '그가 은척 경찰서장으로 재직하면서 이룩했던 최고의 업적'이라고 일컫는 것은, 경찰서장에 대한 서술자의 부정적 시각을 드러내는 반어적 진술로 볼 수 있다.

123 구절의 의미 파악 답 ③

정답 풀이

㉢에서는 '핑계를 대는 데는 선수인 경찰들', '잠복근무를 하지 않을 수 없었다.'라는 구절을 통해 그동안 경찰들이 조동관을 잡기 위해 노력하지 않고 있었음을 간접적으로 드러내고 있다.

오답 풀이

① ㉠은 뛰어난 무술 실력을 지니고 있는 형 '은관'과의 드잡이질이 조동관에게 담력, 기술 등을 발전시키는 기회가 되었음을 말해 준다. 그러나 이 글에 조동관이 깡패가 된 직접적인 계기는 드러나 있지 않다.

② ㉡은 조동관에게 잘못 보일 경우, 더 이상 은척에서 살 수 없게 된다는 것을 의미한다. 이는 그만큼 조동관이 두려운 존재라는 의미이지, 조동관을 재밋거리로 삼는 태도와는 거리가 멀다.

④ ㉣에서 조동관의 입 안에 있던 '아주 가는 뼈'는 추위와 굶주림에 떨다가 죽음에 이르게 된 상황의 비극성을 고조하는 소재로 볼 수 있다. 그러나 이를 조동관이 죽음에 이르게 된 직접적인 원인이라고 볼 수는 없다. '그는 얼어 죽었다.'라는 내용을 통해 조동관이 죽게 된 직접적인 원인은 추위 때문임을 짐작할 수 있다.

⑤ ㉤에서 '모두 한패'라고 하는 것은 은척에서 살다가 죽을 사람들은 결국은 같은 마음일 수밖에 없음을 이야기하는 것이다. 그러나 그 마음은 조동관 때문에 고통을 겪었기 때문에 생긴 것이 아니라, 깡패였음에도 그 이면에 인간적인 면모가 있음을 느끼게 해 주던 인물이 부당하고 지나친 공권력에 의해 희생된 것을 안타까워하는 마음으로 이해할 수 있다. 이는 이러한 마음을 이해하지 못한 사람이 조동관을 극도로 미워했던 신임 경찰서장 한 사람뿐이었다는 내용을 통해서도 짐작할 수 있다.

124 외적 준거에 따른 작품 감상 답 ⑤

정답 풀이

'무언으로 비난'하는 주체인 '이 행렬'은 마을 사람들이고, 비난을 받고 있는 대상인 '저 행렬'은 기동 타격대이다. 마을 사람들은 지나치고 부당한 공권력에 의해 개인이 죽음에 이르게 된 상황 때문에 기동 타격대를 비난하는 것이며, 다만 그것을 직접 표출하지 못하고 말없이 눈길로만 드러내고 있는 것이다. 따라서 '비난'은 마을 사람들의 진의이며 현실 세계에 대한 부정적 인식을 담고 있다고 볼 수 있으므로, 이를 체념적 인식과 연결시키거나 마을 사람들의 진의와는 반대되는 표현이라고 보는 것은 적절하지 않다.

오답 풀이

① '전(傳)'은 대개 영웅이나 비범한 인물의 일대기를 그리는 형식이지만, 이 작품에서는 '은척 역사상 불세출의 깡패'인 '똥깐'의 일생을 나타내는 데 활용했다는 점에서 아이러니라고 할 수 있다.

② 조동관 형제의 이야기가 '뉴스였고 연재소설이자 연속극이며 스포츠'였다는 것을 통해 마을 사람들에게 조동관 형제의 소행이 즐거움을 가져다주는 화젯거리였음을 알 수 있다. 더 나아가 조동관 형제의 이야기가 '무엇보다도 신화였다'는 것은 이들의 행위가 사람들이 금기시하는 것들이지만 사실은 사람들이 내면에 품고 있는 욕망일 수 있다는 아이러니한 인식을 보여 주는 것으로 볼 수 있다.

③ '가난의 꿀물이 졸졸 흐르는 골목골목'은 은척의 근대화의 상징이라 할 만한 기차역 주변의 번화하고 시설이 잘된 곳과 함께 존재하는 공간이라는 점에서, 근대화의 이면에 존재하는 열악한 삶의 모습을 보여 주며 현실에 대한 비판 의식을 드러내는 표현으로 볼 수 있다. 또한 가난의 비참함과는 문자적 의미가 반대되는 '꿀물'이라는 단어를 사용한, 언어적 아이러니로 볼 수 있다.

④ 조동관의 욕설이 그치자 오히려 '불안한 마음이 되어' 눈길과 발길을 산으로 옮기게 되었다는 것은, 마을 사람들이 조동관을 부정적으로 바라보고 이에 걸맞은 결과를 원할 것이라는 예상과 일치하지 않는 상황으로, 망나니짓을 일삼던 인물에게 걱정과 안타까움을 보이는 극적 아이러니가 나타난다고 이해할 수 있다.

Ⅲ. 갈래 복합

대표 기출 갈래 복합 ❶

본문 130쪽

[1~6] (가) 김종길, 〈문〉 (나) 정끝별, 〈가지가 담을 넘을 때〉
(다) 유한준, 〈잊음을 논함〉

1 ②	2 ①	3 ③	4 ③	5 ②	6 ⑤

(가) 김종길, 〈문〉

해제 이 작품은 '흰 벽', '단청', '두리기둥', '기왓장', '문', '주춧돌', '처마' 등에 대한 묘사를 바탕으로 인간 역사의 쇠락과 생성을 형상화하고 있다. 그리고 이를 자연의 순환과 연결시킴으로써 암울한 시대가 끝나고 새로운 이상과 희망의 시대가 도래하는 순간의 감격을 노래하고 있다. 특히 오래 닫혀 있던 '문'이 산천을 울리며 열린다는 상황 설정은, 이 작품이 1947년 발표되었다는 것을 감안할 때 암담한 일제 강점의 시대가 끝나고 해방을 맞이하는 감격을 노래한 것으로 이해할 수도 있다.

주제 암울한 세월이 지나고 희망찬 시대를 맞는 감격

(나) 정끝별, 〈가지가 담을 넘을 때〉

해제 이 작품은 수양버들의 늘어진 가지가 담이라는 제약을 넘어서는 모습을 통해 자유를 얻기 위해서는 용기와 협력이 필요함을 드러내고 있다. 수양버들 가지가 담을 넘을 수 있게 도와주는 여러 존재가 등장하는데 '뿌리, 꽃, 잎' 등과 같은 신뢰와 협력의 존재들은 물론, 가지를 힘들게 하는 '비, 폭설, 담' 등도 도움이 되는 존재로 그리고 있는 점이 흥미롭다. 특히 '담'은 '도박'과 '도반'의 이중적 의미를 지니고 있어 그 의미 파악이 시를 이해하는 데 필수적이다.

주제 ① 가지가 담을 넘는 과정의 의미 ② 자유를 얻기 위한 용기와 협력

(다) 유한준, 〈잊음을 논함〉

해제 이 작품은 작가 유한준이 자신의 건망증을 걱정하는 조카 김이홍에게 들려주기 위해 쓴 한문 수필로, 원제는 '잊음에 대해 설명한다'는 의미의 「망해(忘解)」이다. 글쓴이는 잊어도 좋을 것과 잊어서는 안 될 것에 대한 사유와 역설적 발상을 바탕으로 인간이 지향해야 할 바에 대한 깨달음을 전하고 있다. 또한 자문자답의 형식과 이중 부정 및 가정을 통해 자신의 주장을 강화하며, 내적인 것을 잊고 외적인 것을 잊지 못하는 삶에 대한 경계를 드러내고 있다.

주제 잊어도 좋을 것과 잊어서는 안 될 것을 분별하는 삶의 중요성

1 작품 간의 공통점과 차이점 파악 답 ②

선지별 선택 비율	①	②	③	④	⑤
화작	3%	60%	5%	30%	2%
언매	2%	71%	2%	25%	1%

(가)~(다)에 대한 설명으로 가장 적절한 것은?

정답 풀이

② (가)는 동일한 색채어를, (나)는 유사한 문장 구조를 반복적으로 제시하며 시상을 전개한다.

··· (가)는 3~6연에서 '푸른'이라는 동일한 색채어를 반복적으로 제시하며 시상을 전개하고 있고, (나)는 '가지가 담을 넘을 때 ~을 것이다', '~이(가) 아니었으면'이라는 유사한 문장 구조를 반복적으로 제시하며 시상을 전개하고 있으므로 적절한 설명이다.

오답 풀이

① (가)는 명시적 청자에게 말을 건네는 방식으로 화자의 감정을 드러낸다.

··· (가)에는 '서럽지 않았다', '그립던'과 같은 화자의 감정을 드러내는 표현이 나타나 있지만, 청자가 명시적으로 드러나 있지 않으며 말을 건네는 방식도 사용되지 않았다.

③ (가)와 (나)는 모두, 사라져 가는 대상에 대한 화자의 안타까움을 드러낸다.

··· (가)는 '단청은 연년이 빛을 잃어'에서 사라져 가는 대상이 나타난다고 볼 여지가 있으나, 이에 대한 화자의 안타까움은 나타나지 않는다. (나)에는 사라져 가는 대상이나 이에 대한 화자의 안타까움 모두 나타나지 않는다.

④ (나)는 사물을 관조함으로써, (다)는 세태를 관망함으로써 주제 의식을 부각한다.

··· (나)는 수양의 가지가 담을 넘는 과정을 관조함으로써 주제 의식을 부각한다고 볼 수 있다. 그러나 (다)에서는 잊어서는 안 될 내적인 것을 잊고 외적인 것에만 몰두하는 삶을 경계하며 비판적 태도를 보이고 있으므로, 세태를 관망함으로써 주제 의식을 부각하고 있다고 볼 수 없다.

⑤ (가), (나), (다)는 모두, 대상과 소통하며 문제 해결 과정을 연쇄적으로 제시한다.

··· (가)와 (나)에는 대상과의 소통이나 문제 해결 과정을 연쇄적으로 제시하는 부분이 나타나지 않는다. (다)의 경우 글쓴이가 이홍에게 자신의 생각을 전달한다는 점에서 대상과의 소통을 시도하는 모습이 나타난다고 해석할 여지가 있지만, (다)에는 글쓴이의 주장만 제시되고 있으므로 서로 의사소통한다는 의미의 소통으로 보기는 어렵다. 또한 글쓴이가 제기한 문제, '잊는 것이 병이라고 할 수 있는가'에 대한 답을 제시하는 과정이 논리적 흐름에 따라 나타나므로 문제 해결 과정을 연쇄적으로 제시하고 있다고 볼 수 없다.

2 외적 준거에 따른 작품 감상 답 ①

선지별 선택 비율	①	②	③	④	⑤
화작	59%	11%	16%	8%	6%
언매	73%	7%	10%	5%	4%

〈보기〉를 참고하여 (가)를 감상한 내용으로 적절하지 않은 것은?

보기

(가)에서 순환하는 자연이 가진 변화의 힘은 인간 역사의 쇠락과 생성에 관여한다. 인간의 역사는 쇠락의 과정에서도 생성의 기반을 잃지 않고, 자연과 어우러지며 자연의 힘을 탐색하거나 수용한다. 이를 통해 '문'은 새로운 역사를 생성할 가능성을 실현하게 되고, 인간의 역사는 '깃발'로 상징되는 이상을 향해 다시 나아갈 수 있게 된다.

정답 풀이

① '흰 벽'에 나뭇가지가 그림자로 나타나는 것은, 천년을 쇠락해 온 인간의 역사가 자연의 힘을 탐색하는 과정에서 자연의 모습에 영향을 미친 결과를 보여 주는군.

지문 근거 흰 벽에는 ── / 어련히 해들 적마다 나뭇가지가 그림자 되어 떠오를 뿐이었다. / 그러한 정밀이 천년이나 머물렀다 한다.

··· '흰 벽'에 나뭇가지가 그림자로 나타나는 것은 '해들 적마다' 일어나는 자연 현상이며 천년을 이어 온 모습이다. 〈보기〉를 참고할 때, 이는 인간 역사의 쇠락과 생성이 오랜 시간 동안 자연과 관련되어 있음을 나타낸 것이라고 할 수 있다. 이를 '인간의 역사가 자연의 힘을 탐색하는 과정에서 자연의 모습에 영향을 미친 결과'를 보여 주는 것으로 해석하는 것은 적절하지 않다.

오답 풀이

② **'두리기둥'의 틈에 볕과 바람이 쓰라리게 스며드는 것을 서럽지 않다고 한 것은, 쇠락해 가는 인간의 역사가 자연이 가진 변화의 힘을 수용함을 드러내는군.**

지문 근거 단청은 연년(年年)이 빛을 잃어 두리기둥에는 틈이 생기고, 볕과 바람이 쓰라리게 스며들었다. 그러나 험상궂어 가는 것이 서럽지 않았다.

··· 단청이 '연년이 빛을 잃'는 것은 인간 역사의 쇠락을 나타낸 것으로 볼 수 있다. 화자는 이 단청의 두리기둥 틈에 볕과 바람이 쓰라리게 스며드는 것을 '서럽지 않았다'고 하였으므로, 〈보기〉에서 언급한 '인간 역사의 쇠락'에 관여하는 '자연이 가진 변화의 힘'을 수용하고 있는 것으로 볼 수 있다.

③ **'기왓장마다' 이끼와 세월이 덮여 감에도 멀리 있는 바람 소리에 귀를 기울이는 것은, 자연의 영향을 받으면서도 자연이 가진 변화의 힘에서 생성의 가능성을 찾는 모습이겠군.**

지문 근거 기왓장마다 푸른 이끼가 앉고 세월은 소리없이 쌓였으나 문은 상기 닫혀진 채 멀리 지나가는 바람 소리에 귀를 기울이는 밤이 있었다.

··· '기왓장마다' 푸른 이끼가 앉고 세월이 소리없이 쌓이는 것은 자연의 영향을 받는 모습을 나타낸 것으로 볼 수 있다. 그럼에도 멀리 지나가는 바람 소리에 귀를 기울이는 것은, 〈보기〉에서 언급한 '자연의 힘을 탐색'하는 것이면서 그로부터 생성의 가능성을 찾는 모습으로 볼 수 있다.

④ **'주춧돌 놓인 자리'에 봄이면 푸른 싹이 돋고 나무가 자라는 것은, 생성의 기반을 잃지 않은 인간의 역사가 자연과 어우러져 생성의 힘을 수용하는 모습이겠군.**

지문 근거 주춧돌 놓인 자리에 가을풀은 우거졌어도 봄이면 돋아나는 푸른 싹이 살고, 그리고 한 그루 진분홍 꽃이 피는 나무가 자랐다.

··· '주춧돌'은 인간의 역사를 의미한다고 볼 수 있다. 이 '주춧돌 놓인 자리'에 가을풀이 우거졌어도 다시 봄의 푸른 싹이 돋고 나무가 자라는 것은, 〈보기〉에서 언급한 '인간의 역사'가 '쇠락의 과정에서도 생성의 기반을 잃지 않'은 것이며, 자연과 어우러져 생성의 힘을 수용하는 모습으로 볼 수 있다.

⑤ **'닫혀진 문'이 별들이 돌아오고 낡은 처마 끝에 빛이 쏟아지는 새벽에 열리는 것은, 순환하는 자연 속에서 인간의 역사를 다시 생성할 가능성이 나타남을 보여 주는군.**

지문 근거 유달리도 푸른 높은 하늘을 눈물과 함께 아득히 흘러간 별들이 총총히 돌아오고 사납던 비바람이 걷힌 낡은 처마 끝에 찬란히 빛이 쏟아지는 새벽, 오래 닫혀진 문은 산천을 울리며 열리었다.

—— 그립던 깃발이 눈뿌리에 사무치는 푸른 하늘이었다.

··· '별들이 총총히 돌아오'는 것이나 '찬란히 빛이 쏟아지는 새벽'은 순환하는 자연의 모습으로 볼 수 있다. 이러한 시간에 '닫혀진 문'이 열리는 것은 순환하는 자연 속에서, 〈보기〉에 언급된 '새로운 역사를 생성할 가능성'이 나타남을 보여 준다고 볼 수 있다.

3 시어 및 시구의 의미와 기능 파악 답 ③

선지별 선택 비율	①	②	③	④	⑤
화작	5%	11%	52%	18%	14%
언매	2%	6%	68%	13%	11%

(나)에 대한 이해로 가장 적절한 것은?

정답 풀이

③ **[B]에서는 '가지의 마음을 머뭇 세우'는 대상을 '신명 나는 일'에 연결하여 '정수리를 타 넘'는 행위의 의미를 드러낸다.**

··· [B]에서 '가지의 마음을 머뭇 세우'는 대상은 '가지' 앞에 놓인 장애물이자 도전 의식을 갖게 만드는 '금단의 담'이다. 그런데 이 '금단의 담'을 '신명 나는 일'에 연결하고 있으므로 담의 '정수리를 타 넘'는 행위가 '가지'에게는 시련을 극복하는 과정에서 신명을 느낄 수 있는 행위가 됨을 드러낸 것으로 볼 수 있다.

오답 풀이

① **[A]에서는 '얼굴 한번 못 마주친' 상황과 '손을 터는' 행위가 '한없이' 떠는 가지의 마음으로 인한 것임을 드러낸다.**

··· '얼굴 한번 못 마주친'은 수양의 가지가 뿌리와 서로 떨어져 있기에, '손을 터는'은 꽃과 잎이 가지에 달렸다가 떨어지는 것이기에 사용된 표현이다. 이를 '한없이' 떠는 가지의 마음, 즉 가지가 담 넘을 용기를 내지 못하고 두려워하기 때문이라고 해석하는 것은 적절하지 않다.

② **[B]에서는 '고집 센'과 '도리 없는'을 통해 가지가 '꿈도 꾸지 못'하게 만든 두 대상의 성격을 부각한다.**

··· '고집 센'과 '도리 없는'은 각각 '비'와 '폭설'의 성격을 부각하는 표현이다. 그러나 이들은 가지에게 시련을 주는 존재이면서 가지가 담을 넘을 수 있도록 돕는 외적 요인에 해당한다. 따라서 이들을 가지가 '꿈도 꾸지 못'하게 만든 대상으로 보는 것은 적절하지 않다.

④ **[A]에서 '가지만의'와 '혼자서는'에 나타난 가지의 상황은, [B]에서 '담 밖'을 가두어 [C]에서 '획'을 긋는 가지의 모습으로 이어진다.**

··· [A]에서 '가지만의'와 '혼자서는'에 나타난 가지의 상황은 뿌리와 꽃, 잎 등 내적 요소의 도움이 없는 상태로 담을 넘지 못하는 상황을 의미한다. 이는 [B]에서 '금단의 담'이 '담 밖'을 가두어 둔 것과 통한다고 볼 수 있다. 그러나 [C]에서 '획을 긋는' 가지의 모습은 담을 넘음으로써 한계를 극복하고 자유를 얻은 가지의 행위를 뜻하는 것이므로, 이를 앞에서 설명한 상황과 이어지는 모습으로 판단하는 것은 적절하지 않다.

⑤ **[A]에서 '않았다면'과 [B]에서 '아니었으면'이 강조하는 대상들의 의미는, [C]에서 '목련'과 '감나무' 사이의 관계에서도 나타난다.**

··· [A]에서 '않았다면'이 강조하는 대상들의 의미는 '뿌리', '꽃', '잎' 등의 내적 도움이며, [B]에서 '아니었으면'이 강조하는 대상들의 의미는 '비'와 '폭설'의 외적 시련이다. 그러나 [C]에서 '목련'과 '감나무'는 수양 가지처럼 가지가 담을 넘는 식물들을 열거한 것일 뿐이므로, 이를 내적 도움이나 외적 시련으로 이해하는 것은 적절하지 않다.

4 구절의 의미와 기능 파악 답 ③

선지별 선택 비율	①	②	③	④	⑤
화작	3%	6%	65%	18%	9%
언매	1%	4%	72%	16%	6%

ⓐ~ⓔ에 대한 설명으로 적절하지 않은 것은?

정답 풀이

③ **ⓒ: 잊음에 대해 '나'가 제시한 가정의 상황이 틀리지 않았음을 강조하기 위한 물음이다.**

지문 근거 잊어도 좋을 것을 잊지 못하는 사람에게는 잊는 것이 병이라고 치자. 그렇다면 잊어서는 안 되는 것을 잊는 사람에게는 잊는 것이 병이 아니라고 말할 수 있다. ⓒ그 말이 옳을까?
천하의 걱정거리는 어디에서 나오겠는냐? 잊어도 좋을 것은 잊지 못하고 잊어서는 안 될 것은 잊는 데서 나온다.

··· ⓒ의 '그 말'은 '나'가 제시한 가정의 상황 '잊어도 좋을 것을 잊지 못하는 사람에게는 잊는 것이 병이라고 치자.'에 근거한 말인 '그렇다면 잊어서는 안 되는 것을 잊는 사람에게는 잊는 것이 병이 아니라고 말할 수 있다.'이다. 그러나 이어지는 '천하의 걱정거리'가 '잊어도 좋을 것은 잊지 못하고 잊어서는 안 될 것은 잊는 데서 나온다.'로 보아, 글쓴이는 ⓒ의 '그 말'은 옳지 못한 것이라 여기고 있음을 알 수 있다. 따라서 ⓒ는 '나'가 제시한 가정적 상황과 그것에 근거한 말이 모두 틀렸음을 강조하기 위한 물음으로 볼 수 있다.

오답 풀이

① ⓐ: 잊는 것에 대한 '나'의 생각을 전개하기 위한 물음이다.

…› '나'는 이홍에게 ⓐ '너는 잊는 것이 병이라고 생각하느냐?'와 같이 물은 후 '잊는 것'에 대한 자신의 생각을 전개하고 있으므로 ⓐ는 잊는 것에 대한 '나'의 생각을 전개하기 위한 물음으로 볼 수 있다.

② ⓑ: 잊음에 대한 '나'의 생각이 어디에서 비롯된 것인지에 대한 답을 제시하기 위해 던지는 물음이다.

지문 근거 ⓑ그렇다면 잊지 않는 것이 병이 되고, 잊는 것이 도리어 병이 아니라는 말은 무슨 근거로 할까? 잊어도 좋을 것을 잊지 못하는 데서 연유한다.

…› ⓑ는 이어지는 대답 '잊어도 좋을 것을 잊지 못하는 데서 연유한다.'를 참고할 때, 잊음에 대한 '나'의 생각이 어디에서 비롯된 것인지를 제시하기 위해 던지는 물음으로 볼 수 있다.

④ ⓓ: 잊지 못하는 것과 잊어버리는 것의 관계를 대비적 표현을 통해 제시하며 잊음에 대한 '나'의 생각을 드러내는 진술이다.

지문 근거 ⓓ먼 것을 보고 나면 가까운 것을 잊고, 새것을 보고 나면 옛것을 잊는다.

…› ⓓ는 잊지 못하는 것과 잊어버리는 것의 관계를 '먼 것 ↔ 가까운 것', '새것 ↔ 옛것'의 대비적 표현을 통해 제시하며 잊음에 대한 '나'의 생각을 드러낸 진술로 볼 수 있다.

⑤ ⓔ: 잊음의 대상을 제대로 구분하지 못할 때 일어날 수 있는 일을 열거하여 잊음에 대한 '나'의 생각이 옳음을 강조하는 진술이다.

지문 근거 ⓔ그렇기 때문에 하늘이 잊지 못해 벌을 내리기도 하고, 남들이 잊지 못해 질시의 눈을 보내며, 귀신이 잊지 못해 재앙을 내린다.

…› ⓔ는 잊어서는 안 되는 것과 잊어도 좋을 것을 구분하지 못하면 벌어질 수 있는 불행한 일을 열거한 것이므로, 잊음에 대한 '나'의 생각이 옳음을 강조하기 위한 진술로 볼 수 있다.

5 소재의 의미와 기능 파악 답 ②

선지별 선택 비율	①	②	③	④	⑤
화작	7%	79%	7%	4%	3%
언매	4%	89%	3%	2%	1%

㉠과 ㉡에 대한 이해로 가장 적절한 것은?

정답 풀이

② ㉠은 자신의 자리를 지켜 내는, ㉡은 자신의 영역을 확장하는 모습을 보인다.

지문 근거 (가) 기왓장마다 푸른 이끼가 앉고 세월은 소리없이 쌓였으나 ㉠문은 상기 닫혀진 채 멀리 지나가는 바람 소리에 귀를 기울이는 밤이 있었다.
(나) 이를테면 수양의 늘어진 ㉡가지가 담을 넘을 때 / 그건 수양 가지만의 일은 아니었을 것이다

…› ㉠ '문'은 '기왓장마다 푸른 이끼가 앉고 세월은 소리없이 쌓'이는 동안 닫혀진 채 오랜 시간 자신의 자리를 지켜 내는 모습을 보인다. ㉡의 '가지'는 담을 넘은 존재이므로 '담 밖'으로 자신의 영역을 확장하는 모습을 보인다.

오답 풀이

① ㉠은 주변 대상의 도움을 받으며 미래로 나아가고, ㉡은 주변 대상에게 도움을 주며 미래를 대비한다.

…› ㉠ '문'은 오랜 시간 닫혔다가 새벽이 오는 순간 열리는 존재일 뿐, 주변 대상의 도움을 받으며 미래로 나아간다고 볼 수는 없다. ㉡ '가지'는 '비', '폭설', '금단의 담' 같은 주변 대상에게 도움을 받아 미지의 영역에 도달하는 존재일 뿐, 주변 대상에게 도움을 주며 미래를 대비하지 않는다.

③ ㉠은 주변과 단절된 상황을 극복하려 하고, ㉡은 외부의 간섭을 최소화하려 한다.

…› ㉠ '문'은 '새벽'의 때를 기다리며 오랜 시간 자신의 자리를 지켜 내고 있을 뿐, 주변과 단절된 상황에 놓인 것은 아니다. ㉡ '가지'는 외부 존재의 도움을 통해 미지의 영역에 도달하는 존재이므로 외부의 간섭을 최소화하려 한다고 볼 수 없다.

④ ㉠과 ㉡은 외면의 변화를 통해 내면의 불안을 감추려 한다.

…› ㉠ '문'과 ㉡ '가지' 모두 내면의 불안을 지닌 존재가 아니므로 외면의 변화를 통해 내면의 불안을 감추고 있다고 볼 수 없다.

⑤ ㉠과 ㉡은 과거의 행위에 대해 반성하는 모습을 보인다.

…› ㉠ '문'과 ㉡ '가지' 모두 과거의 행위에 대해 반성하는 모습을 찾아볼 수 없으므로 적절하지 않다.

6 외적 준거에 따른 작품 감상 답 ⑤

선지별 선택 비율	①	②	③	④	⑤
화작	12%	9%	11%	30%	38%
언매	9%	9%	7%	26%	49%

〈보기〉를 참고하여 (나), (다)를 감상한 내용으로 적절하지 않은 것은? [3점]

보기

(나)와 (다)에는 주체가 대상을 바라보고 사유하여 얻은 인식이 드러난다. 이는 대상에서 발견한 새로운 의미를 보여 주는 방식이나, 대상의 속성에 주목하여 얻은 깨달음을 제시하는 방식으로 나타난다.

정답 풀이

⑤ (나)는 담의 의미를 사유하여 담이 '도박이자 도반'이라는, (다)는 '예의'나 '분수'를 잊지 않아야 함에 주목해 '잊지 않는 것이 병이 아닌 것은 아니'라는 깨달음을 드러내는군.

지문 근거 (나) 가지가 담을 넘을 때 가지에게 담은 / 무명에 획을 긋는 / 도박이자 도반이었을 것이다.
(다) 천하의 걱정거리는 어디에서 나오겠느냐? 잊어도 좋을 것은 잊지 못하고 잊어서는 안 될 것은 잊는 데서 나온다. ~ 나아가고 물러날 때 예의를 잊으며, 낮은 지위에 있으면서 제 분수를 잊고, 이해의 갈림길에서 지켜야 할 도리를 잊는다.

…› (나)의 '가지'에게 '담'은 모험의 대상이라는 점에서 '도박'이며, 담이 존재하기에 담을 넘을 수 있다는 점에서 '도반'일 수 있다는 깨달음을 드러내고 있다. 그러나 (다)의 '예의'나 '분수'를 잊지 않아야 함에 주목한 것은 '잊지 않는 것이 병이 아닌 것은 아니'라는 깨달음을 드러낸 것이 아니라, 오히려 '잊지 않는 것이 병이 아니'라는 인식을 드러낸 것으로 볼 수 있다. 즉, '예의'나 '분수'와 같이 잊어서는 안 될 것을 잊는 자가 되어서는 안 된다는 깨달음을 전하고 있는 것이다. '잊지 않는 것이 병이 아닌 것은 아니'라는 깨달음은 곧 잊지 않는 것이 병이 될 수 있다는 의미로, 비본질적인 외적 가치에 집착하는 사람들의 잘못된 태도를 경계하기 위한 말이다.

오답 풀이

① (나)는 '수양'을 부분으로 나눠 살피고 부분들의 관계가 '혼연일체'라는 것을 발견해 수양이 하나의 통합된 대상이라는 인식을 드러내는군.

지문 근거 이를테면 수양의 늘어진 가지가 담을 넘을 때 / 그건 수양 가지만의 일은 아니었을 것이다 / 얼굴 한번 못 마주친 애먼 뿌리와 / 잠시 살 붙였다 적막히 손을 터는 꽃과 잎이 / 혼연일체 믿어주지 않았다면 / 가지 혼자서는 한없이 떨기만 했을 것이다

…› (나)는 '수양'을 '가지', '뿌리', '꽃', '잎' 등 부분으로 나눠 살피고 이 부분들이 '혼연일체'가 됨으로써 비로소 가지가 담을 넘을 수 있었을 것이라고 이야기하고 있으므로 수양이 하나의 통합된 대상이라는 인식을 드러내고 있다고 할 수 있다.

갈래 복합

② (다)는 '잊어도 좋을 것'과 '잊어서는 안 될 것'에 대해 사유하여 타인과 자신의 관계 속에서 지켜야 할 자세에 대한 깨달음을 드러내는군.

⋯→ (다)는 우리를 현혹시키는 외적 가치인 '잊어도 좋을 것'과 우리가 지켜야 할 내적 가치인 '잊어서는 안 될 것'에 대해 사유하여, 효심, 충성심, 의로움, 예의, 분수, 도리 등 타인과 자신의 관계 속에서 지켜야 할 자세에 대한 깨달음을 드러내고 있다.

③ (다)는 '내적인 것과 외적인 것을 서로 바꾸는 사람'의 특성에 주목해 잊음의 본질에 대한 깨달음이 바람직한 삶의 태도를 이끈다는 인식을 드러내는군.

지문 근거 그러므로 잊어도 좋을 것이 무엇인지를 알고 잊어서는 안 되는 것이 무엇인지를 아는 사람은 내적인 것과 외적인 것을 서로 바꿀 능력이 있다. 내적인 것과 외적인 것을 서로 바꾸는 사람은, 다른 사람의 잊어도 좋을 것은 잊고 자신의 잊어서는 안 될 것은 잊지 않는다.

⋯→ (다)의 '내적인 것과 외적인 것을 서로 바꾸는 사람'의 특성은 '잊어도 좋을 것이 무엇인지를 알고 잊어서는 안 되는 것이 무엇인지를 아는' 것이라고 할 수 있다. 이는 잊음의 본질로서, 이를 깨달은 사람만이 바람직한 삶의 태도를 이끌 수 있다는 인식을 드러낸 것으로 볼 수 있다.

④ (나)는 '담쟁이 줄기'의 속성에 주목해 담쟁이 줄기가 담을 넘을 수 있다는, (다)는 잊어서는 안 될 것을 잊는 데 주목해 '내적인 것'을 잊으면 '외적인 것'에 매몰된다는 인식을 드러내는군.

지문 근거 (나) 그러니까 목련 가지라든가 감나무 가지라든가 / 줄장미 줄기라든가 담쟁이 줄기라든가 / 가지가 담을 넘을 때 가지에게 담은 / 무명에 획을 긋는 / 도박이자 도반이었을 것이다.

(다) 내적인 것을 잊기 때문에 외적인 것을 잊을 수 없게 되고, 외적인 것을 잊을 수 없기 때문에 내적인 것을 더더욱 잊는다.

⋯→ (나)는 담장이나 벽을 타고 올라가는 수양 가지의 특성을 '담쟁이 줄기'에도 적용하여 모든 '담쟁이 줄기'가 담을 넘을 수 있다는 인식을 드러내고 있다. (다)는 잊어서는 안 되는 '내적인 것'을 잊으면 잊어도 좋을 '외적인 것'을 잊을 수 없게 되어 '외적인 것'에 매몰된다는 인식을 드러내고 있다.

N 대표기출 | 갈래 복합 ❷

본문 136쪽

[7~12] (가) 오영수, 〈갯마을〉 (나) 오영수 원작, 신봉승 각색, 〈갯마을〉

7 ①	8 ②	9 ⑤	10 ①	11 ②	12 ④

(가) 오영수, 〈갯마을〉

해제 이 작품은 '갯마을'을 배경으로 하여 갯마을에 애정을 지닌 여인 '해순'을 통해 인간 본연의 모습과 삶의 애환을 다루고 있는 소설이다. 해순은 풍랑으로 남편 성구를 잃지만 식구들을 부양하기 위해 바다로 나가 물일을 하며, 상수와 재혼해 산골로 떠나가지만 갯마을로 다시 돌아온다. 갯마을은 인간의 본능적 욕망이 그대로 드러나는 원초적 공간이자 자연에 순응하며 살아가는 원형적 공간이다. 또한 바다는 마을 사람들에게 시련을 주기도 하지만, 삶을 지탱해 주는 방편으로서 삶의 근거와 의미를 마련해 주는 자연 공간으로 형상화되어 있다.

주제 바다에 대한 애착과 원시적 순수성의 회복 추구

전체 줄거리

동해의 한 갯마을에 사는 해순은 나이 스물셋의 과부이다. 해녀의 딸로 자란 해순은 그곳에서 성구를 만나 결혼을 하는데, 성구는 배를 타고 먼바다로 고기를 잡으러 갔다가 영영 돌아오지 않는다. 시어머니와 시동생을 부양하며 살던 해순은 외지인인 상수의 구애를 받게 되고, 시어머니는 성구의 제사를 지낸 후 해순을 상수에게 개가시킨다. 해순이 떠난 쓸쓸한 갯마을에 고등어 철이 되고 성구의 두 번째 제사를 앞두고 떠났던 해순이 갯마을에 돌아온다. 상수가 징용으로 끌려간 뒤 산골 생활을 견디지 못한 해순은 바다를 그리워하다가 갯마을로 돌아온 것이다. 해순은 다시는 갯마을을 떠나지 않겠다고 다짐하는데, 때마침 달음산 마루에 달이 걸리고 달 그림자를 따라 멸치 떼가 든다. 드물게 보는 멸치 떼다.

(나) 오영수 원작, 신봉승 각색, 〈갯마을〉

해제 이 작품은 오영수의 〈갯마을〉을 각색한 시나리오로, 다양한 시나리오 기법을 통해 바다를 지키고 살아가는 해순과 갯마을 사람들의 삶을 효과적으로 형상화하고 있다. 기본 줄거리는 원작을 따르고 있지만, 원작에서 주인공 해순의 새 남편인 '상수'가 징용으로 끌려가는 설정을 이 작품에서는 상수가 해순이를 괴롭히던 채석장 관리인을 쫓아가다가 낭떠러지에서 떨어져 죽는 설정으로 바꾸어 해순의 비극적 삶을 부각하고 있다.

주제 바다와 함께 살아가는 한 여인의 원초적 생명력

7 서술상 특징 파악 답 ①

선지별 선택 비율	①	②	③	④	⑤
화작	92%	2%	1%	1%	1%
언매	95%	1%	0%	0%	0%

[A]의 서술 방식에 대한 설명으로 가장 적절한 것은?

정답 풀이

① 간접 인용을 통해 인물의 행적을 서술하고 있다.

⋯→ [A]는 폭풍우가 몰아치던 날에 사라진 윤 노인에 대해 서술한 부분으로, '그의 며느리 말에 의하면', '윤 노인은 다시 들어갔다고 한다', '그러고는 아무것도 모른다는 것이다' 등으로 보아, 서술자가 윤 노인 며느리의 말을 간접 인용하여 윤 노인의 행적을 서술하고 있음을 알 수 있다.

오답 풀이

② 이야기 내부 인물이 자신의 내면을 진술하고 있다.

⋯ 이 글은 3인칭 전지적 시점을 취하고 있으므로, 서술자가 이야기 외부에서 사건을 서술하고 있다. 이야기 내부 인물이 자신의 내면을 진술하는 것은 1인칭 주인공 시점에 관한 설명이다.

③ 과거 회상을 통해 인물 간의 갈등을 심화하고 있다.

⋯ [A]에 윤 노인의 행적에 대한 윤 노인 며느리의 과거 회상이 드러나기는 하지만, [A]에 인물 간의 갈등은 나타나지 않는다.

④ 인물의 외양 묘사를 통해 개성적 면모를 부각하고 있다.

⋯ [A]에는 윤 노인 며느리가 본 윤 노인의 행동이 서술되어 있을 뿐, 서술자가 윤 노인이나 그의 며느리의 외양을 묘사하고 있는 부분은 찾아볼 수 없다.

⑤ 공간 변화에 따라 서술자를 달리하여 사건에 대한 다양한 관점을 제시하고 있다.

⋯ [A]에 공간 변화에 따라 서술자가 달라지거나 서술자에 따라 사건에 대한 관점이 변화하는 부분은 찾아볼 수 없다.

8 사건 및 갈등 관계 파악 답 ②

선지별 선택 비율	①	②	③	④	⑤
화작	3%	91%	2%	1%	1%
언매	2%	94%	1%	0%	0%

㉠에 대한 이해로 가장 적절한 것은?

정답 풀이

② '두 노인'은 자연 현상을 지각함으로써 ㉠을 환기한다.

지문 근거 윤 노인이 먼저 입을 뗐다. / "저 구름발 좀 보라니?" / "음!"
구름발은 동남간으로 해서 검은 불꽃처럼 서북을 향해 뻗어 오르고 있었다.
윤 노인이 또, / "하하아 저 물빛 봐!"
박 노인은 보라기 전에 벌써 짐작이 갔다. 아무래도 변의 징조였다. / 파도 아닌 크고 느린 너울이 왔다. 그럴 때마다 매운 갯냄새가 풍겼다. 틀림없었다.

⋯ 마을의 사내 대부분이 고깃배를 타고 바다로 나간 상황에서, 윤 노인과 박 노인은 '구름발', '물빛', '너울', '매운 갯냄새'와 같은 자연 현상을 지각하면서 과거에 변이 일어났던 경험(㉠)을 떠올렸다. 그리고 이러한 자연 현상들이 폭풍우가 몰려올 징조임을 직감하였다.

오답 풀이

① '두 노인'은 우연히 만나 ㉠에 대해 대화를 나눈다.

지문 근거 사흘 째 되던 날, 윤 노인은 아무래도 수상해서 박 노인을 찾아갔다. 박 노인도 막 물가로 나오는 참이었다. 두 노인은 바위 옆 모래톱에 도사리고 앉았다.

⋯ 윤 노인은 심상치 않은 기상 상태를 보고 수상하여 박 노인을 찾아갔고, 박 노인도 막 물가로 나오는 참에 윤 노인을 만났으므로 윤 노인과 박 노인이 우연히 만났다는 진술은 적절하지 않다. 또한 '두 노인'은 ㉠에 대한 직접적인 언급 없이 폭풍우가 몰려올 징조와 고기잡이를 나간 어선들의 행선지에 대한 대화를 나누었으므로 '두 노인'이 ㉠에 대해 대화를 나누었다는 진술 역시 적절하지 않다.

③ '두 노인'은 ㉠으로 인해 서로 다른 대처 방안을 제시한다.

⋯ 윤 노인과 박 노인은 폭풍우가 몰려올 징조를 느끼고 고기잡이를 나간 배들의 행선지에 대한 대화를 나누었으나, 말없이 일어나 헤어졌을 뿐 폭풍우가 몰려오는 상황에 대한 대처 방안은 제시하지 않았다.

④ '두 노인'은 예측이 빗나감에 따라 ㉠에 대해 회의감을 갖는다.

지문 근거 그들의 경험에는 틀림이 없었다. 올 것은 기어코 오고야 말았다. 무서운 밤이었다. 깜깜한 칠야, 비를 몰아치는 바람과 바다의 아우성, 보이는 것은 하늘로 부풀어 오른 파도뿐이었다. 그것은 마치 바다의 참고 참았던 분노가 한꺼번에 터져 흰 이빨로 뭍을 마구 물어뜯는 것과도 같았다. 파도는 이미 모래톱을 넘어 돌각 담을 삼키고 몇몇 집을 휩쓸었다.

⋯ '그들의 경험에는 틀림이 없었다. 올 것은 기어코 오고야 말았다.'와 이후에 제시된 폭풍우가 불어온 바다의 모습으로 보아, ㉠을 바탕으로 한 윤 노인과 박 노인의 예측은 적중하였다.

⑤ '두 노인'은 ㉠으로 인해 고깃배의 행선지에 대하여 무관심한 태도를 보인다.

⋯ 윤 노인과 박 노인은 평소와 다른 기상 상태를 보고 폭풍우가 몰려올 징조를 느꼈고, 먼바다로 고기잡이를 나간 배들의 행선지에 대해 궁금해하며 이야기를 나누었다. 이는 먼바다로 나간 고깃배들의 안녕을 걱정하는 마음에서 비롯된 것이다.

9 외적 준거에 따른 작품 감상 답 ⑤

선지별 선택 비율	①	②	③	④	⑤
화작	1%	2%	2%	2%	91%
언매	0%	1%	1%	1%	94%

〈보기〉를 참고하여 [B]를 감상한 내용으로 적절하지 않은 것은?

보기

〈갯마을〉은 시련이 연속되는 삶의 터전에서 그에 맞서는 인물들의 삶을 다룬다. 갯마을 사람들의 일상을 구성하는 사물, 장소, 일 등은 인물들의 시련과 이를 극복하려는 노력을 나타내는 서사적 장치로 활용된다. 이를 통해 〈갯마을〉은 삶을 지켜 나가려는 의지와 희망을 형상화하고 있다.

정답 풀이

⑤ '돛배'는 아낙네들에게 자신들의 희망이 실현될 것이라는 확신을 제공하는 대상이군.

지문 근거 해조를 따고, 조개를 캐다가도 문득 이마에 손을 하고 수평선을 바라보곤 아련한 돛배만 지나가도 괜히 가슴을 두근거리는 아낙네들이었다.

⋯ 갯마을 아낙네들은 바다로 인해 갯마을 사내들이 희생되었을지도 모르는 상황에서 '한 가닥 희망을 가지고' 다시 생계를 위해 바다로 나간다. 그들은 해조를 따고 조개를 캐다가도 아련한 '돛배'만 지나가면 가슴을 두근거리는데, 이는 혹시라도 '고등어 배'가 무사히 돌아올지도 모른다는 '한 가닥 희망'을 지니고 있기 때문이다. 따라서 '돛배'는 아낙네들이 자신들의 희망이 실현되었으면 하는 바람을 담고 있을 뿐이지, 아낙네들에게 자신들의 희망이 실현될 것이라는 확신을 제공하는 것이라고 볼 수 없다.

오답 풀이

① '고등어 배'가 돌아오지 않은 일은 마을 사람들이 겪게 되는 시련에 해당하는군.

지문 근거 그러나 고등어 배는 돌아오지 않았다. 마을은 더 큰 어두운 수심에 잠겼다.

⋯ [B] 이전의 내용을 통해 폭풍우가 몰려왔음을 알 수 있으므로 폭풍우가 지나간 후 '고등어 배'가 돌아오지 않은 일은 고기잡이를 나갔던 갯마을 사람들이 폭풍우로 인해 죽음을 맞이했다는 것을 암시한다. 〈보기〉에서 〈갯마을〉은 시련이 연속되는 삶의 터전에서 그에 맞서는 인물들의 삶을 다룬다고 하였으므로 '고등어 배'가 돌아오지 않은 일은 마을 사람들이 겪게 되는 시련에 해당한다.

② '신문'은 마을 사람들이 상황을 더욱 심각하게 여기게 하는 매개물이군.

지문 근거 이틀 뒤에 후리막 주인이 신문을 한 장 가지고 와서, 출어한 많은 어선들이 행방불명이 됐다는 기사를 읽어 주었다. 마을은 다시 수라장이 됐다. 집집마다 울음소리가 그치지 않았다.

⋯ '후리막 주인'이 출어한 많은 어선들이 행방불명이 됐다는 신문 기사를 읽어 주자 집집마다 울음소리가 그치지 않았다. 이는 마을 사람들이 고등어 배가

갈래 복합

돌아오지 않아 수심에 잠겨 있는 상황에서 어선들이 행방불명됐다는 신문 기사를 접하고는 고기잡이를 나간 가족들이 목숨을 잃었을지도 모른다고 생각했기 때문이다. 따라서 '신문'은 마을 사람들이 상황을 더욱 심각하게 여기게 하는 매개물로 작용한다고 할 수 있다.

③ '바다'는 아낙네들에게 시련을 주지만 생활의 방편도 제공한다는 점에서 이중적인 의미를 지니는군.

> 지문 근거 ─ 설마 죽었을라고. ─
> 이런 한 가닥 희망을 가지고 아낙네들은 다시 바다로 나갔다. 살아야 했다. 바다에서 죽고 바다로 해서 산다.

…› 고기잡이를 나갔던 갯마을 사내들이 폭풍우에 희생되었을지도 모르는 상황에서 갯마을 아낙네들은 생계를 이어 나가기 위해 다시 몸과 마음을 추스르고 바다로 일을 나간다. '바다에서 죽고 바다로 해서 산다.'는 고기잡이를 나간 사람들이 모두 죽었다 해도 갯마을에 남은 사람들은 어쩔 수 없이 바다에 의존해 살 수밖에 없다는 것을 의미하는 말로, 이를 바탕으로 할 때 '바다'는 사람들의 목숨을 빼앗아 가는 시련을 주기도 하지만, 생활의 방편 역시 제공한다는 점에서 이중적인 의미를 지닌다.

④ '물옷'을 입고 바다로 나가는 것은 삶을 지켜 나가려는 해순의 의지를 보여 주는 행동이군.

> 지문 근거 해순이는 성구가 돌아올 것을 누구보다도 믿었다. 그동안 세 식구가 먹고살아야 했다. 해순이도 물옷을 입고 바다로 나갔다.

…› 해순은 먼바다로 고기잡이를 나간 뒤 행방불명된 성구가 돌아올 것이라는 희망을 가지고 먹고살기 위해 물옷을 입고 바다로 나간다. 바다로 인해 많은 사람들이 희생되었다고 해도 희망을 잃지 않고 바다에 삶을 내맡기는 것이다. 따라서 해순이 '물옷'을 입고 바다로 나가는 것은 삶을 지켜 나가려는 해순의 의지, 강인한 생명력을 보여 주는 행동이다.

10 인물의 심리와 태도 파악 답 ①

선지별 선택 비율	①	②	③	④	⑤
화작	90%	4%	2%	1%	1%
언매	93%	2%	1%	0%	1%

(나)의 인물에 대한 설명으로 가장 적절한 것은?

정답 풀이

① S#21에서 '해순'이 달려가는 행위는 기상 악화로 인해 다급해진 속내를 보여 준다.

…› S#19, 20에서 폭풍우가 몰려왔고, S#22에서 '해순'이 성황당 당목 앞에 꿇어앉으며 기도를 올리는 것으로 볼 때, S#21에서 '해순'이 천둥, 번개가 치는 상황에서 비를 맞으며 숨이 차도록 성황당으로 달려간 것은 폭풍우가 몰아치자 다급해진 마음에 바다에 나간 남편의 안전을 위해 성황당에 가서 기도를 올리기 위함임을 알 수 있다. 따라서 S#21에서 '해순'이 달려가는 행위는 기상 악화로 인해 다급해진 속내를 보여 준다고 할 수 있다.

오답 풀이

② S#22에서 '해순'이 비틀거리면서도 성황당에 오르는 것은 당목을 지키려는 의무감을 나타낸다.

> 지문 근거 S#22. 성황당(밤-비)
> 비틀거리는 해순이가 올라와서 / 당목 앞에 꿇어앉으며 원망스러운 눈초리로
> 해순: 서낭님예··· 서낭님예···.
> 몇 번 부르더니 쏟아지는 빗속에서 몇 번이고 절을 한다.

…› S#22에서 '해순'은 비틀거리면서 성황당에 올라 당목 앞에 꿇어앉으며 절을 한다. '해순'이 비틀거리면서도 성황당에 오르는 것은 당목을 지키려는 의무감 때문이 아니라 바다에 나간 남편의 무사 귀환을 기원하기 위해서이다.

③ S#22에서 '순임'의 등장은 '해순'이 서낭님에게 기원하던 것을 멈추는 계기가 된다.

…› S#22에서 '순임'은 성황당에 올라와 먼저 와 있던 '해순'과 같이 당목 앞에서 절을 하고 있으므로 '순임'의 등장은 '해순'이 서낭님에게 기원하던 것을 멈추는 계기가 된다는 진술은 적절하지 않다.

④ S#25에서 '해순'과 '순임'은 성황당에 모인 다른 아낙들과 갈등 관계를 형성한다.

> 지문 근거 S#25. 성황당(밤-비)
> 해순이와 순임이 외에도 몇몇 아낙이 모였다.
> 제정신이 아닌 모습으로 절을 하는 아낙들

…› S#25에는 '해순'과 '순임' 외의 몇몇 아낙들이 모여 절을 하고 있는 모습이 제시되어 있을 뿐, '해순'과 '순임'이 성황당에 모인 다른 아낙들과 갈등을 겪는 모습은 나타나 있지 않다.

⑤ S#26에서 '순임'은 '윤 노인'이 집을 나가는 이유를 제공한다.

> 지문 근거 S#26. 윤 노인의 집 앞(밤-비)
> 윤 노인이 나온다. / 순임이 따라 나오며
> 순임: 아버지예. 이 빗속에 어디로 나가신다는 깁니꺼···.
> 윤 노인: 마 퍼뜩 다녀올 끼다···.
> 순임: 내일 아침에 가시면 안 될끼요···.

…› S#26에는 '순임'이 빗속에 집을 나서려는 '윤 노인'을 만류하는 모습만이 제시되어 있을 뿐, '윤 노인'이 집을 나가는 이유는 나타나 있지 않다.

11 극적 형상화 방식 이해 답 ②

선지별 선택 비율	①	②	③	④	⑤
화작	2%	91%	2%	3%	1%
언매	%	95%	1%	1%	0%

(나)의 S#18과 S#24에 대한 이해로 적절하지 않은 것은?

정답 풀이

② S#18은 여러 장소에서 벌어지는 사건들을 각각 보여 주어, 제시된 사건들이 갖는 상반된 의미를 나타내고 있다.

…› S#18에서는 몽타주 기법을 활용하여 폭풍우가 몰려오는 상황에서 갯마을의 여러 장소에서 벌어지는 마을 사람들의 모습을 연결하여 보여 주고 있다. 각 장면은 모두 폭풍우가 몰려오는 와중에 마을 사람들이 취하는 행동을 보여 주고 있으므로 장면에 제시된 사건들이 상반된 의미를 나타내고 있다는 진술은 적절하지 않다.

오답 풀이

① S#18은 인물들의 행동을 보여 주는 장면들을 연결하여, 마을의 어수선한 분위기를 보여 주고 있다.

…› S#18에서는 몽타주 기법을 통해 '문을 열고, 하늘을 보'고, '뛰어나와 바다를 보'고, '분주하게 움직이는' 등 인물들의 행동을 보여 주는 각 장면을 결합함으로써 폭풍우가 몰려오는 상황으로 인해 어수선해진 마을의 분위기를 보여 주고 있다.

③ S#24는 말소리가 들리지 않는 장면을 제시하여, 성구의 절박한 상황을 부각하고 있다.

…› S#24에서는 '처절한 성구의 얼굴. / 무엇인가 소리치지만 들리지 않는다.'를 통해 성구의 처절한 얼굴과 비바람으로 인해 말소리가 들리지 않는 상황을 장면으로 제시하여 성구의 배가 넘어가는 절박한 상황에 처해 있음을 부각하고 있다.

④ S#24는 행위와 표정을 하나의 장면으로 제시하여, 비바람에 맞서는 성칠의 모습을 보여 주고 있다.

…› S#24에서는 '선미의 키를 잡으며 이를 악무는 성칠.'을 통해 선미의 키를 잡는

성칠의 행위와 이를 악무는 성칠의 표정을 하나의 장면으로 제시하여 비바람에 맞서는 성칠의 모습을 보여 주고 있다.

⑤ **S#24는 선원들의 위태로운 모습을 반복적으로 제시하여, 배 안의 급박한 상황을 드러내고 있다.**

⋯› S#24에서는 '더욱더 거센 파도. / 흔들리는 뱃사람들⋯. / 파도에 쓰러지고 / 흔들림에 넘어지고⋯.'를 통해 비바람에 배가 넘어갈 위기에 처한 선원들의 위태로운 모습을 반복적으로 제시하여 배 안의 급박한 상황을 드러내고 있다.

12 외적 준거에 따른 작품 감상 답 ④

선지별 선택 비율	①	②	③	④	⑤
화작	1%	3%	6%	86%	1%
언매	1%	1%	3%	92%	1%

다음은 (가)와 (나)에 대한 〈학습 활동〉이다. 과제를 수행한 결과로 적절하지 않은 것은? [3점]

학습 활동

• **과제:** (나)는 (가)를 영상화하기 위해 변형한 시나리오이다. (가)의 ⓐ~ⓔ를 다음과 같이 변형하여 각색했다고 할 때, 그 결과를 탐구해 보자.

(가)		(나)	(가)에서 (나)로의 각색 방향
ⓐ	⇒	S#14	인물의 심리를 구체적으로 제시하기
ⓑ	⇒	S#15~S#17	비유적 표현을 시각적으로 나타내기
ⓒ	⇒	S#22, S#25	하나의 사건을 여러 장면으로 제시하기
ⓓ	⇒	S#28	사건의 결과를 상징적으로 보여 주기
ⓔ	⇒	S#28, S#29	하나의 상황을 O.L.(오버랩)을 활용하여 제시하기

정답 풀이

④ **ⓓ를 당목이 꺾이는 장면으로 변형하여 인물들 간의 믿음이 무너진 마을을 상징적으로 보여 주고 있다.**

⋯› 〈보기〉에 따르면, (나)의 S#28은 ⓓ('마을은 그야말로 난장판이었다.')에 나타나는 사건의 결과를 상징적으로 보여 주어야 한다. (나)의 S#28에서는 거센 비바람이 몰아치고 이에 의해 마을을 지켜 주는 당목의 가지가 꺾어지는 장면을 제시하고 있으므로 난장판이 된 마을의 모습을 상징적으로 보여 주고 있다고 볼 수 있다. 하지만 (가), (나)에서 모두 마을 사람들 간의 믿음이 무너진 모습은 나타나지 않으므로 이 장면을 통해 인물들 간의 믿음이 무너진 마을을 상징적으로 보여 주고 있다는 진술은 적절하지 않다.

오답 풀이

① **ⓐ를 대화 상황에서의 "아무래도 심상치 않아⋯"라는 대사로 바꾸어 인물이 느끼는 위기감을 드러내고 있다.**

⋯› 〈보기〉에 따르면, (나)의 S#14에서는 (가)의 ⓐ('아무래도 변의 징조였다.')에 나타나는 박 노인의 불안한 심리를 구체적으로 제시해야 한다. 시나리오에서는 인물의 심리를 대사나 행동으로 나타낼 수 있다. (나)의 S#14에서는 박 노인의 내면 심리를 "아무래도 심상치 않아⋯"와 같은 박 노인의 대사로 바꾸어 폭풍우가 몰려올 징조를 느낀 박 노인의 위기감을 구체적으로 드러내고 있으므로 해당 진술은 적절하다.

② **ⓑ를 갯마을과 바다에서 발생하는 상황으로 제시하여 자연의 위력을 부각하고 있다.**

⋯› 〈보기〉에 따르면, (나)의 S#15~S#17에서는 ⓑ('비를 몰아치는 바람과 바다의 아우성')의 비유적 표현을 시각적으로 나타내야 한다. 시나리오에서는 이를 구체적인 장면으로 보여 줄 수 있다. (나)의 S#15~S#17에서는 성황당의 노목이 바람에 몹시 흔들리는 장면, 점점 커 가는 파도가 바위에 부딪쳐 부서지는 장면, 축항을 뒤엎을 듯 몰려오는 파도가 치는 장면으로 바람과 파도를 시각적으로 나타내어 자연의 위력을 부각하고 있으므로 해당 진술은 적절하다.

③ **ⓒ에서 성황당으로 마을 사람들이 모여드는 모습을 등장인물의 수가 다른 장면들로 나누어 구현하고 있다.**

⋯› 〈보기〉에 따르면, (나)의 S#22와 S#25에서는 ⓒ의 사건(마을 사람들이 뒤 언덕배기 당집으로 모여드는 것)을 여러 장면으로 나누어 제시해야 한다. (나)의 S#22에서는 해순과 순임이 성황당에 같이 있고, S#25에서는 해순과 순임 외에도 몇몇 아낙들이 성황당에 모여 있으므로 ⓒ에서 성황당으로 마을 사람들이 모여드는 모습을 (나)에서 등장인물 수가 다른 여러 장면으로 나누어 구현하고 있다는 진술은 적절하다.

⑤ **ⓔ에 나타난, 폭풍우가 물러간 상황을 효과적으로 드러내기 위해, 비바람이 거센 전날 밤과 파도가 잔잔해진 아침을 연결하여 제시하고 있다.**

⋯› 〈보기〉에 따르면, (나)의 S#28, S#29에서는 ⓔ의 상황(폭풍우가 물러간 상황)을 O.L.(오버랩)을 활용하여 제시해야 한다. (나)에서는 밤중에 성황당에 비바람이 거센 상황을 제시한 S#28과 폭풍우가 물러가고 파도가 잔잔해진 아침 바다를 제시한 S#29를 O.L.(오버랩)을 활용하여 연결하고 있다. 또한 폭풍우가 물러가기 전후의 상황을 대비시킴으로써 폭풍우가 물러간 상황을 효과적으로 드러내고 있으므로 해당 진술은 적절하다.

N 대표 기출 | 갈래 복합 ❸

본문 142쪽

[13~17] (가) 신계영, 〈월선헌십육경가〉 (나) 권근, 〈어촌기〉

13 ②　14 ⑤　15 ①　16 ③　17 ①

(가) 신계영, 〈월선헌십육경가〉

해제　이 작품은 효종 6년(1655) 신계영이 시골에 내려와 은거하면서 지은 가사이다. 작가는 79세의 나이로 벼슬길에서 물러나 고향으로 돌아오는데, 그해 벼슬살이를 마친 소회와 자연을 즐기며 살아가는 전원생활의 즐거움 등을 담아 가사로 지었다. 고향으로 돌아온 자신의 뜻과 사계절의 변화에 따른 아름다운 자연 풍경, 월선헌 주변의 풍요로운 모습 등이 구체적으로 제시되어 있으며, 마지막 부분에는 자연에 은거하는 삶에 대한 다짐과 임금의 은혜에 대한 예찬이 드러나 있다.

주제　자연 속에서 살아가는 흥취와 전원생활의 즐거움

(나) 권근, 〈어촌기〉

해제　이 작품은 글쓴이가 자신의 벗인 공백공에 대해 기록한 수필이다. 글쓴이는 공백공이 대과에 급제하여 좋은 벼슬에 올라서 강한 권력을 지니고 있으나, 강호에 뜻을 지닌 인물이라고 소개한 후, 그의 말을 직접 인용하여 어부로서 유유자적하는 삶을 지향하는 공백공의 생각을 구체적으로 드러내고 있다. 그리고 이러한 공백공의 생각에 공감한 글쓴이는 그의 말을 기록하고, 자신의 삶을 성찰해 보려 하고 있다. 글쓴이는 벼슬에 연연하지 않고 자연 속에서 유유자적하며 살아가는 삶을 통해 자연에 묻혀 즐기며 살아가는 사대부의 풍류를 드러내고 있다.

주제　강호에 머물며 자유롭게 사는 즐거움

13 작품의 종합적 감상　　답 ②

선지별 선택 비율	①	②	③	④	⑤
	1%	64%	28%	2%	3%

㉠~㉦에 대한 이해로 적절하지 않은 것은?

정답 풀이

② ㉡에는 한가로운 자연 속 흥취가, ㉧에는 고독을 해소하려는 의지가 나타난다.

지문 근거 (가) 돗ᄃᆞᆫ비 애내성(欸乃聲)이 고기 ᄑᆞᄂᆞᆫ 당시로다
(나) 외로운 배를 노 저어 조류를 따라 오르고 내리면서 가는 대로 맡겨 두고

…→ ㉡은 가을날의 풍성함과 흥취를 노래하는 상황과 관련된 것으로, '돛단배 노랫소리 고기 파는 장사로다.'라는 의미를 지니고 있다. ㉧은 공백공이 자신은 어부의 삶에 뜻이 있다고 밝히며, 유유자적하는 어부의 삶의 모습으로 열거한 것 중 하나이다. ㉡은 가을날의 풍성함과 흥취를 노래하고 있는 중에 들려오는 고기 파는 어부의 노랫소리이므로 한가로운 가을날의 자연 속 흥취가 드러난다고 볼 수 있다. 하지만 ㉧은 공백공이 지향하는 유유자적하는 어부의 삶의 모습 중 하나로, 이때의 '외로운 배'는 유유자적하는 어부의 삶과 조응되는 낭만적인 성격이 짙다. 따라서 ㉧에는 고독을 해소하려는 의지가 아니라 자연 속에서 유유자적한 삶을 즐기는 모습이 나타난다고 할 수 있다.

오답 풀이

① ㉠에는 전원에서의 생활상이, ㉥에는 자연과 동화되는 삶이 나타난다.

지문 근거 (가) 게 잡ᄂᆞᆫ 아ᄒᆡᄃᆞᆯ이 그몰을 훗텨 잇고
(나) 아이와 어른들을 데리고 갈매기와 백로를 벗하며

…→ ㉠은 게를 잡는 아이들이 그물을 흩어 놓고 있는 모습이므로 ㉠에서는 전원에서의 생활상을 엿볼 수 있다. 그리고 ㉥은 공백공이 아이, 어른들과 함께 갈매기와 백로를 벗으로 생각하며 자연을 즐기고 있는 모습이므로 ㉥에서는 자연과 동화되는 삶을 엿볼 수 있다.

③ ㉢에는 자연 현상에서 연상된 그리움의 대상이, ㉨에는 배의 움직임에 따른 청아한 풍경이 나타난다.

지문 근거 (가) 모재(茅齋)에 빗쵠 빗치 옥루(玉樓)라 다롤소냐
(나) 흰 물결을 일으키고 맑은 빛을 헤치면

…→ ㉢에서는 조그마한 초가를 비추고 있는 달빛이 임금이 계신 곳에도 같이 비추고 있을 것이라고 말하면서 연군의 마음을 드러내고 있다. 따라서 달빛이라는 자연 현상에서 임금이라는 그리움의 대상이 연상된다고 할 수 있다. 한편 ㉨에서는 배가 흰 물결을 일으키고 달빛을 헤치고 나가는 모습을 묘사하고 있으므로 배의 움직임에 따른 맑고 아름다운 풍경을 나타낸다고 할 수 있다.

④ ㉣에는 운치 있는 풍류의 상황이, ㉤에는 자연에서 누리는 흥겨운 삶의 모습이 나타난다.

지문 근거 (가) 죽엽(竹葉) ᄀᆞᄐᆞᆫ 술롤 ᄃᆞᆯ빗 조차 거후로니
(나) 구운 고기와 신선한 생선회로 술잔을 들어 주고받다가

…→ ㉣은 달빛을 바라보며 술잔을 기울이는 것을 술잔에 비치어 있는 달빛을 기울인다고 표현한 것으로, 자연 속에서 풍류를 즐기는 화자의 모습을 운치 있게 나타낸 것이라 볼 수 있다. 그리고 ㉤은 구운 고기와 생선회를 안주로 하여 술을 마시는 모습을 표현한 것으로, 자연 속에서 누리는 흥겨운 삶의 모습을 나타낸 것이라 볼 수 있다.

⑤ ㉤에는 변화하는 자연에서 얻는 즐거움이, ㉦에는 생동감 넘치는 자연에서 느끼는 만족감이 나타난다.

지문 근거 (가) 몸이 한가ᄒᆞ나 귀 눈은 겨롤 업다
(나) 넉넉히 눈을 즐겁게 하고 마음을 기쁘게 한다.

…→ ㉤은 춘하추동의 경치가 아름답고 주야조모에 자연을 완상하는 즐거움이 새로워 귀와 눈이 바쁘다고 말한 것이므로, 변화하는 자연을 완상하면서 얻는 화자의 즐거움이 담겨 있다고 할 수 있다. 한편 ㉦은 그물을 걷어 올릴 때 물고기가 제멋대로 펄떡거리는 모습에 대해 즐겁고 기쁘다고 말한 것이므로, 생동감 넘치는 자연에서 느끼는 만족감이 나타난다고 할 수 있다.

14 외적 준거에 따른 작품 감상　　답 ⑤

선지별 선택 비율	①	②	③	④	⑤
	1%	5%	3%	3%	85%

〈보기〉를 바탕으로 [A]를 감상한 내용으로 적절하지 않은 것은? [3점]

보기

17세기 가사 〈월선헌십육경가〉는 월선헌 주변의 16경관을 그린 작품으로 자연에서의 유유자적한 삶을 읊으면서도 현실적 생활 공간으로서의 전원에 새롭게 관심을 두었다. 그에 따라 생활 현장에서 볼 수 있는 풍요로운 결실, 여유로운 놀이 장면, 그리고 생업의 현장에서 느끼는 정서 등을 다양한 표현 방법을 통해 현장감 있게 노래했다.

정답 풀이

⑤ 전원생활의 여유를 즐기면서도 생업의 현장에서 느끼는 고단함을 '생리라 괴로오랴'와 같은 설의적인 표현으로 드러냈군.

지문 근거 [A] 동녁 두던 밧긔 크나큰 너븐 들희
만경(萬頃) 황운(黃雲)이 ᄒᆞᆫ 빗치 되야 잇다
중양이 거의로다 내노리 ᄒᆞ쟈스라
블근 게 여믈고 눌은 ᄃᆞᆰ기 ᄉᆞᆯ져시니
술이 니글션정 버디야 업ᄉᆞᆯ소냐

전가(田家) 흥미ᄂᆞᆫ 날로 기퍼 가노매라
살여흘 긴 몰래예 밤블이 ᄇᆞᆯ가시니
게 잡ᄂᆞᆫ 아ᄒᆡ ᄃᆞᆯ이 그믈을 흣텨 잇고
호두포엔 구븨예 아젹믈이 미러오니
돗ᄃᆞᆫ ᄇᆡ 애내성(欸乃聲)이 고기 ᄑᆞᄂᆞᆫ 당ᄉᆡ로다
경(景)도 됴커니와 생리(生理)라 괴로오랴

…› 화자는 누렇게 곡식이 익은 가을 들판과 여문 붉은 게와 살진 늙은 닭, 게 잡는 아이들의 모습을 바라보고, 돛단배를 타고 물고기를 파는 어부의 노랫소리를 들으며 풍성한 가을날의 흥취를 즐기는 상황에서 '경치도 좋거니와 생활도 괴롭겠느냐'라고 말하고 있다. 이때의 '괴롭겠느냐'는 '괴롭지 않다.'라는 뜻을 설의적 표현으로 강조한 것이다. 이로 보아 '생리라 괴로오랴'는 생업의 현장에서 느끼는 고단함을 드러낸 것이 아니라, 현재의 생활에 대한 만족감을 드러낸 것이라 할 수 있다.

오답 풀이

① 전원생활에서 목격한 풍요로운 결실을 '만경 황운'에 비유해 드러냈군.

…› '만경 황운'은 '넓은 들판 누런 구름'이라는 뜻으로 곡식이 잘 익은 가을 들판을 비유적으로 표현한 것이다. 따라서 화자는 가을날 추수를 앞둔 들판의 모습을 '만경황운'에 비유해 전원생활에서 목격한 풍요로운 결실을 드러내고 있다고 할 수 있다.

② 전원생활 가운데 느끼는 여유를 '내노리 ᄒᆞ쟈스라'와 같은 청유형 표현을 통해 드러냈군.

…› '내노리 ᄒᆞ쟈스라'란 '고기잡이를 하자.'라는 뜻으로, 풍성한 가을날의 흥취를 즐기는 화자가 한 말이다. 이때의 'ᄒᆞ쟈스라'는 화자가 청자에게 같이 고기잡이를 하자고 요청하는 청유형 표현이므로 화자는 '내노리 ᄒᆞ쟈스라'와 같은 청유형 표현을 통해 전원생활 가운데 느끼는 여유를 드러내고 있다고 할 수 있다.

③ 전원생활의 풍족함을 여문 '블근 게'와 살진 '눌은 ᄃᆞᆰ'과 같이 색채 이미지에 담아 드러냈군.

…› '블근 게 여믈고 눌은 ᄃᆞᆰ기 ᄉᆞᆯ져시니'에서 붉은색과 노란색의 색채 이미지를 활용하여 가을의 풍성함을 표현하고 있다. 따라서 화자는 색채 이미지를 활용하여 전원생활의 풍족함을 드러내고 있다고 할 수 있다.

④ 전원생활에서의 현장감을 '밤블이 ᄇᆞᆯ가시니'와 '아젹믈이 미러오니'와 같은 묘사를 활용해 드러냈군.

…› 화자는 '밤블'을 밝게 켜고 게를 잡는 아이들의 모습과 밀물이 밀려오는 호두포의 모습을 묘사하여 가을날 전원생활의 모습을 현장감 있게 드러내고 있다.

15 인물의 말하기 방식 파악 답 ①

선지별 선택 비율	①	②	③	④	⑤
	87%	1%	2%	6%	2%

(나)의 '공백공'에 대한 설명으로 가장 적절한 것은?

정답 풀이

① 시간에 따른 공간의 다채로운 모습을 제시하며 자신의 감정을 드러내고 있다.

지문 근거 • 구운 고기와 신선한 생선회로 술잔을 들어 주고받다가 해가 지고 달이 떠오르며 바람은 잔잔하고 물결이 고요한 때에는 배에 기대어 길게 휘파람을 불며, 돛대를 치고 큰 소리로 노래를 부른다.
• 여름날 뜨거운 햇빛에 더위가 쏟아질 적엔 버드나무 늘어진 낚시터에 미풍이 불고, 겨울 하늘에 눈이 날릴 때면 차가운 강물에서 홀로 낚시를 드리운다.

…› 공백공은 낮과 저녁, 깊은 밤, 그리고 여름과 겨울의 자연 풍경과 그 속에서 살아가는 모습을 다채롭게 제시하면서 자연 속에서 유유자적하며 살아가는 자신의 모습에 만족감을 드러내고 있다.

오답 풀이

② 상대의 말과 행동이 불일치함을 언급하여 자신의 결백을 입증하고 있다.

…› 공백공은 자신은 어부의 삶에 뜻이 있다고 말한 후, 어부로서의 삶과 그것이 의미하는 바를 말하고 있을 뿐, 상대인 '나'의 말과 행동이 일치하지 않는 것에 대해 언급하고 있지 않다. 또한 자신의 결백에 대해 증거를 내세워 증명하고 있지도 않다.

③ 상대에 대해 심리적 거리감을 느껴 자신의 생각 표현을 자제하고 있다.

…› 공백공은 "넉넉히 눈을 즐겁게 하고 마음을 기쁘게 한다.", "사계절이 차례로 바뀌건만 어부의 즐거움은 없는 때가 없다.", "나는 스스로 유유자적을 즐긴다." 등과 같이 자연 속에서의 삶에 대한 자신의 생각을 직접적으로 드러내고 있다. 그리고 이러한 자신의 생각에 대해 "내가 몸은 벼슬을 하면서도 뜻은 강호에 두어 매양 노래에 의탁하는 것이니, 그대는 어떻게 생각하는가?"라고 하며 직접 '나'에게 묻고 있다. 이로 보아 공백공이 '나'에 대해 심리적 거리감을 느낀다거나 이로 인해 자신의 생각 표현을 자제한다는 설명은 적절하지 않다.

④ 질문에 답변하며 현실에 대처하는 자신의 태도를 밝히고 있다.

…› 공백공은 어부의 삶에 뜻이 있다고 하면서 자신이 지향하는 삶을 말하고 있는데, 이는 '나'의 질문에 대한 답으로 말한 것이 아니다. 오히려 공백공은 강호에 뜻을 두고 노래에 의탁하고 있는 자신의 삶에 대해 어떻게 생각하는지 '나'에게 묻고 있다.

⑤ 대상과 관련된 행위를 열거하며 자신의 무력감을 깨닫고 있다.

…› 공백공은 자연 속에서 유유자적하는 어부로서의 삶의 모습을 열거하며, 그러한 삶에 대한 만족감을 드러내고 있을 뿐 자신의 무력감을 깨닫고 있지 않다.

16 외적 준거에 따른 작품 감상 답 ③

선지별 선택 비율	①	②	③	④	⑤
	1%	2%	89%	3%	3%

〈보기〉를 참고하여 (나)를 이해한 내용으로 적절하지 않은 것은?

보기

〈어촌기〉의 작가는 벗의 말을 인용하여 자신의 생각을 드러내고 있다. 작가는 벗에 관한 이야기가 기록할 만한 가치가 있다는 근거를 벗과의 관계와 그의 성품에 대한 평을 통해 마련하고 있다. 이를 통해 작가는 자신이 추구하는 삶의 방향성과 가치관을 드러내며 벗의 생각에 공감하고 있다.

정답 풀이

③ 작가가 벗을 '아우'로 삼고 있다는 것을 통해 벗이 추구하는 삶의 자세가 작가로부터 전해 받은 것임을 알 수 있군.

지문 근거 백공은 나와 태어난 해는 같으나 생일이 뒤이기 때문에 내가 아우라 고 한다.

…› '나'는 태어난 해가 같지만 생일이 '나'보다 뒤라서 공백공을 아우라 한다고 서술한 후, 공백공의 성품에 대해 긍정적으로 평가한다. 그리고 어부로서의 삶을 살려고 한다는 공백공의 말을 듣고 즐거움을 느껴 그 말을 기록하고 자신의 삶을 살펴보고자 한다고 하였다. 이를 통해 '나'는 공백공이 추구하는 삶을 따르고자 하고 있음을 알 수 있다. 따라서 벗인 공백공의 삶의 자세가 작가인 '나'로부터 전해 받은 것이라는 이해는 적절하지 않다.

오답 풀이

① 벗이 '영화'와 '이익'을 중시하는 삶을 거부한다는 것을 통해 벗의 가치관을 알 수 있군.

지문 근거 저 영달에 얽매여 벼슬하는 자는 구차하게 영화에 매달리지만 나는 만나는 대로 편안하다. 빈궁하여 고기잡이를 하는 자는 구차하게 이익을 계산하지만 나는 스스로 유유자적을 즐긴다.

…› 공백공은 영화에 매달리지 않고 편안하게 지내며 이익을 계산하지도 않고 유

갈래 복합

유자적을 즐긴다고 하였다. 이를 통해 '영화'와 '이익'을 거부하고 자연 속에서 유유자적하는 삶을 중시하는 공백공의 가치관을 알 수 있다.

② 작가가 벗의 말을 '즐거워하며' 자신도 살피려 하는 것을 통해 작가는 벗의 생각에 공감하고 있음을 알 수 있군.

지문 근거 내가 듣고 즐거워하며 그대로 기록하여 백공에게 보내고, 또한 나 자신도 살피고자 한다.

···› '나'는 공백공의 말을 듣고 즐거워하며 그대로 기록했다고 하였으며, 자신도 살피고자 한다고 하였다. 이를 통해 '나'가 공백공의 생각에 공감하고 있음을 알 수 있다.

④ 벗이 '강태공'과 '엄자릉'을 들어 '내가 감히'라는 말을 언급한 것을 통해 그들의 삶에 미치지 못함을 스스로 인정하는 벗의 겸손한 성품을 알 수 있군.

···› 공백공은 자신은 성인인 강태공이 주 문왕을 만나는 일과 같은 만남을 기약할 수 없고, 현인인 엄자릉의 깨끗함을 바랄 수 없다며 자신에 대해 낮추어 말하고 있다. 특히 '내가 감히'라는 말을 사용하여 그런 것을 바라는 것은 주제넘은 행동이라는 생각을 드러내고 있다. 이를 통해 그가 겸손한 성품을 지닌 인물임을 알 수 있다.

⑤ 작가가 벗이 '대과에 급제'하여 기대를 받고 있는데도 '마음에 사욕이 없'다고 평한 것을 통해 벗의 말이 기록할 만한 가치가 있다고 여김을 알 수 있군.

···› '나'는 공백공이 좋은 벼슬 자리에 올라 옥새를 주관할 만큼 권력을 지녔음에도 불구하고 담담하게 강호의 취미를 지니고 있으며, 마음에 사욕이 없고 사물에 초탈하였다고 평가하였다. 이러한 공백공에 대한 긍정적 평가를 통해 '나'가 공백공의 말이 기록할 만한 가치가 있다고 여기고 있음을 알 수 있다.

17 구절의 의미 파악 답 ①

선지별 선택 비율	①	②	③	④	⑤
	80%	2%	9%	3%	4%

ⓐ와 ⓑ를 비교한 내용으로 가장 적절한 것은?

정답 풀이

① ⓐ는 '내'가 '강호'에서의 은거를 긍정하지만 정치 현실에 미련이 있음을, ⓑ는 '공백공'이 정치 현실에 몸담고 있지만 '강호'에 은거하려는 지향을 나타낸다.

지문 근거 (가) 강호 어조(魚鳥)애 새 뭥셰 깁퍼시니 / 옥당금마(玉堂金馬)의 몽혼(夢魂)이 섯긔엿다
(나) 이것이 내가 몸은 벼슬을 하면서도 뜻은 강호에 두어 매양 노래에 의탁하는 것이니, 그대는 어떻게 생각하는가?

···› ⓐ에서 화자는 '강호 어조', 즉 자연에서의 삶에 대한 맹세는 깊지만, '옥당금마', 즉 관직 생활이 꿈과 섞여 있다고 하며 관직 생활에 대한 꿈이 남아 있음을 드러내고 있다. 이로 볼 때 화자는 강호에서의 은거를 긍정하지만 정치 현실에 미련이 남아 있음을 알 수 있다. 한편 ⓑ에서 공백공은 몸은 벼슬을 하면서도 강호에 뜻을 두고 노래에 의탁하고 있다고 말하고 있다. 이를 통해 공백공은 정치 현실에 몸담고 있지만 강호에서의 은거를 지향하고 있음을 알 수 있다.

오답 풀이

② ⓐ는 '내'가 '강호'에서의 은거를 마치고 정치 현실로 복귀하려는 의지를, ⓑ는 '공백공'이 정치 현실에서 신뢰를 잃어 '강호'에 은거하려는 소망을 나타낸다.

···› ⓐ에서 화자는 관직 생활에 미련이 남아 있어 갈등하는 모습을 보이고 있지만 강호에 대한 맹세를 하고 있으므로, 정치 현실로 복귀하려는 의지를 드러낸다고 볼 수는 없다. 한편 ⓑ에서 공백공은 강호에서의 은거를 지향하고 있으나, 그것이 정치 현실에서 신뢰를 잃었기 때문인지는 알 수 없다.

③ ⓐ는 '내'가 '강호'에서 경치를 완상하며 정치 현실의 번뇌를 해소하려는 자세를, ⓑ는 '공백공'이 정치 현실과 갈등하여 '강호'에 은거하려는 자세를 나타낸다.

···› ⓐ에서 화자는 강호에서의 삶을 지향하면서 정치 현실에 대한 미련을 드러내고 있으나, 정치 현실에 대한 번뇌를 강호에서 경치를 완상하는 것으로 해소하려는 자세를 드러내고 있는 것은 아니다. 그리고 ⓑ에서 공백공은 강호에서 은거하려는 자세를 드러내지만 이것이 정치 현실과의 갈등 때문인지는 알 수 없다.

④ ⓐ는 '내'가 '강호'에서 늙어 감에 체념하면서도 정치 현실을 지향함을, ⓑ는 '공백공'이 정치 현실을 외면하면서 '강호'에 은거하려는 염원을 나타낸다.

···› ⓐ에서 화자는 정치 현실에 대한 미련은 남아 있지만 강호에서의 은거를 지향하고 있으며 늙어 감에 대한 체념을 드러내고 있지 않다. 그리고 ⓑ에서 공백공은 강호에 은거하려는 염원을 드러내고 있으나, 공백공이 정치 현실을 외면하는 모습은 ⓑ에 나타나 있지 않다.

⑤ ⓐ는 '내'가 '강호'에서 임금께 맹세하며 정치 현실의 이상을 실현하려는 태도를, ⓑ는 '공백공'이 정치 현실의 폐단에 실망하며 '강호'에 은거하려는 희망을 나타낸다.

···› ⓐ에서 화자가 강호에서의 삶을 맹세한 대상은 임금이 아니라 '강호 어조'이며, ⓐ에 화자의 정치 현실에 대한 미련은 드러나 있으나 정치 현실의 이상을 실현하려는 태도는 나타나 있지 않다. 그리고 ⓑ에서 공백공은 강호에 은거하려는 희망을 드러내지만 이것이 정치 현실의 폐단에 대한 실망 때문인지는 알 수 없다.

적중 예상 갈래 복합 01

본문 148쪽

[125~129] (가) 정서, 〈정과정〉 (나) 작자 미상, 〈어이 못 오던다〉 (다) 정약용, 〈파리를 조문하는 글〉

125 ⑤ 126 ④ 127 ① 128 ② 129 ⑤

E 지문 선정 포인트

(가)는 고려 의종 때 역모에 가담했다는 참소 때문에 귀양을 간 정서가 자신의 결백을 밝히기 위해 지은 작품이야.
(나)는 화자가 자신을 보러 오지 않는 임을 원망하며 강한 그리움의 정서를 해학적으로 노래한 작품이야.
(다)는 파리 떼를 기근과 가렴주구로 인해 죽은 백성의 시체가 다시 태어난 것으로 표현하여 조문의 형식으로 쓴 작품이야.
(가)는 화자가 자신의 평판이 진실과 다름을 알고 초월적 존재를 동원하여 진실을 바로잡으려 했다는 창작 동기에 주목하여, (나)는 장황한 열거를 사용하여 시적 상황을 해학적으로 제시하였다는 형식적 특성에 주목하여, (다)는 조문의 형식을 빌려 당대 현실의 문제점을 풍자하였다는 주제 의식에 주목하여 선정하였어.

(가) 정서, 〈정과정〉

해제 한글로 전하는 고려 가요 가운데 작자가 밝혀진 유일한 작품이다. 참언에 의해 임금과 멀리 떨어지게 된 억울함과 함께 임금이 자신을 다시 불러 주기를 바라는 소망을 간절하게 담아내고 있다. 고려 가요 중 향가의 잔영이 남아 있는 대표적인 작품으로, 10구체 향가의 맥을 잇고 있다. 3단 구성이나 '아소 님하'에서 볼 수 있는 낙구(落句) 첫머리의 감탄사 등은 모두 향가의 영향을 받은 것이라고 할 수 있다.

주제 임금을 그리는 정

구성

1~4행	임에 대한 그리움과 자신의 결백 주장
5~9행	자신을 참소한 무리들에 대한 원망과 억울함
10~11행	임의 사랑을 다시 받게 되기를 호소

(나) 작자 미상, 〈어이 못 오던다〉

해제 이 작품은 아무리 기다려도 오지 않는 임에 대한 그리움을 해학과 과장을 통해 표현한 사설시조이다. 성, 담, 집, 뒤주, 궤 등으로 이어지는 연쇄적인 상상을 통해 임과의 만남을 가로막는 현실의 장애물에 대한 안타까움을 드러내고 있다. 그러면서도 또 한편으로는 수많은 날들 중에서 단 하루도 자신을 찾아 주지 않는 임에 대한 원망의 정서도 함께 드러내고 있다.

주제 오지 않는 임을 애타게 기다리는 마음

구성

초장	임이 오지 않는 이유를 궁금해함.
중장	임이 오지 못하는 이유를 화자 나름대로 상상해 봄.
종장	오지 않는 임에 대한 원망과 안타까움

(다) 정약용, 〈파리를 조문하는 글〉

해제 이 작품은 정약용이 전라도 강진 유배지에서 파리를 의인화하여 조문의 형식으로 쓴 수필이다. 정약용은 파리를 가뭄과 혹한, 돌림병, 관리들의 학정까지 겹쳐 굶어 죽게 된 가엾은 백성들의 화신(化身)으로 보고, 기구하게 사는 인간의 무리인 만큼 죽이지 말라고 한 후 음식을 차려 조문했다. 불쌍한 백성들을 안타까운 시선으로 바라보는 연민의 정과 자신들의 배만 불리면서 백성을 괴롭히는 탐관오리들에 대한 신랄한 비판이 잘 드러난 글이다.

주제 굶주려 죽은 백성들에 대한 안타까움과 탐관오리들의 학정에 대한 비판

구성

처음	백성들은 굶주리는데 사치스럽게 사는 탐관오리들에 대한 비판
중간	백성에 대한 연민과 탐관오리 및 부정적 현실에 대한 비판
끝	파리에게 탐관오리의 학정을 임금에게 알릴 것을 당부함.

125 작품 간의 공통점 파악 답 ⑤

정답 풀이
(가)는 '니미 나를 ᄒᆞ마 니ᄌᆞ시니잇가 / 아소 님하 도람 드르샤 괴오소서' 등을 통해 '님(임금)'이 자신을 잊은 상황에 대한 화자의 부정적 인식을 알 수 있으며, (나)는 '네 어이 그리 아니 오던다'를 통해 이별의 상황에 대한 화자의 부정적인 인식과 '너(임)'에 대한 원망의 심정을 알 수 있다. (다)도 글쓴이가 '파리'를 청자로 설정하여 '파리야 ~ 축여라'와 같이 말을 건네면서 어려운 처지에 놓인 백성들의 삶에 대한 부정적인 인식을 드러내고 있다. 따라서 (가)~(다)는 모두 말을 건네는 방식을 통해 현재의 상황에 대한 부정적 인식을 드러내고 있다.

오답 풀이
① 가상의 상황을 설정하여 이상 세계에 대한 동경을 드러낸 표현은 (가)~(다) 모두에 나타나 있지 않다.
② (다)는 파리를 인격화하여 우화적으로 당시 사회의 지배 세력을 비판하고 있다. 그러나 (가)와 (나)에서는 이러한 표현을 찾을 수 없다.
③ 성찰적 태도를 드러내기 위한 과거 회상은 (가)~(다) 모두에서 찾을 수 없다.
④ (가)에서는 '졉동새'에 자신의 감정을 이입하고 있으므로, 자연물을 의인화하여 대상에 대한 그리움의 정서를 드러내고 있다고 볼 수 있다. 그러나 (나)에서는 이러한 표현을 찾을 수 없고, (다)에서는 '파리'에 인격을 부여하고 있으나 대상에 대한 그리움의 정서가 아니라 당시 사회의 지배 세력에 대한 비판 의식을 드러내고 있다.

126 외적 준거에 따른 작품 감상 답 ④

정답 풀이
〈보기〉에서 (나)의 경우 '임'과의 재회가 이루어지기 위해서는 '장애물'이 해소되어야 하는데, 그 결정권은 '나'에게 있지 않다고 했다. 따라서 ㉣에서 '장애물'을 해소하지 못한 화자의 자책의 심정을 엿볼 수 있다는 설명은 적절하지 않다.

오답 풀이
① ㉠은 '과도 허믈도' 없는 '나'가 유배를 오게 된 것은 뭇사람들의 참언 때문이라고 호소하는 표현이다. 따라서 '임'과 '나'의 이별이 '제삼자의 모함'에서 비롯되었다는 화자의 인식을 드러낸 것으로 볼 수 있다.
② (가)는 '임'이 계신 '거기'에서 '나'가 떠나온 경우이다. 이러한 상황에서 ㉡은 '임'이 마음을 돌려 자신을 다시 사랑해 줄 것을 호소하는 표현이다. 따라서 '나'가 임이 계신 '거기'로 돌아가기 위해서는 주도권을 가진 '임'의 결단이 필요하다는 화자의 생각을 담고 있다고 볼 수 있다.
③ (나)는 '나'가 있는 '여기'에서 '임'이 떠나간 경우이다. 이러한 상황에서 ㉢은 '임'에게 '나'가 있는 '여기'로 무엇 때문에 돌아오지 못하느냐고 다그쳐 묻는 표현이다. 따라서 '임'이 '여기'로 돌아오지 못하는 이유를 궁금해하는 화자의 심정을 담고 있다고 볼 수 있다.

⑤ ⓜ은 한 달 서른 날 중 단 하루도 날 보러 오지 않는 임에 대한 원망의 심정을 표현한 것이다. '임'과의 재회가 이루어지기 위해서는 '임'이 마음을 돌려 돌아와야 하는데, 그러지 않는 '임'에 대한 원망을 담고 있다고 볼 수 있다.

127 시구의 비교 감상 답 ①

(가)의 '우니다니'는 임과 이별하게 된 화자의 슬픔을 표현한 것일 뿐, 화자의 소극적인 태도를 나타낸다고 보기 어렵다. (다)의 '지극한 슬픔'은 지배층의 가혹한 수탈로 인해 굶주린 백성들이 겪고 있는 슬픔이다. 글쓴이는 이러한 슬픔에 깊이 공감하고는 있지만 적극적인 대응을 하고 있지는 않다.

오답 풀이

② (가)의 '내 님믈 그리ᄉᆞ와 우니다니 / 산 졉동새 난 이슷하요이다'에서 화자는 '산 졉동새'가 자신과 같이 임을 그리워하며 울고 있다고 생각하여 동질감을 느끼고 있다. 그리고 (다)의 '파리'는 굶주린 백성이 죽어 환생한 대상으로 글쓴이가 연민을 느끼고 있는 대상이다.

③ (가)의 '아니시며 거츠르신 ᄃᆞᆯ 아으 / 잔월효성이 아ᄅᆞ시리이다'에서 '잔월효성'은 화자가 억울한 누명을 쓰고 있음을 알아주는 유일한 존재이다. 한편 (다)의 '해와 달'은 백성들이 임금에게 나아가 자신들의 어려움을 호소할 때 그와 관련한 시비를 환히 비추어 줄 것으로 글쓴이가 기대하는 존재이다.

④ (가)의 '넉시라도 님은 ᄒᆞᆫᄃᆡ 녀져라 아으'에서 'ᄒᆞᆫᄃᆡ 녀져라'는 임과 함께 있고자 하는 화자의 소망, 즉 화자가 자신에게 일어나기를 바라는 일을 표현한 것이다. 한편 (다)의 '굶주림도 없어지리라'는 글쓴이가 임금의 선정으로 굶주린 백성들에게 이루어지기를 바라는 일이다.

⑤ (가)의 '벼기더시니 뉘러시니잇가 / 과도 허믈도 천만 업소이다'에서 '과'와 '허믈'은 화자가 쓰고 있는 누명으로, 화자가 억울함을 느끼는 이유이다. (다)의 '포악한 행위'는 수령과 아전들이 백성들에게 행한 것으로, 글쓴이가 생각하는 '수령'과 '아전'들의 부정적인 모습이다.

128 표현상 특징 비교 답 ②

정답 풀이

[A]는 '너 오는 길 위에 무쇠로 성을 쌓고 성 안에 담 쌓고 담 안에란 집을 짓고'와 같이 앞 구절의 소재를 다음 구절에서 이어받아 연쇄적으로 연결하고 있다. 그리고 [B]는 앞의 내용이 원인이 되어 뒤의 결과가 나타나는 문장들이 연결되도록 내용을 구성하고 있다.

오답 풀이

① [A]에서는 '성 → 담 → 집 → 뒤주 → 궤'와 같이 원경에서 근경으로 화자의 시선이 이동하고 있다고 볼 수 있다. 그렇지만 [B]에서는 대상인 '파리'를 죽여서는 안 되는 이유를 설명하고 있을 뿐, 외부에서 내면으로 시선이 이동했다고 보기 어렵다.

③ [A]에서는 공감각적 심상을 찾을 수 없다. [B]에서는 '시신이 쌓여 길에 즐비했으며, 시신을 싸서 버린 거적이 언덕을 뒤덮었다.'와 같은 시각적 심상과 '따뜻한 바람이 불고, 기온이 높아지자'와 같은 촉각적 심상을 활용하여 파리가 많이 생긴 상황을 제시하고 있다.

④ [A]에서는 화자의 감정이 이입된 대상을 찾을 수 없다. [B]에서 글쓴이는 대상인 '파리'에 대해 '아아, 이들은 기구하게 살아난 생명들이다.', '슬프게도'와 같이 연민을 표현하고 있을 뿐, 대상인 '파리'와 자신의 감정을 대비하고 있지 않다.

⑤ [A]에서는 '뒤주, 궤, 쌍배목 외걸새, 용거북 자물쇠'와 같이 생활에 밀접한 소재들을 활용하여 현재 화자 자신이 처한 상황이 아니라 오지 않는 임에 대한 그리움과 안타까움을 전달하고 있다. [B]에서는 자연물인 '파리'를 활용하여 기근과 혹한을 겪고 염병이 돌아 죽어 가는 백성들의 현실을 전달하고 있다.

129 외적 준거에 따른 작품 감상 답 ⑤

정답 풀이

ⓔ는 '어진 이는 움츠려 있고 소인배들이 날뛰니'와 연결하여 의미를 파악해야 한다. 즉 '봉황'은 입을 다물고 있는 '어진 이'를, '까마귀'는 제 세상을 만난 듯 날뛰는 '소인배'를 의미한다고 볼 수 있다. 따라서 이는 백성들이 고통을 호소할 곳도, 그들을 도와줄 이도 없는 현실을 드러내는 것으로, 이를 '백성들의 고통을 외면하고 있는 임금과 임금에게 아첨하는 신하들의 모습'으로 해석하는 것은 적절하지 않다.

오답 풀이

① '너의 마른 목구멍과 너의 타는 창자'는 가혹한 수탈로 인해 굶주림의 고통을 겪고 있는 백성들의 참혹한 모습을 보여 준다고 할 수 있다.

② '냄비에 고기를 지져 내고 수정과 맛이 훌륭하다고' 하는 것은 백성들의 고통은 아랑곳하지 않고 자신의 배만 채우는 관리들의 모습을 드러내는 것으로, 그들에 대한 비판이 함축되어 있다고 할 수 있다.

③ '태평할 뿐 아무 걱정이 없다고 한다'는 부패한 관리들에 의해 당대 현실의 문제가 감추어진 채, 임금에게 전달되지 못하고 있는 상황을 고발한 것이다.

④ '파리야, 날아와 다시 태어나지 말아라.'와 연결하여 볼 때, '아무것도 모르는 지금 상태를 축하하라'는 인간 세상의 고통스럽고 비참한 삶보다 차라리 파리와 같은 미물의 삶이 낫다는 의미로, 백성들의 가혹한 현실을 풍자한 것이다.

적중 예상 | 갈래 복합 02

본문 151쪽

[130~135] (가) 이담명, 〈사노친곡〉 (나) 작자 미상, 〈뒤뜰에 봄이 깊으니〉 (다) 김훈, 〈꽃 피는 해안선〉

130 ① 131 ③ 132 ② 133 ④ 134 ③ 135 ③

E 지문 선정 포인트

(가)는 유배지에서 고향과 늙은 어머니를 그리워하며 수심에 잠긴 화자의 정서를 애절하게 노래한 작품이야.
(나)는 봄을 맞아 꽃이 만발하고 꾀꼬리가 짝지어 날아다니는 모습과, 임과 이별한 자신의 처지를 견주며 그에 대한 한탄을 드러낸 작품이야.
(다)는 글쓴이가 자전거 여행을 하며 경험한 일을 통한 성찰과 깨달음을 감각적으로 형상화한 수필이야.
(가)는 화자가 부재한 대상에 대해 느끼는 그리움의 정서를 형상화하였다는 점에 주목하여, (나)는 자연물을 활용하여 화자의 정서를 드러내었다는 점에 주목하여, (다)는 묘사의 서술 방법을 사용하여 대상의 모습을 제시하고 대상과 관련된 글쓴이의 정서를 생생하게 전달하였다는 점에 주목하여 작품으로 선정하였어.

(가) 이담명, 〈사노친곡〉

해제 이 작품은 관서 지방으로 유배를 간 화자가 고향에 두고 온 노모에 대한 그리움을 노래한 연시조이다. 다시 봄이 왔으나 고향에 돌아갈 수 없는 자신의 처지를 안타까워하며 고향에 있는 모친에 대한 절실한 그리움을 노래하고 있다.

주제 유배지에서 느끼는 노모에 대한 그리움

구성

제1수	고향으로 돌아갈 수 없는 처지
제2수	노모에게 돌아갈 기약이 없음에 대한 한탄
제6수	고향에 있는 모친에 대한 간절한 그리움
제10수	성은에 대한 감사와 노친에게 하는 당부
제11수	하늘과 일월이 모자지정을 살펴 줄 것이라는 기대

(나) 작자 미상, 〈뒤뜰에 봄이 깊으니〉

해제 이 작품은 꽃이 만발하고 꾀꼬리가 쌍쌍이 날아다니는 봄날의 정경을 배경으로, 임에 대한 그리움과 임과 함께 하지 못하는 자신의 처지에 대한 안타까움을 노래한 사설시조이다. 꾀꼬리처럼 임과 함께 즐기지 못하는 자신의 안타까운 처지를 '사람들이 저 새만도 못하느냐'라는 탄식에 담아 표현하고 있다.

주제 봄날에 느끼는 임에 그리움

구성

초장	뒤뜰에 봄이 깊어 심회를 둘 데 없음.
중장	난만한 꽃과 쌍쌍이 나는 꾀꼬리의 정경
종장	새보다 못한 처지에 대한 한탄

(다) 김훈, 〈꽃 피는 해안선〉

해제 이 작품은 글쓴이가 자전거로 전국을 여행하면서 쓴 기행 수필이다. 글쓴이는 봄날 여수의 남쪽 돌산도 해변에서 동백꽃이 피어난 모습을 보면서 여러 꽃의 개화와 낙화에 대한 생각을 드러내고 있다. 세밀한 관찰을 바탕으로 꽃들이 저마다 지닌 특징을 언급하며 거기서 얻은 깨달음을 인생에 대한 깊은 사색으로 연결하고 있다.

주제 꽃들의 개화와 낙화 과정 속에서 얻은 삶의 깨달음

구성

처음	봄을 맞아 월동 장구를 버리고 자전거 여행을 준비함.
중간	자전거 여행을 하며 동백꽃, 매화, 산수유, 목련의 개화와 낙화 과정을 지켜봄. [수록 부분]
끝	꽃들의 개화와 낙화를 통해 봄의 의미와 삶에 대해 사색함. [수록 부분]

130 작품 간의 공통점 파악 답 ①

정답 풀이

(가), (나), (다)에는 모두 계절의 변화로 인해 촉발된 정서가 나타나 있다. (가)에서는 '나도 이 봄 오고 이 풀 푸르기같이 / 어느 날 고향에 돌아가 노모께 뵈오려뇨.'를 통해, (나)에서는 '뒤뜰에 봄이 깊으니 그윽한 심회 둘 데 없어'를 통해 이를 확인할 수 있다. 또한 (다)에서는 돌산도 향일암 앞바다에서 봄을 맞이한 글쓴이가 꽃들이 떨어지는 모습을 보며 느끼는 정서가 나타나 있다.

오답 풀이

② (나)에서는 '꾀꼬리'와 '사람들'이, (다)에서는 '동백꽃'과 '매화', '가벼운 꽃' 과 '무거운 꽃' 등이 서로 대조되는 소재라고 할 수 있다. 그렇지만 (가)에는 대조적 소재가 나타나지 않으며, 주제 의식을 강조하기 위해 대조적인 소재를 나열하고 있지도 않다.
③ (다)는 기행 수필이므로 공간의 변화가 나타나지만, (가)와 (나)에서는 시간의 흐름을 암시하는 공간의 변화가 나타나 있지 않다.
④ (가), (나), (다)에는 모두 과거와 현재의 대비가 나타나 있지 않다.
⑤ (가), (나), (다)에는 모두 상반된 어조가 나타나 있지 않다.

131 시상의 전개 양상 이해 답 ③

정답 풀이

〈제6수〉의 '노친 얼굴'은 화자가 그리워하는 자신의 모친이고, 〈제10수〉의 '도처 성은'은 화자가 감사하게 생각하는 임금의 은혜이다. 따라서 이 두 대상 간에 긴장감이 조성되고 있다는 이해는 적절하지 않다.

오답 풀이

① 〈제1수〉의 '어느 날'은 화자가 고향에 돌아가 노모를 만날 수 있기를 소망하는 날이다. 그런데 이것이 〈제2수〉의 '가디록 아득하다'와 연결됨으로써, 화자가 고향에 돌아갈 날이 갈수록 아득하게 느껴지는 안타까운 상황이 환기되고 있다.
② 〈제2수〉의 '눈믈계워 셜웨라'에 나타난 서러움은 〈제6수〉의 '시름이 가득하니 꿈인들 이룰쏜가'에 나타난 시름으로 이어져 화자의 슬픈 정서를 부각하고 있다.
④ 〈제11수〉의 '우리 모자지정'은 모자 사이에 느낄 수 있는 정을 나타내는 것으로, 〈제10수〉의 '노친'에 대한 화자의 정서를 함축하고 있다.
⑤ 〈제11수〉의 '하늘'과 '일월'은 각각 '낮은 데'를 들으시고 '하토'를 비추어 화자로 하여금 '우리 모자지정을 살피실' 것이라는 기대감을 갖게 하는 대상이다. 이는 화자가 〈제1수〉의 '고향에 돌아가'서 모친을 다시 만날 수 있도록 살펴 줄 것이라는 화자의 기대감이 투영된 대상이라고 볼 수 있다.

132 소재의 기능 파악 답 ②

정답 풀이

'꾀꼬리'는 '쌍쌍이 비껴 날아 울음 울 제' 화자의 귀에 '정이 있게 들리는' 대상으

로, '가장 귀하다는 사람들이 저 새만도 못하느냐.'에서 알 수 있듯이 '사람들'과 대비되는 정겨운 모습으로 그려지고 있다. 이를 통해 정을 나누며 살지 못하고 있는 '사람들'의 부정적인 면이 환기되었다고 볼 수 있다.

오답 풀이

① '꾀꼬리'는 화자가 부러움을 느끼는 대상으로 묘사되고 있을 뿐, 심리적인 거리감을 느끼는 대상으로 보기는 어렵다. 또한 '사람들'의 통념과 관련한 내용은 (나)에서 찾아볼 수 없다.

③ '꾀꼬리'는 양면적 속성을 지닌 대상으로 묘사되지 않았다.

④ '꾀꼬리'는 쌍쌍이 어울리는 모습으로 묘사되었을 뿐, '사람들'과 잘 어울리는 대상으로 묘사되지는 않았다.

⑤ '꾀꼬리'가 상황에 따라 다채롭게 변화하는 모습은 나타나지 않는다.

133 표현상 특징 파악 답 ④

정답 풀이

[A]와 [B]에서는 모두 의문형 표현을 통해 안타까움의 정서가 강조되고 있다. [A]의 '기러기 아니 나니 편지를 뉘 전하리 / 시름이 가득하니 꿈인들 이룰쏜가'에서는 기러기에게라도 편지를 전하고 싶지만 그조차 어려워 자신의 소망을 이루기 어렵다는 안타까움이, '도처 성은을 어이하여 갚사올고'에서는 임금의 은혜를 어찌 갚을지 모르겠다는 안타까움이 드러나고 있다. [B]의 '어찌타 가장 귀하다는 사람들이 저 새만도 못하느냐'에서는 정을 나누며 사는 새보다 못한 사람들의 처지에 대한 안타까움이 드러나고 있다.

오답 풀이

① [B]에서 앞 구절의 끝 어구가 다음 구절의 앞 어구로 이어지는 연쇄나 같거나 비슷한 어구를 되풀이하는 반복은 나타나지 않는다.

② [A]에서 의도와 반대로 표현함으로써 시적 의미를 강조하는 반어는 나타나지 않는다.

③ [B]에서는 '울음 울 제'에 청각적 심상이 나타나 있지만, [A]에서는 청각적 심상을 찾아볼 수 없다.

⑤ [A]에서는 화자의 시선 이동이 뚜렷이 나타나지 않는다. [B]에서는 꾀꼬리가 버들 위에서 날아가는 모습에서 대상의 이동이 나타난다고 볼 여지가 있으나 그 장소 변화에 따라 시상이 전개된다고 보기는 어렵다.

134 시구 및 구절의 의미 파악 답 ③

정답 풀이

'이 꽃구름은 그 경계선이 흔들리는 봄의 대기 속에서 풀어져 있다'는 매화꽃들이 모여 이룬 빛깔과 봄의 하늘 사이의 경계가 불분명하다는 것을 의미한다. 따라서 ⓒ이 아른거리는 봄의 공기와 선명한 색채 대비를 이루고 있는 매화의 모습을 나타내고 있다는 설명은 적절하지 않다.

오답 풀이

① '봄은 오고 또 오고 풀은 푸르고 또 푸르니'는 화자가 유배지에서 여러 해 봄을 반복하여 맞이하고 있음을 나타낸 것이다.

② '친년은 칠십오요 영로는 수천 리오'는 모친의 나이가 많아 남은 날이 많지 않은데, 고개로 막힌 길이 수천 리나 되어 모친을 만날 길이 막막한 안타까움을 나타낸 것이다.

④ '목련꽃의 죽음은 느리고도 무겁다'는 목련꽃이 다른 꽃들처럼 쉽게 지지 않고 꽃잎이 누더기가 되어 나뭇가지에서 너덜거릴 때까지 최선을 다해 버티다가 마침내 떨어져 자신의 생을 마감하는 모습을 나타낸 것이다.

⑤ '그 순결한 시간의 빛들은 사람의 손가락 사이를 다 빠져나가서'는 생성과 소멸을 거듭하며 빠르게 흘러가는 시간을 사람의 힘으로 붙잡을 수 없음을 나타낸 것이다.

135 외적 준거에 따른 작품 감상 답 ③

정답 풀이

'산수유가 사라지면 목련이 핀다'는 '산수유'가 지는 시기와 '목련'이 피는 시기, 즉 '산수유'와 '목련'의 고유한 특성을 비교한 것으로 볼 수 있다. 그러나 이를 '목련'이 지닌 고유한 특성보다 '목련'의 맥락적 특성에 더 큰 가치를 부여한 것으로 볼 수 없다.

오답 풀이

① '돌산도 율림리 정미자 씨 집 마당'은 매화가 핀 장소를, '1월 중순'과 '이제'는 매화가 핀 시간을 보여 주는 것으로, 글쓴이가 '매화'라는 대상이 놓인 특정한 장소와 시간에 주목하고 있음을 알 수 있다.

② '꽃보라가 되어 사라진다'는 매화의 고유한 특성은 '해안선을 가득 메우고도 군집으로서의 현란한 힘을 이루지 않'고 '제각기 떨어진다'는 동백꽃과 대비된다.

④ '사람을 쳐다보지 않고, 봄빛 부서지는 먼 바다를 쳐다본다'는, 글쓴이가 특정 장소인 '향일암 앞바다'에 피어난 '동백꽃'의 맥락적 특성을 표현한 것으로 볼 수 있다.

⑤ '사람의 생명 속을 흐르는 시간의 풍경도 저러할 것인지는 알 수 없었으나'는, 글쓴이가 '매화 꽃잎 떨어지는 봄 바다'를 보면서 이를 인간의 삶과 관련지어 사색한 내용이라 할 수 있다.

적중 예상 갈래 복합 03

본문 154쪽

[136~141] (가) 이황, 〈만보〉 (나) 이신의, 〈사우가〉 (다) 윤오영, 〈하정소화〉

136 ③ 137 ② 138 ④ 139 ① 140 ③ 141 ④

E 지문 선정 포인트

(가)는 성취하지 못한 학문에 대한 회한과 반성, 깨달음을 담아낸 작품이야.
(나)는 사우(四友)의 변치 않는 속성을 통해 시류에 영합하지 않겠다는 굳은 의지와 올곧은 선비의 기상을 드러낸 작품이야.
(가)는 화자와 주변을 대비함으로써 화자의 현재 처지를 강조했다는 점에 주목하여, (나)는 조선 시대 사대부들의 자연에 대한 인식과 가치관이 자연물에 투영되어 있다는 점에 주목하여 작품으로 선정하였어.

(가) 이황, 〈만보〉

해제 이 작품은 저녁이라는 시간적 배경과 가을이라는 계절적 배경을 통해, 수확과 결실의 기쁨이 있는 가을 풍경과 학문적으로 이룬 것이 없는 화자 자신의 모습을 대비하며 회한의 정서를 드러낸 한시이다. 수확의 기쁨으로 풍요로운 농촌의 모습을 선경으로 제시하고, 학문 완성에 대한 화자의 자기 성찰을 후정으로 제시하면서 삶에 대한 반성과 회한이라는 작품의 주제를 강조하고 있다. 제목인 '만보'는 '저녁에 산보를 하며'라는 의미이며, 이때의 저녁은 하루를 마무리하는 시간으로 화자가 자신의 삶을 되돌아보며 성찰하는 계기로 작용한다.

주제 소망한 바(학문적 성취)를 이루지 못한 회한과 성찰

구성

1~4행	책을 정리하다가 저녁이 됨.
5~8행	가을 들판과 집들의 풍경
9~12행	화자의 처지와 대비되는 풍요로운 가을 정경
13~16행	자신의 처지에 대한 회한과 안타까움

(나) 이신의, 〈사우가〉

해제 이 작품은 작가가 조선 광해군 때 인목대비 폐비 사건에 대한 반대 상소를 올렸다가 유배되었을 때 지은 총 4수의 연시조이다. 작품에서는 일반적인 사군자에 해당하는 '매란국죽'과 달리, 소나무, 국화, 매화, 대나무라는 사우가 지닌 덕성, 즉 푸르고 청고한 모습을 예찬하고 있다. 자연물이 지닌 속성에서 지조나 절개와 같은 숭고한 정신적 가치를 발견하고, 사우와 대조가 되는 대상을 제시하여 사우의 속성을 강조하고 있다는 점이 특징적이다.

주제 사우인 소나무, 국화, 매화, 대나무의 지조와 절개 예찬

구성

제1수	풍상에도 변함없이 푸른 소나무의 모습 예찬
제2수	엄상에 홀로 피는 국화의 모습 예찬
제3수	눈 속에 피어 그윽한 향기를 풍기는 매화의 모습 예찬
제4수	백설에도 푸른 대나무의 모습 예찬

(다) 윤오영, 〈하정소화〉

해제 이 작품은 더운 여름에 대한 글쓴이의 소회와 경험을 담은 수필이다. 글쓴이는 남들과 달리 피서를 하지 않고 더위가 물러갔을 때의 기쁨을 생각하며 오히려 더위를 참고 즐기며 이를 험준한 산악을 정복하는 쾌감에 비유하고 있다. 또한 여름을 즐기며 날 수 있는 방법으로 석후의 납량에 대해 소개하며, 예전 돈암동 집 뒷동산에서 어느 달밤에 여인을 만난 경험을 추억한다.

주제 여름을 즐기며 나는 방법

구성

처음	봄, 여름, 가을, 겨울을 사랑하는 이유 [수록 부분]
중간	여름을 피하지 않는 이유와 여름을 즐기며 나는 방법 [수록 부분]
끝	달밤에 만난 여인에 대한 추억

136 작품 간의 공통점 파악 답 ③

정답 풀이

(가)에서는 학문적 성취라는 소망한 바를 이루지 못한 화자의 모습과 달리 추수가 가까워 즐거워하는 농가의 모습이 대조적으로 그려지며 화자의 성찰과 한탄의 정서가 강조되고 있다. (나)의 〈제4수〉에서는 '온갖 꽃'이 '간데'없는 상황과 '대숲'만이 푸르른 상황이 대조적으로 그려지고 있다. 즉 겨울이 되어 온갖 꽃이 지고 대나무만 푸른 대조적인 상황이 그려지며 대나무에 대한 화자의 예찬의 정서가 강조되고 있는 것이다. 이와 함께 (나)의 〈제2수〉에서는 봄을 마다하고 된서리에 홀로 피는 국화, 〈제3수〉에서는 무한한 꽃과 눈 속에 홀로 피는 매화가 대조를 이루며 국화와 매화에 대한 화자의 예찬의 정서를 드러내고 있다.

오답 풀이

① (가)의 마지막 행 '옥으로 꾸민 금을 뜯으니 밤만 고요히 깊어 가네'에서는 거문고 소리를 통해 화자의 회한을 드러내고 있다. 그러나 (나)에서는 시각적 이미지와 후각적 이미지만을 사용하고 있을 뿐, 청각적 이미지는 나타나지 않는다.

② (나)의 〈제2수〉 '어즈버 청고한 내 벗이 다만 넨가 하노라'에서 말을 건네는 듯한 어조를 사용하여 대상인 국화에 대한 친밀감을 나타내고 있다고 볼 수 있다. 그러나 (가)에서는 말을 건네는 듯한 어조를 사용하지도, 대상에 대한 친밀감을 드러내지도 않았다.

④ (가)에서는 바람이 부는 모양을 '솔솔'이라는 의태어를 사용해 묘사하고 있고, (나)에서는 대숲이 청풍에 흔들리는 모양을 '흔덕흔덕'이라는 의태어를 사용해 묘사하고 있다. 그러나 (가)와 (나)에서는 이러한 의태어, 곧 음성 상징어를 사용하여 대상의 변화 과정을 묘사하고 있지는 않다.

⑤ (가)의 '이내 인생 유독 무엇을 하였던가?'에서는 설의적 표현을 사용하여 아무것도 이룬 것이 없다는 화자의 자책과 안타까움, 회한의 정서를 드러내고 있다. 또한 (나)에서는 '어쩌다 봄빛을 가져 고칠 줄 모르나니', '동리에 심은 국화 귀한 줄을 뉘 아나니' 등에서 설의적 표현을 사용하여 사우에 대한 예찬의 태도를 드러내고 있다. 이처럼 (가)와 (나)에서 설의적 표현을 사용한 것은 맞지만 이를 통해 대상에 대한 화자의 비판적 태도를 드러낸 것은 아니다.

137 감상의 적절성 파악 답 ②

정답 풀이

(가)에서 책을 되는 대로 뽑아 산만하게 쌓아 두었다가 또다시 이를 정리하는 모습은 건망증으로 인해 이 책 저 책 뽑아 본 뒤 그 책을 정리하는 화자의 현재 상태를 보여 준다고 볼 수 있다. 또한 이는 (가)의 시간적 배경인 '저녁'이 인생의 황혼기를 비유하며, '책'과 연관 지어 화자의 숙원을 학문적 완성이라고 볼 때, 적지 않은 나이에도 책을 놓지 못하고 학문적 노력을 지속하고 있는 화자의 모습을 드러낸다고도 볼 수 있다. 그러나 (가)에서 화자는 이룬 것이 없는 자신의 모습에 안타까움을 드러내고 있을 뿐, 학문 수양을 포기하려는 태도를 보인다고 파악할

만한 근거를 찾을 수는 없다.

오답 풀이

① (가)에서 화자가 건망증을 괴롭게 여긴다는 내용이나 지팡이를 짚는다는 내용 등에서 화자의 나이가 많음을 짐작할 수 있다. 특히나 이 작품의 시간적 배경인 저녁과 계절적 배경인 가을을 염두에 두었을 때, 이 작품은 인생의 황혼기에 화자가 자신의 삶을 성찰하는 작품이라고 이해할 수 있을 것이다.

③ 화자는 수확의 기쁨에 젖은 마을 사람들의 모습과 우뚝 서 있는 해오라기의 모습을 보고서는 그와 대비되는 자신의 모습에 '이내 인생 유독 무엇을 하였던가?'라고 자문하고 있다. 따라서 이러한 자문은 주변과 달리 이룬 것이 없는 현재 자신의 모습에 대해 화자가 자책하며 반성하는 것으로 이해할 수 있다.

④ (가)의 1, 2행의 '책을 뽑아 / 산만하게 쌓아 두'고 보았다는 내용과 연관 지어 생각해 보면, 화자의 '오랜 소원'은 학문적 성취라고 볼 수 있다. 따라서 '오랜 소원'이 늘 막히어 있다고 탄식하는 화자의 모습은 학문적 성취를 이루지 못한 자신에 대한 답답함을 드러낸 것으로 볼 수 있다.

⑤ (가)의 '아무에게도 이 소회 말할 데 없어'는 오랜 숙원을 이루지 못한 화자가 자신의 답답한 마음을 말할 데가 없는 상황을 드러낸 것이다. 이런 상황에서 화자는 '금을 뜯'는 행위를 통해 아무에게도 말할 수 없는 자신의 수심을 달래고자 한다고 볼 수 있다.

138 외적 준거에 따른 작품 감상 답 ④

정답 풀이

〈보기〉에서 말하는 유기적 통일성이란 주제와 형식 측면에서 서로 연계되어 있는 것을 말한다. 그러나 동일한 이미지를 사용하는 것은 내용의 유기적 통일성이나 형식 측면의 유기적 통일성과는 무관하므로 적절하지 않다. 또한 (나)의 〈제1수〉~〈제4수〉에서는 '고난'이나 '시련'을 상징하는 시어(풍상, 엄상, 눈, 백설)를 통해 각 연의 대상(솔, 국화, 매화, 대)이 갖는 긍정적 속성을 부각하고 있지만, 고난을 극복하는 과정이 나타나 있는 것은 아니다.

오답 풀이

① (나)에서는 〈제1수〉의 '솔', 〈제2수〉의 '국화', 〈제3수〉의 '매화', 〈제4수〉의 '대'라는 각기 다른 대상을 노래하고 있으므로 각 연이 독립성을 띤다고 볼 수 있다.

② 〈제1수〉~〈제4수〉 각 연의 제재인 '솔', '국화', '매화', '대'가 모두 시련(풍상, 엄상, 눈, 백설)에 굴하지 않는 자세(지조와 절개)를 보여 주고 있다는 것은 주제 면에서의 공통점을 말하는 것이므로 내용적 통일성을 갖추었다고 볼 수 있다.

③ 〈제1수〉~〈제4수〉의 각 연이 모두 4음보 율격을 갖춘 점은 가장 뚜렷한 형식적 유기성을 보여 주는 점이므로 형식적 통일성을 갖추고 있다고 볼 수 있다.

⑤ (나)의 제목에서 '사우(四友)'란 '네 벗(네 명의 친구)'을 의미하며, 이는 네 벗인 '솔', '국화', '매화', '대'가 모두 인격화된 대상이라는 뜻이다. 화자가 〈제1수〉~〈제4수〉에서 그 네 벗에게 모두 긍정적인 태도를 보이며 예찬하고 있는 것은 내용적 통일성을 갖추었다고 볼 수 있다.

139 작품 간 비교 감상 답 ①

정답 풀이

(가)의 '구름 낀 봉우리'는 화자가 마당에서 바라본 가을 풍경이다. 다만, 적지 않은 나이에도 학문 수양을 게을리하지 않는 화자가 바라보는 대상이라는 점에서 '구름 낀 봉우리'를 화자가 도달하고 싶은 학문적 경지(지향점)로 볼 수도 있지만, 그렇다고 이를 탈속의 공간이라고 할 수는 없다. 또한 [A]의 '강이 보이는 언덕'은 글쓴이가 더위를 피하기 좋은 장소로 언급한 곳으로, 글쓴이가 지향하는 공간으로 볼 수 있을 뿐 탈속의 공간이라고 할 수는 없다.

오답 풀이

② (가)의 시간적 배경인 '저녁'은 하루를 마무리하는 시간으로서 화자는 이룬 것이 없는 자신의 삶을 성찰하고 있다. 이에 비해 [A]의 '황혼'은 여름 한낮의 찌는 듯한 더위가 물러간 시간이자 석후의 납량을 위한 시간에 해당한다.

③ (가)의 '바람 소리'는 '추워지네'와 연결되면서 가을바람의 서늘한 느낌을 주는 반면, [A]의 '솔바람'은 '선선한 바람'과 연결되면서 더위를 식혀 주는 청량한 느낌을 준다고 볼 수 있다.

④ (가)에서 화자는 이룬 것 없는 자신과는 달리 '해오라기 우뚝 서 있으니 자태가 멀리 뛰어나네'라고 하며 우뚝 서 있는 해오라기를 예찬하고 있고, [A]에서 글쓴이는 촌옹들과 귀가댁 젊은 여인들이 '납량하던 모습'을 '한 폭의 신선도'나 '천상미인도'에 빗대면서 예찬하고 있다. 따라서 (가)의 '해오라기 우뚝 서 있'는 '자태'와 [A]의 '납량하던 모습'은 모두 화자나 글쓴이가 긍정적으로 여기는 대상에 해당한다.

⑤ (가)에서 화자는 수확의 기쁨으로 풍요로운 농촌의 모습과 달리 소망한 바를 이루지 못한 자신의 삶에 안타까움과 회한을 드러내고 있다. 이를 바탕으로 보면 '옥으로 꾸민 금을 뜯으니 밤만 고요히 깊어 가네'에서의 '밤'은 화자의 회한을 심화시키는 시간적 배경이라 할 수 있다. 한편, [A]에서 글쓴이는 여름에 즐길 수 있는 즐거움으로 '석후의 납량'을 들며 '동산에서 달이 떠오르면 그 청쾌함이란 또 어떠한가'라고 하고 있으므로, 여기서의 '달'은 여름밤 '석후의 납량'을 즐기는 글쓴이의 정취를 고조시킨다고 볼 수 있다.

140 소재의 의미 비교 이해 답 ③

정답 풀이

㉠은 추운 겨울에 눈 속에서 피는 매화를, ㉡은 눈이 내린 겨울에 져 볼 수 없는 일반적인 꽃을 뜻한다. (나)의 〈제3수〉에서 ㉠은 눈 속에 홀로 피어 다른 꽃들과 구별되는 예외적인 속성으로 인해 예찬의 대상이 된다. 이와 달리 〈제4수〉에서 예찬의 대상은 '대'로, 여기서 ㉡은 눈이 내리는 시기에 지는 속성을 지님으로써 눈 속에서도 푸르른 대나무의 모습을 부각 · 강조하는 역할을 한다.

오답 풀이

① (나)의 〈제4수〉는 겨울이 되어 꽃이 진 상황이므로 ㉡은 대상의 순간적인 모습을 강조한 것이라고 할 수 있다. 그러나 ㉠은 눈 속에 홀로 피는 매화로, 대상의 영원한 모습이 아니라 대상의 지조나 절개를 강조한 것이다.

② ㉠은 매화의 탄생을 통해 화자에게 절개 있는 삶에 대한 교훈을 준다고 볼 수 있다. 그러나 ㉢은 봄을 알리는 대상으로, 소멸의 모습을 드러내는 것이 아니며 이를 통해 교훈을 주고 있다고 보기도 어렵다.

④ ㉡과 ㉢ 모두 화자나 글쓴이의 경험을 환기하면서 과거와 현재를 이어 주는 역할을 하고 있지 않다.

⑤ ㉡은 눈이 내린 후에는 볼 수 없는 것이고, ㉢은 봄이 되어 피는 것으로, 둘 다 화자 또는 글쓴이가 자신과 동일시하는 대상이라고 볼 수 없다.

141 외적 준거에 따른 작품 감상 답 ④

정답 풀이

(나)의 〈제3수〉에서 매화가 '눈 속에 꽃이 피어 한 빛'이라는 것은 눈의 순결함에 대해 예찬하는 것이 아니라, 눈 내린 추위에도 꽃을 피우는 매화의 속성에 대해 예찬하고 있는 것이다. 이때의 '눈'은 매화에게 시련, 고난을 주는 대상이라고 할 수 있다. 또한 (다)의 1문단에서 글쓴이는 '겨울의 추움'을 벗어난 봄을 사랑한다고 하였으므로, '눈을 사랑하는 까닭'은 눈의 차가움에 대한 예찬과는 거리가 있다고 볼 수 있다.

오답 풀이

① (가)의 '시골집들에 가을 추수 가까워지고'를 통해 '즐거운 기색 절구 방아나 우물에나 넘치네'는 가을철 추수를 앞둔 농가의 풍요로운 모습을 나타낸다고 할 수 있다. 또한 (나)의 〈제2수〉에서 '엄상'은 늦가을에 내리는 된서리로, 가을

의 추운 날씨를 의미한다. 이는 봄을 의미하는 '춘광'과 대조되면서 국화의 청고함을 부각하는 기능을 한다고 볼 수 있다. 따라서 같은 가을이라도 (가)와 (나) 두 작품에서 갖는 의미나 기능이 다르다고 할 수 있다.

② (가)에서 '까마귀 돌아가니 하늘의 뜻을 잘 터득한 것 같고'는 철새인 까마귀가 계절의 순리에 따라 이동을 하는 모습으로 이해할 수 있다. 그리고 (다)에서 글쓴이가 여름의 더위를 피하지 않고 한 줄기 소나기를 기다리는 마음으로 참는 것은 계절의 혹독함을 극복하며 이겨 내는 모습으로 이해할 수 있다.

③ (나)의 〈제1수〉에서 '봄빛'은 소나무의 푸른빛으로, 푸른 소나무는 화자가 예찬하는 대상이다. 〈보기〉에서 "전통적으로 '사철 푸름'이 지조를 상징"한다고 하였으므로, '봄빛' 곧 사철 푸른 소나무는 절개를 상징하며 예찬의 대상이 되므로, 긍정적 속성을 갖는다고 할 수 있다. 또한 (다)의 1문단에서 글쓴이는 봄을 사랑하는 이유가 꽃을 사랑하기 때문이고, 꽃을 사랑하는 것은 추운 겨울에서 벗어난 기쁨 때문이라고 하였다. 따라서 (다)에서 '봄'은 추운 겨울에서 벗어난 기쁨을 선사한다는 점에서 긍정적 속성을 갖는다고 할 수 있다.

⑤ (나)의 〈제4수〉에서 '백설이 잦은 날'은 온갖 꽃을 볼 수 없는 겨울로 백설의 흰빛은 푸른 '대숲'과 대조를 이루고, (다)의 '뜨거운 여름'은 '맑은 바람'과 대조를 이루면서 각각 '대숲'의 푸르름과 '맑은 바람'의 시원함을 부각한다고 볼 수 있다.

적중 예상 갈래 복합 04

본문 157쪽

[142~147] (가) 이현보, 〈어부단가〉 (나) 작자 미상, 〈봉선화가〉 (다) 이상, 〈산촌 여정〉

142 ⑤　143 ③　144 ③　145 ③　146 ④　147 ③

E 지문 선정 포인트

(가)는 속세를 떠나 풍류를 즐기면서도 임금과 나라를 걱정하며 이상과 현실 사이에서 갈등하는 사대부 계층의 정신세계를 그린 작품이야.
(나)는 규중에서 화초를 벗 삼아 지내던 여인이 봉선화에 대한 섬세한 감정을 일인칭 시점의 독백체로 드러낸 작품이야.
(다)는 글쓴이가 산촌에 머물면서 체험한 것과 이를 통해 느낀 정서를 감각적 이미지와 이국적 이미지로 형상화한 작품이야.
(가)는 강호 자연과 정치 현실이라는 두 세계 사이에서 갈등하는 화자의 모습에 주목하여, (나)는 봉선화를 의인화하여 화자의 섬세한 정서와 규방에서의 생활상을 드러낸 시적 분위기에 주목하여, (다)는 글쓴이가 공간적 배경인 산촌으로 오게 된 동기와 공간의 상징적 의미에 주목하여 작품으로 선정하였어.

(가) 이현보, 〈어부단가〉

해제 이 작품은 관념적인 어부의 모습을 빌려 세속적인 인간 사회에서 벗어나 자연 속에서 한가하고 느긋한 삶을 살고 싶은 욕망을 노래한 작품이다. 한편, 화자는 자연 속에 묻혀 지내면서도 임금과 나라를 구할 선비에 대한 고민을 드러내고 있는데, 이는 우국충정을 중시한 당시 유학자들의 가치관을 보여 주는 것이다.

주제 자연 속에서 유유자적하게 살아가는 어부의 삶

구성

제1수	세상사를 잊은 어부의 한가로운 생활
제2수	자연에 묻혀 욕심 없이 살아가는 삶
제3수	자연의 참된 의미를 아는 삶에 대한 자부심
제4수	시름을 잊고 자연과 벗하는 삶
제5수	나랏일에 대한 근심과 제세현의 출현에 대한 기대

(나) 작자 미상, 〈봉선화가〉

해제 이 작품은 봉선화의 꽃잎으로 손톱을 물들이는 세시풍속을 제재로 한 규방 가사이다. 이 작품은 봉선화 이름의 유래를 밝히고 봉선화 꽃물을 들이는 구체적 과정을 제시하고 있으며, 다양한 색채 이미지와 의인화된 봉선화에게 말을 건네는 방식을 활용하여 봉선화의 아름다움을 예찬하고 있다.

주제 봉선화에 대한 여인의 정감

구성

서사	'백화보'에서 본 봉선화의 이름 유래
본사 ①	정숙한 여인의 기상을 지닌 봉선화
본사 ②	손톱에 봉선화 꽃물을 들이는 과정
본사 ③	손톱에 물든 봉선화 꽃물의 아름다움
결사	낙화에 대한 아쉬움과 봉선화와의 계속되는 인연

(다) 이상, 〈산촌 여정〉

해제 이 작품은 작가 이상이 요양을 위해 평안남도 성천에 머문 경험을 바탕으로 쓴 수필로, 궁벽한 산촌의 하루를 경쾌한 어조로 세밀하게 그

려 냈다. 작가는 '엠제이비(MJB)의 미각', '파라마운트 회사 상표' 등 도회적 감수성이 느껴지는 소재와 시각, 청각, 후각 등의 다양한 감각을 동원하여 성천의 자연과 그곳 사람들을 재해석하고 있다. 한편, 작가는 자신의 죽음에 대한 불안과 도회의 가족에 대한 근심을 드러내면서도 느리게 전개되는 성천의 시간과 평온한 풍경 속에서 자신의 불안과 근심을 유보하고 있다.

주제 성천에서 느끼는 서정과 가족에 대한 걱정

구성

처음	산촌의 밤의 정취와 도회에 두고 온 가족에 대한 걱정 [수록 부분]
중간 ①	객줏집 마당에서 떠올리는 상념 [수록 부분]
중간 ②	주위의 풍경과 인물들에 대한 묘사
끝	객줏집 방으로 돌아와 떠올리는 도회에 대한 향수, 질병과 가족에 대한 근심

142 작품 간의 공통점과 차이점 파악 답 ⑤

정답 풀이

(가)에서는 〈제4수〉에서 '한운(구름)'과 '백구(갈매기)'를 '너'라고 지칭하고, (나)에서는 봉선화를 '그대'라고 지칭하면서 인격을 부여하여 대상에 대한 정서적 친밀감을 드러내고 있다.

오답 풀이

① (가)에서는 '녹수, 청산, 월백, 청하, 녹류, 백구' 등 푸른색과 흰색의 색채어를 활용하여 작중 상황을 감각적으로 보여 주고 있다. 그리고 (나)에서도 '홍산호', '홍수궁', '홍로', '붉은 꽃', '푸른 물', '녹의홍상' 등에서 붉은색과 푸른색의 색채어를 활용하고 있다.

② (나)에서는 '정정한 기상을 여자 밖에 뉘 벗할꼬', '쪽 잎의 푸른 물이 쪽빛보다 푸르단 말 이 아니 옳을쏜가', '이십 번 꽃바람에 적막히 떨어진들 뉘라서 슬퍼할꼬' 등에서 설의적 표현을 활용하여 말하고자 하는 바를 강조하고 있다. 그리고 (가)에서도 '인세를 다 잊었거니 날 가는 줄을 아는가', '일반 청의미를 어느 분이 아실까', '어주에 누웠은들 잊은 틈이 있으랴', '내 시름 아니라 제세현이 없으랴' 등에서 설의적 표현을 활용하고 있다.

③ (가)에서는 자연과 인간을 대조적으로 제시하고 있다. 그러나 (나)에서는 자연과 인간을 대비하는 내용은 나타나지 않는다.

④ (가)에서는 시간의 흐름에 따라 변화하는 대상의 모습이 드러나지 않는다. 다만, (나)에서는 활짝 핀 봉선화가 시간의 흐름에 따라 져서 땅에 떨어지는 상황을 제시하고 있다.

143 외적 준거에 따른 작품 감상 답 ③

정답 풀이

〈제3수〉에서 '청하에 밥을 싸고 녹류에 고기 꿰'는 어부로서 살아가는 화자의 삶을 제시하고 있다. 그러나 이를 통해 자신의 소박한 삶을 다른 사람과 함께 나누고자 하는 마음을 드러내는 것이 아니라, 자신의 소박하고 유유자적한 삶에 대한 자부심을 드러내고 있다. 이는 '일반 청의미를 어느 분이 아실까'라는 설의적 표현을 통해서 알 수 있다.

오답 풀이

① 〈제1수〉의 초장에서 '시름없'는 '어부의 생애'는 유학자들이 관념적으로 생각하는 어부의 삶으로 볼 수 있다. 그리고 중장과 종장에서 화자 또한 어부처럼 일엽편주를 바다 위에 띄워 놓고 세월 가는 줄 모르고 지내고 있다고 하였다. 이는 화자가 인간 사회를 떠나 근심 걱정 없이 유유자적하게 가어옹으로 지내고 있음을 드러내는 것으로 볼 수 있다.

② 〈제2수〉의 초장에서 화자는 '만첩청산'으로 둘러싸인 곳에 있음을 알 수 있다. 그리고 중장에서 이곳은 '십장 홍진', 즉 속세와 떨어져 있는 자연이라는 점이 드러난다. 따라서 〈제2수〉는 화자가 속세와 멀리 떨어진 곳에서 지내는 상황임을 드러낸다고 볼 수 있다.

④ 〈제4수〉의 초장에서 화자는 '한운'과 '백구'가 있는 자연 속에서 지내고 있음을 밝힌 뒤, 중장과 종장에서 욕심 없는 이들을 좇아 놀겠다고 제시하고 있다. 이는 다툼을 유발하는 세속적 욕심을 버리고 자연 속에서 초연한 삶을 살아가려는 의지를 드러내는 것으로 볼 수 있다.

⑤ 〈제5수〉의 중장에서 화자는 현재 어주에 누워 있다는 것을 드러내고 있다. 그리고 초장에서 천 리나 떨어져 있는 '북궐'을 떠올리고, 종장에서 자신이 아니더라도 '제세현'이 있을 것이라고 생각을 전환하고 있다. 이는 속세를 떠났음에도 정치 현실에 미련을 완전히 버리지는 못했음을 드러내는 동시에 의식적으로 정치 현실을 잊으려는 태도를 드러내는 것으로 볼 수 있다.

144 작품의 내용 파악 답 ③

정답 풀이

'난데없는 붉은 꽃이 가지에 붙었는 듯 / 손으로 움키려니 분분히 흩어지고'라는 표현은 거울에 비친 손톱의 봉선화 꽃물이 마치 가지에 붙은 붉은 꽃처럼 보이는데, 그것을 잡을 수 없다는 뜻이다. 따라서 이 시구는 손톱에 봉선화 꽃물이 잘 들었음을 드러내는 것일 뿐, 봉선화 꽃이 머지않아 지리라는 것을 암시하는 것과는 거리가 멀다.

오답 풀이

① '옥난간 긴긴 날에 보아도 다 못 보아~섬섬한 십지상에 수실로 감아 내니'에서, 화자는 봉선화 꽃이 핀 것을 눈으로 보기만 하는 것으로는 만족할 수 없어, 그 감흥을 이어 가기 위해 손톱에 봉선화 꽃물을 들이는 행위를 하였음을 알 수 있다.

② '종이 위에 붉은 물이 미미히 스미는 양'이라는 시구를 고려할 때, '가인의 얕은 빰에 홍로를 끼쳤는 듯'은 으깬 봉선화 꽃잎을 감싼 종이에 꽃물이 붉게 스며드는 모습을 비유한 것임을 알 수 있다.

④ '꽃 앞에 나아가서 두 빛을 비교하니'를 고려할 때, '쪽 잎의 푸른 물이 쪽빛보다 푸르단 말 이 아니 옳을쏜가'라는 표현은 자신의 손톱에 물든 봉선화 꽃물의 색이 실제 봉선화 꽃잎의 색깔보다 더 아름답다는 감탄을 드러낸 것으로 볼 수 있다.

⑤ '하물며 그대 자취 내 손에 머물렀지'를 고려할 때, '규중에 남은 인연 그대 한 몸뿐이로세'라는 말은 다른 봄꽃들과 달리 봉선화는 화자의 손톱에 꽃물의 흔적을 남겨 오랫동안 화자와 함께할 것임을 의미한다고 볼 수 있다.

145 구절의 표현 방법 및 의미 이해 답 ③

정답 풀이

ⓒ에서 글쓴이는 객줏집 방 안에 들어온 베짱이의 울음소리를 듣고 '도회의 여차장이 차표 찍는 소리'를 연상함으로써 도시적 감수성을 드러내고 있다. 그러나 여기서는 경성에 있는 가족에 대한 걱정을 드러내고 있지는 않다. 글쓴이가 '슬퍼하는 것처럼 고개를 숙이'는 것은 가족에 대한 걱정 때문이 아니라 석유 등잔을 보고 어린 시절의 추억을 떠올리며 감상에 젖었기 때문이다.

오답 풀이

① ㉠의 '엠제이비'는 글쓴이가 마시던 커피의 이름으로, '엠제이비의 미각'은 이국적인 느낌을 주고 있다. 그리고 엠제이비의 미각을 잊어버린 지도 20여 일이나 된다는 서술에서, 글쓴이가 서울을 떠나 성천에 머문 지 20여 일이 지났음을 알 수 있다.

② ㉡에서는 석유 등잔에서 나는 냄새를 '도회지'에서 접했던 '석간' 신문의 냄새에 빗대는(비유) 후각적 이미지를 활용하여 도시적 감수성을 드러내고 있다. 그리고 '소년 시대의 꿈을 부릅니다'에서 글쓴이가 석유 등잔을 밝힌 밤에 연초 갑지를 붙이던 과거의 추억을 떠올리고 있음을 알 수 있다.
④ ㉣에서는 '하루'라는 추상적인 시간 개념을 '짐'이라는 감각적 사물로 구체화하여 제시하고 있다. 또한 하루를 보내는 것을 마당에 가득한 짐처럼 여기고 새빨간 잠자리를 병균에 비유하며 부정적으로 인식하는 데에서 글쓴이가 피폐해진 몸과 마음을 아직 추스리지 못한 상태에 있음을 알 수 있다.
⑤ ㉤에서는 '지난밤의 체온'이라는 촉각적 이미지를 마치 방안에 내던질 수 있는 물건 같은 시각적 이미지로 전이하는 공감각적 표현을 통해 글쓴이가 자리를 털고 일어나 마당으로 이동하고 있음을 나타내고 있다.

146 소재의 기능 파악 답 ④

정답 풀이

(나)의 '춘삼월이 지난 후에 향기 없다 웃지 마소~정정한 기상을 여자 밖에 뉘 벗할꼬'라는 구절에서, ⓐ(봉선화)는 화자가 지향하는 삶의 태도를 드러내고 있음을 알 수 있다. 즉 화자는 향기가 없다는 봉선화의 속성을 여성의 정정한 태도와 관련지으면서 긍정적으로 여기고 있는데, 이는 화자가 바람직하게 여기는 여성의 삶의 태도로 볼 수 있다. 그리고 (다)의 '하루라는 짐이 마당에 가득한 가운데 새빨간 잠자리가 병균처럼 활동합니다.'라는 진술에서, (다)의 글쓴이가 심리적으로 지쳐 있는 상태임을 알 수 있다. 그런데 불타오르는 듯한 맨드라미 꽃과 봉선화를 보고는 이들 꽃의 정열에 호흡이 더워 오는 것 같은 느낌을 받는다. 이는 붉은색의 화초를 통해 삶의 정열과 활력을 느끼는 것으로 볼 수 있다. 따라서 ⓑ(봉선화)는 글쓴이에게 필요한 삶의 활력을 자극하는 기능을 한다고 볼 수 있다.

오답 풀이

① (나)의 '세세연년의 꽃빛은 의구하니'는 내년에도 붉은색을 지닌 봉선화 꽃이 필 것이라는 의미이다. 이를 고려할 때 ⓐ(봉선화)는 화자에게 미래에 대한 기대감을 유발한다고 볼 수도 있다. 그러나 (다)의 ⓑ(봉선화)가 글쓴이에게 현실의 애환을 환기한다는 설명은 적절하지 않다. '지하에서 빨아올리는 이 화초들의 정열에 호흡이 더워 오는 것 같습니다.'라는 진술에서 글쓴이는 오히려 붉은 봉선화 꽃을 보면서 삶의 활력을 얻고 있음을 알 수 있다.
② (나)에서 화자가 ⓐ(봉선화)를 활용하여 자신의 처지를 드러내거나 인식하는 내용은 나타나 있지 않다. (다)에서도 글쓴이가 ⓑ(봉선화)를 통해 자신의 현재 처지를 성찰하는 내용은 나타나 있지 않다.
③ (나)에서 화자가 지니고 있는 내적 욕망은 나타나 있지 않다. 그리고 (다)에서는 '하루라는 짐이 마당에 가득한 가운데 새빨간 잠자리가 병균처럼 활동합니다.'라는 진술에서 글쓴이가 심리적 갈등을 겪고 있음이 암시되고 있지만, 글쓴이는 ⓑ(봉선화)를 통해 일시적으로나마 갈등을 해소할 수 있는 활력을 얻고 있다.
⑤ (나)에서 화자는 ⓐ(봉선화)가 져 버린 상황을 슬퍼하지만 이 때문에 삶의 무상감을 느끼지는 않는다. 오히려 내년에도 만날 수 있으며 자신의 손에 흔적이 남아 있음을 언급하면서 한스럽게 여기지 말라며 봉선화를 위로한다. 한편 (다)에서 화자는 하루하루를 보내는 것을 힘들어할 만큼 좋지 않은 상태이다. 그런데 불타오르는 듯한 ⓑ(봉선화)의 정열에 호흡이 더워 오는 것 같은 느낌을 받는다. 이는 ⓑ가 글쓴이의 현실 극복 의지를 북돋우는 것으로 볼 수 있다.

147 외적 준거에 따른 작품 감상 답 ③

정답 풀이

(가)에서 '무심코 다정한 것'은 자연물인 '한운'과 '백구'를 의미한다. (가)의 화자는 '인세'를 떠나 강호에 은거하며 욕심 없는 삶을 추구하고 있으므로, '한운'과 '백구'가 있는 '강호'는 화자가 긍정적인 정서를 지니는 장소에 해당한다. 따라서 '강호'는 화자가 장소애를 느끼는 곳으로 볼 수 있다. 그러나 (나)에서 '땅 위에 붉은 꽃이 가득히 수놓았다'는 표현은 봉선화가 시들어 땅 위에 가득히 떨어져 있는 모습을 나타낸 것이며, 이를 본 화자는 암암히 슬퍼하고 있다. 따라서 '붉은 꽃'이 수놓인 '땅 위'는 화자가 그곳에 대한 긍정적 정서인 장소애를 느끼는 장소로 볼 수 없다.

오답 풀이

① (가)의 '만경파'는 화자가 '일엽편주'를 타고 있는 넓은 바다를 의미한다. 화자는 이곳을 속세의 부정적 모습을 가려 주는 공간으로 인식하면서 동시에 자신이 편안하게 지낼 수 있는 곳으로 여기고 있다. 따라서 주관적 가치를 부여한 장소로 볼 수 있다. (다)의 화자는 팔봉산이 있는 '산촌'에서 낯선 경험을 하며 그것에 대한 정서를 드러내고 있다. 따라서 주관적 의미를 부여하는 장소로 볼 수 있다.
② (가)의 '인세를 다 잊었거니 날 가는 줄을 아는가'와 '십장 홍진이 얼마나 가렸는가'에서, 화자는 속세(인세, 십장 홍진)를 부정적으로 여기고 멀리하려는 태도를 보이고 있음을 알 수 있다. 그리고 (나)의 '동원의 도리화는 편시춘을 자랑 마소 / 이십 번 꽃바람에 적막히 떨어진들 뉘라서 슬퍼할꼬'에서 화자는 '동원'에 있는 '도리화'를 봉선화와 대비되는 존재로 여기며 심리적 거리를 두고 있음을 알 수 있다.
④ (가)에서 화자는 자연에 기거하는 삶에 만족하면서도 임금이 계신 '북궐'을 잊은 적이 없음을 제시하고 있다. 그러면서 '내 시름 아니라 제세현이 없으랴'라고 하여 임금과 조정에 대한 미련과 걱정을 떨쳐 버리려고 하고 있다. 따라서 '북궐'은 화자가 걱정하는 대상인 임금이 존재하는 장소로 볼 수 있다. 그리고 (다)의 '마을 사람들은 멀리 떨어져 사는 일가 때문에 수심이 생겼나 봅니다. 나도 도회에 남기고 온 일이 걱정이 됩니다.'라는 진술을 고려할 때, '나'는 '도회'에 두고 온 일가, 즉 가족을 걱정하고 있음을 알 수 있다. 따라서 '도회'는 글쓴이가 걱정하는 대상이 존재하는 장소로 볼 수 있다.
⑤ (나)의 '규중'은 화자가 머무는 공간으로, 화자는 '밤이 깊고 / 납촉이 밝았을 때' 열 손가락에 봉선화 꽃물을 들이는 경험을 한다. 따라서 '규방'은 화자가 밤중에 의미 있는 경험을 하는 장소로 볼 수 있다. (다)의 '객줏집'이 있는 마을은 글쓴이가 거처하는 공간으로, 이곳에서 글쓴이는 칠야 같은 밤에 '도회'보다 갑절이나 많은 별이 뜬 풍경을 보며 평안함을 느낀다. 따라서 '객줏집'이 있는 마을 또한 글쓴이가 밤중에 의미 있는 경험을 하는 장소로 볼 수 있다.

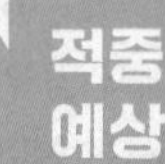

적중 예상 갈래 복합 05

본문 160쪽

[148~152] (가) 작자 미상, 〈어룡전〉 (나) 작자 미상, 〈용부가〉

148 ④ 149 ③ 150 ③ 151 ③ 152 ④

E 지문 선정 포인트

(가)는 계모의 학대와 이의 극복을 다룬 전형적인 계모형 가정 소설이면서 주인공이 명장이 되어 오랑캐를 물리치고 부귀영화를 누린다는 내용의 영웅 소설이야.
(나)는 비도덕적이고 어리석은 부인인 용부가 저지르는 갖가지 부정적인 모습을 나열하여 여성의 바람직한 행실에 대한 깨우침을 주는 작품이야.
(가)는 계모형 소설에서 죽은 전처와 살아 있는 후처 간의 경쟁 관계가 후처와 전처 자식들 간의 갈등으로 변형되어 나타난다는 점에 주목하여, (나)는 하나의 작품 내에 서로 다른 두 개의 말하기 방식이 나타난다는 형식적 특징에 주목하여 작품으로 선정하였어.

(가) 작자 미상, 〈어룡전〉

해제 계모와 전처 자식의 갈등을 다룬 가정 소설과, 도사를 만나 무술을 익히고 외적을 물리치는 영웅 소설의 유형이 복합된 고전 소설이다. 전반부에서는 계모의 영입에 따른 가족 간의 갈등을, 후반부에서는 가족들의 이합과 주인공의 무용담을 부각하는 구성으로 이루어져 있다. 이 소설은 전처의 자식이 내쫓기면서, 그들이 조력자의 도움으로 출세를 함으로써 흩어졌던 가족이 재결합하고 가정의 비극을 해결하는 것이 대략적인 줄거리이다. 성품이 잔악한 계모와 선을 대표하는 전처 자식이 대립하다가 권선징악으로 마무리되는 전형적인 형식을 따르고 있지만, 인물 간의 대립이 역동적으로 전개된다는 점이 특징적이다.

주제 계모의 학대로 인한 가정의 비극과 그 극복 과정

전체 줄거리
송나라 때 어 학사는 부인 성씨와의 사이에 딸 월과 아들 용을 두었다. 성씨가 죽자 어 학사는 강 씨를 후처로 삼는다. 성품이 간악한 강 씨는 아들 재룡을 낳은 후 월과 용을 학대하고 어 학사가 이부상서가 되어 집을 비우자 두 남매를 내쫓는다. 남매는 온갖 고생을 하며 방황하다가 용은 통천 도사를 만나 무술을 익히고, 월은 윤 시랑의 양녀가 되었다가 임 상서의 아들 임선과 혼인한다. 한편 북흉노가 침입하자 용이 출전하여 적을 물리친 뒤 좌승상이 되고 임선은 우승상이 된다. 몇 년 동안 월과 용 남매를 찾아다니던 어 상서는 임 상서의 도움으로 그리던 남매를 만난다. 계모 강 씨는 앙화를 입어 죽고 용은 이복동생 재룡을 찾아 형제의 의를 굳게 한다. 이후 용은 공주와 혼인하여 부귀영화를 누린다.

(나) 작자 미상, 〈용부가〉

해제 작자 및 창작 연대 미상의 조선 후기 계녀 가사이다. 인륜이나 도덕을 전혀 모르는 어리석은 부인, 즉 '저 부인'과 '뺑덕어미'의 행적을 풍자적으로 묘사하여 어리석은 부녀자들이 어떻게 인륜을 파괴하고 패가망신하는가를 생생하게 보여 주는 작품이다. 특히 뺑덕어미는 구비 문학에서 창조된 전형적인 인물로 그 행위가 공식화되어 있다. 용부의 행동을 과장적이고 구체적으로 묘사하여 당대 여인의 현실에 대한 우회적인 비판을 담고 있으며, 〈우부가〉와 함께 짝을 이루는 작품으로 여성의 지위와 갈등을 역설적으로 나타냈다는 평가를 받고 있다.

주제 어리석은 여성의 비행 비판과 풍자

구성

서사	용부를 소개하고자 함.
본사 1	용부의 행실 소개
본사 2	뺑덕어미의 행실 소개
결사	용부에 대한 경계와 백성들에 대한 당부

148 작품의 상황 파악 답 ④

정답 풀이
(가)에서 '월'이 '강 씨'의 음식을 감검하면서 독약을 섞었다는 것은 강씨의 모함으로, 월에게는 아무런 잘못도 없다. "소저가 적실히 죄를 지었으면 위로 명천이 소소히 하감하시니, 잠시간인들 어찌 천벌이 없사오리까."라는 월의 말로 미루어 보아 그녀는 자신의 결백을 당당히 밝히고 있다고 볼 수 있다. 따라서 '월'은 자신의 잘못을 솔직히 인정하고 '강 씨'와 아버지 '학사'의 선처를 바라고 있다고 보기 어렵다.

오답 풀이
① '강 씨'는 '월'을 모함하기 위해 이웃집 노고를 꼬여 비상을 마련한 뒤 자신의 음식에다 죽지 않을 만큼의 비상을 타서 먹고 역취하여 사방으로 뒹굴며 먹은 음식을 토하고 기절하는 등의 연극을 보인다.
② '강 씨'는 이 집에 있다가는 자신의 모녀가 비명에 죽을 것이라든가, 자신은 집에 있고 '월'을 남의 집에 보내면 천지간에 무쌍한 허물이 자신에게 돌아올 것이라는 등의 경우를 상정하여 자신이 집을 나가는 것이 옳다며 학사를 협박하고 있다.
③ "비록 금수 같은 미물이라도 어미와 자식을 알고 사랑하옵거든, 하물며 인형을 가지고 차마 어찌 부모와 동생을 모르고 해코져 하오리까?"나 "설사 자식이 죄가 있사오면 다스리고 훈계하시는 것이 당연하옵거늘" 등의 말을 통해 '월'은 부모 자식 간의 도리를 들어 '강 씨'가 집을 나가겠다는 생각을 바꾸기를 간청하고 있다.
⑤ "나 같은 팔자가 어디 있으리오. 이것이 다 나의 기운이니 부인은 임의로 하라."라는 말에서, 학사가 모든 것을 자기 탓으로 여기고 집을 나가겠다는 '강 씨'의 뜻을 받아들이려 함을 알 수 있다.

149 소재의 의미와 역할 파악 답 ③

정답 풀이
(나)의 '계염할사 시아버니 암상할사 시어머니~남편이나 믿었더니 십벌지목 되었에라'는 '저 부인'이 시집간 지 석 달만에 시집살이가 심하다고 친정에 편지하여 시집 식구들의 흉을 보는 내용이다. 따라서 '편지'에는 '저 부인'이 시부모와 시누이, 맏동서, 아우 동서 등의 시집 식구들을 비난하는 내용이 담겨 있다고 할 수 있다.

오답 풀이
① '비상'은 '강 씨'가 '월'을 모함하기 위한 도구로 '강 씨'의 죄가 밝혀지는 복선 역할을 하는지는 알 수 없다. '강 씨'의 죄가 밝혀지고 있지 않을 뿐만 아니라 '비상'에 의해 그것이 암시되고 있는 것도 아니기 때문이다.
② '차영'은 '강 씨'의 모함으로 누명을 쓴 '월'이 동생 '용이'를 붙들고 눈물 흘리는 모습을 보면서 함께 슬퍼하고 있을 뿐, '월'의 무고함을 밝혀 누명을 벗겨 주고 있지는 않다.
④ '간숫병'은 '저 부인'이 시집살이를 못하겠다며 자살하기 위해 들이키는 것으로, 시집살이의 고달픔을 달래기 위한 수단과는 관련이 없다.
⑤ '엿장사'와 '떡장사'는 아이를 핑계 대고 뺑덕어미가 찾는 군것질거리 장수로, 뺑덕어미의 비행을 고발하고 경계하는 인물과는 거리가 멀다.

150 표현상 특징 파악 답 ③

정답 풀이

(나)는 화자가 '저 부인'과 '뺑덕어미'라는 부정적 인물의 행태를 구체적이면서 과장적으로 묘사하고 있는 것이 특징이다. 즉 인륜과 도덕을 모르는 어리석은 부인의 행동이 어떤 방식으로 인륜을 파괴하고 패가망신에 이르게 하는지를 과장과 풍자적 어조를 통해 생생하게 보여 주고 있다.

오답 풀이

① 이 작품은 '저 부인'과 '뺑덕어미'를 비판하는 화자의 일관된 목소리가 나타날 뿐, 두 인물의 대화를 주고받는 대화체의 형식을 차용하고 있지 않다.

② 이 작품은 '저 부인'의 행실을 열거한 다음 이어 '뺑덕어미'의 행실을 열거하고 있을 뿐, 시간의 흐름에 따른 두 인물의 태도 변화를 보여 주고 있지 않으며 두 부인의 부정적 행실이 일관되게 나타나고 있다.

④ '보소' 등에 일부 판소리 문체가 활용되고 있는 것은 맞지만, 각 장면이 독립적으로 제시되고 있는 것은 아니다. 각 부분은 '저 부인'과 '뺑덕어미'의 부정적인 행실을 소개하는 내용으로, 통일성을 유지하고 있다.

⑤ 이 작품은 마지막 3행에서 용부인 '저 부인'과 '뺑덕어미'를 비판하고 세상 사람들을 경계하고자 하는 화자의 의도가 직접 노출되어 있다. 또한 '저 부인'과 '뺑덕어미'의 행태도 과장되어 있는 것이 특징이다.

151 외적 준거에 따른 작품 감상 답 ③

정답 풀이

〈보기〉에서 부녀자의 부정적 행위는 엄격한 가부장제 아래에서 여성 자신이 살아남기 위한 하나의 방편으로 당대 여성의 지위와 갈등을 엿볼 수 있게 한다고 하였다. 즉 여성들의 일탈은 남성들에 의한 지배와 억압적인 현실에 대한 탈출구로서 피치 못할 선택이었다는 의미이다. 그런데 (나)에서 '들고 나니 초롱군에 팔짜나 고쳐 볼까'라는 말은 젊은 남자에게 재가하겠다는 의미이므로 단순히 자신의 욕망을 채우기 위한 용부의 비행에 해당한다고 할 수 있다.

오답 풀이

① 〈보기〉에서 조선 후기의 여성은 전처의 자식을 학대하고 계략을 꾸며 집안을 파멸로 이끄는 잔악한 후처의 모습을 지니기도 한다고 하였는데, (가)에서 자신이 꾸민 일을 전처의 딸인 '월'에게 덮어씌우려는 '강 씨'의 모습이 여기에 해당한다.

② (가)에서 학사는 집안에서 괴이한 일이 벌어졌으니 사건의 내막을 철저히 조사하여 그에 합당한 조처를 취해야 하는데도 대강 치죄하여 내치고 부인을 위로하는 등과 같이 사건을 무마하려고만 하는 모습을 보임으로써 무능한 가부장의 모습을 보여 주고 있다.

④ (나)에서 '세간은 줄어 가고 걱정은 늘어 간다'라는 말은 인륜과 도덕을 저버린 용부의 각종 비행으로 인해 용부 자신은 물론 한 집안의 파멸을 불러오는 것과 관련된 표현이다.

⑤ 〈보기〉에서 부녀자의 악행을 생생하게 보여 주는 이유는, 윤리 규범이 어떻게 파괴되는지를 통해 이를 반면교사로 삼기 위한 것이라고 하였는데, 이는 (나)의 마지막 3행에 잘 드러나 있다.

152 외적 준거에 따른 작품 감상 답 ④

정답 풀이

〈보기〉에서 화자나 서술자가 모든 상황을 꿰뚫고 감정을 그대로 노출하거나 논평하면 독자는 그 상황에 쉽게 동화될 수 있다고 하였다. [B]에서 '여기저기 사설이요 구석구석 모함이라.'라는 표현은 '저 부인'이 여러 모로 시집살이를 하소연하고 시집 식구들을 두루 모함한다는 화자의 논평에 해당한다. 그런데 이러한 화자의 논평은 독자가 '저 부인'의 심정에 동화되도록 유도하는 것이 아니라, '저 부인'을 비판적으로 바라보도록 하는 역할을 한다고 할 수 있다. 즉 화자가 '저 부인'의 심정에 동조하여 감정을 드러내는 것이 아니라 '저 부인'의 비행을 꿰뚫어 보고 있으므로 독자는 이러한 화자의 비판적인 목소리에 동조하게 되는 것이다.

오답 풀이

① [A]에서 '보는 사람이 뉘 아니 슬퍼하며 산천초목도 위하여 슬퍼할러라.'라는 말은 흔히 편집자적 논평이라 불리는 것으로, 계모에게 모함을 당한 남매의 슬픈 처지에 대해 서술자가 감정을 드러냄으로써 독자가 이러한 상황에 동화되도록 유도하고 있다.

② [A]에서 '학사가 월이 남매를 내 위로 생각하고 도리어 나를 그리 여겨 박대하는 것이라.'라는 말은 '강 씨'의 속마음을 전지적 작가 시점에서 꿰뚫어 본 것으로 상황을 쉽게 파악할 수 있게 하지만, 이 상황에서 강 씨가 어떤 생각을 하고 있는지 상상할 수 있는 여지를 차단하기도 한다.

③ '십벌지목'은 열 번 찍힌 나무라는 뜻으로 '열 번 찍어 안 넘어가는 나무 없다.'라는 속담과 같은 의미의 말이다. 이는 여러 사람의 등쌀에 결국 시집 식구들을 편들게 된 남편의 옹졸한 모습을 비판하기 위해 사용한 우스꽝스런 비유적 표현이다.

⑤ [B]에서 양반 자랑을 함으로써 색주가를 한다는 것은 모순된 상황이다. 이를 통해 '저 부인'의 허위와 이중성을 폭로하고 있다고 할 수 있다.

적중 예상 갈래 복합 06

본문 163쪽

[153~157] (가) 유하, 〈빠삐용 – 영화 사회학〉 (나) 박남수, 〈종소리〉 (다) 김동인, 〈별〉

153 ④ 154 ③ 155 ③ 156 ③ 157 ②

E 지문 선정 포인트

(가)는 텔레비전 뉴스와 영화 〈빠삐용〉이 전하는 메시지를 통해 무기력하게 현실에 순응하는 현대인의 모습을 비판적으로 성찰하고 있는 작품이야.
(나)는 종소리를 의인화하여 자유에 대한 관념과 자유로운 비상에 대한 의지를 형상화한 작품이야.
(가)는 작품의 모티프가 된 원작 영화 〈빠삐용〉과의 비교를 통해 시에 변주된 내용에 주목하여, (나)는 중요 소재인 '종'과 '종소리'의 관계를 통해 자유에 대한 화자의 열망과 의지를 형상화하였다는 점에 주목하여 선정하였어.

(가) 유하, 〈빠삐용 – 영화 사회학〉

해제 이 작품은 무기력하게 현실에 순응하는 삶에 대한 비판과 성찰을 담고 있는 시이다. 시의 부제인 '영화 사회학'을 통해 이 작품이 〈빠삐용〉이라는 영화를 소재로 하여 현대인의 모습을 그려 내고 있음을 알 수 있다. 서울 대공원을 탈출한 표범 한 마리에 대한 텔레비전 뉴스에서 화자가 주목한 것은 우리에 남아 있는 표범 세 마리인데, 이들은 주어진 환경에 순응하며 자유를 포기한 영화 속 '드가'의 모습이면서 동시에 화자 자신의 모습이기도 하다. 화자의 이러한 성찰은 자유를 찾아 자신이 있던 곳을 탈출한 '빠삐용'이나 표범과 달리 자유를 포기한 채 현실에 안주하는 현대인의 모습을 일깨우고 있다.

주제 무기력하게 현실에 순응하는 현대인의 삶에 대한 비판과 성찰

구성

1연	텔레비전 뉴스를 보며 떠올린 영화 〈빠삐용〉
2연	텔레비전 우리 속에 갇힌 자신에 대한 성찰

(나) 박남수, 〈종소리〉

해제 이 작품은 종소리를 의인화하여 억압적 현실을 벗어난 자유의 확산과 그 의지를 노래한 시이다. 1연에서는 종소리를 의인화된 화자인 '나'로 설정하여 '진폭의 새', '광막한 하나의 울음', 그리고 '하나의 소리'가 된다고 표현함으로써 종소리가 울려 퍼지는 모습을 형상화하고 있다. 여기서 '새'는 자유의 상징으로 볼 수 있다. 2연에서는 종소리의 자유를 구속해 온 '인종'의 '역사'를 제시하였고, 3연에서는 이를 벗어나 자유를 누리는 종소리를 그리고 있는데, 이때 종소리인 '나'는 '푸름'이 되고, '웃음'이 되고, '악기'가 된다. 4연에서는 자유를 펼치지 못하게 하는 '먹구름'을 이겨 낸 종소리가 곱고 부드러운 소리로 흩어져 퍼진다. 이처럼 작가는 참신하고 역동적인 심상들을 통해 자유를 향한 비상(飛翔)의 신념을 노래하고 있다.

주제 종소리로 환기하는 자유의 확산 의지

구성

1연	멀리 울려 퍼지는 종소리
2연	억압에서 벗어나는 종소리
3연	자유롭고 아름다운 종소리(종소리의 확산)
4연	확산의 의지를 담은 종소리

(다) 김동인, 〈별〉

해제 이 작품은 별에 대한 상념을 통해 현재 삶의 방식을 성찰하고 있는 수필이다. 글쓴이는 옥편을 뒤지다가 우연히 '별 성(星)' 자를 보고 문득 별을 못 본 지 얼마나 오래되었는지 상념에 빠지게 되고, 그러면서 어릴 적 가졌던 순수한 동경과 청년 시절 품었던 정열과 흥취를 현재는 모두 상실하고 말았다는 점을 반성하게 된다. 이런 점에서 '별'은 글쓴이에게 성찰과 반성의 계기를 제공하는 대상이라 할 수 있다. 또한 글쓴이는 나이가 들면서 동경과 이상을 잃었기 때문에 더 이상 별을 쳐다보지 않고 있음을 깨닫고는, 사람들이 빽빽하고 기계적인 감정을 갖게 되었기에 더 이상 별을 쳐다보지 않게 되었으며, 또 별을 쌀알로 보고 싶어 하고 달을 금덩이로 보고 싶어 하기에 별을 봐도 아무런 감흥을 느끼지 못하게 되었다고 본다. 이처럼 글쓴이는 별에 대한 개인적인 상념에 그치지 않고, 근대 도시인의 속성에까지 주목함으로써 근대 도시인과 근대 문명에 대한 비판으로 나아가고 있다.

주제 동심과 열정을 지녔던 시절에 대한 그리움과 현재의 속물적 삶에 대한 반성

구성

1문단	옥편에서 '별 성(星)' 자를 보고 별에 대한 정다움이 마음속에 일어남.
2문단	오랫동안 별을 의식한 기억이 없음.
3문단	별에 얽힌 과거에 대한 그리움과 별을 보지 않고도 부족함 없이 살아 나가는 심경
4문단	빽빽하고 기계적인 근대 도시인의 감정
5문단	별을 다시 우러러보고 싶은 심정과 속물적인 자신에 대한 반성

153 작품 간의 공통점 파악 답 ④

정답 풀이

(가)에서 '서울 대공원', '동물원 우리 속', '티브이 우리'는 구속이라는 부정적 이미지를, '바람 같은 자유'는 자유라는 긍정적 이미지를 담고 있다. 또한 (나)에서 종소리를 구속하는 '청동의 표면', '청동의 벽', '칠흑의 감방' 등은 억압이라는 부정적 이미지를, 종소리가 확산되는 것을 형상화한 '진폭의 새', '광막한 하나의 울음', '하나의 소리', '푸름', '웃음', '악기' 등은 자유라는 긍정적 이미지를 담고 있다. 그리고 (다)에서 글쓴이가 어린 시절 우러러본 '별'과 '달'은 정신적 가치라는 긍정적 이미지를, '쌀알'과 '금덩이'는 물질적 가치라는 부정적 이미지를 담고 있다. 이처럼 (가)~(다)는 모두 대립적 이미지를 사용하여 주제 의식을 표현하고 있다.

오답 풀이

① (가)의 '수재에 수재(獸災)가 겹쳤다고'에서 '수재(水災)'의 동음이의어인 '수재(獸災)'를 사용한 것은 언어유희(음이 같거나 유사한 말들을 이용한 말놀이)에 해당하지만, 이는 표범 한 마리가 탈출했음을 알리는 뉴스에서 사용한 표현으로, 화자의 냉소적 시각을 드러내는 것으로 볼 수는 없다. (나)에는 언어유희가 쓰이지 않았으며, 화자의 냉소적 시각도 드러나 있지 않다.
② (가)와 (나) 모두 역설적 표현은 사용되지 않았으며, 무엇을 하고야 말겠다는 강한 의지적 태도 역시 부각되어 있지 않다.
③ (나)와 (다) 모두 말을 건네는 어조는 나타나지 않으며, 청자를 설정하지 않은 독백체로 진술되고 있다.
⑤ (가)에서 '우리'는 화자가 갇혀 있는, 현실의 억압과 구속을 나타내는 상징적 공간으로 볼 수 있으며, (나)에서 종소리를 구속하는 '종'을 비유한 '청동의 표면', '청동의 벽', '칠흑의 감방' 등은 자유('종소리')를 구속하는 상징적 사물로 볼 수 있다. 또한 (다)에서 '별'과 '달'은 정신적 가치를, '쌀알'과 '금덩이'는 물질적 가치를 상징하는 사물로 볼 수 있다. 이처럼 (가)~(다)에는 상징적인 사

물이 제시되어 있고, 이를 통해 현실의 모습이 비유적으로 드러나 있다고는 볼 수 있지만, 시대 현실을 구체적으로 그려 냈다고 볼 수는 없다.

154 작품의 종합적 감상 답 ③

정답 풀이

(가)의 화자는 '아침 티브이'에서 표범 한 마리가 서울 대공원을 탈출했다는 뉴스를 접하고, '저녁 티브이 뉴스' 화면에서 그 표범이 결국 사살된 것을 보게 된다. 이러한 뉴스를 통해 화자는 동물원을 탈출한 표범과 다른 태도를 지닌, 곧 자유를 포기하고 현실에 안주하고 있는 자신의 모습을 확인하며 성찰하게 된다. 이는 자유를 향한 도전을 일관되지 못하게 바라보는 세태에 대한 풍자와는 무관하다. 즉, 동물원을 탈출한 표범(= 자유를 향한 도전)과 관련하여 아침 뉴스에서는 긍정적으로 보도하고 저녁 뉴스에서는 부정적으로 보도한 것도 아니고, 화자가 그 뉴스를 보며 동물원을 탈출한 표범에 대해 긍정적으로 생각했다가 부정적으로 생각하고 있는 것(또는 그 반대)도 아니므로, '아침 티브이'와 '저녁 티브이 뉴스'를 통해 자유를 향한 도전을 일관되지 못하게 바라보는 세태를 풍자했다고 보는 것은 적절하지 않다.

오답 풀이

① '우리 속 세 마리 표범'은 자유를 포기하고 우리 안이라는 현실에 안주해 있다는 점에서 화자와 동일시되는 대상으로 볼 수 있다. 그러한 표범들의 눈빛이 '우울'하다는 표현에는 현실에 무기력한 화자의 정서가 투영되어 있다고 볼 수 있다.

② (가)에서 '우리 속 세 마리 표범'은 동물원을 탈출한 표범과 다른 태도(자유를 포기한 채 현실에 무기력하게 안주하는 태도)를 지닌 대상이다. 이에 비해 '사살당한 표범', 곧 동물원을 탈출한 표범은 자유를 향한 의지를 가지고 있는 대상이다. 이렇듯 (가)에서는 '우리 속 세 마리 표범'과 '사살당한 표범(= 동물원을 탈출한 표범)'을 대비하고, 자유를 찾아 동물원을 탈출한 표범이 끝내 사살당하는 것으로 그리고 있는데, 이는 그만큼 자유를 추구한다는 것이 매우 어려운 것임을 나타낸 것으로 볼 수 있다.

④ '검은 뿔테 안경의 드가'는 영화 <빠삐용>에서 빠삐용의 친구로, 빠삐용과 달리 '여기서 감자나 심으며' 산다고 하며 탈출 의지를 잃고 현실에 안주하는 삶을 택한 인물이다. 화자는 이러한 드가에게 '친근감'이 넘친다고 하며 동질감을 느끼고 있음을 드러냄으로써, 자신 역시 드가와 다를 바 없이 현실에 안주하는 삶을 살아왔음을 암시하고 있다.

⑤ 화자는 저녁 티브이 뉴스에 나온, 사살당한 표범의 시체를 보며 '거봐, 결국 죽잖아!'라고 하는데, 이는 자유를 찾아 탈출한 표범의 비극적 최후에 대한 안타까움과 함께 그렇게 될 줄 알았다는 현실에 대한 체념의 정서도 담고 있다. (가)의 2연에서는 이러한 체념을 하는 화자 스스로를 자유를 포기하고 현실에 안주하는 존재(드가)로 인식하며 성찰하게 된다.

155 외적 준거에 따른 작품 감상 답 ③

정답 풀이

(나)의 1연에서 '광막한 하나의 울음'이 청각적 심상을 환기하는 것은 맞다. 그러나 이는 '하나의 소리'와 함께 종으로부터 벗어나 멀리 자유롭게 울려 퍼지는 종소리를 형상화한 표현이지, 억압적 현실에서의 고통을 표현한 것은 아니다. 참고로, '광막한'은 '아득하게 넓은'이라는 뜻이다.

오답 풀이

① (나)의 1연은 '나는 떠난다.'라는 단정적인 진술로 시상을 열고 있는데, 여기서 화자인 '나'는 의인화된 종소리이다. 따라서 이 구절은 종소리가 울려 퍼지는 순간을 단정적인 진술로 표현함으로써 화자의 단호한 의지를 드러낸 것으로 볼 수 있다.

② (나)에서는 종소리를 의인화한 화자 '나'로 설정하여 청동으로 만든 종에서 종소리가 멀리 울려 퍼지는 모습을 다양한 이미지로 표현함으로써 자유에 대한 의지를 형상화하고 있다.

④ (나)의 2연에서는 종을 '역사'를 가두어 놓은 '칠흑의 감방'으로 표현하였다. 이때 종은 종소리를 구속하던 것이므로, 종에 갇혀 있는 종소리와 '역사'는 동일시된다고 볼 수 있다. 이렇게 종소리와 '역사'가 동일시됨에 따라 종소리가 자신을 구속하는 종을 벗어나 얻게 되는 자유의 의미는 종소리 개인적인 것에서 사회적인 것으로 그 의미가 확장된다.

⑤ (나)의 3연에서 종소리는 바람에 실려 들에서는 '푸름'이, 꽃에서는 '웃음'이, 천상에서는 '악기'가 된다고 하였다. 이렇게 종소리가 울려 퍼지는 모습을 '푸름', '웃음', '악기' 등의 다양한 긍정적 이미지로 형상화함으로써 자유(자유가 확산되는 모습)에 대한 긍정적 인식을 표현한 것으로 볼 수 있다.

156 외적 준거에 따른 작품 감상 답 ③

정답 풀이

<보기>에 의하면, 근대인은 힘겨운 삶을 견딜 수 있게 해 주는 '구원의 빛'인 '별'을 잃었다. '근대'의 삶이 '별'을 지향하도록('별'을 바라보도록) 내버려 두지 않기 때문이다. 이러한 내용을 (다)에 적용해 보면, 4문단에서 글쓴이는 별을 보고 싶은 감정이 생기지 않을 정도로 빽빽하고 기계적인 근대 도시인('현대인')의 감정에 대해 안타까움을 드러내고 있고, 5문단에서는 순수했던 유년 시절을 그리워하며, 바쁜 일상에 쫓기고 물질적인 가치만을 중시하는 자신의 삶에 대해 반성하는 모습을 보이고 있다. 이러한 내용을 바탕으로 보면, (다)의 글쓴이는 순수했던 과거와 달리, 물질 중심의 근대적 삶에 젖어드는 것을 안타까워하고 있다고 볼 수 있다.

오답 풀이

① (다)의 글쓴이는 '별'을 '쌀알'로 보고 싶어 하는 현실을 안타까워하고는 있지만, 그렇다고 전원으로 돌아가고자 하는 마음을 드러내고 있지는 않다.

② <보기>에서 모두가 지향하는 '별'은 (다)를 통해 볼 때, '시대가 진보한다는 희망'이라기보다는 '순수함'이나 '정신적 가치' 등을 의미한다고 볼 수 있다. 곧, (다)의 글쓴이는 순수함(정신적 가치)을 잃어버린 속물적인 자신에 대해 성찰하고 반성하고 있는 것이다.

④ (다)의 글쓴이가 '별'을 바라보던 시절, 순수했던 유년 시절을 떠올리고는 있지만 이를 전통적인 삶이라고 보기는 어렵다. 또한 글쓴이는 빽빽하고 기계적이며, 물질적인 가치만을 중요시하는 근대 도시인의 모습을 안타까워하며 반성(성찰)하는 모습을 보이고 있지, 인정이 메말라 가는 근대적 삶에 대해 불만을 토로하고 있지는 않다.

⑤ (다)의 글쓴이는 '별'을 바라보던 과거의 순수했던 시절을 떠올리며 그러한 순수함을 잃어버린 현재 자신의 삶에 대해 아쉬움을 드러내고 있지, 과거에 대한 추억을 허황된 것이라고 여기고 있지는 않다.

157 소재의 의미 파악 답 ②

정답 풀이

(가)의 ⓐ '우리'는 화자가 있는 현실로, '갇혀 있다'는 표현에서 화자가 현실을 자유가 없는 억압적인 공간이라고 부정적으로 인식하고 있음을 알 수 있다. (나)의 글쓴이는 별을 보던 유년 시절을 그리워하며 그때의 마음을 되찾고 싶어 하면서도, 현재의 생활과 감정이 너무 복잡다단하여 별을 쌀알로 보고 싶어 하고, 달을 금덩이로 보고 싶어 한다며 반성적 인식을 보이고 있다. ⓑ '쌀알'은 이러한 인식에서 나온 표현으로, 정신적 가치를 추구하지 못하게 막는 '현 시대의 복잡다단한 생활과 감정'에 해당하는 속물근성(물질적 가치)과 관련된 것으로 부정적인 의미를 갖는다. 따라서 ⓐ '우리'와 ⓑ '쌀알'은 모두 화자나 글쓴이 자신을 제약하는 현실에 대한 인식과 관련된 것이라고 할 수 있다.

적중 예상 갈래 복합 07

본문 166쪽

[158~162] (가) 최승호, 〈아마존 수족관〉 (나) 나희덕, 〈풀 비린내에 대하여〉

158 ⑤ 159 ③ 160 ③ 161 ③ 162 ③

E 지문 선정 포인트

(가)는 도시 문명 속에서 살아가는 현대인들의 내면을 아마존 수족관에 갇힌 열대어를 통해 우의적으로 형상화한 작품이야.
(나)는 자동차가 주는 편안함과 안락함에 익숙해 있던 글쓴이가 자동차 앞 범퍼에 치여 죽어 있는 풀벌레들의 잔해를 보고 생태 문제에 대한 반성과 성찰을 드러낸 작품이야.
(가)는 물질적 욕망이 지배하는 자본주의적 질서 속에서 현대인들이 잃어버린 것에 대한 통찰을 담고 있다는 점에 주목하여, (나)는 근대 문명에 종속되어 자연을 파괴하는 인간 중심주의에 대한 반성적 태도에 주목하여 작품으로 선정하였어.

(가) 최승호, 〈아마존 수족관〉

해제 이 작품은 도시의 공간에서 살아가는 인간을 수족관의 '열대어'에 비유하여 현대 도시 문명 속에서의 삶에 대한 작가의 비판적인 시선을 드러낸 시이다. 황폐한 도시의 삶 속에서 인간은 물이 가득한 수족관 속에서도 목말라하는 열대어처럼 생명력을 상실한 채 하나의 상품으로 전락한 삶을 살고 있다. 이런 상황에서 화자는 원시 자연을 그리워하고 갈망하며 생명력이 충만한 삶에 대한 지향을 보여 주며, '시'와 같은 정신적 가치가 그러한 희망이 될 수 있음을 말하고 있다.

주제 도시적 삶에 대한 비판과 생명력 회복에 대한 소망

구성

1~11행	삭막한 도시의 수족관에 갇혀 갈증을 느끼는 열대어의 모습
12~16행	열대어에게 시를 선물하자 생명력이 되살아남.

(나) 나희덕, 〈풀 비린내에 대하여〉

해제 이 작품은 자동차의 편리함에 익숙해져 있는 현대인들로부터 반성과 성찰을 이끌어 내는 내용의 교훈적인 수필이다. 글쓴이는 자동차가 주는 편안함과 안락함에 익숙해져 가던 중 어느 날 밤중에 고속 도로를 달린 후 큰 충격을 받는다. 자동차 앞 유리창과 범퍼에 엉겨 붙은 무수한 풀벌레들의 잔해를 보고 자신이 많은 생명을 죽였다는 죄책감을 갖게 된 것이다. 이러한 죄책감은 인간에게 안락함을 제공하는 문명의 이기가 다른 생명을 해칠 수도 있다는 성찰로 이어져 생태주의적 관점의 주제 의식을 드러내고 있다.

주제 문명의 이기와 생태 문제에 대한 성찰

구성

처음	〈감성적 기계〉 관람과 자동차에 대한 글쓴이의 생각
중간	자동차에 종속된 삶과 풀 비린내에 대한 경험
끝	자동차에 대한 글쓴이의 성찰과 태도 변화

158 표현상 특징 파악 답 ⑤

정답 풀이
'노란 달이 아마존 강물 속에 향기롭게 출렁이고'에서 '향기롭게 출렁이고'의 주체는 '노란 달'이므로, 이는 시각적 대상을 후각적 이미지로 표현한 공감각적 표현에 해당한다. 따라서 후각적 이미지의 대상을 시각적으로 표현하였다는 이해는 적절하지 않다.

오답 풀이
① '장어구어집 창문에서 연기가 나고 / 아스팔트에서 고무 탄내가 난다.'는 '~에서 ~가 나고 / ~에서 ~가 난다'의 유사한 통사 구조가 반복되고 있으므로 대구법이 활용된 것으로 볼 수 있다. 이러한 대구법의 활용은 반복을 통해 운율감을 조성하는 효과를 준다.
② '상품'은 무생물인데, 이를 '덩굴져 자라나며'라고 함으로써 생명력 있는 식물처럼 표현하고 있다. 이는 무생물을 생물처럼 표현하는 방법인 활유법을 활용한 것이다. 이러한 표현을 통해 현대 도시의 물질화 · 상품화되는 모습, 또 물질에 대한 욕망을 추구하는 도시적 삶의 삭막한 모습 등이 효과적으로 그려진다고 이해할 수 있다.
③ '색색이 종이꽃', '노란 달' 등에서 선명한 색채 이미지를 활용함으로써 각각 '종이꽃'과 '달'의 인상을 선명하게 표현하고 있다.
④ '열대어'가 수족관 안, 곧 물속에 있으면서도 목마르다고 말한다는 점에서 겉보기에는 모순된 말처럼 보여 '열대어들은 수족관 속에서 목마르다.'는 역설적 표현으로 볼 수 있다. 이러한 역설적 표현을 통해 시적 대상인 열대어의 상태, 곧 현재 삶에 대해 답답함을 느끼며 다른 삶을 갈망(아마존 강에 대한 갈구)하고 있음이 효과적으로 드러난다고 이해할 수 있다.

159 작품의 종합적 이해와 감상 답 ③

정답 풀이
[A]에서는 화자의 시선이 수족관 속에 있는 '열대어'에서 '장어구이집 창문', '아스팔트' 등 여름밤 도시의 풍경으로 옮겨 가고 있으므로, 화자의 시선이 외부로 향하고 있다고 볼 수 있다. 또한 [B]에서도 화자의 시선은 '상품', '철근', '간판' 등 여름밤 도시의 풍경에서 목마른 '열대어'의 모습으로 옮겨 가고 있고, [C]에서도 화자의 시선은 '열대어'에 있으므로, [B]와 [C]에서도 화자의 시선은 외부로 향하고 있다고 볼 수 있다. 따라서 [A]에서 외부의 대상을 향했던 화자의 시선이 [B]와 [C]에서 자신의 내면으로 이동한다는 이해는 적절하지 않다.

오답 풀이
① [A]에는 구체적인 시간적 배경인 '여름밤'과 공간적 배경인 '세검정 길'이 제시되어 있으므로 적절한 이해이다.
② [A]에서 '아마존 수족관 열대어들'은 '유리벽에 끼어 헤엄치는' 부정적 상황으로 제시되고 있는데, '수족관 속에서 목마르다.'라는 표현에서 알 수 있듯이 이러한 부정적 상황은 [B]에서 더욱 강화되고 있다고 볼 수 있으므로 적절한 이해이다.
④ [B]에서는 '열난 기계들이 길을 끓이면서' 질주하고 점점 더 물질화 · 상품화되어 가며 철근과 간판이 넘쳐 나는 삭막한 도시 공간에서 열대어들이 수족관 속에서도 목마르다고 하고 있다. 그러다 [C]에서 화자가 열대어에게 '시'를 선물하자 '노란 달'이 '향기롭게 출렁이고', '후리지아 꽃들이 만발'하는 생명력이 충만한 모습으로 변하고 있다. 따라서 [B]에서 삭막한 도시 공간에 결핍되어 있던 생명력이라는 요소가 [C]에서 채워지고 있다고 보는 것은 적절한 이해이다.
⑤ [B]의 '열난 기계들이 길을 끓이면서 / 질주하는', '철근은 밀림, 간판은 열대지만'은 도시 공간의 부정적인 모습을, 촉각적 이미지와 시각적 이미지를 활용하여 표현한 것으로 볼 수 있다. 반면 [C]의 '변기 같은 귓바퀴에 소음 부엉거리는'은 청각적 이미지를 활용하여 도시 공간의 부정적인 모습을 표현한 것으로 볼 수 있다.

160 외적 준거에 따른 작품 감상 답 ③

정답 풀이
(가)에서 '철근은 밀림, 간판은 열대'는 철근이 밀림처럼 빽빽하고 네온사인 등의

간판에서 열대와 같은 열기가 분출하는 도시 공간의 모습을 나타낸 것이다. 이는 (가)의 시적 배경이 원시적 공간이 아닌 열대어들이 수족관에서 헤엄치고 있는 '세검정 길'임을 통해 짐작할 수 있다. 그러므로 이를 물질문명의 폐해가 원시적 공간까지 파고들어 간 모습이라고 해석하는 것은 적절하지 않다.

오답 풀이

① (가)의 '유리벽에 끼어' 있는 '수족관 열대어들'은 자유롭게 헤엄칠 수 없다는 점에서 생명력을 상실해 가는 현대인을 비유한 존재들로 볼 수 있다.

② (가)에서 '후리지아 꽃들이 만발'한 것은 현대 도시 공간에서 결핍되어 있던 생명력이 발현되어 생명력이 넘치는 모습으로 이해할 수 있다. 따라서 이러한 '아마존 강변'은 인간성 회복에 대한 화자의 염원을 드러낸 것으로 볼 수 있다.

④ 〈보기〉에서는 '기계와 문명이 주는 편안함에 익숙해진 현대인들의 삶에 대해 비판적 시선을 던지는 작품'에 대해 설명하고 있다. 그리고 (나)의 글쓴이는 자동차가 주는 편안함과 안락함에 익숙해져 가던 중 자동차 앞 유리창과 범퍼에 엉겨 붙은 수많은 풀벌레의 잔해를 보고는 자신이 많은 생명을 죽였다는 죄책감을 갖게 된다. 〈보기〉를 바탕으로 보면, 이러한 글쓴이의 '인간에게 안락한 공간이 다른 생명을 해칠 수도 있다는 자각'은 자동차로 대변되는 기계와 문명이 주는 편안함에 익숙해진 현대인들의 삶에 대한 비판적 인식이 드러난 것으로 이해할 수 있다.

⑤ (나)의 글쓴이가 '풀 비린내'를 '원죄 의식'처럼 느끼는 것은 자연의 생명을 소중하게 여기려는 태도로 이해할 수 있다. 따라서 '그날 아침의 풀 비린내가 원죄 의식처럼 운전대를 잡은 내 손에 남'았다는 것은 〈보기〉에서 언급한 '자연을 인간과 동등한 생명체로 인정하'여 자연물의 생명을 인간처럼 소중하게 여기는 태도가 드러난 것으로 이해할 수 있다.

161 소재의 의미 비교 이해 답 ③

정답 풀이

(가)에서 화자가 수족관 안에서도 목마른 열대어들에게 ㉠ '시'를 선물하자 '노란 달이 아마존 강물 속에 향기롭게 출렁이고 / 아마존 강변에 후리지아 꽃들이 만발'하고 있다. 이를 통해 '시'는 삭막한 도시에 생명력을 불어넣을 수 있는 존재, 그래서 현대 문명이 생명력을 회복하도록 하는 정신적 가치를 상징한다고 볼 수 있다. 그리고 (나)에서 ㉡ '자동차'는 인간에게 편리함을 주는 기계이지만 풀벌레들의 생명을 빼앗은 존재이므로 생명체에 대한 폭력성을 상징한다고 볼 수 있다.

오답 풀이

① (나)에서 글쓴이는 자동차가 주는 편안함과 안락함에 익숙해져 가던 중 자동차 앞 유리창과 범퍼에 엉겨 붙은 무수한 풀벌레들의 잔해를 보고 자신이 많은 생명을 죽였다는 죄책감을 갖게 된다. 이러한 죄책감은 인간에게 안락함을 제공하는 문명의 이기가 다른 생명을 해칠 수도 있다는 깨달음으로 이어지고 있으므로, ㉡ '자동차'는 글쓴이로 하여금 자신의 행동을 성찰하게 하는 것으로 볼 수 있다. 그러나 (가)에서 화자가 물질문명에 매몰되어 있다고 판단할 근거가 없으므로, '시'를 통해 화자가 자신의 과거를 성찰한다는 것은 적절하지 않다.

② (가)의 화자는 ㉠ '시'가 아니라 생명력을 잃어 가고 있는 '열대어들'에게 연민의 태도를 보인다고 볼 수 있다. 또한 (나)의 글쓴이는 차를 사기 전에는 자동차가 주는 편리와 불안을 다소 느끼고 있었지만 운전을 하게 된 후에는 ㉡ '자동차'의 편리함을 누리다 다른 생명을 빼앗은 것에 대해 죄책감을 갖게 될 뿐, '자동차'에 대해 두려움의 태도를 보이고 있지는 않다.

④ (가)의 ㉠ '시'가 삭막한 도시로 하여금 생명력을 회복하게 할 존재이기는 하지만, '시'에 화자의 낙관적 전망이 투사되어 있다고 볼 근거는 없다. 또한 (나)에서 글쓴이는 ㉡ '자동차'로 인해 문명의 이기가 다른 생명을 해칠 수도 있다는 깨달음을 얻고 있을 뿐, '자동차'의 미래에 대해 부정적으로 전망하고 있지는 않다.

⑤ (가)에서 화자가 자연과 함께했던 과거를 회상한다고 판단할 근거가 없으며, (나)에서 글쓴이가 기계와 함께하는 미래를 상상하고 있지도 않다.

162 구절의 문맥적 의미 파악 답 ③

정답 풀이

앞뒤 문맥상 ⓒ에서의 '모순된 욕망'은 자기 영토 안에 머물고자 하는 의지와 이 영토 밖으로 움직이고자 하는 마음을 말하는 것으로 이해할 수 있다. 모순된 욕망을 자동차에 종속되고 싶지 않아 하는 마음과 자동차를 곁에 두고자 하는 마음 사이의 모순된 욕망으로 해석하는 것은 적절하지 않다.

오답 풀이

① '차체로 만들어진 그네 침대 속에서 아이들이 텔레비전을 보고 있'고, 글쓴이는 '타이어를 쌓아 만든 의자에 걸터앉아' 있으므로 자동차의 '새로운 용도'는 자동차 본연의 용도인 달리기(이동 수단)가 아니라 휴식을 취하는 공간으로서의 용도를 의미한다고 볼 수 있다.

② 어쩔 수 없이 운전을 하게 되었다고 하며 출퇴근 때나 장을 볼 게 많을 때, 곧 자동차가 꼭 필요할 때에만 자동차를 이용했다는 것은 글쓴이가 자동차가 주는 편리함에 종속되기 전의 모습이라 할 수 있다.

④ 손을 씻고 또 씻는 글쓴이의 행위는 풀벌레들의 생명을 빼앗은 자신의 지난밤의 행위에 대한 죄책감을 느끼는 모습으로 해석할 수 있다.

⑤ 티베트 승려들이 얼굴에 일곱 겹의 천을 두르고 다닌 것은 입을 열어 말을 할 때 공기중의 미생물들을 죽이게 될 것을 염려했기 때문이다. 따라서 이는 아주 작은 생물의 생명까지도 소중하게 여기는 모습으로 해석할 수 있다.

적중 예상 갈래 복합 08

본문 169쪽

[163~167] (가) 유달영, 〈슬픔에 관하여〉 (나) 문태준, 〈가재미〉 (다) 김종철, 〈만나는 법〉

163 ④　164 ②　165 ④　166 ③　167 ⑤

E 지문 선정 포인트

(가)는 아들의 불치병이 재발했음을 알게 된 슬픔을 종교적으로 극복하려는 의지를 드러낸 작품이야.
(나)는 암에 걸려 투병 중인 '그녀'의 고단한 지난 삶을 떠올리며 삶과 죽음의 경계에 선 사람들에 대한 연민의 정을 드러낸 작품이야.
(다)는 어머니의 죽음을 통해 얻게 된 깨달음을 대화체와 독백체를 활용하여 표현한 작품이야.
(가)는 인간이 죽음에 대해 다양한 반응을 보인다는 점에 주목하여, (나)는 인물의 모습과 삶을 상징하는 시어의 의미에 주목하여, (다)는 화자의 시간 인식을 통해 주제를 드러내고 있다는 점에 주목하여 작품으로 선정하였어.

(가) 유달영, 〈슬픔에 관하여〉

해제 이 작품은 불치병을 앓고 있는 어린 아들을 치료할 방법이 없다는 선고를 받은 아버지의 슬픔과 고통을 다루고 있다. 글쓴이는 자신의 앞날에 대해 전혀 알지 못하는 아들에 대해 가슴 아파하면서도 다행스러움을 느낀다고 하여 아버지의 사랑을 드러내고 있다. 이러한 경험을 통해 글쓴이는 인생 전반에 대해 통찰하고 있는데, 유명한 예술가와 성인들에 대해 언급하면서 슬픔이란 인간의 영혼을 정화시키고 훌륭한 가치를 창조한다는 깨달음을 전달한다. 깨달음을 통해 극도의 슬픔을 승화하려는 글쓴이의 자세가 돋보이는 작품이다.

주제 인생의 절망적 슬픔과 극복 의지

구성

처음	인생의 슬픔에 대한 인식
중간	불치병에 걸린 아들과 그로 인한 절망적 슬픔
끝	슬픔에 대한 재인식과 종교적 극복 의지

(나) 문태준, 〈가재미〉

해제 이 작품은 암 투병 중인 '그녀'를 지켜보는 화자의 슬픔과 연민의 감정을 표현하고 있다. 이 작품에서 화자는 암 투병 중인 그녀를 '가재미'에 비유함으로써 죽음을 앞둔 그녀의 고통과 슬픔을 형상화하고 그녀의 험난했던 지난 삶을 회상하고 있다. 화자는 '그녀'에 대해 연민의 정서를 드러내고 있는데, 특히 그녀의 죽음에 대한 고통과 슬픔을 공유하고 위로하려는 '나'의 모습도 '가재미'로 나타냄으로써 그녀와 '나'의 일체감과 교감을 효과적으로 드러내고 있다.

주제 죽음을 앞둔 존재에 대한 위안과 삶에 대한 성찰

구성

1~2행	암 투병으로 병원에 누워 있는 그녀
3~5행	가재미처럼 누워 눈길을 주고받으며 우는 그녀
6~11행	죽음만을 바라보는 그녀를 대신하여 그녀의 삶을 떠올림.
12~16행	그녀가 죽음에 임박했음을 깨달으며 그녀와 교감함.

(다) 김종철, 〈만나는 법〉

해제 이 작품은 어머니와의 사별과 거기서 얻은 감회를 담담한 어조로 형상화하고 있다. 어제와 오늘이라는 일상의 시간을 통해 죽음과 삶을 구분 지으며 그 사이에 어머니와의 사별이라는 가슴 아픈 사연을 일상의 과정처럼 배치해 놓았다. 또 끝부분에서는 어머니, 아내, 딸로 이어지는 세대 간의 삶을 어제, 오늘, 내일이라는 일상적 시간의 세 차원과 관련지어 간명하게 표현하고 있다. 화자는 어머니와의 사별이 준 슬픔을 잘 극복하고, 어머니는 어제의 집에서 만나고, 아내는 오늘의 집에서 만나고, 호기심 많은 딸은 내일의 집에서 만나며 순조롭게 살아가고 있다. 이것이 이 세상을 살아가는 평범한 일상인들의 삶의 진실임을 일깨워 주고 있는 시이다.

주제 어머니와의 사별과 일상적 삶의 진실

구성

1연	어린 시절의 일 – 내일에 대한 '나'의 호기심
2연	어머니의 임종을 맞았던 일
3연	현재의 일상

163 외적 준거에 따른 작품 감상　답 ④

정답 풀이

(나)에서 '그녀는 죽음만을 보고 있'다는 것은 죽어 가고 있는 '그녀'가 죽음에 대해서 생각하며 두려워하고 있다는 의미이고, '나는 그녀가 살아 온 파랑 같은 날들을 보고 있'다는 것은 나는 죽음만을 보고 있는 그녀를 보며 그녀의 험난했던 지난 삶을 떠올리고 있다는 의미이다. 여기에 그녀에 대한 '나'의 인식이 바뀌는 내용은 나타나 있지 않다.

오답 풀이

① (가)의 글쓴이는 아들의 병이 재발하였고 오늘의 의학으로는 치료할 방법이 없다는 선고를 받고 난 뒤 '천 근 쇳덩이가 가슴을 눌러 숨을 쉬기도 어려웠다.', '천붕보다 더한 것이다.'라고 하여 아들을 잃게 되는 충격과 슬픔이 견디기 어려운 것임을 나타내고 있다.

② (가)의 글쓴이는 아들의 죽음에 대한 선고를 받고 난 뒤 '인생은 기쁨만도 슬픔만도 아니라는, 그리고 슬픔은 인간의 영혼을 정화시키고 훌륭한 가치를 창조한다'는 생각으로 슬픔의 가치를 믿으며 아들을 잃는 슬픔을 극복하고자 하고 있다.

③ (나)에서 '가재미에게 눈길을 건네자 그녀가 울컥 눈물을 쏟아' 낸다는 것은 내가 '그녀'에게 눈길을 건네자 그녀가 눈물을 흘렸다는 것이다. 이것은 그녀가 죽음 앞에서 슬픔과 두려움을 느끼고 있음을 나타낸 것으로, 죽음이라는 상실의 상황이 남겨지는 자뿐만 아니라 떠나가는 자에게도 고통스러운 것임을 나타내는 것이라 할 수 있다.

⑤ (다)의 2연은 화자가 어머니의 임종을 지키는 상황이다. 어머니는 화자에게 '얘야 내일까지 갈 수 있을까?'라고 묻고, 이에 대해 화자는 '그럼요 하룻밤만 지나면 내일인 걸요'라고 대답한다. 화자는 죽음을 앞둔 어머니가 느끼는 두려움과 고통을 헤아리고 어머니에게 살 수 있다는 희망을 주기 위해 이런 대답을 한 것이다. '어제의 것들은 물도 들고 간신히 기운도 차렸습니다'라고 한 것을 통해 화자의 대답이 어머니에게 희망과 위로를 주었음을 확인할 수 있다.

164 표현상 특징과 내용 파악　답 ②

정답 풀이

[B]에서는 고흐의 〈들에서 돌아오는 농가족〉에 대해 '푸른 하늘에는 흰 구름이 얇게 무늬지고, 넓은 들에는 추수할 곡식이 그득한데, 젊은 아내는 바구니를 든 채 나귀를 타고, 남편인 농부는 포크를 메고 그 뒤를 따라 집으로 돌아오는' 모습으로 묘사하고, 밀레의 〈만종〉에 대해 '넓은 들 한가운데 마주 서서, 은은한 저녁종

소리를 들으며 감사의 기도를 드리는 농부 내외의 경건한 모습'으로 묘사하면서 이들의 작품에서 발견할 수 있는 평화 지향의 사상에 대해 말하고 있을 뿐이다. [B]에 역설적 표현은 나타나 있지 않으며, 인간의 삶에 내재한 모순에 대해서도 설명하고 있지 않다.

오답 풀이

① [A]에서는 '기쁨만으로 일생을 보내는 사람도 없고 슬픔만으로 평생을 지내는 사람도 없다.', '기쁘기만 한 듯이 보이는 사람의 흉중에도 슬픔이 깃들이며, 슬프게만 보이는 사람의 눈에도 기쁜 웃음이 빛날 때가 있다.', '기쁘다 해서 그것에만 도취될 것도 아니며, 슬프다 해서 절망만 일삼을 것도 아니다.' 등의 대구적 표현을 활용하여 기쁨이나 슬픔 어느 한쪽에 치우친 삶의 태도를 경계해야 한다는 것을 말하고 있다.

③ [C]에서는 '그 무서운 가난과 고뇌 속에서 어쩌면 이렇게도 모든 사람의 가슴을 가라앉힐 수 있는 평화경이 창조될 수 있었을까?', '슬픔은, 아니 슬픔이야 말로 참으로 인간으로 하여금 그 영혼을 정화하고 높고 맑은 세계를 창조하는 힘이 아닐까?', '예수 자신이 한없는 비애의 사람이 아니었더라면, 인류의 가슴을 덮은 검은 하늘을 어떻게 개게 할 수 있을 것인가?' 등의 의문형 문장을 활용하여 인간의 영혼을 정화하는 슬픔의 가치를 강조하고 있다.

④ [D]의 '떠올린다', '생각한다', '거칠어진다', '안다' 등에서 현재형 어미를 확인할 수 있다. [D]에서는 이러한 현재형 어미를 사용하여 그녀의 삶을 떠올리는 화자의 생각을 생생하게 부각하고 있다.

⑤ [E]에서는 '얘야 내일까지 갈 수 있을까?'(어머니), '그럼요 하룻밤만 지나면 내일인 걸요'(화자), '오늘이 내일이지'(어머니), '아니에요 오늘은 오늘이고 내일은 / 하룻밤을 지내야 해요'(화자)라는 어머니와 화자의 대화를 직접적으로 제시하여 어머니의 임종 순간을 표현하고 있다.

165 시어 및 시구의 의미 파악 답 ④

정답 풀이

'가늘은 국수', '흙담조차 없었던 그녀 누대의 가계'는 '그녀'가 태어날 때부터 가난했다는 것을 의미한다. 이것은 '그녀'의 삶에 있어 고난이자 고통일 수는 있으나 현재 '그녀'가 겪고 있는 비극, 즉 암 투병의 직접적인 원인이라고는 할 수 없다.

오답 풀이

① '김천 의료원 6인실 302호에 산소마스크를 쓰고 암 투병 중인 그녀'는 '바닥에 바짝 엎드린', '한쪽 눈이 다른 한쪽 눈으로 옮아 붙은' 모습이다. 이러한 모습이 가재미를 연상시키기 때문에 그녀는 '가재미'에 비유되고 있다.

② 그녀는 '죽음만을 보고 있고', '죽음 바깥의 세상', 즉 이승에서의 삶을 이제 볼 수 없는 상태이다. 따라서 죽음에 임박해 있음을 짐작할 수 있다.

③ '나'가 떠올리고 있는 '좌우를 흔들며 살던 그녀의 물속 삶'은 안정된 삶이 아닌, 파랑(잔물결과 큰 물결)에 흔들리는 험난한 삶으로, '오솔길', '뻐꾸기 소리' 등의 감각적 표현과 가랑이진 '두 다리'와 구부정해진 '등뼈' 등의 쇠약한 모습으로 구체화되고 있다.

⑤ '폭설을 견디지 못하는 나뭇가지', '그 겨울 어느 날'의 차갑고 혹독한 이미지를 고려할 때 '그녀'의 삶이 시련과 고난의 고단한 삶이었음을 짐작할 수 있다.

166 구절의 의미 파악 답 ③

정답 풀이

삶의 세계에 있는 '나'가 '그녀의 물속에 나란히 눕'는다는 것은, '나'가 그녀와 같은 모습으로 (가재미처럼) 그녀 곁에 나란히 누워 그녀의 고통과 슬픔을 이해하고 죽음의 절망에 빠진 그녀에게 위로를 전하는 것을 의미한다. 또한 죽음의 세계에 있는 그녀가 '산소호흡기로 들이마신 물을 마른 내 몸 위에' 적셔 준다는 것은, 안타까워하는 '나'의 모습에 눈물을 흘리는 것으로 '나'와 '그녀'가 교감하고 있음을 나타낸다.

오답 풀이

① '그녀'에게 죽음은 이미 극복할 수 없는 것으로, '나'와 '그녀'는 삶의 희망을 되찾고자 하고 있지 않다.

② '나'와 '그녀'가 교감하고 있는 것은 맞지만, 서로의 고통을 대신하고자 하는 것은 아니다.

④ '나'는 '그녀'에게 오해와 불신을 갖고 있지 않으며, 용서를 구하고 있지도 않다.

⑤ '그녀'가 '나'에게 보여 준 희생은 나타나 있지 않으며, 그것을 되갚고자 하는 모습도 나타나 있지 않다.

167 작품에 대한 종합적 감상 답 ⑤

정답 풀이

3연에서 '어머니는 어제라는 집에 / 아내는 오늘이라는 집에 / 딸은 내일이라는 집에 살면서 / 나와 쉽게 만나는 법을 알고 있'다고 하였다. 이것은 화자가 어머니의 죽음 이후에도 자신의 의식의 집에서 과거의 어머니와 현재의 아내와 미래의 딸을 만나며 순조롭게 살고 있으며 이것이 일상적인 삶의 진실임을 일깨우는 내용이다. 따라서 화자가 '딸'을 통해 과거를 극복하고 미래를 긍정적으로 전망한다는 것은 적절하지 않은 감상이다.

오답 풀이

① 3연의 '이제 더 이상 고향에서 급한 전갈이 오지 않았습니다'로 보아 화자는 현재 어머니와 사별한 상태이다. 이러한 현재의 시점에서 화자는 어린 시절 어머니와 나누었던 대화(1연), 어머니의 임종을 지키며 어머니와 나누었던 대화(2연)를 떠올리고 있다.

② 2연의 '고향에서 급한 전갈이 왔습니다'는 어머니가 위독하다는 소식이 왔다는 것으로, 이후 화자는 어머니의 임종을 지키며 어머니와 대화한다. 따라서 3연의 '이제 더 이상 고향에서 급한 전갈이 오지 않았습니다'는 어머니가 이미 돌아가셨기 때문에 더 이상 '급한 전갈(어머니가 위독하다는 소식)'이 오지 않는 것을 의미한다. 따라서 '급한 전갈이 오지 않았습니다'는 어머니와 사별한 상황을 표현한 것이다.

③ '물었습니다', '왔습니다', '차렸습니다', '않았습니다' 등에서 '-습니다'라는 종결 어미를 반복하여 운율감을 느끼게 하고 있다. 또한 화자는 어머니와의 사별이라는 슬픈 상황을 경어체를 사용하여 담담하게 표현하고 있다.

④ 2연에서는 화자가 어머니의 임종을 지키는 상황을 나타내고 있다. '다음 날 어머니의 베갯모에 / 수실로 뜨인 학 한 마리가 날아오르며 다시 물었습니다 / 오늘이 내일이지'에서 '내일'은 어머니가 어제 '얘야 내일까지 갈 수 있을까?'라고 말한 자신이 '죽을 내일'이다. 따라서 '수실로 뜨인 학 한 마리'는 어머니의 분신이며, 그것이 날아오르는 것은 어머니의 죽음의 순간을 형상화한 표현이라고 할 수 있다.

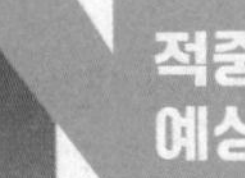

적중 예상 | 갈래 복합 09

본문 172쪽

[168~172] (가) 박목월, 〈층층계〉 (나) 고재종, 〈세한도〉 (다) 이식, 〈왜송설〉

168 ⑤ 169 ⑤ 170 ⑤ 171 ④ 172 ②

E 지문 선정 포인트

(가)는 가족의 생계를 위해 밤늦게까지 글을 쓰던 화자가 잠든 자식들을 본 후 가장으로서 느끼는 생계에 대한 걱정과 서글픔을 노래한 작품이야.
(나)는 피폐해진 농촌을 배경으로 힘겨운 농촌의 현실과 그것을 견디게 하는 희망을 청솔을 통해 제시한 작품이야.
(다)는 자신의 본성을 잃고 아첨하며 이익을 추구하는 사람들에게 본성을 지키는 일의 중요성에 대해 깨달음을 주기 위해 쓴 설(說)이야.
(가)는 사다리와 원고지의 형태적 유사성에 착안하여 아버지의 목소리를 통해 가족에 대한 사랑을 드러냈다는 점에 주목하여, (나)는 우리 사회의 산업화, 도시화, 근대화가 농산어촌의 쇠락 과정과 맞물려 있다는 사회적 배경에 주목하여, (다)는 글쓴이가 설득력을 높이기 위해 대화체 방식을 활용했다는 점에 주목하여 작품으로 선정하였어.

(가) 박목월, 〈층층계〉

해제 이 작품은 가족의 생계를 책임져야 하는 아버지의 마음을 담은 시이다. 화자인 '나'는 글을 쓰는 작가로, 늦은 밤까지 글을 써서 가족의 생계를 책임지고 있다. 화자는 글을 '써도 써도 가랑잎처럼' 공허감을 느끼며 자신을 '생활의 막다른 골목 끝'에 서 있는 '곡예사'라 여기면서도 자식들에 대한 연민을 드러내고 있다. 이러한 모습으로 볼 때, 화자는 가족들의 생계를 걱정하는 전형적인 아버지의 모습을 보여 준다고 할 수 있다.

주제 가족의 생계를 걱정하는 아버지의 마음

구성

1연	가족의 생계를 위해 밤 깊도록 글을 쓰는 가장으로서의 애환
2연	초라한 자신이 아버지임을 확인하는 '나'
3연	잠들어 있는 어린 자식들의 모습

(나) 고재종, 〈세한도〉

해제 이 작품은 조선 후기 추사 김정희의 문인화인 〈세한도〉를 차용하여 쇠락해 가는 농촌의 암담한 현실과 이를 견디게 하는 희망을 노래한 시이다. '세한'은 설 전후의 추위라는 뜻으로 매우 심한 한겨울의 추위를 이르는데, '생산도 새마을도 다 끊긴 궁벽', '난장 난 비닐하우스', '까막까치 얼어 죽는 아침'을 통해 쇠락해 가는 농촌 현실을 상징적으로 보여 주고 있다. 그러면서도 '꼿꼿이 서 있는' '청솔'과 '꼭두서니 빛'을 통해 암담한 현실에 대한 극복 의지와 미래에 대한 희망을 드러내고 있다.

주제 힘겨운 농촌의 현실과 이를 견디게 하는 희망

구성

1연	마을 회관과 그 옆 청솔의 모습
2연	과거 회관의 모습과 아픔을 간직한 청솔
3연	마을 사람들과 함께 시련을 견뎌 내는 청솔
4연	퇴락한 농촌 현실을 극복하려는 사람들의 의지
5연	시련으로 인한 서러움을 풀어내는 청솔
6연	힘든 현실에서도 잃지 않는 희망

(다) 이식, 〈왜송설〉

해제 이 작품은 글쓴이가 본성과는 다르게 길러진 소나무들을 본 경험을 통해 인간의 본성과 거리가 멀게 살아가는 세태를 풍자하고, 바람직한 인간의 모습을 성찰하며 본성을 지키며 살아가는 것의 중요성을 이야기하고 있다. 설(說)의 형식을 빌려 세속적 명리를 추구하지 않고 살아가는 글쓴이의 모습을 개성적으로 그리고 있는 작품이다. 하늘을 뚫고 곧장 위로 치솟으면서도 뇌우에도 끄떡없이 우뚝 서 있는 소나무의 본성에 충실한 모습을 예찬하는 데에서 글쓴이의 올곧은 삶의 태도를 엿볼 수 있다.

주제 본성을 지키는 일의 중요성

구성

처음	한양에 있을 적에 왜송을 보았던 경험
중간	'왜송'에 대한 '나'의 물음과 그에 대한 '어떤 사람'의 대답
끝	왜송에 대한 깨달음에서 확장된 인간 세계에 대한 '나'의 비판적 인식

168 작품 간의 공통점 파악 답 ⑤

정답 풀이

(가)에서는 '가랑잎처럼'에서 직유적 표현을 사용하여 생계를 위해 글을 쓰고 또 쓰지만 가족의 생계를 유지하기 어려워 공허감만 쌓이고 있음을 드러내고 있다. 즉, '가랑잎처럼'은 밤 깊도록 글을 쓰는 노력에도 가난에서 벗어나지 못하는 상황의 부정적 측면을 드러낸 것으로 볼 수 있다. (나)에서는 '청솔은 또 한바탕 노엽게 운다.'에서 의인화의 기법을 사용하여 농촌의 쇠락이라는 부정적 측면을 드러내고 있다. (다)에서는 '뱀들이 뒤엉켜서 싸우고 있는 것과도 같고 수레 위의 둥근 덮개와 일산이 활짝 펴진 것처럼 보이기도 하였는데', '비곗덩어리나 무두질한 가죽처럼 아첨을 하여' 등의 직유적 표현을 사용하여 왜송의 기이한 모습과 본성을 거스르는 사람의 모습에 대한 부정적 인식을 드러내고 있다.

오답 풀이

① (가)에서는 '쓴다', '된다', '깊다', '올라간다' 등의 현재형 진술을 사용하여 화자의 현재 상황을 나타내고 있고, (나)에서는 '감는다', '운다', '타오른다' 등의 현재형 진술을 사용하여 시적 상황을 생생하게 전달하고 있으나, (다)에서는 '있었다', '말하였다' 등의 과거형 진술을 활용하고 있다.
② (다)에서는 '이것이 어찌 그 나무의 본성이라고야 하겠는가.', '지극히 크고 지극히 강한 호기에 비추어 보면 또 어떠하다 할 것인가?', '또 무슨 차이가 있다고 하겠는가.' 등에서 설의적 표현을 사용하여 대상에 대한 태도를 강조하고 있으나, (가)와 (나)에서는 설의적 표현을 사용하고 있지 않다.
③ (가)에서는 '샛까만'의, (나)에서는 '푸른', '꼭두서니 빛'의 색채어를 활용하여 대상의 모습과 주제 의식을 형상화하고 있을 뿐, 명암의 대비를 활용하여 지향하는 대상을 드러내고 있지 않다. 또한 (다)에서도 명암의 대비를 활용하고 있는 부분은 나타나 있지 않다.
④ (가)에서는 '어느 것은 어린것의 공납금. / 어느 것은 가난한 시량대. / 어느 것은 늘 가벼운 나의 용전.'에서 유사한 구조의 문장을 반복하여 형편이 넉넉하지 않은 화자의 처지를 드러내고 있을 뿐, 대상에서 촉발된 인상을 표현하고 있지 않다. (나)와 (다)에서는 유사한 구조의 문장을 반복하고 있는 부분은 나타나 있지 않다.

169 외적 준거에 따른 작품 감상 답 ⑤

정답 풀이

(나)의 '푸른 눈'과 '푸른 숨결'은 힘겨운 현실 속에서도 굳은 의지를 지니고 슬픔

을 정화해 나가는 청솔의 자세를 색채 이미지를 통해 환기한 것이다. 이를 〈보기〉의 '색채 이미지를 사용하여 절망적 상황에서의 현실 극복 의지라는 주제 의식을 부각하고 있다.'와 관련지어 볼 때, (나)는 '푸른 눈'과 '푸른 숨결'을 통해 현실 극복 의지를 드러내고 있다고 이해할 수 있다. 한편 (가)의 '적산 가옥'과 '다다미방'은 모두 해방 이후라는 시간적 배경을 드러내고, 화자와 가족이 살아가는 공간적 배경으로서 기능할 뿐, '적산 가옥'과 '다다미방'의 공간 대비는 나타나 있지 않다. (가)에는 가족을 위해 충분한 돈을 벌지 못하는 화자 자신에 대한 자괴감과 고뇌가 드러나 있으나, 이는 화자가 자신을 '너무나 어처구니없는' 것으로 표현하는 것에서 나타나고 있다.

오답 풀이

① (가)의 '공납금'과 '시량대'는 모두 화자가 글을 써서 번 돈의 구체적인 사용처이다. 그런데 이것들이 생계를 유지하기 위한 기본적인 용도처임을 고려하면, 화자의 궁핍한 처지를 짐작할 수 있다. 이를 〈보기〉의 '일상생활을 드러내는 시어를 활용하여 구체적인 삶의 모습을 형상화하고' 있다는 내용과 관련지어 볼 때, '공납금'과 '시량대'는 일상생활을 보여 주는 시어로, 형편이 넉넉하지 않은 화자의 처지를 구체적으로 드러낸 것으로 볼 수 있다.

② (가)의 '사닥다리를 밟고 원고지 위에서 / 곡예사들은 지쳐 내려오는데……'는 사다리의 네모 칸과 원고지의 네모 칸이 형태적으로 유사하다는 점에 착안한 표현으로, 여기서 '곡예사'는 겨우 생계를 이어 가는 화자 자신을 비유적으로 나타낸 것이다. 이를 〈보기〉의 '상징적 소재'를 통해 화자가 현실에서 느끼는 삶의 애환과 고뇌를 드러내고 있다는 내용과 관련지어 볼 때, 지친 '곡예사'의 모습은 글을 써서 겨우 생계를 이어 나가는 화자의 삶의 애환을 상징적으로 드러낸 것으로 볼 수 있다.

③ (나)의 '저기 난장 난 비닐하우스'는 과거의 활기를 상실한 채 황폐화한 농촌의 현실을 상징적으로 보여 주는 소재이다. 이를 〈보기〉의 '상징적 시어를 통해 피폐해진 현실을 형상화하고'와 관련지어 볼 때, '생산'이 '끊긴 궁벽'과 '난장 난 비닐하우스'는 달라진 농촌 현실, 즉 피폐해진 농촌의 모습을 구체적으로 드러낸 것으로 볼 수 있다.

④ (나)의 '까막까치 얼어 죽는 이 아침'은 냉혹하고 비참한 농촌의 현실을 환기하는 표현이며, 이러한 '아침'에도 '꼭두서니 빛'이 타오른다는 것은 밝은 미래가 올 것이라는 기대를 드러낸 것이다. 이를 〈보기〉의 '색채 이미지를 사용하여 절망적 상황에서의 현실 극복 의지라는 주제 의식을 부각하고' 있다는 내용과 관련지어 볼 때, '꼭두서니 빛'이 타오른다는 것은 절망적인 상황에서도 희망을 떠올리는 화자의 의지적 태도를 드러낸 것으로 볼 수 있다.

170 시어 및 시구의 의미 이해 답 ⑤

정답 풀이

[E]의 '어린 것들'은 화자의 자식들을 가리키는 것으로, 이들이 '포름쪽쪽 얼어 있'다는 것은 추위로 얼굴이 푸르스름해진 화자의 자식들이 나란히 누워 잠을 자는 모습을 묘사한 것이다. 화자의 자식들이 잠을 자고 있다는 것은 '온 가족은 잠이 깊다.', '서글픈 것의 / 저 무심한 평안함.'을 통해서도 알 수 있다. 따라서 '어린 것들'이 '포름쪽쪽 얼어 있'다는 것에서 어른의 눈치를 살피는 어린 자식들의 애처로운 모습을 짐작할 수 있다는 이해는 적절하지 않다.

오답 풀이

① [A]에서 화자가 '적산 가옥'의 '이 층'에서 가족의 생계를 위해 밤이 깊도록 글을 쓰고 있는 것에서, '그 이 층'은 가족을 위한 화자의 헌신이 이루어지는 공간임을 알 수 있다.

② [B]의 '가랑잎'은 마른 잎으로, 가벼움과 작은 부피감이라는 속성을 지닌 대상이다. 화자는 '가랑잎'이 내일이면 '지폐'가 된다고 하여 돈을 벌기 위해 글을 쓰고 있는 상황을 나타내고 있다. 그런데 '가랑잎처럼' 공허감이 쌓인다고 함으로써 생계의 수단으로 글을 쓰고 있는 상황에서 느끼는 화자의 안타까움을 드러내고 있다.

③ [C]의 '무심한 평안함'은 가족의 생계를 위해 밤늦도록 글을 쓰는 화자와 달리 아무 걱정 없이 잠들어 있는 자식들의 모습을 나타낸 것이다. 이는 잠든 자식들을 바라본 다음 생계를 위해 글을 쓰러 '층층계'를 밟고 다시 이 층으로 올라가는 화자의 모습과 대비되고 있다.

④ [D]에서 화자는 '층층계'를 올라와 마주친 유리창에서 '수척한' 자신의 얼굴을 마주하고 자신을, '너무나 어처구니 없는 / 〈아버지〉라는 것'으로 인식하고 있다. 이는 자신을 초라한 아버지로 지칭함으로써, 가장으로서 가족을 위해 충분히 돈을 벌어 오지 못하는 것에 대한 자책감을 드러낸 것이다.

171 소재의 의미 파악 답 ④

정답 풀이

(나)의 '청솔'은 '삭바람마저 빗질하여 / 서러움조차 잘 걸러 내어 / 푸른 숨결을 풀어내는' 존재로, 힘겨운 현실 속에서 슬픔을 정화해 내며, 시련 속에서도 굴복하지 않는 의지를 지니고 있는 존재이다. 화자는 이러한 모습에 주목하여 현실 극복의 의지를 다지고 있다. 따라서 '청솔'은 시련에 맞서는 존재로 화자가 주목하는 대상으로 볼 수 있다. 한편 (다)의 '왜송'은 작달막하게 뒤틀린 채 탐스러운 모습을 갖추고만 있을 뿐, 더 자라지 못하며, 나뭇가지들이 거꾸로 드리워진 채 구부러지고 휘감겨 있다. 이는 하늘 높이 우뚝 솟으며 곧게 자라는 소나무의 본성을 잃어버린 것으로, 글쓴이는 이러한 왜송의 모습을 통해 본성을 따르지 않고 남에게 보이는 데에만 급급하여 자신을 잃는 인간의 모습을 경계하고 있다. 따라서 '왜송'은 본성을 잃어버린 존재로 글쓴이가 비판하는 대상으로 볼 수 있다.

오답 풀이

① (나)의 '앰프 방송'은 현재와 달리 과거 농촌의 활기차고 번성한 모습을 나타내는 것이므로, 화자의 무력감을 심화시키는 대상으로 이해하는 것은 적절하지 않다.

② (다)의 '유연한 가지'는 결박당함으로써 휘어지고 뒤틀리게 되는 것, 즉 본성을 거스르는 모습을 하게 되는 것이므로, 나무의 성장에 대한 글쓴이의 기대감이 반영된 대상으로 이해하는 것은 적절하지 않다.

③ (나)의 '댓바람'은 회관 들창을 거덜 내는 것으로, 농촌의 쇠락을 재촉하는 시련과 고난을 상징한다. 따라서 화자가 감내해야 하는 외부의 자극으로 이해할 수 있다. 그러나 (다)의 '강한 호기'는 '평이하고 정직한' 인간의 본성과 같은 의미로, 나무의 본성과 같이 인간이 항상 지니고 있는 본성을 나타낸 것이다. 따라서 '강한 호기'를 글쓴이가 저항해야 하는 외부의 자극으로 이해하는 것은 적절하지 않다.

⑤ (나)의 '둥치'는 청솔이 '터지고 갈라'지는 부분으로, 청솔은 쇠락하는 농촌을 바라보면서 둥치의 아픔을 느끼고 있다. 따라서 '둥치'를 화자가 되찾고 싶어 하는 과거의 모습을 나타내는 존재로 이해하는 것은 적절하지 않다. 그리고 (다)의 '바람과 서리'는 나무의 올곧은 속성이 조작된 후 그 상태로 오랜 세월 동안 나무가 겪은 시련을 상징한다. 따라서 글쓴이가 경험한 시련과 고난을 상징하는 존재로 이해하는 것은 적절하지 않다.

172 외적 준거에 따른 작품 감상 답 ②

정답 풀이

(다)에서 '나'는 작달막하게 뒤틀린 채 탐스러운 모습을 갖추고만 있을 뿐 더 자라지 못하고 있는 소나무를 보고 "타고난 속성이 이처럼 다를 수가 있단 말인가. 어찌해서 생긴 모양이 그만 이렇게 되었단 말인가."라고 묻고 있다. 이는 본성을 따르지 않는 왜송의 모습을 나타낸 것으로, 글쓴이는 이러한 왜송에 대응하는 인간상으로 '용모를 예쁘게 단장하고 그 몸뚱이를 약삭빠르게 놀리면서, 세상에 보기 드문 괴팍한 행동을 하여 세상 사람들을 놀라게 하고, 아첨하는 말을 늘어놓'는 사람을 제시하고 있다. 따라서 '작달막하게 뒤틀린 채' '나뭇가지들'이 '구부러지고 휘감'긴 '소나무'는 글쓴이가 아니라 글쓴이가 비판하는 '시류에 편승하려는

무리들'을 나타내는 것이라 할 수 있다.

오답 풀이

① 〈보기〉에서 '(다)에서는 직접 관찰한 주변의 사물을 인간에 대응시'켰다고 하였다. (다)는 '나'가 '한양에 있을 적에' 보았던 '소나무 네다섯 그루'를 직접 관찰한 경험을 통해 인간의 본성과 거리가 멀게 살아가는 세태를 비판한 글이므로, '한양에 있을 적에 거처하던 집'에서 보았던 '소나무'는 글쓴이가 일상에서 직접 관찰한 주변의 사물에 해당한다.

③ 〈보기〉에서 (다)에서는 혼란스러운 현실 속에서 시류에 편승하려는 무리들을 비판하면서 바람직한 삶의 태도를 제시하고 있다고 하였다. (다)에서 '아름답고 참으로 기이한 소나무'는 곧게 자라는 본성을 잃은 것으로, '평이하고 정직함', '지극히 크고 강한 호기'라는 본성을 잃어버린 채 아첨을 일삼고 이익만을 추구하는 사람들을 나타낸 것이다. 따라서 왜송과 '구차하게 외물을 따르'는 사람들은 서로 대응되는 것으로, 글쓴이는 이를 통해 사람들이 본성을 따르지 않고 남에게 보여지는 데에만 급급하여 자신을 잃는 것을 경계하고 있다.

④ 〈보기〉에서 (다)에서는 사물에서 얻은 깨달음을 인생과 세상의 이치로 확장하고 있다고 하였다. (다)에서 '나'는 '그 물건' 즉 왜송이 우리 사람의 경우와 흡사하다는 것은 함으로써 본성을 잃은 사람들과 그런 자들이 득세하는 부조리한 세태를 비판하고 있으므로, 사물에서 얻은 깨달음을 세상의 이치로 확장하여 주제 의식을 드러내려는 글쓴이의 의도를 표현한 것이라 할 수 있다.

⑤ 〈보기〉에서 (다)에서는 혼란스러운 현실 속에서 시류에 편승하려는 무리들을 비판하면서 바람직한 삶의 태도를 제시하고 있다고 하였다. (다)에서 '나'는 외물을 따르며 남을 위하려고 하는 자들이 왜송과 다르지 않다고 하면서 '남의 비위를 맞추려고 애쓰'며 '자신을 잃어버리'고도 '부끄러운' 줄 모르는 자들을 비판하고 있다. 따라서 '남의 비위를 맞추려고 애쓰'며 '자신을 잃어버리'고도 '부끄러운' 줄 모르는 자들은 혼란스러운 현실 속에서 시류에 편승하려는 사람들을 나타낸 것이라 할 수 있다.

N 적중 예상 갈래 복합 10

본문 175쪽

[173~177] (가) 박남준, 〈흰 부추꽃으로〉 (나) 이준관, 〈가을 떡갈나무 숲〉 (다) 이곡, 〈차마설〉

173 ⑤ 174 ② 175 ③ 176 ⑤ 177 ④

E 지문 선정 포인트

(가)는 옹이 박힌 나무가 불타는 모습을 보며 고통에 대한 성찰과 상처를 극복하고자 하는 삶의 의지를 보여 준 작품이야.
(나)는 떡갈나무 숲의 풍경을 통해 서로 다른 생명체들이 함께 기대어 살아가는 숲의 아름다움과 생명력을 노래한 작품이야.
(다)는 말을 빌려 탄 글쓴이의 경험을 통해 소유에 대한 깨달음을 제시하고, 올바른 삶의 태도를 촉구한 작품이야.
(가)는 문학 작품에서 소멸과 생성, 죽음과 삶이 서로 긴밀하게 연결된 것으로 그려진다는 점에 주목하여, (나)는 인간과 자연의 조화로운 관계를 노래하는 생태시의 특성에 주목하여, (다)는 개인적인 경험을 사회적인 차원으로 확대하여 보편적인 깨달음을 제시하고 있다는 점에 주목하여 작품으로 선정하였어.

(가) 박남준, 〈흰 부추꽃으로〉

해제 이 작품은 삶의 고통과 상처에 대한 성찰을 보여 주는 작품으로 화자는 상처가 새로운 힘이 될 수 있다는 성찰에서 나아가 소멸이 생성의 근원이 된다는 삶의 깨달음을 이끌어 내고 있다. 1연에서 화자는 사는 일이 서투른 자신의 삶을 들여다보고 2, 3연에서 상처받고 일그러진 옹이 박힌 나무가 불길 속에서 무섭게 타올라 삶의 무거움을 털어 내고 먼지가 되어 날았으면 좋겠다고 생각한다. 그리고 흰 재가 부추밭에 뿌려짐으로써 흰 부추꽃이 피기를 바란다. 이를 통해 화자는 흰 부추꽃으로 환생하는 옹이 박힌 나무처럼 고통과 상처를 극복하고 새로운 삶으로 거듭나고자 하는 소망을 드러내고 있다.

주제 삶의 무거움을 초월한 환생에 대한 소망

구성

1연	사는 일이 서툰 화자의 삶
2연	불 속에서 무섭게 타오르는 옹이 박힌 나무를 통한 성찰
3연	삶의 무거움을 초월한 환생에 대한 소망

(나) 이준관, 〈가을 떡갈나무 숲〉

해제 이 작품은 낙엽이 떨어진 가을 떡갈나무 숲을 소재로 하여 생명체들이 서로 기대어 살아가는 떡갈나무 숲의 아름다운 풍경과 자연과의 교감을 통해 위로를 받는 화자의 모습을 감각적으로 그려 내고 있다. 떡갈나무 숲은 따뜻함과 사랑으로 가득 차 있는 공간으로, 화자는 숲을 걸으면서 떡갈나무 숲의 포용력과 지난 계절의 숲의 생동감을 느낀다. 그러면서 자신도 떡갈나무로부터 위로를 받는다. 즉 이 작품은 자연과 더불어 살아가는 삶의 아름다움을 노래하고 있다.

주제 따뜻함과 포용력이 있는 가을 떡갈나무 숲

구성

1연	생명체를 품어 주는 떡갈나무 숲
2연	생명력이 넘치는 떡갈나무 숲
3연	생명체의 흔적을 찾아 나서는 화자
4연	떡갈나무 숲과 하나가 되고 싶은 화자
5연	가을 떡갈나무 숲의 포용력
6연	떡갈나무 숲이 주는 위로

(다) 이곡, 〈차마설〉

해제 이 작품은 말을 빌려 탄 개인적인 경험을 통해 소유에 대한 깨달음을 제시하고 올바른 삶의 태도를 촉구하는 교훈적 수필이다. 이 작품은 글쓴이의 개인적인 일상적 경험을 제시한 '사실'과 경험의 내용을 일반화한 '의견'으로 구성되어 있다. '사실' 부분에서는 말을 빌려 탄 경험을 통해 말의 상태에 따라 다루는 사람의 태도가 달라지는 것에 대해 설명하고, '의견' 부분에서는 이를 소유 전반에 대한 문제로 일반화하고 있다. 글쓴이는 세상의 부귀와 권세도 본래부터 소유한 것이 아니라 누군가에게 빌린 것임을 말하면서 그릇된 소유 관념에 대해 비판하고 있다.

주제 소유에 대한 성찰과 깨달음

구성

1문단	말을 빌려 탄 경험 제시
2문단	소유에 따른 심리 변화
3문단	진정한 소유의 개념
4문단	〈차마설〉을 집필하게 된 동기 – 잘못된 소유 관념에 대한 비판

173 표현상의 특징 파악 답 ⑤

정답 풀이

(가)의 1연에서 화자는 나무를 하다 상처를 입고 절뚝거리며 돌아오는 자신의 모습을 마치 길이 그러한 것처럼 주체와 객체를 역전시켜 '돌아오는 길이 절뚝거린다'라고 표현하여 일이 서툴러 상처를 입고 돌아오는 자신의 상황을 부각하고 있다. (나)는 4연의 '하늘이 깊이 숨을 들이켜 / 나를 들이마신다.'라고 '나'가 숨을 들이켜 하늘을 마시는 것임에도 주체와 객체를 역전시켜 '하늘'이 '나를 들이마신다.'라고 표현하여 자연에 동화된 화자의 상황을 부각하고 있다. 따라서 (가)와 (나)는 모두 주체와 객체가 전도된 표현을 통해 시적 상황을 부각하고 있다고 할 수 있다.

오답 풀이

① 의인화를 통해 자연물의 속성을 나타내고 있는 것은 (가)가 아니라 (나)이다. (나)는 6연의 '내 마지막 손이야. 뺨에 대 봐, / 조금 따뜻해질 거야. 잎을 떨군다.'에서 자연물을 의인화하여 위로와 평안을 주는 떡갈나무의 속성을 드러내고 있지만, (가)에는 의인법이 사용되지 않았다.

② 설의적 표현을 사용하여 정서를 강조하고 있는 것은 (나)가 아니라 (가)이다. (가)는 2연의 '그리하여 일그러진 것들도 한 번은 무섭게 타오를 수 있는가'에서 설의적 표현을 사용하여 삶의 상처를 초월하고자 하는 화자의 바람을 드러내고 있다. 그러나 (나)는 5연의 '제 새끼를 위해 남겨 놓았을까?'에서 의문형을 사용하였지만, 이는 남아 있는 열매에 대한 화자의 추측이라고 할 수 있다.

③ (가)와 (나) 모두 공감각적 표현을 활용하고 있다. (가)는 1연의 '별빛이 차다'에서, (나)는 2연의 '눈부신 날갯짓 소리'와 3연의 '파릇한 산울림'에서 공감각적 표현을 확인할 수 있으며 이러한 공감각적 표현을 통해 이미지를 선명하게 드러내고 있다.

④ (가)와 (나)는 모두 상황을 반대로 나타내는 반어적 표현을 활용하지 않았다.

174 시어 및 시구의 의미 파악 답 ②

정답 풀이

㉡은 옹이 박힌 나무가 아궁이 속에서 타고 있는 모습을 나타낸 것으로, 화자는 무섭게 타오르는 나무를 보고 자신의 상처도 '불길을 타고 / 먼지처럼 날았으면 좋'겠다고 생각한다. 즉, '불길'은 상처와 고통을 소멸시키는 긍정적 의미를 지니고 있으며, 옹이 박힌 나무가 불에 타고 있는 것은 상처를 입은 존재가 위로를 통해 고통과 비애를 털어 내는 모습을 나타낸 것이라 할 수 있다. 따라서 ㉡이 고난과 좌절에 부딪혀 열정을 잃어 가는 모습을 나타낸다는 이해는 적절하지 않다.

오답 풀이

① ㉠은 삶이 서툴러 상처를 입고 절뚝거리며 돌아오는 화자의 모습을 주체와 대상을 전도하여 표현한 것이므로, 삶의 고통과 상처로 인해 힘겨워하는 모습을 나타낸다고 볼 수있다.

③ 화자는 ㉢을 '상처받은 나무'라고 하면서 '이승의 여기저기에 등뼈를 꺾인' 존재로 인식하고 있다. 따라서 '옹이'는 삶의 고통과 상처를 의미하며, ㉢은 삶의 과정에서 생긴 상처를 품고 있는 존재를 의미한다고 볼 수 있다.

④ 화자는 무섭게 타오르는 나무를 보고 자신의 상처도 '불길을 타고 / 먼지처럼 날았으면 좋'겠다고 생각한다. 즉, '불길'을 통해 상처와 고통이 소멸하기를 바라고 있다. ㉣은 옹이 박힌 나무가 무섭게 타올라 생긴 흰 재의 모습을 나타낸 것이므로 삶의 고통과 상처로부터 벗어나 가벼워진 상태를 나타낸다고 볼 수 있다.

⑤ '흰 부추꽃'은 '타오르는 것'들이 남긴 재가 뿌려진 부추밭에서 피어나는 것이다. 화자는 이를 '그 환한 환생'이라고 표현하여 상처를 지닌 존재들이 소멸하여 흰 부추꽃으로 다시 피어난다는 윤회적 사고를 드러내고 있다. 따라서 ㉤은 소멸을 통해서 새로운 생명으로 거듭난 존재를 의미한다고 볼 수 있다.

175 외적 준거에 따른 작품 감상 답 ③

정답 풀이

3연에서는 노루가 '겨울에도 얼지 않는' 따뜻한 '골짜기'를 찾아 떠나기 전의 떡갈나무 숲은 노루가 마음껏 뛰놀던 자유로운 공간이었음을 드러내고 있다. 그리고 이어지는 4연과 5연에서 떡갈나무 숲이 여전히 인간과 교감하는 포용력이 넘치는 공간이라는 것을 알 수 있다. 따라서 '노루'가 '겨울에도 얼지 않는' '골짜기'로 떠난 것이 떡갈나무 숲이 더 이상 생명을 포용할 수 없는 공간이 되었음을 의미한다는 것은 적절하지 않다.

오답 풀이

① 1연에서 땅에 떨어진 '떡갈나무 잎'은 '너구리나 오소리의 따뜻한 털'이 되고 있다. 이는 '떡갈나무 잎'이 베푼 혜택으로, 떡갈나무 숲이 생명체들을 품어 주는 넉넉한 공간임을 보여 준다. 따라서 떡갈나무 숲의 포용력을 나타내는 것으로 볼 수 있다.

② 2연에서는 '이 숲에 그득했던 풍뎅이들의 혼례'와 '그 눈부신 날갯짓 소리'에 대해 표현하고 있는데, 이처럼 지난여름 가득했을 풍뎅이들의 만남과 사랑을 제시하여 떡갈나무 숲이 생명력 넘치는 공간이었음을 드러내고 있다.

④ 4연의 '떡갈나무 숲을 온통 차지해 버리는 별이 될 것 같다.'는 떡갈나무 숲과 하나가 되고 싶은 화자, 즉 자연과 동화되고자 하는 화자의 모습을 나타낸다.

⑤ 6연에 '슬픔으로 부은 내 발등'에 '잎'을 떨구는 떡갈나무의 모습이 나타나 있는데, 화자는 떡갈나무가 마지막 잎까지도 자신을 위해 떨구고 있다고 여기고 있으므로 떡갈나무는 외롭고 쓸쓸한 화자를 위로하는 존재임을 알 수 있다.

176 외적 준거에 따른 작품 감상 답 ⑤

정답 풀이

〈보기〉에 따르면, 독자에게 주는 충격과 발견은 특별한 것에서 얻을 수도 있지만 일상적인 사물이나 경험에서 얻을 수도 있다. (다)는 말을 빌려 탄 일상적인 경험에서 소유에 관한 보편적인 깨달음을 이끌어 내고 있다. 그리고 (나) 역시 낙엽이 떨어진 가을의 떡갈나무 숲이라는 일상적인 사물에서 얻은 자연과 인간의 바람직한 관계에 대한 깨달음을 전하고 있다.

오답 풀이

① (가)는 아궁이 속에서 거품을 물고 타오르는 옹이 박힌 나무를 보며 삶의 상처

갈래 복합

를 지닌 자신을 떠올리고 그 흰 재가 부추꽃의 거름이 되어 흰 부추꽃으로 환생하는 것을 상상함으로써 상처를 입은 삶과 그 극복이라는 문제와 깨달음을 발견하고 있다.

② (나)에서는 '떡갈나무 잎'을 '따뜻한 털', '쐐기집', '벌레들의 알의 집'에 비유함으로써 생명을 안전하고 따뜻하게 품어 주는 떡갈나무의 속성을 나타내고 있다. 그리고 이를 통해 평안과 안정을 주는 떡갈나무 숲의 모습을 간접적으로 보여 주고 있다.

③ (다)는 노둔하고 야윈 말을 빌려 탔을 때와 준마를 얻어 탔을 때의 감정이 사뭇 달랐던 것을 계기로 이로부터 얻은 깨달음을 소유 전반의 문제로 일반화하여 잘못된 소유 관념에 대한 깨달음을 전달하고 있다.

④ (가)는 상처 입은 삶과 그 극복 의지를 옹이 박힌 나무와 흰 재, 흰 부추꽃에 빗대어 표현하고 있으므로 사물에서 비롯된 글쓴이의 깨달음을 간접적으로 드러내고 있다고 할 수 있다. 그러나 (다)는 잘못된 소유 관념에 관한 경계를 글쓴이가 직접적으로 전달하고 있으므로 경험에서 비롯된 글쓴이의 깨달음을 직접적으로 드러내고 있다고 할 수 있다.

177 구절의 의미 파악 답 ④

정답 풀이

ⓐ는 사는 것이 서툴러 상처를 입고 사는 상황에 대해 자괴감을 드러내면서 그러한 상황에서 벗어나기를 소망하는 태도를 드러내고 있다. ⓑ는 노둔하고 야윈 말을 빌려 탔을 때와 준마를 얻어 탔을 때의 감정이 달랐던 자신의 경험을 떠올리면서 이를 보편적인 깨달음으로 확대하고 있다.

오답 풀이

① ⓐ는 사는 것이 서툰 현실에 대한 부정의 심리를 나타낸다고 할 수 있지만, ⓑ는 현실에 대한 긍정의 심리와는 거리가 멀다.

② ⓐ는 지나간 시절에 대한 회한보다는 다가올 시간에 대한 소망을 드러낸다고 봄이 타당하다. ⓑ는 다가올 시간에 대한 기대감과는 관련이 없다.

③ ⓐ는 세상과 조화를 이루고자 하는 소망과 관련이 없으며, ⓑ는 세상과 불화하는 모습과 관련이 없다.

⑤ ⓐ는 서툰 삶을 극복하고 새로운 삶을 살고자 하는 소망을 드러내지만, 관계를 회복하고자 하는 의지를 강조한다고 볼 수는 없다. ⓑ는 관계에서 벗어나고자 하는 의지를 강조하고 있지 않다.

N 적중 예상 갈래 복합 11

본문 178쪽

[178~182] (가) 작자 미상, 〈심청전〉 (나) 최인훈, 〈달아 달아 밝은 달아〉

178 ③ 179 ① 180 ③ 181 ① 182 ③

E 지문 선정 포인트

(가)는 불교의 인과응보 사상을 바탕으로 부모에 대한 지극한 효성을 형상화한 판소리계 소설이야.

(가)는 지상계와 천상계가 심청의 인신 공양을 통해 연결되는 구조를 취했다는 점에 주목하여 작품으로 선정하였어.

(가) 작자 미상, 〈심청전〉

해제 이 작품은 판소리 〈심청가〉가 소설화되어 정착된 판소리계 소설로, 작가와 창작 연대가 알려지지 않았다. 이 작품은 전반부와 후반부로 나뉘는데, 작품의 전반부는 효성이 지극한 심청이 아버지의 눈을 뜨게 하기 위해 공양미 삼백 석에 몸을 팔아 인당수 제수가 되는 것이 주요 사건으로, 비장미가 강조된다. 후반부는 심청이 용궁에서 세상으로 나와 황후가 되는 사건을 위주로 하여, 심 봉사의 개안을 통해 인과응보, 권선징악의 주제 의식을 전달하고 있다. 제시된 부분은 전반부에서 후반부로 넘어가는 장면에 해당한다.

주제 부모에 대한 지극한 효심, 인과응보 사상

전체 줄거리

송나라 말년 심학규라는 봉사가 곽 씨 부인과 살고 있는데, 곽 씨 부인은 심청을 낳은 후 7일 만에 죽고 심청은 눈먼 아버지를 극진히 공양한다. 어느 날 웅덩이에 빠진 심 봉사를 몽은사 화주승이 구해 주고 공양미 삼백 석을 시주하면 눈을 뜰 수 있다고 하자, 심 봉사는 시주하겠노라고 약속한다. 그것을 알게 된 심청은 남경 상인들에게 자신의 몸을 팔고 그 대가로 받은 공양미 삼백 석을 몽은사에 시주한다. 아버지의 눈을 뜨게 하게 위해 인당수에 빠진 심청은 용궁으로 모셔지며 후한 대접을 받고 연꽃 속에 들어가 다시 인간계로 돌아온다. 남경 상인들은 바다에 떠 있는 연꽃을 천자에게 바친다. 천자는 연꽃 속에서 나온 심청을 아내로 맞이하고, 황후가 된 심청은 아버지를 찾기 위해 맹인 잔치를 벌인다. 심 봉사는 잔치 소문을 듣고 황성으로 상경하고 우여곡절을 겪은 끝에 맹인 잔치에 참석하여 황후가 된 심청과 해후하고 눈을 뜬다

지문 제시

(나) 최인훈, 〈달아 달아 밝은 달아〉

해제 이 작품은 〈심청가〉를 패러디한 희곡으로, 공양미 삼백 석 때문에 심청이 뱃사람들에게 팔리는 모티프만 유사할 뿐 나머지 내용은 현실적 시각으로 재구성되어 있다. 특히 원작의 낭만주의적인 내용은 모두 제거된 채, 현실주의적 입장에서 심청이 극심한 고통을 겪고 폐인이 되어 고향으로 돌아오는 모습을 보여 주고 있다. 이 과정에서 세계와 개인은 끊임없이 투쟁과 갈등 속에 있으며 그 속에서 개인은 끊임없이 희생당하는데, 이러한 점에서 원전 〈심청가〉와 근본적인 차별성을 갖는다.

주제 냉혹한 현실과 이로 인한 개인의 시련과 고통

전체 줄거리

심 봉사는 몽은사 화주승에게 공양미 삼백 석을 약조하고 심청은 이를 구하기 위해 용궁루라는 색주가에 팔린다. 용궁루에서 고통스러운 나날을 보내던 심청은 인삼 장사 김 서방을 만나 사랑에 빠진다. 김 서방은 심청의 몸값을 지불해 주고 심청은 조선에 가서 김 서방을 기다리기로 약조한다. 하지

지문 제시

만 해적들이 심청이 탄 배를 습격하여 심청을 납치하고, 심청은 해적들의 소굴에서 비참한 삶을 살게 된다. 시간이 흘러 허리가 굽고 눈까지 멀게 된 심청은 용궁 다녀온 이야기를 해 달라고 조르는 아이들에게 과거를 미화해서 말해 주지만, 아이들은 그런 심청이 미쳤다고 놀리며 달아난다.

178 작품의 내용 이해 답 ③

정답 풀이

'가군 신세 생각하니 몰골이 불쌍하여 보고 가자 왔나이다.'는 심 봉사의 신세가 가련해서 보고자 왔다는 의미이고, '흥진비래 고진감래는 인간의 상사오니 신명을 잘 보존하옵소서.'는 좋은 일이 다하면 슬픈 일이 오고, 슬픈 일이 다하면 좋은 일이 오니 목숨을 잘 보존하라는 의미이다. 즉 곽 씨 부인은 딸을 잃은 심 봉사를 위로하였지 원망하지는 않았다.

오답 풀이

① '금년 칠월 칠석 밤에 함께 걸교하자더니 이제는 허사로다.'라는 내용에서 심청이 동무들과 약속을 지키지 못해 아쉬워했음을 알 수 있다.
② '죽고 싶어 죽으랴만 사세가 부득한 일이로세.'에서 심청은 아버지의 눈을 뜨게 하기 위해서 죽음을 택해야 하는 자신의 처지에 대해 수용적인 태도를 보이고 있다.
④ '목제비질 하려 하고~실없이 웃어도 보고 심청이 가는 데 쫓아간다.', '엎어져 기절하니'라는 내용을 통해 심청이 떠났다는 말에 정신이 나간 사람처럼 행동하는 심 봉사의 모습을 확인할 수 있다.
⑤ '뱃머리에 좌판을 놓고 심청을 인도하여 뱃장 안에 앉힌 후에', '북을 둥둥 울린 후에' 등의 내용을 통해 선인들이 심청을 배에 태워 가는 모습을 확인할 수 있다.

179 외적 준거에 따른 작품 감상 답 ①

정답 풀이

"금관 조복 학창의를 누구더러 하며, 가슴과 배에 쌍룡 쌍학 원앙금에 십장생을 누구로 하잔 말가."는 금관 조복이나 학창의를 누가 만들며, 쌍룡, 쌍학, 원앙금, 십장생 등의 수를 누가 놓느냐는 의미이다. 이를 통해 심청이가 의복을 만들고 수를 놓는 일을 했다는 것을 확인할 수 있다. '금관 조복', '학창의' 등은 의복의 종류에 해당하므로 생활과 관련된 한자어를 나열하는 문어체를 사용한 것이지 고사를 인용한 것으로 볼 수 없다. 또한 이를 통해 부모를 봉양하는 자식의 효성을 강조하고 있다는 설명도 적절하지 않다.

오답 풀이

② '약도춘풍불해의'는 당나라 시인 왕유의 시를 인용하여 이별의 안타까움을 나타내고 있는 부분으로, 문어체를 사용하여 격조 있는 느낌을 주고 있다.
③ '가군 신세', '흥진비래', '고진감래' 등의 한문 어구를 사용하여 곽 씨 부인이 남편을 위로하고 있는 장면으로, 곽 씨 부인이 교양이 있는 어진 여성임을 보여 주고 있다.
④ '가다니 어디 간단 말이요? 이게 웬 말이요? 진정이요, 거짓말이요?~애고, 이게 웬 말이요?'는 빠른 호흡의 우리말 위주의 구어체를 사용하여, 심청이 떠난 뒤의 심 봉사의 절망감을 나타내고 있다.
⑤ '목제비질 하려 하고~눈이 번득번득 눈이 실룩실룩 실없이 웃어도 보고'는 심청을 찾아 나선 심 봉사의 모습을 우리말을 사용하여 생동감 있게 묘사한 부분으로, 구어체의 특징이 잘 드러나 있다.

180 작품 간 비교 감상 답 ③

정답 풀이

(가)의 '시명춘간 멧새 소리는 누구를 이별하려고 환우성이 낭자하다.'에서 멧새는 감정 이입의 대상으로, 이별의 슬픔을 고조하는 자연물에 해당한다고 볼 수 있다. 그러나 (나)의 '갈매기 두세 마리'는 심청이가 보이기 전 도화동 포구의 풍경에 해당할 뿐, 이별의 슬픔을 고조하는 감정 이입의 대상이라 볼 수 없다.

오답 풀이

① (나)의 '부처님께 시주한다 내가 한 말 때문에 남경배 상인들께 공양미 값으로 팔려 물 건너 대국 땅에 기생살이 팔려 가는 내 딸 심청이'라는 내용을 통해 (가)의 심청이 '값을 받고' 인당수의 제물로 팔려 가는 것이 (나)에서는 심청이 대국의 기생으로 팔려 가는 것으로 각색되었음을 알 수 있다.
② (가)에서 곽 씨 부인이 심 봉사에게 '하늘이 정한 수와 흥진비래 고진감래는 인간의 상사오니'라고 말한 것과 (나)에서 뺑덕어미가 심 봉사에게 '부모 자식 간에도 저마다 길이 따로 있는데'라고 말한 것을 보면 곽 씨 부인과 뺑덕어미 모두 심청과 심 봉사의 이별에 대해 수용적인 태도를 보이고 있음을 알 수 있다.
④ (가)에서 '큰 아기', '작은 아기', '김 낭자', '이 처자'는 심청이의 동무들로, '저와 같이 놀던 동무 골목골목 나서더니 손길을 마주 잡고 애통하여'라는 내용을 통해 심청과의 이별을 슬퍼하고 있음을 알 수 있다. (나)에서 '마을 사람들은 물가에서 끊어지는 인연을 부여잡고 몸부림을 치는구나.'라는 내용을 통해 마을 사람들이 심청과의 이별을 슬퍼하고 있음을 알 수 있다.
⑤ (가)에서는 현재 심청과 심 봉사가 이별을 하는 장면이 제시되고 있다. 그러나 (나)는 '아, 이렇게 벌써 보름 전에 끝난 일이 아니요?'라는 뺑덕어미의 말을 통해 심청은 이미 보름 전에 떠나갔음을 알 수 있다. 현재 심 봉사는 뺑덕어미의 말을 들으며 심청을 '뱃길 배웅'하고 있다.

181 인물의 서사적 기능 파악 답 ①

정답 풀이

뺑덕어미는 심청이가 떠나는 날 보았던 것을 심 봉사에게 전해 주는 역할을 한다. 특히 '뺑덕어미가 갖은 말로 타이르는 모양이니'에서와 같이 자신을 제3자처럼 객관화시켜서 말하고 있다. 이를 통해 뺑덕어미는 심청이 떠나는 장면을 관찰자의 시점에서 구체적으로 전달하는 역할을 하고 있음을 알 수 있다.

오답 풀이

② 심청이 떠나는 장면은 뺑덕어미가 실제 본 장면으로, 상상하여 제시한 장면이라 할 수 없다.
③ 주변 사람들의 다양한 시선이 아니라 뺑덕어미의 시선으로 상황을 전달하고 있다.
④ 뺑덕어미는 심청과 같은 마음을 가지고 있지 않을 뿐만 아니라, 심청의 감정을 직접적으로 드러내고 있지도 않다.
⑤ 뺑덕어미가 전달하는 내용에 심청과 이별하는 심 봉사의 모습은 나타나 있지 않다.

182 연출 계획의 적절성 파악 답 ③

정답 풀이

ⓒ은 '여기서 이렇게 아니라 휘딱 이 자리를 떠나 버립시다.'라는 뺑덕어미의 말에 대한 대답으로, 여기서 '못 하겠네.'는 심 봉사가 뺑덕어미와 같이 휘딱 이 자리를 떠나 버리는 것을 못 하겠다는 의미이다. 따라서 딸에 대한 미안함을 공감하지 못하는 뺑덕어미를 원망하는 모습으로 연기하는 것은 적절하지 않고, 뺑덕어미의 말을 한마디로 잘라 거부하는 모습으로 연기하는 것이 적절하다. 또한 ⓒ 뒤에 심 봉사는 자신을 책망하면서 심청의 뱃길 배웅을 하게 해 달라고 뺑덕어미에게 호소하고 있으므로 뺑덕어미를 원망한다고 볼 수도 없다.

오답 풀이

① ㉠에서 심 봉사가 뺑덕어미에게 그날 있던 일을 그대로 불러 달라는 것은, 뺑덕어미의 말을 통해서라도 심청의 마지막 모습을 보고 싶기 때문이다. 따라서

갈래 복합

그리움이 드러나는 간절한 목소리로 연기하는 것은 적절하다.

② ㉡에서 뺑덕어미가 심 봉사에게 '이 따위 짓'이라고 말하는 것으로 보아, 심 봉사가 하는 일을 쓸데없는 일이라고 생각하고 있음을 알 수 있다.

④ ㉣은 뺑덕어미가 심청에게 마지막 말을 하고, 심청이가 머리 숙여 인사하면서 부친을 부탁하며 절을 하는 장면을 마치 눈 앞에서 벌어지는 일처럼 실감 나게 말하는 장면에 해당한다.

⑤ ㉤은 뺑덕어미에게 심청이가 떠나는 장면을 모두 들은 심 봉사가 벼랑으로 내달리며 고통스럽게 울부짖는 장면에 해당한다.

적중 예상 | 갈래 복합 12

본문 181쪽

[183~187] (가) 윤흥길, 〈완장〉 (나) 이강백, 〈결혼〉

183 ⑤ 184 ② 185 ④ 186 ② 187 ①

E 지문 선정 포인트

(가)는 권력에 도취된 인간이 더 큰 힘을 가진 권력 앞에서 쉽게 권위를 잃는 모습을 통해 권력의 허구성을 풍자한 작품이야.
(나)는 부자인 척하며 여자와 결혼하려는 빈털터리 남자를 통해 잠시 빌렸다가 되돌려 주는 과정인 삶의 본질과 사랑의 가치에 대해 이야기한 작품이야.
(가)는 중심인물이 자신이 행사하고 있는 통제와 권력을 즐기며 공격적인 행동을 하는 경향을 보인다는 점에 주목하여, (나)는 인물의 심리 변화와 서사 전개에 영향을 미치는 소품(회중시계)의 서사적 기능에 주목하여 작품으로 선정하였어.

(가) 윤흥길, 〈완장〉

해제 이 작품은 권력에 도취된 한 인물을 통해 권력의 속성에 대해 예리하게 비판하고 있는 소설이다. 작품의 주인공인 임종술은 완장에 집착하는 어리석은 인물로, 여기서 '완장'은 권력, 그중에서도 양도된 권력, 대리인이 가지게 되는 권력을 상징한다. 종술은 이 완장의 위력에 도취되어 권력을 휘두르지만 결국 더 큰 권력 앞에 무너져 권력의 허구성을 보여 주며 동시에 비판의 대상이 된다. 그러면서 작가는 작은 권력을 대리인에게 양도하고 거대한 진짜 권력을 휘두르는 상층 권력자들의 횡포 역시 은연중에 비판하고 있다. 작은 권력에 집착하는 인물의 어리석음과 권력의 부조리함을 날카롭게 비판하면서도 이를 해학적이고 풍자적으로 그려 내고 있다는 점이 특징적인 작품이다.

주제 권력의 속성에 대한 비판

전체 줄거리

땅 투기로 졸부가 된 최 사장은 이곡리의 판금(너름) 저수지 사용권을 얻어 양어장을 만들고, 동네 건달 종술을 저수지 감시원으로 고용한다. 종술은 저수지 감시원에게 주어지는 완장의 힘에 도취되어 권력을 휘두르며 횡포를 부린다. 그는 읍내에 나갈 때에도 완장을 두르고 권력자라도 된 양 행동하지만, 평소에 관심을 두고 있던 부월만은 완장의 권위를 인정하지 않는다. 그러던 어느 날 종술을 고용한 최 사장 일행이 저수지에 와서 낚시를 하려고 하자 종술은 그 누구도 저수지에서 낚시를 할 수 없다며 최 사장 일행을 막는다. 이 일로 종술은 해고되지만, 이후에도 그는 완장을 차고 저수지를 감시하는 일을 지속한다. 종술의 어머니인 운암댁은 종술의 불행을 염려하며 부월에게 종술과 함께 떠날 것을 당부한다. 부월은 종술에게 완장은 작은 권력에 불과하며 완장에 집착하는 것은 허황된 것임을 알려 주고, 이에 종술은 완장을 저수지에 버리고 부월과 함께 떠난다. (지문 제시)

(나) 이강백, 〈결혼〉

해제 이 작품은 두 남녀가 진정한 사랑을 깨닫고 결혼에 이르는 과정을 담은 희곡으로, 실험적인 기법이 돋보이는 작품이다. 작품 속 인물의 관계가 단순하고 특별한 무대 장치가 없지만, 인물의 대사가 상징적인 의미를 강하게 띠고 있다는 점이 특징적이다. 한 빈털터리 남자가 결혼을 하기 위해 모든 것을 빌린 후 여자와 만나지만, 여자가 그 사실을 알고서 떠나려 할 때, 남자는 소유의 본질과 진정한 사랑의 의미를 말하며 여자를 붙잡는다. 바로 이때 남자가 하는 말, 곧 세상에서 소유한 것은 결국 모두 '빌린 것'이며, 물질적인 것보다는 사람의 진심이 중요하다는 말에서 작품의 주제 의식이 드러나고 있다.

주제 소유의 본질과 진정한 사랑의 의미

전체 줄거리

빈털터리인 한 남자가 외로움에 결혼을 하려고 한다. 이 남자는 결혼을 하기 위해서는 물질적인 것들이 필요하다고 생각하여 자신이 부자로 보일 수 있도록 집을 비롯한 모든 것들을 빌려 맞선을 본다. 남자는 맞선에서 만난 여자에게 호감을 느껴 빌린 물건들로 자신을 과시하지만, 정해진 시간이 되자 하인이 찾아와 물건의 대여 시간이 다 되었다며 빌린 물건들을 하나씩 빼앗아 간다. 여자는 남자를 사기꾼으로 여기며 떠나려고 하지만, 남자는 이 세상에 빌리지 않은 것은 하나도 없다고 하면서 진정한 사랑으로 여자를 대할 것을 이야기한다. 이야기를 들은 여자는 잠시 갈등하지만 결국 남자와 결혼을 하기로 한다. 지문 제시

183 작품 간의 공통점 파악 답 ⑤

정답 풀이

(가)에서 종술은 "죽어서 구신으로 남어서라도 내 저수지 내가 지킬란다아!", "차고 댕겨 본 적도 없으니께 부월이는 완장을 몰라."라고 말하고, (저수지 방류를 막기 위해) 뗏목을 타고서 저수지 물문 쪽으로 가는 행동을 보이는 등 완장, 즉 권력을 가치 있게 여기고 그것을 지키려고 하는 자신의 가치관을 확고하게 드러내고 있다. (나)에서 남자는 "눈동자, 코, 입술, 그 어느 것 하나 자기 것이 아니구 잠시 빌려 가진 거예요.", "내가 이 세상에서 덤 당신을 빌리는 동안에, 아끼고, 사랑하고, 그랬다가 언젠가 시간이 되면 공손하게 되돌려 줄 테요."라는 말과 관객에게 하는 말과 행동을 통해 소유와 사랑에 대한 자신의 가치관을 드러내고 있다.

오답 풀이

① (가)에서는 완장에 대한 종술의 집착으로 인한 종술과 부월의 갈등이 드러나 있을 뿐, 이 갈등이 해소되고 있지는 않다. 반면, (나)에서는 남자와 여자가 갈등하는 모습이 드러나고 여자가 떠나려 하지만 결국 남자가 여자를 설득하며 갈등이 해소되는 과정이 시간적 순서에 따라 나타나고 있다.

② (가)에서 운암댁이 현재의 사건과 관련된 과거의 사건을 떠올리는 장면은 제시되고 있지만, 이를 통해 인물의 변화상을 드러내고 있지는 않다. (나)에는 과거의 사건이 제시되어 있지 않다.

③ (가)는 인물의 말과 행동을 중심으로 서술되고 있을 뿐, 인물의 내면을 중심으로 서술되고 있지는 않다. (중략) 이전 부분에서 아들 종술의 말과 행동을 본 어머니 운암댁의 내면이 제시되고 있기는 하지만, 이는 앞날에 대한 개인의 걱정과 불안이 나타나 있는 것일 뿐, 인물의 내면을 통해 공동체 내의 갈등이 발생한 원인을 추적하고 있는 것이 아니다. (나) 역시 인물의 내면이 아닌 말과 행동이 중심을 이루고 있으며, 공동체 내의 갈등이 발생한 원인을 추적하고 있지도 않다.

④ (가)는 이야기 밖의 서술자에 의해 사건이 조명되고 있을 뿐, 다양한 인물의 시각에서 사건이 서술되고 있지는 않다. (나)에는 등장인물들의 말과 행동으로 사건이 전개되고 있을 뿐, 서술자는 따로 존재하지 않는다. 참고로, 장르의 특성상 희곡에는 특별한 경우를 제외하고 서술자가 존재하지 않는다.

184 외적 준거에 따른 작품 감상 답 ②

정답 풀이

(가)에서 종술은 부월에게 '차고 댕겨 본 적도 없'어 완장을 모른다고 나무라며 '완장 뒤에는 법이 있'다고 말한다. 이는 종술이 부월에게 완장의 위세, 힘, 완장으로 부릴 수 있는 권력에 대해 모른다고 말한 것이지, 합법적인 권력에 대한 소유욕이 인간의 보편적인 욕망이라는 의미로 말한 것이 아니다.

오답 풀이

① (가)에서 종술은 저수지 '감시원 완장을 손에 넣고 겁 없이 날뛰'다가 저수지 감시원에서 해고된 뒤 "완장허고 상장허고 맞바꾸자아!"라고 하며 발악한다. 이는 종술이 기존에 갖고 있던 권력, 즉 완장을 놓고 싶어 하지 않아 하는 것이므로, 자신이 소유했던 것을 잃지 않으려고 하는 종술의 집착을 보여 주는 것이라고 할 수 있다.

③ (가)에서 부월은 종술에게 '진짜배기 완장은 눈에 뵈지' 않는다면서 '넘들이 흘린 뿌시레기나 줏어 먹는 핫질 중에 핫질이 바로 완장'이라고 말한다. 이런 부월의 말은 저수지 감시원이라는 권력은 작은 권력에 불과하고 진정으로 권력을 소유한 것은 아니며(작은 권력을 대리인에게 양도한, 상층 권력자들의 진짜 권력이 아니므로 진정으로 권력을 소유한 것이 아니라는 의미임.), 소용없는 것임을 지적한 것이라고 할 수 있다.

④ (나)에서 남자는 자신은 '빈털터리'라며 이 세상 모든 것은 잠시 빌린 것으로 "누구 하나 자신있게 이건 내 것이다, 말할 수 있는가를. 아무도 없을 겁니다." 라고 말한다. 이는 남자의 가치관을 드러낸 것으로, 남자는 인간이 진정으로 소유할 수 있는 것은 아무것도 없다는 생각을 갖고 있다.

⑤ (나)에서 남자는 여자에게 '내가 이 세상에서 덤 당신을 빌리는 동안에, 아끼고, 사랑하고, 그랬다가 언젠가 시간이 되면 공손하게 되돌려 줄' 것이라고 말하고 있다. 앞서 남자는 관객과의 대화를 통해 남에게 빌린 것은 자신의 것이 아니기에 소중히 다루다 돌려준다고 밝혔는데, 이와 연관 지어 여자 역시 세상에서 빌린 것이기에 자신의 소유물처럼 함부로 대하지 않고 소중히 대하겠다며 진실한 사랑을 고백하고 있다. 이러한 남자의 말은 진정한 소유와 참된 사랑에 가치를 부여하고 남자가 그것을 지향하고 있음을 보여 준다고 할 수 있다.

갈래 복합

185 작품의 내용 파악 답 ④

정답 풀이

(가)에서 부월은 "안 순경허고 익삼 씨가 밤새껏 지키고 있단 말여! 눈이 뒤집힌 종술 씨가 밤중에 또 쳐들어와서 무신 짓을 저질를지 몰른다고 그럽시나!"라고 하였다. 즉, 익삼이 아니라 종술이 저수지에 찾아와 무슨 짓을 저지를지 모른다고 생각하여, 안 순경과 익삼이 저수지를 감시하고 있는 것이다.

오답 풀이

① (가)의 '아들이 감시원 완장을 손에 넣고 겁 없이 날뛰던 첫 순간부터 이미 예감한 바 있는 불행이었다.'를 통해 운암댁은 종술이 저수지 감시원이 되어 완장을 차게 된 것을 반기지 않았음을 알 수 있다.

② (가)의 '드디어 하늘이 무너져 내리는 때가 온 것이다.', '세상의 끝날이 어떤 형태로 오는지를 운암댁은 누구보다 잘 알고 있었다. 이미 삼십 년 전에 한 차례 겪어서 익히 아는 재앙이었다.'를 통해 운암댁은 삼십 년 전에 겪었던 불행을 떠올리며 종술에게도 불행한 일이 닥칠 것이라고 예감하였음을 알 수 있다.

③ (가)에서 부월은 종술에게 "엄니가 당부허시도만. 우리더러 정옥이 데리고 어디든 멀리멀리 떠나서 살어 돌라고."라고 말하였다. 이를 통해 운암댁이 부월에게 종술과 함께 정옥을 데리고 멀리 떠나가서 살라고 당부하였음을 알 수 있다.

⑤ (가)에서 부월이 "앞으로는 나가지 마! 물문 쪽은 위험허다고!"라고 말하고 남자 못잖은 힘으로 종술의 손에서 노를 냉큼 빼앗아 버렸다고 하였다. 이를 통해 종술이 뗏목의 노를 저어 물문 쪽으로 가려고 하자 부월이 노를 빼앗아 종술의 행동을 막았음을 알 수 있다.

186 연출 계획의 적절성 파악 답 ②

정답 풀이

(나)에서 여자는 남자에게 사기꾼이라고 말하는데, 이때의 지시문을 보면 '(악의적인 느낌 없이)'라고 제시되어 있다. 따라서 여자 역할을 하는 배우는 남자를 적대시하는 것이 아니라 사랑에 빠져 갈등하는(고민하는) 모습으로 연기하는 것이

적절하다.

오답 풀이

① (나)에서 남자는 여자에게 당당하게 청혼을 하면서 이 세상 모든 것을 빌려 온 것이라는 자신의 생각을 자신감 있게 밝히고 있다. 그러므로 남자 역할을 맡은 배우는 당당하면서도 확신에 찬 어조로 연기를 하는 것이 적절하다.

③ (나)에서 하인은 큰 구두를 신으며 긴장감을 조성해야 하고, 또 큰 구두를 신은 발로 남자를 차는 행동을 하면서 험악한 분위기를 조성해야 한다. 그리고 남자는 탁상 위의 사진들을 쓸어 모아 여자에게 주는 행동을 해야 하므로, 소품 담당자는 크고 무거운 구두뿐만 아니라 탁상과 사진들을 준비해 두어야 한다.

④ (나)에서 남자는 관객에게 다가가 관객이 가지고 있는 물건에 대해 이야기해야 한다. 그러므로 무대는 관객이 극에 참여하기 쉬운 구조로 되어 있어야 한다.

⑤ (나)는 남자와 여자의 대화 위주로 사건이 진행된다. 그리고 두 배우 중 남자는 무대와 관객석을 오가면서 대사를 해야 하므로, 무대의 조명은 배우에 집중하되 특히 남자 역할을 하는 배우의 동선에 움직일 수 있도록 해야 한다.

187 구절의 의미 파악 답 ①

정답 풀이

ⓐ의 앞뒤 문맥을 보면, 부월은 종술을 설득하며 종술이 살아나야 나머지 세 목숨, 즉 부월, 정옥, 운암댁도 덤으로 살 수 있는 것이라고 말한다. 따라서 ⓐ는 부월이 종술에게 책임감을 부여하여 종술을 회유하고자 하는 말이다. 이에 비해 ⓑ의 앞뒤 문맥을 보면, 남자는 자신이 아무것도 가진 것 없는 빈털터리지만, 이 세상 사람들 역시 모든 것들을 덤으로 빌린 것이므로 자신과 다를 바가 없다는 점을 강조하고 있다. 즉, ⓑ는 남자가 여자의 결정이 변화하기를 기대하며 설득하기 위해 하는 말이다.

오답 풀이

② ⓐ는 종술에게 가족을 생각하라고 하는 말이지, 완장을 소유하지 못하게 된 종술에게 희망을 주기 위한 말이 아니다. 또한 ⓑ는 남자가 자신의 가치관을 드러내는 말이지, 여자를 위로하기 위해 한 말이 아니다.

③ (가)의 마지막 부분에서 부월이 완장의 허세를 쫓는 종술을 꾸짖고(비판하고) 있기는 하지만, ⓐ에서 부월이 종술의 잘못을 책망하고 있지는 않다. 또한 ⓑ에서 남자가 자신의 잘못을 합리화하고 있지도 않다. 남자는 어차피 세상 모든 것은 빌려 온 것이기 때문에 자신이 한 일이 잘못이라고 여기지 않는다.

④ ⓐ에서 부월은 종술을 만류하려고 하고 있다. 곧, 종술의 선택을 따르려 하고 있지 않으므로, ⓐ는 상대방의 선택을 따르겠다는 의지가 담긴 말이 아니다. 또한 ⓑ에서 남자는 자신을 떠나려는 여자의 선택을 바꾸고자 하고 있으므로, ⓑ는 여자의 선택에 확신을 주기 위한 믿음이 담긴 말이 아니다.

⑤ ⓐ에서 부월은 종술을 회유하려 하고 있을 뿐, 종술의 판단에 오류가 있다는 것을 지적하고 있지는 않다. 또한 ⓑ에서 남자는 자신의 판단에 오류가 있다고 생각하지 않는다.

N 적중예상 갈래 복합 13

본문 184쪽

[188~193] (가) 김유정, 〈금 따는 콩밭〉 (나) 오영진, 〈맹 진사 댁 경사〉

188 ① 189 ④ 190 ④ 191 ④ 192 ④ 193 ③

E 지문 선정 포인트

(가)는 성실한 농사꾼이었던 인물이 일확천금의 유혹에 빠져 낭패를 보는 과정을 통해 인간의 허황된 욕망을 비판한 작품이야.
(나)는 조선 시대 말기의 양반 사회를 배경으로 구습 결혼 제도를 중심으로 허욕에 빠진 인간의 위선적인 면모에 대한 비판을 다룬 작품이야.
(가)는 무엇인가를 바라거나 기다리는 과정이 사건의 중핵을 이루는 구성인 소망의 플롯을 통해 주제 의식이 드러난다는 점에 주목하여, (나)는 소재의 원천이 된 민담인 〈뱀 서방〉과의 구성상 유사성에 주목하여 작품으로 선정하였어.

(가) 김유정, 〈금 따는 콩밭〉

해제 이 작품은 1930년대 일제 식민지 상황 속에서 금광 투기 열풍이 불었던 시대상을 반영하고 있다. 1930년대 농사를 접고 금줄 찾기에 매달리는 사람들이 많아지면서 농촌의 황폐화는 가속화되었고, 극심한 가난에 시달리는 사람들도 늘어났다. 이 작품은 이러한 시대 현실 속에서 일확천금을 노리는 삶이 얼마나 허황된 욕망에 사로잡힌 삶인지를 해학적으로 보여 주고 있다. 친구인 수재의 꼬임에 빠져 콩밭을 파기 시작한 영수가 끝까지 욕망을 포기하지 못하고 수재의 속임수에 넘어가는 모습은 웃음을 유발하면서도 비극적인 농촌의 현실을 적나라하게 보여 준다.

주제 일제 강점기 비참한 농촌의 현실 속에서 일확천금을 노리는 사람들의 허황된 욕망

전체 줄거리

성실한 소작농인 영식은 콩밭을 파 보면 금줄이 묻혀 있을 거라는 친구 수재의 꼬임에 빠져 콩밭을 뒤엎고 구덩이를 파기 시작한다. 그러나 금은 나오지 않고 마름과 동네 사람들은 영식의 행동을 보며 화를 낸다. 영식은 쌀을 꿔다가 떡을 해서 정성스레 산제까지 지내지만 그 후에도 금줄은 여전히 잡히지 않고 빌린 양식마저 갚을 수 없게 된다. 절망한 영식은, 태도가 돌변한 아내에게 폭력을 휘두르고, 이를 보며 위기감을 느낀 수재는 거짓말로 금줄이 발견됐다고 소리치며 반드시 오늘 밤에는 줄행랑을 치리라 결심한다. (지문 제시)

(나) 오영진, 〈맹 진사 댁 경사〉

해제 이 작품은 조선 시대 말기 맹 진사 가문에서 일어난 일을 중심으로 하여 인간의 탐욕이 지닌 문제점을 보여 주고 있다. 특히 혼인을 통해 권력이 있는 가문과 연을 맺고자 하면서도 사위가 될 인물이 절뚝발이라는 말을 듣고 자신의 딸과 몸종을 바꿔치기하는 맹 진사는 탐욕과 위선을 대표하는 인물이라고 할 수 있다. 이 작품은 〈뱀 서방〉이라는 민담을 기반으로 하고 있으며 반어적 제목을 통해 주제 의식을 강조하고 있다. 〈시집가는 날〉이라는 시나리오로 각색되기도 하였다.

주제 인간의 탐욕과 위선에 대한 비판

전체 줄거리

돈으로 벼슬을 산 맹 진사는 가문을 드높이기 위해 혼인 당사자들의 대면 없이 딸 갑분이를 김 판서 댁의 아들인 미언에게 시집을 보내기로 약정한다. 그런데 신랑인 미언이 절뚝발이라는 소문이 나고, 갑분은 혼인을 거부한다. 이에 맹 진사는 갑분을 피신시키고 하녀인 입분을 신부로 치장한다. (지문 제시) 혼인식 날 신랑 미언이 훤칠한 장부임이 밝혀지고 맹 진사는 갑분을 다시

데리고 오려고 하지만, 혼인은 진행된다. 그가 절뚝발이라는 소문은, 조건이나 외모보다는 진실한 마음을 중시하는 미언이 직접 낸 것으로, 미언은 혼인 첫날밤에, 자신은 갑분이 아니라고 밝힌 마음씨 착한 입분을 아내로 맞이한다. (지문 제시)

188 작품 간의 공통점 파악 답 ①

정답 풀이

(가)는 "네가 허라구 옆구리를 쿡쿡 찌를 제는 언제냐, 요 집안 망할 년.", "네, 한 포대에 오십 원씩 나와유." 등에서, (나)는 "난 무식한 년이지만 이렇게 생각해요.", "허허…… 갑분아 걱정 말어. 늬 애비가 너를 그런 병신에게야 주겠니?", "저는 가짜예유." 등에서 인물들이 사투리와 비속어를 사용하고 있다. 작품 속 인물들의 사투리와 비속어 사용은 작품에 현장감과 사실성을 부여하는 효과를 지닌다.

오답 풀이

② (가)와 (나)는 모두 시간 순서대로 사건이 전개되고 있으며, 시간의 역전은 나타나 있지 않다. (나)에는 사건의 숨겨진 비밀이 드러나고 있지만, 시간의 역전이 아니라 인물(미언)의 말을 통해 드러나고 있다.

③ (가)와 (나)는 각각 영식의 콩밭, 맹 진사의 집이라는 일정한 공간을 중심으로 사건이 진행되고 있을 뿐, 동일한 시간에 서로 다른 공간에서 벌어지는 사건을 보여 주고 있지 않다.

④ (가)와 (나)는 모두 한 이야기 속에 또 다른 이야기가 들어가 있는 액자식 구성을 취하고 있지 않다.

⑤ (가)와 (나)에 등장하는 인물들은 모두 사건과 관련이 있으며 사건과 관련 없는 인물은 등장하고 있지 않다. (가)는 작품 속 인물이 아니라 작품 밖 서술자가 사건을 서술하고 있으며, (나)에는 사건의 의미를 직접 설명하는 인물이 등장하고 있지 않다.

189 구절의 의미 파악 답 ④

정답 풀이

영식은 금줄을 잡았다는 수재의 말을 들은 뒤 황토를 살피고 눈물을 흘린다. 이로 보아 ㉣은 영식이 수재의 말을 믿고 감격하여 한 말이지, 영식이 수재의 말이 사실인지를 확인하려고 질문을 한 것은 아님을 알 수 있다.

오답 풀이

① ㉠은 마름이 영식에게 콩밭을 파지 말라고 나무라는 말이다. 그런데 "말라니까 왜 또"로 미루어 볼 때, 마름은 이전에도 영식에게 땅을 파지 말라는 경고를 했음을 알 수 있다. 그러므로 마름이 경고를 했음에도 불구하고 영식이 그 말을 듣지 않았다고 할 수 있다.

② ㉡에서 영식은 마름에게 오늘 밤까지만 하고 그만두겠다고 말하고 있지만, 실제로는 그 후로도 계속해서 콩밭을 판다. 그러므로 영식은 화가 난 마름의 눈치를 보며 본심과 다른 말을 했다고 할 수 있다.

③ ㉢은 금맥이 나오지 않는 것을 비아냥대는 아내에게 영식이 폭력을 휘두르며 한 말로, "네가 허라고 옆구리를 쿡쿡 찌를 제는 언제냐"로 미루어 볼 때, 영식이 아내의 부추김에 힘을 얻어 콩밭을 뒤엎고 금을 캐기 위해 구덩이를 파게 되었음을 알 수 있다. 그러므로 영식의 아내가 금을 캐내자고 영식을 부추겼다고 할 수 있다.

⑤ ㉤에서 영식은 아내에게 불그죽죽한 황토를 보여 주며 금이라고 말하고 있다. 즉, 금줄을 잡았다고 믿고 그 기쁨을 아내와 나누려고 한 것이다. 그러므로 영식이 아내에게 황토를 보여 주는 것은 아내와 기쁨을 함께 나누려고 한 것이라고 할 수 있다.

190 인물의 성격, 태도 파악 답 ④

정답 풀이

미언은 입분이 그간의 사연을 고백하자 "이번 일을 이렇게 꾸민 사람도 실상은 나였"다고 고백하며 여자의 참된 마음을 알아보기 위해 자신이 절뚝발이라고 숙부에게 소문을 내라고 했다고 말하고 있다.

오답 풀이

① 갑분은 자신과 혼인할 사람이 절뚝발이라는 사실을 알고 혼인을 거부하지만, 맹 진사가 이 문제를 해결해 줄 묘안을 찾아내지 못하자 "천치, 바보!"라고 하며 아버지를 원망하고 있으므로 적절하지 않은 설명이다.

② 입분은 갑분에게 혼인을 하라고 조언하면서 "새서방님께선 꼭 그 진정이 많으실 거예요."라고 말하고 있다. 그런데 이는 입분이 갑분을 위로하는 말일 뿐, 입분이 갑분과 혼인하기로 한 사람인 미언에 대해 미리 알고 있었던 것은 아니므로 적절하지 않은 설명이다.

③ 맹 진사는 갑분과 혼인하기로 한 사람이 절뚝발이라는 것을 알고 갑분을 그에게 시집보내지 않으려고 한다. 그러나 맹 진사가 "그렇다구 이 혼인을 타파하는 것도 도리가 아니지."라며 혼인을 취소하지는 않겠다고 말하고 있으므로 적절하지 않은 설명이다.

⑤ 미언의 숙부는 미언의 말대로 미언이 절뚝발이라고 소문을 내고, 미언에게 입분의 성격에 대해 알려 주었다. 이는 "꼿꼿한 마음씨, 꼿꼿한 진실이 당신에게 있는 것을 나도 숙부를 통해서 잘 알았소."를 통해 알 수 있다. 그러나 미언의 숙부가 미언에게 맹 진사 댁과의 혼사를 진행하지 말라고 조언한 부분은 찾아볼 수 없으므로 적절하지 않은 설명이다.

191 서술상 특징 파악 답 ④

정답 풀이

[A]에서 입분은 자신이 갑분 아가씨가 아님을 솔직하게 고백하면서, 자신이 갑분 아가씨 대신 혼례를 치르게 된 이유를 밝히고 있는데, 이때 그 경과를 구체적으로 설명하는 것이 아니라 요약적으로 제시하고 있다.

오답 풀이

① 이 글의 주제 의식은 인간의 탐욕과 어리석음에 대한 비판이다. [A]를 통해 관객에게 주제 의식이 직접적으로 전달되고 있지는 않다.

② [A]에서 앞으로 벌어질 사건에 대해 예고하는 부분은 찾아볼 수 없다.

③ 입분은 미언에게 사건의 내용을 요약적으로 전달하고 있을 뿐, 사건 해결의 실마리를 제공하고 있지는 않다.

⑤ 입분은 자신이 경험한 사건에 대해 말하고 있을 뿐, 일련의 사건을 경험하면서 느낀 감회를 고백하고 있지는 않다.

192 연출 계획의 적절성 파악 답 ④

정답 풀이

ⓓ에서 입분은 미언에 대해 오해한 것을 미안해하고 있는 것이 아니라, 미언에 대해 자신이 추측했던 내용을 말하고 있다. 그러면서 종의 신분인 자신에게 미언이 과분한 사람이라고 생각하며 차라리 미언이 절뚝발이였으면 좋았겠다고 말하고 있다.

오답 풀이

① 입분이 갑분에게 절뚝발이인 것은 상관이 없다고 말하자 갑분은 ⓐ와 같이 말하고 있다. 갑분은 "진정만 있으면" 된다는 입분의 말에 동의하지 않으며, 절뚝발이와 혼인하라는 입분의 말에 반감을 가지고 있다.

② ⓑ는 갑분과 입분의 의견 차이가 심화되는 상황에서 갑분이 한 말이다. 그러므로 갑분이 성량을 크게 하여 대사를 읽는 것이 좋으며, "그 놀라운 진정이란

갈래 복합

것하구 실컷 살어!"와 같은 대사는 입분을 비아냥거리는 투로 읽는 것이 적절하다.

③ 맹 진사는 입분의 말을 듣고 갑분을 절뚝발이에게 시집보내지 않을 묘책을 생각해 냈다. 또한 자신의 수완에 대해 자신감을 내비치고 있다. 그러므로 ⓒ에서 맹 진사는 갑분을 생각하는 마음과 문제를 해결할 수 있다는 자신감이 느껴지도록 연기하는 것이 적절하다.

⑤ 미언은 입분에게 확신을 주려 하고 있지만, 입분은 ⓔ처럼 말하고 있다. 그 이유는 미언의 결혼 상대로 자신이 부족하다고 여겨 망설이고 있기 때문이다.

193 외적 준거에 따른 작품 감상 답 ③

정답 풀이

입분이 갑분에게 "아가씨! 아이 딱해 죽겠네!"라고 한 이유는 갑분이 진정으로 중요한 것이 무엇인지 모르고 신랑이 절뚝발이라는 이유로 혼사를 받아들이지 않는 것이 안타까웠기 때문이다. 따라서 입분의 말이 다른 사람의 처지를 헤아리며 살아가라는 의미를 담고 있는 것은 아니다.

오답 풀이

① (가)에서 마름은 금줄을 찾는다며 콩밭을 파는 영식이 이해가 되지 않아 "콩밭에서 웬 금이 나온다고 이 지랄들이야 그래."라고 말한다. 이는 영식이 얻고자 하는 것이 일어날 수 없는 일임을 지적하는 것으로, 이를 통해 독자는 인간이 지닌 허황된 욕망에 대해 돌아볼 수 있다.

② (가)에서 가을이 온 뒤 영식의 콩밭에는 주인 없는 콩들이 굴러다니지만, 맞은쪽 산 밑의 농군들은 벼를 베며 기뻐한다고 하였다. 이는 '벼들을 베며 기뻐하는 농군의 노래'를 긍정하면서 자신에게 주어진 일을 성실하게 하는 것의 기쁨과 보람을 말해 주는 것이라고 할 수 있다.

④ (나)에서 맹 진사는 갑분이 미언에게 시집가는 것을 막을 방책을 떠올리며 자신의 수완에는 불가능이라는 것이 없다고 생각하고 있다. 즉 맹 진사는 탐욕과 자만심을 가지고 있는 인물로, 우리가 경계해야 하는 삶의 태도를 보여 준다고 할 수 있다.

⑤ (나)에서 "병신이라든가, 거지라든가, 돈이 있다든가, 없다든가, 이것은 모두가 겉치레뿐"이라는 미언의 말은 인간의 삶에서 진정 중요한 것은 외모나 신분이 아닌 사람의 참된 마음이라는 깨달음을 주는 것이라 할 수 있다.

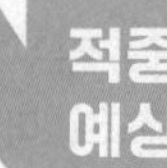

적중 예상 갈래 복합 14

본문 188쪽

[194~198] (가) 양귀자, 〈비 오는 날이면 가리봉동에 가야 한다〉
(나) 오종우 원작, 최인석 각색, 〈칠수와 만수〉

194 ③ 195 ① 196 ③ 197 ④ 198 ④

E 지문 선정 포인트

(가)는 1980년대 사회상을 배경으로 도시 변두리에 사는 서민들의 삶을 통해 소시민의 속물적 태도에 대한 반성과 소외된 계층의 인물에 대한 연민을 드러낸 작품이다.
(가)는 전지적 서술자가 특정 인물의 시각에서 사건을 서술하고 있다는 점에 주목하여 작품으로 선정하였어.

(가) 양귀자, 〈비 오는 날이면 가리봉동에 가야 한다〉

해제 이 작품은 연작 소설 〈원미동 사람들〉 중 한 작품으로, 도시 변두리에 사는 서민에게 하루 동안 일어난 일을 통해 도시 빈민의 삶과 부조리한 현실을 사실적으로 묘사하고 있다. '그'와 '아내'는 육체 노동자인 '임 씨'에게 집수리를 맡기면서 그가 대충 일하고 돈만 많이 받아 가려는 수작을 쓰는 것이 아닌가 계속 의심의 눈길을 보낸다. 그러나 '임 씨'가 예상하는 것과는 달리 아주 적은 돈으로 욕실 수리에 옥상 수리까지 해 주자 '임 씨'를 새로운 눈으로 보게 된다. 결국 '그'에게 '임 씨'와의 만남은 세속적인 욕망에 충실한 소시민으로 살아가던 자신의 삶에 대해 반성하게 만드는 계기가 된다. 작가는 이 작품을 통해 이웃 간에 벌어지는 갈등과 이해, 그리고 공존의 원리를 제시하고 있다.

주제 소시민들 사이에 벌어지는 일상의 갈등과 화해

전체 줄거리

'그'는 원미동에 처음으로 '내 집'을 장만하여 이사를 한다. 그런데 욕실 파이프가 터져 아랫집 천장에 물이 새자 지물포 주인에게 소개를 받아 임 씨를 고용한다. 그러나 젊은 인부와 함께 공사를 하러 온 임 씨의 본업이 연탄장수라는 이야기를 듣고는 욕실 공사를 임 씨에게 맡긴 것을 후회한다. 임 씨가 공사가 오랜 시일이 걸린다고 하자 그와 아내는 임 씨가 일을 대충하면서 돈을 많이 받아 가는 일꾼이 아닐까 의심한다. 하지만 임 씨는 욕실 공사는 물론 힘든 옥상 공사까지 열심히 한다. 또한 일한 만큼만 계산하여 견적서를 수정하고 옥상 공사는 무료로 해 주기까지 한다. 임 씨에게 줄 돈을 아까워하며 공사비를 깎아 보려 했던 아내와 '그'는 임 씨의 모습에서 부끄러움을 느끼고 아내는 임 씨를 위해 술상을 마련한다. 임 씨와 술을 마시면서 '그'는 임 씨가 비 오는 날이면 떼인 연탄값을 받기 위해 가리봉동에 간다는 이야기를 들으며 가난한 도시 빈민인 임 씨의 처지에 공감하게 된다.

지문 제시

(나) 오종우 원작, 최인석 각색, 〈칠수와 만수〉

해제 이 작품은 도심 고층 빌딩에서 상업 광고판의 그림을 그리는 칠수와 만수를 통해 1980년대의 부조리한 사회상을 통렬하게 풍자한 희곡이다. 기지촌 출신의 칠수와 농촌 출신의 만수의 대화와 사소한 실수가 큰 사회적 사건으로 확대되는 과정을 통해 당대의 암울한 정치 상황과 진실을 왜곡하는 언론의 민낯, 탈출구가 없는 소외 계층의 서러움 등을 해학적으로 비판하고 있다. 특히 칠수와 만수가 일을 하고 있는 고층 빌딩의 곤돌라는 힘들게 살아가지만 한순간에 나락으로 떨어질 수 있는 하층민의 삶을 상징한다.

주제 산업 사회에서 소외 계층이 겪는 삶의 애환과 부조리한 현실에 대한 풍자

전체 줄거리
그림에 소질이 있는 칠수는 미국에 사는 누나의 초청장을 기다리던 중, 생계 수단이었던 미술부를 그만 두게 된다. 그래서 그는 장기 복역 중인 아버지 때문에 취업을 할 수 없게 된 도장공 만수의 보조원으로 일하게 된다. 그들은 사장의 지시로 빌딩 벽면에 상업 광고판의 그림을 그리는 작업을 한다. 어느 날 둘은 작업을 끝내고 옥외 광고탑에 올라가 술잔을 나누며 서로의 신세 한탄을 한다. 칠수는 최근에 여자 친구에게 실연당한 데다 누나마저 연락이 두절되어 마음에 안정을 찾지 못하는 상태이다. 그는 술김에 발아래로 내려다보이는 세상을 향해 마음껏 소리치며 울분을 토한다. 그때 자칫 실수로 페인트 통이 땅에 떨어지면서 이 둘은 동반 자살자로 오인되어 경찰과 기자가 출동하게 된다. 만수는 끝내 옥상에서 뛰어내리고 칠수는 경찰서로 끌려간다.

지문 제시

194 작품의 내용 파악 답 ③

정답 풀이
'아내'는 '임 씨'가 제시한 견적보다 일을 적게 하려 한다고 의심하고 있을 뿐, 돈이 부족하여 마음을 졸이고 있지 않다. 돈이 부족해서 마음을 졸이는 것이 아니라는 것은 "저 사람도 이제 세상에 공돈은 없다는 사실을 깨달았을 거예요."라는 아내의 말을 통해 짐작할 수 있다. 또한 '그'가 '아내'에게 미안함을 느끼는 장면도 찾아볼 수 없다.

오답 풀이
① "경기도 이천 농군이 도시 사람 돼 보겠다고 땅 팔아 갖고 나와서 요 모양 요 꼴입니다. 그 땅만 그대로 잡고 있었어도……."라는 '임 씨'의 말에서 그가 농사짓던 땅을 팔고 도시로 이주한 것을 후회하고 있음을 알 수 있다.
② '부러 만들어 시킨 일로 심적 부담을 느끼기 시작한 그의 아내 역시 안절부절못했으니까.'에서 '아내'는 '임 씨'에게 처음 계약한 목욕탕 공사 외에 옥상의 공사도 추가로 시켰음을 알 수 있다.
④ '밤 여덟 시가 지나도록 잡역부 노릇에 시달린 그도 고생이었고'에서 '임 씨'를 고용한 '그'가 '임 씨' 곁에서 잡역부 역할을 했음을 알 수 있다.
⑤ "저 사람 처음에는 목욕탕을 다 뜯어 발길 듯이 말하잖았어요?"라는 '아내'의 말과 '임 씨가 빼놓은 견적은 욕조와 세면대 사이의 파이프만 교체하는 수준의 것이 아님은 분명하다.'라는 서술에서, '임 씨'는 목욕탕 공사를 '아내'가 예상한 것보다 간단하게 진행하였음을 알 수 있다.

195 외적 준거에 따른 작품 감상 답 ①

정답 풀이
㉠은 '아내'의 내면 심리를 제시한 것이 아니라 '아내'의 행동에 대한 '그'의 추측, 즉 '그'의 내면 심리를 제시한 것이다. 만약 '아내'의 내면 심리를 제시하는 것이라면 ㉠은 '인부들 귀에 닿지 않게 속닥거릴 이야기가 있었다.'가 되어야 한다. 또한 '뭔가 ~는 모양이었다.'는 '아내'의 행동에 담긴 의미에 대한 '그'의 추측을 나타낸 것이므로, 이야기 바깥에 위치한 서술자의 시점으로 이해하는 것도 적절하지 않다.

오답 풀이
② ㉡은 '아내의 말을 들으니 딴은 중요한 문제이긴 했다.'라는 바로 앞 문장의 내용을 구체적으로 진술하고 있는 문장이다. 그리고 '아님은 분명하다.'는 '아내'의 말에 공감하며 상황을 의심스럽게 여기는 '그'의 내면 심리를 나타낸다. 따라서 ㉡은 전지적 서술자가 '그'의 시각을 빌려 '그'의 내면 심리를 제시하는 것으로 볼 수 있다.
③ '옆에서 보고 있자니'라는 이어지는 문장을 고려할 때, ㉢은 '임 씨'가 일하는 모습을 바로 곁에서 관찰하고 있는 '그'의 시각을 빌려 옥상 공사를 매우 꼼꼼하게 하는 '임 씨'의 행동을 제시한 것으로 볼 수 있다.
④ '자신이 주무르고 있는 일감에 한 치의 틈도 없이 밀착되어 날렵하게 움직이고 있는 임 씨의 열 손가락은 손가락 이상의 그 무엇이었다.'라는 바로 뒤 문장을 고려할 때, ㉣은 '임 씨'의 '열 손가락이 손가락 이상의 그 무엇'의 능력을 지녔음을 드러내어 '임 씨'의 꼼꼼한 일 처리 솜씨에 대한 '그'의 감탄을 나타낸 것으로 볼 수 있다. 따라서 ㉣은 '그'의 시각을 빌려 '임 씨'의 일 처리 솜씨에 대한 '그'의 평가를 제시하고 있는 것으로 볼 수 있다.
⑤ ㉤은 '그들', 즉 '그'와 '아내'가 일부러 만들어서 '임 씨'에게 시킨 옥상 공사가 오히려 '그들'을 힘들게 만드는 결과를 초래했다는 의미이므로, 이야기 바깥에 있는 서술자가 작중 상황에 대한 주관적 논평을 제시한 것으로 볼 수 있다.

196 공간적 배경의 기능 비교 답 ③

정답 풀이
(가)에서 '옥상'은 '그'의 보조를 받아 '임 씨'가 추가로 일을 해 주는 공간이다. 이곳에서 '그'는 '임 씨'가 성실히 일하는 모습을 지켜보며, 그가 일을 대강하면서 견적을 과다하게 책정하는 사람이 아니라 자신이 맡은 일을 열심히 수행하는 사람임을 알게 된다. 따라서 ㉮는 '임 씨'에 대한 '그'의 인식 변화가 일어나는 공간으로 볼 수 있다. (나)에서 '빌딩 꼭대기'는 '칠수'와 '만수'가 광고판 그림을 그리는 공간이다. 그런데 이곳에서 '칠수'는 자신의 일에 만족하지 못해 일을 그만두려 하는 반면, '만수'는 "이만한 직업도 없"다며 자신의 일에 만족해하는 태도를 보인다. 따라서 ㉯는 일에 대한 '칠수'와 '만수'의 생각 차이가 드러나는 공간으로 볼 수 있다.

오답 풀이
① ㉮에서 '임 씨'의 일을 도와준 '그'는 '임 씨'의 삶에 대해 연민을 느낀다. 하지만 두 사람 사이에 유대감이 형성되었다고 볼 만한 상황이나 심리는 나타나지 않는다. ㉯ 또한 '칠수'와 '만수'가 끊임없이 대화를 하면서 일을 하고, 은행 강도를 하는 상상을 함께 하는 장면을 고려할 때 파편화된 현대인의 삶을 상징하는 공간으로 보는 것은 적절하지 않다.
② ㉮에서 '그'나 '임 씨'가 상대적 박탈감을 느끼는 상황은 나타나지 않는다. '임 씨'는 최선을 다해서 옥상 공사를 하고 있으며, '그'는 그런 '임 씨'를 보며 그의 처지를 안타까워하고 있을 뿐이다. 한편, ㉯는 지상과 멀리 떨어진 공간이라는 점에서 그곳에서 일하는 '칠수'와 '만수'가 세상에서 소외된 처지임을 상징하는 공간으로 볼 수 있다.
④ ㉮는 '임 씨'가 청구한 견적이 과다하다고 여긴 '그'와 '아내'가 '임 씨'에게 일부러 일을 만들어 시킨 공간이다. 그리고 그곳에서 '임 씨'는 계약에 없던 일에 최선을 다한다. 따라서 ㉮는 세상을 살아가는 방식이 암시되는 공간이라고 할 수 있다. 그러나 ㉯를 인물들이 서로에 대한 오해를 해소하는 공간으로 보는 것은 적절하지 않다. ㉯에서 일을 하는 '칠수'와 '만수'는 자신들의 직업에 대한 인식 차이를 드러내지만 서로에 대해 오해나 화해를 하지는 않는다.
⑤ ㉮와 ㉯ 어디에서도 인물들이 자기 성찰을 하는 상황은 나타나지 않는다. ㉮에서는 일을 대하는 '임 씨'의 자세를 바람직한 삶의 태도로 볼 수는 있지만 '임 씨'나 '그'의 자기 성찰은 이루어지지 않는다. 또한 ㉯에서는 '만수'가 '칠수'에게 허황된 꿈을 버리고 현재 직업에 만족하라는 충고를 하고 있지만 이를 통해 '칠수'가 생각을 바꾸고 있지는 않다.

197 연출 계획의 적절성 파악 답 ④

정답 풀이
ⓓ는 배우가 관객에게 직접 말을 건넴으로써 무대와 객석의 경계를 일시적으로

갈래 복합

없애 관객의 참여를 유도하는 대사이다. 그러나 이때 배우가 관객에게 간절한 말투로 말을 건넬 필요는 없으며, 사건 전개상 ⓓ를 통해 관객의 공감을 이끌어 낼 필요도 없다. ⓓ는 작중 상황으로 미루어 볼 때 관객의 웃음을 유발할 수 있는 말투로 연기하는 것이 적절하다.

오답 풀이

① ⓐ의 "개 꼬랑지, 3년 지나고 봐야 개 꼬랑지야."는 자신들이 현재 처지에서 더 좋아지는 것은 불가능하다는 체념적 태도가 드러나는 대사이다. 그리고 ⓐ는 앞날에 대한 계획도 없이 일단 일을 그만 두겠다고 하는 칠수를 만류하는 말이므로 타이르듯이 연기할 필요가 있다.

② ⓑ는 사회적으로 널리 알려진 속담을 인용하면서 그것이 현실적으로 불가능하다며 비꼬는 대사이다. 따라서 빈정대는 어투로 연기하는 것이 적절하다.

③ ⓒ에서 극중 장면이 전환되면서 극 중 극 같은 상황을 만들고 있다. 그러면서 이전의 우울한 분위기와 달리 관객의 웃음을 유발하는 대사가 이어지고 있다. 그리고 "따따따따…… 따따따따……. 따따따따!!!"는 총 쏘는 소리를 흉내 내는 말인 동시에 흥겨운 분위기를 조성하는 효과가 있다. 따라서 ⓒ에서 배우들이 대사를 할 때 신나는 분위기를 형성할 수 있는 음향 효과를 넣는 것은 적절하다.

⑤ "해 넘어간다."라는 대사에서 해가 지고 있는 시간적 배경이 드러나므로 무대 조명을 조금 어둡게 하여 그런 상황을 제시하는 것은 적절하다. 또한 "저쪽 애들 벌써 다 내려갔잖아."라는 대사를 통해 주변에서 함께 작업하던 다른 작업조가 보이지 않음을 제시하고 있으므로 만수 역의 배우가 주변을 돌아보는 행동을 하는 것도 적절하다.

198 외적 준거에 따른 작품 감상 답 ④

정답 풀이

시골 출신으로 도시에서 광고판 그림을 그리고 있는 상황과 두 사람의 대화를 고려할 때, '칠수'와 '만수'는 노동자 계층에 해당한다고 볼 수 있다. 〈보기〉에 따르면 노동자 계층은 자본가 계층에게 부러움과 적대감이라는 이중적인 태도를 보인다. 그런데 '만수'가 스스로를 출세하였다고 평가하는 것과 일확천금을 꿈꾸는 상황은 노동자 계층의 이중성으로 볼 수 없다. 그가 일확천금을 꿈꾸는 것은 부유한 자본가 계층에 대한 부러움에서 비롯된 것으로 분석할 수 있지만, 스스로를 출세했다고 여기는 것은 자본가 계층에 대한 적대감과 무관한 것이다. 오히려 "잘될 놈은 따로 있는 거야. 개 꼬랑지, 3년 지나고 봐야 개 꼬랑지야."라는 대사를 고려할 때, '만수'가 스스로에 대해 촌놈이 출세했다고 평가한 말은 자신의 처지에 대한 체념적 인식을 드러낸 것으로 볼 수 있다.

오답 풀이

① '그'가 욕실이 달린 연립 주택을 소유하고 있는 상황과 '임 씨'가 지하실 단칸방에 사는 상황 등을 고려할 때, '그'와 '아내'는 중산층 소시민에, '임 씨'와 '젊은 친구'는 육체 노동자에 해당한다고 볼 수 있다. '그'는 쭈쭈바를 물고서 목욕탕으로 들어서는 '젊은 인부'를 보며 '저따위 녀석들이야 평생 노가다판에 뒹굴어도 싸지. 에이 못 배워 먹은 녀석.'이라고 부정적으로 평가한다. 〈보기〉에 따르면, 이런 '그'의 태도는 육체 노동자에 대한 소시민의 우월 의식에서 비롯된 것으로 볼 수 있다.

② '아내'는 '임 씨'가 '목욕탕 공사'의 대가로 '이십만 원이 다 되는 돈'의 견적을 내밀었지만 그 금액만큼의 일을 하지 않을 것이라며 불신하고 있다. 〈보기〉에 따르면, 이런 '아내'의 태도는 손해를 회피하려는 소시민성으로 볼 수 있다.

③ '그'는 옥상 공사를 꼼꼼하게 처리하는 '임 씨'를 지켜보며, '열 손가락에 박힌 공이의 대가가 기껏 지하실 단칸방만큼의 생활뿐이라면 좀 너무하지 않나'라는 생각을 한다. 〈보기〉에 따르면, 이런 '그'의 생각은 사회의 부조리함에 대한 비판적 인식으로 볼 수 있다.

⑤ (나)에서 '만수'가 "사장두 인마, 우리 보구 이 부분을 특별히 맡기는 거니까 잘 해 달라구 따루 불러서 부탁했잖아."라고 말하는데, 이에 대해 '칠수'는 사장이 칠수와 만수를 특별하게 생각해서 광고판 그림 작업을 맡긴 것이 아니라 사장 자신이 아쉬워서 시킨 것이라면서 "지가 등 따시고 배부르면 너 같은 쪼다한테 왜 아쉬운 소리를 하겠냐?"라며 사장에 대한 부정적 인식을 드러낸다. 〈보기〉를 참고할 때, 이는 노동자 계층이 부유한 자본가 계층을 '적대적으로 여기는' 태도를 드러낸 것이라고 볼 수 있다.

적중 예상 갈래 복합 15

본문 191쪽

[199~203] (가) 서정인, 〈강〉 (나) 신영복, 〈새 출발점에 선 당신에게〉

199 ② 200 ⑤ 201 ④ 202 ④ 203 ⑤

E 지문 선정 포인트

(가)는 현실에서 소외되어 좌절한 사람들에 대한 담담한 묘사를 통해 인생의 허무와 비애를 드러낸 작품이야.
(나)는 인생의 출발을 앞둔 사람들이 삶의 본질을 추구하며 실천하는 삶을 살기를 바라는 마음을 담아 쓴 편지 형식의 수필이야.
(가)는 서사 진행의 의도적 진행을 통해 현대 사회의 무의미한 인간관계와 소외된 인간의 모습을 형상화하고 있다는 점에 주목하여, (나)는 이론만을 중시하는 것이 문제라고 생각하는 글쓴이의 사고를 바탕으로 실천이 중요하다는 주제 의식을 드러내고 있다는 점에 주목하여 작품으로 선정하였어.

(가) 서정인, 〈강〉

해제 이 작품은 1960년대의 어느 겨울, 군하리라는 시골 마을을 배경으로 현실에서 소외된 세 사람의 동행을 소재로 하여, 소시민적 삶의 비애와 삶에 대한 허무를 담담하게 그려 낸 소설이다. 혼인집으로 가는 버스 안에서 시작되는 이 소설은 김 씨, 이 씨, 박 씨 세 사내와 우연히 만난 술집 여자의 이야기로 전개되는데, 버스 안과 군하리 술집 및 여인숙이라는 두 개의 공간에서 벌어지는 개별적인 사건을 인과 관계 없이 나열하고 있으며, 세 사내의 무기력하고 쓸쓸한 삶을 관찰자의 시선으로 차분하게 그리고 있다. 작품의 제목인 '강'은 강처럼 흘러가는 인생의 모습을 나타낸 것으로, '강'의 '흘러감'과 '여행'의 이미지를 담고 있다. 한편 작품 초반부의 버스 안 장면에서 내리는 진눈깨비는 세 남자가 과거를 회상하게 하는 매개체 역할을 하며, 결혼식 후 밤 장면에서 내리는 함박눈은 현실에서 소외된 인물들에 대한 연민과 위안을 담고 있다.

주제 소외된 삶을 살아가는 소시민들의 비애

전체 줄거리

김 씨, 이 씨, 박 씨는 결혼식에 참석하기 위해 군하리행 버스를 탄다. 창밖엔 진눈깨비가 날리고 있고, 이들은 모두 진눈깨비에 대한 상념에 잠긴다. 세 남자가 결혼식이 끝난 뒤 밤늦게 군하리에 돌아왔을 때는 이미 버스가 끊겼다. 박 씨와 이 씨는 낮에 만났던 술집 여자를 찾아가고 김 씨는 혼자 여인숙에 묵는다. 김 씨는 침구를 가지고 방에 들어온 심부름꾼 아이를 보며 자신의 과거를 생각하다 잠이 든다. 한편 이 씨에게서 김 씨가 대학생이라는 말을 들은 술집 여자는 김 씨를 데리러 여인숙에 온다. 그곳에서 여자는 새우잠을 자던 김 씨에게 이불을 덮어 주고 베개를 바로 해 주고는 그 얼굴을 들여다보다 남폿불을 끈다. 밖에는 소리 없이 눈이 내리며 하얗게 쌓이고 있다.

지문 제시

(나) 신영복, 〈새 출발점에 선 당신에게〉

해제 이 작품은 서간문 형식을 통해 인생의 새로운 출발을 앞둔 사람들이 갖추어야 할 삶의 자세를 당부하고 있는 수필이다. 글쓴이가 당부의 말을 전하는 '당신'은 표면적으로는 대학에 예비 합격한 수험생이지만, 내면적으로는 겉모습과 형식에 집착할 뿐, 자신이 알고 있는 이론을 실천하는 것의 중요성을 모르고 살아가는 사람이다. 글쓴이는 목수 노인의 일화와 차치리의 일화를 소개하면서 이론과 실천의 조화와 다양한 사람들과의 연대를 통해 삶을 주체적으로 살아갈 것을 당부하고 있는데, 이러한 글쓴이의 생각을 함축적이고 간결한 문체를 사용하여 효과적으로 전달하고 있다.

주제 삶의 본질을 추구하며 실천하는 삶을 살아가기를 당부함.

구성

기	목수 노인의 일화와 차치리의 일화 소개
승	본질적인 것의 중요성에 대한 깨달음
전	'대학'에서 만나는 자유와 낭만의 진정한 의미 [수록 부분]
결	'당신'이 살아갈 미래에 대한 소망 [수록 부분]

199 작품 간의 공통점 파악 답 ②

정답 풀이

(가)에서 '그'는 소년을 보고 '천재가 가난과 끈질긴 싸움을 하다가 어느 날 문득 열등생이 되어 버린' 자신의 지난날을 떠올리며 꿈꾸던 삶에서 멀어져 버린 현재의 삶과 그 허무함에 대해 말하고 있다. 그리고 (나)의 글쓴이는 대학 생활의 자유와 낭만을 꿈꾸는 '당신'에게 대학은 우리 사회를 지탱하고 있는 발의 임자를 깨닫게 하는 교실이자 연대 의식을 갖게 해 주는 곳이고, 그것이 진정한 자유와 낭만의 의미임을 전하며 진정한 합격자가 되기를 당부하고 있다. 따라서 (가)와 (나)는 각각 '그'와 '당신'의 현재의 상황을 주관적으로 제시하며 삶에 대한 생각을 전달하고 있다.

오답 풀이

① (가)에서 서술자는 '그'의 시각에서 과거를 회상하며 '그'가 결국 열등생이 되기 위해서 꾸준히 고생해 온 셈이라는 삶의 허무함에 대해 말하고 있으며, (나)에서 글쓴이는 늦은 밤 어두운 골목길을 더듬다가 넓고 밝은 길로 나오며 기뻐했던 경험을 언급하고 아무리 작은 실개천도 결국은 강과 바다를 만난다고 하며 삶에 대한 굳건한 믿음을 드러내고 있다. 그러나 (가)와 (나) 모두 과거의 경험이 지닌 역사적 의미를 탐색하고 있지는 않다.

③ (가)에서 '그'는 출세하기 위해 최선의 노력을 다했으나, 가난으로 인해 자신의 꿈을 이룰 수 없다고 생각하며 삶에 대한 회의적 태도를 보이고 있다. 그러나 (나)에서는 이상과 현실의 괴리에서 비롯된 삶에 대한 회의적 태도가 드러나지 않는다.

④ (가)에서 '그'는 천재와 우등생이라 불리며 출세하기 위해 노력했으나, 지금은 가난한 대학생으로 자신을 낙오자로 생각하고 있다는 점에서 현재와 상반된 과거의 상황이 제시되어 있다고 볼 수 있다. (나)에서 과거의 '당신'은 삶의 질곡에 얽매여 있었지만, 지금은 대학 생활의 자유와 낭만을 꿈꾸고 있다는 점에서 현재와 상반된 과거의 상황이 제시되고 있다고 볼 수 있다. 그러나 (가)와 (나) 모두 이러한 과거의 상황을 제시하며 문제의 해결 방안을 모색하고 있지는 않다.

⑤ (나)에서 글쓴이는 대학은 기존의 이데올로기를 재생산하는 종속의 땅이기도 하지만 그 연쇄의 고리를 끊을 수 있는 가능성의 땅이기도 하다며 대학에 대한 긍정적 평가와 부정적 평가를 모두 제시하고 있다. 이는 대상에 대한 긍정적 평가와 부정적 평가를 모두 제시해 대학이 지닌 다양한 속성을 강조한 것이라고 볼 수 있다. 그러나 (가)에서 대상에 대한 긍정적 평가와 부정적 평가를 모두 제시하며 대상의 다양한 속성을 강조한 부분은 확인할 수 없다.

200 외적 준거에 따른 작품 감상 답 ⑤

정답 풀이

(가)에서 대학생인 '그'는 출세하기 위해 열심히 노력하지만 결국 실패하고 마는데, 그 원인을 자신의 가난에서 찾고 있다. 따라서 '처음 출발할 때에 도달하게 되리라고 생각했던 곳'은 '그'의 출세를, '사뭇 멀리 떨어져 있는 곳'은 가난으로 인

갈래 복합

해 출세를 하지 못한 삶과 그로 인한 허무함을 드러낼 뿐, '그'가 출세를 지향했던 과거에 대해 후회하고 있다는 것을 알 수 있는 내용은 (가)에 나타나 있지 않다.

오답 풀이

① '그'는 어렸을 때는 천재로 불렸지만, 중학교와 고등학교, 대학을 거치며 열등생이 되어 세상으로 나오게 되고, '결국 이 열등생이 되기 위해서 꾸준히 고생해 온 셈'이라고 말하고 있는데, 이러한 서술은 '그'가 자신을 인생의 낙오자로 인식하고 있다는 것을 보여 준다.

② '그'는 천재라는 단어는 촌놈들의 무식한 소견에서 나온 허사일 뿐이며, 천재는 가난과 끈질긴 싸움을 하지만 결국에는 열등생이 되어 버린다고 말하고 있는데, 이러한 서술은 '그'가 자신의 현재 상황을 가난 때문이라고 여기고 있음을 보여 준다.

③ '그'는 출세할 일이라면 무엇이든지 할 준비가 되어 있고 어떠한 것도 주임 교수의 인정을 받는 일보다 더 중요하지 않다고 여기면서 외국에 가는 기회를 얻기 위해 노력하였는데, 이러한 '그'의 모습은 '그'가 가난에서 벗어나려고 끊임없이 노력했음을 보여 준다.

④ '그'는 자신이 성공할 확률은 대단히 높고 무수히 많은 '그'의 시도 중에서 어느 하나만 적중하면 된다고 여겼지만, 나중에는 적중하건 안 하건 간에 아무런 차이가 없다고 여기며 '그'의 노력이 쓸모없었던 것이라 생각하게 된다. 이러한 '그'의 모습을 통해 '그'가 현실 개선을 위한 노력을 포기한 것은 가난을 극복할 수 없다고 여겼기 때문이라는 점을 알 수 있다.

201 작품의 세부 내용 파악 답 ④

정답 풀이

'당신은 그동안 못 했던 일을 하고, 만나고 싶은 사람을 만나고, 가고 싶은 곳을 찾아가겠다고 했습니다. 대학이 안겨 줄 자유와 낭만에 대한 당신의 꿈을 모르지 않습니다.'라는 구절을 통해 '당신'은 대학에 들어가면 자유롭게 사람들을 만나는 것이 가능하다고 생각하고 있음을 알 수 있다.

오답 풀이

① '당신'은 대학이 안겨 줄 자유와 낭만을 꿈꾸고 있다는 점에서 자신이 꿈꾸던 것과 다른 대학 생활에 대해 실망하고 있다는 진술은 적절하지 않다.

② '당신'은 대학에 들어가면 그동안 못 했던 일을 하고 싶어 할 뿐, 대학을 떠나기로 결심한 것은 아니다.

③ '당신의 수능 시험 성적 100점은' '올해 당신과 함께 고등학교를 졸업한 67만 5천 명의 평균 점수입니다.'라는 구절을 통해 100점이 수능 점수의 만점은 아니라는 사실을 알 수 있다. 따라서 수능 시험에서 만점을 받아 원하는 대학의 입학을 앞두고 있다는 설명은 적절하지 않다.

⑤ '나'는 '당신'이 자신의 발로 자신의 삶을 지탱한다면 언젠가는 넓은 길, 넓은 바다의 어디에선가 만날 수 있을 것이라 말하고 있을 뿐, '당신'이 '나'와 만나기로 약속을 한 것은 아니다.

202 외적 준거에 따른 작품 감상 답 ④

정답 풀이

(나)의 글쓴이가 '아무리 작은 실개천도 이윽고 강을 만나고 드디어 바다를 만나는 진리를 감사하였'다고 한 것은 '당신의 발로 당신의 삶을 지탱'하는 구체적 실천을 통해 언젠가 '넓은 길, 넓은 바다'를 만나는 '드높은 삶'을 예비할 수 있기 때문이다. 이는 구체적인 삶 속에서의 실천을 강조하는 것일 뿐, 이론을 통해 삶의 이치를 터득하는 것과는 관련이 없다. 또한 '주춧돌부터 집을 그리던' 노인은 발로 신어 보고 신발을 사는 사람이라고 하였으므로, 이론보다 실천을 중시하는 사람이라고 할 수 있다.

오답 풀이

① (나)의 글쓴이는 3문단에서 '우리들이 맺는 인간관계의 넓이가 곧 우리들이 누릴 수 있는 자유와 낭만의 크기'라고 말하며 '일상에 내장되어 있는 안이한 연루'와 결별할 것을 당부하고 있다. 〈보기〉에서 '일상에 내장되어 있는 안이한 연루'에 사로잡힌 삶은 '탁'이 '발'보다 정확하다고 여기며 '탁을 가지러 집으로 가는' 차치리의 모습에 해당한다고 볼 수 있다.

② (나)의 글쓴이는 '대학의 교정'에 대해 '우리 사회를 지탱하고 있는 발의 임자를 깨닫게 하는' 곳이라고 말하고 있다. 〈보기〉에서 주춧돌부터 집을 그리던 노인은 발로 신어 보고 신발을 사는 사람이라는 점에서, '대학의 교정'은 '주춧돌부터 집을 그리던' 노인의 삶을 배울 수 있는 곳이라 볼 수 있다.

③ (나)의 글쓴이는 '당신'이 '사회의 현장'에 있다면 살아 있는 발로 서 있는 것이고, '대학의 교정'에 있다면 더 많은 발을 깨달을 수 있는 곳에 서 있는 것이라고 말하고 있다. 따라서 '당신'의 현재 위치는 중요하지 않다고 생각하고 있음을 알 수 있다.

⑤ (나)의 글쓴이는 '당신'이 자신의 발로 삶을 지탱한다면 언젠가는 넓은 길과 넓은 바다를 만날 수 있을 것이라 말하며, 〈보기〉의 주춧돌부터 집을 그리던 노인처럼 발로 신어 보고 신발을 사는 삶을 살 것을 당부하고 있다. 따라서 글쓴이는 '탁을 가지러 집으로 가는 사람'이 아닌, '주춧돌부터 집을 그리던' 노인과 같은 삶을 지향해야 한다고 생각하고 있음을 알 수 있다.

203 소재 및 구절의 기능 파악 답 ⑤

정답 풀이

(가)에서 '그'는 침구를 가지고 들어온 소년의 가슴에 '반장'이라고 써진 명찰을 보고 소년에게 공부를 잘하는지, 이곳이 소년의 집인지 묻는 등 관심을 갖고 말을 건네고 있다. (나)에서 글쓴이는 고등학교를 졸업하고 대학 진학 또는 사회 현장으로 새로운 출발을 하게 될 '당신'에게 자신이 생각하는 바람직한 삶의 자세에 대한 당부의 말을 건네고 있다.

오답 풀이

① '그'는 소년에게 말을 건네면서 출세하기 위해 노력했던 과거의 삶을 떠올린다. 따라서 ㉠은 '그'가 자신의 과거를 떠올리는 계기라 볼 수 있지만, ㉡은 '나'가 '당신'의 과거를 떠올리는 것과는 관련이 없다.

② '그'는 소년의 가슴에 달린 명찰을 보고 소년에게 말을 걸게 된다. 따라서 ㉠은 '그'가 '소년'에게 관심을 가지는 계기라고 볼 수 있지만, ㉡은 '나'가 '당신'에 대한 관심을 거두는 계기와는 관련이 없다.

③ '그'는 소년이 일등을 할 정도로 공부를 잘하지만 남루한 옷을 입고 있는 모습을 보고 가난하다고 느끼면서, 가난한 우등생이었던 자신의 과거를 떠올린다. 따라서 ㉠은 '그'가 '소년'에게서 유대감을 느끼는 계기라고 볼 수 있지만, ㉡은 '나'가 '당신'과의 동질감을 느끼는 계기와는 관련이 없다.

④ '그'는 소년의 가슴에 달린 명찰을 보고 소년에게 말을 걸어 소년의 사정을 알게 된다. 따라서 ㉠은 '그'가 '소년'이 처한 현실을 확인하는 계기라 볼 수 있지만, ㉡은 '나'가 '당신'이 겪는 어려움을 확인하는 계기와는 관련이 없다.